Caballo de Troya 9
Caná

Biblioteca J. J. Benítez

J. J. Benítez
Caballo de Troya 9
Caná

Planeta

Obra editada en colaboración con Editorial Planeta – España

© 2011, J. J. Benítez
© 2013, Editorial Planeta, S.A. – Barcelona, España

Derechos reservados

© 2014, Editorial Planeta Mexicana, S.A. de C.V.
Bajo el sello editorial BOOKET M.R.
Avenida Presidente Masarik núm. 111, 2o. piso
Polanco V Sección, Miguel Hidalgo
C.P. 11560, Ciudad de México.
www.planetadelibros.com.mx

© Diseño de portada: A partir de la idea original de Opalworks

Primera edición impresa en España en Colección Booket: enero de 2013
ISBN: 978-84-08-03948-8

Primera edición impresa en México en Booket: junio de 2014
Novena reimpresión en México: septiembre de 2022
ISBN: 978-607-07-2175-5

Impreso en los talleres de Impresora Tauro, S.A. de C.V.
Av. Año de Juárez 343, Colonia Granjas San Antonio, Iztapalapa
C.P. 09070, Ciudad de México.
Impreso en México – *Printed in Mexico*

Biografía

J.J. Benítez (1946) nació en Pamplona. Reside en Barbate
(Cádiz), prácticamente retirado de todo acto público. Dice que
necesita pensar. De vez en cuando escribe, pinta, escucha
música o conversa con la mar. Su curiosidad se ha multiplicado
(especialmente por la muerte).

*A José Manuel Lara, mi editor,
treinta años después. Él tampoco
sabe que los «Caballos de Troya»
han sido escritos para el futuro*

SÍNTESIS DE LO PUBLICADO

Enero de 1973

En un proyecto secreto, dos pilotos de la USAF (Fuerza Aérea Norteamericana) viajan en el tiempo al año 30 de nuestra era. Concretamente, a la provincia romana de la Judea (actual Israel). Objetivo aparente: seguir los pasos de Jesús de Nazaret y comprobar, con el máximo rigor, cómo fueron sus últimos días. ¿Por qué fue condenado a muerte? ¿Quién era aquel Hombre? ¿Se trataba de un Dios, como aseguran sus seguidores?

Jasón y Eliseo, responsables de la exploración, viven paso a paso las terroríficas horas de la llamada Pasión y Muerte del Galileo. Jasón, en su diario, es claro y rotundo: «Los evangelistas no contaron toda la verdad.» Los hechos, al parecer, fueron tergiversados, censurados y mutilados, obedeciendo a determinados intereses. Lo que hoy se cuenta sobre los postreros momentos del Maestro es una sombra de lo que sucedió en realidad. Pero algo falló en el experimento, y la Operación Caballo de Troya fue repetida (eso le hicieron creer al mayor norteamericano).

Marzo de 1973

Los pilotos norteamericanos «viajan» de nuevo en el tiempo, retornando a la Jerusalén del año 30. Allí comprueban la realidad del sepulcro vacío y las sucesivas «presencias» de un Jesús resucitado. Los científicos quedan desconcertados: la resurrección del Galileo fue incuestionable. La nave de exploración fue trasladada al norte, junto al mar de Tiberíades, y Jasón, el mayor de la USAF, asiste a nuevas apariciones del Resucitado. La ciencia no sabe, no comprende, el porqué del «cuerpo glorioso».

Jasón se aventura en Nazaret y reconstruye la infancia y juventud de Jesús. Nada es como se ha contado. Jesús jamás permaneció oculto. Durante años, las dudas consumen al joven carpintero. Todavía no sabe quién es realmente.

A los veintiséis años, Jesús abandona Nazaret y emprende una serie de viajes «secretos» de los que no hablan los evangelistas.

El mayor va conociendo y entendiendo la personalidad de muchos de los personajes que rodearon al Maestro. Es así como *Caballo de Troya* desmitifica y coloca en su justo lugar a protagonistas como María, la madre del Galileo, a Poncio y a los discípulos. Ninguno de los íntimos entendió al Maestro, y mucho menos, su familia.

Fascinado por la figura y el pensamiento de Jesús de Nazaret, Jasón toma la decisión de acompañar al Maestro durante su vida pública o de predicación, dejando constancia de cuanto vea y oiga. Eliseo le secunda, pero por unas razones que mantiene ocultas. Nada es lo que parece. Para ello deben actuar al margen de lo establecido oficialmente por Caballo de Troya. Y aunque sus vidas se hallan hipotecadas por un mal irreversible —consecuencia del propio experimento—, Jasón y Eliseo se arriesgan a un tercer «salto» en el tiempo, retrocediendo al mes de agosto del año 25 de nuestra era. Buscan a Jesús y lo encuentran en el monte Hermón, al norte de la Galilea. Permanecen con Él durante varias semanas y asisten a un acontecimiento trascendental en la vida del Hijo del Hombre: en lo alto de la montaña sagrada, Jesús «recupera» su divinidad. Ahora es un Hombre-Dios. Jesús de Nazaret acaba de cumplir treinta y un años.

Nada de esto fue narrado por los evangelistas...

En septiembre del año 25 de nuestra era, Jesús desciende del Hermón y se reincorpora a la vida cotidiana, en la orilla norte del *yam* o mar de Tiberíades. No ha llegado su hora. Parte de su familia vive en Nahum (Cafarnaum), en la casa propiedad del Maestro. Los pilotos descubren una tensa relación familiar. María, la madre, y parte de los hermanos no entienden el pensamiento del Hijo primogénito. La

Señora, especialmente, cree en un Mesías político, Libertador de Israel, que expulsará a los romanos y conducirá al pueblo elegido al total dominio del mundo. Se trata de una grave crisis —jamás mencionada por los evangelistas— que desembocará en una no menos lamentable situación...

Movidos por el Destino, Jasón y Eliseo, tras una serie de aparentes casualidades, viajan al valle del río Jordán y conocen a Yehohanan, también llamado el Anunciador (hoy lo recuerdan como Juan, el Bautista). Nada es como cuentan la historia y la tradición. El diario del mayor resulta esclarecedor. De regreso a Nahum, los exploradores descubren a un Jesús obrero, que espera el momento de inaugurar su vida pública. Todo está dispuesto para la gran aventura...

El mayor regresa con el Bautista y descubre en él una grave enfermedad de la que tampoco hablan los evangelistas. Descubre igualmente que las ideas del Anunciador sobre el reino nada tienen que ver con las del Maestro. Descubre que algunos de los discípulos de Yehohanan —Pedro, Andrés y Judas— son los futuros apóstoles de Jesús. Y Jasón descubre que no todo en la Operación Caballo de Troya es trigo limpio... El mayor descubre a un Jesús leñador y asiste al bautismo del Galileo, pero no en el río Jordán. Nada fue como lo contaron. Finalmente, Jesús se retira a las colinas situadas al este del Jordán y allí permanece durante cuarenta días. No era el desierto, y tampoco ayunó. El lugar se llamaba Beit Ids. Allí sucedieron algunos hechos extraordinarios que tampoco fueron transmitidos por los evangelistas. Jesús planificó lo que, en breve, sería su vida pública. Trabajó en la recogida de la aceituna y...

EL DIARIO

(Novena parte)

30 de enero, miércoles (año 26)
(Tercera semana en Beit Ids)

Jesús de Nazaret siguió descendiendo por la ladera con sus habituales zancadas. El objetivo, parecía claro, era «Matador», el maldito jovenzuelo que gobernaba la banda de los *dawa zrad* (la «maldición de la langosta» en el lenguaje de los *badu*, los beduinos de Beit Ids). Por detrás, a escasa distancia, le seguía Dgul, el capataz del olivar, con la «tembladera» entre las manos. Ambos parecían dispuestos a terminar con aquella lamentable situación. Y yo, sin pensarlo, me fui tras ellos. Pero, lamentablemente, cuando apenas había dado un par de pasos, el árabe agitó de nuevo la antorcha que sostenía en la mano derecha y la arrojó al interior de la canasta. Me detuve espantado. Las llamas prendieron en las ropas del niño y, al instante, Ajašdarpan se convirtió en una bola de fuego. El enebro (una especie de aguardiente), vertido por aquel canalla sobre los harapos del pequeño de los huesos de «cristal», resultó determinante. Las llamas se propagaron veloces. Y el árabe acertó a gritar por segunda vez:

—*Smiyt... i... qatal!* (Mi nombre es «Matador».)

Sentí cómo el mundo se derrumbaba. El Maestro y el capataz no habían llegado a tiempo...

Fue todo tan rápido...

Y en eso, nada más arrojar la tea en la canasta de cornejo, y gritar su nombre, «Matador» cayó fulminado. ¿Qué había sucedido? Jesús y Dgul estaban a punto de alcanzar la espuerta en la que ardía el niño.

Comprendí.

Por detrás de aquel malparido apareció la figura de la mendiga, tambaleante, y con una piedra en la mano izquierda. La mujer lo había golpeado en el cráneo y Qatal cayó a sus pies. El resto de la banda, al percatarse de la suerte de su jefe, soltó las ollas que blandían como mazas, y con las que habían aplastado a Ajašdarpan, y huyó por el olivar.

Todo quedó en silencio. Todo el mundo miraba hacia la canasta de madera en la que se consumía el niño.

Supuse que estaba muerto...

Y al llegar frente al fuego, el Maestro, sin dudarlo, se despojó de la túnica y la arrojó al interior de la espuerta, al tiempo que palmeaba sobre el cuerpo de la infortunada criatura en un intento por sofocar las llamas. Dgul se unió a Jesús y, entre ambos, procedieron a rescatar al niño del interior de la canasta. Y en el suelo, de rodillas, continuaron el dudoso trabajo, en un más que difícil intento por salvar la vida del pequeño. El resto de los *felah* se movilizó y acudió en ayuda de Jesús y del capataz. Yo, desconcertado y roto, me fui tras ellos.

Alguien procedió a apagar el fuego que, prácticamente, había consumido la canasta. El Maestro continuaba de rodillas. El niño no se movía. Tampoco escuché un solo gemido. Deduje que, tras los golpes y el incendio, Ajašdarpan tenía que haber muerto. Nadie, en su estado, hubiera resistido algo semejante.

Y durante algunos segundos, eternos, nadie hizo nada; nadie dijo nada. Jesús, con el cabello recogido en su habitual cola, permanecía inmóvil, mudo y con la vista fija en la túnica blanca que envolvía a la criatura.

Mala suerte, pensé.

Y el capataz procedió a retirar la túnica. Al contemplar al pequeño, un murmullo se alzó entre los campesinos. Quien esto escribe bajó la mirada, horrorizado.

«Ajašdarpan está muerto.» Ése fue mi pensamiento al contemplar al niño. Dgul trató de encontrar algún vestigio de vida en el cuerpo carbonizado. Yo intenté superar el dramático momento y me concentré en una atenta observación de la criatura. El capataz negó con la cabeza. Era la primera vez que no le veía sonreír. Busqué el pulso y, ante mi sorpresa, comprobé que el bueno del capataz estaba equivocado. El niño presentaba un pulso débil y filiforme, como un hilo. Quedé asombrado. Aquella criatura resistía con todas sus fuerzas. El panorama, sin embargo, era desolador. Las llamas lo habían consumido, prácticamente. El cuerpo, sin ropas y sin pelo, era una costra negra, apergaminada hasta el desbridamiento, y colonizado por un buen número de flictenas (ampollas) de todos los tamaños, que variaban entre el blanco y el rojo cereza. No distinguí zona del cuerpo que no se hubiera visto afectada por el fuego. Las quemaduras del tórax y de las extremidades eran especialmente graves. Las llamas, que probablemente habían superado los 70 grados Celsius, habían dejado al descubierto, bajo la escara o costra negruzca, parte de los músculos y de los huesos. Aunque el fuego había afectado gravemente a la cabeza y a la cara, provocando la atresia (oclusión de las aberturas naturales, especialmente de la nariz), Ajašdarpan mantenía una respiración debilísima, pero suficiente. El resto de la exploración fue igualmente terrorífica. Era un milagro que el niño siguiera con vida. Las quemaduras en los pies y en los genitales externos eran muy profundas, y lo mismo sucedía con los pliegues de flexión, cuello y zonas de cicatrización queloidianas (región deltoidea y cara anterior del tórax). Recurrí a la llamada «regla de los 9», de Wallace, para intentar conocer la extensión aproximada de las quemaduras (1), aunque sabía que este procedimiento no era el ideal en el caso de un niño, debido a las proporciones, relativamente distintas, de la cabeza, extremidades y tronco. Repetí la operación y el resultado, siempre aproximado, me dejó sin aliento: más del 80 por ciento del cuerpo aparecía consumido por las llamas. El pronóstico, por tanto, era muy grave. La probabilidad de muerte era elevadísima.

Dgul me observó, impaciente. E hice lo único que podía hacer. Le dije la verdad. El niño tenía pocas posibilidades de salir adelante. Aun así, el voluntarioso capataz se dirigió al grupo de *felah* que seguía atento y ordenó a las mujeres que dispusieran de agua fría y limpia y aceite en abundancia. No repliqué.

El Maestro continuaba inmóvil, atento al niño y, supongo, a mis exploraciones.

No pude ser preciso a la hora de evaluar el tipo y la pro-

---

(1) «Regla de los 9»: cabeza y cuello, 9 % de la superficie corporal total; brazos, 9 %; cada pierna, hasta el pliegue glúteo, 18 %; tronco anterior y posterior, 18 % cada uno; perineo, 1 %. Lo ideal hubiera sido utilizar el esquema de Lund y Browder, pero no fue posible. *(N. del m.)*

fundidad de las quemaduras. El cuerpo, como dije, era un amasijo de ampollas y carne carbonizada. Había quemaduras de segundo grado y, sobre todo, de tercero y cuarto (1). Supuse que, al margen del intenso dolor inicial, Ajašdarpan no había sufrido demasiado. Las quemaduras de tercer y cuarto grados habían destruido las terminaciones nerviosas y eso, aunque no significaba un consuelo, al menos me hizo sospechar que el dolor había desaparecido. Otra cuestión era el *shock* y las posibles infecciones que podían derivarse de las terribles quemaduras. Lo más probable es que el niño de los huesos de «cristal» hubiera experimentado ya un *shock* hipovolémico, como consecuencia de la enorme pérdida de fluidos corporales. Yo no podía medirlo en esos momentos, pero deduje que el aporte sanguíneo había descendido bruscamente. Aquello hacía más comprometida su situación. Para compensar el *shock* hubiera tenido que administrarle entre 100 y 200 mililitros/hora de un *ringer lactato*. Pero eso, obviamente, era imposible. Examiné nuevamente las quemaduras y comprendí que, si seguía vivo, las infecciones no tardarían en asaltarlo. Al destruir la epidermis, la invasión bacteriana se presentaría de inmediato. Primero los estreptococos y los estafilococos; después, a los pocos días, las bacterias gramnegativas y una extensa flora mixta (2).

(1) Las quemaduras de primer grado son las más leves. Ejemplo: las producidas por una exposición excesiva a los rayos ultravioleta del sol. En las de segundo grado se producen ampollas como consecuencia de la extravasación de plasma. La capa superficial de la piel queda destruida, afectando igualmente a la dermis papilar. Las quemaduras de tercer grado afectan a todo el espesor de la piel. Los vasos quedan trombosados. El fuego necrosa los tejidos, llegando a interesar zonas de grasa, músculos y huesos. Respecto a las de cuarto grado, la carbonización es más o menos profunda, destruyendo igualmente toda clase de tejidos, músculos y huesos. La vida aparece comprometida, no tanto por la profundidad de las quemaduras, sino, más bien, por la extensión de las mismas. Incluso las de primer grado pueden resultar mortales si alcanzan un tercio de la superficie total del cuerpo. Esto resulta especialmente grave en el caso de los niños. Ajašdarpan, por tanto, se hallaba en una situación altamente comprometida. *(N. del m.)*

(2) La septicemia es una de las graves amenazas tras las quemaduras. La infección era inevitable dado que los detritus celulares que forman la costra o escara que recubre la piel quemada provocan un exudado rico en proteínas. Esto constituye un caldo de cultivo en el que proliferan fá-

Me sentí desolado. Había empezado a experimentar afecto por aquel infeliz...

En cuanto a las fracturas, sinceramente, me negué a explorar. El pequeño, como ya relaté, padecía una enfermedad extraña, una osteogénesis imperfecta (1), como resultado de un defecto genético. Los huesos presentaban una extrema fragilidad, como el cristal, con deformaciones esqueléticas, articulaciones sin fuerza, musculatura débil y una piel frágil, con cicatrices hiperplásicas, siempre llena de moratones. Los golpes, con seguridad, habían pulverizado los huesos, provocando toda clase de fracturas; algunas, supuse, de especial gravedad. Pero me negué a una palpación inicial. No deseaba añadir dolor al dolor...

La muerte se presentaría en cuestión de minutos; quizá, con suerte (?), en horas. Y yo no podía hacer absolutamente nada. Me sentí frustrado. Más que eso: me sentí aplastado por la impotencia y por una tristeza infinita, como hacía mucho que no experimentaba. Necesitaba alejarme de aquel lugar. Y pensé en regresar al olivar, o quizá a la cueva. Eché un vistazo a mi alrededor. Fue entonces cuando reparé en «Matador». Casi lo había olvidado. Permanecía inmóvil, a escasa distancia. Y necesitado, como digo, de un respiro me alejé del niño y de los que lo rodeaban.

Aquel otro infeliz, porque de eso se trataba, sin duda, estaba muerto. La afilada piedra utilizada por la mendiga le había abierto la base del cráneo. Y allí seguía, incrustada en el hueso occipital, relativamente próxima a la nuca. De la mendiga, por cierto, ni rastro. Nadie se había preocupado del árabe, de momento. Y deduje que el resto de la banda no tardaría en volver. Aquel asunto no estaba cerrado... Y temí lo peor. ¿Debía convencer al Maestro para abandonar aquel lugar? Aquello empezaba a tener mala cara.

El cielo siguió cubriéndose. La lluvia «dócil» —la *es-sa ra*—, como la llamaban los *badu*, no tardaría en presentarse. ¿Qué hacer? El instinto tiraba de mí. Hubiera sido más prudente alejarse de la colina «800» y retornar a nuestro

---

cilmente los gérmenes saprofitos existentes en las proximidades. Al perder la barrera inmunológica, debido a la desaparición de inmunoglobulinas, los microorganismos se multiplican sin cesar. *(N. del m.)*

(1) Amplia información en *Jordán. Caballo de Troya 8. (N. del a.)*

hogar, en la cueva de la llave. Pero sólo era un observador. No debía decidir.

Y en esos instantes, mientras me debatía entre estos pensamientos, oí aquella familiar voz. Era Jesús. Cantaba en hebreo. Me puse en pie y contemplé al grupo. Las mujeres acababan de regresar. Portaban el agua y el aceite solicitados por Dgul. Habían extendido una esterilla de hoja de palma sobre el terreno y, al parecer, aguardaban la orden para atender al niño. Todos parecían desconcertados. Regresé junto al capataz y lo que vi también me dejó perplejo...

El Maestro había tomado a Ajašdarpan y lo mantenía abrazado contra su pecho. Los brazos del pequeño colgaban inermes. La cabeza, carbonizada, descansaba sobre el poderoso hombro izquierdo del Maestro.

Sentí un escalofrío.

Jesús, de rodillas, acunaba al pequeño con un suave movimiento de los brazos. Todos, como digo, nos hallábamos perplejos.

El Galileo mantenía los ojos bajos y entonaba un salmo...

—Revivirán tus muertos... mis cadáveres se levantarán... se despertarán, exultarán los moradores del polvo...

Creí reconocer los versículos. Eran del profeta Isaías (26, 19).

Dgul, poco a poco, fue perdiendo su habitual sonrisa, hasta que desapareció. ¿Qué estaba sucediendo? Supuse que todos los allí presentes entendieron que Jesús se despedía del pequeño Ajašdarpan. Eso fue lo que interpreté pero, una vez más, me equivoqué...

Y fue la evidencia lo que me devolvió al buen camino. Jesús elevó el tono de su voz y levantó el rostro hacia el nublado y espeso cielo. Abrió los ojos y el color miel nos alcanzó a todos.

—... Pues rocío de luces es tu rocío...

Fue instantáneo. Creí comprender. Un Hombre-Dios había descendido para abrazar a la más humilde de las criaturas, y la abrazaba y la acunaba con ternura; la ternura infinita de un Dios.

Y volvieron los escalofríos.

¡La infinita misericordia de un Dios se hallaba ante mí! Y el Maestro continuó con la canción, y con el leve movimiento, y con su amor hacia el desgraciado mestizo.

—... y la tierra echará de su seno las sombras...

La voz se quebró. Jesús bajó la cabeza y, al momento, dos lágrimas rodaron por las mejillas, perdiéndose, tímidas y rápidas, entre la barba. Y la emoción que escapaba del Maestro hizo presa en los que contemplábamos la escena. Sentí un nudo en la garganta y vi cómo los ojos del capataz se humedecían.

No sé explicarlo pero, en esos momentos, mientras el Hombre-Dios permanecía con la cabeza baja, y abrazando amorosamente al niño de los huesos de «cristal», una brisa llegada de alguna parte se unió a nosotros y todos lo percibimos: el lugar se llenó de un intenso perfume a mandarina. Yo, en esos instantes, comprendí a medias...

Jesús no volvió a cantar y permaneció un tiempo en la misma postura, abrazando al agonizante Ajašdarpan. Después, con la misma ternura, fue a depositar un largo beso en la piel ennegrecida del pequeño.

Calculo que sería la hora quinta (hacia las once de la mañana) cuando sucedió lo que sucedió. Todos lo vimos. Todos fuimos testigos. No fue una alucinación. Fue algo real e inexplicable. Yo lo había contemplado en otras ocasiones, y así fue narrado en estos diarios. Y a día de hoy no he sido capaz de encontrar una explicación lógica y racional. Pero debo ajustarme a los hechos tal y como sucedieron...

De pronto, como digo, mientras asistíamos al tierno abrazo, todo, a nuestro alrededor, incluyendo las ropas, las manos, las caras, los árboles, las piedras, todo, se volvió de color azul. Nos miramos los unos a los otros atemorizados. Las mujeres y los *felah*, instintivamente, dieron un paso atrás. Dgul y quien esto escribe intercambiamos una mirada, tratando de hallar una explicación. Ninguno de los dos acertamos a abrir los labios. Aquel azul nos tenía hipnotizados.

Y a los tres o cinco segundos todo volvió a la normalidad.

Debí imaginarlo. Debí recordar lo sucedido en otras oportunidades. Aquel azul era un aviso. Algo extraordinario estaba a punto de ocurrir...

Jesús, entonces, se dirigió a las mujeres y rogó que se hicieran cargo del pequeño. Fue en esos instantes cuando me pareció ver en las sienes de Ajašdarpan unas gotas de sudor. Era un sudor de color azul, pero no me atrevo a asegurarlo al ciento por ciento.

Torpe de mí...

Necesitaría un tiempo para percatarme del especialísimo valor simbólico de aquel salmo sobre el rocío y del sudor azul. En realidad fue mi hermano, Eliseo, quien sabría interpretarlo. Pero ésa es otra historia...

A partir de esos momentos, todo discurrió a gran velocidad.

Más o menos, éste fue el orden, según recuerdo:

El Maestro se puso en pie. Recuperó la túnica blanca. Se enfundó en ella y, sin mediar palabra, se alejó hacia el olivar con sus típicas zancadas. Recuerdo que me llamó la atención la lana de la túnica. Aparecía chamuscada en algunos puntos. Y quien esto escribe, nuevamente desconcertado, no supo qué hacer. Miré al capataz y éste, comprendiendo, me devolvió una sonrisa. El trabajo había terminado, al menos por aquel día. Y, confuso, me fui tras los pasos de Jesús de Nazaret. El Hombre-Dios se perdía ya entre los *zayit*, los corpulentos olivos de la colina que yo había bautizado como la «800», de acuerdo con su altitud.

Y a los pocos pasos empecé a oír gritos. Me volví y contemplé otra extraña escena: las mujeres, los campesinos, el capataz, todos corrían en desorden y tropezando los unos con los otros. No terminaba de comprender.

Regresé e intenté, en vano, interrogar a los *felah*. Nadie me escuchó. Parecían histéricos. Corrían. Gritaban. Lloraban. Estaban pálidos. Y, de pronto, caí en la cuenta: el niño no se hallaba en el lugar. Busqué, pero fue inútil. Y en eso acerté a tropezar con Dgul. Se hallaba de rodillas, con los ojos perdidos en el horizonte, y su eterna sonrisa. No fui capaz de sacarle una sola palabra. Por un momento pensé en la banda de la «langosta». ¿Habían regresado, tal y como llegué a suponer? Pero no distinguí a ninguno de los jovenzuelos. El cadáver de Qatal («Matador») seguía en el mismo lugar.

Volví a interrogar al capataz, y esta vez pregunté por Ajašdarpan. ¿Qué demonios sucedió en esos escasos minutos, mientras me alejaba hacia el olivar? Finalmente, sin palabras, el buen hombre indicó con la mano la dirección de Beit Ids. Fue entonces cuando descubrí la familiar figura de aquel personaje. Se alejaba por el caminillo de tierra que, efectivamente, conducía a la aldea. No estaría a más de cuarenta o cincuenta metros de nosotros.

El corazón me dio un vuelco.

Aquel individuo era el tipo de dos metros de altura que había visto surgir en lo alto de la «800». Pero, absorto en el ataque de «Matador» y su gente, la verdad es que lo perdí de vista, y lo olvidé.

No cabía duda. Era él. La singular ropa cambiaba de color, tal y como había visto en el pozo de Tantur. Era el hombre de la sonrisa encantadora...

Se alejaba hacia Beit Ids, en efecto, y llevaba a un niño de la mano... Un niño desnudo...

Sentí otro escalofrío.

No era posible. Me negué a aceptar una idea tan absurda.

¿Ajašdarpan?

No era viable. No lo era... El niño estaba agonizante. Aquél, sin embargo, caminaba con toda naturalidad. Ajašdarpan, además, padecía una osteogénesis imperfecta. Sencillamente, no podía caminar con tanta soltura.

No sé cómo explicarlo. Sentí miedo. De pronto me vi asaltado por un pánico irracional. Quizá no deseaba enfrentarme a la realidad...

Y, sin pensarlo, di media vuelta y hui del lugar...

Había empezado a llover mansamente.

Al adentrarme en el olivar de la «800» comprendí que el Maestro había desaparecido. No sabía cuáles eran sus intenciones. Sencillamente, lo había perdido, una vez más. Y dudé. ¿Me dirigía a la cueva? ¿Se había trasladado el Galileo a la colina de la «oscuridad», la «778»? Me dejé llevar por el instinto y tomé el camino de la cueva. Volví a equivocarme. ¿O no? Jesús no se encontraba en la caverna que nos servía de refugio. Y me senté al pie del camino, cerca del arco de piedra que preservaba la entrada de dicha cueva. Traté de tranquilizarme. Jesús regresaría. Quizá se hallaba en lo alto de la colina de los *žnun*, la referida «778», en comunicación con su Padre, como hacía habitualmente. Y aquel súbito e incomprensible miedo, el que me había asaltado al ver al hombre de la sonrisa encantadora, se sentó a mi lado. ¿Qué sucedía? ¿Por qué tanta confusión? ¿Por qué me negaba a aceptar lo que parecía evidente? Y reaccioné como un perfecto estúpido: era un científico... No podía aceptar que un ser agonizante, un gran quemado, volviera a la vida en cuestión de segundos o minutos. Porque de eso se trataba: de aceptar un milagro. Jesús había abrazado al niño, cierto, y lo mantuvo entre sus poderosos brazos, cierto, y todos presenciamos aquella singular luminosidad azul... Pero no, me negué a admitir que Jesús hubiera hecho el prodigio. Lo más probable es que Ajašdarpan se hallara en otra parte. Alguien, en la confusión, pudo haberlo trasladado... Pero, entonces, ¿a qué obedecía el pánico de los *felah*? ¿Por qué el capataz no articuló palabra cuando lo interrogué? Y lo más importante: ¿quién era aquel niño que caminaba hacia la aldea de Beit Ids y de la mano del personaje de la sonrisa encantadora? Me reproché la falta de valor. Tenía que haber alcanzado al hombre de dos metros de altura y despejado el misterio. Pero estaba donde estaba, y eso no podía cambiarlo...

Y sumido en estos tormentosos pensamientos, a eso de la hora nona (tres de la tarde), vi llegar por el camino a uno de los *abed*, uno de los esclavos negros de Yafé, el *sheikh* o jefe de los beduinos de Beit Ids. Preguntó por el Maestro. No supe darle razón. Y, decidido, me indicó que lo siguiera. Yafé, el guapo, el hombre que nunca terminaba las frases, también deseaba interrogarme. Tuve un presentimiento, y no me equivoqué. Esta vez no. El Destino sabía...

Había dejado de llover. El *sheikh* esperaba sentado frente a la gran casona, la *nuqrah*, y rodeado de sus perros, los fieles galgos persas. Al principio, de acuerdo con la costumbre, ni siquiera levantó la vista. Y siguió trenzando nudos marineros. Nudos, como ya expliqué, que deshacía de inmediato. Finalmente alzó la mirada y me invitó a tomar asiento. Los atractivos ojos verdes, perfilados en negro por el *kohl*, fueron cambiando al gris plata, según decaía la luz. Calculé que faltaban dos horas para el ocaso.

Y «el guapo que, además, piensa» (ése era el significado completo de su apodo) preguntó por el Príncipe Yuy (así llamaban a Jesús entre los *badu* de Beit Ids). Le dije la verdad. No sabía dónde se hallaba. Y acto seguido se interesó por lo ocurrido en las proximidades del olivar de la «800». Comprendí. En aquel remoto lugar, las noticias volaban. Y supuse que se refería al brutal ataque de «Matador» y su banda.

Yafé negó con la cabeza, y añadió:

—Eso ya lo sé, pero no...

Deduje que alguien le había informado puntualmente sobre el caos que se registró después. Pero me hice de rogar...

—No sé a qué te refieres.

—¿Qué sucedió después? Esa mala bestia recibió su merecido, pero después...

—¿Después? No sé...

—Sí, después del ataque. Ajašdarpan...

—¿Ajašdarpan?

El *sheikh* empezó a impacientarse. Estaba claro que disponía de toda la información, pero trataba de asegurarse.

—Sí, después... Sé que tú y el Príncipe Yuy estabais allí. Ajašdarpan, entonces...

—El Príncipe se alejó. En cuanto a mí, sí, estaba allí, pero fue como si no estuviese...

El jeque me miró sin comprender.

—¿Estabas pero no estabas...?

—Algo así —resumí—. Sinceramente, no sé qué sucedió. Todos se volvieron locos.

Yafé reclamó al esclavo negro. Le susurró algo al oído y el *abed* se perdió bajo el *qanater*, el arco de piedra de la casona. Al poco, tras el esclavo, vi aparecer a Dgul, el capataz, y a varios de los vareadores que asistieron a los tristes sucesos en las proximidades de la «800». A qué negarlo: me vi sorprendido. ¿A qué venía todo aquello? Y a una señal del «guapo», Dgul empezó a hablar, haciendo un detallado recorrido por los mencionados sucesos. Habló de «Matador» y de su gente, del incendio del campamento y de la brutal paliza al niño de los huesos de «cristal». Por último se refirió a Ajašdarpan y aseguró que, tras el abrazo de Jesús de Nazaret, nada más depositar al agonizante en las manos de las mujeres, el pequeño se puso en pie, como si tal cosa. ¡Estaba sano! ¡Había recuperado la salud! Los *felah* asintieron. Después —finalizó Dgul— llegó aquel hombre extraño, cuya vestimenta brillaba, y se llevó al niño de la mano.

Mi asombro no pasó desapercibido para el *sheikh*.

—¿Fue él, el Príncipe Yuy, quien hizo el prodigio y salvó al...?

Me encogí de hombros. Y, como pude, le hice ver que no sabía nada de semejante prodigio. Es más: dudaba que aquel niño, al que yo había visto de lejos, fuera Ajašdarpan.

Miré al capataz y me llené de vergüenza. Aquel hombre jamás mentía, y era un excelente observador. Pero yo no podía aceptar algo tan increíble. Nunca aprenderé...

Parecía como si Yafé estuviera esperando aquel momento. Y sin dejar de contemplarme batió palmas. Al punto, del interior del hogar, salieron cuatro mujeres. Eran las que se habían hecho cargo del niño cuando Jesús así lo solicitó.

Presentí algo...

Entonces apareció él. Era el muchacho que había contemplado en el camino hacia Beit Ids, el que se alejaba de la mano del hombre de la sonrisa encantadora.

Creo que palidecí.

El *sheikh* siguió en silencio. Todos me observaban con curiosidad.

No era posible, me decía una y otra vez.

El niño aparecía cubierto con un lienzo.

—Éste es Ajašdarpan —intervino Yafé sin disimular su regocijo—. Puedes preguntarle si es tu deseo o bien...

Me armé de valor y me aproximé al niño. Todos se mantuvieron en un respetuoso silencio.

Creo que dibujé una sonrisa y retiré el lienzo. El niño quedó completamente desnudo.

Me bastó un primer vistazo para entender que allí había una confusión. Aquella criatura no presentaba quemadura alguna. La piel era tersa, limpia y sin rastro de costras y ampollas. Yo había observado los huesos, la grasa y los músculos calcinados en algunas de las quemaduras de tercero y cuarto grados. Yo había examinado la cabeza, sin pelo, y los conductos nasales obstruidos y deformados por las llamas. En las quemaduras profundas, con la destrucción de la epidermis y buena parte de la dermis, la reepitelización es un proceso lento, dando lugar a cicatrices deformantes. Pero ¿qué tonterías estaba pensando? Con una extensión del 80 por ciento, las quemaduras, aceptando que Ajašdarpan se hubiera recuperado, que era mucho aceptar, hubieran necesitado meses para su recuperación e, insisto, las cicatrices habrían resultado terribles. No, aquello no tenía nada que ver con lo que yo había visto. Tenía que haber un error, necesariamente. Tampoco su aspecto era el que yo recordaba. Aquel niño no presentaba ninguna malformación aparente. Ajašdarpan, como expliqué, sufría una osteogénesis imperfecta, con un singular desarrollo del cráneo. Llamaba la atención, justamente, por la forma triangular de la cabeza, en forma de pera invertida, provocada por el empuje del encéfalo. Ello, a su vez, daba lugar a una micrognatia o pequeñez anormal del maxilar inferior. Su nariz era picuda y los ojos exageradamente separados (hipertelorismo). Todo ello, en definitiva, le proporcionaba un aspecto monstruoso. El muchacho que tenía ante mí presentaba un cráneo normal, con un cabello negro y rizado y unos ojos claros, llenos de vida. Era el único detalle —el de los ojos— que sí recordaba: la «mirada azul» de Ajašdarpan. No, aquél no era el niño que yo había conocido. De eso estaba seguro. En cuanto a los movimientos, tampoco tenían nada que ver con los de Ajašdarpan. Aquel jovencito caminaba sin problemas. No padecía escoliosis o desviación lateral de la columna. Sus músculos parecían fuertes y sanos y también las articulaciones. No, aquella lámina no era, ni remotamente, la de un enfermo de osteogénesis imperfecta.

Me volví hacia el *sheikh* y negué con la cabeza.

—Este niño —expresé, rotundo— no tiene nada que ver con el que vi en el olivar. Es imposible. Tiene que haber un error...

Sin darme cuenta, acerté en mi apreciación. Aquel niño no tenía nada que ver con el que había examinado... Pero no comprendí.

Y antes de que nadie acertara a pronunciarse, el niño abrió los labios y emitió unos sonidos guturales, confusos. Me volví y le vi sonreír. Los dientes tampoco aparecían desordenados y con aquel brillo céreo y azulado que caracterizaba la dentadura de Ajašdarpan. Me reclamó y me aproximé, intrigado. Mantuvo la sonrisa. Alzó la mano izquierda y fue a repetir una escena que yo había contemplado el día anterior, cuando pregunté a Ajašdarpan si entendía el arameo. Llevó la mano izquierda, como digo, a la altura de la oreja y lo hizo muy lentamente. Sentí un escalofrío. Después, con idéntica lentitud, sin dejar de sonreír, tocó la oreja dos veces. Por último, muy despacio, dejó caer los dedos hacia los labios. Y negó con la cabeza.

¡Oh, Dios! ¡Era él! ¡Era Ajašdarpan! Pero ¿cómo era posible?

Si no recordaba mal, ese martes, 29 de enero, al ofrecerle mi escudilla de madera con el *tagine* y preguntarle si comprendía el arameo, allí, junto al pequeño, sólo se hallaba la mendiga, más que ebria, y, algo más atrás, los tres zagales que acompañaban a Ajašdarpan en la rebusca de la aceituna. Ni la mendiga ni los muchachos prestaron atención a la escena en la que Ajašdarpan me hizo saber que era sordo. Fue un «diálogo» entre él y yo, exclusivamente. Nadie más fue testigo, que yo supiera.

Pero, entonces...

Volví a examinarlo. Ajašdarpan me dejó hacer.

Ni rastro de las quemaduras... Ni rastro de la osteogénesis...

Caí de rodillas, perplejo. Y pregunté, como pude:

—¿Puedes oírme?

El niño asintió con la cabeza, al tiempo que emitía aquellos sonidos guturales.

¡Dios mío!

Creí comprender. El niño había recuperado la audición pero, obviamente, no sabía hablar.

—¿Eres Ajašdarpan?

Asintió por segunda vez, y al instante. Lo vi sonreír. No sé si era consciente de lo ocurrido. Probablemente no. Pero ¿qué importaba eso? Y percibí cómo mi corazón se ahogaba. No entendía nada de nada, pero sabía que me hallaba ante un prodigio. Algo extraordinario acababa de suceder en aquel remoto paraje de la Decápolis. Algo que jamás sería relatado por los evangelistas...

Y, confuso, me alcé y fui a situarme frente al capataz. Supliqué su perdón y Dgul, sin más, me obsequió con la mejor de sus sonrisas.

Me despedí del *sheikh* y me alejé en dirección a la cueva.

Me ahogaba, sí...

El Maestro no había regresado. Y me senté al pie del camino, frente a la cueva, en un pésimo intento por ordenar los pensamientos. Nada era lógico. Nada tenía sentido. Yo era un científico... ¿Qué fue lo sucedido en la «800»?... Jamás vi algo semejante... La ciencia no puede aceptar una cosa así... ¿Estaba alucinando?... ¿Se trataba de un sueño?... Quizá estaba a punto de despertar... No, no era un sueño... Otros también lo vieron... El niño estaba allí, a dos pasos, y sano... El niño oía... ¿Qué fue de las quemaduras?... ¿Quién transformó su piel y su cráneo?... ¿Qué singular poder lo había curado, y en cuestión de minutos o segundos?...

Necesité tiempo para serenarme. Los pensamientos, sin embargo, continuaron en desorden. Rememoré lo ocurrido una y otra vez e intenté racionalizar el asunto. Siempre tropezaba en el mismo escollo: Ajašdarpan se hallaba agonizante, con el 80 por ciento de su cuerpo quemado. Nadie, ni en el siglo xx, hubiera podido regenerar semejante catástrofe en segundos o en décimas de segundo. ¿Había asistido, aunque de esas maneras, a la primera curación milagrosa de Jesús de Nazaret? ¿Fui testigo de su primer prodigio? ¿O se trataba del segundo? Y recordé las escenas vividas el 17 de septiembre en el *kan* de Assi, el esenio, a orillas del lago Hule, cuando caminábamos desde el monte Hermón al *yam* o mar de Tiberíades (1). En aquella ocasión, ante el desconcierto general, el Hijo del Hombre se arrodilló también ante un negro tatuado, de nombre Aru, que padecía el llamado mal de amok, una especie de locura que lo convertía en un ser violento y muy peligroso. Jesús alivió una de sus heridas y acarició el rostro del joven negro. A partir de ese momento, Aru cambió y, que yo sepa, nunca más fue asaltado por el referido síndrome. La escena fue relativamente parecida: Jesús arrodillado frente a un ser desvalido; Jesús acariciando a su criatura; Jesús, conmovido, derrama una lágrima, una misteriosa lágrima azul; Jesús, misericordioso...

Dos situaciones casi similares con idéntico resultado... Un resultado inviable para la lógica, pero allí estaba, desafiante. Y sólo era el principio... Este explorador no imaginaba en esos momentos lo que le reservaba el Destino. Fue todo mágico...

Pero, obtuso, seguí mareando el «cómo lo hizo». ¿Cómo lo logró? ¿Cómo era posible? ¿Cómo pudo sanar aquella

(1) Amplia información en *Nahum. Caballo de Troya 7. (N. del a.)*

piel, y aquellos huesos y músculos carbonizados? ¿Cómo modificó la enfermedad que convertía a Ajašdarpan en una criatura con los huesos de «cristal»? La osteogénesis imperfecta («IO») tiene su origen en un defecto genético. Concretamente en uno de los dos *loci* que codifican el colágeno tipo I. El colágeno, como ya expliqué en su momento, constituye el principal elemento orgánico del tejido conjuntivo y de la sustancia orgánica de los huesos y de los cartílagos. El trastorno puede ser expresado por una síntesis anormal o por una estructura deficiente del protocolágeno I. En otras palabras: el Maestro, o quien hubiera propiciado el prodigio, tenía que haber manipulado y modificado la totalidad de la carga genética que provocaba el citado mal. Eso significaba una alteración en cada una de las células de Ajašdarpan. ¡Trillones de células modificadas!

Mi cerebro se ahogó nuevamente...

¿A qué me enfrentaba? Mejor dicho, a quién... Y en esos instantes fui visitado por la lucidez: aquel Hombre, a pesar de las apariencias, no era sólo un Hombre; era un Dios. Él tenía el poder. Sencillamente, Él sabía cómo hacerlo y, además, era misericordioso. Con eso era suficiente. Eso era lo importante y lo que yo debía transmitir. El resto era secundario. Pero, al poco, la lucidez se alejó y quien esto escribe siguió enredado en lo circunstancial y en lo puramente anecdótico. ¿Cómo lo hizo? ¿Cómo...?

Llegué a pensar en los *nemos*. Podía inocularlos en el interior del niño y averiguar quizá... Me pareció ridículo. ¿Qué más necesitaba para convencerme? Saltaba a la vista... Y me propuse hablar con el Maestro en cuanto se presentase en la cueva. Tenía que aclarar aquellas terribles dudas...

El sol se despedía ya por el camino que conducía a la localidad de El Hawi. Según los cronómetros de la «cuna», ese miércoles, 30 de enero del año 26, el sol se ocultaría a las 17 horas, 7 minutos y 35 segundos de un supuesto Tiempo Universal. La oscuridad no tardaría en caer sobre el lugar. Me había descuidado. Sumido en estas reflexiones no reparé en el paso del tiempo. También a esto debería acostumbrarme. La vida al lado del Galileo era como un suspiro...

Recordé lo prometido: quien esto escribe, mientras Jesús permaneciera en aquellas colinas, se ocuparía de la intendencia y de lo menor. Él debía dedicarse, por entero, a su Padre.

Preparé un buen fuego y dispuse la cena. El Maestro no tardaría en presentarse.

Jesús regresó poco antes del ocaso. Ésa era su costumbre. Canturreaba. Me pareció alegre, como si nada hubiera ocurrido. Tomó sus cosas y se alejó en dirección al río. Supuse que deseaba asearse. Y así fue...

Al poco retornó al interior de la cueva. Había cambiado la chamuscada túnica blanca por la roja. Presentaba el pelo suelto. Algunas de las lucernas, estratégicamente repartidas por la caverna, arrancaron destellos a la más que crecida barba y a la mansa melena. Supuse que el Maestro se había regalado unas gotas de *kimah*, el perfume que utilizaba con frecuencia, y más concretamente desde el histórico 14 de enero de ese año 26, fecha de su bautismo en las aguas del Artal, uno de los afluentes del río Jordán (1). Y digo esto porque, al penetrar en la cueva, el recinto se llenó de un intenso y agradabilísimo olor a sándalo blanco. Un perfume que yo asociaba con la paz interior y con la serenidad.

El Maestro me vio trastear con los cacharros de la cocina y se colocó a mi lado, curioso. No dijo nada. Se limitó a sonreír, mostrando aquella dentadura impecable, blanca y perfectamente alineada.

No sé explicarlo...

Sentí miedo.

O quizá no fue eso. Sentí una mezcla de miedo, de admiración y de respeto. No pude evitarlo. Era la primera vez que me sucedía. Nunca, hasta esos instantes, experimenté algo parecido. Jamás sentí miedo junto al Maestro, hasta ese momento. El recuerdo de lo ocurrido durante la mañana, con Ajašdarpan, me hizo temblar. Creo que Él lo percibió. Entonces, dejando caer su mano izquierda sobre mi hombro derecho, me miró como sólo Él sabía mirar. Me traspasó con aquellos ojos color miel y el perfume a sándalo me embriagó. No pronunció una sola palabra. Con el gesto

(1) Amplia información en *Jordán. Caballo de Troya 8. (N. del a.)*

y la mirada fue suficiente. Aquel Hombre había logrado lo que nadie en toda la historia de la humanidad, pero eso no debía levantar una barrera entre nosotros. Y el miedo, o lo que fuera, se disolvió.

Mensaje recibido.

Y Él, intrigado, empezó a preguntar. ¿Qué era lo que cocinaba? Esta vez fui yo quien le sonrió. Y aclaré:

—Es una bamia...

El Maestro conocía esta hortaliza, tan habitual entre los árabes. Y señalando con el dedo se interesó por los ingredientes.

El miedo, en efecto, se había alejado... Fue un misterio. No sé cómo lo hizo.

—Aceite —aclaré—. Se calienta. Después, cebolla. Se tritura y se fríe...

El Maestro asintió con la cabeza, y muy serio.

—... Una vez dorada la cebolla —proseguí— se agrega la bamia.

Y tomando unos generosos puñados de ajo picado, pimienta y sal medio cubrí la verde y jugosa hortaliza, regalo de Yafé. Removí y lo mezclé todo, cuidadosamente. Jesús, atento, no perdía detalle.

Yo no salía de mi asombro. El Hombre más poderoso de la Tierra, todo un Dios, aparecía absorto en una simple receta de cocina. Así era el Hijo del Hombre...

Y dejé que la bamia se cocinara sobre las llamas del hogar. Con una espesa salsa de tomate hubiera redondeado el delicioso plato, pero el tomate no era conocido aún en el viejo mundo.

Calculé alrededor de cuarenta o cuarenta y cinco minutos. Era el tiempo necesario para que la cena estuviera lista. Y me excusé por la demora. El Galileo fue a sentarse cerca del fuego. No prestó atención a mis palabras. Echó la cabeza hacia atrás y entornó los ojos, disfrutando del tímido olor que empezaba a escapar de la olla. En el exterior, la lluvia había vuelto y repiqueteaba sobre las hojas de la encina sagrada y de los almendros, como si jugara. Yo me senté frente al Maestro, atento a la bamia, y disfruté también de aquellos instantes. Creo que el silencio, atentísimo, se asomó a la cueva...

No pude evitarlo. Al contemplarlo frente a mí, tan sereno

y tan próximo, volvieron los viejos pensamientos: ¿cómo lo hizo?, ¿cómo logró la curación del niño mestizo?, ¿cómo...?

Jesús continuó en silencio.

Y pensé que aquél era un buen momento para preguntar. ¿Cómo lo hizo? ¿Cómo pudo lograr un prodigio semejante? ¿Dónde estaba el secreto? ¿Cómo consiguió algo tan increíble como la modificación de la carga genética de Ajašdarpan? ¿Cómo? Necesitaba los detalles...

Sin embargo, algo me contuvo. No fui capaz de abrir los labios y preguntar. Sentí pudor. Aquél era un Hombre maravilloso. ¿Qué derecho tenía a incomodarlo con ese tipo de preguntas? Pero, por otro lado, necesitaba saber... ¿Cómo demonios lo hizo?

Y en ello estaba, debatiéndome entre el sí y el no, cuando el Maestro abrió los ojos y me contempló con aquella extrema dulzura. Vi cómo amanecía en su rostro una débil pero prometedora sonrisa.

Lo presentí. Él sabía lo que pensaba...

Y la sonrisa se fue abriendo, como una flor. Sentí cómo me abrazaba desde la sonrisa. Era otra forma de abrazar del Hijo del Hombre.

No me equivoqué.

—Querido *mal'ak* (mensajero), ¿por qué te preocupa tanto el cómo?

La penumbra de la cueva me protegió y disimuló mi torpeza. Enrojecí, creo. ¡Era tan difícil acostumbrarse! ¡Era tan difícil aceptar que podía entrar y remover los pensamientos!

—¿Por qué te atormentas con los detalles —prosiguió con aquella voz cálida y reposada— cuando lo importante es que se ha hecho la voluntad del Padre?

Dejó rodar el silencio. Y yo, sin saber qué decir, me refugié en la bamia. La removí, una y otra vez...

Y, generoso, aceptó complacerme, en parte. Entonces empezó a hablar de su «gente», la que le asistía. Algo habíamos hablado en días anteriores, a raíz de las misteriosas luces que se presentaron sobre Beit Ids y, sobre todo, en la cima de la colina de los *žnun* o de la «oscuridad», como la llamaban los naturales del lugar. Fueron ellos, su gente, los que se ocuparon de los «detalles» y del «cómo». No sé si entendí bien pero ésa fue la explicación: no fue el Maestro quien llevó a cabo el prodigio; fue su gente. Y ahí concluyó la aclaración. Necesitaría tiempo para medio comprender lo que trataba de transmitirme.

—Nada hubiera sido posible —añadió— de no haber contado con el beneplácito del Padre... Eso es lo único que cuenta.

El Padre.

Habíamos conversado sobre Él en otras oportunidades, pero siempre me quedaba sediento. ¿Qué es? ¿Me hallaba ante una persona? Yo sabía que eso no era posible. El Padre —Ab-bā— tiene que ser una criatura (?) puramente espiritual, al margen de la materia y del tiempo, pero no terminaba de comprender. También en esto necesitaba detalles. Y aproveché la ocasión para profundizar en el asunto. Yo sabía que Ab-bā era el tema favorito de Jesús. Hablar de Él le perdía...

—Necesito detalles —le apremié—. Háblame del Padre. Quizá así comprenda mejor lo que ha sucedido esta mañana en el olivar...

Sonrió, pícaro. No logré engañarle, pero aceptó hablar, a su manera...

Tomó una de las ramas que este explorador había dispuesto para mantener vivo el fuego y se inclinó sobre la tierra que cubría la cueva. La alisó cuidadosamente y manifestó lo siguiente, por si lo había olvidado:

—Eres un *mal'ak*, un enviado... Recuerda que mis palabras son siempre una aproximación a la verdad...

Asentí en silencio. Lo recordaba.

—... Lo que yo diga no tiene por qué ser la verdad, literalmente hablando. Vosotros, ahora, no podéis aproximaros siquiera a lo que intento transmitir... ¿Has comprendido?

Asentí por segunda vez, sin caer en la cuenta de la trascendencia de lo que acababa de decir.

Y lo vi dibujar en la tierra. Trazó primero la letra hebrea *yod*. Me miró con curiosidad y sonrió. Después dibujó la *hé*, la *vav* y, por último, de nuevo la consonante *hé*. Lo reconocí al punto. Era el tercer Nombre de Dios, según los hebreos: Yavé o *YOD-HÉ-VAV-HÉ*, las cuatro letras que, según la tradición, no debían ser pronunciadas. Y una vez terminado el Tetragrama, el Maestro permaneció en silencio y con el rostro grave. Presentí que lo que iba a decir era importante. No me equivoqué.

—Entiendo que desees conocer al Padre...

El rostro del Galileo se iluminó de nuevo.

—... Es la aspiración de todo hijo del tiempo y del espacio, pero eso llegará... en su momento. No ahora. Vives en la materia y en la imperfección, vives en el tiempo, y, en consecuencia, no es posible que el Padre pueda manifestarse tal y como es. Es Él quien acepta manifestarse en la conciencia humana y sólo así puedes alcanzar una comprensión —limitadísima— de lo No Limitado...

Jesús utilizó la expresión hebrea *ein sof* (lo no limitado, aunque creo que debería escribirlo con mayúsculas).

—Ahora —prosiguió, comprendiendo mi torpeza a la hora de desvelar sus palabras y conceptos—, en estos momentos, la naturaleza humana no puede aventurarse en la Divinidad. No está preparada. Aunque accediera a tus deseos, las palabras me cortarían el paso. No puedo darte detalles sobre el Padre porque tu mente es humana y Él, en cambio, no lo es...

Hizo una pausa. El perfume a sándalo se mezcló con el del guisote de la bamia y creí intuir: me hallaba sumergido en un aroma en el que se cruzaban el sentimiento de paz interior y la delicia de un fruto de la tierra. Lo sublime y lo humano, por explicarlo de alguna manera. Lo divino y lo material. Jesús también trataba de jugar con ambos conceptos, pero no era fácil. Ab-bā, el Padre, descendía hasta la bamia y la impregnaba. La bamia, sin embargo, jamás podría entender lo que estaba ocurriendo...

—Y te diré más. Si el Padre se presentase ante ti, ahora mismo, y en toda su gloria, quedarías anulado...

—¿Por qué?

—¿Crees en mi palabra?

—Siempre he creído...

Era la verdad.

—Pues bien, acepta lo que te digo. Si Él, ahora, apareciera ante ti, y con su verdadera luz, no desearías continuar. Es tal su grandeza que caerías en la Unidad y tu yo se extinguiría. Sencillamente, *mal'ak*, renunciarías a tu propia evolución. Es por ello que debes ser paciente. Él se presentará ante ti cuando estés preparado...

—Inténtalo... Dame detalles.

Yo mismo me sorprendí. Empezaba a parecerme a Eliseo.

El Maestro sonrió con benevolencia, pero no dijo nada. Fue a tomar una de las brasas que calentaba la bamia y la alzó, agitándola en el aire. El fuego se animó y se hizo más rojo. Entonces comentó:

—Si tú eres capaz de explicarle al fuego quién soy yo, entonces, querido amigo, yo te explicaré quién es el Padre...

Me rendí... a medias.

—Entonces, después de muerto, tampoco veré a Dios...

—Repito: lo verás cuando estés preparado, no antes. Llegarás a Él cuando ya no seas materia. Es la primera de las condiciones.

—Y, mientras tanto, ¿qué debo hacer?

—Lo que has empezado a hacer: buscarlo, interesarte por Él, querer ser como Él...

Hizo una estudiada pausa y continuó.

—... Y, sobre todo, ponerte en sus manos y dejar que se haga su voluntad. Ya sabes: el secreto de los secretos...

Sí, nos lo había dicho en el Hermón.

—Pero no te atormentes —sentenció—. Tu análisis de Dios será siempre un intento mediocre por comprender lo inefable. No puede ser de otra manera. Te lo he dicho: es Él el que desciende a la materia, a tu mente, y el que permite que te aproximes, remotamente, a su esencia. Nunca es al revés. No lo olvides. La concepción humana del Padre será siempre limitada y fragmentaria. Nadie, insisto, está capacitado para entender a Dios mientras se encuentre sujeto al tiempo y al espacio.

—Pero, inténtalo...

Creo que se rindió.

—Está bien: acude a los símbolos. Ellos te ayudarán a hacer el trabajo. Ellos contienen los detalles que tanto te preocupan.

Y señalando las letras hebreas que había dibujado en la tierra me guiñó el ojo.

En ese momento no capté el profundo significado de sus

palabras. Lo haría días después, en otra inolvidable conversación en la cueva de la llave. Pero debo ir en orden.

Lo que sí me vino a la mente —supongo que fue una asociación de ideas— fue el hallazgo de Gödel, el matemático que sacó a la luz la existencia de un número infinito de teoremas que son verdaderos y que nadie puede demostrar (1). Con el Padre, supongo, sucede lo mismo... La genial idea de Leibniz (1686), contenida en el ensayo filosófico *Discurso de la metafísica*, le daba la razón al Maestro: una teoría ha de ser más sencilla que los hechos que explica. Dios (Ab-bā) es tan... que resulta indemostrable.

—Los símbolos... Nunca me paré a pensar que puedan contener a Dios...

El Galileo me miró, sorprendido. Y manifestó:

—Yo no he dicho eso, pero está bien...

Tomó de nuevo la rama con la que acababa de dibujar el nombre de Yavé y la situó sobre la letra *yod*, la primera del Tetragrammaton.

—Quieres que te hable del Padre...

—Eso es.

—Pues bien, fíjate...

Dirigió la mirada hacia la referida letra *yod* y explicó:

—Esta letra está representando al Padre. Ella es el punto primordial del que todo procede. Ella es un símbolo. Ella representa el proyecto del Padre, del Creador, para la creación. En *yod* está contenida toda la potencialidad del Padre. De ella nacen las líneas, las superficies, los volúmenes, la potencia espiritual y todas las posibilidades de formas y de evoluciones. Las que conoces y las que nunca conocerás. Las que son y las que nunca serán. En ella están los caminos y los no caminos...

Me estaba perdiendo y Él lo sabía.

—... Tú sabes que el valor de *yod* es 10...

Eso era Kábala. El Maestro, creo haberlo dicho, era un consumado kabalista; el gran kabalista, me atrevería a decir.

_____

(1)   El matemático Kurt Gödel se valió de las propias matemáticas para demostrar los límites de las mismas. Gödel demostró que las matemáticas contienen enunciados verdaderos, imposibles de probar. Vino a deducir que ciertos hechos matemáticos son auténticos sin que exista razón para ello. *(N. del m.)*

—... Pues bien, desde ese punto de vista simbólico —continuó, al tiempo que medía las palabras—, puede ser representada igualmente como el punto primordial inscrito en el círculo de la eternidad...

Y fue a dibujar un círculo con un punto en el centro.

—... Ese punto, como te decía, esa singularidad previa a la creación, lo contiene todo.

Mantuvo otra pausa y dejó que me acercara a sus ideas.

—... Pues bien, querido *mal'ak*, esa *yod*, ese 10, ese símbolo, representa lo que llamamos Dios Padre. Pero, ¡ojo!, no es que el Padre sea un varón. Somos nosotros, los humanos, en nuestra pequeñez, quienes lo limitamos y le otorgamos un carácter de masculinidad que nunca tuvo... Es Él el que permite que tú pienses así, de momento. Más allá, como también te insinué, está el «EIN SOF» (lo NO LIMITADO).

—Lo No Limitado —le interrumpí—. Me gusta...

—Por ahora es suficiente con que sepas que de ahí, de lo No Limitado, surge la fuerza espiritual del poder de Dios...

El Maestro interrumpió su exposición y me observó con curiosidad. ¿Había comprendido? A medias. Entonces preguntó:

—¿Sabes a qué me refiero? ¿Sabes cuál es el verdadero poder de Dios?

Me sentí perdido. No recordaba.

—El amor —se adelantó, sacándome del apuro—. Ése es el verdadero poder del Padre. ¿Recuerdas?

Asentí en silencio. Lo hablamos en la cumbre de la montaña sagrada, en el Hermón (1). Amor = acción.

Y pregunté algo tonto, aparentemente.

—Si el Padre no es varón, ¿es mujer?

Jesús sonrió de nuevo, pero no cayó en la trampa; porque de eso se trataba.

Regresó al dibujo de las cuatro letras hebreas y, señalando de nuevo la *yod*, recuperó el simbolismo:

—*Yod* = 10. ¿De acuerdo?

—Sí, Maestro...

—*Hé* = 5...

La letra *hé*, como expliqué, ocupaba el segundo y el cuarto lugar en la palabra Yavé *(YOD-HÉ-VAV-HÉ)*.

(1) Amplia información en *Hermón. Caballo de Troya 6. (N. del a.)*

—Bien, somos nosotros, los humanos, quienes hemos otorgado un carácter femenino a las dos letras *hé*, las que suman 10, y que nacen de la *yod*. No lo olvides. Somos nosotros los que asociamos a Dios con nuestros propios conceptos. Sin embargo, eso no es correcto; pero está bien... Piensa lo que consideres oportuno.

Sonrió con placer.

—... Eso, al Padre, no le disgusta. Al contrario. Cuanto más imagines, mejor.

Me hallaba perdido, una vez más, y asombrado. Yo no era experto en Kábala. No podía seguirle. Al mismo tiempo, aquellas expresiones —«somos nosotros, los humanos»— me llenaron de perplejidad. ¿Cómo podía hablar así? Él era humano, naturalmente, pero también era un Dios...

Y decidí apearme de aquellas reflexiones. Si seguía por ese camino me atascaría.

No quise insistir en el asunto de la supuesta feminidad de Dios. Él lo había dejado más o menos claro. Sin embargo, en mi memoria, flotó aquella canción, tan querida por el Maestro, y que repetía cuando trabajaba en el astillero de Nahum: «Dios es ella... Ella, la primera *hé*, la que sigue a la *yod*... Ella, la hermosa..., el vaso del secreto... Padre y Madre no son 15, sino 9 más 6... Ella es Dios...»

Sí, lo olvidé, de momento. Tenía que consultar con mi hermano. Eliseo sí tenía conocimientos de Kábala. Él me ayudaría a entender.

El Maestro sabía que estaba confuso y supo descender a mi nivel.

—¿Alguna pregunta?

Sonreí, como pude. Tenía tantas...

—No temas. Es suficiente. Lo importante, por ahora, es que sepas, y que sepas transmitir...

Subrayó lo de transmitir.

—... que Él te habita.

Y repitió, consciente de la importancia de sus palabras:

—Que sepas, y que sepas transmitir que Él te habita...

—Recuerdo, Señor. Nos hablaste de ello: la *nitzutz* (1), la

---

(1) *Nitzutz* es una palabra hebrea que puede ser traducida como «chispa», pero no en el sentido de chispa eléctrica o partícula incandescente, sino como una especie de «vibración» (?), producida por la letra

39

«chispa» divina, la fracción (?) que procede del Padre y que se instala en el ser humano a partir de su primera decisión moral.

Y recordé, con cierta angustia, la escena con el Maestro, allí mismo, frente a la cueva, animándome para que le golpeara con una de las tablas de *agba*, la tola blanca que se acumulaba en uno de los extremos de la caverna. Jesús simuló que era un perro y me animó a que imaginase que yo era un niño con la citada tabla en las manos. Me negué, naturalmente.

El Maestro, al referirse a la chispa divina, utilizó la expresión *nishmat hayim* o «Espíritu de origen divino». Vino a decir que esa «vibración» era el Padre, en miniatura. También la llamó «regalo» y «don del fuego blanco». La chispa (como la llamaré desde ahora) es lo que nos distingue. Se trata de la gran señal de identidad de los seres humanos...

Y formulé la misma cuestión:

—Dame detalles... ¿Qué es exactamente la chispa?

El Maestro me miró sin saber por dónde empezar. Eso intuí. Y decidí echarle una mano.

—¿Recuerdas? Nos dijiste en el Hermón que la chispa llega cuando el niño ha tomado su primera decisión moral. Yo me negué a pegarte con la tabla. Ésa fue una decisión moral... Y creo que hablaste de los cinco o seis años. Ésa es la edad a la que llega la chispa...

De pronto me interrumpió.

—2.134 días, para ser exacto.

—¿Cómo dices?

—Que la chispa, como tú la llamas, desciende del Paraíso a los 2.134 días del nacimiento de la criatura humana...

—¡Ah! Comprendo.

A decir verdad, nunca supe si bromeaba...

—Y ¿cómo sabe el Padre que ese niño o niña ha tomado su primera decisión moral?

Entiendo que Jesús continuó con el tono festivo. ¿O no fue así?

—Es que le avisan...

---

hebrea *yod*, a la que ya me he referido. Dicha *yod*, según la Kábala, tiene «vida» y produce una «oscilación». *(N. del m.)*

—Claro. Y una vez instalada en la mente del niño, ¿qué sucede?

El Maestro permaneció pensativo unos segundos. Finalmente me descolocó de nuevo:

—¿Yo dije eso?

—Sí, en el Hermón, en el mes de *ab* (agosto) del pasado año... La chispa se instala en la mente humana... No en el corazón... En la mente...

—¡Vaya! Qué Dios tan desmemoriado...

Y fue a guiñarme de nuevo el ojo. En aquella ocasión, en la cumbre de la montaña sagrada, cuando tuvimos la oportunidad de asistir al histórico momento de la «recuperación» de su divinidad, Eliseo, quien esto escribe y el Galileo nos enzarzamos en una amable discusión sobre el lugar en el que se instala la chispa. La cosa no quedó clara del todo. E interpreté el guiño de Jesús como una remembranza de aquel interesante momento. Aquel Hombre-Dios no tenía arreglo...

—Y bien —recuperé el hilo principal de la conversación—, ¿qué ocurre cuando la chispa ingresa en la mente del hombre?

—Otro prodigio, y mucho más destacado que el de esta mañana...

Leyó en mi cara. ¿Más importante que la curación de Ajašdarpan?

—El buen Dios, el Padre, tan lejano para la criatura humana, abandona el Paraíso y se hace socio de lo más humilde y de lo más primitivo de su creación material. Te lo dije: es el misterio de los misterios. Ni los ángeles saben cómo se produce ese descenso. Él se fracciona y se presenta en la mente humana. Dios en tu interior y como garantía de que serás eterno. La chispa es la promesa del Padre de que, algún día, serás inmensamente feliz. Será esa presencia divina, tan real como este fuego que nos calienta, la que te empujará, constantemente, a buscarle, a saber de Él, a querer ser como Él... La chispa, una vez en ti, prende la llama de la necesidad...

—¿Qué necesidad?

—La necesidad de saber quién eres, por qué estás en la vida y qué te espera después de la muerte. La necesidad y el anhelo de hallarle.

—¡Dios en mi interior! No puedo hacerme a la idea...

Jesús dejó que la revelación, porque de eso se trataba, se asentara en mi mente. Después prosiguió:

—Sí, el Padre en tu interior y no diluido...

—Dios, Ab-bā, y en estado puro...

—Así es, querido *mal'ak*. El Padre, fraccionado, pero no condicionado. El Padre, sin mezclas. Dios mismo. Tal cual. Él y sólo Él... *Hut nejat*...

La expresión es equivalente al «Espíritu que desciende» y que termina uniéndose a la creación. Así reza el Levítico (9, 22): «Ha descendido.»

Guardé silencio; un respetuoso silencio. Jesús de Nazaret nunca mentía. Si Él afirmaba que el Padre desciende del lejano Paraíso y se acomoda en la mente del hombre, así es.

Y me pregunté, sobre la marcha: ¿por qué estas cosas no son enseñadas por las iglesias?

Pero el Maestro no permitió que me distrajera. Lo que me estaba desvelando era sumamente importante, y debía estar seguro de que este pobre explorador sabría transmitirlo.

—Segundo gran prodigio, igualmente notable...

Me dejó unos segundos en el aire, colgado del suspense. Sonrió levemente y manifestó con una seguridad que todavía me asombra:

—Al instalarse en tu interior, la presencia del Padre, de la chispa, provoca el nacimiento de una criatura bellísima que, poco a poco, muy lentamente, irá despertando. Esa criatura es el vaso sagrado en el que cuajará tu auténtica personalidad, tu yo. Una criatura inmortal...

Yo sabía a qué se refería. Jesús hablaba de la *nišmah*, el alma.

Me invadió de nuevo y, al leer mis pensamientos, la sonrisa me abrazó.

—... Mente más chispa = alma.

La simplificación no le disgustó. Era válida. Pero me recordó:

—Aproximación a la verdad, no lo olvides...

—Sí, Maestro. Supongo que la realidad es mucho más fantástica...

Asintió con la cabeza.

Mensaje recibido.

—Ya has hablado de ello, pero dame más detalles. ¿Cómo funciona la chispa? ¿Cuál es su cometido?

—Prepararte para la verdadera vida... No te confundas: prepararte para la que es, y será, tu auténtica realidad...

—¿Te refieres a la vida después de la muerte?

—Exacto. La chispa no se ocupa de los problemas que te salen al paso en esta existencia. Los conoce y puede aconsejarte sobre el particular, pero su misión es otra: ajustar tu mente humana a lo que verdaderamente interesa, a la vida que te aguarda, a la vida eterna. Es decir: ella te prepara, te dirige e intenta mostrarte tu destino final, la verdadera vida que te espera. Ella es un piloto. Dios hace tan bien las cosas que, mucho antes de que ingreses en la eternidad, ya te está preparando para ello.

—Veamos si lo he entendido. Dios llega a mi interior y capacita a mi joven alma para que ascienda y siguiendo, justamente, el mismo camino que ha tomado el Padre en su descenso desde el Paraíso. ¿Correcto?

—Correctísimo, *mal'ak*.

—Él baja y yo subo.

—Correctísimo. Y llegará el momento, no olvides que mis palabras son una aproximación a la verdad, en que ambos, la chispa y tú, seréis una sola criatura. Os fusionaréis. Dios y el alma humana inmortal. Una sola cosa. La divinización de lo más bajo y de lo último.

—Y eso, ¿cuándo ocurre? ¿Quizá en esta vida?

—Muy pocos lo logran en esta existencia. Es después de la muerte cuando se produce el ansiado encuentro: Él (Dios) y tú, al fin.

—¿Para siempre?

—«Siempre» sólo existe en tu mente. En el reino de mi Padre no hay tiempo. No hables, por tanto, de «siempre».

—Ella ajusta mi pensamiento... Me gusta.

—Y lo moldea y lo dirige hacia lo bello, hacia lo sabio, hacia lo misericordioso y hacia el servicio a tus semejantes. Ella consigue el gran prodigio: termina borrando el miedo de tu mente, y tu alma empieza a conocer la paz, la verdadera paz espiritual. Es la chispa la que te proporciona la tranquilidad y la seguridad. Ella te muestra el camino. Ella te hace la gran revelación: eres hijo de un Dios.

—¿Estás hablando de la voz de la conciencia?

—No. Resulta difícil que llegues a oír la voz de la chispa. Se confunde en la confusión de tu mente. A veces, sí, puedes descubrirla. Es como un eco lejano...

—Entonces, casi nadie es consciente de la presencia de ese fragmento divino...

En realidad no fue una pregunta, sino una reflexión personal. El Maestro, sin embargo, la hizo suya:

—El Padre es tan bondadoso, tan respetuoso, que camina de puntillas en tu interior. Por eso casi nadie sabe...

Los ojos del Galileo se humedecieron.

—... He aquí otra de las razones por las que he venido al mundo: para gritar que no estáis solos ni abandonados. Él reside en nosotros y garantiza la inmortalidad y la felicidad futuras. Estoy aquí, querido mensajero, para despertar al mundo. Cuando llegue el momento, regresa y transmite lo que te estoy revelando.

Traté de aliviar la emoción y me desvié del asunto capital.

—Hablas también de la mente. ¿Qué es?

Jesús lo resumió en tres palabras:

—Una criatura prestada. Desaparece con la muerte.

Y no tuve más remedio que retornar al tema principal. Jesús parecía más calmado.

—Y ¿qué gana el Padre instalándose en el interior de los seres humanos?

El Maestro esperaba esta pregunta. Y se vació:

—Recuerda que es el misterio de los misterios...

—Sí, pero dime...

Jesús volvió a sonreír, feliz. Mi interés por el buen Dios, a qué negarlo, le fascinaba.

—Está bien. Haré lo que pueda. Dios, Ab-bā, no está capacitado para el mal. Su conocimiento de las cosas es absoluto y preexistencial. Pero nada sustituye a la experiencia directa. Y eso es lo que hace el Padre: desciende hasta lo más bajo y vive, por sí mismo, cada aventura en la materia. Vive contigo (y no es una metáfora) tus soledades, tus errores, tus alegrías, tus lágrimas, tus dudas, tus odios, tus humillaciones, tus riquezas y tus pobrezas, tus ansiedades, tus enfermedades, tu ignorancia, tu cobardía o tu valor, tu generosidad o tu servicio a los demás... Él está ahí, casi desde el principio, y vive contigo, en silencio. Él te regala la inmortalidad, y tú, a cambio, le ayudas a experimentar directamente.

—Pero ése es un acto de humillación...

—Lo es, querido *mal'ak*. Dios, lo más grande, se humilla. Dios «crece» en dirección al hombre y éste «crece» en dirección al Número Uno. Ambos se benefician, ¿no crees?

—¿Qué me dices de los animales? ¿También disfrutan de la chispa divina?

Jesús fue rotundo.

—No. Los animales pueden expresar emociones, pero no son capaces de transmitir ideas, ni tampoco ideales. Ellos no sienten la necesidad de buscar a Dios, ni se hacen preguntas al respecto. La chispa es un regalo del Padre, pero sólo para el ser humano. Los ángeles, por ejemplo, si pudieran sentir la envidia, os envidiarían por algo así.

—¿Qué sucedería si el hombre dejara de recibir la chispa?

El Maestro sonrió ante mi insaciable curiosidad.

—Eso no figura en los planes del Padre...

—Pero, imagina...

—La humanidad retrocedería. De la noche a la mañana nos quedaríamos sin la necesidad de experimentar la belleza, la generosidad y la bondad. Todo eso le ha sido dado al mundo por la presencia del Padre en cada uno de nosotros. Ésa, como te digo, es la función de la *nitzutz*... ¿No has comprendido? La belleza está en ti, físicamente, aunque no seas consciente de ello. Y así será... para «siempre».

—Y ¿cómo hago para prestarle mayor atención?

—Te lo he dicho, y me oirás repetirlo infinidad de veces: deja que se haga la voluntad del Padre, abandónate en sus manos, acurrúcate en la chispa. Ella hará el resto. Acepta que eres un hijo de Dios y que nada cambiará esa realidad-regalo. La chispa, entonces, trabajará y tú percibirás el cambio, poco a poco. El miedo, como te decía, desaparecerá. Ya no te acobardarán las dificultades, ni concederás tanta importancia a las angustias propias de la vida en la materia. El dolor y el sufrimiento llegarán, pero no te derribarán. La vejez no te asustará. Nada podrá ya atemorizarte. Serás libre, al fin. Estarás en el camino del reino...

Así terminó aquella inolvidable conversación sobre la presencia del Padre en el interior del ser humano: la chispa.

Serví la cena y Jesús se mostró cálido y feliz. Hablamos de otros temas pero en mi mente permaneció una idea: ahora, cuando abro los ojos, veo a Dios, pero, cuando los cierro, también sigo viéndolo...

La lluvia cesó y nos retiramos a descansar.

Nunca olvidaré aquel miércoles, 30 de enero del año 26. Él abrió mi mente a una realidad que siempre estuvo ahí.

Aquel jueves, 31 de enero, amaneció tranquilo. El cielo se presentó despejado. La *es-sa ra*, la lluvia dócil, nos dio un respiro.

Jesús había desaparecido. Ésa era su costumbre, como ya mencioné. Lo más probable es que se hubiera dirigido a la colina de los *žnun* (1), también llamada de la «oscuridad» porque, según los *badu* (beduinos), el que se arriesgaba a ingresar en ella «quedaba a oscuras», y de por vida. Como también reflejé en estos diarios, «quedar a oscuras», para los *a'rab*, no era padecer ceguera, sino locura. Eran los *žnun*, los demonios que habitaban en lo alto de la colina, los que provocaban dicha «oscuridad» o demencia. Como dije, en Beit Ids tenían un ejemplo elocuente...

Yo conocía dicha colina. La había visitado. La llamaba la «778», de acuerdo con su altitud. Era un monte pelado, sin un solo olivo. Los habitantes de Beit Ids, como digo, no la pisaban. Era por ello que sus laderas aparecían improductivas. Nadie, en la región, se hubiera atrevido a invadir el territorio de los *žnun*.

Desayuné y pensé en salir a su encuentro. La «778» se alzaba a cosa de dos kilómetros de la cueva, hacia el noreste. A buen paso podía alcanzar la cima en unos cuarenta y cinco minutos, No tenía ninguna prisa. En realidad, no tenía nada que hacer. Tras el incidente con «Matador» y su banda di por hecho que el Maestro no volvería a trabajar en la recogida de la aceituna. Y así fue.

Y en eso me percaté de la tabla de tola blanca que Jesús había depositado cerca de la paja sobre la que dormía este

(1) *Žnun* o *yenún* son el plural de *zann* y de *yinn*, respectivamente. Se trata de los demonios o espíritus maléficos por excelencia, según los *a'rab* (árabes). El *wely*, en cambio, es un genio benéfico. *(N. del m.)*

explorador. Formaba parte del juego del *şelem*, o de la «estatua», al que también me referí en su momento. El Maestro, al abandonar la cueva, escribía algo sobre la madera, generalmente una frase o una palabra, y a su regreso, al atardecer, servía de guía en una nueva conversación.

«La perla del sueño.»

Esto fue lo escrito por el Galileo. Le di vueltas y vueltas pero no supe cómo interpretarlo. Me quedé como una estatua, en efecto... Tendría que esperar a su regreso. Por cierto, al pensar en ello, en su regreso, me vinieron a la memoria otras palabras, pronunciadas la noche anterior por Jesús de Nazaret, cuando conversábamos sobre la chispa. Me dejaron nuevamente impactado. Era la segunda vez que se refería a ello, que yo recordase...

«... Estoy aquí, querido mensajero, para despertar al mundo. Cuando llegue el momento, regresa y transmite lo que te estoy revelando.»

¿Por qué el Maestro habló en singular? ¿Por qué dijo «regresa»? ¿Por qué no habló en plural? Éramos dos...

Y ahí quedó la advertencia. Yo terminé olvidándola.

No tuve que seguir dudando. El Destino, efectivamente, lo tiene todo escrito...

Cuando me disponía a salir de la cueva, y emprender la marcha hacia la «778», apareció el esclavo negro de Yafé, el *sheikh* de Beit Ids. Yafé, el guapo, me reclamaba.

Cuando me presenté en la *nuqrah*, el hogar del jeque, descubrí una notable actividad. Frente a la casona, las mujeres se afanaban en el levantamiento de una *bait sharar*, una tienda o «casa de pelo». Se animaban las unas a las otras a la hora de extender las *saqqah* o piezas de piel de cabra, y a la hora de levantar los postes y de asegurar los vientos. Yafé deseaba obsequiar al Príncipe Yuy (el Maestro) con una cena. Yo debía transmitir la invitación, Yafé no fue muy explícito. Y deduje que el gentil gesto podía estar motivado por la curación del niño mestizo. Sí y no...

La cuestión es que el jeque lo dispuso todo como si de un invitado ilustre se tratara. Nunca supo hasta qué punto estuvo acertado.

La tienda, toda ella de color blanco, fue rociada con agua. Los beduinos tenían esta sabia costumbre. Al mojarse, la lana cunde y se hace más tupida. Era una excelente protección contra la lluvia.

Y, al poco, todo estuvo listo. La tienda, muy espaciosa, fue dividida en dos partes: *al shigg* (el lado de los hombres) y *al mahram* (la sección de las mujeres). Ambos compartimentos fueron separados por una cortina de vivos colores, tejida también por las mujeres del *sheikh*, y que llamaban *sahah*. El primer habitáculo, el de los varones, era más amplio y confortable. En uno de los extremos, junto a la puerta, destacaba un lienzo rojo, atado a uno de los postes de madera, y al que llamaban *raffah*. Era una tela obligada en cualquier comida importante. En ella se limpiaban los huéspedes después de cada plato y al final de la invitación. Si alguien no lo hacía se consideraba una descortesía o bien que el ágape no había sido de su agrado. El suelo fue cubierto con esterillas de palma y sobre ellas se dispuso un buen número de sacos que contenían trigo y dátiles. Éstos, a su vez, se cubrieron con alfombras. Las mujeres las llamaban por su nombre. Cada alfombra, como los postes de madera o los vientos, recibía un nombre. Recuerdo algunos: *saggad*, *besal*, *ma'anek* y *labbad agoumieh*, entre otros. Del lado de las mujeres se dispuso lo necesario para la preparación de la cena: marmitas para la carne; vasijas para amasar la harina; recipientes para el agua; platos de cuero; el *laqen*, la gran fuente o recipiente de metal, siempre hondo, que servía para la comida común; los *hata'is*, unos curiosos platos de madera pintados con la boca; las pinzas para manipular las brasas, y otros cacharros y utensilios que no fui capaz de identificar.

Y en una de esas inspecciones fui a tropezar con una vieja amiga: Nasrah, la primera esposa del *sheikh*, la *faqireh* o hechicera del clan de Beit Ids. Me miró con desconfianza. Presentaba la misma y grosera lámina: el rostro maquillado en verde, un gran *nezem* o aro de plata que le perforaba la nariz y aquel *thob'ob*, una pieza de lana negra que enrollaba alrededor del flaco y mínimo cuerpo.

Lo sabía. Debía gastar cuidado con la «gritona» (ése era el significado de Nasrah). Aquella bruja no me gustaba. No me equivoqué...

La oí hablar con el resto de las mujeres. Daba órdenes sin cesar. Y parecía restarle importancia al incidente del día anterior. Por lo que pude escuchar y deducir, a la *faqireh* no le agradaba la presencia de Jesús, y mucho menos que hubiera obrado un prodigio en lo que ella consideraba su territorio. La noticia de la milagrosa curación de Ajašdarpan, en efecto, se había extendido ya por toda la zona. Aquello —pensé— sólo podía acarrear problemas...

Casi no conversé con el *sheikh*. En cuanto estuvo dispuesta se sentó en el interior de la tienda, recostado sobre los sacos de grano. Las mujeres se ocuparon de la limpieza de su cabello y de la manicura de manos y pies.

Comprendí. El jeque deseaba causar la mejor de las impresiones.

Y regresé a la cueva de la llave. Allí esperé la llegada del Maestro.

Jesús se mostró encantado. No convenía desairar a nuestro generoso anfitrión. Una buena comida, y caliente, no nos vendría mal. Ése fue nuestro principal pensamiento. Al menos el mío...

Y en el ocaso, con el bosque de almendros teñido de rojo, nos encaminamos al poblado.

Yafé se hallaba a la puerta de la tienda, esperando. Lucía una larga e inmaculada *dishasha* (una especie de túnica), toda ella en seda. Se inclinó levemente y dejó que los negros y brillantes cabellos oscilaran. Las pestañas aparecían maquilladas en un azul metálico. Al cinto lucía su inseparable *khanja*, el símbolo de la virilidad entre los *badu*: una daga curva, muy ancha y con la empuñadura de oro.

Y la servidumbre procedió con el ritual. Ofrecieron agua con la que lavar nuestras manos, especialmente la derecha, y suplicaron que nos descalzáramos.

En el lado de los hombres aguardaba un nutrido grupo de hijos, nietos y otros familiares de Yafé. Todos, uno por uno, saludaron al Príncipe Yuy y a quien esto escribe. Calculé alrededor de treinta personas. En la sección de mujeres se oían los cuchicheos y se adivinaba el trajín de los últimos preparativos de la cena. Algunas jovencitas se asomaban furtivamente a través de la cortina y sonreían maliciosas. Era parte del ritual.

Yafé dio la orden y la servidumbre procedió a la ceremonia de la inmolación, también conocida como *dabihet eddeif*. Situaron un cordero frente a la tienda, y tras invocar el favor de Sahar y de Sami, los «únicos dioses *a'rab* que escuchan», lo degollaron. Noté cómo el Maestro palidecía. A continuación fue vertida parte de la sangre sobre un espeso ramo de laurel. Yafé se hizo con las hojas, caminó un par de pasos en dirección al olivar, y esparció la sangre en el aire. Después regresó al interior de la tienda. La *dabihet* era un rito obligado en la sagrada ceremonia de la *dorah*, la hospitalidad, aunque sólo estaba al alcance de los poderosos.

Fueron encendidas las lucernas de aceite y los esclavos dispusieron tres grandes *laqen* o fuentes de cobre en el suelo de la tienda. Contenían parte del menú.

Jesús continuaba serio. Deduje que la inmolación del cordero no fue de su agrado.

Las fuentes de metal, humeantes, presentaban una abundante cosecha de codornices con uvas, sazonadas con canela molida, zumo de jengibre, sal y pimienta en abundancia.

Yafé se ocupó personalmente de la distribución de los comensales alrededor de las apetitosas fuentes. Los fue sentando uno por uno. Él se reclinó sobre uno de los sacos y el Maestro, a invitación del *sheikh*, hizo lo propio, a su derecha. Yo me senté a la izquierda del guapo. A decir verdad, me hallaba hambriento. Aquello, además, tenía muy buena pinta. Me alegré por el Maestro. Al fin podría cenar decentemente.

Y esperamos. Ésa era la costumbre.

Fue Yafé quien autorizó el inicio de la cena. Lo hizo tras agradecer los favores de la brillante estrella de la mañana, de la *welieh* de la fuente y de otras cincuenta divinidades árabes. Permanecimos en un respetuoso silencio. Acto seguido, a un gesto del jeque, la totalidad de los presentes se lanzó sobre las respectivas bandejas, utilizando siempre los dedos pulgar, índice y medio de la mano derecha a la hora de capturar el alimento. Era asombroso. Cada invitado tenía especial cuidado para no coincidir con el resto en el momento de llevar la mano hacia las codornices. Traía mala suerte, decían. Y quien esto escribe se las vio y se las deseó para no meter la pata. A Jesús, aquello le divertía...

La comida era algo tan especial para los *badu* que nadie hablaba. Por mi parte lo agradecí. Ya tenía bastante con el juego de no coincidir con el resto de los comensales...

Las codornices estaban sabrosas. Y noté cómo Jesús iba recuperando el temple.

Yafé, según la costumbre, no comió. Se mantuvo vigilante para que nada faltara. Las mujeres tampoco comieron. Lo suyo era espiar y reír.

De vez en cuando, la servidumbre acudía hasta Jesús, y hasta este aturdido explorador, y ofrecía agua y un lienzo. Limpiábamos la mano derecha y continuábamos con la comida, en silencio. Como digo, nadie se atrevía a hablar. El resto de los invitados (no considerados especiales) debía levantarse y acudir junto a la puerta, aseando las manos en el *raffah*, el lienzo rojo dispuesto a ese efecto. Cuanto más mugriento —decían los *badu*—, más generosidad y poderío por parte del anfitrión.

Y transcurridos unos minutos, satisfecha el hambre, dio comienzo la ronda de los eructos. Me costó acostumbrarme. Los invitados, procurando no pisarse la «gentileza», empezaron a expeler los gases, y sin el menor pudor. Era la mejor demostración de agradecimiento por parte de los invitados. A cada eructo, el *sheikh* correspondía con una leve inclinación de cabeza y daba las gracias. Y todos felices. En especial las mujeres, que replicaban con risas a cada eructo. También Jesús se vio obligado a practicar aquella forma de «cortesía» para con el anfitrión. En cuanto a mí, la verdad, lo logré a medias. Pero el jeque no me lo tuvo en cuenta. Sabía que era un *barrani*, un extranjero.

Algo quedó en las fuentes de metal. Los beduinos tenían por costumbre no apurar los platos. Si sobraba, el anfitrión lo repartía entre los más pobres y necesitados del lugar. La servidumbre retiró los *laqen* y regresó al momento con otras tres fuentes de cobre, repletas de carne de vaca con habas y una verdura parecida a la espinaca. Lo llamaban *lahma bi foul ahdar wa sabanekh*, o algo así, La carne aparecía cortada en diminutos cubos, con la inevitable y abundante pimienta. La cebolla, la sal y un fruto que me recordó la lima redondeaban el exquisito manjar.

Y se repitió la secuencia de los tres dedos.

En eso, mientras dábamos buena cuenta de la carne, se presentó en la tienda un individuo con el pelo blanco. Era un anciano al que sólo le quedaban los huesos. Aguardó de pie, frente a la «mesa» del *sheikh*. Portaba en las manos un pequeño «violín» (?) de una sola cuerda y el correspondiente arco.

Yafé le animó a que tocase y así lo hizo. Y el lugar se llenó de un sonido dulce y ondulado, entre la tristeza y la poesía. Nadie respiró. Ayed, ésa era su gracia, era un consumado músico. Tocaba su *rabab*, su violín, allí donde se le requiriese y por un puñado de sal o de comida. Jesús siguió los lamentos del violín con auténtico interés. Y le vi transportarse, aunque no pude penetrar en sus pensamientos.

La música nos acompañó el resto de la cena, hasta que retiraron las bandejas y aparecieron el té y el *kafia*, aquella especie de café procedente de los montes de Sidamo, Gamud y Dulla, en la actual Etiopía.

Al concluir cada una de las melodías, los *badu*, en lugar de aplaudir, inclinaban las cabezas en señal de reconocimiento. Y el anciano proseguía, siempre grave y concentrado.

El postre me dejó igualmente perplejo. Yafé se había esmerado. La servidumbre mostró a los comensales una fuente con una *m'hencha*, una serpiente confeccionada con una deliciosa pasta horneada que llamaban *ouarka*, mezcla de harina, huevos, almendras molidas, canela, miel, mantequilla y agua de azahar.

A Jesús se le iluminaron los ojos.

Yo repetí dos veces.

Y, como digo, al llegar el té, la situación cambió. El músico se retiró a un rincón y esperó las órdenes del jeque. Era el turno de las conversaciones.

El Maestro eligió el té. Se trataba de una infusión con esencia de jazmín. Yo me incliné por el *kafia*, más fuerte. Algo me previno. Debía mantenerme despejado y atento...

Al principio, los comensales hablaron de asuntos más o menos intrascendentes: la situación del ganado, la recogida de la aceituna, casi concluida, y los últimos fallecimientos en la zona. Pero todo el mundo observaba al llamado Príncipe Yuy. La verdad es que estaban allí por pura curiosidad. Y murmuraban: «¿Será éste el autor del prodigio?»

Jesús también oyó los comentarios, pero no dijo nada. Permaneció mudo, apurando su pequeña taza de té.

Supongo que Yafé, el jeque, ardía en deseos de formularle la pregunta que corría de invitado en invitado, pero, cortés, esperó.

Y vencida la tercera taza de té, como ordenaba la costumbre, uno de los comensales alzó la voz e interrogó directamente al huésped principal. Se hizo el silencio. Había llegado el gran momento.

El Maestro no respondió, y siguió con el rostro serio. Parecía meditar la respuesta.

Pero el Galileo no tuvo opción. No llegó a responder. Otros comensales, ansiosos, intervinieron con sus comentarios, enzarzándose, a su vez, en una agria polémica. El *sheikh* no daba crédito a lo que sucedía. Algunos rechazaron el criterio de los primeros. No eran los «monos» o «los que atizan el fuego» (circunloquios empleados para evitar el nombre de los *žnun*) los que sanaron al niño mestizo. Fueron los *wely*, los espíritus benéficos, los que, probablemente, eso dijeron, se apiadaron de Ajašdarpan. Otros, incluso, invocaron los nombres de Kabar, el planeta Venus, y de los *ba'al*, los protectores del hogar...

La situación empezó a complicarse. Nadie daba su brazo a torcer. Jesús, inmutable, oía todas las versiones.

Finalmente, el jeque, alzando las manos, devolvió el orden a la tienda. Todos callaron.

Al fondo, a través de un hueco en la cortina de colores, descubrí el rostro verde de la *faqireh*. Sonreía maliciosamente...

—¿Qué opinas tú, Yuy?... ¿Han sido los que habitan la peña de la oscuridad quienes...? ¿O bien crees...?

Jesús conocía la forma de hablar del *sheikh*, sin terminar las frases. Dirigió una mirada a la concurrencia y, al comprobar la expectación, sonrió levemente. ¿Qué se proponía?

Y el Maestro, siempre en *a'rab*, fue a explicar quién era el «*Sheikh* de las Estrellas», del que yo había hablado en su momento con Yafé. Los invitados, perplejos, no se atrevieron a interrumpir.

Jesús explicó que el Padre era el único Dios. De Él procedía su fuerza. Él, el Príncipe Yuy, era su enviado. Había venido a la Tierra para traer la luz y vencer el miedo.

Y dijo más.

Debo reconocer que el Maestro era valiente...

Refiriéndose a los espíritus maléficos, a los *žnun*, aclaró, categórico, que no existían. Mejor dicho: que Él los acababa de derrotar. Ya no tenían nada que temer. Podían subir a la colina de la oscuridad cuando lo deseasen...

Las precisiones del Maestro dejaron a la concurrencia con la boca abierta. Pero fue por poco tiempo. Cuando los invitados comprendieron, sencillamente, estallaron. Primero fue un murmullo generalizado de desaprobación. Después gesticularon e intercambiaron voces entre ellos. Finalmente, dirigiéndose a Jesús, lo maldijeron.

El jeque palideció e intentó poner orden, una vez más.

Fue inútil.

El clamor de los *badu*, y las protestas, fueron creciendo.

«¿Cómo se atrevía a dudar de los *žnun*? ¿Quién era aquel hombre para considerarse enviado de los cielos?»

Los gritos subieron de tono.

Jesús continuaba impasible y con el rostro grave.

¡Dios bendito! Que yo recordara, aquélla era la primera vez que el Maestro hablaba en público. Algo histórico y jamás recogido por los evangelistas. Y también fue la primera vez que cosechó un estrepitoso fracaso.

El *sheikh*, a duras penas, levantando la voz por encima de sus parientes y amigos, solicitó cordura y respeto para los invitados. Nadie obedeció.

«¿Quién era aquel *barrani* para considerarse a la altura de los dioses?»

Jesús escuchó la envenenada pregunta y alzó la mano izquierda.

Fue instantáneo. Las voces cesaron y todos aguardaron la palabra de Yuy.

El Maestro, entonces, con voz firme, se ratificó en lo dicho y fue más allá: los dioses, tal y como ellos los entendían, eran pura invención. Sólo el Padre, el *Sheikh* de las Estrellas, era una realidad física. Él, el Príncipe Yuy, se había limitado a cumplir la voluntad del único Dios...

—... Eso —concluyó Jesús, echando mano de la filosofía de los *badu*— es *as sime* (1). Vosotros, de haber conocido al Padre, habríais hecho lo mismo...

Pero alguien, indignado, le interrumpió:

_____

(1) *As sime*, como ya expliqué en su momento, era una de las cualidades más destacadas en el mundo árabe. Significaba «la protección del débil». Hacer *as sime* era propio de hombres virtuosos y honrados. Generalmente se practicaba con los más débiles y desfavorecidos. *(N. del m.)*

—¡Blasfemo!... ¿Cómo te atreves a negar la existencia de los dioses?

Y el tumulto estalló de nuevo.

El jeque solicitó paz y recordó que, en definitiva, estaban allí para celebrar una *husna* (una buena obra).

Nadie escuchó las conciliadoras palabras del *sheikh* de Beit Ids.

El Maestro, resignado, guardó silencio. Y respondió a los insultos bajando los ojos.

¡Dios mío! Yo había asistido (mejor dicho, asistiría en el futuro) a una escena parecida, cuando los judíos arremetieron contra el Maestro, en la mañana del 7 de abril del año 30, en uno de los patios de la fortaleza Antonia, en Jerusalén.

Parecía un aviso del Destino...

—*Sharwaya!... Sharwaya!...*

Y los invitados corearon uno de los peores insultos de los *badu*. *Sharwaya* eran todos aquellos que no eran árabes y que, suponían, se dedicaban a la cría de ovejas. Los nobles y los auténticos beduinos —decían— no trabajaban en tales menesteres...

Y el escándalo, lejos de amainar, llenó la tienda y los alrededores. La servidumbre y las mujeres abandonaron sus posiciones y se asomaron a la puerta de la casa de pelo. Se hallaban desconcertados. Yo, el primero. ¿Qué podía suceder? ¿Pasarían de los insultos y los gritos a las manos? Pensé en la vara de Moisés. Ni siquiera la tenía a mi alcance...

Y sucedió lo menos malo.

Algunos de los comensales se levantaron y abandonaron la tienda, indignados. Otros, tras patear las teteras, se fueron tras ellos, al tiempo que escupían al pasar junto al Maestro.

Yafé se puso en pie e intentó convencer a sus invitados para que guardaran la compostura. Nadie obedeció. Y, al poco, en la tienda sólo quedamos el Maestro, el *sheikh*, quien esto escribe y el músico, inmóvil en su rincón.

El silencio regresó, afortunadamente, y Yafé se excusó por enésima vez:

—Te suplico los perdones porque...

Jesús lo abrazó con una de sus cálidas sonrisas y restó importancia a lo sucedido.

—... Son *al-arab*...

Yafé, al utilizar la expresión *al-arab*, quiso manifestar que su pueblo era así: la gente que habla claramente...

Jesús, como digo, aceptó las excusas y se dispuso a levantarse, con el claro propósito de despedirse del bueno y confundido jeque. Pero el guapo no lo permitió. Volvió a acomodarse junto al Galileo y reclamó al viejo del violín. Éste se apresuró a situarse frente a nosotros y dio comienzo a una nueva melodía...

La situación resultó embarazosa. No sé qué más pretendía el *sheikh*...

No tardé en averiguarlo.

Yafé, endulzando las palabras, siempre a medio terminar, hizo una proposición a Jesús. Ésta era la segunda gran razón que le había movido a organizar la dichosa cena.

—He sabido —comentó— que eres un excelente carpintero de ribera y que has construido...

El Maestro, adivinando, me dirigió una mirada. Enrojecí. Pero siguió atento a las medias frases del jeque. Tiempo atrás, como ya relaté, yo había puesto en antecedentes al *sheikh* sobre la habilidad del Maestro a la hora de construir embarcaciones. Yafé no lo olvidó y continuó con su propuesta. Deseaba que hiciera realidad su gran sueño: el barco-templo en honor a su amada, la mar. Y relató, a su manera, los anteriores intentos por construirlo en una de las colinas de Beit Ids. El proyecto, como dije, no prosperó y parte del costillar fue a languidecer en la cueva de la llave. Ésa era la madera de tola blanca en la que Jesús escribía y que siempre terminaba en el fuego. El frustrado barco-templo tenía un nombre: *Faq* («Despertar»).

Y repitió lo que me había dicho:

—Ningún *naggar* (carpintero de ribera) creyó en mi sueño porque dicen...

—Quizá no has hallado al *naggar* adecuado —replicó el Galileo.

Quedé estupefacto. Ésa fue la respuesta que le di al guapo en aquella «conversación». ¿Cómo podía saber?

Yafé cambió de expresión. Su rostro se iluminó y los increíbles ojos verdes centellearon.

—Estás diciendo que aceptas y que, además...

Jesús sonrió abiertamente, con ganas. Yafé y yo no salíamos de nuestro asombro.

—Acepto —concluyó el Maestro—, con una condición...

—La que sea y, además...

El Hijo del Hombre solicitó calma. Y el músico, como si adivinase, dejó caer la melodía muy lentamente...

—Construiré tu «Despertar» —prosiguió el Maestro— siempre y cuando no trascienda la noticia de la sanación del niño...

El *sheikh* se apresuró a aceptar.

—Te pagaré... Te pagaré y, además...

Se puso de nuevo en pie. Caminó hacia la cortina que dividía la tienda y reclamó a alguien.

Cuando las vi quedé sin aliento. Algo imaginé...

Eran las gemelas, las que yo había visto en diferentes oportunidades. Como se recordará, ambas pusieron en fuga a varios de los miembros de la banda de los *ḍur-ḍar* («los que daban la vuelta y mostraban el trasero») cuando molestaban al Maestro en mitad del río que discurría frente a la cueva. Eran nietas del *sheikh*. Esta vez vestían sendos *thob* o túnicas de color claro y se adornaban con cinco collares de conchas cada una. Los ojos, oscuros como la noche, parecían extraviados. Nos miraron sin mirar. Estaban bellísimas, como siempre. Una, si no recordaba mal, se llamaba Endaiá o «llena de rocío». La otra, idéntica, respondía a la gracia de Masi-n'ãss, que podría traducirse como «la puerta de los felices sueños».

Me eché a temblar...

Jesús guardó silencio y esperó una explicación. Estaba muy claro...

No me equivoqué.

Yafé hizo un prolijo y encendido elogio de las muchachas (no creo que tuvieran más de catorce o quince años) y, finalmente, tomando a una de ellas de la mano, le hizo dar un paso adelante. Se la mostró a Jesús y se la ofreció como esposa.

Me quedé sin respiración.

Después hizo otro tanto con la segunda y repitió el ofrecimiento, animándome a que aceptara el «regalo».

Entre los *badu*, aquélla era una costumbre relativamente habitual. No era necesario el consentimiento de las mujeres para que fueran entregadas en matrimonio. De hecho, casi nunca se producía la aceptación previa de la novia.

Los padres y demás familiares negociaban el *mohar* (la dote), que corría por parte de la familia del novio, y se cerraba el acuerdo con la entrega del dinero, o de los animales y bienes convenidos. A veces se firmaba un contrato, pero tampoco era imprescindible. La palabra de un *badu* era sagrada.

Jesús, entonces, se puso en pie. Fue a colocar las manos sobre los hombros del jeque y agradeció el gesto, pero suave y delicadamente, sabiendo que el rechazo de la gemela lastimaría la susceptibilidad del *sheikh*, le hizo ver que no podía hacerse cargo de la muchacha. Su trabajo —dijo— era revelar la existencia del Padre y eso era prioritario... Construiría el barco, como prometió, pero eso sería todo. Y agradeció la hospitalidad y su buen corazón.

Y dando media vuelta se alejó de la tienda. Lo vi desaparecer en la oscuridad de la noche.

Yafé no tuvo tiempo de reaccionar. El músico siguió a lo suyo. En cuanto a este confuso explorador, no recuerdo bien qué argumenté, pero abandoné la presencia del guapo a la misma velocidad...

Dado el fuerte carácter de las gemelas entiendo que fue lo mejor que pude hacer.

Cuando me presenté en la cueva, el Maestro se afanaba en el encendido del fuego. No hablamos. La verdad es que todo estaba dicho, o casi todo. Pregunté si deseaba tomar algo. Negó con la cabeza. Y me senté frente a Él, como tenía por costumbre. Durante un rato me dediqué a observarle. Parecía triste. No me atrevería a decir que preocupado. Y recordé lo sucedido en la tienda de Yafé...

No pude evitar aquel pensamiento: el Hijo del Hombre era un ser maravilloso, pero condenado al fracaso.

Jesús levantó el rostro y me miró intensamente. Sabía lo que pensaba. Y mantuve aquella idea.

Él, a su manera, me dio la razón. No dijo nada. Bajó de nuevo el rostro y continuó pensativo. El fuego y yo tratamos de consolarlo. Cada uno como pudo. Las llamas lanzaron reflejos sobre los cabellos y yo lo acaricié con la mente. Hubiera dado mi vida por aquel Hombre...

Finalmente, no sé si para sacarlo de aquel pozo, me atreví a preguntar. Conocía la respuesta, en parte, pero eso no me importó. Deseaba que emergiera, que fuera el de siempre...

Y planteé, directamente, el asunto de la gemela. ¿Por qué la había rechazado? Él también tenía derecho a tener una esposa, una compañía...

Jesús captó mi sana intención y accedió a regresar a la realidad. Con eso fue suficiente.

Y lenta y tranquilamente expuso lo que este explorador ya sabía. También lo hablamos en su día en el Hermón (1). No era aconsejable que Jesús de Nazaret dejara descendencia, y tampoco escritos permanentes. Ello hubiera provocado numerosas controversias entre sus seguidores. Así se lo recomendó Emanuel, su hermano mayor en el reino.

¿Emanuel? No supe de quién hablaba y desaproveché la oportunidad de preguntar. Fueron tantos los temas que cayeron en el olvido...

Finalizada la exposición, Jesús volvió a leer mis pensamientos. Le había oído con atención y compartía buena parte de lo dicho, pero aquella duda seguía intrigándome: ¿era partidario del matrimonio?

El Maestro recuperó el temple. Volvía a ser el de siempre. Sonrió y respondió así:

—¿Cómo puedes dudarlo? El matrimonio no fue inventado por el hombre... El matrimonio es una opción legítima, a la que yo tengo derecho.

Me dejó perplejo.

—... Pero siempre me someteré a la voluntad del Padre. Podría haber optado por el camino del matrimonio, y ello no habría oscurecido mi trabajo, pero decidí oír a los que saben más que yo...

—¿El matrimonio no fue inventado por el hombre?

El Maestro comprendió mi sorpresa.

—No, querido mensajero..., como tantas otras cosas.

Y fue directamente a lo importante:

—No te equivoques. Aun no siendo una creación del hombre, el matrimonio no tiene carácter sagrado...

Intuí por qué lo decía.

—Es el hombre quien, una vez más, ha enredado a Dios

(1) Amplia información en *Hermón. Caballo de Troya 6. (N. del a.)*

en sus asuntos... El matrimonio es un acuerdo entre dos partes. Y debe ser formalizado desde el amor...

Dejó rodar el silencio, y yo absorbí sus palabras.

—... Pero, insisto, eso no lo hace divino...

—Entonces, si se rompe...

—No mezcles a Dios en los negocios puramente materiales. Él está para cosas más importantes... Si el matrimonio fuera sagrado, querido *mal'ak*, lo sería en la materia y también en el reino espiritual de mi Padre. Allí, sin embargo, no existe el matrimonio, tal y como lo interpretáis en la Tierra.

Mensaje recibido.

Nos hallábamos cansados. Y, de mutuo acuerdo, aplazamos la conversación sobre la «perla del sueño» para otra oportunidad.

El Galileo salió de la cueva. Supuse que deseaba orinar. Después regresó y se acomodó sobre la paja que nos servía de lecho. Al poco dormía plácida y profundamente.

Yo permanecí frente al fuego, rumiando las recientes palabras del Maestro sobre el carácter no sagrado del matrimonio. Nunca lo había planteado desde ese punto de vista. Las iglesias, en efecto, no tienen razón y, lo que es peor, arrastran a sus seguidores a un mar de confusión y de angustias innecesarias.

Entonces apareció ante mí...

Brillaba tímidamente.

Se hallaba entre mis pies, al alcance de la mano, y medio sepultado en la tierra de la cueva.

Lo tomé con curiosidad. Lo revisé y quedé maravillado.

No lo había visto hasta ese momento.

Dirigí la mirada hacia Jesús. ¡Era asombroso!

A mis pies, como digo, se presentó un clavo de hierro, nuevo y reluciente, diestramente martilleado en forma de «J». Lo paseé entre los dedos y deduje que formaba parte de alguna sujeción. Quizá se trataba de uno de los clavos insertados en la viga de roble que cruzaba la caverna. Quizá se había caído. No supe en esos momentos... Y, de pronto, recordé algo... ¡El sueño! Fue durante una de mis estancias en Salem, la aldea en la que conocí al viejo y sabio Abá Saúl, al pasear por el llamado «lugar del príncipe», cuando quedé dormido en mitad de las ruinas de una fortaleza, supuestamente levantada por Malki Sedeq, el príncipe que, al parecer, enseñó a Abraham. En dicho sueño tuve una extraña ensoñación: un hombre con los cabellos blancos y largos hasta la cintura, y con una túnica de seda de un color blanco roto, se aproximó a quien esto escribe, y le susurró palabras de luz (1). En el pecho lucía un emblema que me resultó familiar: tres círculos concéntricos, bordados en azul. Y el hombre habló con «palabras luminosas»: «Yo soy el verdadero precursor del Hijo del Hombre.»

Bar Nasa... Hijo del Hombre...

Por último, antes de que despertara, el hombre de los tres círculos afirmó: «Cuando llegue el momento busca a tus pies. Entonces comprenderás que esto no es sueño...»

Quedé desconcertado. Era la segunda vez que encontraba algo a mis pies. La primera, como ya relaté, tuvo lugar en el astillero de Nahum, en el cuarto secreto de Yu, el chino. En esa ocasión hallé entre mis pies un pequeño disco de jade negro, el «beso interior». Según Yu, hallar un jade negro era una bendición especialísima de los dioses...

Querida Ma'ch...

¿A cuál de los dos hallazgos se refería el sueño?

Y, agotado, dejé correr el misterioso asunto. Olvidé el clavo y me retiré a dormir. Al poco me hallaba profundamente dormido. Pero sucedió algo extraño, difícil de explicar. Lo atribuí al hecho, reciente, de haber encontrado un clavo con una forma tan curiosa.

La cuestión es que esa noche tuve otro sueño. Más o menos, esto es lo que recuerdo:

Me hallaba en el exterior de la cueva. Era de día. Yo era un simple espectador. No formaba parte de la acción... Llegaron varias personas. Vestían como en el siglo xx. Buscaban algo... Entraron en la cueva... Después salieron... Me fijé en cada uno de ellos. Había cuatro árabes... El resto eran europeos. A uno de los europeos lo conocía... Años después de nuestras aventuras en el Israel de Jesús de Nazaret tuve la oportunidad de conversar con él. Nos reunimos en el Yucatán... Yo, en esos momentos del sueño, no lo conocía aún... Hablaban y discutían... Entonces, la persona a la que yo conocía volvió a entrar en la gruta y se quedó solo, sentado sobre una de las piedras... Parecía preocupa-

(1) Amplia información en *Nahum. Caballo de Troya 7. (N. del a.)*

do... Fue en esos instantes cuando vi aquello... En el cielo surgió una pequeña cruz de color rojo... Voló sobre las cabezas de los que discutían y fue a posarse sobre una chapa de metal situada a la izquierda de la cueva... Nadie vio la cruz... Yo me aproximé y comprobé que, en efecto, se trataba de una cruz de color rojo. Era como si alguien acabara de pintarla sobre la referida chapa metálica. Una chapa que cubría y protegía el manantial existente cerca de la caverna... Por último, en el sueño, vi aparecer también un clavo de hierro... ¡Era el que había desenterrado esa noche!... Tenía la misma forma, como una «J». Voló de idéntica manera, sobre los allí presentes, pero nadie se percató de su presencia. Miento: la única mujer del grupo sí alzó la cabeza, como si percibiera algo... Y el clavo en forma de «J» terminó perdiéndose en la boca de la cueva... Allí desapareció.

Ahí terminó la ensoñación. Nunca supe el significado de dicho sueño, pero queda registrado... (1)

(1)   El 2 de octubre de 1997, siguiendo las pistas proporcionadas por el mayor, llegué hasta la cueva de la llave, acompañado por un guía y varios arqueólogos jordanos. En ese viaje me acompañaban Blanca, mi mujer, e Iván, mi hijo mayor. Y fue en esa visita a la referida cueva, cerca de Beit Ids, cuando encontré un clavo con forma de «J», enterrado en la esponjosa tierra que cubría el suelo de la caverna. El clavo tenía dos mil años. El mayor no podía saber de dicha visita porque falleció mucho antes: en agosto de 1981. Para más información: *Planeta encantado: El mensaje enterrado*. *(N. del a.)*

Cuarta semana en Beit Ids

En aquella cuarta semana de estancia en las proximidades de la aldea de Beit Ids, al este del río Jordán, registré un acontecimiento destacable. Mejor dicho, dos.

El primero tuvo lugar cuatro días después del acuerdo entre Jesús y el *sheikh* para la construcción del barco-templo. Yafé, no sé cómo lo logró, hizo acopio de madera, reunió una cuadrilla de obreros (todos judíos) y dispuso la infraestructura mínima para acometer el ansiado proyecto. El lugar elegido fue la cota 575, en un claro existente entre el poblado y la cueva. El simulacro de *mézah* (astillero) reunía lo básico para dicho menester: un pequeño foso, dos depósitos de leña, un ahumadero, un almacén para las herramientas, tintes y demás materiales y el obligado aserradero. El Maestro dirigió las operaciones, encantado. Yafé, por su parte, recuperó el optimismo y acudía, puntual, nada más despuntar el amanecer. Por consejo del Maestro, el jeque hizo llamar a dos de los mejores *naggares* o carpinteros de ribera del *yam* (mar de Tiberíades). No hubo problemas. Yafé pagaba, y lo hacía espléndidamente. Yo no los conocía. Eran del sur del *yam*, de la zona de Tariquea. El guapo deseaba lo mejor para su «templo» y consiguió un más que sobrado cargamento de ciprés de Sanir y de encinas de Basan, ambas cantadas por el profeta Ezequiel. La primera era excelente para las quillas y la segunda para los remos y el maderamen en general. Un tercer cargamento de pino piñonero llegaría días después. En cuanto al boj, incrustado de marfil (pura fantasía del *sheikh*), no llegó jamás a Beit Ids, como era de esperar...

Jesús trazó los dibujos básicos y calculó las medidas. *Faq*, el barco-templo, tendría ocho metros de eslora. Yafé se dio por satisfecho.

Y el miércoles, 6 de febrero, al alba, fue iniciada la construcción de un barco que no navegaría jamás...

A Yafé se le saltaron las lágrimas...

El Galileo se entregó a la empresa con absoluta dedicación, como era habitual en Él.

Hacia la hora sexta (doce del mediodía), de acuerdo con lo pactado con el jeque, Jesús de Nazaret abandonaba el astillero y uno de los *naggar* le reemplazaba en la dirección y construcción del barco. Jesús, entonces, se dirigía en solitario a la colina de la «oscuridad» y allí permanecía, en comunicación con su Padre, hasta poco antes del ocaso. Yafé siempre respetó lo acordado. Ab-bā, el *Sheikh* de las Estrellas, tenía prioridad absoluta.

Yo lo veía alejarse hacia la «778» y continuaba con mis tintes. Era una forma de distracción que no desaproveché. Al atardecer, como era habitual, lo disponía todo para la cena...

El segundo suceso, digno de mención, tuvo su origen días antes, en el transcurso de la tumultuosa cena en la tienda de pieles de cabra del *sheikh*. Ahí, como dije, empezó el malestar entre los vecinos de Beit Ids. Pero fue el referido miércoles, 6 de febrero de ese año 26 de nuestra era, cuando me percaté de la gravedad del asunto. Ese día tuvo lugar un eclipse parcial de sol. Según los datos registrados en la «cuna», hacia las nueve de la mañana, el 73 por ciento del disco solar fue cubierto por la luna. El acontecimiento detuvo el trabajo en el astillero y provocó el pánico entre las gentes de Beit Ids. Jesús, sencillamente, se limitó a contemplar el fenómeno astronómico. Al poco, una vez restablecida la normalidad, vimos llegar a un nutrido grupo de vecinos. La *faqireh* marchaba en cabeza. Aquello no me gustó.

Hablaron con Yafé y los vi discutir. Finalmente, el grupo dio media vuelta y se alejó. Cuando pregunté, el *sheikh* bajó la cabeza y accedió a explicar lo sucedido, siempre y cuando no lo pusiera en conocimiento del Maestro. No dije ni que sí ni que no. Y el jeque, resignado, sabiendo que la noticia terminaría por llegar a oídos de Jesús, anunció que el pueblo, a la vista de lo ocurrido en el cielo, había exigido que Yuy abandonara la cueva y se alejara de la zona. Comprendí. El eclipse fue tomado como un signo de mal augurio y como el resultado de las «blasfemias» del Galileo. Estaba claro. Los *badu*, con la bruja a la cabeza, exigían que Jesús y quien esto escribe se marcharan del lugar.

Yafé intentó calmarlos. Fue inútil. Y amenazaron con tomar represalias si no se cumplían sus exigencias.

El jeque, desarmado, volvió a sentarse frente al foso y continuó contemplando la labor de Jesús y de su cuadrilla.

Fue un aviso.

A partir de ese día, la atmósfera en Beit Ids siguió enrareciéndose. Y a ello contribuyó, y no poco, la llegada de gentes de toda la comarca. La noticia de la milagrosa curación del niño mestizo siguió corriendo de boca en boca. Era inevitable. Y por Beit Ids desfiló un variopinto reguero de personas de toda clase y condición. Todas deseaban conocer al *faqir* o hechicero que había obrado semejante milagro. Llegaron lisiados, enfermos de muy diferente naturaleza, pícaros, vendedores ambulantes, curiosos y desocupados.

Lo vi con claridad. Aquello fue un anuncio de lo que estaba por llegar. La vida de predicación de Jesús de Nazaret no había empezado aún, al menos oficialmente, pero el Destino dibujaba ya el paisaje que le aguardaba.

Y la gente, informada por los vecinos de la aldea, terminaba por desembocar en los alrededores del astillero. Y la faena de los trabajadores empezó a complicarse. Habían llegado de lejos y querían, deseaban, necesitaban ver y hablar con tan poderoso *faqir*. La situación se tornó tan tensa que, en más de una oportunidad, el Maestro se vio en la necesidad de huir del improvisado *mézah*...

Yafé, el jeque, no sabía qué hacer. Y por recomendación de uno de los *naggar* estableció un cordón de seguridad alrededor del improvisado astillero. Fueron otros *badu*, contratados en las aldeas cercanas, quienes se ocuparon de vigilar para que nadie se aproximara a Jesús y a sus operarios. Eran hombres armados con largos sables curvos y mazas de púas de hierro.

El *sheikh*, como tenía por costumbre, se sentaba cerca de su barco y lo mimaba con la mirada, al tiempo que hacía y deshacía nudos marineros...

Yo no salía de mi asombro.

Jesús de Nazaret, protegido por guardias armados de origen árabe, y trabajando en la construcción de un barco en mitad de los olivares... Nada de esto fue contado por los mal llamados «escritores sagrados». Y tengo constancia de que el Maestro habló de ello a sus discípulos. Yo estaba delante.

La gran beneficiada con aquella caótica situación, y con el constante ir y venir de la gente que buscaba al *faqir*, fue Nasrah, la «gritona», la primera esposa del *sheikh*. La *faqireh* supo sacar partido de la situación. Leía los posos del *kafia* a cuantos podía, vaticinaba sobre lo humano y sobre lo divino y cobraba, naturalmente. Y llegó a propalar el infundio de que la verdadera autora de la sanación de Ajašdarpan era ella misma. Muchos la creyeron y sus beneficios se multiplicaron.

Para el Maestro, y para este explorador, la táctica de la maldita bruja no representó ningún respiro. La gente seguía acosando al Hijo del Hombre y éste, sencillamente, se limitaba a huir. La situación se hizo insostenible. Y supuse que teníamos los días contados en la cueva de la llave. En realidad, todo dependía del «trabajo» de Jesús en la «778» y no de la construcción del barco llamado «Despertar», como pude llegar a pensar en algún momento. El Maestro, para eso, era inflexible.

Y, con el ocaso, ambos nos refugiábamos en la cueva y disfrutábamos de la cena y del juego del *ṣelem* o de la estatua. El miedo a la *welieh* de la fuente, y la propia oscuridad, mantuvieron alejados a propios y extraños. Era nuestro momento.

Fue una de esas noches de la cuarta semana en Beit Ids cuando Jesús recuperó la conversación sobre la *nišmah*, el alma del ser humano. Él lo había apuntado en una frase escrita en una de las maderas de tola blanca: «La perla del sueño.»

No recuerdo bien cómo surgió la conversación, aunque eso es lo de menos. Jesús habló en primer lugar de la belleza de esta criatura, que muchos confunden con la chispa. Nada tiene que ver la una con la otra —afirmó—, pero el alma no podría ser sin la chispa. La *nišmah* es hija de la mente y de la chispa divina y, por tanto, doblemente bella. Su naturaleza —explicó con dificultad— no es material, pero tampoco espiritual, al ciento por ciento.

—No comprendo, Señor...

—Es lógico. Es otra de las maravillas del Padre, a las que

te irás acostumbrando cuando pases al otro lado, como dice tu hermano.

—Ni material ni espiritual...

Jesús asintió con la cabeza y sonrió, pícaro.

—Una criatura doblemente bella...

—Así es. La *nišmah* eres tú, realmente... Mejor dicho, lo serás... Ahora, en vida, va llenándose, como una copa.

—Se llena, ¿de qué?

—De todas y cada una de tus experiencias. Eso la hace crecer. Ése es su cometido: crecer desde dentro y hacia adentro.

—Pensé que el alma estaba aquí, en la Tierra, para ser probada.

—Sería injusto probar a un recién nacido, ¿no crees? No, *mal'ak*... La *nišmah* nace y vive para alcanzar la perfección, aunque no aquí. En esta vida inicia su capacitación. Es el principio sin fin. Ella está destinada a la eternidad, ¿recuerdas? Ella, poco a poco, irá descubriendo quién es y cuál es su futuro. Ella intuye que está creada para algo muy grande: la fusión con Dios, con la chispa... pero dale tiempo. Conviene que digiera las experiencias como un niño, masticándolas. Más aún: conviene que no sepa demasiado...

Le miré, desconcertado. Y añadió:

—Si lo supiera todo, de golpe, escaparía... No seas impaciente. Todo está ordenado, y para bien... Mejor dicho, para tu bien.

—Entonces, ¿qué aconsejas que haga?

—Es bueno que sepas que la *nišmah* es una criatura real, y que es de tu posesión. Es el regalo del Padre cuando te imagina y apareces. Vive, por tanto, y hazlo de acuerdo con la cordura. Eso es todo...

Dudó unos segundos y, finalmente, redondeó:

—Vive lo bueno y lo malo. ¡Vive! De eso se trata. Esta experiencia en la carne es única... La *nišmah* lo guarda todo pero, especialmente, aliméntala con la imaginación. Sueña cuanto puedas. Los sueños son su debilidad. Los sueños la hacen crecer. En cada sueño se esconde una perla y tú debes hallarla...

Y recordé lo que defendían los viejos alquimistas: *somnia dea missa* («los sueños son mensajes de Dios»).

—... La perla del sueño es el símbolo de la *nišmah*... Imagina cuanto puedas y ella, el alma, se llenará de paz.

Y concluyó con una frase que me acompañará siempre:

—Vive más el que sueña.

Después habló de la intuición, esa otra forma de alimentar el alma. La intuición, ese «regalo» del Espíritu... Pero ésta es otra historia.

Quinta semana en Beit Ids

El 14 de febrero, jueves, recibí una gran alegría. En nuestro trabajo, las satisfacciones no eran frecuentes. Pero, ese día, los cielos se apiadaron de quien esto escribe.

El Maestro regresó de sus meditaciones a la hora prevista. Yo no había preparado la cena, todavía. Estaba reuniendo leña por los alrededores. Y al entrar en la cueva lo hallé sentado. Parecía esperar. Me di prisa en encender el fuego y seguí observándolo a hurtadillas. No hablamos. Lo noté tranquilo. Me miraba, divertido. Yo conocía esa expresión. Algo tramaba...

Se puso en pie, se aproximó y, sin dejar de sonreír, me pidió que cerrara los ojos. Me pilló tan de sorpresa que algunos de los troncos que todavía sostenía entre los brazos se escurrieron y fueron a caer sobre las llamas. El fuego, alterado, prendió en los bajos de mi túnica. Me asusté. Pero el Maestro, sin perder un segundo, se precipitó sobre la tela, palmeando y apagando las llamas.

Nos sentamos y respiramos, aliviados.

Y Jesús exclamó:

—Otra vez no, por favor...

Reímos con ganas.

Finalmente repitió su petición y cerré los ojos, intrigado. Tres segundos después solicitaba que los abriera. Y así lo hice.

Jesús presentaba el brazo izquierdo extendido hacia este explorador. En la palma de la mano se movía, tímida, una vieja y querida «amiga»: la pequeña esfera de piedra de color blanco de la que escapaban aquellos bellísimos reflejos azules.

—¡Felicidades!... Es para ti...

No supe qué decir. No era mi cumpleaños. Nadie, en aquel «ahora», conocía esa fecha. ¿Por qué entonces...?

Y la intensa mirada del Galileo llegó hasta lo más profundo de mi corazón.

Tomé la *galgal* y la acaricié. La encontré templada. Según había explicado el Hijo del Hombre días antes, aquella ortoclasa (1) le fue regalada en Tušpa (Armenia), en las cercanías del lago Van (actual Turquía oriental), en uno de sus misteriosos viajes secretos por Oriente. La esferita, de unos tres centímetros de diámetro, me sonrió, a su manera. Al girarla emitió destellos azules, como si dijera: «¡Hola!» Quien esto escribe le había tomado especial afecto, en especial a raíz de sus «peripecias» en la «778», cuando Jesús se dedicó a lanzarla al vacío mientras conversábamos sentados en uno de los precipicios. El Maestro, como se recordará, hablaba y hablaba y lanzaba a la pobre *galgal* hacia lo alto, recogiéndola después con precisión en la palma de su mano. Sufrí al verla subir y bajar. Si Jesús no hubiera acertado a la hora de atraparla, adiós esfera... Se habría estrellado entre las rocas de la colina de los *žnun*. Desde entonces, como digo, sentí una especial atracción hacia la *galgal*. Y ella me correspondía, estoy seguro...

Al moverla, el «número» que flotaba en el mercurio, recuperó lentamente la verticalidad. Aquel «755», o «557», según se mirase, era otro enigma para quien esto escribe. Probablemente se trataba de algo natural, pura coincidencia, pero...

Volví a interrogarle con la mirada. ¿A qué obedecía aquel súbito regalo?

Jesús entendió mi perplejidad y aclaró que nos encontrábamos en el 14 de *adar* (febrero), una de las fiestas más populares del pueblo judío: Purim o la fiesta de «las suer-

---

(1) La *galgal* (esfera celeste) era un feldespato. Concretamente, una ortoclasa o feldespato potásico de gran belleza pero de escaso valor como piedra preciosa. La piedra disfrutaba de una cualidad llamada «adularescencia»: la luz se reflejaba en las capas de ortoclasa y albita y producía un efecto «nube», de color azul, muy llamativo. En el interior de la esfera se había producido una especie de burbuja natural, consecuencia, probablemente, de la tensión sufrida por el material. En dicha burbuja flotaba un cuerpo extraño, una inclusión, semejante al número «755», en arameo. *(N. del m.)*

tes». Otros la denominaban la fiesta de Ester (1), en recuerdo de lo acaecido en Persia hacia el año 200 a. J.C., cuando la bella Ester logró salvar a miles de judíos de una muerte segura. Yo sabía algo al respecto. La celebración, de menor calado religioso que otras, era muy bien acogida por el pueblo. La gente se lanzaba a las calles, se disfrazaba, intercambiaba regalos y atronaba las sinagogas con matracas y toda clase de artilugios cuando, en la lectura de la *Megillah* o rollo de Ester, se menciona el nombre de Amán, el ministro del rey Asuero, el que quiso aniquilar a los judíos. Un día antes, el 13 de *adar*, los judíos ortodoxos, y los más piadosos, celebraban también la llamada fiesta de Nicanor, en recuerdo de la victoria de Judas Macabeo sobre los asirios. En la patria de los asmoneos —Modín— se encendía un gran fuego y una serie de veloces corredores trasladaba las antorchas a todos los rincones de Israel.

Purim, finalmente, con el paso de los siglos, se convertiría en una fiesta en la que el pueblo judío festeja su victoria sobre todos aquellos que los han perseguido.

La lectura del rollo de Ester era obligatoria, incluso para las mujeres. En Jerusalén, ciudad amurallada, se celebraba un día después: el 15 de *adar*.

Era asombroso.

Aquel Hombre no sólo leía los pensamientos; también adivinaba las emociones y los deseos. Nunca me acostumbré...

No supe cómo darle las gracias. Él, creo, lo entendió.

---

(1) La fiesta de Purim, también llamada en II Macabeos (15, 36) como el Día de Mardoqueo, se celebra en recuerdo de la preservación del pueblo elegido en los tiempos de Ester. El nombre de Purim (suertes) procedía del hecho de que el malvado Amán echó a suertes el día en que deberían ser ejecutados los judíos. Esa fecha fue el 14 de *adar* (Est. 3, 7 y 9, 24). En síntesis, la historia de Ester es la siguiente: el rey persa Asuero eligió como reina a Ester, sin saber que era judía. Ester era prima de Mardoqueo, un judío piadoso. Y ocurrió que uno de los altos funcionarios del rey, un tal Amán, quiso vengarse de Mardoqueo porque éste no se inclinaba ante él. Y decidió matar a todos los judíos de Persia. Amán eligió el día 14 de *adar* mediante un sorteo o «pur». Mardoqueo solicitó a la reina Ester que intercediera ante el rey Asuero y que evitara la matanza. Y así lo hizo. Asuero, indignado por el complot de Amán, mandó que lo ahorcasen. Y los judíos se vieron libres. Mardoqueo ocupó el puesto de visir de Persia. *(N. del m.)*

Volvió a abrazarme con la mirada y rogó que no me ocupara de la cena. Esta vez era cosa suya...

Y sin mayores aclaraciones tomó una de las ramas que ardía en el hogar y se dirigió al exterior. Lo vi desaparecer en la oscuridad de la noche, en dirección a la casona del *sheikh*. ¿Qué se proponía?

Por un momento sentí preocupación. Los ánimos de los vecinos continuaban revueltos...

Debía aprender a serenarme. Él sabía cuidar de sí mismo y, además, estaba su «gente»...

Instintivamente miré al cielo. La luna se presentaría esa noche a las 23 horas y 53 minutos. Algunas nubes, veloces, se dirigían hacia el este. No percibí rastro alguno de las enigmáticas luces. Hacía tiempo que no las veía.

Y me senté frente al fuego, disfrutando de la compañía de la *galgal*. La acerqué a las llamas y las nubes azules se multiplicaron.

Aquel Hombre era una criatura maravillosa. ¿Quién podía querer lastimarlo? Y sin poder remediarlo, de pronto, se pusieron en pie en la memoria las trágicas e infamantes imágenes de la Pasión y Muerte del Galileo. ¿Cómo era posible?, me preguntaba una y otra vez. ¿Cómo era posible que la condición humana fuera tan vil y primitiva? ¿Y todos esos miserables que lo condenaron y que lo torturaron eran portadores de la chispa divina? Según Él, así era...

La presencia del Maestro me rescató de aquel sufrimiento. Llegó con varias cestas. Comprendí. Había acudido de nuevo a la generosidad de Yafé. Y éste lo complació con creces.

Jesús empezó a canturrear y organizó la cena. Yo me limité a mirar y a servir de pinche, como en la montaña sagrada. No me cansaré de repetirlo. El Maestro disfrutaba con la cocina. Era ágil, imaginativo y paciente.

Traía preparada una masa. La rellenó de carne y la dispuso sobre el fuego. Lo llamó *kreplej*. Al parecer era un plato típico en la fiesta de Purim. Lo aprendió de su madre, la Señora. Dispuso también unas verduras y, para terminar, se enzarzó en la confección de unas bolitas. Utilizó levadura fresca, sal, mantequilla (previamente derretida), harina, tres huevos batidos, agua y miel. Lo «horneó» en un cuenco cerrado de barro y lo mostró, orgulloso, al tiempo que exclamaba:

—Orejas de Amán...

El Galileo utilizó la expresión *ha-man-tash-en*.

Intenté atrapar una de las bolitas, ahora doradas, pero el Hijo del Hombre, rápido como el pensamiento, retiró el recipiente, y me dejó con dos palmos de narices.

Era una cena típica del 14 de *adar*. Nos hallábamos lejos del *yam*, pero el Maestro intentó que no se notase.

Y una última sorpresa...

Había conseguido una pequeña calabaza hueca, repleta de *raki*, una especie de mosto ligeramente fermentado y sabiamente mezclado con yogur batido en zumo de frutas. No era vino del Hebrón, pero se agradecía igualmente...

Y así fue como festejamos lo que llamaban la *seudá* o cena del 14 de *adar*.

Jesús de Nazaret celebró que todo estuviera exquisito. La verdad es que se esforzó al máximo. Pero no sería aquélla la última vez que disfrutaría de su arte como cocinero...

Y la noche discurrió tranquila, al amor de la candela. Yo mantuve mi *mishloaj manot* (mi regalo) entre los dedos y conversamos «hasta que ya no supimos más», como exigía la tradición de Purim.

Fue en uno de aquellos mágicos instantes, mientras jugueteaba con la esfera y con sus destellos azules, cuando el Hijo del Hombre exclamó, súbitamente:

—¿Sabes que el Padre habla también a través de esos azules?

Miré la esferita, atónito. Jesús nunca mentía. Pero no comprendí.

Y terminó aclarando que se refería al lenguaje de los símbolos. Entonces entendí menos.

¿Los símbolos? Y le expliqué que mi vida había discurrido por caminos más prosaicos. No sabía de qué hablaba.

Sonrió, benevolente.

—Pues ya es hora de que cambies...

Seguí sin comprender. Y Él, paciente, señaló a la *galgal*...

—Observa los azules...

Lo hice. Las «nubes», en efecto, escapaban de la esfera a cada reflejo del fuego. Y ahí dio comienzo la que, sin duda, fue la conversación más críptica de cuantas llegué a entablar con el Maestro. No he sido capaz de aclarar algunos de los puntos que Él esgrimió. Quizá Eliseo, más iniciado que yo, podría hacerlo. Eso pensé, pero el Destino tenía otros planes... Solicito disculpas, por tanto, al hipotético lector de estos diarios por no haber sabido despejar el enigma de algunas de las palabras de Jesús de Nazaret.

—Observa esos azules —repitió el Maestro.

Y utilizó la palabra *tejelet* («celeste» en hebreo).

—Esas letras (*col* y *tat*), las que componen *tejelet*, pueden traducirse como «todo» y «debajo»...

Eso era Kábala, de nuevo. *Tat* podía traducirse también como «sub» y «debajo de». Y dejé que se explicara.

—El azul se encuentra debajo de todo...

Me observó y comprendió que empezaba a perderme.

—El azul —aclaró— aparece siempre por encima del hombre y por debajo de Dios, de lo Infinito, de la Eternidad y de la Unidad. El azul lo sostiene todo...

»¿Comprendes ahora cuando te digo que el Padre habla también a través del azul?

Y continuó, entusiasmado.

—El azul es el símbolo del amor porque acerca... El azul une y hace que dos sean uno...

»¿Sabes qué representa el color azul?

Negué con la cabeza. Efectivamente, estaba más que perdido. El Maestro acababa de expresarlo...

—Amor, en hebreo, como sabes, se dice *áhab*...

Asentí.

—... Pues bien, esa palabra —*áhab*— contiene los conceptos de *ab* (Padre) y *hé* (Espíritu).

Esta vez sí creí entender.

—El amor (el azul) une al Padre y al Espíritu, la gran fuerza. El amor (el azul) lo sostiene todo. El amor (el azul) une lo que está arriba y lo que permanece abajo...

Indicó de nuevo la *galgal* y subrayó:

—Ella está en medio de los cielos...

Jesús utilizó la expresión *leb ha-shamaim* (el «corazón de los cielos»), tal y como asegura el Deuteronomio (4, 11).

—... A ella —prosiguió—, al azul, al amor, no hay que comprenderla: hay que sentirla.

En eso llevaba razón, como en casi todo, supongo. A la *galgal* era suficiente con contemplarla y percibir su belleza. Sentirla, sí.

El mundo de los símbolos...

Como digo, nunca me aventuré en él. Jesús había empezado a navegar por la intuición, un océano desconocido para mí, aunque yo, como médico, sabía que la simbología es el lenguaje del hemisferio cerebral derecho.

Jesús insistió:

—No temas. Dios, el Padre, es el primero que echa mano de los símbolos. Fueron imaginados por la Divinidad para contribuir al desarrollo espiritual del hombre.

Nunca lo pensé.

Y en esos instantes me vino a la mente aquella asombrosa escena, en el bautismo de Jesús en el Artal, uno de los afluentes del río Jordán. Una pequeña esfera, del diámetro de una mano cerrada, descendió del cielo encapotado, buscó el pecho del Maestro, y terminó desapareciendo (?) en el interior del tórax del Galileo. Eso fue lo que vi, o creí ver, aquel mediodía del 14 de enero.

La esfera era de color azul zafiro...

—... Los símbolos —continuó el Maestro— son los escalones por los que desciende la Divinidad. No temas, querido mensajero; que no te asusten... Obsérvalos como otra de las siembras del Padre... Ellos te tomarán de la mano y te aproximarán a Él... Ellos te abrirán un horizonte que niegan a la razón... Ellos, los símbolos, ampliarán tu conciencia y te darán medida de lo que no tiene medida...

—La conciencia... —musité.

—Sí, la conciencia, esa lenta y progresiva carrera hacia ti mismo. ¿Recuerdas?: el trabajo del alma...

Y pensé: «La conciencia —como afirmaba Ruyer—, la anticipación del tiempo futuro.»

El Maestro sonrió con picardía. Y matizó:

—Sí, la finalidad del símbolo es crear conciencia en las criaturas materiales. Conciencia de lo inefable.

Volví a perderme.

Y Él, paciente, insistió en algo que ya había apuntado:

—Deja la razón a un lado... No te sirve en el viaje de la intuición... La razón se estrella cuando pretende analizar y fragmentar el símbolo...

—¿Y no sería mejor que el ser humano fuera siempre intuitivo?

—Deja eso para después de la muerte... Estás donde estás...

—Así que el símbolo, si no he comprendido mal, es otra de las categorías de lo invisible...

El Galileo sonrió, satisfecho. Algo había captado este pobre explorador...

—Te lo he dicho: ellos, los símbolos, llevan directamente a las profundidades de la Divinidad... Ellos alejan y acercan, según... Ellos te aproximarán a Él y te alejarán de ti... Ellos son un puente, pero sólo podrás cruzarlo de la mano de la intuición... Presiéntelos. Sólo así serán símbolos vivos... Si el símbolo no te transmite es que está por nacer...

Ocurrió de nuevo. En esos momentos, no sé cómo, la cueva se llenó de un intenso perfume a jara cerval. Yo lo asocié al sentimiento de amistad. Jesús seguía hablando y agitaba sus largas y velludas manos; en realidad creo que lo que agitaba era su enorme y generoso corazón...

Y disfruté del aroma, seguramente mucho más que de las difíciles y, para mí, lejanas palabras.

—... Los símbolos, sobre todo, están ahí para que lo presientas a Él... Es una forma de decirte: «¡Eh, *ze'er*!» («¡Eh, pequeño!»).

Y Jesús me hizo un guiño. Así era como me llamaban en el astillero, en Nahum: ¡Eh, *ze'er*!

—Sí, claro...

A qué mentir. Yo estaba a lo que estaba: al perfume a jara. *Leréaj nijóaj*... Un olor agradable... *Hut nejat*... El Espíritu que desciende, como ya mencioné.

—... Los símbolos te llevarán más allá de las palabras...

El Maestro me interrogó con la mirada. ¿Lo seguía? Dije que sí por puro compromiso. Él sabía que no era así. Hacía rato que me hallaba rezagado. Pero prosiguió:

—... Te conducirán allí donde desea el Espíritu, tu chispa...

Yo había leído a Jung en mi juventud y recordé una de sus citas: «El símbolo remite más allá de sí mismo, hacia un más allá inasible, oscuramente presentido, que ninguna palabra podría expresar de forma satisfactoria.» Sí, el Maestro llevaba razón, como siempre.

—... Fíjate en el arte... Se alimenta del símbolo...

Estaba de acuerdo. Es la simbología lo que hace innovador al arte.

—... Y volvemos a la imaginación, querido *mal'ak*..., a la

necesidad de soñar despierto, a la búsqueda de la perla del sueño, ¿recuerdas?

Dije que sí.

—... ¿Qué crees que había antes de la creación?

Me pilló por sorpresa. Pero Él, siempre considerado, se adelantó:

—Imaginación... Antes de la materia estaba el Pensamiento, el Símbolo por excelencia... Todo existía antes de ser, y lo hacía en la mente del Padre. Lo que puedas imaginar, ya fue...

—¿Quieres decir que nada de lo que imagine el ser humano es nuevo?

—Nada. Todo fue, pero está bien: debes utilizar la imaginación para ser como Él... Te lo dije: la imaginación es el único camino. Cuanto más crezcas en ese sentido, cuanto más imagines, cuanto más sueñes, cuanto más te empeñes en la búsqueda de la perla, menos necesitarás la realidad...

Me miró con curiosidad y preguntó:

—¿Te gustaría vivir otra realidad?

—Naturalmente...

—Pues imagina, sueña despierto y esta realidad que ahora te rodea se diluirá...

Sonrió feliz y recordó algo que repetiría hasta la saciedad:

—El reino del Padre es otra realidad. He venido al mundo para recordarlo. Prepárate, pues, imaginando. Utiliza los símbolos. Él los deja caer, intencionadamente. No analices. Siente. Estás aquí para experimentar la vida y el tiempo. Dios quiere que pienses, sí, pero, especialmente, que sientas... Los símbolos te ayudarán a descifrar las oscuridades de la vida... Ellos revelan, velando, y velan, desvelando... Ellos son la explosión del Uno hacia el Todo... Ellos son la puerta del reino que te estoy ofreciendo... Y después, cuando abandones la materia, tú serás un símbolo...

Tenía toda la razón. ¿Qué sería del mundo sin la simbología? Ellos nos ayudan a iluminar el Destino, y en definitiva, son la llave que abre la mente a lo desconocido. Estaba de acuerdo con el Maestro: un mundo sin símbolos sería irrespirable...

Y en esos momentos, avanzada ya la noche, cruzó ante nosotros.

Yo no salía de mi asombro. ¿Casualidad? Sinceramente, lo dudo...

Jesús, al verla a sus pies, guardó silencio. Y ambos la seguimos con la mirada. Marchaba tranquila, luciendo aquel «emblema» en lo alto...

Era una araña de regulares dimensiones. Días después, de regreso a la nave, Santa Claus, nuestro ordenador central, la identificó como una *Araneus diadematus*, muy común en Israel. Lucía una tonalidad dorada. Era inofensiva. Probablemente había tejido su tela en algún rincón de la cueva. En lo alto de la viga observé otras redes y otras arañas, pero no eran de la misma familia.

Y siguió su camino...

La *diadematus* presentaba en la espalda una pequeña cruz blanquecina, de unos veinte milímetros. Popularmente se la conocía por dicho «emblema»: la araña de la cruz.

Sí, muy oportuna... Otro símbolo...

Y sentí un fuego en mi interior.

Faltaban cuatro años y dos meses para aquel fatídico 7 de abril del año 30 de nuestra era, fecha de la crucifixión del Galileo.

Hablábamos de símbolos y apareció ella, con la cruz a cuestas...

«Él, el Padre, deja caer los símbolos intencionadamente.» Éste fue el final de aquella intrigante conversación.

Sexta y última semana en Beit Ids

Las cosas no cambiaron mucho en aquella última semana entre los *badu*. ¿O sí?

La construcción del barco llamado «Despertar» prosiguió a buen ritmo. Según los cálculos de Jesús y del resto de los carpinteros de ribera, en tres o cuatro semanas podría «navegar». Todos rieron la ocurrencia. Todos menos Yafé...

En cuanto a la aldea, los ánimos se calmaron, aparentemente. Sólo la *faqireh* asomaba su rostro, siempre verde, por las inmediaciones del astillero. Mascullaba entre dientes y terminaba escupiendo a los pies de los que montaban guardia.

También el número de visitantes decayó considerablemente.

Y el 20 de ese mes de febrero, miércoles, el Maestro, al retornar a la cueva, anunció el final de nuestra estancia en Beit Ids. Su «trabajo» —dijo— había concluido.

Lo hallé más que feliz. El rostro, bronceado, irradiaba una luminosidad como nunca vi. Se mostró pletórico. Cantaba sin cesar. Y habló y habló sin que le preguntara. Creo que lo necesitaba.

Había llegado al final de aquel período de reflexión y de intensa comunicación con su chispa, con el buen Dios. En total, según mis cálculos, treinta y nueve días.

Su ambicioso «plan de trabajo» para la vida de predicación estaba concluido. Eso dijo. Y fue enumerando las decisiones (supongo que las más destacadas) a las que había llegado. Algo me adelantó en jornadas anteriores y así lo he reflejado en otras páginas de estos diarios.

Empezó por lo que Él denominaba *At-attah-ani* (1), un

(1)   Como indiqué en su momento, si descomponemos la expresión

proceso (?) incomprensible para quien esto escribe, y que podría mal definirse como el «ajuste entre la naturaleza humana y la naturaleza divina del Hijo del Hombre». Preferí no preguntar. Me bastaba con su palabra. Ese proceso había finalizado. Ambas naturalezas «convivían» (?).

Después, mientras cenábamos, profundizó en el referido «plan de trabajo». Meticuloso y paciente, el Galileo diseñó lo que podríamos denominar las líneas maestras de su inminente vida de predicación. Toda una batería de decisiones.

Me desbordó con su entusiasmo. Pocas veces lo vi tan efusivo y con tantas ganas de comunicarse.

Decisiones —matizó— que fueron tomadas de acuerdo con su Padre Azul.

Y volvió a referirse a un hecho del que también me habló en otras oportunidades y que comprendí a medias, como era de esperar...

Aseguró que su vida en la Tierra había llegado a su fin...

Quedé perplejo. En agosto de ese año 26 cumpliría los treinta y dos años. ¿Por qué decía que su vida había terminado?

Se detuvo un momento. Percibió que no le seguía y aclaró:

—Ahora mismo podría volver con mi Padre. Mi trabajo está terminado. He recuperado la soberanía de mi universo... Me encarné en este mundo para experimentar, como vosotros, y eso está satisfecho... Pero no será así. He tomado la decisión de regresar al mundo y apurar mi vida en la carne. Será como Él quiera...

Y pronunció con un especial énfasis:

—Mi voluntad es que se cumpla la voluntad del Padre.

Por un momento pensé: ¿qué hubiera ocurrido si Jesús

At-attah-ani aparecen *at* (pronombre femenino que significa «tú»), *attah* (pronombre masculino que también quiere decir «tú») y *ani* («yo»), todo ello en hebreo. *At-attah-ani*, según entendí, era un proceso en el que *At* (lo Femenino, con mayúscula) aprendió a convivir (?) con el *attah* (lo masculino), con un resultado prodigioso: un *ani* (yo), formado por una doble naturaleza: la divina y la humana. Durante esos casi cuarenta días en las colinas de la Decápolis, las dos naturalezas del Hijo del Hombre aprendieron a ser «uno». Lo sé: fue otro de los muchos misterios que no fui capaz de desvelar... *(N. del m.)*

80

de Nazaret hubiera abandonado la Tierra en ese año 26? Pudo hacerlo, como dijo. En ese supuesto, ¿habrían cristalizado las iglesias? ¿Sabríamos algo del Hijo del Hombre?

Y prosiguió...

Jesús, en esos momentos, era plenamente consciente de su naturaleza divina y, en consecuencia, de su inmenso poder. Era un Dios. Mejor dicho, un Hombre-Dios. Si lo deseaba podía alterar las leyes de la naturaleza. Sin embargo, se propuso no utilizar ese poder, salvo que fuera deseo del Padre. Sencillamente, renunció a los prodigios. Él sabía bien que el pueblo judío lo aclamaría, y lo seguiría, si le proporcionaba señales y si daba muestras de su poder. Pero no. Él deseaba atraer a las gentes por su palabra. Deseaba convencer, no vencer. Su trabajo era revelar al Padre y lo haría de la forma más sencilla y, a ser posible, de acuerdo con lo natural.

No pude contenerme y le interrumpí:

—Pues yo sé de un prodigio..., quizá de dos...

Me refería a la milagrosa curación del niño mestizo de Beit Ids y, quizá, de eso no estaba tan seguro, a la misteriosa recuperación de Aru, el negro tatuado que conocimos en el *kan* de Assi, y que padecía el mal de amok (1).

Jesús bajó la cabeza y permaneció mudo unos instantes. Creo que buscaba las palabras adecuadas. Finalmente, ante mi sorpresa, reconoció que era cierto; ambas curaciones fueron reales, pero Él —dijo— no intervino en tales prodigios.

Mi confusión fue mayor. Y paciente, midiendo las palabras, vino a explicar que, a pesar de su firme decisión de no hacer milagros, su «gente», sus ángeles, por simplificar, sí estaban capacitados para llevar a cabo obras así. Si era deseo del Padre, su «gente» podía hacer el prodigio, al margen, incluso, de la voluntad del Maestro. Bastaba con que el Hijo del Hombre lo desease. Era suficiente con que el Galileo sintiera piedad o misericordia. Si se registraban esos sentimientos, y si era la voluntad de Ab-bā, su «gente» hacía el resto y se producía el milagro.

No quise entrar en detalles, y Él tampoco lo hubiera hecho.

(1) Amplia información en *Nahum. Caballo de Troya 7. (N. del a.)*

Ahora lo entendía.

Jesús, al abrazar y besar a Aru y a Ajašdarpan, al sentir piedad por ellos, motorizó el prodigio, sin querer. Y en ese momento me pregunté: ¿cuántos portentos llevó a cabo Jesús de Nazaret y de los que nunca supimos nada?

Después habló de otra decisión no menos importante: en la colina de los *žnun* estudió qué hacer con ese extraordinario poder a la hora de alimentarse o autoprotegerse. Podía convertir las piedras en pan o volar por los aires, si ése era su deseo. Hubiera podido impedir su trágico final en la carne, pero optó por no beneficiarse de dicho poder. Era cierto: ayudó a muchos, pero no se ayudó a sí mismo...

Y decidió ser fiel al devenir de la naturaleza y del Destino. Procuraría no correr riesgos innecesarios, pero no se valdría de su divinidad para sortear lo que pudiera amenazarle. Sería un hombre más, dentro de lo que cabe, y siempre sujeto a la voluntad del Padre. Él debía preocuparse, no de su seguridad, sino de algo más sublime: despertar al mundo a la realidad de otra realidad...

Y me vino a la mente un asunto, narrado por los evangelistas y que yo no había vivido todavía: Jesús caminando sobre las aguas del *yam*. Esa escena, o supuesta escena, no encajaba con el estilo del Maestro, y tampoco con su decisión de no recurrir a los prodigios. Pero debía ser paciente. Todo en su momento, como Él defendía...

Por último, sintetizando mucho, anunció que no se ocuparía de los asuntos terrenales. Él era un enviado de los cielos, y para revelar asuntos espirituales. Prescindiría de la política. No entraría en problemas sociales o económicos. No era su cometido. Él no había venido para cambiar el orden del mundo. Él traía la esperanza y el «recambio» espiritual. Jesús sabía muy bien que no era el Mesías esperado. Su misión era infinitamente más importante. Él no era un «rompedor de dientes», ni tampoco un libertador político o religioso, como pregonaban los profetas. Él era un Hombre-Dios, algo que jamás imaginaron los que proclamaban la inminente llegada del citado Mesías. Lisa y llanamente: decidió apartarse del poder temporal.

Sonreí para mis adentros. Aquello no tenía nada que ver con el posterior «montaje» de los hombres, incluidos sus seguidores.

Jesús aceptó que su trabajo no resultaría fácil.

Guardó silencio durante unos segundos y a nuestras mentes, creo, regresó la imagen de la araña de la cruz. Pero el Maestro estaba dispuesto: bebería el cáliz, si ésa era la voluntad del Padre... El Destino ya le había proporcionado un «aviso» en la tienda de pieles de cabra del *sheikh*, cuando los *badu* lo acusaron de blasfemo...

No importaba. Jesús lo tenía clarísimo: regresaría a la Galilea, aguardaría su hora calladamente, y se prepararía para llevar la buena nueva a cuantos quisieran oír. ¡Éramos portadores de un Dios! ¡Somos inmortales! ¡Somos hijos de un Padre que no lleva las cuentas! ¡Nos ha imaginado y aquí estamos! ¡Dios no es lo que dicen, y mucho menos lo que venden!

¿Regresar a la Galilea? ¿Cuándo? Y Él, feliz, insinuó que en breve.

Ahí terminó la información. Supuse que ese «en breve» significaba en cuestión de días...

Y aproveché la oportunidad para plantear un tema —¿cómo diría?—, delicado: Juan el Bautista, Yehohanan...

Él me miró y comprendió.

Y fue todo lo sincero que pudo ser.

Vino a expresar que conocía su Destino y su trágico final. No predicaría al mismo tiempo que su primo lejano. Esperaría. Fue otra de las decisiones que adoptó en lo alto de la colina de la «oscuridad» durante aquellos días de retiro.

No hubo más preguntas.

Si tuviera que hacer una síntesis de esos 39 días en las colinas, entre los olivos de Beit Ids, diría lo siguiente:

1. Jesús de Nazaret no ayunó. No era ésa su intención. De haber permanecido en ayunas durante ese tiempo habría corrido grave peligro (1), y su mente se hubiera debilitado.

---

(1)   Teniendo en cuenta que el ayuno es la abstención total o casi total de alimentos y bebidas, el Maestro, con 39 días de ayuno, hubiera entrado en una comprometida situación orgánica y mental. Entre los humanos, el ayuno más prolongado fue el del alcalde de Cork, Mac Swiney, que murió a los 74 días. Algunos irlandeses alcanzaron los 60 días de ayuno. Cetti y Succi (ayunadores profesionales) consiguieron entre 30 y 50 días. En general, sin agua, la supervivencia no supera los 15 días. *(N. del m.)*

2. No se retiró al desierto, como aseguran los evangelistas.

3. No fue tentado por el diablo.

4. Llevó a cabo —sin querer— su segundo gran prodigio.

5. Planificó lo que debería ser su vida pública e hizo *At-attah-ani*.

6. Inició la construcción de un barco de ocho metros llamado *Faq* («Despertar»).

7. Cosechó su primer fracaso y fue acusado de blasfemo.

8. No fue alimentado por los ángeles... Bueno, en parte, sí.

9. Su «gente» (alrededor de 72.000 criaturas celestes) permaneció con Él día y noche. Y así fue hasta el final de sus días...

Esa noche dormí mal. Me hallaba inquieto, como si algo fuera a ocurrir... Supuse que se trataba de la información recibida durante aquellos inolvidables 39 días en la aldea beduina de Beit Ids. Tenía que procesarla y retenerla. Era demasiado valiosa.

Salí de la cueva en varias ocasiones. El firmamento se había deshecho de las nubes y me saludó vivo y brillante. Permanecí un buen rato contemplando las estrellas y deseoso, a qué negarlo, de que aparecieran las «luces». No fue así. Exploré las regiones de la Polaris, del Dragón y de Capella pero fue inútil. Su «gente» estaba allí, yo lo sabía, pero invisible a los ojos humanos.

El Maestro dormía como un bendito.

Y en una de aquellas salidas, sentado al pie del camino que discurría frente a la cueva de la llave, comprendí el sentido de las palabras del Galileo cuando, tiempo atrás, Eliseo y yo nos encontrábamos en la posada de Sitio, en el cruce de Qazrin, en la alta Galilea. Aquel 18 de septiembre del año 25, cuando nos despedíamos de Sitio, el homosexual, éste preguntó a Jesús (1):

(1)   Amplia información en *Nahum. Caballo de Troya 7. (N. del a.)*

—¿Eres tú como Hillel, el sabio (1)...?

El Maestro fue a colocar las manos sobre los hombros de Sitio y replicó:

—Amigo, no soy como Hillel...

Sacudió levemente los hombros del homosexual, reclamando la atención del ruborizado Sitio, y añadió:

—Soy la esperanza... La esperanza siempre está contigo. Ahora duerme. Algún día despertará...

—¿Algún día? —preguntó Sitio, impaciente—. ¿Cuándo?

—No ha llegado mi hora...

—Pero ¿quién eres tú?

—Te lo he dicho —confirmó el Maestro—: soy la esperanza. El que me conoce confía...

—Quiero conocerte mejor...

Jesús, entonces, conmovido, accedió en parte a la petición.

—Si tanto lo deseas..., busca a Aru. La esperanza va con él.

Sí, ahora lo entendía. Aru, el negro tatuado, fue su primer milagro en la Tierra. La esperanza iba con él...

Como decía el Maestro, quien tenga oídos que oiga...

Lástima que los evangelistas no mencionaran lo sucedido en el *kan* de Assi y en el olivar de Beit Ids. Todo hubiera sido más lógico y más bello...

Y próxima la última vigilia de la noche (hacia las cinco y media de la madrugada), al aparecer la luna llena, quien esto escribe regresó al interior de la cueva. Necesitaba dormir, aunque sólo fuera un rato. El sol, según los relojes de la «cuna», se presentaría ese 21 de febrero a las 6 horas y 14 minutos.

---

(2) Hillel o Hilel fue uno de los *jajamin* o interpretadores de la Ley mosaica más célebre de Israel. Fue contemporáneo de Jesús. Probablemente falleció hacia el año 20 de nuestra era, cuando el Hijo del Hombre contaba veintiséis años de edad. Es posible que Jesús llegara a conversar con él durante el famoso pasaje de su escapada al Templo, cuando el Maestro tenía trece años. Hillel fue un hombre humilde y de una extraordinaria talla moral. La clave de la Torá —decía— está en su espíritu, no en los detalles. Nació en Babilonia (de ahí su apodo: el Babilónico). Era tan pobre que regresó a Jerusalén a pie. Durante años trabajó como jornalero, recibiendo un *teroppaiq* al día (medio denario). Con eso alimentaba a su familia y se pagaba la asistencia a las escuelas rabínicas. (*N. del m.*)

Ese día fue tranquilo, sujeto a la rutina habitual. Pero, con el viernes, 22, todo cambió...

Al despertar, Jesús ya no estaba en la cueva. Imaginé que se había dirigido al astillero, como cada mañana. No dejó ninguna tabla escrita, como era su costumbre. Me extrañó.

Y en eso, cuando me disponía a tomar mis cosas y encaminarme al río, para el aseo matutino, oí voces.

Permanecí atento. Yo conocía esas voces...

Me asomé cautelosamente al exterior y fui a descubrir una densa niebla. Navegaba rápida y espesa hacia el este. No se distinguía nada, ni siquiera el ramaje de la encina sagrada. Presté atención y, en efecto, volví a escuchar el vocerío. Procedía del camino que llevaba a Tantur, el poblado situado al oeste de Beit Ids.

Sí, eran voces familiares...

Una de ellas era la de Juan Zebedeo, el discípulo de Jesús; mejor dicho, el que llegaría a ser su apóstol. La otra me recordó la de su hermano Santiago. Pero percibí más gente. Se gritaban los unos a los otros, como orientándose.

Me oculté en el túnel de entrada e intenté pensar...

¿Qué hacían allí?

Sólo se me ocurrió una cosa: buscaban al Maestro.

Las voces se aproximaban.

Entonces creí distinguir otra voz familiar... Y me eché a temblar: ¡era la de Eliseo! Al parecer acompañaba a los Zebedeo.

Y, como digo, traté de pensar a gran velocidad. ¿Qué debía hacer? ¿Salía a su encuentro y delataba la presencia del Galileo? ¿Por qué lo buscaban?

Y en segundos comprendí...

Los hermanos Zebedeo trataban de hallar a Jesús para averiguar lo acaecido en el bautismo, en el Artal. Eso supuse. La noticia de los hechos extraordinarios registrados ese 14 de enero, y de los que fueron testigos Yehohanan, Santiago y Judá, los hermanos carnales del Maestro, y quien esto escribe, se propagó rápida. Era lógico. Alguien, en Omega, entre los discípulos del Bautista, pudo aclarar que el Hijo del Hombre se había dirigido hacia el este. Y los Zebedeo, supongo, se dedicaron a peinar la zona. Finalmente aparecieron en Beit Ids.

Estas suposiciones eran verosímiles pero ¿qué pensar de

Eliseo? ¿Buscaba también a Jesús? Lo rechacé de plano. Sus intenciones, sin duda, eran otras...

Hacía casi dos meses que no le veía. Como se recordará, nuestra relación había empeorado. Él pretendía algo que yo no estaba dispuesto a permitir. Eliseo, cumpliendo órdenes, intentaba hacerse con nuevas muestras de pelo o de sangre del Hijo del Hombre, necesarias para los abominables experimentos que pretendían los militares que dirigían la Operación Caballo de Troya. El 30 de diciembre del año 25, cuando trataba de despegar la «cuna», con la intención de abandonarle, comprobé que Eliseo había anulado la contraseña que activaba la SNAP 27, la pila atómica del módulo. Sin dicha contraseña, el encendido de los motores era inviable. Eliseo inutilizó la nave. Días más tarde, durante nuestra estancia en los bosques del Attiq, en la alta Galilea (1), Eliseo consiguió sus propósitos: se hizo con un mechón de pelo del Maestro y terminó ocultándolo en el cilindro de acero que contenía las muestras de sangre, cabello, etc., de Jesús, de la Señora, de José, el padre terrenal del Galileo, y de Amós, el hermano del Nazareno, prematuramente fallecido el 3 de diciembre del año 12 de nuestra era, presumiblemente por una epiglotitis aguda. Al obtener lo que necesitaba, Eliseo trató de disuadirme para que regresáramos a nuestro tiempo. Me negué y ahí se rompió definitivamente la relación. Y el 11 de enero, tras abrir el cilindro de acero y verificar las maquinaciones del ingeniero, opté por cargar con dicho cilindro y abandoné la cumbre del Ravid, en dirección al Jordán. No fue posible enterrar el cilindro en Omega y lo dejé para una mejor ocasión. En Beit Ids, alguien abrió mi saco de viaje y robó el cilindro de acero. Yo sabía que, tarde o temprano, al acceder a la nave, Eliseo se daría cuenta de la desaparición del importante contenedor. Por eso estaba allí, en Beit Ids. Al ingeniero sólo le preocupaba la recuperación del cilindro. Por eso me buscaba.

¡Maldito bastardo!

Reaccioné con rapidez. Retiré los petates que colgaban de la viga de roble y fui a ocultarme en un rincón de la cueva. La oscuridad me protegía.

Alguien se situó en la boca de la gruta. Dio un par de

---

(1)   Amplia información en *Jordán. Caballo de Troya 8*. *(N. del a.)*

pasos por el túnel de acceso, pero se detuvo. Y gritó, en arameo, preguntando si había alguien en el lugar. Era Juan Zebedeo.

No respiré.

Al poco percibí cómo se unían al futuro discípulo varios de sus acompañantes. Les oí parlamentar. Uno de ellos, sin la menor duda, era el ingeniero. Pensaron que la cueva se hallaba deshabitada y se alejaron.

Dejé pasar un par de minutos. Después, extremando la cautela, volví a asomarme al exterior. La niebla no me permitió averiguar si el grupo se había distanciado o si continuaba por los alrededores. No podía seguir allí. Los Zebedeo terminarían por entrevistarse con la gente de la aldea y regresarían a la cueva de la llave. Tenía que encontrar al Maestro.

Cargué los sacos de viaje y me deslicé, veloz, hacia la cota «575», hacia el claro en el que se construía el barco. Tuve suerte. No volví a oír las voces de los Zebedeo ni la de Eliseo. Supuse que habían continuado por el camino, en dirección a la aldea de El Hawi, en poniente. Era lo más lógico. Con aquella niebla no era bueno arriesgarse a explorar las colinas, caminando a ciegas entre los olivares.

Yafé, el *sheikh*, no sabía nada de la presencia de los extranjeros. Jesús, según manifestó, se presentó en el astillero a primera hora y se despidió. El guapo estaba consternado. El Maestro encomendó la terminación de *Faq* a sus ayudantes y se negó a cobrar lo estipulado. Yafé no salía de su asombro. Según el *sheikh*, el Galileo rogó que guardara el dinero «hasta que Él regresase».

Quedé tan desconcertado como el jeque.

¿Pretendía el Maestro volver a las colinas de Beit Ids? ¿Con qué propósito?

Yafé preguntó tímidamente si conocía las intenciones del Príncipe Yuy. Le dije la verdad: me hallaba en blanco... Pero aseguré que si Yuy había manifestado su intención de regresar, así sería...

Dejé los sacos de viaje al cuidado de Yafé y me encaminé hacia el norte. Creía saber dónde se hallaba el Galileo: en la colina de los *žnun*, en la «778».

Rodeé sin tropiezos la colina «661», al norte de la aldea, y, al dejar atrás otro de los olivares, la niebla desapareció.

Fue muy raro. Sólo cubría Beit Ids y un pequeño radio, no superior a un kilómetro. No supe qué pensar. La espesa niebla, además, parecía cortada a cuchillo. Al salir del olivar, sencillamente, terminaba. Aquello no era normal. Pero, preocupado por la presencia de los Zebedeo y, sobre todo, de Eliseo, no presté mayor atención al extraño fenómeno. E inicié el ascenso de la pelada colina de los *žnun*.

Jesús, probablemente, se hallaba en lo alto, como siempre.

Y empecé a preguntarme: ¿qué le diría?, ¿le ponía en conocimiento de los que le buscaban? Yo sólo era un observador...

Y proseguí la laboriosa subida. Las rocas formaban un todo. No había camino.

Me detuve al conquistar un tercio de los 778 metros. Sudaba copiosamente. Me aferré a la vara de Moisés e intenté recuperar la respiración. Quizá necesitaba un descanso. Aquellos días entre los *badu*, aunque apacibles en general, habían supuesto una gran tensión. Y prometí que así sería. A la primera oportunidad me regalaría unos días de reposo absoluto... No tardé en reírme de mí mismo. Esa idea, mientras permaneciera al lado del Hijo del Hombre, no era viable. Me resigné. Además, ¿por qué me lamentaba? Convivir con el Galileo era lo más grande a lo que podía aspirar un ser humano. Y yo era ese afortunado ser humano...

Reanudé la marcha entre estos y otros pensamientos, con la vista fija en la cumbre.

¡Ánimo!, me dije. El Maestro sabrá qué hacer...

Y al dejar atrás una de las grandes rocas quedé petrificado.

Frente a mí, sentados en las piedras azules, se hallaban dos personajes con los que no contaba...

Nos miramos, incrédulos. Creo que nos sorprendimos mutuamente. Ellos no me esperaban y yo tampoco...

A uno lo había visto anteriormente. Al otro no.

¿Qué hacían allí?

Al más viejo lo sorprendí en esa misma colina de la «oscuridad», en una de mis anteriores incursiones. Era Ámar («Luna»), el loco de la cacerola en la cabeza. Para los *badu*, como expliqué, era un *madjnoun*, una especie de poseído de los *žnun*, los diablos maléficos. Habitaba en la zona y se dejaba ver, según. Lo llamaban «Luna», justamente porque «crecía y decrecía y porque aparecía y desaparecía».

Y al verme tomó una piedra y empezó a golpear la cacerola que le servía de casco...

El segundo personaje era una niña, de unos diez o doce años, completamente desnuda, con un pelo negro, enredado y sucio y hasta la cintura. Presentaba el cuerpo cruzado por un buen número de cicatrices y por decenas de bultos o nódulos subcutáneos que me hicieron sospechar algún tipo de enfermedad; quizá una neurofibromatosis (1). No era muy alta. Su delgadez, como la de Ámar, era extrema. Tenía los ojos vivísimos y muy azules. Imaginé que se trataba de una niña abandonada, como tantas...

A sus pies descansaba un objeto de mi propiedad: ¡el cilindro de acero!

Y comprendí. Aquella niña salvaje —lo que los beduinos llamaban *hamaži*— era la responsable del robo de la lucerna, cuando me hallaba junto al manantial, y también la causante de la misteriosa oscilación del petate colgado de la viga... Aquella criatura era la que este explorador había distinguido, durante la noche, entre el ramaje de la encina sagrada y, por supuesto, la ladrona... Fue ella la que, no sé cómo, abrió mi petate y capturó el contenedor con las muestras de pelo y sangre. El cilindro que buscaba el ingeniero.

Los *badu*, en efecto, la tomaron por una *welieh*, un genio benéfico: la *welieh* de la fuente, como la denominaban...

Fue todo rapidísimo.

La niña, al descubrirme, se apoderó del cilindro de acero y, de un salto, escapó entre los peñascos, colina arriba.

El descerebrado, como lo llamaba el *sheikh*, continuó con el repiqueteo de la piedra contra la olla.

Pensé en el cayado. Si activaba los ultrasonidos quizá pudiera detener a la *hamaži*.

Pero la niña, agilísima, se escabulló entre el roquedal. Desistí. Era muy difícil hacer blanco.

(1) Es posible que la niña salvaje de Beit Ids padeciera la enfermedad de Von Recklinghausen, caracterizada, entre otros síntomas, por una infinidad de nódulos subcutáneos (forma periférica de neurofibromatosis). Estos nódulos, derivados de nervios subcutáneos, pueden afectar al sistema neurológico. Se trata de un trastorno hereditario con carácter autosómico dominante. *(N. del m.)*

Y opté por la única posibilidad a mi alcance. Salí en su persecución. Era importante que recuperara el cilindro.

No conté, sin embargo, con el loco de la olla en la cabeza.

Cuando acababa de emprender la carrera entre las rocas, Ámar se alzó y, sin dejar de martillear el metal, gritó, al tiempo que se interponía:

—*Žnun!*... ¡Han vuelto!

Y me derribó.

La vara se escurrió entre los dedos y fue a caer entre las peñas, rebotando aquí y allá, colina abajo.

¡Maldita sea!

Me incorporé como pude y dudé: ¿seguía tras la niña salvaje o recuperaba la vara de Moisés?

El sentido común me hizo desistir de la persecución. La vara tenía prioridad, al menos en esos momentos. Además, difícilmente la hubiera alcanzado...

Recuperé el cayado y levanté la vista: Ámar se perdía ya entre el roquedo. Saltaba con la misma agilidad que la niña. Y deduje que se dirigían a la cima.

Bien. Tarde o temprano daría con ellos. Entonces, ya veríamos...

Recompuse mi maltrecha lámina y la no menos malparada dignidad y reanudé el camino hacia la cumbre.

¿Por qué aquel infeliz repetía lo de los *žnun*? ¿Habían vuelto? ¿Quiénes eran?

El resto del ascenso se registró sin incidentes. No volví a ver a la extraña pareja.

Y al coronar la cima, una brisa fría y relajante me recibió y me serenó.

La cumbre de la colina de la «oscuridad», como ya describí en su momento, era una plataforma rocosa, moldeada caprichosamente por los vientos y por la furia de la lluvia. Era un pedregal azul, horadado como un queso de gruyère.

Lancé un primer vistazo, pero no distinguí al Maestro. Ya me había ocurrido. En otra ocasión caminé muy cerca, pero el Hijo del Hombre, recostado en una de las oquedades, y profundamente dormido, pasó desapercibido para quien esto escribe. Y opté por sentarme y tomarme un respiro.

Pocos minutos después, ante mi sorpresa, a escasa distancia de donde me hallaba, lo vi aparecer... Una de las rocas lo había ocultado. Caminó tres o cuatro pasos y se detuvo al borde del precipicio en el que nos sentamos semanas atrás; el precipicio en el que jugó con la *galgal*...

Y a punto estaba de levantarme y de acudir junto a Él cuando, por detrás de la misma peña, vi aparecer a otro personaje, igualmente familiar...

Fue como si me hubieran cosido al terreno. Quedé nuevamente sin respiración. Y me escurrí entre las rocas, ocultándome. Sé que fue una reacción infantil. Repetí lo mismo que hiciera en las proximidades del pozo de Tantur. No sé exactamente por qué, pero me escondí. Y seguí observándoles...

El segundo personaje se acercó al Maestro. Conversaron. Y, súbitamente, el tipo de la sonrisa encantadora colocó el brazo derecho sobre los hombros del Hijo del Hombre. Era evidente que se conocían y que se apreciaban.

Quedé fascinado, una vez más. ¿Quién era aquel individuo tan singular? La túnica, a plena luz, aparecía mate, y lucía un blanco sin lustre. Los brazos eran enormes y desproporcionados. Parecían cañas. Superaba la estatura del Maestro (1,81 metros) sobradamente. Calculé dos metros, como en el caso de Yehohanan.

Como ya insinué, aunque su aspecto no era agradable, la increíble y tierna sonrisa hacía olvidar todo lo demás.

¿Por qué se presentaba en momentos tan especiales? ¿Qué relación tenía con Jesús de Nazaret?

Y llegué a pensar en algo que, obviamente, no podía demostrar. Pero no mencionaré una idea tan descabellada. Sería fantasear, y gratuitamente...

Y dejé de especular en esa dirección. Quizá no había tal misterio. Quizá se trataba de un conocido, sin más. La idea tampoco me convenció. Eso no tenía sentido. ¿Cómo explicar que hubiera coincidido con el Maestro en un lugar tan remoto como Beit Ids? Y otra cosa que me tenía perplejo: ¿por qué no acerté a cruzar con él ni una sola palabra? Era todo muy extraño...

No sé cuánto tiempo permanecí escondido, pendiente del Galileo y del gigante de la sonrisa encantadora. Hablaron y hablaron, aunque no fui capaz de captar ni una sola palabra. En un par de ocasiones les vi reír. Disfrutaban, evidentemente.

Pasada una hora, más o menos, dieron media vuelta y se alejaron, desapareciendo entre las rocas y las agujas azules de la cima.

` Y allí quedó este explorador, más confuso que nunca...

Un tiempo después, convencido de que habían abandonado el peñasco de los *žnun*, me puse en pie e intenté recapitular. No había podido hablar con el Maestro. No fui capaz de advertirle de la presencia de los Zebedeo. Estaba como al principio...

Y dejé que el Destino me saliera al encuentro. Eso era lo que Él enseñaba. Aproveché el momento y recogí un buen surtido de los hinojos que había descubierto días atrás, y que presentaban signos de deshidratación. Las plantas, habitualmente olorosas, aparecían amarillas y muertas. Algo las dañó. Y lo asocié a la visión de la enigmática «luz» que descendió sobre la colina de la «oscuridad». De vuelta a la «cuna» procedería a su análisis.

Eché un último vistazo a la cima y después a la niebla que había caído sobre Beit Ids y sus alrededores. Era desconcertante. No aparecía deshilachada en los bordes, como hubiera sido lo lógico y natural. Lo dije: era como si la hubieran cortado con un cuchillo... Pero eso era imposible. Me estaba dejando arrastrar por la fantasía...

Y hacia la hora nona (las tres de la tarde), mucho más tranquilo, inicié el descenso.

No hallé ni rastro del loco de la olla, ni tampoco de la niña salvaje. Y a media colina me detuve, intrigado. ¿Cómo era posible? Me froté los ojos. Pero, al volver a abrirlos, comprobé que era cierto. No estaba soñando. ¡La niebla había desaparecido! Se extinguió en cuestión de minutos, quizá en segundos...

La aldea de Beit Ids, las colinas circundantes, el camino, los olivos, todo se apreciaba con nitidez. El sol, huyendo hacia el oeste, lo dibujaba todo en rojo y en naranja. Nunca entendí el porqué de la súbita desaparición de aquella niebla. A no ser que...

Olvidé el enojoso misterio y proseguí a buen paso.

Y volví a dudar.

¿Hacia dónde me dirigía? ¿Regresaba al astillero? ¿Me aventuraba en la cueva? ¿Y los Zebedeo y el ingeniero? ¿Habrían abandonado la zona?

Evité el poblado y, siguiendo el instinto, rodeé de nuevo la «661» y desemboqué en el camino de tierra que corría frente a la cueva de la llave.

Allí volví a detenerme, desconcertado.

Una humareda negra huía por la boca de la gruta. Los *badu* se arremolinaban cerca de la caverna. Algunos gritaban, gesticulaban y solicitaban agua.

Me aproximé despacio. ¿Qué demonios estaba pasando? Distinguí a Jesús y al *sheikh*.

Al llegar al lugar, Yafé, al verme, se arrojó en mis brazos y, con lágrimas en los ojos, agradeció a los dioses que me hubieran conservado la vida. Al principio no comprendí. Después, algo más sereno, explicó que todos pensaban que me hallaba en el interior y que había muerto, abrasado. Alguien, al parecer, metió fuego a la paja y a las maderas de tola blanca que se almacenaban en la cueva.

El Maestro me miró, tranquilo. Él sabía que yo no me hallaba en el interior...

Y, como pudieron, procedieron al apagado del fuego. Y en mi mente quedó flotando una duda: ¿quién fue el responsable del incendio? ¿Quizá la banda de los *dawa-zrad*, cuyo líder murió en el olivar? ¿O debía pensar en la maldita hechicera, la *faqireh*? ¿Fue alguno de los *badu*?

Yafé, el jeque, solicitó excusas por el desaguisado e intentó que pasáramos la noche en la casona. Jesús declinó la invitación. Evidentemente tenía otros planes...

Y nos retiramos al astillero. Allí pasaríamos la última noche en Beit Ids...

Prácticamente no hablamos, ni yo le conté el fugaz «encuentro» con los hermanos Zebedeo. Dejé que los acontecimientos siguieran su curso... Él, lo sé, lo agradeció sin palabras.

Y me dormí en la compañía de las estrellas. Ella, Ruth, estaba allí, lejos y cerca... Ella brillaba para mí... Y la estrella Alnitak me hizo un guiño... Yo la amaba...

23 de febrero, sábado

Alguien me despertó.

Comprobé que estaba amaneciendo. Todos dormían.

Los relojes de la «cuna» señalaron el orto solar de ese día a las 6 horas y 12 minutos.

Era el Maestro. Me tocó en el hombro, suavemente, y susurró:

—¡Vamos, *mal'ak*!... ¡Despertemos al mundo!

Pensé que deseaba despertar al resto de los trabajadores que dormía en el astillero. Pero no. Su intención era otra...

Llevaba el pelo recogido en la habitual cola y una cinta blanca, de lana, alrededor de la cabeza. Eso significaba que Jesús se disponía a caminar y durante un tiempo considerable.

Cargamos los petates y, en silencio, sin despedirnos de nadie, descendimos desde la cota 575 hasta el camino de tierra apisonada que lamía la entrada de la cueva.

Él se adelantó y siguió caminando en solitario, con sus zancadas largas y decididas. Aquélla era otra «señal» para quien esto escribe. Cuando el Maestro deseaba estar solo tenía por costumbre distanciarse unos metros. Lo respeté, naturalmente. Costaba trabajo hacerse a la idea, pero sólo era un observador...

Tomó el camino de Pella, hacia el oeste. ¿Se dirigía a la Galilea, tal y como comentó días antes? Tampoco quise preocuparme. Mi trabajo era seguirle...

No podía quejarme. Me encontraba físicamente bien. En cuanto a la pésima relación con el ingeniero, algo ocurriría... Estaba seguro. Algo terminaría por suceder y todo volvería a ser como antes. Quizá Eliseo había recapacitado y su presencia en Beit Ids se debía al deseo de hacer las paces y proseguir la misión con normalidad...

De estos últimos pensamientos no estuve tan seguro.

Según mis cálculos, necesitaríamos del orden de dos o tres horas para alcanzar la ciudad de Pella. Eran sólo doce kilómetros, pero el Destino era imprevisible. Después, al lado, se hallaban el meandro Omega y el río Artal, de tan gratificantes recuerdos... ¿Seguiría allí Yehohanan? ¿Se detendría Jesús en el *guilgal* en el que paraba el Bautista? Y recordé al no menos imprevisible gigante de las pupilas rojas y las siete trenzas rubias, hasta casi las rodillas. Sentí lástima por él. O mucho me equivocaba o no entraba a formar parte del «plan de trabajo» que había trazado el Maestro en su retiro, en la aldea de los *badu*.

Pronto lo averiguaría...

Y cuando llevábamos recorridos casi tres kilómetros, a la vista del cruce de caminos que conducían a la aldea de Rakib, al norte, a los poblados de Abil y Tantur, al oeste, y a la Perea, al sur, en una de las ocasiones en la que miré atrás, las descubrí...

No podía ser.

¡Dios mío!

Sí, eran ellas. ¿Qué hacía? ¿Avisaba al Galileo? ¿Las esperaba? No, eso hubiera sido una locura...

Jesús no se percató de la presencia de las gemelas. Seguía rápido y decidido. Porque de eso se trataba... Endaiá y Masi-n'āss caminaban muy cerca, a cosa de doscientos metros. Cargaban un zurrón cada una y portaban las temidas varas de avellano. Aminoré la marcha, tratando de pensar. Y en un minuto, creo, por mi cabeza pasó todo un mundo. Las bellísimas *badu* habían sido rechazadas. Pero allí estaban. Las gemelas tenían un carácter endiablado. ¿Pretendían unirse a nosotros? ¿Deseaban que las tomáramos como esposas? ¡Dios santo! Empecé a sudar, de puro miedo...

¿Cómo reaccionaría el Galileo cuando las descubriera? Porque, lógicamente, en algún momento volvería la cabeza...

No, aquello no era justo.

¿Y si sólo fuera una coincidencia? Rechacé la idea. Allí no había ninguna casualidad. Las gemelas, probablemente, nos espiaban y salieron tras nosotros. Era obvio que nos seguían...

¿Qué debía hacer? Yo no podía hacerme cargo de nadie. Las normas de la Operación lo prohibían terminantemente. En cuanto al Maestro...

Me sentí atrapado y sin solución.

Y al pisar el referido cruce de caminos volvió a suceder...

Por nuestra izquierda, al pie de la colina «481», entre los olivos, vi aparecer al tipo de la sonrisa encantadora. Me detuve.

No podía ser...

El hombre caminó decidido hacia las *badu*. Se reunió con ellas, hablaron un instante, y él las tomó de la mano, emprendiendo el camino de vuelta a Beit Ids.

No sé si palidecí. Aquello era surrealista...

Las gemelas, de vez en cuando, volvían las cabezas y me miraban.

Respiré aliviado. Y reanudé la marcha. Al poco, sin embargo, otro pensamiento me inquietó: ¿volvería a verlas?

A la hora prevista, sin tropiezos, rodeamos la ciudad de Pella y fuimos descendiendo hacia el valle del Jordán. La temperatura aumentó considerablemente. Rondaría los treinta grados Celsius.

Jesús dejó que me acercara y conversamos de asuntos intrascendentes. No dije nada sobre las gemelas, aunque poco faltó para que le interrogase sobre el hombre de la sonrisa encantadora. No lo hice.

El Maestro respiraba optimismo. Parecía querer comerse el mundo.

Y pronto averigüé nuestro destino inmediato. Tomó la calzada que unía Pella con Bet She'an y, al llegar al puente de piedra que burlaba al río Artal, se echó a la izquierda y buscó la margen derecha del referido afluente. Se dirigía al campamento de Yehohanan, en el bosque de los «pañuelos», los árboles de veinte metros de altura que se apretaban en el llamado meandro Omega. Aquellos bellos árboles (los *davidia*) lucían miles de flores blancas y colgantes. Y la brisa las mecía y las agitaba, como si de pañuelos al viento se tratase. Quien esto escribe bautizó el lugar como el bosque de los pañuelos. El resto del meandro, en forma de gran herradura, aparecía poblado por tamariscos y un matorral bajo, parecido a la siempreviva, que teñía los pies de la arboleda en un color violeta, muy relajante. A no mucha distancia del puente, en dicha margen derecha, entre las cañas, asomadas a las aguas, destacaban cuatro o cinco grandes lajas de basalto negro, casi planas. El Bautista, siguiendo su costumbre, había trazado un círculo alrededor de uno de los *davidia*. Era su *guilgal*, el círculo protector, dibujado con piedras. En él se movía y en él permanecía con sus discípulos, siempre que estuviera en el campamento. En esta ocasión, el *guilgal* se hallaba a cosa de trescientos metros de las lajas de piedra y casi en el centro geométrico de la «herradura». De las ramas del árbol, como expliqué, colgaban *ostracones* (trozos de arcilla), con leyendas como las siguientes: «Pues he aquí que viene el Día, abrasador como un horno», «Los pisé con ira», «Las naciones temblarán ante ti», «Y los estrellaré, a cada cual contra su hermano»... Eran frases de Isaías, Jeremías, Malaquías y otros profetas; los preferidos del gigante de las pupilas rojas. Aquél, como dije, era el concepto de Yehohanan sobre el Padre... Nada que ver con la idea que trataba de transmitir el Hijo del Hombre.

Entre los árboles distinguí veinte o treinta tiendas. Supuse que eran los seguidores habituales del Bautista.

Todo parecía tranquilo. El sol corría ya hacia lo alto. Calculo que no estaríamos más allá de la hora tercia (nueve de la mañana). Algunos acampados se percataron de nuestra presencia y avisaron a los del *guilgal*. Pude oír los gritos... Jesús continuó caminando, decidido.

Entonces vi levantarse al gigante de dos metros. Retiró el chal de cabello humano con el que se cubría y salió del círculo de piedras. Lo vi correr hacia las lajas del río. El Maestro se detuvo. Nos hallábamos a un paso de las citadas piedras negras.

Yehohanan saltó sobre una de las rocas y, dirigiéndose a su primo lejano, clamó con aquella voz ronca y áspera que le caracterizaba:

«¡Mirad al Hijo de Dios, el Libertador del mundo!...»

Hizo una pausa y esperó a que los suyos, y el resto de los acampados, se aproximaran a la orilla del río. Y siguió señalando al Hijo del Hombre.

«... ¡De éste es de quien he dicho: tras de mí vendrá el elegido que fue antes que yo...!»

Observé a Jesús. Oía impasible. Y me pregunté: ¿quién era el que gritaba? Aquél no era el estilo de Yehohanan. Y allí mismo, al escuchar lo que escuché, llegué a la conclusión de que no era el Bautista quien hablaba. No sé explicarlo. Aquella lucidez no era propia de un desequilibrado...

«... ¡Por esta causa he salido del desierto!... ¡Para predicar el arrepentimiento y para bautizar con agua!»

Alzó la voz y todos se estremecieron:

«¡Se aproxima el reino del cielo!... ¡Aquí lo tenéis!»

Y volvió a señalar a Jesús. Después continuó en su extraña lucidez:

«¡Ya viene aquel que os bautizará con el Espíritu de la Verdad!...»

El Maestro aparecía tranquilo, y dejó que hablara.

«¡Yo he visto al Espíritu descender sobre este Hombre, y he oído la voz de Dios, que decía: "Éste es mi hijo muy amado de quien estoy complacido."!»

Definitivamente, aquél no era el Yehohanan que yo conocía...

Concluido el anuncio, el Bautista regresó al *guilgal*. Nadie dijo nada. No sé si comprendieron.

Y el Maestro, en silencio, fue a reunirse con Yehohanan y sus íntimos. Yo le seguí, intrigado.

Jesús se sentó en el *guilgal*, cerca del Bautista. Allí encontré a todos los «justos». Creo que se alegraron al verme, pero, como digo, nadie acertó a pronunciar una sola palabra. Miraban al Maestro y a Yehohanan, alternativamente, pero ahí terminaba todo. Allí estaban Andrés y su hermano Simón, y también Judas, el Iscariote, y Belša, el viejo amigo, el corpulento persa del sol en la frente. Hacía tiempo que no les veía. Si no recordaba mal, desde el pasado mes de *kisléu* (diciembre), en los lagos de Enaván.

No habían cambiado mucho.

Andrés, más delgado que Simón, seguía con la timidez a cuestas. Me miró y sonrió brevemente. Como creo haber mencionado, era mayor que Jesús. Ese año 26 cumplía treinta y tres años. Presentaba el mismo rostro aniñado y pulcramente afeitado. Su hermano Simón (al que posteriormente bautizaría el Galileo con el sobrenombre de «Piedra» [Pedro]) presentaba un vientre algo más abultado. Había engordado. Miraba sin ver. Lo noté indeciso. En cuanto a

Judas, contemplaba a Jesús desde sus negros y profundos ojos y parecía hacerse mil preguntas. Sin embargo, no abrió la boca.

El ambiente, insisto, era tenso. ¿Qué sucedía? ¿Por qué nadie hablaba?

Fueron minutos embarazosos.

Algunos de los discípulos del Bautista, los llamados «justos», bajaron las cabezas. Otros mantuvieron las miradas sobre el Hijo del Hombre. Eran miradas acusadoras. No entendí. Algo había ocurrido en nuestra ausencia.

Yehohanan, en otro de sus típicos arranques, fue a cubrirse de nuevo con el chal. Y permaneció mudo, dejando que la desagradable situación se prolongara.

Simón carraspeó, sin saber qué hacer. Andrés, a su lado, suplicó calma con las manos.

Fue Jesús de Nazaret quien puso punto final a la tensa escena. Sin decir una palabra se levantó, cargó el petate, y salió del *guilgal*. Nadie dijo nada. Abner, el pequeño-gran hombre, el segundo de Yehohanan, movió la cabeza negativamente, pero no supe qué era lo que lamentaba.

El Maestro caminó despacio entre los *davidia*. Parecía buscar un lugar en el que descansar o pasar la noche. Me fui tras Él, atento. De pronto se detuvo. Se hallaba al pie de uno de los frondosos árboles. Supongo que le agradó y terminó anudando el saco de viaje a una de las ramas.

Y en eso, cuando me disponía a acercarme y compartir con Él el *davidia*, alguien me rebasó. Era Andrés. Llevaba prisa. Se encaminó hacia Jesús. Y al pasar a mi lado me saludó:

—La paz sea contigo, «Ésrin»...

Así me llamaban Yehohanan y los íntimos: «Veinte.»

No tuve tiempo de responder. Me hubiera gustado interrogarle y averiguar qué sucedía entre sus compañeros, los «justos».

Llegó hasta el Galileo y empezaron a conversar. Me quedé quieto, a cosa de diez o doce pasos, expectante. No alcancé a oír sus palabras. Y el Maestro, en otro de sus típicos gestos, terminó depositando las manos sobre los hombros del hermano de Simón. Andrés bajó la cabeza. Después, acercándose al saco, el Hijo del Hombre lo abrió y empezó a buscar en el interior. No supe lo que se proponía.

Ahí me perdí.

De pronto, a mi espalda, oí gritos. Alguien pronunciaba mi nombre y con entusiasmo.

Al volverme descubrí a Kesil, nuestro fiel y querido sirviente. Cargaba un petate y corría hacia quien esto escribe.

No llegué a reaccionar. No lo esperaba. Mejor dicho, no los esperaba...

El bueno del *felah* arrojó el saco al suelo y, sin dejar de correr, se lanzó a mis brazos. Casi me derriba. Kesil lloraba e intentaba explicarse. Dijo algo sobre Beit Ids. Llevaban días buscándome. Por fin, en la aldea de los *badu* les dieron razón y regresaron...

Y en eso lo vi. Entró en el bosque a la carrera. Era el ingeniero.

Presentaba un aspecto lamentable...

Se detuvo a escasos pasos y me miró, desafiante. Sudaba copiosamente y traía la túnica sucia y rota.

La mirada, incendiada por el odio, me intranquilizó. Las ilusiones sobre un posible arreglo naufragaron a la vista de aquel Eliseo nervioso y alterado. Quise decir algo, pero no fui capaz. Kesil también se había quedado mudo. Él sabía que algo no iba bien entre nosotros y se mantuvo al margen.

Eliseo siguió caminando. Llegó a mi altura y me rebasó. No era yo quien le interesaba, de momento...

Alcanzó mi petate y se arrodilló, procediendo a la apertura del mismo.

Me hallaba tan perplejo que no hice un solo movimiento.

Y le vi buscar y rebuscar en el interior. Creí comprender. Creí saber lo que andaba buscando...

Jesús y Andrés se hallaban cerca, conversando. No prestaron atención a la llegada de Kesil y del ingeniero. Me contuve. No deseaba contribuir a un escándalo en presencia del Maestro. Esperaría...

Pero Eliseo, rojo de ira, levantó la vista y me increpó:

—¿Dónde está?

No me permitió responder.

—¿Dónde lo tienes?... ¡Maldito hijo de...!

Kesil, espantado, dio un paso atrás.

Sabía que era el cilindro de acero lo que le interesaba, pero permanecí mudo, con la atención dividida entre Jesús y aquel energúmeno.

Volvió a meter las manos en el petate y extrajo la farmacia de campaña. Mostró las ampolletas de barro, con los medicamentos, y bramó con cinismo:

—Ya no lo vas a necesitar... Y me suplicarás...

Andrés, alertado por el tono de Eliseo, giró la cabeza, intrigado. Jesús continuó de espaldas, aparentemente atareado con el saco de viaje. Sé que Él oyó al ingeniero...

¿Qué era lo que no iba a necesitar? En esos momentos no caí en la cuenta... ¡Maldito bastardo!

Y exclamó, al tiempo que se ponía en pie:

—Haremos un trato, mayor...

Indicó con la vista las ampolletas de barro que sostenía entre las manos y remató con frialdad:

—El cilindro a cambio de los oxidantes...

Sí, Eliseo era un maldito bastardo. Él sabía que la dimetilglicina era fundamental para mi supervivencia. Si dejaba de ingerirla podía recaer de nuevo...

Percibió mi angustia y sonrió, triunfante.

Pasó ante mí, abrió el saco de viaje de Kesil, y guardó las medicinas. Cargó el petate y, dando media vuelta, se distanció. Yo tenía un nudo en el estómago.

Pero, a los tres o cuatro pasos, se detuvo. Giró hacia nosotros y clamó, amenazante:

—No tendrás más remedio que devolverlo... No es de tu propiedad... Te lo garantizo: regresaremos cuando me lo devuelvas...

—No lo tengo —repliqué.

Eliseo deshizo lo andado. Se situó a escasos centímetros de quien esto escribe y me miró a los ojos. Sí, había odio en aquel muchacho...

—Mientes...

Hubiera deseado explicarle cómo lo perdí, pero no tenía sentido. Además, el Maestro seguía allí mismo.

Y al verme dudar, envalentonándose, me lanzó a la cara lo que más podía dolerme. Y lo hizo en voz baja, y en inglés:

—No tienes lo que hay que tener... No me extraña que Ruth te haya despreciado... ¡Maldito afeminado!

Acto seguido dio media vuelta y se alejó con prisas. Kesil, aturdido, se fue tras él.

Fue un mazazo. Yo no era un afeminado y tampoco tenía conciencia de haber sido despreciado por Ruth...

Las fuerzas me abandonaron y me dejé caer sobre el terreno.

¿Cómo habíamos llegado a semejante desastre? No fue la pérdida de los antioxidantes lo que me desmoronó. Ni siquiera la amenaza del ingeniero sobre el retorno a nuestro tiempo. Lo que me hirió profundamente fue la alusión a mi amada...

Y llegué a dudar: ¿me había despreciado? Puede que Eliseo tuviera razón. Yo era un anciano...

No sé cuánto tiempo transcurrió. La cuestión es que, al volver a la realidad, el Maestro y Andrés ya no estaban allí.

Los busqué por el campamento. Ni rastro. Nadie sabía nada.

Y, derrotado, regresé al centro del bosque de los pañuelos. Me senté e intenté ordenar los pensamientos. El Galileo no estaba en Omega. ¿Regresaría? Al parecer se hallaba acompañado por Andrés. Éste guardaba sus cosas en el *guilgal*. Allí se encontraba Simón, su hermano. Según me explicó, deseaban seguir junto al vidente. Andrés, por tanto, tendría que regresar al meandro. De lo que no estaba tan seguro era de las intenciones del Galileo. Se había llevado consigo el saco de viaje. ¿Pensaba volver o seguiría hacia el norte, hacia la Galilea?

Y maldije mi mala fortuna...

Fue entonces, con el sol en el cenit, cuando se presentaron Abner y Belša. Me habían visto de un lado para otro, interesándome por el Maestro. Mi preocupación no pasó desapercibida. Y el segundo de Yehohanan, tomando la palabra, se interesó por mi persona y por mi larga ausencia. A pesar de su repulsivo aspecto, con las encías enrojecidas y sangrantes, la voz aflautada y las costillas casi al aire, aquel *ari*, todo un león, según el lenguaje de los judíos, era un ser entrañable y sincero. Belša también se mostró interesado en mis correrías. Al fin había hallado a su líder. Eso dijo. Y se convirtió en la mano derecha de Abner.

Me extendí hasta donde consideré oportuno, esquivando el asunto de la curación de Ajašdarpan y, por supuesto, sin mencionar las decisiones a las que había llegado el Maestro en su retiro, en las colinas de Beit Ids.

El corpulento Belša fue el que más preguntó: ¿cómo era Jesús?, ¿qué pretendía?, ¿cuál era su mensaje?, ¿era cierto lo que aseguraba Yehohanan?, ¿se trataba del Mesías esperado?, ¿levantaría a la nación judía contra Roma?, ¿despedazaría a sus enemigos?, ¿era un rompedor de dientes, como afirmaban los profetas de antiguo?, ¿era zelota?, ¿portaba armas?, ¿quiénes eran sus «justos»?, ¿por qué había vuelto?...

Tanta pregunta me hizo recelar. Y respondí con evasivas o con medias verdades.

Después, satisfecha, en parte, la curiosidad de los discípulos del Bautista, fui yo quien pasó a la ofensiva y me interesé por lo ocurrido en Omega desde que partí hacia el este en aquel histórico 14 de enero, día del bautismo de Jesús de Nazaret. ¿Qué era lo que sucedía entre los íntimos de Yehohanan? ¿Por qué tanta frialdad cuando apareció el Maestro?

Abner hizo un esclarecedor resumen de la situación.

A raíz de los portentosos sucesos registrados en el río Artal en dicho 14 de enero, las noticias sobre voces celestes y lluvias de color azul se propagaron en todas direcciones. Y fueron muchos los que acudieron al meandro Omega, con la esperanza de ver y de oír al responsable de tales maravillas. Pero ese supuesto Mesías no se hallaba en el lugar y las noticias terminaron desvaneciéndose. La gente se marchó, decepcionada. «Y perdimos otra magnífica oportunidad —aseguró el pequeño-gran hombre—. Todo estaba a nuestro favor... Yehohanan sólo tenía que levantarse en armas. El pueblo lo hubiera seguido...»

Abner, el hombre suerte, como lo llamaban en el grupo, llevaba razón, en parte. Yehohanan no hubiera tenido problemas a la hora de encabezar una sublevación contra los invasores, los *kittim* o romanos. Pero el vidente se echó atrás, y decidió esperar el retorno de su pariente. Esto encendió la polémica entre los suyos y entre sus seguidores. Él era el verdadero Mesías. No tenían por qué aguardar al tal Jesús, ni a nadie. Como ya relaté en su momento, la visión mesiánica de los judíos (1) no guardaba relación alguna con los planes del Maestro. Para la mayoría de los judíos, ese ansiado Mesías era un libertador político-social, que lleva-

_____

(1)   Amplia información sobre el Mesías en *Caballo de Troya* 7 y 8. *(N. del a.)*

ría a Israel al liderazgo entre las naciones. El Mesías en cuestión no procuraría un reino espiritual, como defendía Jesús de Nazaret, sino la victoria sobre los enemigos del pueblo elegido. El nuevo reino, en suma, era un asunto de poder, de poder y de poder...

Fue en esos días de ausencia cuando se presentó en el bosque de los pañuelos una nueva representación de los sacerdotes de Jerusalén. Abner fue muy explícito en sus explicaciones:

«Llegaron aquí con toda su pompa, convencidos de que el vidente era un loco o un iluminado... Y preguntaron a Yehohanan si era Elías... El vidente dijo que no lo era... Y volvieron a preguntar por segunda vez: "¿Eres tú el Mesías del que hablan las Escrituras?"... El vidente dijo: "No soy yo"... Y los sacerdotes argumentaron: "Si no eres tú Elías, ni el profeta que Moisés prometió, ni tampoco el Mesías, ¿por qué bautizas a la gente con tanto alboroto?"... Y el vidente manifestó: "Deberían ser ellos, los bautizados, quienes deberían deciros quién soy yo... Pero responderé a vuestra pregunta: yo os digo que si bien bautizo con agua, algún día regresará aquel que lo hace con el Espíritu de la Verdad..."»

«Y los malditos sacerdotes y fariseos regresaron a la Ciudad Santa, pero no comprendieron... Y nosotros tampoco.»

Abner fue sincero. Aquél, sin duda, fue otro momento de especial lucidez en la vida pública del Bautista.

Aquellos treinta y nueve días, en definitiva, destaparon algo inevitable, desde mi modesto punto de vista. Parte de los íntimos de Yehohanan rechazó al Maestro, incluso sin haberlo visto y sin saber de su mensaje. Jesús de Nazaret se convirtió en el enemigo de su líder. Por eso, al verlo sentado en el *guilgal*, lo despreciaron. Era un conflicto que, tarde o temprano, tenía que estallar.

Otros discípulos, los menos, echaron en cara al vidente que no hiciera milagros. La noticia sobre la curación milagrosa del niño mestizo llegó hasta Omega, pero fue situada, equivocadamente, en la ciudad de Pella. De ahí que no dieran con Ajašdarpan. Y Yehohanan se mantuvo en silencio. La situación fue tan crítica, y tan penosa, que el vidente dejó de bautizar y entró en un estado de permanente mutismo. Cuando Jesús y quien esto escribe alcanzamos el bosque de los pañuelos, la decepción y la confusión dominaban a los «justos». Nadie sabía qué hacer. ¿Cuál sería el futuro de aquel naciente movimiento revolucionario? ¿Quién sería el líder? Y se produjo un grave cisma entre los seguidores del Bautista... Esdras, uno de los discípulos, era el cabecilla de los que criticaban duramente a Yehohanan por no haberse alzado ya contra Roma. En breve, quien esto escribe sería testigo de la primera gran ruptura entre los referidos «justos».

Y hacia la hora décima (cuatro de la tarde) vi aparecer en el bosque a Jesús de Nazaret y al bueno y dulce Andrés. Respiré aliviado...

El Maestro no se detuvo en el círculo de piedra en el que permanecía Yehohanan con su gente. Continuó hasta el centro del bosque de los *davidia* y se reunió con quien esto escribe. Andrés parecía íntimamente feliz. Sonreía por cualquier cosa.

El Galileo abrió el saco y me dedicó una mirada larga. Yo sabía que Él sabía. Sabía que Él sabía de mi tristeza...

Jesús olvidó la intensa mirada y dibujó una sonrisa que fue conquistándome. Retiró la cinta blanca de lana que le cubría las sienes y extrajo del petate lo que sería nuestra cena: carne salada, nueces peladas, aceitunas en salmuera, dátiles de Jericó, recién llegados a Pella, y pan negro, otra especialidad de los *badu*.

Andrés aclaró que el Maestro se había ocupado personalmente de la compra. Y la pagó con su dinero.

—Ahora, despierta, querido *mal'ak*...

Y añadió, al tiempo que me guiñaba el ojo:

—Confía... La esperanza va conmigo, ¿o no?

Asentí.

Mensaje recibido.

Y me apresuré a preparar el fuego. Andrés se ocupó de trocear la carne.

Alcé la vista brevemente y exploré el *guilgal* por enésima vez. Qué gran diferencia entre aquellos hombres y los de este lado del bosque. Los «justos», confusos, habían perdido la esperanza. Nosotros viajábamos con ella...

Jesús buscó el sol entre el ramaje de los *davidia*. Faltaba hora y media, aproximadamente, para el ocaso. Regresó al petate, rescató la túnica de recambio y los enseres para el aseo y se dirigió al Artal. Ésa era otra de sus costumbres.

Andrés y yo seguimos con lo nuestro. El hermano de Simón, como decía, se hallaba feliz. Y no era para menos...

Terminó contándomelo. Lo necesitaba. Deseaba abrir su corazón y compartir su alegría. Así fue como supe de aquellas horas, vividas por el Maestro y por Andrés entre las gentes de la populosa ciudad de Pella, también conocida como Fahil.

Al abandonar el meandro Omega, ambos se dirigieron directamente a la ciudad. Jesús deseaba comprar provisiones. Y así lo hicieron. Y hablaron durante horas...

Andrés conocía a Jesús de tiempo atrás. Aunque nacido en Nahum, el hermano de Simón residía desde hacía años en la pequeña aldea de Saidan, el barrio pesquero de Nahum. Llegaron a trabajar juntos en el astillero de los Zebedeo y coincidieron más de una vez en el *yam*, a la hora de pescar.

—Siempre me llamó la atención aquel Hombre —resumió Andrés—. Yo sabía que era especial...

Andrés vivía en la casa de Simón. En esos momentos se hallaba soltero. Tenía madre y tres hermanas. El padre había fallecido años atrás.

Y en mitad del gentío que llenaba uno de los mercados de Fahil vino a suceder que uno de los operarios que trabajaba en la construcción de una casa terminó precipitándose contra el pavimento. La gente se arremolinó en torno al jovencito y comprobó que se hallaba herido. Jesús y Andrés estaban allí. El Maestro se abrió paso entre los curiosos y examinó al muchacho. Tenía un brazo roto. El Maestro buscó algunas tablas e improvisó un «vendaje», inmovilizando el brazo. Después, con la ayuda de Andrés, lo trasladaron a su domicilio. La familia era de origen persa, muy humilde.

—Y el herido —pregunté con impaciencia—, ¿llegó a sanar?

Andrés no podía imaginar el sentido de mis palabras. Negó con la cabeza, y añadió:

—Que yo sepa, allí se quedó, con el brazo entablillado...

—¿Estás seguro? ¿Recuerdas si el brazo se curó?

—No, no se curó...

No insistí. Empezaba a parecer un perfecto idiota. El recuerdo de lo sucedido con el niño mestizo, en el olivar de Beit Ids, me tenía algo trastornado. Veía milagros por todas partes...

Y el paciente Andrés continuó con lo que verdaderamente importaba.

Camino de Omega no pudo contenerse y le manifestó al Maestro lo que acababa de revelarme:

—Te he observado durante tiempo —dijo— y sé que eres alguien muy especial... Aunque no entiendo lo que dices, me gustaría estar a tu lado y aprender...

Dada la timidez del Galileo, imaginé el esfuerzo que tuvo que desplegar para pronunciar estas palabras.

—... Si lo permites, me sentaré a tus pies y aprenderé la verdad sobre ese nuevo reino del que hablas...

Andrés guardó silencio, rememorando aquel histórico momento. Histórico para mí, no para él. Él, todavía, no sabía...

—Y bien, ¿qué pasó?

—Nada...

—¿Cómo que nada?

—Jesús dijo que sí, que me admitía como discípulo suyo...

Y me miró, atónito, como si el asunto no tuviera mayor importancia.

No dije nada y proseguí con la preparación de la cena. Definitivamente, Andrés no era consciente de lo sucedido de regreso al meandro Omega. Andrés se había convertido en el primer apóstol del Hijo del Hombre. Eso tuvo lugar entre la nona y la décima (entre las tres y las cuatro de la tarde) de aquel sábado, 23 de febrero del año 26 de nuestra era. Era importante que lo recordara...

Andrés no supo explicarlo pero, desde esos instantes, se sintió pleno y feliz. Y supo transmitirlo.

Al retornar a la «cuna», y poner al día estos diarios, eché mano de la «ficha técnica» que había elaborado para cada uno de los «doce», así como para otros personajes, incluso más destacados, y redondeé lo ya escrito. En esos momentos, la ficha de Andrés decía así:

«Nacido en Nahum. Familia de linaje. Elegido apóstol en primer lugar: al atardecer del 23 de febrero del año 26, de regreso al bosque de los pañuelos. Soltero. Habita en la casa de Pedro, en Saidan. La madre vive. Tiene tres hermanas. Lo llaman *segan* (jefe). Cumplió treinta y tres años al ser elegido apóstol. Es el más viejo de los doce. Un año mayor que el Maestro. Estatura: 1,60 metros. Más delgado que Pedro, su hermano, pero también fuerte y robusto. Cabeza pequeña, cabello fino y abundante. Ojos azules. Rostro aniñado. Siempre bien afeitado.

»Personalidad: el más capaz de los doce, aunque negado para la oratoria. Buen organizador y mejor administrador. Pensamiento lógico. Clara visión. Acertado en sus juicios. Muy estable. Gran serenidad. Nervios templados. Bastante incrédulo y pragmático. Desconfía de todos, en especial de su hermano Simón Pedro. Se lleva bien con él. En general serio y distante. Silencioso y tímido. Introvertido. Aparece siempre como preocupado. Buenos reflejos y rápido en sus decisiones. Cuando el problema lo supera acude al Maestro y consulta. Siempre desconfió de Judas Iscariote. Defecto principal: falta de entusiasmo. No le gusta elogiar a nadie. Odia la mentira y la adulación. Le cuesta reconocer los méritos ajenos. Muy trabajador. Todo lo ha logrado con su esfuerzo. Admira a Jesús por su sinceridad y por su gran dignidad.

»Oficio: pescador y constructor de barcos.

»Su padre (fallecido) fue socio del Zebedeo en el negocio del pescado salado. Socio de Santiago y Juan de Zebedeo.

»Ropaje: siempre limpio. Habitualmente armado *(gladius hispanicus)*».

Y conforme el bueno de Andrés confesaba la gran noticia fui percibiendo algo raro... Hablaba y trabajaba con soltura, pero, siempre que podía, ocultaba las manos. Traté de examinarlas, pero se negó, rotundo, y fue a esconderlas bajo las mangas de la túnica. Se ruborizó y solicité disculpas. No era mi intención...

Sonrió con desgana. Comprendí, en parte. El mal que le aquejaba no era bien visto por la sociedad judía en general. Andrés padecía un tipo de psoriasis, una enfermedad que provoca la inflamación de la piel. Las manos, por lo que llegué a apreciar, presentaban las típicas placas escamosas, redondeadas y de diferentes tamaños, eritematosas y cubiertas por escamas imbricadas, de un color blanco grisáceo y plateado. Las uñas casi no existían. Sufría onicólisis o desprendimiento de las mismas por alteraciones tróficas. En los pulgares distinguí las típicas «manchas de aceite». También en el cuero cabelludo se apreciaban otras lesiones similares. E imaginé que la psoriasis habría conquistado otras partes del cuerpo, como las caras extensoras de los miembros (especialmente las espinas tibiales) y la región sacra. La enfermedad en cuestión, como algunas alopecias y otras dolencias dermatológicas, eran consideradas por la ortodoxia judía como diferentes tipos de lepra. Y los portadores, calificados de impuros y, consecuentemente, apartados de la sociedad. No entendí cómo Andrés, enfermo de *sapáhat* (psoriasis), había logrado salir adelante. Cuestión de suerte, pensé. Pero lo que más me extrañó fue el hecho de que dicha dolencia no apareciera en el discípulo en el año 30, cuando lo vi por primera vez. La única explicación es que la psoriasis acabó remitiendo. Pero, como digo, me pareció raro. Y ahí quedó el asunto, medio olvidado.

Andrés recuperó la normalidad y confesó que tenía un gran deseo. Su hermano Simón era un buen hombre, algo torpe en sus decisiones, pero honrado y sincero. Andrés no le veía como discípulo del vidente. Y pensó que sería bueno que siguiera sus pasos y aceptara convertirse en seguidor del Maestro.

Escuché con atención. Él, lógicamente, no sabía que ese deseo estaba a punto de materializarse...

Y preguntó mi parecer. Me encogí de hombros. No podía ni quería influenciarle.

Dicho y hecho. Andrés dejó lo que tenía entre manos y se dirigió al *guilgal*.

Me hallaba a punto de presenciar otro suceso histórico...

Andrés conversó con su hermano. Ambos salieron del círculo de piedras y siguieron dialogando. Andrés le dio la noticia de su reciente nombramiento y Simón, a juzgar por los ademanes, no recibió la designación de Andrés con demasiada alegría. Se llevó las manos a la cabeza en varias oportunidades y caminó arriba y abajo, inquieto.

Finalmente se separaron. Simón volvió al *guilgal* y Andrés regresó con este intrigado explorador. Le pregunté: ¿qué había ocurrido?

Andrés movió la cabeza, negativamente. Parecía desalentado. Su hermano, como sospeché, no se mostró feliz con el nombramiento de Andrés. Eran discípulos de Yehohanan. No debían abandonarle. Eso sería traición... Ésa era la opinión de Simón. Y regresó con el vidente y el resto de los «justos».

—Entonces —pregunté—, ¿ha rechazado la posibilidad?

Andrés indicó que aguardase. Simón era así. Primero decía una cosa y, al poco, cambiaba de parecer... Era su forma de ser.

Lo sabía. Tuve ocasión de asistir a esa debilidad de carácter cuando negó al Maestro en cuatro ocasiones: tres en público y una en privado. Y ya llevaba años con Él...

Observé el comportamiento de Simón. Permaneció sentado un buen rato, con la cabeza hundida entre las grandes manos. Y, de pronto, se incorporó y volvió a abandonar el círculo de piedras. Caminó decidido hasta nosotros y se plantó frente a su hermano. Andrés llevaba razón...

—¡No lo haré! —clamó con los ojos muy abiertos—. ¿Es que no comprendes?

Su hermano siguió con la cena, aparentemente ajeno a la preocupación del impetuoso Pedro.

—¡No lo haré! —repitió, no tan convencido—. Ellos, los «justos», no merecen una cosa así. Además, nos despreciarían...

Andrés abandonó lo que estaba haciendo y le dedicó unas dulces y firmes palabras:

—Es nuestra oportunidad... Ese Hombre no es como el vidente. Hazme caso. Inténtalo al menos...

Simón era inteligente y sabía que Andrés tenía toda la razón.

Entonces, con el rostro grave, sin pronunciar una sola palabra, Simón dio media vuelta y se encaminó de nuevo hacia el *guilgal*.

Andrés me sonrió. Conocía bien a su hermano...

Le vi penetrar en el círculo sagrado y hablar con Abner, el pequeño-gran hombre. El hombre suerte le escuchó en silencio. Después se acercaron a Yehohanan y hablaron con el gigante de las siete trenzas rubias. El Bautista pareció no inmutarse y permaneció en silencio. Supuse que Abner le estaba trasladando la decisión de Simón y de Andrés, de abandonar el grupo.

No hubo reacción del vidente, de momento.

Andrés y yo nos miramos, desconcertados.

Pero, al punto, Yehohanan se levantó y empezó a caminar alrededor del árbol de los *ostracones*. Era su liturgia... Y el resto de los discípulos, obediente, le siguió.

Simón no se incorporó al ritual. Giró sobre los talones y se alejó del círculo.

Al llegar junto a su hermano se llevó el dedo índice izquierdo a la sien y lo agitó dos o tres veces, indicando que el vidente no estaba en sus cabales.

—De acuerdo —cerró el asunto—. ¿Dónde está tu Maestro? Hablaré con Él...

Los relojes del módulo podían señalar las 17 horas. Faltaba media hora, o poco más, para la puesta de sol.

Y Jesús no tardó en presentarse. Vestía la blanca y chamuscada túnica sin costuras, regalo de su madre. «Eso hay que arreglarlo», pensé.

El Maestro, relajado, se sentó cerca del fuego. Noté un olor...

Perfume a sándalo blanco...

Yo lo asociaba con el sentimiento de amistad, con la serenidad en el corazón de Jesús de Nazaret...

Y Él ratificó mis pensamientos con un nuevo guiño. ¿O fue por lo de la túnica?

Estábamos hambrientos. Y la cena discurrió en paz y en silencio, al estilo de los *badu*. En esos momentos me di cuenta del brusco cambio de escenario. Los judíos eran muy distintos de los *a'rab*. Debería extremar la prudencia.

Finalizada la cena, poco antes de la primera vigilia de la noche, Andrés se decidió a hablar. Lo hizo dando un rodeo. Habló de Nahum y de Saidan, de los Zebedeo, del trabajo en el lago y del tiempo que hacía que Simón y él conocían al Galileo...

Observé al Maestro. Había extendido las palmas de las manos hacia la nerviosa hoguera. Parecía esperar algo importante.

Y así fue.

Andrés, a trompicones, terminó exponiendo que su hermano Simón estaría encantado de poder entrar al servicio del Hijo del Hombre, al igual que había sucedido con él mismo.

Simón escuchaba en silencio. De vez en cuando se rascaba la calva, nervioso. Y retorcía las pequeñas y toscas manos. Pero su atención no se hallaba centrada en las palabras de su hermano o en el rostro grave de Jesús. Noté cómo miraba, una y otra vez, en dirección al círculo de piedras en el que se agrupaban los «justos», con Yehohanan a la cabeza. Intuí que seguía preocupado con la idea de la traición al vidente y a sus íntimos. Aquel hombre no tenía arreglo...

Y Andrés, como digo, mal que bien, propuso a Jesús que Simón fuera aceptado como discípulo.

El Maestro replicó al instante. Supongo que hacía tiempo que esperaba dicha proposición.

—Simón —le dijo—, eres un hombre entusiasta, pero no piensas cuando hablas...

El rudo pescador olvidó el *guilgal* y regresó al rostro de Jesús. Se quedó con la boca abierta y los ojos azules fijos en los del Maestro. Temí una de sus locas reacciones. Pero no.

Andrés asintió con la cabeza, en silencio, corroborando lo afirmado por el Galileo. Y Simón, imaginando lo peor, bajó la blanda y redonda cara, reconociendo que aquel Hombre tenía razón. Lo hablé con él en otras oportunidades y supo enfrentarse a la verdad: en esos momentos pensó que Jesús lo rechazaría...

Pero el Maestro, obviamente, tenía otros planes, y prosiguió:

—... Eso es peligroso para el trabajo que voy a encomendarte...

Las numerosas arrugas del rostro de Simón se relajaron. Andrés sonrió, complacido.

—... Te recomiendo que pienses lo que dices...

Simón respondió como un autómata. Movió la cabeza afirmativamente, pero no dijo nada.

Y el Maestro concluyó:

—... Desde ahora te llamaré «piedra»...

Jesús pronunció la palabra aramea *êben*, que podría traducirse por «roca» o «piedra». Estaba claro. Jesús lo aceptó y, de paso, demostró su finísimo sentido del humor. Lo llamó «piedra», justamente por su debilidad de carácter. Pero Simón no captó la sutileza hasta mucho tiempo después...

Calculo que rondaríamos las nueve de la noche cuando se produjo el no menos histórico momento de la elección de Simón como el segundo discípulo del Maestro. Pedro tampoco fue consciente de lo sucedido esa noche a orillas del silencioso río Artal. Su mente, de momento, se hallaba en otra parte: en el *guilgal* de Yehohanan (1).

Y Pedro y Andrés, sobre todo el segundo, se esforzaron por preguntar a Jesús cuanto se les vino a la mente. (En realidad, tanto el Maestro, como el resto de los doce, nunca

(1)   Al retornar al Ravid, como en el caso de Andrés, completé la ficha de Simón. Esto fue lo escrito sobre Êben o «Piedra»: Simón Pedro, nacido en Nahum. Reside en Saidan. Casado. Con él viven su mujer, sus tres hijos, su suegra y su hermano Andrés. En el momento de ser elegido apóstol (21 horas del 23 de febrero del año 26 de nuestra era), Pedro contaba treinta años de edad. Estatura: 1,60 metros. Ojos azules. Cabeza redonda. Cuello grueso. Rostro acribillado por las arrugas. Aparenta más edad de la que tiene. Cara ancha, blanda y redonda como un escudo. Frente amplia. Calvo con algo de pelo en las regiones temporales. Barba encanecida, siempre mal afeitado. Bigote rasurado. No es excesivamente obeso pero presenta grasa en el abdomen y en los costados. Hombros y brazos musculosos. Manos pequeñas y encallecidas. Labios rojos y sensuales. Voz recia, muy característica. Fuertes ronquidos.

Personalidad: tipo pícnico, ciclotímico, con grandes oscilaciones en el carácter. Gran capacidad de sintonización afectiva. Fácil de contagiar de la alegría y de la melancolía. Grandes contradicciones. No piensa antes de hablar: esto le conduce a infinidad de disgustos. Sólo las consultas previas a su hermano Andrés evitan mayores conflictos. Muy fogoso. Radical. Impetuoso. Excelente orador. Es un líder natural. Mente poco profunda. Hace muchas preguntas, algunas superficiales. Presuntuosa confianza en sí mismo. Torpe y cobarde en los ataques por la espalda. Muy valiente en ataques frontales. Escasa paciencia. Lento y tardío en la toma de decisiones. Una vez adoptadas, terco como una mula. Blasfema, aunque nunca delante de Jesús. Habla arameo y lee hebreo. Se defiende en *koiné* (griego). Cuando se encuentra junto al Maestro actúa de forma diferente. Tendencia a exagerar y tergiversar las cosas. Muy preocupado del qué dirán. Bien aceptado, en general, por el resto del grupo. Quiere sincera y profundamente a Jesús. Admira la ternura y la gran paciencia del Galileo.

Oficio: pescador. Es socio de los hijos del Zebedeo.

Ropaje: descuidado. Habitualmente armado. Espada corta y ancha, de doble filo, generalmente oculta bajo la ropa. *(N. del m.)*

llamaron a Simón por el nombre de «Pedro», sino por el ya citado apodo: Êben. Sin embargo, por razones de comodidad y para hacer más comprensible el presente texto, llamaré a Simón como se le denomina en la actualidad: Pedro o Simón Pedro.)

El Maestro hizo lo que pudo. Respondió a las preguntas, pero los hermanos pescadores del *yam* no acertaron a entender. El lenguaje de Jesús era claro y muy didáctico, pero aquellas alusiones a un Padre Azul, sustitutivo del colérico Yavé, iban más allá de su comprensión.

El Hijo del Hombre acababa de inaugurar unas enseñanzas que se prolongarían durante meses y meses...

Escuché en silencio. Todo eso estaba hablado entre el Maestro y quien esto escribe. Me sentí feliz. Olvidé las penurias de la misión y las agresiones verbales de Eliseo. Asistir a esta escena no tenía precio. Era el nacimiento de un grupo, un hermoso grupo, con una bella utopía entre las manos... Por cierto, ¿qué tenía que ver lo que acababa de presenciar con lo relatado por los evangelistas?

Mateo (4, 18-23) dice textualmente: «Caminando, pues, junto al mar de Galilea, vio a dos hermanos: Simón, que se llama Pedro, y Andrés, su hermano, los cuales echaban la red en el mar, pues eran pescadores, y les dijo: "Venid en pos de mí y os haré pescadores de hombres." Ellos dejaron al instante las redes y le siguieron. Pasando más adelante, vio a otros dos hermanos: Santiago, el de Zebedeo, y Juan, su hermano, que en la barca, con Zebedeo, su padre, componían las redes, y los llamó. Ellos, dejando luego la barca y a su padre, le siguieron.»

Marcos, por su parte (1, 16-21) copia prácticamente lo narrado por Mateo. En cuanto al inefable Lucas (5, 1-12), su texto tampoco tiene desperdicio: «Agolpándose sobre Él la muchedumbre para oír la palabra de Dios, y hallándose junto al lago de Genesaret, vio dos barcas que estaban al borde del lago; los pescadores, que habían bajado de ellas, lavaban las redes. Subió, pues, a una de las barcas, que era la de Simón, y le rogó que se apartase un poco de tierra, y sentándose, desde la barca enseñaba a las muchedumbres. Así que cesó de hablar, dijo a Simón: "Boga mar adentro y echad vuestras redes para la pesca." Simón le contestó y dijo: "Maestro, toda la noche hemos estado trabajando y no hemos pescado nada, mas porque tú lo dices echaré las redes." Haciéndolo, cogieron una gran cantidad de peces, tanto que las redes se rompían, e hicieron señas a sus compañeros de la otra barca para que vinieran a ayudarles. Vinieron y llenaron las dos barcas, tanto que se hundían. Viendo esto, Simón Pedro se postró a los pies de Jesús, diciendo: "Señor, apártate de mí, que soy hombre pecador." Pues así él como todos sus compañeros habían quedado sobrecogidos de espanto ante la pesca que habían hecho, e igualmente Santiago y Juan, hijos de Zebedeo, que eran socios de Simón. Dijo Jesús a Simón: "No temas; en adelante vas a ser pescador de hombres." Y atracando a tierra las barcas, lo dejaron todo y le siguieron.»

Los evangelistas, los tres, confunden el escenario. La elección de Andrés y de Simón Pedro no fue en el *yam* o mar de Tiberíades, sino mucho más al sur, en el referido afluente del río Jordán, y relativamente cerca de la ciudad de Pella, en la Decápolis. Tampoco hacen referencia a la tensa situación con el Bautista, y mucho menos a las dudas de Pedro. Ninguno habla de cómo se produjo la elección de Andrés, el primer seleccionado. En cuanto a Lucas, habituado ya a su caótico evangelio, no me asombró que confundiera a Simón Pedro con otro pescador, también llamado Simón. Pero ésa es una historia, muy jugosa, que contaré más adelante. Mejor dicho... Pero no debo adelantarme a los acontecimientos.

Y me resisto a pasar por alto otro «detalle» que pone de manifiesto el desastre evangélico, por utilizar una expresión caritativa...

Marcos (1, 12-14), al hablar del retiro de Jesús de Nazaret tras el bautismo, dice textualmente: «En seguida el Espíritu le empujó hacia el desierto. Permaneció en él cuarenta días tentado por Satanás, y moraba entre las fieras, pero los ángeles le servían.»

Asombroso. ¿Quién pudo informar a Marcos? En Beit Ids, que no tenía nada que ver con el desierto, había fieras: lobos, jabalíes, serpientes y escorpiones, pero Jesús no acertó a ver ni uno solo, que yo sepa. A no ser que el bueno de Marcos se refiera a «Matador» y su banda. Pero creo que no... En cuanto a Satanás, algo oyó el escritor sagrado (?), pero no acertó tampoco.

Dicho esto, creo que debo hacer una rectificación. Yo también cometo errores, y muchos.

Decía que me sentí feliz al oír al Maestro y a sus dos primeros apóstoles en aquella noche del 23 de febrero del año 26. Y decía igualmente que fue el nacimiento de un grupo, con una bella utopía entre las manos... Pues bien, ése fue mi error. No se trataba de una utopía. Una utopía es un proyecto ideal y perfecto, pero imposible de ejecutar. Me equivoqué. El proyecto de Jesús —revelar la verdadera cara del Padre y la hermandad entre los seres humanos— es un asunto bellísimo y esperanzador, pero no utópico; lo considero real... A juzgar por lo que me tocó vivir junto al Galileo, entiendo que ese Padre Azul es mucho más real que la realidad.

La conversación se prolongó un tiempo; no mucho. Todos estábamos agotados.

Pedro, como decía, no dejaba de mirar hacia el árbol bajo el que se cobijaba el grupo de los «justos». Recelaba.

Finalmente, de mutuo acuerdo, nos retiramos a descansar. Jesús utilizó su saco de viaje como almohada y se tumbó al pie de uno de los *davidia*, cerca del fuego. Andrés hizo otro tanto, al lado. Pedro, por su parte, fue a sentarse a tres o cuatro pasos de la hoguera, y se reclinó contra otro de los corpulentos árboles. Yo permanecí frente al fuego durante algunos minutos. Necesitaba absorber todo aquello.

Y me dediqué a observar a Simón Pedro. No dormía. Seguía vigilante y con la vista fija en el *guilgal*. No sé qué pudo pasar por su mente en esos momentos...

En el círculo de piedra no se detectaba actividad. Supuse que dormían. En el campamento, entre las tiendas, se distinguían algunas lucernas de aceite y un puñado de antorchas que iba y venía. Pronto se apagarían...

Jesús y Andrés no tardaron en dormirse. Y Pedro, conquistado por el sueño, empezó a dar cabezadas. Eran cabezadas violentas. Temí que se golpeara contra el suelo. Y arrancaron los ronquidos; unos ronquidos heroicos e insufribles. La cabeza y el tórax se humillaban lenta pero inexorablemente y, por último, Simón se recuperaba y volvía momentáneamente en sí, alzándose y buscando postura contra la madera del árbol. Entonces espiaba de nuevo en dirección al grupo de Yehohanan. Pero el sueño lo vencía y se repetían las peligrosas cabezadas. Y vuelta a empezar...

Busqué postura cerca de la hoguera. Situé a mi lado la vara de Moisés e intenté conciliar el sueño.

Imposible.

Los ronquidos del discípulo atronaron el bosque. No sabía qué hacer ni de qué postura ponerme. Supongo que me obsesioné con el asunto y continué dando vueltas, en un más que inútil intento por descansar.

Pasado un rato me rendí.

Regresé a la hoguera, alimenté el fuego con otra carga de leña, y volví a sentarme, depositando el cayado sobre las piernas.

El sueño se había alejado, definitivamente. Y me dejé llevar por los pensamientos. No tenía ni idea sobre los planes inminentes del Maestro. ¿Regresaría a la Galilea, como dijo? ¿Cuándo? Y una vez allí, ¿qué nos reservaba el Destino?

Volví a reprocharme aquella absurda preocupación. Estaba con Él. Eso era lo que contaba. La vida con Él era una permanente aventura. Debía aceptarlo y sentirme feliz y complacido. Y eso fue lo que me propuse, una vez más...

Pero la noche no había terminado, no señor. Faltaba otro capítulo, no menos electrizante...

Calculo que nos hallábamos en la segunda vigilia de la noche (hacia las dos de la madrugada). De no haber sido por los ronquidos de Pedro, yo diría que el bosque se quedó dormido. No se distinguía una sola luz en el campamento. Las estrellas, atareadas, brillaban en lo alto.

Alimenté el fuego y me resigné. Otra noche en vela...

El Maestro dormía profundamente, y también Andrés.

Entonces, a lo lejos, en la zona del puente de piedra, descubrí una luz amarillenta. Oscilaba.

Me puse en guardia.

Y la luz siguió avanzando hacia el bosque de los pañuelos.

Presté atención y supuse que se trataba de una antorcha.

Se aproximaba despacio, como si el portador caminase con dificultad.

Y al poco llegó hasta el *guilgal*. Me extrañó. El individuo que sostenía la tea parecía conocer el terreno.

Pero no era un hombre; eran dos.

Despertaron a los «justos» y les oí hablar.

Pedro continuaba con los ronquidos y con las peligrosas cabezadas.

Noté cierta alteración en el círculo de piedras. Algunos de los discípulos de Yehohanan protestaron por el alboroto. Otros se alzaron y se aproximaron a los de la antorcha. Y allí permanecieron, conversando, al menos durante una hora. En un par de oportunidades elevaron el tono de las voces. Discutían, pero no acerté a descubrir la razón. Yehohanan no participó en el extraño concilio.

Tentado estuve de aproximarme, pero decidí esperar.

De pronto, la discusión cesó y la antorcha se agitó de nuevo. El portador abandonó el *guilgal* y se dirigió hacia la hoguera que me alumbraba.

Eran dos hombres los que se aproximaban. El resto de los «justos» siguió en el círculo sagrado. Los vi tumbarse nuevamente.

No supe qué hacer, pero acaricié el cayado, dispuesto a cualquier cosa.

No fue necesario. Al llegar junto al fuego reconocí al de la tea. Era Juan Zebedeo. Detrás apareció su hermano Santiago.

Lo confieso. Respiré con alivio...

E imaginé que acababan de retornar de las colinas de Beit Ids. No me equivoqué.

Juan paseó la vista por la escena. A mí casi ni me miró.

Y Santiago, situándose a la altura de su hermano, intentó persuadirle de algo:

—Dejémoslo. Es muy tarde... Mañana preguntaremos.

Pero Juan no respondió. Y fijó los negros ojos en el adormilado Pedro. Percibí una chispa de ira. Aquello no me gustó...

Pasó la antorcha a Santiago y se fue hacia Simón. Se inclinó sobre él y lo zarandeó sin miramientos. Pedro despertó sobresaltado. Y el Zebedeo, sin más, le soltó a quemarropa:

—Dime, ¿es cierto que ahora eres un discípulo de Jesús?

Noté rabia en el tono de Juan.

E insistió, colérico:

—¡Responde!... ¿Es cierto?

Pedro, que sólo comprendió a medias, respondió balbuceante:

—No sé... Sí, lo soy..., pero, en realidad, fue mi hermano...

No había duda. Aquél era el estilo de Simón Pedro.

—¿Sí o no?

Pedro se incorporó e hizo un gesto con la mano, indicando a su hermano. Juan, entonces, sin disimular el disgusto, se encaminó hacia el dormido Andrés y repitió la escena. Lo zarandeó y lo despabiló sin contemplaciones. Santiago se acercó y solicitó de Juan que se comportase. «Ésas no son maneras...», le censuró. Pero Juan Zebedeo tampoco respondió. Y siguió a lo suyo.

—¿Es cierto que ahora sois sus discípulos? ¿Es cierto que habéis traicionado al vidente?

Andrés no necesitó mucho tiempo para entender la situación. Y, fríamente, confirmó la primera de las cuestiones.

—Así es: ahora somos sus discípulos...

Respecto a la segunda pregunta, Andrés no se dignó responder. Hizo bien. El soberbio y engreído Juan lo tenía merecido.

Juan lanzó una maldición y pateó la tierra. Santiago, conciliador, puso la mano sobre el hombro de su hermano e intentó calmarlo. Juan rechazó el gesto y continuó pateando el suelo, una y otra vez.

—¡Traidores! —bramaba—. ¡Traidores!...

Entonces, presa de la ira, se arrodilló frente al Maestro.

Me eché a temblar. ¿De qué era capaz aquel energúmeno? Me puse en pie y llevé los dedos a la parte superior del cayado, al clavo de los ultrasonidos. Si era necesario los utilizaría, naturalmente. Jesús estaba por encima de todos...

Pero, cuando el Zebedeo se disponía a zarandearlo, Jesús abrió los ojos. Juan se contuvo. Y el Maestro se sentó, reclinándose en el *davidia*. Observó a los presentes y guardó silencio. La mirada lo penetraba todo y también al impulsivo Zebedeo. Éste, supongo, percibió el fuego de aquellos ojos color miel, casi siempre dulces y pacíficos pero, en ocasiones, temibles.

Juan, entonces, echando mano de la moderación, habló así:

—¿Cómo puede ser que hayas elegido a otros cuando nosotros te conocemos de antiguo?... ¿Cómo es posible que, mientras mi hermano y yo te buscábamos en las colinas, tú hayas seleccionado a Simón y a Andrés como los primeros asociados para el nuevo reino?

El Maestro dejó que se calmara. Juan terminó sentándose al lado del Galileo y lo mismo hizo Santiago. Pedro, sin embargo, continuaba pendiente de la gente del *guilgal*. Tampoco era consciente de que, en cierta medida, había negado su condición de discípulo del Maestro. Andrés siguió serio y mudo. Aquella escena no se le olvidaría jamás...

Finalmente, cuando el Hijo del Hombre lo estimó oportuno, dirigiéndose a Juan y a Santiago, alternativamente, preguntó:

—Decidme: ¿quién os mandó buscar al Hijo del Hombre cuando se hallaba ocupado en los asuntos de su Padre?

Nadie replicó. Pero, al poco, Juan volvió a la carga, dando toda clase de detalles sobre la infructuosa búsqueda de los hermanos en la zona de Pella y en las colinas próximas. Jesús escuchó con atención. Al final, al dirigirse de nuevo a los Zebedeo, noté un cierto reproche en sus palabras:

—Debéis aprender a buscar el nuevo reino en vuestros corazones...

El Maestro me dedicó una fugaz mirada.

Mensaje recibido.

Y continuó:

—... y no en las colinas. Lo que buscabais ya está en vuestro interior.

Y aclaró el asunto de la selección de Andrés y de Simón Pedro:

—Vosotros, en efecto, sois mis hermanos y no necesitáis que yo os elija...

Hizo una pausa y los exploró con la mirada. Ambos comprendieron.

—... ya estabais en el reino... Levantad el ánimo... Preparaos para ir a la Galilea... Mañana partiremos.

Ésa era una noticia. Y cuando pensábamos que las cosas habían quedado aclaradas y zanjadas, Juan Zebedeo, contumaz, insistió:

—Pero, dime: ¿seremos mi hermano y yo iguales a Simón y a Andrés? ¿Ocuparemos el mismo puesto en el nuevo reino?

Juan no tenía solución y, lo que era peor, no sabía de qué hablaba Jesús...

El Maestro se puso en pie y Juan y Santiago le imitaron. Entonces, aproximándose, fue a colocar las manos sobre los respectivos hombros de Juan y de Santiago y, suave y cariñosamente, pronunció las siguientes palabras (unas palabras misteriosas):

—Vosotros ya estabais conmigo, en el reino, antes de que éstos solicitaran ser mis discípulos... Aun así os digo que podríais haber sido los primeros si no os hubierais dedicado a buscar al que nunca estuvo perdido... En el reino futuro deberéis aprender a hacer la voluntad del Padre, y no a satisfacer vuestras ansiedades.

Ahí concluyó el incidente. El Maestro rogó que descansáramos. Al alba nos pondríamos en movimiento.

Faltaban unas tres horas para el orto solar. Y todos se acomodaron e intentaron dormir un rato. Simón siguió despierto. Yo volví a sentarme frente al fuego y repasé lo ocurrido. Acababa de asistir a la aceptación del tercero y cuarto de los apóstoles de Jesús de Nazaret: Juan y Santiago de Zebedeo. Aunque lo correcto sería decir que no hubo designación. Jesús, en ningún momento, los recibió como sus discípulos. No hubo un «sí» oficial. Ellos se unieron al grupo porque eran amigos del Galileo, y de muy atrás. Ésta fue la verdad, y no la que contaría Juan en su evangelio (1, 35-41). Como ya expliqué en otro momento de estos diarios, Juan, sencillamente, no contó toda la verdad a la hora de escribir el referido texto evangélico. Basta con echar un vistazo para captar la manipulación del Zebedeo. «Al día siguiente —reza el mencionado evangelio—, otra vez hallándose Juan con dos de sus discípulos [se refiere al Bautista], fijó la vista en Jesús, que pasaba, y dijo: "He aquí el cordero de Dios." Los dos discípulos, que le oyeron, siguieron a Jesús. Volviose Jesús a ellos, viendo que le seguían, y les dijo: "¿Qué buscáis?" Dijéronle ellos: "*Rabbí*", que quiere decir Maestro, "¿dónde moras?". Les dijo: "Venid y ved." Fueron, pues, y vieron dónde moraba, y permanecieron con Él aquel día. Era como la hora décima. Era Andrés, el hermano de Simón Pedro, uno de los dos que oyeron a Juan y le siguieron...»

A diferencia de los otros evangelistas, Juan, acertadamente, no sitúa el pasaje en el *yam* o mar de Galilea. Pero confunde las palabras de Yehohanan cuando el vidente se dirige a Jesús. Esto sería lo de menos si lo comparamos con algo... inexplicable. ¿Por qué Juan de Zebedeo no refiere la aceptación (?) de su hermano y la de él mismo como discípulos del Galileo? Él estaba allí. Sólo se me ocurre una explicación: de haberlo contado, Juan tendría que haberlo hecho en su totalidad, incluyendo su desafortunado interrogatorio a los hermanos pescadores y, especialmente, al Hijo del Hombre. Eso hubiera lastimado su imagen de cara a los seguidores del Galileo y de la naciente Iglesia. Juan fue incapaz de reconocer su vanidad y sus malos modos y ocultó lo sucedido a orillas del río Artal. Habla de Andrés, sí, pero silencia el reproche de Jesús. Y tampoco fue cierto que Andrés y Pedro fueran tras el maestro y le preguntaran dónde moraba. Era absurdo. Todos se hallaban en el mismo lugar: el meandro Omega. Uno tiene la sensación de que Juan intentó salir del apuro como pudo, pero lo logró a medias...

Andrés y Pedro le contaron los pormenores de sus respectivas designaciones, pero Juan desfiguró los hechos en su propio beneficio. Tampoco contó la visita del Maestro a la ciudad de Pella, en compañía de Andrés, ni la asistencia de Jesús al muchacho que resultó herido. En cuanto a las dudas de Simón Pedro y a sus recelos respecto a la posible traición al grupo del Bautista, ni palabra. Eso hubiera empañado igualmente la imagen del futuro líder y cabeza de la Iglesia. Sencillamente, no interesaba. Y la verdad, una vez más, fue manipulada. Los seguidores de las iglesias deberían saberlo. Nada fue como cuentan los mal llamados «escritores sagrados»...

Como decía el Maestro, «quien tenga oídos que oiga...».

Y al regresar al Ravid perfilé las «fichas técnicas» de Juan y de Santiago de Zebedeo. El primero moriría sin haber sido capaz de superar su vanidad y engreimiento (1).

(1) Ficha de Santiago de Zebedeo: tenía treinta años cuando se unió al grupo del Galileo. El hecho tuvo lugar en la madrugada del 24 de febrero, domingo, del año 26 de nuestra era. Aproximadamente a las 03 horas. Vive en Saidan. Está casado. Tiene esposa y cuatro hijos. Estatura: 1,80 metros. Rostro afilado, anguloso y pétreo. Desafía con la mirada. Voz reposada y segura. Conoce a Jesús de antiguo.

Personalidad: muy contradictoria. Fogoso cuando algo le provoca. Se justifica siempre. Se irrita ante la injusticia. Un día aparece locuaz y al siguiente silencioso. Se aísla con demasiada frecuencia. Taciturno. Distante en la mayoría de las ocasiones. Pasa días enteros «ausente». Buen orador (el mejor después de Pedro y Mateo Leví). Racional, práctico, frío y calculador (cuando no aparece enfadado). De pensamiento rápido. Disfruta de la cualidad de ver todas las caras de un mismo problema. Tolerante si no se le provoca. Comprende y admite a todo el mundo. Es muy sensato. No demuestra prisa. Es valiente. Se lleva bien con sus hermanos. Al principio aspiraba a un alto puesto en el reino. Ha sido el que mejor ha comprendido el mensaje del Maestro. Admira a Jesús por su compasión.

Oficio: pescador y socio de Andrés y de Pedro.

Ropaje: siempre cuidado. Armado cuando viaja.

Juan de Zebedeo: tenía veinticuatro años cuando se unió al grupo del Galileo. Es el más joven de los doce. Baja estatura. Enjuto como una caña. Ojos negros como el carbón. Callos en los pies. Se mordisquea las uñas. Facciones finas. Tartamudea cuando se encoleriza. Soltero. Vive en Saidan con sus padres y hermanas.

Personalidad: detecto cierta tendencia a la homosexualidad. Reacciones infantiles. Gran defecto: engreimiento y vanidad. Fue muy mimado en la infancia. Intolerante. Sufre notables cambios de personalidad, con ataques de cólera. Muy autoritario. En general habla poco y piensa mucho. En ocasiones se comporta con valentía y gran serenidad. Muy imaginativo y astuto. Supersticioso. Siente terror por las serpientes. Oculto rechazo al matrimonio y a tener hijos. A veces, ataques de histeria. Entiendo que sufre psiconeurosis, con pérdida del control de sus actos. No es una novedad para el grupo. En primavera y otoño se recrudecen dichos ataques. En tales crisis suda copiosamente y habla consigo mismo. Tendencia a pasar de la risa al llanto.

Admira el amor y el altruismo de Jesús de Nazaret. Está impresionado por la confianza del Maestro en Ab-bā.

Conoce a Jesús desde el año 14 de nuestra era. Ha sido el representante del Maestro en asuntos familiares. Le irrita la incomprensión de la familia hacia el Galileo. No entiende la postura de la Señora.

Oficio: pescador y socio de Andrés y de Pedro.

Ropaje: muy cuidado. Armado. *(N. del m.)*

Del 24 al 25 de febrero

Ese día, el alba se registró a las 6 horas, 11 minutos y 13 segundos.

Y, de acuerdo con lo previsto por el Maestro, nos dispusimos para viajar.

Desayunamos los restos de la cena y alguien consiguió leche caliente. La gente, en el campamento, fue desperezándose poco a poco. Todo volvía a la normalidad...

Objetivo: la Galilea.

Y cada cual dispuso sus pertenencias.

Pero, de pronto, en pleno desayuno, oímos voces. Varios discípulos del Bautista gritaban y gesticulaban en el *guilgal*. Todos volvimos las cabezas hacia el círculo de piedras. E imaginé que se trataba de otra discusión. Abner, el segundo de Yehohanan, aparecía en mitad de la trifulca.

El Maestro, sentado junto al fuego, alzó los ojos hacia el *guilgal*, pero continuó mojando el pan en la leche. Tenía el rostro serio.

Y el vocerío fue a más.

Dejé los dátiles en las manos de Andrés y me aproximé al árbol de los *ostracones*. La disputa seguía enconándose. Unos gritaban y los otros lo hacían con más rabia. No terminaba de entender...

Judas y Belša se mantenían al margen y observaban con curiosidad.

Abner, al verme, se apartó del grupo que disputaba y se acercó a este explorador. Tenía los ojos enrojecidos. Supuse que no había dormido gran cosa. Y explicó la razón del nuevo conflicto. Un tal Esdras —uno de los últimos en incorporarse al círculo de los íntimos de Yehohanan— acababa de insultar al vidente. Lo llamó traidor. Las palabras del gigante de la colmena, pronunciadas el día anterior, cuando el Maestro entraba en el bosque de los pañuelos («Mirad al Hijo de Dios, el Libertador del mundo.») no gustaron a Esdras ni tampoco a varios de los «justos».

Esdras era un judío casi negro y cojo. Era el que más vociferaba.

En un momento de la riña logró que las voces amainaran y exclamó, lleno de ira:

—Dice el profeta Daniel que el Hijo del Hombre llegará con gran poder y gloria y envuelto en las nubes del cielo... Ese carpintero no puede ser el Libertador de Israel...

Y preguntó con ironía:

—¿Es que de Natzrat (Nazaret) puede salir semejante don divino?...

Abner protestó y se incorporó de nuevo al grupo.

Esa frase me resultó familiar. No tardaría en oírla de nuevo...

Y Esdras concluyó con unas palabras que tampoco gustaron a los que se mantenían fieles al vidente:

—Este Jesús, por la bondad del corazón de Yehohanan, ha engañado a nuestro maestro... ¡Mantengámonos apartados de este falso Mesías!...

—¡Mientes! —le interrumpió Abner—. Nadie ha engañado a nadie...

Y Esdras, furioso, empujó al pequeño-gran hombre, que rodó, literalmente, por el *guilgal*. Al punto, cinco espadas de doble filo se detuvieron a escasos centímetros de la garganta del cojo.

Miré a Yehohanan. Seguía imperturbable, sentado bajo el árbol, como si la disputa no fuera con él.

Belša y yo cruzamos una mirada. El persa parecía tranquilo. A juzgar por la expresión de su rostro pensé que se alegraba de lo ocurrido. Pero sólo fue un presentimiento.

Abner se alzó de inmediato y ordenó a sus hombres que envainaran los *gladius*. Lo hicieron despacio y de mala gana.

Y en silencio, tras escupir a los pies de Abner, Esdras tomó sus pertenencias y salió del círculo de piedras. Otros le siguieron. Y los vi perderse hacia el puente de piedra.

Judas, impasible, volvió a lo suyo. Y no pude evitar un pensamiento: hallándose tan cerca del Iscariote, ¿por qué

Jesús no se acercó a él y lo designó como uno de sus discípulos? E imaginé también que el Destino sabía lo que hacía. No me equivoqué...

Regresé junto al Maestro. Nadie preguntó ni hizo comentario alguno. Cada cual cargó su saco de viaje o zurrón y aguardamos las instrucciones del Galileo. El Hijo del Hombre, muy serio, se puso al frente de la pequeña comitiva y se encaminó hacia el puente. Pero, al pasar junto al *guilgal*, el Maestro se detuvo. Dejó el petate en el suelo y entró en el círculo. Abner se puso en pie y me interrogó con la mirada. Me encogí de hombros. No sabía...

Jesús, entonces, llegó hasta Yehohanan. El vidente siguió sentado. Se miraron y, por último, el Maestro exclamó:

—Mi Padre te guiará ahora y en el futuro, como lo hizo en el pasado...

Eso fue todo. Yehohanan no replicó. Y el Maestro, dando media vuelta, abandonó el *guilgal*. Tomó el saco y reemprendió la marcha.

Nunca más volverían a verse, al menos en la Tierra...

Yehohanan y Jesús de Nazaret hablaron cuatro veces en la vida.

Podían ser las siete de la mañana...

Alcanzamos la calzada romana que unía Pella con la también ciudad pagana de Bet She'an y nos sumergimos en otro mundo. El día, azul, prometía calor. Decenas de caminantes aprovechaban el relativo frescor de la mañana y arreaban corazones y ganados, con prisas. Los gritos y maldiciones de los inevitables burreros me devolvieron a la realidad. Y empezamos a esquivar ovejas y onagros. Era el retorno a la «civilización»...

Supuse que Jesús, si deseaba llegar a la Galilea esa misma jornada del domingo, escogería el camino más rápido: el que discurría paralelo a la margen derecha del río Jordán, y que este explorador había transitado en otras oportunidades. En total, hasta la orilla sur del *yam*, algo más de treinta kilómetros. Eso representaba un tiempo aproximado de siete u ocho horas, si todo iba bien, claro está. Me equivoqué, una vez más...

Jesús tomó la delantera. A corta distancia caminaban los hermanos Andrés y Simón Pedro. Algo más atrás, absortos en sus conversaciones, los Zebedeo. Por último, cerrando el grupo, como era igualmente habitual, quien esto escribe. La idea, deduje, era cubrir los 27 estadios (cinco kilómetros) que separaban el meandro Omega del Jordán, siempre por la referida y cómoda calzada. Después, pensé, al cruzar el río, frente a la aldea de Ruppin, giraríamos hacia el norte y seguiríamos la ruta de Hayyim, Hasida, Bet Yosef, Yardena, Gesher, Afiqim, Ma-Agan y, finalmente, Degania y Senabris. Un viaje cómodo, en principio.

Pero no...

No habríamos recorrido ni un kilómetro cuando Jesús se detuvo. El resto hizo otro tanto y rodeó al Maestro. Entonces lo vi. Era Felipe, llamado de Saidan. Lo había conocido en el año 30. No había cambiado gran cosa: vientre prominente, ojos verdes, nariz curva, más avanzada que la del Maestro, y un solo diente en el maxilar inferior. La calvicie lo perseguía con encono. Era un *guibéah*, como llamaban a los calvos. Vestía una túnica amarilla, muy aparatosa. Cargaba un zurrón, en bandolera. Debajo de la faja aparecía una vaina de madera con el típico *gladius hispanicus*.

Se conocían del *yam*. Felipe vivía en Saidan y trabajaba en lo que fuera menester, aunque lo suyo (después lo supe) eran los aceites esenciales. Había visto a Jesús en muchas ocasiones, aunque no puede decirse que tuvieran amistad. Se conocían de vista, sin más.

Con él caminaba otro galileo, Natanael o Bar Tolmay (en arameo): hijo de Tolmay, al que los creyentes llaman hoy Bartolomé. Era el año 26 (febrero) y Bartolomé no era conocido de Jesús, ni tampoco del resto de los discípulos. Era la primera vez que se veían. Bartolomé era amigo y socio de Felipe en los negocios de exportación e importación. Residía habitualmente en la aldea de Caná, en la Galilea. Según dijeron se dirigían al meandro Omega, para informarse sobre el supuesto Mesías, un tal Yehohanan. Querían saber si se trataba del Libertador de Israel, como decían.

Bartolomé tampoco me reconoció, por supuesto. Arrastraba la pierna izquierda, como en el futuro. Aparecía igualmente fajada con vendas de cuero que trataban de aliviar un antiguo problema vascular: unas venas varicosas (varices), tan frecuentes entonces como en nuestro «ahora».

Lo observé, curioso. Presentaba el mismo hirsutismo (cuerpo muy velloso) y aquellas llamativas «telangiectasias» o dilataciones localizadas de los vasos capilares de reducido calibre, y que daban a la nariz un aspecto muy peculiar. Siempre me llamó la atención su nariz: deformada, redonda como una pelota de golf y pintada de rojo por causa de las venitas. Los ojos, interminables y profundos, daban equilibrio a su desafortunado físico. El rostro, más ancho que alto, recordaba un escudo romano. De él colgaba una barba larga y cana, abierta en abanico. Los labios, muy sensuales, aparecían siempre humedecidos.

Nos orillamos. Y el grupo continuó departiendo. Bartolomé se salió de la calzada y dio unos pasos por el campo. Y se dispuso a orinar. Después, visiblemente cansado, fue a sentarse al pie de una morera, y esperó a que su amigo terminara la conversación.

El Maestro tomó aparte a Santiago y le explicó el camino a seguir. Yo fui el primer sorprendido. No marcharíamos por el valle del Jordán, como había calculado quien esto escribe, sino que nos adentraríamos en el valle de Yezrael, al oeste, y buscaríamos la ruta de Naín.

¿Naín? ¿Para qué?

No pregunté, naturalmente. El Maestro era una caja de sorpresas.

Y Pedro y el resto aprovecharon la ocasión para notificar a Felipe que acababan de unirse a Jesús en lo que Pedro calificó como «la construcción del nuevo reino». Entiendo que el voluntarioso Simón Pedro no sabía muy bien de qué hablaba, pero su entusiasmo deslumbró al de Saidan. Y, sin más, directamente, le sugirió que se uniera a ellos. El de la túnica amarilla se quedó perplejo. No era esto lo que pretendía. Ellos buscaban al Mesías... Y Pedro asintió con una seguridad que me dejó atónito:

—Ya lo has encontrado... Habla con Jesús... Pregúntale...

No lo meditó ni un segundo. Se fue hacia el Maestro, interrumpió las explicaciones que le estaba dando a Santiago de Zebedeo, y le soltó, sin más:

—Maestro, ¿debo llegar donde Yehohanan o debo unirme a mis amigos y seguirte?

Jesús le miró, complacido. El rostro del Galileo se iluminó y, abrazándole con una sonrisa, respondió seguro y decidido:

—¡Sígueme!

Y el Maestro continuó con el asunto del viaje, como si tal cosa.

Felipe dio media vuelta y regresó con sus amigos. Se hallaba tan desconcertado y feliz que no acertó a parlamentar en un buen rato. Todos lo acogieron sonrientes y lo abrazaron. Felipe flotaba.

Y, al poco, recompuesto el ánimo, se apartó del grupo y se dirigió presuroso al olvidado Bartolomé. Me fui tras él y disimulé, orinando. Felipe dijo que había encontrado al Libertador de Israel y que Jesús acababa de admitirlo en sus filas. El de Caná lo miró con escepticismo y replicó a media voz, sin conceder demasiada importancia a lo manifestado por su socio:

—¿De dónde viene ese Libertador?

—Es Jesús de Nazaret, el hijo de José, el carpintero... Ahora vive en Nahum y trabaja en el astillero de los Zebedeo.

Bartolomé sonrió burlón y proclamó:

—¿Puede algo tan bueno venir de Natzrat?

—Ven y verás...

Y Felipe arrastró a su amigo a la presencia del Maestro.

Entonces se produjo una escena un tanto embarazosa. Nadie dijo nada. Todos miraban a Jesús. Parecían embobados.

Y el Galileo, leyendo en los corazones de aquellos hombres, exclamó:

—He aquí un auténtico israelita... Un hombre sin engaño.

Volvió a sonreír, colocó las manos sobre los hombros de Bartolomé, y ordenó, rotundo:

—¡Sígueme!

El de Caná permaneció con la boca abierta, sin dar crédito a lo que estaba oyendo. Por último, bajando a la realidad, se dirigió a Felipe y dijo:

—Es cierto... Tienes razón... Él es un maestro. Yo también le seguiré, si es que soy digno...

Jesús, entonces, asintió con la cabeza y repitió:

—¡Sígueme!

Acababa de asistir a la elección del quinto y del sexto discípulos. Podían ser las ocho de la mañana del domingo, 24 de febrero del año 26 de nuestra era.

Tampoco Juan, en su evangelio (1, 48-51), acertó con las últimas palabras de Bartolomé y de Jesús (1). El Maestro no habló de ninguna higuera (era una morera) y tampoco hizo alusión a esos ángeles de Dios, subiendo y bajando sobre el Hijo del Hombre. Sin comentarios... (2)

(1)   El citado texto evangélico dice así: «... Díjole Natanael: "¿De dónde me conoces?" Contestó Jesús y le dijo: "Antes que Felipe te llamase, cuando estabas debajo de la higuera, te vi." Natanael le contestó: "*Rabbí*, tú eres el Hijo de Dios, tú eres el Rey de Israel." Contestó Jesús y le dijo: "¿Porque te he dicho que te vi debajo de la higuera crees? Cosas mayores has de ver." Y añadió: "En verdad os digo que veréis abrirse el cielo y a los ángeles de Dios subiendo y bajando sobre el Hijo del Hombre".» *(N. del m.)*

(2)   Al retornar al Ravid, las fichas técnicas de Felipe y de Natanael o Bartolomé quedaron como sigue:

Felipe, de Saidan: tenía veintisiete años en el 26, al unirse a Jesús. Se conocen de tiempo atrás. Vive en Saidan. Está casado. No tiene hijos. He llegado a conocer a seis de sus hermanos.

Estatura: 1,70 metros. Calvo. Tendencia a engordar. Vientre grueso. Ojos verdes. Nariz típicamente judía. Problemas con la dentadura. Miope.

Personalidad: falta total de imaginación. Minucioso. Metódico y tenaz. Muy trabajador. Prosaico. Es el gran curioso del grupo. Lo llaman «curiosidad». Le gustan las matemáticas abstractas. Hace bien las cosas pequeñas. Expresión favorita: «¡Ven!» No le gusta la oratoria, pero resulta persuasivo en privado. Tiene miedo a la gente. Mente honesta pero poco espiritual. Parlanchín incorregible. Le gusta gastar bromas y acepta bien que se las gasten a él. Experimenta fobia a las tormentas (especialmente a los truenos). Se come las uñas cuando está nervioso. Su gran pasión son los aceites esenciales. Dispone de un pequeño laboratorio en Saidan.

Admira a Jesús por su generosidad.

Oficio: pescador. Es hábil en cualquier trabajo.

Ropaje: casi siempre viste de amarillo. No he averiguado por qué. Habitualmente armado.

Anexo: oculta obsesión sexual. Es heterosexual.

Bartolomé (Natanael): tenía veinticinco años en febrero del año 26, al unirse al grupo de los discípulos de Jesús.

Estatura: 1,58 metros (es el más bajo del grupo). Ojos negros y profundos (muy expresivos). Pestañas largas y tupidas. Piernas cortas. Varices en la izquierda. Manos cortas y velludas. Hipertenso, con problemas circulatorios. Cojea de la pierna izquierda en las caminatas. Perfil redondeado. Vientre abultado. Tendencia a engordar. Cara pentagonal (en forma de escudo). Calvicie prematura. Pelo negro. Frente despejada. Brazos cortos, musculados y velludos (hirsutismo). Cuerpo, en general, muy velloso. Nariz con «telangiectasia» y en forma de pelota de golf. Barba cana y rizada, en abanico. Labios carnosos y sensuales, siempre húmedos.

Vivía en Caná de Galilea, con sus padres. Soltero. Es el menor de siete hermanos.

Una hora después (hacia la tercia: nueve de la mañana) rodeamos Bet She'an por su flanco este y proseguimos a buen paso por la misma calzada, en dirección noroeste; supuestamente hacia Naín. Calculé unas cuatro horas de viaje...

Y nos adentramos en el valle de Yezrael. Nada que ver con el del Jordán. Allí todo es plano, casi sin horizontes. Todo era verde, rojo y más verde. Todo parcelado minuciosamente. Allí apuntaba el cereal y se divisaba, por doquier, la buena mano de los *felah*, los hábiles campesinos judíos. Frutales sin orden ni concierto, hortalizas preparadas para la exportación y para el Templo de la Ciudad Santa, acequias rumorosas y el blanco de las aldeas, aquí y allá, sorprendiéndonos. La temperatura fue suavizándose.

Dejamos atrás las murallas de la caótica Bet She'an y enfilamos una larga recta.

El tránsito de hombres y animales decreció sensiblemente. Y Jesús, feliz, aminoró la marcha, proporcionando un respiro al renqueante Bartolomé. El grupo, entonces, se hizo una piña.

Y en eso las vimos volar...

Las había a cientos.

Eran las *Ciconia ciconia*, las bellas cigüeñas blancas procedentes del norte (actual Europa), que gustaban invernar en aquella región y en el Jordán. Algunas bandadas volaban en formación, en «V», y otras se disputaban los peces y pequeños crustáceos de los riachuelos que bajaban del Gilboá, las únicas elevaciones que nos acompañaban a nuestra izquierda, hacia el oeste.

Personalidad: temperamento ciclotímico. Junto con el Iscariote es el más culto. Sincero y honesto. Defecto principal: juzga a la gente con ligereza. Es orgulloso, aunque no tanto como Juan Zebedeo. Le gusta comer y beber (problemas con el vino). Falto de tacto. Su franqueza resulta a veces insoportable. Es intransigente en ocasiones. Hipocondríaco. Le apodan «oso», «tapón de odre», «cuba» y «sin engaño». Sabe reírse de su escaso atractivo físico. Filósofo y poeta. Habla varios idiomas. Le gusta contar historias. Muy supersticioso (cuelga del cuello un saquito con huevos de langosta). Muy pulcro. Admira a Jesús por su tolerancia.

Oficio: comerciante. Negocios con Felipe.

Ropaje: siempre limpio. Polaina en pierna izquierda, a causa de las varices. Armado. *(N. del m.)*

El Maestro contempló las cigüeñas y, de pronto, empezó a cantar. Todos le miramos, sorprendidos.

Pero el Galileo, sin el menor pudor, pletórico, alzó incluso la potente voz y prosiguió:

«¡Aun la cigüeña en el cielo, conoce su tiempo...!»

Era un versículo del profeta Jeremías (8, 7).

«¡... Su voz fue oída sobre las alturas...!»

Y ante mi sorpresa y la del resto del grupo, supongo, Juan Zebedeo se unió al Hijo del Hombre:

«¡... Porque han torcido su camino y de Yavé, bendito sea su nombre, se han olvidado...!»

Jesús no le miró. Continuó adelante, con el rostro levantado hacia el azul del cielo y hacia las *ciconias*, ajenas por completo al paso de aquel Hombre-Dios.

El resto no tardó en vencer la timidez y se unió a los entusiasmados Jesús y Juan Zebedeo:

«¡... Convertíos, hijos rebeldes, y sanaré vuestras rebeliones... He aquí que venimos a ti..., porque tú eres nuestro Dios!»

Los cánticos, peor que bien, se prolongaron un buen rato.

Después, más sosegados, entraron en una infantil polémica en torno a las cigüeñas. Bartolomé, uno de los más instruidos, defendía el carácter bondadoso de estas aves. Por eso —afirmaba— se les llama *hasidah* (piadoso). Todos estuvieron de acuerdo. La *ciconia* es un ave fiel a su pareja y a su familia, hasta la muerte. Los romanos la llamaban *Pia avis* (ave piadosa) y la consideraban un modelo de comportamiento. Bartolomé, entonces, pasó a narrar una de las leyendas que corrían sobre Moisés, relatando que el mítico profeta adiestraba a las cigüeñas para capturar serpientes. De esta forma las lanzaba sobre las ciudades enemigas, todas ellas —dijo— infectadas de serpientes, y lograba el triunfo sobre el enemigo. Andrés preguntó dónde había ocurrido tal cosa y Bartolomé, sin dudarlo, aseguró que el adiestramiento de las cigüeñas jóvenes por parte de Moisés tuvo lugar en Etiopía. Y ahí se formó la bronca. Varios de sus compañeros protestaron y aseguraron que Moisés nunca estuvo en dicha región. Otros se pusieron del lado de Bartolomé y la discusión fue inevitable. Y de ahí pasaron a mayores...

Algunos insultaron a Bartolomé y éste hizo otro tanto con los primeros. La cosa empezó a ponerse fea.

Y en ésas, Jesús, sin pronunciar una sola palabra, aceleró el paso, alejándose con sus típicas zancadas.

Creo que todos, o casi todos, comprendieron. Y se hizo el silencio, un elocuente silencio...

Yo me quedé un poco atrás, pero sin perder de vista al Galileo.

Y al alcanzar un cruce de caminos, en las proximidades de una aldea llamada En Harod, divisamos, a la izquierda de la calzada, un par de mojones de piedra, los familiares «miliarios», que señalizaban la ruta y avisaban de las poblaciones próximas, así como de las millas romanas (1) a las que se hallaban situadas. Fueron siempre de gran utilidad para quien esto escribe.

El grupo pasó por delante y varios de los discípulos, encabezados por Juan Zebedeo, dirigieron los rostros hacia los cilindros de caliza, lanzando sendos salivazos sobre las piedras. Lo había olvidado. Era otra de las costumbres de los que se consideraban patriotas y, por tanto, enemigos del invasor, de Roma.

Uno de los miliarios anunciaba la población de Afula, hacia el oeste, y a cosa de 135 estadios (alrededor de quince kilómetros). Al pie de la información, igualmente tallada, se leía una leyenda obligatoria: «Emperador César Divino Tiberio, hijo del Divino Augusto... Año V de Tiberio.»

Supuse que ése era el camino correcto: Afula, que en hebreo significa «altar de Eliseo», y de allí a Naín. En esos momentos podía ser la hora quinta (once de la mañana). Nos quedaban otras dos horas, como poco.

Pero no...

Jesús se detuvo. Nos hallábamos muy cerca de la referida localidad de En Harod, un pueblito blanco y olvidado, con medio centenar de casas de una o dos plantas.

El Maestro eligió un corro de altas palmeras del aceite, de cuyos frutos se extraía una esencia utilizada en la fabricación de una especie de jabón, y nos hizo ver que allí descansaríamos. Todos nos relajamos.

_____

(1) Milla romana: equivalente a 1.481 metros (unos mil pasos). *(N. del a.)*

Jesús habló con Felipe y le entregó unas monedas. Deseaba que entrara en el pueblo y comprara algunos víveres. No demasiados, insistió. La cena —dijo— ya estaba prevista. Y Felipe asintió. Decidí acompañarlo. Ése, de alguna manera, fue otro momento histórico. A partir de esa mañana, quizá por el gesto de Jesús, Felipe de Saidan fue considerado el responsable de la intendencia. Sin que nadie lo nombrara oficialmente, el eficaz y siempre bien dispuesto discípulo se hizo cargo del abastecimiento del grupo. Él corrió con la tarea del necesario aprovisionamiento diario.

Preguntamos entre los campesinos y pronto nos encontramos frente al lugar indicado: una casa que hacía las veces de colmado, taller de carpintería, almacén de trigo y lugar de herraje de las bestias.

Felipe compró varias y enormes tortas de flor de harina, amasadas con aceite y perfumadas con comino, canela y hierbabuena. El secreto se hallaba en el interior... A eso añadió queso de oveja, muy curado y de un atractivo color dorado, miel y fruta.

Y regresamos a las palmeras. Una fuerte brisa empezó a agitar las largas hojas y a cimbrear los altos estípites. Jesús permanecía en pie, con la vista perdida en el camino por el que, supuestamente, debíamos proseguir. El viento hacía oscilar la túnica blanca. ¿Qué estaba pensando? ¿Por qué Naín? ¿Por qué eligió esa población como fin de viaje?

Me equivocaba, una vez más...

Nos reunimos y dimos buena cuenta del almuerzo. Quien esto escribe fue el único sorprendido por el contenido de las tortas. Al morder noté algo extraño. Era seco y duro. Lo devolví a la palma de la mano y, disimuladamente, procedí a examinarlo. ¡Eran langostas!

Alcé la vista y fui a tropezar con los ojos color miel del Maestro. Me contemplaba, divertido. Y terminó con su gesto favorito: me guiñó el ojo. Yo también recordé el asunto de los saltamontes, en Beit Ids...

Tragué los restos del insecto e hice lo que pude. Tenía hambre.

Y al poco, en mitad de la frugal comida y de la animada charla, vimos aparecer por la calzada, procedente de Afula, una patrulla de los siempre temidos y temibles *kittim*, los romanos. Era un *contubernium*, un grupo de ocho infantes, todos ellos pertenecientes a las llamadas tropas auxiliares; es decir, soldados rasos, probablemente sirios o egipcios. Se acercaban despacio, en fila de a uno, y por el centro de la calzada.

Me puse en alerta. Recuperé la vara y permanecí atento. El Maestro también los vio. El resto del grupo, avisado por los Zebedeo, dirigió las miradas hacia el camino y guardó silencio. Aquellos encuentros nunca eran agradables...

Los *kittim* vestían la típica coraza de cuero leonado que protegía el tórax. Al cinto colgaban las afiladas espadas de un metro de longitud. Se tocaban con cascos igualmente de cuero.

No tardaron en descubrirnos y, a un gesto del *optio* (un suboficial) (1), se orillaron y redujeron la marcha. Parecían regresar a su base, en Bet She'an. Los noté cansados. Aquellos patrullajes podían alargarse dos y tres días, cubriendo más de cincuenta kilómetros. Debíamos tener cuidado. Los mercenarios, probablemente, no estaban para bromas.

El *optio* se detuvo a quince o veinte metros de las palmeras. La patrulla hizo otro tanto y nos dio la cara. El *optio* conversó brevemente con sus hombres y se aproximó a nuestro grupo. Le acompañaba un segundo romano.

Jesús continuó impasible, mordisqueando el queso. Juan Zebedeo era el más nervioso. Se agitaba en su asiento, sobre una piedra. El resto prosiguió a lo suyo, saboreando los malditos saltamontes. Yo situé el cayado sobre las piernas...

Y al llegar a dos metros, el suboficial se quedó quieto. Nos recorrió con la mirada y, creo, no supo a quién dirigirse. Y habló en plural, en un arameo más que deficiente. Quizá era sirio.

—¿Quiénes sois y de dónde procedéis?

Se registraron dos o tres segundos de embarazoso mutismo. Los discípulos se miraron los unos a los otros y, finalmente, con gran prudencia por su parte, Andrés hizo uso

---

(1)   El nombre de *optio*, en el ejército romano, según cuenta Festo, tenía su origen «en los tiempos en que se permitió a los centuriones elegir u "optar" al que deseaban como lugarteniente». Era, por tanto, una especie de suboficial, directamente bajo el mando de un centurión. Mandaba pequeños grupos de tropa. *(N. del m.)*

de la palabra al tiempo que se incorporaba. El gesto fue del agrado del *optio*.

—Somos galileos —replicó Andrés— y venimos del Jordán...

Y añadió, innecesariamente, desde mi punto de vista:

—Éramos discípulos de Yehohanan...

El sirio sonrió con malicia. Lucía barba de varios días y presentaba los ojos enrojecidos.

—Ese iluminado... Habéis hecho bien...

Juan Zebedeo, al captar el tono insultante, se removió inquieto e hizo ademán de alzarse. Imaginé las intenciones. Había fuego en su mirada.

Pero el Maestro, atento, hizo un gesto con la mano izquierda, insinuándole que no se moviera. El *optio* captó la señal de Jesús y comprendió que aquél era el jefe.

El viento arreció.

—Y tú —preguntó dirigiéndose al Maestro—, ¿quién eres?

Juan Zebedeo apretó los dientes. Y el Galileo, en silencio, se puso en pie. El corazón de quien esto escribe se encogió. ¿Qué estaba a punto de suceder? Los discípulos, desconcertados, tampoco sabían qué pensar, ni cómo actuar. Era la primera vez, desde que fueron elegidos discípulos de Jesús, que se veían en una situación comprometida, y justamente con los odiados *kittim*.

La considerable estatura del Galileo no impresionó al *optio*.

Acaricié el clavo de los ultrasonidos y, disimuladamente, apunté hacia el cráneo del suboficial. Al menor gesto de violencia lo fulminaría...

El soldado que acompañaba al *optio* echó mano de la empuñadura de su *gladius* y lo hizo como yo, despacio y delicadamente. Ambos esperábamos, aunque no sabíamos qué...

Jesús miró al suboficial y lo hizo como sólo Él sabía hacer. Prácticamente lo inundó con aquella mirada dorada. Fueron segundos. El *optio* parpadeó, confuso. Aquel Hombre-Dios, sin hablar, lo decía todo...

Pero el Maestro terminó por dirigirse al romano, y le dijo:

—El Espíritu del Señor Dios está sobre mí..., por cuanto

me ha ungido. A anunciar la buena nueva a los pobres me ha enviado, a vendar los corazones rotos, a pregonar a los cautivos la liberación, y a los reclusos la libertad...

Jesús había invocado un texto del profeta Isaías.

El *optio* no entendió muy bien, pero seguía impresionado por la mirada y por el semblante de aquel judío. Y volviendo a la realidad, inexplicablemente, dio media vuelta y ordenó a la patrulla que se movilizara. Al poco se alejaron hacia Bet She'an.

Y Jesús, ahora en voz baja, como si hablara para sí mismo, exclamó:

—Soy la rama que te sostiene...

¿Rama?

Sí, Jesús utilizó la palabra aramea *sok*.

Creí entender. Y recordé una escena, en el monte Hermón, en una de aquellas inolvidables noches junto a la hoguera (1). Jesús sostenía una rama entre las manos. Y, de pronto, fue a posarse en ella una magnífica mariposa nocturna. El Maestro, entonces, preguntó a Eliseo, mi compañero:

«Dime, querido ángel, ¿crees que esa criatura está en condiciones de comprender que un Dios, su Dios, la está sosteniendo?»

Al poco, tan ignorante como el *optio*, la bella *Euprepia oertzeni*, cuadriculada en blanco y negro, remontó el vuelo y se perdió en la noche.

Todos se movilizaron. Todos menos el Maestro y quien esto escribe. Juan Zebedeo se apresuró a pisar las grandes, negras y desgastadas losas de la calzada y escupió con furia al tiempo que maldecía a los *kittim*. Y lo hizo dos veces. Algunos de los íntimos lo imitaron. Andrés y Santiago Zebedeo se abstuvieron. Y todos aguardaron las órdenes del Maestro.

Jesús volvió a la realidad, me miró y sonrió con una sombra de tristeza.

Mensaje recibido.

Y nos pusimos en marcha. El viento del oeste siguió silbante y molesto.

Jesús tomó la iniciativa una vez más. Cruzamos la calza-

---

(1) Amplia información en *Hermón. Caballo de Troya 6. (N. del a.)*

da romana y el Maestro buscó un camino secundario, de tierra apisonada, que partía cerca de la aldea en la que nos habíamos aprovisionado. Se dirigía al noroeste, justo en la dirección que se hallaba Naín, la misteriosa Naín...

En ningún momento lo vi dudar. El Galileo conocía aquellos parajes. Se puso en cabeza, como digo, y se distanció unos metros. Era la señal, su señal: deseaba estar a solas... Pero los discípulos no lo sabían y Pedro y Juan Zebedeo trataron de darle alcance en varias oportunidades. Lo lograron pero, un minuto después, el Hijo del Hombre volvía a separarse. Poco a poco fueron aprendiendo.

Y el camino, voluntarioso, empezó a zigzaguear entre plantaciones y a esquivar trigales y cebadas. Y los verdes y los rojos se nos echaron encima de nuevo.

Yo alterné con unos discípulos y con otros. Se hablaba de asuntos de poco calado. Bartolomé se detuvo en varias oportunidades e intentó respirar y aliviar la cansada pierna. Desenrollaba las bandas de cuero y aplicaba agua fría a las zonas varicosas. Traté de animarle. Según mis cálculos faltaba poco más de una hora para alcanzar las alturas de Moreh. Allí, en la vertiente occidental de dichas colinas, se hallaba Naín. Agradeció el consuelo y la compañía.

Y en uno de aquellos tramos, mientras el terreno iniciaba una lenta pero tozuda ascensión, fui a coincidir en la marcha con un grupo en el que conversaban Simón Pedro, los hermanos Zebedeo y Felipe. Andrés se quedó atrás, pendiente de Bartolomé.

Juan Zebedeo, al parecer, había iniciado la charla, haciendo alusión al incidente con el *optio*. Y preguntó:

—¿Os habéis fijado en el poder del Maestro? Ha paralizado al maldito *kittim* con la mirada...

No hubo comentarios al respecto. Juan estaba en lo cierto, aunque dudo que llegara a comprender el alcance de las palabras del Galileo. De hecho, en su evangelio no consta el referido encuentro con la patrulla romana.

Simón Pedro tomó entonces la iniciativa y planteó otra cuestión:

—¿Será el Maestro el profeta Elías, que ha vuelto?

La idea de Simón, como ya he referido en estos diarios, no era una novedad. Hacía siglos que flotaba en el alma colectiva del pueblo elegido. Era la base de Malaquías (3,

23-24) y de otros textos sagrados. Pedro y el resto sabían de estas Escrituras. No eran tan incultos como se ha hecho creer...

Como también mencioné, el estudio y la lectura de las Sagradas Escrituras eran obligatorios desde los cinco años de edad, momento en el que el niño (siempre el varón) pasaba de la custodia de la madre a la del padre.

El pueblo judío creía que el profeta Elías, que fue arrebatado a los cielos ochocientos años atrás, se presentaría poco antes de la llegada del Mesías. Elías pondría orden entre las naciones y prepararía el camino del Justo. Malaquías lo repetía una y otra vez. Y los asuntos considerados imposibles quedaban sujetos a un dicho popular que rezaba «hasta que venga Elías» (así lo dice la Misná). En esos momentos, como también expliqué, la esperanza mesiánica se hallaba muy arraigada. La conquista de Roma fue un toque de atención en el corazón de la ortodoxia. Todos clamaban por la liberación. Y acudían sin cesar al libro de Daniel para justificar ese sueño (1). El Mesías, un rey de la estirpe de David, sería también un ser extraordinario, rompedor de dientes, que llevaría a Israel a lo más alto y derrotaría a los enemigos de la Tierra Santa. Ése era el concepto de Mesías que prosperaba entre las gentes de aquel tiempo y en el que creían, naturalmente, Yehohanan y sus discípulos y, por supuesto, los recién estrenados apóstoles de Jesús de Nazaret. No conviene olvidar este principio básico. Sólo así es posible comprender la actitud y el pensamiento del grupo que se unió al Maestro.

Felipe respondió, a su manera, a la pregunta de Simón Pedro:

—No sé si el Maestro es Elías, pero las señales anunciadas por los profetas se están dando... El Mesías se acerca —prosiguió con seguridad— porque el desenfreno no cesa...

Todos asintieron.

—... La viña produce fruto, pero el vino es caro. El gobierno de los sacerdotes es herejía, pero nadie dice no...

(1) Daniel (167 a 165 a. J.C.) desempeñó un gran influjo en la creencia judía en el Mesías libertador. Durante el reinado del malvado Antíoco Epífanes (Dn. 12, 1), el profeta alentó la gran liberación del pueblo judío. El mismísimo Dios se ocuparía de juzgar a los pueblos y de borrar a los enemigos de Israel. Los «santos del Altísimo» recibirían el reino y lo harían para siempre. (N. del m.)

Nuevo y general asentimiento.

—... La casa de la asamblea (se refería a la sinagoga) se dedica a la incontinencia... Galilea será arrasada... Gablán es un desierto y ya no hay piedad entre los hombres... Los sabios son necios... La verdad se ha ido... Los jóvenes humillan a los ancianos y la hija se rebela contra la madre... El rostro de esta generación es como el de un perro... No hay vergüenza...

Y Felipe resumió:

—Si Elías no ha llegado, estará al caer...

Los discípulos, obviamente, se hallaban confusos.

—Otros dicen que, además de Elías, aparecerá un profeta enviado por Moisés...

Santiago de Zebedeo hablaba de alguien prometido, en efecto, en el Deuteronomio (18, 15).

—Y Elías ungirá al Mesías —ratificó Simón Pedro— y los muertos serán resucitados...

Simón, como digo, conocía las Escrituras. De todo ello hablaban los libros de Baruc, de Esdras, de Henoc e, incluso, los poco conocidos Oráculos Sibilinos (3, 52-56) y los Salmos de Salomón (17, 24, 26, 27, 31, 38, 39, 41).

Y la conversación se desvió hacia un tema más concreto: ¿cuándo debería llegar el Mesías?

Nadie se puso de acuerdo, como era de esperar.

Santiago de Zebedeo, mejor informado, proporcionó algunos datos que dejó pensativos a sus compañeros: el Mesías nacería en Belén de Judá, como un niño. Después permanecería oculto y aparecería de repente.

—Ése es el Maestro...

La afirmación de Juan Zebedeo fue bien recibida. En el fondo, todos lo deseaban. Por eso estaban allí...

Y el impulsivo Juan prosiguió, encendido:

—¡Y será el Hijo del Hombre que expulsará a los reyes y poderosos de sus campamentos y romperá los dientes a los pecadores...!

Así reza el primer libro de Henoc (52, 4-9).

¡Dios santo! ¡Qué lejos se hallaba Juan del pensamiento de su Maestro! Pero así eran las cosas..., y no como las han contado.

—... Nada en la Tierra podrá resistir su poder —continuó el Zebedeo, extasiado—. No habrá hierro para la guerra

—siguió citando a Henoc— ni material para una coraza... De nada servirá el bronce... Nadie buscará el plomo... Su poder será tan grande que nada ni nadie lo vencerá... Y las palabras de su boca darán muerte a los impíos.

Juan Zebedeo se quedó tranquilo. Había vaciado su corazón. Ésa era su idea del Mesías: un rompedor de dientes al servicio del pueblo judío. El resto no importaba.

Contemplé a Jesús.

Seguía caminando a buen ritmo, por delante de sus amigos y en solitario. Sí, muy en solitario... Empezaba a comprender por qué nadie le iba a entender y mucho menos sus íntimos.

Simón Pedro alivió la tensión del momento con otra de sus locas cuestiones:

—Y seremos ricos...

Eso decían los profetas por activa y por pasiva. La tierra fructificaría como jamás lo había hecho. Durante el reinado del Mesías hasta las fieras se volverían corderos. Con una sola uva —decían— se llenaría un tonel de vino. El trigo proporcionaría más de cien granos por espiga y las verduras tendrían que ser transportadas en carretas. Cada escarola necesitaría una carreta, y cada granada, y cada ajo... Cada hombre viviría mil años (de las mujeres no se decía nada). Pero nadie se volvería viejo o achacoso. Todos serían como niños. Los partos se producirían sin dolor y los paganos trabajarían para los judíos. Ése sería el «reino» llegado de los cielos.

Juan Zebedeo, entonces, decidió mojarse del todo:

—Mi hermano y yo seremos los generales de ese Libertador...

El asunto no gustó a Simón Pedro. Y volvieron a enzarzarse en otra agria polémica, disputándose cargos y generalatos.

Fue el sensato Santiago de Zebedeo quien terminó con el absurdo planteamiento. Se puso más serio de lo habitual y lanzó una interesante pregunta (no sé a quién):

—Y mientras eso llega, ¿de qué vivirán nuestras familias?

La duda terminó con los sueños de unos y de otros. Santiago hablaba con razón. Si no atendían los negocios, y se dedicaban a seguir a Jesús de Nazaret, ¿de qué vivirían?

Nadie volvió a hablar. Todos, supongo, se dejaron arrastrar por la aplastante lógica de Santiago. Ése era otro problema en el que este explorador había reparado infinidad de veces.

Una vez que el grupo apostólico decidiera salir a los caminos, y predicar la buena nueva, ¿qué sería de la numerosa prole de aquellos hombres? ¿Qué pensarían las esposas, hijos y demás familiares de una aventura tan extraña como poco rentable? De eso tampoco hablan los evangelistas pero, indudablemente, constituía un problema serio. A no tardar obtendría una respuesta... Y lo que presencié tampoco fue registrado por los mal llamados «escritores sagrados». Era lógico. «Aquello» hubiera lastimado la imagen del recién nacido cuerpo apostólico. Pero no debo adelantarme a los acontecimientos.

Y con el sol en lo alto, superada la hora sexta (doce del mediodía), conquistamos las colinas que llamaban de Moreh, a cosa de quinientos metros sobre el nivel del mar. El viento cedió.

Jesús hacía rato que esperaba en lo alto de los peñascos. Había recuperado el buen temple.

Y todos buscamos una sombra. Estábamos derrotados.

Al poco vimos aparecer a Andrés y a Bartolomé. El de Caná seguía arrastrando la pierna izquierda.

Quise examinarla, pero el «oso» no lo permitió. Y se dejó caer en el pequeño calvero en el que nos habíamos detenido.

Pensé que nos hallábamos a un paso del final de viaje.

Sí y no...

Disfruté del hermoso panorama.

Moreh es un «oasis» rocoso en mitad de las planicies de Esdrelón o Yezrael. Pura piedra, con una escasa vegetación, y con un perfecto dominio, en 360 grados, de toda la región. No alcanzamos la cota máxima (515 metros), pero el paisaje, como digo, era espléndido. Al norte, a lo lejos, se distinguían los azules del mar de Tiberíades. Y, más cerca, el cono verde del monte Tabor. Por el oeste, a cosa de una hora de camino, se alzaban, grises, las peñas que rodean Nazaret. Al sur, blanca y estirada, la ciudad de Afula. Y en la lejanía, se mirase hacia donde se mirase, campos verdes, bosques densos, repletos, y aldeas tranquilas, a decenas, dejando pasar el tiempo.

El Maestro, sentado en una de las rocas, se bebió el paisaje, exactamente igual que yo. No dijo nada. La brisa lo acariciaba y Él dejaba que así fuera. Aquel Hombre sabía disfrutar de cada momento. Sabía hacer suyo lo que le presentara el Destino... El «después» o el «mañana» no parecían contar para el Hijo del Hombre; no, al menos, con el mismo peso que para el resto de los mortales.

Bartolomé, el «oso» de Caná, terminó recuperándose y, a petición de su amigo Felipe, se dirigió al grupo, proporcionando algunas explicaciones en torno al lugar en el que descansábamos y también sobre lo que nos rodeaba. Bartolomé, como dije, era uno de los discípulos más ilustrados.

Y habló de las peñas de Moreh (en la actualidad conocidas como el Pequeño Hermón o Gebel Dahy) (1). Allí, al pie de las colinas de piedra, batallaron los amalecitas y madianitas contra Gedeón, como reza el libro de los Jueces (7, 1).

Los discípulos escuchaban encantados.

Después se refirió a la célebre cueva de En Dôr. Y señaló hacia el norte, ubicando el lugar a cosa de dos o tres kilómetros.

«Es una gruta con una fuente natural —aseguró convencido—. En ella vivió la famosa pitonisa de En Dôr, la que aconsejó al rey Saúl...»

Sí, eso cuenta el Antiguo Testamento (I Sam. 28, 7-19).

Y prosiguió:

—... Y en esa cueva, atención, habita Adam-adom...

El Maestro sonrió, benévolo. Pero el resto permaneció serio y muy atento. Adam-adom, según me había explicado Belša en uno de los viajes por el Jordán, era una criatura, un diablo, que habitaba en los manglares. El nombre («hombre rojo») tenía su origen en la luz rojiza que emitían los

---

(1) El nombre de «Pequeño Hermón» procede de la época de Orígenes y San Jerónimo. Egeria, la monja peregrina que vivió en el siglo IV, inmortalizó estas cumbres con una leyenda que no se ajusta a la realidad. En Moreh —dice— Jesús comió con sus discípulos y allí quedó impreso, en la roca, el codo del Señor. Por supuesto, el Maestro no comió en Moreh. Lo hizo mucho antes. En dicho lugar se limitó a descansar, y tampoco quedó ninguna huella de su paso. *(N. del m.)*

ojos del supuesto diablo y que le permitía avanzar con soltura en la oscuridad. Como dije, sólo se trataba de una leyenda. ¿O no?

—... Como sabéis —añadió bajando el tono de la voz—, ese diablo mata a las personas y a los animales... Los deja sin una gota de sangre...

Nadie respiró. Sólo se oía el suave silbido del viento entre las peñas.

Algo más al norte, a una hora de camino, se distinguía la inconfundible silueta cónica del Tabor. Bartolomé lo llamó montaña, aunque, con sus 1.483 pies (588 metros de altitud), no pasaba de monte...

Y el discípulo, orgulloso, fue a relatar las contiendas protagonizadas en el Tabor. Habló de Débora y de Barak, hijo de Abionam, y de la batalla contra Sísera, capitán del ejército de Jabín, el canaanita, rey de Hatzor. Y llamó al Tabor el «ombligo del mundo». Bartolomé era un patriota, y se notaba...

El Tabor, en la distancia, era una mancha negra-azulada. En aquel tiempo se hallaba cubierto de bosques; especialmente robles enanos, terebintos, acacias y lentiscos. Allí, según los cristianos, tuvo lugar la transfiguración del Maestro. Grave error. No fue en el Tabor, sino en el Hermón, la montaña sagrada. Pero de eso se ocuparía Eliseo, en su momento...

El «oso» se extendió, complacido, en los detalles sobre Daberath, otra localidad blanca y notable que se distinguía al oeste del Tabor. Bartolomé, obviamente, se sentía orgulloso de poder hablar ante su Maestro. Y habló y habló sobre la tribu de Isacar, primera propietaria de Daberath, y de las cuarenta y ocho ciudades levíticas de Israel, entre las que se hallaba la referida Daberath. Y habló de los egipcios, y de su paso por la zona...

Noté que los discípulos se aburrían. Pero no hicieron comentario alguno y esperaron.

Jesús seguía pendiente del improvisado «guía turístico».

Y en eso fui a centrar mi atención en Simón Pedro. Se hallaba recostado en una de las rocas, pendiente del «oso». Mejor dicho, aparentemente pendiente...

Primero observé cómo las rodillas del discípulo flaqueaban. Y noté igualmente una casi imperceptible vibración de los músculos de la cara. De pronto vi cómo se derrumbaba, pero tuvo el tiempo suficiente para aferrarse a la piedra y no caer al suelo.

Me alarmé.

Y Simón hizo un esfuerzo para atender las explicaciones de su compañero, pero no tuvo demasiado éxito. Y le vi cómo cabeceaba. Era una situación parecida a la vivida en el bosque de los pañuelos, pero sin ronquidos.

La expresión del rostro se volvió vacía. Los párpados caían una y otra vez y las cabezadas, como digo, se repetían, cada vez más acusadas y peligrosas. La mirada no miraba.

Me aproximé despacio y fui a situarme a su lado. Tenía las conjuntivas inyectadas en sangre.

Y las cabezadas terminaron venciéndole. Y despacio, muy lentamente, Simón Pedro fue deslizándose por la roca hasta quedar sentado en tierra. Se hallaba dormido; profundamente dormido.

Andrés, su hermano, no tardó en percatarse y acudió, solícito. Intentó despertarlo, pero sólo lo logró a medias. Pedro abrió los ojos, miró sin ver, y volvió a quedarse dormido.

O mucho me equivocaba o sufría una patología del sueño. Era posible que el discípulo presentara lo que se denomina «latencia REM» (1). En otras palabras: pasaba direc-

(1)   Lavie y Antonio Culebras, en sus obras, describen la arquitectura del sueño en los siguientes términos: «En general, en un sujeto normal, a los cuatro o cinco minutos de asumir una postura cómoda, comienza a declinar la actividad eléctrica cerebral que marca el estado vigil. Cuando el polisomnograma detecta una reducción del 50 por ciento de la actividad "alfa", acompañada o precedida de movimientos oculares lentos, se acepta que el individuo ha entrado en el estadio 1 del sueño (transitorio). Durante esta fase surgen las ondas "theta", de escasa magnitud. Durante el estadio 1 el contenido mental se caracteriza por pensamientos sin ilación, a veces sensación de caída al vacío o de vuelo sideral y falta de retención nemmónica. El estadio 1 tiene una duración de cinco a siete minutos. La aparición de husos del sueño (ritmos de 12 a 14 Hz, de más de 0,5 segundos de duración) y de complejos K, marcan la aparición del estadio 2. Es posible que éste represente la verdadera presencia del sueño. Se trata del período más largo y ocupa el 45 por ciento del sueño total en un adulto sano. El estadio 3 y el 4 se caracterizan por la aparición de ondas lentas (más de 75 microvoltios y menos de 2 Hz). Ambos estadios se denominan también sueño "delta", por el predominio de actividad eléctrica de baja frecuencia. Y es a partir de los noventa minutos de iniciado el

tamente del estado de vigilia al sueño REM. Quizá me hallaba ante un tipo de narcolepsia, una enfermedad de etiología desconocida y que se caracteriza por una somnolencia excesiva, casi aplastante, y asociada a la cataplejía o parálisis del tono muscular, así como a otros fenómenos del sueño.

Y el bueno de Andrés, conocedor, sin duda, del problema de Simón, se apresuró a mojar el rostro del dormido pescador. El agua fría y la brisa hicieron efecto y Simón Pedro se recuperó. Se puso en pie y miró a su hermano, agradecido. Nadie pareció darle importancia al incidente. Para mí, sin embargo, sí la tuvo. Si era lo que sospechaba, quizá un caso de narcolepsia, o algo peor, Simón Pedro arrastraba un problema delicado. Y me pregunté: ¿por qué en el año 30, cuando lo conocí, no supe detectar dicha patología? La narcolepsia, en general, martiriza al paciente con períodos de sueño que lo asaltan de improviso, allí donde se encuentre. No importa dónde ni en qué circunstancias.

Pero la respuesta a mi duda no se hallaba a mi alcance; todavía no...

El sol empezó a rodar hacia poniente y Jesús alertó a sus hombres. Era la hora de partir.

Bartolomé se sintió satisfecho.

Y hacia las 13 horas, según mi particular cómputo del tiempo, iniciamos el descenso. El Maestro, en cabeza, tomó el sendero que culebreaba por la cara occidental del Moreh. La población de Naín —me dije— se halla a un paso, justamente a unos trescientos metros de altitud. Final del viaje...

Pero no.

---

descanso cuando surge el sueño REM o "sueño paradójico". Aparecen entonces las ondas de bajo voltaje y frecuencia mixta, con una apariencia no muy diferente a la de la actividad eléctrica cerebral que caracteriza la vigilia. De ahí uno de los nombres del sueño REM ("paradójico"). Las ondas en forma de dientes de sierra se producen de vez en cuando, en especial precediendo a los movimientos oculares rápidos (típicas del sueño REM). Se reconocen por ser descargas rítmicas de ondas agudas, de escaso voltaje, y de uno a tres segundos de duración. El tono muscular decae. En el varón suele apreciarse erección del pene. Este sueño REM ocupa entre el 22 y el 25 por ciento de la totalidad del período de descanso. Al ser despertado en pleno sueño REM el sujeto recuerda las ensoñaciones...» En definitiva. Simón Pedro pasaba del estado de vigilia al sueño REM, sin experimentar los estadios previos. *(N. del a.)*

El Maestro y el grupo desfilaron muy cerca de la muralla que cerraba la ciudad, pero no se detuvieron. Naín, por lo que acerté a observar, era mucho más que una aldea. Y recordé los comentarios de Guillermo de Tiro, calificándola de «ciudad antiquísima», mencionada en los anales victoriosos del faraón Tutmosis III, hacia los años 1483-1450 a. J.C.

¿Hacia dónde nos dirigíamos? Definitivamente, el Hijo del Hombre era una caja de sorpresas...

Nos adentramos en la bella planicie de Esdrelón y caminamos con cierta prisa entre los trigales. Al fondo, a poco más de una hora, se distinguían unas altas peñas, cada vez más grises...

Debí suponerlo...

Nos dirigíamos a Nazaret, «la blanca flor entre colinas».

¿Cómo no lo imaginé? Pero ¿por qué Nazaret? ¿Por qué Jesús escogió este destino tras el retiro de 39 días en la aldea beduina de Beit Ids?

Seguí caminando, cerrando el grupo.

Sorpresa...

Las colinas, efectivamente, protegían la aldea de Jesús por su flanco oriental. E iniciamos una nueva ascensión por un caminillo tímido, dibujado por el continuo ir y venir de las cabras y que sorteaba, no sé cómo, los peñascales de dos promontorios de 443 y 437 metros de altitud, respectivamente. Ambas colinas se miraban con desconfianza. Ahora aparecían vestidas de naranja. El sol las iluminaba de lleno.

Y conforme avanzábamos me fui fijando en el más alto, el de 443 metros. Se alzaba a nuestra izquierda. Por su cara este presentaba un tajo de más de 150 metros. Me impresionó, pero, en esos momentos, no supe por qué. Los naturales llamaban al lugar *Jipazôn*, que podría ser traducido como «Precipitación» o, más exactamente, el monte de «los precipitados o arrojados al abismo».

Sentí un estremecimiento.

Yo no podía saberlo pero, algún tiempo después, esa zona sería protagonista de una triste noticia. Mejor dicho, de dos...

La otra colina, la de 437 metros, era conocida por el nombre de Débora.

Y remontamos el peñasco de los «precipitados».

Allí estaba la blanca Nazaret, como siempre, acurrucada entre quince colinas. El Nebi Sa'in, la elevación más airosa, con sus 488 metros, era el encargado de reunir en su ladera oriental el pequeño grupo de veinte o treinta casas que formaban la silenciosa y remota población (1).

Todo, a su alrededor, era un verde quieto. Sólo los caminos proporcionaban movimiento al paisaje.

El sol, huyendo, se entretenía en pintar de colores el «paseo de las palmeras» y la inquieta y transparente torrentera que caía desde el Nebi, bordeando la cara sur del poblado.

Nazaret, cuando fue visitada por este explorador, contaba alrededor de cincuenta familias, con un total de trescientos habitantes, más o menos.

Supuse que no había cambiado gran cosa.

No pude distinguir el rostro del Maestro. Como siempre, marchaba en cabeza. Pero imaginé que la vista de Nazaret le alegró el corazón. Allí vivió durante más de veintidós años. Aquellos callejones, aquella colina del Nebi, aquel taller del alfarero y aquellos bosques y huertos fueron su vida hasta que el Destino, en el año 20 de nuestra era, decidió sacarlo del lugar, y para siempre.

El Maestro no se detuvo a contemplar su pueblo. Y descendió rápido al encuentro del camino de ceniza que procedía de Afula y que se aventuraba en Nazaret. Nadie hablaba. Bartolomé respiraba con dificultad. Y todos seguimos al Maestro, intrigados. ¿Se trataba de una visita de cortesía? ¿Cuáles eran los planes del Galileo? Pronto lo averiguaría y quedaría sorprendido, una vez más.

Dejamos a la izquierda el tosco y negro edificio de la posada y cruzamos el puentecillo que salvaba la nerviosa torrentera. ¿Qué sería de Heqet, el maldito y tramposo posadero? ¿Se encontraría en el lugar Débora, la «burrita»? Le debía mucho a la gentil prostituta...

Al entrar en la aldea, propiamente dicha, y cruzar frente a la fuente, algunas de las matronas que llenaban sus cántaros volvieron las cabezas con curiosidad. ¿Quiénes eran aquellos hombres? Y cuchichearon entre ellas. Aunque lle-

(1) Amplia información sobre Nazaret en *Nazaret. Caballo de Troya 4. (N. del a.)*

vaba la cabeza descubierta, y el cabello recogido en su habitual cola, las mujeres de Nazaret no reconocieron al Maestro. Era comprensible. Hacía seis años que faltaba del pueblo.

El Galileo se perdió entre las casas. Yo sabía, o creía saber, hacia dónde se dirigía. Y los discípulos, algo aturdidos, se dieron prisa en alcanzarlo.

En efecto, Jesús continuó subiendo por el barrio bajo, el más antiguo y descuidado de la aldea. La gente se asomaba, intrigada, pero tampoco sabía a qué atenerse. No conocían a ninguno de aquellos hombres.

Y a cosa de ochenta metros del «ala del pájaro», como denominaban a la fuente pública, el Hijo del Hombre se detuvo.

Sentí una especial emoción.

Allí estaba la casa de María, «la de las palomas», como la llamaban en Nazaret.

Nada había cambiado. Los muros, encalados, presentaban algunos desconchones. Nada serio. La escalera de madera adosada al exterior seguía trepando hacia la azotea, como siempre. Y en lo alto, a unos cuatro metros, sobre el antepecho que cerraba el terrado, picoteaban y aleteaban algunas palomas duendas y silvestres, de plumaje apizarrado y cuellos verde bronce.

En la puerta, permanentemente abierta, según la costumbre de la aldea, se hallaba sentado un niño de cabeza rapada y túnica color azafrán. Cargaba en los brazos un bebé semidesnudo. El pequeño no tendría más de cinco años.

Me quedé atrás, junto al grupo. Nadie hablaba. Nadie sabía...

Jesús se aproximó al niño y le dijo algo. No conseguí oír. Después tomó al bebé, lo contempló y lo besó repetidas veces. Y el de la túnica azafrán se puso en pie, giró hacia la oscuridad de la puerta y gritó un nombre. Me pareció entender «Taqop». Era un nombre de mujer. Significaba «Tesoro», o algo parecido.

Pero el bebé rompió a llorar, y desconsoladamente. Jesús trató de acunarlo y de susurrarle palabras de consuelo. Fue inútil. El bebé sólo entendía que se hallaba en manos extrañas... Y el llanto arreció.

Los discípulos, incómodos, se aproximaron al Maestro e intentaron auxiliarle.

Fue peor el remedio que la enfermedad. Ante tanta cara desconocida, la criatura elevó el tono de los gritos. Jesús palideció.

Era increíble. Todo un Hombre-Dios, sosteniendo a una de sus criaturas, y sin saber qué hacer para contener el llanto...

Al momento se presentaron dos niños más en el umbral de la puerta. Eran de menor edad que el primero. Y detrás, secándose las manos en un delantal, surgió la figura de una mujer corpulenta, altísima, y con unos pechos desproporcionados. Podía tratarse de una elefancia o elefantiasis, una enfermedad crónica causada por la filaria (un tipo de nematodo endoparásito en el hombre y en los animales); un gusano blanco que vive en el sistema linfático y cuyos embriones (microfilarias) se reparten por la sangre, provocando dilataciones, en especial en las extremidades inferiores, brazos, mamas y escroto. Esta clase de filaria, conocida como *Wuchereria brancrofti*, es transmitida generalmente por la picadura del mosquito *Culex*.

La mujer gritó el nombre de Jesús y se arrojó sobre el Maestro. Temí que aplastara al bebé.

Los vecinos, asomados a las puertas de las casas, se hacían lenguas. ¿Quiénes eran aquellos personajes?

Al poco se presentó José, hermano del Maestro, y en esos días propietario de la «casa de las palomas». José, nacido el 16 de marzo del año 1, era el cuarto hijo de María (el tercero de los varones). Lo había visto anteriormente, pero casi no tuve trato con él. Era un hombre callado, menos inteligente que sus hermanos, pero tan buen trabajador como el que más. Era delgado como un junco y con una perilla casi blanca, a pesar de sus veinticinco años. Trabajaba en el taller de carpintería adosado a la vivienda.

Y detrás de José, para redondear la escena, asomó la cabeza una cabra negra, de cuernos recortados y larga barba. Las orejas colgaban más de una cuarta. El pelaje le brillaba, como a sus congéneres, las de Nubia. Y la cabra miró, pero dudo que entendiera lo que estaba pasando...

Todos se abrazaron.

«Tesoro» era la mujer de José. Hacían una curiosa pareja.

Tenían cuatro hijos y la cabra, naturalmente.

Fue una sorpresa. Nadie esperaba al Maestro. En realidad, nadie, en Nazaret, sabía de sus andanzas. Algo oyeron sobre lo ocurrido en el río Artal durante el bautismo, pero las noticias eran confusas. Decían que Jesús había abierto los cielos y que hizo el portento de hacer llover una lluvia azul... Más o menos, lo acostumbrado.

Concluidos los abrazos, José y Tesoro animaron al Galileo para que entrara en la casa. Y así fue. Pero los discípulos, desconcertados, no supieron qué hacer, y permanecieron en la calle, sujetos a los chismorreos de los paisanos.

Nadie se decidió a entrar. Al poco, Jesús de Nazaret regresó al exterior y, con un gesto de la mano izquierda, animó a los íntimos a que entraran.

Yo fui el último.

Tampoco el interior de la casa de María había cambiado excesivamente. Presentaba los dos niveles habituales en las viviendas judías: el de la izquierda (tomando la puerta de entrada como referencia), algo más elevado, servía de cocina y de dormitorio. Allí seguían el viejo arcón, destinado a la ropa y a los víveres, y el fogón de ladrillo refractario adosado a la esquina de la izquierda. Y en las paredes, revocadas con yeso, media docena de nichos en los que Tesoro almacenaba vasijas, platos y otros útiles de cocina. En el nivel de la derecha, unos ochenta centímetros por debajo del superior, descubrí la célebre mesa de piedra, de un metro de diámetro y veinte centímetros de altura, junto a la que tuvo lugar la aparición del ángel a la Señora, en noviembre (mes de *marješvan*) del año –8, a los nueve meses, aproximadamente, de la boda de María y José (1).

Fue emocionante, como digo.

Y al fondo, en la esquina de la derecha, las ánforas de piedra, sólidamente ancladas al pavimento. En esta ocasión sólo había dos. La tercera llegaría a la casa algún tiempo después, cuando ocurrió lo que ocurrió...

Y en el suelo, las amplias esteras de hoja de palma, tan acogedoras.

A mi derecha, muy cerca de la puerta de entrada, se abría el taller de carpintería, ahora iluminado por algunas lucernas.

(1) Amplia información en *Masada. Caballo de Troya 2. (N. del a.)*

Tesoro no sabía qué hacer. Corría de un lado para otro, daba órdenes, rogaba que nos sentáramos, apartaba a la cabra, acunaba al bebé, y abrazaba a Jesús a cada momento. José permanecía serio, en un rincón, sin saber qué partido tomar. Algo rondaba por su cabeza...

La mujer terminó por acudir a uno de los hijos y ordenó que avisara a alguien. En mitad de aquel guirigay era difícil oír y hacerse oír. Y el pequeño salió a la carrera.

Jesús hizo las presentaciones y José fue correspondiendo con una leve inclinación de cabeza. El bebé seguía llorando. La cabra se contagió y empezó a balar, supongo que con razón... No había forma de entenderse. Creo que José y su esposa no acertaron a retener los nombres de los discípulos.

Tesoro se percató de la penumbra que gobernaba la vivienda y se dirigió a las escaleras que permitían el acceso al nivel superior. Una vez allí llenó varias lucernas con un perfumado aceite de oliva y procuró una mejor visibilidad. Yo, personalmente, lo agradecí.

Los discípulos buscaron acomodo sobre las esteras y, peor que bien, se distribuyeron alrededor de la muela de molino que hacía las veces de mesa. El Maestro hizo otro tanto. El bebé no dejaba de llorar. Jesús lo reclamó, pero Tesoro no le hizo caso. Era una mujer bien dispuesta, que podía con todo. Y siguió acunándolo en sus brazos, al tiempo que distribuía las lámparas de aceite por la casa. Yo permanecí junto a la puerta de entrada, de pie. Y, de reojo, eché un vistazo al taller de carpintería. Parecía limpio y ordenado...

Y en eso, de pronto, entró ella. Fue como un torbellino. Detrás, sofocados, aparecieron el albañil y otros cuatro niños.

Estaba bellísima, como siempre.

Miriam, hermana del Maestro, vivía muy cerca, en la misma «calle». Jacobo, el albañil, era su marido.

La hermosa mujer, de cabellos negros, rasgos angulosos y ojos verde hierba, como su madre, buscó a Jesús entre los allí reunidos y se lanzó a sus brazos. Y durante algunos segundos no dijeron nada. A Miriam se le humedecieron los ojos. Jacobo aguardó, visiblemente nervioso.

Miriam, nacida en la noche del 11 de julio del año -2, era

la mayor de las hermanas. En esos momentos se disponía a cumplir veintisiete años. Y supuse que hacía mucho que no veía al Maestro.

Del silencio y de las lágrimas pasaron a las risas, y a los gritos, y a nuevos abrazos...

Jacobo, entonces, tratando de saludar a su cuñado, rodeó la mesa de piedra, pero fue a tropezar con uno de los discípulos. Creo recordar que con Santiago de Zebedeo. No lo he dicho, pero todos seguían sentados. Cuando entraba una mujer en una casa, o en una sala, nadie se alzaba. Era la costumbre. Y el albañil fue a rodar por el suelo, con la mala fortuna de que medio aplastó a la cabra en su caída. El animal protestó y los balidos se hicieron insufribles. Y el bebé que sostenía Tesoro, que no había dejado de llorar, se contagió de la cabra e hizo causa común, digo yo, arreciando en sus gritos. Jacobo se levantó entre maldiciones y, por fin, fue a estrechar al Galileo. Aquel pelirrojo, de ojos claros, algo mayor que Jesús, había sido el amigo íntimo del Hijo del Hombre durante buena parte de su infancia y de su primera juventud. Quien esto escribe obtuvo mucha información de aquel tímido e inteligente galileo.

Jacobo adecentó la túnica de grandes franjas verticales rojas y negras, el tradicional *tsitsit*, y buscó un lugar donde sentarse. Imposible. No cabíamos en la modesta vivienda, pero eso daba igual. Lo que importaba era el retorno del Hermano...

Jesús repitió las presentaciones, pero el llanto del bebé y los lamentos de la cabra las hicieron naufragar, una vez más.

Miriam y Jacobo no lograban captar los nombres de los discípulos.

Y la hermana del Galileo, en otro de sus típicos arrebatos, solicitó al bebé. Tesoro, que conocía el implacable carácter de Miriam, obedeció al instante y le pasó a la criatura.

Mano de santo.

El bebé, al verse en los brazos de su tía, dejó de llorar y sonrió como un bendito.

No podía dar crédito a lo que estaba viendo...

Miriam era como la Señora.

Acto seguido se dirigió al esposo y le dio la orden de sacar a la cabra de la casa.

Jacobo atrapó al animal y se retiró. Buena era Miriam para desobedecerla... Al poco retornó.

Y se hizo el silencio, al fin.

Jesús se dedicó entonces a sus sobrinos. Los besó, uno por uno, y fue recordando los nombres. Rieron. Y Tesoro ayudó al Maestro a rememorar los nombres del resto de los sobrinos. Cuando llegaron al número doce me rendí. No tenía sentido memorizarlos. El último había nacido el 14 de enero de ese año 26. Era hijo de Esta y de Santiago, el hermano de Jesús. Yo la había visto embarazada en septiembre del año anterior, en la «casa de las flores», en Nahum. Curioso. El niño nació el día del bautismo del Maestro en el Artal, el afluente del río Jordán (1).

Miriam, entonces, recordó a Jesús que no se habían enterado de los nombres de las personas que lo acompañaban. Sencillamente, no sabían quiénes eran.

Y el Maestro, complaciente, los fue presentando, pero no dijo que eran sus discípulos. Miriam los observó atentamente. No perdía detalle. Y creí ver en sus ojos la desconfianza. Algo intuía...

A este explorador, Jesús lo presentó como un amigo, sin más. Ni Miriam ni Jacobo podían reconocerme. Nos hallábamos en el año 26 y ellos conversaron conmigo en el 30. No sabían...

Y llegó lo inevitable. Miriam, supongo, deseaba cantarle las cuarenta a su Hermano. Habían sido años de silencio. Nadie sabía de Él. Nadie supo si seguía vivo o muerto. Regresó, sí, pero esos seis años de angustia no eran fáciles de olvidar. Y Miriam regañó a Jesús. Lo hizo cortésmente, pero con firmeza. No tenía derecho a comportarse de esa forma...

Jacobo asintió en silencio. Sabían que retornó a Nahum en septiembre, y estábamos en febrero... ¿Por qué no acudió a visitarles mucho antes?

El Maestro oyó en silencio y admitió las críticas. Tenían y no tenían razón. Le comprendí. Era difícil explicarles lo

(1)   Como ya fue explicado en otro momento de estos diarios, Jesús fue el primogénito de un total de nueve hermanos. Salvo Amós, que falleció en el año 12, y Ruth, que seguía soltera, el resto se hallaba casado en el año 26. *(N. del m.)*

sucedido en el Hermón y en las colinas de Beit Ids. No le envidié.

Y el albañil, inteligentemente, suavizó la tensión con algo prosaico, pero que estaba en la mente de todos: ¿cómo nos las arreglaríamos para dormir?

Miriam cedió y dio las órdenes oportunas. Los Zebedeo, Felipe y el «oso» de Caná descansarían en la casa de Jacobo, con la totalidad de los niños. Y, alzando la mano izquierda, recomendó a su marido que aligerase. No había tiempo que perder. Primero debía acomodar a los invitados y después ocuparse de la cena de los seis niños.

Los discípulos se apresuraron a tomar sus zurrones y petates y siguieron a Jacobo. Los niños, encantados, se fueron tras el albañil.

Y allí quedamos nosotros. Yo, sinceramente, perplejo.

Pedro, agotado, volvió a dar cabezadas. Al poco estaba dormido. Andrés, a su lado, quiso despertarlo, pero Jesús le hizo ver que no tenía sentido. Era mejor dejarlo descansar. Y así lo hizo, aunque permaneció atento a los posibles ronquidos de Simón. Tuvimos suerte. El pescador durmió sin tropiezos, pero sería por poco tiempo...

No creo que lo tuviera planeado, pero le salió casi redondo.

Miriam aprovechó la ausencia de la mayoría de los íntimos de su Hermano para solicitar explicaciones sobre los rumores que corrían por la aldea...

Tesoro había regresado al nivel superior y trasteaba con los cacharros de cocina. Era la hora de preparar la cena. José, su marido, seguía mudo, junto al Maestro.

Y el Galileo preguntó:

—¿Rumores? ¿Qué rumores?

Miriam siguió acunando al bebé entre los brazos y aclaró:

—Dicen que has hecho portentos en el Jordán...

Jesús comprendió. Y continuó en silencio. Tenía el semblante serio.

—... Y dicen también no sé qué tonterías sobre los cielos. ¿Los abriste?... ¿Llovió agua azul?

El Maestro sonrió sin ganas. José oía, estupefacto. Andrés no respiraba.

Y el Maestro esquivó las preguntas. ¿Cómo explicarle lo sucedido?

Pero la mujer, que no atrancaba, volvió a la carga y esta vez con veneno en sus palabras:

—¿Y qué me dices de éstos?

Imaginé que se refería a los discípulos.

—No entiendo —replicó el Galileo.

—Éstos... los que te acompañan. ¿Quiénes son? ¿Por qué están contigo?

Jesús dijo la verdad.

—Son mis discípulos.

—¿Tus qué...?

Miriam había oído perfectamente. Y abrió los hermosos ojos verdes, no dando crédito a las palabras de su Hermano.

—Mis discípulos —insistió el Maestro—. Con ellos iniciaré mi trabajo..., cuando el Padre lo decida...

Andrés intervino y confundió a la cada vez más encendida mujer:

—La llegada del reino. Ya sabes...

—¿El reino? ¿Qué reino?

Y Miriam se vació. Lo estaba deseando:

—¿Y qué me dices de tus hermanos? ¿También serán tus discípulos?...

Noté un pellizco de ironía en sus palabras. Pero Jesús no cayó en la trampa.

—Mis hermanos son aquellos que hacen la voluntad de Ab-bā...

Fue el colmo.

—Entonces antepones a los extraños a tu propia sangre...

El Galileo negó con la cabeza. Le comprendí. Aquel Hombre empezaba a batallar antes de batallar. La escena fue premonitoria. Fue algo así como un ensayo de lo que sucedería en breve con el resto de su familia carnal. De improviso surgieron los celos. ¿Por qué Jesús había elegido a seis extraños? ¿Qué pasaba con Santiago, su hermano, y con Judá, y con José, y con Simón, sus otros hermanos? ¿Por qué ellos no contaban?

En esos momentos supe que su vida familiar no sería fácil. Pero nada de esto fue contado por los evangelistas.

Jacobo, una vez más, suavizó la tensión. Desvió los dardos de su mujer y preguntó al Maestro, inocentemente, si pensaba acudir a la boda...

—¿Qué boda?

—La del hijo de Nathan, en Caná. Todos hemos sido invitados —aclaró el albañil—. Esperamos a tu madre, y a Santiago...

Jesús asintió con la cabeza, como si recordase de repente.

¿La boda de Caná?

¡Oh, Dios! Yo sí lo había olvidado...

Y Jacobo añadió que tendría lugar el próximo miércoles. Estábamos a domingo. La Señora lo comentó en mi primer viaje de Nahum a Nazaret. Mejor dicho, lo comentaría...

Y habló (o hablaría) de un gran prodigio.

No quise atormentarme. Estaba donde estaba. Todo llegaría, supuse.

La atmósfera se hizo más respirable. Miriam cedió en sus ataques y se dirigió a la cocina. Dejó al bebé sobre uno de los edredones extendidos al efecto en el suelo del nivel superior y se afanó en colaborar con la cuñada en la preparación de la cena. Éramos muchos...

Y a eso de la hora décima (cuatro de la tarde), faltando hora y media para el ocaso, el Maestro solicitó de su hermano José que le acompañara al patio trasero de la casa. Pensé que deseaba orinar. Allí se encontraba el llamado «cuarto secreto». Se alzó y, al hacerlo, me dirigió una significativa mirada. Comprendí. Deseaba que fuera con Él. Y así lo hice. Andrés y Jacobo siguieron conversando. Pedro dormía profundamente.

Entramos en el taller de carpintería. Un par de lucernas lo iluminaban suficientemente. Me detuve un instante. Eran tantos los recuerdos que me traía aquella casa...

El Maestro empujó la hoja que nos separaba del patio a cielo abierto y yo permanecí ensimismado, observando el banco de carpintero. Lo acaricié. José, en esos momentos, trabajaba en un yugo. En las paredes colgaban las herramientas de siempre: sierras, compases de bronce y de madera, cizallas, cinceles, gubias y taladros de arco, entre otras. El suelo, como entonces, se hallaba alfombrado de serrín y de virutas rizadas. Sentí cómo crujían bajo las sandalias. Y en los rincones, mangos para azadas, mayales para las caballerías y arados de poco peso. Nada había cambiado. Mejor dicho, algo sí: al inspeccionar las paredes comprobé que en las mismas colgaba una serie de tablas de madera de diferentes tamaños. Las había cuadradas y rectangulares. No las recordaba en mi visita «anterior» (o futura, según se mire), en el año 30. Juraría que no estaban allí. Me aproximé y descubrí, asombrado, que eran pinturas y frases o dichos, en hebreo, igualmente pintados.

Olvidé al Maestro y me centré en la inspección de lo que tenía delante. El instinto avisó...

Eran 16 tablas, casi todas de roble, de escaso peso, y sujetas a las paredes por sendos y sencillos clavos.

¡Admirable!

Allí había paisajes. El Nebi, la colina favorita de Jesús, se repetía en varias de las pinturas. Observé un par de retratos. Uno correspondía a la Señora. El otro, supongo, era de José, el padre terrenal del Maestro.

¡Un tesoro! ¡Y todo, supuse, pintado por el Galileo!

El resto de las tablillas contenía frases. Todas en hebreo clásico, como digo. Pude retener la mayoría. Decían cosas así:

«Dios no envejece porque es eterno»... «Dios no es lo que parece, ni muchísimo menos»... «Al Padre le chiflan los detalles»... «Dios, además de ser deslumbrante, es económico»...«Dios echa a perder, para ganar»... «El Padre no está para ayudar; eso sería lo fácil.»

Después, en otras dos planchas de madera igualmente pulidas, podían leerse los diez mandamientos. Todo, como digo, pintado por el mismísimo Hijo del Hombre. Y recordé una de las conversaciones con la Señora, allí mismo, junto a la mesa de piedra. María, personalmente, se ocupó de colgar en el taller las pinturas del Hijo. Ella sabía que estas manifestaciones artísticas estaban rigurosamente prohibidas por la ley mosaica, pero no hizo caso. Y acertó. Las frases y los dibujos eran espléndidos. Jesús era un excelente pintor.

Pero, de improviso, algo desvió mi atención. Procedía del citado patio trasero, a cielo abierto, y que servía de desahogo a la vivienda. Allí, como ya expliqué en su momento, cultivaban algunas hortalizas y amontonaban enseres y cachivaches más o menos inservibles.

Vi levantarse un fuego. El Maestro y José acababan de encender una hoguera. Salí del taller de carpintería y comprobé que José se preocupaba de alimentar las llamas. Jesús se hallaba sentado sobre una pequeña tinaja, volcada. A su lado aparecía un cesto de mimbre, repleto de algo que no supe identificar. Me acerqué, discreto. El Maestro tomaba el contenido del cesto, uno a uno, y procedía a desenvolverlo. Eran pequeñas figuras de barro cocido, protegidas con trapos. Parecían llevar mucho tiempo en aquel cesto.

Empezaba a oscurecer.

Y el Maestro, sin más, comenzó a golpear una de las figurillas contra las losas del patio. Se hizo añicos. Y allí quedó el barro rojo, desmigado y repartido por el suelo. Y, sin decir una sola palabra, fue vaciando el contenido del cesto y quebrándolo. No se inmutó.

Por lo que pude apreciar, se trataba de pequeñas esculturas, muy simples. Recuerdo la de un pastor con un cordero sobre los hombros, un lobo o algo similar, una carreta, una casa típica judía, la cabeza de un *kittim* y cosas así. Calculo que en el cesto podía haber del orden de veinte o treinta figuras, todas de barro rojo cocido.

Todas fueron destruidas.

Y hacia las 17 horas, faltando 27 minutos para la puesta de sol, el Maestro se puso en pie y, con el rostro grave, entró de nuevo en el taller de carpintería de su hermano. Lo vi descolgar las tablas de madera. Al poco regresó con ellas y se sentó de nuevo sobre la cántara volcada.

Supe lo que iba a hacer y sentí una profunda tristeza. Lo habíamos hablado en la cueva de la llave. No podía quedar nada en la Tierra que hubiera sido escrito por su mano. Lo sabía pero...

Y, lentamente, fue arrojando cada tabla a las llamas. José no dijo nada. Se limitó a observar. Y las primeras estrellas se asomaron también al cielo de Nazaret. Todos, creo, estábamos desolados. De esto tampoco dijeron nada los evangelistas...

Y en mitad de la quema vi asomarse a Miriam. Miró, incrédula, y, sin mediar palabra, se retiró con prisas hacia el interior de la casa.

Esta vez estuve acertado. La intuición tiró de mí...

Dejé al Maestro frente a la hoguera y seguí los pasos de la mujer.

Algo tramaba...

Ascendió al nivel superior y, decidida, abrió el viejo arcón. Revolvió en el interior durante unos segundos. Yo permanecí inmóvil junto a la puerta principal.

Finalmente encontró lo que buscaba. Se trataba de algo envuelto en un paño rojo, como de terciopelo, de unos treinta centímetros de lado. Era prácticamente plano.

Se hizo con un chal que colgaba junto a las alacenas y se cubrió la cabeza. Al instante ocultó el envoltorio bajo el chal y se dirigió a los peldaños que permitían el acceso al nivel inferior, en el que se encontraba este explorador. Y pasó frente a mí, presurosa. Se dirigía a la calle. Pero, al verme, esbozó una sonrisa y me guiñó el ojo...

Después se perdió en la oscuridad.

Nadie, en la casa, se percató de la maniobra de Miriam. Y me pregunté: ¿qué ocultaba bajo las ropas?

Tuve un presentimiento.

Jesús no lo había quemado todo...

Regresé al patio y me senté junto al fuego. Las llamas se habían hecho adultas. El Maestro continuaba arrojando las pinturas y las frases a la voraz hoguera. José terminó por retornar al interior. No hubo palabras entre nosotros. ¿Para qué? Ambos sabíamos...

Fue entonces cuando percibí aquel intenso olor. Al principio lo atribuí a la desintegración de las pinturas que se estaban consumiendo en el fuego. No sé qué pensar... El caso es que noté una especial fragancia. Era un olor a canela. Observé el rostro del Galileo. Me pareció triste. Y asocié la esencia a canela con la tristeza. No sería la última vez que captaría una cosa así...

Cuando la última tabla fue arrojada a las llamas, el Maestro, en silencio, se levantó. Y, al pasar junto a este explorador, fue a depositar su mano izquierda sobre mi hombro derecho. Y lo presionó durante unos segundos...

Mensaje recibido.

Noté un nudo en la garganta.

Jesús se perdió en el taller de carpintería y quien esto escribe permaneció un tiempo con la vista fija en el fuego. Yo no era muy consciente de lo que estaba ocurriendo pero allí, con aquella hoguera, desaparecía parte de la historia del Hijo del Hombre. Nadie supo jamás que fue un buen pintor y que sacrificó su obra... Entonces recordé las maderas de tola blanca en las que escribía y con las que jugábamos al *ṣelem* en la cueva de Beit Ids. Y supe por qué las quemaba.

Me refugié en el firmamento. Aparecía negro y brillante. Las estrellas casi se caían. Y una de ellas, Capella, me hizo una señal...

Mi querida Ma'ch...

Pero debo ser sincero. No todo fue limpio en aquellos momentos. Al ver sobre las losas del patio los restos de las estatuillas de barro me asaltó una tentación. Él no se hubiera dado cuenta. ¿O sí? Era muy fácil. Bastaba con rebuscar entre los trozos e intentar recomponer una de las figuras de arcilla. Después la ocultaría en el petate y, una vez en el Ravid, trataría de pegar las piezas. Sería un buen recuerdo.

Acaricié el barro con las puntas de los dedos pero, finalmente, desistí. El recuerdo de lo sucedido en nuestra segunda semana en el monte Hermón tocó a la puerta de la memoria (1). En aquella oportunidad, como se recordará, Eliseo ocultó una escudilla de madera en la que el Galileo había escrito: «Estoy con el "Barbas". Regresaré al atardecer.» Y Jesús lo descubrió.

No, no pasaría por semejante vergüenza. Él confiaba en mí. No le defraudaría.

Cuando retorné al interior de la vivienda, en el patio sólo quedaban unas ascuas rojas y agonizantes, el intenso perfume a canela, y las estrellas, tan asombradas como este explorador. Podían ser las siete de la tarde de aquel no menos histórico domingo, 24 de febrero del año 26 de nuestra era. La noche en la que Jesús de Nazaret quemó parte de su vida.

Hacía rato que cenaban. Salvo las mujeres, que iban y venían con los víveres, la totalidad de los discípulos se hallaba reunida en torno a la mesa de piedra de la «anunciación». No faltaba nadie. Pedro se había incorporado al condumio. Jacobo y José me hicieron un hueco y fui a sentarme frente al Maestro.

La cena parecía apetitosa: lentejas y guisado de ciervo.

Sólo probé las lentejas. Deliciosas, con un punto picante...

(1) Amplia información sobre el incidente en *Hermón. Caballo de Troya 6. (N. del a.)*

Juan Zebedeo, una vez más, llevaba la voz cantante. El Hijo del Hombre comía en silencio. Mantenía aquella sombra de leve melancolía en el rostro. Yo creía saber por qué. Y en una de las ocasiones nos miramos. Lo dijo todo en tres segundos: sí, la quema de sus queridas pinturas le había afectado... Y entiendo que no prestó demasiada atención a los comentarios de Juan y del resto. El Zebedeo se esforzaba por hacer comprender a José que el Mesías ya estaba en la Tierra...

Y Juan Zebedeo hacía señales con la cabeza, indicando la posición de Jesús en la mesa. Pero José no respondió. No sé si llegó a enterarse de lo que insinuaba el locuaz discípulo.

Era triste, realmente. Ninguno de aquellos hombres, salvo José, tenía idea de lo que acababa de suceder en el patio de la casa de las palomas. Pero así fue la historia del Hijo del Hombre...

Miriam, como digo, no paraba. Subía y bajaba sin descanso, atendiendo, complaciente, a los diez varones. También cruzamos un par de miradas y supe que ella confiaba en quien esto escribe. Sabía muy bien que no la delataría...

Pero estábamos cansados y el grupo empezó a dormitar.

Y, de común acuerdo, se dio por terminada la tertulia. José se puso en pie y entonó las *Šemoneh esreh*, las diecinueve plegarias, la oración por excelencia del pueblo judío. Todos estaban obligados a recitarlas tres veces al día. Sumaban diecinueve *berakot* o bendiciones. En las primeras, como creo haber referido en otra ocasión, alababan la omnipotencia de Yavé. En las centrales aparecían las súplicas y las peticiones de conocimiento, arrepentimiento, perdón, liberación del mal, salud y buenas cosechas. Por último se solicitaba la restauración de la soberanía nacional judía, la reunión de los dispersos, la destrucción de Roma, el premio a los justos y el envío del Mesías libertador.

Los discípulos se unieron a la recitación de José. Juan Zebedeo fue el que más entusiasmo desplegó. El Maestro se puso en pie, como todos, pero no abrió la boca. Y permaneció con el rostro bajo. El Maestro, yo lo sabía, nunca utilizaba estas fórmulas a la hora de dirigirse a Ab-bā. No podía imaginarlo recitando o cantando la «plegaria» (la *ḥtplḥ*), como llamaban a las *Šemoneh*, y mucho menos, rogando a Dios por la destrucción de nadie. Comprendí, por tanto, su silencio. Los discípulos, sin embargo, se miraban los unos a los otros sin entender.

Jesús deseó buenas noches a todos y anunció a Andrés que deberíamos partir al día siguiente, «lo más temprano posible». Eso fue todo. Andrés se interesó por el destino, y por otros detalles del viaje, pero el Galileo guardó silencio. Una vez más me hallaba en ascuas. ¿Caminaríamos hacia el *yam*? ¿Nos detendríamos en Caná?

Tras la marcha del grueso de los discípulos, y de Jacobo y de su mujer, José procedió a cerrar la puerta de entrada. Y cada cual buscó un lugar en el que acostarse. Simón Pedro regresó al rincón de las ánforas. Andrés se tumbó a su lado y el Galileo lo hizo al pie de la mesa de la «anunciación». Utilizó el petate como almohada, de acuerdo con lo acostumbrado. Yo me senté sobre una de las esteras y me dejé caer contra la pared, muy cerca de la referida puerta principal. Ésa era también mi costumbre. Desde allí dominaba la totalidad de la escena. Tesoro, cuidadosa y solícita, depositó una lucerna encendida sobre la mesa de piedra, y otra en el nivel superior. Allí, en la plataforma elevada, dormirían el matrimonio y el bebé. Y, sobre la citada mesa, por si alguien sentía hambre o sed durante la noche, la mujer colocó una jarra de barro con agua y una escudilla de madera con nueces peladas y pasas de Corinto, sin semillas, otra de las debilidades del Maestro.

La jornada tocaba a su fin. Había sido un día intenso.

Y, al poco, Jesús entró en un profundo sueño. Y lo mismo ocurrió con los hermanos pescadores. El matrimonio habló en voz baja durante unos minutos pero también terminó rendido. Y se hizo el silencio. Un silencio gratificante, roto, en ocasiones, por los lejanos maullidos de los gatos en celo.

Y cerré los ojos, complacido. Me hallaba en paz y Él estaba allí, a un paso.

Me equivocaba, naturalmente... La jornada no había terminado.

Recuerdo que pensé: ¿cómo serán los sueños del Maestro?

Y en ello estaba, discurriendo, cuando sucedió lo inevitable. No sé por qué no lo imaginé.

No llevaríamos ni diez minutos en aquel denso y prometedor silencio cuando Simón Pedro inició una tanda de ronquidos, a cual más heroico.

¡Oh, Dios!

Andrés, atento, trató de contener a su hermano. Lo agitó, pero fue inútil. Los ronquidos eran demoledores. Busqué postura una y otra vez. Imposible. Más que ronquidos eran cañonazos. Me pareció, en mi imaginación, que la casa temblaba. Tesoro se incorporó, incómoda, pero terminó tumbándose.

Jesús dormía a pierna suelta. ¡Qué bendición!

Y fue en una de aquellas tandas de ronquidos cuando noté algo que me alertó. Simón Pedro dejó de roncar y, durante cosa de treinta o cincuenta segundos, permaneció en el más absoluto silencio. Al poco, cuando creía que estaba salvado, regresaron los ronquidos, y con más fuerza.

Me incorporé.

Pasados unos minutos se repitió el incidente. Pedro dejó de roncar y observé cómo hacía esfuerzos por volver a respirar. Trató de levantarse, sin conseguirlo. Pasados otros treinta o cuarenta segundos logró recuperar la respiración y se dejó caer sobre la estera. Y volvieron los ronquidos. Y así, una y otra vez...

Casi estaba seguro.

Simón Pedro sufría lo que se denomina «apnea obstructiva del sueño»; es decir, una suspensión transitoria del acto de respirar. Algo parecía haberse atorado en su garganta y bloqueaba el paso del aire. El asunto era grave. Cada vez que se registraba un período de apnea, el discípulo luchaba, a vida o muerte, por recuperar el aire. El colapso inspiratorio de la faringe podía estar provocado por la pérdida del tono muscular de los músculos faríngeos, por el tamaño inadecuado de las amígdalas, por el velo del paladar, malposiciones de la mandíbula o estrecheces constitucionales de la garganta, entre otros defectos.

Y pude verificar que los bloqueos respiratorios se producían sin cesar. A lo largo de la noche sumé más de trescientos. Eso explicaba, en parte, la somnolencia de Simón Pedro durante el día. Su sueño aparecía fragmentado. No descansaba. Al contrario. Cada interrupción respiratoria era un esfuerzo por sobrevivir. Y el hombre terminaba rendido. Aquella presumible obstrucción o colapso a nivel de la vía aérea superior (nariz y garganta) provocaba también el ronquido. ¡Qué extraño! En el año 30, cuando le conocí, el apóstol no padecía este mal, que yo pudiera recordar...

Regresé a mi lugar con preocupación. Algo no encajaba en lo que yo conocía.

Pero el cansancio pudo con los ronquidos y el sueño terminó invadiéndome. Fue un sueño corto, pero reparador. Un sueño que no olvidaré...

He dudado a la hora de incluirlo en estos diarios pero, a la vista de lo que me tocó vivir algún tiempo después, he decidido registrarlo. El hipotético lector de estas memorias sabrá sacar sus propias conclusiones.

De pronto, en la ensoñación, me vi en la *insula*, en Nahum; el edificio en el que habíamos alquilado tres habitaciones.

Era de noche.

Eliseo y Kesil me despertaron.

«¡Fuego!», gritaban.

Salimos al pasillo. Había humo. Procedía de la puerta «44», la habitación en la que vivían los trillizos, los niños «luna» (1).

Se oían gritos. Eran gritos de terror...

Corrimos hacia la «44».

Efectivamente, el humo escapaba por debajo de la puerta y por las rendijas.

Era extraño. No había un solo vecino en el pasillo. El edificio parecía vacío.

Y siguieron los gritos; más que gritos, alaridos...

Eliseo tumbó la puerta de una patada. Fue espantoso. Tuvimos que retroceder. Unas llamas feroces quisieron atraparnos. El cuarto ardía por los cuatro costados. Era imposible penetrar en la estancia. Eran llamas tan altas como este explorador. Se retorcían y crepitaban...

¿Qué podíamos hacer?

(1)   Amplia información sobre los trillizos (niños «luna») en *Nahum. Caballo de Troya 7. (N. del a.)*

El humo, negro, espeso, y aliado de las llamas, nos obligó a cubrirnos la cara.

Eliseo gritaba: «¡Los niños!... ¡Los niños están ahí!»

Y, de pronto, los gritos cesaron.

Entonces dije algo absurdo: «Está prohibido. No podemos intervenir.»

Y el ingeniero, comprendiendo, se dejó caer de rodillas sobre el pavimento. Lloraba y gemía y, de vez en cuando, se lamentaba: «¡Están muertos!... ¡Están muertos!»

Kesil, el criado, también lloraba.

Y en el sueño sucedió algo imposible...

De pronto, entre las llamas, vi aparecer a uno de los trillizos. Estaba desnudo. Sonreía.

Sí, era uno de ellos. Presentaba el cabello largo, hasta los hombros. Aquel cabello blanco... Los ojos, rasgados, tenían los iris amarillos. No había duda. Era uno de los «luna», los niños a los que sólo se les veía durante la noche. La madre, a la que llamaban «Gozo», era una «burrita». En la noche, los trillizos permanecían solos en la «44». A veces los acompañaba Eliseo.

Pero lo más increíble es que el niño caminaba entre las llamas como si tal cosa, y cogido de la mano de otro personaje no menos familiar: ¡el tipo de la sonrisa encantadora!

El hombre, al verme, sonrió abiertamente. Y le vi agachar la cabeza para no tropezar con el dintel de la puerta. Tampoco las llamas le afectaban.

Salieron de la habitación y desaparecieron. No sé por dónde tiraron...

Eliseo gemía y solicitaba clemencia al buen Dios.

Entonces, en mitad del fuego, se repitió la escena: vi aparecer a un segundo niño, idéntico, también desnudo, y de la mano del mismo hombre de la sonrisa encantadora. Sonreían. Después dejé de verlos.

Me volví y traté de avisar al ingeniero. No me oyó. Continuaba con los lloros y, de vez en cuando, gritaba: «¡Están muertos!»

Y la escena se repitió por tercera vez.

Un tercer trillizo surgió entre las llamas. También sonreía. También caminaba desnudo y de la mano de aquel desconcertante personaje.

Al poco, no sé cómo, dejé de verlos.

Y el fuego fue extinguiéndose...

Entonces me aventuré en el interior de la «44». Todo se hallaba destruido. En uno de los rincones descubrí los restos calcinados de los tres niños. Habían muerto abrazados.

«Pero —pensé en el sueño—, eso no es posible. Yo los he visto salir de la habitación...»

No fui capaz de derramar una lágrima.

Eliseo, en el pasillo, seguía llorando.

Y en la ensoñación lo vi. Aparecían por el suelo del habitáculo. Eran restos de papiros. Todos quemados. Me agaché y me hice con uno de los trocitos que, milagrosamente, se salvó del incendio.

Estaba escrito. Era arameo. Y leí:

«Vivirás lo no vivido.»

¡Era mi letra!

Me hallaba tan sorprendido que no acerté a ver a la persona que se aproximaba. Tocó en mi hombro y dijo: «¡Vamos...!»

Supuse que era Kesil, aunque la voz no era la del fiel sirviente y amigo.

En ese instante desperté.

Necesité unos segundos para reaccionar y comprender que todo había sido una pesadilla...

El Maestro, inclinado frente a quien esto escribe, tenía su mano izquierda sobre mi hombro. Sonrió al ver que despertaba y susurró con dulzura:

—¡Vamos...!

Y, atónito, casi como un autómata, me apresuré a seguirle. La pesadilla me persiguió durante un tiempo. La escena, terrible, se repetía y se repetía. Hasta que un día desapareció y dejó de atormentarme. Ese día me tocó vivir... Pero mejor será que no me adelante a los acontecimientos. Todo, paso a paso...

Ese lunes, 25 de febrero, amaneció a las 6 horas y 10 minutos.

El cielo, borrascoso, se me antojó tan atormentado como este explorador.

Simón Pedro presentaba unas notables ojeras, pero no protestó.

Nos despedimos de los dos matrimonios y emprendimos

el camino hacia no sabíamos dónde. Para ser exacto: fuimos nosotros quienes nos despedimos de los generosos José y Tesoro y Miriam y Jacobo. El Maestro no era muy amante de las despedidas. Se limitó a besar a sus hermanos, tomó el petate y emprendió la marcha. La cinta blanca, sobre la frente, anunciaba otra larga caminata. Pero, a lo que iba: el Galileo tenía unas costumbres muy especiales. Poco a poco fui conociéndolas y respetándolas. Como digo, si estaba en su mano, procuraba no despedirse. Utilizaba expresiones como «¡Suerte!» o también «¡Hasta pronto!» o «¡Que Ab-bā te proteja!», o cosas por el estilo. Pero su palabra favorita, para esas ocasiones, era *shalôm*, pero no en el sentido de «adiós», sino de «paz». Tampoco le vi con prisas. Nunca. Caminaba rápido pero jamás con prisas. No le gustaba disculparse. Nunca le vi pedir perdón o excusarse por algo. Tampoco recuerdo que diera motivo para ello. Y, de la misma manera, jamás le vi solicitar un consejo; nunca ni a nadie.

Dejamos atrás Nazaret y pusimos rumbo al norte, entre las colinas. Pensé que si nos dirigíamos al *yam* tendríamos que cruzar por el desfiladero de Ein Mahil, en el que habitaban los leprosos, y en el que este explorador había tenido un encuentro con un anciano enfermo de lepra tipo «mosaica» o «blanca», hoy conocida como «anestésica». Me sentí intranquilo. ¿Qué sucedería si el Galileo o sus discípulos tropezaban con aquellos infelices?

Pero no.

Al poco, el Maestro, siempre en cabeza, tomó una senda más estrecha y descuidada y giramos hacia la izquierda, también entre bosques y madrugadores silencios. El «oso» y Felipe acompañaban a Jesús. Hablaban animadamente. Andrés marchaba a mi lado. El resto caminaba a su aire, entre el grupo de cabeza y nosotros.

Fue una ocasión perfecta y pregunté a Andrés por el asunto de los ronquidos de su hermano. El amable y paciente pescador se desahogó. Llevaban años con aquel sufrimiento. Eso dijo. La familia de Simón Pedro estaba desesperada. Así había sido desde su juventud. Formulé algunas preguntas, siempre de forma discreta, y vino a confirmar lo que sospechaba. Simón Pedro, en efecto, se quedaba dormido en cualquier lugar y a cada rato. «Y lo peor —comentó Andrés— es que después lo niega.» En el *yam*, en plena pesca, le había ocurrido más de una y más de dos veces. Era peligroso, insinuó, y le di la razón. Experimentaba una continua sequedad de boca y los cambios de humor eran constantes. Simón Pedro, en aquellas fechas, según su hermano, era insoportable. Andrés no lo sabía pero los síntomas eran del todo normales en la apnea que padecía (1). El pescador me habló, incluso, de una especie de arnés de cuero, fabricado en Nahum, y que Pedro se colocaba sobre la boca con el fin de combatir los ronquidos. «Aquello —dijo— duró poco. Mi hermano se sentía como un onagro...» Y el arnés, por lo visto, fue arrinconado. Ahora, al ser elegido discípulo del Maestro, Simón Pedro, consciente de los ronquidos, planteó a Andrés la posibilidad de volver a colocarse la dichosa pieza. E imaginé al apóstol con el arreo...

Pensé en inocularle los «nemos». Eso podía equivaler a una poligrafía cardiorrespiratoria y averiguar así los parámetros necesarios para conocer la dimensión del problema: frecuencia cardíaca, esfuerzo de ventilación, flujo aéreo, niveles de CO_2 y de oxigenación en sangre e, incluso, arquitectura del sueño. El asunto me pareció atractivo. La cuestión era cuándo y dónde...

Y lo dejé en manos del Destino. No era el momento de preocuparme por ese tema.

Al rato, como era previsible, el «oso» se fue quedando atrás. Su pierna izquierda renqueaba.

(1)   La apnea, además del agotamiento, puede ocasionar una reducción en el suministro de oxígeno al cerebro. Esto justificaría los cambios de humor y de personalidad. El problema es que ignoraba qué tipo de apnea era la que sufría Simón Pedro. Podía tratarse de una apnea central, de las vías respiratorias altas o una apnea mixta. En la primera, más delicada, se produce una desorganización de la función del centro respiratorio del cerebro. En la segunda se registra un bloqueo en el área de las vías respiratorias altas. La tercera es una compleja mezcla de las anteriores. La cuestión es que, además de lo expuesto, la apnea, la que fuera, provocaba un descenso en el nivel de oxígeno en la sangre y un incremento del CO_2. En el angustioso proceso de intentar recuperar el ritmo respiratorio, el sujeto experimenta también un aumento de la presión sanguínea (a veces altísima) y una preocupante oscilación cardíaca. Se han dado casos, incluso, de repercusiones a nivel renal. El tema, por tanto, era grave. *(N. del m.)*

Se puso a nuestra altura y conversamos. Así supe de los planes inmediatos del Maestro. Los discípulos —ésa fue la orden del Galileo— permanecerían en Caná. Todos. Él continuaría hacia el mar de Tiberíades. Deseaba visitar a su hermano Judá, el rebelde. Mejor dicho, el que había sido la oveja negra de la familia. Ahora residía en Migdal, en la orilla occidental del *yam*, y se dedicaba a la pesca. Después, según el «oso», Jesús seguiría camino hasta Nahum. Como ya sabía, allí se hallaba la Señora, su madre, y varios de sus hermanos: Santiago, su esposa Esta, y Ruth.

Ruth...

Pregunté por qué los discípulos debían quedarse en Caná y Bartolomé aclaró que eran los deseos del Maestro. Tenían que entrevistarse con Nathan y preparar lo necesario para la boda del miércoles, día 27. Todos se alojarían en la casa del «oso». Y el bueno de Bartolomé me brindó la hospitalidad de su hogar. Se lo agradecí, pero mis planes eran otros...

Y hacia las ocho de la mañana, tras cuatro kilómetros de marcha, el grupo se detuvo a las afueras de Caná. Tampoco en esta ocasión tuve la oportunidad de entrar. El Maestro se despidió con un cálido *shalôm* e indicó que le siguiera. Rodeamos el pueblo por su cara oriental y descendimos hasta reunirnos con la ruta principal, la que unía el mar de Tiberíades con Cesarea, y que yo había transitado en varias ocasiones. Al principio no conversamos. Jesús parecía alegre y bien dispuesto. Y yo me dediqué a ordenar los pensamientos. Tenía otros planes, sí, pero atados por los pelos...

Acababa de enterarme que pretendía llegar al *yam* y, al parecer, regresar de inmediato a Caná para asistir a la boda del hijo de Nathan. Eso no me daba mucho margen. Tenía que elegir: o seguirle o ascender al Ravid y preparar los «nemos», absolutamente necesarios para intentar verificar qué fue lo que sucedió en la mencionada boda. ¿Se produjo el célebre milagro? Los «nemos», como digo, eran vitales...

Y tomé la decisión mientras caminábamos. Nos separaríamos. Ingresaría en la «cuna», prepararía lo necesario, y retornaría a Caná, en solitario.

Teníamos por delante alrededor de 24 kilómetros. Jesús caminaba a buen paso, como siempre. En cuestión de cinco horas nos hallaríamos en las cercanías del *yam*. Y al pensar en la «ciudad de los *mamzerîm*», a escasos kilómetros de Tiberíades, volví a inquietarme. El enclave, como ya comenté en su momento, era un infierno. Se trataba de una gran concentración de bastardos, o *mamzerîm*, la escoria de la nación judía: ladrones, asesinos y gente marginada. No me agradó la idea de que el Maestro tuviera que atravesar aquel conjunto de chabolas. Pero no hice ningún comentario.

Dejamos atrás el poblado de Tir'an, la posada del «tuerto» y el cruce de Lavi. Y, al alcanzar el desvío a Arbel, a corta distancia de la «ciudad de los bastardos», el Galileo abandonó la senda principal y torció a la izquierda, por un camino vecinal. Respiré aliviado.

Nos detuvimos a comer en Arbel y allí sostuvimos una importante conversación, pero me hizo prometer que no hablaría de ello con nadie... Y lo he cumplido, de momento.

En el *wadi* Hamam, junto a los miliarios que anunciaban las ciudades de Tiberíades y de Migdal, a poco más de un kilómetro y medio del lago, Jesús siguió su camino y quien esto escribe, impresionado por la reciente conversación, permaneció un rato al pie de la senda, meditando. Después me encaminé hacia el Ravid. Era la hora décima (cuatro de la tarde).

En la nave todo se hallaba bajo control (bajo control del no menos fiel «Santa Claus», el ordenador central). Estaba claro que Eliseo, a pesar de los pesares, era un buen militar. Seguía ocupándose de la vigilancia y del mantenimiento de la «cuna» y, por lo que aprecié, de forma regular. Eso me tranquilizó, a medias.

El ocaso solar se produciría esa jornada a las 17 horas, 28 minutos y 17 segundos. Había llegado a lo alto del Ravid con luz y con tiempo más que sobrados. Y decidí aprovecharlo. Puse manos a la obra. Había mucho que coordinar...

Y el instinto me llevó directamente a la farmacia de la nave. Necesitaba los antioxidantes. El ingeniero se había apoderado de las ampolletas de barro en las que guardaba las últimas tabletas de dimetilglicina. El mal que nos aquejaba, como expliqué, hacía necesaria la ingestión diaria de estos fármacos, con el fin de frenar el exceso de NO (óxido nitroso) que canibalizaba algunos sectores de las grandes neuronas (1). El mal procedía del proceso de inversión de masa (inversión axial de los ejes de los *swivels*) (2).

No era posible...

Miré y rebusqué. Hice limpieza. Volví a ordenar los medicamentos, pero no hallé lo que buscaba. No encontré ni un solo frasco de dimetilglicina, y tampoco de los otros antioxidantes: el glutamato y el N-tert-butil-α-fenilnitrona (3).

¡Maldito bastardo!

Eliseo los había hecho desaparecer...

Si no recordaba mal, al abandonar la nave, disponíamos de una reserva más que generosa. Más de 900 tabletas de dimetilglicina, de 125 miligramos cada una. Es decir: suficiente para ambos pilotos y durante 450 días... Del resto, sinceramente, no tengo idea de la cantidad almacenada.

¡Bastardo, sí!

Él sabía de la importancia de esa medicación...

Y recordé sus palabras en el bosque de los pañuelos, cuando revolvía en mi saco de viaje:

«... Y me suplicarás...»

(1)   El estrés oxidativo que padecíamos, con la consiguiente liberación de radicales libres, pudo estar estimulado por la reacción del NO con el anión superóxido, generando peroxinitrito, un implacable agente nitrante de proteínas. *(N. del m.)*

(2)   Como consecuencia de las sucesivas inversiones de masa de las partículas que el mayor denomina *swivels* («eslabones»), los pilotos de Caballo de Troya se vieron afectados por una dolencia que provocaba, entre otros problemas, el envejecimiento prematuro. *(N. del a.)*

(3)   El «tert-butil» era también un buen antioxidante; en especial en la precipitación de los niveles de las proteínas oxidadas (los índices, en aquel tiempo, de superoxidodismutasa y catalasa, enzimas responsables de la inactivación del NO, se hallaban muy bajos). En cuanto al glutamato, administrado con prudencia, constituía igualmente un excelente reductor, capaz de sanear, a medio o largo plazo, los tejidos infectados por el óxido nitroso. Este aminoácido, como neurotransmisor, favorece el intercambio sináptico entre las neuronas (en especial sobre el N-metil-D-aspartato), consiguiendo la apertura de los canales iónicos que, a su vez, promueven la migración de los iones de calcio hacia el interior de las neuronas. Con ello se obtiene un benéfico impulso activador. La administración del glutamato, sin embargo, exige cautela. Un exceso en la dosis podría provocar el efecto contrario al deseado: la «lluvia» del neurotransmisor, al abrir los canales, «empapa» las neuronas, «asfixiándolas». Muchos de los accidentes cerebrovasculares así lo ratifican. En otras palabras: si no acertábamos con la dosis justa, la nefasta óxido-nítrico-sintasa podía triplicarse, empeorando el problema. *(N. del m.)*

La falta de los antioxidantes era un asunto delicado. La misión podía caerse...

Pero ¿qué estaba pensando?

Reí para mis adentros.

¿Caerse? ¿La misión se hallaba amenazada por el maldito óxido nitroso? ¿Y qué debía pensar de los diecinueve tumores localizados en el pie del hipocampo, en lo más profundo del cerebro de este explorador? El «hallazgo» de «Santa Claus» en diciembre del pasado año (25 de nuestra era) sí me dejó fuera de combate. Aquello sí era un problema: la amiloidosis que padecía, provocada por la proteína fibrilar amiloide, que se acumula alrededor y en el interior de los nervios, era lo suficientemente grave como para terminar con mi vida en seis meses...

Estábamos a finales de febrero. Eso significaba que me quedaban del orden de tres o cuatro meses.

Sentí un sudor frío.

¡Tres o cuatro meses de vida!

¿Por qué no se lo había comentado al Maestro? Él, si lo deseaba, podía sanarme. Lo del niño mestizo —Ajašdarpan— fue más espectacular...

Pero no. Me negué a seguir alimentando una idea así. No lo haría. Dejaría que el Destino hiciera su trabajo...

Y, como un autómata, volví a rebuscar. Quizá los antioxidantes se hallaban en otro lugar de la nave.

Negativo.

Estaba claro. Eliseo los había trasladado. Debería contentarme con la ingesta de la vitamina E, muy apropiada también para la batalla contra el NO, gracias, precisamente, a los tocoferoles que contiene (en especial al alfa-tocoferol). El suministro de la citada vitamina E estaba garantizado con el consumo de huevos, aceites vegetales, leche, mantequilla, legumbres verdes, nueces, almendras, trigo, y algunos pescados muy concretos (sardinas y anguilas). El extracto de bacalao, obviamente, no era viable en aquel «ahora». También contaba con el auxilio de la vitamina C y el betacaroteno, como «cazadores» de los radicales libres (1).

---

(1) El suministro de vitamina C se hallaba igualmente garantizado a través de las frutas, hortalizas e hígado de vaca o de ternera. Las patatas

Y recordé otra posibilidad, apuntada por el eficaz ordenador central: la inyección de los «nemos» en los tejidos neuronales y la posterior desintegración de los tumores. Los «nemos» habían sido capacitados para una labor así, pero sentí miedo. «Santa Claus» estableció el margen de error en un 20 por ciento. Los «nemos» podían equivocar el objetivo y dañar los tejidos sanos. Y, por segunda vez, me eché atrás.

Pensé, incluso, en despegar y regresar a mi tiempo. ¡Qué absurdo! No debía, ni podía, ni quería... Desde diciembre, la SNAP 27, la pila atómica, se hallaba inutilizada; mejor dicho, Eliseo había modificado la clave que la activaba. Yo ignoraba esa clave y, en consecuencia, no estaba en condiciones de mover la «cuna». Además, me dije, ¿para qué? Morir aquí o allá, ¿qué importaba? Allí no tenía a nadie; nadie me esperaba. Aquí tenía al Maestro..., y a ella.

Tenía que ser positivo. Y vivir el momento, como recomendaba el Hijo del Hombre. Sólo el «ahora». El futuro nunca llega. No existe. Y me propuse ser consecuente con estas ideas. Trabajaría en lo inmediato. Del mañana, ya veríamos...

Caná. Ése era el objetivo.

Disponía de tiempo y me esforcé en la selección de los «nemos» (1) que debería transportar a la población en la que, supuestamente, se produciría el milagro. En realidad fue «Santa Claus» quien llevó a cabo el trabajo. Yo me limi-

---

no eran conocidas aún en el viejo mundo. Respecto al betacaroteno —de la clase de los pigmentos carotenoides— podíamos ingerirlos merced a algunas hortalizas, especialmente con la zanahoria. *(N. del m.)*

(1) Los «nemos», como consta en otras partes de estos diarios, son máquinas biológicas de treinta nanómetros de tamaño (un nanómetro equivale a la milmillonésima parte del metro), capacitados para ser introducidos en cualquier organismo y actuar como «informadores» («nemos fríos») o como hábiles «cirujanos» («nemos calientes»). En definitiva, actúan como sondas o como correctores, proporcionando toda clase de información. Tanto unos como otros están en condiciones de transmitir hasta 50.000 imágenes por segundo. Un sistema alojado en la parte superior de la vara de Moisés activaba los «batallones», actuando también como receptor y amplificador de las ondas de radio emitidas por los «nemos». La cabeza receptora multiplicaba por diez mil la tensión de los impulsos primarios, permitiendo a «Santa Claus» la digitalización de las señales. *(N. del m.)*

té a supervisar y a trasladar a tres ampolletas de barro los correspondientes «batallones» de los «minisubmarinos» o microsensores biológicos. Estimé que con aquella carga era suficiente. Sólo tendría que verterlos en el agua, activar la vara de Moisés, y reunir la información que pudieran captar los referidos «nemos». Después, el ordenador central se ocuparía de la evaluación correspondiente y sabríamos qué fue lo ocurrido en las célebres bodas de Caná. ¿Fue convertida el agua en vino, como asegura Juan, el evangelista? Algo no me olía bien en aquel asunto. No supe concretarlo en esos momentos, pero «algo» se me antojó turbio. No parecía razonable que el buen Dios, si es que se produjo el milagro, se hubiera dedicado a alterar las leyes de la naturaleza. El agua no dispone de carbono; el vino sí. ¿Cómo podía ser, entonces, que el agua utilizada en la boda se hubiera transformado en vino (alcohol)? Hacía tiempo que no me agradaba la palabra «milagro». Según la Iglesia católica, por ejemplo, milagro es un suceso extraordinario que contraviene las leyes de la naturaleza y que se supone ha sido llevado a cabo por intervención divina. No sabía mucho sobre el Padre, pero, por lo que había aprendido junto al Maestro, consideré que el buen Dios no andaba enredando con sus propias leyes físicas. Y menos para darle gusto a nadie...

Lo dicho: en el asunto de Caná había gato encerrado. ¿Podía fiarme de Juan Zebedeo, el único que menciona el supuesto prodigio? (la palabra «prodigio» —suceso que excede los límites regulares de la naturaleza— me parece menos mala que «milagro»).

Y durante un tiempo me dediqué a estudiar y a diseccionar el referido texto evangélico de Juan (2, 1-12). Dice así:

«Al tercer día hubo una boda en Caná de Galilea, y estaba allí la madre de Jesús. Fue invitado también Jesús con sus discípulos a la boda. No tenían vino, porque el vino de la boda se había acabado. En esto dijo la madre de Jesús a éste: "No tienen vino." Díjole Jesús: "Mujer, ¿qué nos va a mí y a ti? No es aún llegada mi hora." Dijo la madre a los servidores: "Haced lo que Él os diga."

»Había allí seis tinajas de piedra para las purificaciones de los judíos, en cada una de las cuales cabían dos o tres metretas. Díjoles Jesús: "Llenad las tinajas de agua." Las llenaron hasta el borde, y Él les dijo: "Sacad ahora y llevadlo al maestresala." Se lo llevaron, y luego que el maestresala probó el agua convertida en vino —él no sabía de dónde venía, pero lo sabían los servidores, que habían sacado el agua—, llamó al novio y le dijo: "Todos sirven primero el vino bueno, y cuando están ya bebidos, el peor; pero tú has guardado hasta ahora el vino mejor." Éste fue el primer milagro que hizo Jesús, en Caná de Galilea, y manifestó su gloria y creyeron en Él sus discípulos.»

A la vista de lo que conocía, de los errores y de la manipulación del apóstol en otros asuntos (el más reciente era la elección de los primeros discípulos de Jesús), aquello, sinceramente, no me gustó. Yo conocí, de primera mano, una de las decisiones que adoptó el Maestro en su retiro de 39 días en las colinas de Beit Ids: no haría prodigios, huiría del camino fácil (?) de las manifestaciones extraordinarias. Lo recalcó una y otra vez en la cueva de la llave. Entonces, si esto era así, ¿cómo entender que, de pronto, a los pocos días, en plena boda en Caná, se decidiera a convertir el agua en vino? ¿Por qué aceptar la palabra del Zebedeo? Jesús no era un Hombre contradictorio. Era un Hombre (siempre lo fue) de una gran coherencia. Aquel texto era extraño. Cojeaba... Juan, además, no sabía nada de las grandes decisiones.

Pero debía ser objetivo. Primero convenía asistir al acontecimiento y averiguar lo ocurrido. Después llegarían las conclusiones.

No me equivoqué...

El suceso no fue como lo narra Juan Zebedeo, ni mucho menos.

¿Por qué no lo imaginé?

Y debo hacer un esfuerzo para no adelantar lo que tuve ocasión de presenciar. No fue como asegura Juan. Fue más..., ¿cómo diría? Quizá la palabra exacta sea notable. Fue más notable de lo que pretende el evangelista.

Finalmente, antes de descansar, me ocupé de un último asunto, quizá menos relevante, pero, para mí, de un considerable interés «científico» aunque, también lo adelanto, no he podido explicarlo satisfactoriamente. Quizá alguien, algún día, sepa hacerlo o intuirlo...

Dispuse las muestras de las plantas que había recogido en lo alto de la colina de los *žnun* y las sometí a un exhaustivo análisis. Días atrás, como se recordará, una increíble «luz» fue a precipitarse (?) sobre la cima de la referida colina, también conocida por este explorador como la «778» o de la «oscuridad». No hubo impacto o, al menos, no oí ruido. Como ya referí, al alcanzar la cumbre, la «luz», o lo que fuera, provocó un gigantesco fogonazo y todo a mi alrededor (yo me hallaba en el exterior de la cueva de la llave) se iluminó de color violeta: montes, olivos, ropas, hoguera, firmamento... ¡Todo se volvió violeta! ¿Qué había ocurrido? Nunca lo supe. Y pocas horas antes de abandonar Beit Ids, como ya relaté, acudí a lo alto de la «778» y pude hacerme con un puñado de hinojos. Las plantas, habitualmente olorosas, aparecían amarillas y muertas. Algo las secó hasta la raíz.

Utilicé las técnicas a mi alcance: espectrofotometría, emisión (Na y K: AAS), sistema «Kjeldhal» (N) y absorción (Ca, Mg, Fe, Mn, Cu, Zn y Mo: AAS). Y repetí los análisis. Los resultados fueron idénticos: deshidratación intensa (casi al ciento por ciento) a niveles celulares (incluidas las raíces). Ningún rastro radiactivo. El hierro, aluminio y manganeso, sin embargo, se hallaban muy por encima de lo habitual en este tipo de herbáceas. Los índices del aluminio eran espectaculares, con una media superior a 1.502 ppm (partes por millón) (miligramos/kilo) (1). El hierro presentaba niveles superiores a 916 ppm y el manganeso rozaba las 50 ppm. No era lógico que la colina de los *žnun* pudiera contener semejantes proporciones de aluminio. Esta clase de plantas (hinojos caballunos) no tolera ese tipo de suelo. De ser un componente natural, las raíces no lo hubieran admitido. En consecuencia, la «contaminación» (?) tenía que haberse producido a través del aire. Y me quedé en blanco. ¿A qué «contaminación atmosférica» me llevaban los análisis? Estábamos en el año 26 de nuestra era...

Y «Santa Claus» ofreció algo que había olvidado. Los anormales índices de manganeso de los hinojos coincidían, en cierto modo, con otra analítica practicada tiempo atrás

---

(1) Como es sabido, el aluminio resulta altamente tóxico para las plantas. Suele aparecer cuando el suelo es muy ácido o existe contaminación por lluvia ácida (no era éste el caso, por supuesto). Si ocurre algo así, la planta sufre una clorosis y muere. *(N. del m.)*

(mejor dicho, en el futuro: año 30). En aquella oportunidad, los análisis fueron realizados sobre las bayas, hojas y ramas del sicomoro existente frente a la cripta en la que fue sepultado el cadáver de Jesús de Nazaret. En el momento de la «resurrección» del Galileo (domingo, 9 de abril del año 30), una singular «llamarada» de color azul surgió de la cueva y afectó al referido árbol. La misteriosa radiación (?) desecó parte del ramaje del corpulento sicomoro, y dañó también a otros frutales próximos. Pues bien, en aquel caso apareció otra súbita deshidratación (al ciento por ciento), con alteración de algunos elementos claves: potasio, cobre, calcio y sodio, entre otros. El manganeso fue uno de los más alterados, con índices que superaron las 2.800 ppm (en un sicomoro sano, la cantidad de Mn oscila alrededor de las 300 ppm) (1). En otra de las incursiones a la Ciudad Santa tuve oportunidad de tomar muestras del terreno y verificamos lo que ya sospechábamos: el suelo, básicamente calizo, disfrutaba de unas proporciones razonables de manganeso (20 mg por kilo, para un pH de «6»).

¿Casualidad?

Como decía el Maestro, quien tenga oídos que oiga...

Así terminó aquella jornada del lunes, 25 de febrero del año 26 de nuestra era.

(1) Amplia información en *Cesarea. Caballo de Troya 5. (N. del a.)*

Del 26 al 28 de febrero

Descansé profundamente.

Ese martes, 26 de febrero, amaneció a las 6 horas, 8 minutos y 59 segundos. El barómetro de la «cuna» bajó sensiblemente. En aquellos momentos marcaba 995 milibares, y bajando. Eso representaba inestabilidad. Los radares de la nave me alertaron. Se aproximaba por el oeste un frente frío, muy activo, procedente del Mediterráneo. En cuestión de horas, la región podía verse afectada por la lluvia.

Me preparé. No había tiempo que perder. Mi objetivo, como dije, era Caná. Deseaba llegar antes que el Maestro. Necesitaba reconocer el lugar, tomar referencias y, muy especialmente, explorar la zona en la que se iba a celebrar la boda. Era vital que localizara las cántaras y que lo dispusiera todo para el supuesto, insisto, supuesto prodigio de la transformación del agua de las purificaciones en vino.

Eran poco más de 22 kilómetros de camino. Con suerte, y sin detenerme, alcanzaría Caná en cuatro o cinco horas.

Y los cielos me protegieron.

Hacia la quinta (once de la mañana) divisé la aldea (quizá la designación apropiada sea «pueblo de menos rango»: en aquel tiempo, Caná sumaba unos 1.800 habitantes). Se trataba, como creo haber dicho, de una localidad blanca y estirada sobre la cima de una colina suave, de 400 metros. Todo, a su alrededor, como en el caso de Nazaret, era verdor y nuevas colinas, prácticamente gemelas. A ninguna se le había ocurrido la temeridad de sobrepasar los 400 metros de altitud. Los bosques de algarrobos, robles, terebintos y olivos huían verdinegros en todas direcciones, subiendo y bajando los montes sin descanso.

Y el cielo, como había supuesto, se cubrió de nubes negras. Parecían tener prisa por llegar a alguna parte. Quizá al *yam*...

Me adentré por el camino que ya conocía, el del norte, y fui disfrutando de los frondosos granados. A derecha e izquierda se extendían numerosos huertos, protegidos por un laberinto de muros de piedra de un metro de altura. Era el orgullo de Caná. Cientos de *Punicum granatum* (mencionados en Números, 13, 23), de troncos densamente ramificados y hojas oblongas, me contemplaron, curiosos, mientras caminaba decidido. Entre las ramas distinguí algunas rezagadas avefrías.

En contra de lo que hoy suponen los creyentes, Caná nunca fue un lugar en el que prosperase la uva. Jamás hubo vino en esa zona. Ignoro por qué, pero, seguramente, podía deberse a la mala calidad del terreno o a la humedad. Eran los granados, y el aceite, lo que daba prosperidad a Caná, a la que sus habitantes llamaban, pomposamente, «ciudad notable». El lugar se hallaba habitado desde el período del Bronce, aunque el actual asentamiento, hoy llamado Kafr Kanna, no se corresponde con la Caná que yo conocí. La Karf Kanna actual se encuentra a cosa de un kilómetro, hacia el este. Si tuviera que excavar el emplazamiento exacto en el que se alzaba la Caná de los tiempos del Maestro lo haría en Karm er-Ras...

Pero me estoy desviando del asunto principal.

Caná, como decía, era un pueblo orgulloso y próspero. Admitía a numerosos trabajadores de las aldeas próximas, incluida Nazaret. Y entre ambas localidades, como pude ir observando, existía una más que vieja y afilada rivalidad.

Pasé ante los gruesos y negros muros de la casona de Meir, el *rofé* o médico de las rosas, y recordé la bondad de aquel sabio.

¿Entraba y lo saludaba? ¿Me arriesgaba a preguntar por la boda del hijo de Nathan?

Opté por buscar la vivienda de Bartolomé, el «oso» de Caná. Era más práctico y seguro. A Meir lo conocí en el año 30. No podía saber quién era aquel griego anciano y larguirucho... (1).

(1) Amplia información sobre el *rofé* de las rosas en *Nazaret. Caballo de Troya 4*. *(N. del a.)*

Dejé atrás los rosales de Meir y, nada más pisar el pueblo, al consultar, uno de los vecinos me llevó de la mano hasta la casa de los padres de Bartolomé. Me sorprendió tanta amabilidad.

Y en eso empezó a llover.

Observé el cielo. Aquello no presentaba signos de brevedad. La tormenta se había estacionado, negra y panzuda, sobre la región.

Mala suerte, me dije, y penetré en la penumbra de la casa.

El «oso» me salió al encuentro y me recibió con todos los honores. Me presentó a sus padres, ancianos y enfermos, y se excusó por el desorden, debido, dijo, a la súbita llegada de los discípulos. Por cierto, al acostumbrarme a la escasa claridad de la habitación, distinguí a los Zebedeo, a Simón, y a su hermano Andrés, pero no a Felipe. Bartolomé lo disculpó. El de Saidan, aficionado a los aceites esenciales, no deseaba desaprovechar la oportunidad y se hallaba de visita en el caserón de Meir, el experto en esencias de rosas.

Y me acomodé sobre las esteras, prestando atención a la conversación en la que se hallaban enredados.

Nada nuevo, salvo un detalle. Juan Zebedeo, como siempre, defendía que Jesús era el Mesías prometido. El resto, especialmente su hermano Santiago, dudaba. Y Juan aportó el detalle que ignoraba. Según él, Caná fue elegida por el Maestro como la población en la que obraría su primer prodigio, la primera gran señal que estremecería al mundo y, sobre todo, a Roma. No sé de dónde sacó la idea pero, en parte, acertó. Ahí no quedó la cosa. Nada más entrar en el pueblo, el día anterior, los discípulos se encargaron de propalar la noticia: el Mesías llegaría en breve a Caná y haría temblar los cimientos del mundo conocido. Caná era la ciudad elegida.

Yo no salía de mi asombro.

Y el padre de Bartolomé, conocedor de la rivalidad entre su pueblo y la vecina aldea de Nazaret, preguntó en varias oportunidades lo que ya había manifestado su hijo Bartolomé antes de ser seleccionado como apóstol del Hijo del Hombre: «¿Es que de Natzrat (Nazaret) puede salir algo bueno?»

La gente del pueblo, obviamente, dudó de las afirmaciones de aquel grupo. Y, por respeto al «oso», escucharon las «absurdas palabras» de Juan Zebedeo. Y las críticas, mordaces, empezaron a rodar por la aldea. «Si Jesús era de Nazaret —aludían con razón—, ¿por qué ha elegido otro pueblo para la revelación de un destino tan glorioso?» Y, como digo, se burlaban del Zebedeo. Pero la semilla de la duda estaba sembrada. La boda del hijo de Nathan, en efecto, era algo conocido, que tendría lugar en breve. Y la inquietud quedó flotando en muchos de aquellos sencillos corazones. Más aún, y esto fue de especial importancia para lo que sucedería el referido miércoles, día 27: la noticia de la llegada del supuesto Mesías, y de esa pretendida obra extraordinaria que llevaría a cabo en Caná, terminó corriendo por la zona. Y en cuestión de dos días se propagó hasta el *yam*. No andaban muy sobrados de hechos concretos sobre el ansiado Libertador de Israel. Era comprensible, por tanto, que el rumor se extendiera como una mancha de aceite.

El Mesías estaba al caer en Caná y sus discípulos aseguraban que haría un gran milagro. Sería el principio del fin de Roma. Era natural que nadie quisiera perdérselo. Ésta, y no otra, la considerable aglomeración de gente en la boda, fue lo que terminó provocando la falta de vino. Pero vayamos por partes...

Juan y los íntimos continuaron polemizando sobre el Mesías y el «reino de Dios» que estaba a punto de ser inaugurado —«*malkuta'di'elaha'*», repetían— y, algo aburrido, solicité del «oso» que me indicara la forma de llegar a la casa de Nathan.

El buen galileo hizo algo mejor. Se prestó a acompañarme e insinuó algo en lo que este explorador no había reparado, y que también tenía su importancia. Él se ocuparía de presentarme al dueño de la casa y de convencerle para que me aceptara como un invitado más. En buena medida —eso dijo Bartolomé—, yo podía ser considerado como un discípulo de Jesús de Nazaret, «aunque fuera de origen pagano...», dejó caer con ironía. Lo de la invitación a la boda me dejó preocupado. El «oso» tenía razón. ¿Qué sería de este torpe explorador si no tenía acceso al recinto de la boda? Nada de lo planeado sería factible...

Y agradecí el consejo y la buena disposición. Al parecer, las invitaciones fueron repartidas hacía un mes. En total, según el «oso», el número de invitados se acercaba a la cifra de trescientos.

¿Qué argumentaba para que Nathan me aceptara?

Aquella aparente simpleza me dejó seriamente preocupado. Todo podía venirse abajo por una imprevisión...

Dejó de llover y Bartolomé me animó a salir de la casa.

Y cruzamos el pueblo de este a oeste.

Las calles, embarradas, me recordaron el desastre de Saidan, el barrio pesquero de Nahum.

Los vecinos aprovecharon la tregua de los cielos y se apresuraron con sus obligaciones. Las matronas desplegaron las alfombras y los edredones por las angostas ventanas y la chiquillería la emprendió con las gallinas que picoteaban entre el barro. Algunos artesanos miraban al cielo y dudaban a la hora de sacar a la «calle» las mercancías. Se reunían aquí y allá y terminaban hablando sobre la comidilla del pueblo: la llegada del Mesías para la boda del hijo de Nathan. Todos querían estar presentes, por si acaso...

Y hacia la hora sexta (doce del mediodía), Bartolomé me mostró la casa que buscaba.

La casa de Nathan era fácil de reconocer. Se encontraba al oeste del pueblo, a las afueras, camuflada entre los negros y los verdes de los bosques de robles y algarrobos. Era una casona enorme, cuadrada, de más de cien metros de lado. Un caminillo cómodo, hecho a medida, sorteaba los huertos de granados que cercaban Caná y te dejaba en la mismísima puerta de la hacienda. Porque de eso se trataba: de una finca de considerables dimensiones, con la gran casona en un extremo, a poco más de quinientos metros de la población. Una colina de 412 metros velaba al oeste de la casa para que los vientos del Mediterráneo no la turbaran. Nathan era un hombre rico. Disponía de la mitad de los granados de la región, así como de olivares cuyos horizontes no eran visibles. En la finca reunía ganado mayor y menor.

Y, al aproximarnos, descubrí otro detalle de especial relevancia, que hacía fácil la ubicación de *Sapíah*. Éste era el nombre de la finca y de la casona. Significaba «trigo que nace espontáneamente», aunque tenía una segunda acepción: «lluvia fuerte». A la vista de lo que sucedió poco después, quien esto escribe se quedó con la segunda traducción...

Decía que había algo que distinguía el lugar, y de lejos. El «oso» aclaró mis dudas. Aquellos árboles, de un rojo encendido, que rodeaban la totalidad de la casa, eran conocidos como árboles «de hierro», por la dureza de la madera. Las flores poseían unos cálices enormes, en forma de copa, con los estambres sobresalientes y colgantes, y de un rojo vivísimo. Cuando regresé a la nave supe que se trataba del *Metrosideros robusta*. Los griegos lo llamaban «métra». Eran árboles de veinte o treinta metros, de una especie «estranguladora», porque las raíces rodean el árbol patrón y terminan destruyéndolo. Me llamó la atención el hecho de que estuvieran en flor. Nos hallábamos en febrero y la climatología no era la adecuada. Lo consideré una referencia excelente. En Caná sólo existían aquellos ejemplares del árbol del hierro.

Pero, de pronto, el cielo se abrió y fue el diluvio...

Corrimos y nos refugiamos en el túnel de acceso a *Sapíah*, la puerta principal. La casona no era otra cosa que una antigua posada, reformada. Conservaba la estructura inicial, con el típico túnel de ingreso y un gran patio central, a cielo abierto. Cada lado del patio presentaba un magnífico pórtico, con un total de veinte columnas de casi cuatro metros de altura. En dichas galerías se abrían numerosas puertas. Cuatro estrechas escaleras, una a cada lado del patio, escapaban hacia lo alto. Imaginé que conducían a las habitaciones del piso superior y al terrado. Alguien había pintado las columnas de amarillo. Supuse que se trataba de otra moda griega...

Bartolomé buscó con la mirada. En eso dejó de llover.

Una docena de sirvientes apareció entonces entre las columnas y empezaron a limpiar, a fregar y a intentar cerrar con maderas una piscina central, de unos cinco metros de longitud. Todos, hombres y mujeres, vestían con túnicas verdes por debajo de las rodillas. Nadie nos prestó atención.

Quedé asombrado. La servidumbre era negra.

Y tanto los hombres como las mujeres frotaban con frenesí las losas del patio y de los pórticos, así como los muros encalados de las paredes. Corría el agua por todas partes, y también el natrón y las bayetas, y las esponjas, y los trapos, y los cubos.

Deduje que aquél era el lugar señalado para la fiesta. Aquella limpieza, a las doce de la mañana del día anterior a la boda, sólo podía estar justificada por una celebración importante.

El «oso» se dirigió a uno de los sirvientes y preguntó algo. Me acerqué con prudencia y examiné a los que intentaban el cierre del *miqvé*, la piscina central. Supuse que de eso se trataba: una piscina para recoger el agua de lluvia y procurar la purificación de la persona contaminada por el contacto con muertos o para las mujeres en estado de *niddá* o de impureza por parto o por menstruación (1).

El foso se hallaba vacío y los sirvientes se esforzaban en cubrirlo con largas tablas. Aquel trabajo me llevó a una conclusión interesante: la familia de Nathan no era rabiosamente religiosa. De haber sido así, dado que el *miqvé* debía ser utilizado por la novia en una muy particular ceremonia de purificación, no habrían procedido a su clausura.

No me equivoqué.

Al poco oímos un par de maldiciones. Sonaron en el piso superior. Era Nathan, el dueño de la casa y padre del novio. Bajó hasta el *miqvé* y amenazó a los sirvientes que lo tapaban con toda suerte de rayos y desgracias si no terminaban de una vez...

Nathan reparó en la presencia de Bartolomé y se acercó. Seguía maldiciendo a diestro y siniestro. No importaba por qué. La cuestión era maldecir. Estaba claro: Nathan era todo menos religioso...

(1) En aquel tiempo, ésta clase de *miqvé* era utilizado igualmente antes de las bodas y en las ceremonias de conversión al judaísmo. El aspirante tenía la obligación de introducirse en la piscina y someterse a un baño de inmersión. Los meticulosos judíos lo habían previsto todo. Si el *miqvé* no contenía un mínimo de veinte *seah* (alrededor de 320 litros), la piscina quedaba invalidada. Si el *miqvé* era natural (no fabricado por mano humana), no había problema. La *tebila* o baño de inmersión en el *miqvé* exigía un ritual previo muy riguroso. El converso, o la mujer que deseaba la purificación, debían lavar previamente todo su cuerpo, cabellos, uñas e, incluso, los dientes. Concluida la inmersión recitaban una bendición. Antes de la boda, en las familias muy religiosas, la madre del novio entregaba a la novia a la *miqvé*, siempre desnuda. Allí se sumergía por completo y rezaba las plegarias de la purificación. La madre del novio vestía entonces la túnica de la novia, que debía ser siempre blanca, como señal de un comienzo limpio y alegre en la nueva vida matrimonial. En esos momentos, durante la llamada *tebila*, las mujeres hacían los regalos de boda a la novia. La ceremonia, como digo, sólo se practicaba entre los judíos ortodoxos. *(N. del m.)*

Se conocían, naturalmente. El «oso» le habló de quien esto escribe. Nathan me miró de arriba abajo y se encogió de hombros. Le daba todo igual. Los preparativos de la boda eran un desastre. Todo andaba manga por hombro. Nadie sabía qué tenía que hacer. Él debía ocuparse hasta de espantar las moscas. Eso dijo, entre maldición y maldición.

«Ni siquiera ha llegado el vino...»

Me puse en alerta y me atreví a preguntar.

—¿No ha llegado el vino?

—La culpa es de ese maldito Azzam, o como se llame...

—¿Azzam?

Creí recordar ese nombre. Yo conocía un tal Azzam, comerciante del desierto del Neguev. Traficaba con enebro, un vino peleón, relativamente parecido a nuestra ginebra. Tuve la oportunidad de conversar con él a causa de un incidente en el camino del *yam* a la montaña sagrada del Hermón, cuando, en agosto del pasado año (25), buscábamos al Maestro. Azzam era el jefe de una reata de extraños burros de pelaje rosado, con una cruz de San Andrés en la espalda y sendos mechones de crines grises rojizas rematando las colas. Uno de los animales arrolló a Denario, el niño sordomudo que vivía en el *kan* de Assi, el esenio. Fue así como entablamos amistad.

—¿Le conoces? —preguntó el propietario de la casa sin disimular su desprecio hacia el comerciante de enebro.

Solicité algunos detalles y vine a confirmar lo que sospechaba. Se trataba del mismo comerciante en vinos.

No supe qué hacer ni qué decir. El tal Azzam había prometido una partida de vino de Aphek (actuales altos del Golán), pero no terminaba de llegar, y estábamos a un día de la boda.

Juró contra Azzam y contra los cielos.

Preferí callar.

Y Nathan se alejó, clamando contra los negros que frotaban las losas de los pórticos.

Algo había averiguado: el vino era dulce y todavía no había llegado. Bonito panorama, pensé. Y fui, incluso, más allá en mis tortuosos pensamientos: «¿Había inventado Juan, el evangelista, el pasaje del vino?» Estábamos a veinticuatro horas de la fiesta y no tenían vino...

Pregunté a Bartolomé por la invitación a la boda, pero no supo responder. Nathan no había dicho que sí, pero tampoco dijo que no. Y rogó paciencia. Insistiría.

Me dediqué entonces a una inspección más cuidadosa de cuanto me rodeaba. Tenía que saber dónde estaba cada cosa. Sólo así podría moverme con eficacia.

Tras la limpieza del suelo, la servidumbre lo cubrió de serrín. Pero era un serrín muy particular. Lo examiné detenidamente y verifiqué que había sido teñido con azafrán y bermellón. Y el colmo de la exquisitez: al serrín se le añadió polvo de piedra especularia, para darle más brillo y suavidad. Algo había leído al respecto en el *Satiricón*, de Petronio...

Recorrí los pórticos. Nadie preguntó qué hacía allí. Nadie me salió al paso. Cada cual estaba a lo suyo, y con evidentes prisas. Bartolomé se perdió por una de las escaleras laterales, supuse que a la búsqueda del incendiado Nathan.

La familia dispuso cuatro grandes candelabros o *menorás* de siete brazos y casi dos metros de altura cada uno, emplazados estratégicamente en el centro de cada una de las cuatro galerías. Eran de hierro labrado, con las correspondientes copas, manzanas y flores, como ordenaba el Éxodo (25, 31-37). La iluminación, merced a las veintiocho copas en forma de flor de almendro, era más que suficiente. La familia, verdaderamente, disfrutaba de un notable poder adquisitivo.

En cuanto a las paredes de los pórticos, la servidumbre daba los últimos toques a los adornos florales. La totalidad de los muros fue cubierta con lirios amarillos (de la especie de los «barbudos») que, según los judíos, simbolizaban la paz y la ternura. En el amor —decían— representan la felicidad total y la sabiduría. También las columnas fueron engalanadas, pero con un tipo de lirio azul, recién llegado del valle del Jordán. Era el *Iris humilis*, delicadísimo, que apenas duraba uno o dos días. Su belleza, a la luz de las lucernas, me dejó deslumbrado...

Nathan regresó al patio. Le acompañaban una mujer y el «oso». Tampoco fui presentado esta vez, pero supe por Bartolomé que la galilea era la esposa del viejo gruñón. La mujer casi no habló. Rondaría los cincuenta años, como Nathan. Ya eran mayores, si tenemos en cuenta que la esperanza de vida en aquella época no superaba los cuarenta o cuarenta y cinco años para los varones. No sé si lo he mencionado pero esta realidad afectaba igualmente al Hijo del Hombre. Jesús, a sus treinta y un años, ya no era un jovencito...

La mujer se llamaba Ticrâ, que podría traducirse por «cielorraso o despejado».

Había sido hermosa. Lucía un nevo azul (un lunar) en el mentón. Era un nevo con una forma curiosa: recordaba un corazón. Y, la verdad sea dicha, era todo corazón. No tenía nada que ver con el marido.

—Dice el griego —bramó Nathan— que ese pícaro llegará a tiempo...

Deduje que el griego era yo y que el pícaro era el responsable del vino: Azzam.

Ticrâ me miró, ansiosa, y preguntó, a su vez:

—¿Estás seguro? Tú le conoces, dice mi marido... ¿Llegará a tiempo con el vino?

No sé qué sucedió pero repliqué con una seguridad que todavía me asombra:

—No te alarmes. Tendrás el mejor vino...

Ahora lo sé. No fui yo quien habló...

La dueña sonrió agradecida y fue a mostrarme una hilera de dientes, en el maxilar inferior, totalmente cubierta de oro. Los ojos le brillaron con fuerza. Desde ese momento, también lo supe, le caí bien. Y tentado estuve de plantear el asunto de la invitación a la boda. No hubo lugar. En esos instantes volvió a llover con fuerza y todo el mundo se refugió en los pórticos. Nathan levantó los brazos y clamó furioso contra los cielos. La mujer intentó calmarlo. Imposible. Y ambos desaparecieron por una de aquellas numerosas y cada vez más misteriosas puertas.

Fue entonces cuando las vi.

El corazón avisó.

Me aproximé, inquieto, separándome de la servidumbre y de Bartolomé.

No cabía duda. Eran ellas... ¡Y eran seis!

Nadie las vigilaba. Aparecían alineadas cerca del túnel, a la derecha, según se entraba en el patio (tomaré siempre como referencia dicho túnel de acceso).

Las acaricié.

Sí, estaba seguro... ¡Eran las *câd* o tinajas que andaba buscando!

Eran seis, como digo, fabricadas en piedra (probablemente en caliza), hechas a torno, y revocadas con una gruesa capa de yeso. Fueron dispuestas contra las paredes, ocupando prácticamente toda la esquina.

Fue un encuentro emocionante. Ellas, a su manera, me esperaban...

Eran tinajas decapitadas, de bocas anchas (40 centímetros), a las que los romanos y los paganos en general llamaban *dolium*. No eran fáciles de transportar. Un robusto pie, también de piedra, las anclaba a las losas del pórtico. Eran gemelas. Alcanzaban una altura de 70 centímetros. Por lo que pude averiguar días después, de regreso al Ravid, el volumen era de 120 litros por tinaja. Eso representaba un total de 720 litros (1). Juan, el evangelista, estaba en lo cierto, al menos en lo que a la capacidad de las *câd* se refiere. Pero no podía fiarme...

Se hallaban llenas de agua, casi hasta el borde. En total, tres metretas por tinaja. Imaginé que el agua estaba destinada a las obligadas purificaciones de los judíos, tanto al entrar en el banquete como tras la degustación de los diferentes platos. En ocasiones, no siempre, el agua era utilizada para mezclar con el vino y rebajarlo.

La ley mosaica era muy estricta en lo que a la purificación se refiere. Bastaba que la vasija o el agua entraran en contacto con algo impuro (un ratón o una lagartija, por ejemplo, como señala el Levítico [11, 33]) para que el recipiente y el contenido quedaran impuros. Eso significaba un gasto extra. Había que vaciar el agua e, incluso, según la normativa, despreciar la tinaja. Pero los judíos tenían soluciones para todo. Y la Misná (en aquel tiempo la tradición oral) establecía que la impureza no se producía si la cántara era de piedra o de madera. En resumidas cuentas: esto abarataba el negocio, a medio y largo plazo. De ahí que la mayoría de las *câd* fuera de piedra, no «para» las abluciones, sino «por» las purificaciones de los judíos. Así reza el texto, en griego, del evangelio de Juan Zebedeo: «Había allí colocadas seis tinajas (que eran) de piedra conforme *(kata)* a los ritos judíos de la purificación.»

(1) Para ser exacto, teniendo en cuenta que una metreta equivale a 39,3 litros, el volumen de cada tinaja era de 117,9 litros. Eso hacía un total de 707,4 litros de agua entre las seis *câd* o tinajas. *(N. del m.)*

Las inspeccioné minuciosamente. Tenía que saber cómo derramar los «nemos» y en cuál de ellas. ¿O debía hacerlo en las seis? No quise preocuparme en esos instantes por estos problemas, digamos, «técnicos». Todo llegaría...

El engobe y el bruñido eran igualmente cuidadosos y hacían posible que la porosidad fuera casi nula (1).

En las asas, grabada en la piedra, aparecía la palabra «lmlk» o «lam-melek», que quiere decir «perteneciente al rey». Eso significaba que Nathan, en su momento, las había adquirido a algún «anticuario». Las tinajas en cuestión eran realmente valiosas. Ignoro el precio, pero se hallaría por encima de los 200 o 300 denarios de plata cada una. Debajo de «lmlk» se leía el nombre de Hebrón. Eso hacía suponer que las tinajas procedían de la referida zona, al sur de Jerusalén. Quizá pertenecieron a un rey.

Al lado, bien en el pavimento o sobre esteras de hoja de palma, se alineaba una tropa de jarras, cacillos, cucharones y cráteras de barro, metal y madera con los que debería extraerse el agua.

Éste era el paisaje, más o menos, en el que debía moverme. Allí, en algún momento del día siguiente, se produciría el prodigio. ¿O no? Contemplé el gran patio, y las galerías, y no supe qué pensar. ¿Dónde me ubicaba? Lo lógico habría sido que me mantuviera lo más cerca posible de las tinajas. Además de vaciar las ampolletas, con los «nemos», tenía que activar la vara de Moisés. El problema era saber cuándo. ¿Cómo sabría que había llegado el momento oportuno? ¿De qué dependía? ¿Tenía que centrarme en la figura del Maestro? ¿Tenía que seguir sus pasos?

Sinceramente, aquello era un laberinto. No sabía por dónde empezar.

Y una serie de gritos me sacó de estas cavilaciones.

Después llegaron las maldiciones. Y adiviné a Nathan...

¿Qué nueva desgracia lo acosaba?

---

(1) El contenido de la tinaja (en este caso el agua) se ocupaba de redondear la impermeabilidad del recipiente. El pulimento lucía tal brillo que, a simple vista, daba la sensación de un vidriado. El artesano había utilizado el procedimiento llamado «decantador de líquidos», empleado desde hacía siglos. *(N. del m.)*

Se presentó en la galería en la que me encontraba. Surgió por una de las 40 puertas...

Levantaba los brazos y escupía maldiciones. Caminaba rápido, pero sin saber hacia dónde. Los siervos se apartaban, temerosos.

Detrás, también con precipitación, vi aparecer a un individuo flaquísimo, vestido con unos pantalones similares a los que lucían los persas, sujetos a los tobillos. Eran rojos (un rojo que hacía daño a la vista). Se cubría con una chaquetilla del mismo color, sin mangas y sin ataduras. Presentaba el pecho al descubierto, perfectamente depilado. Al observar el contoneo de las caderas y los ademanes, exageradísimos, calculé que me hallaba ante un afeminado. No me equivoqué.

El «hombre» marchaba a corta distancia de Nathan y, a cada maldición del propietario de la casa, se tiraba de los pelos; mejor dicho, de la trenza rubia en la que recogía el cabello. Y, a cada tirón, emitía un lamento y mascullaba unas palabras que no logré entender. Era otro idioma.

Pero ahí no terminó el asunto.

Por detrás del afeminado, por la misma puerta, surgió una tercera persona. Era más joven, casi un niño, muy pálido, y con una larga túnica blanca. En el cuello y mangas lucía unos espléndidos bordados en oro.

Parecía asustado.

El «oso» me buscó y fue aclarando la situación. El tipo de los pantalones rojos rabiosos era el responsable de que la fiesta, incluyendo el banquete nupcial, discurriera en orden, y sin tropiezos. Venía a ser una especie de *maître*, contratado para organizarlo todo. Los romanos lo llamaban «tricliniarcha». Quien esto escribe había tenido la oportunidad de conocer a uno de estos profesionales en la visita a Cesarea, de triste recuerdo...

El otro, el más joven, era hijo de Nathan; era el novio.

Y el afeminado, de pronto, se detuvo en mitad del pórtico y amenazó con abandonar la casa.

Y añadió, también en arameo:

—Dice tu hijo que el matarife se niega a matar más corderos...

Nathan giró sobre los talones y se echó encima del *maître*, con los ojos encendidos por la cólera.

—¿Por qué?

El afeminado dio un paso atrás, atemorizado ante aquella ola que amenazaba con romper en su cara. Y no dijo nada. Nathan, entonces, lo abroncó y juró, entre maldiciones, que lo enviaría de nuevo a Susa. Comprendí. El *maître* era persa. Susa era una importante ciudad del este de Babilonia.

Finalmente, con un hilo de voz, el persa aclaró que el matarife quería saber el número exacto de invitados. No podía seguir sacrificando corderos todo el día...

Nathan reconoció que la pregunta del matarife era lógica y, resoplando, se volvió hacia el hijo, y le habló por señas.

Miré a Bartolomé y éste confirmó mis sospechas.

El muchacho era mudo. Probablemente sordo.

Supongo que Nathan le trasladó el problema y el novio, atento a los labios del padre, fue asintiendo con la cabeza. El muchacho dominaba la labiolectura a la perfección. Y observé otro detalle que me resultó curioso. Nathan, al dirigirse a su hijo, no se echó encima, como había hecho con el persa. Se mantuvo a dos o tres metros, con lo cual, según mi corto entendimiento, favoreció la comprensión de lo que estaba transmitiendo.

Aquél, el «lenguaje» de las señas, era un mundo desconocido para quien esto escribe. Así que no pude saber de qué «hablaban» con exactitud. Fue todo pura deducción. Como saben los expertos, no existe un «lenguaje» único y universal de señas. Cada idioma dispone del suyo propio. En este caso, Nathan y Johab (éste era el nombre del novio) intercambiaron las señas en un «lenguaje» equivalente al arameo.

Al parecer, el número de invitados a la boda crecía constantemente y el encargado de la matanza de los corderos exigía una explicación. La próxima llegada del supuesto Mesías, ese miércoles, 27 de febrero, a la casa de Nathan, estaba desbordando las cosas. Nadie llevaba un control. El número inicial de invitados (entre 200 y 300) fue superado con creces. Llegaban peticiones de todas partes y a todas horas. La familia de Nathan no sabía cómo reaccionar. Todo eran problemas. Todo confusión. Todo idas y venidas. El vino no llegaba, nadie sabía si matar más corderos, llovía a cántaros...

Y Nathan, desesperado, masculló otra maldición —irreproducible—, dio media vuelta, y dejó plantados al hijo y al persa.

Quien esto escribe no salía de su asombro. Nada de esto fue contado por el evangelista, y todo, creo, tuvo su importancia.

Y continué pendiente. No había forma de que me invitaran a la boda...

El «oso» solicitó calma, una vez más. Algo se le ocurriría. Yo confiaba en aquel hombre...

Finalmente escampó. Sería la hora nona (tres de la tarde).

Y regresamos a Caná, a la casa de los padres de Bartolomé.

Allí quedó Nathan y el resto de la familia, aturdidos, y peleando con los problemas. La inminente visita del supuesto Mesías les pilló por sorpresa y obligó a cambiar algunos de los planes previstos para la boda. Nathan era escéptico en lo que al Libertador de Israel se refiere, y mucho más respecto a que dicho Mesías pudiera estar presente en Caná. Conocía a Jesús desde que era un niño. Sus familias eran amigas. Lo había visto crecer. Sabía quién era su madre y sus hermanos. A Nathan, por tanto, la noticia de que el Galileo era el Mesías tanto tiempo esperado, sencillamente, le resbaló. No dio crédito a las habladurías. Sin embargo, al comprobar cómo se multiplicaban las peticiones para asistir a la boda, el jefe de *Sapíah* quedó desconcertado. Ticrâ, en cambio, estaba encantada. No todos los días acudía el Mesías a la boda de un hijo. La mujer se hallaba esperanzada y preocupada al mismo tiempo. Todo tenía que salir a la perfección...

Me consolé. No logré que me invitaran al festejo, pero, al menos, tuve la oportunidad de pasear por el supuesto escenario de los hechos y tomar referencias. El «oso» de Caná tenía razón. Debía confiar. Algo sucedería y quien esto escribe tendría acceso a la casa...

Y así fue, pero no como imaginaba.

—Por cierto —comentó Bartolomé mientras cruzábamos las calles encharcadas—, ¿qué ropa has dispuesto para mañana?

¿Ropa? Sólo tenía lo puesto y el ropón, que había quedado en la casa del discípulo.

El silencio fue tan elocuente que el «oso» comprendió e intentó tranquilizarme. Él disponía de ropa. El problema era la talla. Bartolomé era el más bajo del grupo. No alcanzaba el metro y sesenta centímetros. En cuanto a mí, con un metro y ochenta centímetros...

¡Vaya por Dios! Otro problema.

Pero las sorpresas no habían terminado...

Al entrar en la casa distinguí junto al fuego a dos nuevos inquilinos. Eran Santiago y Judá, los hermanos carnales del Maestro. No entendí su presencia en la casa. Ellos no conocían aún a Bartolomé.

Se alegraron de verme. Hacía mes y medio que los había perdido de vista. La última vez que coincidimos fue en el bautismo de Jesús, en el río Artal (14 de enero). Ambos sabían algo sobre mis andanzas en Beit Ids. Los discípulos les pusieron en antecedentes. Y elogiaron mi fidelidad hacia Jesús.

Santiago y Judá acababan de llegar. Procedían de Nahum y de Migdal, respectivamente. Entraron en Caná a la misma hora que el «oso» y yo abandonábamos la finca de Nathan. Pregunté por el Maestro y supe que Él, y el resto de la familia, se hallaban en el caserón de Meir, el *rofé* de las rosas. Era comprensible. Jesús, la Señora, y los hijos eran viejos amigos del anciano *rofé* o sanador. Fue Meir, como se recordará, quien trató de curar a Amós, el hijo de José y de María, fallecido en la noche del domingo, 9 de enero del año 7 de nuestra era. Meir no pudo hacer nada para salvar la vida del hermano de Jesús. Aun así, todos le estaban agradecidos.

Jesús, la Señora y Santiago, habían hecho el viaje juntos desde Nahum. Judá se unió a ellos en Migdal. Según me contaron, Ruth decidió quedarse en la «casa de las flores», al cuidado de Esta, la esposa de Santiago. Esta, como fue dicho, había dado a luz recientemente. Y en la casa de Meir, en Caná, se reunieron con Miriam y su esposo, Jacobo, el albañil, procedentes de Nazaret. De común acuerdo, el Galileo, la Señora, Miriam y su marido, pernoctarían en la vivienda del «auxiliador». Santiago y Judá optaron por reunirse con los discípulos, en la casa de Bartolomé, donde nos encontrábamos. Pero la decisión no fue casual... Santiago y Judá tenían un secreto propósito. Miriam, al parecer, les informó sobre la reciente elección de los seis discípulos. Meir se ocupó de llevarlos hasta la casa del «oso».

Pensé en acercarme a la casa de Meir, y saludarles. Me contuve. Y creo que hice lo correcto. La conversación con los hermanos del Maestro resultaría ilustrativa y me ofrecería una panorámica de lo que estaba sucediendo en esos momentos en la familia del Hijo del Hombre. Nada de lo que me disponía a oír fue relatado por los evangelistas...

Empecé preguntando por lo ocurrido en aquellos dos últimos días. Al parecer no se registró nada de especial trascendencia, según ellos. Jesús llegó al lago al atardecer del lunes, 25, y fue directamente al caserón de los Zebedeo, en la orilla oriental del *yam*, en Saidán.

Me extrañó. ¿Por qué Jesús no visitó primero la «casa de las flores», en Nahum? Allí estaban su madre y sus hermanos.

El resto de los discípulos, a los que se había unido nuevamente Felipe, oía con atención. El «oso», ayudado por Andrés, organizaba la cena.

—Mi Hermano —prosiguió Santiago— estaba feliz. Hacía tiempo que no le veíamos tan alegre y tan comunicativo...

Judá asintió en silencio.

—... Debo decirte que tanto Judá como yo nos hemos convencido...

Santiago dudó. Miró a los discípulos con desconfianza, pero terminó lo que pretendía decir...

—Judá y yo sabemos ahora que nuestro Hermano es el Mesías prometido...

El silencio se espesó. Juan Zebedeo subrayó las palabras de Santiago con varios y afirmativos movimientos de cabeza. En el rostro de su hermano, Santiago de Zebedeo, se dibujó la duda. Simón Pedro cabeceaba, dominado de nuevo por el sueño. Andrés y Felipe, atareados con la cecina y una humeante sopa, oían y no oían. En cuanto al «oso», lo perdía de continuo. Entraba y salía, pero no sabría decir en qué estaba ocupado.

—Lo sucedido en Omega —remachó Santiago— terminó de convencernos.

Se refería, eso estimé, a los sucesos extraordinarios que

vivimos en el río Artal, durante el bautismo del Hijo del Hombre.

—... Nuestra madre tiene razón. Él es el Libertador de Israel, tal y como prometió el ángel...

No era cierto. En su mensaje a María, el ángel jamás habló de ese asunto. Pero no quise interrumpir (1).

—... Nuestra familia —prosiguió con entusiasmo— está llamada a lo más santo y a lo más grande. Él, nuestro Hermano, encabezará los ejércitos que liberarán a nuestro pueblo...

Juan Zebedeo no pudo contenerse y abrazó a Santiago. El abrazo, sin embargo, no fue del agrado del hermano de Jesús. Supongo que el Zebedeo lo percibió. Regresó a su sitio y permaneció mudo.

—... Es hora ya de ponerse en marcha. Él espera...

Nos miró, uno por uno. Dejó correr una pausa y añadió:

—Mañana será el gran día... Mañana, mi Hermano convencerá a los descreídos.

Me atreví a preguntar lo que ya sabía...

—Y ¿cómo será eso? ¿Qué sucederá?

—Él hará un prodigio. Todos lo sabemos. Es la forma de decir al mundo quién es y por qué está aquí...

—¿Un prodigio? —insistí—. ¿Qué clase de prodigio?

Santiago se encogió de hombros. Obviamente no lo sabía. En parte había hablado con razón cuando dijo que «su familia estaba llamada a lo más santo y a lo más grande». Sólo se equivocó en la dirección...

(1) Las palabras del ángel, en aquel mes de noviembre del año –8, cuando María llevaba casada nueve meses, fueron las siguientes: «Vengo por mandato de aquel que es mi Maestro, al que deberás amar y mantener. A ti, María, te traigo buenas noticias, ya que te anuncio que tu concepción ha sido ordenada por el cielo... A su debido tiempo serás madre de un hijo. Le llamarás Yehošu'a (Jesús o "Yavé salva") e inaugurará el reino de los cielos sobre la Tierra y entre los hombres... De esto, habla tan sólo a José y a Isabel, tu pariente, a quien también he aparecido y que pronto dará a luz un niño cuyo nombre será Juan. Isabel prepara el camino para el mensaje de liberación que tu hijo proclamará con fuerza y profunda convicción a los hombres. No dudes de mi palabra, María, ya que esta casa ha sido escogida como morada terrestre de este niño del Destino... Ten mi bendición. El poder del Más Alto te sostendrá... El Señor de toda la Tierra extenderá sobre ti su protección.» Como puede comprobarse, nada que ver con lo escrito por Lucas (1, 26-39). *(N. del m.)*

En el fondo no importaba qué clase de prodigio. La familia —a la vista estaba— se había rendido, al fin, ante la vieja esperanza de la Señora: Jesús era el Libertador político, social y religioso del pueblo judío. Y Caná era el escenario elegido para esa inauguración. Hasta cierto punto, para la familia era lógico: se trataba de una boda, una reunión importante y masiva; los hechos sobrenaturales del valle del Jordán se hallaban muy recientes y María, al parecer, se encargó de avivar aquel sentimiento de triunfo. Toda una serie de circunstancias, en fin, había confluido en aquel lugar y en esos momentos.

Y María y sus hijos, felices y expectantes, apostaron por el gran día: miércoles, 27 de febrero del año 26.

Santiago aclaró que, nada más tener conocimiento de la llegada de su Hermano a Saidan, tomó a su madre y se dirigió al caserón de los Zebedeo. Allí permanecieron con Jesús y le hicieron muchas preguntas.

—¿Qué preguntas?

—Mi madre quería que Jesús ratificara lo dicho por el ángel. ¿Era el Mesías prometido? ¿Qué planes tenía? ¿Qué lugar ocuparíamos nosotros en el estado mayor del Libertador?

Y Santiago, sin querer, hizo una pausa y contempló a los discípulos. Creí adivinar sus sentimientos, y los de Judá. Aquello no me gustó.

—... ¿Qué pasaría con Yehohanan? ¿Por dónde empezaría la sublevación? ¿Quién costearía los gastos de los ejércitos? ¿Deberíamos seguirle físicamente? ¿Qué sucedería con la familia del Mesías? ¿Acudiría Jesús a la boda de Nathan? ¿En qué prodigio había pensado para inaugurar el nuevo reino? Y cosas así...

A pesar de saber lo que sabía, quedé impresionado. La familia no había entendido nada de nada...

—Y ¿qué dijo Jesús?

Santiago se encogió de hombros. Y replicó con amargura:

—Lo de siempre...

—¿Lo de siempre?

—Sí...

Esta vez fue Juan Zebedeo quien preguntó, impaciente:

—Pero ¿qué?

—Pues eso, lo de siempre: que no había llegado su hora, que era mejor que esperase, que tenía que hacer la voluntad del Padre, o algo parecido...

Imaginé la expresión del Maestro, entre sorprendido y resignado... Nada había cambiado en el corazón de su madre.

Y esa mañana del martes, 26, emprendieron viaje hacia Caná. Todos aparecían felices. Unos por un motivo y otros por otro. La Señora, sobre todo, según Santiago, flotaba de felicidad. Cantaba. Sonreía sin cesar. Los animaba. Se acercaba el gran día. Su sueño estaba a punto de hacerse realidad. Era la madre del Mesías. Lo dicho: flotaba...

—¡Abajo Roma! —gritó Judá.

—¡Abajo! —respondió Juan Zebedeo.

El resto de los presentes guardó silencio. Aquella actitud, bien lo sabían, era peligrosa en extremo. Debían andar con pies de plomo. Había espías por todas partes...

Las recomendaciones del Maestro para que no hablaran «hasta que no llegara su hora» cayeron en saco roto. La madre, y también los hermanos, se ocuparon de difundir la buena nueva entre todos aquellos que se cruzaron en su camino. «El Mesías había llegado, al fin, y se dirigía a Caná... Allí demostraría su poder...» La gente, supuse, los miraría con perplejidad. ¿De qué hablaban aquellos locos? Pero otros, que ya conocían las noticias, se alegraron y difundieron, a su vez, lo propalado por María y sus hijos.

Asombroso. Ningún evangelio lo dijo jamás. Fue la Señora, y Santiago y Judá, quienes participaron, activamente, en la preparación del ambiente de cara a ese inminente prodigio. En cierto modo, María fue uno de los artífices de la tumultuosa reunión en la aldea de Caná.

Jesús, según sus hermanos, hizo el camino tranquilo, sin prestar oídos a los comentarios de la madre. E insistieron: el Maestro aparecía relajado y ajeno a las inquietudes de los suyos. Era como si lo del Mesías no fuera con Él. Y la madre se preguntaba: «Y después, ¿qué? ¿Cuál sería el siguiente prodigio?»

La cena puso punto final a las explicaciones de Santiago.

Fue un respiro. Pero sólo eso, un respiro...

Empezó a llover de nuevo, y con fuerza.

Y el «oso» y sus padres se esforzaron en resolver el problema de las innumerables goteras. Distribuyeron cacharros por la casa, en un intento de mantenerlas a raya. Lo lograron a medias.

Y durante la cena percibí otra vez el sentimiento que anidaba en los corazones de los hermanos del Maestro. Santiago preguntó sin rodeos, a su estilo: «¿Eran aquellos hombres los discípulos de Jesús?» Todos respondieron afirmativamente. Y noté cierto malestar, y una especial tristeza, en los rostros de Santiago y de Judá.

De nuevo los celos...

No pregunté. Era evidente. A los hermanos de Jesús no les hacía gracia que unos «extraños» (aunque conocían de sobra a todos, menos a Bartolomé) ocuparan los puestos que, por lógica (la lógica de la sangre), les pertenecían. Ése era el pensamiento de la familia de Jesús en la víspera del gran día...

Y todos terminamos acomodándonos en la sala, a la espera del necesario sueño. Estábamos cansados.

A pesar de los ronquidos de Simón, de las goteras y de la preocupación por la ropa, quien esto escribe también cayó en un profundo y benéfico sueño.

Ese histórico miércoles, 27 de febrero, los relojes de la nave advirtieron del orto solar a las 6 horas, 8 minutos y 59 segundos.

No tengo la menor duda. Esa jornada fue especialmente intensa y beneficiosa para quien esto escribe. Mi escepticismo respecto a los prodigios, sencillamente, naufragó...

Pero debo ir paso a paso.

Sorpresa.

Había dejado de llover, pero nevaba mansamente. Siempre me gustó la nieve.

Caná amaneció blanca y silenciosa. Las puertas y ventanas fueron abiertas y se asomaron, intrigadas, a los copos de nieve. Los veían caer pero, supongo, no sabían qué pensar. Después llegó el habitual rumor de la molienda.

Y con la nieve, como sucede en casi todo el mundo, la casa de Bartolomé se llenó de alegría. Era la primera vez que veía a los discípulos jugando con la nieve.

Mientras desayunábamos, el «oso» cumplió lo prometido. Y fue a mostrarme diferentes túnicas. No supe qué hacer. Todas me quedaban por las rodillas. Y me senté, preocupado, a cavilar. ¿Qué hacía? La boda era un acto solemne. Todos lucían sus mejores galas.

Pues bien, fue la anciana madre de Bartolomé quien discurrió una solución, digamos medianamente buena...

Y me animó a colocar cualquiera de las túnicas de su hijo sobre la mía propia.

Eso hice. Eché mano de una de las *chaluk* del «oso», de color negro, y la vestí, siguiendo el consejo de la señora.

Bartolomé rió con ganas. La combinación del negro con el blanco hueso de mi túnica habitual resultaba interesante. Y me llamó *tar'elah*. La expresión aramea significaba «que hace perder el sentido». Pero no caí en la cuenta. Y el «oso», convencido, aseguró que «daría el golpe»...

¿El golpe? Para eso, en primer lugar, era preciso que me aceptaran en la boda...

No dije nada.

Me dirigí a la madre del «oso» y solicité un nuevo favor: una pequeña calabaza, vacía, de las que utilizaban como cantimploras. La mujer no preguntó y me facilitó lo que necesitaba. Oculté en ella las tres pequeñas alcuzas o ampolletas de barro con los «nemos», la amarré al cinto, tomé la vara de Moisés y me despedí del grupo. Nadie preguntó. Supuse que imaginaron que me dirigía a la casa de Meir para reunirme con el Maestro. No había prisa. Los discípulos acudirían algún tiempo después. El comienzo de la ceremonia fue fijado «cuando el sol estuviera en lo alto» (hacia el mediodía).

Y a eso de las ocho me encaminé a *Sapíah*, la finca de Nathan.

A pesar de seguir portando la «piel de serpiente», noté el descenso de la temperatura. Y eché de menos el manto. Lo había dejado en la casa de Bartolomé, junto al saco de viaje. Allí no había problema...

Pronto me consolé. El engorroso *talith* sólo hubiera sido un estorbo.

Me dejé acariciar por la nieve.

¿Qué nueva aventura me esperaba en aquella casa?

Observé el cielo y comprobé, preocupado, que las nubes se habían echado materialmente encima de la población.

Aquello no tenía buena pinta. Era probable que siguiera nevando o lloviendo. Y pensé en los novios, y en el inquieto Nathan. Lástima...

Al aproximarme a la casa, entre el rojo de los árboles de hierro, descubrí mucha actividad. La gran puerta de entrada aparecía cerrada. Y entre los árboles vi hombres y una reata de asnos. Sumé más de un centenar de personas. No distinguí niños. Casi todos eran varones. Parecían esperar a que se abrieran las puertas. Caminé entre ellos, curioso, y me sorprendió que la mayor parte fueran mendigos, pícaros, lisiados y otras gentes con no muy buena lámina.

Pensé en aprovechados que trataban de sacar partido de la inminente boda. Era lo habitual en festividades de este tipo. En algunas casas, generalmente en las de fariseos muy ortodoxos, se llegaba al extremo de permitir la entrada a toda clase de infelices y pordioseros, que permanecían de pie, en las proximidades del comedor. Desde allí, como demostración de caridad y de religiosidad, los referidos fariseos lanzaban comida a estos infortunados.

Quizá me hallaba en una situación parecida...

Y en eso, junto a los burros, fui a descubrir un grupo de negros con largas túnicas granates. Yo había visto a aquellos hombres.

En efecto: eran los burreros al servicio de Azzam, el beduino nacido en el desierto del Neguev, y con el que coincidí en el camino al Hermón (1).

Sí, se trataba de los insólitos jumentos nubios, de pelaje rosado. Aparecían cargados con odres de piel de cabra.

Imaginé que se trataba del vino prometido a Nathan. Y respiré aliviado. Azzam había cumplido su promesa.

No tardé en dar con él. Sus dos metros lo hacían visible a distancia.

Me abrazó, feliz. Y dio gracias a los dioses por aquel nuevo encuentro. Entonces procedió a explicarme, con todo lujo de detalles, como es habitual en un *badawi*, de dónde venía, qué transportaba y hacia dónde se dirigía.

Azzam, que en árabe significa «buen hombre», había sido un *gazou* (guerrero) durante su juventud, participando en toda suerte de razias o refriegas con otras tribus, igualmente

(1)   Amplia información en *Hermón. Caballo de Troya 6. (N. del a.)*

badu o beduinas. Vivió en Egipto y en Nubia, donde era conocido por el tráfico de esclavos. En una palabra: a pesar del alias, a pesar de sus buenas maneras, no era de fiar.

Fue así como supe que transportaba una carga de vino viejo (lo llamó *iain yashan*), cosechado el año anterior y mezclado —eso dijo— con miel y pimienta. Lo llamaban *inomilin*. El vino, almacenado en los odres, procedía de la región de Sydoon Gezer, cerca de la costa. Era un vino negro, «que se dejaba acariciar como una mujer». Eso manifestó Azzam, pero no sé... A Nathan le aseguró que el vino era de Aphek...

En total, alrededor de 600 litros de vino tinto y otra carga de *schechar*, una cerveza ligera elaborada con mijo y cebada. Lo mejor de lo mejor, aseguró por enésima vez.

Hice cuentas. Si Azzam decía la verdad, aquellos 800 litros eran más que suficientes para una boda de 300 invitados. Y volví a dudar del prodigio. ¿Por qué Nathan iba a quedarse sin vino en mitad del convite?

En esos momentos se abrieron las grandes puertas de madera de la casa y vi aparecer a Nathan, con los esclavos. Detrás caminaba el *maître*. Nada más salir, la servidumbre volvió a cerrar el portalón. Y noté cómo los mendigos y la gente que hacía guardia en el exterior se precipitaban hacia la mencionada puerta, y la golpeaban con los puños. Fue un aviso...

Nathan abrevió. Y ordenó al beduino que abriera uno de los odres. El persa se apresuró a recoger el vino y lo probó. Cerró los ojos. Bailó el licor en la boca y, finalmente, con un gesto de desagrado, terminó tragándolo.

Miró a su patrón e hizo un gesto de duda. El vino no era bueno, aunque tampoco aseguró que fuera malo.

Nathan maldijo su mala estrella. Hubiera despachado a Azzam con cajas destempladas, pero la boda se celebraría en cuestión de cuatro o cinco horas. No estaba en condiciones de rechazar la carga de aquel truhán... Y se resignó.

Seguía nevando dulcemente.

Fue en esos momentos cuando tuve la idea...

Y el persa, disgustado, hizo un comentario:

—Al menos será un vino *kosher*... (1)

---

(1) Tanto la carne como el vino, para poder ser consumidos por los

Azzam ni le miró. Y ordenó que descargaran los odres. Entonces, sin pensarlo dos veces, me mezclé con los siervos que acompañaban a Nathan, y con los de las túnicas granates. Me hice con uno de los pellejos de cabra y lo cargué sobre el hombro izquierdo. Y sin encomendarme ni a Dios ni al diablo, me dirigí hacia el portalón de *Sapíah*. Otros criados me precedían, también con sendos odres sobre los hombros. Nadie hizo comentario alguno. Nadie me detuvo. Nadie me llamó al orden. Ni siquiera volví la cabeza. Mi único interés era entrar en la hacienda y, naturalmente, quedarme en ella. Y los cielos fueron benevolentes con este explorador..., hasta cierto punto.

Una de las hojas del portalón fue entreabierta. Allí se hallaba apostado otro grupo de negros, también siervos de Nathan, perfectamente diferenciados por las túnicas de color verde.

Y al pasar entre los mendigos y lisiados percibí miradas de odio, y también de envidia. Nosotros entrábamos en la casa; ellos no...

---

judíos, debían ser *kosher* (limpio) y, en consecuencia, manipulados por manos judías y expertas, que supieran cortar, limpiar, etc. Para los muy religiosos, las reglas conocidas como *Kashruth*, promulgadas, al parecer, por Moisés, eran otro medio importante de purificación y de servicio a Yavé. Muchos expertos, en la actualidad, las consideran un utilísimo sistema de higiene, y más aún en los tiempos de Moisés (alrededor de 1.300 años antes de Cristo). He aquí algunas de las reglas más destacadas, practicadas por los judíos ortodoxos: respecto a la carne, sólo podían comerse los cuadrúpedos con la pezuña hendida y que rumiasen. El cerdo estaba prohibido en todas sus formas (incluyendo la manteca y el tocino). La carne tenía que ser lavada previamente con agua con sal, eliminando todo vestigio de sangre. Este proceso de limpieza es conocido como *kosher*. Los métodos para cocinar eran complejísimos. El pueblo, obviamente, hacía poco caso de estos procedimientos. Entre otras razones porque someter la carne o el pescado a la limpieza de especialistas era más costoso. Los peces permitidos por las Sagradas Escrituras son los que disponen de aletas y de escamas. Los mariscos, anguilas, etc. estaban prohibidos. En aquel tiempo, y también en el de Moisés, la prohibición del marisco estaba más que justificada, dadas las altas temperaturas del desierto del Sinaí, por el que caminaron durante cuarenta años. El marisco se hubiera estropeado en cuestión de horas. También estaba prohibida la mezcla de determinados alimentos, de acuerdo con el mandamiento de Yavé: «No cocerás al cabrito en la leche de su madre.» No se podía, por tanto, mezclar la mantequilla, el queso o la leche con la carne. Tampoco debía prepararse con los mismos utensilios. *(N. del m.)*

Vociferaron y exigieron a Nathan que les franqueara el paso y que les permitiera participar en el acontecimiento. El dueño no se volvió, ni respondió a los comentarios, algunos subidos de tono e insultantes.

Desfilé entre los individuos con el corazón encogido. Cualquiera de aquellos energúmenos podía delatarme. Yo no vestía como la servidumbre.

El persa, en la puerta, me vio pasar. En realidad contaba los odres. Ignoro si en esos instantes se percató de lo anormal de aquel «sirviente», más alto de lo habitual, y vestido no se sabe cómo...

Y al entrar en el túnel de acceso, de reojo, observé algo en lo que no había reparado: sobre la madera del portalón aparecía clavada media docena de orejas humanas. Estaban secas. Llevaban allí un tiempo. Y pensé: ¿A qué se debía un horror semejante? Recordaba bien lo que dice el Deuteronomio (15, 16-18) sobre la puesta en libertad de los esclavos (1). Algunos judíos malinterpretaban el texto supuestamente sagrado y, en efecto, como señal de liberación, cortaban las orejas y las clavaban en los postes de las puertas. Me fijé mejor en la servidumbre y comprobé que algunos hombres y mujeres carecían de orejas. Tenía que haber un error... La ley, además, lo prohibía (2).

Lo importante es que lo logré.

Estaba dentro.

Y ahora, ¿qué?

(1)   El citado texto dice: «Pero si él (el esclavo) te dice: "No quiero marcharme de tu lado", porque te ama, a ti y a tu casa, porque le va bien contigo, tomarás, un punzón, le horadarás la oreja contra la puerta, y será tu siervo para siempre. Lo mismo harás con tu sierva.»

(2)   Los esclavos paganos, según la ley judía, podían quedar liberados también por las siguientes razones: por la libre decisión del dueño, por orden de la sinagoga, por disposición testamentaria, por rescate mediante dinero, por decisión de un tribunal en el caso de denuncia por la mutilación «de las veinticuatro extremidades de los miembros» (comprendía dedos de la mano, dedos del pie, orejas, punta de la nariz, pene o pezones, en el caso de la mujer). La liberación se obtenía igualmente si el esclavo se comprometía a pagar de su bolsillo la mitad de su valor. Existían otras fórmulas para recuperar la emancipación, todas ellas extremadamente complejas desde el punto de vista jurídico y religioso. La realidad es que las posibilidades de conseguir la libertad eran escasas y complicadas. *(N. del m.)*

Tenía que ingeniármelas para continuar en el interior y estar presente en la boda. No debía perder detalle. Aquél era un momento histórico. Lo intuía...

Pensé en esconderme. Ya encontraría el lugar y la forma. De momento me limité a seguir los pasos de los sirvientes.

En el gran patio a cielo abierto, otros esclavos bregaban con un trabajo que estimé absurdo, dado el estado del tiempo. Peleaban con un enorme lienzo de color violeta, muy ligero, parecido al tul. Trataban de cubrir el patio, amarrando la tela a las columnas que se alzaban en los pórticos. Y digo que me pareció un esfuerzo ilógico porque, entre la nieve y la posible lluvia, aquello podía terminar en la ruina...

Los de los odres terminamos entrando por una de las misteriosas puertas. Aquella gran sala era una bodega. Allí se alineaban numerosas y enormes cántaras. Unas escaleras negras y mugrientas conducían a un posible sótano. Aquél podía ser un buen escondite...

Un esclavo de pelo blanco vigilaba el vaciado del vino en las tinajas.

Me observó con curiosidad, pero no abrió la boca.

Y al vaciar mi odre comprendí que aquel vino también debería ser analizado. No me había percatado de ello. Necesitaba una muestra que sirviera de testigo. Tenía que conseguir otra cantimplora, o un recipiente similar, y llenarla con el tinto. Pero de eso —pensé— me ocuparía en su momento. Ahora, lo vital, era seguir en el interior de *Sapíah*.

Y los cielos, a su manera, me protegieron. Sí, a su manera...

Hice dos viajes más y todos, naturalmente, angustiado. Temía que, en cualquier momento, alguien me diera el alto, y me pusiera de patitas en la calle. Nathan me espiaba con curiosidad, pero tampoco dijo nada. Después supe por qué...

La nevada mantenía un ritmo dulce y apacible.

Noté más gente a las puertas de la casa. Pasarían ya de los doscientos. Muchos aparecían mejor vestidos. La mayoría se cubría con los ropones. Descubrí que portaban sendos rollos en las manos. Podían ser pergaminos o papiros. Eran los verdaderos invitados a la celebración. Hacían cola, ordenadamente.

Los aventureros, curiosos, mendigos y demás oportunistas iban y venían entre los árboles rojos, inquietos y, supongo, buscando cómo entrar en la finca. Pero Nathan, más previsor que ellos, había montado un sistema de vigilancia alrededor de la casa. Varios esclavos, armados con mazas y enormes hachas, paseaban arriba y abajo, siempre atentos.

No alcancé a ver al Maestro en la fila de los que esperaban. Tampoco a los discípulos o a la Señora.

Podían ser las nueve de la mañana (la hora tercia). Quizá era temprano.

Y al concluir el tercer viaje a la bodega, mientras esperaba turno para vaciar el odre y le daba vueltas en la cabeza a mi gran problema (cómo permanecer en la casa), los cielos, como digo, acudieron en mi auxilio...

La solución fue el persa.

Entró en la estancia, me recorrió de pies a cabeza y, sin dejar de contonearse, se fue acercando. Me sentí perdido. Seguramente me había descubierto.

Pero no.

Al llegar a mi altura sonrió, malévolo. Y preguntó:

—¿Cuál es tu nombre?... ¿Qué haces aquí?... ¿Trabajas para Nathan?... ¿Para quién trabajas?...

No me permitió responder. Las preguntas, encadenadas, parecían encerrar una doble intención. ¿Sospechaba que era un espía? Tuve que hacer un esfuerzo para contener la risa.

Vacié el vino y, sin más, ordenó:

—Ven conmigo...

Me eché a temblar. Aquello se acabó.

Y, sin dejar de contonearse, salió de la bodega, dirigiéndose hacia el túnel de acceso.

Todo indicaba que estaba a punto de echarme. Íbamos directamente hacia la puerta...

E intentando ganar tiempo y, por supuesto, la confianza del *maître*, me detuve en mitad de la galería y, señalando hacia los que anudaban el lienzo violeta a las columnas, sugerí que la maniobra era poco afortunada.

El persa se detuvo. Dedicó una despreciativa mirada a los de las túnicas verdes y comentó:

—Se lo he dicho cien veces a ese bruto...

Se encogió de hombros y suspiró. Después, mirándome a los ojos, comentó:

—Así que también entiendes de esas cosas...

Asentí.

—Se lo he dicho a Nathan: no resistirá...

El persa olvidó el lienzo violeta y me lanzó otra intensa y lasciva mirada. No sé si enrojecí de vergüenza.

Volvió a recorrerme de arriba abajo, sin el menor pudor, y terminó acariciando mi brazo derecho. Me aferré con fuerza al cayado. Si aquel tipo se sobrepasaba lo fulminaría allí mismo...

No fue necesario. El persa era listo.

—Está bien —anunció, endulzando las palabras—. Si te portas bien...

Y repitió con énfasis:

—... Si te portas bien..., te nombraré mi ayudante... Podríamos viajar juntos... Tengo dinero y prestigio... Soy el mejor en mi trabajo... ¿Qué me dices?

Era una oportunidad. Era la mejor manera de continuar en la casa y de estar al tanto de cuanto sucediera. Fui rápido. Dije que sí.

Sonrió encantado, dando por hecho mi complicidad.

—Eres un hombre afortunado... Esta misma noche, cuando todo termine, te daré tu recompensa...

Y fue a mostrarme la punta de la lengua. Y la agitó, sensual.

Tuve que hacer un esfuerzo para no romperle la cabeza allí mismo.

Y en cuestión de minutos me puso en antecedentes sobre su persona. Dijo llamarse Atar. En *parsna* (persa) significaba «fuego». Su madre era *amadai* (de ascendencia meda). Se había criado en las montañas (actual Kurdistán) hasta que un «fratakâra», una especie de mago, lo compró como esclavo y lo convirtió en un refinado «tricliniarcha». Había recorrido medio mundo y servido a los grandes señores de la Tierra. Eso dijo. No creí una sola palabra. Aquel individuo, sin embargo, jugaría un destacado papel en otra de mis aventuras... Pero eso, lógicamente, no lo sabía en esos críticos momentos.

—¿Sabes leer?

Dije que sí, sin terminar de comprender sus intenciones.

—Pues bien, acompáñame.

Me tomó del brazo y me condujo hacia el portalón de entrada.

Me hallaba confuso. ¿Qué se proponía?

Noté cierta actividad en el túnel de acceso a la casa. Las puertas continuaban cerradas. Alguien colocó antorchas encendidas en los muros.

Y me indicó lo que debía hacer. Era simple: ayudar a la servidumbre en el control de las invitaciones para la boda. Todo estaba previsto. Tres esclavos se situaron frente a las hojas de madera. Por detrás se colocó este perplejo explorador. A mi lado, otro siervo, que haría de ayudante de quien esto escribe. Y junto al ayudante, un enorme cesto de mimbre depositado sobre las losas. Los tres primeros negros serían los responsables de la lectura de las invitaciones. Después, cada rollo pasaría a mis manos, y yo llevaría a cabo una última revisión. Los pergaminos o papiros deberían terminar en el cesto. Sólo así se permitía el acceso a la casa.

Quedé nuevamente maravillado. No era frecuente que los esclavos supieran leer... Pero aquélla no era una hacienda común y corriente. Eso estaba claro.

Alguien golpeó en la puerta. La gente empezaba a impacientarse. Hacía frío y la nieve continuaba cayendo sobre Caná.

Y hacia las diez de la mañana, más o menos, el persa dio la orden. Se abrió una de las hojas del portalón (la de las orejas) y noté una ligera brisa. La climatología empezaba a enredarse.

Los allí reunidos formaban una larga fila. No se veía el final. Otros dos sirvientes, armados con hachas, fueron situados a uno y otro lado de la entrada, vigilantes. Y el persa gritó a la servidumbre que se hallaba en el exterior para que permaneciera atenta. Distinguí a tres o cuatro esclavos que se desplazaban de continuo junto a la larga hilera de gente, pendientes de las invitaciones y de cualquier contratiempo. También iban armados.

Los mendigos y demás pícaros, al verlos, se alejaban y se escondían entre los árboles de hierro.

A primera vista, todo parecía bajo control.

Y, sin pérdida de tiempo, los invitados fueron entregando los pergaminos que aparecían enrollados. Era una maniobra más lenta de lo que había supuesto. La gente avanzaba y ofrecía las invitaciones a cualquiera de los tres esclavos que cerraban el paso. Éstos leían, al principio con más detenimiento, dejaban pasar a los invitados, y los rollos llegaban a mi poder. Yo volvía a leer y, como digo, terminaban en el cesto.

Las invitaciones, en su mayoría, eran pergaminos de pequeño tamaño, generalmente confeccionados en piel de borrego y escritos en el sistema que llamaban *gewil* (1), el más caro. También en eso se notaba la mano del persa y, naturalmente, los caudales de Nathan. Aparecían escritos en arameo, con algunas palabras y expresiones en hebreo religioso, todo ello en tinta roja o *sikra*, un polvo extraído de la cochinilla que servía también para el maquillaje de hombres y mujeres.

Era una delicia. Habían sido escritos con gran delicadeza. Pude leer la mayoría. Otros, como hacían los siervos que se hallaban por delante, simplemente, los ojeé. No hacía falta ser muy despierto para descubrir que me hallaba ante una invitación auténtica. Nadie se hubiera tomado la molestia, y el gasto, de falsificar algo tan caro y sensible.

Recuerdo alguno de los textos, inspirados, sobre todo, en el Cantar de los Cantares y en los Salmos. También había proverbios populares sobre el matrimonio:

«¡Oh, ven amado mío, salgamos al campo! Pasaremos la noche en las aldeas. De mañana iremos a las viñas; veremos si la vid está en cierne, si las yemas se abren, y si florecen los granados. Allí te entregaré el don de mis amores.»

Otros rezaban:

«¡Levántate, amada mía, hermosa mía, y vente!»

«Siempre te amé, desde el primer día que tropecé con tu mirada.»

«Vedle ya que se para detrás de nuestra cerca, mira por las ventanas, y me ve.»

«Mi amado. Helo aquí que ya viene...»

«Me uno a ella porque fue escrito en las estrellas.»

«Casarse con una extraña es beber de un cántaro. Casarse con Noemí es beber de la fuente.»

(1) La piel *gewil* no se hallaba abierta en dos. Como el pergamino era costoso, en ocasiones lo abrían en dos (sistema *dukystos*) y aprovechaban ambas caras. El interior, por su textura, era más valioso. De hecho, los escribas judíos obligaban a que los textos sagrados fueran escritos siempre sobre piel *gewil*. El procedimiento contrario se conocía como «cuero intacto». *(N. del m.)*

Éste era el nombre de la novia. El del novio, como dije, era Johab.

Por último, al pie del pergamino, habían sido escritos los necesarios detalles: lugar, fecha del enlace y nombre del invitado. Todas las invitaciones fueron remitidas a sus destinos mediante mensajeros especialmente contratados y con uno o con dos meses de antelación.

Nathan se presentó en la puerta en varias ocasiones. Me llamó la atención que no saludara a sus invitados. Eso tendría lugar algún tiempo después, en el patio central, y en la compañía del resto de la familia. En estas inspecciones, el dueño de la finca se limitó a vigilar a sus hombres. De vez en cuando gritaba y maldecía, recordando a los esclavos que permanecieran atentos...

Al principio no comprendí. Todo marchaba a la perfección... Después caí en la cuenta.

De pronto, entre los invitados, aparecía alguien sin invitación, y con una pesada piedra sobre la cabeza. Decía algo sobre no sé qué reparación en la parte de atrás de la casa e intentaba entrar. Los de las hachas actuaban sin contemplaciones. Lo arrancaban de la fila y lo pateaban.

Pero los que pretendían colarse no se rendían fácilmente.

Al poco llegaban otros «listos». Algunos con más imaginación. Uno de ellos, vestido de mujer, cargaba una cántara con miel. Los de las túnicas verdes lo desnudaron allí mismo y corrió idéntica suerte. El tunante desapareció entre los árboles, a la carrera. Otros lo intentaron con maderos al hombro, cestos vacíos, corderos (probablemente robados al propio Nathan) e, incluso, los hubo que se hicieron pasar por extranjeros. Hablaban en lenguas extrañas (mitad árabe, mitad *koiné*) e intentaban hacer ver a los negros que habían perdido las invitaciones. El resultado era el mismo: patadas y a la calle.

Me sentí reconfortado. Tuve suerte. De haberme puesto en la cola, lo más probable es que hubiera fracasado. ¿O no?

El persa también regresó al túnel y me observó con interés. Estaba claro que se sintió satisfecho. Supe cumplir con lo encomendado. Eso me beneficiaba, sin duda. En esos momentos no supe hasta qué punto...

Hacia la hora quinta (once de la mañana) terminó el control.

Sumé 192 pergaminos.

No creo que me equivocase.

Eran más invitados de los que me habían anunciado. Quizá entendí mal. Las invitaciones tenían un carácter colectivo. Aunque figuraban a nombre de una sola persona, generalmente el cabeza de familia, se hacían extensivas a toda la casa. Lo observé en varias oportunidades. Con el portador del pergamino llegaron también otras personas, todos miembros de la misma familia. Hice algunas sencillas cuentas y deduje que, por el portalón, habían cruzado entre 500 y 600 invitados. No me equivoqué. Poco después, en el patio, lo confirmaría.

No lo he comentado, pero por allí pasaron también algunos viejos conocidos de quien esto escribe. Ellos, lógicamente, no me reconocieron... pero de eso me ocuparé más adelante.

Entre los últimos invitados se hallaban Jesús de Nazaret y los suyos. Los pergaminos los portaban María, la madre del Maestro (la Señora), el «oso», y Miriam, respectivamente.

Fui un perfecto estúpido.

De haber actuado con cabeza podía haberme unido a cualquiera de los tres grupos y haber pasado como un miembro más de la familia.

Pero estaba donde estaba. No tenía sentido lamentarse...

Y lo contemplé desde el lado bueno: había hecho «amistad» con el responsable de la intendencia y de la organización de la boda. Eso no podía perjudicarme. Al contrario...

Jesús se presentó espléndido, como pocas veces lo había visto. Sinceramente, me quedé con la boca abierta.

Vestía una túnica, un *chaluk*, de color azul celeste, hasta los tobillos. Los bajos aparecían adornados con bellotas confeccionadas igualmente en lana y de un atractivo color jacinto. Los zapatos, cerrados, posiblemente trabajados en piel, me recordaron las tradicionales babuchas orientales. Eran de un fino color burdeos, con las puntas reforzadas. El ceñidor lo formaban dos cuerdas doradas. El manto o *talith* sí me resultó familiar. Era el que había visto en tantas ocasiones. Ahora hacía juego con el burdeos de los zapatos.

Los cabellos se hallaban ocultos en un blanco e inmaculado *cufieh*, un turbante de hilo, minuciosamente enrollado. El bronceado del rostro lo hacía especialmente atractivo. Se había recortado la barba.

Al pasar me sonrió.

Algunos copos de nieve permanecían intencionadamente rezagados en el manto. Era como si supieran...

Sentí aquel perfume tan especial... el *kimah*, que podría ser traducido como «Pléyades». Esta vez era una esencia parecida al *tintal* (tierra mojada). Lo asocié al sentimiento de esperanza.

María, la Señora, estaba igualmente hermosa, con el cabello negro recogido en la nuca. Lucía una túnica verde, a juego con los almendrados ojos verde hierba. El manto, color canela, le favorecía.

Al verme se aproximó y, sonriente, proclamó en voz alta:

—¡Ha llegado su hora...!

Me ofreció dos besos, primero en la mejilla derecha, y después sobre la izquierda, tal y como indicaba la tradición, y se alejó feliz. ¿Feliz? Los hijos tenían razón: aquella mujer flotaba...

Con la Señora pasaron Santiago, Judá y el Maestro.

Después aparecieron Miriam, bellísima, Jacobo (el albañil), y el «oso» de Caná, con el resto del grupo. Todos impecables.

También Miriam me besó. Las cejas y las pestañas habían sido remarcadas y teñidas con *puch*, un maquillaje muy popular entre las hebreas y que las *badu* llamaban *kohl*. Lucía las uñas y las palmas de las manos pintadas con alheña, en color rojo.

Los discípulos me sonrieron o hicieron una señal con la cabeza.

Algunos parecían sorprendidos al verme en aquel trabajo y con semejante indumentaria. Pedro traía puestas unas importantes ojeras, consecuencia de su problema con el sueño.

Finalmente, Atar, el persa, dio las órdenes oportunas y el portalón fue cerrado.

No tardaron en oírse reclamaciones y golpes en la madera. Nadie prestó atención.

Nathan, con la familia, aguardaba a los invitados al final

del túnel. Allí los había ido recibiendo y besando. Y la gente, poco a poco, fue tomando posiciones en el patio central y en los pórticos.

La nevada cedió, momentáneamente, y la gasa violeta, a manera de improvisada «carpa», fue la admiración de todos.

Las mujeres, según la costumbre, se aislaron en una de las galerías; concretamente en la situada frente al túnel de acceso (al sur).

No tuve tiempo de mayores observaciones. El persa tiró de mí y me condujo a otra de las puertas. Aquello era un manicomio. Me hallaba en las cocinas. Esclavos y no esclavos iban y venían, ahumados por los guisotes y sudando sin cesar. Se gritaban y, curiosamente, se entendían. Había dos o tres jefes. Eran los que más gritaban...

Y, de pronto, volviéndose hacia quien esto escribe, el *maître* hizo una pregunta que esperaba desde hacía tiempo:

—¿Es que no puedes dejar esa dichosa vara?... ¡Me estás poniendo nervioso!

Tenía razón, en parte. El cayado sólo era un estorbo, pero no podía explicarle. Y dije lo primero que se me ocurrió:

—Es un talismán... Sin él estoy perdido...

Me miró, asombrado. Se encogió de hombros y, supongo, se resignó.

Entonces me dio las órdenes. Eran igualmente simples: debía ocuparme de vigilar a la servidumbre mientras repartía el vino y los aperitivos. Tenía que moverme entre los invitados y estar atento a las bandejas o a cualquier contratiempo. Él, el persa, estaría cerca y pendiente. No lo dudé.

Y a una señal del «tricliniarcha», los aperitivos aparecieron en el gran patio. Y las bandejas empezaron a circular entre los invitados. Había de todo. Recuerdo una especie de panqueque (similar al *blini* ruso), elaborado con harina de alforfón, levadura, leche, claras batidas y mantequilla. Los habían sumergido en una crema espesa, parecida a la *smetana*. También vi «canelones» de hongos, espolvoreados con queso rallado; hígados de pollo, asados con mucha cebolla y pimienta; patas de vaca machacadas, a las que llamaban *jolodetz* y trozos de carpa condimentados con jugo de limón (las cabezas se las disputaban).

No creo equivocarme si afirmo que, en aquellos momentos, en el patio a cielo abierto, podían estar reunidas más de 300 personas. Y fui caminando entre los invitados, aparentemente absorto en mi nuevo trabajo.

Seguían los golpes en la puerta de entrada. Algunos de los esclavos armados montaban guardia en el túnel.

Pero mi verdadero propósito era otro. Y fui acercándome al grupo en el que se hallaba el Maestro.

Eché una ojeada a las mujeres. Me llamó la atención un pequeño-gran detalle: la Señora era el centro de atención de la mayoría de las hebreas. Hablaba y gesticulaba, entusiasmada. Y todas, a su alrededor, parecían perplejas. Discutían entre ellas. Creí saber de qué hablaban. María había tardado poco en sacar el tema capital, el que verdaderamente interesaba a la mayor parte de los allí reunidos: Jesús de Nazaret, el Mesías prometido en más de quinientos textos sagrados. Su Hijo...

Me hice con una de las bandejas y, con dificultad, fui abriéndome paso hasta llegar al centro, cerca del Galileo. De no haber sido por los entremeses no hubiera llegado hasta Él.

Era increíble...

Todos hablaban a la vez. Todos preguntaban lo mismo, o parecido. Todos querían saber si aquel Hombre era el anunciado por los profetas. Todos lo devoraban con la mirada. Lo recorrían de arriba abajo. Discutían entre ellos. Algunos, incluso, trataban de tocar sus vestiduras. Era la locura.

Y Jesús, sin perder la alegría, cordial con todos, no sabía hacia dónde dirigir la mirada. Me di cuenta de que había comprendido la situación. Pero, sencillamente, estaba atrapado. No podía dar un paso...

Me fijé en las tablas del suelo. Nos hallábamos encima del *miqvé*, la piscina central. Y temí que se hundiera. Allí había demasiada gente; quizá cien personas...

Busqué a los discípulos con la mirada, pero no logré dar con ellos.

Y los invitados, jóvenes, ancianos, ricos o menos ricos, continuaron asediando al Maestro, siempre con la misma cuestión:

«¿Eres o no eres el Mesías anunciado?»

Jesús, con una paciencia infinita, no dejaba de sonreír y

recibir las manos de aquellos que pretendían tocarle. Sus respuestas, sin embargo, fueron esquivas. En ningún momento hizo alusión a su condición de Libertador o de Hombre-Dios. ¿Había llegado su hora, como proclamaba la Señora?

No pude por menos que admirar, una vez más, aquel temple sosegado, amable y generoso. El Maestro dejó hacer. No podía evitarlo. Se hallaba en el ojo del huracán. Él lo sabía. Lo había aceptado.

La expectación era total. Si he de ser sincero, en esos instantes, nadie pensaba en la boda del hijo de Nathan. Y los unos decían a los otros: «¿Cuándo hará el prodigio que anuncian la madre y los hermanos?»

Obviamente, no se ponían de acuerdo. Unos aseguraban —de buena fuente— que lo haría antes de la ceremonia. Otros se inclinaban por la caída de la tarde, una vez concluido el ritual, «y como lógico regalo de bodas».

Oí de todo en aquel tumulto.

Nathan, que trataba de aproximarse al invitado de honor (porque en eso se había convertido Jesús de Nazaret), empujaba y maldecía, pero no lograba dar un paso. No se lo permitieron.

Finalmente distinguí a varios de los discípulos. Juan Zebedeo daba saltos en las proximidades, intentando averiguar si el Maestro se hallaba en aquel grupo y el porqué de tanto disturbio. Cuando el Zebedeo, y el resto, comprobaron que, en efecto, el Hijo del Hombre era el centro de atención, sus caras fueron un poema. No daban crédito a lo que veían. La gente se arremolinaba alrededor del Galileo como si fuera un héroe o un líder o un profeta...

Era la primera vez que asistían a un acto público en la compañía del Maestro. Estaban asombrados. Después fueron pasando por los también lógicos sentimientos de satisfacción y de orgullo. Él los había admitido como discípulos...

Fue más que un sueño para todos ellos.

Apenas hacía tres días que lo conocían o que se habían unido a Él...

Atar, el persa, también brincaba por los alrededores, en un vano intento por aclarar lo que sucedía. Me hacía señas para que regresara con él.

Imposible. Ni quería ni podía...

Me dejé llevar por el momento, tal y como Él me enseñó, y disfruté.

La gente, gratamente sorprendida por la cordialidad y la prestancia de aquel Hombre, bajó el tono de las preguntas y dedicó más atención a observar al presunto Mesías.

Jesús lo percibió y, algo azorado, buscó una salida. No era fácil.

Entonces, volviéndose hacia quien esto escribe, señaló la bandeja con los entremeses y, pícaro, preguntó:

—¿Me la prestas?

Me apresuré a entregarle lo que quedaba de los hígados de pollo y, sonriente, se hizo con la bandeja de cobre, abriéndose paso entre los allí congregados.

Me quedé con la boca abierta.

Y, cuando se distanciaba, se volvió hacia este explorador y, guiñándome un ojo, preguntó de nuevo:

—¿Es silbón carbonizado?

Reparé en los hígados asados que habían sobrevivido (no muchos) y comprendí.

Durante la estancia en el monte Hermón, como se recordará, Eliseo y yo terminamos carbonizando uno de los dos patos o silbones con los que deseábamos celebrar la cena del 31º cumpleaños de Jesús de Nazaret.

Así era el Hijo del Hombre...

No sé cómo lo hizo, pero lo consiguió. Al poco se hallaba libre de apreturas. Tampoco duró mucho. Otros invitados terminaron rodeándolo y vuelta a empezar...

Jesús no hizo un mal gesto. Al contrario. Dejó que preguntaran. Dejó que polemizaran entre ellos. Dejó que le tocasen y que le besasen en las mejillas.

Juan Zebedeo se acercó y me preguntó si todo aquello era real.

Sonreí, complacido. Y asentí. Era real, absolutamente real. Y pensé: «Pero tú no sabrás o no querrás contarlo tal y como está sucediendo...».

El nuevo grupo de invitados, como la primera vez, se entusiasmó. Jesús, efectivamente, era la estrella de la boda. Yo diría que mucho más que eso...

Y se repitieron las preguntas y las exigencias y las esquivas respuestas por parte del Hijo del Hombre.

Minutos después se las arreglaba de nuevo para abandonar a los que le atosigaban. Y fue en esos instantes cuando tuve la oportunidad de contemplar algo que empezó a disipar una de mis dudas respecto al comportamiento del Galileo en la vida de predicación. ¿Por qué Jesús se rodeaba siempre, en los momentos críticos, por Pedro, Juan y Santiago de Zebedeo? Fue algo que siempre me pregunté. ¿Era una cuestión de preferencia? Esa idea nunca me gustó. Jesús no mostraba predilección por nadie. Los hombres, todos, eran iguales para Él. Entonces, ¿qué pasó? ¿Por qué aquellos tres discípulos se hallaban cerca del Maestro en los momentos más complicados? Recordaba, por ejemplo, lo sucedido en el huerto de Getsemaní, poco antes del prendimiento...

La respuesta estaba allí.

Al lograr desembarazarse del segundo grupo, tres de los discípulos, espontáneamente, lo rodearon y lo protegieron, tratando de evitar que la gente se echara sobre Él.

Esos hombres fueron los hermanos Zebedeo y Simón Pedro.

Y actuaron muy bien, levantando un muro de hierro en torno a Jesús de Nazaret.

El resto de los discípulos aplaudió la medida y, a partir de ese día, fueron estos tres galileos los que permanecieron junto al Hijo del Hombre, más cerca que los demás. No hubo, por tanto, ningún sentimiento por parte del Maestro a la hora de disponer de estos tres discípulos. Jesús no dijo nada. Se limitó a aceptar lo que parecía una medida prudente y de buena fe. Fue así como nació lo que hoy podríamos estimar como un «cordón de seguridad» en torno a Jesús de Nazaret. Sin proponérselo, Simón Pedro, Juan y Santiago de Zebedeo se convirtieron ese miércoles, 27 de febrero, en los «guardaespaldas» del Hijo del Hombre. Siglos después, esta cercanía sería pésimamente interpretada por los exégetas.

Nos aproximábamos al mediodía...

Y me sentí invadido por la confusión. Jesús continuaba acosado por otras gentes, y por los mismos motivos. El trío de los galileos hacía cuanto estaba en su mano para aislar al Maestro... ¿Qué debía hacer? ¿Me dirigía ya a las cántaras y derramaba los «nemos» en el agua? ¿Esperaba?

El vino tinto y la cerveza habían empezado a ser consumidos poco antes. Era prematuro. Tenía que sosegarme y estar atento. Ésa era la clave: permanecer vigilante...

No necesité mucho tiempo para ratificar lo que acababa de pensar. El agua de las seis tinajas había empezado a ser utilizada en las abluciones y en los lavados de las manos y de los pies de los invitados. Fue empleada una y otra vez, y repuesta por la servidumbre. Si hubiera vertido los «nemos» se habrían malogrado...

Fue entonces cuando presté mayor atención a aquellos individuos. Los conocía de antiguo. Fueron parte importante en la decisión de matar al Maestro. Me caían muy mal, a qué negarlo...

Iban y venían desde el patio central y desde las galerías hasta la esquina de las cántaras. Eran inconfundibles.

No consentían que los esclavos procedieran a lavarles las manos o los pies. Más aún: procuraban, por todos los medios, que los negros no los tocaran. Cargaban sus propios cacillos, envueltos en tela, y con ellos extraían el agua, evitando el roce con la piedra de las tinajas. El ir y venir de estos individuos, como digo, era constante. Cada vez que tocaban un manjar o una copa de vino regresaban a la esquina en cuestión y se afanaban en un nuevo lavado de manos. Era obsesivo. Eran los fariseos, también llamados «santos» o «separados» («fariseo» se derivaba del sustantivo arameo *perishayya* y éste, a su vez, del verbo *parash*: «separar». Otros aseguran que el término es persa [*perushi*], debido a la similitud de la religión persa con algunas de las creencias de los «santos y separados»).

Casi siempre vestían de negro, bien con largas túnicas o con una especie de «levita» ajustada hasta la cintura y faldones hasta los tobillos, con el borde delantero recto hasta las rodillas. Tenían por costumbre dejarse el pelo largo, con tirabuzones colgando junto a las sienes, uno a cada lado. Portaban guantes negros y medias, negras o blancas, según el grado (1) en el que se hallaban. Un sombrero en pico,

(1)   Los fariseos, en el tiempo de Jesús, se hallaban organizados en comunidades o fraternidades, a las que llamaban *habûrôt*. Para ingresar en ellas debían ser probados durante un período que oscilaba alrededor de un año, a veces menos. Al ser aceptado quedaba ligado por una serie de

igualmente negro y trabajado en terciopelo, remataba el atuendo. Las barbas eran consideradas consustanciales al carácter del fariseo. Muchos de los allí reunidos presentaban los rostros blanqueados con harina. Era una señal de dedicación al estudio de la Ley de Moisés. Con ello pretendían demostrar que su tiempo estaba consagrado a Yavé. Ni siquiera les daba el sol...

Presumían de ser los más piadosos, los más estrictos en el cumplimiento de la Ley. Tenían a gala ser los depositarios de la tradición oral, entregada —según ellos— a Moisés

---

votos, a cual más complejo y secreto. En muchas ocasiones, como escribe Pablo de Tarso, la condición de fariseo era heredada de padres a hijos («fariseo hijo de fariseos»). Se calcula que podían sumar más de seis mil miembros, repartidos por el territorio de Israel y en la diáspora. Al ser admitido en la comunidad farisea (algunos las llamaban *chabura*), la familia entraba a formar parte, de forma automática, en las referidas hermandades. Fueron, justamente, las mujeres de los «santos y separados» las que más se distinguían en la exigencia del cumplimiento de la Ley. Fueron ellas las que influyeron, y de qué forma, en la persecución y en la posterior condena del Hijo del Hombre. Fueron ellas, en suma, las que presionaron a sus maridos para que procedieran contra Jesús de Nazaret. Pero nada de esto fue registrado por los evangelistas.

Por lo que pude averiguar, la casta de los fariseos se hallaba organizada en cuatro grados. Cuanto más alto en la escala, más puro y más honorable a los ojos de los hombres y de Yavé. No podían vender a nadie que no fuera «santo y separado». El negocio, como siempre, quedaba entre ellos. Los del primer grado eran conocidos como *chaber* o *ben hacheneseth* («hijo de unión»). Se trataba de los fariseos ordinarios (la mayoría con la que tropezó Jesús a lo largo de su vida). Los tres grados restantes eran designados con el nombre genérico de *teharoth* («purificaciones»). El *chaber* o fariseo común y corriente tenía la obligación de pagar el diezmo (por todo lo que consumía) y mantenerse puro, fuera como fuera. En este último capítulo, al que espero referirme más adelante, era fundamental que el fariseo no se mezclase jamás, bajo ningún concepto, con los llamados *am-ha-arez* (el pueblo liso y llano). Eso significaba el peor de los pecados; es decir, la impureza total. Los *am-ha-arez*, de los que ya he hablado en estos diarios, eran considerados incultos, ignorantes de la Ley de Moisés y, en consecuencia, en permanente pecado a los ojos de Dios. Lo peor es que, además de contaminarse con los *am*, los fariseos de primer grado podían contagiar la impureza a sus hermanos de segundo grado y éstos, a su vez, a los de tercero; y éstos, naturalmente, a los de cuarto grado. Como iremos viendo, aquello era una locura...

Las mujeres de los «santos y separados» no pertenecían a ninguno de los grados de la hermandad farisea.

Y a pesar de este racismo manifiesto, el pueblo judío los tenían en considerable estima. *(N. del m.)*

en el monte Sinaí por el mismísimo Yavé. De ellos nació también, en buena medida, otro grupo que terminó distanciándose de los «santos y separados»: los llamados zelotas, a los que me he referido en otras oportunidades. Los fariseos consideraban a los zelotas como el «ala caminante del fariseísmo» aunque, la verdad sea dicha, la expresión correcta sería la de «brazo armado» de dicho fariseísmo. Los zelotas, como dije, eran terroristas, asesinos y ladrones que pretendían la independencia de Israel. «Dios —decían— es el único Señor. No Roma.»

En definitiva, los fariseos habían terminado constituyendo lo que hoy, en el siglo xx, llamaríamos una secta, aunque algunos exégetas no están de acuerdo con esta calificación (1). No eran sacerdotes, aunque muchos sacerdotes se sentían felices de pertenecer a las fraternidades de los «santos y separados». Decían defender al pueblo, pero no

(1)   De forma muy simplificada, la historia de los fariseos es la siguiente: todo empezó en el siglo ii antes de Cristo. Israel formaba parte de la provincia romana de Siria, gobernada entonces por los seléucidas, descendientes de Alejandro Magno. Hacia el año 199 a. J.C., el rey Antíoco III consolidó su poder militar y político en la referida provincia. Los judíos estaban obligados a pagar tributos y se vieron progresivamente invadidos por un afán helenista. Esto dividió a los judíos en dos facciones: los que rechazaban dicha helenización y los que intentaban contemporizar con ella. Y fue durante el reinado del tristemente célebre rey Antíoco Epífanes cuando el precario equilibrio entre los judíos se desmoronó. Antíoco Epífanes prohibió muchas de las prácticas judías (entre otras, la circuncisión y el cumplimiento del sábado) y llegó a invadir el Templo, contaminándolo. Los judíos terminaron sublevándose y en el año 167 a. J.C. Matatías se alzó contra el tirano, Antíoco IV Epífanes. Un año después (166 a. J.C.), Judas Macabeo, hijo de Matatías, reconquistó el Templo y lo purificó (de ahí procede la fiesta de la Januká, ya descrita). Años después, en el 134 a. J.C., Juan Hircano funda la dinastía asmonea. Fue un momento decisivo para la comunidad judía. Aquellas rebeliones, y las victorias, hicieron creer a los judíos que el Mesías prometido estaba al llegar. Pero la situación no terminó bien y regresaron las dictaduras, el descontento y las tensiones interiores. Fue entonces cuando aparecen los *hasidim*, judíos piadosos que se rebelaron contra los macabeos y que creían en la solución divina. Sólo Yavé podía traer el orden al pueblo elegido. Y nace así la literatura apocalíptica. Pero no todos los *hasidim* estaban conformes con esta postura. Había judíos, igualmente piadosos, que consideraban que el hombre debía colaborar con Dios en la preparación del «reino». Todo estaba en la Ley, decían. Era cuestión de aplicarla. Y fue así como nació el grupo de los fariseos, los «santos y separados». *(N. del m.)*

era cierto. Lo despreciaban y procuraban mantenerse alejados de los *am*, como ya he mencionado. Y citaban la tradición oral (Dem. 2, 3) para defender este distanciamiento del pueblo: «Todo el que aspira a ser *ḥbr* (fariseo) no vende a un *am-ha-arez* frutos secos o frescos, no le compra frutos frescos, no entra en su casa como huésped y tampoco le acepta como huésped si lleva sus propias ropas.» Las ropas de un *am*, en definitiva, eran *midrás* (impuras por presión) para los *ḥbr* o *ḥaber*, a los que también llamaban *chaber* (fariseos de primer grado). El pueblo sencillo (los *am*) era impuro por naturaleza, según la casta de los «santos y separados». Tratar con ellos significaba ponerse a mal con Yavé. Fue éste otro motivo de escándalo entre los fariseos cuando vieron al Maestro conviviendo con los «pecadores» (los *am*). Las disposiciones contra los *am-ha-arez* se contaban por cientos. Veamos un ejemplo, transmitido por Dios a Moisés, según la filosofía de los «ss» (santos y separados): «Si la esposa de un *ḥaber* deja que la esposa de un *am* muela en el molino de su casa, si el molino se para, la casa queda impura; si ella sigue moliendo, sólo queda impuro aquello que pueda tocar ella extendiendo la mano.» (Toh. 7, 4) Como ya expliqué, cuando alguien resultaba contaminado por impureza (o creía estarlo), su obligación era presentar una ofrenda, obteniendo así el perdón de Dios por la culpa o la supuesta culpa. Eso, claro está, significaba dinero. Un dinero para el Templo (en realidad para los sacerdotes).

Y con los fariseos llegó también la adoración a la Torá oral. Hasta la aparición de los «santos y separados», el pueblo judío se guiaba por la Torá escrita; es decir, lo manifestado por Dios a Moisés. Dichas manifestaciones integran el Pentateuco (los cinco libros sagrados: Génesis, Éxodo, Levítico, Números y Deuteronomio). Todo fue puesto por escrito. Eran las Escrituras Sagradas, la Ley. Pero los fariseos fueron más allá y estimaron que lo dicho por Yavé a Moisés fue mucho más y mucho más complejo e importante que lo recogido en la Torá escrita. Fue así como nació la Torá oral: miles de normas que, según los fariseos, constituían la correcta interpretación y el desarrollo último de la Torá escrita. El Pentateuco, en definitiva, según la filosofía farisaica, no era suficiente para servir a Yavé. Esas normas complementarias procedían de los tiempos del exilio en Babilonia (586 a. J.C.)

y fueron «puestas al día» por las siguientes generaciones (1). En los tiempos del Maestro podían sumarse 613 preceptos (365 prohibiciones y 248 mandamientos positivos) con una constelación de subpreceptos; todo un monumento jurídico que, según los «ss», procedía directamente de Dios. Las ramificaciones de la llamada Torá oral eran tantas que el pueblo se veía incapacitado para cumplirlas. Ni siquiera los expertos —los escribas— estaban en condiciones de retener en la memoria semejante tela de araña jurídica. Era el «pesado yugo» al que haría alusión el Hijo del Hombre en varias ocasiones...

La obsesión de los «santos y separados» con la Torá (la suya, la oral) era tal que defendían que el mundo había sido creado con el instrumento de dicha Torá oral. Pues bien, éste era el gran tesoro de Israel: la Ley. Dios les hizo depositarios de la «gran joya». Por eso se consideraban superiores al resto de las naciones. La Ley, decían, era la clara manifestación de la voluntad divina. Ellos, los judíos, eran los elegidos. Sólo el cumplimiento estricto de la Ley llevaba a la salvación. Tanto individual como colectivamente. Y proclamaban que las guerras eran debidas «a la exposición de la Torá por caminos no correspondientes a la *halaká*». Y añadían: «Todo el que expone la Escritura de manera no conforme a la *halaká* no tiene parte en el mundo futuro.» Fue así como nacieron los expertos en esos miles de disposiciones: los escribas o doctores de la Ley, a los que espero referirme más adelante.

(1)   Para los fariseos, la Torá oral era más importante que la escrita. Ésta fue una fuente de conflictos con otro de los grupos del judaísmo: los saduceos. La fidelidad a la Torá oral llevaba a las hermandades fariseas a toda clase de extravagancias. La Torá oral —decían— proporciona respuesta a cualquier orden de la vida diaria. No importaba cuál. Todo estaba en la Ley (ellos la llamaban la «tradición de los padres» o *halaká*). La *halaká*, también conocida como «la senda por la que transita Israel», abarcaba todos los aspectos imaginables sobre la conducta humana y contemplaba toda suerte de ritos, diezmos, pureza e impureza, oraciones, mandamientos, comportamiento durante el sábado, relaciones conyugales, fiestas de todo tipo y disposiciones legales, tanto en las leyes civiles como en los asuntos criminales. Los fariseos consideraban la Torá oral como el fundamento de la nación judía. Nadie podía ponerla en duda. Jesús, al defender el espíritu de la Ley, y no la letra, se convirtió en enemigo de la casta de los «ss». *(N. del m.)*

Y junto a la devoción por la Ley, o como consecuencia de ella, los fariseos aparecían igualmente obsesionados con el pago del diezmo y con el mantenimiento de la pureza ritual, al precio que fuera. Debían pagar el 10 por ciento de cualquier cosa que pudieran poseer. No importaba lo insignificante que fuera. La situación, como se comprenderá, llevaba a extremos ridículos. Si compraban, por ejemplo, unos gramos de comino, la obligación era apartar el diezmo de esos gramos y reservarlo para el Templo. Hubo «santos y separados» que llegaron a plantearse el diezmo del aire que respiraban. Pero ¿cómo hacerlo?

Lo absurdo alcanzaba proporciones de pesadilla en lo que a la pureza ritual se refiere. Fue el capítulo que me desconcertó por completo. Los fariseos no podían tocar a los *am*, como ya expliqué, pero tampoco los cadáveres ni a los animales muertos, y mucho menos a las menstruantes, o a las mujeres que acababan de dar a luz, o a los hombres sospechosos de tener flujo seminal. La relación de objetos impuros era interminable. Había profesiones contaminantes, como en el caso de los curtidores o de los bataneros, o de los recogedores de excrementos de perro. Las enfermedades también contaminaban; en especial los diferentes tipos de lepra. Los esputos resultaban puros o impuros, según quién los lanzara. ¿Y qué decir de los alimentos? Los fariseos, por precaución, jamás compraban a quien no fuera «santo y separado». La obsesión por la pureza los arrastró a situaciones insospechadas (1), muy cerca del desequi-

---

(1)   He seleccionado algunos ejemplos que ilustran cuanto afirmo y que, verdaderamente, llevaron a los fariseos a una paranoia individual y colectiva.

La citada «tradición de los padres» (recogida en lo que llaman Misná), en el capítulo titulado *Toharot* (Purezas), reúne 253 disposiciones sobre la mencionada pureza ritual. Esas disposiciones, a su vez, se subdividen en decenas y decenas de normas de segundo y tercer orden. Lo dicho: una tela de araña imposible de retener.

Veamos:

La pureza podía ser «originante» (padre de la impureza) u «originada» (hijo de la impureza). Dentro de la impureza originada se distinguían (se distinguen hoy en día) varios grados: primer grado, impureza derivada por contacto con una impureza originante; segundo grado, impureza derivada por contacto con una impureza de primer grado; tercer grado, impureza derivada por contacto con una impureza de segundo grado; cuarto

225

librio mental. Recuerdo que me contaron el caso de un fariseo al que le fue amputada una mano. Pues bien, no permitió que su familia asistiera a la amputación, por miedo a que la mano «muerta» pudiera contaminarles. Otros llegaban al

---

grado, impureza derivada por contacto con una impureza de tercer grado. A las cosas no sagradas sólo les afectaba el primer y el segundo grados. El cadáver de un hombre era el «padre de los padres de la impureza». Todo era susceptible de ser impuro: seres humanos, animales, alimentos (en el caso de que se humedecieran), enseres y, por supuesto, cadáveres. La transmisión podía llevarse a cabo por contacto, por el aire, por los líquidos, por los asientos, por las carretas, por las sillas de montar e, incluso, a través de las sombras. La sombra proyectada por un cadáver, por ejemplo, contaminaba. Si un hombre experimentaba una eyaculación, la manta sobre la que caía el semen era impura; si se había sentado sobre diez mantas, las diez quedaban impuras. Si alguien entraba en una casa en la que yacía un cadáver, esa persona quedaba contaminada de inmediato.

Otros ejemplos:

Si alguien hacía un vestido con una red de pescar (especialmente de la bolsa) era susceptible de impureza.

La almohadilla de los cargadores era susceptible de impureza.

Un bloque de madera pintado de rojo, o de color azafrán, o si era pulido, era impuro.

Una estera confeccionada con cañas, si se cruzan, era susceptible de impureza.

Una caja situada en una casa en la que se encuentra un cadáver resulta impura si dispone de un orificio (abierto) de un palmo. Todos los objetos que se hallan cerca resultarán contaminados.

Las focas son impuras porque toman refugio en tierra. No era ortodoxo confeccionar objetos con piel de foca.

La vaina de la espada, la aljaba para las flechas, o el estuche para guardar el maquillaje eran susceptibles de contraer impureza ritual.

El arpa para el canto era impura. Si se trataba del arpa de los levitas no era susceptible de impureza.

Las tablas de los panaderos eran impuras. Si la tabla pertenecía a un particular no era susceptible de impureza. Si éstas eran pintadas de rojo, sí lo eran.

Si una llave tenía la forma de la letra griega *gamma* no era impura. El resto sí.

Las herraduras eran impuras. Las de corcho, en cambio, no lo eran.

Un bastón con un clavo en la punta era impuro. Si se trataba de un adorno no lo era.

Si a un peine le faltaba un diente, y se sustituía por uno de metal, resultaba impuro.

Si a una aguja de saco se le rompía el ojo quedaba impura.

Si alguien depositaba una cosa junto a una persona ignorante, la cosa se consideraba impura.

La lista, en fin, sería interminable... *(N. del m.)*

extremo de no construir una casa porque la soñaron durante el sagrado período del sábado. Los había que no confiaban las cartas a los mensajeros paganos para evitar que fueran repartidas en sábado. Y se hablaba entre los *am* de los llamados fariseos *shoted* o memos, que se negaban a prestar auxilio a una persona que se estaba ahogando, precisamente porque se ahogaba en un día santo como era el sábado. Entre esos memos se hallaban también los que se negaban a mirar a las mujeres, porque eso podía contaminarles...

Eran, en definitiva, hombres altaneros y vanidosos, pagados de sí mismos, que miraban por encima del hombro a los que no eran de la fraternidad. Su religiosidad quedó reducida a un pacto comercial con Yavé. Dios les daba y ellos lo devolvían. Nada era gratuito. Jamás hacían nada por altruismo. Cuando llegue el momento espero dedicar unas líneas a las célebres «obras de caridad» de los «ss». Era un espectáculo. A la hora de entregar las limosnas se hacían acompañar por otros fariseos que tocaban la campana o la trompeta, llamando así la atención del vecindario. Como decía el Maestro, «ésos ya han obtenido su recompensa...». Para los «santos y separados», la caridad formaba parte de su filosofía y lo hacían, no por piedad o por generosidad, sino porque creían que tales obras eran retribuidas a corto, medio o largo plazo por Yavé. Sabían de la misericordia de Dios pero ese perdón divino —decían— sólo alcanzaba a los justos. Los pecadores no merecían de esa misericordia. Todo ello, como digo, los había convertido en seres vanidosos, que se consideraban por encima del resto de los mortales. Eran máquinas cumplidoras de una ley atosigante. Y empecé a comprender el porqué del odio hacia el Hijo del Hombre.

En general creían en la inmortalidad del alma, aunque sólo la del justo pasaba a otro cuerpo. Las de los *am* y paganos en general iban a parar al centro de la Tierra. Allí se consumían en el fuego eterno. Los cristianos, con el paso de los siglos, copiaron esta tradición farisea. Creían, por supuesto, en la reencarnación, aunque sólo fuera por llevar la contraria a sus eternos enemigos, los saduceos, la casta de los terratenientes y de la aristocracia.

Y defendían igualmente la existencia de ángeles y espíritus malignos. Se trataba de una clara influencia del mundo persa, en el que vivieron sus antepasados durante el exilio en Babilonia. Eran partidarios (casi fanáticos) del Destino. Consideraban que el hombre se hallaba encadenado a él. «El hombre debe hacer el bien —sentenciaban— pero es el Destino quien lleva las riendas.»

En política intervenían, según... No se oponían abiertamente al invasor, como sucedía con los zelotas, pero lo hacían si los gobernantes no les permitían practicar lo que ellos consideraban su religión. Y no dudaban en comportarse como un partido político si la ley oral se veía amenazada. Si no era así, los «santos y separados» hacían la vista gorda o miraban hacia otro lado. Se proclamaban una hermandad al servicio de la Torá. Lo demás importaba poco. Había, por supuesto, otras corrientes en el seno de la gran comunidad farisaica. Algunos estimaban que todo debía ser filtrado a través de la religiosidad. Y pugnaban por llegar al poder. Sólo así se establecería el «reino», definitivamente. Otros, en cambio, se resignaban. Creían que Israel se hallaba sometida a Roma por culpa de los muchos pecados del pueblo judío. Yavé los estaba castigando y era preciso tener paciencia y saber esperar. El dominio del invasor duraría lo que Dios quisiera. Ésta fue una de las razones que animaron a los fariseos Sameas y Polión a acatar el reinado de Herodes el Grande, el «odiado edomita».

Y había quien se sublevaba contra todo lo anterior y hacía causa común con los escribas: el Mesías libertador estaba al llegar. Lo decía el signo de los tiempos. Israel no podía soportar a un rey extraño. Dios le había entregado la gran joya, la Ley, y eso era incompatible con el dominio extranjero. Roma, sencillamente, era contraria a la Torá.

Otros rechazaban al Mesías. «La Ley ya ha sido entregada —decían— y todo está en la Ley.» No debían esperar salvadores, ni mesías, ni nuevos profetas (1). E invocaban el

---

(1)   Esta actitud de muchos de los fariseos era conocida en aquel tiempo como la postura «derásica», de la raíz hebrea *drsh*, que significa «estudio». Estos «santos y separados» se concentraban en el estudio de la Ley (la voluntad de Dios y la voluntad para siempre). Nada ni nadie podía reemplazar el *midrás* (el estudio o la búsqueda). Y repetían una y otra vez: «El hombre ha sido creado para estudiar la Ley.» La Misná asegura que se necesitan 24 virtudes para ejercer el sacerdocio, 30 para ser rey y 48 para estudiar la Ley. De ahí que los fariseos despreciaran a los *am*, porque no se preocupaban del estudio de la Torá. Más aún: para demos-

Deuteronomio (30, 12): «No está en el cielo la Ley.» La frase, supuestamente pronunciada por Moisés, quería decir que todo fue entregado a los hombres. Nada quedaba por revelar. Todo, insistían, está en la ley oral y escrita. El Mesías era un cuento para viejas...

Los escribas protestaban, y también un amplio sector de los «ss». El Mesías prometido figuraba en la Ley. Y sumaban más de quinientas citas sobre el particular; algunas, eso sí, agarradas por los pelos...

Por eso, al oír sobre un supuesto nuevo profeta en el valle del Jordán (Yehohanan), y sobre la aparición del deseado Mesías (Jesús de Nazaret), se dieron especial prisa por ir a verlos y estudiarlos. Al Bautista no tardarían en rechazarlo, estimando que no se hallaba en su sano juicio. Respecto al Galileo, era pronto para juzgar. Acababan de conocerlo. No sabían cuál era su mensaje, ni qué pretendía. Yo, en cambio, al saber de ellos, y de su forma de pensar y de actuar, y conocer la filosofía del Maestro, sí empecé a darme cuenta de muchas cosas. Allí, en los fariseos, estaba la clave de lo que, en cuestión de cuatro años (abril del 30), sería el fin de la vida terrenal del Hijo del Hombre. El hipotético lector de estas memorias ya habrá adivinado cuáles son mis pensamientos...

No podemos engañarnos. La presencia de los fariseos en la boda de Caná no fue casual. Estaban allí, al igual que otros invitados, por amistad con las familias de los novios, por curiosidad, y para «informar». Algunos de aquellos sujetos (poco a poco iría confirmándolo) trabajaban como confidentes, primero de la hermandad farisea, y después, o al mismo tiempo, del Gran Sanedrín de Jerusalén. El pueblo los llamaba *tor* («bueyes»), por su peligrosidad. Y no exageraban, tal y como tendría ocasión de comprobar. Muchos eran informantes también del tetrarca Antipas, uno de los hijos de Herodes el Grande, que gobernaba las regiones de la Galilea y de la Perea. No estoy seguro, pero puede que trabajasen, incluso, para Roma. A los «santos y separados» les fascinaba el dinero...

---

trar que todo su tiempo estaba hipotecado en esa actitud «derásica», los fariseos caminaban con prisas, o a la carrera, cuando se hallaban fuera de las sinagogas o de las casas de estudio. *(N. del m.)*

Caná, en suma, marcó el principio de una larga cadena de odios e incomprensiones por parte de los fariseos, y de otros, hacia aquel entrañable y especialísimo Hombre.

Pero me temo que no estoy siendo justo. Naturalmente, también había «santos y separados» honrados, nobles y dispuestos a practicar el espíritu de la Ley: «No hagas a otros lo que no quieres que te hagan» (Hillel). El pueblo liso y llano sabía quiénes eran. Trabajaban en lo suyo sin robar. Eran buenas personas. Buscaban la verdad, «suponiendo que exista», y no hacían de menos a nadie (1). Algunos de estos fariseos, como se verá más adelante, llegaron a ser amigos del Maestro e, incluso, le auxiliaron en momentos críticos. Pero no adelantemos los acontecimientos.

Había fariseos buenos, en el sentido literal de la palabra, pero eran pocos... La mayoría se comportaba como un rebaño. Eran gregarios para lo bueno y para lo malo. Eran hipócritas, adoradores de la letra pequeña de la Ley (cuanto más pequeña, más fanáticos), vanidosos hasta tocar el cielo con la punta de los dedos, racistas sin remedio y desconfiados, incluso con Dios. Les importaba poco la supuesta vida futura o la inmortalidad del alma. Lo importante era el dinero, los primeros puestos en las fiestas y celebraciones, y las reverencias de los *am* cuando pasaban entre ellos. Se consideraban santos (es decir, perfectos) y, en consecuencia, superiores. Además eran judíos, el pueblo elegido. En otras palabras: insoportables...

Y entre los invitados reconocí también a los saduceos, la clase aristocrática (enemigos naturales de los fariseos), y a los escribas (aliados de los «santos y separados»), y a los sacerdotes (a cuál más corrupto) y a otros «viejos co-

(1)   La propia «tradición de los padres» recogía una sabrosa lista con los tipos de fariseos que abundaban en aquel tiempo. Recuerdo los siguientes: los «anchos de espalda», porque escriben sus buenas acciones en la espalda, para que todo el mundo pueda verlas; los «me sangra la cabeza», porque caminaban con los ojos bajos para no ver a las mujeres y terminaban tropezando con los muros; los «rezagados», que buscaban cualquier excusa para no pagar; el «memo», ya descrito; los «calculadores», así llamados porque tenían tantos méritos que se permitían varios pecados al día; los «escrupulosos», que veían pecados en todo y en todos; los «ahorradores», que sólo buscaban aumentar sus méritos ante los demás y, finalmente, los del «amor», los auténticos, los que ajustaban la vida al servicio de los demás. *(N. del m.)*

nocidos»... Pero de éstos me ocuparé, espero, en su momento...

Y hacia la sexta (doce del mediodía), Nathan se reunió con el persa cerca del túnel de acceso al gran patio central de la casona.

Permanecí cerca.

Seguían los golpes en la puerta de entrada. Imaginé que se trataba de los mendigos. Nathan y «Fuego», el persa, dirigían las miradas hacia el portalón y discutían entre ellos. El *maître* resumió la situación: era absurdo seguir manteniendo cerrada la hacienda. Tarde o temprano entrarían. Nathan maldecía y juraba por sus muertos que eso no sucedería. El afeminado se aburrió y exigió que el dueño tomara una decisión. Había dejado de nevar hacía tiempo y convenía aprovechar la bonanza. Era el momento de iniciar la ceremonia de la boda. Nathan consultó el estado del cielo a través del «tul» violeta y verificó que las nubes seguían allí, con cara de panza de burra, amenazantes.

El Maestro y los invitados continuaban departiendo animadamente en las galerías o cruzaban por el patio.

La servidumbre, bajo mi supuesta vigilancia, no había dejado de servir entremeses, vino y cerveza.

Los fariseos, conforme consumían los manjares, o el vino, acudían presurosos al rincón de las tinajas y procedían a las obligadas abluciones, una y otra vez, una y otra vez... Y el agua era repuesta, hasta el borde.

Todo, en principio, parecía discurrir con cierta normalidad. Pero no. Una vez más me equivocaba...

El persa tuvo que someterse al criterio del dueño. Me hizo una señal para que le siguiera y nos perdimos por una de las cuarenta puertas que miraban a las galerías. Me explicó por el camino: el tozudo de Nathan no daba su brazo a torcer. Los carros partirían de *Sapíah* desde el flanco oeste de la casa. Absurdo, dijo. Y llevaba razón. Los que aguardaban en el exterior, los que golpeaban la puerta de entrada, se unirían a la comitiva en cuanto vieran los carros. Y se encogió de hombros. «Aquello era el desastre —manifestó—. ¿Por qué no arrancar por la puerta principal, como manda la tradición?»

La servidumbre trabajó con eficiencia. Y al poco, frente al muro oeste de la casa, fue alineándose el sistema de transporte elegido para la primera parte del ritual: conté doce carros, del tipo *reda*, de cuatro ruedas, con una capacidad notable. Lo malo es que aparecían descubiertos. También se sumaron a los *redas* otros carros menores, parecidos a los *plaustrum* romanos, provistos de asientos y de una barandilla protectora. Eran tirados por mulos, del tipo burdégano (cruce de caballo con burra). Eran animales altos, poderosos, de grandes cabezas y orejas largas y puntiagudas. Tenían los ojos siempre espantados. La mayoría era negra. Tres, entre los seis que tiraban de la primera carreta, eran de color bayo, con el blanco un poco desteñido. Todos fueron encascabelados.

Los esclavos revisaron carros y animales y sustituyeron las flores caídas. La totalidad de los *redas* y *plaustrum* había sido engalanada con lirios azules, como los que colgaban en las paredes del patio. Todo traído igualmente del valle del Jordán.

El persa llevó a cabo un nuevo y exhaustivo examen de los vehículos y, una vez satisfecho, dio las órdenes oportunas. Minutos después, por uno de los portalones laterales, vimos aparecer a los invitados. Algunos caminaban con dificultad, debido a la «alegría» proporcionada por el vino. Y los siervos, aleccionados, fueron distribuyendo al personal entre los carruajes. Los fariseos no aceptaron compartir asiento en los carros. Lo prohibía la ley oral (1). Y esperaron pacientemente, de pie, y formando una piña junto a la comitiva.

Atar actuó con decisión. No cabía duda de que conocía el oficio de «tricliniarcha». Situó a la familia del novio en el primer *reda*, el carro más importante. Faltaba el novio. Y Nathan, maldiciendo, exigió a la servidumbre que fuera a buscarlo. Ticrâ, la esposa, solicitó mesura. Era la boda de su hijo. Pero Nathan siguió jurando, al tiempo que se ajustaba, nervioso, la *kipá* o solideo de las grandes celebraciones. Era una *kipá* especial, blanca, tejida en croché por «Cielo despejado» cuando era novia del dueño de la casa.

---

(1) Según el tratado *Kelim*, de la ley oral, había tres clases de carros para los fariseos: el que tiene la forma de un sillón y, por tanto, es susceptible de impureza de asiento; el que tiene la forma de lecho y es susceptible de la impureza de muerto, y el de piedra, que está libre de toda impureza. Obviamente, era difícil encontrar carros fabricados en piedra... (*N. del m.*)

Era la costumbre. La novia se lo regalaba al novio durante la ceremonia. Cuanto más negra fuera la *kipá*, más religioso era el judío que la recibía. En el caso de Nathan estaba claro... Ticrâ era mucho más inteligente que su marido (1).

Finalmente se presentó Johab, el novio. Estaba pálido y nervioso. Se disculpó como pudo y saltó a lo alto del carro. Vestía una larga túnica de seda en un azul profundo y se cubría con una capa o *aba* de color granate, a juego con las botas (regalo del persa). En la frente lucía una diadema de oro en la que se leía, en hebreo: «Soy de ella.» Los ojos y los párpados aparecían maquillados en azul.

El Maestro, libre del acoso de los invitados, inspiró profundamente. Le vi explorar el cielo. Hacía frío. Era posible que volviera a nevar. Algunos hombres aprovecharon para orinar. Los discípulos, silenciosos, permanecieron cerca del Galileo. Nadie sabía dónde acomodarse.

Y el persa se dirigió a Jesús. Era la primera vez que lo hacía. Nathan lo reclamaba.

Jesús fue invitado al carro de honor y a presidir la ceremonia de la «búsqueda de la novia». Era todo un detalle. Y el Hijo del Hombre aceptó, dando las gracias a la familia. Y ocupó su puesto, entre Nathan y el novio. Los discípulos, desconcertados, siguieron cerca del *reda*. El persa trató de que buscaran asiento en otros carros. Fue inútil. Nadie se movió. Seguirían a pie. El maestro de ceremonias olvidó el asunto, consultó de nuevo con Nathan y, tras recibir la debida autorización, caminó hacia los músicos, ubicados por delante del carro de honor. Y los animó a iniciar su trabajo. Fue así, al son de las flautas, de los tamboriles, de las arpas y de los panderos, como empezó, oficialmente, la boda de Johab y de Noemí, la celebre boda de Caná.

La servidumbre que seguía al pie de los carros encendió más de un centenar de antorchas —tal y como establecía la tradición— y fue repartiéndolas entre los invitados. Algunos de los borrachos intentaron hacerse con ellas, pero el resto lo impidió, muy sensatamente.

---

(1) La *kipá* era un símbolo para los judíos. Venía a recordar que el ser humano es finito y que existe Alguien superior por encima de él. La *kipá* significaba también que el portador acataba los mandamientos de Yavé. *(N. del m.)*

Y la comitiva se puso en marcha...

Quien esto escribe se situó muy cerca del *reda* del novio, entre los discípulos, siempre atento al Hijo del Hombre. El persa, en esta oportunidad, no me dio ninguna orden. «Debía permanecer a la vista.» Eso fue todo. Y lo cumplí, por supuesto.

Los discípulos, más animados, empezaron a conversar entre ellos. Y surgió el tema principal: el prodigio, o supuesto prodigio, que debía llevar a cabo el Galileo. Tampoco se ponían de acuerdo. No había sucedido nada de particular hasta esos momentos. Y algunos apuntaban: «Lo hará ahora, antes de llegar a la casa de la novia...»

Y aseguraban, convencidos:

«Quizá abra los cielos y haga caer maná, o sangre...»

Juan Zebedeo, que fue calentándose por momentos, fue más allá y advirtió a sus compañeros: «Hará caer oro...»

Su hermano Santiago se burló de él. Y también el «oso». Ésta era la mentalidad de aquellos hombres...

Supuse que teníamos un largo trecho por delante. Ignoraba dónde vivía la novia.

Esta parte de la ceremonia consistía en acompañar al novio hasta el lugar donde se encontraba Noemí. El novio la tomaba y regresaban juntos a la casa; es decir, a *Sapíah*. Meses atrás (la costumbre era un año antes), las familias se habían puesto de acuerdo y firmado un documento con las condiciones de la boda. Era el *qiddushim*. Así se inauguraba el período de esponsales, previo a la boda. Durante ese año, la novia era la «prometida». Las relaciones sexuales, en ese tiempo de esponsales, no estaban bien vistas, pero eran consentidas. Si nacía un hijo durante dicho período era considerado legítimo (1). En general, los novios no tenían

---

(1)   En la *ketubbá* (contrato matrimonial), el pago o dote por una viuda era de una *mina* (alrededor de 240 denarios de plata). El contrato era redactado en arameo y en él se fijaban también las obligaciones financieras del marido para con la o las esposas (estaba permitida la poligamia) y con la prole. Igualmente se especificaban las cantidades que la mujer debía percibir en caso de divorcio o de viudez. Una disposición del sabio Simeón ben Setaj (hacia el 80 a. J.C.) establecía que los bienes del marido quedaban en garantía para el fiel cumplimiento de la *ketubbá*. Por supuesto, nadie lo cumplía. Desde el momento de la firma de la *ketubbá* los bienes de la mujer pasaban a ser posesión del marido, que queda-

ni arte ni parte en la *ketubbá*, el contrato matrimonial propiamente dicho. El «negocio» lo arreglaban los padres o los representantes de los novios. Y se daba el caso de mujeres y hombres que conocían a su pareja por primera vez en el momento de la boda. El *mohar* (la dote) era uno de los capítulos más delicados. Debía ser satisfecho por el novio, o por la familia del novio, al padre de la novia. El hecho de que la novia se casara representaba una pérdida económica para la familia, dado que, en teoría, la novia dejaba de ingresar dinero en la casa. Por lo general, si era virgen, el *mohar* se establecía en un mínimo de 200 denarios de plata. La virginidad nunca contaba en el caso del hombre. Así reza en el Génesis (34, 12), en I Sam. (18, 25) y en Éxodo (22, 16). Además de la dote, el novio corría con otro gasto: el *matan*, una especie de bienes viudales, que debían ser conservados para la viudez y que, generalmente, eran invertidos y negociados por el marido.

La costumbre dictaba que la boda se celebrara en miércoles, en el caso de una doncella. Si el marido descubría que la mujer no era virgen disponía de un día para reclamar ante el tribunal (generalmente se reunían los lunes y los jueves). Si el matrimonio era con una viuda, la boda se celebraba en jueves. De esta forma —rezaba la Ley—, en caso de desacuerdo, el marido disponía de tres días «para gozar de ella».

Era una sociedad ciertamente machista... (1).

Nos hallábamos, por tanto, en el final del período llamado *qiddushim* (esponsales) y estábamos a punto de entrar en lo que denominaban *nissu'im* (traslado de la mujer a la casa del novio).

Pero antes iban a suceder otras cosas...

---

ba designado, automáticamente, heredero universal. Sin la firma de la *ketubbá*, la Ley no reconocía los esponsales y tampoco la boda. *(N. del m.)*

(1)   La ley oral judía, en el capítulo llamado *qiddushim* (esponsales), establecía que a la mujer se la podía conseguir de tres maneras: por dinero, por documento y por la unión sexual. Ella, a su vez, lograba la independencia con el libelo de divorcio o por la muerte del marido. Era el hombre el que siempre tomaba la iniciativa, casándose por pasión, riqueza, honor o por la gloria de Dios. Así lo establecía la Ley. En el primer supuesto, según el Deuteronomio (21, 11), los hijos eran «tercos y rebeldes». En el segundo resultaban «interesados» (I Sam. 2, 36). *(N. del m.)*

Doblamos la esquina oeste de la casa y los vimos. Allí estaban, tal y como anunció el persa. Y al punto, nada más descubrir los carros, pícaros, mendigos, curiosos y, quizá, los invitados que habían llegado a la finca con retraso, se agitaron nerviosos. Y corrieron hacia la comitiva nupcial. Nathan no supo qué hacer. El persa solicitó calma y parte de la servidumbre rodeó el primer *reda*. Las hachas fueron un aviso. Y todo prosiguió en paz.

Los que esperaban frente a la puerta principal eran más de trescientos. De momento supieron comportarse. Se unieron a la caravana con aplausos, vítores y toda clase de exclamaciones en favor del novio. Y, poco a poco, fueron quedando atrás, mezclándose con los invitados que seguían el cortejo a pie. No supe qué pensar. En esos momentos éramos más de 800. Las invitaciones habían sido retiradas por la gente de Nathan. ¿Cómo pretendían controlar a los que acababan de incorporarse a la comitiva? Y empecé a intuir por qué el vino del convite terminaría agotándose...

Y entramos finalmente en el pueblo.

Atar se apresuró a ponerse en cabeza. Animó a los músicos y terminó uniéndose a quien esto escribe.

Las calles (?) aparecían tan embarradas, o más, como a primeras horas del día, cuando las crucé en dirección a la hacienda. Y los carros empezaron a cabecear y a atascarse en el lodo. Los esclavos golpeaban a los mulos y les gritaban o tiraban de ellos. El persa se las ingeniaba para estar en todas partes a la vez. Nathan maldecía a cada golpe del *reda*. Jesús se mantenía tranquilo, sujeto, como podía, al respaldo del asiento. Los discípulos se detenían una y otra vez, evitaban los charcos, o colaboraban con los de las túnicas verdes en el arreo de las caballerías.

Miré al cielo. Las nubes, espesas y cercanas, estaban queriendo decir algo, pero no supe leer...

Y, de pronto, por las puertas y ventanucos de las casas empezaron a surgir vecinos. Vitoreaban al novio. Algunos, subidos a los terrados, lanzaban pétalos de rosas de diferentes colores.

El novio se ponía en pie, sujetaba con dificultad la diadema, y saludaba, correspondiendo a las atenciones del vecindario.

Nathan no sonreía. Se limitaba a espiar a los de las terrazas y, de vez en cuando, cruzaba una mirada de complicidad con el *maître*. Allí había algo raro...

Al poco, al coincidir con el persa, Atar no pudo contenerse y explicó que todo estaba pactado. Él mismo se ocupó de repartir monedas entre los vecinos y de saldar algunas deudas. La gente debía asomarse y colaborar. Y ya lo creo que lo hicieron..., hasta que se produjo el desastre.

No puedo estar seguro pero, una hora después de la partida desde *Sapíah* (hacia las 13 horas), los músicos se detuvieron. Y siguieron tocando, con más entusiasmo si cabe. Nos hallábamos al otro lado del pueblo, cerca del caserón de Meir, el *rofé*.

Estábamos frente a la casa de Noemí.

El persa, por señas, indicó al novio que esperase. Y todos continuaron en el carro, a la expectativa.

Frente a la casa en cuestión aparecían numerosos vecinos y amigas de la novia. Todos vestían de blanco y portaban lucernas encendidas. Algunos hombres sostenían antorchas, igualmente prendidas. Y los invitados, lentamente, fueron descendiendo de los *reda* y haciéndose un hueco en la calle. Pronto quedó colapsada.

Y entre la alegría de las flautas y los suaves lamentos de las arpas creí oír algunos lloros.

Era la señal esperada por todos.

Efectivamente, del interior de la casa procedía una serie de lamentos y de gemidos. Presté atención y deduje que se trataba de lloros y de gritos femeninos.

Era la costumbre.

La hija abandonaba la casa paterna y eso significaba desconsuelo. Tenían que llorar, y cuanto más alto y de forma más escandalosa, mejor que mejor. En muchas ocasiones, dependiendo del poder adquisitivo de la familia, se contrataban plañideras o «lloronas» profesionales, que daban más empaque a la ceremonia.

El persa dejó que los lloros se prolongaran cinco o diez minutos.

Era lo ideal...

Entonces, situándose a la puerta de la casa, de espaldas a los carros, alzó los brazos y, al instante, volvió a bajarlos. Los músicos enmudecieron. Y también los llantos y los gritos de desesperación. Nathan, el novio, la familia del novio, y el Maestro se habían puesto en pie. Todo estaba listo para recibir a Noemí, la novia.

El «tricliniarcha» se dirigió entonces al *reda* y ayudó al novio a bajar. Al descender, la dichosa diadema se descolgó y fue a parar al barro. Un murmullo de desaprobación corrió entre los presentes. Aquel signo era un mal augurio...

Y ya lo creo que lo fue.

El persa se apresuró a rescatar y a limpiar la diadema y se la entregó al muchacho, indicándole por señas que no se preocupara. Atar conocía el «lenguaje» de los signos que utilizaba el sordomudo. Verdaderamente era un hombre de mundo...

Y todos procedieron a descender del *reda* de honor, rodeando al novio.

El Maestro parecía encantado. Estaba disfrutando.

Y en eso se registró el primer «relámpago». No sé cómo definirlo, pero utilizaré esa palabra, la más aproximada a la realidad. La «descarga», o lo que fuera, se propagó entre las nubes, pero no oímos el correspondiente trueno. Las caballerías se mostraron inquietas. Los siervos tuvieron que sujetarlas y calmarlas.

Miramos al cielo, pero no comprendimos. Las nubes, como dije, flotaban próximas al suelo y presentaban un aspecto poco conciliador. Eran negras y grises. Nadie las había invitado, pero allí estaban...

Era extraño. Un relámpago sin trueno...

Y se hizo un silencio tan elocuente y amenazador como la tormenta que, supuestamente, se nos venía encima.

Pero el maestro de ceremonias no estaba dispuesto a que los cielos le arruinasen la boda. Hizo un gesto y los músicos acabaron con el abrumador silencio. La gente respiró, aliviada.

No hubo tiempo para pensar en nada más. Allí estaba Noemí, resplandeciente.

Se presentó en mitad de los invitados y los murmullos de admiración se propagaron como una ola.

Era muy bella.

Vestía una túnica hasta el suelo, de color marfil, con bordados de oro en las mangas. Entre los hilos de oro anidaban racimos de perlas negras. El persa, a nuestro regreso a la casa, me proporcionaría algunos interesantes detalles. Por ejemplo: las perlas fueron importadas directamente de lo que hoy conocemos como el mar Amarillo, frente a las costas de China. La ropa interior era de seda. Portaba dos pulseras de plata en cada brazo, de acuerdo con la tradición. Cada pulsera representaba un hijo. Noemí, según Atar, deseaba tener un máximo de cuatro. Los dedos aparecían repletos de anillos. No supe cuántos. A cada movimiento brillaban y deslumbraban.

La novia lucía también un largo velo rojo, de gasa, que caía sobre los hombros, ocultando el rostro.

Las amigas, en número de diez, la rodearon de inmediato. Y vigilaron sus respectivas lucernas. Traía mala suerte que se apagaran.

Y el «tricliniarcha», atento, ordenó silencio de nuevo. Los músicos obedecieron.

El novio, entonces, siguiendo la costumbre, se aproximó a Noemí y retiró el velo.

La gente volvió a cuchichear, gratamente sorprendida. La novia, en efecto, era y estaba bellísima. Presentaba unos cabellos negros, largos y sueltos, como correspondía a una virgen, con las puntas rizadas. Los ojos eran intensamente azules. Sobre la frente colgaban dos hileras de monedas (denarios de plata), resplandecientes, regalo del novio. Era el *wazary* y, como digo, formaba parte del *matan*, de exclusiva responsabilidad del futuro marido. Lucirlo en la boda daba prestigio y buena suerte.

El rostro, casi el de una niña (Noemí no tendría más allá de catorce años), había sido maquillado por las amigas que la acompañaban con las lámparas de aceite. Ésa era la costumbre. Cada una se ocupaba de una zona de la cara. Los párpados resaltaban en un apenas insinuado turquesa. Los ojos fueron perfilados con *puk* y las mejillas, como los labios, suavemente reforzados con ocre rojo. Un gran collar con cuentas de *al-anbar* completaba los adornos. En el interior de cada pieza de resina se distinguía un insecto. Era la moda que hacía furor en aquel tiempo. La túnica fue ajustada con el obligado cinturón de lana de oveja en dos colores, también prescritos por la tradición: rojo y negro. Se trataba de una costumbre procedente de Roma. El ceñidor quedaba sujeto por un doble nudo (los romanos lo llamaban *nodus herculeus*) que sólo podía desatar el marido en la noche de bodas (1).

Fue un momento emocionante y decisivo. La ceremonia llegaba a su fin.

Noemí sonrió y también el novio.

Y los invitados estallaron en una cerrada salva de aplausos, vitoreando a los novios.

La muchacha bajó la cabeza, avergonzada y feliz.

A Nathan, a pesar de los esfuerzos, se le humedecieron los ojos. Ticrâ, la madre del novio, rompió a llorar. También el persa terminó hecho un mar de lágrimas.

Los músicos atacaron de nuevo y la alegría fue general.

Alguien empezó a lanzar granos de trigo tostado sobre la pareja.

Y los vítores, felicitaciones y aplausos se hicieron generales, llenando la totalidad de la calle. Pero, de pronto, las nubes volvieron a iluminarse. Fue una «descarga» (?) que se prolongó durante cinco segundos y que tiñó la panza de burra de un azul intenso. Tampoco se oyó detonación.

La gente, sobrecogida, enmudeció.

No podía entenderlo. ¿Relámpagos azules y sin truenos?

Los músicos decayeron, aunque continuaron los tímidos golpes de timbal. Los tambores hicieron más lúgubre el momento. La gente no sabía qué hacer. Algunos, entre el tumulto, gritaron que convenía abreviar. No les faltaba razón...

Pero el persa se impuso y reclamó silencio a los de los timbales. La ceremonia no había concluido.

El novio, entonces, se dirigió a Noemí y, por señas, le dijo lo siguiente:

—«Vosotros sois hoy testigos... —Atar fue "traduciendo"—... de que tomo a esta mujer por esposa.»

Johab invocaba el texto del libro de Ruth, obligado en las ceremonias judías de esponsales.

Y los invitados replicaron con viveza:

—¡Somos testigos! Haga Yavé que la mujer que entra en tu casa sea como Raquel y como Lía, las dos que edificaron la casa de Israel.

---

(1)   El *nodus herculeus* había sido creado en memoria de Hércules, el gran héroe. Se decía que tuvo sesenta hijos. Era otro símbolo de la fertilidad. *(N. del m.)*

240

Y regresaron los vítores.

El Maestro, en primera línea, aplaudió a rabiar. Como dije, se le veía feliz y despreocupado. Lo importante en esos momentos era la pareja.

Y, de acuerdo a lo prescrito por la tradición, el suegro del novio se adelantó y pronunció la frase que todo el mundo esperaba:

—Hoy eres mi yerno...

La alegría se desbordó. Las mujeres gritaban y golpeaban sus gargantas con las manos. Siguió cayendo el grano tostado, como solicitaba la «tradición de los padres», y la música se hizo incontenible. Los vecinos, subidos a las terrazas, lanzaron nuevos pétalos y vitorearon a los novios. Nathan no pudo contenerse y lloró abiertamente. El persa lo consoló como pudo. La familia, sencillamente, era feliz. Traté de localizar a la Señora y a los suyos. El tumulto lo hacía prácticamente imposible. Tampoco vi a los discípulos.

El novio, entonces, como final del ritual, tomó la mano derecha de Noemí, también con su mano derecha, y la invitó a subir al *reda* presidencial. Aquélla era otra costumbre copiada de las bodas romanas (lo que llamaban el *dextrarum iunctio*). Y la jovencita, feliz, siguió al novio.

El maestro de ceremonias se apresuró a abrirles camino y ambos se acomodaron en el carro. El Galileo y el resto de la familia les imitaron. Y la gente, entusiasmada, siguió aplaudiendo y deseando felicidad. Lo previsto era que los novios regresaran a *Sapíah*, a la casa paterna, por el camino utilizado por Johab. Lo vi difícil. La calle aparecía repleta de gente. Los siguientes *redas* se hallaban a cierta distancia e igualmente atascados entre el gentío.

No hubo tiempo para discurrir qué hacer.

Las nubes parecían esperar aquel momento y descendieron un poco más sobre la población. El negro se convirtió en amenazante y, de improviso, regresaron los «relámpagos». También azules y también sin descargas.

Y empezó a nevar copiosamente. ¿Qué digo copiosamente? Aquello fue un diluvio blanco y denso. En cuestión de uno o dos minutos perdí la visibilidad. Era una cortina que podía agitar con el cayado...

Quizá fueran las 14 horas. No estoy seguro...

Los mulos, nuevamente inquietos, se agitaron y se encabritaron. Los criados intentaron calmarlos. El persa, atónito, necesitó algunos segundos para reaccionar. Y lo hizo
correctamente. Ordenó a la servidumbre que tirase de las
caballerías y que siguiera hacia adelante. No había alternativa.

Los siervos obedecieron, pero los animales, asustados,
se resistieron.

Las antorchas fueron apagándose y los invitados corrieron en todas direcciones, atropellándose. Fue el caos. Gritos, lamentos, confusión, maldiciones y más nieve; toda la
nieve del mundo...

Y, en mitad del desastre, otro «relámpago» sin trueno y
otro y otro...

No lograba entender. Aquélla no era una tormenta normal.

Nadie sabía hacia dónde tenía que dirigirse. Los músicos fueron engullidos por el tropel y, supongo, por la nieve.

Nathan, de pie, en el carruaje, llamaba a gritos al persa
y maldecía a los cielos, con cierta razón. Pero el afeminado
estaba a lo que estaba. Tiraba con todas sus fuerzas de los
malditos mulos, colaborando con los de las túnicas verdes.
Era preciso salvar a los novios de aquella catástrofe.

Noemí empezó a llorar y creí entender que las lágrimas
no se debían, únicamente, a la confusión y a la inoportuna
nevada, sino, más bien, a lo que estaba provocando en su
maquillaje. Los azules y los rojos rodaban por el rostro y
por la túnica.

El Galileo, entonces, se quitó el manto y procuró tapar a
la joven. El novio también retiró su capa y cubrió con ella
a la desconsolada novia.

Los mulos, finalmente, obedecieron y arrancaron al
trote.

Y vi cómo el *reda* se alejaba.

No lo pensé dos veces y corrí tras el carruaje, tropezando
aquí y allá con unos y con otros. A punto estuve de perder la
vara. La nevada era tal que tenía que detenerme cada poco
para intentar distinguir, no ya el camino, sino lo que aparecía a dos o tres metros.

Y lo mismo terminó sucediéndole al criado que conducía el *reda* en el que viajaban la familia y el Galileo. Descon-

certado, sin saber hacia dónde tirar, el negro logró detener a los mulos. Fue mi oportunidad. Conseguí llegar hasta el carruaje y agarrarme a uno de los estribos. La novia seguía llorando, y también Ticrâ, la madre del novio.

Nos hallábamos fuera del pueblo, en mitad del campo, pero no se observaba camino alguno. Todo, a nuestro alrededor, era blanco.

Fue Nathan quien descendió del *reda* y se puso al frente de las caballerías, conduciéndonos hacia la hacienda. Maldecía y maldecía. El persa lloraba como la novia, o más.

Jesús, en silencio, permanecía pendiente del ropón que trataba de guarecer a la entristecida Noemí. Fue una estampa difícil de olvidar. Ningún evangelista hace mención del desastre.

Y, poco a poco, rodeando Caná por el lado este, nos fuimos acercando a *Sapíah*.

La borrasca de nieve no cedió un instante y los misteriosos «relámpagos», sin truenos, se sucedieron sin cesar.

En aquel penoso caminar hacia la hacienda observé los copos que me cubrían y me pareció distinguir algo que no era habitual: los copos no presentaban la tradicional forma de estrella o de cristales hexagonales rameados. ¡Eran octogonales! Cuando regresé al Ravid, y consulté en el ordenador central, no obtuve ninguna información al respecto. Sencillamente, no hay copos de nieve octogonales.

Entonces...

Me negué a discurrir sobre el asunto, así como sobre los no menos enigmáticos relámpagos silenciosos y de tonalidad azul. Lo del color era posible. Lo de la falta de estampidas no cuadraba en absoluto. Una chispa normal siempre va seguida de un trueno. Es un efecto natural. En una milésima de segundo, o menos, el «canal» por el que desciende la chispa puede calentarse por encima de los 30.000 grados Celsius, provocando que el aire caliente del milimétrico «túnel» por el que viaja el rayo se expanda y provoque la detonación. No dudo que en el interior de los cumulonimbos se produjeran las habituales diferencias de potenciales eléctricos (o bien entre la nube y la Tierra), que es lo que da lugar a los relámpagos, pero ¿por qué nunca, que yo recuerde, oímos un trueno? Los destellos, además eran más dilatados de lo habitual. Si un relámpago tiene una duración media de 0,2 segundos, aquéllos —los azules— se prolongaban entre tres y cinco segundos, que es muchísimo.

Pero no deseo desviarme del tema capital. Las sorpresas no habían terminado en aquella increíble jornada...

Fuimos de los primeros en llegar a la finca. Otros invitados esperaban a las puertas, tiritando.

Nathan ordenó la apertura del gran portalón y la gente se precipitó en el interior, como loca.

La nieve nos había empapado.

Atar ayudó a los novios a bajar del carruaje. Primero lo hizo Noemí. Continuaba llorosa y desmantelada. Y la mala fortuna quiso que, al descender, el novio terminara pisando el filo de la túnica de la muchacha, desgarrándola. Y la novia quedó con las piernas al aire.

¡Oh, Dios!

Fue la gota que colmó el vaso.

Las piernas eran preciosas, pero eso no contaba en esos críticos momentos. Noemí, al comprobar la rotura del vestido, lanzó un grito y cayó desmayada. El persa, atento, la atrapó en el aire y se apresuró a trasladarla a la casa.

El novio permaneció en el estribo del *reda*, más pálido y más mudo de lo que era...

La familia, consternada, corrió hacia la puerta, perdiéndose también en el túnel de acceso.

Nathan estaba tan furioso que no acertó a maldecir. Y allí permaneció unos segundos, cubierto por la nieve, balbuceando.

El carro, entonces, se dirigió al flanco oeste de la casona, del que habíamos partido.

Yo me quedé junto al Maestro, igualmente perplejo. La boda, de momento, era un perfecto desastre...

La nieve, inmisericorde, cubría el turbante, las barbas, los hombros y el resto de la túnica del Galileo. Yo debía presentar el mismo y lamentable aspecto.

Y el Maestro, con el ropón entre las manos, se volvió hacia quien esto escribe y comentó, sonriente:

—Como en los viejos tiempos, *mal'ak*...

Se refería, sin duda, a nuestra aventura en los montes

del Attiq, en la alta Galilea, cuando trabajaba como leñador (1).

Así era el Hijo del Hombre...

Y Jesús se retiró hacia el interior de *Sapíah*.

El instinto avisó.

El gran momento, suponiendo que fuera cierto, estaba cerca. Debía prepararme.

Y en eso vi llegar otros *redas* y a otros invitados. Saltaban de los carruajes y corrían desesperados hacia la casona. Decidí aguardar. Quizá, en aquella oleada, se hallaban la Señora o los discípulos...

Los invitados hablaban entre ellos y, mordaces, se referían al «prodigio» llevado a cabo por el carpintero de Nazaret: «había logrado una nevada sobre Caná como jamás fue vista...». Y reían la gracia, burlándose abiertamente del Galileo.

Fue en esos instantes cuando lo vi...

No podía creerlo.

Corrí hacia el carro, pero el *reda*, vacío, dobló la esquina con ligereza y lo perdí de vista.

¿Estaba delirando?

Primero los relámpagos azules, y sin truenos. Ahora esto...

Cuando enfilé el costado oeste de *Sapíah*, al fondo, junto al portalón lateral por el que habían salido los invitados, distinguí el carruaje. Permanecía inmóvil. Algunos siervos atendían a los mulos.

Y proseguí despacio y perplejo. No veía al conductor...

Pero estaba seguro de haberlo visto. Pasó por delante de este explorador, a poco más de diez metros. Controlaba las caballerías con destreza. Y creo que me miró.

Al llegar a la altura del *reda* verifiqué que, en efecto, el tipo de la sonrisa encantadora, el conductor de los mulos, no aparecía por ninguna parte. Porque de eso se trataba. Yo lo había visto en el asiento, sentado, y con las riendas en las manos...

Caminé alrededor del carruaje, lo exploré de arriba abajo ante la atónita mirada de los negros, y comprobé, incluso, bajo la carreta. Nada de nada. Ni rastro del enigmático personaje.

(1) Amplia información en *Jordán. Caballo de Troya 8. (N. del a.)*

Pregunté, pero nadie supo darme razón. Nadie parecía haber visto al hombre de dos metros y la túnica brillante, según...

Me adentré en el patio lateral, y en otras dependencias próximas, y revisé hasta el último rincón.

Negativo.

Volví a salir, caminé alrededor de la casa, e investigué entre la gente que regresaba.

Negativo.

Y pensé: quizá ha sido mi imaginación...

En el patio central a cielo abierto, y en los pórticos, todo se hallaba manga por hombro. El caos desatado por la nevada se había trasladado a la residencia familiar. La gente se apretaba en las galerías. Continuaba nevando y hacía frío. El «tul» violeta, como sospechábamos, terminó desgarrándose por el peso de la nieve. Los siervos peleaban ahora por desatar las cuerdas y retirarlo. La novia y la familia habían desaparecido. Supuse que se hallaban en sus aposentos, cambiándose de ropa. Nathan maldecía desde una de las puertas e intentaba abrirse paso entre los invitados. Buscaba al persa. Quería matarlo con sus propias manos.

Entonces, mientras contemplaba el desastre, me fijé en Él. Se hallaba a la izquierda del túnel de acceso, junto a uno de los candelabros, y a cosa de diez pasos de donde me encontraba. Esta vez también me quedé de piedra...

El Maestro permanecía en pie, con la cabeza ligeramente inclinada hacia adelante. Una mujer, provista de un lienzo blanco, secaba vigorosamente los cabellos del Galileo. El Hombre se dejaba hacer.

Y, curioso, fui abriéndome paso entre los invitados. Ninguno de los discípulos se hallaba con Él.

La mujer, casi tan alta como el Galileo, sonreía feliz.

¡Era Rebeca!

Yo diría que presentaba una lámina más atractiva que la del año 30, cuando la conocí en Nazaret. Aquella mujer, como se recordará, se hallaba enamorada de Jesús desde la adolescencia. Su familia trató de llegar a un acuerdo con la del Galileo, pero el Hijo del Hombre rechazó, amablemente, la propuesta de matrimonio. Rebeca, sin embargo, a juzgar por las informaciones que me proporcionaron Miriam y sus hermanos, siguió perdidamente enamorada de Jesús. De hecho lo siguió hasta la cruz...

Y allí estaba, como invitada de Nathan. La acompañaba Ezra, su anciano padre.

Rebeca tenía dos años menos que el Maestro. Desde la negativa de Jesús se había trasladado a vivir a la cercana ciudad de Séforis, capital de la baja Galilea, a no mucha distancia de Nazaret.

Me fijé atentamente. Los ojos rasgados, bellísimos, azul celeste, en los que, si llegabas a caer, no había forma de salir, contemplaban al Galileo con infinito amor. No llegué a oír una sola palabra. Ignoro cómo se encontraron. Supuse que por pura casualidad. Allí, en esos momentos, había mucha gente. Calculé más de 800 personas, y seguían entrando...

Pero, súbitamente, entre los invitados, apareció la madre del Hijo del Hombre. Contempló la escena y, sin dudarlo, se fue hacia Rebeca. La apartó dulce pero firmemente y se hizo cargo del secado de los cabellos de su primogénito. Jesús se dio cuenta, pero no dijo nada. Rebeca bajó los ojos y desapareció entre el gentío.

Dejó de nevar.

Y por el portalón de entrada, como digo, continuó entrando gente: invitados y no invitados, supongo.

Nathan, finalmente, se rindió. No era procedente empezar a preguntar quién era y quién no era invitado. Daba igual. Autorizó a que las puertas permanecieran abiertas de par en par, pero reclamó la atención de los siervos que portaban las hachas. No consentiría un solo desmán. «Allí —dijo— había mucho atorrante.»

El persa, más sereno, tomó el timón de la celebración y me ordenó que vigilara de nuevo a la servidumbre. La mejoría del tiempo permitió limpiar de nieve el patio central y los invitados fueron repartiéndose por el lugar. Todo se volvió más cómodo.

Y, de inmediato, como compensación por el mal rato sufrido en el pueblo, Atar hizo circular vino caliente; una especie de *mulsum* elaborado con tinto al que se le habían añadido miel y huevos batidos. Resultó un eficaz reconstituyente. La gente se animó y entró en calor. Los siervos cargaban pequeñas ánforas, con el *mulsum*, y caminaban entre los invitados. Previamente fueron repartidas copas de barro y de madera. Uno de los negros introducía un cucharón con un largo mango en el interior del ánfora (una suerte de *kyathos*) y repartía el caldo. La gente repetía una y otra vez. Sólo los fariseos se mantuvieron apartados.

Calculo que podían ser las tres de la tarde (la nona).

Todo discurría con aparente calma. Y sentí la imperiosa necesidad de aproximarme al rincón de las cántaras. No sé qué me ocurrió.

La cuestión es que inspeccioné las seis tinajas. Hacía tiempo que la servidumbre no proporcionaba agua para las abluciones. Supuse que, una vez lavadas las manos, los invitados no volverían a repetir la operación, excepción hecha de los «ss». La esquina, de hecho, aparecía solitaria. Y cometí un grave error. Insisto: no sé qué fue lo que me impulsó a ello. La cuestión es que abrí la calabaza que colgaba del cinto y extraje dos de las tres ampolletas de barro que contenían los «nemos». Y, disimuladamente, los vertí en el agua de las cántaras. Exactamente, en cuatro de los seis recipientes.

Al poco, sin embargo, me percaté del fallo. Algunos de los «santos y separados» se aproximaron al rincón y procedieron a sus habituales y complejos lavados de manos, sacando agua una y otra vez. Esta vez fui yo el que maldijo. Había cometido una importante equivocación. Sencillamente, me precipité. Tenía que haber esperado. Los «nemos» se malograron con las abluciones de los fariseos. Y, malhumorado, me perdí entre la gente...

No podía entenderlo. ¿Cómo fui tan torpe? Aquello ponía en peligro la operación. Sólo quedaba una alcuza, con varios batallones de «nemos»...

Tenía que ser más prudente. Tenía que esperar el momento oportuno. Pero ¿cuál era ese momento? E, irritado conmigo mismo, sin saber muy bien por qué, terminé en la bodega, al lado del negro del cabello blanco. Lo vi preocupado. Pregunté y señaló las grandes ánforas en las que se almacenaban el vino tinto y la cerveza. Eché un vistazo. El responsable de la bodega tenía razón. Las reservas habían descendido considerablemente. Calculé que quedaban alrededor de 400 litros de tinto y de cerveza. Quizá menos.

No dije nada. El de los cabellos plateados no había avisado al persa o a Nathan. Quizá podían resistir. Sólo faltaba el banquete...

Y pensé: ¿cuánta gente se congregaba en esos instantes en el patio central y en las galerías? No supe calcular con exactitud, pero la cifra se aproximaba a las mil personas, o más.

Y, dentro de lo malo, supe reaccionar. Con la excusa de probar el licor, sin que ninguno de los sirvientes se percatara de la maniobra, logré llenar de tinto una de las ampolletas de barro. Y abandoné el lugar. De pronto, la idea de disponer de muestras del vino y del agua de las cantaras regresó a quien esto escribe. Me abrí paso entre los invitados y regresé a la esquina de las abluciones. Repetí la operación, llenando la segunda alcuza vacía con el agua de las tinajas. Y ambas ampolletas fueron guardadas de nuevo en la calabaza vacía en la que, supuestamente, debía recoger una muestra del vino «milagroso».

En efecto, seguía llegando gente. Y Nathan, por consejo de la servidumbre y del «tricliniarca», cambió de criterio y cerró las puertas nuevamente. Aun así era difícil dar un paso. Y me moví como pude entre los invitados. La gente bebía sin moderación. A ese ritmo, el vino terminaría por faltar.

Muchos de los asistentes continuaban embarcados en el ya familiar asunto del prodigio. No se ponían de acuerdo, una vez más. El invitado de honor —Jesús de Nazaret— estaba allí, junto a la *menorá*, acompañado de sus discípulos. Todos lo veían. Y se decían unos a otros: «¿Por qué no actúa? ¿No es éste el Mesías que prometen las Escrituras? Dicen que abrió los cielos en el valle del Jordán y logró que lloviera azul...»

¿Qué pensaba hacer?

La madre del constructor de barcos de Nahum también creía que había llegado el momento de demostrar su poder. La Señora hablaba de ello cada vez que alguien preguntaba. Y dejaba a la gente fascinada...

La mayoría pensó que el prodigio se registraría en cuanto los novios regresaran a la fiesta. Era lo sensato, trataban de convencerse entre sí. Otros posponían el «milagro» hasta la entrega de los regalos a la pareja. Parecía lo adecuado.

En resumen, no se ponían de acuerdo. Discutían y discutían, siempre con una copa de vino caliente en las manos. La gente mareada buscaba apoyo en las paredes y en las columnas. Y porfiaban sobre la naturaleza del prodigio. Oí las versiones más peregrinas: «¿Pararía el curso del sol y de la luna, como hizo Josué (1)? ¿Convertiría la noche en día? ¿Teñiría la luna de sangre, como final de los tiempos? ¿Convertiría los miles de granados que rodeaban Caná en el nuevo ejército liberador de Israel?»

Y, poco a poco, fui aproximándome al candelabro junto al que se hallaban el Galileo y sus hombres. Santiago y Judá, los hermanos de Jesús, acababan de incorporarse al grupo de los siete. La Señora se retiró a la galería sur, uniéndose a las mujeres.

El Maestro aparecía desenfadado y hablador. Bien sabía lo que se decía de Él pero, en ningún momento, se prestó al pábulo o se dejó arrastrar por el comentario general. Hablaba sobre la reciente nevada, y reía, divertido, ante el estrepitoso fracaso de su turbante. La nieve terminó por arruinarlo. Los discípulos, contagiados por el buen humor del Hijo del Hombre, fueron contando también sus peripecias durante la nevada y cómo lograron escapar del atolladero.

Jesús reía con ganas. Parecía ajeno a lo que estaba a punto de suceder. Alguna vez me lo he preguntado: ¿realmente se hallaba ajeno? Con la misma sinceridad: lo dudo...

Había prescindido del referido y malparado turbante y permitía que los cabellos, color caramelo, descansaran sobre los poderosos hombros.

Nos miramos en un par de ocasiones. Él sabía que yo sabía...

Y el vino continuó corriendo.

De pronto se presentó la novia. Y, detrás, Johab, el novio.

(1) Josué, lugarteniente de Moisés, condujo al pueblo elegido a la tierra de Canaán y la conquistó, en nombre de Yavé. Pasó a cuchillo a miles de hombres, mujeres y niños. En una de las batallas, contra los amorreos (siglo XIII a. J.C.), Josué pidió a Yavé que detuviera el curso del sol y Dios obedeció, según reza el libro de Josué (10, 12-16): «Y el sol se detuvo y la luna se paró hasta que el pueblo se vengó de sus enemigos.» El sol, al parecer, quedó inmóvil en medio del cielo y allí permaneció un día entero. Por supuesto, no hay registro astronómico alguno sobre el particular. *(N. del m.)*

250

Noemí había cambiado de vestimenta. Ahora lucía una túnica recta, lisa y talar, de un blanco plata, amarrada con el ceñidor de doble nudo. Los cabellos seguían sueltos y despreocupados. El maquillaje era el mismo. No llevaba velo. Había recuperado el ánimo y sonreía a todo el mundo.

El novio también se hallaba más relajado. Vestía una túnica amarilla, hasta el suelo, con el emblema de la familia en el pecho: un *leb*, un corazón bordado en rojo. Se cubría con el *talit*, un manto empleado generalmente en la oración o en la ceremonia del matrimonio (1). Era blanco, con los *tzitzit* (las franjas) en azul celeste; un azul especial al que llamaban *tjelet* y que extraían de un molusco difícil de encontrar (generalmente lo buscaban en la costa de Ascalon y Azotus, cerca de lo que hoy es Tel Aviv) (2). En el filo superior del manto, bordada en oro, aparecía la siguiente leyenda: «*Baruj atá adonai eloheinu melej haolam asher kidesahnu bemitzvotav vetzivanu letatef betzitzit.*» («Bendito seas, oh Señor, nuestro Dios, rey del universo, que nos santificaste con tus preceptos, ordenándonos envolvernos en el *tzitzit.*») Para los judíos, fueran o no religiosos, el *talit* guardaba, además, una especial simbología: envolverse en él era como envolverse en Dios. Traía suerte, mucha suerte.

Y junto a los novios, Nathan, su esposa Ticrâ, y el resto de la familia. Todos irradiaban felicidad. Todos menos el padre, como ya venía siendo habitual...

Fueron a colocarse en el centro del patio, sobre el entarimado que cubría el *miqvé*, la piscina, y el persa, haciendo sonar una pequeña campana de bronce, reclamó la atención general. Se hizo el silencio y todos permanecieron atentos al ritual. La ceremonia continuaba.

(1) El *talit*, en la época de Jesús, era utilizado por los varones desde el *barmitzvá* (mayoría de edad, a partir de los trece años). Era obligado que fuera de lana o de seda, con una serie de *tzitzit*, azules, en los cuatro bordes, tal y como ordenaba Yavé en Números (15, 37-41): «... Y os servirá de franja para que cuando lo veáis os acordéis de todos los mandamientos del Señor.» *(N. del m.)*

(2) Las franjas negras del *talit* empezaron a utilizarse a partir del año 70 después de Cristo, como recuerdo de la destrucción del Templo por Roma. La bandera de Israel está basada, en parte, en el diseño del *talit*: dos rayas azules sobre fondo blanco y una estrella de David en el centro. De hecho, la primera bandera de Israel fue confeccionada con un *talit*. *(N. del m.)*

Y, con voz grave, Nathan recitó las obligadas «bendiciones». Se trataba de uno de los escasos momentos en la boda que podríamos considerar «religiosos». Naturalmente, las «bendiciones» en cuestión no se ajustaron a la ortodoxia (1). Nathan las derramó a su manera...

—¡Bendito sea el Señor, nuestro Dios, rey del universo, que ha creado el fruto de la vid y, sobre todo, el granado!

Se oyeron risas. De los granados no se dice ni palabra en las «bendiciones» habituales. Comprendí. Nathan debía buena parte de su riqueza a los huertos de granados de Caná.

—... ¡Bendito sea el Señor, nuestro Dios, rey del universo, que ha creado la nieve...!

La risa fue general.

—... ¡Bendito sea el Señor, nuestro Dios, rey del universo, que alegra a los recién casados y a sus padres porque, al fin, los hijos se van de la casa...!

Los invitados asintieron con regocijo. El persa estaba pálido. No entendía el acerado humor del dueño de la hacienda.

—... ¡Bendito sea el Señor, nuestro Dios, rey del universo, que ha creado el gozo y la alegría del recién casado!

Volvieron las risitas malintencionadas. Nathan, machista, como casi todos los judíos de aquel tiempo, no hizo mención a la felicidad de la esposa.

Y así fue desmigando «bendiciones», todas empapadas

---

(1) La oración («bendiciones») para la ceremonia del matrimonio era la siguiente: «¡Bendito sea el Señor, nuestro Dios, rey del universo, que ha creado el fruto de la vid! ¡Bendito sea el Señor, nuestro Dios, rey del universo, que ha creado al hombre! ¡Bendito sea el Señor, nuestro Dios, rey del universo, que ha creado al hombre a su imagen, que ha querido darle al hombre un parecido y una manera de ser, que ha hecho para el hombre una casa para siempre: la mujer! ¡Bendito sea el Señor, nuestro Dios, rey del universo, que alegra a los recién casados! ¡Bendito sea el Señor, nuestro Dios, rey del universo, que ha creado el gozo y la alegría, al recién casado y a su esposa, el amor, la fraternidad, las fiestas, la dicha, la paz y la sociedad! ¡Que el Señor, nuestro Dios, haga resonar rápidamente en todas las ciudades de Israel y en las plazas de Jerusalén los gritos del recién casado y de su esposa, el ruido del banquete de bodas y el sonido de los instrumentos de los jóvenes! ¡Bendito sea el Señor que alegrará al recién casado con su esposa y les hará prosperar! ¡Celebrad al Señor porque es bueno, porque su amor es eterno! ¡Que crezca el gozo, que el llanto y los suspiros se alejen!» *(N. del m.)*

en su particular picardía. La gente aplaudió y rió las ocurrencias del patrón.

Finalizadas las «bendiciones», Atar entregó a la novia una granada, abierta por la mitad. Y Noemí, sin más, la estrelló contra las losas del patio. Después pisoteó los restos, esparciendo los granos. La servidumbre se agachó, fue recogiendo los citados granos y contándolos. Uno de los negros trasladó la cifra al persa: 346 granos. Atar hizo cálculos y redujo los tres dígitos a uno solo: «4» (suma de $3 + 4 + 6 = 13 = 1 + 3 = $ «4»). Y, sorprendido, comunicó a la novia el número final obtenido. El «4», según la tradición, significaba que el número de hijos de la pareja sería, justamente, cuatro.

Noemí, sonrió, feliz. Era lo que deseaba. Y señaló las cuatro pulseras en los brazos. Yavé estaba con ella.

El persa comunicó el resultado del rito de la granada a Johab, el novio, y éste replicó con el mismo «lenguaje», haciendo ver que se sentía satisfecho.

Los invitados respaldaron el ritual con nuevos vítores. A Ticrâ se le humedecieron los ojos...

Acto seguido, dos de los siervos se abrieron camino entre el gentío. Portaban sendas bandejas con un total de veinte copas de metal, relucientes. Al principio me parecieron de plata; no lo eran. Se trataba de una aleación, aunque no supe de qué tipo.

Las copas fueron repartidas entre los miembros de la familia. Pero sobraba una. Y Nathan buscó entre la concurrencia. Cuchicheó algo al oído del persa y éste, sin más, se dirigió al candelabro junto al que se encontraba el Maestro. Llegó hasta Él, lo tomó de la mano izquierda, y lo obligó, prácticamente, a reunirse con la familia en mitad del patio. Al instante se elevó un siseo entre los que contemplaban la escena. Jesús seguía siendo el invitado de honor. Aquel gesto lo ratificaba.

Los novios no recibieron las correspondientes copas de metal. El persa ofreció a Johab una sencilla taza de barro rojo. Y el joven la mantuvo entre las manos.

El Maestro fue a situarse frente a los novios. Y los siervos colmaron los cálices con el vino caliente. Los de las túnicas verdes llenaron de nuevo las copas de los invitados. María, la Señora, sonreía. Tenía el rostro iluminado. Y preparó su copa, dispuesta a brindar por los novios.

—*Lehaim!*

La propuesta de Nathan (¡Por la vida!) fue acogida con entusiasmo. Y todos alzaron las copas, proclamando:

—*Lehaim!*

El Maestro también levantó la brillante copa de metal que sostenía, y gritó, radiante:

—*Lehaim!*... ¡Por la vida!

Aquel brindis, yo lo sabía, era uno de sus favoritos.

Y bebieron.

En esos instantes, me percaté de un pequeño detalle: el Galileo, tras beber, se quedó contemplando el cáliz. Lo hizo girar, observándolo también por arriba y por abajo. No cabe duda de que la atractiva pieza le llamó la atención desde el primer momento.

Atar dio la orden y uno de los siervos vertió vino en la taza de barro que sostenía el novio. Johab dirigió una mirada a su padre y éste asintió con la cabeza. Entonces, el joven bebió de la copa. Y, de inmediato, se la pasó a la novia. Noemí también bebió. Johab tomó entonces con su mano derecha la mano derecha de la muchacha y ésta, decidida, lanzó la taza de arcilla contra el pavimento. La pieza se hizo añicos y los invitados corearon los nombres de los novios; mejor dicho, de los esposos. La boda estaba prácticamente concluida. Se había culminado la *hajnacha* («toma de posesión de la esposa en la casa del novio»). Así estaba prescrito en el Deuteronomio (20, 7).

Y, durante minutos, muchos de los asistentes rodearon a la familia y fueron felicitando a los nuevos esposos, y a Nathan, y al resto de los complacidos miembros de la casa del «corazón en el pecho».

Yo permanecí cerca del candelabro, pendiente del Galileo. Seguía sin saber cuándo se produciría el prodigio, suponiendo, insisto, que lo relatado en el evangelio de Juan fuera cierto...

La servidumbre siguió ofreciendo vino caliente y cerveza y esperó la señal del «tricliniarcha». Cuando el persa estimó que había llegado el momento, volvió a golpear la campana, reclamando la atención de la concurrencia. Todo el mundo obedeció. Era el turno para la entrega de los regalos a la pareja de recién casados.

La familia, y los novios, continuaron sobre las tablas que

cubrían la piscina central y la gente, con orden, fue formando una hilera frente al *miqvé*. Los músicos tomaron posiciones muy cerca de la familia, y se prepararon. Sólo esperaban la señal del incansable Atar. La banda de música era inconfundible. Vestían de negro riguroso, con el pelo teñido en amarillo. Eran egipcios, especialmente contratados para el evento.

El persa inspeccionó la fila de los invitados que pretendían obsequiar a los recién casados y, complacido, ordenó a los músicos que atacaran. Sólo lo hicieron los flautistas. El resto se dedicó a acompañar cuando era menester.

Fue delicioso y contribuyó a relajar tensiones.

Sumé tres flautas de pan, cinco dulces y ocho parecidas a las que hoy conocemos como traveseras. Todas fueron fabricadas en marfil. Las traveseras eran especialmente armoniosas. Disponían de cuerpos cilíndricos, de una sola pieza, divididos en tres partes cónicas y con un total de siete orificios. Me llamaron la atención porque, según mis informaciones, esta clase de instrumento musical no fue perfeccionado con el referido séptimo orificio, y la correspondiente llave, hasta el siglo XVIII, gracias a los Hotteterre, artesanos franceses. Fue en 1800 cuando la flauta en cuestión fue dotada de ocho llaves. Evidentemente, no lo sabemos todo sobre la antigüedad.

La tesitura, lindísima, alcanzaba tres octavas. Las flautas dulces, con seis orificios, llevaban de la mano a las demás.

El Maestro disfrutó intensamente. Le vi cerrar los ojos y dejarse llevar por el virtuosismo de uno de los solistas. Nos arrebató y nos transportó muy lejos. Yo la vi a ella, en Nahum...

El capítulo de los regalos a los novios fue también sorprendente. Los primeros en la cola fueron los fariseos. Cargaban saquitos de cuero con monedas. Y al llegar ante la pareja los alzaban y los hacían sonar, de forma que el resto se diera por enterado de su generosidad. Los «santos y separados» no tenían arreglo...

De pronto apareció alguien con una gran cuna de madera sobre la cabeza.

Después le tocó el turno a las ollas. Los novios recibieron toda clase de cacharros de cocina: los *caccabus*, tan de moda, y los *gaulus* (ollas en forma de barca). El novio se sintió especialmente contento con un recipiente de metal al que llamaban *aulula* y que, según la tradición, servía también para esconder tesoros. Al entregárselo, el invitado pronunció la frase obligada: «Donde hierve la olla vive la amistad.»

La pareja recibía los obsequios con alegría. Y comentaban entre ellos, en el «lenguaje» de las señas. Noemí sí daba las gracias a los invitados. Ella no era sordomuda.

Nathan, más interesado en los regalos, incluso, que sus hijos, se preocupaba de revisarlos minuciosamente, y de contar los dineros. Era la costumbre. Nadie se sintió molesto por ello. Después, los siervos desaparecían con los obsequios en el interior de la casa.

Objetos de aseo, un azor adiestrado para la cacería, mantos escarlatas, vasos de cristal y de *murra*, herraduras de corcho para las caballerías, orinales de plata, esencias valiosísimas llegadas de la Nabatea, *garum* en pequeñas ánforas (una salsa de pescado confeccionada con vísceras de caballa [«scomber»] cuyo precio se hallaba por las nubes), huevos de avestruz coloreados, tazas medidoras, un ejemplar de las Sagradas Escrituras (en griego), botas hasta el tobillo (de costosa piel de hiena), aretes y narigueras de oro (desenterrados, decían, en el desierto de Judá), cráteras o vasijas de diferentes tipos (todas ellas en cerámica y destinadas a la mezcla del vino con el agua) y, que recuerde, entre otras muchas cosas, algo que me llamó poderosamente la atención: una especie de «fregona» (lo último de lo último en Roma) provista de un largo palo y tiras de material absorbente (lino) con las que podían limpiar el suelo sin necesidad de agacharse. Y digo que me causó impresión porque el invento de la fregona, como hoy lo conocemos, se debió, básicamente, al genio de Leonardo da Vinci (siglo xv).

No hay nada nuevo bajo el sol, en efecto...

El persa desapareció y, al poco, regresó al patio con la tropa de los siervos negros. Cargaban pesados tableros de tres y cuatro metros de longitud. Se hicieron hueco entre los invitados y fueron montando las mesas del convite. Los pies, extensibles, eran también de madera y en forma de tijera. Trabajaban con una resolución envidiable. Y en cuestión de minutos instalaron cuatro largas mesas en las respectivas galerías, a cubierto. En total, cien metros de tableros, todos con sus respectivos manteles blancos, debidamente bordados con el *leb*, el corazón dorado, o también en rojo.

Los comensales se removieron, inquietos. Quien más quien menos tenía hambre. Había llegado el gran momento: el banquete de bodas propiamente dicho. Yo también me sentí nervioso. Y durante un rato no supe dónde situarme.

La gente estaba terminando de entregar sus presentes.

Las flautas continuaban acariciando, pero en segundo plano, como si no estuvieran.

Entonces vi a la Señora. Se hallaba en la fila y esperaba su turno. La acompañaban Miriam y Judá.

Jesús también los observaba.

Y al llegar frente a los novios, María entregó a Noemí dos túnicas de lana, tejidas por ella misma, sin costuras, parecidas a la túnica blanca que vestía habitualmente el Hijo del Hombre y que fue regalo de su madre. Por cierto, como ya mencioné, una túnica echada a perder a raíz del incidente en el olivar de Beit Ids... Tenía que poner arreglo a ese asunto. Y fui madurando una idea.

Noemí dio las gracias y los novios besaron en las mejillas a la Señora y a sus hijos.

15 horas y 30 minutos, aproximadamente.

La entrega de regalos concluyó y, tras consultar a Nathan, el *maître* dio luz verde al banquete. Y por las puertas de las galerías empezaron a surgir bandejas y bandejas, con un menú tan exquisito como interminable.

Y los platos, de *terra sigillata*, una finísima cerámica roja, importada de Arezzo, en la Toscana, fueron pasando de mano en mano, hasta que todo el mundo tuvo el suyo. La cena era un bufet, también al estilo de los helenos y de los romanos. Y nada más aterrizar sobre los manteles, los invitados se precipitaron sobre las bandejas. Fue otro caos...

Todo el mundo quería ser el primero en llegar a las viandas. Y empezaron a producirse peleas y discusiones.

El Maestro solicitó a los discípulos que aguardasen. No había prisa.

Y quien esto escribe, aunque se hallaba muerto de hambre, hizo otro tanto. Y me dediqué a lo mío, a observar.

En uno de los extremos de la mesa fueron depositadas las marmitas con las humeantes y apetitosas sopas. El persa, que no paraba un instante, fue informándome con detalle. A una la llamó *qaddiš* («santa»). Se servía en un tazón en el que, previamente, se depositaba pan de centeno tostado y crujiente. El secreto estaba en el jugo de limón. Otra de las sopas consistía en un hirviente caldo de legumbres al que se le añadía pan negro y mantequilla. Después, como plato principal, el cordero. La mayor parte de las piezas sufrió un proceso de maceración que oscilaba entre dos y tres días. Encontré cordero «a la cacerola», cortado en porciones, y combinado con pimienta negra; chuletas asadas a la leña; corona de cordero al horno, rellena de setas, carne de vaca y nueces machacadas y brazuelo de cordero formado por una pasta de la que Atar no quiso hablarme. Era un secreto. Y más allá, palomas asadas, crujientes, deliciosamente jugosas en el interior. También fueron servidas bandejas con lengua de ternera, minuciosamente cortada en rodajas diagonales, sumergida en salsa de naranja. Y rellenos de castañas con una base de ganso; y carne de buey, al estilo «Judas Macabeo», con almendras; otro plato *fortissimo*, según los romanos. Y observé igualmente un buen número de ensaladas (de calabacines y aceitunas negras; de «tirabuzón», con fideos y zanahoria; la que llamaban «ensalada de los pobres», con berenjenas sin cocinar, marinadas en aceite, limón, ajo y miel; la «esmeralda», a base de verduras frescas traídas del Jordán; la de arroz, con apio, pasas de uvas sultanas y cebollas dulces y la que conocían con el nombre de «tesoro», con huevos duros, pescado seco, nueces y guisantes). Sé que sirvieron otras, pero no presté mayor atención.

Por último, los postres, exquisitos... Casi todos eran especialidad del *maître*: la tarta «pirámide», con bizcochos y el «chocolate» de Qazrín, extraído de los algarrobos; merengues con nueces; natillas con castañas de cajú, tostadas; una tarta que me recordó el *shtrúdel* de manzana vienés y que, prácticamente, se derretía en la boca; peras a la menta y ensaladas de frutas frescas, entre otros. Y, naturalmente, uno de los postres favoritos del Maestro: el *lukum*, un bombón confeccionado con miel y perfumado con jazmín y pétalos de rosas. En fin, una comida *kosher* (limpia).

Los invitados, como decía, al descubrir los manjares, se los disputaron. Y los pícaros, vagabundos y demás atorrantes, como los llamaba Nathan, entraron en acción. Por eso estaban a las puertas de *Sapíah*. Y, ante mi asombro, extrajeron sacos de debajo de las túnicas y emprendieron una concienzuda «limpia» de las bandejas. Pero el «tricliniarca» y los de las túnicas verdes estaban avisados y parecían esperar aquel momento. No lo dudaron. A una orden del persa, más de cincuenta mendigos fueron sacados a la fuerza del tumulto y arrojados al exterior. Los de las hachas, como bien sabían, no se andaban con miramientos.

En los primeros minutos, el alboroto y la confusión en torno a las mesas fueron tales que vi peligrar la estabilidad de los tableros. Pero los siervos, bien entrenados, terminaron por poner orden, y la situación fue reposándose. La mayor parte de los comensales no requirió los servicios de los negros que aguardaban cerca, con las jofainas y los lienzos, para lavar y secar las manos de quien lo necesitase. Sólo los «santos y separados» acudían presurosos a la esquina de las cántaras. Y lo hacían cada vez que terminaban un plato. Aquello me inquietó nuevamente. La presencia de los «santos y separados» junto a las seis tinajas era un problema para este explorador. ¿Cómo y cuándo podría verter los «nemos», absolutamente necesarios para tratar de averiguar lo ocurrido con el agua?

Cuando los comensales se calmaron, y todo empezó a discurrir con mayor serenidad, Jesús sugirió a los discípulos que acudieran a las mesas y que se sirvieran. Él hizo otro tanto y le vi inclinarse por la sopa y por el cordero. El Maestro, por lo que aprecié durante el tiempo que llegué a permanecer a su lado, sólo evitaba el cordero durante la celebración de la fiesta de la Pascua judía. Era una forma de rechazo y protesta por la crueldad de los sacrificios rituales. Y ello le ocasionaría más de uno y más de dos disgustos... Pero de eso me ocuparé a su debido tiempo.

Jesús retornó junto a la *menorá* y se sentó con los discípulos. Conservaba el cáliz de metal con el que había brindado. La servidumbre lo había vuelto a llenar con aquel vino tinto, recio y poco adecuado para una boda. Me hice con un plato, lo llené de cordero y fui a situarme junto al grupo. El persa miró pero me dejó descansar. Los de las túnicas verdes se movían con diligencia. El vino continuaba corriendo y las mesas se hallaban perfectamente abastecidas. No faltaba de nada. Y aproveché aquel respiro para ordenar los pensamientos y repasar la estrategia a seguir, en el supuesto de que ocurriera algo anormal. Pero ¿qué debía suceder? ¿Cómo saber que me hallaba frente al supuesto prodigio?

La copa de metal me tenía intrigado. Parecía una aleación, como dije, pero no estaba seguro. Era espléndida, con un terminado perfecto. Quizá tuviera doce o trece centímetros de altura, con un diámetro en la boca de otros cinco o seis centímetros. El pie era ancho y cómodo. No llegué a tocarla, y no fue por falta de ganas. Me dio la sensación de que fue fabricada en una sola pieza. Pero terminé olvidándola.

Comentaban sobre los regalos recibidos por los novios cuando, de pronto, la Señora y su hijo Santiago se presentaron frente al candelabro. Todos los recibieron con satisfacción, y les animaron a tomar asiento sobre las esteras de hoja de palma. Pero la Señora traía otras intenciones y pidió a su Hijo que se apartase un momento. El Maestro se puso en pie y escuchó a los suyos. Yo me encontraba al lado. Les oí y les vi perfectamente.

Quizá fueran las 15 horas y 45 minutos, aproximadamente.

María, de acuerdo con su forma de ser, fue directamente a lo que le preocupaba:

—Quisiéramos conocer tu secreto...

El Galileo la miró con incredulidad.

—¿Qué secreto?

La Señora añadió:

—Tu hermano y yo queremos saber en qué momento harás el prodigio...

María dudó, pero continuó:

—... Tenemos derecho a saber y a estar preparados... ¿Cómo lo harás?

Los discípulos, prudentemente, permanecieron donde estaban. Creo que ninguno llegó a oír la conversación. Juan Zebedeo tampoco.

Y el Maestro, comprendiendo, se puso serio. No puedo decir que Jesús de Nazaret llegara a enfadarse, pero casi.

Finalmente respondió:

—Si en verdad me amáis, estad dispuestos a esperar... Debo aguardar a que se cumpla la voluntad de mi Padre y no otra cosa.

Y dando media vuelta regresó junto a los discípulos, tomó la copa de metal y su plato, y prosiguió comiendo. Todos le observaron, preocupados, pero nadie quiso interferir en lo que —pensaron— se trataba de un asunto familiar.

María se volvió hacia Santiago y exclamó, confusa:

—No soy capaz de comprenderle... ¿Qué ha querido decir? ¿Es que no piensa terminar con esa extraña conducta?... ¡Soy su madre!

Santiago me miró y puso cara de circunstancias. Él también sabía que yo sabía...

Y ambos se retiraron.

Ninguno de los dos estaba al tanto, que yo supiera, de la reciente decisión del Hijo del Hombre de no hacer prodigios. Y aunque lo hubieran sabido, ¿habrían comprendido?

Una vez más creí entender el desasosiego del Maestro. Y la aventura de su vida pública apenas acababa de arrancar...

Pero Jesús sabía recuperarse con presteza. Pronto lo hizo y terminó con el mutismo de sus íntimos con las siguientes palabras:

—No penséis que estoy aquí para hacer milagros...

Juan Zebedeo lo miró con la boca abierta.

—... No estoy en este lugar —prosiguió— para convencer a los incrédulos o para dar satisfacción a los curiosos...

Los discípulos se dieron por aludidos. Algunos bajaron la cabeza, avergonzados. A decir verdad, el Maestro les había hablado poco sobre sus intenciones. Se hallaban confusos. Todo el mundo aseguraba que era el Libertador de Israel. Su madre lo pregonaba a los cuatro vientos. ¿Por qué decía ahora que no haría ningún prodigio?

—... Estamos aquí, queridos amigos, para esperar que se manifieste la voluntad de nuestro Padre que habita en los cielos..., y en cada uno de nosotros.

Tampoco entendieron gran cosa.

¿Cómo era que Yavé, el sanguinario, el justo, y el vengativo, habitaba en el interior del hombre?

Pero los comentarios de los discípulos no fueron más allá, y Jesús tampoco habló de la «chispa». Eso sucedería después, en el *yam*.

El persa terminó reclamándome. Y le seguí el juego. Era lo pactado.

Y aunque todo parecía en orden, aparentemente, lo noté absorto y preocupado.

Hice un par de giras de inspección por el patio central y las galerías y comprobé que, en efecto, todo discurría con normalidad (con la normalidad que se puede pedir en una boda en la que se ha reunido un millar de personas y en la que todo el mundo esperaba la atracción final: un prodigio por parte del enviado de Dios).

El hambre fue satisfecha y en los corrillos, con los ánimos adormecidos por el abundante vino, se habló de nuevo del asunto que les traía de cabeza: Jesús de Nazaret. Y seguían preguntándose: «¿Por qué no ha actuado ya? ¿A qué espera?» La noche no tardaría en llegar. Ese miércoles, 27 de febrero del año 26 de nuestra era, según los relojes de la nave, el sol se ocultaría a las 17 horas, 29 minutos y 42 segundos. Faltaba hora y media, más o menos. «¿Y por qué no se había dignado a dirigirles la palabra durante la ceremonia?» Unos lo atacaban y lo llamaban engreído. Otros solicitaban paciencia y predecían que el portento sucedería al final del convite nupcial. «¿Qué clase de Mesías es éste —murmuraban los fariseos— que no se lava cada vez que come y que se roza con los esclavos? ¿Por qué bebe en copa de metal (1) y por qué permite que una mujer le seque los cabellos? Quién sabe si es una menstruante...»

Algunos culpaban a Nathan. Lo llamaron loco, capaz de cualquier cosa para llamar la atención y mucho más en la boda de su hijo.

A la Señora la vi triste y silenciosa, sentada en un rincón de la galería sur, junto a las mujeres. Casi no comió. Miriam y Rebeca se desvivían por ella, pero María parecía ausente. No comprendía el comportamiento de su Hijo. Aquélla era una oportunidad excepcional para dejar claro quién era y, sobre todo, dejárselo claro a Roma y a los enemigos de Israel. ¡Qué diferente era esta María de la imagen que ha propagado la tradición a lo largo de los siglos!

Y en ésas me hallaba, oyendo los múltiples comentarios sobre el supuesto Mesías, cuando noté cierta agitación a las puertas de la bodega.

(1) Según la Torá oral *(Kelim)*, todos los utensilios de metal, sean lisos o tengan cavidad, son susceptibles de impureza. *(N. del m.)*

El «tricliniarcha» me salió al encuentro.

—¿Qué sucede? —pregunté, intuyendo que se aproximaba el gran momento.

Entramos en la bodega y Atar me invitó a que examinara las ánforas que contenían el vino y la cerveza. Estaban exhaustas. Hice cálculos. Podían quedar cuatro metretas de vino, como mucho (alrededor de 160 litros), y dos de cerveza (casi 80 litros). ¿Qué era esto para mil invitados que, prácticamente, empezaban a cenar?

Sentí un escalofrío.

Lo escrito en el evangelio de Juan empezaba a intuirse...

¿Se cumpliría el prodigio?

Sí, se haría realidad, pero no por los caminos trazados por el evangelista. Las sorpresas estaban por llegar...

La servidumbre que atendía la bodega se hallaba silenciosa. Estaban al tanto del problema. El negro de los cabellos plateados, responsable de aquel departamento, esperaba una solución. Pero el persa, tomándome del brazo, me separó de los siervos. Y me interrogó:

—Te he venido observando... Eres un hombre de recursos. ¿Se te ocurre algo? Estamos sin vino...

Y repliqué algo que no fue comprendido, lógicamente. ¿Qué otra cosa podía decir?

—Confía...

—¿Confiar? —bramó el *maître*—. ¿En qué? Tenemos vino hasta el ocaso, con suerte.

Y el persa se olvidó de quien esto escribe. La solución aportada no encajaba en sus esquemas mentales.

Regresó con el de los cabellos nevados y empezó una alambicada discusión. Si faltaba el vino, la boda sería un fracaso. Si la boda de Caná era un fracaso, él perdería su prestigio y sería el hazmerreír de la profesión de los «tricliniarchas». Sería su ruina.

¿Soluciones?

El jefe de la bodega habló con cordura. No importaba de quién fuera la culpa. Estábamos donde estábamos. Necesitaban vino y con urgencia. Al menos diez o veinte metretas (entre 400 y 800 litros). ¿Cómo obtenerlo? La única salida, medianamente buena, era Séforis. Era preciso comprar vino y el lugar ideal, a poco más de una hora, era la capital de la baja Galilea, la referida ciudad de Séforis. Nazaret quedaba más cerca pero presentaba un doble problema: quizá la aldea no reunía semejante cantidad de vino y el camino no era apto para un *reda*, el carro que debería transportar el licor. El *yam* (mar de Tiberíades), otra de las alternativas, estaba a cuatro horas, más otras cuatro o cinco para cargar y regresar a Caná. Inviable.

El persa se mostró conforme, pero a regañadientes. Ahora faltaba lo peor: informar a Nathan.

Atar envió a buscarlo y siguió paseándose, nervioso, entre las grandes ánforas. Y repetía para sí:

—Arruinado por culpa de un asqueroso y perdido pueblo... Arruinado... ¿Quién me mandaría meterme en este manicomio?

Nathan irrumpió en la sala como un tornado. Empujó a los sirvientes que encontró a su paso y, rojo de ira, pidió explicaciones al maestro de ceremonias. El persa rogó que se asomara a las ánforas y no hubo más comentarios.

Y la bodega se llenó de maldiciones. Nada nuevo.

Nathan exigió soluciones. El esclavo de los cabellos blancos planteó de nuevo la posible salida: comprar vino en Séforis. Y el dueño, con buen criterio, preguntó:

—Y mientras llega el vino, ¿qué?

Nadie replicó.

Nathan volvió a jurar contra sus antepasados y reclamó al *cyathus* (así llamaban al esclavo que «rebajaba» el vino con agua). El jovencito calculó el vino existente, y también la cerveza, y estimó que, como mucho, podría «estirarlos» durante un par de horas. «Los invitados notarán el cambio y maldecirán a Nathan y al maestresala», añadió.

El persa, impotente, empezó a llorar.

No había alternativa. Y Nathan ordenó que preparasen un carro de inmediato y que el *cyathus* se dedicara a lo que tenía que dedicarse. «Eso sí —añadió el patrón—, con agua tibia para que esos borrachos no lo noten.» La escena me recordó el *Curculio*, la comedia de Plauto...

La operación estaba en marcha. Cinco negros armados viajarían en el *reda* de cuatro ruedas. La servidumbre se puso a disposición del «mezclador» y el persa se ocupó, personalmente, del suministro de los licores a los invitados. El engaño, como mucho, podría prolongarse hasta la caída de la tarde. «Después —según Atar—, llegaría la ruina y el deshonor...»

Y en ello estábamos cuando irrumpió en la bodega la dueña y señora de la casa, Ticrâ, la gentil y bondadosa «Cielorraso». No necesitó mucho tiempo para percibir que algo raro se cocía entre su marido, el persa y la servidumbre. Interrogó a Nathan y éste, cabizbajo, no tuvo más remedio que ponerla al corriente. La mujer palideció. Ella sabía lo que significaba que, en mitad del convite, faltara el vino. El exceso de invitados no era excusa para muchos de aquellos oportunistas y chismosos. Se reirían de ellos y, lo que era más doloroso, se mofarían de sus hijos, los recién casados. La gente es cruel. Ella lo sabía. Y preguntó a unos y a otros: «¿Qué podemos hacer?» Le avanzaron los detalles sobre la compra de vino y ahí finalizó la conversación. Ticrâ, entonces, se fijó en quien esto escribe. Caminó hacia mí y me interrogó con la mirada. Percibí un mudo reproche. Quizá tenía razón: yo había prometido algo que no se estaba cumpliendo. Cuando el vino de Azzam no acababa de llegar a la finca, ella preguntó y yo respondí: «No te alarmes... Tendrás el mejor vino.»

No supe qué decir. Ni yo mismo estaba seguro de lo que nos reservaba el futuro inmediato. E hice lo único prudente: guardar silencio. Ella tampoco dijo nada, pero vi cómo dos lágrimas se asomaban a sus ojos. Fue un momento de especial crueldad para quien esto escribe. Suponiendo que el prodigio estuviera a punto de suceder, este explorador tenía la obligación de callar...

Y Ticrâ, mordiéndose los labios, giró sobre sus talones y se alejó hacia la puerta. No sé qué ocurrió. Fue como si alguien tirase de mí. Y me fui tras ella.

Faltaba poco para la décima (cuatro de la tarde).

Una vez en el patio, Ticrâ dudó. No sabía hacia dónde tirar. Jesús continuaba al pie de la *menorá*, con sus hombres. El Maestro no sabía que estaba faltando el vino y tampoco el resto de los invitados. Los novios continuaban cerca de los flautistas, departiendo con los amigos. Tampoco Noemí y Johab se hallaban al tanto del problema. En esos momentos, para ser exacto, sólo el persa, Nathan, su esposa y parte de la servidumbre conocían la amenaza que se cernía sobre la boda. Yo, oficialmente, no existía.

Supuse que la intención de Ticrâ fue acudir al Maestro y solicitar ayuda. La mujer sabía de los rumores que hablaban de su posible divinidad y que aseguraban que la boda había sido el acontecimiento elegido para demostrar su poder sobrenatural. Llevaba tiempo escuchando que Jesús era el Mesías prometido. De hecho, su marido lo aceptó como «invitado de honor». Y supe que deseaba pedirle un enorme favor. Ticrâ, al salir de la bodega, llevaba una intención clara: solicitar del Galileo que resolviera el problema del vino. Ella no sabía cómo, pero que lo resolviera...

En el último momento, sin embargo, cambió de opinión. Pude hablar con ella en abril y confirmó todos estos puntos.

No se atrevió y optó por acudir junto a la Señora.

No lo dudé. Seguí tras ella.

Ticrâ habló con María, pero, en mitad de la conversación, rompió a llorar. Y la Señora, compadecida, la abrazó. En esos instantes no alcancé a saber de qué hablaban. La madre del novio lo aclararía en mi siguiente visita a Caná, a primeros del mes de *nisán* (marzo-abril) (una visita que obedeció a otros motivos). Ticrâ expuso a la Señora la falta de vino y, suave y dulcemente, preguntó si Jesús «podría hacer algo al respecto...».

María resucitó de entre las cenizas. Así era aquella espléndida y equivocada mujer.

Lo pensó dos segundos y, decidida, respondió a la desolada Ticrâ:

—No os preocupéis... Hablaré con Él... Mi hijo nos ayudará...

Otras mujeres, al ver llorar a la madre del novio, se aproximaron, curiosas. Pero la Señora y Ticrâ, abrazadas, guardaron silencio. Nadie supo...

A partir de ahí, todo se registró a gran velocidad. No sé si sabré ordenar los hechos, tal y como sucedieron. Lo intentaré.

La cuestión es que María recuperó el optimismo. Ya no recordaba las palabras del Hijo, reprochándole su interés por el cuándo y el cómo del prodigio. Era, de nuevo, la María impulsiva y electrizante que conocí en otras oportunidades.

Y, animada, arrastrando a Ticrâ, cruzó entre los invitados y se plantó nuevamente frente al grupo del Maestro.

Reclamó a Jesús y éste, cordial, se alzó y se aproximó a las mujeres con la copa de metal en la mano izquierda. Les sonrió. Ninguno de los discípulos se movió, y siguieron con la comida. Juan Zebedeo discutía con el «oso» y con Felipe sobre el momento del prodigio. «Ya no puede tardar», defendía Juan. Los otros dudaban...

Juan Zebedeo, por tanto, no estuvo presente en lo que estaba a punto de suceder. Acertó, en parte, sin saber.

Y esa «fuerza» que tiraba de mí me obligó a permanecer cerca del Galileo y de las hebreas. Creo que no perdí una sola de las palabras, ni tampoco de los gestos.

Y los tres caminaron despacio por la galería, en dirección a las seis tinajas que contenían el agua para los lavados y las abluciones rituales.

Sentí otro escalofrío. Algo se palpaba en el ambiente...

Y al llegar a la altura de las *câd* de piedra, la Señora se detuvo. Uno de los sirvientes, responsable del suministro del agua, preguntó a Jesús si deseaba lavar sus manos. El Maestro, cortés, negó con la cabeza y siguió pendiente de la madre. Los esclavos que atendían las tinajas eran tres. Uno de ellos presentaba la oreja derecha cortada. Y continuaron a lo suyo, de pie, junto a las cántaras. Nadie se aproximó o solicitó agua en esos críticos instantes. Tampoco los «santos y separados» acudieron al rincón de las *câd*. Nos hallábamos solos...

Y María, dibujando la mejor de las sonrisas, le dijo a su Hijo:

—No tienen vino...

Ticrâ, a un paso, movió la cabeza afirmativamente. Los ojos suplicaban.

La afirmación de la Señora no fue correcta. Sí había vino, todavía. Los cálculos estimaban que los licores desaparecerían en cuestión de una o de dos horas, como máximo.

Jesús la miró, atónito.

Y María insistió, inyectando en la voz todo su poder de convicción:

—Hijo..., no tienen vino...

El Maestro se puso serio y replicó con firmeza:

—Mi buena mujer, ¿qué tengo yo que ver con eso?

María no era de las que claudicaba así como así y, parapetándose detrás de otra sonrisa, comentó y preguntó:

—Tu hora ha llegado... ¿No puedes ayudarnos?

Ticrâ temblaba como una hoja azotada por el viento. Jesús se mantenía grave. No parecía que fuera a ceder. Y a mi mente regresó el retiro en Beit Ids y su firme decisión de no revelar al Padre mediante prodigios o maravillas sobrenaturales, a los que eran tan aficionados sus paisanos, los judíos.

La Señora lo miró, anhelante. Y sonrió. Sin embargo, la dureza en el rostro del Hijo hizo que la sonrisa se cayera lentamente.

María, Ticrâ y quien esto escribe supimos en esos momentos que no había nada que hacer. Jesús no aceptaría. No entraba en sus planes. No habría prodigio.

El Maestro, tras aquellos segundos de angustioso silencio, proclamó al fin:

—Nuevamente declaro que no he venido para hacer las cosas de esa manera...

Miró a la madre, y después a Ticrâ. No creo que alcanzaran a comprender. Estaban desoladas.

Y prosiguió:

—¿Por qué me atormentas de nuevo con ese asunto?

No creo equivocarme. En las palabras del Hijo del Hombre se percibía cierto reproche. En parte, con razón. Era la segunda vez que la Señora acudía a Él para interesarse por el supuesto prodigio. Y dudo que María actuara en esos instantes con el único fin de ayudar y complacer a la madre del novio. En el fondo de su corazón había algo más. Ella deseaba, más que nadie, que se obrara el milagro. Eso la situaría en lo alto y todos tendrían que reconocer que era la «reina madre». Hubo piedad en la petición de la Señora, sí, pero también una escondida y desmedida ambición...

María empezó a intuir. Jesús no daría su brazo a torcer. Y surgieron las lágrimas. La Señora se encogió, rota por el dolor. Y Ticrâ, contagiada, empezó a llorar.

El Maestro dudó. Aquella situación, creo, empezaba a sobrepasarle.

Pero María, resurgiendo, lo intentó de nuevo:

—Les he prometido...

Las lágrimas la bloquearon. Finalmente se repuso y continuó:

—... He prometido tu ayuda... Por favor, ¿no querrás hacer algo por mí?

Ticrâ, arrasada por el llanto, se refugió en el brazo derecho de la Señora y quedó amarrada a él. Sentí un nudo en la garganta.

El Maestro no aflojó ni un milímetro. Y respondió con dureza:

—Mujer, ¿qué tienes tú que ver con esas promesas? No vuelvas a hacerlas... Debemos esperar, en todo, que se haga la voluntad de Ab-bā...

La respuesta provocó algo previsible. La Señora, definitivamente derrotada, se vino abajo y el llanto me quebró el alma. María lloraba sin consuelo. Y Ticrâ, sorprendida, intentó confortarla. Los siervos que velaban junto a las tinajas se aproximaron e intentaron averiguar qué le sucedía a la mujer. Uno de ellos, incluso, le ofreció un poco de agua. María la rechazó. Sus bellos ojos verde hierba aparecían inundados por las lágrimas y por la tristeza. Sentí el deseo de acudir hasta ella y abrazarla, pero me contuve. Sólo era un observador...

Y sucedió.

El Hijo del Hombre, conmovido, se aproximó a las mujeres. Dejó el cáliz de metal en poder de Ticrâ y fue a colocar la mano izquierda sobre la cabeza de la Señora. Y el Maestro le habló. Esta vez en un tono dulce y animoso:

—¡Basta, mamá María!... No llores por mis palabras, aparentemente duras... ¿No te he dicho muchas veces que he venido sólo a hacer la voluntad de mi Padre de los cielos?...

María continuaba gimiendo.

—... Con cuánta alegría haría yo lo que me pides si ésa fuera la voluntad de Ab-bā...

Jesús dudó. Fue un instante, pero dudó.

Y el cielo se iluminó con un súbito relámpago azul, sin trueno. Fue un destello interminable, del orden de diez segundos...

Los invitados, perplejos, levantaron la vista hacia las nubes y lanzaron gritos de sorpresa. Todos pensaron en otra nevada y se apresuraron a retirarse del patio. Los músicos dudaron.

Ignoro cómo ocurrió, pero me sentí arrastrado por esa

enigmática «fuerza». Y en décimas de segundo, con una claridad de ideas que todavía me aterra, me situé junto a las cántaras. Los siervos de las tinajas, atónitos como el resto, se habían adelantado hasta el filo de la galería, y contemplaban la increíble iluminación azul existente en el interior de las nubes. Fue un momento decisivo. Eché mano de la alcuza de barro y vacié los «nemos» en tres de los seis recipientes. Acto seguido activé la vara de Moisés. Y me apresuré a regresar junto al Maestro y las mujeres. Al poco, los tres negros de las túnicas verdes volvieron a ocupar posiciones cerca de las cántaras de agua. Pero nadie requirió sus servicios. El personal estaba pendiente de la capa de nubes que cubría Caná.

Nunca he podido explicármelo satisfactoriamente. ¿Cómo supe que aquél era el momento en el que debía vaciar los «nemos»? Alguien me «empujó», estoy seguro...

Y se registró una segunda «iluminación» azul (no me atrevo a llamarlo relámpago). Fue más breve. Quizá cinco segundos. Y los invitados corearon un nuevo grito de sorpresa y temor.

Yo, entonces, empecé a sentir un extraño cosquilleo en manos y pies...

La Señora también percibió algo singular. Algo sucedía...

Y, de pronto, cesaron las lágrimas.

María recuperó la sonrisa y, ante la atónita mirada de la madre del novio, se lanzó al cuello del Hijo, y lo abrazó, y lo besó una y otra vez. Fueron besos sonoros, sin palabras, sin descanso. María, no sé cómo, supo que Jesús había cumplido. ¡Había hecho el prodigio! Insisto: no sé cómo pudo saberlo, pero lo supo...

Quien esto escribe no se percató de lo sucedido hasta algún tiempo después. Pero trataré de ordenar los hechos, tal y como los recuerdo (no sé si se produjeron en ese orden).

Ticrâ estaba desconcertada. No sabía lo que ocurría. ¿Por qué María pasaba de las lágrimas a los besos? ¿Por qué abrazaba a Jesús con semejante entusiasmo?

El Maestro, a juzgar por su semblante, se hallaba tan perplejo como Ticrâ. Yo diría que mucho más...

Segundos después, la Señora se separó del Hijo y, dirigiéndose a los siervos que cuidaban de las cántaras, gritó:

—¡Lo que mi Hijo os diga, eso haréis!...

Tomó a Ticrâ de la mano y, sin mediar palabra alguna, se alejó a la carrera hacia la zona de las mujeres.

El Maestro, pálido, no acertó a pronunciar una sola palabra. Y los siervos se miraron entre sí, sin comprender. ¿Qué le pasaba a aquella hebrea? ¿A qué se refería? Creo que nadie les explicó jamás lo que sucedió y por qué la galilea en cuestión había requerido su ayuda. Sin embargo, fueron unos testigos de excepción...

Y sentí mareos; cortos pero intensos. Me quedé preocupado.

Después, al poco, se registró una tercera iluminación azul, más breve que las anteriores; quizá de dos o tres segundos.

El cosquilleo en manos y pies continuó durante un rato. Me miré las manos, pero tampoco entendí.

Y en esos momentos empecé a notar un olor a quemado. Era un olor que conocía bien: el que se registraba habitualmente cuando llevábamos a efecto la inversión de masa, en la «cuna». Era típico, parecido al que se produce cuando se quema un cableado eléctrico.

Miré a mi alrededor, como un perfecto tonto. Allí no ardía nada.

Sí, como un idiota...

Necesité tiempo para intuir lo que sucedió en esos mismísimos instantes. Fue en el Ravid...

Y junto al olor a «cables quemados» se presentó un ligero dolor de cabeza. Tampoco supe explicarlo. Quizá se debía a la tensión de la jornada. No supe en esos momentos...

Días más tarde, al ingresar en la nave y consultar la información proporcionada por los «nemos», supe que el prodigio se registró a las 16 horas, 6 minutos y 1 segundo de aquel 27 de febrero del año 26 de nuestra era.

Como decía, estos sucesos se produjeron a gran velocidad e, insisto, no sé si en el orden establecido por quien esto escribe.

Y el Maestro, finalmente, reaccionó. Me miró intensamente, dio media vuelta y se alejó con sus típicas zancadas. Lo vi desaparecer por una de las escaleras que desembarcaban en el terrado. Los discípulos continuaban al pie del candelabro, comiendo y bebiendo, ajenos a lo que sucedía.

Tampoco los invitados se hallaban al tanto. Observé el agua de las tinajas. Todo seguía igual, aparentemente.

Y volvieron los cosquilleos en manos y pies...

No lograba comprender.

Entonces se presentó él...

Caminaba a tumbos. Estaba borracho.

Vestía las ropas sacerdotales: túnica blanca, apretada a la cintura por tres vueltas de faja, también blanca como la nieve.

Creí reconocerlo...

En uno de los tropiezos perdió el gorro cónico, que rodó sobre el pavimento. Trataron de auxiliarlo, pero el sacerdote los rechazó con malos modos. Se dirigía a la esquina de las *câd* (cántaras).

Y al aproximarse no tuve dudas. Era él...

Presentaba los mismos signos de cirrosis que había visto en Nazaret: ginecomastia (anormal volumen de las mamas, que oscilaban bajo la túnica a cada movimiento o respiración agitada), consunción muscular (fuerte demacración), enrojecimiento o eritema palmar, ascitis (acumulación de líquido en la cavidad abdominal) y los «nevos en araña» en manos y mejillas (vasos dilatados que se disponen en forma radial, como las patas de los arácnidos).

Era Ismael, el saduceo, responsable de la sinagoga de Nazaret, un sujeto odioso al que tuve que enfrentarme en mi primera visita a la aldea del Hijo del Hombre (1).

Y, cuando se hallaba a dos pasos de las tinajas, volvió a caer.

Uno de los esclavos, el de la oreja seccionada, se apresuró a ayudarle. Se arrodilló a su lado e intentó incorporarlo.

Ismael era otro de los invitados. No había acertado a verle hasta esos momentos. Supuse que era amigo de la familia. Además, como viejo profesor del Galileo, debió de sentir curiosidad. ¿Su alumno era el Mesías prometido?

El siervo se dirigió a otro de sus compañeros y reclamó un poco de agua. Un segundo sirviente tomó un cacillo, lo introdujo en una de las *câd* y se apresuró a llevárselo al que permanecía de rodillas. El «sin oreja» empapó un lienzo con el agua y lo dispuso sobre la frente del aturdido Ismael.

(1) Amplia información en *Nazaret. Caballo de Troya 4. (N. del a.)*

Trataba, obviamente, de refrescarlo y devolverle un poco de compostura. Pero el sacerdote reaccionó de forma extraña. O quizá no tan extraña...

Maldijo al esclavo y retiró el paño de la frente. Después procedió a olerlo. Masculló algo irreproducible y arrebató el cazo al sirviente. Y se bebió lo que quedaba. Extendió el cacillo al «sin oreja» y reclamó otra ración. Los siervos se miraron pero no dijeron nada. Estaba ebrio «hasta más allá de los pensamientos», como decían los judíos.

El segundo negro repitió la operación pero, cuando se disponía a entregar el agua a su compañero, todavía de rodillas, Ismael se desmoronó, y perdió el conocimiento.

El «sin oreja» no supo qué hacer. E, instintivamente, se llevó el lienzo a la nariz. ¿Por qué Ismael lo había olido?

Fui torpe, muy torpe...

El esclavo se puso en pie y se acercó a las tinajas. Observó el líquido, acercó la nariz a la superficie del agua y la olfateó. Los otros siervos miraban con curiosidad. ¿Qué sucedía? Y, sin pronunciar palabra, se hizo con otro cacillo y lo sumergió en el líquido. Se lo llevó a los labios y lo probó.

Presentí algo y me deslicé, rápido, hacia los recipientes.

Por consejo del que acababa de beber, un segundo negro tomó el mismo cacillo y se lo llevó a la boca.

En un primer momento no distinguí nada extraño. Las cántaras se hallaban llenas de agua, hasta el borde.

Y los sirvientes se enzarzaron en una furiosa discusión, en una lengua que no entendía. Posiblemente, en un dialecto africano.

El tercer esclavo se unió a sus colegas. Probó el líquido y dibujó una mueca de sorpresa. Acto seguido se incorporó a la disputa, gritando tanto o más que sus compañeros.

Seguía sin entender...

Los invitados, ante la ausencia de resplandores, fueron recuperando la calma. Y regresaron al patio central. Los músicos, agotados, se iban apagando poco a poco...

Los tres negros acudieron de nuevo a las *câd* y extrajeron agua de cada una de las seis tinajas. Y volvieron a degustar el contenido. Y regresó la polémica. Parecían culparse los unos a los otros. ¿Qué demonios ocurría?

De pronto dejaron de gritar y corrieron hacia la puerta de la bodega.

Ismael, el saduceo, seguía sin sentido.

Otros flautistas tomaron el relevo. Y se elevó en el aire una música que jamás olvidaré. Fue un guiño de la Providencia, o de quien fuera... La melodía, entonada por las flautas dulces, se llamaba *hémer* (vino) y se enroscó, deliciosa, alrededor de las columnas y de los corazones. La gente guardó silencio, y disfrutó.

Torpe, sí... Fui torpe.

Finalmente hice lo que tenía que haber hecho mucho antes...

Me asomé a una de las cántaras y bebí.

¡Aquello no era agua!

Era casi transparente, con un ligerísimo toque ambarino. Por eso no supe distinguirlo...

¡Era vino dulce!

No entendía mucho de caldos, pero lo era. Eso fue lo que alarmó a los esclavos...

¿Vino? Pero ¿de dónde había salido? Yo estuve cerca de las *câd* en todo momento y no distinguí nada raro...

Y tuve otra reacción afortunada: eché mano de la calabaza que colgaba del ceñidor, rescaté las ampolletas de barro y la llené hasta arriba con el contenido de las tinajas. Fui tomando vino de todas las *câd*; un poco de cada una. Y lo probé por segunda vez. Me gustó. Era un caldo intenso, bien estructurado, con aroma a almendras, ligeramente afrutado... Ideal para postres...

¿Las alcuzas de barro? ¿Qué hacía con ellas? Dos contenían las respectivas muestras del vino tinto utilizado en el banquete y del agua almacenada en las tinajas antes del prodigio. La tercera se hallaba vacía. Y me encontré con un problema, aparentemente menor...

No debía perder las muestras. Eran valiosísimas. Servirían para comparar con el «vino» que acababa de aparecer en las tinajas.

Pero ¿qué hacía con ellas? ¿Dónde las guardaba? No podía trasladarme a la casa de Bartolomé y esconderlas en el saco de viaje. En esos momentos no...

Tampoco disponía de faja donde ocultarlas.

¿Qué hacer?

Sólo se me ocurrió el *saq* o taparrabo. No tuve opción.

Y allí fueron a parar las dos alcuzas. Lo que no alcancé a

prever fue el resultado: los «genitales» aumentaron, y de qué forma... El paquete sobresalía, hiciera lo que hiciera, y me colocara como me colocara. La doble túnica no ayudó mucho.

Pensé en desembarazarme de las alcuzas, pero me negué. Prefería pasar vergüenza a prescindir de la información.

Escondí la tercera y pequeña ampolleta de barro entre los pies de las *câd* e intenté poner en orden los pensamientos. El dolor de cabeza seguía martilleando...

Era asombroso. Salvo los tres esclavos, y quien esto escribe, nadie, en *Sapíah*, se había percatado del prodigio... todavía. María intuyó algo, pero no llegó a verificarlo. En cuanto a Ismael...

Me acerqué al saduceo. Dormía la mona plácidamente. Éste tampoco supo... Y recordé sus palabras, en su casa de Nazaret, cuando pregunté sobre el prodigio de Caná. El maldito sacerdote se echó a reír y afirmó que sólo María fue testigo del supuesto milagro. «Jesús sólo hacía maravillas delante de los suyos», aseguró. ¡Pobre necio! Además de mentiroso y corrupto fue desafortunado. Estaba allí, pero no se percató de lo ocurrido...

E intenté racionalizar lo sucedido. Imposible. Los pensamientos se agitaban, embarullados. Tropezaban unos con otros. No sabía por dónde empezar. No comprendía... Y en esos difíciles momentos recibí una luz: aquel prodigio tenía la misma raíz que la portentosa sanación del niño mestizo de Beit Ids, Ajašdarpan. Fue la piedad y la misericordia del Hombre-Dios las que dieron lugar al prodigio. No sabía cómo, pero supe que ésa fue la explicación. No me equivoqué. Un tiempo después, el Maestro lo confirmaría, a su manera...

No hubo margen para más disquisiciones.

En eso se presentó la tropa: Nathan, el «tricliniarcha», el siervo de los cabellos nevados, los tres esclavos que atendían las *câd*, y no sé cuánta gente más.

El primero en probar el vino fue el dueño de la casa.

Se quedó mudo. No hubo comentario, de momento.

Los invitados, insisto, continuaban ajenos a lo sucedido y a lo que sucedía en aquella esquina de la casa.

El persa preguntó pero, como digo, no obtuvo respuesta.

El segundo en beber fue Atar. Lo hizo con el pulso tembloroso. Probó el caldo y, volviéndose hacia Nathan, sentenció:

—Es mejor vino que el de ese maldito Azzam... Hubiera sido bueno sacarlo en primer lugar... No sé por qué lo has hecho así, pero está bien: problema resuelto.

Le oí, atónito. Necesité unos segundos para entender. El persa no habló en ningún momento de prodigio. Su pensamiento se hallaba lejos de esa idea. El *maître* pensó que la presencia de aquel vino en las seis *câd* era consecuencia de un error.

El siervo de los cabellos plateados fue el siguiente en catar el caldo. Ratificó la impresión del «tricliniarcha» («era un buen vino»), pero dudó respecto al hipotético error. Él, como responsable de la bodega, estaba al tanto de lo que entraba y de lo que salía. Era muy difícil que una remesa tan destacada (calculé más de 700 litros) fuera a parar a un lugar indebido. Las seis tinajas no eran el continente adecuado. Estuve de acuerdo con él, aunque me mantuve en silencio y en un discreto segundo plano, como era mi obligación.

Nathan estalló y, entre maldiciones, juró que terminaría con la vida del esclavo del pelo blanco. Les hizo sufrir innecesariamente. Eso gritó. «¿Por qué había escondido aquel caldo?» El dueño de la hacienda se inclinó hacia la versión del persa: todo se debía a una equivocación. Nadie pronunció la palabra «prodigio». Nadie se refirió al Mesías, ni a lo que apuntaban los rumores. El del cabello nevado protestó. Trató de hacer valer su versión. Ese supuesto error, a la hora de ubicar el vino que había proporcionado Azzam, carecía de sentido. Ese tipo de vino dulce, además, no era transportado en odres de piel de cabra. Él se hubiera dado cuenta. Los argumentos del responsable de la bodega no sirvieron de mucho. Nathan lo mandó a paseo y el negro se retiró, malhumorado. Los tres esclavos que vigilaban las tinajas no se atrevieron a abrir la boca. Ellos sabían que el jefe de la bodega llevaba razón. No se habían movido de aquella esquina en todo el día. Era agua, y sólo agua, lo que habían contenido las cántaras. Ellos las rellenaron una y otra vez, y manipularon el agua cada vez que alguien requería de sus servicios. Los «santos y separados» no habrían consentido lavarse con vino. Es seguro que, de haber sucedido algo así, habrían formado una escandalera. La ley oral lo prohibía. El vino, lógicamente, estaba para lo que estaba...

Y ahí terminó el asunto. Mejor dicho, no del todo...

Nathan se retiró y el persa, de pronto, reparó en quien esto escribe. Y su mirada fue, directamente, a mis abultados genitales. Creí morir.

Caminó despacio, y contoneándose, hacia este desolado explorador, sin quitar la vista de mi bajo vientre. Y, al llegar a medio metro, clamó, entusiasmado:

—Sospechaba que tenías poderes, pero no tantos...

Como digo, creí morir.

Intentó abrazarme, pero me escurrí. Y el *maître* se alejó tras los pasos del dueño de la casa.

Los discípulos continuaban a lo suyo. De momento, nadie se percató de lo que estaba ocurriendo.

Quizá fueran las 16 horas y 30 minutos...

La tensa calma se prolongó un poco más. No mucho. Y sucedió lo que tenía que suceder...

La servidumbre terminó yéndose de la lengua y la noticia de la conversión del agua en vino se propagó entre los invitados. Era lógico. Tenía que ocurrir, tarde o temprano...

Este explorador permaneció junto a las tinajas. Y empecé a oír un oleaje de cuchicheos. Las miradas, inquietas, se dirigían hacia la esquina de las *câd*. Estaba claro. El rumor corría y corría.

Al poco, algunos de los comensales fueron aproximándose al rincón en el que nos hallábamos. Primero, de forma tímida. Preguntaban a los esclavos, pero éstos se encogían de hombros. No hablaron una sola palabra. No deseaban comprometerse.

Otros solicitaron probar el caldo. Los negros se negaron. Y exigieron la autorización previa del dueño o del *maître*. Más de un invitado, y más de dos, con los ánimos caldeados por causa del abundante vino tinto caliente que llevaban ingerido, trataron de llegar a las cántaras y beber por su cuenta. Los de las túnicas verdes lo impidieron y se produjo un primer forcejeo. El roce terminó con la llegada de los que portaban las temibles hachas de doble cuchilla. Los invitados se retiraron entre insultos y malas maneras y el «sin oreja» corrió de nuevo hacia una de las puertas, en busca de ayuda y de consejo.

No sé cómo iba a terminar aquel asunto...

Pronto lo averiguaría.

¿Cómo no lo imaginé?

Los murmullos crecieron y se empezaron a oír voces. El clamor fue disolviendo la música...

Y en eso se produjo el «terremoto».

La Señora, seguida de cerca por la dueña de la casa, se presentó en el rincón de las tinajas. La había olvidado...

Tenía el rostro transfigurado. Le brillaban los ojos. No estaba radiante. Era más que eso. Supuse que acababa de enterarse. Y así era. María preguntó a los siervos, y también Ticrâ. Estaban a punto de responder cuando la Señora, sin esperar respuesta, se hizo con uno de los cacillos, lo introdujo en uno de los recipientes, y se lo llevó a los labios. Su compañera hizo otro tanto y bebió con idéntica ansiedad. A partir de ahí, como digo, fue un «terremoto»...

La Señora lanzó el cazo por los aires y gritó, entusiasmada:

—¡Inon!... ¡Inon!... ¡Inon!...

La palabra Inon era otro de los nombres simbólicos del Mesías, aunque el significado literal es «emanar». La tradición oral, conocida como «tradición de los padres», habla de ello en el tratado «Sanedrín 98b». Era una palabra con una especial simbología para los iniciados judíos (los escribas). De Inon —decían— se derivan *iain* (vino) y *nin* (descendiente). Cuando analicé el asunto con más calma quedé gratamente sorprendido. Misterios de la Kábala... La *nun*, además, guarda relación con la palabra «hijo».

Como decía el Maestro, quien tenga oídos que oiga...

Y Ticrâ secundó las exclamaciones de María.

—¡Inon!...

Todo el mundo se volvió, sorprendido. La servidumbre no sabía qué hacer. Allí estaba la señora de la hacienda...

Y María, más que feliz, empezó a dar saltos, al tiempo que gritaba el nombre de su Hijo. «La profecía —repetía sin cesar— se ha cumplido... ¡Inon!... ¡Inon!... ¡Inon!...»

Los invitados terminaron aproximándose e intentaron preguntar y calmar a las mujeres. Imposible. La felicidad las había empapado de la cabeza a los pies... Parecían en trance.

Y en uno de aquellos saltos, María me vio. Corrió hacia este explorador y me abrazó. Casi me derriba.

—¡Te lo dije, Jasón!... ¡Ha llegado su hora!

Las lágrimas corrieron por sus mejillas. Era un llanto diferente al que había visto poco antes del prodigio. María, en cuestión de minutos, pasó de la tristeza y la desesperanza al optimismo y al entusiasmo.

También Ticrâ me abrazó, exultante. Y susurró al oído:

—¿Cómo lo supiste?... ¡Tenías razón: el mejor de los vinos!

No repliqué. ¿Qué podía decir?

Y me pregunté: ¿por qué todo el mundo se abrazaba?

Y la Señora, sin dejar de llorar, de reír, de gritar, de saltar y de cantar el nombre de Jesús, se fue hacia los sirvientes y lo dispuso todo para que el «vino milagroso», según sus propias palabras, fuera distribuido allí mismo y de inmediato. Ticrâ colaboró en la tarea. Y el vino, en efecto, empezó a ser trasvasado desde las *câd* a toda suerte de cráteras, jarras, cazos y recipientes menores. Y todo el mundo se hizo con una ración del sabroso caldo. Para cuando llegaron Nathan y el *maître* era demasiado tarde. El vino corría ya por el patio y por las galerías. Nathan maldijo su estrella pero, al poco, empezó a moverse entre los corrillos de invitados, haciendo saber que todo se debía a una lamentable confusión. Los que todavía se hallaban serenos aceptaron las explicaciones del jefe de *Sapíah*. «Eso sí tiene sentido», decían.

Pero los que conservaban la claridad mental, a esas alturas de la boda, no eran muchos. La mayoría, como digo, alertada por el revuelo y por los gritos que procedían de la esquina de las tinajas, se abrió paso, como pudo, hasta las referidas *câd* e intentó conseguir un vaso del «vino prodigioso».

Fue el caos.

La gente se apretaba, protestaba, preguntaba, gritaba más que el vecino, derramaba el vino, maldecía, lloraba sin saber por qué o reía por puro contagio. Y, de vez en cuando, animada por la Señora y por Ticrâ, repetía a voz en grito el nombre de Jesús o el de Inon.

—¡Inon!... ¡Inon!... ¡Inon!...

Fue la locura.

A una orden del persa, los de las hachas se las ingeniaron para rescatar a las eufóricas mujeres y dejar que los de las túnicas verdes continuaran con el trasvase del «vino milagroso».

Pero la Señora no estaba dispuesta a dejar pasar aquella increíble oportunidad y se deshizo de los sirvientes. A Ticrâ, en cambio, la arrastraron prácticamente hasta la galería de las mujeres.

Y María, la madre del Maestro, fue absorbida de inmediato por otros corrillos de comensales, deseosos de confirmar los rumores. Y se vio de nuevo en el centro de atención, sujeta a toda clase de preguntas. La Señora, deseosa de compartir su alegría, respondía a todos y a todo. No importaba el desorden, no importaba que unos pisaran las preguntas de otros, no importaba la incredulidad o el sarcasmo. María, como digo, respondía a todo. Hablaba de su Hijo, de los planes para la sublevación, de los ejércitos que debían preparar, del mensaje del ángel en Nazaret, de Yehohanan, lugarteniente del Libertador, de sus otros hijos, que ocuparían puestos relevantes, de la gloria de Israel, ya próxima...

No puedo recordar lo mucho que habló.

Y, de pronto, como había sucedido con el Hijo del Hombre durante la mañana, la Señora escapaba de un grupo y caía en las garras de otro. Y vuelta a empezar...

María no se quejó. Estaba encantada. Era lo que había deseado durante años. Sinceramente, no la reconocí. No era aquello lo que perseguía su Hijo...

Y al fin los vi.

Los discípulos del Maestro, con el «vino milagroso» en las manos, trataban de aproximarse a uno de estos corrillos. Estaban descompuestos. No sabían si reír o llorar. No terminaban de entender. El Maestro no aparecía por ningún lado, pero todo el mundo hablaba de Él. Pedro bebía y bebía, desbordado por la situación. De vez en cuando gritaba: «¡Inon!»... Y Juan Zebedeo, tan bebido como Simón Pedro, respondía, feliz, con el mismo y eufórico «¡Inon!». Fue entonces cuando asistí a una escena que tampoco sería recogida por Juan, el evangelista. Era comprensible...

Santiago Zebedeo, más sereno, quiso equilibrar los ánimos de sus compañeros y solicitó mesura. La versión de Nathan, que continuaba extendiéndose entre los comensales, también había llegado a los íntimos del Galileo. Y Santiago recordó a Pedro y a su hermano «que quizá todo se debía a una confusión»...

Visto y no visto. Juan Zebedeo saltó sobre Santiago y lo derribó. Lo llamó de todo, lo golpeó... Fue preciso que Andrés y el «oso» intervinieran y los separaran. Pedro sólo daba tumbos.

Juan Zebedeo, el futuro evangelista, tartamudeaba por el vino y por la rabia.

Volvió a beber y volvió a gritar, más eufórico si cabe:

—¡I-non!... ¡I-i-no-no-non!

Santiago le dio la espalda y regresó al candelabro. Allí esperaba Felipe.

En esos momentos de tensión también acerté a ver a Meir, el *rofé* o auxiliador de las rosas de Caná, el bondadoso sabio de cabellos y barbas casi albinos. Oía a la Señora con atención y, de vez en cuando, movía la cabeza negativamente. Comprendí.

Y en otro de los corrillos, igualmente silenciosos, descubrí a los hermanos Jolí (Yehudá y Nitay), archisinagogo y limosnero de la sinagoga de Nahum, respectivamente. Me sorprendió verlos en la boda de Noemí y Johab. Quizá eran amigos; nunca lo supe. El primero, con sus más de cien kilos de peso, se esforzaba por mantenerse en pie, ayudado por el dócil y flaquísimo Nitay. Tampoco decían nada. Se limitaban a oír a la Señora.

Y, de pronto, en mitad de semejante alboroto, intuí algo: aquella situación era peligrosísima para el Maestro. Entre los cientos de invitados, con toda certeza, tenía que haber numerosos espías y confidentes del Sanedrín, del tetrarca Antipas y, por supuesto, de Roma. La Señora, sin querer, estaba proporcionando carnaza a los futuros enemigos de su Hijo... Pero, lamentablemente, yo sólo era un observador. Y me limité a cumplir mi trabajo: observar y observar.

Fueron necesarios muchos minutos para medio calmar a los comensales. María continuaba de un lado para otro, en el ojo del huracán de la curiosidad y de la maledicencia. Al margen de lo que pudo decir, tuviera o no tuviera razón, reconocí que fue el día más espectacular, redondo y feliz de su vida. La Señora vivió en una nube a la que nunca más volvería a subir. Fue la reina madre, al menos durante unas horas. Muchos le prestaron atención y, lo que era más importante, terminaron creyendo la historia del ser luminoso que se le apareció en Nazaret, anunciándole la «gloria de Israel». También estas palabras —la «gloria de Israel»— fueron inventadas por la bienintencionada mujer. Fue su gran día. Se sentía orgullosa, pletórica y capaz de comerse el mundo.

Pero, como también era previsible, la versión de Nathan y del «tricliniarcha» fue ganando terreno y se instaló en la mente de la mayoría. «Todo ha sido una equivocación —propalaban cada vez que podían—. El culpable (el negro de los cabellos plateados) ya había sido castigado.» Y la gente, a espaldas de la Señora, se reía y se burlaba del «vino prodigioso» y, naturalmente, del supuesto Mesías. Los saduceos eran los más corrosivos. Esta secta, como ya expliqué en su momento, reunía a la clase aristocrática de Israel. Eran ricos por herencia y pretendían mantener su estatus como fuera y contra quien fuera. Contemporizaban con el poder, con Roma, con tal de no perder sus privilegios y prebendas. El Mesías, y su revolucionario plan, no eran de su agrado. Los «santos y separados» se hallaban consternados. Fueron testigos de excepción del prodigio pero no sabían qué hacer ni qué decir. Y fieles a su actitud zorruna eligieron el silencio. Preguntaron a la Señora, sí, pero se cuidaron muy mucho de pronunciarse sobre el Mesías o sobre el Maestro. Primero tenían que consultar la fraternidad... Fue aquí, en Caná, donde nacieron los problemas de Jesús con los fariseos, con los sacerdotes y con los saduceos. Por una razón o por otra, todos terminarían rechazando el prodigio y al Hijo del Hombre...

Pero también hubo «conversos», gente que quedó fascinada con las palabras de la Señora y que, a partir de ese día, defendieron al Maestro allí donde estuviera. Llegué a oír versiones que me dejaron perplejo. Algunos invocaron el poder de Belzebú, el príncipe de los diablos, para justificar el prodigio. Y afirmaban que el Galileo no era otra cosa que un *tzadikim*, una especie de sabio o iniciado (1), capaz de caminar

(1) Los *tzadikim* aparecían en numerosas leyendas judías. Eran si-

por el mundo con la precisión y el ritmo de la Divinidad. Podía hacerlo (convertir el agua en vino). No se equivocaron, aunque no era un *tzadikim*, exactamente. Era mucho más...

Y llegó la puesta de sol (17 horas y 29 minutos) en mitad del entusiasmo.

Los siervos prendieron las antorchas y las copas de los candelabros, y María continuó feliz, respondiendo a cuantos preguntaban. Y en un momento determinado, en mitad de una discusión, la Señora interrumpió las explicaciones y alzó la voz, iniciando una canción de bienvenida al Mesías. La llamaban *Illi*, y podría traducirse como «de arriba» o «de lo alto» (referido al cielo). Seguidores y no seguidores, contagiados por el fervor de la mujer, se unieron a la Señora y el patio tembló ante el clamor de aquellos cientos de judíos. No vi a los discípulos, pero imaginé que cantaban, tan fuera de sí como la Señora. La madre del Hijo del Hombre alzaba el puño izquierdo y repetía con toda la fuerza de que era capaz: «¡Inon!... ¡Inon!... ¡Inon!... ¡Abajo el impío!»

No podía creerlo...

La Señora, en efecto, no había entendido el pensamiento del Maestro. No olvidé aquella escena. Representaba mucho más de lo que hubiera imaginado... La postura de María, a no tardar, terminaría desembocando en otra grave crisis familiar. Pero vayamos paso a paso.

Súbitamente, la canción amainó. La gente enmudeció poco a poco. Primero callaron los que se hallaban cerca del pórtico oeste. Después el resto. El silencio fue presentándose por sectores.

En un primer momento no entendí. Después, al ver a Jesús al final de la escalera por la que le vi desaparecer, comprendí.

María fue la última en verle. Se hallaba rodeada de invitados y no tenía visibilidad.

Y continuó cantando, hasta que se percató del extraño silencio.

---

milares a los sabios egipcios o babilónicos, y también a los sufíes, en el posterior Islam. El *tzadik* era un iniciado que estaba del «lado» *(tzad)* del esoterismo secreto, revelado a Moisés en el Sinaí. Eran guardianes de la sabiduría, capaces de percibir la belleza del universo desde un único punto. Eran seres «exactos» *(daik)*. *(N. del m.)*

Estoy seguro de que el Galileo la oyó perfectamente.

Y la Señora, al ver a su Hijo, enmudeció.

Jesús de Nazaret había terminado su retiro en el terrado y regresaba al patio central.

Presentaba un semblante serio. Sereno y relajado de nuevo, pero serio.

Descendió los peldaños lentamente y fue a pisar las losas del pórtico. Los comensales se apartaron de inmediato, abriéndole camino. Percibí miedo. Era un miedo reverencial. No importaba si creían o no en el Mesías. No importaba si habían negado el prodigio o si lo defendían. Todos, incluidos los saduceos, dieron un paso atrás. Estaban lívidos. Aquel Hombre, con su porte majestuoso y la mirada limpia y penetrante, era algo fuera de lo común. Atraía y provocaba respeto, a partes iguales. Nadie se atrevió a interrogarle. No se levantó el más frágil de los murmullos. Fue un silencio absoluto, apenas incomodado por el roce del calzado del Maestro con el serrín o con las esteras de palma.

Recorrió, decidido, aquel tramo de galería, pasó frente a las seis tinajas, sin mirarlas, y se detuvo frente al gran candelabro ubicado en el pórtico norte, en el que había arrancado la secuencia principal. No lo dudé. Llegué hasta el túnel de acceso y allí me detuve, pendiente.

Jesús se inclinó sobre Andrés y le susurró algo al oído. Después, dando media vuelta, se encaminó hacia el portalón de entrada a la casa.

Los invitados seguían inmóviles, y en silencio, contemplándole.

¿Qué se disponía a hacer?

Muy simple. Sin decir una palabra, sin un solo gesto, el Hijo del Hombre abandonó *Sapíah*. La boda, para Él, había terminado.

Lo vi desaparecer en la oscuridad de la noche.

Andrés cruzó algunas palabras con sus compañeros y se alejó de la *menorá*, en dirección al túnel de acceso. Santiago Zebedeo, Bartolomé y Felipe se fueron tras él. Pedro y Juan Zebedeo permanecieron sentados, con sendas copas del «vino milagroso» en las manos. Se tambaleaban, incluso sentados.

Y al pasar frente a quien esto escribe aproveché para interrogar a Andrés.

—¿Qué sucede?

—Partimos al amanecer...

Eso fue todo. El Maestro se disponía a abandonar Caná con las primeras luces del día siguiente. ¿Hacia dónde? ¿Cuáles eran sus planes? ¿Había modificado su proyecto el prodigio que acababa de contemplar? ¿Qué pensaba respecto a los planes de su madre? Faltaban por seleccionar otros seis discípulos. ¿Cómo y cuándo llevaría a cabo dicha elección?

Eran demasiados interrogantes. Y decidí vivir el momento. Todo se resolvería, imaginé. Y ya lo creo que se resolvió...

No lo pensé dos veces. Me fui tras ellos. Ya había visto bastante.

Y al pisar las oscuras losas del túnel, los murmullos se pusieron nuevamente en pie. Al caminar entre los árboles de hierro, rumbo a la aldea, volví a oír a los flautistas. La fiesta continuaba...

Lo sentí por el persa y por Ticrâ. A pesar de todo me caían bien y me habían ayudado. Al primero volvería a verlo en unas circunstancias «especialísimas». A la señora de *Sapíah* la vería también, pero en cuestión de horas...

La casa del «oso» se hallaba vacía. Toda la parentela se encontraba en la boda.

El Maestro, previsor (?), al acudir por la mañana a *Sapíah*, dejó el saco de viaje en la casa de Bartolomé. Lo vi cambiarse de ropa. Recuperó la túnica roja, guardó sus pertenencias y ayudó al «oso» a preparar un buen fuego. Yo me ocupé de lo mío: me deshice de las incómodas alcuzas de barro, las guardé en el petate, e hice otro tanto con la valiosa calabaza que contenía el «vino prodigioso» (no sé por qué lo llamo así).

Y, más tranquilo, fui a sentarme junto al fuego, al lado del Maestro y de los galileos.

Quizá fueran las 18 horas...

El cielo continuaba encapotado, aunque hacía rato que no nevaba. Se sentía frío, pero tampoco importaba. Era demasiado lo que se agitaba en mi interior. Tenía que buscar el medio para poner orden e intentar apaciguar mi alma. Era mucho lo que deseaba preguntar al Hijo del Hombre, pero fui cauteloso y prudente. Dejé que el Destino me saliera al encuentro...

Al principio, durante un rato, nadie habló. Todos contemplábamos las llamas y sus amarillos temblores. Los discípulos se miraban entre sí, pero nadie se decidía a dar el primer paso. Deseaban preguntar, como yo, pero estaban atemorizados. Creo que ésa sería la palabra exacta. Había miedo en sus ojos. Era la primera vez que asistían a algo sobrenatural. ¡Y ellos eran los discípulos del autor del prodigio! Flotaban, también. El miedo los mantenía mudos pero, al mismo tiempo, sentían una grata mezcla de orgullo y de vanidad. Sencillamente, les dominaba la confusión. Exactamente igual que a este explorador...

Por último, alguien quebró el incómodo silencio. Fue Santiago, el más escéptico:

—¿Qué ha sucedido, Maestro?

Jesús sonrió con cierta amargura. No era fácil aclarar la duda del Zebedeo.

—Lo habéis visto —declaró con voz templada—. Se ha hecho la voluntad de Ab-bā...

—Sí, pero ¿qué ha ocurrido?... Todos hemos probado ese vino... ¿De dónde salió?

El Maestro supo interpretar los recelos de Santiago. Y replicó con seguridad:

—Fue la voluntad del Padre...

—Entonces, es cierto que ha habido un prodigio. Nathan y otros aseguran que todo se debió a una confusión...

Jesús miró fijamente a Santiago y lo traspasó. El Zebedeo no necesitó ninguna otra aclaración. La mirada del Hijo del Hombre encerraba la respuesta.

E intervino el «oso». La curiosidad lo estaba matando...

—Sí, rabí (maestro), pero no has contestado a la pregunta de Santiago: ¿de dónde salió?

El Galileo miró a Bartolomé y volvió a sonreír, al tiempo que señalaba al techo con el dedo índice de la mano izquierda. Y todos, como idiotas, miramos hacia lo alto. Allí sólo había goteras...

El Maestro se percató de nuestra inocencia y aclaró:

—Más arriba...

—¿Más arriba?

El «oso» terminó por comprender, y yo también.

—¿Te refieres a Yavé? ¿El prodigio lo ha hecho Dios, bendito sea su nombre?

—Sí y no...

La respuesta de Jesús dejó confusos, nuevamente, a los discípulos. Él había venido a cambiar el rostro de ese Dios bíblico, colérico y justiciero, pero no era tan sencillo. Aquellos hombres mamaron la idea de un Yavé vengativo y no les entraba en la cabeza que ese Dios se dedicara a hacer favores a nadie, y menos en una boda. El concepto de Padre estaba todavía muy lejos en sus mentes. Eso llegaría después, merced a las enseñanzas del Galileo, y tampoco...

El Maestro, inteligentemente, dejó correr el asunto. Con ese «sí y no» era más que suficiente, por ahora. No era el momento de explicar quiénes eran los que lo acompañaban permanentemente (su «gente», como yo los había definido), ni tampoco por qué se produjo el prodigio. Tiempo habría, supuse.

Lo verdaderamente importante era que Jesús de Nazaret estaba ratificando la autenticidad del «milagro» (ya lo he dicho: no me agrada la palabra «milagro»; trataré de no repetirla).

Y Felipe intervino:

—¿No te parece algo desproporcionado? ¿Por qué malgastar el poder de Dios, bendito sea, en algo tan prosaico como llenar unas tinajas de vino?

El bueno de Felipe apuntaba ya como responsable de la intendencia del grupo...

Jesús parecía preparado, perfectamente preparado, para las tontas, y no tan tontas, preguntas de sus íntimos. Y liquidó la cuestión:

—¿Consideras que sacar vino de la nada es un trabajo sin gracia y sin imaginación?

—Bueno, no sé...

Felipe sabía que Jesús llevaba razón. Y quien esto escribe no reparó, en esos momentos, en un detalle de especial importancia, desvelado en la respuesta del Maestro: «sacar el vino de la nada».

Insisto: no me di cuenta. Sería después, una vez en el Ravid, cuando recordé aquel instante; aquel importante momento en el que el Galileo «aclaró» parte del enigma...

—¿Para qué tanto esfuerzo? —terció Andrés, apoyando las dudas de Felipe.

—Para mayor gloria del Padre...

Mensaje recibido.

Los discípulos, sin embargo, no captaron la intención de Jesús.

Y el «oso» resumió su pensamiento:

—Tú eres un «mar», como *abba* Hilkiah...

No supe a qué se refería cuando mencionó al *abba* o rabí Hilkiah. Al retornar a la nave, y consultar los archivos de «Santa Claus», creí comprender (1). El tal Hilkiah, según la tradición judía, era un hacedor de milagros, capaz de hacer llover, de resucitar a los muertos y de lograr abundantes cosechas en menos de un día. Todo, básicamente, inventado...

Jesús agradeció la deferencia, pero negó con la cabeza. Tenía razón. El Maestro era mucho más, muchísimo más, que *abba* Hilkiah. El tiempo le daría la razón.

Y el «oso», feliz ante la posibilidad de desplegar sus conocimientos delante de sus amigos y, sobre todo, de su Maestro, empezó a hablar de las antiguas tradiciones egipcias, en las que ya se mencionaba la conversión del agua en vino. Quedé gratamente impresionado por la cultura de Bartolomé. Y todos oímos con atención. El «oso» vino a decir que, desde tiempos remotos, las gentes que vivían en el Nilo acudían en una fecha determinada, en el mes de *sebat* (hacia enero), a las orillas del citado río para recoger agua. Y entendí que el 6 de ese mes de enero se registraba el habitual milagro del dios Dusares: el agua se convertía en vino. Era un agua milagrosa, capaz de grandes prodigios.

Todos le escuchábamos boquiabiertos. Yo, el primero. El Maestro disfrutaba con las historias del «oso». Algunas,

---

(1) El término arameo «mar» era un concepto superior a los de «rabí» o «señor». Se utilizaba con alguien capaz de hacer prodigios. Éste era el caso del tal Hilkiah que vivió, probablemente, en el siglo primero antes de Cristo. Su fama saltó a la leyenda y fue recogida, incluso, en el Talmud. Era considerado nieto (?) del gran Honi, el «trazador de círculos»; «el que llamaba a la lluvia». Decían que *abba* Hilkiah rezaba y la lluvia se hacía presente de inmediato. Se contaban infinidad de anécdotas al respecto, la mayor parte inventadas. En el tiempo de Jesús, que yo pudiera constatar, el término «mar» no era utilizado con frecuencia. El pueblo prefería «rabí» (maestro) o «señor». Ambos fueron utilizados con el Galileo, permanentemente. *(N. del m.)*

supongo, exageradas o deformadas. Eso no importaba... Lo interesante era verle y oírle. Dramatizaba. Gesticulaba. Elevaba el tono o lo bajaba, según. Nos tenía hipnotizados... (1)

Pero el cansancio terminó con todos. Había sido una jornada agotadora e inolvidable.

Y, lentamente, conforme las llamas languidecieron, así se fueron retirando los discípulos. Cada cual buscó un lugar en la gran sala que servía de comedor, recibidor y dormitorio, y se dispuso a descansar.

Al poco, todos dormían. Eché en falta los ronquidos de Simón Pedro...

El Galileo continuó un poco más frente al fuego. Imaginé que también tenía muchas cosas en la cabeza...

Y quien esto escribe se mantuvo a su lado, en silencio.

Fue entonces cuando percibí el aroma a jara cerval. No procedía de la leña que se consumía en el hogar. Sólo quedaban las brasas. Yo lo sabía. Era un perfume emanado del Hijo del Hombre. En esos momentos, el aroma de la amistad. Así lo interpreté.

Y, antes de retirarse, el Galileo se volvió hacia quien esto escribe y, misterioso, me dedicó unas palabras:

—Busca la perla en tus sueños...

¿Qué quiso decir?

Tomó su petate, lo utilizó como almohada, y se dispuso a dormir.

¿A qué perla se refería? Que yo recordara, nunca soñé con una perla... Utilizó la palabra *margalit* (perla). Fue Eli-

---

(1) También en el reino nabateo —según Bartolomé— circulaban leyendas parecidas a la del Nilo. De hecho, Dusares era un dios nabateo (árabe). En lo que hoy conocemos como Petra se celebraba una tradición similar a la de la conversión del agua en vino. Era el agua milagrosa que curaba los males del alma y del cuerpo. En los pozos de Zemzem (La Meca) existía una tradición idéntica. Hoy, los peregrinos a La Meca no abandonan el lugar sin haber bebido primero de dichos pozos. Desde tiempo inmemorial, mucho antes del Islam, los árabes consumían la *siqaya* (también conocida como *nabid* o *sawiq*), una especie de vino, íntimamente relacionado con el agua de los referidos pozos. La tradición se mantuvo hasta el siglo décimo de nuestra era. Para los místicos árabes, la conversión del agua en vino no era una novedad. También en Gerasa (actual Jordania) se celebraba una fiesta similar, en la que el agua milagrosa era el centro de atención de los peregrinos. *(N. del m.)*

seo, mucho después, quien apuntó una posible explicación. Mejor dicho, dos...

El Maestro pudo querer decir que permaneciera atento a las ensoñaciones. En los sueños —aseguró el ingeniero— se esconde una «perla», oculta entre otras imágenes *kleenex*, tan absurdas como desechables. Hay que saber «ver» mientras se sueña... Es un regalo de los cielos. Generalmente, esa «perla» es una advertencia. Alguien te avisa. Algo va a suceder...

La segunda posible explicación también me inquietó. «Buscar la perla en los sueños» significaba igualmente ser «inocente a la hora de interpretar un mensaje» (1).

¿Qué insinuó el Hijo del Hombre?

No tardaría en descubrir la secreta intención del Galileo. Pero eso sucedería en Nahum...

Y caí rendido. Estaba agotado.

Pero la felicidad sólo duró un par de horas...

Fue avanzada la segunda vigilia de la noche cuando fuimos despertados, y bruscamente.

Eran Simón Pedro y Juan Zebedeo. Regresaban de la boda, y no precisamente alegres. Yo diría que muy alegres. Se sujetaban el uno al otro, como Dios les daba a entender. Entraron cantando la canción del Mesías, y no tardaron en tropezar y rodar por el suelo. Andrés, solícito, se apresuró a ocuparse de su hermano. Le reprochó el lamentable estado y le ayudó a tumbarse a su lado. Simón Pedro no le oía. De vez en cuando lanzaba vítores a Jesús de Nazaret. El Maestro se incorporó, comprendió y volvió a dormirse.

Juan Zebedeo imitó a Simón, pero fue a tumbarse lejos de donde descansaba su hermano Santiago.

Y se hizo la paz, nuevamente. ¿Paz? Había olvidado los ronquidos y el suplicio de la apnea de Pedro...

---

(1) «Margalit» (perla) podía ser traducido también como «hábil» *(raguil)* y como «perfección» *(tam)*. Según esta interpretación, «extraer la perla del sueño» significaba ser hábil a la hora de descifrar un mensaje. Desde otro punto de vista, cada perla blanca derivaría de *ve-ajlamáh* (amatista), tal y como hace ver el Éxodo (28, 19). Como se recordará, la amatista aparecía entre las doce piedras sagradas que lucía el Sumo Sacerdote judío en el pectoral, en recuerdo de las doce tribus de Israel. Era considerada una piedra con poderes sobrenaturales. Por supuesto, jamás ha sido encontrada una perla de amatista. *(N. del m.)*

Y la casa se llenó de ronquidos y de silencios heroicos.

Pero también terminaría por acostumbrarme...

Y volví a dormirme.

Pero, faltando una hora para el alba, algo me despertó. Oí ruidos. Medio me incorporé y, a la luz de las lucernas que colgaban de los muros, descubrí una silueta vacilante. Se movía con dificultades. Daba tumbos. Se dirigía hacia quien esto escribe.

Me sobresalté. ¿Quién era? ¿Qué sucedía?

Y la figura siguió aproximándose.

Esquivaba los cuerpos dormidos de los discípulos. De pronto se detenía y miraba a derecha e izquierda.

Yo le conocía...

Y al alcanzar la mitad de la sala, una de las lámparas de aceite lo iluminó lateralmente.

¡Era Pedro!

Tenía los ojos abiertos, pero no miraba a ninguna parte. En décimas de segundo creí entender...

Echó a andar de nuevo pero, al poco, volvió a detenerse. Y le vi frotarse las manos, como si se las estuviera lavando en una fuente imaginaria.

Hice ademán de levantarme. Tenía que auxiliarle. No fue necesario. Andrés, al no oír los ronquidos, despertó y lo vio caminando por la habitación. Se fue hacia él, lo tomó del brazo y, con dulzura, lo condujo de nuevo a su lugar. Y allí se tumbó, como si nada.

Creo que nadie, salvo Andrés y este explorador, se percató de lo ocurrido. Simón Pedro era sonámbulo. Era otra de las alteraciones típicas del sueño (1). Nada grave, en principio, aunque podía convertirse en algo problemático, según el lugar y las circunstancias...

(1) Aunque las causas del sonambulismo no han sido aclaradas, los expertos consideran que, durante ese período, el cerebro experimenta un bloqueo cortical sin inhibición motora. Generalmente se registra durante el sueño profundo (estadios 3 y 4). Existen otros automatismos durante el sueño (parasomnias) como el rechinar de dientes (bruxismo), orinarse en la cama (enuresis), hablar y gesticular, sufrir pesadillas, sentarse en la cama con los ojos abiertos o tirar de la sábana en mitad de la noche. En los adultos, el sonambulismo suele aparecer como consecuencia del estrés, de una fuerte tensión, o del alcohol, entre otras razones. Por la mañana, al despertar, no recuerdan lo sucedido durante la noche. *(N. del m.)*

Y todo volvió a la calma. Y me pregunté, una vez más: ¿por qué en el año 30, cuando conocí a Pedro, no reparé en su apnea, ni en los ronquidos, ni tampoco en el sonambulismo? No lograba explicármelo. No era lógico. En muchas de aquellas noches, en las que pude observarle durante horas, tendrían que haberse repetido estos automatismos del sueño...

Así me sorprendió el amanecer, inmerso en estas disquisiciones. No conseguía aclarar el misterio. Fue un tiempo después, al final de mi aventura, cuando todo se volvió nítido y despejado...

Los relojes de la «cuna» señalaron el orto solar (amanecer) de ese jueves, 28 de febrero, a las 6 horas, 6 minutos y 41 segundos (de un supuesto Tiempo Universal).

El grupo se fue despertando. La gente se aseó y Bartolomé se esmeró con el desayuno. El Maestro había descansado. Le noté de buen ánimo. Al contemplarle daba la impresión de que no había pasado nada. El prodigio del día anterior parecía olvidado. Nadie lo recordó. Nadie hizo alusión a la entrada «triunfal», de madrugada, de Juan y de Pedro. Desayunamos en silencio. Era desconcertante. La boda, aparentemente, pasó a la historia. Eso creí, al menos...

Y hacia las siete de la mañana, cuando nos disponíamos a marchar, se presentó alguien a quien, sinceramente, había olvidado. Era Ticrâ (Cielorraso), la madre del novio. La acompañaba Noemí, la nuera. Ticrâ se fue directamente hacia el Maestro. Lamentó que se hubiera ido de la fiesta tan precipitadamente y, antes de despedirse, le entregó una pequeña bolsa de lana, o quizá de algodón, de un color azul oscuro. Aparecía cerrada con la ayuda de una cuerda, también en un azul profundo.

Jesús tomó la bolsa y la abrió parcialmente. Se asomó al interior y volvió a mirar a la buena mujer. El rostro del Galileo se iluminó. Y sonrió en silencio. Ticrâ y Noemí correspondieron a la sonrisa. Pero nadie hizo comentario alguno sobre el contenido de la bolsa.

Y las mujeres, sin más, besaron nuevamente las mejillas del Hijo del Hombre y se despidieron. Se alejaron a toda prisa. La fiesta, al parecer, continuaba.

Y nos pusimos en camino.

La despedida del «oso» de sus ancianos padres fue emotiva. Bartolomé lloró un buen rato, mientras nos alejábamos de la aldea. El «oso» era quien sostenía, económica y emocionalmente, a sus progenitores. Bartolomé, creo haberlo dicho, era el menor de siete hermanos. Todos residían fuera de Caná. Prometió volver «lo antes posible» pero, ni él ni nadie, sabía con certeza cuándo regresaría. Y de esta forma empezó a dibujarse un problema, en absoluto menor, que llevaba tiempo rondando en la mente de este explorador: ¿qué sucedería con las familias de los discípulos cuando Jesús iniciase su vida pública? De hecho, en cierta medida, ese período ya había sido estrenado. No supe qué pensar. Eran muchas personas las que, supuestamente, podían quedar en el desamparo...

El tiempo tenía la palabra. Él resolvería, supuse.

El cielo continuaba denso y cerrado, con las nubes bajas y entretenidas en lamer colinas y olivares. Hacía frío, pero no parecía que fuéramos a padecer las nevadas del día anterior.

El Maestro, según su costumbre, se situó en cabeza y tiró del grupo con paso decidido. Yo me situé en último lugar, cerrando la expedición, como también era habitual en este explorador, y en la compañía de Andrés. Lo vi melancólico y algo triste. Imaginé que obedecía al comportamiento de su hermano. Y me las arreglé para sacar la conversación sobre la bebida y el sonambulismo. Andrés, que amaba a Pedro por encima de todo, esquivó el primer tema. Su silencio me dio a entender que Simón bebía desde hacía tiempo. Tampoco era de extrañar. Los pescadores, en el *yam*, eran hombres rudos que debían enfrentarse a diario con el peligro de las frecuentes tormentas y, en general, con un trabajo áspero y poco gratificante. Casi todos los pescadores bebían, y lo hacían sin medida. Simón Pedro no era una excepción, al menos en esos momentos.

Respecto al segundo problema —el sonambulismo—, el paciente discípulo volvió a encogerse de hombros, como cuando le planteé el suplicio de los ronquidos, y aseguró que no recordaba el momento en que su hermano empezó a caminar, y a hacer cosas extrañas, en sueños.

—¿Cosas extrañas? ¿Qué cosas?

Andrés me miró, intrigado. ¿Por qué aquel griego entrometido hacía preguntas tan raras? Pero el hombre me apreciaba, y yo a él, y respondió, creo, con sinceridad:

—Desde niño ha caminado en sueños. Era yo quien se ocupaba de devolverlo a la cama. Era la luna llena la que lo tenía, y lo tiene, embrujado...

Ésa era la creencia generalizada en aquel tiempo. Los sonámbulos eran hombres y mujeres hechizados por la luna.

—... Caminaba entre los muebles, sin tropezar, y se subía a los árboles y a los muros...

Tuve un presentimiento. ¿Caminó Jesús sobre las aguas, como defienden los evangelistas, o fue todo consecuencia de un mal sueño de Simón Pedro? Tendría que esperar para despejar el enigma. Mejor dicho, sería mi hermano quien tendría que aguardar a que llegara ese no menos histórico e increíble momento... Tiempo al tiempo.

Y oyendo las explicaciones de Andrés, no sé por qué, me vino a la memoria el acto quinto (escena primera) del *Macbeth*, de Shakespeare, cuando detalla el sonambulismo de lady Macbeth... ¿Por qué ninguno de los mal llamados «escritores sagrados» se refiere al problema de Pedro con la bebida? ¿Por qué no mencionan los automatismos del sueño que llegó a padecer? ¿No era importante? ¿Lastimaba la imagen del que llegaría a ser líder y cabeza visible de la primitiva Iglesia?

Y así, enredados en estas conversaciones, fuimos a desembocar en la senda principal, la ruta que conducía del *yam* a Cesarea y que, como expliqué, había recorrido, en uno y otro sentido, en varias oportunidades. Jesús giró a la derecha y prosiguió hacia el este. Comprendí. Su intención era llegar al mar de Tiberíades. Quizá a Nahum. Eso representaba unas tres o cuatro horas, según. En esos instantes quizá estábamos cerca de las ocho de la mañana. Hacia la nona (tres de la tarde), si todo discurría con normalidad, podíamos avistar la orilla occidental del *yam*. ¿Normalidad? Con Jesús de Nazaret era imposible hablar de normalidad... Y me dispuse a afrontar el viaje con optimismo. Vivir con aquel Hombre era una permanente y deliciosa aventura.

Fue entonces cuando me vino a la mente lo narrado por

Bartolomé durante mi primer viaje a Nazaret, en el año 30.
Según el «oso», al día siguiente del prodigio, cuando Jesús
y los seis discípulos se dirigían de Caná al *yam*, hicieron un
alto en la llamada posada del «tuerto», a no mucha distancia de donde nos encontrábamos en esos instantes. En dicho albergue, al parecer, sucedió algo. Debía permanecer
alerta. Ese día al que se refirió Bartolomé era, justamente,
el 28 de febrero, jueves...

Según mis cálculos nos hallábamos a cosa de una hora
de la citada posada.

Y, poco a poco, el grupo fue estirándose. Era lo habitual.
Entonces, cuando apenas habíamos avanzado cinco o diez
minutos, el Maestro abandonó la cabeza y, lentamente, fue
quedándose atrás. Conversó con unos y con otros. Simón
Pedro estaba eufórico. Me pareció raro. No había dormido
bien... Sin embargo, como digo, hablaba con todos, reía y,
de vez en cuando, se le oía cantar. No tenía aspecto de estar
soportando la lógica resaca.

La cuestión es que el Galileo terminó emparejándose
con este explorador. Durante un rato caminamos en silencio. Los otros marchaban por delante, a buen paso. Ahora
era Simón Pedro quien tiraba del resto.

Le miré de reojo en un par de ocasiones. Tenía buen aspecto. El cabello aparecía recogido en la habitual cola y la
frente cubierta con la cinta de lana blanca, igualmente normal en las largas caminatas. Creí que iba a lo suyo, montado en sus pensamientos, pero no...

De pronto preguntó:

—¿Es tan bueno como dicen?

No comprendí.

—¿Bueno? ¿El qué?

Sonrió con picardía y señaló el saco de viaje que colgaba
de mi hombro derecho. Seguía en blanco...

—El vino...

—¿Vino? ¿Qué vino?

Esa mañana era yo el más espeso de los ocho, sin duda.
Necesité unos minutos para caer en la cuenta.

E hizo un comentario que me dejó perplejo.

—Creí que, como *mal'ak* (mensajero), mi gente te había
dotado de una memoria más que buena...

No reaccioné. Me hallaba en blanco.

El Maestro comprendió y me rodeó con su brazo derecho y con su sonrisa. Por cierto, fue entonces cuando reparé en otro detalle en el que me había fijado poco, pero que encerraba un significado: Jesús siempre caminaba a la izquierda de quien fuera. Tenía que preguntar por qué...

Me sentí feliz con el abrazo, pero seguí confundido.

E insistió, divertido:

—¿Es bueno el vino del prodigio?

Por fin...

—¡Oh, sí —balbuceé—, por supuesto que lo es!

E intenté adelantarme a sus pensamientos:

—Tengo un poco... ¿Quieres?

—Más adelante...

Y en esos momentos caí en la cuenta de algo que tampoco menciona el evangelista: Jesús de Nazaret fue el único que no probó el vino milagroso de Caná. Probó el primero, el que estaba a punto de acabarse, pero no el que «apareció de la nada», según sus palabras. Por cierto, ¿cómo supo que cargaba una calabaza con un poco de vino prodigioso? Él no estaba presente cuando llené la citada calabaza y se encontraba de espaldas cuando la oculté en el petate.

¡Qué pregunta tan tonta!

Y aproveché la buena disposición del Maestro, y la circunstancia, inmejorable, de que camináramos en solitario, para abordar algunos temas relacionados con el prodigio y que, sinceramente, no era capaz de poner en pie. El Galileo aceptó, encantado. Esto fue lo que recuerdo de aquella instructiva charla, camino del *yam*:

Jesús vino a confirmar lo que sospechaba. Él no fue el responsable directo del prodigio. Fue su «gente» (sus ángeles, por simplificar) quien lo logró. Él fue el primer sorprendido. Como se recordará, en Beit Ids, Jesús se propuso, firmemente, no recurrir a su poder personal. Deseaba revelar al Padre Azul mediante la palabra, y no por signos maravillosos...

Pero, tal y como imaginé, la piedad terminó «perdiéndole». Cada vez que sentía misericordia, o ternura, o compasión, corría el peligro de que lo deseado se hiciera realidad. «Correr el peligro», obviamente, es una manera de hablar...

La cuestión es que Jesús de Nazaret experimentó dulzura y piedad por aquella mujer que le había dado el ser y que, en mitad de la boda, suplicaba su ayuda. Las lágrimas de la Señora abrieron su corazón y deseó, durante un instante, que los sueños de María se cumplieran. Fue suficiente. Su «gente» materializó el deseo del Hombre-Dios. Y el vino se hizo realidad.

—Pero ¿cómo? —me interesé vivamente—, ¿cómo lo hicieron?

Jesús volvió a sonreír. Yo conocía aquella pícara sonrisa. La vi en el monte Hermón y en otros lugares. Era una sonrisa que anunciaba: «Has llegado al límite...»

—Lo sé —me respondí a mí mismo a la vista del elocuente silencio del Maestro—. Cada cual tiene sus normas...

Jesús apreció mi comprensión y añadió algo que no quedó claro. Habló del tiempo. Mejor dicho, de la ausencia del tiempo. Su «gente», si no entendí mal, creó el vino como lo hacen los seres humanos, pero «fuera del tiempo». El vino fue elaborado y procesado (las palabras no me ayudan) como se hace en la Tierra, pero al margen del factor o de la dimensión tiempo. Acepté su palabra, aunque no fui capaz de aclarar mi mente. Jesús de Nazaret jamás mentía.

En consecuencia, según estas explicaciones, no hubo violación de las leyes de la naturaleza. Dios no se saltó sus propias normas. No lo necesitaba. Al llegar al Ravid y analizar la información disponible entendí un poco. Sólo un poco... Pero es bueno que vaya paso a paso.

El Maestro sentenció el enigma con una sola frase:

—No confundas tu limitación con la limitación de Dios...

Me hallaba perplejo, una vez más. Jesús de Nazaret, como había hecho pocas horas antes con sus discípulos, estaba reconociendo que Él no era el autor del prodigio. Fue su «gente», con el consentimiento o la voluntad de Ab-bā.

—Así que tú fuiste el primer sorprendido —añadí.

—El primero y, al principio, el que más...

Terminamos riendo.

Aquel Hombre-Dios, aun siendo el Creador de un universo, no lo controlaba todo. Era parte del juego...

Y Jesús volvió a lamentar que la gente creyera en Él por causa de estos asuntos, tan ajenos a su voluntad.

—Tendré que estar despierto...

Al principio tampoco comprendí aquellas palabras.

—¿Despierto?

—Sí, *mal'ak*, debo aprender a ser un Dios despierto. La misericordia es necesaria pero, en mi caso, debo administrarla con prudencia.

Eso, justamente, era lo que le distinguía. Jesús de Nazaret es el Hombre que más misericordia ha derramado sobre la Tierra. Yo fui testigo de excepción...

Pero terminé comprendiéndole. Lo que quiso decir es que debía estar atento. Cualquier manifestación de ternura o compasión podía derivar en un prodigio, y tampoco se trataba de eso. Ahora, finalizada mi aventura, sigo preguntándome: ¿cuántos sucesos prodigiosos fueron protagonizados por Jesús... sin que Él fuera consciente? ¿Cuántos prodigios fueron consecuencia de su misericordia? Prodigios que no fueron reseñados por nadie.

No quiero pasar por alto el último versículo del evangelio de Juan (21, 25). Aunque, probablemente, se trate de una interpolación posterior (alguien metió la mano), quien lo hiciera dio en el blanco, no sé si con conocimiento de causa. Dicho versículo dice textualmente: «Hay además otras muchas cosas que hizo Jesús. Si se escribieran una por una, pienso que ni todo el mundo bastaría para contener los libros que se escribieran.» Cierto. Yo había sido testigo de dos sucesos inéditos: las curaciones de Aru, el negro tatuado del *kan* de Assi, el esenio, y la de Ajašdarpan, el niño mestizo de Beit Ids. Y sólo fue el principio...

Finalmente, cuando el Maestro tuvo conciencia de lo ocurrido en la boda de Caná, se resignó. No había vuelta de hoja. Fue la voluntad de su Padre, el buen Dios. Eso era lo importante. Eso era lo que realmente contaba para el Galileo. Y se retiró a la azotea de la casa. Necesitaba pensar. Tenía que entrar en contacto con Ab-bā y tomar decisiones. Eso fue lo que explicó en aquella caminata. Al descender las escaleras y regresar al patio a cielo abierto se encontró con el «pastel»...

No hice comentario sobre la actitud de María, su madre. No me pareció prudente ni correcto. Además, para quien esto escribe, el asunto era nítido como la luz. La Señora, ya lo expliqué en su momento, no entendió el mensaje, ni los métodos utilizados por su Hijo. No comprendió. Sólo después de la muerte del Galileo empezó a intuir su error. Pero de eso ya me he ocupado, creo.

Y faltando poco para la tercia (nueve de la mañana), el grupo se detuvo frente a la posada del «tuerto». Los discípulos aprovecharon para descansar. Jesús tomó aparte a Felipe, le entregó unas monedas, y rogó que se hiciera con las provisiones necesarias para la jornada. Una vez en el *yam*, ya veríamos...

Felipe si dirigió al túnel de acceso al albergue y quien esto escribe rememoró los sucesos vividos en aquel año 30, cuando caminábamos en dirección contraria, hacia Caná y Nazaret (1). Y elogié el tacto del Maestro al no acompañar a Felipe al interior de aquel maldito antro.

Pero el «oso», incapaz de controlar la curiosidad, se fue tras Felipe. Después me explicó. Su deseo de compartir la noticia sobre el prodigio del vino era tal que no reflexionó y se encaminó hacia la posada con el sano propósito de hablar del asunto con los allí reunidos. Hasta cierto punto era lógico y natural. Bartolomé era de Caná. La posada del «tuerto» era un lugar relativamente próximo a su aldea natal. Allí se conocían todos. Quería dar la gran noticia, pero...

No lo dudé. Me fui tras ellos.

Y fui recibido por el tufo inconfundible que caracterizaba el recinto: una mezcla de orines, humedad, caballerías y aceite quemado.

Crucé el patio y, al pasar junto al pozo, recordé la escena de los soldados y los clientes del «tuerto».

El interior del albergue presentaba el mismo aspecto. En la estancia rectangular, aceptablemente iluminada por media docena de hachones que colgaba de los muros, continuaba la larga y mugrienta mesa, así como otras, más reducidas y cuadradas, tan sucias y desgastadas como la principal.

Varias «burritas», con los pechos al aire y la piel tatuada, servían vino y carne estofada a una decena de clientes. Un humo blanco huía de las antorchas y se embalsaba en el techo. Los clientes, casi todos viajeros, reían las gracias del propietario de la posada, el tristemente célebre «tuerto»; un sujeto mal encarado, con un negro parche de metal cubriéndole el ojo izquierdo. Vestía el habitual mandil de cuero,

---

(1) Amplia información sobre los hechos que allí tuvieron lugar en *Nazaret. Caballo de Troya 4. (N. del a.)*

sucio y pringoso, y un manojo de grandes llaves de hierro colgado al cuello. Se hallaba al otro lado del «mostrador» de las ánforas, un «mueble» obligado en las tabernas y posadas. En este caso, como ya detallé, el «mostrador» estaba formado por diez vasijas de un metro de altura, alineadas y sólidamente ancladas en el piso de ladrillo. Sobre las bocas de las ánforas fue dispuesta una plancha de madera de unos cinco metros de longitud, con diez orificios que permitían el llenado de las jarras o cacillos. El vino era retirado de las ánforas y servido por las prostitutas.

Felipe esperaba junto al «mostrador». Ya había encargado las viandas: cabrito en salsa, pan moreno y fruta.

Y sucedió lo inevitable.

Bartolomé se dirigió al posadero y, con solemnidad, anunció que el deseado Mesías, el descendiente de la casa de David, se hallaba a las puertas del albergue. Y el «oso», no contento con ello, advirtió al «tuerto», y al resto de la clientela, que Jesús acababa de obrar un prodigio en su pueblo, en Caná. Y explicó algo que el «tuerto» ya sabía: el agua de las abluciones fue convertida en vino...

Las risotadas fueron generales. Al parecer, la noticia del prodigio se había propagado la tarde-noche anterior, y a gran velocidad. Ya era conocida en la zona.

Entonces, ante la creciente indignación de Bartolomé, el posadero —que no dejaba de reír y de burlarse del tal Jesús de Nazaret— fue examinando el contenido de las diez ánforas. Y al llegar a una de ellas, probablemente vacía, o casi vacía, se detuvo. Echó mano de un cubo de metal, lo llenó de agua, y lo vació en la referida ánfora. Y repitió la operación hasta que el recipiente apareció colmado. Después, animando a la concurrencia a que riera la gracia, preguntó a Bartolomé:

—¿Puedes ordenar a ese Mesías que convierta esta agua en vino?

La clientela, en efecto, se dobló de la risa.

El «oso» trató de saltar sobre el posadero, pero Felipe lo contuvo y le obligó a guardar silencio.

Y el «tuerto» redondeó la gracia:

—A ser posible que sea vino del Hebrón... Naturalmente, iremos a medias en el negocio...

La llegada de las provisiones puso punto final a la desagradable escena. Felipe pagó y tiró del sofocado socio y amigo. Al salir de la posada, las risotadas continuaban rebotando contra los muros.

El Maestro, sentado al pie del camino, me miró intensamente. Ni el «oso» ni Felipe dijeron nada, pero Él sabía...

Y proseguimos la marcha.

Quizá fueran les diez de la mañana, más o menos...

Quedaba mucho camino por delante. Y volví a dudar: el poblado de los bastardos se levantaba a cosa de hora y media. ¿Entraría el Maestro en el conflictivo asentamiento de los *mamzerîm*? Eran miles de chabolas, con la escoria de la sociedad judía. Quien esto escribe ya había experimentado una amarga sensación al cruzar por aquella «ciudad» (1), cuando iba y venía de Cesarea. No era capaz de imaginar al Hijo del Hombre en medio de semejante desastre humano. ¿O sí? ¿Qué podía suceder si alguien solicitaba su ayuda?

Y Jesús entró en la «ciudad de los desgraciados», pero en su momento...

El Galileo fue turnándose mientras avanzábamos. Caminaba con unos y con otros, o con el grupo, según el momento. Al «oso» le dedicó parte del recorrido. La pierna izquierda de Bartolomé seguía renqueando.

La verdad es que nos cruzamos con poca gente.

Y al filo de la quinta (once de la mañana), el Maestro hizo lo que había imaginado: al divisar el cruce hacia la aldea de Arbel se fue orillando y terminó por desviarse a la izquierda, abandonando la senda principal. Fue una idea afortunada. Aquel atajo hacia el *yam* era más recomendable que el cruce entre los bastardos y, posteriormente, el paso por la intrincada ciudad de Tiberíades. Por cierto, a lo largo del camino, antes de llegar al referido desvío a Arbel, la aldea de las redes, el Maestro fue explicando a cada discípulo que, en el futuro, deberían evitar las ciudades de Séforis (capital de la baja Galilea) y Tiberíades. No dio explicaciones. Sería mi hermano, Eliseo, quien terminaría aclarando el misterio. Y también recomendó que procuraran hablar lo

(1)   Amplia información sobre la «ciudad de los *mamzerîm*» en *Cesarea. Caballo de Troya 5. (N. del a.)*

menos posible sobre lo ocurrido en la boda de Caná. «Un poco tarde», pensé.

Una vez en el sendero que conducía a Arbel, el Maestro eligió un corro de olivos, a la derecha del camino, y sugirió que descansáramos. Era la hora del almuerzo.

Y los discípulos tomaron asiento sobre el terreno. Algunos aprovecharon para orinar.

Felipe, el «oso» y Andrés prepararon la comida.

Jesús se acomodó al pie de uno de los viejos olivos y contempló el cielo. Hice cálculos. Conocía la zona. Nos hallábamos a 193 metros sobre el nivel del mar y a poco más de hora y media de Migdal. Antes del ocaso, si ésas eran las intenciones de Jesús, podíamos estar en Nahum.

El cielo empezó a despejarse, aunque, por la zona que habíamos dejado atrás, especialmente en las colinas de Caná, el horizonte seguía negro y borrascoso. De vez en cuando, la pared de nubes se encendía de culebrinas, y se adivinaban las tronadas. No eran relámpagos azules, como los que contemplé en Caná. Probablemente llovía o nevaba sobre la casa de Nathan. ¿Seguiría la fiesta? ¿Cómo reaccionó la Señora al saber que su Hijo había abandonado el lugar? ¿Terminaría agotándose el «vino prodigioso»? ¿Qué pensarían Santiago y Judá, los hermanos de Jesús, de la súbita marcha del Maestro y de sus discípulos? ¿Y qué decir del persa? ¿Seguiría buscándome?

Y sumido en estas reflexiones, más o menos importantes, fui sorprendido por algo que se había perdido en la penumbra del olvido.

El Maestro buscó en su saco de viaje y extrajo la pequeña bolsa de color azul profundo que le regaló Ticrâ esa misma mañana, al alba.

Me sentí intrigado. ¿Qué contenía?

Y presté atención.

El Hijo del Hombre, feliz, canturreando en voz baja, soltó la cuerda y abrió la bolsa. Miró en el interior y, sin dejar de canturrear, alzó la vista y me buscó con la mirada. Sentí cómo me salían los colores. Poco faltó para que este explorador desviara la mirada, pero no. Decidí resistir aquella «luz», color miel. No era fácil acostumbrarse a que penetrara en los pensamientos...

Sonrió, divertido, y prosiguió con el canturreo...

Yo conocía la canción: «Dios es ella...»

Era una de las favoritas del Maestro. La oí cantar, por primera vez, en el astillero de los Zebedeo, cuando el Galileo trabajaba en una de las embarcaciones.

«Ella, la primera *hé*, la que sigue a la *yod*...»

Jesús martilleaba los pernos de sauce y hacía coincidir los golpes con algunas de las palabras...

El Maestro, sin dejar de sonreír, bajó la vista y se centró de nuevo en el contenido de la bolsa de lana.

«... Ella, la hermosa y virgen...»

Y así permaneció unos segundos, contemplando lo que fuera. Yo estaba en ascuas...

Felipe soltó una maldición y se acordó de los padres del posadero, «suponiendo que los tuviera», añadió. No sé qué sucedía.

«... el vaso del secreto... Padre y Madre son nueve más seis...»

La canción fluía despacio. Jesús mantenía abierta la bolsa. Parecía atrapado por el contenido. Me fijé de nuevo en las manos. Eran especialmente atractivas: largas, estilizadas y con las uñas siempre limpias y recortadas. Varoniles, pero no deformadas por el trabajo. Era asombroso. Jesús fue carpintero, herrero, albañil, pescador y también *naggar* o carpintero de ribera. Las manos, en buena lógica, debían aparecer deformadas. Todo lo contrario...

«... Dios es ella...»

¿Por qué no terminaba de extraer el contenido de la bolsa? Me dieron ganas de alzarme y curiosear; pero no. Mi atrevimiento no llegaba a esos extremos. Mi hermano, seguramente, sí hubiera sido capaz de algo así.

El Maestro parecía prendado del regalo de Ticrâ. De eso no cabía duda. Y continuó contemplándolo, pero sin sacarlo de la bolsa azul.

Empecé a pensar que no lo haría...

«... Ella, la segunda *hé*, habitante de los sueños...»

Y el «oso» se unió a las maldiciones de su socio, Felipe de Saidan. Algo dijo sobre el cabrito que le había vendido el «tuerto».

Me resigné.

Jesús no parecía dispuesto a mostrar el obsequio de la madre del novio.

Me equivoqué, naturalmente...

«... Dios es ella...»

Y, sin abandonar la pícara sonrisa, introdujo la mano izquierda en la bolsa y fue a rescatar el contenido.

Al fin...

El sol, casi en lo alto, lo recibió con la misma ansiedad que yo. Pero él lo hizo brillar. Yo no estoy preparado, aún, para tales menesteres...

Al verlo quedé perplejo. Lo había olvidado por completo.

Y Felipe, malhumorado, se aproximó a Jesús, y le mostró el guisado de cabrito. El discípulo tomó una de las piezas, se la llevó a la boca e intentó clavarle el diente.

—¡Maldito perro sarnoso!... ¡Esto es leña!

Jesús no tuvo tiempo de reaccionar. Felipe regresó con sus compañeros y siguió maldiciendo al «tuerto». El cabrito, al parecer, era incomible.

El Maestro olvidó el percance y continuó a lo suyo, embelesado con el cáliz de metal con el que había brindado y bebido en la boda de Noemí y Johab. De eso se trataba. Ése fue el regalo de Ticrâ.

Lo paseó entre los dedos y lo dejó brillar a su antojo. El sol estaba encantado y hacía su trabajo a las mil maravillas.

Era una aleación, como dije, aunque no supe cuál. Tendría que haberlo tocado y analizado.

El Galileo extrajo un paño rojo de la bolsa azul y empezó a sacar brillo a la atractiva copa. Ticrâ, cuidadosa, lo había previsto todo. El pequeño lienzo de lino, en un cereza suave, servía para mantener limpio y brillante el curioso objeto. Y digo curioso porque, por lo que pude observar, el cáliz disfrutaba de un acabado y de una forma poco comunes. Y deseé, fervientemente, acariciarlo y examinarlo. Lo ideal hubiera sido en la «cuna». Pero comprendí que estaba soñando...

Lo digo desde ahora. No sé por qué, desde el primer momento, me sentí atraído por el cáliz. Fue una empatía increíble. Y lo mismo le sucedió al Maestro. Desde que la servidumbre de *Sapíah* ofreció las copas de metal a la familia y al invitado de honor, el Hijo del Hombre observó y acarició el cáliz con un especialísimo cuidado. Y me vino a la mente la secuencia del huerto de Getsemaní y aquellas terribles palabras de Jesús, aterrorizado ante lo que estaba a punto de suceder: «¡Ab-bā!... He venido a este mundo para cumplir tu voluntad y así lo he hecho... Sé que ha llegado la hora de sacrificar mi vida carnal... No lo rehúyo, pero desearía saber si es tu voluntad que beba esta copa...»

Y repitió, minutos más tarde:

«Padre... muy bien sé que es posible evitar esta copa. Todo es posible para ti... Pero he venido para cumplir tu voluntad y, no obstante ser tan amarga, la beberé si es tu deseo...»

Eso sucedió (sucedería) en la madrugada del viernes, 7 de abril del año 30 de nuestra era, a las afueras de Jerusalén.

Sentí un escalofrío.

¿Qué simbolizaba aquel cáliz? ¿Por qué estaba allí? ¿Por qué el Galileo sentía tanta atracción por él? ¿Por qué me emocioné al verlo?

Pero el Maestro terminó guardando la copa de metal y atendiendo a los suyos.

La comida, efectivamente, se malogró, en parte. El guisado tenía más años que el sol, y la carne era como la piedra. Los discípulos maldijeron al «tuerto». Era curioso. De momento, Jesús no parecía molesto con el lenguaje de los íntimos. No tomaba en consideración sus maldiciones. Y nos decidimos por el pan moreno, untado en la salsa. Aquello alivió, en buena medida, el malhumor general. La fruta hizo el resto.

Y mientras descansábamos, mientras algunos de los discípulos echaban una cabezada al pie de los olivos, el Galileo rescató de nuevo el cáliz de metal, y fue a entregármelo, rogando que le permitiera probar el «vino prodigioso». Me apresuré a satisfacer sus deseos.

Tomé la copa y me dirigí al saco de viaje, depositado bajo uno de los árboles, con el resto de los petates.

Jesús observaba. Yo lo sabía, aunque me hallaba de espaldas a Él.

Y aproveché para examinar el cáliz con cierto detenimiento.

Parecía acero inoxidable aunque, obviamente, no estaba seguro.

¿Acero inoxidable?

Esta clase de aleación empezó a industrializarse en Europa hacia 1910, gracias a los trabajos de especialistas como

Gielsen, Portevin, Maurer y Strauss, entre otros. ¿Cómo era posible? Sinceramente, después de la experiencia con la espada de «acero de Damasco», vivida en Jerusalén durante el segundo «salto» en el tiempo (1), ya no me atreví a rechazar absolutamente nada. Todo era posible en aquella loca y maravillosa aventura...

El cáliz fue trabajado en una sola pieza. Mediría, como dije, alrededor de trece centímetros de altura, con un diámetro de seis en la boca. El pie era hueco y del mismo diámetro. Era extraordinariamente brillante. Había sido pulido con alguna suerte de torno. En el interior de la copa y del pie se observaban, a simple vista, las espirales y los punteados producidos por el citado torno. Me llamó la atención el peso. Calculé alrededor de medio kilo. Demasiado para un cáliz de esas dimensiones.

La factura era espléndida. Fue trabajado con exquisita delicadeza (como no podía ser de otra manera).

Y en esos instantes volví a pensarlo: «¡Cómo me gustaría trasladarlo a la "cuna" y analizarlo exhaustivamente!»

Pero sólo fue un pensamiento...

Llegué a olerlo. Era metal. Al menos, eso me pareció...

No quise demorarme más. Llené la copa con el vino del prodigio y regresé junto al Galileo. Se la entregué y Jesús agradeció el gesto con otra de sus interminables sonrisas. Aquella dentadura, blanca, perfectamente alineada, sin defecto alguno, me tenía fascinado.

Correspondí a la sonrisa, pero no me percaté del secreto que encerraba la mirada del Hijo del Hombre. Fui torpe. En esa mirada viajaba un mensaje. Ahora lo sé.

Pensé en los discípulos. ¿Les invitaba a compartir el li-

---

(1)   Durante una de las incursiones en el barrio de los forjadores, en Jerusalén, quien esto escribe acertó a visitar un taller y a tener en sus manos una espada fabricada con acero (el llamado «acero de Damasco»). Era muy liviana, con las dos caras de la hoja cruzadas por sendas oleadas de bellas y suaves marcas ondulantes que le proporcionaban una tonalidad blanca-azulada. Como se recordará, las primeras descripciones del «acero de Damasco» datan del año 540 después de Cristo. La espada fue confeccionada con altas concentraciones de carbono. Presentaba la llamada «escalera de Mohammed» (típicas marcas verticales en la hoja). Las regiones blanquecinas del acero eran carburo de hierro o cementita y las bandas oscuras del fondo, hierro con un bajo índice de carbono. La materia prima era un *wootz*, un acero fabricado en la India. (*N. del m.*)

cor prodigioso? Rechacé la idea. Los análisis eran prioritarios. No debía perder una gota más...

Jesús alzó la copa y el sol, atento, la llenó de reflejos.

Y el Maestro, en voz baja, entonó su brindis favorito:

—*Lehaim!* (Por la vida.)

Los discípulos ni vieron ni oyeron.

Entonces aproximó el cáliz, volvió a contemplar el licor y lo olió despacio, al tiempo que entornaba los ojos.

Lo llevó a los labios y bebió con tanta lentitud como curiosidad. Dejó que el vino se acomodara en la boca y lo degustó sin prisas.

Seguía con los ojos cerrados, pero el rostro irradiaba satisfacción. Estaba disfrutando...

Y en eso, uno de los discípulos —creo que Juan Zebedeo— reclamó la atención del grupo.

Y señaló hacia el oeste, hacia Caná.

Quedamos maravillados...

Fue un espectáculo único. Espléndido. Oportunísimo. Mágico.

Al fondo, en el cielo apizarrado, sobre las colinas, aparecieron dos enormes arco iris, concéntricos, casi redondos.

«Cien años de buena suerte...», clamó el «oso».

Ésa era la creencia cuando se veían dos arco iris a la vez. Si se observaba uno, la fortuna —decían— se prolongaba durante cincuenta (toda la vida, prácticamente). Pura superstición.

El arco interior (el más próximo a tierra) era el más brillante tal y como corresponde a este tipo de fenómeno.

Entonces, al fijarme con calma, reparé en algo que me dejó confuso. En realidad no fue uno, sino dos «detalles» extraños.

Para empezar era mediodía. El sol se hallaba prácticamente en el cenit. En esa posición es difícil ver un arco iris y, mucho menos, uno doble. Yo tuve la ocasión de contemplar uno cuando volaba sobre mi país, en Estados Unidos. Era un círculo completo, bellísimo. Yo sí tuve suerte... En esa oportunidad, en cambio, el doble arco, el observador y el sol formábamos un ángulo recto (1).

_____

(1)   Lo habitual es que el arco iris aparezca cuando llueve en la parte de cielo opuesta al sol (tomando como referencia al observador). El pro-

El segundo detalle que me dejó perplejo fue, sin duda, el más notable. En el arco primario (el más brillante), dos de los colores habituales del espectro aparecían cambiados de posición.

Miré y remiré.

No era posible... ¿Qué estaba sucediendo? Aquel fenómeno era desconocido para este explorador. No recordaba haber leído sobre el particular.

El violeta, que debería aparecer en la zona baja del arco iris (la más cercana al suelo, para entendernos), se presentaba en el «exterior», en lo más alto del arco. El color rojo, por su parte, ocupaba la posición del violeta. En lugar de hallarse en la parte alta, ante mi desconcierto, fue relegado a la región inferior...

El resto de los colores estaban «en su sitio», como correspondía.

Aquello no tenía sentido... ¿O sí?

En cuanto al arco secundario, como manda la naturaleza, el orden de los colores aparecía invertido respecto al primario. En ese aspecto, todo normal.

Me hallaba tan absorto en la contemplación de los dos arco iris concéntricos que casi perdí de vista al Galileo.

Pero Jesús, alertado por los comentarios de los discípulos, terminó abriendo los ojos y tuvo oportunidad de contemplar aquella maravilla.

Entonces alzó de nuevo el cáliz en dirección a los arco iris y lo mantuvo en esa posición durante algunos segundos.

Y repitió, también en voz baja:

—*Lehaim!*

Mi confusión fue total. ¿A quién brindaba?

No estuve despierto, no señor. Allí había mucho más de lo que parecía...

El cáliz, lentamente, volvió a los labios del Maestro y el Hijo del Hombre apuró el vino prodigioso. Después reclinó

---

ceso es el siguiente: cuando la luz solar encuentra gotas de lluvia, buena parte de los rayos luminosos se refracta en cada gota, reflejándose en el interior. Por último se registra una segunda refracción. Si la reflexión de la luz es una sola da lugar al arco iris primario (el más brillante). En otros casos se registran dos reflexiones en el seno de las gotas de lluvia y surgen dos arcos (primario y secundario). El centro del arco, el ojo del observador y el sol deben estar siempre alineados. *(N. del m.)*

la cabeza sobre el tronco del olivo y cerró los ojos nuevamente. Tenía el semblante sereno. Por cada poro huía un poco de luz. Eso me pareció.

Y la copa de metal fue a reposar en el regazo del Galileo, firmemente sujeta entre los dedos. El sol se ocupó de llenarla de destellos.

Y se hizo un largo silencio. Un silencio al que no se le veía el fondo.

Disfruté del singular arco iris hasta que, lentamente, fue extinguiéndose. El segundo arco también terminó por desaparecer y sólo quedó el horizonte negro y encapotado, justamente sobre Caná. Justamente...

Me sentí bien y confuso al mismo tiempo. No supe a qué atribuir aquella intensa sensación de paz. Ahora, pasado el tiempo, creo saberlo...

En cuanto a la confusión, era lógica. Como digo, jamás había visto cosa igual. No existe bibliografía al respecto que yo haya podido encontrar. Y puedo asegurar que la he buscado, empezando por el banco de datos de nuestro fiel colaborador, «Santa Claus». No hay nada sobre la inversión de colores en el arco iris. No es lógico ni racional. No obedece a lo conocido. Sin embargo, cuando Eliseo supo lo ocurrido, sonrió con la misma malicia que el Galileo y apuntó una posible explicación. Dijo que... Pero será mejor que sea él mismo quien proporcione los detalles, cuando llegue el momento... Por supuesto que la inversión del violeta y del rojo guardaba sentido. Ya lo creo...

No sé cuánto tiempo pudo transcurrir. No llevé la cuenta.

El caso es que, nada más desaparecer los arcos iris, me volví hacia el Maestro y seguí contemplándolo. Pensé que se había quedado adormilado, pero no. De pronto, por la mejilla derecha resbaló una lágrima. Era una lágrima con prisas. Y se ocultó, rápida, en la barba.

No hubo más. Quedé impresionado.

Los discípulos sí habían terminado por caer en un plácido sueño. Pedro, afortunadamente, no rompió aquel mágico momento con sus ronquidos... Creo que ninguno de los seis se percató de la misteriosa lágrima del Hijo del Hombre.

Y quien esto escribe se preguntó: «¿Por qué lloraba el

Maestro?» ¿Fue de felicidad? ¿Vio algo que los demás no vimos? ¿Fue de tristeza? ¿Supo de algo que tampoco fuimos capaces de intuir? Nunca lo descubrí.

Pasado un rato, el Galileo abrió los ojos. Miró a su alrededor y recuperó el temple. Se fijó en este explorador y, tras hacerme un guiño, se puso en pie. Guardó el cáliz, se echó el saco de viaje al hombro, y alertó a sus hombres para que reanudaran la marcha.

Al poco, el grupo se ponía en movimiento, rumbo al mar de Tiberíades.

Estábamos cerca de la una de la tarde...

Y seguí preguntándome: ¿Qué fue lo sucedido en aquel remoto sendero, cerca de la aldea de Arbel? Tenía la seguridad de que había sido testigo de algo especial, muy especial, y quizá tan prodigioso como la conversión del agua en vino, pero no supe descifrar el nuevo misterio.

Y sumido en estos pensamientos rodeamos la tranquila Arbel y nos encaminamos, a través de la planicie de las pimpinelas espinosas, hacia los desfiladeros de Hamam y de «las palomas», cerca del *yam*.

Los enigmas del cáliz y de la inversión de colores en el arco iris llegaron a obsesionarme. Y durante un buen rato no hice otra cosa que darle vueltas y vueltas. Pero, convencido de que no llegaría a ninguna solución mientras no pudiera examinar la pieza de metal y consultar en el ordenador central, opté por refugiarme en otro tema, no menos problemático: el evangelio de Juan. Yo fui testigo de lo acaecido en la boda de Caná y recordaba lo escrito al respecto por Juan Zebedeo, el citado evangelista, testigo también (a su manera) del prodigio.

Sonreí para mis adentros. Los creyentes, al leer dicho texto (1), pueden imaginar una boda muy diferente a como

(1)   El texto de Juan (2, 1-12) dice textualmente: «Tres días después se celebraba una boda en Caná de Galilea y estaba allí la madre de Jesús. Fue invitado también a la boda Jesús con sus discípulos. Y, como faltara vino, porque se había acabado el vino de la boda, le dice a Jesús su madre: "No tienen vino." Jesús le responde: "¿Qué tengo yo contigo, mujer? Todavía no ha llegado mi hora." Dice su madre a los sirvientes: "Haced lo que él os diga."

»Había allí seis tinajas de piedra, puestas para las purificaciones de los judíos, de dos o tres medidas cada una. Les dice Jesús: "Llenad las ti-

realmente fue y, sobre todo, pueden creer lo que nunca exis-
tió. Aunque los hechos ya han sido narrados, entiendo que
es mi obligación repasar el citado texto joánico. Si no lo
hiciera no me quedaría tranquilo. La lectura del evangelio
de Juan resulta, sencillamente, aleccionadora sobre la escasa credibilidad de los mal llamados «escritores sagrados». A
los datos me remito:

1. «Tres días después se celebraba una boda en Caná de
Galilea», dice Juan.

En mi opinión es el único acierto del evangelista. Habían transcurrido tres días (casi cuatro) desde la partida de
Jesús, y sus recién seleccionados discípulos, del meandro
Omega, en las cercanías del Jordán. Por cierto, ¿por qué el
Zebedeo no menciona en su texto la quema llevada a cabo
por el Maestro en Nazaret? ¿No lo consideró importante?
Juan sabía que esa faceta artística (dibujar y esculpir figuras humanas) estaba prohibida por la Ley de Moisés. ¿Por
qué ocultó la referida quema de cuadros o la destrucción de
las estatuillas de barro? ¿Temía que acusaran al Hijo del
Hombre de idólatra?

2. «... y estaba allí la madre de Jesús. Fue invitado también a la boda Jesús con sus discípulos.»

Correcto, pero había mucha más gente. ¿Por qué Juan
no hace mención de Santiago y de Judá, los hermanos del
Maestro? También estaban allí. Uno de ellos, incluso, Santiago, participó con la madre en una consulta a Jesús (sobre
el cuándo y el cómo del prodigio). ¿Por qué lo oculta el
evangelista? Al final del texto, sin embargo, a Juan se le es-
capa que los hermanos de Jesús también asistieron a la
boda: «Después bajó a Cafarnaúm con su madre y sus her-

---

najas de agua." Y las llenaron hasta arriba. "Sacadlo ahora, les dice, y
llevadlo al maestresala." Ellos lo llevaron. Cuando el maestresala probó el
agua convertida en vino, como ignoraba de dónde era (los sirvientes, los
que habían sacado el agua, sí que lo sabían), llama el maestresala al novio
y le dice: "Todos sirven primero el vino bueno y cuando ya están bebidos,
el inferior. Pero tú has guardado el vino bueno hasta ahora." Así, en Caná
de Galilea, dio Jesús comienzo a sus señales. Y manifestó su gloria, y creyeron en él sus discípulos. Después bajó a Cafarnaúm con su madre y
sus hermanos y sus discípulos, pero no se quedaron allí muchos días.»
(N. del m.)

manos y sus discípulos...» Obviamente, si Juan Zebedeo hubiera contado toda la verdad, tendría que haber hablado de esa reunión entre Jesús, la Señora y Santiago y, en consecuencia, se habría visto en la obligación de explicar cuál era el pensamiento de María y de muchos de los allí reunidos. ¿En qué cabeza cabe que el evangelista defendiera las ideas de la Señora sobre un líder, un Mesías, político y Libertador de Israel? El evangelio de Juan, no lo olvidemos, está escrito muchos años después de la muerte del Hijo del Hombre... Juan era el primero que creía en ese Mesías «rompedor de dientes», al menos en esos momentos. Después comprendió (a medias) y cambió de criterio. Pero, dada su soberbia, no podía aceptar que, en la época en que se registró la boda de Caná, él fuera un defensor del citado Mesías político-religioso-social. Ésta es la razón básica por la que manipuló la verdad.

3. «Y, como faltara el vino, porque se había acabado el vino de la boda...»

En esos instantes (hacia las cuatro de la tarde), poco antes del prodigio, el vino no se había terminado. Según mis cálculos quedaban alrededor de 240 litros de tinto y unos 80 de cerveza (cuatro metretas o medidas de vino y dos de cerveza).

4. «... le dice a Jesús su madre: "No tienen vino".»

No fue así como se desarrollaron los hechos. Fue Ticrâ, la madre del novio, quien avisó a la Señora de que el vino escaseaba.

5. «Jesús le responde: "¿Qué tengo yo contigo, mujer? Todavía no ha llegado mi hora."»

Juan no estaba presente cuando tuvo lugar ese diálogo entre la Señora y su Hijo. Una de dos: o se lo inventó o la Señora se lo contó después, a su manera... O María contó la verdad y Juan Zebedeo la cambió a su antojo. Es muy diferente decir «¿Qué tengo yo contigo, mujer?» que «Mi buena mujer, ¿qué tengo yo que ver con eso?». Y tampoco fue el Maestro quien anunció «que había llegado su hora». Fue María quien lo dijo, y añadió algo importante: «¿No puedes ayudarnos?» Entiendo que estas sutilezas conviene destacarlas.

6. «Dice su madre a los sirvientes: "Haced lo que él os diga."»

Juan hace desaparecer el resto de la conversación entre el Maestro y la madre y, por supuesto, el reproche que Jesús hace a María: «¿Por qué me atormentas de nuevo con ese asunto?» ¿No estaba bien visto que el Maestro pudiera quejarse ante la Señora? Por lo visto no...

Y el evangelista no menciona las lágrimas de María. ¿Por qué?

Y tampoco refiere las palabras del Galileo cuando advierte a la mujer que no vuelva a hacer promesas que comprometan al Hijo. Se trataba de otro reproche y eso, evidentemente, no gustó a Juan Zebedeo. Y la verdad fue sepultada de nuevo...

Pero lo más lamentable, desde mi punto de vista, fue el silencio del evangelista respecto de la siguiente escena, cuando Jesús se dirige a una Señora hundida y arrasada por el llanto: «¡Basta, mamá María!... No llores por mis palabras, aparentemente duras... Con cuánta alegría haría yo lo que me pides si ésa fuera la voluntad de Ab-bā...»

¿Por qué no menciona el instante en el que Jesús coloca la mano izquierda sobre la cabeza de María, en señal de consuelo? ¿Por qué no dice nada sobre los besos y los abrazos de la Señora?

Es cierto que María acudió a los sirvientes y les dijo «¡Lo que mi Hijo os diga, eso haréis!». Pero las circunstancias en las que se produjo esta petición no fueron las que cuenta el evangelista.

7. «Les dice Jesús (a los sirvientes): "Llenad las tinajas de agua." Y las llenaron hasta arriba.»

Falso. Jesús no dijo absolutamente nada, ni a nadie. Sencillamente, cuando comprendió lo ocurrido, dio media vuelta y se alejó, refugiándose en el terrado de la casa. Juan inventó la escena, o alguien se lo contó, deformando los hechos. Las tinajas, además, estaban llenas de agua. El contenido era repuesto constantemente. Nadie las llenó «hasta arriba». Por cierto, a Juan le fallaba la memoria. No sabe si las tinajas eran de dos o tres medidas. Eran de tres metretas, exactamente, con un total de 707,4 litros. Ése fue el volumen del «vino prodigioso».

8. «Sacadlo ahora, les dice, y llevadlo al maestresala.»

Nuevo invento del escritor. Insisto: Juan Zebedeo no estuvo presente. No sé de dónde sacó esta información. Él se hallaba a cierta distancia, cerca de uno de los candelabros, en la galería norte de *Sapíah*, con el resto de los discípulos. El «descubrimiento» del «vino prodigioso» se llevó a cabo de otra forma. Jesús no se hallaba junto a las *câd* cuando uno de los esclavos se percató de que «aquello no era agua».

9. «Ellos lo llevaron. Cuando el maestresala probó el agua [...] llama el maestresala al novio y le dice: "Todos sirven primero el vino bueno y cuando ya están bebidos, el inferior. Pero tú has guardado el vino bueno hasta ahora."»

Siguen las falsedades. El vino no fue llevado al maestresala. El *maître*, o maestro de ceremonias, acudió a las tinajas, como el dueño de la casa, y la propia Señora, cuando empezó a correr el rumor. Probó el vino, en efecto, pero no se dirigió al novio, sino al padre del novio. Y sus palabras aparecen incompletas. Habló del vino y aseguró que era bueno, pero Juan, el evangelista, pasó por alto las dudas del maestresala. Éste, en ningún momento habló de prodigio. Para el persa, todo obedeció a un error. Y ése fue el pensamiento del padre del novio, y de muchos de los invitados.

Tampoco hace referencia al tipo de vino (dulce), muy apropiado para los postres, ni a la circunstancia de que la mayor parte de los comensales ya había cenado. Naturalmente, Juan esquiva la súbita desaparición del Hijo del Hombre, y aún dice menos de su regreso y de cómo abandonó la casa.

En cuanto a la división de opiniones, entre los invitados, sobre la naturaleza de lo que había ocurrido, Juan Zebedeo se abstiene. Leyendo su evangelio, uno tiene la sensación de que todo el mundo, desde el principio, consideró la aparición del «vino prodigioso» como un portento. Nada más lejos de la realidad...

10. «Así, en Caná de Galilea, dio Jesús comienzo a sus señales. Y manifestó su gloria, y creyeron en él sus discípulos.»

Juan estaba mal informado. No fue en Caná donde el Maestro llevó a cabo su primer prodigio. Fue en el lago Hule, y en Beit Ids, donde sucedieron los primeros hechos sobrenaturales, que yo sepa...

Y otro detalle de especial importancia que Juan, a la hora de escribir su evangelio, conocía perfectamente: no fue un prodigio llevado a cabo por Jesús, sino por su «gente», y con el consentimiento de Ab-bā, que es muy distinto.

11. «Después bajó a Cafarnaúm (Nahum) con su madre y sus hermanos y sus discípulos, pero no se quedaron allí muchos días.»

Falso igualmente. La madre, Santiago y Judá no regresaron con Él al *yam*. Jesús lo hizo con sus discípulos. La Señora y los hermanos volverían a Nahum horas después, en la noche del jueves, 28 de febrero.

En cuanto a que no se quedaron allí muchos días, más falso aún.

Pero de esto último me ocuparé a su debido tiempo...

En resumen: el evangelio de Juan en lo que a las bodas de Caná concierne, puede considerarse como un absoluto y total desastre. En treinta líneas sumé más de doce errores, algunos de especial calado. La manipulación fue descarada. Juan Zebedeo faltó a la verdad, una vez más...

Y una última observación. Si el prodigio de Caná fue tan importante (y lo fue) el Zebedeo habla de *semeion* (signo), ¿por qué los restantes evangelistas no lo mencionan? ¿Supieron, quizá, de las dudas que asaltaron a los invitados a la boda y eligieron el silencio?

Como decía el Maestro, quien tenga oídos que oiga...

Y fue camino del *yam*, cerca de Nahum, cuando empecé a comprender otro singular episodio, vivido por este desconcertado explorador casi cuatro meses antes, en la llamada garganta del Firán (1), cuando me tocó convivir con Yehohanan. Una de aquellas noches (noviembre del año 25) creí tener un sueño. Fue un sueño (?) extraño. «Vi» en el cielo estrellado una serie de «luces» que parecían navegar inteligentemente. Pues bien, varias de esas «luces» se despegaron del cinturón de Orión, sobre el que habían permanecido camufladas, e iniciaron un vertiginoso descenso hacia el desfiladero en el que me encontraba. A medio camino, las «luces» se fundieron en una. Y una enorme bola blanca se precipitó hacia quien esto escribe. Y cuando pensé que todo estaba a punto de saltar por los aires, la bola se detuvo. Flotaba como una pluma. Era una enorme esfera de color blanco radiante. Todo, a mi alrededor, aparecía iluminado como si fuera de día. Aquella luz no producía sombras. La

(1) Amplia información sobre el misterioso suceso en *Jordán. Caballo de Troya 8. (N. del a.)*

315

esfera, situada a cosa de quinientos metros sobre mi cabeza, tenía un kilómetro y ochocientos metros de diámetro (exactamente: 1.757,9096 metros). Nunca supe cómo lo supe, pero la medida llegó nítida a mi mente. Era el mismo y enorme objeto que fue observado el 7 de abril del año 30 sobre Jerusalén, cuando se produjeron las no menos misteriosas «tinieblas» en el momento del fallecimiento del Galileo. Pues bien, de pronto, esa esfera cambió de color y pasó al rojo cereza. Y se elevó a gran velocidad, desapareciendo en dirección a Orión. Pero el «sueño» no había terminado. No sé cómo, algo quedó flotando en la noche. Y fue descendiendo hacia la garganta del Firán. ¡Eran letras y números, en hebreo y arameo, engarzados como los eslabones de una cadena! ¡Eran como el cristal, pero no era cristal! Abrí las manos y dejé que se posaran en ellas. Y retuve en la memoria algunas de aquellas palabras y números. Esto fue lo que «vi» en el «sueño» (y por este orden): «OMEGA 141»... «PRODIGIO 226»... «BELSA'SSAR 126»... «DESTINO 101»... «ELIŠA Y 682»... «MUERTE EN NAZARET 329»... «HERMÓN 829»... «ADIÓS ORIÓN 279» y «ÉSRIN 133».

Y, como digo, creí entender...

Las palabras y números eran «profecías», o algo así. El significado de las dos primeras se presentó con claridad. O, al menos, eso pensé...

«OMEGA 141» tenía que referirse al bautismo de Jesús en el meandro Omega. Concretamente, en el río Artal, uno de los afluentes del Jordán. En cuanto a los números («141»), si los separaba, proporcionaban una fecha: 14 de enero. Justamente la fecha del bautismo del Maestro.

Quedé desconcertado.

En cuanto a la segunda palabra y número —«PRODIGIO 226»—, el resultado fue igualmente rotundo: «PRODIGIO» tenía que hacer alusión al registrado en las bodas de Caná. El número reflejaba la fecha del mismo: febrero del año 26 (2 y 26).

Sentí un escalofrío.

Si esas dos palabras y números, caídos (?) de no se sabe dónde, y en mitad de un «sueño», anunciaban (casi con cuatro meses de antelación) lo que iba a ocurrir en enero y febrero del siguiente año (26), ¿qué representaba el resto? ¿Qué otros anuncios me fueron concedidos?

Tres de ellos contenían nombres conocidos: Belsa'ssar, Eliseo, y yo mismo (Ésrin). Un cuarto nombre —Orión— quedó en la duda. No supe si la «profecía» (?) hablaba de Kesil, nuestro fiel siervo...

Y ahí me quedé, desconcertado y temeroso. ¿Qué me reservaba el Destino? Mejor dicho, ¿qué nos reservaba? Tendría que estar muy atento...

La siguiente palabra-anuncio rezaba «BELSA'SSAR», con el número «126». Belsa'ssar o Belša era el persa del «sol» en la frente, mi amigo, uno de los discípulos de Yehohanan. ¿Qué anunciaba la profecía? ¿Y por qué «126»? ¿Se refería a enero del año 26? Eso ya había pasado. ¿Qué tenía que ver Belša con ese mes? ¿Se trataba de algo que podía ocurrir en el futuro? ¿El 12 de junio? ¿Y por qué esa fecha?

Y enredado en estas reflexiones nos fuimos aproximando al mar de Tiberíades...

Tal y como calculé, hacia las 17 horas, poco antes del ocaso, el grupo llegó a la ciudad de Nahum.

Los discípulos, entusiasmados, no dejaban de hablar del prodigio. Apenas habían transcurrido seis horas desde la advertencia del Maestro, para que no se hicieran eco de lo sucedido en la boda, y ya estaba olvidada. Se detuvieron a saludar a numerosos conocidos, a lo largo de las calles de Nahum, y explicaron lo sucedido en Caná por activa, por pasiva y por perifrástica. La gente los oía con admiración y con no poco escepticismo. «¿El Mesías? ¿En Nahum? ¿Había convertido el agua de una boda en vino? ¡Vaya Mesías y vaya boda!»

El Maestro no se detuvo. No prestó atención a los comentarios de los discípulos y, mucho menos, a los de los ciudadanos que acertaban a tropezar con los íntimos. Pedro y Juan Zebedeo eran los más exaltados. Daban saltos. Gritaban. Exageraban. Llegué a oír que el volumen del «vino prodigioso» hubiera podido llenar las bodegas del Templo de Salomón, en Jerusalén...

Y el Maestro dejó atrás la «casa de las flores» y se embarcó en el puerto de Nahum, cerca del astillero de los Zebedeo, solicitando al barquero que los trasladara al barrio de Saidan. Simón Pedro y Juan, entretenidos en las calles de Nahum, se quedaron atrás y tuvieron que contratar otra lancha. Jesús no esperó.

Ésta era otra de las características del Hijo del Hombre: difícilmente esperaba a nadie.

Al principio me extrañó. Jesús pasó por delante de la «casa de las flores» pero no se detuvo. Él sabía que Esta y Ruth se hallaban en Nahum. Esta, la mujer de Santiago, había dado a luz un mes y medio antes. ¿Por qué siguió hacia Saidan? Esa noche, al saber que la Señora y sus hijos acababan de regresar a Nahum, a la «casa de las flores», creí comprender. Jesús no deseaba nuevos enfrentamientos, y mucho menos con la madre. Optó, a mi entender, por la postura más inteligente.

Yo lo sentí en lo más íntimo. Ardía en deseos de volver a ver a mi amada...

Y el Galileo, sin dudarlo, acudió al caserón de los Zebedeo, frente a la playa.

Todo fue alegría al volver a verlo.

La noticia del prodigio se había extendido por la zona. Todo el mundo se preguntaba si era cierto, y si era verdad que Jesús de Nazaret era el Mesías prometido. Pero, prudentemente, nadie en la casa de los Zebedeo se atrevió a preguntar a Jesús. No fue preciso. Los discípulos se encargaron de informar, puntualmente, sobre lo sucedido y lo no sucedido...

Pedro y Juan llevaron de nuevo la voz cantante. El resto se limitó a redondear los olvidos de los dos primeros. Santiago, prácticamente, no habló.

Hubo un momento en que me llamó la atención el hecho de que algunos de los íntimos (Pedro, Andrés y Felipe) no mostraran la menor impaciencia por regresar con sus respectivas familias. Hacía días que no las veían...

Pronto me acostumbraría a esta actitud y descubriría algo más...

La familia preparó la cena y dispuso el alojamiento del Maestro.

Y yo me pregunté: ¿qué debía hacer? ¿Regresaba a Nahum y me instalaba en la *insula*, en compañía de Eliseo y de Kesil? No me agradó la idea. Las relaciones con el ingeniero habían llegado a una tensión máxima. No deseaba experimentar nuevos disgustos ni fricciones. Ya vería... De momento estaba donde estaba. Quizá me quedase a dormir en la playa. La temperatura en el *yam* era agradable. Probablemente rondase los dieciocho grados Celsius. Disponía del ropón. Serviría de manta. Pero el Destino tenía otros planes para quien esto escribe...

Y, durante la cena, ante el asombro de la familia Zebedeo, los discípulos se vaciaron. Salvo Santiago y Andrés, el resto aparecía contagiado por el entusiasmo. Discutían entre ellos. Reían. Exageraban, como digo, lo acaecido en Caná. Pregonaban que el Libertador estaba allí, en aquella casa, y que la liberación de Israel era cuestión de días o semanas. Respondían a todas las preguntas, supieran o no supieran. Y metían la pata de continuo, claro está.

Jesús cenó y lo hizo en absoluto silencio. En ningún momento intervino, ni para afirmar, ni tampoco para enmendar los errores de sus encendidos hombres.

Tenía el rostro grave y los ojos bajos. Esa actitud me hizo presagiar algo. No me equivoqué...

Juan Zebedeo, insisto, era uno de los más acalorados. Proclamaba que Jesús era el Mesías, y lo hacía con tal vehemencia que casi no dejaba hablar al resto. Pedro se enfadó más de una y más de dos veces. Quería tomar parte y escenificar cómo se había producido el prodigio. Se levantaba, alzaba la voz y los brazos, y simulaba la orden del Galileo a los cielos, reclamando el vino. Algunos aplaudían. Yo no salía de mi asombro. Aquellos hombres continuaban borrachos de éxito. A decir verdad, Simón Pedro no supo lo que sucedió en la boda de Noemí y Johab. Pero así son las cosas...

¡Y ellos, los discípulos, eran los elegidos!

Zebedeo padre tampoco habló mucho. Observaba a unos y a otros y después miraba a Jesús. Leí en sus ojos claros un más que lógico escepticismo.

Pero Juan, Simón Pedro, el «oso» y Felipe habían subido a los cielos y eso era lo único que contaba para ellos. Acababan de descubrir al Libertador. Eran sus generales. El mundo estaba a punto de rendirse a sus pies. Dejarían las redes, y el astillero, y los negocios mundanos, y se dedicarían a beber en copas de oro y a dirigir a los pueblos. El Mesías tanto tiempo esperado les había dicho: «¡Sígueme!»

Tratar de calmarles y de colocar las cosas en su sitio hubiera sido contraproducente.

«¿Quién era capaz de convertir el agua de seis tinajas en el mejor de los vinos?»

Ése fue el gran argumento. «Nadie —respondían—. Ni siquiera Roma, con todo su poder.»

«¡Tiembla, Roma!», repetían a coro.

¡Dios bendito! ¡Qué imagen tan equivocada la de los creyentes respecto a estos hombres!

Y, terminada la cena, los discursos de victoria, el ardor y las promesas mutuas de poder y de felicidad se prolongaron durante un tiempo. Nadie veía más allá de lo que deseaba ver. El Mesías, el Libertador político, social, económico, religioso y militar era una realidad, y estaba allí, sentado como uno más...

Pero las cosas cambiaron en minutos.

De pronto, Jesús se puso en pie e indicó a los íntimos que le siguieran. Yo me fui tras ellos.

El Maestro cruzó el patio trasero del gran caserón y se dirigió a las escaleras que unían la vivienda con la playa. Allí se sentaron. Y allí me senté, cerca de ellos.

Y asistí a una escena que tampoco fue registrada por los evangelistas.

El Hijo del Hombre, en tono afable pero firme, fue a exponer tres grandes asuntos.

El cielo, estrellado, sin luna, se hallaba tan expectante como este explorador. Abajo, en la oscuridad, muy cerca, se oía el murmullo de las diminutas olas en la arena. Algunas luces navegaban en la negrura del lago. Eran los esforzados pescadores de tilapias. De vez en cuando sonaban sus gritos, cerca de la primera desembocadura del Jordán.

Y Jesús empezó diciéndoles quién era en realidad. No era el Mesías del que hablaban las Escrituras. Era mucho más...

Los discípulos se miraban entre sí, pero no entendían.

Y les dijo que Él era un Príncipe, un Dios que gobernaba el universo que ellos acertaban a ver, y mucho más. Algunos levantaron la vista hacia los luceros. Podían contarse más de ocho mil. Pero tampoco supieron de qué hablaba.

El Maestro leyó los pensamientos y guardó silencio durante unos segundos. Y a pesar del evidente fracaso continuó con su exposición.

Entonces explicó por qué había venido a este mundo. Él

conocía al verdadero Dios Padre (Ab-bā) y tenía la misión de comunicárselo a los hombres. El Padre Azul, como lo llamó, no es vengativo, ni cruel, ni racista, ni lleva las cuentas de los pecados de nadie; ni siquiera es justo. Es amoroso, que es mucho más que justo...

Los discípulos pensaron que se refería al sanguinario y temido Yavé.

Sí y no...

E intentó hacer ver que todo sucede por algo bueno, que todo está diseñado para el bien, aunque no logremos entenderlo, y que Él estaba allí para recordárselo al mundo y, sobre todo, para encender la llama de la esperanza.

«Hagáis lo que hagáis —manifestó—, estáis condenados a ser felices...»

Pero siguieron en blanco. No lograban comprender las extrañas (?) palabras. «¿No era el Mesías prometido? ¿Era mucho más? ¿Era un Príncipe, creador de las estrellas que contemplaban? Él era de carne y hueso. Eso estaba a la vista. ¿Cómo un Dios podía hacerse hombre? ¿Y para qué descender a la Tierra a cambiar el rostro de Yavé? Estaban bien como estaban, aunque no se atrevieran a pronunciar el nombre de ese Dios.»

Estos pensamientos saltaban de unos a otros y la confusión fue a más.

El Maestro dejó que discutieran.

Y, al rato, terminó su exposición con una «bomba». Quien esto escribe se quedó de piedra, desconcertado...

Era la primera vez que hablaba de ello en público.

Y se hizo el silencio. Entendieron pero no entendieron...

El Galileo, muy serio, anunció cómo se desarrollarían los acontecimientos futuros, cómo serían perseguidos por sus enemigos y, finalmente, cómo sería ejecutado con vergüenza y con extremo dolor. Y pronosticó que el grupo atravesaría momentos difíciles y angustiosos.

Algunas estrellas parpadearon, nerviosas. Ellas sabían que el Hijo del Hombre sabía...

Y yo sentí fuego en el estómago. El Maestro estaba allí, pleno de fuerza y de amor, pero no debía olvidar cuál era su Destino en la Tierra. Cierto. Aquel Hombre, todo dulzura y comprensión, un Dios Creador, sería ejecutado con vergüenza y con extremo dolor, como manifestó. Y se quedó corto, posiblemente para no herir tan profundamente a sus hombres.

Las reacciones no se hicieron esperar. Juan Zebedeo se negó a aceptar ese final. Gritaba que no y que no, aunque no supe a quién gritaba. Pedro fue uno de los más afectados por el anuncio de su muerte. Se puso en pie, no dijo nada, y bajó los peldaños, perdiéndose en la playa. El «oso» miraba a unos y a otros e intentaba confirmar lo que acababa de oír. Nadie se atrevió a repetir lo oído. Es más: nadie preguntó a Jesús. Nadie quiso volver a escuchar lo que acabábamos de oír. Fue una negativa colectiva y silenciosa. «No era cierto lo que había referido el Maestro. Seguramente se explicó mal.» Estos razonamientos pude oírlos muchas veces, y durante los días que siguieron a esa histórica noche en las escaleras del caserón de los Zebedeo.

Felipe también enmudeció. En cuanto a Santiago, y al bondadoso Andrés, se hallaban tan perplejos como el resto. Sus mentes no lograban asimilar. Si aquel Hombre fue capaz de convertir el agua en vino, ¿por qué iba a mentir o a inventar una cosa así? Pero aquello no era lo que venían soñando. Jesús era el poder y la gloria. Nadie podría con Él. Si fue el autor de un prodigio como el de Caná, ¿quién intentaría destruirlo y, sobre todo, con qué medios?

El Hijo del Hombre permaneció en silencio. Sobraban las palabras.

Y comprendió perfectamente: el entusiasmo de sus íntimos se había evaporado. Los que gritaban de felicidad momentos antes, los que se prometían mutuamente el mundo, acababan de morir, en cierto modo.

Andrés fue el único que preguntó a Jesús, pero sus palabras se atropellaron las unas a las otras. La confusión y la sorpresa los tenían maniatados. Eran rehenes del miedo.

Y en eso, en lo alto de la escalera, junto a la pequeña puerta de madera, apareció Judá, el hermano de Jesús.

Quizá fueran las nueve de la noche...

El Maestro lo vio y aprovechó la circunstancia para despedir a los discípulos. Lo hizo con voz tranquila, intentando apaciguar los ánimos. No lo consiguió. La derrota se fue con los íntimos. No daban crédito a las palabras del Galileo. Definitivamente, las ideas sobre el Mesías libertador, «rompedor de dientes», se hallaban tan cristalizadas en sus mentes y corazones que nadie, ni siquiera el Maestro, hubiera podido modificarlas. Jesús, supongo, lo captó, exactamente igual que yo; mejor dicho, infinitamente mejor que este explorador.

El «oso» se fue con Felipe. Se alojaría en la casa del futuro intendente, en Saidan. Andrés desapareció escaleras abajo, a la búsqueda del angustiado y confuso Pedro. Juan y Santiago se retiraron a su hogar. No dijeron ni adiós.

Andrés, antes de partir, solicitó instrucciones al Galileo. Quedaron al día siguiente, en la casa de los Zebedeo. Jesús daría las órdenes oportunas.

Tomé nota. No debía moverme del caserón.

Y Judá, aproximándose a su Hermano, le besó en las mejillas y se sentó a nuestro lado. Durante un tiempo no hablaron. En realidad, Jesús no pronunció una sola palabra. Todo lo dijo Judá. Y fue sincero, como siempre. En síntesis, esto fue lo que pude oír:

—Nunca te he comprendido del todo... No sé si eres lo que dice nuestra madre que eres... No comprendo bien eso del reino que está por llegar, pero te diré algo: también sé que eres un Hombre poderoso y que perteneces a Dios... Al igual que Santiago, yo también escuché esa misteriosa voz en Omega... Sé que eres alguien importante, aunque no sé exactamente qué... No importa. Creo en ti...

Jesús sonrió, agradecido.

—Ahora —concluyó Judá—, regresaré a Migdal... Allí estaré, para lo que necesites.

Deduje que la Señora y Santiago, su hijo, habían llegado esa misma tarde-noche a Nahum, en la compañía de Judá. Pero sólo Judá, el que fuera la oveja negra de la familia, tuvo valor para buscar a Jesús y confesar que creía en Él, pasase lo que pasase. Este hombre nos reservaría algunas notables sorpresas...

Y me pregunté: ¿Cuáles eran los planes de María? ¿Buscaría a su Hijo, como hizo Judá? Yo sabía que era decidida y tozuda. No se contentaría con el silencio, como había practicado Jesús, inteligentemente, desde mi punto de vista.

Y nos quedamos solos, una vez más...

Las estrellas nos miraron. No sé cómo lo supieron, pero sabían que nos disponíamos a hablar de algo delicado...

Al principio fue Él quien tiró de la conversación.

—¿Es tan difícil de entender?

La luna, como dije, no había salido aún (lo haría poco después, a las 23 horas y 56 minutos). No era fácil contemplar su rostro. La noche era oscura. La luz de las estrellas lo bañaban, pero con delicadeza.

—¿El qué?

—Que haya nacido para cambiar la imagen de Ab-bā...

Comprendí.

—Según...

—Ellos no modificarán sus ideas sobre el Mesías, también lo sé...

Asentí con la cabeza y continué en silencio. Estaba en lo cierto. Los discípulos habían nacido con el concepto de un Libertador político y casi lo arrastraban en los genes. Eran muchas generaciones las que compartían la idea de un Mesías «rompedor de dientes». Estuve a punto de insinuar que olvidara el asunto. Ellos, en efecto, no cambiarían... Pero seguí mudo. Él sabía... Tampoco le envidié. La escena que acababa de contemplar en la casa de los Zebedeo, con los íntimos eufóricos, sería una constante en la vida de predicación del Maestro. Él tendría que luchar contra eso o, sencillamente, «someterse» y dejar que siguieran pensando en un reino material y en una liberación política y social. Los prodigios que irían llegando contribuirían, y de qué forma, al fortalecimiento de esa creencia: Jesús era el Mesías prometido por los profetas y la liberación de Israel estaba cerca... No había más que hablar.

Creo que, a partir de esa noche, Jesús asumió esta situación y dejó que se hiciera la voluntad del Padre. No discutiría, no llevaría la contraria cuando alguien volviera a tomarlo por el Mesías «rompedor de dientes». (A decir verdad, no recuerdo una sola imagen de Jesús discutiendo o polemizando con nadie y sobre ningún asunto.)

No me lo dijo, pero lo intuí. Esa noche fue especial en eso, en lo que al concepto del Mesías se refiere, y en algo más...

Observé de nuevo el firmamento. Las estrellas parecían ansiosas. Brillaban con prisas. Gritaban algo, pero no terminaba de entender.

Y fue «Alfa de Cefeo», a cincuenta años luz, nada menos, quien terminó centelleando con claridad: «Háblale de su muerte...»

Cierto. Era una oportunidad única. Era la primera vez que había hablado en público de ello, y aún faltaban cuarenta y nueve meses para la crucifixión... ¿Cómo pudo saber? ¡Qué pregunta tan idiota!

Y me decidí. No sabía cómo reaccionaría, pero no dejé escapar la ocasión.

Jesús, supongo, esperaba la pregunta. Y se expresó a cuerpo descubierto, y sabiendo que hablaba para el futuro. Más aún: sabiendo que estos diarios serían aceptados, a medias...

—¿No tienes miedo? —arranqué.

—¿Por qué iba a tenerlo?

A pesar de lo que había visto, y de lo que sabía, aquel Hombre me sorprendía a cada poco. Respondió a la pregunta sobre la muerte sin que yo la mencionara específicamente. Es fácil de resumir y difícil de aceptar: lo sabía todo. Desde la recuperación de su divinidad, en el monte Hermón, lo sabía todo...

—Todos lo tienen... Lo tenemos —rectifiqué.

Sonrió.

—Tú, mejor que nadie, sabes que regresaré de la muerte...

Dejó que reflexionara sobre esta gran verdad. Después, con la misma suavidad, prosiguió:

—El hombre teme a la muerte porque cree que es el final...

—¿Y no lo es?

—Sí y no...

—¿Sí y no?

—Es el final de esta vida, pero no el de la vida. En realidad, la vida, la auténtica, empieza antes de la vida y continúa después de la vida.

Me perdí.

—Un momento... ¿La vida empieza antes de la vida?

—Así es, querido *mal'ak*...

—Pero... ¿Cómo voy a estar vivo antes de la vida?

—Lo estás.

Aquella seguridad me dejó perplejo. Jesús jamás mentía. No prosiguió. Entendí.

—¿Y después de la vida?

—Eso ya lo hablamos, ¿recuerdas?

Perfectamente. Eliseo planteó en el Hermón una interesante y singular teoría: los llamados mundos «MAT» (1).

—Sí, lo recuerdo. Según tú, después del dulce sueño de la muerte, despertamos en otro lugar...

El Maestro se adelantó:

—¡Vivos! Despertaréis vivos...

—Cuando dices «vivo» te refieres a vivo...

—Claro. ¿A qué otra cosa podía referirme?

—No sé... Contigo nunca se sabe...

Le oí reír. Había logrado algo importante. El Galileo estaba relajado. Me di por satisfecho.

Pero el Maestro no había terminado.

—Por cierto —añadió—, no se trata de una «teoría», aunque sea interesante y singular...

Otra vez lo hizo. Esta vez entró en mis pensamientos y en algo más: en lo que yo escribiría un tiempo después...

Y pregunté, como un perfecto tonto:

—¿No es una teoría?

—No lo es. Se trata de algo físico, que podrás constatar. Te levantarás de la muerte como si la vida hubiera sido un sueño. Te despertarás de un sueño para regresar a la realidad...

Y repitió algo que acababa de enunciar:

—... La vida, la auténtica, empieza antes de la vida y continúa después de la vida.

No importaba no entender. Escucharle era tan relajante y tan esperanzador...

Y comenté casi para mí:

—¿Cómo podría estar seguro de lo que afirmas? ¿Cómo saber que viviré después de la muerte?

—¿Y tú lo preguntas? Tú, que me has visto después de muerto...

—Sí, pero...

—Entiendo. Se trata de una experiencia personal, que nadie va a vivir por ti. Pero, al menos, confía... Sabes que no miento...

De eso doy fe. Jesús jamás mintió, ni se equivocó. Nunca, que yo sepa o recuerde, tuvo que rectificar.

(1)   Amplia información sobre los «MAT» en *Hermón. Caballo de Troya 6. (N. del a.)*

—Entonces, tras la muerte, desandaremos el camino de la perfección...

La frase no era mía. Pertenecía a Aristóteles (*Metafísica*, libro VIII). Pero el Maestro también había leído al filósofo griego, y dejó caer:

—Lo corruptible, querido mensajero, no forma parte de lo eterno...

Y añadió con aquella seguridad que desarmaba:

—Tras la muerte no se desanda nada... Se continúa hacia la perfección, hacia el Padre Azul.

Y yo, testarudo, regresé a Aristóteles (Libro XI):

—Entonces, al morir, vuelvo a Dios...

—No exactamente. Recuerda que Él ya está en ti. Para llegar al Padre —también lo hablamos— necesitas consumir mucho, muchísimo «no tiempo»... Él te espera, físicamente, en el Paraíso, pero no tengas prisa. La eternidad es una alfombra roja que pisarás en el instante de la muerte.

E intentó aproximarse a la verdad, una vez más:

—No debería hablar de «instante», sino de «no tiempo».

—La muerte —murmuré— es una experiencia personal. Eso me gusta.

—Y única. Sólo se muere una vez.

—Algunas filosofías no dicen eso...

—Los conceptos orientales y pitagóricos sobre la reencarnación o la transmigración de las almas sólo son sueños humanos. La verdad, amigo mío, es mucho más fantástica. El Padre lo tiene todo pensado. Deja que te sorprenda...

Y en lugar de continuar por ese interesante sendero, recién abierto por el Hijo del Hombre, seguí en mis trece:

—Moriré solo...

—Es la ley... Morir es personal. Nadie muere en compañía, aunque lo parezca. Por esa puerta se pasa de uno en uno...

—Lo sé, es la ley, como dices...

—La muerte, *mal'ak*, no es un capricho. Es la mejor de las maneras de abandonar un sueño...

—¿Y no hubiera sido mejor no morir?

—Empiezas a parecerte a tu hermano...

Llevaba razón. Y añadió:

—Morir no es tan importante. Es abrir una puerta, sólo eso. ¿Por qué te preocupa tanto?

No supe qué responder, pero no quería morir; no en esos momentos.

—Morir, y quiero que lo transmitas así, es despertar, al fin.

—¿Despertar?

Conocía la respuesta. Acababa de exponerla pero, como digo, me gustaba oírle. Era un bálsamo.

—Está bien. Como gustes... Morir es despertar a la realidad. Lo que ahora vives es real, pero no es la realidad final, la que verdaderamente cuenta.

Y añadió, bajando el tono de la voz, como pretendiendo que las estrellas no le oyeran:

—El sistema está tan bien armado, querido *mal'ak*, que el ser humano cree que la vida es lo único que tiene.

¡Dios mío! ¡Qué razón llevaba!

—... Así es porque el Padre así lo ha programado. Es la única forma de que el ser humano viva la vida con intensidad. Si tuviera la certeza de que hay otra realidad, otra vida, no viviría con el mismo interés. ¿Comprendes?

Necesité un tiempo para entender, a medias...

Estamos aquí, en el mundo, en la materia, en la imperfección, para vivir lo que no podremos vivir en esa otra «realidad», la del universo invisible del «no tiempo». Estamos aquí para saborear el tiempo y la limitación. Eso deduje de sus palabras (sabias palabras).

—Y cuando llegue el momento, el Padre Azul te saldrá al paso y quedarás sobrecogido por su amor, por su sabiduría y porque ni siquiera es el final...

No estuve ágil. No supe preguntar sobre la última parte de su exposición. ¿Qué significa que el Padre «ni siquiera es el final»?

Fui torpe, una vez más...

—Él está en mí, bien lo sé. Tú me lo has revelado. Él es la «chispa» que me habita, ciertamente. Pero ¿cómo es eso de que, además, me espera en el Paraíso? ¿Está dentro y está fuera?

—No podías definirlo mejor... Algún día, cuando llegue tu hora, descubrirás que «dentro y fuera» vienen a ser lo mismo..., en el «no tiempo».

No lo saqué de ahí. Y fue mucho...

Me sentía cansado y abrumado. Él lo percibió y, con dulzura, sugirió:

—Tu alma rebosa... Dejémoslo ahí.

Contempló, feliz, la maravillosa paz que, en efecto, me inundaba, y añadió, pícaro:

—No sabía que hablabas con las estrellas...

Dirigí una mirada a Alderamín y la estrella respondió a su manera, con un par de lamparazos (lamparazos de complicidad, lo sé). Pero ¿cómo lograba adivinar?

—Ahora descansa —me despidió—. Es mucho lo que debes presenciar y contar y, más aún, lo que debe narrar tu mensajero... Y dile lo que ya te dije: «No escribas para convencer. Hazlo para insinuar, para ayudar, para iluminar...»

Lo recordaba. Lo dijo durante la primera semana en el Hermón. En cuanto a ese misterioso «mensajero», en aquel momento, no supe a quién se refería. Pero el Hijo del Hombre lo tenía, y lo tiene, todo previsto...

Como decía el Maestro, quien tenga oídos que oiga...

Y nos despedimos. Él siguió sentado en la escalera. Y las estrellas me sustituyeron, encantadas...

Al entrar en la casa, con el fin de recoger la vara y el saco de viaje, fui a tropezar con Salomé, la esposa del Zebedeo padre, y ama y señora de la hacienda. Para ser exacto, no es que tropezara con ella. Salomé, y las hijas, me aguardaban. Salomé era una mujer inteligente, siempre avisada, que caminaba un paso por delante de los acontecimientos. Era algo menor que el patriarca. Llevaban casados cuarenta años, o más. Quizá rondase los cincuenta y cinco años de edad. Lucía un pelo blanco y liso muy corto, al estilo de Rodas. Era culta e instruida. Hablaba varios idiomas y leía perfectamente el hebreo sagrado. Un racimo de pecas adornaba las mejillas y la nariz. Era delgada y nerviosa, mucho más que el marido, y sabía guardar silencio y los secretos. Procedía de una familia aristocrática, entroncada en una de las castas sacerdotales. Era pariente de Anás, el que fuera sumo sacerdote y suegro de Caifás, de tan amargos recuerdos. Su gesto durante la Pasión y Muerte del Maestro, acompañando en todo momento a la Señora, con quien mantenía una antigua y sincera amistad, decía mucho sobre su coraje. Era decidida y tenaz, aunque no tan empecinada como María.

Salomé se plantó frente a este explorador y resumió la situación con una frase:

—¿Adónde crees que vas?

Me atrapó. No supe mentir. No tenía adónde ir.

Y tuve que soportar un más que merecido rapapolvo:

—Parece mentira —lamentó—. Este griego metomento-do, tan querido por Jesús y por los Zebedeo, desprecia la hospitalidad de esta familia...

Negué con la cabeza. No era así, pero...

Estaba decidido —eso dijo—. Lo había hablado con su marido y el jefe de los Zebedeo se mostró conforme:

—Te quedarás en esta casa...

Y remachó, con firmeza:

—... el tiempo necesario. ¿Hablo con claridad?

Dije que sí de inmediato, y encantado.

Algunas de las hijas rieron y aprobaron el «sí» de este confundido explorador.

El matrimonio de los Zebedeo, como creo haber comentado anteriormente, tenía siete hijos: tres varones y cuatro hembras. A los varones los conocía a todos. A los hermanos Juan y Santiago, prácticamente desde el primer momento. Respecto a David, que llegaría a ser jefe de los correos entre los seguidores de Jesús, tuve la fortuna de saber de él en los trágicos momentos de la Pasión. Me ayudó mucho. Era valiente, astuto, discreto y más eficaz y preparado que sus hermanos varones. David entendió el mensaje del Maestro, y creyó en la resurrección desde el primer instante. Su trabajo en favor del reino fue espectacular, pero jamás fue mencionado por los evangelistas; ni siquiera por su hermano Juan...

En cuanto a las cuatro hijas, casi no me había fijado en ellas.

A partir de ese momento, todo cambió...

La mayor se llamaba Iyar (Abril), porque nació en ese mes. Era delgada, morena, con unos ojos siempre atentos y en un marrón sumamente dulce. Casi no parpadeaba. Los labios eran finos, apenas dibujados, y las manos frágiles, pero resueltas. Tenía una hija llamada María, aunque todo el mundo se refería a la pequeña por el sobrenombre de Ioré («La primera lluvia»). Abril se había divorciado recientemente. Me llamó la atención. Era valiente, como la madre, y fuerte de espíritu y apegada a la tierra, como el padre. Le encantaba teñirse el pelo en rojo o en violeta. Con el tiempo fui conociéndola mejor. Familiarmente la llamaban «77», pero, al principio, no supe por qué. Ella se encargaría de explicármelo..., a su manera.

Elul (Agosto) era la segunda. Era gruesa, muy glotona, y especialmente mentirosa. Era la que gobernaba al resto de las hermanas.

La tercera —llamada Mar (diminutivo de Marješván: Octubre)— era opuesta a las anteriores. Siempre se la veía triste y apagada. Apenas compartía las conversaciones. Tenía fama de bruja y hechicera.

La última se llamaba Kis, aunque su verdadero nombre era Kisleu (Noviembre). Era egoísta. Sólo sabía hablar de ella misma. Tenía una belleza especial, muy sensual.

Y Salomé se hizo con un par de lámparas de aceite e indicó que la acompañara. Me fui tras ella sin rechistar.

Las hijas se quedaron mirando, complacidas; en especial Abril...

Cruzamos el patio trasero, el que acababa de pisar momentos antes, y torcimos a la izquierda. Y allí, frente a los establos, la mujer se detuvo. Me entregó una de las lucernas y señaló los peldaños de madera, adosados al muro de piedra volcánica. Recomendó que tuviera cuidado. Hasta mí llegó el tufo de los «barbarines», los célebres carneros de enormes colas, conocidos popularmente como «cinco cuartos», por lo abultado de dichos apéndices. Los establos se hallaban repletos de «barbarines», procedentes de Libia, cabras de orejas colgantes y ovejas renil (castradas). Como dije, la de los Zebedeo era una familia bien situada y con importantes medios económicos.

Salomé trepó, ágil, por la escalera, y quien esto escribe hizo otro tanto.

Y la mujer me condujo a la planta superior. Allí habían sido habilitadas dos habitaciones, destinadas a los invitados. Una de ellas era la mía. La otra, como pude comprobar un par de días después, era la del Maestro.

Se trataba, según explicó Salomé, de un par de palomares, ya en desuso, que su marido, con buen criterio, decidió recuperar y adecentar para quien lo precisara.

Ella entró primero y me animó a seguirla.

Era una habitación pequeña y sencilla, de unos tres por tres metros, de techo alto, y con una veintena de nichos en la parte superior, ahora vacíos. Las paredes habían sido dulcificadas con un revoque de yeso. Frente a la puerta de madera se abría un ventanuco que, a su vez, miraba al lago. Ambas, puerta y ventana, fueron pintadas de verde. Una tímida cortina blanca, como de gasa, se agitaba muy femeninamente, movida por una brisa recién llegada. El mobiliario era breve e igualmente severo: una cama con pies en forma de tijeras, un arcón de madera de olivo y una alfombra de piel de cabra, teñida en rojo rabioso. Sobre el arcón montaban guardia una jarra de barro, con agua, una jofaina, también de arcilla roja, y un jarrón con un espléndido ramo de *Lavandula spica*, un espliego de la zona, en un verde desmayado, pero con una fragancia exquisita, que hacía olvidar la peste procedente del piso de abajo.

Salomé señaló el arcón y recordó que allí encontraría un buen edredón, por si sentía frío.

Eso fue todo.

Me deseó buenas noches, y «que la paz durmiera a mi lado». Sonrió, cerró la puerta y desapareció.

Me quedé en pie, inspeccionando, y me sentí satisfecho. El Destino, la Providencia, Ab-bā, o quien fuera, también cuidaba de este pobre explorador... ¡Y cómo!

Paseé la lucerna por la habitación y fui explorando hasta el último detalle.

No podía quejarme. Aunque estuviera encima de los establos, el cuarto era perfecto. Me hallaba pared con pared con el Maestro, y en un lugar que estimé especialmente estratégico. O mucho me equivocaba o el caserón de los Zebedeo, en Saidan, terminaría por convertirse en el cuartel general del Hijo del Hombre. Aposté por esa idea. No consideré que el Galileo volviera a su casa, «la de las flores». La situación no era la más adecuada. Y, como digo, me sentí afortunado. Las dudas respecto al hogar en el que debería establecerme, a partir de esos momentos, empezaban a disiparse. No necesitaba volver a la *insula*, en Nahum, ni preocuparme por hallar un nuevo alojamiento. La vida seguía su curso. Dejar hacer a la voluntad del Padre Azul empezaba a gustarme. Además, era práctico.

Deposité la lámpara sobre el arcón, y oculté el cayado en uno de los rincones, junto a la puerta. Después me asomé al *yam*. La brisa, en efecto, jugaba por los alrededores. Y arriba, nerviosísimas, titilaban las ocho mil estrellas. Eso quería decir que Jesús continuaba sentado en las escaleras, o, quizá, paseaba por la playa. Me sentí tranquilo.

Ella, además, estaba muy cerca, en Nahum. ¿Cuándo acertaría a verla? No podía olvidarla, ni lo deseaba...

Y pensé en el «vino prodigioso». Tenía que ascender al Ravid y llevar a cabo los análisis. No convenía descuidarse. Las muestras podían estropearse. Pero ¿cuándo ingresaría en la «cuna»? Lo ignoraba todo sobre los planes del Hijo del Hombre. ¿Qué pensaba hacer? ¿Se lanzaría de inmediato a la vida de predicación? A juzgar por sus últimas palabras a los discípulos, Él sí deseaba salir al mundo y difundir la buena nueva del Padre Azul, pero quien esto escribe no tenía claro el cuándo, ni el cómo. No había otra opción: sólo esperar.

Y la densa oscuridad de la noche casi me empujó hacia la cama. Debía descansar. El instinto estaba avisando. Me disponía a contemplar sucesos inéditos en la vida del Galileo, a cual más intenso y electrizante. Tenía que estar atento como un halcón.

Y así, abrazado a estos pensamientos, y a la imagen de Ruth, terminé por dormirme.

Pasada una hora, más o menos, tuve un sueño. Otro sueño absurdo (?) y, aparentemente, sin explicación. ¿O sí la tenía?

En la ensoñación, este explorador se hallaba en la ventana de aquel cuarto (al que, desde ahora, llamaré el «palomar»), contemplando el paisaje. Mejor dicho, la oscuridad de la noche. Era una noche como la que acababa de vivir. Distinguí miles de estrellas, peleándose en el firmamento. Todas querían brillar más que las vecinas. «Eso es imposible», pensé. Y así permanecí un rato, dejando que la brisa me acariciara con sus dedos dulces, recién mojados en el agua del *yam*.

Pero, de pronto, alguien tocó en mi hombro derecho. Lo hizo un par de veces, y con decisión.

Me volví en el sueño, pero no vi a nadie. El «palomar» seguía vacío. Me hallaba solo.

Me alarmé.

Llegué a mirar bajo la cama, como un tonto. Allí, lógicamente, no había nadie...

«¡Qué raro! —pensé—. Juraría que alguien me ha tocado...»

Y en eso, mientras escrutaba la penumbra, oí una voz. Era de hombre. Y dijo, en arameo:

«Ya es hora de que vuelvas a la realidad.»

Noté algo extraño. La luz amarilla de la lucerna de aceite se agitó súbitamente.

Pero lo atribuí a la brisa.

Y, convencido de que «aquello» era fruto de mi imaginación, retorné a la ventana, y continué con las observaciones.

No habrían transcurrido ni cinco segundos cuando alguien, de nuevo, volvió a tocarme, pero esta vez en el hombro izquierdo, y por tres veces.

Sentí un escalofrío.

Di la vuelta, asustado.

El lugar continuaba vacío.

Me fijé en la lámpara. La llamita oscilaba.

¿Qué estaba pasando?

Y la voz sonó en mi cerebro por segunda vez y «5 por 5» (fuerte y claro): «Deja de mirar por la ventana y regresa a la realidad.»

Entonces me di cuenta. Esta vez, la voz se dirigió a este explorador, pero en inglés, una lengua prohibida durante la Operación.

Y el miedo, en el sueño, se hizo más intenso.

Miré y remiré. Era absurdo. Me hallaba solo, con la única compañía del miedo y de aquella llama, solicitando auxilio sin cesar...

¿Qué me estaba pasando?

Y llamaron a la puerta. El miedo fue total. Me hice con la vara de Moisés y logré acercarme a la hoja de madera. Me preparé. Si era atacado, respondería.

—¿Quién va? —grité en el sueño.

No hubo respuesta.

Deslicé los dedos hacia la zona alta del cayado y acaricié el clavo de los ultrasonidos.

Abrí la puerta de golpe y, ¡oh, Dios!, allí estaba Él...

Faltó poco para que le disparase.

¡Era el Maestro! La luz de la habitación lo iluminaba débilmente.

Sonrió, alargó el brazo izquierdo, y me entregó algo, al tiempo que comentaba:

—Antes lo olvidé... Creo que perdiste esto en *Sapíah*, durante la boda...

Y se alejó escaleras abajo...

Me quedé en el umbral, atónito y descompuesto. No comprendía nada de nada.

Miré lo que el Galileo acababa de dejar en mi mano y comprobé que se trataba de una alcuza de barro, la tercera ampolleta que oculté, intencionadamente, al pie de las seis grandes tinajas que contenían el agua, en el patio de *Sapíah*. Aquella alcuza había quedado vacía y decidí ocultarla en dicho lugar.

¡Qué sueño tan extraño!

Pero las sorpresas no habían terminado. La ampolleta de barro seguía vacía, pero menos. En el interior, perfectamente enrollado, fue depositado un pequeño pergamino. Lo extraje y leí lo que había sido escrito, ¡en inglés! Decía, exactamente:

«Curtiss te precederá en el reino de los cielos (Isaías 29, 8).»

Debajo, también en inglés, podía leerse:

«¡Alerta, pero ten calma! No temas, ni desmaye tu corazón (Isaías 7, 3).»

Mi desconcierto iba en aumento. ¿Qué significaba aquello? ¿Qué tenía que ver el general Curtiss, jefe de la Operación Caballo de Troya, con el profeta Isaías?

Cerré la puerta y me senté en la cama, pensativo. Leí el pergamino una y otra vez. Seguía en blanco...

Y, en eso, volvieron a golpear la puerta. No reaccioné. Y tocaron de nuevo la madera...

Entonces desperté.

Comprendí.

Todo fue un sueño, un extraño sueño...

Alguien golpeaba la puerta.

Observé mis manos. Allí no había ampolleta alguna. Seguía en la cama, tumbado.

Sí, todo fue un sueño...

Me levanté y abrí la puerta. Era Abril. Me iluminó con una lucerna y sonrió. Cargaba algo en la mano izquierda.

De pronto percibí cómo se sonrojaba.

Me entregó una bandeja de madera, volvió a mirarme fijamente, como queriendo entrar en mi interior, y, acto seguido, sin pronunciar una sola palabra, descendió por los peldaños, y se perdió en la noche.

Quise darle las gracias, decir algo. Demasiado tarde.

Cerré la puerta y examiné la bandeja. Se hallaba cubierta con un lienzo blanco.

Sorpresa.

¿Cómo supieron que me gustaba? Fue un detalle por parte de Salomé, supuse.

En la bandeja encontré media docena de *keratias*, las tabletas de «chocolate» que había visto y degustado en las proximidades de Qazrin, en la alta Galilea (1). Me sentí feliz.

Pero la dicha duró poco...

Fue en esos momentos cuando reparé en mi situación. No me había dado cuenta...

¿Qué pudo pensar?

Me hallaba totalmente desnudo...

Agitado y confuso por el recuerdo de aquel sueño no acerté a cubrirme antes de abrir la puerta.

Me senté en la cama, avergonzado.

El sueño fue tan real... Y coincidía con lo hablado poco antes con el Maestro. Quizá por eso se produjo. Pero ¡qué coincidencia! «Ya es hora de que vuelvas a la realidad», oí en el sueño. El Galileo, por su parte, había dicho: «Morir es despertar a la realidad...» Y la voz del sueño insistió: «Deja de mirar por la ventana y regresa a la realidad.»

Le di vueltas y vueltas.

Si era un sueño premonitorio, ¿qué quería decir? ¿Era «la visión de una ventana» un símbolo? En ese supuesto, ¿mirar por la ventana significaba vivir, sin más? ¿Alguien,

---

(1)   La *keratia* era la semilla del *haruv* (algarrobo). Los campesinos procedían a su molienda y obtenían un polvo ocre con el que endulzaban las bebidas y los postres. En ocasiones, ese polvo era sabiamente mezclado con huevos, leche y miel. El resultado eran unas sabrosas tabletas, con cierto parecido a nuestro chocolate. *(N. del m.)*

al recomendar que olvidara la ventana, estaba anunciando el final de mis días? ¡Oh, Dios!... ¿El final? Yo conocía el mal que me aquejaba, y sabía que, con suerte, podían quedarme meses de vida. Quizá seis. ¿Alguien me prevenía? ¿O se refería a que debía despedirme de la misión y retornar a mi «realidad», a mi verdadero mundo? En esos momentos, lógicamente, no estaba en condiciones de aclarar el misterio; mejor dicho, el supuesto misterio. Pero llegó el día en el que el «sueño» tuvo sentido...

En cuanto a la segunda parte de la ensoñación —el pergamino escrito en inglés—, tampoco supe qué pensar. Para intentar aclarar el enigma, suponiendo que lo fuera, primero tenía que consultar los capítulos y versículos consignados en el texto: Isaías 29, 8 y 7, 3. Sinceramente, no me sonaban. No entendía la relación con Curtiss. Ahora, sabiendo lo que sé, me estremezco... El «sueño» llevaba razón: «¡Alerta, pero ten calma! No temas, ni desmaye tu corazón.»

¡Dios mío!

Pero debo ser paciente y proceder con orden.

¡Dios mío, dame fuerzas! ¡Es tanto lo que queda por contar...!

Definitivamente, algunos sueños son el patio trasero de la Divinidad en el que, a veces, nos colamos sin saber... Y recordé las palabras del Maestro: «Busca la perla en tus sueños...»

Del 1 de marzo al 15 de junio

Finalmente conseguí recuperar el sueño. Esta vez no hubo advertencias, ni mensajes, ni desnudos integrales...

Descansé.

Según los relojes de la «cuna», ese viernes, 1 de marzo del año 26, amaneció a las 6 horas, 5 minutos y 31 segundos (TU) (Tiempo Universal).

Descendí al *yam*, me aseé y regresé al caserón.

Estaba hambriento.

Jesús y los discípulos desayunaban. Me uní al grupo y noté una atmósfera cargada. Nadie hablaba. Los íntimos aparecían deshinchados. ¿Qué había sido del furioso optimismo del día anterior? Comprendí. Los anuncios del Maestro los aniquilaron. Las caras lo decían todo. Tomaban la leche caliente a pequeños sorbos, con las miradas perdidas en las losas del pavimento. No era difícil adivinar sus pensamientos. Se sentían derrotados o algo peor: decepcionados.

Abril traía y llevaba la miel y el pan recién horneado. Nos miramos un par de veces. Ella volvió a sonrojarse.

El Galileo dejó que terminaran el desayuno. Daba la impresión de que tampoco había dormido mucho. Noté ojeras en el rostro. Parecía preocupado.

Por último, a eso de las ocho de la mañana, se decidió a hablar. Lo hizo despacio, con claridad. Y vino a decir que, esa noche, tras consultar con su Padre de los cielos, había tomado la decisión de esperar.

Los discípulos no entendieron.

Y aclaró:

—Esperaremos a que Yehohanan concluya su trabajo. En ese momento, nosotros emprenderemos el nuestro.

Se hizo el silencio, apenas roto por el ir y venir de las mujeres.

Jesús los recorrió con la mirada, uno por uno. Y captó la confusión general. ¿Qué quería decir? Yehohanan disponía de sus discípulos, los llamados «justos». ¿Cuándo suponía que terminaría su labor? Él, Yehohanan, decía ser el brazo derecho del Mesías, el que estaba preparando el camino del Libertador. ¿Es que Jesús no pensaba unirse al grupo del Bautista? ¿Por qué tenían que esperar? Mejor dicho, ¿a qué?

Juan Zebedeo lo preguntó, pero la respuesta del Maestro fue esquiva:

—Es la voluntad del Padre. Aguardaremos a que Yehohanan termine su predicación...

Seguían sin comprender.

—... Cuando él concluya —insistió con énfasis—, nosotros proclamaremos la buena nueva del reino de los cielos.

Dicho esto los envió a sus casas y a sus trabajos habituales.

Algunos protestaron en voz baja. El Maestro, sin embargo, fue inflexible. Era la voluntad de Ab-bā. Tenían que retornar a sus oficios: a la pesca, al astillero, al comercio... Él les diría cuándo suspender de nuevo las tareas.

—Ahora, amigos míos, debo dejaros. Es preciso que continúe en comunicación con mi Padre...

Y añadió un par de datos interesantes: caminaría, en solitario, por las colinas próximas y volverían a verse a la caída del sol del día siguiente, sábado, en la sinagoga de Nahum. Allí hablaría. Después se reuniría con ellos y les daría instrucciones.

Dicho y hecho.

Se levantó y abandonó al perplejo grupo. Ni siquiera me miró. Eso significaba que no deseaba que le acompañase.

Mensaje recibido.

Traté de analizar sus palabras. ¿Qué quiso transmitir?

No lo dijo abiertamente, pero creí entender que no deseaba coincidir con su primo lejano, Yehohanan. Era menester que el Anunciador terminara su trabajo, para que Él pudiera empezar el suyo. Y, súbitamente, recordé algo que se había traspapelado en la memoria. Me lo anunció Juan Zebedeo en el primer viaje a Nazaret, en abril del año 30.

En aquel accidentado viaje, como se recordará, el «oso» defendía la fecha del bautismo en Omega como el inicio de la vida pública del Maestro. Juan Zebedeo se opuso y aseguró que fue tras el arresto de Yehohanan, en el mes de *tammuz* (junio) de ese año 26, cuando quedó inaugurada realmente la vida de predicación del Hijo del Hombre. ¡Junio! ¡El mes de *tammuz*! Si eso era así, y después (o antes, según se mire) sería confirmado por el Zebedeo padre, sólo faltaban tres meses para el arranque del período de predicación...

Tenía que haberme dado cuenta. Jesús de Nazaret sabía lo que iba a suceder, pero no lo insinuó siquiera. Supuse que no debía...

Yehohanan, además, como ya he detallado en otras oportunidades, se hallaba en el polo opuesto del pensamiento y de las intenciones del Maestro. Si hubieran coincidido en la predicación hubiera sido un desastre. Eso pensé en esos momentos, y sigo pensándolo en la actualidad. Los ideales de uno y de otro no eran compatibles. De hecho, como se verá más adelante, los respectivos discípulos terminarían enfrentándose, ¡y de qué manera! Pero trataré de no adelantarme a los acontecimientos...

¿De qué me asombraba? Jesús había adoptado esa decisión —«esperar a que Yehohanan terminara su trabajo», como manifestó a los íntimos con sutileza— durante el retiro de 39 días en Beit Ids. Ahora, simplemente, lo hacía público.

Y también debo señalar algo que nunca entendí, como creo haber mencionado. No comprendí por qué Yehohanan fue considerado el precursor o el anunciador de Jesús de Nazaret. Pero ése es un asunto casi personal en el que no me gustaría entrar...

Quizá algún día, en otra parte...

Hice cálculos.

El Maestro deseaba estar solo.

Eran las ocho de la mañana, aproximadamente.

Disponía de treinta y tres horas hasta el ocaso del día siguiente, 2 de marzo. Era el margen de tiempo anunciado para la siguiente reunión, en la sinagoga de Nahum. Si me movía con ligereza, y sin pérdida de tiempo, podía situarme en lo alto del Ravid en cuestión de tres o cuatro horas. Es decir, al mediodía. Tenía, pues, un día entero, y más, para llevar a cabo los necesarios análisis del «vino prodigioso» y de las restantes muestras de vino y de agua, tomadas en Caná. La verdad es que ardía en deseos de conocer la información que, presumiblemente, habían obtenido los «nemos». Era una oportunidad. Si lo dejaba para más adelante, quién sabe qué podía suceder...

Decidido.

Y hacia la tercia (nueve de la mañana) me despedí de Salomé y prometí regresar al día siguiente. Quedó tan perpleja que no replicó. Pronto se acostumbraría a estas súbitas y, aparentemente, inexplicables ausencias. Algo le dije sobre no sé qué negocio... No mentí. El «negocio» que llevaba entre manos era importante...

Cargué el saco de viaje, y el inseparable cayado, y me alejé hacia Nahum. El cielo me acompañó azul y pacífico.

Y hacia la sexta (doce del mediodía), sin tropiezos, coroné el Ravid.

Allí esperaban varias sorpresas: algunas buenas y otras... no tan buenas.

Todo, en la cumbre del «portaaviones», aparecía en orden. Eso deduje, aunque tampoco me entretuve en inspeccionar los alrededores de la «cuna» con detenimiento. Fue mejor así...

«Santa Claus», nuestro ordenador central, seguía ocupándose de todo. El mantenimiento y los cinturones de seguridad funcionaban a la perfección. Noté en seguida la mano de Eliseo. Acudía regularmente a la nave. Eso salta a la vista. Todo era de primera clase, «sin banderas»...

Bueno, todo no.

La primera sorpresa llegó cuando inspeccioné la farmacia de a bordo. Los antioxidantes seguían sin aparecer.

Y, mientras buscaba y rebuscaba, fui a dar con una segunda sorpresa, no muy agradable para quien esto escribe. En mi ausencia, el ingeniero había abierto uno de los petates y se dedicó a leer los *amphitheatrica*, los papiros en los que este explorador fue copiando el «tesoro» del Zebedeo padre (1). Los papiros aparecían en desorden. Yo los depo-

(1) En dichos papiros, el mayor copió las experiencias vividas por el Maestro durante los «viajes secretos» entre marzo del año 22 y julio del 25

342

sité en el petate en perfecto orden, de acuerdo con mi costumbre. Sinceramente, me molestó y mucho. No deseaba que aquel impresentable se metiera en mis asuntos, aunque esos «asuntos» formaran parte de la operación. Y tomé una decisión equivocada. Trasladaría los papiros de lugar. Los sacaría del módulo. ¿Dónde los ocultaría? Ni idea. De eso me preocuparía en su momento. Eliseo no volvería a meter las narices en mis cosas...

Y puse manos a la obra. Lo importante eran los análisis del vino de Caná, al que yo había empezado a llamar «vino prodigioso».

Hice las consultas pertinentes a la computadora. ¿Qué sistema recomendaba para un estudio exhaustivo del referido licor? Después me ocuparía del no menos intrigante capítulo de los «nemos». ¿Qué detectaron? ¿Cómo se materializó el prodigio?

En pantalla surgió el sistema «ACLAINAN», como el más adecuado a mis propósitos. Era un método de «análisis clásico e instrumental nanotécnico» (1) de especial eficacia.

---

de nuestra era. Según el diario del mayor norteamericano, fue el propio Jesús de Nazaret quien dictó dichas vivencias al patriarca de los Zebedeo, y durante tres meses. *(N. del a.)*

(1) Para proceder a un análisis de los más de mil componentes que integran el vino se necesitaba una combinación de los sistemas clásicos e instrumentales más modernos, sujetos a la ingeniería de la nanotecnia. Esto era «ACLAINAN». Los métodos clásicos consistían en la separación de los principales componentes mediante precipitación, extracción o destilación. Los componentes separados son tratados a continuación con reactivos, originando productos que pueden identificarse cuantitativamente, en medidas gravimétricas o volumétricas. A esto se añadió la cromatografía líquida de alto rendimiento (HPLC), que disfruta de la ventaja de no tener que gasificar el componente. Ello permitió reconocer elementos que integran el color, el olor y el sabor del vino, analizando, incluso, compuestos inorgánicos. «Santa Claus» llevó a cabo también los correspondientes análisis de densidad, grado alcohólico, extracto seco, materias minerales, acidez total y volátil, glucosa, gas sulfuroso total y libre (dado que en aquel tiempo se usaba el azufre para la mejor conservación del vino), ácido tartárico (total y libre), ácido cítrico, láctico, glicerina, tanino, hierro, etc., así como ensayos de color y determinación del pH mediante métodos potenciométricos con electrodos selectivos que determinaban aniones y cationes. También se puso en práctica la espectrofotometría ultravioleta (para el estudio de las distintas fracciones de destilados) y la infrarroja (para la caracterización a través de los elementos fijos de un vino —extracto seco y cenizas— de vinos distintos o del mismo tipo, pero de comarcas diferentes). *(N. del m.)*

Yo sólo tenía que disponer el «aparataje» (probetas, etc.) y «Santa Claus» se ocupaba del resto. Pura rutina y pura tecnología. Este explorador, sencillamente, vigilaba los procesos y evaluaba. Pero no todo fue rutina...

Y, mientras el ordenador procedía a los ensayos, quien esto escribe consultó los versículos mencionados en el manuscrito del reciente «sueño». Isaías 29, 8 y 7, 3.

No me dijeron nada.

Isaías (29, 8) reza textualmente: «Será como cuando el hambriento sueña que está comiendo, pero despierta y tiene el estómago vacío; como cuando el sediento sueña que está bebiendo, pero se despierta cansado y sediento. Así será la turba de todas las gentes, que guerrean contra el monte Sión.»

No aportaron nada, pero sí quedé sorprendido por la coincidencia. Isaías hablaba de «sueño» y yo acababa de vivir todo aquello en un sueño... El texto de Isaías dispone de 66 capítulos y 1.280 versículos. ¡Qué casualidad!

Pero, como digo, no presté mayor atención.

¡Torpe de mí!

La segunda cita (7, 3) me dijo mucho menos. Además comprobé que había un error en lo que pude leer en el «sueño». «¡Alerta, pero ten calma! No temas, ni desmaye tu corazón...» no correspondía al versículo 3 sino al 4. El 3 dice: «Entonces Yavé dijo a Isaías: "Ea, sal con tu hijo Šear Yašub al final del caño de la alberca superior, por la calzada del campo del Batanero, al encuentro de Ajaz"...»

Quedé intrigado, pero eso fue todo. El general Curtiss tenía dos nombres de pila en la vida real. Uno de ellos era Isaías...

Me encogí de hombros.

Sería después, mucho tiempo después, cuando descubriría la «perla» que, en efecto, como anunció el Maestro, se oculta en cada sueño... También en éste.

Y con el ocaso llegaron los resultados de los análisis.

«Santa Claus», para una mejor comprensión, los dividió en dos apartados o capítulos.

Los repasé una y mil veces. No había error alguno. «Santa Claus» era casi perfecto...

He aquí una síntesis de lo obtenido:

Se trataba de un vino dulce y generoso, típico de postre, con una elaboración difícil y, digámoslo así, muy particular... Ante mi asombro, el «vino prodigioso» había «viajado» (!) durante 18 meses...

Al principio intenté racionalizar lo que leía. Después me di cuenta: me hallaba frente a un portento, frente a algo de origen divino o sobrenatural, y que, en consecuencia, escapaba a mi modesta comprensión. Sencillamente, tenía que limitarme a recibir la información. Todo lo demás era perder tiempo y energía.

Prosigo.

Era como si el licor hubiera sido embarcado y sometido al calor de la bodega del buque, y a la humedad de la mar, y a los movimientos del navío, y a los cambios de temperatura. Todo terminó repercutiendo en la calidad del vino. Una calidad excelente, como anunció el «tricliniarcha». ¿Embarcado y durante un período de un año y medio? Me negué a pensar y proseguí con los increíbles resultados. El ordenador apuntó que esta mejora de la calidad pudo haberse llevado a efecto mediante el embarque del vino en un bajel o por el sistema conocido como *estufagem* (1). «Santa Claus», obviamente, no sabía lo que yo sabía. El «vino prodigioso», que yo supiera, no había viajado en ningún barco. Es más: no había viajado, según el concepto humano de viajar... En cuanto al *estufagem*, un método para simular en tierra el viaje del vino por mar, tampoco tenía ni pies ni cabeza. Nadie manipuló las tinajas. Nadie sometió el contenido a calentamiento alguno. Aquello era absurdo, lo sé.

El vino fue almacenado en roble quemado, de la especie *Quercus pedunculata* (árboles gruesos y no muy altos). Esto

(1)   Se conocen en la actualidad cuatro procedimientos para calentar el vino *(estufagem)* e incrementar así la calidad: mediante la introducción de pequeños toneles en el interior de grandes cubas, calentadas por agua caliente a 40 grados (el proceso se alarga entre seis meses y un año); vino en *fudres* de roble, calentado a 45 grados, también con agua caliente, y durante un período de cuatro a seis meses; cubas calentadas por electricidad durante cuatro meses y, por último, toneles depositados al sol para su calentamiento. Esta última operación se prolonga durante ocho años o más. Hay vino —como los de Madeira— que son calentados durante un año en almacenes en los que se inyecta aire caliente. *(N. del m.)*

lo benefició especialmente. El roble tostado ejerce una función antiséptica de primera magnitud y evita que el caldo se avinagre. Las duelas de los barriles tenían que haber presentado un quemado intenso. De lo contrario no se hubieran entendido los importantes índices de furfural HMF y aldehídos aromáticos que presentaba el «vino prodigioso». Dicho quemado fuerte del roble afectó a los primeros milímetros de la madera de las referidas duelas de las barricas en las que el caldo permaneció, al menos, durante tres años. Ésa fue la antigüedad calculada para el «vino prodigioso».

La graduación alcohólica fue estimada en 14 grados. El vino fue criado en una sola barrica, con un volumen no superior a los mil litros. Era un vino «clarificado». Es decir, decantado de forma natural (sin filtros). Se había partido de mostos ricos en azúcar. La uva, según «Santa Claus», era una malvasía, pero no procedía de suelo judío. Esto me dejó igualmente perplejo. El «vino prodigioso» no era de Israel. El ordenador no supo establecer la patria. Podía ser de cualquier parte... En Israel, en aquel tiempo, según nuestras noticias, los vinos se dividían en diez grandes variedades (1). El «prodigioso» era de la clase *ilyaston* (dulce), pero no fue cosechado en tierras judías.

Los cálculos del ordenador central fueron minuciosos. Por hectolitro (cien litros) se necesitaron 19.680 gramos de glucosa y 80 litros de agua. Para el volumen total de vino (707,4 litros) fueron requeridos 138,5 kilos de glucosa.

No fueron detectados los microorganismos habituales, responsables de la llamada «quiebra del vino» (2). La pro-

(1) A grandes rasgos, los judíos clasificaban los caldos de la siguiente forma: vino viejo mezclado con agua clara y bálsamo *(aluntit)*, vino de alcaparra o de Chipre *(kafrisin)*, vino dulce *(ilyaston)*, vino de racimos de uva dulce colocados al humo o fumigados *(me'ushan)*, aperitivos *(appiktevizi)*, vino amargo *(pesinyaton)*, vino de racimo *(zimmukin)*, vino mezclado con miel *(inomilin)*, vino añadido al aceite *(enogeron)* y vino con especias *(kunditon)*. *(N. del m.)*

(2) Entre el millar de componentes del vino cabe destacar las siguientes sustancias: «saladas» (provienen de las sales de los iones de sulfito, cloruro, fosfato, etc. y proporcionan el sabor salado), «amargas» (proceden de los compuestos fenólicos), «gomas» (actúan como coloides), «ácidos» (acético, creado por las bacterias lácticas; láctico, originado por la fermentación alcohólica de los azúcares; málico, que proviene de los racimos verdes; succínico, con origen en la fermentación alcohólica, y

porción de las sustancias tánicas era correcta, favoreciendo la oxidación y, por tanto, contribuyendo al envejecimiento y a la madurez del caldo.

Por supuesto, no hallamos rastro de metabisulfito sódico, un producto químico que, en ocasiones, se añade al mosto durante el proceso de fermentación, como elemento desencadenante de SO_2 (1).

Tampoco se encontró exceso de ácido tartárico o cítrico (utilizados habitualmente para corregir la falta de acidez). Ello me llevó a pensar que el año de la cosecha del referido «vino prodigioso» no fue excesivamente caluroso.

No se advirtió exceso de carbonato de cal, destinado a modificar igualmente la acidez del mosto. La deducción de «Santa Claus» es que la patria del «vino prodigioso» era un lugar templado.

En suma, por no alargar este capítulo, el vino era excelente, intenso, bien estructurado, y mucho más...

El segundo apartado —el del prodigio propiamente dicho— fue espectacular. La ciencia llegó hasta donde pudo llegar, y no fue poco...

«Santa Claus» trabajó a un tercio de su potencia (a razón de un billón de operaciones en «coma flotante» por segundo o 10^{12}). Fue suficiente.

Personalmente quedé maravillado.

Los «nemos fríos», con la misión de «fotografiar» y transmitir, llevaron a cabo una labor exhaustiva y minuciosa (hasta donde fue posible). Enviaron quinientas imágenes

---

tartárico, que protege al vino de las bacterias negativas), «azucaradas» (son las que conceden al vino el sabor dulce, la suavidad y la pastosidad). Estos elementos se encuentran en el vino, siempre en proporciones variables, dependiendo del clima, tipo de suelo, técnicas utilizadas en el cultivo, grado de maduración, etc. El fallo de cualquiera de estos ingredientes puede provocar la «quiebra del vino», aunque esta expresión es utilizada, con mayor frecuencia, en la labor antiséptica de los taninos. Las sustancias tánicas son compuestos orgánicos que responden a la unión de un hidrato de carbono con otra sustancia denominada «aglicona» (ácido-fenol). Un exceso de tanino puede ser igualmente perjudicial (sabor a rospón). *(N. del m.)*

(1) El metabisulfito sódico actúa como inhibidor de determinadas levaduras y también como disolvente de pigmentos colorantes. En el vino, el SO_2 no debe exceder la cantidad de 0,350 gramos por litro. Un exceso de SO_2 evita la mejora de la calidad. *(N. del m.)*

por femtosegundo (1). «Santa Claus» amplificó las imágenes a «nivel dos» (atómico).

El prodigio, como fue dicho en su momento, se registró a las 16 horas 6 minutos y 1 segundo de aquel inolvidable miércoles, 27 de febrero del año 26 de nuestra era. Este dato (la hora exacta) es importante para medio comprender lo que sucedió. La duración del prodigio fue estimada en 155 femtosegundos. En otras palabras: no fue visible al ojo humano.

(1) Para una mejor comprensión de lo sucedido en Caná, he aquí una serie de ejemplos sobre medidas de tiempo (no habituales) que, entiendo, ilustrará lo narrado por el mayor norteamericano:

Un segundo: es el tiempo necesario para que un corazón humano, sano, lleve a cabo un latido.

Una décima de segundo: en ese tiempo, un colibrí bate las alas un total de siete veces. Es el típico «abrir y cerrar de ojos».

Un milisegundo (10^{-3}: una milésima de segundo). Una mosca bate una vez las alas cada tres milisegundos. La abeja lo hace cada cinco.

Un microsegundo (10^{-6}: una millonésima de segundo). En este tiempo, un rayo de luz (que viaja a razón de 300.000 kilómetros por segundo) recorre 300 metros. Una vez consumida la mecha, un cartucho de dinamita necesita 24 microsegundos para hacer explosión.

Un nanosegundo (10^{-9}: una millardésima de segundo). El microprocesador de un ordenador personal necesita del orden de dos a cuatro nanosegundos para ejecutar una operación (ejemplo: la suma de dos números). Un rayo de luz (en el vacío) avanza únicamente treinta centímetros en ese tiempo.

Un picosegundo (10^{-12} segundos: una billonésima de segundo). A temperatura ambiente, la vida media de un enlace de hidrógeno entre moléculas de agua es de tres picosegundos. En opinión del mayor, un «swivel» necesita un picosegundo para desmaterializarse.

Un femtosegundo (10^{-15} segundos: una milésima de billonésima de segundo). Es un «tiempo» inferior al «tictac» del reloj atómico más refinado. Un femtosegundo es a un segundo lo que un segundo es a 32 millones de años. Otro ejemplo: mientras que, en un segundo, la luz cubre la distancia de casi 300.000 kilómetros, en un femtosegundo, ese rayo de luz sólo recorre 0,3 micras (el diámetro de la bacteria más pequeña). Ejemplo: en las moléculas, los átomos vibran en tiempos de 10 a 100 femtosegundos. Las reacciones químicas más rápidas necesitan, en general, cientos de femtosegundos. El proceso que permite la visión (interacción entre la luz y la retina) invierte 200 femtosegundos, aproximadamente.

Un attosegundo (10^{-18} segundos: una trillonésima de segundo). Los «nemos» eran capaces de emitir destellos cuya duración era 130 attosegundos.

Tiempo de Planck (10^{-43} segundos). El tiempo (?) más breve imaginable (?). El siguiente «paso», quizá, es el «no tiempo», del que hablaba el Maestro. (*N. del a.* basada en la lista de David Labrador.)

Como saben los especialistas, para la creación de la realidad (la nuestra, la cotidiana) se necesitan del orden de 50 milisegundos (recordemos que un milisegundo son 10^{-3} segundos o, lo que es lo mismo, una milésima de segundo). Una vez abiertos los ojos se precisan 50 milisegundos para que el cerebro «traduzca» lo que está viendo al ser humano (1). Un femtosegundo es una unidad de tiempo infinitamente más corta, si la comparamos con un milisegundo. (Femtosegundo: 10^{-15} segundos o una milésima de billonésima de segundo.) Todo transcurrió en un «tiempo» (?) tan breve que, aunque este explorador hubiera permanecido con la vista fija en el agua de las tinajas, sin apartarla ni un instante, tampoco habría captado lo sucedido. Fueron los «nemos fríos» los que alcanzaron a «ver» (?) una parte del prodigio. Desde que la vara de Moisés fue activada, hasta que se inició el portento, propiamente dicho, los «nemos» que flotaban en el agua de las tinajas, y los llamados «AD» («nemos» adheridos a las paredes interiores de piedra de las cántaras y distribuidos en cinco grupos), «fotografiaron» la referida agua durante tres minutos. «Santa Claus» no halló nada en especial, salvo un moderado exceso en los volúmenes de cal (algo lógico en los terrenos calcáreos de Caná). Se trataba de agua vadosa o somera, típica entre la capa freática y la superficie. Era, como digo, agua cruda, con un ligero incremento del calcio. Todo normal.

Pero, a las 16 horas, 6 minutos y 1 segundo, los «nemos» detectaron varias anomalías, que se prolongaron por espacio de 54 femtosegundos. Quizá no sepa explicarme (las palabras no me ayudan). Quizá todo se registró simultáneamente, pero creo que debo narrarlo por partes, con el fin de hacer comprensible (?) lo acaecido aquella tarde. Trataré de no formular comentario alguno hasta que no haya concluido la exposición de los «hechos». No sé si seré capaz...

16 horas 6 minutos y 1 segundo.

Los «nemos» captaron una alteración en la gravedad.

(1) Si un ser humano precisase de una hora para construir la realidad, su presente (su «ahora») sería, justamente, de una hora. Las hormigas, por ejemplo, funcionan con un presente más reducido y elemental que el nuestro. Si le diéramos pan a una hormiga, ese acto sería presente para nosotros y un hipotético futuro para el insecto. A nivel de inconsciente, el hombre sitúa su futuro en un continuo «ahora». *(N. del m.)*

Ésta descendió de su valor habitual (9,8 m/s^2) a 6,9176 m/s^2 (1). Los «nemos», lógicamente, no pudieron verificar si la gravedad experimentó algún cambio en el patio o en los alrededores de *Sapíah*. Es posible (no seguro) que los mareos, dolor de cabeza, y cosquilleos en manos y pies que experimentó quien esto escribe en esos instantes tuvieran su origen en esa variación en los niveles gravitatorios.

Simultáneamente (16 horas, 6 minutos y 1 segundo), el agua almacenada en las seis tinajas experimentó una leve oscilación en sus átomos. La frecuencia fue de 10 a 100 gigahercios. Más o menos, entre 10^{10} y 10^{11} ciclos por segundo. El agua perdió su carácter dieléctrico (con una permisividad de 80) y se produjo un fenómeno no menos singular. Las moléculas, formadas por un átomo de oxígeno, unido a dos de hidrógeno, que habitualmente presentan una forma triangular, sufrieron dos importantes modificaciones: los ángulos de los dos enlaces (habitualmente en 104,5 grados) cambiaron a 105. La distancia de enlace 0-H no resultó modificada, pero el momento dipolar (1,85 debye) apareció en 1,84. Creí que «Santa Claus» había perdido la «razón»...

El agua vibró como el parche de un tambor al ser golpeado por una baqueta.

Aquello fue el caos. Pero un caos que sólo duró femtosegundos. Al instante (?), los «nemos» fotografiaron y midieron el desplazamiento de las oscilaciones y comprobaron cómo, también en femtosegundos, el movimiento caótico evolucionaba hacia una vibración coordinada de los trillones y trillones de átomos que integraban el agua de las tinajas.

Todo volvió a la «normalidad» (?), aunque fue por poco tiempo (siempre medido en «fem»: femtosegundos).

Y se registró otro fenómeno increíble.

(1) Un planeta constituye «una sola masa», formada por elementos de distinta densidad. Está claro que la corteza, la hidrosfera, el manto superior y el inferior, y los núcleos externo e interno de la Tierra tienen distintas densidades que, multiplicadas por el volumen del esferoide (sin contar la atmósfera) proporcionan una masa que, al deformar el espacio, da una aceleración de la gravedad en la superficie del planeta de 9,8 m/s^2. En Mercurio, la gravedad sería de 2,78 m/s^2. En Venus (casi del mismo tamaño que la Tierra), la gravedad es algo menos: 8,87. Marte tiene 3,8 y Urano 7,77 m/s^2. *(N. del a.)*

Los trillones de átomos de cada cántara se «transformaron» (?) en destellos luminosos... ¡azules!

Fue la locura.

Los «nemos fríos» no daban abasto.

Era similar a un gigantesco faro estroboscópico que lanzaba trillones de *flashes* azules y con una cadencia de cinco «fem». Al terminar dicho «tiempo» se registraba un intervalo de un attosegundo, y vuelta a empezar.

¡Cómo hubiera disfrutado Harold Edgerton, del Instituto de Tecnología de Massachusetts! (1)

¡Cada átomo era un foco emisor de «luz azul»!

Y fue «Santa Claus», al evaluar la información, quien detectó algo «imposible» para la ciencia, pero real...

Los «lamparazos» de los trillones de átomos se registraban en forma de secuencia numérica (algo parecido al morse). La secuencia se repetía 1.530 veces. Se producía una «pausa», y el fenómeno continuaba. La computadora sometió los números a toda clase de cálculos y combinaciones, pero los resultados fueron negativos. No supe de qué se trataba, suponiendo que «aquello» tuviera algún sentido.

La serie en cuestión era la siguiente:

«4173-45-51-61314147».

No hacía falta ser muy despierto para comprender que el agua «hablaba»...

¿Cuál era el mensaje? Lo ignoro.

Pero ¿desde cuándo habla el agua? Pensé que me volvía loco...

«Santa Claus» revisó la información una y otra vez. No había duda. Los trillones de *flashes* azules escondían un orden numérico. Otra cuestión es que la computadora, y quien esto escribe, no supieran decodificar el supuesto enigma del «agua parlante». Quizá alguien, algún día, sepa descifrarlo.

Y, súbitamente (?), la iluminación azul cesó.

Los «nemos» registraron un descenso en la temperatura del agua. Si antes del prodigio era de 15 grados Celsius, en ese instante descendió a un grado negativo. Y se produjo

---

(1) Harold Edgerton fue el iniciador de una importante tecnología basada en *flashes* electrónicos estables que lanzaban destellos luminosos periódicos con una duración de microsegundos. *(N. del m.)*

otro «espectáculo» fascinante. Para ser exacto, dos «espectáculos» fascinantes que me dejaron igualmente atónito. Fueron simultáneos. El primero consistió en la aparición de cientos de diminutos cristales de hielo, hexagonales, bellísimos. Otros, también a cientos, tenían la forma de la flor de la mandarina. El segundo fenómeno fue la progresiva desaparición del agua. En cada cántara, el líquido fue aniquilado, desde el fondo a la superficie, y en láminas que oscilaban entre 0,75 y 5 nanómetros de espesor (1). Algo parecido a las llamadas «películas negras de Newton». Fue igualmente vertiginoso.

Y las seis tinajas quedaron completamente vacías.

El tiempo invertido en esta primera fase del prodigio —que abarcó la alteración gravitacional, las modificaciones en la estructura del agua, los destellos azules, la aparición de cristales hexagonales y la progresiva desaparición del líquido, en láminas— fue de 54 «fem». Un período de tiempo casi inimaginable.

Los «nemos» ubicados en las paredes de piedra de los recipientes no consignaron alteración alguna en dichas paredes. Fue asombroso. Aparecían secas.

Y en ese instante (?), los «AD» enviaron información sobre el «contenido» de las cántaras: ninguno. Mejor dicho, aire normal y corriente, como el que respiramos habitualmente.

Los restantes «nemos fríos» dejaron de transmitir. Al desaparecer el agua, ellos también resultaron eliminados. Quién sabe dónde fueron a parar.

El aire que llenaba las tinajas, como digo, no presentaba alteración alguna: oxígeno (21 por ciento), nitrógeno

---

(1) Un nanómetro equivale a la mil millonésima parte del metro; es decir, 10^{-9}. Para que nos hagamos una idea: un cabello humano tiene un grosor que oscila entre 80.000 y 200.000 nanómetros. Un átomo mide una décima de nanómetro (*angstrom*). Los «nemos» tenían 30 nanómetros. Otros ejemplos: un nanómetro es lo que crece la barba de un hombre en el tiempo que tarda en llevarse la maquinilla de afeitar a la cara. El «punto» que acabo de imprimir tiene un diámetro de 500.000 nanómetros. La uña del dedo meñique mide 10 millones de nanómetros de ancho. Un nanómetro equivale a una décima parte del grosor del tinte de unas gafas de sol. Un billete de un dólar tiene un grosor de 100.000 nanómetros. *(N. del a.)* (Información obtenida del *National Geographic*.)

(78 por ciento), argón (1 por ciento) y cantidades variables de vapor de agua y anhídrido carbónico. Todo normal.

¿Qué sucedió con los más de setecientos litros de agua? Lo ignoro. Sencillamente, dejaron de estar...

El «vacío», o la ausencia de agua, se prolongó por espacio de 101 «fem».

En ese «tiempo», los «nemos» no detectaron nada extraño ni destacado. Sólo «vacío», si se me permite la expresión.

Y al cabo de esos 101 «fem», ante mi sorpresa, las tinajas se llenaron de vino.

Fue un llenado simultáneo e instantáneo. En el «fem» 101 no había nada y en el 102 apareció el *ilyaston* (vino dulce), colmando las seis cántaras.

Quedé tan impactado que obligué a «Santa Claus» a repetir las filmaciones una y otra vez. Siempre obtuve idénticos resultados. De la «nada» se pasó al vino.

Y todo regresó a la normalidad, incluida la gravedad.

Fin del prodigio.

Según la computadora central, el portento tuvo una duración total de 155 femtosegundos. Prácticamente nada. Como ya expliqué, el prodigio no fue visible a los ojos humanos. El tiempo invertido —155 «fem»— es inferior al que precisa el hombre para poner en pie una imagen (el tiempo que necesita la luz para activar los pigmentos de la retina es de 200 «fem» aproximadamente). Como también dije, aunque este explorador hubiera permanecido con la nariz pegada a la superficie del agua de las cántaras, mi sistema visual no habría detectado nada.

¿Asistimos a lo que denominan «estado de transición de la materia»? (1)

Soy incapaz de asegurarlo...

Lo que sé es lo que vi y lo que «vieron» los «nemos».

¿A qué conclusiones llegué?

No muchas, pero importantes. A saber:

---

(1)   Desde un punto de vista técnico, un «estado de transición» podría definirse como «un punto de silla de montar en una superficie de energías potenciales». Hasta el momento, la ciencia no dispone de los medios necesarios para observar un «estado de transición» en tiempo real. Los «nemos», como ya expliqué, son materia clasificada dentro del estamento militar norteamericano. *(N. del m.)*

1. El prodigio fue real. No sé quién fue el responsable, pero alguien hizo desaparecer el agua y, posteriormente, presentó el vino: 707 litros.

Rectifico.

Si sé quién llevó a cabo semejante portento. Me lo explicó el Maestro y así lo registré en estos diarios...

La ciencia, sin embargo, debe limitarse a las pruebas.

2. No hubo conversión del agua en vino, como reza la tradición. Se registró un prodigio, espectacular diría yo, pero no se violó ninguna ley de la naturaleza. No es lo mismo que H_2O se convierta en carbono que hacer desaparecer un líquido para, al cabo de un tiempo, hacer aparecer otro. Y recordé las palabras del Galileo cuando caminábamos hacia el *yam*: «¿Consideras que sacar vino de la nada es un trabajo sin gracia y sin imaginación?»

Me perdí.

Hacer desaparecer setecientos litros de agua y obtener vino de la «nada»... La misma cantidad, exactamente.

El portento era espléndido, sin explicación científica posible, al menos de momento, y no agredía las leyes de la naturaleza.

¡Sublime! ¡Magistral! ¡Insuperable! ¡Delicadísimo! ¡Exquisito!

3. Probablemente, como también refirió Jesús de Nazaret, alguien, con el poder suficiente, manipuló el tiempo. Ésa fue otra de las claves del prodigio. Pero no tengo palabras para aclarar el misterio. ¿Cómo se puede manipular el tiempo? ¡Qué estupidez! Nosotros lo hacíamos... Y me dije a mí mismo: si nosotros, pobres humanos, éramos capaces de algo así, ¿qué podían desplegar las criaturas al servicio de un Hombre-Dios?

Lo dicho: me rendí.

4. Aunque la «covariancia» defiende que las leyes de la física son idénticas para todos los observadores, algo falla en dicho corolario. En el prodigio de Caná no se violaron las leyes físicas, pero los «observadores invisibles» sacaron algo de la nada, cosa imposible, según la ciencia.

5. La flecha del tiempo —según algunos— se explicaría por la segunda ley de la termodinámica (la entropía, definida como el progresivo desorden de un sistema). Pues bien, en Caná, aparentemente, alguien se saltó esa segunda ley de

la termodinámica. ¿O no? Insisto en lo que afirmaba Gödel: «Siempre habrá enunciados verdaderos en matemáticas que están más allá de nuestro conocimiento.» Caná es uno de esos «enunciados» y lo será por mucho tiempo...

Y esa noche, rendido a la evidencia, caí de rodillas. Y alabé la sabiduría y el amor del Padre Azul...

No cabe duda. Estamos en las mejores manos.

Y doblé mi espíritu científico, y lo guardé. El método científico no sirve para estudiar a Dios, de la misma manera que nunca servirá para medir la belleza, la poesía o la ternura.

Fue ese día, viernes, 1 de marzo del año 26 de nuestra era, cuando adopté una sabia decisión; algo que no me había atrevido a hacer en el Hermón: entregarme a la voluntad de Ab-bā. «Mi voluntad —decía el Hombre-Dios— es que se haga tu voluntad...»

A partir de ese momento, todo fue distinto, aun siendo igual...

Pero trataré de ir por partes.

Por cierto, casi lo olvido...

Al llevar a cabo las analíticas, «Santa Claus» hizo otro descubrimiento, yo diría que notable, que me benefició a nivel personal. En el «vino prodigioso» apareció una sustancia antioxidante, muy superior a la dimetilglicina, que combate la contracción de los vasos circulatorios y anula buena parte del NO (óxido nitroso). La bauticé como *genaz* («tesoro» en arameo). El potente antioxidante es un derivado de los flavonoides y de los taninos, disfrutando, además, de una espectacular capacidad para prevenir la hipertensión. Algún día —espero— será descubierta por los científicos...

Decidí dosificar lo que había quedado tras los análisis. Quizá me ayudase en la lucha contra el NO. Desde hacía casi una semana carecía de antioxidantes. Y ya lo creo que sirvió. Mi salud mejoró sensiblemente. Fue increíble: este explorador fue otro de los beneficiados con el «vino prodigioso». ¿Cuántos más, entre los invitados a la boda, resultarían agraciados con el *genaz*?

La computadora llevó a cabo igualmente los ensayos sobre las muestras de agua y de vino tinto, trasladadas a la «cuna» en las ya referidas alcuzas o ampolletas de barro.

No se observó nada de particular, salvo lo ya mencionado: un ligero incremento en los índices de cal, en el agua de las tinajas.

Y me retiré a descansar. Aquélla fue otra jornada inolvidable.

Pero la paz no duró mucho...

A eso de las dos de la madrugada, «Santa Claus» me alertó. Había «saltado» el cinturón gravitatorio. Como se recordará, Eliseo cambió los límites de dicha defensa, estableciéndolos a 500 metros de la «cuna». Era el primero de los escudos protectores del módulo. El cinturón gravitatorio actuaba como una cúpula invisible. Si alguien pretendía traspasar dicho límite, una fuerza arrolladora le impedía el paso. Era como un viento huracanado o como un muro. Nadie estaba capacitado para traspasarlo. Sólo nosotros, y merced a una clave que debíamos transmitir al ordenador central cada vez que intentábamos ingresar en la nave. Esa clave era «Base-Madre-3». Al pronunciarla, «Santa Claus» desconectaba el sistema gravitatorio. Al abandonar el Ravid, los pilotos pronunciaban la palabra «Ravid» (en inglés), y el cinturón se materializaba nuevamente (1).

Era extraño. En el exterior se observaba una intensa luminosidad violeta...

Yo había visto ese fenómeno con anterioridad.

Revisé los radares. Todo aparecía en orden. Ni un solo

(1)   En el último «salto» en el tiempo, las defensas de la «cuna» fueron establecidas de la siguiente forma:

1. Cinturón gravitatorio (ya detallado). La poderosa emisión de ondas partía de la compleja membrana exterior de la nave, pudiendo ser modificada a voluntad, tanto en distancia como en intensidad.

2. Cinturón «IR» (infrarrojo). Detectaba la presencia de cualquier ser vivo. Fue establecido por Eliseo a 400 metros de la «cuna». El sistema se basaba en la propiedad de la piel humana, capaz de comportarse como un emisor natural de IR. Capacidad de barrido: 50 por segundo.

3. Cinturón de hologramas. Fue ubicado a 173 metros de la «cuna», coincidiendo con los restos de la muralla romana. Se trataba de terroríficas escenas, protagonizadas por nuestros «vecinos», las llamadas ratastopo, de grandes colmillos (tipo sable). Los hologramas fueron dotados de sonido y movimiento. Los *Haterocephalus glaber*, expertos excavadores, de cabeza lampiña, sólo eran visibles durante la noche.

El resto de los sistemas defensivos, como el barrido con microláseres, fue desestimado, de momento. *(N. del m.)*

«eco» sospechoso. Y pensé en las dichosas palomas que anidaban en el monte Arbel, muy cercano. Ya nos habían dado otros sustos...

Y, de pronto, cesó la alarma.

Estaba casi seguro.

Pudieron ser las torcaces de Arbel...

Pero no me quedé tranquilo, y decidí descender de la nave. Estábamos solos en la cima del Ravid. Me refiero a «Santa Claus» y a quien esto escribe...

Aquella luminosidad... Yo la había visto antes... Y recordé una de las noches, sobre la colina que llamaba «778», en las proximidades de Beit Ids. También allí, durante unos segundos, la noche se volvió violeta. Algo (aparentemente una luz) se precipitó sobre la cima de la referida colina, y todo se volvió de color violeta.

Ahora, la luminosidad que contemplaba era parecida, aunque percibí algo distinto: aquella luz violeta que lo inundaba todo (piedras, nave, ropas y el lejano manzano de Sodoma) permanecía allí, al menos, desde hacía dos o tres minutos. Ése era el tiempo que llevaba levantado, desde que «Santa Claus» me pusiera en alerta.

Y la contemplé a placer.

Era un violeta dulce, muy tenue...

¿De dónde procedía?

Miré a todas partes, pero no acerté a localizar el origen.

Y, lentamente, fue extinguiéndose.

Me senté en una de las agujas de piedra, asombrado. No podía hallar una explicación. El fenómeno pudo prolongarse durante ocho o nueve minutos.

Seguí contemplando el firmamento. La oscuridad era total. La noche recuperó la serenidad. La luna se había ocultado a las 23 horas, 34 minutos y 50 segundos. Y con ella se fue el viento. Las ocho mil estrellas parecían ajenas a tanto prodigio, pero no...

Y, de pronto, hacia el oeste, hacia la «popa» del «portaaviones», en el lugar en el que se alzaba el manzano de Sodoma (una de las referencias a la hora de ingresar en la cumbre del Ravid), creí ver una luz. No era una estrella.

Me puse en pie.

En efecto...

¡Se movía!

Era una luz amarillenta, con un tamaño diez veces superior a la estrella Capella, y en forma de bala de cañón, con la punta hacia arriba.

Quedé atónito y, supongo, con la boca abierta.

Otra vez las «luces»...

La «bala» prosiguió su descenso, lento y continuado, acercándose a la «popa» del Ravid. No hacía ruido.

No supe qué hacer. ¿Entraba en la nave y activaba los dispositivos de defensa? (1) ¿Consultaba los radares? ¿Filmaba?

No hubo tiempo.

La luz interior de la «cuna» se apagó. Y, supuse, el cinturón gravitatorio, de visión IR y los hologramas quedaron inservibles.

Y la luz amarilla desapareció por detrás del manzano de Sodoma.

En esos momentos experimenté náuseas y un notable mareo. Todo empezó a dar vueltas...

Tuve que volver a sentarme en la roca.

¿Qué estaba pasando?

¿Se trataba de otro sueño?

Recuerdo que inspiré profundamente e intenté serenarme.

Y en eso, la luz de cabina de la «cuna» se restableció.

Fue entonces cuando observé aquella otra «luz». «Despegó» (es un decir) desde la zona del manzano y comenzó a elevarse lentamente, sin ruido.

Los mareos aumentaron. Tuve que agarrarme a la piedra. ¿Cabía la posibilidad de que las «luces», o lo que fueran, estuvieran creando un campo electromagnético de baja frecuencia? Eso explicaría, quizá, los súbitos mareos...

Esta segunda «luz» era blanca, como una luna llena, y presentaba en lo alto otra luz, más pequeña, y de color rojizo. Avanzó hacia mí pero, súbitamente, se detuvo. Se hallaba a poco más de 35 grados sobre el horizonte.

No emitía destellos. Eran luces fijas. Percibí un ligero «cabeceo». No pude calcular la distancia a la que se hallaba, pero no sería superior a mil metros. (El manzano de Sodo-

---

(1)   En los diarios del mayor no figura alusión alguna a los dispositivos de defensa a los que hace referencia en este pasaje. *(N. del a.)*

ma, como ya expliqué, se encontraba a 2.173 metros de la nave.)

No salía de mi asombro.

Y allí permaneció, inmóvil, en un «estacionario» perfecto, y por espacio de más de un minuto. Las náuseas y los mareos desaparecieron.

Reaccioné y trepé al interior del módulo. Me hice con un proyector láser (portátil) y regresé a la plataforma rocosa.

Las luces habían desaparecido.

No esperé mucho tiempo.

De la zona del manzano de Sodoma volvieron a «despegar» (?) otras tres «luces». Esta vez formaban un triángulo isósceles. Eran rojas. Ascendieron despacio y también sin ruido. Y fueron aproximándose.

Obviamente se trataba de las luces de posición de un mismo objeto.

Caminé un centenar de metros y me situé junto a los restos de la muralla romana. La negrura era absoluta.

Entonces, decidido a terminar con aquel irritante misterio, pulsé el láser y lancé un destello hacia el «triángulo».

El objeto se detuvo. Y permaneció en estacionario, a baja altura, a cosa de 1.500 metros de mi posición.

Repetí el destello láser y creo que di en el blanco.

Casi al momento, del «triángulo» partieron otros dos destellos.

Pensé que me desmayaba.

¡No era posible! ¡Estaban respondiendo a mis señales! Pero ¿quién? Aquello era de locos. Estábamos en el año 26... ¿Quién volaba en esa época?

Y el «juego» se repitió diez o doce veces. Yo enviaba un destello y «ellos» (?) replicaban, siempre con dos.

No sé de dónde saqué las fuerzas...

El caso es que, de pronto, se me ocurrió algo.

Y probé la comunicación, vía morse.

Pregunté:

«¿Amigos?»

Esta vez tuve que sentarme.

Hubo respuesta, e inmediata. Tuve la sensación de que adivinaban el pensamiento antes de que este explorador emitiera las señales luminosas.

La respuesta fue asombrosa:

«Más que amigos.»

Tragué saliva y pregunté de nuevo:

«¿Sabéis quiénes somos?»

Respuesta:

«Lo sabemos.»

Pregunta:

«¿Sois ángeles?»

Respuesta del «triángulo»:

«Quizá.»

Y me animé del todo:

«¿Qué tenéis que ver con Jesús de Nazaret?»

Silencio. No hubo destellos. No se produjo respuesta.

Insistí y repetí la pregunta, modificándola en parte:

«¿Sois su "gente"?»

Silencio. No hubo más destellos.

Y el «triángulo» se elevó en la oscuridad a una velocidad increíble, perdiéndose en el firmamento. El silencio quedó flotando en la noche y sobre mi desconcertado corazón.

Pero no tuve tiempo de estabilizar la mente. A mis espaldas sentí pasos. Alguien corría.

Experimenté un nuevo escalofrío.

Me volví y medio distinguí dos sombras. Corrían, en efecto, en dirección a la «cuna». Juraría que eran humanos.

No sé de dónde salieron, ni cómo. Corrían cerca del módulo y los vi desaparecer entre el tren de aterrizaje.

¿Quiénes eran? ¿Cómo habían llegado hasta allí? ¿Fueron los responsables de que saltara la alarma? ¿Cómo lograron burlar el cinturón gravitatorio?

Y, presa del pánico, tuve una reacción animal. Necesitaba averiguar qué estaba pasando.

Corrí hacia la «cuna» pero, en mitad de la oscuridad, al segundo o tercer paso, tropecé con una de las agujas calcáreas, perdí el láser, y fui a rodar entre los afilados peñascos.

Me golpeé en la cabeza y perdí el sentido. No recuerdo más.

Cuando volví en mí me hallaba en el interior de la nave, en el suelo.

Traté de recordar... ¿Qué había sucedido?

Y comprobé, con asombro, que eran las 5 de la madrugada y 7 minutos. Recordé que fui despertado por «Santa Claus» hacia las dos...

No lograba entender...

Y, lentamente, recuperé los recuerdos: la luz violeta, las «luces», el extraño «diálogo» con el «triángulo», las figuras humanas que corrían y desaparecían bajo la nave...

¿Me había caído de la litera? ¿Sufrí una pesadilla?

Y recordé el láser. Lo perdí cerca de la muralla romana. ¿Seguía allí?

Me incorporé con dificultad. Presentaba una brecha en la frente, sobre el ojo izquierdo. Nada importante, pero... ¿Dónde me la hice? ¿Fue en el exterior, cuando tropecé, o al caer de la litera? Pero ¿me había caído realmente de la cama?

Y, aturdido, decidí esperar al alba. Tenía que salir al exterior y averiguar qué demonios sucedía.

Hubiera sido mejor no descubrir nada...

Pero las cosas son como son y no como nos gustaría que fueran.

Faltaba algo menos de una hora para el amanecer. ¿Qué hacía?

Opté por chequear los sistemas.

Lo sé. Fue una excusa. ¿A qué ocultarlo? Sentí miedo.

No sé qué había en el exterior, pero era algo que escapaba a mi comprensión.

Me sentí desconcertado, confuso y temeroso. No quería caminar por la plataforma rocosa en mitad de aquella negrura. Ésa, como digo, fue la verdadera razón por la que continué en la «cuna».

Y regresó la vieja idea: ¿se debía todo a un sueño?

No sé...

Las lecturas en los radares no arrojaron información (1).

---

(1) Utilizábamos varios tipos de radares. El llamado «2D» y el «Gun Dish» fueron los más habituales. El primero se caracteriza por grandes logitudes de pulso (PW, 2 a 20 usec), baja frecuencia de repetición (PRF, 100 a 400 pps) y una frecuencia de transmisión del orden de 500 a 3.000 MHz (en bandas C a F). La gran longitud de pulso autoriza a la transmisión de potencias muy altas (1 a 10 MW) que, unido a su baja PRF, permitía una detección de hasta 250 millas. El tipo de barrido —circular— giraba 360 grados, con un período lento (entre 3 y 8 rpm). El «Gun Dish» tenía una frecuencia de 16 GHz (16.000 Mc/s). (N. del m.)

Ninguno de los objetos que este explorador, supuestamente, llegó a observar dejó constancia en las pantallas. Fueron tres, que yo recordara. ¿Cómo era posible? En otras oportunidades, como en la madrugada del 7 de abril del año 30, estos misteriosos objetos volantes sí fueron captados por los radares de a bordo. El «2.000», con una longitud de onda de tres centímetros y una cobertura de casi cuarenta kilómetros, también se hallaba «mudo». Y lo mismo sucedió con los analizadores del espectro. La luz violeta no contenía señal alguna electromagnética o de radio. Era una «luz» (?) «vacía», desconocida para nosotros. Pero el hallazgo más sorprendente lo hizo «Santa Claus». Logró «limpiar» un fortísimo ruido de fondo (electromagnético) y obtuvo una señal, aparentemente sin sentido. Se repetía, constantemente, la secuencia «2, 9, 8, 2, 0, 2, 7». Pero ahí quedó todo.

¿Por qué «2, 9, 8, 2, 0, 2, 7»?

«Santa Claus» ofreció también una síntesis de lo sucedido desde que fui despertado:

«Alteración del cinturón gravitatorio a las 2 horas y 1 minuto. Duración de la anomalía: 21 segundos.»

Luz violeta. Permanencia total: 9 minutos y 3 segundos.

La temperatura en la cumbre del Ravid descendió, bruscamente, en dos grados Celsius. Al desaparecer la luz violeta todo volvió a la normalidad. La temperatura se elevó de nuevo a 18 grados Celsius.

Caída del suministro eléctrico en la «cuna». Se registró a las 2 horas y 10 minutos. Duración de la extraña «caída»: 39 segundos y 7 décimas.

Con el corte en el suministro eléctrico se vinieron abajo todos los cinturones de seguridad.

No hubo razón para dicha «caída» en el suministro eléctrico.

Inexplicable.

Curioso. De todo aquel manicomio de cifras, sensaciones y dudas, en mi cabeza sólo quedó algo: «2, 9, 8, 2, 0, 2, 7.»

Eliseo, cuando supo lo ocurrido, apuntó una posible explicación. Para él, la extraña cifra en cuestión era una fecha: 29 de agosto de 2027.

Y ambos nos encogimos de hombros. Quedaba muy lejos...

Pero, si era cierto, y «Santa Claus» difícilmente erraba,

¿qué nos estaban comunicando? ¿Quién había transmitido esa señal y, sobre todo, por qué? ¿Se nos avisaba de algo?

Y el alba puso fin a los trabajos con el instrumental. Eran las 6 horas, 4 minutos y 20 segundos del sábado, 2 de marzo de año 26 de nuestra era. Otra fecha difícil de olvidar...

Observé por las escotillas. Todo, en la meseta rocosa, parecía tranquilo. Sin embargo descendí inquieto. Portaba la vara de Moisés pero, aun así...

La primera exploración resultó negativa. Allí no había nadie. El «portaaviones» se hallaba solitario, como casi siempre.

Llegué hasta los restos de la muralla romana, ubicada a 173 metros de la «cuna», y busqué entre las lajas y las agujas azules de piedra.

¡Allí estaba la linterna láser!

La recogí e investigué en los alrededores.

No tardé en descubrir gotas de sangre, ya seca, sobre una de las aristas pedregosas. Era sangre de este explorador, sin duda.

Pero, entonces...

¡No fue un sueño! ¡Fue realidad! ¡Yo viví la noche violeta y la aproximación de las «luces» y aquel singular «diálogo» con el «triángulo isósceles»!

¡Oh, Dios! ¿Qué estaba sucediendo?

¿Por qué aparecí en el interior del módulo? ¿Qué fue de mí en esas dos horas y pico que no lograba recordar? Alguien, evidentemente, me había trasladado al interior de la nave. Yo estaba inconsciente. Y allí quedaron el láser y la sangre, para demostrar (para demostrarme) que nada de aquello era una pesadilla o fruto de mi imaginación. Alguien nos seguía, muy de cerca, y, en cierto modo, velaba por nuestra seguridad. ¿O no era así?

Dediqué un tiempo a explorar el lugar. Y lo hice concienzudamente.

Negativo.

No hallé nada raro: ni huellas, ni señal alguna de las «sombras» que medio distinguí en la oscuridad. Entonces, al rememorar la difusa imagen de las criaturas, corriendo hacia las «patas» de la «cuna», algo se situó en primer plano; algo de lo que no me percaté en aquellos difíciles momentos: las «sombras» no vestían como lo hubieran hecho los paisanos y naturales de la época (año 26).

¡Presentaban pantalones! Mejor dicho, algo similar a un mono o buzo de faena, parecido al que utilizan los pilotos...

¡Eso no podía ser!

Y desestimé la imagen. Seguramente se debió al miedo...

Continué la búsqueda, llegando, incluso, al manzano de Sodoma, a casi 2.200 metros del lugar donde se asentaba la «cuna»

Negativo.

Yo había visto «despegar» las «luces» desde aquella zona, pero no encontré nada de particular. Ni quemaduras, ni huellas en tierra, nada...

Y al retornar a la «proa» del «portaaviones», no sé por qué, fui a asomarme al acantilado que se abría a seis metros escasos del módulo. Era un cortado casi inaccesible, como ya describí en su momento, con una profundidad de 131 metros. En realidad, salvo en la «popa» del Ravid (zona del manzano), el resto del monte, como también expliqué, aparecía cortado en todas direcciones (por el sur, por el este y por el oeste), por precipicios que oscilaban entre los referidos 131 metros (máxima altura) y los 40 metros.

Lo vi al instante.

Y quedé perplejo.

¿Cómo llegó hasta allí? ¿Cómo no lo vi antes?

Estaba pensando estupideces...

Cuando coroné el Ravid, al mediodía del viernes, 1 de marzo, ingresé directamente en la nave y puse manos a la obra en la analítica del «vino prodigioso». No me preocupé de rastrear el «portaaviones» ni tenía motivos para ello.

Me aproximé despacio y con suma cautela.

Me incliné y verifiqué que, en efecto, se trataba de lo que había pensado...

Volví a explorar el Ravid con la mirada.

Negativo.

Allí no había nadie. Entonces, aquello...

Lo toqué como si fuera una aparición.

Estaba frío. Al sol no le dio tiempo a caldearlo.

Y pensé: «Esto lleva aquí toda la noche...»

Sentí un nudo en el estómago.

Eso quería decir que alguien sabía que estábamos allí, en lo alto del Ravid... ¿Qué otra cosa podía pensar?

Y me dije: «¿Qué hago? ¿Lo retiro?»

Volví a acariciar el hierro. Era un garfio de tres «anzuelos», grande y poderoso, con un «fuste», también de hierro, de casi un metro de longitud. Una larga soga, amarrada al extremo del «fuste», colgaba en el vacío. Calculé diez metros de cuerda.

Estaba claro.

Alguien utilizó el triple garfio para escalar el Ravid por aquella esquina del «portaaviones». Y supuse que lo hizo poco a poco, lanzando el «ancla» por tramos, y trepando.

Pero...

Sí, era el cuerpo de un hombre. Lo descubrí al pie del acantilado. Se hallaba inmóvil entre los peñascos y la maleza. ¿Estaba muerto?

E imaginé que quizá llegó a poner el pie en la plataforma rocosa. En ese supuesto, al coronar la cima, el cinturón gravitatorio lo habría empujado al vacío.

¡Oh, Dios!

Sí, ésa tenía que ser la explicación. El «viento huracanado» lo arrojó fuera del Ravid.

Pero ¿quién era? ¿Qué pretendía? ¿Por qué eligió aquel camino, tan difícil y arriesgado? ¿Significaba esto que lo había intentado por la zona del manzano de Sodoma, la más lógica para acceder a la cumbre?

Los interrogantes se atropellaban unos a otros...

La situación era grave. ¿Se hallaba en peligro la integridad de la nave? ¿Cuántos más intentaron ingresar en lo alto del «portaaviones»? Tenía que hablar con el ingeniero. Era preciso hallar una solución...

Y en eso, por la senda de tierra negra y volcánica que bordeaba el Ravid por el flanco norte, procedente de Migdal o quizá de la plantación en la que conocí al viejo Camar, el beduino, vi aparecer a un grupo de hombres. Conté ocho. Caminaba con prisas.

Me tumbé sobre las rocas y seguí sus movimientos, inquieto.

Tal y como imaginé, abandonaron la pista y se abrieron paso entre los matorrales y los peñascos, rodeando el cuerpo del que yacía inmóvil. Alguien les había advertido, obviamente. Lo examinaron y algunos levantaron las cabezas, dirigiendo las miradas hacia la cuerda que se balanceaba en lo alto. Pegué el rostro al suelo y esperé. Si me veían estaba perdido. Mejor dicho, la operación quedaría seriamente comprometida. No lo permitiría.

Y el grupo empezó a discutir.

Tenía que hacer algo...

Y opté por lo más sensato.

Me retiré sin que me vieran. Puse rumbo al manzano y activé las defensas. Acto seguido, sin pérdida de tiempo, crucé la «zona muerta» y fui a situarme en la referida senda de tierra volcánica. Y me dirigí hacia Migdal.

Mi intención era clara: intentar averiguar lo sucedido. ¿Quién era aquel individuo? ¿Qué sabían los hombres que acababan de rodearlo? ¿Tenían alguna noticia sobre la presencia de la nave en el Ravid?

Dejé la senda principal y, cayado en mano, giré a la derecha adentrándome en la maleza que prosperaba al pie del Ravid.

Los hombres no tardaron en verme. Y hablaron entre ellos.

Pero las sorpresas no habían terminado.

Uno de los ocho era el viejo Camar, el *badawi* que conocí en el año 30, poco antes del tercer «salto» en el tiempo. No podía reconocerme. Estábamos en el 26.

Vestía una larga túnica blanca, típica de los beduinos, con las mangas recogidas por encima de los codos. Se tocaba con un *keffiyeh* (turbante) igualmente blanco. Bajo el *keffiyeh* aparecían aquellos largos y lamentables cabellos rojos, teñidos con Dios sabe qué...

Los otros eran vecinos de Migdal.

Más adelante lo supe. Camar fue el primero que divisó la cuerda y el primero en aproximarse al cuerpo. Y se apresuró a avisar a la gente de la ciudad más cercana: Migdal.

No dije nada. Ni me presenté. Actué con una decisión tal que quedaron perplejos. Eso me ayudó.

El hombre que yacía inmóvil estaba muerto. Lo examiné con detenimiento. El cráneo se hallaba destrozado y el cerebro, esparcido entre las piedras. Lucía una barba negra, hasta la cintura. Las sandalias habían desaparecido. Una la encontré a dos o tres metros, al igual que una espada de doble filo.

Tenía los ojos espantosamente abiertos.

Miré hacia lo alto y consideré que mi hipótesis era correcta. Aquel sujeto, no sé con qué intenciones, trató de llegar a la cima del Ravid, pero algo lo lanzó al vacío. Yo sabía qué fue lo que terminó matándolo...

—¿Qué ha pasado? —pregunté con determinación.

Y los hombres, aturdidos, considerándome, quizá, alguien destacado, al servicio de los romanos o del tetrarca Antipas, se encogieron de hombros. Nadie quiso hablar.

Fue Camar quien dio el primer paso. Acarició la perilla cana y deshilachada y comentó:

—Dicen que han visto diablos en lo alto...

—¿Diablos? ¿Qué clase de diablos?

—No sabemos... Son dos...

Creo que palidecí.

—¿Y quién los ha visto?

Gofel (éste era el verdadero nombre de Camar) miró a sus compañeros. Ninguno se atrevió a responder a mi pregunta. Finalmente fue Camar quien, clavándome los ojillos de hiena, aventuró:

—Este... y otros «bucoles».

Señaló al muerto.

—¿«Bucoles»?

El término procedía de la alta Galilea. Significaba «bandidos».

Camar asintió en silencio, al tiempo que se aferraba a la *khamsa*, una gran mano de plata que colgaba del cuello. Este tipo de adornos guardaba un sentido mágico para los *badu*, tal y como pude constatar en nuestra aventura en Beit Ids. Tanto las manos como las piedras azules, triángulos, ojos, etc. servían, básicamente, para conjurar el mal de ojo. Pura superstición.

No me atreví a preguntar nuevamente.

Como ya relaté en su momento, aquella zona del desfiladero de Las Palomas, en especial el *har* o monte Arbel, era un hervidero de bandidos, malandrines, asesinos y prófugos de la justicia. Así había sido desde los tiempos del profeta Oseas, en el siglo VIII antes de Cristo. En la cara norte del Arbel, frente al Ravid, podía contemplarse una abundante cordelería que caía desde la cumbre y que se balanceaba frente a una importante reunión de cuevas naturales. Era el sistema utilizado por los «bucoles» para ingresar en las grutas. Así entraban y salían de las oquedades. Y desde el Arbel se derramaban por el desfiladero, pasando a cuchillo a quien se resistiera. Robaban, violaban y asesinaban a su antojo, con la complicidad de los corruptos centuriones romanos, que recibían una parte sustanciosa del botín a cambio del silencio y de la pasividad. Algunos cazadores de tórtolas y torcaces recorrían el Arbel, día y noche, armados con las tradicionales redes-trampa. Se trataba de «correos» y confidentes, tanto de unos como de otros.

Quizá fuimos demasiado confiados...

El rey Herodes el Grande (fallecido en marzo del año –4) hizo todo lo que estuvo en su mano para terminar con esta situación. En el 39 a. J.C. tomó al asalto dichas cuevas e hizo una «limpieza» drástica. Acabó, prácticamente, con los «bucoles». Pero, al poco, otros bandidos los sustituyeron. Y a éstos se unieron los zelotas, guerrilleros contra Roma.

Ésta fue una de las razones por la que desestimamos el Arbel como lugar de asentamiento de la nave. Pero, como digo, ¿nos equivocamos al seleccionar el Ravid? Tenía que hablar con Eliseo. Era preciso tomar una decisión. La presencia de los «bucoles» en el «portaaviones» era inquietante... Estábamos protegidos, pero no era bueno vivir con semejante tensión. Mi trabajo era otro: hacer el seguimiento de Jesús de Nazaret. No podía, ni quería, perder el tiempo en otros asuntos... Si era preciso cambiaríamos de emplazamiento.

Hubiera necesitado más información. ¿Se hallaba solo el «bucol» cuando se precipitó a tierra? ¿Procedía de las cuevas del Arbel? ¿Qué buscaba en lo alto del Ravid? ¿Cómo supo Camar lo de los «dos diablos»?

El instinto me dijo que el viejo *badawi* sabía más de lo que aparentaba. Pero opté por callar. Quizá, en otro momento, pudiera interrogarle, y a solas. Eso haría...

Ni me despedí. Di media vuelta y deshice lo andado. Allí se quedó el grupo de Migdal, supongo que desconcertado. ¿Quién era aquel extranjero? ¿Por qué hablaba con tanta decisión y energía? Creo que los confundí.

No voy a engañarme, ni a engañar al hipotético lector de estas memorias. Cuando ingresé en la «cuna», las rodillas me temblaban...

Quise pensar, pero lo logré a medias.

¿Esperaba en lo alto del Ravid? Quizá los bandidos regresasen.

No me pareció buena idea. Era menester tomar una decisión, como ya mencioné. Pero el despegue de la nave se hallaba condicionado a la pila atómica, la SNAP 27. No disponía de la contraseña para la activación. El ingeniero la modificó. Tenía que reunirme con él y discutir el asunto. Por cierto, ¿conocía Eliseo la situación? Posiblemente no.

Tampoco quería descuidar el seguimiento del Hijo del Hombre. Esa misma tarde, el Galileo tenía prevista una reunión masiva con la gente de Nahum, en la sinagoga.

Evalué los pros y los contras y decidí continuar el plan previsto: regresaría al *yam*.

Y, nervioso, poco convencido de que actuaba correctamente, guardé los papiros con la información sobre los «viajes secretos» del Maestro en un segundo petate, revisé el sistema director de los cinturones de seguridad, y me alejé de la «cuna» con remordimientos. Allí se quedó el garfio, en el mismo lugar en el que fue atrapado por la roca. Quizá era mejor así. No debíamos levantar sospechas.

En cuanto a los «dos diablos» vistos en la cumbre, sólo podíamos ser nosotros.

Sea como fuere, lo cierto es que subestimamos a los lugareños.

Los problemas, en efecto, se acumulaban...

Al llegar al manzano de Sodoma dudé. Contemplé las letras que había grabado en el tronco, y que debían servir de recordatorio, en el supuesto de que uno de los dos perdiera la memoria, y opté por borrarlas. «B-M-3» (Base-Madre-3), la contraseña, no hubiera sido entendida por los «bucoles», pero me quedé más tranquilo. Activé el láser de gas y las letras desaparecieron. La corteza quedó calcinada, en parte. Lo sentí por el pobre árbol.

Al pasar frente al lugar en el que permanecía el cadáver del bandido me detuve unos segundos. El grupo se peleaba por las pertenencias del muerto. Creo que no me vieron. Y reanudé la marcha, en dirección al lago.

El sol se hallaba en lo más alto. Era la sexta (doce del mediodía). A buen paso, y sin tropiezos, alcanzaría la ciudad de Nahum en cosa de tres horas; quizá en menos. Todo dependía del Destino...

El ocaso tendría lugar ese sábado a las 17 horas y 31 minutos. Disponía de tiempo más que suficiente. Mi plan, en principio, era sencillo: esconder los papiros y acudir a la sinagoga. Pero la realidad empezó a presionarme. ¿Dónde guardaba los *amphitheatrica*? El tesoro era realmente valioso. No podía correr riesgos. Y tomé una decisión... equivocada.

Los trasladaría a las habitaciones que alquilamos en la *insula*. Pensé en la «39». Eliseo y Kesil compartían la «40». La habitación «39» disponía de una litera triple. Quizá pudiera esconder el saco de viaje bajo las tablas del catre más próximo al suelo. Ya vería...

Eliseo no entraba nunca en la «39». No tenía por qué descubrir el petate.

Nuevo error...

Ese día quedó consignado como el de los errores.

Fue a la altura de los molinos de Tabja, relativamente cerca de Nahum, cuando el Destino volvió a salirme al paso. De pronto reparé en algo en lo que no había caído. Estábamos en sábado, efectivamente. Los judíos tenían la costumbre de empezar a contar los días desde la puesta de sol.

¡Oh, Dios!

Eso quería decir que, con el atardecer, empezaría el domingo, 3 de marzo.

Lo lógico es que los oficios en la sinagoga se celebrasen a lo largo de dicho sábado, y no el domingo.

Tuve el presentimiento de que cometí una equivocación. ¿Entendí mal las palabras del Galileo cuando se dirigió a los discípulos en el caserón de los Zebedeo? Ese viernes, tras desayunar, comentó que deseaba permanecer solo en las colinas, y que hablaría a la gente, en la sinagoga de Nahum, al atardecer del sábado.

No podía ser. O escuché mal o Jesús no se expresó correctamente. Desestimé lo segundo. Fui yo quien no captó el anuncio del Maestro. Sencillamente, cabía la posibilidad de que me hubiera equivocado de día. Pudo ser en la tarde del viernes, 1 de marzo, o a lo largo del sábado, 2, cuando habló a los vecinos de Nahum.

Y maldije mi mala estrella...

Avivé la marcha pero, al poco, comprendí que las prisas no tenían sentido. Si Jesús habló en la sinagoga el viernes, o en la mañana de ese sábado, el esfuerzo por llegar era absurdo. Era la nona (tres de la tarde). La sinagoga, seguramente, estaba cerrada...

Entré en Nahum y fui directo al edificio de la sinagoga. No estaba cerrada, pero sí vacía.

En efecto: me había equivocado.

En la puerta barría el viejo «sacristán», un tipo indeseable al que llamaban «Repas» (literalmente, «pisotear») porque era capaz de pisar a su madre por unas monedas, suponiendo que «la hubiera tenido», como murmuraba el pueblo de Nahum.

Me decidí y pregunté sobre la intervención del Maestro. ¿Había tenido lugar esa mañana o el día anterior?

El tal «Repas», cuyo verdadero nombre era Tarfón, ni siquiera me miró. Siguió barriendo, consumido por un permanente tic en los ojos.

Finalmente dijo que sí, que el «carpintero acababa de hablar esa mañana, pero que no dijo nada...».

—¿Cómo que no dijo nada?

Tarfón siguió a lo suyo, más pendiente de hallar un as que de la limpieza de las losas.

Y, torpe de mí, insistí:

—¿De qué habló?

El ministro de la sinagoga (un «hazzan ha-keneset») no replicó.

Por último, cuando me disponía a dar media vuelta, y alejarme hacia la *insula*, el tipo habló:

—Esa información te costará un denario...

Al verme dudar, el muy ladino trató de tentarme:

—El carpintero se limitó a pedir paciencia..., como si fuera alguien.

Y, sin mirarme a los ojos, agitando la escoba mecánicamente, sentenció:

—¿Qué se cree el tal Jesús?... Todos sabemos que es un pobre carpintero...

Lo dejé plantado.

No debía perder de vista al personaje. El tal Tarfón fue otro de los enemigos del Maestro...

La *insula* me pillaba de paso. Se hallaba muy cerca del puerto. Como dije, mi intención era ocultar los papiros. Después embarcaría hacia Saidan. Deduje que el Galileo habría regresado al caserón de los Zebedeo, en el barrio pesquero.

Probé fortuna.

Eliseo no estaba en la *insula*.

Kesil, nuestro fiel siervo, me recibió con alegría. Se le saltaron las lágrimas. No preguntó por nuestras diferencias. Fue discreto y prudente, como siempre.

Fui al grano. Le confié el saco, con los *amphitheatrica*. Nadie debía saber de su existencia, y mucho menos Eliseo. No hizo preguntas. Ni siquiera abrió el petate. Asintió con la cabeza y, en silencio, rogó que le acompañara. Fue directamente a la habitación «39», tal y como yo había pensado. Y allí lo ocultó, bajo la triple litera de madera. Nadie la usaba. Nadie entraba en la «39». Nadie tenía por qué saber. Y en mi presencia cerró la puerta con llave. Los consideré a salvo.

Pero el Destino sonrió, burlón...

No fui capaz de resistir la tentación y me interesé por el ingeniero.

Kesil torció el gesto, preocupado.

Eliseo —eso dijo— parecía triste. Volvió al trabajo, en el astillero de los Zebedeo, como ayudante de los aserradores, y en la compañía de Santiago, el hermano del Maestro. Casi no hablaba. Pasaba mucho tiempo en la «casa de las flores», con Ruth. Por las noches dormía en la habitación «44», con los niños «luna».

Intenté preguntar por Ruth. Kesil la veía a diario. No fui capaz.

Me despedí y, al caminar frente a la «casa de las flores», noté cómo el corazón aceleraba. Ella estaba allí, con seguridad. La puerta se hallaba abierta. Me detuve un segundo pero no acerté a verla. No vi a nadie. El corazón seguía latiendo con fuerza.

¡Cómo la amaba!

Y comprendí. Era sábado. Eliseo, probablemente, también se hallaba en la casa.

No debía arriesgar. Ella no tenía la culpa de nuestras diferencias.

Y continué hacia el puerto.

Embarqué en una de las lanchas que hacía el trayecto hasta Saidan, por el módico precio de dos ases, y salté a tierra frente a la «quinta piedra de amarre», muy próxima al caserón de los Zebedeo. En la navegación nos cruzamos con otras barcas. Eran igualmente gentiles; los únicos autorizados a pescar y a transportar pasajeros o mercancías durante el sábado.

Calculé que nos hallábamos en la décima (cuatro de la tarde). Faltaba hora y media para la caída del sol.

¿Qué había sucedido en la sinagoga? ¿Era cierto que el Galileo no quiso hablar? Tampoco me fiaba de Tarfón. Tenía que verificarlo por mí mismo.

No sé explicarlo, pero me sentía triste. Profundamente triste.

Miento. Sé por qué. Ella estaba allí, tan cerca y tan lejos...

Salomé me orientó, a medias. Dijo que el Maestro y sus hombres salieron al *yam*. De eso hacía poco. No supo decirme si estaban pescando. Probablemente no, puesto que era sábado.

Abril y las hermanas trasteaban por el caserón, preparando la cena.

Abril y yo nos miramos un par de veces. En aquella mirada había «algo», pero, torpe de mí, no supe «leer»...

Era una mirada mágica.

Dejé en el palomar el saco de viaje y la vara y opté por salir. Necesitaba aire.

Me senté en lo alto de las escaleras de piedra que comunicaban la casa con la playa y decidí esperar. Supuse que el Maestro y los suyos retornarían antes del atardecer. Ellos me contarían.

Distinguí varias embarcaciones pero no supe cuál era la del Galileo. Se hallaban lejos.

¡Querida Ma'ch! ¡Cómo echaba de menos su mirada! Era lo único que tenía...

Seguí dándole vueltas en la cabeza. ¿Cómo era posible que me hubiera enamorado en el momento y de la persona menos adecuados? El amor no necesita justificación. Sucede y sucede. Pero ¿qué iba a ser de mí? Eliseo, además, se hallaba en medio. También él estaba enamorado de Ruth. O, al menos, eso me hizo creer.

Yo la amaba profundamente, como jamás me había sucedido. La veía de continuo en mi mente. La veía en las estrellas, en los silencios, en la luz y en la oscuridad... ¿Qué iba a ser de este pobre explorador? Tarde o temprano, de una u otra forma, tendría que regresar a mi «ahora». Era preciso volver y contar lo que habíamos vivido junto al Maestro. Pero, entonces, ¿qué haría yo, sin ella?

Llegué a imaginar algo increíble... Podía no volver a mi tiempo. Podía mandar la operación al mismísimo infierno. Ella tiraba de mí como jamás lo hizo ninguna mujer. ¿No merecía la pena olvidarlo todo y permanecer con ella hasta el final?

No hubo respuesta a semejante planteamiento. De pronto, una de las lanchas se despegó del resto de las embarcaciones y se dirigió a la playa. Los remeros bogaban con fuerza.

Creí distinguir la figura del Hijo del Hombre, de pie, a popa, con la barra del timón entre los pies. Y las dudas sobre la misión se volatilizaron. Él era lo primero...

Alcanzaron la orilla y saltaron a tierra. Era Él, en efecto. Le acompañaban los seis discípulos y sus hermanos carnales: Santiago y Judá.

Corrí hacia el grupo.

Jesús ayudó a amarrar la lancha y Andrés me dio las primeras noticias. No salieron a pescar, como pensaba Salomé. Hablaron. Mejor dicho, fue Él quien habló.

Pero la conversación se interrumpió.

El Maestro, terminado el atraque, solicitó que aguardaran un instante. Todos lo rodearon, expectantes.

Jesús, entonces, dirigió la mirada hacia los primeros y tímidos luceros y habló así:

—Ab-bā, Padre mío, te doy las gracias por estos amigos. A pesar de sus dudas, sé que creen y que terminarán creyendo... Te pido que aprendan a ser uno, así como tú y yo también somos uno...

Ahí terminó la jornada para los discípulos y para los hermanos.

Jesús se despidió con un «hasta pronto» y rogó que volvieran con sus familias, y a los trabajos habituales, tal y como habían acordado en el *yam*.

No supe a qué se refería. ¿Qué era lo pactado en el mar de Tiberíades?

Tendría que esperar a después de la cena para averiguarlo.

Y Andrés, Pedro, Felipe, el «oso», Santiago y Judá se alejaron por la playa, en dirección a sus hogares.

Quedé confuso.

Los íntimos parecían serios. ¿Qué había sucedido en aquella lancha?

Y maldije de nuevo mi mala estrella.

Pero el error sería subsanado, en parte, gracias a la bondad de Santiago de Zebedeo. Fue él quien me informó de lo sucedido, desde el principio.

El Maestro se retiró a descansar y quien esto escribe permaneció un buen rato, a solas, con el referido Santiago de Zebedeo.

Me explicó con detalle y respondió, gustoso, a todas las preguntas.

Esto fue lo que deduje de sus palabras:

A eso de la hora quinta (once de la mañana) de ese sábado, 2 de marzo, Jesús se presentó en la sinagoga de Nahum. Había solicitado hablar a la concurrencia. Allí estaban todos. Desde los hermanos Jolí, sacerdotes responsables de la sinagoga, a los notables de Nahum, pasando por los hermanos del Señor, los seis discípulos y, por supuesto, la Señora. Ésta acababa de llegar, procedente de la boda de Caná.

Los seis íntimos se sentaron en los lugares de honor, a petición del Galileo. No así los hermanos carnales.

Había una enorme expectación. A las noticias de los sucesos sobrenaturales acaecidos en el Artal, durante el bautismo del Hijo del Hombre, se sumaron ahora las procedentes de Caná. Aquel Hombre —decían— fue capaz de convertir el agua de las purificaciones en vino. ¡Y del mejor!

Aquélla, justamente, fue la primera aparición pública del Maestro.

—Estábamos pendientes —manifestó Santiago con su habitual frialdad—. ¿Qué podía suceder? Unos hablaban de nuevos prodigios... Jesús se hallaba en su ciudad. Era el momento de demostrar su autoridad y su poder.

—¿Todos pensaban en un nuevo portento?

—Así es. Hablaban y hablaban, pero nadie se ponía de acuerdo sobre el momento del prodigio y, sobre todo, en la naturaleza del milagro...

La situación era similar a la de la boda en *Sapíah*, con una diferencia: Nahum, efectivamente, era la ciudad en la que el Maestro se hallaba empadronado. Era «su» ciudad. Todos hablaban de Él como el Mesías prometido, el gran Libertador y «rompedor de dientes» (de los romanos). Tenía que hacer algo demoledor. Allí, en la sinagoga, confundidos entre el gentío, se encontraban también, sin la menor duda, los *tor* y los «escorpiones» (confidentes del Sanedrín, de Antipas y de los romanos). Hiciera lo que hiciera Jesús de Nazaret, las noticias volarían de inmediato a Jerusalén y a Cesarea, capital administrativa del imperio romano para la provincia de Judea, como llamaban a Israel.

—¿Y qué tipo de prodigio esperaban?

Rectifiqué.

—¿Qué clase de prodigio esperabais?

Santiago de Zebedeo me miró y dejó resbalar una media sonrisa. Sabía que era incrédulo... Probablemente el más escéptico de los seis.

Pero insistí. Y Santiago fue honesto, como siempre:

—No sé. Se hablaba de todo... Unos decían que haría caer fuego del cielo y arrasaría la guarnición romana de Nahum. Otros aseguraban que se registraría un gran terremoto, que asolaría Cesarea... No sé... Oí muchas estupideces...

Le animé a continuar.

—Llegaron a decir que las tilapias del *yam* saltarían a tierra y se arrastrarían hasta la sinagoga, confirmando el poder del Maestro...

Lo dicho: estupideces.

Y en mitad de aquella expectación —según Santiago—, Tarfón entregó al Galileo uno de los rollos, con la Ley. Debía leer y hacer un discurso sobre el pasaje elegido. Y Jesús, como *darshan*, o predicador, eligió a Isaías. Y procedió a la lectura del capítulo 66 (1).

(1) Según Santiago de Zebedeo, lo leído por el Maestro fue lo siguiente: «Así dice Yavé: Los cielos son mi trono y la Tierra el estrado de

—La tensión, Jasón, podía palparse... Había llegado el momento. Jesús actuaría, como lo hizo en Caná.

Esperé, tan expectante como los asistentes al acto.

Santiago sonrió, decepcionado. Y comentó:

—Nada. No pasó nada...

—¿Nada?

—El Maestro devolvió el rollo y no hizo *maftir* (1).

Se refería a que no hubo discurso directo, al alcance del pueblo.

—Se limitó a decir: «Sed pacientes y veréis la gloria de Ab-bā... Del mismo modo será con aquellos que están con-

---

mis pies, pues ¿qué casa vais a edificarme, o qué lugar para mi reposo, si todo lo hizo mi mano, y es mío todo ello? —Oráculo de Yavé—. Y ¿en quién voy a fijarme? En el humilde y contrito que tiembla a mi palabra. Se inmola un buey, se abate un hombre, se sacrifica una oveja, se desnuca un perro, se ofrece en oblación sangre de cerdo, se hace un memorial de incienso, se bendice a los ídolos. Ellos mismos eligieron sus propios caminos y en sus monstruos abominables halló su alma complacencia. También yo elegiré el vejarlos, y sus temores traeré sobre ellos, por cuanto que llamé y nadie respondió, hablé y no escucharon, sino que hicieron lo que me parece mal y lo que no me gusta eligieron. Escuchad la palabra de Yavé, los que tembláis a su palabra. Dijeron vuestros hermanos que os aborrecen, que os rechazan por causa de mi nombre: "Que Yavé muestre su gloria y veamos vuestra alegría." Pero ellos quedarán avergonzados. Voz estruendosa viene de la ciudad, voz del Templo: la voz de Yavé que paga el merecido a sus enemigos. Antes de tener dolores dio a luz, antes de llegarle el parto dio a luz varón. ¿Quién oyó tal? ¿Quién vio cosas semejantes? ¿Es dado a luz un país en un solo día? ¿O nace un pueblo todo de una vez? Pues bien: tuvo dolores y dio a luz Sión a sus hijos. ¿Abriré yo el seno sin hacer dar a luz —dice Yavé— o lo cerraré yo, que hago dar a luz? —Dice tu Dios. Alegraos, Jerusalén, y regocijaos por ella todos los que la amáis, llenaos de alegría por ella todos los que por ella hacíais duelo; de modo que maméis y os hartéis del seno de sus consuelos, de modo que chupéis y os deleitéis de los pechos de su gloria. Porque así dice Yavé: Mirad que yo tiendo hacia ella, como río la paz, y como raudal desbordante la gloria de las naciones. Seréis alimentados, en brazos seréis llevados y sobre las rodillas seréis acariciados. Como uno a quien su madre le consuela, así yo os consolaré, y por Jerusalén seréis consolados.

»Al verlo se os regocijará el corazón...» *(N. del m.)*

(1) La lección final, tras la lectura de la Ley, contemplaba dos formas de predicar: «hacer *maftir*» o «hacer *amora*». El primero fue el sistema utilizado habitualmente por el Maestro: hablar directa y luminosamente al pueblo. *Amora*, más complejo, exigía un traductor que trasladaba a palabras sencillas los laberínticos postulados del predicador. *(N. del m.)*

migo y que aprenden a hacer la voluntad de mi Padre que está en los cielos.»

Santiago guardó silencio.

—¿Eso fue todo?

El Zebedeo dijo que sí con la cabeza.

—Y la gente se marchó a sus casas sin haber comprendido una sola palabra.

—Decepcionados...

—Muy decepcionados. Sobre todo la madre del Maestro...

Imaginé a la Señora. Después de lo de Caná, ella esperaba la consagración de su Hijo. Fue otra oportunidad perdida. En la sinagoga de Nahum, como dije, se hallaban las fuerzas vivas de la ciudad. Era el momento para demostrar su poder y asegurar la fidelidad del pueblo judío. Ése era el pensamiento de María, la Señora. Pero, efectivamente, quedó decepcionada. Mucho más que el resto, sin lugar a dudas.

Poco después, al retornar a Saidan, el Maestro solicitó a los discípulos, y también a sus hermanos, Santiago y Judá, que le acompañaran al lago. Subieron a una de las lanchas y remaron. Arrojaron el ancla y el Hijo del Hombre habló durante largo rato.

Según Santiago, éstos fueron los asuntos destacados en la referida charla:

1. Jesús ordenó que volvieran a los trabajos habituales. Debían esperar el momento oportuno para salir a predicar la buena nueva.

2. Él también se reincorporaría al trabajo, en el astillero.

3. Era preciso que guardaran silencio sobre los planes del Maestro. Nadie tenía que saber quién era.

4. La preparación de los discípulos sería lenta y difícil. Jesús se ocuparía de esa labor.

Nadie hizo preguntas. Se hallaban confusos. No comprendían el porqué de la espera. No entendían por qué el Galileo renunciaba a su poder. ¡Era el Mesías, pero no parecía darle importancia!

—Y dijo algo que tampoco entendimos —añadió Santiago—: «Recordad que mi reino no ha de venir con pompa y escándalo, sino más bien mediante un cambio...»

Santiago se detuvo. Efectivamente, parecía no comprender. Pero fue fiel a lo dicho por el Galileo.

—... Dijo algo sobre un cambio que deberá llevar a cabo el Padre en los corazones de los hombres... Sinceramente, no supe a qué cambio se refería.

Yo sí lo sabía. Lo hablé muchas veces con Él. Pero decidí callar. Ése no era mi trabajo. Este explorador sólo era un observador.

—¿Dijo algo más?

—Sí...

Santiago puso en orden las ideas y prosiguió:

—Nos llamó sus amigos y dijo que confiaba en nosotros y que nos amaba.

Santiago se ruborizó. Aquéllas no eran palabras habituales entre los varones judíos. Era raro oír decir a un hombre respecto de otro hombre: «Te amo.»

Así era el Maestro.

—... Y dijo también que pronto seríamos sus socios. Y añadió: «mis socios favoritos».

Recomendó que fuéramos pacientes y tiernos y que nos abandonásemos de continuo a la voluntad de Ab-bā.

Santiago me miró, curioso, y preguntó a su vez:

—¿A qué se refiere cuando habla de la voluntad del Padre? Tú, Jasón, llevas mucho tiempo con Él. Seguro que lo sabes...

Me defendí como pude.

—Es mejor que tú mismo lo descubras...

Y le animé a continuar.

—... Después habló de «las dificultades que están por llegar». Tampoco entendimos.

—¿Qué dijo exactamente?

—Que nos preparásemos para la llamada de ese reino y que tuviéramos muy presente que dicho reino aparecerá en medio de grandes tribulaciones. «El servicio al Padre —dijo— produce felicidad, pero llegarán momentos terribles...»

Santiago de Zebedeo me miró, incrédulo. Y buscó respuesta en quien esto escribe. Yo sabía a qué se refería el Maestro: la persecución y muerte de algunos de aquellos discípulos, incluido Santiago, pero guardé silencio de nuevo. ¿Qué otra cosa podía hacer?

Era asombroso. Jesús había anunciado su muerte pocas horas antes, mientras conversaban en las escaleras de la playa. Ahora, sutilmente, acababa de decir que algunos de los íntimos también perecerían y de forma trágica. Estábamos a 2 de marzo del año 26...

—... Pero, para los que encuentren el reino —prosiguió el discípulo—, la felicidad será completa. Y el Maestro añadió: «Y serán llamados benditos de la Tierra.»

El rostro de Santiago se ensombreció de nuevo, pero continuó con el relato:

—«¡Estad atentos!», dijo Jesús. «No abriguéis falsas esperanzas... ¡El mundo tropezará con mis palabras!»

Y Santiago de Zebedeo, ingenuo, volvió a interrogarme:

—¿Qué quiso decir?

Me encogí de hombros.

Él mismo se respondió:

—¿El mundo tropezará con su mensaje? Ya he empezado a verlo. El mundo exige una cosa y Él pretende otra...

No pudo definirlo mejor. Así sería en el futuro inmediato y en el futuro a largo plazo, en mi mundo. Lo que hoy defienden las iglesias no guarda relación alguna con lo que quiso y con lo que reveló el Maestro. Dicho queda.

—Y dijo también «que nosotros, sus discípulos, tampoco entendemos su mensaje...».

Eso saltaba a la vista...

—... Y aseguró que trabajaríamos para una generación que sólo busca portentos y señales...

»En esos momentos, amigo Jasón, nos miramos y sentimos vergüenza.

»Y el Maestro sentenció: "Exigirán prodigios como prueba de que soy el enviado de Ab-bā... No saben, ni sabrán, cuál es mi trabajo en el mundo: la revelación del amor del Padre."

»Y terminó con otras palabras misteriosas: "Algunos, sin embargo, en otros lugares y en otros tiempos, sí comprenderán mi revelación."

Yo no estaba en la barca, pero capté la intención del Maestro.

Mensaje recibido.

Al día siguiente, 3 de marzo, domingo, Jesús de Nazaret, en efecto, se incorporó al astillero de los Zebedeo, junto a la desembocadura del río Korazain, al este de Nahum. Yo me fui tras Él y solicité trabajo en dicho astillero. Era la única forma de permanecer a su lado y de conocer sus movimientos. La alegría del viejo Zebedeo, de Yu, el jefe del astillero, y del resto de las cuadrillas de trabajadores no tuvo límite. Estaban felices. El Galileo era un excelente *naggar* (carpintero de ribera). Yo diría que uno de los mejores que pasó por el *yam*.

A mí me asignaron de nuevo al departamento de pinturas, tintes, barnices en general y protectores contra la carcoma. Estaría a las órdenes del viejo fenicio, el hombre que consideraba que el mundo cabía en un recipiente de pintura o de cola de carpintero.

Y, esa misma mañana, el Maestro se hizo cargo del entablamiento de una barcaza de transporte a la que habían puesto el nombre de *Kenah* («compañero»). Lo hizo con la misma alegría de siempre y acompañado de la inseparable canción: «Dios es ella.»

Eliseo no tardó en percatarse de nuestra llegada. Al principio me rehuyó. Pero, a la hora del almuerzo, fui yo quien se presentó ante él. La presencia de Yu, y del resto de los trabajadores, le obligó a permanecer en el sitio. No tuvo más remedio. Y fui directamente a lo que interesaba. Expuse la situación en el Ravid y detallé el hallazgo del triple garfio y del cadáver al pie del peñasco. Le informé sobre las habladurías en torno a los «bucoles» pero no mencioné el análisis del «vino prodigioso» y, mucho menos, el encuentro con las «luces» en lo alto del «portaaviones». No era el momento.

No me creyó. Es más: se burló de quien esto escribe. Me llamó fantasioso y loco de atar. Y añadió:

—Eso me recuerda el cilindro de acero... También fue robado por una niña salvaje, según tú...

Sonreí con amargura. Estaba claro que no podía contar con su apoyo. Tendría que resolver el problema por mí mismo...

Y aprovechó para anunciar algo:

—He vendido el ópalo blanco... (1)

(1)   El ópalo blanco fue entregado al mayor, en Cesarea, en una fies-

Dibujó una sonrisa diabólica y murmuró, casi para sí:

—No sé cuánto tiempo necesitarás para devolver lo que no es tuyo...

No quise discutir sobre el robo del cilindro de acero que contenía las muestras de sangre y de cabello del Hijo del Hombre, de la Señora, de José, el padre terrenal de Jesús, y el ADN de Amós, el hermano del Galileo, muerto prematuramente. No tenía sentido.

—... La misión —añadió— puede prolongarse; no sabemos hasta cuándo... Todo depende de ti... Mientras tanto, hay que vivir.

Y comentó que la valiosa gema fue negociada por el viejo Zebedeo. Como se recordará, fue el patriarca de los Zebedeo quien aconsejó que no vendiéramos la joya a los cambistas y banqueros de la Ciudad Santa. Eliseo lo sabía y recurrió, como digo, al Zebedeo padre. Éste, al parecer, consiguió un buen precio: 300.000 denarios de plata (algo menos de lo tasado: 333.333 denarios o dos millones de sestercios). La cantidad, aun así, era muy considerable. Prácticamente, una fortuna. Teníamos dinero de sobra. Según Eliseo, los denarios fueron depositados en un banco, en Nahum. Nos correspondía un interés del 3 por ciento; es decir, 375 denarios de plata por mes y para cada uno de nosotros. Eran unos dineros más que suficientes para vivir. Por un lado me alegré. «Un problema menos», me dije.

Los detalles eran cosa del viejo Zebedeo. A él tenía que recurrir. Él me facilitaría el acceso al dinero, los comprobantes, etc. La operación fue llevada a cabo por el ingeniero a su regreso de Omega. No le felicité, pero casi.

Eso fue todo.

La conversación terminó ahí.

Y a la puesta de sol abandonamos el *mézah*, el astillero.

Jesús, el jefe de los Zebedeo, Santiago (hermano del Maestro) y quien esto escribe embarcamos en una lancha y nos dirigimos a Saidan, como era la costumbre.

El Maestro se aseó y bajó a lo que era el comedor comu-

---

ta en el palacio de Poncio. Se trataba de una pieza de unos cuatro centímetros de diámetro mayor (grande como una almendra), montada sobre un anillo de oro y turmalina azul, con una subterránea fosforescencia verde, debida a un mineral uranífero. *(N. del a.)*

nitario del caserón. Una sala en la que la familia compartía desayunos y comidas y en la que se deliberaba toda clase de asuntos. La bauticé con el nombre de «tercera casa» y me explico: la de los Zebedeo (lo que suelo llamar el caserón) estaba integrada por un total de seis viviendas. En ellas se repartían los miembros de la numerosa familia. En la primera residían Juan Zebedeo y su hermano David (ambos solteros). En el segundo edificio vivían Santiago, su esposa Hadar («Gloria»), y los cuatro hijos. En la tercera casa se encontraba el citado salón-comedor. En la cuarta se hallaban las cuatro hermanas (todas solteras). La quinta aparecía vacía. En la sexta y última casa habitaban Salomé y el viejo patriarca, los dueños del caserón. Había, además, un almacén para las redes y otros aperos, los establos, ya mencionados, y las habitaciones de invitados, ahora ocupadas por el Galileo y por este explorador. El caserón disponía también de dos patios al aire libre. Uno, en la parte de atrás, se hallaba mirando al sur, a la playa del mar de Tiberíades (lo que habitualmente llamo el *yam*). El otro, también a cielo abierto, tenía forma de «L». A él se asomaban las seis casas ya referidas y el almacén de redes. Imaginado desde un punto de vista aeronáutico, el caserón, en planta, presentaba la siguiente distribución: la casa primera se encontraba a las «doce». La segunda (la de Santiago y Hadar) se hallaba enfrente (a la «una»). Pared con pared (a las «tres») estaba la «tercera casa» (el salón comedor). A las «seis», el almacén de redes. A las «siete», la quinta casa (en esos momentos vacía) y a las «once», la sexta casa (la de los padres de los Zebedeo). Lo que llamé «palomares» fueron levantados sobre los establos, en el patio de atrás, como ya fue indicado. La puerta principal del caserón aparecía orientada al norte y daba a una de las «calles» de Saidan.

En cuanto a la «tercera casa» (el comedor), la estancia era sencilla en extremo. Medía cinco por cinco metros. Los muros, de basalto negro, fueron pulcra y minuciosamente enlucidos con yeso. Era una sala tranquila, con dos ventanas y una puerta permanentemente abierta. En el centro fue practicado un pocillo cuadrangular, de treinta centímetros de profundidad y cincuenta de lado. En él se hacía fuego y calentaban la comida. Un caldero de metal, negro por el paso de los años y por lo mucho que llevaba visto, colgaba del techo con el auxilio de una cadena. A la izquierda (me situaré siempre en la puerta, como referencia principal) se presentaba una gran alacena de nogal que ocupaba prácticamente toda la pared. En ella dormían los platos y demás útiles de cocina, así como una numerosa y perfumada familia de quesos, sacada adelante por las mujeres. Eran quesos de cabra y de oveja, cuajados con flores de cardo, violetas y especias. Los había grasos y magros, de pasta blanda y de pasta dura. Uno de ellos, relativamente parecido al camembert, y al que denominaban *ya'alah* («gacela») me dejó deslumbrado. Olía y sabía a gloria...

El aroma de los quesos, en definitiva, lo llenaba todo y hacía la visita a la «tercera casa» más que deseada y gratificante, al menos para quien esto escribe.

En la esquina izquierda de la habitación, serias y panzudas, como casi siempre, se alineaban las tres grandes tinajas en las que se almacenaba el agua y el vino. A la derecha, a poco más de un metro del muro, miraba una larga mesa, negra y brillante por el uso, de un roble nacido en los bosques de la alta Galilea (posiblemente en el Attiq).

Alrededor del pocillo, en el que se prendían los leños, distinguí media docena de tocones, quizá de pino piñonero, de casi medio metro de altura cada uno. Alguien los había distribuido, ordenadamente, en torno al fuego.

Ésta era la «tercera casa», en la que pasaríamos muchas horas...

Nada más oscurecer fueron llegando los «seis» (los discípulos).

Andrés, Pedro y los hermanos Zebedeo (Juan y Santiago) habían vuelto a las redes y a los negocios de secado y venta de pescado. Felipe y Bartolomé (el «oso»), por su parte, se entregaron a la importación y exportación de aceites esenciales, la debilidad de Felipe.

Cenamos en la «tercera casa», todos juntos, incluidas las mujeres de los Zebedeo. Fue una cena tranquila. Abril y yo nos mirábamos a cada rato. Y me pregunté: «¿Qué quería aquella bella mujer? ¿Por qué me buscaba con la mirada?»

Al terminar la cena, Jesús se levantó e hizo un aparte con Juan Zebedeo. No sé de qué hablaron. Al momento, Juan fue a reunirse con sus padres. Murmuró algo al oído de Salomé y ésta, a su vez, conversó con el patriarca. El viejo

Zebedeo comprendió y, haciendo un gesto, ordenó a David y a las mujeres que salieran del comedor. Hadar, la esposa de Santiago, se llevó a los cuatro hijos. Todos eran pequeños. El mayor tendría seis o siete años.

Y fueron abandonando el lugar. Nadie protestó.

Yo hice ademán de levantarme pero, en eso, el Maestro alzó la mano izquierda e indicó que permaneciera a su lado.

Mensaje recibido.

En la sala quedamos el Hijo del Hombre, los discípulos, Santiago, el hermano carnal de Jesús, y quien esto escribe.

El Galileo indicó que tomaran posiciones. Cada cual buscó uno de los tocones y se distribuyeron alrededor del fuego. Jesús se sentó de cara a la puerta. Ésa sería su ubicación habitual durante los cuatro próximos meses, siempre que dirigiera la palabra a los allí presentes. Y así dio comienzo a lo que llamé las «clases». Durante 101 sesiones, siempre a la misma hora (tras la cena), el Hijo del Hombre se esforzó por enseñar a sus íntimos. Fueron «clases» elementales, en las que Jesús trató de transmitir la esencia de su mensaje: quién era Ab-bā, qué era el reino de los cielos, cuál debía ser el trabajo de los discípulos en el futuro...

No enseñó más de lo que necesitaban, pero tampoco menos.

Y lo hizo lentamente porque, además, el grupo se hallaba incompleto. Faltaban otros seis. Llegado el momento tendría que repetir las explicaciones.

Muchas de las enseñanzas las habíamos recibido en el monte Hermón y yo, particularmente, durante la estancia en la aldea beduina de Beit Ids. No me importó volver a oírlas. Era una delicia escucharle. Aprendí mucho. Participé en las veinte primeras «clases». Después, el Destino me mantuvo ocupado en otros menesteres... Y retorné a las «clases» a mediados del mes de *tammuz* (junio).

Pero sigamos por partes...

Cada día, salvo los viernes y sábados, el Maestro se reunía con los suyos en la «tercera casa», y siempre después de la cena con la familia Zebedeo. Más o menos, las «clases» arrancaban hacia las ocho de la noche, en plena primera vigilia. Y se prolongaban unas dos horas. La primera era de enseñanza pura y dura. El Maestro hablaba y todos oían. La segunda hora la dedicaban a preguntas. Era, quizá, la más interesante. Todos participaban. Bueno, no todos...

Santiago, el hermano de Jesús, asistió a casi todas las reuniones. Era uno más. A decir verdad, se sentía un apóstol, exactamente igual que el resto. Me lo comentó en varias oportunidades: ardía en deseos de salir a los caminos y pregonar la buena nueva.

¡Pobre Santiago! El Destino tenía otros planes...

Judá, su hermano, también fue invitado a las «clases». Lamentablemente, la esposa, a la que llamaban por el diminutivo *Lelej* («Noche estrellada»), tenía una salud delicada. Judá no podía abandonarla. Fue una pena. Se trataba de un hombre valioso y valiente. Pero el Maestro sabía lo que hacía...

Dos veces por semana, como indiqué anteriormente, el Galileo suspendía las «clases». Esos días, viernes y sábados, se dirigían a la sinagoga de Nahum y consultaban y estudiaban las Escrituras Sagradas. Sinceramente, no terminé de entender el porqué de aquel afán. El Yavé que aparecía constantemente en las lecturas era lo contrario a lo que Jesús predicaba. Aquel Yavé era un ser colérico y permanentemente cabreado. Pero Jesús de Nazaret, como digo, sabía lo que hacía... Jamás lo dudé.

Los hermanos Jolí, los sacerdotes de la sinagoga, se mostraron complacidos y asombrados al mismo tiempo. No era normal que «una partida de brutos» —como los llamaban— mostrara tanta dedicación y entusiasmo por la palabra de Dios.

Con aquella primera «clase», siendo las 20 horas del domingo, 3 de marzo del año 26 de nuestra era, dio comienzo lo que podríamos denominar la «instrucción oficial» de los apóstoles. Y Jesús, como no podía ser de otra forma, eligió para esa histórica «clase» su tema favorito, del que ya les había hablado en alguna ocasión: Ab-bā, su Padre Azul, el buen Dios...

Pero, antes de iniciar la enseñanza, el Hijo del Hombre se hizo con la pequeña bolsa azul que le regalara «Cielorraso», la dueña de la hacienda de Caná, y extrajo el cáliz de metal y el paño de lino rojo que servía para limpiarlo.

Todos nos hallábamos expectantes. Mirábamos el brillante cáliz y el rostro del Maestro, alternativamente. ¿Qué se proponía?

Y, durante unos segundos, la atención de Jesús permaneció fija en la copa. La acarició y, finalmente, procedió a pasar el paño de lino, limpiándola y abrillantándola. En mi opinión, un trabajo innecesario. Pero Él sabía.

Así dio comienzo la charla.

Jesús empezó contando una historia. Hablaba tranquila y pausadamente, con los ojos bajos, pendiente, al parecer, del cáliz, su nuevo amigo. Sí y no...

«Hubo una vez un rey —arrancó—. Era poderoso y de gran generosidad. Tenía muchos territorios. La gente era feliz. Pero ocurrió que, en cierta ocasión, en una de sus lejanas tierras, aparecieron unos jefes, súbditos también del gran rey. Y esos jefes, violando las leyes del reino, sometieron a hombres y mujeres a todo tipo de crueldades. E, incluso, se acostaron con las hijas de los hombres y nacieron unos varones, todos gigantes...»

Entendí por dónde iba. Estaba haciendo alusión al Génesis (6)...

Los discípulos guardaban silencio, atentísimos.

Y el cáliz iba y venía, entre los dedos, vestido con los reflejos rojos del fuego del hogar y con los amarillos, más tímidos y lejanos, de las lámparas de aceite que colgaban en los muros.

El rostro del Galileo fue iluminándose.

«... A partir de esos momentos, en esa tierra remota todo fue confusión y desesperanza. El rey se hallaba muy lejos. Y los tiranos, además de esclavizar a los súbditos, borraron la imagen de aquel poderoso y magnífico monarca, y se erigieron en los nuevos reyes y gobernantes. Aquella tierra quedó sumida en la oscuridad...»

Algunos de los discípulos movieron las cabezas, desaprobando los actos de los jefes rebeldes. No captaron la intención del Hijo del Hombre.

«... Pero la terrible noticia terminó llegando a oídos del buen rey...»

Jesús levantó la vista y observó a la atenta parroquia. Comprendió que no sabían por dónde iba y dibujó una levísima sonrisa. Era un pícaro. Después me buscó con la mirada y, al hallarme, acentuó la sonrisa. Pero siguió a lo suyo, con el cuento (perdón, con el supuesto cuento) y con el juego con el cáliz de metal.

«... Y el monarca —continuó Jesús— deseoso de que todo volviera a la paz y a la felicidad anteriores, envió mensajeros a los hijos rebeldes, ordenando que restablecieran las leyes que gobernaban su inmenso reino. Pero los traidores desoyeron a los enviados y aquel mundo continuó en tinieblas...»

Entonces, hábilmente, el Maestro interrumpió la narración, y preguntó:

—¿Qué creéis que hizo el buen rey?

Pedro, exaltado, gritó con furia:

—¡Castigar a esos hijos de...!

Juan Zebedeo le pisó la palabra y clamó:

—¡Pasarlos a cuchillo!

Nadie más replicó.

El cáliz, asustado, se quedó quieto entre los dedos del Hijo del Hombre.

Y el Galileo, con el rostro grave, prosiguió:

«... Decidió darles otra oportunidad...»

Simón Pedro y Juan Zebedeo movieron las cabezas, negativamente. No estaban de acuerdo con el «buen rey». Pero siguieron en silencio.

«... Y el poderoso monarca optó por enviar a uno de sus hijos... "A él le escucharían", pensó...»

El Galileo volvió a mirarme, y con especial intensidad. Esta vez no desató ninguna sonrisa. La tristeza, rápida y de puntillas, pasó ante nosotros. Él sabía que yo sabía...

Y, tras unos segundos de silencio, cuando la tristeza huía por la puerta, continuó, tranquilo, como si la historia no fuera con Él:

«... El hijo llegó a la tierra gobernada por los rebeldes pero tampoco le escucharon...»

Algunas exclamaciones escaparon de los decepcionados discípulos.

Jesús bajó de nuevo los ojos, centrándose en las caricias al cáliz.

Fueron unos segundos eternos, al menos para Él y para mí.

Jesús se disponía a anunciar, de nuevo, su futura muerte. Tendría que beber un cáliz muy amargo...

«... Y no satisfechos con ello —añadió, bajando el tono de voz—, lo torturaron y lo levantaron en un árbol, crucificándolo hasta morir...»

Se hizo un silencio negro y pesado. Un silencio que dolía.

Los íntimos permanecieron con las bocas abiertas, atónitos.

Simón Pedro reventó:

—¡Yo arrasaría esa tierra!

Jesús le miró con dulzura y concluyó el «cuento»:

«... Pero el buen rey era en verdad el mejor... Y no sólo perdonó a los rebeldes, sino que permitió que su hijo muerto pudiera resucitar y transmitiera de nuevo la esperanza a aquellas gentes infelices y, aparentemente, sin futuro...»

Pedro y Juan Zebedeo siguieron en sus trece. «Demasiada piedad —dijeron—. Demasiada bondad...»

Y, durante un rato, concluida la historia, el Galileo guardó silencio, refugiándose en el cáliz.

Sentí un nudo en el estómago.

Jesús acababa de dibujar su futuro, pero ninguno de los presentes llegó a captarlo. Es más: ninguno de los evangelistas registra esta historia, ni tampoco el período de cuatro meses, en el que el Maestro se dedicó a enseñar a los íntimos. Pero ¿de qué me sorprendo? Los relatos de los mal llamados «escritores sagrados» son una catástrofe. No hay orden, ni concierto. Manipularon los hechos. Dijeron lo que Jesús de Nazaret nunca dijo. Y pasaron por alto lo que sí dijo. Mateo, el primero en empezar a escribir sus recuerdos tras la crucifixión, lo mezcló todo. Inventó sin cesar. Ejemplo: tras las supuestas «tentaciones en el desierto» (?) (capítulo 4), Mateo afirma que «cuando (Jesús) oyó que Juan (Yehohanan) había sido entregado, se retiró a Galilea. Y dejando Nazará, vino a residir en Cafarnaúm... Desde entonces comenzó Jesús a predicar y decir: "Convertíos, porque el Reino de los Cielos ha llegado."» ¡Qué desastre! A Yehohanan lo encarcelaron después de que Jesús empezara la instrucción de los discípulos. Y tampoco vivía en Nazaret. Hacía más de seis años que se había marchado de la referida aldea... Pero lo peor es que Mateo parece no conocer el lenguaje habitual del Maestro. El Hijo del Hombre jamás exigió que la gente se «convirtiera». Jesús predicaba con un enorme respeto por la libertad de todos, como espero tener la oportunidad de narrar. La frase «Convertíos, porque el Reino de los Cielos ha llegado» no la dijo el Galileo, sino

Yehohanan. Tristemente, Marcos, el segundo evangelista, copió a Mateo, y Lucas hizo lo que pudo, basándose más en las versiones de Simón Pedro y Pablo de Tarso que en la verdad. Lo dicho: una catástrofe.

Y, concluido el supuesto cuento, el Maestro procedió a desplegar algunas ideas básicas sobre aquel «buen rey». E intentó explicar quién era Ab-bā.

Fue un notable fracaso...

Los siete escucharon, atónitos. No daban crédito a lo que oían.

¿Era Dios un ser lleno de dulzura, como aseguraba el Galileo?

Al principio permanecieron inmóviles. Después empezaron a negar con la cabeza.

Jesús se percató de la situación, pero insistió.

¿Era Dios un amigo? ¿Estábamos sentados en sus rodillas?

Los discípulos y Santiago fueron pasando de la incredulidad al espanto.

¿Un Dios al que se podía molestar a cualquier hora y con el que era posible hablar a gritos o en voz baja? ¿Un Dios al que, fundamentalmente, había que solicitar información? ¿Un Dios que no estaba en el Templo de Jerusalén, sino en el interior de cada ser humano? ¿Un Dios que regala vida a inmortalidad sin pedir nada a cambio? ¿Un Dios intuitivo, como una mujer?

No comprendieron. Peor aún: no lo aceptaron.

Jesús hizo lo que pudo. Trató de aproximarse a la verdad, y con palabras bellas y simples, pero aquellos galileos, como ya expliqué, habían mamado otra idea. Yavé no era amor, sino palo y tentetieso. Yavé no era imaginación, sino sangre y muerte. Alguien, en el siglo xx, se entretuvo en contar los muertos que figuran en la Biblia, y que fueron asesinados —directa o indirectamente— por Yavé: un millón. Yavé no era tolerante. Defendía la esclavitud. Yavé no aceptaba un sacerdocio con defectos. Yavé era partidario de la pena de muerte. Yavé era un Dios (?) que se había cansado de los seres humanos y casi los hizo desaparecer con un diluvio. Yavé era el hacha en la base del árbol...

Esta idea sobre Dios estaba enraizada en sus mentes. Eran raíces muy antiguas, alimentadas generación tras generación. Yavé era un Dios (?) al que había que temer. Ésa era la clave. Lo demás era herejía o blasfemia.

Debo ser sincero, como siempre.

Las palabras de Jesús sobre el Padre de los cielos sonaron a blasfemias en la «tercera casa». Nadie se atrevió a rasgarse las vestiduras, pero lo pensaron. Y quedaron espantados. ¿Era Jesús el Mesías? Creo que lo dudaron. El Libertador prometido era un súbdito de Yavé. El Mesías no se habría atrevido a hablar de Dios en ese tono y, mucho menos, a compararlo con la intuición y con la sensibilidad de una mujer.

Llegó el turno de las preguntas, pero nadie abrió la boca.

Fueron minutos romos, que no terminaban de rodar.

Y, a pesar de los permanentes desvelos de Andrés, que no perdía de vista a su hermano, Simón Pedro empezó a roncar. Mucho aguantó...

Fue la señal.

El Maestro dio por concluida la «clase». Los siete estaban espesos y agotados.

El Hijo del Hombre, algo decepcionado, guardó el cáliz y se retiró a su habitación.

Durante dos semanas, día tras día, el Maestro, inasequible al desaliento, continuó hablando sobre Ab-bā y, creo, siguió cosechando fracasos. Era una labor árida.

Esa misma noche me las arreglé para conversar con el viejo Zebedeo. Aclaró el asunto de los dineros y, en principio, llegué a un acuerdo con él. Cobraría por el hospedaje. De lo contrario me vería obligado a abandonar el palomar. Lo planteé con tanta firmeza como cortesía. El patriarca admitió que era lo justo y, como digo, aceptó. Pero no quiso ir más allá de un denario por día. Salomé, la esposa, se alejó refunfuñando. No estaba de acuerdo. Ella no quería cobrarme. Y me dejó intrigado. ¿A qué obedecía semejante postura? ¿Generosidad? Salomé sabía (se lo dijo el esposo) que Eliseo y yo «habíamos heredado una importante fortuna». Tenía dinero, de sobra, para pagar el alojamiento y la comida. Fue algún tiempo después cuando descubrí el tejemaneje de la mujer...

Las dos últimas semanas de marzo, las «clases» fueron orientadas hacia el concepto de «reino de Dios». Jesús, con una paciencia admirable, trató de hacer ver que el *malkuta'di 'elaha'* («reino de Dios», en arameo) que Él deseaba presentar, no era el *malkut*, el reino que defendían los profetas. Tanto Isaías, como Jeremías, como Daniel y los profetas menores (Miq. 2, 12-13; Sof. 3, 15 y Abd. 21) se habían cansado de repetir que ese «reino» era algo físico y material, en el que Yavé reuniría las doce tribus del pueblo elegido y disperso: «Seré el Dios de todas las tribus de Israel.» (Jr. 31, 1) Algo similar buscaba Ezequiel (20, 33) cuando sitúa a Yavé como el rey de Israel, «tras un nuevo éxodo y un último juicio». El profeta Isaías fue más explícito (59, 9-21) y describía a Yavé como un guerrero que terminaría estableciendo el orden en la Tierra. Jerusalén sería la capital de las capitales y allí llegarían las naciones con sus tributos. Zacarías, más apocalíptico, afirmaba que Jerusalén sería el centro de ese «reino» tras una última y sangrienta batalla mundial. «Y la Tierra (dice en 14, 9) será como un paraíso cuando Yavé reine sobre toda ella.» *(Wehaya yahweh lemelek 'alkol-ha' ares.)* Daniel, por último, anunciaba que el esquema tradicional de los cuatro grandes reinos terminaría en uno solo, con la derrota de los enemigos de Israel. Los «santos» serían los gobernantes de ese «reino» (2, 36-45; 7, 1-27).

Tampoco comprendieron cuando Jesús les habló de un reino no material.

¿Un reino espiritual, ubicado fuera de la Tierra? ¿A qué se refería? ¿Un reino sin tiempo? ¿Un reino formado por otra realidad? ¿Un reino en el que Israel no sería Israel? ¿De qué hablaba?

Discutieron entre ellos, pero fue un trabajo, aparentemente, inútil. Las ideas mesiánicas formaban parte de la información genética de aquellas gentes. Yavé era un Dios (?) vengativo y colérico al que no convenía enfadar. El «reino» era el futuro, con Israel en lo más alto, presidiendo el concierto de los pueblos. En cuanto al Mesías, el enviado de Yavé, qué decir que no haya dicho ya... Sería un superhombre, «rompedor de dientes», que ayudaría a situar a la nación judía donde le correspondía (por cierto, los judíos ortodoxos todavía aguardan la llegada de ese Mesías).

No, el trabajo del Maestro en estas «clases» no fue envidiable.

Pero no todo fue arisco en aquel mes de *nisán* (marzo-abril) del año 26.

El miércoles, día 6, Jesús recibió una pequeña-gran alegría.

Era la hora quinta (once de la mañana). Tocaba almorzar. Y Yu, el jefe de los carpinteros de ribera del astillero, reclamó la atención del Maestro y rogó que lo acompañara. Se dirigieron al «pabellón secreto», en el que el chino trabajaba en sus experimentos (1). Yo lo conocía. El *naggar* no permitía que nadie lo pisara. E, intrigado, me fui tras de ellos. ¿Pensaba mostrárselo?

Sí y no...

Yu abrió la puerta y franqueó el paso al Hijo del Hombre. Entramos.

Jesús quedó fascinado al contemplar los dibujos, los números, los esquemas y las frases que el chino había ido pintando en las paredes (2).

No dijo nada. Se limitó a observar los «hallazgos» de Yu, y lo hizo despacio, recreándose. Yo lo seguí de cerca.

Al llegar a la pared del fondo (frente a la puerta), el Galileo se detuvo unos instantes. Allí, presidiendo, como se recordará, aparecía una ecuación «diofántica»: «Amor = Doy porque Tengo» ($A = D \times T$) (3).

No hubo tiempo para mucho más...

Yu se inclinó sobre un pequeño cajón de madera y extrajo algo.

Esta vez fui yo quien quedó maravillado.

El chino se situó a espaldas del Hijo del Hombre y reclamó su atención. Jesús se volvió y se encontró, de cara, con una grata sorpresa.

Yu lo mantenía en el aire, con los brazos extendidos hacia el sorprendido Maestro.

(1) Amplia información sobre dicho pabellón en *Jordán. Caballo de Troya 8. (N. del a.)*

(2) Recuerdo pensamientos como éstos: «Si te regalan la ancianidad, piensa como un anciano», «No planifiques más allá de tu sombra», «Yo habito al sur de la razón», «Si descubres que vas a morir, continúa con lo que tienes entre manos», «Cada ahora es una verdad»... *(N. del m.)*

(3) Según Yu, esta ecuación fue obtenida tras la lectura de obras como *Las aritméticas* y *Los números poligonales*, del matemático griego Diophantos (quizá del siglo II a. J.C.).

Así era Yu, el primer hombre que escribió sobre el Maestro. Sus escritos, probablemente, se perdieron. *(N. del m.)*

El rostro de Jesús se iluminó.

Y, al instante, acogió en sus largas manos lo que le entregaba el chino. Yu, sonrió, complacido. El regalo, en efecto, era del agrado del *naggar* de Nazaret.

El Maestro lo contempló una y otra vez, y los hermosos ojos color miel brillaron. De pronto, un batallón de recuerdos le salió al paso...

—Es para ti —anunció Yu sin disimular su satisfacción.

—¿Para mí? ¿Por qué? Hoy no es mi cumpleaños...

El chino cruzó las manos sobre el pecho y replicó:

—Los regalos son una muestra de amor. ¿Qué importa que no sea tu aniversario? Yo amo cada vez que puedo...

El Hijo del Hombre le miró intensamente. Yu llevaba razón. Los regalos son amor, diluido. Y, cuanto más pequeños y delicados, como en aquel caso, más amor...

—Te daré una explicación —añadió Yu—, si eso es lo que deseas...

Jesús parecía no oír. Estaba pendiente del regalo. Lo alzaba, lo miraba, lo remiraba... Y terminó besándolo.

—... A todos nos ha alegrado que hayas regresado al astillero... Acepta este humilde presente por tu amable gesto...

El Galileo miró fijamente el «obsequio» del chino y exclamó, feliz:

—Te llamarás *Zal*, como aquel otro y querido compañero...

¡Oh, Dios!

Y recordé una de las conversaciones, en Nazaret, con la Señora y con su hija Miriam. Ellas hablaron (hablarían) de los *Zal*, dos hermosos perros...

Porque de eso se trataba, de un magnífico cachorro de perro pastor. En esos momentos tenía alrededor de tres meses. Era una preciosa «bola» de pelo blanco, tipo estaño, con unos ojillos vivísimos, oblicuos, almendrados y en un color miel, casi ámbar. Me recordó la raza de los *kuvasz*, un perro de primera categoría, presumiblemente de origen asiático (1). Tienen fama de ser excelentes pastores, con una fidelidad e inteligencia poco comunes. Son muy cari-

(1)   Se sabe que en el siglo XIII, los mongoles introdujeron los *kuvasz* en los valles de los Cárpatos. Es posible que, mucho antes, este tipo de perro ya existiera en la China. *(N. del m.)*

ñosos, valientes y de una enorme fortaleza física. Cuando regresé al Ravid, «Santa Claus» ofreció una amplia información.

Son perros de finísimo olfato, fáciles de adiestrar, y de gran tamaño (los machos alcanzan entre 71 y 75 centímetros de estatura y las hembras un poco menos: entre 66 y 70 centímetros). Son musculosos, con cabezas especialmente atractivas, y un pelo corto, derecho, espeso y cerrado en la referida cabeza, en las orejas y en los pies. La cola es larga, de pelo ondulado, con crestas y mechas. El collar se extiende hasta el pecho. En definitiva, los *kuvasz* son bellos, de una inteligencia refinada (casi humana) y amigos de sus amigos hasta la muerte.

Zal no fue una excepción...

Jesús, si no recordaba mal, tuvo un primer perro cuando todavía era un adolescente. Aquel primer *Zal* llegó a su vida a los diecisiete años. Según mis noticias, el perro murió en Nazaret hacia el mes de agosto del año 25, cuando Jesús se encontraba en el monte Hermón. Nosotros no llegamos a conocerlo.

Yu explicó que el cachorro había llegado el día anterior, procedente del sur del mar Caspio (actual Irán). Viajaba en una caravana que se detuvo en Nahum. Cargaban especias y perfumes. Yu se interesó por el perro y lo compró por 17 ases y un saco de nueces. Pura calderilla.

Cuando me interesé por el significado del nombre, el Maestro habló de las montañas de Elburz, en la referida orilla sur del Caspio (cerca de la actual Teherán). De allí procede una leyenda que, al parecer, gustó al Hijo del Hombre. Cuenta la tradición (1) que, en la remota antigüedad, vivió en la zona un héroe que llevó a cabo grandes hazañas. Se llamó Zal. Tocaba el cielo con los dedos. Tenía los cabellos de plata, y también el pecho. Era noble, valiente y generoso.

---

(1) El llamado *Libro de los Reyes (Shahnama)*, escrito por el célebre poeta Firdusí hacia el año 1010 después de Cristo, refiere, entre otras tradiciones, la de Zal, hijo de Sam, gobernador del Industán. Zal fue un bebé que nació con el pelo blanco (quizá albino). Y su padre lo abandonó en las montañas de Elburz, justamente al sur del Caspio. Allí fue recogido por un pájaro mitológico —Simurg— que lo cuidó hasta que Sam, arrepentido, regresó a buscarlo. Zal fue famoso por su valor y belleza. Era alto como un ciprés, de cabello blanco y pecho de plata. *(N. del m.)*

A Jesús le fascinó la historia (posiblemente falsa). Pero eso, ¿qué importaba? Jesús, en aquel tiempo, gustaba sentarse junto a los caravaneros que acertaban a pasar por Nazaret y escuchaba, encantado, todo tipo de historias y leyendas. Fue así como supo del héroe persa y bautizó a su perro con el nombre de *Zal*.

«Santa Claus» ofreció otra versión. Zal podía ser interpretado como «Z/Tal[asocracia]», que, en griego, equivale «al poder o el dominio de la mar».

¡El poder de la mar! Me gustó tanto como la versión iraní.

Sea como fuere, lo cierto es que el Maestro recibió ese día una gran alegría.

Yu prometió ocuparse del cachorro, al menos en lo básico, y durante unos meses. Allí permanecería, en el «pabellón secreto». Todos cuidarían de él.

Jesús colocó las manos sobre los hombros del chino y agradeció el regalo con una mirada que Yu, posiblemente, jamás olvidaría.

Pero, antes de dirigirse a la puerta, el Maestro dio media vuelta, caminó hasta la pared del fondo, se hizo con un trapo y, en silencio, procedió a borrar parte de la ya citada fórmula: «A = D x T.» Cambió de lugar dos de las incógnitas y, ante la sorpresa de Yu y de quien esto escribe, comentó:

—Ahora sí es correcta...

Y desapareció, sonriente.

Leí la ecuación. Decía: «A = T x D.» O lo que es lo mismo: «Amor = Tengo porque Doy.»

Así era el Hijo del Hombre...

Zal fue la alegría del astillero. Yu lo fue dejando suelto y el cachorro terminó simpatizando con todos. Su color estaño llamaba la atención desde lejos. Enredaba, pero nadie se enfadaba. Jesús lo alimentaba y Yu ayudaba. El Maestro estaba fascinado con el perro. Lo acariciaba, lo lavaba, le hablaba y, más de una vez, terminó dormido entre sus brazos. *Zal* captó en seguida quién era su amo.

En ocasiones, mientras el *naggar* golpeaba los pernos de roble, o procedía al entablado de una embarcación, *Zal* se tumbaba a su lado y seguía con atención los movimientos del Maestro. Disfrutaba con el golpeteo del martillo sobre la madera. Y allí permanecía, hasta que se cansaba.

Al principio, terminada la faena, el Galileo lo trasladaba al caserón de los Zebedeo. Fue la delicia de las mujeres. Abril lo mimaba y recorría la casa con el cachorro a sus pies. Pero Salomé puso el grito en el cielo, y con razón. *Zal* lo mordisqueaba todo. A los pocos días no quedaba un mueble sano. Afilaba los dientes con lo que pillaba. Le encantaban las sandalias. Las hacía añicos. Después le dio por la ropa. La arrastraba por los patios y terminaba dormido sobre ella. No sabía caminar. Lo hacía torpemente. Más de una vez se enredó entre los pies de Jesús y éste terminó pisándolo, sin querer. El final siempre era el mismo: *Zal* lloraba y las mujeres la emprendían a escobazos con el desconcertado Maestro.

Salomé llegó al límite de la paciencia y dio un ultimátum al Galileo: o el perro o ella. Y comentó, al tiempo que se alejaba: «Es peor que el perro...»

Curioso. Mientras la mujer regañaba a Jesús, *Zal*, medio oculto entre las sandalias del Maestro, ladraba furiosamente a Salomé. Era un perro listo...

Jesús no hizo mucho caso. Pensó que la dueña de la casa bromeaba. El Maestro, además, se ocupaba de casi todo: recogía los excrementos, lavaba al cachorro, le daba de comer, le limpiaba las legañas con agua tibia, lo cepillaba, le enseñaba a caminar, le reñía cuando hacía algo poco correcto y, durante la noche, lo encerraba con Él, en su palomar.

Y hablando de reñir, las únicas veces que contemplé a Jesús relativamente enfadado, fue con *Zal*. Nunca le vi adoptar aquella actitud con los humanos. Ocurría, por lo general, cuando el Galileo sorprendía al cachorro lamiendo o comiendo sus propios excrementos. Era obvio que el animal sufría algún problema en el páncreas. *Zal* oía a Jesús, bajaba las orejas, y se escondía. Distinguía muy bien los reproches de su amo.

Al poco, todo estaba olvidado. El perro buscaba a Jesús y le provocaba, para jugar. Y el Maestro respondía siempre, y afirmativamente. El Galileo terminaba por los suelos, peleando con *Zal*. Éste no desaprovechaba la ocasión y mordía donde podía. Las manos del Maestro terminaron acribilladas a mordiscos. Después eran las mujeres las que se peleaban ante la posibilidad de curar al Hijo del Hombre. Mar, sobre todo, era la más dispuesta. Y empecé a observar una clara rivalidad entre ellas. Todas se disputaban las heridas del Maestro. Bueno, todas no... Abril se mantenía al margen, observándome.

Pero lo que más llamaba la atención de aquel perro era la mirada. Parecía un ser humano. No perdía detalle de lo que sucedía a su alrededor. Conocía las voces de unos y de otros y adivinaba la proximidad de Salomé. Era matemático. Percibía los pasos de la mujer y, antes de que entrara en la «tercera casa», huía como un meteoro, provocando la risa general.

En ocasiones, el Galileo paseaba con él por la playa. Era un espectáculo. *Zal* tenía una especial manía a las gaviotas. Las perseguía sin descanso, ladraba, subía a las embarcaciones varadas e intentaba atraparlas en el aire. Jesús jugaba con él, lanzando ramas y trozos de madera al agua. *Zal* se volvía loco de alegría y devolvía, puntual, cada palitroque. Acababa rendido y en los brazos del Maestro. Así regresaba al caserón.

Pero un día la cosa se puso seria. Salomé cambió impresiones con el patriarca y el viejo Zebedeo no tuvo opción: habló con el Galileo y sugirió que dejara a *Zal* en el astillero. El Maestro comprendió. *Zal* no volvería a pisar el viejo caserón. Poco a poco, al Hijo del Hombre le serían arrebatadas todas las alegrías, grandes y pequeñas. Era su Destino...

Nunca tuve claro el porqué de la negativa de Salomé a que el Galileo pudiera disfrutar de *Zal* en el caserón. También es cierto que, entre los judíos, los perros no estaban bien vistos. Los muy religiosos, en especial los «santos y separados» (fariseos), los odiaban. Así lo exigía la Ley, tanto la escrita como la oral (1). ¿Fue ésta la razón que movió a

---

(1) En la Biblia, en general, los perros son considerados animales impuros que se alimentan de cadáveres (I Re. 38). Los judíos debían alejarse de ellos, precisamente por esa posibilidad de contacto con la impureza. Era, asimismo, el símbolo de la prostitución. Así reza el Deuteronomio (23, 18): «No llevarás a la casa de Yavé, tu Dios, don de prostituta ni salario de perro, sea cual fuere el voto que has hecho: porque ambos son abominación para Yavé.» «Perro», según las Sagradas Escrituras, era la designación despectiva del *hieródulo* (cortesano sagrado). También el

Salomé? Lo dudo. La familia era religiosa, pero no llegaba al fanatismo de los «ss».

Abril también lo echó de menos...

Y siguieron sucediendo cosas. Algunas notables y otras no tanto. Veamos.

Recuerdo que ese mismo miércoles, 6 de marzo, con la aparición de Zal llegó también otra noticia, procedente del valle del Jordán. Hacía alusión a Yehohanan, el Anunciador. Pocos días antes, el 3 de marzo, domingo, el gigante de las siete trenzas rubias decidió ponerse de nuevo en marcha. Lo habían visto rumbo al sur. La gente que coincidió con él aseguraba que el Bautista, y los «justos» que le acompañaban, ya no procedían a la inmersión de los conversos en el agua. Yehohanan, al parecer, seguía confuso y triste. No estaba seguro de nada. Y repetía, cuando se hallaba solo: «Todo es mentira...»

Fue en esas fechas cuando Yehohanan, nadie sabía por qué, inició su particular campaña de desprestigio del tetrarca Herodes Antipas, hijo de Herodes el Grande, que tenía a su cargo (bajo la tutela de Roma) los territorios de la Perea, al sur, y de la Galilea, donde nos encontrábamos. Las noti-

---

Éxodo (22, 30) advierte a los judíos: «Israel debe ser pueblo santo y no debe comer cosas impuras. Lo impuro será arrojado a los perros.» La ley oral (posteriormente recogida en la Misná) es mucho más dura. El perro es equiparado al cerdo (TB 83a). El perro era una maldición: «Regresan a la tarde, aúllan como perros, rondan por la ciudad.» (Ps. 59) Y solicitaban a Yavé que les librara de la espada y de las garras del perro (Ps. 22, 21). Esta misma ley oral proporciona largas explicaciones sobre lo que hay que hacer en el caso de que un perro ataque a una persona (BK 5, 3 y Saun. 9, 1). Los proverbios eran incontables. He aquí algunos: «Más vale perro vivo que león muerto» (Eclesiastés 9, 4), «Cría a un perro, sí, pero atado», «Criar perros es como criar cerdos», «Hijo mío, endulza tu lengua, porque el rabo le proporciona pan al perro», «La boca del perro sólo le acarrea palos» (Ajicar), «Como el perro vuelve a su vómito, vuelve el necio a su insensatez» (Prov. 26, 11), «Que los perros laman tu sangre»...

«Perro» o «perro muerto» era uno de los peores insultos. Y lo mismo significaba «cabeza de perro» o «cara de perro» (II Sam. 3, 8 y Sot. 9, 15).

En la época de Jesús, estos insultos seguían vigentes. Mateo equivoca una de las frases atribuidas al Maestro: «No deis lo santo a los perros.» En realidad dijo: «No arrojéis perlas a los cerdos.» (Mt. 7, 6) Jesús jamás habló así de los perros. En cuanto a Pablo de Tarso, obviamente, no conoció a Jesús, ni supo de Zal. Por eso calificó a los judaizantes o a los gnósticos de «perros» (Fil. 3, 2). *(N. del m.)*

cias, en ese sentido, no eran claras. ¿Por qué atacaba a Antipas? Y recordé lo anunciado por Juan Zebedeo en aquel inolvidable viaje desde el *yam* a Nazaret: el Bautista sería apresado pocas semanas más tarde, en el mes de junio. Tenía que estar atento. ¿Debía acudir al lado de Yehohanan y verificar lo que sucedía? Intuí que mi presencia junto al hombre de las pupilas rojas podía ser interesante. ¿Qué sucedió realmente? ¿Por qué fue detenido? ¿Era cierta la noticia de los evangelistas? ¿Qué hizo el Maestro cuando su primo lejano fue apresado? ¿Cómo reaccionó Judas Iscariote, uno de los discípulos de Yehohanan?

Y, en cierto modo, me preparé. El Destino avisaría. Y así ocurrió. ¡Y de qué forma!

Fue en esos días, en una de las «clases» del Galileo en la «tercera casa», cuando Santiago, el hermano de Jesús, me lo comentó: la Señora había entrado en otra grave crisis.

—¿Por qué?

—No entiende a mi Hermano...

Y explicó que, tras la euforia en Caná, todo se vino abajo para ella. «Jesús echó marcha atrás en la sinagoga de Nahum, cuando solicitó paciencia. ¿A qué esperaba? El poder y la gloria eran suyos. Era el Mesías prometido. ¿Por qué no actuaba? Yehohanan seguía esperando. El pueblo seguía esperando. Los ejércitos (?) seguían esperando. Israel seguía esperando...»

—Sólo repite y repite: «No le comprendo, no le comprendo.»

Santiago tampoco entendía lo que estaba pasando. Y añadió:

—Mi madre se pasa el día en un rincón, sin hablar con nadie. Está decepcionada. Y duda, incluso, de la promesa del ser luminoso que se le presentó en Nazaret...

No supe qué decir. ¡Otra vez los evangelistas! ¿Por qué no contaron la verdad?

—... De vez en cuando, cuando Esta y Ruth tratan de consolarla, ella, con la mirada perdida, comenta: «¿Qué significa todo esto?»

Pensé en ir a visitarla. Lo haría antes de lo que imaginaba...

Y el domingo, 10 de marzo, se presentó en el astillero un viejo conocido: Azzam, el árabe cuyo nombre significaba «buen hombre». La última vez que lo vi fue en Caná. Transportaba vino para la boda de Noemí y Johab. Se alegró al verme de nuevo. Lo consideró una señal de los dioses.

El viejo aventurero oyó las noticias sobre la «conversión» del agua en vino y regresó a *Sapíah*, confirmando lo oído. No lo pensó dos veces y se fue derecho a Nahum, a la búsqueda del supuesto Mesías.

Jesús le escuchó mientras almorzaba. Creo que estaba tan atónito como este explorador.

Azzam le propuso un negocio: el árabe proporcionaría agua —«de la mejor calidad»— y el Hijo del Hombre la transformaría en vino («a poder ser siciliano»). Irían a medias.

Jesús le contempló durante unos segundos. Después desvió la mirada hacia quien esto escribe y, sin poder remediarlo, rompimos a reír. Y nos doblamos de la risa.

Al final, Azzam se unió al regocijo, y comprendió que algo no había salido bien. Pero aceptó de buenas maneras.

Y, recuperando la compostura, el Galileo puso las manos sobre los hombros del árabe y proclamó:

—En verdad te digo que el negocio de tu vida será oír la palabra del Hijo del Hombre...

Ni Azzam ni yo entendimos. No en esos momentos... Sería algún tiempo después cuando se produciría un nuevo «milagro», esta vez en la persona de Azzam. Pero ésa es otra historia...

A estas alturas, casi dos semanas después del portento de Caná, la noticia sobre el «vino prodigioso» había llegado, prácticamente, a todo el país. El polémico asunto se hallaba sobre las mesas de las autoridades romanas, de los responsables de las castas sacerdotales, de los saduceos, de Herodes Antipas, de Filipo, su hermanastro, y del resto de las fuerzas vivas en general. Todos se preocuparon de enviar espías a Nahum. Eran fáciles de identificar. Se les veía por las tabernas y posadas, por los mercados y por los burdeles, interrogando a unos y a otros, y siempre sobre el mismo tema: «¿Quién era ese Jesús de Nazaret?» Los *scorpio* y los *tor* (1) (así llamaban a los confidentes de Roma y del Sane-

(1) Como ya expliqué en su momento, en la época de Jesús, tanto

drín, respectivamente) eran los que pagaban las rondas de vino o de cerveza. Y, en ocasiones, cuando bebían más de la cuenta, eran ellos los que proporcionaban información. Fue así como me llegó la noticia de que el tetrarca Antipas había sido informado, a las pocas horas, de lo sucedido en la boda, en *Sapíah*. Y se mostró incrédulo respecto al «vino prodigioso», pero ordenó que siguieran —de cerca— los movimientos del Galileo. En esos primeros días de marzo del año 26, Herodes Antipas (el que trataría de interrogar a Jesús durante la Pasión y Muerte: 7 de abril del año 30) estaba más preocupado por Yehohanan que por el «místico carpintero», como llamaba despreciativamente al Galileo. Y el Maestro quedó libre, en parte, de la presión del no menos odiado hijo de Herodes el Grande. Pero sería por poco tiempo...

Y llegó el 13 de marzo, miércoles. Era el aniversario de mi amada. Cumplía diecisiete años.

Me esmeré. Quería darle una sorpresa. En realidad fue ella quien me la dio a mí...

Pensé en un perfume. A Ruth le gustaba la esencia de jazmín. Pude comprobarlo aquel inolvidable 18 de octubre, en la «casa de las flores», cuando a Eliseo se le cayeron unos lirios, y ella, al igual que yo, se agachó para recogerlos. En ese momento la tuve muy cerca. Pude percibir la intensa fragancia que despedía. Sus ojos verdes me miraron...

Y pensé en el jazmín.

Felipe, especialista en aceites y esencias, me acompañó al mercado de Nahum y él, en persona, se ocupó de elegir el regalo. Cometí un error. No dije para quién era.

Escogió el llamado jazmín *grandiflorum*, procedente del valle del Jordán. Lo olió, levantó el frasco y comprobó el color. Era una esencia oscura y viscosa, con un aroma lento y poderoso. Según el comerciante, las flores habían sido reco-

---

Roma como el Gran Sanedrín de Jerusalén y el tetrarca Antipas, entre otros, alimentaban una nutrida red de espías y confidentes. Entre los romanos recibían el apodo de *scorpio* (escorpión). Eran hábiles y certeros. Oían y transmitían. Formaban cadenas de tres agentes. Los confidentes al servicio de Antipas, del Sanedrín y de los «santos y separados» recibían el nombre de *tor* (buey, en arameo), por su peligrosidad. Muchos de ellos eran agentes dobles y triples. Permanecieron cerca del Maestro desde el primer momento. *(N. del m.)*

lectadas durante la noche; de ahí su penetrante olor. Era carísimo, pero lo di por bien empleado. Ella merecía lo mejor.

Felipe, entonces, me hizo un guiño y comentó:

—Es lógico, a tus años...

No supe de qué hablaba. Pero tampoco pregunté. Torpe de mí. Me hubiera ahorrado un disgusto...

El vendedor, animado por la venta, quiso proporcionarme también un té de jazmín, llegado directamente de la India. Dije que no. Después trató de venderme a una de sus hijas pequeñas. Sólo me costaría cinco denarios... Felipe me sacó de allí. Quería matar al maldito comerciante con mis propias manos.

Solicité a Yu un día libre. Me lo concedió y sonrió maliciosamente. Tampoco comprendí.

Lavé las ropas. Me afeité. Me perfumé y me dispuse para el gran momento. Envolví el regalo en un delicado paño de lino, tomé la vara de Moisés y, feliz y nervioso, me dirigí a Nahum.

A la hora tercia (nueve de la mañana) me hallaba frente a la «casa de las flores». Mi querida Ruth estaba allí...

Por el camino, mientras la lancha de turno me trasladaba desde la «quinta piedra» al puerto de Nahum, fui repasando, mentalmente, lo que debería decir: «¡Muchas felicidades!... Esto es para ti.» Ella, entonces, lo abriría y quedaría asombrada. Me miraría con sus increíbles ojos verdes y sonreiría. Yo sabía que me amaba. Lo gritaba en cada mirada. ¿O no era así? Entonces tomaría sus manos y le confesaría mi amor. Ella se ruborizaría y bajaría los ojos. Después...

Y, súbitamente, «desperté». Me hallaba, como digo, frente al portalón.

Esta, la esposa de Santiago, el hermano del Maestro, no tardó en descubrirme. No vi a nadie en el patio. Raquel, la hija, se presentó a su lado, agarrada a la túnica. Nada parecía haber cambiado. Pero sí...

Pregunté por Ruth.

—No recibe a nadie —replicó la siempre concisa cuñada de Jesús.

Insistí y mostré el envoltorio, añadiendo:

—Sé que hoy cumple años. Traigo un pequeño obsequio...

Esta dudó. No dijo nada. Dio media vuelta y se perdió en la segunda casa, en la que habitaban la Señora y Ruth. La niña me miró con curiosidad, sonrió, y se fue tras la madre.

Al poco, Esta apareció de nuevo por la cortina de red. Caminó decidida hacia este explorador y aclaró:

—No se encuentra bien. No recibe a nadie...

—Pero...

La niña había perdido la sonrisa por el camino.

—Está bien —me resigné—. Al menos, entrégale mi regalo...

Deposité el envoltorio en sus manos y me despedí. La niña no volvió a sonreír.

Me alejé, desconcertado.

¿Qué sucedía? Esta no solía mentir. Ruth tenía algún problema... Pero ¿cuál? Santiago, su hermano, no había comentado nada durante las «clases», o en el trabajo, en el astillero. Si hubiera sido algo grave, o importante, Jesús se habría preocupado. No conseguía entenderlo.

Quizá es que no deseaba verme...

Este pensamiento empezó a devorarme.

¿Por qué? ¿Había preferido a Eliseo? Era lógico. Yo tenía aspecto de anciano. El ingeniero era joven y apuesto...

Y en ello estaba, caminando despacio hacia el puerto, con la intención de regresar a mi refugio, en el palomar, cuando oí una voz familiar. Me llamaba.

Me volví y, en efecto, distinguí a Eliseo. Se acercaba de prisa, casi a la carrera. No tuve tiempo de nada. Fue todo muy rápido.

Tenía el rostro rojo, congestionado por la ira.

Cargaba en las manos el envoltorio de lino que acababa de entregar a la mujer de Santiago.

Y al llegar a mi altura, con los ojos desencajados, gritó, en inglés, al tiempo que desenvolvía el frasco con el perfume:

—¡Maldito afeminado!

Y arrojó el recipiente entre mis pies, contra las losas de la calle. El vidrio se hizo añicos y quedé preso de un intenso aroma, y de la confusión.

No lograba cuadrar mi mente.

Eliseo, entonces, furioso, me empujó con todas sus fuerzas y fui a topar con uno de los muros. El empellón fue tan súbito y tan violento que, tras golpear la pared, caí al pavimento.

Y oí sus gritos:

—¡Déjala en paz!... ¡No la insultes!... ¡Maldito!... ¡Maldito seas!

No fue posible pensar.

El ingeniero, al verme en tierra, la emprendió a patadas contra quien esto escribe. Y no tardó en darse cuenta de que no portaba la protección de la «piel de serpiente». Hacía tiempo que había prescindido de ella.

Sólo acerté a protegerme con los brazos. Los puntapiés alcanzaron todo el cuerpo. Fueron especialmente violentos en el vientre, en los testículos y en la cabeza. Noté sangre en los labios.

No fui capaz de defenderme. La sorpresa fue demoledora.

Algunos vecinos salieron a las puertas de las casas, alarmados.

Pero Eliseo, fuera de sí, continuó pateándome, al tiempo que vociferaba:

—¡Maldito gay!... ¡Devuélvelo!... ¡No es tuyo!... ¡Devuelve el cilindro!... ¡Te mataré!... ¡Te mataré!

El tabique nasal quedó roto. Y percibí la sangre, caliente. La hemorragia fue intensa.

Finalmente, los vecinos y algunos transeúntes pusieron fin a la paliza. Sujetaron al violento Eliseo y lo apartaron. Otros me ayudaron. Me incorporé como pude. Creo que estaba pálido. Noté un intenso dolor en el costado derecho. Supuse que algunas de las costillas estaba fracturada. Alguien me proporcionó un lienzo húmedo y traté de frenar la hemorragia nasal. También sangraba por el oído izquierdo.

No vi a Eliseo. Imaginé que lo habían arrastrado, calle arriba.

Recuperé la vara y, tras agradecer la ayuda, me encaminé hacia el puerto. Me sentía mal, muy mal, y no sólo por los golpes recibidos. La relación con el ingeniero acababa de naufragar, definitivamente. ¿Qué podía hacer?

Embarqué, rumbo a Saidan, e intenté ordenar las no menos maltrechas ideas. ¿Por qué Eliseo gritó que había insultado a Ruth? Estaba desconcertado...

Fue algunos días después, al conversar con Felipe, cuando entendí. Nadie, en aquel tiempo, regalaba perfume de jazmín a una mujer. Era un insulto. La referida esencia era considerada un potente afrodisíaco, de uso exclusivo del varón. Obsequiarla a una mujer era poco menos que agredirla sexualmente (1). Cometí el error, como dije, de no hacer saber al discípulo que el regalo era para Ruth. Y entendí igualmente el pícaro guiño, y el comentario de Felipe, al adquirir el perfume: «Es lógico... A tus años...»

No sé cuándo me sentí más hundido: al recibir los golpes o al saber que había insultado, sin querer, a la bella mujer...

Tomé buena nota.

Y, lentamente, con dificultad, ascendí las escaleras hacia el caserón de los Zebedeo, abrí la puerta de atrás, y me encaminé a mi habitación. La mente seguía nublada, y no por el dolor físico...

Pero, al pisar el patio, Salomé y Abril me descubrieron. No pude hacer nada.

—¿Qué ha sucedido? —preguntó la señora de la casa, alarmada ante mi aspecto.

Me encogí de hombros y respondí con parte de la verdad:

—He tropezado...

Por supuesto, no me creyó.

Inspeccionó la nariz y el oído y me dejó marchar. Una vez en el palomar me pregunté: «¿Qué ha fallado?» No obtuve respuesta. «¿Cómo habíamos llegado a semejante situación? ¿Cómo lo había permitido? La operación era lo más importante. Yo estaba al mando...»

Tampoco supe aclarar estas dudas. Las cosas suceden y suceden...

Y empecé a sentir una rabia sorda.

En eso llamaron a la puerta...

Eran Salomé y su hija Abril. Entraron armadas de lien-

---

(1) En una de las visitas a la «cuna», «Santa Claus» detalló el contenido básico de la esencia de jazmín (concretamente del *Jasminium grandiflorum*). Los componentes químicos son los siguientes: acetato de linalino, linalol, acetato de bencilo, metil antranilato y α-terpineol. Aunque es dudoso, podría considerarse que el jazmín actúa contra el tamaño desmesurado de la glándula prostática. Tampoco está claro que ayude a una mejor erección o que combata la impotencia. Una vez más se trataba de una leyenda. *(N. del m.)*

zos, vendas de lino, una jofaina, dos jarras con agua y varios recipientes con no sé qué ungüentos amarillos y basilicones.

Las protestas fueron como zumbidos de moscas en sus oídos.

Salomé, enérgica, ordenó que me desnudara. Lo hice sin rechistar.

Tenía el cuerpo recorrido por los moratones.

Observé cómo Abril contemplaba las piernas y el tórax. La cara reflejaba perplejidad. Creo que supe por qué. Mis cabellos eran los de un anciano. Y también el rostro, surcado de arrugas. Pero no sucedía lo mismo con el cuerpo. El envejecimiento prematuro afectó, exteriormente, a la cabeza y a las manos. El resto conservaba la fuerza muscular de lo que realmente era: un joven que no había cumplido los treinta y siete años...

Salomé me lavó con un líquido que contenía flor de caléndula y procedió a explorar las costillas. La ayudé. El dolor, en efecto, delató una doble fractura, o fisura, en la tercera y en la cuarta del costado derecho. Lo mejor era un vendaje, y lo más firme posible. Me embadurnó previamente con aceite de linaza y lo hizo con suma delicadeza. Agradecí la pócima y la ternura. El lino no olía bien, pero comprendí que el contenido (mucinas, linoleína, glucósidos, ácidos saturados y linoleico) era beneficioso para las posibles fracturas y para la piel. Y, efectivamente, no tardé en notar su poder antiinflamatorio y calmante. Me negué a recibir el ungüento basilicón, negro como la pez. Ignoro para qué servía, pero con el lino era suficiente.

Y Salomé, auxiliada por la silenciosa Abril, fue vendando el tórax. El lino era nuevo.

Después procedieron a cortar la hemorragia nasal. Salomé, paciente, tuvo que explicar en qué consistía la maniobra. Empapó dos gasas en agua fría y vertió sobre cada tejido un par de gotas de zumo de limón. Comprendí. La esencia de limón es hemostática y acelera la velocidad de coagulación de la sangre. La mujer sabía.

Y antes de introducir las gasas por la nariz, Salomé preguntó si existía fractura. Respondí afirmativamente.

—En ese caso —sentenció— tendrás que intentar enderezar la nariz.

Y añadió:

—¿Lo haces tú o lo hago yo?

Me apresuré a palpar los huesos propios y deduje que la avería se hallaba en el lado izquierdo. Sólo tenía que presionar hacia el lado contrario. Me armé de valor y empujé el tabique. Aguanté el dolor como pude y la nariz quedó recta. Lo había visto hacer a los boxeadores, en mi país...

Salomé sonrió.

—Eres valiente...

Acto seguido introdujo las finas gasas por los orificios nasales, lo más arriba posible, y me obligó a sostenerlas.

Minutos después dejaba de sangrar. Mano de santo...

La dueña sonrió, complacida, y recomendó que me tumbara en la cama. Preparó compresas con agua fría y las colocó en la nuca.

—Ahora tienes que descansar —ordenó.

E iba a agradecer los cuidados cuando volvieron a llamar a la puerta. Era otra de las hijas. Creo que Mar. Reclamaban a la madre en la cocina. Y me quedé con Abril, a solas...

La muchacha se apresuró a cumplir las órdenes de Salomé y me suministró un brebaje a base de melisa y no sé qué otra planta. Era un calmante.

Cerré los ojos e intenté no pensar. No lo conseguí.

«¿Qué había pasado?»

Abril se arrodilló a mi lado y procedió a limpiar la sangre del rostro. Empezó por el oído. Noté los dedos, finos y largos. Se movían como el aire. Y fue limpiando. De vez en cuando cambiaba de algodón, lo humedecía en la jofaina y proseguía. Y continuó por la nariz.

«¿Cómo habíamos llegado a semejante desastre?»

Y los dedos, sin querer, rozaron la reciente lesión. No pude evitar un gemido. Ella levantó el algodón, asustada.

Abrí los ojos y descubrí el temor en los suyos. Entonces me fijé: los dedos temblaban.

Traté de esbozar una sonrisa, restando importancia al pequeño incidente.

Ella agradeció el gesto y guardó mi sonrisa, estoy seguro. E intentó devolvérmela. Parpadeó nerviosa y regresó a la limpieza de la nariz. La animé con otra sonrisa. Y la recorrí, curioso. Aquel pelo, teñido en rojo, era asombroso. Los labios, finísimos, aparecían ligeramente húmedos. Ella descubrió que la exploraba y se puso roja. Las aletas de la nariz temblaron. Y observé cómo los pequeños pechos subían y bajaban, agitados. Era hermosa...

Pero regresé a lo mío.

«¿Era el Destino el que nos había llevado a una situación tan lamentable? El Destino...»

El algodón voló de nuevo sobre la dolorida nariz y fue acariciándola y limpiándola, casi sin tocarla.

«Tenía que encontrar una salida, y rápido. La situación era insostenible...»

Y Abril, más confiada, dirigió los dedos a mis labios. Las patadas los habían destrozado. Tenía sangre seca en las comisuras, en el mentón e, incluso, por el cuello.

Y fue lavando, delicadamente.

«¿Debía suspender la misión? Yo no tenía el maldito cilindro de acero...»

Y percibí cómo la respiración de la mujer se hacía más rápida y agitada. Pero no caí en la cuenta...

«Era cuestión de buscar a Eliseo y pactar... ¿Pactar? ¿Con semejante bestia?»

Limpió las comisuras de la boca y, entonces, sucedió. Me pilló desprevenido. No pude imaginarlo...

Abril, súbitamente, se inclinó sobre quien esto escribe y fue a depositar un beso en mis labios. Fue un beso cálido, breve y huidizo.

Abrí los ojos, desconcertado. Pero ella, valiente, no retrocedió. Y continuó de rodillas, mirándome fija e intensamente. Los dulces ojos marrones brillaban. Yo diría que se habían bebido la luz de la habitación.

Y antes de que tuviera tiempo de decir una sola palabra, reclinó la cabeza en mi hombro derecho y lo besó con ternura.

Yo, no sé por qué, alcé la mano derecha y fui a acariciar sus cabellos.

¡Dios mío! ¿Qué estaba ocurriendo? ¡Era 13 de marzo, el cumpleaños de mi amada! No podía...

No hubo tiempo.

Se abrió la puerta y vi aparecer a Salomé. Al vernos en aquella actitud permaneció inmóvil, pero no dijo nada.

Abril retiró de inmediato la cabeza, se alzó, tomó la jofaina y, roja como una amapola, se escurrió hacia la puerta, desapareciendo.

Yo me senté en la cama e intenté excusarme. Pero ¿de qué?

Salomé no parecía molesta. Al contrario. Examinó mi rostro y se mostró satisfecha con el trabajo de la hija.

Opté por guardar silencio. Fue lo mejor.

Y continué atormentándome: «¿Qué había pasado? ¿Por qué me besó?»

Siempre fui torpe en lo que al sexo femenino se refiere...

Y en eso, como una tabla de salvación, volvieron a golpear la puerta.

Salomé y yo cruzamos una mirada. No sabíamos...

La mujer abrió y nos encontramos (sobre todo yo) con otra sorpresa.

¿Qué hacía allí? No podía creerlo... Su descaro y cinismo eran mayores de lo que suponía...

Lo acompañaba Mar.

Dio un paso y, dirigiéndose a quien esto escribe, solicitó perdón.

Era Eliseo.

Las mujeres nos dejaron solos.

El ingeniero cerró la puerta y yo continué sentado en el filo de la cama. No sabía qué hacer. ¿Lo echaba a patadas? Lancé una mirada al cayado. Se hallaba depositado en uno de los rincones, junto a la puerta de madera.

Eliseo se percató de la mirada y, al descubrir la vara de Moisés, se adelantó a mis pensamientos:

—No será necesario, mayor... Esta vez vengo en son de paz.

¿Paz? ¡Maldito bastardo!

—... Sé lo que estás pensando —añadió—. Y tienes razón. No sé qué me sucedió... Sólo puedo pedirte perdón. No volverá a ocurrir...

Percibí calma en la voz. Parecía sincero, pero no me fié.

—¿Qué buscas?

—No tengo a quien recurrir...

No sabía a qué se refería. Pero lo aclaró al momento:

—Ruth... Necesito que la examines...

Al oír el nombre me puse en pie.

—¿Qué sucede? Esta me dijo algo, pero no sé lo que pasa... ¡Habla!

—Lleva días sin salir de la habitación... No come, no habla con nadie... Tampoco conmigo...

—¿Está enferma?

—No sé... No soy médico... Tú si puedes averiguar...

El ingeniero bajó la cabeza. Las lágrimas aparecieron de inmediato.

Pensé en una treta. Era buen actor.

Pero el silencioso llanto iba en serio. Se dejó caer sobre la cama y hundió la cabeza entre las manos.

—No sé, mayor... No sé qué le sucede, pero parece grave.

—No entiendo. ¿Por qué no me lo dijiste esta mañana? ¿Por qué me golpeaste?

Levantó el rostro y aclaró:

—Cuando apareciste con el regalo estaba desesperado. Después, al abrir el envoltorio y presenciar el llanto de Ruth, quise matarte... Regalar jazmín es un insulto. Me lo explicó Esta.

Quedé perplejo. Yo tampoco lo sabía. Fue Felipe, como dije, quien me lo explicaría días después.

—Eso ya no tiene solución —lamenté—. Ahora, lo importante es ella...

—Entonces, ¿aceptas?... ¿Me perdonas?

—Acepto, por supuesto, y todo está olvidado..., de momento.

No había nada más que hablar. Me vestí, tomé la vara y, dolorido, nos pusimos en camino.

Ella me necesitaba. Eso era lo que contaba...

Ni me despedí de las mujeres.

Y a eso del mediodía (hora sexta) cruzamos la puerta de la «casa de las flores», en Nahum. El Destino me reservaba otra sorpresa...

La hemorragia nasal cedió definitivamente. El costado dolía, pero lo soporté. Ella tenía prioridad.

Durante la travesía por el lago, desde la «quinta piedra» hasta el muelle de Nahum, no hablamos una sola palabra. Eliseo me esquivaba. Lo miré de arriba abajo y, no sé por qué, se me metió en la cabeza que todo aquello obedecía a una de sus argucias. Tenía que estar alerta...

Me equivoqué.

Esta y la niña esperaban en el patio. Y nos dirigimos, directamente, a la segunda casa, pared con pared con la de Santiago. Allí vivían, habitualmente, la Señora y Ruth, la hija pequeña, mi amada.

Eliseo retiró la red embreada que hacía las veces de puerta, evitando el ingreso de moscas y otros insectos, y me invitó a entrar.

Al principio sólo vi negrura. Era uno de mis problemas con las oscuras casas judías.

Necesité unos segundos para acostumbrarme a la oscuridad.

Era una sala grande, rectangular, sin ventanas. Olía mal, a lugar sin ventilar.

Y, poco a poco, fui distinguiendo. Al fondo, al pie del muro frontal, descubrí las siluetas de dos camas. En la de la derecha (tomaré la puerta como referencia) se apreciaba una llamita amarilla, minúscula. Descansaba entre los pies de alguien. Parecía una mujer. Se hallaba sentada en la cama y, como digo, con una lucerna de aceite a los pies. No se movía.

Eliseo caminó entre las camas y se detuvo frente a la citada pared del fondo.

La segunda cama estaba vacía.

Oí cómo susurraba algo y, al punto, regresó al lugar en el que aguardaba este confuso explorador. Esta y la niña se asomaron a la habitación y allí permanecieron, en el umbral. No hablaron.

—De acuerdo —indicó el ingeniero—. Puedes examinarla...

¿Por qué hablaba en voz baja?

Entendí que se refería a Ruth.

—Aguarda un momento —añadió Eliseo—, buscaré una lucerna...

Esperé.

Entonces, conforme fui acomodando las pupilas a la penumbra, creí reconocer a Ruth. Aparecía sentada en un taburete de madera, entre las dos camas, muy cerca del muro. Se movía rítmicamente, hacia adelante y hacia atrás. Creí escuchar un lamento, pero muy apagado.

Dirigí la mirada hacia la mujer que continuaba sentada sobre el lecho y llegué a la conclusión de que era María, la madre de Ruth.

¿Qué le sucedía? ¿Por qué no hablaba?

Parecía una estatua. Tenía los ojos perdidos en algún lugar de la habitación. Casi no parpadeaba. La luz amarilla le endurecía los rasgos. Quedé desconcertado.

Eliseo retornó con otra lámpara de aceite. Y me animó a que me aproximara a la mujer del taburete.

Al llegar a su altura, el ingeniero la iluminó fugazmente, y confirmé mis sospechas: era Ruth, mi amada Ruth...

Presentaba el pelo revuelto, como si no hubiera sido peinado en días. El cutis, habitualmente transparente, se hallaba cubierto de sudor. Sudaba copiosamente, y por todo el cuerpo. No dejaba de agitarse, hacia adelante, hacia atrás. Los bellos ojos verdes aparecían cerrados. Un permanente lamento, casi un cántico, escapaba de una boca medio abierta. Los labios temblaban.

Me asusté.

Me hice con la lucerna de Eliseo y paseé la luz frente al rostro de la muchacha. Ruth, al percibir la proximidad de la llama amarilla, entreabrió los ojos y, súbitamente, golpeó la lucerna.

La reacción fue tan inesperada que el pequeño cuenco de arcilla con aceite rodó por las losas del piso.

Eliseo se excusó y trató de recuperar la lucerna. Estaba rota. Lo vi desaparecer de nuevo en el patio. Esta y la niña se fueron con él.

Y Ruth, sin mediar palabra, volvió a cerrar los ojos y prosiguió con el cansino lamento y con los rítmicos movimientos, tan preocupantes.

No supe qué hacer.

Opté por esperar. No me atreví a seguir la exploración.

Necesitaba a Eliseo a mi lado.

La Señora no se inmutó.

Y, al poco, el ingeniero retornó con una nueva lámpara de aceite. Estaba desencajado. Solicitó disculpas, también en voz baja. Esta y la niña no regresaron a la puerta.

Entonces ordené a Eliseo que sostuviera la luz, lateralmente; nunca frente a los ojos.

Obedeció.

Y me arriesgué a tomar el pulso. Ruth no se opuso. Prácticamente no hubo reacción. Continuó con los lamentos y con los ojos cerrados.

El pulso era rápido. Demasiado.

Aquello podía indicar una taquicardia. Pero ¿cómo confirmarlo?

Me alarmé.

Creí distinguir una disminución de la hendidura palpebral del ojo derecho. Entonces, los ojos empezaron a lagrimear.

Me atreví a interrogarla.

Pregunté si sentía dolor. Ruth, al reconocer mi voz, abrió los ojos con dificultad y asintió con la cabeza. Observé una intensa congestión ocular, y también nasal, con rinorrea (abundante moco). Traté de que mantuviera los ojos abiertos y, como pude, orientando la luz amarilla de forma que no la hiriese, exploré los párpados y la conjuntiva. Confirmé las sospechas iniciales: caída del párpado y fuerte inyección conjuntival en el ojo derecho (ojo rojo).

Y, suavemente, en voz baja, pregunté dónde le dolía y con qué intensidad...

Ella fue respondiendo a su manera, sin palabras. Lo hizo ayudándose con los dedos. Y deduje que sufría un fortísimo dolor, encadenado en paroxismos unilaterales, centrado en el ojo izquierdo y en la zona periorbitaria, irradiando hacia la cara, paladar, frente y sien. Era un dolor insoportable —creí entender—, «como si la perforasen con una espada». Hacía días que lo padecía y con una frecuencia muy alta: alrededor de veinte o treinta por hora.

Creí intuir lo que le ocurría, pero no estaba seguro. Hubiera necesitado un examen más a fondo, y con el instrumental adecuado.

Eliseo me miró, anhelante.

No dije nada. Quería estar mínimamente seguro.

La Señora continuaba inmóvil, con la luz a sus pies. No parecía importarle lo que estaba sufriendo la hija. No lo entendí, sinceramente. Pero mi preocupación, en esos instantes, era Ruth.

Y, algo más animado ante la colaboración de la mujer, supliqué que respondiera a mis preguntas. Abrió los ojos con dificultad e hizo un gesto con la mano, pidiendo que Eliseo apagara la candela. Indiqué que la ocultara y procedí con las preguntas. Y así, lentamente, fui componiendo el rompecabezas.

Poco antes de que empezaran los dolores, en el ojo contrario, Ruth veía extrañas imágenes: chispazos, rayos, figuras geométricas, estrellas que brillaban con gran intensidad y, sobre todo, un punto de luz en el centro del campo visual que terminaba por convertirse en una nube blanca. A veces, esa distorsión visual (lo que los médicos llamamos «escotomas» y «fotopsias») terminaba borrando las cosas y las personas o las difuminaba, «como si las viera a través del agua».

Ya no tuve dudas...

A todo esto había que sumar continuos vómitos, insensibilidad (se le adormecía la boca o parte de ella, la lengua, la mano y el antebrazo) e, incluso, disfasia (dificultad para encontrar las palabras adecuadas).

Las crisis —según Ruth— se presentaban desde niña. Al principio más moderadas y en menor número. Desde hacía meses, los dolores eran más intensos (utilizó la palabra «insoportables»). Caían sobre ella por la mañana y permanecían todo el día. En ocasiones, como dije, a razón de veinte o treinta a la hora.

La vi llorar y se me rompió el corazón.

El sufrimiento era tal que no soportaba la luz, ni tampoco el ruido. Se escondía en la habitación, a oscuras. A veces, las crisis la asaltaban a razón de cuatro o cinco por mes. No sabía qué hacer. Su humor cambió. Se había vuelto insoportable. No se atrevía a salir a la calle. Sufría poliuria (exceso de orina) y eso la acomplejaba. Dijo que se había vuelto torpe y con una hipersensibilidad extrema. Todo la irritaba. No se sentía feliz con nada. Su única obsesión era escapar del dolor. Llegó a pensar en el suicidio. Más de una vez, Eliseo y Esta tuvieron que sujetarla cuando golpeaba la cabeza contra los muros.

Volví a mirar a la Señora. Continuaba en la misma postura. Parecía insensible a todo. Y me pregunté: ¿era la responsable, en parte, de las últimas y agudas crisis de Ruth?

Terminado el interrogatorio acaricié las manos de la muchacha. Quiso sonreír, pero no pudo.

¡Cuánto la amaba!

Y me retiré al exterior. Eliseo me siguió.

—¿Y bien?

—No estoy seguro —manifesté—. Ruth puede estar padeciendo una migraña o una combinación de varias cefaleas...

—No entiendo...

—Las migrañas son enfermedades crónicas, muy dolorosas, y debidas a diferentes factores. No hay que confundirlas con los típicos dolores de cabeza... —Y precisé—: ...Las migrañas son mucho más que eso. —Dudé—. Además, no sé qué tipo de migraña está sufriendo. Podría ser una cefalea con aura, tensional, hemipléjica familiar, o las que llaman «en racimo»... Hay muchas...

Cada una tiene, o puede tener, un origen distinto. Habría que hacer pruebas específicas.

Eliseo supo por dónde iba.

—¿Te refieres a los «nemos»?

Asentí en silencio.

Era una opción. Los «nemos fríos» podían ingresar en el organismo de la mujer y aclarar la naturaleza del problema, así como el origen.

E intenté hacer ver que el asunto era más complejo de lo que parecía:

—Se trataría de ir descartando... ¿Estamos ante una lesión intracraneal o sistémica grave? ¿Quizá una sinusitis, un glaucoma o una disfunción de la articulación témporomandibular? ¿Existe algún tipo de oclusión arterial? ¿Una malformación vascular?

Dejé correr una pausa y deslicé otra de las posibles causas, verdaderamente preocupante:

—¿Y si existiera un tumor cerebral?

Eliseo acusó el golpe. Bajó la cabeza y se le humedecieron los ojos. Traté de aliviar la situación.

—Nada es seguro... Habría que llevar a cabo las pruebas...

El ingeniero reaccionó. Se secó las lágrimas y preguntó:

—¿A qué esperamos?

Creo que ni él ni yo lo meditamos. No era necesario.

Consulté la posición del sol. Podían ser las 13 horas. Hice cálculos. El ascenso al Ravid suponía del orden de tres horas y media. Había que programar los batallones de «nemos» y regresar. Eso significaba, como mínimo, alrededor de ocho o nueve horas.

Se lo hice ver al ingeniero.

Creo que esperaba mis observaciones. Y replicó:

—¿Para qué está el dinero?

No entendí.

—Lo haremos a mi manera...

Y solicitó que aguardase. No tardaría.

Dio media vuelta y salió de la «casa de las flores».

Regresé al interior y fui a sentarme en el filo de la cama que se hallaba desocupada. Contemplé nuevamente la escena y mi corazón cayó al suelo, impotente.

Ruth resistía el dolor entre lamentos, y con aquella agitación, hacia adelante y hacia atrás. La Señora, impasible, ni me miró.

Y así quemé los minutos, incapaz de ayudar a la persona que amaba. Me sentí profundamente triste. Olvidé, incluso, mis dolores.

A eso de las 14 horas Eliseo se presentó de nuevo en la habitación. Me reclamó desde la puerta y nos encaminamos hacia la salida.

¡Sorpresa!

Eliseo, con buen criterio, fue a contratar un *reda* de cuatro ruedas, un carro ligero, de los muchos que pululaban por Nahum. Al mando se hallaba un fenicio. Era un veterano conductor, un *sais*. Por precaución, el ingeniero y Kesil pagaron también un escolta, un hombre armado.

La idea me fue ganando por momentos. Con un poco de suerte estaríamos en Migdal en algo más de una hora. Desde allí a la «zona muerta» del Ravid sólo nos separaban dos kilómetros. En otras palabras: el tiempo de ingreso en la «cuna» se acortaba sensiblemente.

¿Por qué no?

Como decía mi abuelo, el cazador de patos, «el dinero sirve para lo que sirve: para ayudar al prójimo y para divertirse».

Lo hablamos por el camino, en inglés. El *reda* nos conduciría hasta las afueras del pueblo de Migdal. El carro esperaría. Nosotros proseguiríamos a pie hasta la «cuna». Me pareció una idea interesante y, sobre todo, una actitud discreta. Del precio no hablamos. De eso se ocupó Eliseo. Lo dije: lo que ahora sobraba eran denarios.

El fenicio y el hombre armado no hablaban mucho. Hicieron un movimiento de cabeza y confirmaron que esperarían nuestro regreso. Sólo cobraron la mitad. El resto, a la llegada a Nahum.

Y a la décima (cuatro de la tarde), aproximadamente, ingresamos en la «cuna». Los cuatro kilómetros entre Migdal y la proa del «portaaviones» fueron cubiertos con celeridad y sin percances.

Ni me fijé en el precipicio que se abría a seis metros escasos de la nave. Ni me paré a pensar en el triple garfio de hierro y en la cuerda que colgaba en el vacío...

Toda mi atención estuvo puesta en «Santa Claus» y en la programación de los batallones de «nemos fríos», o exploradores. Calculé dos alcuzas o ampolletas de barro. Con eso sería suficiente. Y los «nemos» fueron diseñados por el ordenador para explorar el cerebro, el tronco encefálico y el sistema nervioso central. (1)

Llegué a pensar si estábamos violando la ética de Caballo de Troya. Entendí que no. La exploración no significaba alteración alguna.

Dos horas después, todo estaba listo. Y nos dispusimos a regresar junto al providencial *reda* de cuatro ruedas.

En previsión de que la crisis continuara me hice con un surtido de fármacos que pudiera aliviar, en parte, los dolores de la joven. Requisé antiinflamatorios no esteroides (tipo ketorolaco, aspirina y paracetamol) y antieméticos (fundamentalmente domperidona). No resolverían el problema pero, al menos, proporcionarían una tregua. Eso no iba contra las normas.

Los relojes de la «cuna» señalaban las 19 horas cuando descendimos a tierra. Hacía rato que había anochecido. Era mejor así. La posibilidad de que alguien nos descubriera abandonando el Ravid era menor. Además, conocíamos el camino de memoria. Y, efectivamente, alcanzamos el *reda* sin tropiezos.

Todo salía a pedir de boca. «Demasiada suerte», pensé...

(1) «Santa Claus» programó lo que llamábamos *squid*, un tipo de «nemo frío», especialmente sensible y eficaz. Era un robot biológico que localizaba áreas del cuerpo humano, de acuerdo con los campos magnéticos generados por dichos sectores. Caballo de Troya modificó los *squid* añadiendo niobio y, posteriormente, itrio-bario-óxido de cobre. Cada «nemo frío», como detallé en su momento, tenía un diámetro de 30 nanómetros, con un «camuflaje especial» (células «T»), que lo protegía del sistema inmunológico. *(N. del m.)*

Evaluamos la situación mientras caminábamos hacia Migdal.

Si todo discurría felizmente, una vez ingeridos los «nemos», podíamos regresar y llevar a cabo el análisis final. No habíamos comido, ni descansado, pero eso era lo de menos. Para Eliseo y para quien esto escribe sólo contaba ella. Eso creí en esos difíciles momentos... ¡Pobre idiota! ¡Nunca aprenderé!

Así lo haríamos. Esa misma noche despejaríamos el misterio: ¿qué problema padecía Ruth?

El carro voló. El fenicio (nunca supe su nombre) conocía la senda con los ojos cerrados. No necesitó antorchas.

Y en la primera vigilia de la noche (hacia las 20 horas) irrumpimos en la «casa de las flores». Por orden de Eliseo, el *sais* se ocupó del cambio de mulos. La nueva oferta fue más sustanciosa que la primera. Esperarían nuevamente en Migdal. A nuestro retorno, una vez en Nahum, recibirían el doble de lo acordado por el primer viaje. El fenicio y el armado se mostraron conformes. Dijeron que esperarían «hasta el retorno de Elías». Se trataba de un dicho popular que significaba «hasta siempre».

Tuvimos suerte.

Santiago se hallaba en el caserón de los Zebedeo, en Saidan, ocupado en las «clases» que impartía el Maestro.

Decidimos aprovechar la circunstancia. Era mejor así.

La escena apenas había cambiado, con la salvedad de que la Señora no se hallaba presente. No supimos dónde estaba. La mujer de Santiago tampoco supo darnos razón.

Y pusimos manos a la obra. No había tiempo que perder.

Eliseo le proporcionó los «nemos». Ruth bebió lenta y pausadamente. Estaba derrotada. Y este explorador activó la vara de Moisés, iniciando el proceso informativo.

Dos horas más tarde, hacia las 22 horas, tras suministrar una razonable dosis de analgésico (AINE), y un antiemético, Eliseo y yo volvimos al *reda*. Ruth parecía más estable. La dejamos en la cama, descansando.

Y el bueno de Kesil, advertido por Eliseo, nos proporcionó agua y provisiones. Le noté feliz y esperanzado. Creyó que el ingeniero y quien esto escribe habíamos hecho las paces. No exactamente...

Los cielos, verdaderamente, estaban de nuestro lado. El segundo viaje hacia Migdal fue más rápido que el primero. El carro esperaría a las puertas de la población, como la vez anterior. Eso fue lo pactado. Y reemprendimos el camino de subida al «portaaviones». Todo se hallaba en silencio, y despejado. Eso me tranquilizó.

El plan contemplaba reunirnos con el *sais*, y con el armado, al alba del día siguiente, 14 de marzo. Y repitieron lo de Elías...

Con ese margen de tiempo era más que suficiente para decodificar la información de los *squid* y adoptar alguna decisión, suponiendo que fuera necesario.

Los relojes indicaban las doce de la noche cuando «Santa Claus» entró en acción. No nos preocupamos de comer o dormir. Estábamos angustiados, con razón.

Y pasó una hora. Y dos...

Eliseo, nervioso, optó por comer. Kesil había preparado pescado seco, fruta y un pan de centeno. Yo no sentía hambre. Los dolores, incluso, pasaron a segundo plano.

Y, hacia las 3 horas, el ordenador dio por finalizada la labor.

Los resultados, en un primer momento, me dejaron confuso.

Los repasé, según mi costumbre.

No había duda.

Y Eliseo, atento, reclamó una aclaración.

Dudé. ¿Decía la verdad?

Sentí fuego en el estómago.

Y volví a repasar los «hallazgos» de los *squid*.

¡Dios mío!

No era lo que imaginé...

—¿Qué sucede?

Eliseo exigió claridad, y se la proporcioné, hasta donde estimé oportuno...

—Buenas y malas noticias...

El ingeniero consultó la pantalla, pero no logró descifrar el lenguaje médico. «Traduje» lo obtenido por los «nemos fríos», y en términos sencillos.

—No hay tumor cerebral...

Eliseo recuperó la color.

—Ésa es la buena noticia.

—¿Y la mala?

Fui señalando y comentando lo que apuntaba «Santa Claus»:

—No ha sido detectado un tumor, en efecto, pero Ruth padece una mezcla de cefaleas, a cual más insidiosa y aborrecible: aparecen las que llamamos «en racimos», de aura y hemipléjica familiar...

—No comprendo...

—Hasta ahí sería relativamente normal. Estas cefaleas las sufren muchas personas, pero...

—Pero ¿qué?

—La información apunta hacia un alto riesgo de...

Dudé de nuevo. ¿Qué ganaba con decir la verdad? Y medio me arrepentí. Pero el ingeniero presionó. No tuve alternativa. Y anuncié lo descubierto por los «nemos».

—... Ahí dice que existe riesgo de infarto cerebral...

Eliseo palideció. Sabía a qué me refería. Los accidentes cerebrovasculares consisten en una disminución del riego sanguíneo que alimenta el cerebro. Como es sabido, el cerebro necesita sangre para vivir. Con el riego sanguíneo llega oxígeno y glucosa (pura energía). Pues bien, la interrupción de dicho riego —aunque sólo sea durante escasos minutos— provoca la muerte de determinadas neuronas y, finalmente, si se prolonga el accidente cerebrovascular, toda la red neuronal naufraga, incluyendo las glías (neuronas estructurales). Pasado un tiempo, las lesiones son irreversibles.

—... ¿Puede morir?

La voz del ingeniero se quebró.

—Sí, o algo peor...

—¿Peor?

—El infarto cerebral provoca parálisis o incapacidad.

—¡Dios!

Y me aventuré hasta el fondo del problema:

—Según las estadísticas —de nuestro tiempo, aclaré—, un 30 por ciento de las víctimas de infarto cerebral fallece. Otro 30 por ciento resulta seriamente afectado.

—¿Parálisis?

—Es posible... Y también puede perder la consciencia o sufrir trastornos cognoscitivos e, incluso, alteraciones visuales...

No quise continuar por ese camino...

—¿Estás seguro?

Volví a repasar la información suministrada a «Santa Claus». Y me tomé el tiempo necesario. No había error (1).

(1)   En síntesis, he aquí lo detectado por los *squid*:

1. Los «nemos» captaron un exceso de óxido nítrico (el mismo que nos canibalizaba a nosotros). Esto daba lugar a la génesis de las cefaleas tensionales y en «racimos». «Santa Claus» aconsejaba una medicación basada en inhibidores de la síntesis de dicho óxido nítrico.

2. La migraña hemipléjica familiar aparecía provocada, en parte, por unos genes determinantes (localizados en los cromosomas 1 y 19). Dichas anomalías alteraban la codificación de los canales del calcio, provocando una mayor excitación neuronal. Esto, a su vez, facilitaba el ataque migrañoso. «Santa Claus» apuntó la posibilidad de que la migraña estuviera provocada por una «canalopatía» (la ya referida disfunción genética en el sistema de transporte de iones). Estuve de acuerdo con ambas «opiniones».

3. Fueron especialmente importantes los «hallazgos» de los «nemos» en el tronco encefálico de Ruth. Todo apuntó a una disfunción grave. Los «nemos» «fotografiaron» tres grupos de células (núcleos), todos ellos anormalmente excitados: el *locus cœruleus*, el núcleo del rafe y la sustancia gris periacueductal. Durante el dolor, todos se manifestaban de forma anormal. También el ángulo pontocerebeloso acusó una importante deficiencia.

4. Se observaron irregularidades en el hipotálamo. En cada dolor, el sistema trigémino-vascular era activado de forma extraña. Al mismo tiempo, como fue dicho, se producía una alteración en los receptores serotonérgicos.

5. En los núcleos de rafe se detectó un centro generador de la migraña, responsable de toda la activación fisiopatológica. En tales núcleos existía un notable depósito de hierro. Ello explicaba la sensibilización central en la transmisión nociceptiva.

6. Al estudiar el flujo, los *squid* detectaron que, en plena fase dolorosa de la migraña, se registraba una vasodilatación de las arterias craneales extracerebrales y una inflamación estéril de la pared secundaria a la liberación de péptidos algógenos.

7. La serotonina no funcionaba correctamente, incrementando el dolor.

8. Los «nemos» pusieron de manifiesto, además del trastorno vasomotor (oligohemia), un sensible aumento de la agregación plaquetaria (con daño endotelial).

9. Y lo más grave: quedó clara una importante oclusión arterial, en la cerebral posterior, con grave riesgo de infarto. El flujo sanguíneo cerebral que precedía cada migraña era inferior a 40 ml/100 g/minuto, relativamente próxima al umbral de isquemiainfarto: 10 ml/100 g/minuto. (*N. del m.*)

Me reafirmé en lo dicho. Me sentía más herido que él. Yo la amaba...

Y el silencio se instaló en la «cuna» durante largo rato.

Intenté consolarle y consolarme.

—Seamos optimistas —manifesté con escaso convencimiento—. Las estadísticas dicen que el accidente cerebrovascular sólo se presenta en el 1 por ciento de los migrañosos.

Eliseo dibujó una pésima sonrisa. No debía insultar su inteligencia.

No dijo nada, pero el simulacro de sonrisa terminó en el suelo de la nave. Y el silencio se adueñó de nuevo de la «cuna».

Así fue por espacio de más de media hora.

¿Qué podíamos hacer?

Nada en absoluto. La operación prohibía cualquier tipo de intervención que pudiera modificar el Destino de una persona.

¡Estupideces!

Pero así lo consideraba este explorador en aquellos momentos...

El ingeniero terminó planteando lo que ambos pensábamos desde hacía rato.

—¿Hay solución?

Negué con la cabeza.

—¿Cuándo puede suceder...?

—Nadie lo sabe. Quizá nunca suceda...

Fue otra mentira piadosa. Yo sabía que una oclusión arterial de esa naturaleza, tarde o temprano, acarrearía el infarto cerebral y, con él, la muerte, o algo peor...

Me equivoqué. Fue peor de lo que suponía...

—¿«Santa Claus» —preguntó Eliseo— podría operar...?

El ingeniero era ágil e inteligente. Mucho más que este explorador...

Pero me negué a secundar la idea. «Santa Claus» hubiera podido intervenir y rectificar la referida oclusión arterial, sin duda... Pero, como digo, fatalmente anclado en la normativa de Caballo de Troya, no quise contemplarlo.

Yo la amaba, pero estaba ciego...

El Destino no es lo que parece, ni actúa como creemos. Pero de ese asunto me ocuparé a su debido tiempo...

Eliseo adivinó mis pensamientos, e insistió:

—¿Podría o no podría intervenir?

Me sentí atrapado.

—La operación lo prohíbe...

—O sea, sí...

No pude zafarme.

—Quizá... Pero está prohibido.

—¡Malditas normas! ¡Eres un perfecto idiota!

Lo tenía merecido, pero continué en mis trece.

Y añadió algo que, en esos instantes, no alcancé a captar en su justa medida; algo especialmente grave:

—Algún día descubrirás que las normas no lo son todo...

Y cambió de asunto.

—Por favor —suplicó—, piénsalo. Te lo ruego. Es su vida. ¿Tú la amas?

Reconocí que sí, con la cabeza.

—Entonces...

Ahora era el ingeniero quien suplicaba. ¡Qué extraña es la vida! Pocos días antes, en el bosque de los pañuelos, fue él quien amenazó: «... y me suplicarás».

Me hallaba tan aturdido que cometí otro error.

—¿Es que no entiendes?

El ingeniero me miró, atónito.

—... Una intervención así exigiría traer a Ruth a la «cuna»... ¿Estás loco?

Eliseo sonrió, triunfante.

Y me apresuré a desmontar sus esperanzas:

—Eso no sucederá. Al menos mientras yo esté al mando...

Y Eliseo recordó algo que había olvidado:

—Hace tiempo que no estás al mando, mayor...

Pero rectificó al punto:

—No importa... Dejémoslo estar...

Guardó silencio pero, al poco, intervino de nuevo:

—Te propongo un trato...

Escuché con desconfianza.

—«Santa Claus» opera a Ruth, bajo tu supervisión, claro está, y yo olvido el cilindro de acero...

Y añadió, mintiendo:

—Cuando Ruth esté a salvo, tú y yo regresamos...

Me negué.

—Está bien —remató—, piénsalo.

El instinto advirtió. Eliseo no era sincero. La posesión del cilindro, para él, era más importante que Ruth. Pero de eso no me daría cuenta hasta mucho después...

Y el trato quedó en suspenso.

Preparé algunos fármacos específicos, que pudieran aliviar a la muchacha (especialmente *naratriptán*) (1), e intenté dormir un rato. Estaba agotado, física y mentalmente.

Eliseo permaneció frente a la computadora y elaboró, con «Santa Claus», un plan alternativo de ayuda a Ruth. Al despertar me lo mostró y di mi aprobación. Se trataba de una terapia que no resolvía el problema principal, pero mitigaba los dolores. El ordenador central proponía reposo en un lugar oscuro y sin ruidos, masajes en la nuca y cuello, friegas de agua fría y caliente (alternativamente en las áreas de masaje, dormir un mínimo de horas, evitar toda clase de estrés, nada de quesos o col fermentados, ni cítricos, ni dulces, ni setas, ni vino tinto. Proponía que la mujer evitase toda clase de perfumes, así como la exposición a la luz solar, y que se mantuviera a resguardo del viento y del bochorno. «Santa Claus» insistió en el estrés psicofisiológico. Ruth tenía que huir de los problemas ajenos. Y pensé en la Señora. No estaba tan equivocado cuando deduje que María podía ser una de las causas desencadenantes de las cefaleas. Ruth era muy sensible y se daba cuenta del estado de suma tristeza en el que cayó la madre.

La computadora añadió dosis de betónica y de melisa, plantas que favorecen la relajación y la reducción del dolor.

Tuve mis dudas, pero, como digo, lo di por bueno. No podían causar más daño.

Y fue así como vimos llegar el amanecer de aquel 14 de marzo, jueves. El orto solar, a las 5 horas, 49 minutos y 24 segundos, nos reservaba otra sorpresa...

Y nos dispusimos a abandonar la nave...

---

(1) Los fármacos llamados *triptanes* son agonistas selectivos de los receptores 5-HT1B/D. Actúan como vasoconstrictores y alivian los dolores, reduciendo el nivel de náuseas y de vómitos. Con 2,5 mg por vía oral era más que suficiente. Otros fármacos (igualmente *triptanes*) permanecieron en la farmacia de la «cuna», por si eran necesarios. Se los iría proporcionando de forma progresiva. *(N. del m.)*

Yo seguía perplejo y profundamente triste.

Eliseo descendió a tierra. Necesitaba estirar las piernas... Eso dijo.

¿Por qué este explorador no permitía que «Santa Claus» interviniese? La operación quirúrgica, con la ayuda de los «nemos calientes», era sencilla en extremo.

Y me sorprendí a mí mismo imaginando los detalles: era cuestión de trasladar a Ruth lo más cerca posible del Ravid. Después, una vez anestesiada, Eliseo y quien esto escribe podíamos incorporarla a la «cuna». La operación, para corregir la oclusión arterial, era cuestión de minutos...

Después la devolveríamos a Nahum, sana y salva.

Pero no. Ésas no eran las normas de Caballo de Troya. Y yo seguía al mando, dijera Eliseo lo que dijera...

No debíamos modificar el Destino.

Y en ésas estaba, peleando conmigo mismo, cuando vi aparecer al ingeniero.

Lo noté pálido.

No dijo nada, pero hizo señas con las manos, para que lo siguiera. Después se llevó el dedo índice izquierdo a los labios y ordenó silencio.

¿Qué sucedía?

Saltamos a tierra. La claridad ganaba terreno.

Y me condujo, directamente, al filo del precipicio, en la proa del «portaaviones».

Entonces procedió a mostrarme lo que ya conocía. E insistió en que guardáramos silencio.

Contemplé el triple garfio de hierro, todavía anclado entre las rocas, y la maroma, oscilante sobre el abismo.

Y, en voz baja, comentó:

—No te creí...

—Nunca miento —repliqué en el mismo tono—. Ese garfio lleva ahí algunos días...

—¿Ese garfio?

No comprendí la pregunta del ingeniero. Pero no tardó en aclarar la cuestión:

—No hay un garfio, sino tres...

Me precipité hacia el cortado y, efectivamente, a cosa de un metro por debajo del «ancla» que había descubierto el 2 de marzo, encontré otros dos garfios, idénticos al primero, enganchados entre el roquedal. Sendas maromas colgaban de los mismos.

Entendí o creí entender...

Alguien —otros bandidos, quizá— trató de trepar nuevamente por aquel lado del Ravid. Y los garfios quedaron sujetos al terreno, a escasa distancia de la cumbre.

No los descubrimos por causa de la preocupación y de la oscuridad (por ese orden).

Pero allí estaban...

Volví a explicar lo ocurrido durante el sábado, 2 de marzo, con el hallazgo del cadáver del «bucol», cuando caí en la cuenta de que nos hallábamos de pie, y a la vista de cualquiera que pudiera estar al acecho. Nos retiramos al interior de la «cuna» e intentamos analizar la situación.

No teníamos mucho que evaluar.

La realidad, cruda y dura, estaba allí afuera...

Los bandidos del Arbel habían regresado. Al menos, lo intentaron.

Al pie del acantilado no se distinguían cuerpos. También era cierto que habían pasado muchos días desde el primer «hallazgo». Doce, en total. Los «bucoles», si es que fueron lanzados nuevamente al vacío por el «viento huracanado», tuvieron tiempo de recoger los muertos o heridos, y llevárselos. Teníamos que consultar a Camar, el viejo *badawi* de la plantación que se alzaba a escasa distancia, en el camino hacia Migdal. Él tenía que saber...

Algo estaba claro: los nuevos garfios fueron utilizados entre el 2 y el 14 de marzo.

La situación me pareció realmente comprometida.

Me sentí atrapado.

En esos doce días, la noticia de la muerte del «bucol» (o de los «bucoles») habría llegado, con total seguridad, a oídos de los *kittim*, los romanos. Como dije, disponían de confidentes por todas partes. Los propios bandidos actuaban como agentes...

Me eché a temblar.

Si los romanos enviaban patrullas al Ravid, ¿qué podíamos hacer? Si los mercenarios eran arrojados al vacío, como sucedió con uno de los bandidos, o, sencillamente, no eran capaces de avanzar por el peñasco, como consecuencia del cinturón gravitatorio, lo más probable es que, al poco, una cohorte rodearía el monte. ¿Qué se supone que debíamos hacer en ese caso? ¿Aniquilar a cientos de soldados? Aquello no era prudente. Había que hallar otra alternativa...

La más sensata era cambiar de emplazamiento. La nave tendría que ser removida, y aterrizada en otro lugar. Pero ¿en cuál?

Eliseo guardó silencio. En esos momentos no alcancé a comprender su postura.

La vida pública del Maestro apenas había arrancado. Por delante se presentaban cuatro largos años, suponiendo que todo se desarrollara con normalidad. ¿Normalidad? Ya no recordaba el significado de esa palabra...

Sea como fuere, tenía que pensar una solución. Tarde o temprano, tal y como se encadenaban los acontecimientos, los *kittim* harían acto de presencia en el Ravid. Era menester que nos adelantáramos...

El ingeniero planteó dos problemas. Ambos eran sobradamente conocidos por este explorador.

En primer lugar, no andábamos muy sobrados de combustible. En esas fechas disponíamos de un total de 7.124,68 kilos (más la reserva). Para el viaje de vuelta a Masada necesitábamos del orden de 6.896 kilos (si todo discurría con normalidad [?]). Eso arrojaba un «sobrante» (?) de 315 kilos, más la referida reserva (intocable) 1(1).

Una situación apurada...

El segundo problema, ya mencionado, era el posible nuevo asentamiento de la «cuna». Sinceramente, no tenía idea de dónde ubicarla.

Y mantuve una inexplicable calma. Lo resolvería. No sabía cómo, pero lo haría.

Eliseo se encogió de hombros. Aquella actitud me dejó perplejo. No parecía preocupado. Obviamente, tenía otros planes... ¿cuándo aprenderé?

La orden fue reforzar el sistema de defensa.

Eliseo obedeció sin replicar. Aquello me dejó igualmente confuso. No era su estilo. Ni siquiera discutió.

Y el cinturón gravitatorio fue situado en lo que Caballo

(1)   La reserva era equivalente al 3 por ciento (492 kilos). *(N. del m.)*

de Troya denominaba nivel «Mene-dos», con una capacidad de impenetrabilidad de 550 km/h. En otras palabras: el «muro» se hacía poco menos que imposible de cruzar. La velocidad de «expulsión» (nada más pisar la zona sensible) fue elevada a 550 kilómetros por hora. Nadie, en aquel tiempo, se hallaba capacitado para derribar dicho «muro». La seguridad del módulo seguía garantizada pero, como dije, semejante potencia era una espada de doble filo. Si los afectados eran los *kittim*, en cuestión de cinco horas, la cohorte más cercana, Nahum o Tiberíades, se presentaría en el lugar (1).

Yo también me encogí de hombros. Ése fue un momento en el que pensé en el «principio Omega», aprendido del Maestro: dejar que se hiciera la voluntad de Ab-bā.

Y lo hice. Puse el asunto en manos de la Providencia, o como se llame...

El ingeniero ajustó la nueva intensidad del sistema defensivo y quien esto escribe, corrigiendo errores anteriores, procedió a pulverizar su cuerpo con la «piel de serpiente». No volvería a resultar lastimado...

Y llegamos a un segundo acuerdo (?).

Dadas las circunstancias, Eliseo se comprometió a ingresar en la «cuna» una vez por semana. Terminado su trabajo en el astillero visitaría el Ravid y me daría cuenta de la situación. Yo me trasladaría a la región de Beit Ids —eso exigió el ingeniero— y emprendería la búsqueda y el rescate del cilindro de acero, «vital para la operación», según sus palabras.

No quise discutir. No tenía sentido. Acepté, aunque yo sabía que tardaría mucho en pisar esa región. El cilindro era difícil de localizar. Pero, como digo, no tenía el menor deseo de polemizar, y menos en esos momentos. Ruth y la «cuna» ocupaban todo mi pensamiento, o casi.

Eliseo se mostró satisfecho, e insistió:

—Después regresaremos a 1973...

Naturalmente, el Destino tenía otros planes.

---

(1)   La guarnición romana en Nahum sumaba una cohorte, con un total de 500 mercenarios (tropas auxiliares) y 10 centuriones. En la ciudad de Tiberias (Tiberíades) habían sido destacadas varias cohortes. (*N. del m.*)

Descendimos del Ravid y, tal y como habíamos planeado, nos detuvimos en la plantación en la que residía Camar, el árabe.

Se mostró receloso al volver a verme, y más en compañía de otro extranjero.

Fui directamente al grano. Pero el *badawi*, astuto, se aferró a la mano de plata que colgaba del cuello, y siguió recorriéndonos, de pies a cabeza, con sus ojillos de hiena. Dijo no saber nada de nada. Ni siquiera recordaba el incidente con el «bucol» muerto. Pero la «amnesia» tenía solución. Agité unas monedas entre los dedos y Camar, «providencialmente», recuperó la memoria.

—Ahora recuerdo...

Echó mano de una jarra y, a pesar de la hora (quizá fuera la quinta: once de la mañana), invitó a *raki*, un mosto fermentado y mezclado con yogur.

—Los «bucoles» volvieron...

—¿Cuándo?

—Al día siguiente.

Eso nos situaba en el domingo, 3 de marzo.

—¿Qué sucedió?

Camar apuró un segundo *raki* y empezó a perder la memoria...

Agitó los dedos índice y pulgar de la mano derecha, ejecutando el símbolo del dinero, y exigió más monedas.

Eliseo se las entregó.

—Entonces se llevaron al muerto...

—¿Quiénes eran?

El *a'rab* se encogió de hombros. Y comentó:

—«Bucoles». No sé sus nombres. Nadie los conoce...

Mentía.

Y continuó:

—Miraban a lo alto del Ravid y gritaban entre ellos...

—¿Qué gritaban?

—¡Venganza! Pedían venganza...

—¿Por qué?

—Lo ignoro...

Camar seguía mintiendo.

—Después regresaron. Fue durante la noche.

—¿Cuándo?

—No recuerdo... Puede que ese mismo día...

Según Camar, el regreso de los bandidos se registró el citado domingo, 3 de marzo.

—Treparon con cuerdas y garfios pero los «diablos» volvieron a lanzarlos al vacío...

Guardamos silencio. No estaba tan equivocado en mis apreciaciones...

Resultado: tres «bucoles» muertos y dos muy mal heridos... El resto de la partida cargó con los cadáveres y con los maltrechos compañeros y se perdió en las cuevas del Arbel.

—Juraron volver y pasar a cuchillo a esos malditos demonios...

—¿Demonios? —intervino Eliseo sin poder contener los nervios—. ¿Qué demonios?

Sugerí calma. Traté de restar importancia al desmedido interés de mi compañero. Camar, listo como una serpiente, se dio cuenta. Pero disimuló:

—Nadie sabe... Dicen que son dos y que viven en lo alto.

Y añadió con una malévola sonrisa:

—Soplan y arrojan a los intrusos por los acantilados...

—¿Soplan?

—Todos los diablos de plata soplan...

Quedé atónito. No sabía nada de esa leyenda.

—¿Por qué de plata?

—Visten así...

—No comprendo...

El *badawi* me miró con extrañeza. Y preguntó, a su vez:

—¿No habéis oído hablar de los diablos de plata?

Eliseo y yo negamos con la cabeza.

Camar sirvió otra ronda de *raki* y aclaró algo que me sobresaltó.

—Van y vienen. Vuelan. Se convierten en luces. A veces descienden en lo alto del Ravid, y en otros montes, y se les ve caminar... Son altos. Visten como los persas, con trajes brillantes... Son demonios de plata.

«Vestir como los persas» quería decir que utilizaban pantalones.

Y recordé la imagen de las dos figuras que corrían hacia el tren de aterrizaje de la «cuna». Lucían una especie de mono o buzo, como el de los pilotos.

Al parecer no era el primero que veía a esas extrañas criaturas. Y guardé silencio.

Ahora intuía quiénes eran los «diablos de plata»...

Retornamos a Nahum sin novedad.

Eliseo se quedó en la «casa de las flores». En el Ravid le enseñé a administrar la medicación. Las órdenes eran claras y precisas: Si se registraba una nueva crisis debía informarme de inmediato. No importaba en qué momento. Yo acudiría.

Y quien esto escribe continuó hacia Saidan. Hubiera deseado permanecer junto a mi amada, pero no lo habría resistido.

El resto de aquel jueves, 14 de marzo, lo pasé en el palomar. Necesitaba estar solo. Me hallaba más afectado de lo que yo mismo hubiera supuesto. Ruth se hallaba en permanente peligro de muerte, o de invalidez, y no era capaz de solucionarlo, aun sabiendo cómo hacerlo... Eso me destrozó.

No deseaba ver a nadie...

Pasé la noche en vela, intentando llegar a una solución. Podía trasladarla al Ravid y que «Santa Claus» se ocupara... ¿Podía? Sí, pero no debía...

Y algo, en mi interior, fue imponiéndose.

Podía, pero no debía...

En esos momentos estaba equivocado. El Destino de las personas no depende del azar, ni tampoco de nuestras actuaciones u omisiones. Ésa es la creencia general, pero no es cierto. El Destino dispone de sus propios mecanismos y nada es capaz de alterar lo que está diseñado. Pero estas elucubraciones no deben apartarme de los hechos.

La vida continuó, y de qué forma...

Al día siguiente, al incorporarme al astillero de los Zebedeo, en el flanco oriental de Nahum, todo siguió igual. Me extrañó la actitud de Santiago, el hermano de Ruth. No parecía preocupado. Lo entendí, en parte. Él no conocía el verdadero alcance del problema. Tampoco Jesús dio muestras de preocupación. Trabajó alegre, como cada día. Jugó con *Zal* y departió con los compañeros a la hora del almuerzo. Pero yo sabía que Él sabía...

Respecto a la Señora, según mis informaciones, su tristeza no varió.

Y quien esto escribe aprendió a guardar silencio y a no entrometerse. Mi trabajo era observar y tomar buena nota. Así había sido hasta esos momentos, y así debía continuar. No siempre lo conseguí.

Ruth remontó la crisis, aparentemente, y se recuperó. Las noticias proporcionadas por el ingeniero eran alentadoras. Pero la amenaza seguía allí...

Tentado estuve de visitarla. Disponía de la inmejorable excusa de su «enfermedad», pero supe contenerme. No era bueno echar más leña al fuego (sobre todo al que ardía en mi corazón). Tenía que aprender a vivir en la compañía de aquel amor imposible. Como dije, tarde o temprano retornaría a mi «ahora». Ella no moriría nunca, pero desaparecería.

Uno de aquellos días, al llegar al astillero, Eliseo me proporcionó una sorpresa. El ingeniero decidió devolver los antioxidantes. La ingesta del «vino prodigioso» ayudó en la lucha contra los radicales libres, pero hacía tiempo que se había terminado. Tomé el gesto como una aproximación. No fue mucho, pero fue algo... Y la esperanza tocó de nuevo a la puerta. ¡Pobre ingenuo! No supe «leer» entre líneas...

Eliseo, al cruzarme con él en el trabajo, o en las calles de Nahum, preguntaba siempre lo mismo:

—¿Cuando lo entregarás?

Y yo replicaba al más puro estilo de Miguel Ángel:

—¡Cuando lo entregue!

Por supuesto, como dije, no tenía pensamiento de viajar a la zona de Beit Ids. El cilindro se hallaba, sencillamente, perdido.

El resto de marzo —hasta el fatídico viernes, 29— discurrió de la mano de una discreta paz. Sólo la Señora fue la nota discordante. No lograba superar el abatimiento.

El Maestro, si no estaba mal informado, no visitó la «casa de las flores» ni una sola vez. Insisto: Él sabía...

Me recuperé de las heridas y asistí con regularidad a las enseñanzas del Hijo del Hombre. Jesús siguió hablando de Ab-bā y del nuevo «reino», la realidad espiritual a la que estábamos «condenados» (felizmente condenados), pero los «siete» no comprendían. Parecía un trabajo sin futuro.

La mayor parte de las «clases», siempre en el mismo lugar y hora, terminaba en discusión entre los discípulos. «Ese Dios Padre no es vendible...» No les faltaba razón. Muerto Jesús, la primitiva iglesia continuó defendiendo el mismo principio: «Aquel mensaje no era vendible. Los judíos no aceptarían un Yavé así.»

Los ronquidos de Simón Pedro ponían el punto final, indefectiblemente, a la polémica.

Yo asistía absorto, y prendado de la paciencia del Galileo.

En sus manos aparecía el cáliz de metal. Lo acariciaba y lo limpiaba, abstraído.

Tenía que hacerme con la copa y examinarla. Este pensamiento me fue conquistando. Pero ¿cómo hacerlo? Estaba claro que no podía pedirlo prestado... ¿O sí?

Y fue en esos días cuando vi llegar al lago a otros «invitados».

Primero fueron las cigüeñas blancas —majestuosas—, y a cientos. Nunca había visto tantas. Procedían del norte y buscaban el calor del mar de Tiberíades. La *hasidah* o «ave piadosa» se agrupaba en las orillas y, sobre todo, en la jungla de la primera desembocadura del río Jordán. La *Ciconia ciconia* era una bendición. En cuestión de días terminaban con toda clase de ofidios y otros reptiles. Después llegaron sus hermanas, las cigüeñas negras, más tímidas y menos numerosas. Todas eran bienvenidas por los pescadores y cazadores. «Traían viento en sus alas», como escribía el profeta Zacarías (5, 9) y «buena suerte en el pico», según el dicho popular.

Al mismo tiempo que las cigüeñas se presentó en el lago el *maarabit*, el familiar viento del oeste. Siempre era puntual. Se dejaba caer en el *yam* hacia las doce del mediodía y no cesaba hasta la puesta de sol. Llegaba desde el Mediterráneo, siguiendo el valle de Bet Netofa y el desfiladero de Arbel. Se le notaba agotado; soplaba a 10 o 20 kilómetros por hora. Y allí se quedaba, como un vecino más, hasta el mes de *tišri* (septiembre-octubre). ¿Agotado? No es cierto. Más de una vez lo vi enfurecido, provocando tormentas (1).

_____

(1) En el *yam* (mar de Tiberíades) soplaban muchos vientos. De los más notables me iré ocupando a su debido tiempo. Algunos tuvieron protagonismo en la vida pública del Maestro. En líneas generales, el año, en

Cuando el *maarabit* se irritaba, el cielo del *yam* se volvía violeta. Y los hombres, curiosamente, se cargaban de venganzas...

Fue en una de esas jornadas de marzo, al despertar, cuando lo vi por primera vez. No recuerdo el día.

No se asustó.

Y permaneció en el alféizar de la ventana durante un par de minutos.

Tenía el pecho blanco y la espalda azul. Cantaba deliciosamente.

Era, probablemente, un *Parpur moteado*, aunque la gente de Saidan lo confundía con el martín pescador.

Me alegró durante el mes de marzo. Al alba, procedente de no se sabe dónde, llegaba a la ventana del palomar y me despertaba con sus fuertes trinos.

Terminamos siendo amigos.

Al anochecer dejaba unas migas de *keratia* en el citado alféizar y, al amanecer, *Yeda* daba buena cuenta del «chocolate».

---

el *yam*, se dividía en dos épocas: verano e invierno. Los vientos eran distintos. La época estival comprendía desde marzo-abril hasta septiembre-octubre. Entre marzo y octubre, lo normal era que el calor apretase hasta las doce horas (a. m.). A partir del mediodía aparecía el *maarabit* y lo hacía siempre por la franja Arbel-Migdal. Desde allí se desplegaba como un abanico y barría la totalidad del lago. El viento nace en el mar Mediterráneo y necesita, prácticamente, toda la mañana para llegar a Tiberíades. Cuando surge en el *yam*, la temperatura asciende entre tres y siete grados Celsius. También la humedad relativa se reduce (entre un 20 y un 40 por ciento). Todo el mundo lo agradecía. Los campesinos aguardaban la llegada del *maarabit* con impaciencia. Y, de vez en cuando, les veía levantar la vista, intentando descubrir su presencia. En el *yam* había un dicho: «Ya se ve el viento.» Ello obedecía a que, sobre las aguas, poco antes de que surgiera el *maarabit*, aparecía una franja oscura (a veces plateada) que se adentraba en el mar por la zona de Migdal. Era el anuncio del inminente viento. Al cruzar el lago, el *maarabit* se enfriaba y hacía menos rigurosa la vida de las gentes de la orilla oriental. Poco a poco, conforme se agota el verano, el viento retrasa su llegada al *yam*. Para septiembre-octubre lo hace a la hora nona (tres de la tarde). En general, la velocidad del viento oscilaba alrededor de los 10 o 20 kilómetros a la hora. Sin embargo, en ocasiones, el *maarabit* se enfurecía y superaba los 60 y 70 km/h. Eso significaba una tempestad en toda regla. Y los pescadores buscaban refugio de inmediato. Las tormentas provocadas por el *maarabit* causaban numerosos naufragios y decenas de víctimas a lo largo del año. Y no era el viento más temido... *(N. del m.)*

435

Le llamé *Yeda*, por la compañía (1).

Fue una de las alegrías de este explorador...

Y se presentó también un intenso olor a pescado, típico del *yam* en los meses de marzo y abril. En esas fechas, como creo haber mencionado, el mar de Tiberíades perdía la transparencia y se tornaba de color canela. El fenómeno tenía origen en la proliferación de las algas llamadas *Peridinium westii*, un ejemplar esférico protozoario, del grupo de las *pirofitas* («brillantes»). En enero se multiplicaba con gran rapidez, llegando a 3.300 unidades por centímetro cúbico en los citados marzo y abril. Y el *yam* se transformaba en un «cuenco de sopa»; una «sopa» marrón, espesa y con un penetrante olor a pescado (más exactamente a marisco). Me encantaba aquel perfume...

Con el amanecer, la *peridinium* subía a la superficie y ocupaba hasta cuatro metros de espesor. Al atardecer regresaba a las profundidades, a cosa de siete metros. Hacia junio, con el aumento de la temperatura, la *peridinium* moría y el *yam* recuperaba la transparencia.

Y, con la aparición de estas algas, el lago hervía de vida. Era la señal. Y los habitantes del *yam* veían arribar a miles de aves. La *peridinium* atraía a los bancos de tilapias y éstas, a su vez, a miles de gaviotas y garzas púrpuras, entre otras especies. Las odiadas «gaviotas de los lagos» eran las más numerosas. Calculé más de 10.000. Estaban en todas partes, así como sus hermanas, las «negras» y las «plateadas». Acompañaban a los barcos, lo ensuciaban todo, se colaban en las viviendas y robaban cuanto pillaban. Eran escandalosas y carroñeras. Las odiaba, como le sucedía a *Zal*...

Las garzas, en cambio, se comportaban discretamente. Se mantenían en las orillas del Jordán y allí pescaban, inmóviles como estatuas. Los pescadores las tenían en mucho aprecio y las contemplaban sin cesar. Si la garza inclinaba la cabeza sobre el pecho, no fallaba: al poco se registraba una tempestad. Eran el mejor aviso.

Muchos de los habitantes del *yam* practicaban el «deporte» de la caza de la gaviota. Utilizaban todo tipo de trampas, redes e, incluso, veneno. Pero también había defensores.

(1) *Yeda*, en arameo, significa «dar gracias». *(N. del m.)*

Éstos opinaban que eran la reencarnación de los pescado-res. Más de una vez, la caza de las carroñeras terminaba a palos y a pedradas entre los vecinos...

Y fue en uno de aquellos plácidos y sosegados días del mes de *nisán* (marzo-abril), del año 26 de nuestra era, cuan-do volvió a suceder...

Caí de nuevo en la tentación.

Me explico.

Andaba yo ese atardecer acodado en la ventana del palo-mar, contemplando al Maestro. Se aseaba en las aguas del *yam*, como cada día. Y, de pronto, me vi asaltado por un pensamiento terco e incómodo.

«¿Por qué no echas un vistazo a su cuarto?»

El palomar del Maestro se hallaba pared con pared con el mío. Sólo tenía que cruzar el breve voladizo que los unía, empujar la puerta, y mirar. No tenía por qué tocar nada. Él no lo notaría. ¿O sí?

El pensamiento se convirtió en algo obsesivo.

¿Qué me pasaba?

Aquello no era correcto. No debía entrar en la habita-ción de nadie...

El Galileo continuaba bañándose en las tibias aguas del lago.

Al principio resistí.

«No lo haría... Otra vez no.»

Y recordé lo sucedido en Beit Ids. Desanudé el saco de viaje del Maestro, con idénticas intenciones: curiosear en el interior.

En aquella ocasión aguanté. Y Él, poco después, como si hubiera adivinado mis pensamientos, fue a mostrar el con-tenido del petate.

«No debo...»

Pero el maldito pensamiento se fue enroscando en quien esto escribe y empezó a asfixiarme.

«Nadie tiene por qué saberlo...»

El Galileo empezó a enjabonarse. Tenía tiempo.

«Sólo una mirada...»

Tragué saliva y abandoné la ventana.

Era una fuerza superior a mí. Me empujaba. Me obligaba...

Salí al exterior. No vi a nadie en el patio de atrás. Era el momento.

Y me deslicé como una comadreja (lo que era) por el referido voladizo.

Me situé frente a la puerta de la habitación y volví a mirar hacia el patio a cielo abierto. Me hallaba solo.

Empujé la hoja y opuso cierta resistencia. Los goznes (traidores) chirriaron y con razón.

Creo que palidecí.

Esperé unos segundos.

El silencio regresó y aquel pensamiento bastardo siguió apretando.

«Sólo una mirada...»

¿Cuál era el objetivo de semejante intromisión? Yo no lo sabía, pero el Destino lo tenía todo calculado...

Jesús jamás cerraba las puertas. De la misma manera que nunca lo vi asomado a un espejo, tampoco se preocupaba de echar la llave a sus aposentos. Ni allí ni en ninguna otra parte.

Era el ser más confiado que he conocido.

Noté el bombeo del corazón.

Aquello no estaba bien... Aquél no era el explorador prudente y discreto que creía conocer...

Pero hice caso omiso a mi lado bueno y penetré en el cuarto.

Cerré la puerta y los goznes alzaron nuevamente la voz, alertando a propios y extraños. ¡Traidores! Pero nadie se percató.

La habitación era casi gemela a la mía. Se trataba de otro palomar, algo más amplio, con las paredes enlucidas con yeso, y una única ventana, asomada al patio de atrás. Yo tenía mejores vistas.

La cama era idéntica, y también el arcón de madera.

La alfombra era diferente. La de la habitación del Galileo, trabajada en cuero de vaca, era suave al tacto.

El corazón, a pleno rendimiento, seguía avisando.

«Esto no es correcto...»

Me llamó la atención la limpieza y el orden.

Detrás de la puerta, en sendos colgadores de hierro, distinguí la túnica roja, el ropón habitual (color vino) y el saco de viaje, prácticamente desinflado.

La cama estaba hecha con mimo.

Y allí surgió la primera sorpresa. La almohada no era

como la mía, o como la de todos. Se trataba de una piedra cilíndrica, verde, perfectamente pulida, y con una zona rebajada. Allí, se suponía, tenía que descansar la cabeza. No supe qué roca era.

Me acerqué y toqué la «almohada», incrédulo. No sabía de esta peculiar costumbre del Galileo. Jamás había visto el cilindro en cuestión. Era largo, y estrecho, de unos 40 centímetros de longitud. Pesaría cerca de cinco kilos.

Y permanecí pensativo.

¡Qué cabezal tan extraño!

Sobre el arcón aparecía buena parte de los útiles de aseo que contemplé en la cueva de Beit Ids (1). Nada nuevo. En un cestillo descubrí el familiar frasco de vidrio, al que llamaban *foliatum*, y que contenía el *kimah*, el apreciado perfume que utilizaba diariamente, y siempre en la barba (2).

Muy cerca, también sobre el arcón, se hallaba la bolsa azul en la que guardaba el misterioso cáliz de metal. No me atreví a abrirla.

El corazón seguía agitado.

Tenía que regresar a mi habitación...

Él podía presentarse en cualquier momento. Y, si entraba, ¿qué hacía? Sobre todo, ¿qué decía?

A punto estaba de abandonar el recinto cuando reparé en un pequeño jarrón de arcilla.

Descansaba en un extremo del arcón.

(1) Generalmente, en su aseo diario, Jesús de Nazaret utilizaba una esponja y una pastilla de *borit*, el «jabón» más común en aquel tiempo, fabricado con cenizas, potasio, romero y orégano, entre otras plantas aromáticas. También empleaba una pequeña lima para las uñas y un polvo de anís, mezclado con pimienta olorosa, que hacía las veces de «dentífrico». Se disolvía en agua y se mantenía en la boca durante un par de minutos. A esto había que añadir un peine de madera, de doble uso, con púas abiertas para desenredar y otras, cerradas, para peinar, propiamente dicho. La barba y el cabello eran cortados con una navaja, con mango de hueso. Una vez por semana lo lavaba y protegía con aceites esenciales. *(N. del m.)*

(2) El *foliatum* era un vidrio opaco, inventado por los fenicios. La tonalidad azul del recipiente proporcionaba protección contra la luz ultravioleta, asegurando la conservación de los aceites esenciales y de los perfumes. El *kimah* fue un regalo de Yu. Procedía de un lugar llamado Timná, en el reino arábigo de Qataban, en la ruta del incienso. *Kimah* podría ser traducido como «Pléyades». Lo elaboraban con seis aceites. *(N. del m.)*

Me aproximé con curiosidad.

¡Qué raro!

Jesús no era una persona que se entretuviera en cortar flores. Yo, al menos, nunca le vi...

Desde la boca del jarrón me miraba una rosa roja, muy cerrada. Eso significaba que no llevaba mucho tiempo cortada.

La observé, perplejo.

No era una «vered», como las que florecían en el valle del Jordán, o en los jardines de Jericó, cantadas por el Eclesiastés.

Era más bella.

Lo asombroso es que los pétalos exteriores (sólo los exteriores) eran de color violáceo. ¿Una rosa roja y violeta al mismo tiempo? No recordaba haber estudiado nada parecido.

Tenía cierta semejanza con las que llamaban rosas de «fenicia», pero no era lo mismo.

El rojo era muy sensual, como el de las rosas de «Castilla».

Nos miramos una última vez y, en eso, mi corazón casi se detuvo.

Escuché pasos. Alguien subía por los peldaños adosados al muro de los establos. Se dirigía a los palomares. Era el único acceso.

Pensé en el Maestro.

¿Qué hacía?

Traté de conservar la calma. Imposible.

Y el corazón se alejó, al galope.

Pensé en saltar por la ventana.

Negativo.

El que llegaba me hubiera visto de inmediato...

Recorrí la habitación con la mirada y con ansiedad.

¿Dónde me ocultaba?

¿Debajo del catre?

Podía ser...

Y empecé a sudar, de puro terror.

Si era Jesús le diría... No, eso era ridículo... Entonces...

Negativo. Negativo. Negativo.

Y los pasos sonaron en el voladizo de madera. Los tablones crujieron.

Sólo se me ocurrió sentarme en la cama.

Me levanté de nuevo y me hice con la bolsa azul. La abrí y extraje el cáliz.

Ésa sería la excusa (?).

«Lo siento, Señor —ensayé—. Quería ver el cáliz de nuevo...»

Eso le diría.

Supongo que estaba pálido. La copa temblaba en mis dedos. Imagino que se hallaba tan asustada como este torpe explorador.

¿Temblaba el cáliz o temblaba quien esto escribe? No lo recuerdo... Quizá ambos.

Pero los pasos se dirigieron a mi habitación.

El corazón regresó, perplejo.

Oí la puerta. Después, nada.

Seguía sudando.

No era el Maestro.

Traté de oír. ¿Quién era? ¿Quizá Salomé? Si me descubría no tenía excusa.

Noté los agitados latidos del corazón. El pobre no ganaba para sustos...

Segundos después volví a oír el chirriar de la puerta. Y los pasos se alejaron, con prisas. Sentí un profundo alivio cuando escuché cómo descendía los peldaños.

Había escapado, por los pelos.

Pero cometí un nuevo error...

Cerré la puerta y, angustiado, tras asegurarme de que nadie observaba, me dirigí a mi palomar.

«Aquella situación no debía repetirse —me dije (mejor dicho, me grité)—. Jugaba con fuego, innecesariamente.»

Corrí a la ventana.

Jesús había recogido sus cosas y caminaba, despacio, hacia las escaleras que comunicaban el caserón con la playa.

Respiré.

Pero, de pronto, me vino a la mente la imagen de la bolsa azul.

¡Mierda!

La dejé sobre la cama y no sobre el arcón.

Me armé de valor y regresé a la habitación del Galileo.

En efecto. Allí estaba la dichosa bolsa, dormida sobre la cama.

La devolví a su lugar y, en esos momentos, volví a dudar: ¿dónde la había hallado? ¿A la derecha o a la izquierda del arcón?

No tenía tiempo.

Y allí se quedó, en un extremo, junto a la no menos perpleja rosa.

Deshice lo andado y me encerré de nuevo en mi habitación. Al poco sentí los pasos del Hijo del Hombre.

Un nudo en la garganta me obligaba a respirar agitadamente.

«Nunca más...»

Y lo juré por lo más sagrado. Lo juré por Ruth.

¡Mi querida Ma'ch!

Y otro pensamiento, no menos cruel, se coló en mi mente:

«¿Descubriría el Maestro que alguien había entrado en su habitación?»

Me negué a recibir aquella idea. Sólo toqué la bolsa azul...

«Nunca más...»

Me hallaba tan indignado conmigo mismo, y tan asustado, que ni me preocupé del reciente y anónimo visitante. No inspeccioné el cuarto. ¿Quién había entrado y por qué? Y al poco, necesitado de aire y de paz, descendí a la playa y caminé y caminé, sin rumbo.

«Nunca más...»

Las gaviotas pagaron mi torpeza. Y durante más de una hora me dediqué a tirarles piedras, y toda mi rabia.

No cené.

No me sentí con valor para presentarme en la «tercera casa» y asistir a la habitual «clase» del Hijo del Hombre.

Y allí permanecí, junto a las infantiles y tímidas olas del *yam*.

Lo sé. Las estrellas se burlaron de este pobre y cotilla explorador...

Hubo momentos buenos y malos en la operación. Aquél fue especialmente tenso.

Bien entrada la noche, algo más sereno, me retiré al palomar. El viejo caserón dormía en silencio. Todos regresaron a sus casas y a sus sueños.

Y amaneció aquel viernes, 29 de *nisán* (marzo-abril) del año 26 de nuestra era. Los relojes de la «cuna» apuntaron el orto solar a las 5 horas, 29 minutos y 35 segundos de un supuesto TU.

29 de marzo...

Una fecha para el olvido. Cuán cierto es que las desgracias llegan por oleadas...

Yeda, el falso martín pescador, no se presentó esa mañana en la ventana del palomar. Fue un presagio.

Aparentemente, todo discurrió con normalidad. El trabajo en el astillero se desarrolló sin incidentes. Supuestamente, Jesús no se percató de mi atrevimiento al visitar su habitación. Supuestamente...

Hacia la décima (cuatro de la tarde), cuando la jornada se dirigía hacia la puesta de sol, noté cierto revuelo entre los obreros. Algunos abandonaron sus quehaceres y empezaron a gritar. Yo me hallaba en esos momentos en el cobertizo de los barnices, atareado en la mezcla de pinturas. Necesité algunos segundos para descubrir aquel horror...

Alertado por los gritos terminé saliendo del cobertizo y descubrí, atónito, una columna de humo que se alzaba en el centro de Nahum.

Era un humo negro y espeso que caracoleaba en el aire.

Al poco, el *maarabit*, el viento del oeste, empezó a tumbar la columna. Las cenizas no tardaron en barrer el astillero. Las contemplé, desconcertado. Eran de color gris. Parecían restos de madera...

Entonces vimos cómo los trabajadores del muelle corrían en dirección al pueblo.

Nos miramos unos a otros, sin comprender.

¿Qué sucedía?

Y el trabajo quedó paralizado.

Oímos gritos. Eran lejanos. Procedían del centro de la población.

Tuve un presentimiento.

Jesús también detuvo el martilleo. Y *Zal* permaneció al lado del Maestro, con la vista fija en la columna de humo.

Fueron segundos interminables.

Nadie se decidía. Nadie sabía qué hacer.

Finalmente, Yu tomó la iniciativa y envió a dos de los operarios para que se informasen.

Miré a Eliseo y el ingeniero me devolvió la mirada. Ambos —ahora lo sé— pensamos lo mismo.

Y esperamos con inquietud.

Quizá perdimos unos segundos preciosos. Quién sabe... El Destino lo tenía todo bajo control.

Aunque hubiéramos corrido hacia la columna de humo negro, habría sido un esfuerzo inútil. Pero trataré de proceder con orden.

Al poco los vimos regresar.

El corazón me dio un vuelco: Kesil, el sirviente, llegó con los operarios.

Las cuadrillas se arremolinaron alrededor de los sofocados enviados. Yu tuvo que poner orden.

Eliseo y quien esto escribe nos echamos encima de Kesil.

¿Qué ocurría? ¿Qué pintaba el criado en todo aquello? ¿Por qué estaba allí?

Kesil jadeaba y lloraba. Le costaba expresarse. Tenía el rostro cubierto de hollín.

El ingeniero trató de tranquilizarlo. Le proporcionó agua. Kesil era incapaz de articular palabra. Gemía y señalaba hacia Nahum.

Oímos comentarios. Los trabajadores enviados por Yu hablaban de un gran fuego, un incendio. Y creí escuchar que el desastre estaba localizado en la *insula* de Taqa...

Eliseo y yo volvimos a mirarnos, desconcertados.

Taqa era nuestro casero, el viejo judío que administraba la *insula* en la que habíamos alquilado las habitaciones.

¿Ardía nuestra *insula*?

El ingeniero apremió a Kesil y éste, como pudo, dijo que sí: «El edificio ardía por los cuatro costados...»

Palidecimos.

Y añadió, entre sollozos:

—Todos huyen... He intentado salvar lo nuestro, pero...

La angustia lo derrotó.

Eliseo y yo tuvimos la misma reacción.

No había tiempo que perder.

Saltamos el foso y corrimos por el muelle, en dirección al edificio de la *insula*.

Por el camino pensé en los papiros, en los *amphitheatrica*. Kesil los ocultó bajo la triple litera de madera, en la habitación «39».

Y volvió aquel presentimiento...

Es curioso. Ambos corríamos, pero nuestros impulsos eran diferentes...

Y al alcanzar las proximidades del edificio, en el *cardo maximus* (calle principal), la gente nos bloqueó. Aquello era un caos. Los vecinos corrían, gritaban y se atropellaban los unos a los otros; todo el mundo gemía y se lamentaba...

La *insula* ardía, sí, pero no como decían. Grandes llamaradas escapaban por las ventanas de la tercera y última planta, así como por la terraza. Y un humo espeso y negro huía también con el fuego. Las calles, y las casas colindantes, se hallaban cubiertas con aquella ceniza gris, traída y llevada por el *maarabit*. El viento, inoportuno, avivaba el fuego. Lo oía crepitar y devorar el maderamen. Como se recordará, la parte superior del edificio estaba en obras. Cuando alquilamos las habitaciones (la «39», la «40» y la «41»), la fachada aparecía cubierta por un endeble andamiaje, trenzado con tablas y pértigas (1). Todo era pasto de las llamas.

Quedé paralizado.

El fuego, en grandes lenguas, se asomaba por las ventanas de la «41», la habitación que hacía esquina, y desde la que vigilábamos el «ojo del cíclope» y la «casa de las flores». Ésta, algo más al sur, se hallaba fuera del alcance del incendio.

Y Eliseo, como pudo, se abrió paso a codazos. Lo seguí, sin pensar.

El gentío huía en todas direcciones. Vi a vecinos que cargaban toda suerte de enseres y que escapaban de los inmuebles próximos.

No había orden ni concierto.

Nahum disponía de una unidad de *vigiles*, algo similar al cuerpo de bomberos, creada cuatro años atrás, por orden del emperador Augusto. La base no se hallaba muy lejos, pero todavía no habían dado señales de vida.

(1)   Las paredes de las *insulae*, como expliqué, eran levantadas, básicamente, con un armazón de madera en el que arrojaban piedras y argamasa. Los bajos del edificio lo formaban las *tabernae* (pequeñas tiendas en las que se vendía de todo). En las mismas se acumulaba gran cantidad de leña, aceite y otros materiales inflamables, como lana, paja e, incluso, alquitrán. *(N. del m.)*

Caí un par de veces, empujado por los aterrorizados vecinos, y también por la desesperación. El fuego amenazaba las casas cercanas y la gente intentaba salvar lo poco que tenía. Las losas del suelo se hallaban cubiertas de cerámica rota, vestidos, gallinas pisoteadas, muebles destrozados y cántaras vertidas.

Mi compañero logró atravesar la muralla humana y colocarse en primera fila. Percibí el calor del incendio. Al pie del edificio, la lluvia de ceniza y pavesas era continua.

Vi salir de la *insula* a dos o tres familias. Habitaban también en la planta superior. Una de ellas era la del joven Minjá, el epiléptico que conocí en los bosques de la alta Galilea. Residía en la «46».

Eliseo preguntó si quedaba alguien en el edificio.

La familia de Minjá no supo responder. Y huyeron...

En esos momentos de aturdimiento no capté las intenciones del ingeniero.

El fuego, incontenible, seguía avanzando. No encontraba oposición. Al contrario...

Algunos vecinos, más animosos, habían organizado una cadena humana y hacían volar toda clase de cubos y recipientes. Pero el agua terminaba medio derramándose por el camino. Además, al llegar al pie del inmueble, nadie sabía qué hacer con los cubos. Lanzaban el agua en la puerta de entrada de la *insula* cuando, en realidad, las llamas se hallaban en lo alto.

Lo dicho: el caos...

Taqa, el casero, se hallaba también en primera línea. Chillaba, lloraba y se mesaba los cabellos. Pateaba el suelo con rabia y hacía sonar una bolsa con monedas, animando a los vecinos a que sofocaran el fuego. Nadie veía ni escuchaba. Y gritaba sin cesar:

—¡Es la ruina, es la ruina...!

No era sólo la «41» la que ardía sin piedad. Las llamas se empujaban unas a otras e hicieron presa en las restantes habitaciones. También la «40» y la «39», y las del resto del pasillo de la tercera planta, habían sucumbido. ¡Adiós a mi «tesoro»! Lo di por perdido. No me equivoqué. Los papiros en los que logré reunir la información sobre los viajes secretos del Maestro (desde marzo del año 22 a julio del 25) se convirtieron en ceniza...

Y un humo negro, no menos agresivo, empezó a dar la cara en la planta baja de la *insula*. Los de la cadena humana retrocedieron.

Nadie se atrevía a penetrar en el edificio. Era peligroso.

Y los vecinos de las casas colindantes, alertados, empezaron a arrojar fardos, muebles e, incluso, niños, por las ventanas de dichas *insulae*. Otros colocaron colchones en el pavimento y recogían a las criaturas.

El calor se hizo más intenso. Casi sofocante.

Y en eso, también a codazos y empellones, vimos aparecer a Kesil y a Gozo, la prostituta que vivía en la habitación «44», la madre de los trillizos, los niños «luna».

Kesil, aterrorizado, seguía sin poder hablar.

Gozo se hallaba pálida. El maquillaje corría por las mejillas.

La pobre mujer tampoco lograba expresarse. La noticia del incendio la sorprendió en el muelle, en pleno «trabajo».

Como el resto, no daba crédito a lo que veía.

Y, de pronto, estalló:

—¡Mis hijos...!

Eliseo y yo comprendimos.

¡Oh, Dios!

Pregunté por los trillizos, pero Gozo no supo responder. Los había dejado en la «44», como todos los días. Los albinos, como ya expliqué en su momento, sufrían fotofobia (intolerancia a la luz), quizá por razones oculares o neurológicas. La madre era una «burrita». Emigró desde la isla de Melita. No llevaba mucho en Nahum. Trabajaba en los muelles y los niños «luna» permanecían solos en la habitación de la *insula*. Eliseo solía acompañarlos en la noche. La fotofobia los obligaba a permanecer encerrados, al menos durante el día. Por eso los llamaban niños «luna».

Tuvimos el mismo pensamiento, pero mi hermano se adelantó.

Rasgó los bajos de la túnica, introdujo la tela en uno de los cubos y empapó el lienzo en agua.

Traté de gritar y de convencerle de que lo que pretendía era una locura.

No me oyó.

Y quien esto escribe se quedó con la palabra en la boca:

—¡No podemos!... ¡Está prohibido!

Sí, verdaderamente, era un perfecto estúpido...

Y, aunque la Operación Caballo de Troya prohibía una acción de esa naturaleza, este explorador terminó contagiado e imité a Eliseo.

Rompí la túnica, la empapé en agua y corrí hacia la entrada de la *insula*.

No sé si Kesil gritó algo.

Alcancé a mi compañero y, entre el humo y los reflejos de las llamas, ascendimos a la tercera planta. Allí fue necesario cubrirse el rostro con los lienzos húmedos. El humo era asfixiante. Y el calor se hizo insoportable.

Traté de distinguir algo. El pasillo de la referida tercera planta era puro fuego. Las llamas, altas como torres, nos vieron. Y se apresuraron a devorarnos. Corrían (volaban) hacia nosotros.

Allí no había nadie. ¿Quién podía sobrevivir en aquel infierno?

Y, de pronto, oímos gritos. Eran alaridos de terror...

Eliseo clamó:

—¡Los niños!... ¡Los niños están ahí!

La sangre se heló en mi corazón. ¿Cómo era posible? Aquello era un mar de fuego. Todo ardía. Olía a madera y a pintura derretidas. El humo se introducía por los poros...

No sé de dónde sacó fuerzas, pero el ingeniero se lanzó entre las llamas.

Yo tampoco lo pensé y me fui tras él...

¿Qué estábamos haciendo? ¿Era nuestro fin? No sé... En esos momentos no pensaba.

Y los alaridos cesaron.

Eliseo se situó frente a la «44» y, rodeado por el fuego, la emprendió a puntapiés con lo que quedaba de la hoja. La puerta saltó en pedazos.

En eso, antes de que acertáramos a reaccionar, otra lengua de fuego saltó desde la habitación y cayó sobre mi compañero, derribándolo.

Tampoco sé cómo lo hice. Tiré de él, lo arrastré con todas mis fuerzas y llegué a las escaleras. Allí me quité la túnica y golpeé con ella el cuerpo del ingeniero, apagando las llamas que habían prendido en la ropa.

Vi aparecer a Kesil. Portaba un cubo con agua. Lo vació sobre Eliseo y terminó de sofocar el fuego.

Huimos atropelladamente. Kesil y yo con sendos ataques de tos. Creí morir.

Alcanzamos el *cardo maximus* y caímos en el pavimento, exhaustos.

Pero lo peor estaba por llegar, al menos para este explorador...

El humo continuaba escapando, a borbotones, tanto por las ventanas y fachada como por la puerta de la *insula*. No daba tregua.

Eliseo se hallaba medio inconsciente. Kesil, entre lágrimas, limpió su rostro y le proporcionó agua.

Al poco se recuperó. Y volvió a preguntar por los trillizos.

Guardé silencio.

El ingeniero supo que habían muerto. Ninguno de los tres acertamos a hablar. Los niños «luna» perecieron, calcinados, y nosotros no pudimos hacer nada por ayudarles. Llegamos tarde. Fue su Destino.

Y en eso, entre el gentío que contemplaba el incendio a distancia, se destacó alguien.

Me puse en pie, nervioso.

¡Era Ruth!

Detrás apareció Santiago, su hermano.

Ruth corrió hacia nosotros.

Y la vi aproximarse con los brazos abiertos.

Sentí cómo el corazón latía con fuerza.

¡Era ella!

¡Estaba allí! ¡Corría a recibirme! ¡Me amaba!

No imaginé que aquella catástrofe tuviera también su lado bueno...

Corrió, ansiosa.

Y yo abrí los brazos, dispuesto a recibirla.

¡Cuánto la amaba!

Ella, al fin, había comprendido...

No la dejaría jamás. Sería el amor de mi vida (todavía lo es). Renunciaría a la misión si era preciso. No regresaría a mi tiempo. Ella lo era todo...

Pero, al llegar a mi altura, la pelirroja se lanzó sobre el ingeniero, y lo abrazó, y lo acarició, y lo llenó de besos...

¡Oh, Dios!

Me quedé en pie, con los brazos abiertos.

Entonces sentí algo que jamás había experimentado. Fue como si el universo se desmoronase.

Ruth lloraba, abrazada a Eliseo. Kesil también lloraba.

Santiago se acercó y preguntó algo sobre el incendio, pero no recuerdo; no presté atención...

El universo era un montón de ruinas, exactamente igual que este explorador.

Todo dejó de tener sentido.

Lo que no sucedió en el interior de la *insula* acababa de ocurrir... Estaba muerto, como los niños «luna».

Ella no me amaba...

Y Ruth, ayudada por Kesil y por Santiago, levantó a mi compañero, y se alejaron.

No me amaba...

Me dejé caer en el suelo del *cardo*. Necesitaba llorar, pero no tenía lágrimas.

Todo, a mi alrededor, carecía de sentido. El incendio seguía allí, a mi espalda, pero no me preocupó. Veía pero no veía. Llegaron los *redas*, con los *vigiles*, pero tampoco me importó. Oía pero no oía.

El mundo se movía, pero no era cierto. Nada importaba. ¿Me amaba...?

No sé cuánto tiempo pasé en aquel lugar. Estaba verdaderamente muerto...

Ella no me amaba...

Sé que, de pronto, alguien me cubrió con una manta y echó su brazo sobre mis hombros. Entonces caminamos, pero tampoco me importó.

Atrás quedó la *insula*, y el caos...

Ese alguien no habló. Siguió acompañándome, siempre con el brazo sobre aquel «muerto que caminaba».

Embarcamos y creo recordar (vagamente) que cruzamos el *yam*.

Ni siquiera le miré.

Desembarcamos y me llevó al interior del caserón de los Zebedeo.

Oí gritos...

Salomé y Abril lavaron mis quemaduras, y me proporcionaron algún tipo de bálsamo. Todo esto lo supe mucho después...

Ruth había elegido a Eliseo...

Y ese alguien, por último, me proporcionó una copa de vino caliente. Salomé, sabiamente, añadió unas gotas de aspérula olorosa, un sedante.

Yo seguía muerto.

Y el Maestro —Él fue quien me encontró y me condujo a Saidan— aconsejó que me retirara a descansar. Me acompañó hasta el palomar y me ayudó a acostarme.

Entonces, al retirarse, comentó:

—Ahora descansa, *mal'ak*... Mañana deja que el Padre te guíe... Después regresa e infórmame...

No comprendí.

Y, a punto de cerrar la puerta, añadió:

—... Cuando vuelvas a Saidan recuérdame que tengo algo para ti...

Fue extraño. No oía, no veía ni sentía, pero aquellas palabras quedaron grabadas en la memoria.

Nunca lo entendí.

Después, silencio. El sueño se apresuró a salvarme.

Ella no me amaba...

Fue mi último pensamiento en aquel nefasto viernes, 29 de marzo del año 26 de nuestra era. Una fecha para el olvido...

Al día siguiente, sábado, 30 de marzo, *Yeda* me despertó con sus trinos.

Necesité tiempo para ubicarme.

No recordaba bien...

Y, de pronto, en tropel, volvieron las imágenes del incendio, del pasillo en llamas, de los alaridos, de la «44»...

Me hallaba perplejo.

El sueño que este explorador tuvo en Nazaret, la noche en la que el Maestro quemó sus pinturas y destrozó las estatuillas de barro, acababa de cumplirse, en parte.

Era de locos...

Los niños «luna», en efecto, murieron en la *ínsula*. En la ensoñación los vi, calcinados. Mejor dicho, primero los vi vivos, de la mano del hombre de la sonrisa encantadora. Iban saliendo uno tras otro. Después, al ingresar en el cuarto, hallamos los cadáveres.

¿Cómo entender aquel galimatías?

Algún tiempo después, cuando sucedió lo que sucedió, Eliseo apuntó una posible explicación: lo que vi en el «sueño» no fueron los trillizos, exactamente, sino sus almas. Me costó creer una cosa así aunque el Hijo del Hombre había hablado, en varias ocasiones, sobre el asunto de la vida después de la vida.

Yo era un científico... Y añado: un científico «miope».

Me asombré. La escena en la que Eliseo derriba la puerta de la habitación de Gozo y sus hijos me resultaba familiar. Y recordé que el 19 de octubre del año anterior (25), mi compañero y yo, en efecto, vivimos una situación parecida: oímos lamentos y vimos fuego por las rendijas de la puerta. Eliseo terminó tumbando la hoja de una patada...

¿Cómo era posible?

Pero la ensoñación —o lo que fuera— sólo se cumplió en parte. El final de la misma había sucedido y no había sucedido. Me explico: los papiros resultaron destruidos, sí, tal y como reflejaba el sueño, pero, en la realidad, no acerté a verlos, ni a recogerlos del suelo. En la ensoñación, como se recordará, quien esto escribe se hacía con uno de los trocitos de papiro y leía, en arameo: «Vivirás lo no vivido.»

Quedé igualmente confuso.

Y recordé otra enigmática frase del Maestro, en la que sugería que «buscara la perla del sueño».

Creí entender. En casi todas las ensoñaciones existe un «mensaje». ¿Un «mensaje» de los Dioses?

Yeda me devolvió a la cruda realidad.

Ella no me amaba...

Miré a mi alrededor y descubrí que, efectivamente, el universo se había desplomado.

Y las imágenes, que esperaban impacientes a la puerta de la memoria, entraron y me derribaron.

Fuego. Humo. Alaridos de terror. Eliseo en llamas. Kesil. Y, finalmente, Ruth, con los brazos abiertos, corriendo al encuentro de Eliseo. Ella lo abrazó, y lo besó...

Entonces sí. Entonces acudieron las lágrimas y me aliviaron.

¡Qué destructora sensación de fracaso!

No tengo palabras.

El sentimiento de frustración fue tan intenso que no pude mover un músculo y, mucho menos, los del alma.

No estaba muerto, pero lo estaba...

Los niños «luna» habían desaparecido. Mi «tesoro» se convirtió en humo. Mi amor también se calcinó...

¿Qué más podía suceder?

Sí, faltaba algo. Faltaba un pequeño «detalle»...

Y las lágrimas fluyeron.

Fue un llanto silencioso y amargo.

Y *Yeda*, asustado, remontó el vuelo. No volvería a verlo.

No tardé en decidirlo. Fue otro error, lo sé, pero así es la vida.

Ni me preocupé de las quemaduras.

Me vestí, hice el petate, tomé la vara, y me despedí de Salomé. Sólo de ella. El resto dormía.

La mujer tampoco entendió. Empezaba a acostumbrarse a mis súbitas desapariciones. No sé si dije que regresaría. En realidad no recuerdo de qué hablamos. Mi pensamiento estaba en otra parte.

Nada me importaba. Ni siquiera Él...

Mi idea, simplemente, era...

Pero mejor será que vaya paso a paso.

Primero visité la «casa de las flores». Quería ver a Ruth por última vez... Deseaba mirarla a los ojos y comprobar que no me amaba.

Era sábado, como dije. Casi todos se hallaban en la casa.

Santiago y Esta me acogieron con alegría. Sabían de nuestro intento por salvar a los trillizos. Me ofrecieron leche caliente y miel. Y me asombró la frialdad con la que me movía. Hablé con ellos y me interesé por el ingeniero.

Me acompañaron al cuarto de la Señora. Eliseo se hallaba en la cama de Ruth. La pelirroja permanecía a su lado, sentada.

Pareció sorprendida al verme pero, de inmediato, se retiró de la estancia. No acerté a cruzar una mirada con ella. La penumbra me traicionó.

Y, por puro compromiso, fui a examinar a Eliseo. Santiago y Esta permanecían al pie de la cama, atentos.

El ingeniero casi no abrió la boca. Comprobé que se hallaba muy afectado por la muerte de los niños «luna».

Y me dejó hacer.

Las quemaduras eran poco complicadas. Había sido

todo más aparatoso que grave. Sinceramente, me sorprendió. Se trataba de quemaduras de primer grado (algo más que las provocadas por una insolación) que no requerían de una quimioterapia tópica. Con un tratamiento mínimamente saludable cicatrizarían en breve.

El pulso era estable. Tampoco tenía fiebre.

Esta me informó sobre los bálsamos que habían empezado a aplicarle: una mezcla de árnica (muy propia para una mejor cicatrización), clemátide y ajo (de especial poder contra las infecciones).

Recomendé que limpiaran las quemaduras dos o tres veces al día y que siguieran con la pócima, a la que llamaban *rehas* («confiar»). Nunca supe por qué.

De la Señora, ni rastro.

No pregunté. No me interesaba.

Al poco, sin más comentarios, abandoné la «casa de las flores».

A Kesil tampoco acerté a verlo.

Pasé frente a la *insula*; mejor dicho, frente a los restos humeantes...

No sentí nada.

Y me alejé a buen paso, hacia la triple puerta de Nahum. Deseaba llegar al Ravid lo antes posible.

Estaba decidido. Aquella idea me conquistó. Era la solución. Eso pensaba en esos amargos momentos...

Por supuesto, como dije, me hallaba total y absolutamente equivocado, pero también es bueno reflejar los errores. Todo fue intenso en aquella increíble aventura...

Y debo adelantarlo: cuán cierto es que Dios escribe recto con renglones torcidos...

No recordaba haber cubierto el camino hasta el «portaaviones» en tan poco tiempo: apenas tres horas.

Y alcancé la «cuna» sin novedad.

Ni me asomé al precipicio. Me daba igual que los «bucoles» se hubieran presentado nuevamente. Sólo deseaba terminar con aquella tortura...

Sí, ése era el objetivo: morir...

No deseaba vivir; no en esas circunstancias. Ruth lo era todo para mí. ¿Qué sentido tenía la vida sin ella?

Lo decidí.

Pondría fin a mi existencia. Y lo haría allí, en la «cuna».

Había maquinado un plan que no debía fallar...

Pensé también en retornar a mi «ahora» (1973), pero era inviable. Carecía de la contraseña para activar la SNAP 27, la pila atómica. Estaba atrapado en aquel «ahora»...

Además, qué importaba terminar en esos momentos o en cuestión de seis meses...

Ésa fue la sentencia de «Santa Claus» cuando descubrió que padecía una amiloidosis primaria (1). En otras palabras: un total de 19 tumores en lo más profundo del cerebro, y otro de regalo, en la lengua. Todo, probablemente, como consecuencia de la maldita inversión de masa de los ejes de los *swivels*.

No había solución.

«Santa Claus» fue muy claro: o me sometía a una intervención o la vida terminaría en el plazo mencionado: alrededor de seis meses.

El ordenador central, tiempo atrás, cuando detectó el problema, diseñó un plan para combatir la amiloidosis. Pero el programa establecía un margen de error de un 20 por ciento (2). Era una intervención peligrosa...

(1)   La amiloidosis es un trastorno ocasionado por la proteína fibrilar amiloide, que se acumula alrededor y en el interior de los nervios, alterando la función de los sistemas. Extrañamente, en lugar de afectar a órganos como el corazón, riñones, bazo, pulmones, hígado, piel o vasos sanguíneos, se había instalado al pie del hipocampo, en lo más profundo del cerebro. Los 19 tumores aparecían en distribución «miliar». Los «nemos» detectaron problemas inmunológicos (especialmente la desaparición de células «T»). *(N. del m.)*

(1)   Los «nemos cazadores», aunque poco probable, podían errar en sus objetivos y dañar los tejidos que rodean el referido hipocampo. La destrucción de la fimbria, el uncus o el trígono colateral hubieran resultado fatales. Este explorador podría quedar ciego, mudo, paralítico o, sencillamente, morir. Las neoplasias o tejidos tumorales (me refiero a los malignos) no presentan un campo magnético definido y eso dificulta su destrucción. La mayoría de los tumores se defiende, especialmente, mediante una alteración de su campo magnético, que evita la acción de las defensas. Dicha alteración mantiene el campo, pero lo distorsiona, provocando una «imantación» nula. Esto es consecuencia de las posiciones de los *swivels*, que forman subredes cuyos momentos magnéticos son iguales en valor absoluto, aunque orientados en sentido opuesto. Para ubicarlos, los «nemos calientes» («cazadores») se servían de otro sistema de guía,

«Perfecto —me dije—. Es lo que necesito.»

Y decidí someterme a la intervención. Quizá me acompañara la suerte y pudiera morir en el intento... Un 20 por ciento es un riesgo considerable.

Pero, por si la operación resultaba un éxito, maquiné algo que «no podía fallar».

Primero me sometí a un nuevo examen de los «nemos fríos» (exploradores). Tenía que estar seguro.

El resultado fue el ya conocido: 20 tumores malignos... y otro «regalo» inesperado.

«Santa Claus» advirtió algo que no fue detectado en la última revisión: los «nemos» captaron signos de una inminente amiloidosis secundaria. En breve, según estas estimaciones, el organismo se vería afectado por otros tumores, que invadirían el bazo, el hígado, los riñones o los ganglios linfáticos, entre otros órganos y sistemas. El hígado y el bazo terminarían endureciéndose y adquiriendo la consistencia del caucho. Los riñones podrían agrandarse y la muerte llegaría mucho antes. Quizá en semanas.

Es curioso. En otras circunstancias, la noticia me hubiera desmantelado. Era la catástrofe de las catástrofes. Pues bien, permanecí impasible. Es más: creo que me alegré...

La vida podía terminar mucho antes de lo imaginado.

Como digo, no importó. Y continué con el plan previsto.

El ordenador se «esmeró». Y dispuso varios batallones de «nemos calientes o cazadores» (especialmente los llamados «naja», ya descritos, que descargaban medicación, destruyendo las células cancerosas). Los «camicaces» no fueron incluidos (1). Demasiado peligrosos.

A éstos fueron añadidos los «nemos» que la operación designaba «vidrios de oro». Se trataba de otro tipo de «ro-

---

basado en la vibración del tumor, siempre idéntica en los casos de malignidad.

Estos hallazgos no han sido dados a conocer a la comunidad científica. Son «propiedad» (?) de los militares. *(N. del m.)*

(1) Los «nemos camicaces», como ya informé en su momento, eran catapultados hacia los objetivos y se hundían en el tumor, «incendiándolo». Una vez en el interior elevaban la temperatura, disolviendo las células malignas. Tanto los «naja», como el resto de los «cazadores», no podían superar los 400 nanómetros. Ése era el límite para despistar al implacable sistema inmunológico. *(N. del m.)*

bot orgánico» (de unos 100 nanómetros), recubierto con oro y en cuya superficie se adherían anticuerpos específicos. Una vez en el torrente sanguíneo, los «vidrios de oro» impactaban en los tumores y los anticuerpos destruían las células malignas. Era simple y muy eficaz.

Pero «Santa Claus» no quedó satisfecho y decidió probar también otros dos tipos de «nemos cazadores»: los «teos» y los «barrenadores». Los primeros estaban formados por unas complejas esferas de 70 nanómetros, que desarrollaban su poder destructivo a partir de la formación de micronano chorros coaxiales electrificados con una disolución de tetraetilo y oligosiloxano cíclico. «Derretían» materialmente los tumores. Los «barrenadores» trabajaban mediante pulsos. Cada pulso se prolongaba durante 200 microsegundos, con una longitud de onda de 2,9 micrómetros. Eran igualmente rápidos e impecables. Eliminaban cualquier tumor. El secreto se hallaba en la banda de erbio-itrio-aluminio-granate (YAG). No puedo decir más... Estos «nemos» son considerados igualmente secreto militar.

No me quejé. La «tropa» de «nemos» era de élite...

Y sonreí para mis adentros...

Nada de aquello resultaría. Mi plan no podía fallar. Desbloqueé el cuaderno de bitácora. Ya no tenía sentido el blindaje. Daba igual que Eliseo, o quien fuera, se asomara a los diarios. Sólo quería terminar...

Y lo dispuse todo, y me dispuse.

¡Qué extraño! Ahora, al recordar aquellos lamentables momentos, no acierto a comprender. Lo tenía todo. El Maestro puso en mis manos lo mejor que puede tener un ser humano: la esperanza. Sin embargo...

Sólo quería terminar.

¡Era asombroso! ¡Olvidé al Hijo del Hombre!

¡Cuán contradictoria es la naturaleza humana!

El plan, como digo, consistía en simular un accidente durante el tiempo de la operación. «Santa Claus» se ocupaba de todo. El sistema era automático.

La clave se hallaba en una de las fases del proceso de anestesia (1). En la tercera etapa (digámoslo así), a la que

_____

(1)   A grandes rasgos, la anestesia (en esos años del siglo xx), abarcaba las siguientes fases:

podríamos denominar «fase de intubación y relajación muscular», tras la inyección del relajante muscular (succinil-colina), quien esto escribe suprimió el obligado proceso de intubación oro/nasotraqueal. Esto, en buena ley, significaba la muerte casi inmediata. La succinil-colina, en una dosis de 1 mg/kg, era letal si el enfermo no disponía del correspondiente sistema de ventilación o asistencia respiratoria. El referido relajante muscular termina por agotar los depósitos de acetilcolina y el fallecimiento es cuestión de minutos. La succinil-colina, además, no deja rastro. Si Eliseo lograba regresar a nuestro tiempo, y efectuaban una autopsia, nadie se percataría de lo sucedido. El percance podría calificarse como un «accidente».

Dudé a la hora de seleccionar el relajante muscular. Pensé también en el bromuro de pancuronio, de efecto no despolarizante. Pero terminé inclinándome por el «anectine» o succinil-colina, de acción ultracorta.

Era simple..., y mortal.

La última fase (mantenimiento y protección neurovegetativa) se mantuvo con la mezcla de fentanylo y droperidol. Yo sabía que no sería necesaria. Ya estaría muerto... Pero, como digo, la programé (por seguridad).

Me tumbé y dispuse uno de los brazos robóticos (conectado a «Santa Claus»). Revisé el sistema de llaves y verifiqué que el «IV» (inyección intravenosa) funcionaba.

Me conecté y, sin pensarlo, di luz verde al ordenador.

«Santa Claus» procedió...

Al poco sentí cómo caía en un pozo sin fondo. Y en la negrura aparecieron aquellos ojos verdes..., verdes..., verdes...

Premedicación. «Santa Claus» utilizó una benzodiacepina, con dosis de 5 a 10 mg (por vía intravenosa). Como prevención de posibles efectos vagotónicos fue añadida una dosis de «Moli-atropina» (de 0,5 a 1 mg).

Hipnosis y analgesia. Se utilizó un derivado del ácido fenoxiacético (propanidida), de acción ultracorta, y en dosis de 5 a 7 mg/kg.

Intubación y relajación muscular. Elegí el relajante muscular denominado succinil-colina, en dosis de 1 mg/kg.

Mantenimiento y protección neurovegetativa. El ordenador central seleccionó el fentanylo (analgésico de tipo opioide), con el droperidol (de excelente poder antiemético y con muy buenos resultados como protector neurovegetativo). Ayudaba a un mejor despertar. *(N. del m.)*

Era Ruth.

¿Venía a despedirse?

Estaba a punto de morir...

Fui anestesiado y los «nemos» actuaron. Todo fue rápido. La intervención fue practicada en menos de media hora.

Pero...

Minutos más tarde despertaba.

¿Estaba muerto?

Aquello no me pareció el cielo... Mejor dicho, aquello no me pareció la sala de resurrección de la que hablaba el Maestro...

Volví a cerrar los ojos.

Sentía un gusto extraño en la lengua.

¡Qué raro! Morir es más tonto de lo que suponía...

Abrí de nuevo los ojos y descubrí, una vez más, el techo de la «cuna».

¡Mierda! ¡No estaba muerto!

Me sentía bien, aunque algo espeso.

¿Qué había fallado? ¿Por qué no estaba muerto? No fui intubado. Entonces...

Y dejé correr los minutos. Traté de pensar. ¿Qué había sucedido?

No pude permanecer en aquella incertidumbre.

Desconecté el brazo robótico, me levanté, y fui directamente a la pantalla del ordenador.

Revisé el proceso y leí, con asombro:

«La amiloidosis ha sido extirpada. La limpieza alcanza el 99,9 por ciento...»

No podía creerlo.

No sólo no estaba muerto. Estaba más vivo que antes...

¡Oh, Dios! ¿Por qué todo me salía al revés?

No tardé en localizar el «fallo».

Subestimé a «Santa Claus». Aquello no era una supercomputadora. Era más que humana...

El ordenador «comprendió» que, sin la correspondiente intubación, la acción de la succinil-colina habría sido letal. Y suprimió la dosis de relajante muscular. Así de sencillo. En sus parámetros no se contemplaba la muerte, sino la vida.

«Santa Claus» acababa de darme una lección que jamás olvidaría...

Me equivoqué. La esperanza no está en el amor (con minúscula) sino en el Amor. Él se cansó de repetirlo.

No volvería a suceder...

Tres días después, «Santa Claus» llevó a cabo un chequeo. Todo aparecía en orden. La operación, efectivamente, fue un «éxito»...

Y la recuperación fue razonablemente rápida.

El ordenador, sin embargo, dado el oscuro origen del mal que padecía, programó un nuevo reconocimiento médico general para el mes de septiembre. Convenía vigilar los niveles de óxido nítrico, así como la posible reaparición de la amiloidosis (bien primaria o secundaria).

Acepté.

Y aproveché aquellos días de soledad en lo alto del Ravid para poner al día los diarios y, sobre todo, para reflexionar. Era mucho lo que debía meditar y, mucho más, lo que tenía que corregir en mi vida.

No volvería a bloquear el cuaderno de bitácora.

¿Cómo pude ser tan estúpido? Estaba entrenado para situaciones arriesgadas y, no obstante, me dejé atrapar por una mujer. ¿Cómo era posible que hubiera puesto en gravísimo peligro la Operación Caballo de Troya? ¿No aprendí nada del Hombre-Dios? Él me proporcionó *keviyah* (esperanza) y creí tenerlo todo... Así está escrito en estos diarios. Y, de pronto, quise arrojarlo todo por la borda...

Sentí vergüenza.

No sólo olvidé al Hijo del Hombre sino que intenté echar a patadas al Número Uno. Eso, en definitiva, es un intento de suicidio. Fui egoísta y mal amigo. Traté de dar un portazo al buen Dios...

No volvería a suceder.

La vida (mientras permanecemos en ella) es lo más valioso que nos ha sido confiado. Jesús de Nazaret lo repitió sin cesar. Y brindaba por ella cada vez que tenía oportunidad: *Lehaim!*

Nunca más...

Bien. ¿Y qué era lo que debía hacer?

Muy simple: continuar con lo programado. El trabajo era observar, seguir los movimientos del Galileo, contar su vida, y dar cuenta de su pensamiento. Ése era el objetivo. Ésa era la misión.

Así sería...

Y recordé las misteriosas y oportunas palabras del Maestro en la noche del incendio (29 de marzo):

—Ahora descansa, *ma'lak* (mensajero)... Mañana deja que el Padre te guíe... Después regresa e infórmame...

¿Él sabía lo que estaba a punto de suceder?

No me extrañó. Cosas más impresionantes había visto..., y volvería a ver. Aquellas palabras me animaron, y no poco:

«Deja que el Padre te guíe...»

Eso hice.

Me dejé llevar por la intuición, otro de los ángeles de Ab-bā.

Estábamos en el mes de *iyar* (abril). Según mis informaciones, faltaban dos meses para otro acontecimiento de especial relevancia: el apresamiento de Yehohanan. Eso tendría lugar en *tammuz* (junio). Era cuestión de semanas...

Y tomé la decisión de viajar al valle del Jordán. De allí procedían las últimas noticias sobre el Bautista, como ya mencioné. Al parecer había abandonado el meandro Omega y caminaba hacia el sur.

¿Qué se proponía? ¿Por qué en dirección sur? ¿No hubiera sido más lógico que se dirigiera al norte y que intentara parlamentar con Jesús de Nazaret? Yehohanan, probablemente, supo del prodigio de Caná. ¿Cuál era su pensamiento? ¿Consideraba ahora que el Maestro era realmente el Mesías prometido en las Sagradas Escrituras?

La mente de Yehohanan era un laberinto. Quién sabe lo que podía estar maquinando...

«... Después regresa e infórmame...»

Comprendí.

Era importante que permaneciera junto al Anunciador y que tuviera cumplido conocimiento de lo ocurrido durante su detención.

Mensaje recibido.

En cuanto a las últimas y no menos misteriosas palabras del Galileo en aquella terrible noche, en esos momentos, sinceramente, no caí en la cuenta:

—... Cuando vuelvas (a Saidan) recuérdame que tengo algo para ti...

Quedé intrigado. Le di vueltas y vueltas, pero fue inútil. No sabía a qué se refería, ni remotamente. Fue una gran sorpresa. Sólo adelantaré algo: me sacó los colores, una vez más.

Y así fueron transcurriendo los primeros días de abril.

El ánimo fue serenándose y recuperé parte de la calma perdida. El tema «Ruth» fue minuciosamente «diseccionado» y llegué a una conclusión: era un amor «violeta»; es decir, imposible. Era mezcla del rojo de la pasión y del azul más puro y tierno (el amor transparente). Pero mi trabajo era más importante, y de especial trascendencia. Mi misión era «amarilla» (equilibrio e inteligencia) y estaba al servicio de Él (puro azul, puro Amor). Si era capaz de conjugar el equilibrio y la inteligencia (amarillo), con la energía (rojo), el resultado sería la alegría (anaranjado); y no sólo el «anaranjado» para mí. Sería la alegría para muchos (en el futuro). Además, si sabía casar el Amor (azul) con la inteligencia (amarillo), el resultado me volvería loco: ¡alcanzaría la libertad! (verde).

Descendí en varias oportunidades a la plantación de Camar, el viejo beduino, y conseguí provisiones. En una de aquellas visitas, con la ayuda de algunas monedas, «recordó» algo interesante: los «bucoles», al parecer, amenazaban con regresar al Ravid. Eso había oído...

Y añadió:

—Y lo harán con toda su gente...

Camar solía estar bien informado. Y me visitaron las viejas preocupaciones...

Pero el asunto de los bandidos quedó en suspenso cuando el viernes, 12 de abril, dos semanas después del intento de suicidio, quien esto escribe vio llegar a la «cuna» a Eliseo.

Coincidimos por poco. Yo tenía previsto abandonar el «portaaviones» esa misma mañana, rumbo al Jordán.

La visita —eso dijo— obedecía a la rutina establecida. Puro mantenimiento de la nave.

Le creí.

Dejó que examinara las quemaduras. Habían cicatrizado y su estado era saludable, como siempre.

No pareció sorprendido al verme en lo alto del gran peñasco. No preguntó.

Eso me intrigó.

Pero quien esto escribe tampoco hizo comentario alguno sobre la razón de mi presencia en el Ravid. Obviamente, en el cuaderno de bitácora no figura información sobre el intento de suicidio. No tenía sentido que los responsables de la Operación supieran de semejante trance. Quedó constancia de la intervención de «Santa Claus», pero pasé por alto la no intubación. Aunque Eliseo consultara los diarios (cosa que hizo) no podía saber...

Y busqué una excusa: me hallaba en el Ravid para organizar un inminente viaje al río Jordán, «a la búsqueda del cilindro de acero...». En parte era cierto. Durante esos días había estado preparándome para el encuentro con Yehohanan y, sobre todo, conmigo mismo...

No sé si me creyó. Supongo que sí. En el fondo daba igual. Había tomado una decisión (continuar el seguimiento del Hijo del Hombre) y la cumpliría. El cilindro, como dije, me traía sin cuidado...

En cuanto al «regreso» a 1973, ya veríamos...

De momento no estaba en mi mano.

Sí comenté la noticia proporcionada por Camar. La respuesta del ingeniero fue rápida y sin resquicios:

—Que lo intenten... Tengo preparada una sorpresa...

No dijo más.

Tenía una ligera idea sobre el tipo de sorpresas que era capaz de diseñar (el «encuentro» con las ratas-topo no podría olvidarlo jamás) (1). Me quedé relativamente tranquilo. Los bandidos tenían un problema...

Y me interesé, naturalmente, por el Maestro.

Eliseo me informó con detalle:

Jesús de Nazaret continuaba trabajando en el astillero, muy cerca de él. Y, cada noche, tras la cena en común, seguía impartiendo enseñanzas a los «siete». Era Santiago, el hermano carnal del Galileo, quien le informaba puntualmente.

La Señora no había cambiado de actitud. Pretendía que el Hijo demostrara su poder, y que lo hiciera en público, como sucedió en la boda de Caná. Pasaba las horas encerra-

---

(1) Amplia información sobre el «incidente» con las ratas-topo en *Cesarea. Caballo de Troya 5. (N. del a.)*

da en su habitación. No entendía nada de nada, y se negaba a recibir consejo o ayuda. Esta y Ruth hacían lo que podían por ayudarla, pero era un trabajo casi inútil. Jesús no había vuelto por la «casa de las flores».

Pregunté si el Maestro se hallaba al tanto del estado de la madre y Eliseo declaró que sí. Santiago le mantenía informado.

Comprendí la difícil postura del Hijo del Hombre. Si acudía a Nahum, y visitaba a la familia, María volvería a la carga, y el asunto se enredaría aún más. Lo inteligente, por supuesto, era el silencio. El buen Dios —como decía el Galileo— tenía sus propios planes...

Lo suyo con Ruth, tras el incendio de la *insula*, mejoró. La relación con la pelirroja marchaba bien, y en serio. Eso afirmó.

Sentí dolor, pero supe sofocarlo. Como digo, lo tenía asumido. Ruth era (es) un amor «violeta»... Él tenía (tiene) prioridad.

Kesil buscó un nuevo alojamiento. Se trataba de otra *insula*, pero más cerca del muelle. Desde allí controlaba el «ojo del cíclope». Alquilaron dos habitaciones. Una, de momento, era compartida por Kesil y por Gozo, la madre de los trillizos calcinados en el siniestro.

En principio, todo parecía en orden en Nahum.

Bueno, todo no...

El ingeniero me hizo partícipe de los rumores que corrían por la vecindad. El más destacado, y desagradable, era el que aseguraba que el incendio de la *insula* fue provocado.

Nadie se atrevía a señalar al autor o autores, pero los nombres corrían de boca en boca: *Kuteo* y Nabú, el sirio que regentaba una taberna en la que Eliseo y este explorador tuvimos un lamentable encuentro, precisamente con ellos. Como se recordará, al regresar del monte Hermón, el tal *Kuteo* (1) robó la bolsa, con los dineros, que cargaba mi

---

(1) *Kuteo* era un apodo con el que se designaba, despreciativamente, a los samaritanos. Kut o Kuta, en Persia, era la zona de la que, inicialmente, procedían los samaritanos, antes de establecerse en Israel. Llegaron como colonos hacia el siglo VIII a. J.C. De ahí nacía el odio de los judíos, que los consideraban impuros y usurpadores. Las alusiones del Deuteronomio (32, 21), en las que se menciona al «no pueblo» y a la «gente insensata», iban destinadas —según los judíos ortodoxos— a los samaritanos. *(N. del m.)*

compañero. Cuando tratamos de recuperarla (cosa que hicimos), el samaritano y su compinche, Nabú, no quedaron bien parados. Y *Kuteo*, al parecer, juró vengarse.

El rumor no carecía de fundamento. Aquellos sujetos no eran de fiar...

Una vez concluido el trasvase de información, y terminada la inspección de la nave, Eliseo y yo abandonamos el Ravid.

Los garfios de hierro seguían anclados en el filo del precipicio, con las cuerdas al aire, como un aviso...

No quisimos retirarlos. Era mejor así.

Y hacia la sexta (doce del mediodía) del sábado, 13 de abril, nos encaminamos en dirección a Migdal.

Mi plan era sencillo.

Una vez en Migdal nos separaríamos. Eliseo continuaría hacia Nahum, al norte, y este explorador bordearía el *yam* por la orilla occidental, hasta la segunda desembocadura del Jordán. Una vez allí proseguiría hacia el sur, a la búsqueda del gigante de las siete trenzas rubias.

Pero el Destino tenía otros planes...

No sé qué sucedió. Lo que cuenta es que, en el último momento, a punto de separarnos, decidí acompañar a Eliseo. Tampoco di explicaciones, ni él las pidió. Fue la intuición la que susurró al oído. Antes de emprender el nuevo viaje, a la búsqueda de Yehohanan, necesitaba mirar a los ojos al Hijo del Hombre. Necesitaba saber que estaba perdonado...

El ingeniero me condujo, directamente, al nuevo albergue. Era otra *insula*, cercana al *cardo*, y, prácticamente, sobre el muelle de Nahum. Había alquilado dos habitaciones.

Kesil no daba crédito a lo que veía...

Los dos amigos, y socios, reconciliados.

Sí y no.

Pero ni Eliseo ni yo dimos explicaciones.

Esa noche permanecí en la *insula* de *Si*. Ése era el apodo de la dueña. La «gata» de Nahum...

No llegué a ver a Gozo, la madre de los niños «luna». Según Kesil, la mujer se hallaba destrozada. Sólo encontraba consuelo en la bebida. Si lo deseaba podía encontrarla en la taberna del «maldito Nabú». Y Kesil se desahogó.

Todo el mundo hablaba de ello. Eliseo lo adelantó en el Ravid: Nabú y *Kuteo*, tal para cual, eran los autores del incendio...

Pregunté en qué se basaba. Y respondió: «Ellos mismos van pregonando su hazaña.»

Al parecer, cuando el sirio y el samaritano bebían más de la cuenta (algo frecuente), contaban y no paraban, proporcionando toda clase de detalles sobre el incendio de la *ínsula*. *Kuteo* fue el autor material del fuego. Entró en el edificio poco antes de la décima (cuatro de la tarde), cuando todo el mundo se hallaba en el trabajo. Nabú se quedó en la calle, vigilando. El samaritano y el sirio sabían que nuestras habitaciones eran la «39», la «40» y la «41». Y aguardaron a que Kesil saliera de la *ínsula*. Fue entonces cuando *Kuteo* derribó la puerta de la «39» y prendió fuego a la triple litera de madera. Ambos permanecieron en los alrededores, presenciando el incendio y regocijándose...

No supe qué pensar.

Sabía que eran detestables pero no imaginaba que pudieran llegar a tales extremos...

La versión de Kesil era correcta. El propio Nabú, a mi regreso del Jordán, lo confesaría.

Y el domingo, 14 de abril, nada más clarear, acompañé a Eliseo al astillero. Allí nos despedimos.

Hablé con Yu, el chino. Se alegró de verme con tan buena salud. Y lo atribuyó al jade en polvo que me suministraba regularmente («santo remedio —decía— para alcanzar la inmortalidad») y que yo, con la misma regularidad, arrojaba a la basura. Pero agradecí el gesto. Yu lo decía de corazón.

Anuncié que debía ausentarme de nuevo. Un importante negocio me reclamaba fuera de Nahum.

Yu escuchó en silencio y, al terminar las explicaciones, comentó:

—Ya eres rico... Olvida el dinero y enriquece tu alma...

—A eso voy, querido amigo, a eso voy...

Yu sonrió y me proporcionó una nueva dosis de jade pulverizado. Y añadió:

—Regresa pronto. Ya eres de la familia...

Y apuntó algo que no entendí bien:

—Tú pintas con los silencios...

Supuse que se refería a mi trabajo en el astillero, como ayudante mezclador de pinturas y tintes. No sé...

Pero mi objetivo en aquel lugar, como dije, era otro.

Me aproximé al foso en el que martilleaba el Maestro. Al principio no me vio. Lucía el mandil de cuero negro, el de siempre, con el torso desnudo. Presentaba el cabello recogido en la habitual cola. Con los labios sujetaba una serie de clavos y, al mismo tiempo, dejaba escapar su canción favorita: «Dios es ella...»

Lo contemplé durante algunos segundos. Y me pregunté: «¿Me perdonará?»

Zal, tumbado a su lado, no tardó en percatarse de mi presencia. Se alzó y corrió a mi encuentro, feliz. Lo acaricié en silencio.

De pronto, el Galileo dejó de martillear. Se volvió hacia quien esto escribe y me observó brevemente. No me moví.

Jesús sonrió y casi se le cayeron los clavos.

Entonces, sin más, me hizo un guiño, y continuó con lo suyo.

Mensaje recibido.

Era lo que necesitaba.

Y me alejé, ciertamente recompensado.

Así era el Hijo del Hombre...

Esa tarde me detuve en la base de aprovisionamiento que se llamaba los «trece hermanos», en las proximidades de la reunión de los ríos Yavneel y Jordán, a escasa distancia del *yam*. Allí, como comenté en su momento, judíos y gentiles habían organizado un «mercado» en el que era posible adquirir provisiones, armas, impedimenta para el viaje y, por supuesto, contratar *cisium* (carros de dos ruedas) o *redas* (de cuatro), con o sin conductor (1).

No fue difícil localizar a Tarpelay, el *sais* negro que había conocido en otros viajes por el Jordán. Me gustaba aquel

---

(1) El viajero —cuenta el mayor— podía alquilar estos carros y trasladarse con más comodidad y rapidez. Uno de estos «taxis» a la Ciudad Santa (Jerusalén) —para una sola persona— costaba alrededor de quince denarios de plata, incluyendo comida y alojamiento. Por supuesto, el precio era negociable. El *sais* (generalmente propietario y conductor del carro) garantizaba la seguridad del viajero y un tiempo máximo de viaje de día y medio. Un lienzo blanco amarrado al carro significaba que el «taxi» se hallaba desocupado y listo para emprender la marcha. *(N. del a.)*

guía. Lo sabía todo sobre el valle y era discreto y silencioso. Fue el conductor que nos trasladó desde Damiya a Migdal, cuando Eliseo enfermó. Tarpelay era un apodo. Así llamaban a los oriundos de Tarpel (actual Libia). Empecé a llamarle Tar. No dijo nada. Sencillamente, nunca decía nada. Se limitaba a observar y, en la medida de lo posible, procuraba adelantarse a todo y a todos. Eso me complacía.

Creo haberlo mencionado, pero insistiré en ello. Tar era honrado (todo un lujo entre los conductores de carros de la zona). Miraba de frente (algo que este explorador estima de forma especial) y jamás regateaba. Marcaba un precio y ése era el precio...

Era negro como el carbón y orgulloso como el águila. Presentaba el cráneo rapado y una larga túnica, hasta los pies, siempre amarilla. Jamás vestía con otro color. En la faja sobresalían tres dagas curvas, siempre relucientes y amenazadoras. Las empuñaduras eran de plata. A decir verdad, jamás le vi usarlas.

Expliqué que deseaba encontrar al Anunciador y asintió con la cabeza.

Eso fue todo.

Partiríamos al amanecer.

Y así fue.

En los «trece hermanos» lo sabían todo (de todos).

Y descansé tranquilo. Tar preparó el carro, así como los caballos, y se apostó a escasos metros. Se sentó en el *cisium* y allí, supongo, se quedó dormido. Cuando le conocí mejor (?) comprobé que, en realidad, jamás dormía, o lo hacía con un ojo abierto. Pero eso no era de mi incumbencia...

Tar fue de gran ayuda en mi trabajo. Eso fue lo importante.

Y el lunes, 15 de abril (año 26), al alba (cuando los relojes de la «cuna» señalaban las 5 horas y 7 minutos), Tar y este explorador dejamos atrás la base de aprovisionamiento, rumbo al sur. Según las noticias que circulaban por los «trece hermanos», Yehohanan y su grupo se hallaban acampados en las proximidades de Damiya, en un paraje llamado el vado de las Columnas. Allí conocí al Bautista por primera vez y allí, en la casa de Nakebos, el *al-qa'id* o alcaide corregidor de la prisión del Cobre, Eliseo enfermó gravemente.

Y los 67 kilómetros existentes entre los «trece hermanos» y la citada población de Damiya, muy próxima a la desembocadura del río Yaboq en el Jordán, fueron cubiertos sin problemas y en un tiempo más que aceptable. Hacia la quinta (once de la mañana) avistamos las blancas casitas de Damiya.

Tar no permitió que caminara hasta el citado vado de las Columnas, en el Yaboq. Y se las ingenió para cruzar el pueblo y adentrarse con el carro por el estrecho sendero de tierra roja que llevaba, directamente, a la orilla izquierda del referido río Yaboq (1). Allí, como era habitual, el Anunciador había levantado su *guilgal*, un círculo de piedras de diez metros de diámetro, con un árbol muy singular en el centro: una sófora colgante de veinte metros de altura, copa redondeada y el tronco cubierto con enormes nudos.

Tar, como el Maestro, tampoco era amante de despedidas. Prefería alzar levemente la cabeza. Era su señal de «adiós» o «hasta pronto». Esta vez, sin embargo, hizo una excepción y habló, prometiendo regresar una vez por semana, por si «necesitaba guardar silencio con alguien».

Lo agradecí.

Eso significaba que, cada semana, el *sais* me buscaría, allí donde estuviera.

En parte me tranquilizó.

Y lo vi partir...

La temperatura aumentó. El calor era sofocante.

Junto al Yaboq, en la «playa» de los guijarros blancos, distinguí un buen número de tiendas de pieles de cabra. El número de acampados (supuse que seguidores de Yehohanan) era muy superior al habitual. Calculé más de mil.

(1) El «vado de las Columnas» —según aparece en el diario del mayor— se hallaba a cosa de 300 metros de la localidad que recibía el nombre de Damiya, muy cerca del río Jordán y del Yaboq, su afluente. El Yaboq, en ese lugar, se ensanchaba considerablemente, formando una especie de «lago» de aguas tranquilas y vadeables. En el cauce sobresalían cuatro bases de piedra, muy deterioradas por la fuerza de la corriente. Eran los restos de otros tantos pilones, destinados, en su momento, al sostenimiento de las bóvedas de un puente. Ello daba nombre al lugar: el «vado de las Columnas». En la otra orilla, en la margen derecha del Yaboq, a poco más de 50 metros, se distinguía un bosque de acacias del Karu, con millones de flores amarillas y esféricas. En las orillas del vado crecían cañas, juncos, *Cyperus* y tamariscos del Nilo. *(N. del a.)*

Y caminé, lentamente, hacia el *guilgal*. Poco o nada parecía haber cambiado en el lugar.

De las ramas del árbol colgaban los trozos de cerámica (ostracones), con las ya conocidas frases de la Torá. Se trataba de otra de las extravagantes ideas del Bautista. Una ligera brisa hacía oscilar el barro.

Distinguí en seguida a Abner, el pequeño-gran hombre, y lugarteniente del Anunciador. Conversaba con otros «justos» (discípulos de Yehohanan). No vi al Bautista, ni tampoco a Belša, el persa con el sol en la frente.

Abner se mostró feliz al verme.

—¡Ha regresado Ésrin...!

Así me llamaba el Anunciador. «Ésrin», en arameo, significaba «Veinte». Yo era el discípulo número veinte del Bautista.

Abner rogó que me sentara con ellos y que contara. El pequeño-gran hombre presentaba la misma y lamentable lámina de siempre: encías enrojecidas y sangrantes, con media docena de dientes peleados entre sí, una piel arrugada, como el hule, y un faldellín cubriendo un cuerpo esquelético, que parecía a punto de quebrarse al menor soplo.

Pero Abner, como dije, era un *ari*; un león, en el lenguaje de los judíos: un hombre de pequeña estatura, y aspecto frágil, pero valiente y noble de corazón.

El grupo de los discípulos había mermado sensiblemente. Esdras, uno de los «justos», abandonó a Yehohanan en febrero y se llevó a un tercio de los íntimos.

Judas fue el único que no saludó. No lo tuve en cuenta. Sabía de su timidez...

Permaneció detrás del grupo, solapado y ausente, como casi siempre.

Tampoco había cambiado. Siempre me recordó la figura de un pájaro; quizá por su nariz aguileña y afilada. Era imberbe, con una piel casi transparente, y los ojos negros, profundos, siempre inquietos e inquisidores. No perdía detalle. Era un observador incansable. Los cabellos, igualmente negros, descansaban sobre los hombros. Era pulcro y refinado. Su educación fue excelente. Los padres, de buena cuna y mejores dineros, se esforzaron con él. Pero Judas no compartía la filosofía de sus mayores (eran saduceos) y renegó de ellos. Los padres, como dije, lo desheredaron y lo maldijeron. Su afán, en esos momentos, era enrolarse en la secta de los zelotas, el brazo armado de los «santos y separados» (fariseos). Pero los intentos no fructificaron. Los zelotas lo mantenían en «período de observación» (1).

Y hablé de lo que podía hablar. Básicamente, del prodigio de Caná. Los «justos» conocían lo sucedido en la boda. En realidad, a esas alturas, lo sabía todo Israel. Y me limité a lo esencial. No entré en detalles, por supuesto.

Discutieron entre ellos.

Yehohanan no hacía prodigios. Eso era preocupante. Así se manifestaron.

Entonces fui yo quien preguntó.

Abner llevó la voz cantante y lamentó «que las cosas hubieran empeorado».

—No comprendo...

(1)   Ficha de Judas Iscariote: Judas ben Simón (hijo de Simón) contaba treinta años cuando se unió al grupo de Jesús (junio del año 26). Soltero. Nació en el pequeño pueblo de Queriot, al sur de Jerusalén. Junto al Maestro es el único judío, entre los «12». Alto: 1,70 metros. Culto y educado. Conoce el hebreo sagrado, la *koiné* y algo de árabe. Delgado. Cabeza pequeña. Perfil de pájaro. Nariz aguileña y afilada. Piel pálida. Rostro imberbe. Pelo negro y fino. Uno de los discípulos más pulcros y limpios. Ademanes educados. Tipo leptosomático. Jamás sonríe. Nunca mira a los ojos cuando habla. Tímido y asustadizo. Piel de su lado derecho, más fría. De poco comer.

Fue repudiado por los padres (saduceos) cuando supieron que se había hecho discípulo del Bautista. Su gran objetivo en la vida (confesión directa a quien esto escribe) es la libertad de Israel. Estima que los romanos son déspotas, sacrílegos, parricidas, incestuosos, ladrones, asesinos y pederastas. Roma es la encarnación del mal. Aspira a entrar en las filas de los zelotas («celosos por la Ley») y participar en la expulsión de los *kittim*. Su cobardía lo hace inviable. Los zelotas lo vigilan, pero dudo que lo acepten. Sus ídolos son Pinjás (nieto de Aarón), el profeta Elías, y los hermanos Macabeos. En la actualidad se autoproclama *maquisard* (guerrillero), pero no lo es. Aparece armado, bien con *gladius* o con *sica*. Sólo contempla la guerra como solución al problema de la libertad de Israel. Habla de saquear los registros de Jerusalén y terminar así con las deudas del pueblo. «Dios no dará el primer paso —asegura— si antes no lo damos nosotros.» Cree en el Mesías libertador, político y social.

Es serio en todos sus planteamientos. Carece de sentido del humor. Introvertido y poco sociable. No cae bien a nadie. Probable infancia difícil. Vengativo y rencoroso. Temperamento esquizotímico. Excelente memoria. Muy suspicaz. Gran sentido del ridículo. Desprecia a las mujeres. No es homosexual. Se considera superior al resto. *(N. del m.)*

—El vidente —manifestó el pequeño-gran hombre, refiriéndose a Yehohanan— está triste. Casi no habla. No es fácil acceder a él...

Y me pregunté: «¿Cuándo ha sido accesible a alguien, que no sean sus abejas?»

Pero guardé el comentario para mí mismo.

—... Continúa con la vieja costumbre —prosiguió Abner—. Desaparece en esa maldita orilla —señaló el bosque de las acacias— y nunca sabes cuándo regresará.

Nada nuevo...

—Tampoco hace *šakak*...

El segundo del Bautista se refería a la ceremonia de sumergir a los seguidores en el agua.

—... Desde que ese Jesús de Nazaret se despidió en el meandro Omega, nada ha sido igual. El vidente ya no es el mismo...

El grupo asintió. Judas permaneció mudo y expectante.

—... Sólo regresa para pronunciar esos horribles discursos...

No sabía de qué hablaba.

—¿Horribles discursos? ¿A qué te refieres?

Los «justos» redondearon:

—Horribles e innecesarios discursos...

Noté una sombra de reproche. Aquello sí era nuevo. ¿Qué había sucedido? ¿Por qué los incondicionales del Bautista hablaban de esa manera?

Y en eso oímos el *sofar*. Fue un toque largo...

Uno de los «justos», apostado en la orilla del Yaboq, alertaba sobre la presencia del vidente: Yehohanan...

Nos pusimos en pie y dirigimos las miradas hacia el bosque de las acacias.

Podían ser las doce del mediodía (hora sexta). El sol, en lo alto, observaba redondo e implacable.

Distinguí la figura del Bautista, con la inseparable colmena en la mano izquierda. Caminaba decidido, como siempre. Se cubría con el «chal» de cabello humano (su cabello).

Y Abner, invitándome a que lo acompañara a la orilla de los guijarros blancos, exclamó:

—Juzga por ti mismo...

Los acampados se apresuraron a salir de las tiendas, y a dejar lo que llevaban entre manos.

Algunos corrieron hacia el agua. Otros levantaban los brazos y gritaban el nombre de Yehohanan.

Y, en segundos, la «playa» de los guijarros se llenó de seguidores, curiosos y vendedores. La escena, más o menos, la conocía.

Pues no. No era lo que creía. Fue peor...

Siempre lo dije. Contemplar al Anunciador era un espectáculo. Daba igual lo que hiciera.

Saltó sobre la pilastra más cercana a la orilla y depositó la colmena a su lado.

Durante algunos segundos se limitó a contemplar a los allí reunidos. Y se hizo el silencio.

Mantenía el aspecto que tanto impactaba. A los dos metros de altura había que sumar los cabellos rubios, casi por las rodillas, cuidadamente recogidos en siete trenzas, y el atuendo breve y severo. No faltaba nada: el *saq* o taparrabo de piel de gacela, el zurrón blanco, en bandolera, y los collares de conchas, tintineando sobre el pecho. La cabeza, como dije, aparecía cubierta con el «chal» amarillo.

Y algunos seguidores, entusiasmados, lo animaron con gritos. Pero Yehohanan no necesitaba ánimos. Sabía cómo comportarse... Quien esto escribe lo vio «actuar» en otras oportunidades.

Y eso fue lo que hizo: actuar.

De pronto levantó los brazos hacia el cielo y abrió los dedos.

Y así permaneció, durante casi un minuto.

Un murmullo de admiración se levantó entre los acampados.

Miré a Abner y éste, a su vez, me devolvió la mirada, y movió la cabeza negativamente. Estábamos de acuerdo sin pronunciar una sola palabra:

Aquello era artificial y falso...

No pude remediarlo. Lo comparé, una vez más, con Jesús de Nazaret.

¡Qué desastre!

Las iglesias y la tradición no saben, o mienten...

¿Qué tenía que ver aquel hombre con el Galileo? ¿Por qué la historia lo proclama su «anunciador»?

Entramos en el agua y nos situamos en primera fila. Los

«justos» formaron una piña. Percibí el miedo en sus rostros. Pero ¿por qué?

No tardaría en descubrirlo...

Prudentemente, me quedé en un discreto segundo plano. No deseaba que el vidente me viera; todavía no.

Y la voz ronca y quebrada de Yehohanan se alzó, al fin:

—¡Sabéis que el espíritu de Dios está sobre mí...!

La gente asintió con las cabezas. Nadie se atrevió a pronunciar una sola palabra.

—¡Él me ha ungido...!

Yehohanan seguía con los brazos en alto.

Aquel discurso me resultó familiar. Lo repetía sin cesar. Pero no...

—¡Él me ha enviado para anunciar la buena nueva a los pobres! ¡Estoy aquí para vendar los corazones rotos...!

El tono fue trepando. La gente, consciente de que preparaba algo «especial», no respiraba.

—¡Estoy aquí para pregonar la liberación de los cautivos... para dar la libertad a los reclusos...

Hizo una estudiada pausa. El suspense aumentó.

—... y para condenar a esa hiena de Tiberíades!

Fue inmediato.

El gentío estalló y empezó a corear el nombre de Yehohanan.

¿Hiena de Tiberíades? ¿De quién hablaba?

—¡Es un vigía ciego!... ¡No sabe nada!

Y los seguidores, enardecidos, lo interrumpieron de nuevo.

¿Qué era todo aquello?

No pude resistir y me adelanté, situándome junto al pequeño-gran hombre. Noté que atendía con la misma perplejidad de quien esto escribe. Y pregunté:

—Esto es nuevo... No sé a quién se refiere.

Abner hizo un gesto de desgana, volvió a mover la cabeza negativamente, y comentó en voz baja:

—Te lo dije... Ahora se dedica a lanzar discursos horribles e innecesarios...

Y concluyó, casi con un hilo de voz:

—Habla de Antipas, el tetrarca...

Yehohanan continuó, desafiante:

—¡Es un perro mudo que ni siquiera ladra!...

Reconocí algunos de los versículos del profeta Isaías. Yehohanan los manejaba a su aire, como era habitual en él.

No terminaba de comprender. ¿A qué se debía aquel furioso ataque a Herodes Antipas, tetrarca de la Galilea y de la Perea? El vado de las Columnas, como ya mencioné en su momento, se encontraba en pleno territorio de la Perea. Es decir, bajo la jurisdicción del referido Antipas, hijo de Herodes el Grande. Por más vueltas que le di, sinceramente, no hallé una explicación medianamente lógica.

—¡Ve visiones!... ¡Es un perro voraz! ¡No conoce la hartura!... ¡Hiena salvaje!... ¡Perro faldero de la ramera de Edom!... ¿Te esconderás de la ira de Yavé bajo las faldas de la *dusara*?

Tampoco entendí lo de la «ramera de Edom» y, mucho menos, la alusión a la *dusara*.

Abner explicó, por lo bajo:

—Habla de Herodías, la mujer de Antipas... Es de Edom... Dusara es un dios árabe...

Eso lo sabía. Dusara era uno de los dioses del imperio nabateo (árabe).

Estaba perplejo. La situación me tenía descolocado. Era lo último que podía esperar de aquel fanático insensato. Y comprendí la preocupación de los íntimos. Antipas era temible. ¿Es que el gigante se había vuelto loco? Pero ¿qué estaba pensando? Por supuesto que era un desequilibrado. Como ya referí, padecía una esquizofrenia de tipo hebefrénico; una compleja fragmentación del yo que lastima la personalidad y convierte al paciente en un ser fantasioso y prácticamente aislado de la sociedad (1).

(1) La esquizofrenia hebefrénica convierte al paciente en un ser incapaz de planificar su futuro. Las ideas delirantes y místico-religiosas terminan por conducirlo a una especie de autismo del que resulta muy difícil escapar. En general son enfermos acosados por las alucinaciones auditivas. Oyen voces que los interpelan, que los amenazan, y que los impulsan a ejecutar toda clase de órdenes. Es la destrucción de la personalidad. Llega el momento en el que el alucinado no distingue las experiencias internas de las externas. Generalmente, casi todos los hebefrénicos necesitan ayuda. Sus vidas terminan desembocando en un «sinsentido», y se les ve erráticos, sin objetivo alguno, sujetos a las enfermedades, y conversando con nadie. Esta subversión cerebral estaba provocando en el Bautista un grave desequilibrio, con frecuentes crisis de agresividad y tendencia a la soledad. A esta delicada situación había que añadir su carácter

¿De qué me asombraba?

—¡Hijo de hechicera!... ¡Hijo de adúltera, que te prostituyes!

Los seguidores, cada vez más excitados, casi no le permitían hablar. Le interrumpían con sus vítores. Estaban encantados ante los duros ataques del vidente. Yo sabía que Antipas no era querido entre los judíos religiosos, pero aquellas manifestaciones contra el tetrarca se me antojaron peligrosas, tanto para Yehohanan y su grupo, como para los allí reunidos. Sin duda, Antipas disponía de espías y confidentes. Seguramente se hallaban entre los acampados...

Y miré, con preocupación, al pálido Abner.

—¡Padre del incesto!... ¡Hijo del incesto! ¿De quién te mofarás cuando llegue la ira del Santo?... ¡Antipas, engendro de pecado!... ¡Bastardo! ¡Hijo de degollador de niños en las torrenteras!

¡Hablaba del padre de Antipas, Herodes el Grande! ¡Hablaba de la matanza de los inocentes!

Pero los acampados no entendieron esta última alusión. Era lógico. Habían transcurrido 31 años desde aquel trágico episodio.

Quedé intrigado. ¿Por qué Yehohanan introducía en el discurso algo ya olvidado?

Y continuó manipulando a Isaías:

—¡Sí, te has desnudado y has subido, pero no conmigo, sino con esa ramera de Edom!

Los «justos» aparecían desalentados, con razón. No lograba descifrar el porqué de aquel violento ataque a Herodes Antipas y a Herodías. Conocía el asunto por los pasajes evangélicos, pero...

—¡Embustero!... ¡Embustera!

La gente aullaba de placer. Y algunos clamaban: «¡He aquí un hombre de honor!»

Creí entender. Para la mayoría de los que acampaban junto al río Yaboq, el gigante de las pupilas rojas era un enviado de los cielos; alguien capaz de enfrentarse al abuso

---

tosco, consecuencia, quizá, de una infancia poco grata. Yehohanan no sabía sonreír, carecía de sentido del humor, era frío y calculador, arrogante, dramático cuando le convenía, egocéntrico, autoritario y narcisista. Odiaba y temía a las mujeres (a partes iguales). *(N. del m.)*

y a la tiranía de Roma. Yehohanan —eso creían— podía conducir al pueblo a la victoria sobre los *kittim* (romanos). Su audacia al criticar a Antipas, el reyezuelo de la Galilea y de la Perea, era la mejor señal. Antipas era un pelele de Roma...

Estos planteamientos eran más importantes de lo que, en un principio, llegué a estimar. Fueron la clave para la detención del «imprudente» (?) Anunciador.

Pero debo ir paso a paso...

Lo que la gente allí reunida no sabía, obviamente, es que aquel individuo de aspecto feroz y voz ronca y quebrada era un desequilibrado mental. Y, aunque lo hubieran sabido, tampoco habría cambiado las cosas...

Yehohanan, sencillamente, no tenía razón y, además, pisaba un terreno pantanoso. No tardaría en comprobarlo.

Y continuó, con idéntica teatralidad:

—¡Yo voy a denunciar tus hechos!... ¡Vives en pecado...!

Dejo correr otra pausa. Y repitió:

—¡Vives en pecado, maldito, y con la mujer de tu hermano!

Se produjo cierta confusión entre los seguidores.

Y se preguntaban unos a otros: «¿De qué habla?»

Abner me miró, desolado. Y comentó, finalmente:

—A nadie le importa eso...

—¿El qué? —pregunté como un tonto.

—Que viva o no viva con la mujer de su hermano... Además, no es cierto...

En esos momentos no reparé en la importancia de lo que planteaba el pequeño-gran hombre. Fue después cuando caí en la cuenta.

Aquellos judíos estaban allí por lo ya referido anteriormente: ante la posibilidad de que Yehohanan encabezase una rebelión contra Roma. El resto era intrascendente. Por eso no entendían la alusión a la «mujer del hermano».

—¡Cuando grites, maldito, que te salven los reunidos en torno a ti!... ¡A todos se los llevará el viento ardiente de Yavé!

Yehohanan, aparentemente, recuperó el rumbo y la gente lo premió con nuevos vítores.

La filípica, en parecidos términos, se prolongó durante tres horas. Tres cansinas horas en las que terminamos por los suelos y aburridos. Pero Yehohanan seguía y seguía, despotricando contra Antipas, contra la «ramera de Edom», contra los romanos, y contra todos aquellos que se atrevieran a poner en duda su palabra.

Utilizó a Isaías a su antojo, le dio la vuelta, según interesaba, y manipuló el nombre de Yavé a conveniencia.

Yehohanan era lo opuesto a Jesús de Nazaret...

La mayoría, agotada, terminó retirándose.

Y a eso de las cuatro de la tarde, ante la escasa concurrencia, el gigante optó por cortar la larga retahíla de insultos y bajezas. Conté noventa y tres expresiones ofensivas contra el tetrarca Antipas y noventa y cuatro contra Herodías. Lo más suave fue «perro», «ramera», «guano» y la palabra favorita del Bautista a la hora de despreciar a alguien: *hara'im* («excremento humano»).

¿Éste era el anunciador del Hijo del Hombre?

Me consumo cuando veo las barbaridades que proclama la iglesia católica...

El Bautista, finalmente, comprendió que aquello estaba agotado y saltó de la pilastra. Tomó el «barril» de colores que hacía las veces de colmena y se dirigió a nuestra orilla.

Abner y el resto se pusieron en pie.

Pasó ante el grupo, pero no saludó. Mejor dicho, lo hizo a su manera...

Se detuvo un instante y miró desde la oscuridad del embozo.

Y, sin más, ordenó:

—¡Ésrin..., háblame!

Conocía esa orden. La escuché muchas veces durante mi estancia en la garganta del Firán.

Obedecí, naturalmente. ¿Qué otra cosa podía hacer?

Yehohanan fue a sentarse al pie de la sófora. Continuaba con el «chal» de pelo humano sobre la cabeza.

Los «justos» hicieron otro tanto, rodeando a su líder.

Yo fui a tomar asiento frente al gigante. Y deposité la vara de Moisés sobre las piernas. Con aquel energúmeno nunca se sabía...

Noté expectación.

Que Yehohanan quisiera hablar con uno de los «justos» era un acontecimiento y un «honor».

Percibí de inmediato el inconfundible tufo a sudor que

emanaba el Bautista. No tuve más remedio que resistir. Algunos, disimuladamente, se taparon el rostro.

Faltaba una hora, más o menos, para el ocaso. El sol huía por encima de las copas de las acacias. No me extrañó...

Y, de pronto, retiró el «chal».

Lo había contemplado muchas veces, pero la visión de aquel rostro siempre impactaba.

Me clavó las pupilas rojas y, subido en su habitual arrogancia, preguntó:

—¿Ha dispuesto ya los ejércitos?

La «mariposa» del rostro y la fiereza de aquellos ojos me despistaron durante unos segundos (1). Era difícil acostumbrarse.

Abner, a mi lado, me dio un codazo. Y «regresé»...

—Ejércitos... ¿qué ejércitos?

Yehohanan me miró, incrédulo.

—Los ejércitos de Yavé... Todo el mundo espera. Yo espero. ¿A qué espera Jesús para levantarse en armas? Ya lo hemos hablado...

Sí, lo habíamos hablado, y me mostró, incluso, aquel pergamino fantástico, al que yo bauticé como «323» o de la «victoria». Allí, en el pergamino, según Yehohanan, aparecían los ejércitos de Dios, reunidos contra Roma, y capitaneados por el Maestro y por Yehohanan, entre otros profetas... Otra idea delirante.

—No hay ejércitos...

Mi respuesta encendió las pupilas rojas. Y el nistagmo vertical (oscilación del globo ocular en sentido vertical, provocada por espasmos involuntarios de los músculos moto-

(1)   Las pupilas «rojas» eran consecuencia de un albinismo ocular. Dicho albinismo estaba provocado, a su vez, por un defecto genético que alteraba la pigmentación (melanina) y provocaba un efecto óptico (no es que las pupilas fueran rojas). En cuanto a la «mariposa» en el rostro, como ya informé en su momento, se trataba de un «LED» («lupus eritematoso discoide»). Parte de las mejillas, las cuencas oculares y el dorso de la nariz aparecían afectados por una gran «mancha» en forma de mariposa. En realidad no era una mancha, sino decenas de pequeñas cicatrices provocadas en su día por el mencionado «LED», una afección no tuberosa crónica de la piel, que afecta al tejido conectivo, fundamentada en la degeneración fibrinoide de las fibras de colágeno de los tejidos mesenquimatosos. (*N. del m.*)

res) se hizo insufrible. Aquel continuo subir y bajar de los ojos causaba estragos entre los que lo contemplaban. Yo no fui una excepción. Tuve que tragar saliva...

Y estalló:

—¡Mientes!...

Los «justos» se arrugaron. Se acercaba otra tempestad... Pero no me acobardé.

Y le planté cara:

—¡Nunca miento!... ¡No hay ejércitos!... ¡Él triunfa con la palabra!... ¡No necesita armas!

Se puso en pie. Jamás escuchaba lo que no deseaba oír.

Se inclinó hacia quien esto escribe y extendió la palma de la mano izquierda, situándola a una cuarta de mi rostro.

Abner palideció.

No retrocedí un milímetro.

—¡Recuerda quien soy! —gritó—. ¡Soy de Él!...

Eso era lo grabado, a fuego, en la citada palma de la mano: «Suyo.» (Literalmente: «Yo, del Eterno», en hebreo.) Era otra señal de «pertenencia», en cuerpo y alma, al Yavé bíblico (1).

Permanecí en silencio, sin quitarle ojo de encima.

Los labios, gruesos y sensuales, temblaron. Y llegué a ver parte de la dentadura, desordenada. No supo qué hacer.

Y bramó, en un intento por someterme:

—¡Soy de Él!... ¿Quién como yo?...

Sentí lástima. No cabía duda. Era un demente.

E, insistí, con firmeza:

—¡No hay ejércitos!

Yehohanan dio un paso atrás. No era tonto. Comprendió que con Ésrin no servían aquellas maneras...

Volvió a sentarse al pie del árbol y Abner y el resto respiraron aliviados. Yo también.

Entonces, recuperando un tono más adecuado, dio un

---

(1) Aunque el Levítico prohibía formalmente los tatuajes (19, 28), los judíos ortodoxos gustaban de este tipo de manifestación externa, haciendo ver así su piedad y su celo por el Dios del Sinaí. Los «santos y separados», así como los saduceos, eran amantes de estos signos externos. Amparándose en Isaías (44, 5) grababan «Suyo» o «de Él» («de Yavé») en la palma de la mano izquierda (la derecha era utilizada para limpiarse después de defecar) o bien sobre la frente. Las mujeres lo tenían prohibido. *(N. del m.)*

golpe de timón a la conversación y se interesó por el prodigio de Caná.

—¿Qué deseas saber?

—¿Estabas allí?

—Así es.

—¿Es cierto que convirtió el agua en vino?

Todos lo sabían, pero deseaban oírlo. Y relaté lo que estimé oportuno.

—Lo hizo para mayor gloria de su Padre de los cielos...

—¿Eso dijo?

—Eso dijo.

—¿Proclamó la ira de Yavé?

—Él no cree en eso... Su Dios es diferente.

—¿Y cuál es su Dios?

—El mismo que el tuyo, y que el mío, y que el de todos... Un Dios desconocido, todavía...

No comprendió ni le interesó.

—¿Y por qué no convirtió el agua en sangre? Hubiera sido más efectivo...

Los «justos» aplaudieron la ocurrencia. Era propia de un desequilibrado.

Me encogí de hombros. No merecía la pena entrar en absurdas discusiones.

Yehohanan, además, iba a lo suyo.

—¿Y qué dijeron los romanos?

—Lo ignoro. Allí no había romanos..., que yo sepa.

—Los *kittim* están en todas partes...

En eso tenía razón. Los *scorpio* («escorpiones»), como llamaban a sus espías y confidentes, no tardaron en enterarse del prodigio de Caná, como tampoco necesitaron mucho tiempo para saber de la existencia de aquel supuesto profeta que solicitaba el arrepentimiento y que buscaba la ruina de Roma. Ahora puedo decirlo: no fue Roma quien encarceló a Yehohanan, pero lo hubiera hecho de no haber intervenido Antipas... El Bautista se lo ganó a pulso.

—¿Qué planes tiene?

—Lo desconozco...

Dije la verdad. No conocía los pensamientos del Maestro respecto al futuro inmediato.

Y, bruscamente, dejó de preguntar. Abandonó el grupo y

se sentó fuera del círculo de piedras. Abrió la colmena y extrajo su diaria ración de miel. Nadie comentó nada.

Terminada la cena, sin mediar palabra, tomó el «barril» de colores y se introdujo en las aguas del Yaboq, alejándose hacia el bosque de las acacias.

El sol se fue con él...

Se encendieron las antorchas y, con ellas, las discusiones. Nadie entendía nada.

«¿Por qué Yehohanan se preocupaba del carpintero de Nahum?»

«Él era el verdadero Mesías...»

«En ese caso, ¿por qué no hacía portentos, como Jesús?»

El prodigio de Caná había mermado la moral del grupo. Algunos de los «justos» pretendían que el vidente se trasladara a la ciudad más cercana y que repitiera lo sucedido en la boda de *Sapíah*. La idea de convertir el agua en sangre fue muy aplaudida. Pero ¿en qué ciudad? La mayoría apuntó a Jerusalén. La hora había llegado...

«¿Era la magia del Galileo el resultado de un pacto con el "señor de las moscas" (Belzebú)?»

«¿Qué debían hacer si las críticas llegaban a oídos de Antipas? ¿Desintegraban el grupo? ¿Huían? ¿Se enfrentaban al martirio?»

Más de uno señaló, con acierto, que Antipas ya estaba enterado. En aquel campamento se movía gente rara...

«¿Huir? Nunca...»

Abner se opuso con todas sus fuerzas. No abandonaría a su ídolo. «Yehohanan era el Mesías libertador. Ese Jesús había desaparecido...»

Judas no abrió la boca.

No hubo forma de aunar criterios. Cada cual tiraba de un pico de la manta, según su entendimiento e intereses.

Yo también permanecí en silencio, atento.

En lo que sí estuvieron de acuerdo, y por unanimidad, fue en el «tirón» popular del Bautista. Lo repitieron una y otra vez: «Era el momento... Convenía organizarse y levantar al pueblo contra los malditos *kittim*. Echarían al mar a los romanos. Sería el principio de la gloria.»

Judas intervino. Lo noté eufórico:

—Sí, hay que organizarse. Debemos empezar por las armas...

Se hizo el silencio.

Abner puso las cosas en su sitio:

—¿Y de dónde sacamos el dinero?

Ahí concluyó el entusiasmo.

Nadie quiso comprometer hacienda o fortuna. Una cosa eran las palabras, y las intenciones, y otra la realidad, como siempre, y como en todas partes...

Necesitaron tiempo para retomar la discusión. El asunto, en efecto, no era tan simple.

Y el pequeño-gran hombre, por último, fue a plantear el que, sin duda, era el problema capital en aquellos momentos: los durísimos ataques de Yehohanan al tetrarca Antipas y a Herodías.

En eso también hubo unanimidad.

Nadie entendía el porqué del peligroso comportamiento del vidente. Es más: nadie recordaba por qué se inició la absurda y desagradable campaña contra el hijo del Grande.

Eso me interesaba y pregunté.

Las respuestas me desconcertaron. Nunca lo hablaron entre ellos. Nunca animaron a Yehohanan a que atacara a Antipas y, mucho menos, a Herodías. ¿Por qué iban a hacer una cosa así? La liberación de Israel ocupaba sus pensamientos.

Estaban confusos y, lo que era peor, temerosos. Herodes Antipas era digno hijo de su sanguinario padre. Podían esperar cualquier reacción (de día o de noche). Antipas era muy capaz de apresarlos, a todos, y de pasarlos a cuchillo o desterrarlos.

Asentí. Antipas era cruel, injusto, ambicioso y cobarde.

Mal asunto, pensé.

Antipas no permitiría el menor asomo de rebelión, al menos en sus territorios. Los «justos» lo sabían y conocían igualmente que Roma se hallaba detrás del tetrarca de la Perea y de la Galilea. Si Yehohanan arrastraba a la multitud, como así era, y hacía la más mínima alusión a la insurrección contra el poder establecido, adiós Yehohanan. Su apresamiento podía ser fulminante.

Todos estaban al tanto de esta delicada situación. De ahí su terror.

Al empezar a oír la filípica reconozco que me despisté. Estaba al tanto de los textos evangélicos, en los que los «escritores sagrados» (?) cuentan su versión sobre el apresamiento y muerte de Yehohanan (1). No sé qué me sucedió. Fue tal sorpresa el ataque a Antipas que necesité tiempo para reaccionar. Yo conocía al tetrarca. Fue el sujeto que trató de interrogar al Maestro en la dramática madrugada del viernes, 7 de abril del año 30. Jesús, como se recordará, no abrió la boca. Antipas fue también el injusto gobernante que denegó la indemnización a la familia del Galileo, a raíz de la muerte de José cuando éste construía un edificio público en la ciudad de Séforis, capital de la Galilea. Jesús, en persona, reclamó dicha indemnización, pero Antipas la rechazó. El Hijo del Hombre tenía catorce años (2).

Y fue allí, en el vado de las Columnas, donde empecé a despejar las dudas...

Los evangelistas —cómo no— eran responsables, en buena medida, de mi confusión.

Sencillamente: la condena a Herodes Antipas era injusta.

Herodías no era la mujer de su hermano, como escriben los citados «escritores sagrados» (?). Herodías era la legítima esposa de Antipas. Yo fui el primer equivocado.

La historia, una vez más, fue manipulada...

En síntesis, esto fue lo que alcancé a saber sobre el referido asunto:

---

(1)   Lucas dice (3, 19-21): «Pero Herodes, el tetrarca, reprendido por él [por Yehohanan] a causa de Herodías, la mujer de su hermano, y a causa de todas las malas acciones que había hecho, añadió a todas ellas la de encerrar a Juan en la cárcel.»

Mateo dice (14, 3-5): «Es que Herodes había prendido a Juan, le había encadenado y puesto en la cárcel, por causa de Herodías, la mujer de su hermano Filipo. Porque Juan le decía: "No te es lícito tenerla." Y aunque quería matarle, temió a la gente, porque le tenían por profeta.»

Marcos dice (6, 17-21): «Es que Herodes era el que había enviado a prender a Juan y le había encadenado en la cárcel por causa de Herodías, la mujer de su hermano Filipo, con quien Herodes se había casado. Porque Juan decía a Herodes: "No te está permitido tener la mujer de tu hermano." Herodías le aborrecía y quería matarle, pero no podía, pues Herodes temía a Juan, sabiendo que era hombre justo y santo, y le protegía: y al oírle, quedaba muy perplejo, y le escuchaba con gusto.» *(N. del m.)*

2   (2) Amplia información sobre ambos sucesos en *Jerusalén. Caballo de Troya 1* y *Nazaret. Caballo de Troya 4. (N. del a.)*

Antipas, uno de los muchos hijos legítimos de Herodes el Grande (los ilegítimos se contaban por decenas), estaba casado con una princesa nabatea (árabe). Pero, en uno de sus viajes a Roma (posiblemente en el año 25), al visitar a Herodes Filipo, uno de sus hermanastros (hijo de la tercera esposa del Grande), conoció a Herodías, mujer del referido Herodes Filipo, y se enamoró de ella. Otros aseguraban que el tal H. Filipo era, en realidad, Herodes, hijo de Mariamne II, que también casó con el Grande. Herodías, por su parte, era hija de Aristóbulo (estrangulado por orden de Herodes el Grande) y, en consecuencia, nieta de este último. Del matrimonio entre Herodías y Herodes Filipo nació Salomé, la célebre bailarina que solicitó la cabeza de Yehohanan. La cuestión es que Antipas propuso matrimonio a Herodías y ésta aceptó. Y ambos acordaron que, a su regreso a Israel, Antipas se divorciaría de la princesa árabe y se casaría con Herodías. Y así fue. Herodías y Antipas firmaron los correspondientes documentos de repudio o divorcio y contrajeron matrimonio con todas las bendiciones legales.

En otras palabras: Herodías no fue la mujer de su hermano, sino de su hermanastro. No era sobrina de Antipas, sino «sobrinastra» (si se me permite la licencia). Es decir, desde el punto de vista del parentesco de sangre, la relación era lejana.

Los evangelistas mintieron o fueron engañados.

Y lo más importante: Antipas y Herodías habían contraído matrimonio legalmente, como no podía ser de otra manera, dado el rango real de Antipas y el origen igualmente noble de Herodías. Roma no hubiera aceptado una situación ambigua.

Y sucedió que la esposa nabatea de Antipas, llamada Chaquilat, terminó enterándose del complot y huyó a Sela, la «Roca» (actual Petra, en Jordania). Allí se refugió en el imperio de su padre, Aretas IV (1). Y el nabateo juró vengarse de Antipas. (En realidad, las rencillas entre Antipas y

---

(1)   Aretas IV reinó entre los años 9 a. J.C. y el 40 d. J.C. Sucedió a su hermano Obodas III. En las monedas aparece con el nombre de Filodemo, aunque también se le conoce como Filopatris. Para Clermont-Ganneau, el título de Filopatris significaba «el que ama a su bisabuelo». Schürer prefiere «el que ama a su pueblo». *(N. del m.)*

Aretas IV eran antiguas y casi todas tenían origen en problemas de territorialidad o de control de las rutas principales. Algunos de los «roces» se remontaban a la época de Herodes el Grande (1). Años más tarde (en el 36) Aretas IV terminó derrotando a Antipas.)

En resumidas cuentas: alguien manipuló la verdad e hizo creer a la posteridad lo que no era cierto. A saber:

1. Antipas no «robó» a la mujer de su hermano.
2. Su hermano, en realidad, era hermanastro.
3. Herodías no era sobrina de Antipas, sino «sobrinastra».
4. Hubo divorcio previo al matrimonio entre Antipas y Herodías, como exigía la ley.
5. Antipas no encarceló a Yehohanan por causa de Herodías, como afirman los evangelistas. Las razones fueron otras, y más graves, como relataré más adelante.
6. Los «escritores sagrados» (?) no dicen que, en aquel tiempo, los matrimonios entre parientes estaban permitidos e, incluso, recomendados (2). Y no digamos en la fami-

(1)   Los problemas del reino nabateo con Israel se remontaban a la época de Antonio y Cleopatra. La política de estos últimos provocó que en el año 31 a. J.C. Herodes el Grande se enfrentara a los nabateos. Finalmente, el Grande venció a los árabes y demostró a Roma su talento estratégico y militar. Los árabes siguieron reivindicando algunos territorios (como la región de Gabalis) y, finalmente, se enfrentaron a Antipas, derrotándolo. *(N. del m.)*

(2)   En un estudio sobre el particular, Joachim Jeremías revela un buen número de datos que avalan la afirmación del mayor. He aquí algunos:

Números (36, 11): «... las hijas de Selofjad se casaron con los hijos de sus tíos paternos».

Cuando las hijas, al no haber hijos, eran herederas, la Torá ordenaba que se casasen con parientes. Y así lo ratifica el libro de Tobías (6, 10-13 y 7, 11-12). Otro tanto sucedía entre las familias sacerdotales y entre matrimonios de laicos (ver Jue. 8, 1-2). En ese sentido, el libro de los Jubileos recomienda también el matrimonio con la prima (Jubileos IV,15.16.20.27.28.33 y X,14). Los patriarcas desposaron a las hijas de la hermana o del hermano de su padre (es decir, recomendaban el matrimonio con la sobrina y proclamaban: «No tome mujer un hombre antes de que la hija de su hermana se haya hecho mayor.»).

En la ley oral (b. Sanh. y b. Yeb.) se dice: «Un matrimonio con la hija de la hermana trae como consecuencia que la oración sea escuchada.»

Tampoco era raro el matrimonio con la hija del hermano. El propio

lia herodiana... (1). Sólo algunos pocos, especialmente los «santos y separados», polemizaban al respecto. Y ni siquiera se ponían de acuerdo entre ellos. Al pueblo liso y llano, como se comprenderá, estas disquisiciones legales y religiosas le resbalaban.

Abraham asegura que Sara era medio hermana suya por parte paterna: «Era la hija de su hermano.» En hebreo, «tío paterno» se dice *dôd* («amado»). *(N. del a.)*

(1)   Flavio Josefo, al hablar de la familia de Herodes el Grande, expone lo extendido que estaba el matrimonio entre parientes, especialmente con la sobrina, con la prima carnal o con la prima en segundo grado. He aquí algunos ejemplos:

Matrimonios con la sobrina (hija del hermano):

Herodes el Grande con la hija (nombre desconocido) de un hermano.

Herodes Filipo (hijo de Herodes el Grande) con Herodías (nieta de Herodes el Grande).

Herodes Antipas (hijo de Herodes el Grande) con Herodías.

Filipo (hijo de Herodes el Grande) con Salomé («sobrinastra» de Filipo).

Herodes de Calcis (nieto de Herodes el Grande) con Berenice (bisnieta de Herodes el Grande).

Matrimonio con la sobrina (hija de la hermana):

Herodes el Grande se casó con una hija (nombre desconocido) de su hermana Salomé.

Matrimonios con la prima carnal:

Fasael (sobrino de Herodes el Grande) se casó con Berenice (bisnieta de Herodes el Grande).

Aristóbulo (hijo de Herodes el Grande) se casó con Berenice (bisnieta de Herodes el Grande).

Antípater (sobrino de Herodes el Grande) con Kypros (nieta de Herodes el Grande).

José (sobrino de Herodes el Grande) con Olimpías (hija de Herodes el Grande).

Un hijo de Feroras (sobrino de Herodes el Grande) con Roxaná (hija de Herodes el Grande).

Un hijo de Feroras con Salomé (hija de Herodes el Grande).

Aristóbulo (bisnieto de Herodes el Grande) con Salomé (bisnieta de Herodes el Grande).

Matrimonios con la prima en segundo grado:

Agripa I (nieto de Herodes el Grande) con Kypros (nieta de Fasael, hermano de Herodes el Grande).

Herodes de Calcis (nieto de Herodes el Grande) con Mariamne (nieta de José, hermano de Herodes el Grande).

La lista es interminable... *(N. del a.)*

HERODES Y SU DESCENDENCIA
HERODES EL GRANDE
Nacido en 73 a. J.C. muerto en 4 a. J.C. desposa a

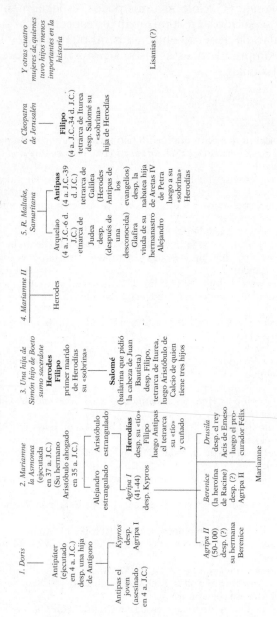

| 1. Doris | 2. Mariamne la Asmonea (ejecutada en 37 a. J.C.) (Su hermano Aristóbulo ahogado en 35 a. J.C.) | 3. Una hija de Simón hijo de Boeto sumo sacerdote | 4. Mariamne II | 5. R. Maltake, Samaritana | 6. Cleopatra de Jerusalén | Y otras cuatro mujeres de quienes tuvo hijos menos importantes en la historia |

Antípáter (ejecutado en 4 a. J.C.) desp. una hija de Antígono

Antipas el joven (asesinado en 4 a. J.C.)

Alejandro estrangulado — Aristóbulo estrangulado

Kypros desp. Agripa I

Herodías desp. su «tío» Filipo luego Antipas el tetrarca de quien tiene tres hijos

Agripa I (41-44) desp. Kypros

Herodes Filipo primer marido de Herodías su «sobrina»

Salomé (bailarina que pidió la cabeza de Juan Bautista) desp. Filipo, tetrarca de Iturea, luego Aristóbulo de Calcio de quien tiene tres hijos

Herodes

Arquelao (4 a. J.C.-6 d. J.C.) etnarca de Judea desp. (después de una desconocida) Glafira viuda de su hermanastro Alejandro

Antipas (4 a. J.C.-39 d. J.C.) tetrarca de Galilea (Herodes Antipas de los evangelios) desp. la nabatea hija de Aretas IV de Petra luego a su «sobrina» Herodías

Filipo (4 a. J.C.-34 d. J.C.) tetrarca de Iturea desp. Salomé su «sobrina» hija de Herodías

Lisanias (?)

Agripa II (50-100) desp. (?) su hermana Berenice

Berenice (la heroína de Racine) desp. (?) Agripa II

Drusila desp. el rey Acis de Emeso luego el procurador Félix

Mariamne

(Los nombres de los que reinaron están en bastardilla.)

En negrita los principales protagonistas de la historia que terminó con el encarcelamiento de Yehohanan. No confundir a Filipo (hijo de la tercera esposa de Herodes el Grande) con su hermanastro Filipo (hijo de Cleopatra de Jerusalén). Herodías contrajo matrimonio con el primero. Después se casó con Antipas. Salomé nació de la unión entre Herodías y Filipo.
(Información basada en Rops, J. Jeremías, Schürer y F. Josefo). *(N. del a.)*

Yehohanan, como el resto de los discípulos, estaba al tanto de estas noticias y pormenores. ¿Por qué, entonces, inició aquella imprudente campaña contra Herodes Antipas?

Los «justos», insisto, no lo entendían, y quien esto escribe tampoco.

A no ser que...

Pero rechacé la idea. Me pareció absurda.

Algún tiempo después, cuando el Destino permitió que contemplara lo que contemplé, comprendí que la intuición siempre acierta.

Pero no deseo adelantarme a los acontecimientos. Todo debe ir paso a paso en la vida, y mucho más en esta asombrosa historia.

Además, repetían los discípulos, con razón, ¿qué importa Herodías? Allí se estaba debatiendo algo de mayor calado y de suma trascendencia: el Mesías y la liberación de Israel.

¿Por qué el vidente se empecinaba en insultar al tetrarca y a su legítima esposa?

Había una razón —una poderosa razón— pero, como dije, en esos momentos pasó desapercibida para este explorador. Tampoco los «justos» se percataron de ello. ¿Quién podía sospechar una cosa así?

El vidente no regresó en tres días.

Pensé en adentrarme en el bosque de las acacias, como ya hice en otra oportunidad, pero desistí. Me pareció más interesante asistir a las discusiones entre los discípulos. Eran continuas y cada vez más encendidas.

«Aquél no era el camino», aseguraba la mayoría.

«Era urgente que Yehohanan cambiara de táctica a la hora de predicar.»

«Los insultos al matrimonio Antipas-Herodías no aportaban nada a la necesaria sublevación de Israel. Muy al contrario: podían conducir al desastre.»

Y una parte del grupo planteó a Abner la posibilidad de abandonar al vidente, «en el caso de que no aceptara estas condiciones».

El pobre Abner se vio entre la espada y la pared. Reconoció que los que hablaban así lo hacían con razón. Y prometió exponer el asunto a su ídolo. Otra cuestión era la reacción de Yehohanan... Todos sabían que era imprevisible.

En esos días, ante mi sorpresa, el número de los acampados creció sensiblemente. Conté más de mil quinientos. La gente se agolpaba en el vado como buenamente podía y los vendedores y tunantes se frotaron las manos. Eran de toda clase y condición. Procedían de los lugares más remotos e insospechados. Todos deseaban (exigían) ver y oír al nuevo profeta. Todos querían saber del hombre que anunciaba el fin de Roma y de los tiempos. Todos querían arrepentirse y, de paso, sacar algo.

Capté un enorme despiste entre los allí reunidos.

Confundían a Yehohanan con Jesús de Nazaret. Llegaban con la idea de que el prodigio de Caná tuvo lugar en el vado de las Columnas. Y preguntaban, incluso, por el «vino prodigioso». Hubo quien ofreció dinero por probarlo.

Los discípulos del vidente se enojaban. «Yehohanan —decían— no se dedica a esas minucias...»

Muchos se sentían defraudados. Y las polémicas surgían aquí y allá, como las hogueras.

Para colmo, Yehohanan había desaparecido...

El miércoles, 17 de abril, al amanecer, Abner y quien esto escribe nos hallábamos en la orilla de los guijarros blancos. Contemplábamos el panorama. Cientos de personas iban y venían, discutían, esperaban... Y el pequeño-gran hombre hizo un comentario, alertándome sobre algo en lo que no había reparado. Señaló a una serie de individuos y, en efecto, caí en la cuenta: eran tipos extraños, con un comportamiento no menos raro. No eran judíos, ni tampoco *badu* (beduinos). Aparecían mezclados entre el gentío, casi siempre en parejas. No hablaban con nadie. Sólo entre ellos. A pesar de las altas temperaturas (en esos momentos rozaríamos los 20 o 25 grados Celsius) se presentaban embozados, cubiertas las cabezas con amplios y pesados ropones. Sí, era llamativo...

Abner confesó sus temores. Probablemente estábamos ante un grupo de confidentes de Antipas. También podían ser «escorpiones» (al servicio de los *kittim*).

Y aseguró que llevaban con ellos desde hacía tiempo. Los vieron en el bosque de los pañuelos. Siempre se comportaban de la misma forma. Eran huidizos. Jamás participaban. Nunca pisaban el *guilgal*, ni se habían sometido a la ceremonia de la inmersión en las aguas. Nadie los vio preguntar sobre Yehohanan. Dormían en el campamento, o en los alrededores. Lo observaban todo, pero, como digo, permanecían al margen.

Abner fue más allá y confesó que podían ser miembros de la guardia pretoriana de Antipas (1).

Eso eran palabras mayores.

Yo los había visto en Jerusalén, durante la visita al palacio de Antipas, en la triste jornada del 7 de abril del año 30. La guardia personal del tetrarca era temible.

Los que alcancé a ver vestían de uniforme: túnicas verdes, de media manga, con el tronco y el vientre cubiertos por una «camisa» o coraza, trenzada a base de escamas metálicas. A la espalda cargaban sendos carcajes de cuero, repletos de flechas. Eran especialmente diestros con el arco.

Éstos, los camuflados con los mantos, vestían de «paisano».

Si se trataba de los *sōmatophylax*, los sanguinarios «guardaespaldas» de Herodes Antipas, habría que gastar cuidado. Aquella guardia, formada fundamentalmente por galos, tenía fama por su brutalidad y por la fidelidad al tetrarca.

Y Abner, con buen criterio, recomendó prudencia.

Pero sucedió lo inevitable...

Algunos de los acampados se percataron también de la presencia en la orilla de los embozados y, tan osados como ignorantes, los interpelaron.

Abner y yo nos miramos, desconcertados.

(1) Era más que probable que la guardia pretoriana o personal de Antipas, regalo del emperador Augusto a Herodes el Grande en el año 30 a. J.C., estuviera formada por soldados galos, tracios y germánicos. En un primer momento, la citada escolta estaba integrada por 400 galos. Era la guardia personal de Cleopatra, la última reina de Egipto. Augusto, como digo, se la regaló al Grande. Y fue pasando a los hijos. Fueron los galos los que asesinaron a Aristóbulo, uno de los hijos de Herodes el Grande. Los crímenes de estos mercenarios se contaban por decenas. Fueron también los responsables de la muerte de los 16 niños de Belén y su comarca, por orden del Grande. Fallecido Herodes el Grande, la guardia gala fue heredada por Arquelao (4 a. J.C.-6 d. J.C.), uno de los hijos. Al ser destituido Arquelao, los temibles mercenarios pasaron a manos de Antipas. La mayoría procedía de la región situada entre el Garona y el Sena (actual Francia). César los llamaba «celtas». *(N. del m.)*

Y la mala fortuna hizo que Judas, el Iscariote, se hallara en las proximidades.

Pero la pareja de extranjeros no respondió a las preguntas de los acampados. Y siguieron sentados sobre los guijarros blancos. Parecían no entender el arameo de los que preguntaban. No eran preguntas difíciles. Se interesaban, simplemente, por el lugar de origen de los embozados.

Abner pensó en intervenir, pero dudó. Hizo bien.

Y uno de los curiosos, el que llevaba la voz cantante, elevó el tono, recriminando el silencio y la mala educación de los que se cubrían con los ropones.

Otros acampados, alertados por las voces, se aproximaron.

Y el que preguntaba insistió. Pero tampoco obtuvo respuesta. Creí, sinceramente, que los embozados no entendían.

Abner llamó mi atención sobre otras parejas de embozados. Habían empezado a aproximarse al grupo.

Si, efectivamente, eran de la guardia gala, aquello podía convertirse en una tragedia.

Lamenté no disponer del cayado. Lo había dejado en el *guilgal*.

Todo se precipitó en cuestión de segundos.

El acampado que dirigía las preguntas terminó enfadándose y, de un manotazo, descubrió a uno de los que se ocultaban bajo el ropón. El manto cayó a tierra y el individuo se puso en pie de un salto. Era joven, con el cabello rubio, casi blanco, y los ojos claros. Era un galo, sin duda. Abner estaba en lo cierto. Podía ser un mercenario, al servicio de Antipas.

El muchacho (no tendría más de veinte años) echó mano de una *sica*, un puñal corto, y lo blandió frente a los acampados.

Retrocedieron, atónitos.

El galo lucía un largo bigote, también rubio, y el torso desnudo. En el pecho, hombros y espalda aparecían numerosos tatuajes azules. Eran todos idénticos. Parecían urracas.

El segundo embozado se puso igualmente en pie y amenazó a los presentes con otro puñal.

Nadie se movió.

Y los galos cruzaron un par de palabras en su idioma. Después, de común acuerdo, retrocedieron sin perder la cara de los acampados. Los restantes embozados observaban la escena a distancia. No cabe duda de que estaban dispuestos a intervenir, si era preciso.

La situación parecía conjurada cuando, de improviso, el de los tatuajes fue a tropezar con uno de los perplejos observadores.

Ambos rodaron sobre los guijarros.

¡Era Judas!

Abner corrió hacia el grupo.

El galo se alzó de inmediato pero llegó a oír unas palabras, pronunciadas por el furioso Iscariote. Judas maldijo al galo. Y emitió un sonido que, en un principio, no supe interpretar.

Lo repitió dos veces. Más o menos, sonaba así:

—*Ak-ak!*

En arameo significaba «urraca», pero no comprendí el porqué de la alusión a los tatuajes. ¿O no era tal?

El galo se revolvió y fue a colocar la *sica* en la garganta de Judas. Entendía el arameo.

No sé qué hubiera sucedido, de no haber sido por la rápida intervención del segundo embozado. Éste hizo presa en el brazo de su compañero y lo arrastró hacia el camino de tierra roja. Y ambos se perdieron en dirección a Damiya. El resto de los embozados se fue tras ellos.

Al ver el puñal en el cuello de Judas temí lo peor.

Después sonreí para mis adentros. El Destino, obviamente, no hubiera permitido que Judas saliera malparado...

Abner se apresuró a atender al Iscariote, y también algunos de los acampados.

Estaba más pálido de lo habitual.

No dijo nada.

Se dejó conducir por el pequeño-gran hombre y retornamos al *guilgal*.

Judas se limitó a beber agua y continuó en su habitual mutismo.

A los galos no volvimos a verlos durante aquella jornada.

Algunos «justos» se apresuraron a auxiliar al lívido Iscariote y lo felicitaron por su comportamiento. Fue entonces cuando supe que el sonido emitido por el discípulo era un

493

insulto contra los malditos y aborrecidos galos. Todos, o casi todos, lucían tatuajes semejantes. Era uno de los símbolos de la tribu a la que pertenecían, la Hallstat. La urraca azul o rabilargo era uno de los pájaros de la suerte para aquellos mercenarios. Creían que dichos tatuajes les proporcionarían buenos botines. (Existe la leyenda de que la urraca, un córvido de especial inteligencia, guarda en sus grandes nidos toda clase de objetos brillantes.)

Sinceramente, el gesto de Judas no me pareció un signo de valentía; más bien una insensatez. Abner se mostró de acuerdo con este explorador. Insultar a un galo podía ser patriótico, pero nunca inteligente...

Sea como fuere, lo cierto es que la mayor parte de los discípulos se sintió incómoda con el incidente. Tenían que hablar, urgentemente, con Yehohanan. La situación, una vez confirmada la presencia de la guardia pretoriana de Antipas, se hacía especialmente peligrosa.

Pero ¿cuándo regresaría?

Y alguien habló de enviar un mensajero al bosque de las acacias.

No fue necesario.

Yehohanan, como si intuyera algo, se presentó al día siguiente, jueves, 18 de abril. Otra fecha difícil de olvidar...

No me cansaré de insistir en ello. Yehohanan no era una persona normal (en ningún sentido). Era un perturbado, pero, en ocasiones, disfrutaba —cómo definirlo— de una «lucidez» que desconcertaba. Aquella jornada volvió a demostrarlo...

Pero, antes de que apareciera en el vado de las Columnas, sucedió algo que tampoco fue normal...

Acababa de amanecer.

Me dirigí al río, con el fin de asearme. Entonces los vi.

Abner y otros «justos» también los detectaron.

Al principio pensé en nuevos seguidores. Si las cuentas no erraban, en esos momentos, el número de los acampados en el vado y alrededores superaba los mil quinientos.

Pero no. No eran seguidores del Bautista...

Fue algo peor.

Eran los galos, de nuevo.

Regresaron y lo hicieron en un grupo notable. Conté más de doscientos.

Todos aparecían embozados.

Ocuparon el camino de tierra roja que unía el vado con el pueblo de Damiya y se repartieron por la «playa».

Parecían nerviosos.

Los acampados continuaban a lo suyo, ocupados en el aseo matinal, en la preparación de los desayunos, en el acarreo de leña, o en espantar la nube de vendedores y pícaros. Todo, más o menos, normal...

Y en ello estaba, pendiente de la guardia pretoriana de Antipas, cuando sonó el *sofar*. Lo hizo con otro toque largo y cansino.

Yehohanan surgió al otro lado del río. Presentaba la cabeza descubierta, sin el acostumbrado «chal» de pelo humano. De la mano izquierda colgaba el «barril» de colores, la temida colmena.

Y fue avanzando, despacio, entre las aguas. Se dejó ver.

Abner y los discípulos corrieron hacia la orilla. Me uní a ellos.

Algunos comentaron que había llegado el momento. Esta vez sí parlamentarían con el vidente. Si no aceptaba las condiciones establecidas —olvidar los insultos al tetrarca y a su mujer, Herodías— abandonarían el grupo. E insistieron: «Está en juego la libertad del pueblo.»

Los numerosos seguidores y curiosos permanecieron indecisos durante unos momentos. Después reaccionaron. Dejaron a un lado los quehaceres y se reunieron en la orilla, expectantes.

Los galos que se hallaban junto al agua también se movieron.

Eran cincuenta o sesenta.

Se desplegaron formando un círculo y obligaron a los acampados más próximos a que se retiraran. La gente obedeció, temerosa.

Y varios de los mercenarios empezaron a emitir silbidos. Eran señales, evidentemente. Los del camino escucharon los silbidos y actuaron de inmediato.

Yehohanan había subido ya a la pilastra de costumbre. Depositó la colmena a un lado y echó atrás las siete trenzas rubias.

Abner y quien esto escribe no sabíamos hacia dónde mirar.

Y por el camino de tierra roja apareció una reducida comitiva. Conté seis personas; todas igualmente embozadas. Los galos se apresuraron a escoltarlas y a guiarlas. Más de cien hombres cubrieron los flancos. Los acampados se apartaron o, sencillamente, eran retirados a la fuerza.

Los «justos» manifestaron su alarma. ¿Quiénes eran aquellos «principales»? Así los llamaron.

Abner solicitó calma. Podían ser altos funcionarios de Antipas o quizá sacerdotes de Jerusalén. Judas se mostró disconforme. La guardia pretoriana del tetrarca no estaba para proteger a la casta sacerdotal. Tenía razón.

¿Se trataba del propio Herodes Antipas?

Nadie fue capaz de asegurarlo. Nadie alcanzó a reconocerlo. Todos, como digo, aparecían con las cabezas y los cuerpos cubiertos con los ropones. Por la forma de moverse, uno de los recién llegados parecía una mujer, pero no estuve seguro.

Tres siervos, provistos de grandes sombrillas rojas y azules, acompañaban a la comitiva e intentaban proteger a los «principales» del jovencísimo pero ardiente sol.

Alguien dijo algo respecto al vidente. Convenía avisarle... Demasiado tarde.

Los «principales» alcanzaron la orilla y se acomodaron sobre los guijarros blancos. Los galos espesaron el círculo protector y se colocaron de cara a los sorprendidos acampados. Entre éstos y la guardia no habría más de cincuenta metros. Nosotros nos encontrábamos aguas abajo, a una distancia similar.

Y empezó el «teatro»...

Abner, en voz baja, solicitó calma por enésima vez. Nadie debía moverse. Ésas fueron las órdenes del *ari*. Y todos, creo, obedecieron.

A decir verdad, la atención del grupo se hallaba repartida entre Yehohanan y los recién llegados.

Y me pregunté: «¿Cómo reaccionará el Bautista?»

Yehohanan no veía bien, tal y como señalé en su momento. Era otra de las consecuencias del albinismo ocular que padecía. ¿Llegaría a percatarse de la presencia de los extraños?

Y el Anunciador, siguiendo la costumbre, tras un par de minutos de tensa espera, fue alzando los brazos.

Escuchamos un murmullo de admiración.

Yehohanan abrió los dedos y apuntó con ellos al azul del cielo.

El lugar recuperó el silencio. Los «principales» no hablaban. La guardia permanecía atenta, sin perder de vista a los acampados.

La intuición tocó en mi corazón.

Aquélla no iba a ser una filípica como las demás...

Yo tampoco sabía a quién prestar atención.

Intentaba averiguar si, entre los «principales», se hallaba Antipas, o Herodías, pero no sabía cómo hacerlo.

Y dejé que el Destino se ocupara...

—Y en saliendo —comenzó el Bautista—, verán los cadáveres de aquellos que se rebelaron contra mí...

El silencio fue total. No sé si las aguas detuvieron su avance.

—... Su gusano no morirá... Su fuego no se apagará..., y serán el asco del mundo...

Esta vez, el «sermón» empezó con los últimos versículos del capítulo 66 del profeta Isaías, uno de sus favoritos. Y lo manipuló, claro está:

—... Así pues, de luna en luna nueva... vendrá todo el mundo a prosternarse ante mí...

Hizo una pausa e inauguró las acometidas:

—... Y tú, Antipas, el chacal, ¿vendrás a rendirme obediencia?... Así dice Yavé...

No hubo movimiento alguno entre los «principales».

El pueblo allí congregado sí reaccionó. Y surgieron los primeros vítores.

A continuación le tocó el turno al profeta Jeremías. Y cambió los textos a su antojo, y sin el menor pudor:

—¡Declaradle la guerra santa!... ¡En pie y subamos contra los impíos!... ¡Yavé nos reclama!... ¡Es la hora de la ira y de la venganza!... ¿Dónde te esconderás, Roma, ramera de las rameras?...

Los vítores fueron generales.

Algunos de los seguidores trataron de llegar al agua y se aproximaron peligrosamente al círculo que formaban los galos. Éstos se interpusieron y obligaron a retroceder a los enardecidos acampados. Al momento, otros embozados, que montaban guardia en la senda de tierra roja, acudieron en auxilio de los del círculo. No fue preciso que actuasen. La gente se replegó.

Abner movió la cabeza, negativamente. La situación era incomodísima.

—¡Ay de nosotros!... El día va cayendo y Yavé sigue sin recompensa...

Y volvió a arremeter contra el tetrarca:

—¡Atropello!... ¡Despojo humano!... ¡Aprende, Antipas!... ¡No sea que se despegue mi alma de ti!... ¡No sea que te convierta en desolación!... ¡Antipas, despierta!... ¡Antipas, atropellador!... ¡También yo estoy lleno de saña de Yavé!... Y cansado de retenerla la verteré sobre el niño de la calle y sobre el grupo de mancebos juntos... Pero, sobre todo, ¡sobre ti, Antipas, carroñero!... ¡Y sobre la mujer, la *dusara*!...

El gentío no terminaba de entender la mezcolanza de los ataques a Roma, las alusiones a la venganza del colérico Yavé, y los insultos a Herodes Antipas y a la *badawi* (Herodías).

Daba lo mismo.

La palabra «Roma» era la que arrastraba. Y aplaudieron y corearon el nombre del vidente, cada vez con más rabia.

«¡Abajo Roma!... ¡Abajo los peleles de Roma!»

Éstos fueron los gritos que menudeaban y que, en ocasiones, ahogaban las palabras de Yehohanan.

A Judas le brillaban los ojos. Yehohanan era su hombre.

En el círculo de los «principales» nadie movió un dedo. Los únicos que parecían disfrutar de vida eran los esclavos de las sombrillas. De vez en cuando alzaban la vista y comprobaban la posición del sol.

—¡Antipas y Herodías serán apresados!...

El clamor casi desapareció.

—¡Él y la *dusara* cederán sus casas a otros!... Y se avergonzarán de las abominaciones que hicieron... ¡Caerán con los que cayeren!... ¡Y lo harán muy lejos, en el fin del mundo!

»¡Atención al toque del cuerno!... ¡He aquí que traigo desgracia a este pueblo porque a mis razones no atendieron y porque desecharon mi ley!

Y surgió la sorpresa principal (hubo otras), al menos

para quien esto escribe. De pronto, alzando de nuevo los brazos y la voz, clamó:

—¡Antipas, maldito, Yavé te habla!...

El silencio fue sepulcral.

—... ¡Ciento sesenta y una lunas nuevas están dibujadas sobre ti y sobre esa ramera de Edom!

Y repitió:

—¡Ciento sesenta y una lunas nuevas para poner fin a tu rebeldía!... ¡Ciento sesenta y una lunas para sellar tus pecados, para expiar tu culpa y para instaurar la justicia!

Bajó los brazos lentamente y permaneció en silencio durante un minuto largo.

Nadie respiraba.

¿Qué quiso decir? ¿Se trataba de otra de sus locuras?

Abner echó cuentas con los dedos, pero estaba demasiado confuso. Yo necesité tiempo para entender.

Yehohanan se apoyaba en el capítulo 9 del libro de Daniel. Pero el texto del profeta no dice eso (1). Y me encogí de hombros.

Y prosiguió con el libro de Daniel...

—¡Sean confundidos los que a tus siervos hacen daño!... ¡Tú, Antipas, y tú, Herodías, quedaréis cubiertos de vergüenza! ¡Seréis privados de todo poder!... ¡Seréis arrojados de entre los hombres y vuestras uñas crecerán como las de las aves!

Seguía manipulando y manipulando a su antojo. Esas palabras pertenecen al capítulo cuarto (versículo treinta), pero Daniel jamás hace alusión al tetrarca de la Perea y de la Galilea. ¿Cómo podía hacerlo si el libro, como dije, fue escrito dos siglos antes?

(1)   En el libro de Daniel, el ángel Gabriel anuncia la siguiente profecía: «Sesenta semanas están fijadas sobre tu pueblo y tu ciudad santa para poner fin a la rebeldía, para sellar los pecados, para expiar la culpa, para instaurar la justicia eterna, para sellar visión y profecía, para ungir el santo de los santos...»

Los padres de la Iglesia católica, y exégetas, no se ponen de acuerdo sobre la naturaleza de dicha supuesta profecía. Algunos creen que se refiere a la muerte de Jesús de Nazaret. Otros aseguran que Daniel habla del final del Segundo Templo e, incluso, hay quien afirma que se está adelantando la fecha del final del mundo (?). Es posible que el libro fuera redactado en la segunda mitad del siglo II a. J.C. y que todo fuera pura invención. *(N. del m.)*

—... ¡Por eso Yavé ha enviado a la mano que te advierte!... ¡*Mené*: Dios ha medido tu reino! ¡Antipas, corrupto! ¡Y le ha puesto fin!... ¡*Teqel*: Dios ha pesado tu alma en la balanza y te ha encontrado falto de peso!... ¡*Parsín*: tu reino ha sido dividido y será entregado a los tuyos!

Las tres enigmáticas palabras significaban (en arameo) «medir» (*mené*), «pesar» (*teqel*) y «dividir» (*parsín*). En realidad era un viejo juego de palabras en el que se hacía alusión a los persas (*parás*) y a su declive. Pero Yehohanan lo hizo suyo y le dio la vuelta, naturalmente.

—... ¡Y Yavé mandó revestir de púrpura a su profeta!... ¿Me concederás tú, chacal carroñero, un collar de oro que adorne mi cuello?... ¿O lo cortarás con el hacha en tu borrachera?

Sentí hielo en las venas.

Yehohanan no sabía de qué estaba hablando. No era consciente de que acababa de anunciar su propia muerte. Yehohanan, sí, era una criatura extraña... No cabe duda de que alguien dirigía sus palabras.

Los «ilustres» se removieron, inquietos. Habían llegado al límite de la paciencia. Y terminaron alzándose. La guardia se preparó.

Finalmente dieron la espalda al vidente y caminaron hacia Damiya. Pero Yehohanan captó la escena y arremetió de nuevo contra los embozados.

—¡No huyas, cobarde!...

Los «principales» se detuvieron. Mejor dicho, lo hizo uno de ellos. El resto le imitó.

—... ¡Mi Dios ha enviado a su ángel!... ¡El fin llegará para ti, para la ramera de Edom, y para los impíos que queman incienso a los dioses de Occidente!...

Volvieron los vítores y, al mismo tiempo, los silbidos de rechazo hacia los que se retiraban. Abner no sabía si reír o llorar...

Pero el vidente no había terminado.

—¡Entiende y comprende, hijo de Baal Zevuv (dios de las moscas)!... ¡Desde este instante, Yavé ha dibujado el final!... ¡Cuando llegue Gog, la profecía será satisfecha!

Quedé perplejo. ¿De qué demonios hablaba?

—¡Y Yavé enviará la gran roca, para que todos sepan de quién es el mundo!... ¡Y el mundo se vestirá de luto y de hielo!... Pero ¡la desolación no será eterna!... ¡Entonces, aparecerá un Hijo de Hombre y el mundo será anclado en la luz!

Los «principales» se negaron a seguir oyendo. Dieron media vuelta y se alejaron. Y la totalidad de los galos se fue con ellos.

Yehohanan no se inmutó, y continuó sobre la pilastra, vomitando insultos e inconveniencias contra el tetrarca, contra la esposa, contra los *kittim* y, especialmente, contra los que no prestaban atención a los profetas. Anunció el fin del mundo más de diez veces, y siempre de forma diferente. Amenazó con fuego, con guerras, con hambre y, sobre todo, con aquella misteriosa «gran roca que caería de los cielos».

La gente estaba fuera de sí. Lo vitoreaban. Aplaudían. Lloraban. Se abrazaban. Pedían sangre. No importaba de quién. Amenazaban a Roma. Exigían armas. Querían la libertad y la guerra.

«¡Abajo Roma!»

Fue el grito, unánime, que flotó en el vado de las Columnas durante mucho tiempo.

Abner y los discípulos saltaban y aullaban de placer. Olvidaron las críticas a Antipas. Sólo contaba la sublevación y la preparación del nuevo reino. El Mesías estaba allí, en lo alto de aquella pilastra, con una colmena a los pies, las pupilas rojas, una «mariposa» en el rostro, y siete trenzas rubias al viento.

¿Qué más podían desear?

Conté un centenar de insultos y procacidades contra el tetrarca y Herodías.

Y terminé sentado sobre los guijarros blancos, descompuesto y confuso.

De seguir aquel camino, Yehohanan y los suyos no tardarían en ser aplastados. Daba igual si lo hacía Roma o Antipas. Lo cierto es que lo harían...

No me equivoqué.

Y hacia las once de la mañana, tras casi cinco horas de filípica, el vidente saltó a las lentas aguas del Yaboq, y se reunió con los «justos» en el *guilgal*. La gente, al pasar, lo animaba, lo bendecía, lo besaba, lo tocaba...

Fue, sin duda, uno de los días de gloria del Bautista. Todos se hallaban eufóricos. Todos menos quien esto escribe...

Fue la única vez que vi llorar a Yehohanan, aunque nunca supe si el llanto era de alegría o de pesar. Él, en esos momentos, sabía que la suerte (la suya) estaba echada.

Finalmente fue a sentarse al pie de la sófora. Y todos lo rodearon, extasiados.

Abner besó sus manos y el resto hizo otro tanto. Yo permanecí en segundo plano, desconcertado. Nada de esto fue escrito por los evangelistas.

Pero la jornada no había terminado...

Supongo que fue inevitable. Tampoco había mucho que contar...

Uno de los «justos» terminó informando al Bautista sobre el incidente del día anterior, entre el galo y Judas. Y exageró. También era lo normal. Contó a Yehohanan que fueron más de diez los sujetos que atacaron al Iscariote, y que éste se defendió con bravura, y que los puso en fuga.

«¡Es un héroe!», clamó el grupo.

Quien esto escribe se hallaba nuevamente perplejo.

Los «justos» parecían no saber de la personalidad egocéntrica de su líder o, quizá, movidos por las circunstancias, lo olvidaron. Y estalló el conflicto...

El vidente mandó llamar al Iscariote.

Todo el mundo se felicitó.

Judas caminó despacio y receloso hacia el centro del *guilgal*. Creo haberlo dicho: el Iscariote era extraordinariamente inteligente. E intuyó el peligro...

Se detuvo e hizo ademán de dar la vuelta. Los compañeros no lo consintieron. Y casi le obligaron a llegar ante el gigante de las siete trenzas.

Yehohanan lo miró de arriba abajo. Su rostro era pura piedra. No movió un músculo.

Se puso en pie y el Iscariote palideció.

Y, cuando todos esperaban un elogio, o una bendición, el vidente fue a cubrirse con el «chal» de cabello humano.

Se hizo el silencio.

A los pocos segundos, ante la sorpresa general, Yehohanan escupió entre las sandalias de Judas. Y lanzó dos de sus insultos favoritos:

—*Hara'im!... Ewil!*

(«Excremento humano» y «más que estúpido», respectivamente.)

Acto seguido, sin explicaciones, salió del *guilgal*, se hizo con la colmena, y se alejó hacia el bosque de las acacias.

La consternación cayó sobre el grupo como plomo fundido; especialmente sobre el Iscariote.

Así era Yehohanan.

Judas fue el primero en reaccionar.

Tomó sus pertenencias y, en silencio, sin despedirse de nadie, se dirigió hacia Damiya.

Sólo Abner estuvo listo. Captó lo sucedido y salió tras el discípulo, implorando comprensión. Pero las súplicas del pequeño-gran hombre no sirvieron de nada. Judas era igualmente retorcido. No soportaba que lo insultasen, y mucho menos en público. Su sentido del ridículo estaba por encima del perdón e, incluso, de la lógica. Fue otra de sus graves servidumbres...

Si no recordaba mal, ésta era la segunda vez que el Anunciador lo «maltrataba» delante de la gente. La primera tuvo lugar en los lagos de Enaván, al norte, en un incidente con los levitas, la guardia del Templo. En aquella ocasión, Judas saltó sobre uno de los policías y colocó la *sica* en la garganta del sorprendido levita. Yehohanan ordenó que retirara el puñal y lo avergonzó delante de todos, llamándolo *ewil* y *hara'im* (1).

Nadie dijo nada, pero todos pensaron lo mismo: Yehohanan no permitía sombras en su liderazgo. Todos lo sabían. El gesto de Judas, maldiciendo al galo, y, en cierto modo, plantando cara al invasor, podía restar méritos al «profeta». Y me pregunté: «¿Qué sucedería si el vidente terminaba uniéndose al grupo de Jesús de Nazaret?» Rechacé la idea. Eso era inviable. Los pensamientos y las maneras de uno y de otro eran incompatibles. Algo así no habría prosperado. Y elogié, una vez más, la inteligencia del Maestro. El Destino sabía...

No volvimos a ver al Anunciador (?) durante dos semanas.

En buena medida, todos lo agradecimos. Convivir con aquel hombre era una tortura.

(1) Amplia información sobre el suceso en los lagos de Enaván en *Nahum. Caballo de Troya 7. (N. del a.)*

Y dimos por hecho que se hallaba en el bosque de las acacias, con sus locuras, sus voces interiores y sus proyectos para la liberación de Israel.

Esa misma noche del jueves, 18 de abril, llegó hasta el *guilgal* un rumor poco tranquilizador. Al parecer, quienes habían visitado el vado esa mañana eran Antipas, Herodías y cuatro altos funcionarios de la corte herodiana. La noticia fue propalada por los propios galos. Regresaron al campamento e hicieron rodar el rumor. Y añadieron, de parte de Antipas y de Herodías (sobre todo de Herodías): «Huid mientras podáis... Huid al fin del mundo.»

No hacía falta ser muy inteligente para adivinar que Antipas y Herodías abandonaron el lugar preocupados y enfadados. La palabra exacta no sería «enfadados»...

Yehohanan estaba sembrando vientos y no tardaría en recoger una catastrófica cosecha de tempestades. En aquellos momentos, yo era el único con cierta perspectiva (y por razones obvias).

Por más vueltas que di a las escenas de la mañana no fui capaz de intuir quién de los seis «principales» era el tetrarca de la Perea y de la Galilea. Lo había visto, en el «futuro», como ya expliqué, durante el intento de interrogatorio en Jerusalén al Hijo del Hombre. Antipas se presentó ante este explorador como un individuo de unos cincuenta años, avejentado, extremadamente flaco y con la piel sembrada de costras sucias y cenicientas. Antipas padecía una enfermedad que llamaban «mentagra» (las úlceras empezaban siempre por el mentón). Quizá se trataba de sífilis.

Terminé resignándome. Lo que no imaginaba en esos momentos es que, meses más tarde, me hallaría, de nuevo, en la presencia del tetrarca, otro sujeto despreciable y peligrosísimo...

Pero ésa es otra historia.

Las siguientes jornadas (hasta el jueves, 25, de ese mes de abril) fueron de relativa calma y de especial expectación. Yehohanan no regresaba y los acampados, impacientes, fueron abandonando el vado. Corría toda suerte de rumores. La mayoría falsos. Hubo quien asoció la ausencia del Bautista con la ira de Antipas y de Herodías. Y se empeñaban en asegurar que Yehohanan fue detenido esa misma mañana del 18 de abril. Otros alimentaron los bulos con un posible envenenamiento del vidente por parte de la guardia gala. Y llegué a oír historias tan peregrinas como que el Bautista había perdido facultades y ahora vivía en Egipto, con Esdras y los disidentes. ¿Facultades? ¿Qué facultades?

Abner peleó contra los rumores hasta que comprendió que era una batalla perdida. Yehohanan se estaba convirtiendo en un mito, en un profeta a la altura de Isaías, Elías, Ezequiel o Daniel. Eso, al menos, era lo que apuntaba el pueblo. Y el *ari*, consciente de ello, se dedicó, con renovado afán, a proseguir sus «memorias». El buen hombre soñaba y soñaba: «aquel diario, algún día, sería también un texto santo». Abner no imaginaba lo que estaba a punto de ocurrir, y la suerte que correrían dichas «memorias»...

Quien esto escribe estuvo a punto de abandonar el vado de las Columnas. Echaba de menos al Maestro. Allí, prácticamente, no tenía nada que hacer. Pero, a pesar de estos pensamientos y deseos, algo me retuvo junto al río Yaboq. No sé explicarlo. Era una voz interior, que aconsejaba: «Confía... Espera.»

Y obedecí. No me moví del lugar.

Aproveché esos días para mantener largas conversaciones con Abner y con los «justos». Al igual que los otros discípulos (los del Hijo del Hombre) aquéllos habían echado raíces en los ancestrales conceptos mesiánicos. No era fácil hacerles cambiar de opinión. Todo se centraba en la gloria y en la libertad de Israel. Todo era Yavé (colérico y vengativo). El Mesías (Yehohanan) ya estaba allí. La lucha era inminente. Israel sometería al mundo y ellos, los «justos», marcharían a la cabeza de los ejércitos. Después llegarían los días de gloria. El reino se hallaba al alcance de la mano.

Guardé silencio, naturalmente. Me limité a oír y a preguntar.

Abner y los otros me apreciaban, y fueron sinceros, creo.

No envidié el papel de Jesús de Nazaret. Tenía por delante mucho trabajo, y un trabajo ingrato que no sería comprendido. Es más: le costaría la vida...

Sí, le echaba de menos.

Y dediqué aquel relativo sosiego a meditar sobre otro asunto que me tenía perplejo: las palabras de Yehohanan en la filípica del jueves, 18 de abril.

¿Cómo pudo saber...?

A lo largo de dicho «sermón», como se recordará, el Bautista lanzó frases como las siguientes:

«Antipas y Herodías serán apresados.»

«Él (Antipas) y la *dusara* (Herodías) cederán sus casas a otros.»

«Caerán con los que cayeren. Y lo harán muy lejos, en el fin del mundo.»

«161 lunas nuevas están dibujadas sobre ti (Antipas) y sobre esa ramera de Edom (Herodías).»

«161 lunas nuevas para poner fin a tu rebeldía. 161 lunas para sellar tus pecados, para expiar tu culpa y para instaurar la justicia.»

«Tú, Antipas, y tú, Herodías, quedaréis cubiertos de vergüenza. Seréis privados de todo poder. Seréis arrojados de entre los hombres...»

«Dios ha medido tu reino y le ha puesto fin. Tu reino será dividido y será entregado a los tuyos.»

«¿Me concederás un collar de oro que adorne mi cuello o lo cortarás con el hacha en tu borrachera?»

Nos hallábamos en abril del año 26 de nuestra era. Insisto: ¿cómo pudo saber?

Sencillamente, ¡asombroso!

Antipas, por lo que cuenta la historia, fue destituido en la localidad de Baias (Italia), alrededor del mes de agosto del año 39 d. J.C. (1). Fue el emperador Calígula quien se

---

(1) La vida con Herodías ocasionó a Herodes Antipas numerosos disgustos. A las rencillas con Aretas IV por las disputas fronterizas (por causa de la región de Gabalítide) se sumó el divorcio de la princesa nabatea. Aretas IV no lo perdonó y en el año 36, como ya mencioné, ambos ejércitos se enfrentaron y Antipas fue derrotado. El emperador Tiberio tuvo conocimiento de la derrota y envió al gobernador de Siria, Vitelio, a que capturase a Aretas IV, vivo o muerto. Vitelio, al parecer, tuvo otros enfrentamientos con Antipas y retrasó, en lo posible, el avance de las legiones hacia Petra. En plena marcha hacia los territorios nabateos, Vitelio recibió la noticia de la muerte de Tiberio (ocurrida en marzo del año 37 d. J.C.) y consideró que su obligación de batallar contra Aretas IV había terminado. La derrota, por tanto, quedó sin venganza. Pero las desgracias de Antipas apenas habían empezado. Calígula aceptó a Agripa I como rey de Palestina y en el año segundo de su reinado (marzo del 38 d. J.C.), Agripa se presentó en Israel como único rey. Herodías se sintió humillada y obligó a su marido a viajar a Roma para exigir un título similar. Antipas no estaba muy convencido, pero accedió. Tuvo mala suerte. En esas mismas fechas se presentó en Roma un tal Fortunato, liberto de Agripa, con

encargó de terminar con la tetrarquía de Herodes Antipas, desterrándolo al sur de Francia (posiblemente a la región de Lugdunum Convenarum, en la vertiente norte de los Pirineos). Herodías se negó a regresar a Israel y acompañó a su marido hasta la muerte. El reino de Antipas (Galilea y Perea) fue puesto en manos de Agripa I, hermano de Herodías. Es decir, «el reino de Herodes Antipas fue entregado a los suyos». Yehohanan acertó: Antipas y Herodías fueron humillados y cubiertos de vergüenza. Antipas fue derrotado por los nabateos en el año 36. Después, tras ser destituido, tuvo que sufrir el destierro. Todos sus bienes y propiedades pasaron a manos de otros. No fueron apresados, pero casi. Calígula los retuvo hasta que, finalmente, Antipas fue despojado de todo. Y lo más increíble: entre ese mes de abril del año 26 y agosto de 39 se sucedieron 161 lunas nuevas...

¡Qué extraña criatura el Bautista!

Antipas y Herodías «cayeron», y terminaron sus vidas en lo que, en aquellos tiempos, se consideraba el «fin del mundo» (Occidente).

Fue algún tiempo después cuando Antipas, en plena borrachera, mandó cortar la cabeza de Yehohanan. Y se cumplió la penúltima de las profecías (?). Yo no podía saberlo en esos instantes, pero llegaría a ser testigo de excepción del trágico suceso...

No lo he mencionado, pero Tarpelay seguía presentándose en el vado de las Columnas, y lo hacía una vez por semana, tal y como prometió. Hablábamos en silencio y recorríamos los alrededores. El negro de la túnica amarilla conocía la región como la palma de la mano. Aquellos viajes cortos e intensos fueron de gran utilidad para las siguientes y no menos apasionantes aventuras. Pero de eso hablaré en su momento. ¿O no?

---

una relación de acusaciones contra Antipas. Fue acusado de traición, confabulación con el rey parto Artabano, y acumulación de armas en lugar secreto. Antipas reconoció que dicho arsenal existía, pero que estaba destinado a futuras guerras contra Aretas IV. Calígula no le creyó y dio por buenos los otros cargos contra el tetrarca. Antipas fue destituido y desposeído de todo lo que tenía. Y desde Baias, en la Campania, fue desterrado a la Galia. Allí murió. *(N. del m.)*

A lo que iba. El jueves, 25 de abril, a eso de la hora quinta (once de la mañana), recibimos una visita inesperada. En el vado apareció un nutrido grupo de «notables». Era una delegación de saduceos y de escribas. Procedían de la Ciudad Santa (Jerusalén).

Los saduceos eran inconfundibles. Vivían rodeados de todas las comodidades habidas y por haber, y alguna más...

Llegaron al Yaboq con una caravana de onagros, *redas* de cuatro ruedas y más de un centenar de siervos. Durante horas fueron la distracción de los acampados y, por supuesto, de Abner, de los «justos», y de quien esto escribe.

Descargaron la impedimenta y quedé maravillado. Disponían de tiendas confortables, bañeras de madera, abanicos de plumas de avestruz, vasijas de oro y plata, cocineros *badu*, sombrillas de colores, espantamoscas, protección armada, camas plegables, concubinas, nieve del Hermón en cubos cubiertos con helechos e, incluso, contadores de historias, equilibristas y enanos bufones.

Difícilmente pasaban inadvertidos. Vestían las mejores telas de Oriente o de Occidente. Se tocaban con turbantes de los que colgaban gemas y perlas y cambiaban de calzado cada poco (todo dependía del barro o del polvo del camino). Se hacían acompañar por secretarios y siervos de compañía, incluso al «cuarto secreto». Eran los aristócratas y los nobles de la nación judía. No formaban una comunidad, en el sentido de las «fraternidades» de los «santos y separados» (fariseos), pero tenían a gala que procedían de un hombre santo: Sadok, un sumo sacerdote cuyos descendientes habían ejercido el sumo sacerdocio en el Templo desde la época de Salomón (alrededor de mil años antes de nuestra era) (1).

(1) La palabra «saduceo» procede del arameo *zadduqaya*. Es una derivación, a su vez, de Sadok, sumo sacerdote rival de Abiatar (*Sadok* significa «justo»). Los saduceos podían considerarse más un partido que una secta. Eran muy estrictos en lo que a la observancia de la Ley escrita se refiere. Sólo admitían la Torá de Moisés (los cinco libros del Pentateuco). El resto, lo que los fariseos llamaban la ley oral (o de los padres), era rechazado sistemáticamente por los saduceos. Eran enemigos viscerales de los fariseos. De hecho se burlaban de ellos cada vez que tenían ocasión y, especialmente, de las alambicadas normas de los «santos y separados» respecto a la pureza legal. Para los saduceos, dicha pureza ritual se halla-

Los escribas, vestidos con lino blanco, siempre inmaculado, eran más discretos (1). Acompañaban a los saduceos

---

ba circunscrita al Templo, y nada más. Esto les permitía un mejor y mayor trato con los paganos que, a su vez, redundaba en ganancias. Se hallaban tan lejos de la filosofía farisea que, incluso, alentaban a llevar la contraria a sus propios doctores y a los escribas (maestros) que formaban parte de sus filas. No es cierto que rechazaran los libros de los Profetas, pero su teología era muy especial: dudaban del Mesías, no creían en la resurrección de los cuerpos en el día del Juicio; es más: se burlaban de dicho Juicio Final. Negaban la existencia de ángeles y espíritus maléficos y creían en el hombre por sí mismo. Eran defensores de la libertad humana y rechazaban el Destino. Eran partidarios de que Dios «se quedara en su casa y dejara en paz al hombre». Durante siglos habían ocupado el sumo sacerdocio, así como la dirección de las castas sacerdotales (Anás y Caifás eran saduceos), y estaban acostumbrados a llevar la dirección política de la nación. El Sanedrín, el gran consejo del país, al que llamaban la *Gerousía*, se hallaba generalmente en sus manos. Eran los saduceos los que tomaban las grandes decisiones políticas o religiosas. Eran grandes viajeros y, en consecuencia, sus mentes se hallaban más abiertas que las de los «santos y separados». Defendían el helenismo. Amaban el arte, los juegos, la buena comida, las ciudades ordenadas y limpias y, sobre todo, la paz. Esta actitud les llevó a un permanente colaboracionismo con los imperios. Consentían que Roma fuera su «dueña». Eso les proporcionaba magros beneficios. Pero, al mismo tiempo, la tolerancia con los invasores provocó el odio del pueblo y, en especial, el de los zelotas. Los saduceos, sencillamente, los despreciaban. Tenían su propio código penal y no dudaban en apresar a los que incitaban a la rebelión contra Roma o contra el poder establecido (su poder). Su concepción teológica (negando el más allá) les conducía, irremediablemente, al disfrute inmediato de la vida. Todo era poco para «vivir». Utilizaban el oro y la plata para comer, para orinar, o para las camas en las que descansaban. Al poseer la riqueza interpretaban que Dios los recompensaba. Los premios y los castigos —decían— aparecen en esta vida, no en la otra. Ése era el sentido de la justicia para los saduceos.

A esta situación había que sumar los numerosos pactos con los llamados escribas (sabios) o doctores de la Ley. Todo ello les llevó al control, no sólo del poder político, sino también del judicial y del económico. Nada se movía en el país sin el consentimiento de los saduceos y de Roma (no sé si en este orden).

No conviene olvidarlo: fueron los saduceos, ayudados por los fariseos, quienes diseñaron y llevaron a cabo la operación de captura y condena del Hijo del Hombre. Jesús de Nazaret era un peligro para la estabilidad del poder establecido (según los saduceos). La resurrección de Lázaro fue la gota que colmó el vaso de la paciencia de los saduceos. Ellos no aceptaban la vida después de la muerte... *(N. del m.)*

(1) El cuerpo de los escribas, como ya he relatado en otras oportunidades, nació en el exilio, en Babilonia (586 a. J.C.), con Esdras. Apare-

como asesores, aunque muchos pertenecían al partido de los saduceos. También había escribas que comulgaban con los «santos y separados». La mayoría, sin embargo, trabajaba «por libre». La Ley prohibía que cobrasen por sus enseñanzas, pero ellos sabían dar la vuelta a la referida Ley, y obtenían beneficio por el más insignificante de los consejos (1). Oficial-

---

cieron ante la necesidad de estudiar la Ley (la Torá). Eran sabios (*jajamim*) y uno de los sectores más influyentes en la vida social y religiosa de Israel. Se hicieron igualmente especialistas en la ley oral y en la aplicación jurídica de la misma. El Eclesiástico afirma (38, 25-39) que un buen escriba es aquel que dedica todo su tiempo al estudio de la Ley de Moisés, a las sentencias dictadas por los padres, a las llamadas sentencias «oscuras», y a la enseñanza. Los escribas anteponían la Torá al Templo y el conocimiento al sacerdocio y a los sacrificios rituales. Durante mucho tiempo se ganaron el odio de los saduceos pero, finalmente, éstos comprendieron que era mejor tenerlos como aliados. Entre los escribas existían numerosas subdivisiones de expertos. Había especialistas en cada uno de los libros sagrados y en secciones, capítulos y versículos. Entre los más respetados figuraban los llamados *tannaítas* o repetidores. Sabían de memoria los textos y podían recitarlos de adelante hacia atrás o de atrás hacia adelante. Eran auténticas máquinas memorizadoras. *(N. del m.)*

(1) Los escribas, aunque no podían cobrar dinero («oficialmente»), disponían de negocios (escuelas rabínicas), especialmente en Jerusalén, con los que amasaban grandes sumas. El dinero nunca era entregado en mano. Sencillamente, era ingresado en los bancos de la ciudad (o en la diáspora). De esa forma no se incumplía la normativa impuesta por Esdras. En dichas escuelas, los escribas (a quienes llamaban rabí o «señor») desarrollaban la interpretación de la Ley, merced a una minuciosa e intrincada casuística. Este «derecho bíblico» sumó tal cantidad de normas y contranormas que se convirtió en una «alta rama del saber» para los escribas y en una pesadilla para el pueblo. La relación maestro-alumno era sagrada, hasta el punto —decían— de que, en caso de incendio, había que salvar primero al maestro y después al resto de la familia. El rabí, en suma, tenía preferencia sobre el padre y sobre la madre. El *talmîd*, o alumno, estudiaba durante años. Siempre recibía la enseñanza de forma oral, nunca por escrito. Cuando dominaba todas las materias y el método de la *halaká* (tradición oral), el *talmîd* era designado «doctor no ordenado». Era el momento en el que adoptaba decisiones en el terreno religioso o en el derecho penal. Era un *talmîd hakam*. El paso siguiente se registraba a los cuarenta años (edad canónica), dependiendo de la sabiduría, de la «diplomacia» del alumno y de los sobornos. Si todo marchaba bien, la comunidad de los escribas aceptaba al aspirante como *hakam* (doctor ordenado), pudiendo participar en los tribunales de justicia, en los debates civiles y en las discusiones religiosas. Éste fue uno de los primeros asuntos que le echaron en cara al Maestro: nunca estudió en una escuela rabí-

mente eran carpinteros, jornaleros, pescadores, comerciantes, albañiles, refinadores de lino, y lo que fuera necesario. Pero sólo «oficialmente». En un viaje como éste, hasta el río Yaboq, al servicio de los saduceos, los «consejos» se ponían por las nubes, alcanzando precios superiores a los 200 denarios.

Y saduceos y escribas montaron el campamento cerca del *guilgal*, a considerable distancia de los «apestados pueblerinos», como llamaban a los acampados.

Por supuesto, no tardaron en enviar mensajeros al *guilgal*, reclamando a Yehohanan.

Abner, algunos de los «justos» y quien esto escribe se presentaron ante los recién llegados.

El encuentro no pudo empezar peor...

—¿Eres tú el que bautiza?

Abner negó con la cabeza.

—Venimos a oír a ese presunto profeta —explicaron los saduceos desde los almohadones en los que se reclinaban—. Dicen que es Elías...

Y rieron la ocurrencia.

En los almohadones, de terciopelo rojo, aparecían, bordados en oro, los nombres de las familias a las que, supuestamente, pertenecían. Leí «Arah» (de la tribu de Judá), «Parosh», «Adín» (también de Judá), «Pajat-Moab», «Zattuel», «Senaá» (de la tribu de Benjamín), «Yonadab» (de la tribu de Recab), y así hasta veinte.

—Él no está aquí...

La respuesta de Abner no agradó a los saduceos.

—Hemos viajado desde Jerusalén —replicaron con disgusto—. ¿Dónde está?

—No lo sabemos...

Abner hizo bien en no revelar el bosque en el que se hallaba el vidente. De aquella gente no debía fiarse...

—¿Cuándo volverá? No tenemos todo el tiempo...

Abner se encogió de hombros.

Y la actitud del pequeño-gran hombre enojó, aún más, a los prepotentes saduceos.

—¿Es que no sabes nada sobre tu profeta? ¿No sois vosotros sus discípulos?

---

nica y, en consecuencia, no era un rabí. Los escribas lo despreciaron desde el primer momento. *(N. del m.)*

Abner insistió: no podía responder a las preguntas del notable.

Cuchichearon entre ellos y, finalmente, expusieron lo que realmente les preocupaba.

—Dicen que está levantando al pueblo contra Roma...

Abner, inteligentemente, volvió a encogerse de hombros. Y se hizo pasar por un tonto redondo.

—Dicen que es la reencarnación del profeta Elías...

El *ari* no pudo contenerse y estalló:

—¡No es Elías!

—¡Ah!... Entonces, ¿quién es?

—¡El Libertador!

—¿El Libertador?

Y escribas y saduceos rieron al unísono.

Los discípulos se removieron, nerviosos, pero Abner extendió la mano y solicitó calma. El «león» era prudente y valiente en extremo.

—Vosotros no podéis entenderlo —manifestó Abner con todo el tacto de que fue capaz—. Yavé, bendito sea su nombre, se ha manifestado a Yehohanan y le ha mostrado el futuro... El hacha está en la base del árbol.

—¿El futuro? Así que tu amo también ve el futuro...

Abner dijo que sí con la cabeza.

—Pues te diremos algo: nosotros también vemos el futuro... Sobre todo el de ese profeta. Y parece un futuro muy negro...

Y a uno de los saduceos se le escapó algo:

—... Ese profeta no es del agrado de Roma, y tampoco de Herodes Antipas...

Estaba claro. Aquellos individuos no habían viajado hasta el vado de las Columnas para satisfacer su curiosidad personal (que también). Lo que realmente importaba era aclarar hasta dónde llegaba el poder de convicción del Bautista y si, como decían, alentaba al pueblo a la sublevación. Ésa era la clave.

Por último, los recién llegados —siempre despreciativos— despidieron a Abner y a los «justos». Esperarían el retorno de Yehohanan, aunque nadie tenía idea del momento de su regreso.

Abner se mostró inquieto. Aquellos individuos no eran de su agrado. No le faltaba razón.

El cerco en torno al Bautista seguía estrechándose...

Al día siguiente recibí una sorpresa.

En el *guilgal* se presentaron dos saduceos y un escriba. A los primeros no los conocía. Al segundo sí. El escriba, y fariseo, era Nicodemo, otro viejo amigo. Él, por supuesto, no supo quién era este explorador. Era miembro del Gran Sanedrín y formaba parte de la llamada «nobleza laica». Fue el hombre que, valientemente, en la compañía de José de Arimatea, se atrevió a reclamar el cadáver del Hijo del Hombre, y a trasladarlo a la cueva funeraria propiedad de José. Allí lo limpiaron y lo depositaron sobre una losa, a la espera de la llegada del domingo, 9 de abril del año 30.

Nicodemo era un hombre poco agraciado. Podía alcanzar 1,50 metros de altura. Tenía la piel sonrosada, como un bebé. Era calvo, pero hacía esfuerzos para que los cuatro pelos que amanecían en las zonas parietales se ordenaran en forma de tirabuzones, como solicitaba la fraternidad de los «santos y separados». Lucía unas barbas negras (teñidas), siempre enredadas entre los dedos. Pero lo más llamativo eran las orejas. Se despegaban sin el menor respeto a sus cuarenta y muchos años. Tenía la mirada limpia y confiada que conocí (que conocería) en el año 30.

Nico, como digo, era escriba. Alcanzó el grado máximo: *hakam* o «doctor ordenado». Era un hombre rico, emparentado con los poderosos Gorión, una de las familias de mayor prestigio en Jerusalén (1). Era un fariseo de «izquierdas»; es decir, simpatizante de Hillel. En aquel tiempo, como he mencionado en otras oportunidades, las *habûrôt*, o comunidades fariseas, andaban a la greña entre sí, como consecuencia de la existencia de dos escuelas rabínicas que no se ponían de acuerdo en prácticamente nada. Una de estas tendencias era la de Hillel, más progresista y tolerante. En la escuela de Hillel se practicaba el liberalismo (dentro de la rígida ortodoxia farisea). En la *beth* de Schammai (la segunda escuela o casa rabínica de importancia en la época) lo

---

(1) Nicodemo o Naqdemón comerciaba con trigo. Su fortuna era superior a un millón de denarios de plata. Para que nos hagamos una idea: una de las grandes fortunas de Roma era un tal Gavio Apicio, que logró reunir más de 50 millones de denarios. Nicodemo, además, hacía negocios con esclavos (compraba y vendía), especialmente en los mercados de Jerusalén y Alejandría, en Egipto. *(N. del m.)*

que importaba era el integrismo. Los seguidores de Schammai eran más ritualistas, rígidos y reaccionarios (1).

Nicodemo, por su personalidad amable y generosa, se sentía más identificado con las ideas abiertas de Hillel que con la «derecha rabiosa» de Schammai.

Y bien que lo demostraría, llegado el momento...

Los saduceos —un tal Shemaya y Rabbán Gamaliel—, más discretos que los que había conocido el día anterior, se mostraron igualmente amigables.

Deseaban conversar —a solas— con Abner y los discípulos. Y querían hacerlo sin tropiezos y sin los malos modos de sus colegas.

El *ari* desconfió pero, tras mirarles a los ojos, aceptó.

Fueron directos al grano. No les preocupaba si Yehohanan alentaba o no al pueblo contra Roma o contra Antipas. «Ése —dijeron— es un problema menor.» Lo que intentaban esclarecer era el espinoso asunto del Mesías. «¿Era o no era el Bautista el Libertador?» Y algo más: «¿Qué sabían los "justos" sobre ese pretendido y benéfico "reino de Dios"?»

Abner hizo lo que pudo, que no fue mucho.

Yo, por mi parte, aproveché la oportunidad para sostener con ellos algunas y sabrosas conversaciones. Unas entrevistas que arrojaron luz al panorama general y, en especial, sobre los grupos de saduceos y de escribas, que tanta relevancia terminarían adquiriendo en la vida pública del Maestro y, tristemente, en el final de su existencia carnal.

Mi información respecto a unos y a otros era incompleta. Ellos, como digo, me ayudaron a centrar el problema.

He aquí algunos datos interesantes a la hora de entender, insisto, los futuros y graves enfrentamientos de los tres grandes grupos (fariseos, saduceos y escribas) con Jesús de Nazaret:

Los saduceos, en efecto, no creían en la resurrección de los muertos. Esto provocaría tensiones con el Galileo; so-

(1) Se cuenta la siguiente anécdota sobre Hillel y Schammai: un pagano se acercó al rabí Schammai y comentó con ironía: «Me hago judío si eres capaz de explicarme la Ley en el tiempo en que puedo permanecer en equilibrio, en un solo pie.» Schammai lo golpeó con su regla. Y dicen que Hillel, al ser preguntado sobre idéntico asunto, respondió: «No hagas a otro lo que no quieras que te hagan a ti. Ésa es toda la Ley.» *(N. del m.)*

bre todo, a raíz de la resurrección de Lázaro. Pero no todos los saduceos pensaban así. Y Shemaya y Rabbán matizaron:

—No creemos en la resurrección de la materia, pero sí en la inmortalidad del alma...

Aquello me dejó perplejo. Y añadieron:

—El alma es inmortal por naturaleza. Es uno de los regalos de Dios, bendito sea su nombre. ¿Para qué necesitamos el cuerpo después de la muerte?

Yo había oído ideas semejantes de labios del propio Jesús de Nazaret, y también al viejo Abá Saúl, el sabio de Salem con el que llegué a vivir durante un tiempo.

Y los saduceos, bajando el tono de voz, me hicieron saber que estas informaciones tenían un origen remoto. Procedían del propio Sadok y éste, a su vez, lo recibió de otros iniciados. Y hablaron de un «príncipe de la paz» al que llamaban Malki Sedec.

Yo conocía la historia. Se trataba del misterioso enviado de *Elyon*, el Altísimo. Malki Sedec fue un hombre sin nacimiento, sin familia y sin muerte, que vestía de blanco y que mostraba en el pecho unos extraños círculos. Tres exactamente. Tres círculos concéntricos y de color azul (el color del amor) (1).

Fue ese príncipe quien enseñó que el alma es inmortal y que llega al ser humano al mismo tiempo que el Espíritu, una fracción del mismísimo Dios. También sabía de ese asunto. El Maestro nos instruyó sobre ello.

Estaba claro que me encontraba frente a miembros de la secreta orden de los «melquisedec». Pero no me atreví a preguntar.

Y hablaron también sobre la libertad humana. Los saduceos creían en ella. Mis interlocutores, en cambio, aceptaban «que todo está escrito». Y afirmaron algo sorprendente:

(1) Malki Sedec (Melquisedec) aparece en el Antiguo Testamento (Génesis 14, 17-20). Tuvo relación con Abraham (aproximadamente hacia el año 1980 a. J.C.). Fue el misterioso príncipe que habló, por primera vez, de un Hijo de Hombre. Se refería, sin duda, a Jesús de Nazaret. Como ya dije, este príncipe de la paz habría sido el verdadero precursor del Maestro, y no Juan, el Bautista, o Yehohanan. Los misioneros de Malki Sedec recorrieron el mundo con el gran mensaje de esperanza: el alma del ser humano es inmortal por regalo de Dios. La vida sólo es una experiencia mínima (ni siquiera un suspiro). *(N. del m.)*

—El hombre y la mujer, cuando nacen, saben a lo que vienen...

—¿Cómo es eso posible?

—Lo es, sin más. Así fue revelado por el «príncipe de la paz». Sencillamente, al nacer, el *tikún* (la misión de cada ser humano) queda borrado. Después de la muerte comprenderemos...

El Maestro también defendía la inmortalidad del alma, y la presencia del Espíritu (la «chispa divina») en el ser humano. La mayoría de los saduceos, sin embargo, rechazaba estas propuestas. Ése fue otro motivo de discordia.

Pero lo que verdaderamente interesaba a aquellos inquietos hombres era el Mesías. Y tenían una poderosa razón. Malki Sedec lo anunció 1980 años atrás: «Y llegará el día, venturoso, en que un *Bar Nasa* ("Hijo de Hombre") abrirá los ojos de los humanos y les hará comprender que son hijos de un Dios, que son inmortales (suceda lo que suceda), y que su destino es un reino espiritual; su verdadera patria.»

¿Era Yehohanan ese hombre?

Abner y los íntimos del Bautista no supieron responder. En realidad, no sabían de qué hablaban. ¿Un reino espiritual? ¿Inmortales por naturaleza? ¿Condenados a la felicidad? ¿Todos los seres humanos exactamente iguales? ¿Un Dios padre, benéfico? ¿Sentados en sus rodillas? ¿Un enviado que hablaría de paz y que no rompería los dientes de los impíos?

No entendieron y, a juzgar por sus caras, pensaron que los tres individuos no estaban bien de la cabeza.

Y Nicodemo y los saduceos empezaron a intuir que habían hecho el viaje para nada... Pero guardaron silencio al respecto.

Nicodemo, por su parte, habló sobre los escribas, y alcancé a entender que no todos eran iguales, obviamente.

La casta de los *jajamim* (sabios) tenía encomendada la interpretación de la Ley escrita, y también la oral, pero, sobre todo, «la ley que no se lee ni se oye». Nicodemo se hallaba entre los afortunados que trabajaban con el saber secreto y esotérico: la «llave de la ciencia», como lo definiría el propio Jesús algún tiempo después. Esa tradición esotérica —según Nico— era más importante, incluso, que la propia

Torá. «Es lo que la justifica», llegó a susurrar. Pero no comprendí el profundo significado de aquellas palabras.

Nicodemo habló de la *merkavah* (el carro que vuela), la representación viva de Yavé y de sus ángeles. No pude evitarlo. Y a mi mente regresaron las imágenes de las «luces» sobre el Ravid...

Sí, quien tenga oídos, que oiga...

Y habló de cosas asombrosas, como la «topografía» de Dios, como la eternidad (anterior y posterior a la creación), como las mentiras sobre Moisés (arrebatado a los cielos por otra *merkavah* y jamás muerto), como la «isla eterna del Paraíso» (siempre inmóvil), como el rapto de Henoc y de Elías, que jamás volvieron, como la magia de los nombres santos de Yavé y sus prodigiosos efectos en la naturaleza y en el hombre, como el poder de las letras sagradas del alfabeto hebreo, como los siete grandes universos, como el «no tiempo», como el final de los tiempos (que nunca llegará)...

Y habló, especialmente, de los 94 libros apocalípticos, en los que se halla contenida la sabiduría de los escribas (1). Todos, según él, de inspiración divina.

Creí entender por qué los *jajamim* se indignaron con el Maestro. Sencillamente, porque Jesús de Nazaret habló de asuntos prohibidos que no tenían por qué llegar a oídos del pueblo. El saber esotérico era «propiedad» de unos pocos —según los escribas— y el Galileo permitió que «los impuros bebieran en los registros santos...».

Es importante comprender que estos escribas, los depositarios del saber secreto de la Ley, estaban considerados

(1)   El libro IV de Esdras termina con la orden de publicar los 24 libros redactados anteriormente por el pseudo-Esdras (los 24 escritos canónicos del Antiguo Testamento) «para quienes son dignos y para quienes no son dignos de leer» (IV Esd. XIV,45). Y más adelante dice (45-46): «En cuanto a los 70 últimos libros, los guardarás y los entregarás a los prudentes de tu pueblo, pues estos libros hacen correr el manantial de la inteligencia, la fuente de la sabiduría y el río de la ciencia.» Eran libros esotéricos y apocalípticos a los que —según los escribas— no debía tener acceso el pueblo. Son libros inspirados —decían— pero superan a los del canon en valor, información y santidad. La lectura de tales escritos permitiría el descubrimiento, de un solo golpe, de la verdad absoluta. Naturalmente, no estuve de acuerdo con Nicodemo sobre este último asunto. La verdad, en mi opinión, no se halla sujeta a nuestro entendimiento. *(N. del m.)*

como los sucesores de los antiguos profetas. Algunos eran más que profetas. Así rezaba la ley oral: «el escriba no tiene necesidad de ser garantizado» (Ber. I 7,3[b] 56 [I,17]). Los escribas, en definitiva, no tenían que probar la pureza de origen. La santidad la proporcionaba el conocimiento. Y Jesús, no obstante, se atrevería con ellos...

Aproveché también aquellos días de «descanso» para visitar el pueblo de Damiya; más exactamente, la casa de otro viejo amigo: Nakebos, el nabateo, el *al-qa'id* o alcaide corregidor de la cárcel del Cobre, en la pequeña isla situada en la desembocadura del Yaboq.

Me recibió con los brazos abiertos y con una cántara de *legmi*, uno de los licores típicos del valle del Jordán, obtenido en la fermentación de la savia de la palmera datilera; un brebaje perfumado y traidor que ya había probado y que emborrachó a Eliseo en la anterior visita a la localidad.

Fue el instinto —estoy seguro— quien me llevó hasta la casa de Nakebos. Hablamos y bebimos hasta el anochecer.

Traté de sonsacarle sobre la reciente visita de Antipas al vado (Nakebos, según mis noticias, era también, y sobre todo, uno de los oficiales de la guardia del tetrarca y hombre de confianza de Antipas).

Negativo.

El astuto árabe no soltó prenda.

Sólo al final, cuando nos despedíamos, me brindó un consejo: «Si eres listo, abandona ese grupo de locos, como hizo Belša.»

Y recordé que el persa del sol en la frente hacía tiempo que no frecuentaba a Yehohanan. ¿Qué sabía Nakebos? ¿Por qué Belša había desaparecido? Algo extraño planeaba sobre el vado de las Columnas...

Y amaneció el jueves, 2 de mayo (año 26).

Los días, poco a poco, iban alargando. En esta ocasión, los relojes de la «cuna» señalaron el orto solar a las 4 horas, 47 minutos y 48 segundos de un supuesto Tiempo Universal.

Día espléndido. Cielo despejado y altas temperaturas al acecho.

Y sonó el *sofar*...

Yehohanan regresó al vado.

El campamento se revolucionó.

«¡Al fin! —gritaban—. ¡Ha vuelto el vidente!»

Y se repitieron las escenas de siempre.

Los saduceos se asomaron a la entrada de las lujosas tiendas. Estaban adormilados. Ninguno se levantaba antes de la hora tercia (nueve de la mañana). Lucían rulos de madera en las cabelleras. Los camisones eran de seda. Las concubinas aparecían desnudas.

Corrimos a la «playa» y tomamos posiciones.

Yehohanan era el de siempre, salvo en un pequeño detalle: esta vez acudió a la cita con el saco embreado y maloliente en el que guardaba el «323», el *megillah* o rollo de la «victoria», del que ya hablé en su momento (1).

¿Qué se proponía?

Difícilmente regresaba al *guilgal* con aquel «tesoro». Siempre lo escondía lejos...

Y me preparé. Algo tramaba.

El Bautista saltó sobre la pilastra de costumbre, a escasa distancia de la orilla, dejó la colmena de colores a un lado, y se dispuso para la «representación» habitual.

Escrutó a los acampados y guardó el también acostumbrado minuto de silencio, alimentando la tensión.

Después alzó los brazos. En la mano izquierda blandía el saco embreado, como si de una espada o de una maza se tratase.

Los acampados lo aclamaron.

Lentamente, saduceos y escribas fueron aproximándose a la «playa» de los guijarros blancos. Miraban a unos y a otros, aturdidos. Los hombres que los protegían se fueron con ellos.

Abner se echó a temblar.

¿Cómo terminaría la mañana?

Y dio comienzo el «discurso», con toda suerte de tropelías dialécticas, insultos y acusaciones a lo divino y a lo humano. Antipas y Herodías, naturalmente, fueron arrastrados por el barro. Y lo mismo sucedió con los *kittim*, con Tiberio, el emperador, y con «esa mancha de sucios y co-

_____

(1) Amplia información sobre el pergamino de la «victoria» en *Jordán. Caballo de Troya 8*. (*N. del a.*)

rruptos sacerdotes de Jerusalén». No quedó títere con cabeza.

El gentío, enardecido, disfrutó lo suyo.

Y los saduceos y escribas, desconcertados, se miraban entre sí. Hacían continuos comentarios. Los escribas eran los más escandalizados. No era de extrañar. Yehohanan utilizaba los textos de los Profetas a su antojo y les daba la vuelta como a un calcetín.

Poco a poco, la indignación de los *jajamim* fue a más, y no tardaron en revolverse, nerviosos, invitando a sus compañeros a que se alejaran de aquel loco. Pero los saduceos continuaron al filo del Yaboq.

Y la nueva filípica se prolongó durante tres largas horas.

Cuando llevaba contabilizados algo más de cincuenta insultos al tetrarca, y a Roma, los escribas dieron la vuelta y se retiraron.

Abner y los «justos» conocían el significado de aquella retirada: Yehohanan fue descalificado como profeta y, por supuesto, como Libertador de Israel. Para los escribas no había duda: el Bautista era un desequilibrado.

Y hacia las nueve de la mañana, como digo, concluyó el suplicio.

Los acampados se replegaron, satisfechos, y volvieron a sus quehaceres.

Abner y los discípulos rodearon al vidente y lo escoltaron hasta el *guilgal*.

De momento, todo marchaba más o menos normal.

Pero el desastre estaba al caer...

Yehohanan se sentó al pie de la sófora, se cubrió con el «chal» amarillo y guardó silencio. Abner pasó a informarle de las novedades. Y, naturalmente, habló de la delegación que había viajado desde la Ciudad Santa.

El Anunciador no dijo nada. Siguiendo la costumbre, se limitó a oír.

En las tiendas de los saduceos se percibía un ambiente tenso y agitado. Iban y venían, discutían a gritos, y se mesaban los cabellos, maldiciendo y renegando de sus respectivas estrellas. Por lo que acerté a captar, los escribas pretendían volver a Jerusalén de inmediato, y dar cumplida cuenta de lo visto y oído. Algunos saduceos —entre los que se hallaban los «melquisedec»— querían hablar directamente con el Bautista. Y argumentaban, con razón, que el viaje era largo y que no debían volver con las manos vacías. No habían tenido oportunidad de preguntar a Yehohanan. No podían retornar sin interrogarlo.

Los escribas escupían al suelo y calificaban a los saduceos de «ciegos». Yehohanan —según ellos— era un demente y, sobre todo, «un peligro público». Tenían que advertir al Gran Sanedrín sobre lo delicado de la situación. La mayoría de los saduceos apoyaba esta actitud. No consentirían que un loco arrastrara a las masas y que la nación se viera envuelta en otro baño de sangre. Roma no tenía piedad con las sublevaciones. Bien lo sabían...

Pero, finalmente, los saduceos decidieron dar una oportunidad al Bautista.

Y el grupo se encaminó hacia el *guilgal*.

Abner y los suyos, al verlos, se pusieron en pie. Yehohanan no se movió. Y continuó sentado, con el saco embreado y pestilente entre las manos.

Los saduceos y escribas, con la tropa que los protegía, llegaron hasta el círculo de piedras, pero no lo cruzaron. No se atrevieron.

Y uno de los saduceos alzó la voz y preguntó al vidente:

—¿Eres tú el Libertador?

Creo no exagerar si digo que asistí a un diálogo (?) casi esperpéntico (por no decir algo peor).

Yehohanan se alzó y caminó un par de pasos hacia los que preguntaban. Percibí temor en los rostros. Algunos retrocedieron. Aquellos dos metros de altura resultaban terribles o, cuando menos, disuasorios.

Retiró el «chal» y dejó al descubierto la «mariposa» y las pupilas rojas. Yehohanan era desequilibrado, pero no tonto. Conocía bien el efecto que producía la visión de aquel rostro de los demonios.

Oí un murmullo entre los recién llegados.

Y el de la pregunta repitió la cuestión:

—¿Eres o no eres el Mesías que espera la nación?

Y el Bautista replicó con voz ronca y maltrecha por la reciente perorata:

—Habéis llegado y habéis ensuciado mi tierra...

Saduceos y escribas desviaron las miradas hacia el círculo de piedras. No lo habían traspasado...

No entendieron las palabras del Anunciador. Continuaba invocando a Jeremías...

—... Habéis puesto mi heredad asquerosa...

Los escribas no tardaron en darse cuenta. El gigante de las siete trenzas rubias repetía palabras del profeta Jeremías, y siguieron el juego, divertidos:

—No te preguntamos dónde está Yavé, bendito sea su nombre, sino quién eres tú...

—¡Soy la voz que clama!... Ni vosotros, los peritos de la Ley, me conocéis...

—¿Eres un profeta que profetiza por el poder de Baal?

—¿Es que andáis en pos de los inútiles? —preguntó a su vez Yehohanan, continuando con el capítulo segundo de Jeremías.

Los escribas se dieron por aludidos y cuchichearon entre ellos. Yehohanan no era un enemigo menor.

—Y continuaré litigando con vosotros —prosiguió el Bautista— y hasta con los hijos de vuestros hijos, maldita raza de víboras...

—¿Qué mal hemos hecho con venir hasta aquí?

—Habéis hecho un doble mal: a mi pueblo, por darle falsas esperanzas, y a mí, por tratar de engañarme.

Los saduceos empezaban a perder la paciencia, y regresaron a la primera cuestión:

—¿Quién eres?

—¡Soy de Él!... Soy el esclavo de Israel... Vosotros habéis llevado el país a la desolación, habéis incendiado sus ciudades y las habéis dejado sin habitantes...

No tenía arreglo. Yehohanan manipulaba los versículos a su antojo.

Saduceos y escribas le miraban, perplejos.

—¿Cómo te atreves a insultarnos?

—Y vosotros, ¿cómo decís: «Somos sabios, y poseemos la Ley de Yavé, bendito sea.»?

—Porque así es...

—¡En mentira la habéis cambiado! —estalló el gigante—. ¡Vuestro cálamo (se refería a los escribas) es mentiroso! Los sabios pasaréis vergüenza y seréis abatidos y presos, como ese chacal y la *dusara*, su amante...

Otro murmullo se elevó entre los atónitos e indignados escribas y saduceos. Los hombres de armas miraron a sus jefes, los saduceos. Sólo esperaban una orden para intervenir.

Pero los «melquisedec» y Nicodemo rogaron calma.

Abner no sabía qué hacer.

Y Yehohanan, fuera de sí, prosiguió:

—He aquí que habéis desechado la palabra de Yavé, bendito sea su nombre... ¿De qué os sirve vuestra sabiduría?

—Pero, dinos, ¿quién eres realmente? ¿Eres Elías, como dicen? ¿Quizá el Mesías que tiene que venir? ¡Responde y hazlo con claridad!

El Bautista repitió, al tiempo que mostraba la palma de la mano izquierda:

—¡Soy de Él! ¡Quién como yo!

Los escribas y saduceos leyeron el «tatuaje» y se encogieron de hombros. La leyenda en cuestión era común entre muchos de los judíos ortodoxos. Algunos, incluso entre los saduceos, la mostraban en la frente.

—¿Eso es todo?

—¡Avergüéncense mis perseguidores porque yo no me avergüenzo! ¡Espántense ellos porque yo no me espantaré! ¡Yo os condeno, en nombre del Santo! ¡Él traerá para vosotros el día aciago y os quebrará dos veces!

Y los escribas, más que hartos, replicaron:

—Y dice Yavé, bendito sea su nombre: «No escuchéis las palabras de los profetas que os profetizan. Os están embaucando. Os cuentan sus propias fantasías, no cosa de boca de Yavé, bendito sea...»

Los escribas, inteligentemente, le proporcionaron su propia «medicina». Aquéllos eran versículos de Jeremías (capítulo 23), pero enunciados correctamente.

Yehohanan no se rindió y volvió a la carga:

—¡Enviaré la tormenta de Dios y haré estallar su ira sobre vosotros, raza de corruptos y malparidos!... ¡Un torbellino os arrebatará y no se apaciguará la ira de Yavé, bendito sea el Santo, hasta que la ejecute!...

—¡Fantasías! —clamaron los escribas.

El Bautista, entonces, levantó el saco embreado y pestilente y lo agitó, amenazador, sobre la cabeza, al tiempo que gritaba:

—¡Aquí está el plan!... ¡Él me lo entregó!...

El grupo, obviamente, no sabía de qué hablaba.

Y Yehohanan arremetió, pronunciando otra singular sentencia:

—¡En días futuros os percataréis de ello!... ¡Cuando llegue la luna 528 arderéis!

¿La luna 528? Eso nos situaba en el año 70 d. J.C. ¡Estaba anunciando el cerco y la destrucción de la Ciudad Santa por el general Tito!

Quedé nuevamente perplejo. ¿Cómo podía...?

Y los saduceos estallaron, una vez más:

—¡Fantasías!... ¡Eres un loco!

Pero los «melquisedec», intrigados, tomaron buena nota, y preguntaron lo que nadie había preguntado:

—¿Qué contiene ese saco?

—Son los planes de Yavé, bendito sea...

—¿Qué planes?

—¿Por qué vais a creer mis fantasías? Si a través de mis palabras se propaga la impiedad, como decís, ¿por qué me escucháis?

Esta vez fue el Bautista quien los humilló.

—¿Quién te ha dado esos planes?

El gigante dudó, pero sólo fue un segundo. Y terminó respondiendo algo que yo sabía (me lo confesó en la garganta del Firán):

—El hombre abeja...

—¿El hombre abeja?

—El hombre abeja lo dibujó para mí, y me lo entregó en una *markavah*... ¡Es un *megillah* santo!

Fue demasiado. Los escribas se doblaron en una risa colectiva y contagiaron a los saduceos.

Según Yehohanan, el hombre abeja en cuestión era una de las *hayyot* (una criatura celeste) con las que —según él— se había entrevistado en numerosas oportunidades. Y el «323» (el pergamino de la «victoria») fue dibujado por la referida *hayyot* y entregado al Bautista en el interior de un carro volador. El pergamino, por tanto, era sagrado...

Como digo, demasiado para los *jajamim*...

Ahí terminó el increíble diálogo.

Y los saduceos y escribas se retiraron. Los comentarios fueron unánimes: «loco de atar» y «loco peligroso».

Pero, mientras se dirigían a las tiendas, alguien, oculto

en el grupo, lanzó una piedra hacia el *guilgal*. Y fue a dar en el pecho de Yehohanan.

El gigante de las siete trenzas rubias no se movió, pero los discípulos, indignados, echaron mano de los *gladius* y los desenfundaron. Y avanzaron hacia los que se alejaban.

Los saduceos y el resto se percataron de la maniobra, pero no supieron de la pedrada. Tan sólo vieron a unos hombres que se dirigían hacia ellos, armados, y con no muy buenas intenciones. Se detuvieron y la guardia armada se adelantó, echando mano de espadas y mazas.

Fue nuevamente Abner, auxiliado por Nicodemo y por los «melquisedec», quien estuvo ágil y diplomático. Ordenó a sus hombres que guardaran las armas y los obligó a replegarse hacia el *guilgal*. El peligro fue conjurado en segundos.

Y escribas y saduceos iniciaron el desmantelamiento de las tiendas.

Ese atardecer, cuando la delegación había abandonado el vado de las Columnas, Yehohanan dio una escueta orden: «Mañana partiremos hacia el sur.»

No hubo más explicaciones. Abner no supo cómo interpretar la orden. Nadie sabía nada. Aun así, los rumores se dispararon entre los acampados. Llegué a oír de todo: «El vidente se dirige a Jerusalén...» «Ha llegado el momento...» «Al fin se colocará al frente de los ejércitos...» «Roma temblará...»

Y al alba del día siguiente, viernes, nos pusimos en camino.

El Bautista se colocó a la cabeza. Los «justos» lo siguieron, en silencio.

Tomamos la dirección sur, en efecto, por la senda que corría paralela a la margen izquierda del *nahal* o río Jordán. Se trataba de una pista de tierra batida, menos frecuentada que la carretera de la margen derecha, por la que este explorador había caminado en diferentes oportunidades. Aquel recorrido era nuevo para mí.

¿Cuáles eran las verdaderas intenciones del Bautista?

No fui capaz de poner en pie ni una sola, mínimamente racional. Pero ¿había algo racional en la mente de aquel hombre?

Me resigné. Supuse que lo tenía todo calculado.

Sí y no...

Al poco de abandonar el vado, parte de los acampados en la «playa» de los guijarros blancos nos alcanzó. Calculé unas doscientas personas.

Aquello era inquietante, como poco.

¿Qué se proponía Yehohanan? ¿Qué pensaba hacer al frente de aquellos fanáticos?

No caminamos mucho.

A las afueras de Adam, Yehohanan se detuvo y ordenó que trazaran un *guilgal* al pie de las murallas. Nadie entendía nada. Los discípulos obedecieron. Y a media mañana, cuando el trasiego de hombres y animales se hizo más intenso, el Bautista se encaramó a uno de los *redas* que esperaba a las puertas de la ciudad, y comenzó uno de sus habituales «sermones». Los seguidores lo rodearon de inmediato y lo animaron con sus vítores y aplausos. Al poco, aquello era un hervidero de gentes y de rumores: «Era el Libertador, a punto de enfrentarse a los *kittim*... Las armas estaban en camino...»

Nada nuevo. Los mismos insultos, los mismos despropósitos, y la misma locura (individual y colectiva).

La situación empezaba a aburrirme. Seguía echando de menos al Maestro. Pero tenía que continuar al lado de aquel insensato...

Y me armé de paciencia.

Cada día recorríamos un pequeño tramo: entre tres y cinco kilómetros; no más. Siempre hacia el sur y siempre con un «discurso» a mitad de mañana. No importaba que fuera en un villorrio o en mitad de la nada. Yehohanan se subía a una piedra, o a un carro, o sobre el lomo de un onagro, y despotricaba contra los de siempre y en el mismo tono. La gente, feliz, lo animaba. No sé cómo pero, día a día, el número de los seguidores fue en aumento. Aparecían en cualquier cruce de caminos y se unían al grueso, vitoreando y coreando el nombre del Libertador. Y lo hacían abiertamente. Abner y los íntimos se hallaban en éxtasis. No daban crédito a lo que veían. Y, poco a poco, fueron aceptando el constante ir y venir de bulos sobre «ejércitos, arsenales de armas, batallas inminentes, romanos cobardes, huida de Herodes Antipas y no sé cuántos inventos sobre la llegada del reino de los cielos».

Yehohanan no hacía comentarios. Terminado el «discurso» se hacía con la inseparable colmena, se alejaba de los «justos», y de los acampados, y no volvíamos a verlo hasta el día siguiente, al reemprender el camino.

Y llegó el lunes, 6 de mayo (año 26).

Ese día nos detuvimos en una aldea de menor rango, a la que llamaba Halak. Los vecinos nos recibieron sorprendidos.

Y Yehohanan, según lo acostumbrado, se enredó en una nueva filípica.

Los humildes *felah*, que sólo entendían de flores y de hortalizas, no comprendían las extrañas y duras palabras de aquel tipo de dos metros de altura, subido en el brocal de un pozo, e insultando a gente tan ilustre como Antipas o su señora esposa, Herodías. Y aún entendieron menos los ataques a los *kittim* y las promesas de un mundo mejor, «en el que sólo trabajarían los paganos».

Pero las casi mil personas que seguían al Bautista lo arroparon con sus gritos, y los aldeanos, perplejos, terminaron uniéndose al coro general, y solicitando la muerte de quien fuera menester. No importaba quién. Ésta era la triste y cruda realidad cuando llevábamos recorridos quince kilómetros y apenas cuatro días. ¿Qué podía suceder cuando aquella partida de locos llegase a Jerusalén? ¿O no eran ésos los planes de Yehohanan?

Y en ello estábamos, sumergidos en plena diatriba contra Roma y contra el tetrarca, cuando los vimos a la derecha del camino, a no mucha distancia, y trotando en paralelo con la jungla que cubría el río Jordán.

Se produjo un breve silencio.

Yehohanan también los vio, pero, tras un instante de duda, prosiguió con los venenosos ataques a Roma, enarbolando la ira de Yavé como una bandera.

No se detuvieron. Marchaban también en dirección sur.

Y el gentío, al verlos, se incendió, y los gritos e insultos terminaron sepultando las palabras del Anunciador.

Era una *turma*, una unidad de caballería del ejército romano, formada por treinta y tres mercenarios. Trotaban en tres filas, con los decuriones a la cabeza de cada una de ellas. A diferencia de las *turmae* que había contemplado en otras ocasiones, los jinetes de ésta lucían bajo las cotas de malla una especie de «camisa» de manga larga, en un color violeta. Los pantalones, muy ceñidos, les cubrían hasta media pierna. Eran granates, muy llamativos. Los decuriones, o jefes de fila, presentaban cascos dorados y largas espadas al cinto. El resto de la *turma* se tocaba con cascos de cuero y cargaba *pilum* o lanzas de dos metros y medio, con fustes de hierro. A un lado, sujetos a las sillas, aparecían los típicos escudos hexagonales, orlados con bordes metálicos. Cerraba el grupo un trío de jinetes sobre caballos tordos en cuyas grupas habían sido dispuestos sendos haces de jabalinas, algo más cortas que los *pilum*. Por la indumentaria deduje que nos hallábamos ante una patrulla de origen sirio, especialistas en el lanzamiento de proyectiles de piedra. Los había visto actuar en las proximidades de la posada del «tuerto», en la ruta que unía el *yam* con Cesarea. Eran temibles. Se trataba de un cuerpo especial, y especialmente agresivo. Aquellos honderos podían hacer blanco a más de cien metros, y sobre objetivos en movimiento. Si se detenían, y hacían frente a los seguidores del Bautista, el encuentro podía terminar en tragedia, y no para la *turma*, precisamente...

Los insultos arreciaron. Y algunos de los fanáticos, histéricos, se hicieron con piedras y corrieron hacia la *turma*, lanzándolas sobre la marcha.

Abner palideció. A pesar de sus gritos y peticiones, nadie obedeció. Y cientos de locos corrieron hacia los jinetes. Distinguí los reflejos de algunas espadas en alto.

No supe qué hacer...

Pero los decuriones, atentos, alzaron los brazos y la *turma* avivó la marcha, alejándose.

El prudente gesto de los romanos fue malentendido por los que corrían y vociferaban, y los ánimos se encresparon hasta límites increíbles. Era la victoria. Era la señal que esperaban. Los *kittim* huían...

«¡Abajo Roma!»

Durante unos minutos eternos, los seguidores y los «justos» se abrazaron, y lloraron, y maldijeron a los impíos.

Este explorador estaba desolado. Aquella gente no comprendía. Si la patrulla se hubiera defendido, en esos momentos estaríamos contando cadáveres...

Mal asunto, pensé. Las cosas se complicaban por momentos.

Los romanos conocían, a la perfección, los movimientos de Yehohanan y de sus seguidores. Era más que posible que los «escorpiones» se hallaran camuflados entre aquellos fanáticos. Y cada día, presumiblemente, informaban a sus superiores. La presencia de la *turma* no era una casualidad. Los romanos, sencillamente, parecían controlar la capacidad de reacción de los rebeldes. Eso pensé. No me equivoqué.

Y el viaje prosiguió entre felicitaciones y nuevos bulos:

«Roma parlamentaría... Roma tenía miedo... El Libertador llegaría a Jerusalén y exigiría la rendición de los *kittim*... Pero Yehohanan no tendría piedad...»

Me sentía cada vez más confuso. Todos habían perdido la cabeza...

Y al llegar al *nahal* Auja, otro de los afluentes del Jordán, por la vertiente oriental, en mitad de una de aquellas filípicas, Yehohanan, tras los insultos de rigor al tetrarca Antipas, a la *dusara*, y a Roma, se destapó con otra «visión» que, sinceramente, no supe clasificar. He aquí lo que lanzó aquel miércoles, 8 de mayo, en una pequeña aldea llamada Sad:

—... Veo una cueva... Es el monte de Moisés...

Pensé en el Sinaí, pero no.

—... Allí lo condujo Yavé, bendito sea su nombre, para que viera su heredad...

Podía estar refiriéndose al monte Nebo, desde el que Moisés contempló la tierra prometida antes de morir (o de desaparecer, como aseguraban los «melquisedec»).

Y prosiguió:

—... Veo una cueva en la que ha sido depositada la Tienda, y también el arca sagrada...

Hablaba, supuse, de la Tienda de la Reunión, utilizada por los judíos como santuario durante su peregrinaje por el desierto, y del arca de la alianza, desaparecida, prácticamente, desde los tiempos del rey Salomón, hacía mil años.

—... Veo la Tienda, y el arca sagrada, y la verdadera historia de *Bar Nasa* (Hijo de Hombre), escrita por quien no existe, pero existirá... Ese lugar quedará desconocido hasta que Dios, bendito sea, vuelva a reunir a su pueblo y le sea propicio...

Fin de la «visión».

Nadie supo de qué hablaba. Creí reconocer uno de los

libros de los Macabeos, pero no estuve seguro. Algún tiempo después, cuando ocurrió lo que ocurrió, yo fui el primer sorprendido. No fue sólo una «visión». Fue mucho más.

Dos días después, al alcanzar el final de la jungla del Jordán, muy cerca de una población que llamaban Tera', a escasa distancia del *wadi* Nimrin, volvimos a ver a los *kittim*. En esta ocasión fueron dos patrullas, dos *turmae*, idénticas a la anterior. Nos rebasaron, también por el lado de la jungla, a cosa de doscientos metros, y al trote.

Y los seguidores, animados por el resultado del primer encuentro, volvieron a las andadas. Y se repitieron las pedradas, las carreras, los gritos, los desafíos y los insultos. Abner desistió. Era imposible apaciguar a aquellos fanáticos.

Los jinetes dejaron que los judíos se aproximaran y, en el momento oportuno, se pusieron al galope, dejando a los furiosos seguidores con dos palmos de narices. Y se alejaron hacia el sur.

Nos hallábamos a un paso de la tragedia...

Yehohanan no se pronunció, ni a favor ni en contra.

A partir del jueves, 9 de mayo, las *turmae* se prodigaron en las proximidades del grupo que caminaba, supuestamente, hacia la Ciudad Santa. Las patrullas se dejaban ver, o nos acompañaban, siempre a distancia, a uno u otro lado de la senda que corría paralela a la margen izquierda del Jordán.

Los ánimos se habían encendido, sin solución, avivados por los «sermones» del vidente. Pero los *kittim*, cumpliendo órdenes, no arriesgaban. Se mantenían fuera del alcance de las piedras, o de las jabalinas que lanzaban los más audaces, o los más ciegos. Y digo bien: ciegos. Sinceramente, no lograba comprender la actitud de aquella gente. En aquel tiempo, según nuestras noticias, Palestina se hallaba ocupada por cuatro legiones romanas: la décima, tercera, sexta y decimosegunda. En total, la provincia de Siria, en la que se hallaba incluida Judea (Israel), concentraba nueve legiones y alrededor de sesenta o setenta unidades auxiliares. Eso sumaba un contingente de cincuenta y cuatro mil soldados, aproximadamente. Cada legión, a su vez, contaba con un cuerpo de caballería de trescientos jinetes, divididos en unidades menores *(turmae)*. En cualquier momento,

Roma podía ordenar a sus hombres que cayeran sobre el grupo de Yehohanan, pulverizándolo.

Pero nadie, como digo, parecía darse cuenta de la situación.

Lo entendía en el caso del vidente. Sus facultades mentales se hallaban mermadas o alteradas. No sucedía lo mismo con el resto. Era gente normal —la mayoría campesinos— que conocía el poder de los invasores. Aquel «no actuar» de los *kittim* no significaba que no estuvieran actuando...

Y Yehohanan continuó con las filípicas, y con las provocaciones.

¡Qué tenía que ver todo aquello con el mensaje del Hijo del Hombre!

Los tres últimos días de aquel lento caminar resultaron más laboriosos de lo que hubiera supuesto. Nos movíamos en la Perea (territorio de Antipas), una región ocupada, básicamente, por paganos. Pues bien, casualmente, esos días (9, 11 y 13 de mayo) eran considerados «particularmente nefastos». Los romanos, y los gentiles en general, celebraban la fiesta de los Lemurias (1). Nadie salía a la puerta de la casa. Los muertos regresaban —eso rezaba la leyenda— y cobraban venganza. Era una festividad análoga a los Parentalia, pero celebrada en la intimidad. Era un homenaje a los muertos, bajo el temor al referido regreso de los difuntos. El origen se hallaba en el asesinato de Remo por su hermano Rómulo. Decían que Remo se aparecía cada noche y Rómulo, para conjurar el maleficio, instituyó la fiesta de los Lemurias en los citados 9, 11 y 13 de mayo. Todo quedaba en suspenso durante esos aciagos días: negocios, matrimo-

(1) Los «lemures» eran considerados los espíritus de los muertos. Junto a los «lares, genios y penates» formaban el más importante panteón de los dioses de ultratumba. En las fechas mencionadas regresaban a la vida y acosaban a los humanos, especialmente a los que habían tenido que ver con muertes violentas. El que no tomaba precauciones, y era víctima de dichas «presencias», terminaba loco. A éstos los llamaban «cerriti» o «laruati». Las «larvas» eran otros fantasmas, no menos dañinos, que se presentaban igualmente en los referidos días de mayo. Para evitar semejante tropa de espíritus maléficos, los paganos se encerraban en sus casas y recurrían a toda clase de conjuros y rituales, a cuál más absurdo y desconcertante. Uno de los más populares consistía en comer habas negras. *(N. del m.)*

nios, ceremonias religiosas, ejecuciones... La actividad social y económica quedaba paralizada.

Y el grupo tuvo problemas de abastecimiento. No fue fácil conseguir comida. La gente recurrió a Yehohanan. Esperaban que el supuesto Mesías hiciera un prodigio, como el de Caná. Pero el vidente se desentendió. Él no tenía problemas en ese sentido. La colmena le proporcionaba lo único que ingería: miel en abundancia.

Jamás olvidaré aquella estampa: el gigante de las siete trenzas rubias, a la cabeza de los fanáticos, con la colmena en la mano izquierda, y el «chal» amarillo cubriéndole la cabeza. Nada que ver con el Hijo del Hombre.

De esto tampoco hablan los evangelistas...

Y llegó el domingo, 12 de mayo...

Final del viaje. Un viaje tenso y agotador y no por los treinta kilómetros recorridos, sino por la actitud de los seguidores (más de mil), por la amenaza de las *turmae*, y por el tono de los discursos de Yehohanan.

El objetivo del Bautista no era Jerusalén, como aseguraban, sino el vado de Josué, también llamado de las Doce Piedras. Allí había empezado a predicar trece meses antes, el 3 de marzo del año 25. Allí conoció a Abner, su primer discípulo. Allí inició la carrera como profeta y, curiosamente, allí la terminaría... Pero antes sucedieron otras cosas, también destacadas y notables. Iré paso a paso.

El vado de Josué era un lugar especialmente santo. Según la tradición oral, y los libros sagrados, fue en aquel tramo del Jordán donde se produjo el primer prodigio del caudillo Josué, el hombre que se hizo cargo del «pueblo elegido» tras la muerte (?) o desaparición (?) de Moisés. Al llegar a la orilla, Yavé ordenó a Josué que introdujera el arca de la alianza en el agua. Y así lo hizo. En cuanto los sacerdotes que cargaban el arca entraron en el cauce, las aguas del Jordán se detuvieron treinta kilómetros arriba, dicen que en la región de Adam y Damiya (vado de las Columnas), y el pueblo y el ganado cruzaron el Jordán. En recuerdo de este milagro, Josué mandó sacar doce grandes piedras del lecho seco del río y levantó un monumento. Cada piedra representaba a una de las doce tribus de Israel (las que habían atravesado el cauce).

El vado de Josué, en definitiva, era un lugar estratégico,

tanto desde el punto de vista de las comunicaciones como de la historia y la religiosidad de Israel. Allí se cruzaban las rutas que partían hacia Jericó y Jerusalén, en el oeste, las que buscaban Betaramta (Julias) y el «camino de los reyes», por el este, y el mar de la Sal (actual mar Muerto), en el sur.

El vado en cuestión protagonizaba un constante flujo de peregrinos que acudía al monumento de Josué, bien para orar, bien para cumplir una promesa o, sencillamente, por curiosidad. La cuestión es que el enclave era un continuo ir y venir de caravanas, razas y credos.

Yehohanan supo elegir.

Al dejar atrás el *wadi* Nimrin penetramos en la zona de influencia del vado de Josué. Este explorador lo había visto desde el aire, cuando volamos desde Masada al *yam*, pero ahora, sobre el terreno, era distinto.

Fue un espectáculo deslumbrante.

El vado se hallaba a 7,5 kilómetros de la costa norte del mar de la Sal. Era un inmenso verdor, de unos cuatro kilómetros de anchura, con un río Jordán, a veces verde, a veces ocre, zigzagueando entre poblaciones de cañas, huertos, plantaciones de flores, bosques de tamariscos, álamos, viñedos, frutales y extensos palmerales. Lo que tenía a la vista no guardaba relación con lo que hoy (dicen) es el histórico vado de las Doce Piedras.

Entre los verdes y los ocres se distinguía media docena de aldeas, todas pujando por asomarse al padre Jordán. Eran pequeñas. Casi cabían en la palma de la mano. Tenía noción de algunas: Betania y Haghtas, en el lado oriental, y Bet Abara, Bet Hoglah y Yahud, en el oeste. Y algo más allá, a 10 kilómetros del vado, la festiva y blanca Jericó, dormida entre miles de palmeras y las no menos célebres plantaciones de bálsamo, el gran negocio del momento. Hacia el sur, la exuberancia desaparecía de repente. Y entrábamos en los dominios del delta, una región árida, extremadamente salina, antesala del mítico y misterioso mar de la Sal, sembrada de blancos y de azules. Cuando la visité sumé más de veinte piscinas naturales y artificiales en las que se criaban peces y cangrejos o se extraía sal.

Y Yehohanan y Abner, decididos, se adentraron entre los huertos. Conocían bien la zona.

Los *felah*, al ver aquel nutrido grupo de judíos, dejaban lo que tenían entre manos y se apresuraban a preguntar.

—Es el Mesías —respondían los seguidores—. Anuncia el reino y el final de Roma...

Los paisanos permanecían mudos. Los más ancianos movían las cabezas, negativamente. Y murmuraban «que aquello no podía ser grato a los cielos». No les faltaba razón. Pronto lo descubrirían...

Calculo que sería la sexta (doce del mediodía) cuando penetramos en un bosquecillo que se asomaba, tímido y rosa, a las rápidas aguas del Jordán. Era un bosque formado por árboles de «júpiter», de madera muy preciada (la llamaban *jarool*), de hasta quince metros de altura, con las ramas muy separadas, y con una virtud que los hacía especialmente vistosos: las flores, nacidas en espigas apicales, cambiaban de color a lo largo del día. Por la mañana eran rosas. Por la tarde, quizá cansadas, se tornaban violetas, el color del amor imposible...

Yehohanan eligió uno de los «júpiter» de mayor envergadura y ordenó a los suyos que buscaran piedras y dibujaran el acostumbrado círculo o *guilgal*.

Dicho y hecho.

Los discípulos obedecieron ciegamente, y el resto de los seguidores, conocida la noticia de que el líder acamparía en aquel lugar, se repartieron por la zona, siempre manteniendo la distancia exigida por el vidente (no podían establecer las tiendas a menos de cien metros del *guilgal*). Otros prefirieron las aldeas cercanas.

Faltaban seis horas para el ocaso y decidí echar un vistazo a la zona. La intuición me decía que nos hallábamos en un punto clave. Algo iba a suceder en aquel vado; algo de especialísima importancia...

Tomar referencias era vital.

No me equivoqué...

¿Por dónde empezar?

Lo hice por lo más próximo. El bosque de los «júpiter» habitaba entre el río y un pequeño promontorio, de unos 45 metros de altitud que, sin querer, se había convertido en un vigía. Desde aquel peñasco se divisaba un amplio sector (prácticamente la totalidad del vado). Lo llamaban el monte de Kharrar, aunque realmente tenía poco de monte. Conté los pasos hasta la cumbre. Desde el *guilgal* a la cima, por el camino más corto, no llegaban a doscientos. Se trataba de un montículo de marga verdosa, compuesta por arcilla y carbonato de cal. Era un terreno dócil y suave, en el que crecía, feliz, una colonia de jaras y arbustos de medio porte. Pero lo que más me sorprendió fue la pequeña arboleda que coronaba la cumbre. Eran árboles de cuatro y seis metros, con las flores en largos racimos colgantes y de un bellísimo color oro. Después supe que se trataba del *Laburnum anagyroides*, una leguminosa cuyas semillas son letales. Los naturales llamaban a los árboles «lluvia de oro» y utilizaban las semillas negras como potente veneno (tanto para pescar como para otros «intereses» menos confesables. Antipas, al parecer, era un importante comprador...). Supuse que me hallaba ante otro bulo, pero no...

El Kharrar, como consecuencia de los árboles venenosos, se había convertido en un lugar poco o nada frecuentado. Tomé buena nota.

Desde lo alto del peñasco de la «lluvia de oro» (así lo bauticé) aprecié con más claridad la totalidad del vado de Josué, propiamente dicho. A cosa de un centenar de metros de la base del promontorio, y a doscientos del *guilgal*, saltaba sobre el Jordán un puentecillo de troncos, más voluntarioso que bien armado. Muy cerca, en la margen izquierda del río, divisé el famoso monumento, supuestamente levantado por el caudillo Josué. Lo formaban una serie de piedras (cantos rodados de gran peso) y, en lo alto, una *menorá*, un candelabro de siete brazos.

El monumento ocupaba el centro de una gran planicie. Algo más al sur, al final de dicha explanada, distinguí siete chozas, apoyadas las unas en las otras. Frente al monumento, al pie de la senda por la que habíamos llegado, y que continuaba negra y apisonada hacia el delta, descubrí un par de enormes rocas de color rojizo. La más alta no superaba los cuatro metros de altura. Eran rocas de marga, redondeadas por el tiempo y por las miradas de la gente.

Y en esa misma margen del río, entre huertos y frutales, a un par de centenares de metros del candelabro, dormitaba la aldea más cercana: la llamaban Haghtas. Era marrón, con algunos penachos de humo. De no ser por los verdes de los huertos próximos, y por el blanco azulado de las columnas de humo, nadie hubiera dicho que era una aldea de vivos. Allí nunca pasaba nada. Y, mucho menos, el tiempo...

Al otro lado del Jordán, en la margen derecha, destacaban dos poblaciones, pintadas en los mismos y cansados ocres. Las rodeaban palmerales, frutales, una intrincada red de caminillos, a cual más rojizo, y otro aspirante a río, el *nahal* Hoglah, que se deslizaba en silencio al sur de Bet Abara, y desembocaba en el Jordán, muy cerca del puente de troncos. Todos, lógicamente, ajenos a lo que estaba a punto de ocurrir...

Eché un nuevo vistazo, tomé otras referencias, y descendí del peñasco de la «lluvia de oro», dispuesto a examinar la planicie del monumento.

En aquella zona del vado siempre había gente. Generalmente peregrinos o curiosos, como quien esto escribe.

El monumento era simple y bello.

Alguien se tomó la molestia de buscar y transportar doce pesadas piedras (en realidad cantos rodados), quizá de cien kilos cada una, y apilarlas en forma piramidal en la mismísima orilla del Jordán. Todas eran blancas.

En lo alto fue dispuesta una *menorá* de bronce de un metro de altura, provista, como dije, de siete brazos. Era un hermoso candelabro, limpio y reluciente, y siempre encendido. No sé cómo lo conseguían, pero las siete copas de metal aparecían prendidas día y noche. Miento. Sé cómo lo lograban. Alrededor del monumento se movía de continuo un equipo de vigilantes. Los llamaban *schomêr*. Uno de ellos, en particular, me impactó. Era alto, de cabellos rubios, siempre sueltos, enjuto como una caña, y con la mirada azul amarrada a las llamas amarillas. Llevaba cuarenta años en el mismo lugar y, según el decir de la gente, en la misma posición, pendiente del fuego de la *menorá*. Aquel *schomêr* no respondía jamás a las preguntas. Su misión era otra...

A lo largo de los dos brazos inferiores del candelabro fue grabado un texto de Zacarías (4, 6): «Ésta es la palabra del Eterno: no por el poder, ni por la fuerza, sino por Mi espíritu, dice el Eterno de los ejércitos.» En los restantes cinco brazos, repartido, se leía otro texto del mismo profeta: «Esos siete son los ojos del Santo. Ellos recorren toda la

Tierra.» Y en la base, en un rosetón, las dos primeras palabras de la más conocida de las plegarias judías: «Oye, Israel.»

Aguas abajo, al final de la gran explanada, acurrucadas las unas en las otras, buscando sombras imposibles, se alzaban, como buenamente podían, siete chozas de cañas y techos de hojas de palmera. Era un mercado, de gran éxito entre los caminantes y caravaneros. Lo regentaban paisanos de las aldeas cercanas. Allí encontré de todo: comida, ropas, armas, plantas medicinales, conjuros contra «Adom-adom», la misteriosa criatura que sembraba el terror en el valle, «mapas de viajes», vinos y cervezas, «burritas» a buen precio y, naturalmente, «lo que fuera menester», siempre que los dineros hicieran acto de presencia...

Memoricé las caras de los vendedores. Nunca se sabía en qué momento podían ser útiles.

En la planicie de la *menorá* no había mucho más. Al sur continuaban los huertos, los bosques y el Jordán, con sus prisas.

Me adentré en el puente de troncos y examiné el *nahal*. El río, como digo, bajaba rápido. La inclinación, en esa zona, era acusada. Nos hallábamos a 333 metros por debajo del nivel del Mediterráneo (1). Las aguas arrastraban troncos, ramaje, animales muertos, cajas de madera semidestrozadas, y desperdicios y basuras de las decenas de aldeas que se asomaban al río. Efectivamente, el Jordán era impuro. El más impuro de los ríos, según los «santos y separa-

---

(1) Conforme se aproximaba al mar Muerto, el Jordán experimentaba un «buzamiento» o inclinación cada vez mayor. Si en el *wadi* Nueima era de 1,9$^{0/00}$, en la zona del delta superaba, en ocasiones, el 2$^{0/00}$. La corriente, por tanto, era fuerte, incluso durante el reflujo. Los meandros en el tercio final del Jordán eran más abundantes que en la zona norte, aunque de menor trazado y con perímetros pequeños. Sumé más de veinte entre el vado de Josué y la desembocadura, en el mar de la Sal. En ese tramo, el *nahal* Jordán corría por un lecho de suelo sedimentario cuya anchura oscilaba entre uno y dos kilómetros. Los judíos denominaban dicho canal como *ga'ón*. Los árabes lo conocían como *zur* («matorrales»). En general, los acantilados caían en vertical sobre el cauce del río, y desde alturas de 50 y 70 metros. Estas pendientes —todas de marga— recibían el nombre de *qatara*. Y aunque el canal por el que corría el río era de uno o dos kilómetros de anchura, las aguas difícilmente ocupaban más de treinta o cincuenta metros de cauce. *(N. del m.)*

dos». El maderamen gimió bajo los pies. Era un puente anciano y cansado.

Caminé por la margen derecha y me adentré, tímidamente, en la aldea que llamaban Bet Abara, la más notable del vado. El mundo parecía haberse detenido entre aquellos muros de adobe. Los verdaderos habitantes eran las moscas y el olvido.

Prudentemente di la vuelta y regresé al viejo puente. Era pronto para enrocarse en nuevas aventuras...

Muy cerca, un riachuelo que imitaba en todo al Jordán, y al que conocían como *nahal* Hoglah, me reclamó desde sus aguas verdes y nerviosas. Acudí, por pura curiosidad. Era un afluente con ínfulas, pero infinitamente más limpio que su padre, el Jordán. Presentaba una esmerada escolta de álamos blancos. Eran árboles amabilísimos. A la menor brisa se agitaban y saludaban con miles y miles de hojas de plata.

Compré provisiones —las justas— en el mercado de la *menorá* e intenté hacer amistad con algunos de los paisanos. Eran *badu* (beduinos). Me dejé engañar en los regateos y eso facilitó las cosas. Yo me quedé con sus rostros, y con sus nombres, y ellos también. Eso nos convenía...

Acerté. Los acontecimientos que se avecinaban requerían todo el apoyo del mundo, y algo más.

Al regresar al *guilgal*, Yehohanan había desaparecido. Pregunté y Abner señaló hacia lo alto del cerro de la «lluvia de oro». Como también era habitual, no hizo caso de los consejos de los «justos» y se alejó hacia el Kharrar. El pequeño-gran hombre se encogió de hombros. Ya estaba acostumbrado.

Antes de alejarse hacia el «lluvia de oro» dejó establecido el «programa» del día siguiente. Más o menos lo de siempre: al alba, cuando la temperatura en el valle era más soportable, toque de *sofar*. Los discípulos debían permanecer atentos a su llegada. Después, nada...

Y el 13 de mayo, lunes, hacia las 4 horas y 37 minutos, coincidiendo con el orto o salida del sol, los íntimos apostados al pie del cerro hicieron sonar el *sofar*.

El Bautista pasó frente al *guilgal* y, sin mediar palabra, se encaminó a la planicie de la *menorá*. Lo seguimos, intrigados.

Se situó frente a las doce piedras blancas, depositó el barril de colores a cosa de un metro, e intentó saltar a lo alto del monumento. Los *schomêr* no lo permitieron. Y el gigante de las siete trenzas rubias fue jalado y empujado sin miramientos. Los *schomêr* lo maldijeron. Y el gentío que había empezado a reunirse alrededor de Yehohanan guardó silencio. Los vigilantes llevaban razón. Nadie, jamás, intentó una tropelía como aquélla.

El único que no se movió fue el *schomêr* de los cabellos rubios. Parecía vivir en otro mundo, exactamente igual que el Bautista.

Pero el vidente tampoco se inmutó ni se molestó. Tomó la colmena y se dirigió a las piedras de marga rojiza que se levantaban frente por frente, al otro lado de la senda de tierra negra y apisonada. Volvió a dejar el barril en el suelo y trepó, ágil, a la roca más alta.

Y dio comienzo la nueva «representación»...

Yehohanan lanzó una de sus habituales, monótonas, insultantes, interminables y negativas filípicas.

Y la gente lo vitoreó y clamó, entusiasmada, cada vez que arrastró por el suelo al tetrarca, a la *dusara*, a los *kittim*, y a Roma.

Los vendedores no sabían si reír o llorar. Aquello era formidable para sus negocios, pero los improperios no presagiaban nada bueno. Antipas podía pisotearlos. Y también los *kittim*.

Y miraban sin cesar hacia el camino de Jericó. Los galos y las patrullas romanas, sin embargo, no aparecieron.

Los ataques del Bautista se prolongaron durante cuatro horas.

Terminada la absurda e incomprensible perorata, el de las pupilas rojas saltó a tierra, se hizo con la colmena, y desapareció en lo alto del cerro de la «lluvia de oro». Nadie se atrevió a interrogarle. Estaba clarísimo: «Sólo un hombre capaz de enfrentarse de esa forma a los *kittim*, y a Herodes Antipas, podía ser el Libertador de Israel.» Eso proclamaron los seguidores el resto de la jornada.

Y así fue durante veinte días. Exactamente, veintiuno.

En ese tiempo no sucedió nada extraño, aparentemente. Y me explico: las *turmae* no se dejaron ver, ni siquiera de lejos. Tampoco vimos a los galos, pero todo el mundo sabía que, entre los seguidores, se hallaban los unos y los otros. Y diré más: también los *tor* (bueyes), los espías y confidentes del

Gran Sanedrín y de las castas sacerdotales, se mezclaron con el gentío. Como dije, eran fáciles de identificar. Preguntaban y preguntaban y corrían siempre con las invitaciones y los gastos...

El domingo, 2 de junio, el vado y los alrededores se hallaban a rebosar. No estoy seguro, pero el número de seguidores (o supuestos seguidores) del Anunciador rondaba los cinco mil.

Aquello era un manicomio. Las aldeas aparecían repletas.

Y en cada filípica, los seguidores brincaban de alegría, y lloraban de entusiasmo, y se contagiaban unos a otros: «era el momento...».

El grito unánime era imparable:

«¡Abajo Roma!»

Fue en esas fechas cuando descubrí movimientos «extraños» entre los acampados. Después de los «sermones» se reunían en corrillos, siempre apartados, y hablaban y discutían durante horas.

Me aproximé en ocasiones pero, al incorporarme a los grupos, guardaban silencio o proseguían con asuntos intrascendentes. En algunos de estos corrillos participaban varios de los «justos».

Algo tramaban.

Finalmente me decidí a interrogar al *ari*. Pero la respuesta de Abner me dejó más confuso, si cabe:

—Más vale que no lo sepas...

—¿Qué sucede?

—Es por tu propia seguridad —manifestó el pequeño-gran hombre—. Es mejor que te mantengas al margen...

Deduje que los partidarios del Bautista preparaban algo —como decirlo— «especial»...

No insistí, pero me mantuve alerta.

Yehohanan jamás participó de dichas reuniones, que yo supiera. Más aún: estoy convencido de que se hallaba ignorante sobre lo que se fraguaba a su alrededor... Los hechos registrados el fatídico miércoles, 12 de junio, terminarían dándome la razón.

Interrogué a los vendedores *badu*, y a cuantos me fue posible, pero los resultados fueron negativos. Nadie sabía nada o, mejor dicho, nadie deseaba comprometerse. Todos podían ser espías de todos. Algunos, incluso, espías dobles y triples...

Los únicos que no parecían alterados en aquellos momentos eran el *schomêr* que vigilaba las siete llamas amarillas del candelabro y el propio gigante de las trenzas rubias.

Pero el Destino se hallaba al acecho, naturalmente.

Y llegó el lunes, 3 de junio, el principio del fin de Yehohanan.

Los relojes de la «cuna» marcaron el orto solar a las 4 horas, 24 minutos y 54 segundos.

La noche fue oscura y sin luna. Llovió a ratos, pero distraídamente. Las nubes no estaban a lo que estaban y siguieron camino hacia el este.

Este explorador apenas descansó. Me hallaba inquieto, pero no sabía por qué. Y lo atribuí a la incertidumbre. Ardía en deseos de regresar al *yam* y permanecer al lado del Maestro. Yehohanan no era lo que dicen que fue. Me sentía decepcionado.

A lo lejos, hacia el delta, y en las torrenteras del mar de la Sal, se oía el lamento de los chacales.

Sólo el firmamento parecía comprenderme. De vez en cuando se asomaba entre las nubes y me hacía toda clase de guiños. Lo agradecí, pero...

¿Hasta cuándo debería esperar? Junio era el mes en el que, según mis informantes, el Bautista sería encarcelado, y concretamente por Herodes Antipas.

Tenía que ser paciente.

Y me hice el propósito de aguantar un poco más. Sólo aquel mes...

No fue necesario tanto tiempo. El Destino, como decía, se hallaba a la vuelta de la esquina.

Luna nueva...

Debí suponerlo.

Una hora después del alba, los «justos» que nos hallábamos en el *guilgal* empezamos a comentar el anormal retraso del Bautista. En días precedentes, nada más amanecer, el responsable del *sofar* ya había emitido los primeros toques de advertencia. Esta vez, sin embargo, Yehohanan no aparecía.

¡Qué extraño!

¿Pudo quedarse dormido? Me pareció raro. Yehohanan casi no dormía.

Los discípulos hicieron cábalas. Quizá se encontraba en otro paraje. Era típico de él. De pronto cambiaba de opinión y montaba el cuartel general a cinco o diez kilómetros del *guilgal*. Ya lo hizo en otras ocasiones.

Algunos se inclinaron por una explicación menos lógica: el vidente, ese día, no deseaba predicar...

La mayoría se opuso. Al vidente le fascinaban las filípicas y, en especial, los ataques a Roma y al tetrarca.

Ésa no podía ser la razón...

Finalmente llegaron a una conclusión medianamente sensata: era preciso subir al cerro de la «lluvia de oro» y averiguar qué sucedía.

Pero surgió un problema: ¿quién lo hacía? Todos se disculparon. Todos tenían algo importante que hacer. Falso. Nadie tenía nada que hacer. Era el miedo lo que les impedía aproximarse a la cima del peñasco. Temían al vidente, y con razón. Yehohanan era imprevisible. Si lo sorprendían haciendo quién sabe qué, la reacción podía ser tan desagradable como violenta. Y fue necesario que lo echaran a suertes.

Los «agraciados» protestaron, pero terminaron ajustándose a lo exigido por la mayoría. Y los vimos ascender por la peña, con más miedo que vergüenza...

Fueron minutos eternos.

Nadie hablaba.

Todos teníamos la vista fija en la arboleda de la «lluvia de oro».

Tampoco oímos gritos...

Quizá tenían razón los que apuntaron la posibilidad de que hubiera mudado de emplazamiento.

Pero no...

Minutos más tarde los vimos regresar. Descendían a la carrera, tropezando aquí y allá. Parecían asustados.

Necesitaron tiempo y aire para reaccionar...

Abner los interrogó una y otra vez. Todos los interrogaron, pero los discípulos, pálidos y desencajados, no terminaban de acertar con lo que querían decir.

Oí la palabra «huesos».

Abner se impuso:

—¿Qué huesos?

—¡Huesos humanos! —replicaron al fin los enviados—. ¡Hay huesos por todas partes!

—¿Y el vidente?

—¡Está muerto!... ¡Tiene los ojos muy abiertos!

—¿Muerto?... —repetía Abner—. ¡Eso no es posible!

Los enviados se dejaron caer en el *guilgal* y se sumaron a los gemidos y al llanto general.

Abner y yo nos miramos. Él creía que Yehohanan no podía estar muerto. Yo lo sabía...

Y el *ari*, sin más, corrió hacia lo alto del Kharrar. Este explorador se fue tras él. Y otros «justos» nos siguieron.

La escena que contemplé entre los *laburnum* (los árboles que «llovían oro») me dejó sin habla.

Nos aproximamos despacio, sin saber a qué atenernos.

¿Estaba realmente muerto?

Yehohanan se hallaba solo, y sentado al pie de uno de los árboles.

A su lado, la colmena ambulante y el saco embreado.

Abner se detuvo a escasos metros.

Yehohanan tenía los ojos muy abiertos, sí, pero no estaba muerto; no me lo pareció.

A los pies del Bautista aparecía una calavera. Otros huesos se hallaban repartidos alrededor del gigante de la mariposa en el rostro. Quizá veinte o treinta.

Y, de pronto, oímos un gemido.

El vidente abrió los labios y dijo algo. Ninguno de los presentes alcanzamos a escuchar. Era un balbuceo.

Yehohanan terminó por alzar el brazo izquierdo y señaló el cráneo situado a sus pies.

Abner y el resto comprendieron. El vidente sufría un *shock*. Se hallaba aterrorizado.

Y creí saber por qué...

Uno de los «justos», a una orden de Abner, desenfundó el *gladium* e introdujo la punta de la espada por una de las cuencas de la calavera. Acto seguido la arrojó lejos. El resto de los discípulos hizo otro tanto con los huesos, apartándolos.

Y, lentamente, con dificultad, ayudado por sus hombres, Abner consiguió poner en pie al Bautista. Y lo condujeron fuera de la arboleda.

Yehohanan repetía, monótonamente:

—Todo es mentira... Todo es mentira...

Al quedarme solo dediqué unos minutos a la exploración del lugar, y también de los huesos...

Como digo, creí saber por qué el vidente se hallaba descompuesto y por qué no había acudido a la cita con los seguidores. Alguien, aprovechando la luna nueva, se deslizó hasta lo alto del cerro y, tras localizar al gigante de las pupilas rojas, esparció por el lugar un montón de huesos, violando uno de los principios básicos de los *nazir*, la secta a la que pertenecía el vidente desde la niñez (1). Para los *nazir* (no confundir con *notzri*: habitante de Nazaret o nazareno) había tres grandes compromisos: no beber vino, ni probar ningún otro producto derivado de la vid (pasas, mosto, vinagre, etc.); conservar el cabello largo (símbolo de santidad), y no tocar a los muertos (ni siquiera los cadáveres de los padres, hermanos o familiares) (2). Nadie estaba autorizado a rasurar a un *nazir*. Podían

(1) El mayor, en sus diarios, narra lo siguiente (véase *Nahum. Caballo de Troya* 7): «Un día, los padres comprendieron que Yehohanan no podría ser consagrado a Yavé, tal y como había ordenado el "hombre luminoso". Los defectos que ya habían observado en el rostro se hicieron más notables. Aquello lo invalidaba como sacerdote. Fueron días de incomprensión y de angustia. Lo lógico era que el niño siguiera los pasos del padre (sacerdote). A los veinte debería ser ordenado. Ésa era la edad, reconocida oficialmente, para el inicio de cualquier actividad pública. Pero ¿cómo proceder a la preparación de la llegada del Mesías si no tenía acceso al sacerdocio?

»Quedaba otro camino...

»Y Zacarías (padre de Yehohanan), resignado, se dirigió a la orilla occidental del mar Muerto. Allí, en una aldea llamada En Gedi, existía un grupo de hombres y mujeres consagrados a Yavé. El sacerdote negoció, y Yehohanan fue aceptado como *nazir*. El *nazireato* fue establecido por el propio Yavé (Números 6, 1-21): "... No beberá vino, ni bebidas embriagadoras, ni vinagre de vino, ni ningún zumo de uvas." Fue una decisión del dios del Sinaí en contra de las costumbres de los cananeos, muy aficionados al vino.

»En definitiva, el *nazireato* era una consagración —temporal o permanente— al Todopoderoso. El niño o la niña podían ser "apartados" para Yavé desde antes de su nacimiento. Éste fue el caso de Samuel, el profeta, y de Sansón (véase Jueces, 13)». *(N. del a.)*

(2) Según las reglas del *nazireato*, tocar un cadáver humano significaba perder la condición de *nazir*. No importaba que fuera el padre, la madre, hermanos, amigos o desconocidos. Sólo se daba una excepción: que el *nazir* hallase el cuerpo, o los huesos, en el camino. La ley oral (recogida posteriormente en la Misná) dice textualmente: «A causa de las siguientes impurezas ha de cortarse el pelo el *nazir*: A causa (del contacto) con un muerto o con un trozo de cadáver aun cuando sea del tamaño de una aceituna o a causa de una secreción (de un difunto) aunque sea (del tamaño) de una aceituna o a causa de un cucharón lleno de polvo de ca-

hacer trenzas pero estaba prohibido cortar o peinar el cabello. Si el *nazir* (voluntaria o involuntariamente) bebía vino, o
tocaba a un muerto, tenía la obligación de cortarse el pelo y
empezar de cero su condición de «guardado o reservado» (eso
significaba *nzr*: *nazir*).

Examiné la calavera y deduje que no se trataba de un humano. Los arcos superciliares, la glabela, las escotaduras su-
praorbitarias, etc. eran diferentes. Eran los restos de un
mono; posiblemente de un mandril.

Inspeccioné los huesos que quedaron desperdigados entre
los árboles y llegué a la misma conclusión: eran de ganado
vacuno, onagros y, seguramente, cabras... No acerté a encontrar ni un solo hueso humano.

O mucho me equivocaba o Yehohanan había sido burla-
do...

Después observé el terreno. La arcilla, húmeda por las lluvias de esa misma noche, presentaba una serie de huellas que
me dejó pensativo y desconcertado. Distinguí con claridad el
dibujo de las suelas de las sandalias que utilizaban los legio-

---

dáver; a causa de una espina dorsal (de un cadáver), de una calavera, del
miembro de un muerto o de un miembro que tiene todavía carne, de una
persona viva; de medio *kab* (1,2 kilos) de huesos, de medio *log* (300 gramos) de sangre, ya sea por contacto con ellos o por transportarlos o por
estar todos bajo un mismo techo. (Por todo ello debe cortarse el pelo.) Y
debe hacerlo por causa de un hueso aunque sea como un filamento, ya sea
que tenga contacto con él o que lo traslade. Por todas estas cosas el *nazir*
debe cortarse el pelo y ha de hacerse asperjar el día tercero y el séptimo,
invalidando los precedentes. No ha de empezar la cuenta hasta después
de haberse purificado y ha de ofrecer sus sacrificios.

»Por razón del techo (que puede haber ofrecido el ramaje tupido de
un árbol bajo el cual había un trozo de cadáver), por unas ruinas (que
proyectan su sombra), por el espacio de separación (que circunda a la
sepultura), por un país de gentiles (que según estimación rabínica se considera impuro), por la piedra que cierra la tumba, por la piedra (de la
tumba) en la que se apoya, por un cuarto (de *log*) de sangre, por (el contacto) con una tienda (en la que se encuentra un cadáver), por un cuarto
(de *kab*) de huesos, por objetos que han tocado a un muerto, por los días
que le contaron o por los días que debió complementar, por todas estas
cosas el *nazir* ha de cortarse el cabello...»

Los gentiles, por supuesto, no estaban sujetos al voto de *nazireato*. Las
mujeres y los esclavos sí podían estarlo. La única excepción contemplada
por los escribas y doctores de la Ley era la siguiente: que el *nazir* hallara
el muerto en posición usual (?). Ello lo autorizaba a removerlo y no lo
hacía impuro. *(N. del m.)*

narios y mercenarios romanos. Tuve oportunidad de examinarlas en la fortaleza Antonia, en una de mis visitas previas al viernes, 7 de abril del año 30. Era un calzado inconfundible. La referida suela se hallaba reforzada con un total de catorce clavos, en forma de «S». El dibujo se repartía por la totalidad del pie. Era un calzado concebido para que el soldado pudiera afianzarse sobre el terreno y, por supuesto, diseñado como arma. De hecho, el cuerpo del Maestro resultaría destrozado por dichos clavos durante la Pasión y Muerte. Las patadas de los mercenarios que lo escoltaron fueron terroríficas...

Pues bien, allí estaban aquellas huellas, en forma de «S», repartidas entre los árboles...

Sumé más de treinta, pertenecientes, al menos, a media docena de individuos. Dos de ellos parecían más corpulentos que el resto. Las improntas eran profundas.

¿Fue una patrulla romana la que se aventuró a lanzar los huesos en el lugar en el que descansaba el Bautista? ¿Me hallaba, quizá, ante una estrategia de los galos, la guardia pretoriana de Antipas? ¿O fueron otros los que llevaron a cabo el sacrilegio? ¿Sacrilegio? En realidad, a la vista de los huesos (todos de animales), no existía tal... ¿Se percató de ello el vidente? ¿Se dieron cuenta los discípulos?

La situación se había enredado. ¿Cómo reaccionaría Yehohanan? ¿Cómo lo harían los miles de seguidores cuando tuvieran conocimiento de lo ocurrido en lo alto del peñasco?

Como ya mencioné, fue el principio del fin del mal llamado Anunciador del Hijo del Hombre...

Cuando regresé al *guilgal*, todo era confusión. Los discípulos iban y venían sin saber por qué. Gritaban a la vez, pero tampoco tenían idea de por qué lo hacían. Yehohanan aparecía acurrucado al pie del «júpiter». Me acerqué y lo examiné. Tenía la mirada perdida. Estaba pálido y la musculatura de los brazos y del rostro se agitaba en una típica contracción tónica. Se hallaba sumido en un estado catatónico. No hablaba. De vez en cuando emitía un gemido, muy apagado, y se le oía entonar la acostumbrada cantilena: «Todo es mentira...»

No sé qué sucedió en la arboleda de la «lluvia de oro» pero el Bautista se hallaba asustado y abatido. Aquella catatonia era otro de los síntomas de la esquizofrenia que padecía. Era fácil que pasara de la melancolía a la manía y de ésta al estupor y al decaimiento físico.

Y a pesar de las sensatas recomendaciones de Abner, advirtiendo a los «justos» que no comentaran el asunto de los huesos, la noticia voló por el vado. Lo peor fue que, al poco, corría montada en toda clase de falsedades, a cual más absurda: «El Bautista se ha enfrentado a un grupo armado de más de quinientos hombres y los ha puesto en fuga.» «El vidente —decían— es un héroe. Ha luchado con una cohorte y ha vencido. En el cerro han quedado los restos, desmembrados, de sus enemigos. La ira de Yavé ha caído sobre los impíos.»

No había nada que hacer...

La indignación de los discípulos y de los seguidores circulaba más rápida que las aguas del Jordán.

El resto de la jornada me dediqué a observar. Por supuesto, tuve especial cuidado de no mencionar que los huesos no eran humanos.

Yehohanan continuó en la misma actitud y postura. Se hallaba totalmente ido. No reconocía a nadie ni respondía a las preguntas. Abner me consultó. Sólo pude encogerme de hombros. Quizá se trataba de una crisis pasajera, un *shock* producido por la experiencia vivida en lo alto del Kharrar. Pero no estaba seguro. Con Yehohanan todo era posible...

Y a partir de la hora sexta (mediodía), la agitación en el vado fue desapareciendo. La gente regresó a sus labores habituales y los «justos» se mantuvieron alrededor del vidente, atentos y silenciosos.

Fue extraño. Nadie ascendió a la colina de la «lluvia de oro». Nadie se preocupó de los huesos o de examinar el lugar del supuesto encuentro con los «quinientos hombres armados». Todo el mundo dio por hecho que la historia era cierta y que el lamentable estado del vidente podía deberse al agotamiento y a la angustia provocada por la feroz lucha.

Pero la jornada no había terminado...

A eso de la décima (cuatro de la tarde), noté una inusual actividad entre algunos de los seguidores y parte del grupo de los íntimos de Yehohanan. Los acampados reclamaron a los «justos» y todos ellos fueron a reunirse en lugares solitarios. Primero lo hicieron al fondo del bosque de los árboles de «júpiter», donde nos encontrábamos. Después, desconfiados, cruzaron al otro lado del Jordán y se perdieron en la aldea de Bet Abara.

Abner fue reclamado en dos o tres oportunidades.

Siempre retornaba lívido y serio. Examinaba a su ídolo y se sentaba cerca, armado de silencio.

Al atardecer, mientras este explorador proporcionaba un poco de agua al abatido Yehohanan, Abner se decidió a hablar. Estábamos solos en el *guilgal*. Es posible que lo necesitara. La presión, a juzgar por lo que estaba a punto de contarme, era insoportable. Y dejé hacer al Destino. Él sabe...

Abner empezó excusándose:

—Debes perdonarnos...

No entendí.

—Te hemos mantenido al margen, aun siendo Ésrin...

—¿Al margen de qué?

Abner se sintió reconfortado ante la ingenuidad de aquel compañero al que todos llamaban Ésrin (Veinte).

Sonrió levemente y prosiguió:

—El plan de liberación está muy avanzado...

Observó mi perplejidad y rogó que no le interrumpiera. Así lo hice.

—Lo que voy a contarte no es fruto de la improvisación, ni tampoco el trabajo de unos iluminados...

Aguardé, expectante.

—... Somos muchos, muchísimos, los que deseamos la pronta liberación de Israel. Eso lo sabes...

Asentí.

—Pues bien, desde hace tiempo, ese proyecto ha cuajado y está a punto de echar a caminar. Liberaremos a nuestro pueblo del poder impío y Yehohanan marchará a la cabeza de «Nogha'».

¿«Nogha'»? La palabra, en arameo, significaba «amanecer» o «luz del amanecer». No comprendí, pero le dejé hablar.

—Ése es el nombre del plan —«Nogha'»— y, como te digo, está casi ultimado. Muchos de los que siguen al vidente son miembros activos de «Nogha'». Todos somos «Nogha'». Tú también, aunque no lo supieras...

Abner esperó mi reacción. Aquél fue un momento delicado. No debía decepcionarle.

Y asentí de nuevo, en silencio.

—Sabía que podíamos contar con Ésrin...

Sonreí, sin querer. ¿En qué nuevo lío me estaba metiendo? ¿Un plan para liberar al país de la opresión romana?

—Tenemos dinero —continuó el *ari*, cada vez más entusiasmado—. Tenemos arsenales de armas. Tenemos gente que nos apoya, dentro y fuera del país...

No pude contenerme y pregunté:

—¿Aliados?

El pequeño-gran hombre se sinceró por completo. Yo era de fiar, según él.

—Aliados importantes...

Me dejó en suspenso durante unos segundos, y disfrutó del momento.

—El ejército de Eneas está dispuesto a ponerse a las órdenes del Mesías. Ya hemos celebrado reuniones y se han establecido las condiciones...

Eneas era el nombre original de Aretas IV, rey de los nabateos, el imperio de los *a'rab*, fronterizo con los territorios de Herodes Antipas.

Empecé a comprender el porqué de las extrañas y misteriosas reuniones en el vado.

¿Qué pretendían aquellos insensatos?

—... Disponemos de un ejército de diez mil hombres.

A Abner le brillaron los ojos.

—... Primero caerá Betaramta. Después Maqueronte. Después Tiberias. Después...

Betaramta era una ciudad-fortaleza ubicada hacia el este, a cosa de 18 kilómetros del Jordán, y a otros 20 de la frontera con los nabateos. Antipas la fortificó y le cambió el nombre, llamándola Livias, en honor a la mujer de Tiberio, el emperador romano. Más tarde sería conocida por Julias.

—Avanzaremos por el valle del Jordán —prosiguió el *ari*, convencido— y expulsaremos a esa basura. Primero caerá Antipas, tal y como anuncia el vidente. Después le llegará el turno a los *kittim*. Y Yehohanan será coronado rey...

Por lo que deduje de las palabras del excitado Abner, el plan en cuestión —«Nogha'»— se hallaba supeditado a una última e importantísima reunión a la que, posiblemente, asistiría el mismísimo Eneas. Eso aseguró el pequeño-gran hombre. Pregunté dónde y cuándo tendría lugar dicha reunión con los generales nabateos, y el rey Aretas IV, pero Abner, prudentemente, guardó silencio. Señaló al cielo, ya estrellado, y proporcionó una sola pista:

—Será la próxima luna llena...

E insistió en algo que ya anunció en otra ocasión:

—Lo siento. No debo decirte nada más. Es por tu propia seguridad... Es mejor así...

El retorno de los discípulos interrumpió la conversación. Era suficiente.

Y permanecí largo rato en silencio, tratando de ordenar los pensamientos.

Era todo muy extraño.

Abner no era un loco. Al contrario. El pequeño-gran hombre era todo sensatez y prudencia. Lo había demostrado muchas veces. Pero, si era sincero (y no tuve la menor duda), algo no terminaba de encajar. Algo no cuadraba en aquel contubernio. Los nabateos odiaban a Antipas. Eso era correcto. Las rencillas, como dije, venían de muy atrás, y como consecuencia de los límites fronterizos. El padre de Antipas —Herodes el Grande— ya tuvo problemas en ese sentido, y también con Aretas IV. En cuanto a la relación de los *a'rab*, todos beduinos, con Roma, el asunto era diferente. No se llevaban bien, pero tampoco mal. Aunque Augusto —como escribe Flavio Josefo en su libro *Antigüedades* (XVI, 10-9)— estuvo enemistado con Eneas al principio de su reinado, posteriormente lo reconoció como rey y ayudó a los nabateos siempre que pudo (véase asunto de Sileo, ejecutado en Roma a petición de Aretas IV). Y un dato importante: a la muerte de Herodes el Grande (ocurrida el 13 de marzo del año 4 a. J.C.), cuando Varo, el legado romano en Siria, se dirigió con sus legiones contra Israel, Aretas IV puso a disposición de Roma un buen número de tropas auxiliares. Así lo cuenta el referido Josefo en *Antigüedades* (XVI, 10-9) y en *Las guerras de los judíos* (II, 5-1).

En otras palabras: los nabateos eran conscientes del poder militar y económico de Roma y, de hecho, colaboraban con los *kittim*. ¿Cómo aceptar que ahora (año 26) se colocaran del lado de unos «locos visionarios», que decían obedecer a un presunto profeta?

Obviamente, si las reuniones con los árabes eran ciertas e, insisto, no tenía por qué dudar de Abner, alguien estaba engañando a alguien...

Esa misma noche, cuando fue posible, pregunté al *ari* si Yehohanan se hallaba al corriente de «Nogha'». La respuesta fue rotunda:

—Es mejor que permanezca al margen de lo no importante...

—Pero...

Abner rechazó cualquier insinuación.

—Yehohanan está para lo que está —sentenció—. Él conduce y guía. Él es el símbolo de «Nogha'». De los detalles nos ocupamos nosotros... Lo que importa es que el plan funcione y «Nogha'», como te digo, está en marcha...

»Querido Ésrin, nos esperan días de gloria.

No hacía falta ser muy despierto para imaginar cómo terminaría aquella locura. Y me asombré, una vez más. ¿Por qué ninguno de los evangelistas hace alusión a los planes de los seguidores del Bautista? Los textos evangélicos, como mencioné, sólo hablan de los ataques de Yehohanan a Herodes Antipas, «por haber tomado a la mujer de su hermano».

Al día siguiente, martes, 4 de junio, el grupo recibió una sorpresa.

Bien entrada la mañana vimos aparecer a Judas Iscariote.

Quien esto escribe se quedó de piedra.

Y los «justos» le oyeron con desconfianza.

Dijo estar arrepentido «por su infantil comportamiento» y suplicó que le acogieran nuevamente entre los elegidos. «Lo importante es la lucha», afirmó. Judas no deseaba renunciar a la independencia de su pueblo. Sin el grupo de los «justos» se sentía perdido...

Abner y los otros escucharon, y lo hicieron un tanto perplejos.

Sencillamente, desconfiaron. Pero el vidente no estaba en condiciones de aceptar o rechazar la presencia del Iscariote, y Abner se responsabilizó de la admisión. Y Judas dispuso de una nueva oportunidad. La verdad es que Abner tenía otras preocupaciones —más acuciantes— y no meditó lo que hacía...

Creo que todos, en el *guilgal*, pensamos lo mismo: ¿tuvo Judas algo que ver en el feo «negocio» de los huesos? ¿Por qué se presentó a las pocas horas? ¿Casualidad? Pero nadie indagó.

Los seguidores del Bautista empezaban a inquietarse. Y se aproximaron en diferentes ocasiones al círculo de piedras.

Querían ver y oír al líder, pero el vidente seguía hecho un ovillo, y desmoronado, al pie del «júpiter». No hablaba, no comía, apenas bebía, salvo que alguien le llevara un poco de agua a los labios, y permanecía todo el tiempo con los ojos muy abiertos, en estado de *shock*. Empecé a inquietarme.

Abner y el resto se las ingeniaron para buscar excusas y lograr que los fanáticos se alejaran del *guilgal*. Pero la estrategia —ellos lo sabían— terminaría por agotarse. En ese caso, ¿qué hacer?

Abner me consultó. Yo era médico. No supe qué decirle. Mejor dicho, no pude decirle nada.

Y me limité a solicitar paciencia.

Acerté...

El miércoles, día 5, Yehohanan «despertó» de su letargo. Lo hizo súbitamente.

Todos nos alegramos (yo el primero), pero nadie se atrevió a interrogarlo. Fue una de las constantes en el trato del Bautista con sus íntimos: el miedo. ¡Qué enorme diferencia con el Maestro!

Lo miramos, expectantes.

¿Cómo reaccionaría? ¿Haría alusión a los que lanzaron los huesos y lo contaminaron, supuestamente?

No dijo una palabra.

Se dirigió a la colmena, la abrió, se sentó a su lado, y extrajo varias raciones de miel. Comió en silencio, y sin mirar a su alrededor.

Nadie se atrevió a respirar.

Concluido el desayuno salió del *guilgal* y orinó.

Después regresó bajo el «júpiter» y, tras contemplar a los ansiosos discípulos, reclamó a Abner.

Una vez en su presencia, Yehohanan dio una orden seca y desconcertante:

—Corta las trenzas...

¿Cortar el cabello?

El *ari* dirigió una mirada a sus compañeros. Todos lo habían oído. Y la mayoría negó con la cabeza.

Abner miró a los ojos al Bautista y se negó.

Yehohanan, entonces, utilizó un truco que casi siempre daba resultado. Se puso en pie y avanzó hacia el pequeño-gran hombre.

Se inclinó sobre Abner y lo llamó *jel'â* (despreciable).

El *ari* no retrocedió, ni se inmutó ante el «ataque» del vidente. Y volvió a negarse.

Las pupilas rojas se situaron a una cuarta del rostro del *ari*. Y los insultos cayeron en cascada sobre el aturdido lugarteniente. Lo llamó de todo.

Abner, respetuosa pero firmemente, le hizo ver que nadie podía rasurar a un *nazir*. Lo prohibía la Ley. Y así era. Sólo el *nazir* estaba autorizado a cortarse el pelo a sí mismo, y en las circunstancias previstas por la Ley (1). Aquél, por supuesto, no era el caso o, al menos, aparecía confuso. Aceptando que el *nazir* (Yehohanan) hubiera resultado contaminado por los huesos, antes de llevar a cabo el rasuramiento, como prescribía la Ley, tenía que presentarse ante los sacerdotes, ser asperjado con el agua de la purificación, y presentar los correspondientes sacrificios. Ello podía hacerse en la Ciudad Santa, o en «provincias». Una vez terminado el ritual, el *nazir* procedía al corte y rasuramiento del pelo y éste era arrojado al fuego. Jamás debía conservarse (2).

Yehohanan bramó:

—¿Sabes quién soy?

(1)   La Misná, en su tratado sobre el *nazireato* (capítulo VI, 6-7), dice textualmente: «El rasuramiento por la impureza (por haber entrado en contacto con un cadáver humano o con huesos igualmente humanos), ¿cómo se realiza? Se hace asperjar el día tercero y el séptimo (como indica Números, 19, 9 y siguientes y con el agua de la purificación), se corta el cabello en el séptimo y ofrece sus sacrificios en el mismo día...

»¿Cómo se realiza el rasuramiento (una vez cumplido el voto) en pureza? Presenta tres animales: el del pecado, el del holocausto y el del sacrificio pacífico. Sacrifica (primeramente) el del sacrificio pacífico y se corta luego el cabello. Según Yehuda R. Eleazar: no se corta el pelo sino después del sacrificio por el pecado, porque el sacrificio por el pecado tiene precedencia siempre. Pero si se rasura después de uno de los tres (sacrificios), cumple con su obligación.»

La ley exigía también que el cabello, una vez cortado, fuera arrojado al fuego, debajo del caldero (en el que se cocía la carne del sacrificio). *(N. del m.)*

(2)   El ceremonial era tan importante que los sacerdotes habían dispuesto una cámara especial para los *nazir* en el atrio de las mujeres, en el Templo de Jerusalén. Allí acudían los que habían violado los votos o, simplemente, los daban por terminados. Tras las ofrendas de los sacerdotes, el *nazir* se retiraba a dicha cámara (en la que hervía la carne, como símbolo de ofrenda de paz), se cortaba el pelo, y lo arrojaba bajo el caldero, al fuego. *(N. del m.)*

Abner asintió con la cabeza.

—¡Pues obedece, maldito *kuteo* (samaritano)!

El *ari* volvió a solicitar ayuda a los discípulos, pero sólo unos pocos se atrevieron a insinuar que el corte del pelo podía ser un grave error, y que Yehohanan sufriría el mismo castigo que padeció el mítico Sansón, cuando fue engañado por D'lilá (1).

El vidente ignoró el razonamiento y los insultos cayeron, a partes iguales, sobre la totalidad de los «justos», hubieran o no hubieran hablado.

Los discípulos acertaron. Tras el corte de las siete trenzas, Yehohanan no fue el mismo. Todo se volvió en su contra, como si de un castigo se tratara...

Pero sigamos con los hechos.

Abner terminó obedeciendo y, resignado, se hizo con una navaja. Solicitó la colaboración de uno de los íntimos y se dispuso para ejecutar la orden del vidente.

El Bautista se sentó al pie del «júpiter» y dejó hacer.

Y las trenzas, una por una, cayeron a tierra.

Abner lloraba, y también los «justos». El único que permaneció impasible, con el rostro grave, fue el Iscariote.

El ayudante recogió el cabello y lo guardó en un saco.

Yehohanan ni lo miró. Permaneció con los ojos cerrados y la cabeza ligeramente baja.

Abner procedió al corte del pelo que seguía apuntando rubio, casi blanco, en el cráneo y, finalmente, lo bañó en espuma y lo rasuró sin piedad.

Al terminar, como si de un aviso se tratara, se presentó el *maarabit*, el viento del oeste, e hizo oscilar las piezas de cerámica que colgaban de las ramas del árbol.

Fue una advertencia...

(1) En el libro de los Jueces (XVI, 4) se narra la historia del popular y corpulento Sansón. Disponía de una larga cabellera, como correspondía a un *nazir* perpetuo. En el valle de Sorec conoció y amó a una mujer llamada D'lilá o Dalila. Y la amante trató de sonsacarle el secreto de su enorme fuerza. Sansón la engañó en varias ocasiones pero, finalmente, confesó su secreto: «No ha pasado navaja por mi cabeza, por cuanto he sido nazareo (*nazir*) de Dios desde el seno materno; si fuere rapado, mi fuerza se me iría, y me volvería débil, y sería como cualquier otro hombre.» Fue entonces cuando D'lilá lo rasuró y Sansón fue capturado por los filisteos. *(N. del m.)*

Al poco, tras el viento, nos alcanzó un frente frío, muy activo, con densos y altos «yunques» que terminaron instalándose en el valle. Y comenzó una lluvia interminable, que se prolongaría durante nueve días. Todos, en el *guilgal*, nos protegimos como pudimos.

Sí, las palabras de los «justos» fueron proféticas. A partir de esa mañana, todo fue oscuro y lamentable...

Eché cuentas. Según mis informaciones, hacía cuatro años que Yehohanan no se cortaba el cabello. La última vez sucedió en el mes de *elul* (agosto) del año 22 de nuestra era, cuando el Bautista contaba veintiocho años de edad (1). En esa ocasión tampoco le asistía la razón. La muerte de Isabel, madre del gigante de las siete trenzas, tuvo lugar antes de que Yehohanan se presentara en Hebrón, donde vivía la solitaria y cada vez más decepcionada mujer. Ni siquiera llegó a verla. Como digo, no había razón para que se cortara el pelo. Y, no obstante, se rasuró el cráneo.

Y, de pronto, bajo la lluvia, como movido por una fuerza invisible, imposible de controlar, el vidente se puso en pie, levantó el rostro hacia el espeso ramaje del «júpiter», y clamó con aquella voz ronca y quebrada que le caracterizaba:

—¡Oh, Dios Eterno, bendito sea tu nombre!... ¡Acuérdate de mí!... ¡Te lo ruego, y fortaléceme!

Los discípulos, perplejos, se pusieron igualmente en pie. No entendían.

Y continuó, con la mirada perdida en el gris plomo de los cielos:

—¡Te lo ruego!... ¡Solamente una vez más!... ¡Oh, Dios, bendito seas, para que por esa sola vez pueda vengarme de los *kittim*!

No daba crédito a lo que oía.

Yehohanan invocaba el libro de los Jueces, con las mismas o parecidas palabras con las que Sansón solicitó ayuda a Yavé

---

(1) Según pude leer en las «memorias» de Abner, en ese mes de agosto del año 22, al presentarse en la casa de la madre, en Hebrón, Yehohanan tuvo otra reacción injustificada. Cortó sus cabellos y con ellos trenzó el «chal» que lo cubría con frecuencia. Durante tres días permaneció en la casa, en silencio, y sin probar bocado. Se limitaba a dar vueltas alrededor de un pozo y a exclamar aquella enigmática frase: «Todo es mentira.» *(N. del m.)*

tras el corte de pelo de D'lilá (Jueces XVI, 28) (1). El único cambio notable que observé fue al final. Sansón no menciona a los *kittim* (romanos), sino a los filisteos.

Definitivamente, aquella criatura se hallaba trastornada.

Dejó que la lluvia lo empapara y, lentamente, fue bajando la cabeza.

¿Qué se proponía?

Buscó el saco embreado y maloliente y se hizo con el barril de colores. Y enarbolando la funda negra que contenía el pergamino de la «victoria» corrió hacia la explanada de la *menorá*. Todos lo seguimos, desconcertados.

La lluvia, tenaz, nos ahogaba.

Los seguidores lo vieron aproximarse a la roca roja de marga y se apresuraron a rodearlo.

Yehohanan depositó la colmena al pie de la gran piedra y, como era habitual en él, trepó hasta lo alto.

El gentío se cubrió como Dios le dio a entender y vitorearon al vidente antes de que acertara a hablar. Lo llamaron héroe, y corearon un nombre que ya había oído en Caná: «Inon», otra de las referencias al Mesías.

Y los gritos de «Inon... Inon... Inon...» se propagaron por el vado.

Y así, bajo aquel diluvio, dio comienzo una de las pláticas más extrañas que me fue dado oír...

Hoy todavía sigo sin comprender.

—¡He aquí que el Eterno, bendito sea, sale de su lugar!

Y empezó a dejar libres las pausas. Era otro de sus trucos. La gente escuchaba con emoción.

—¡Y lo hará en forma de gran roca!...

Nueva pausa.

—... ¡Así, todos sabrán de quién es el mundo!

Otra vez la «gran roca». ¿Qué estaba anunciando?

Una fortísima descarga eléctrica hizo retroceder a muchos de los seguidores. El estampido sonó cerca, aguas arriba del Jordán.

Yehohanan alzó los brazos y el chorreante saco en el que

---

(1) El texto de Jueces dice: «Oh, Dios Eterno, acuérdate de mí, te lo ruego, solamente una vez más, oh Dios, para que por esta sola vez pueda vengarme de los filisteos por mis dos ojos.» *(N. del m.)*

guardaba el «323» se iluminó con una segunda y una tercera culebrinas.

El gentío estalló:

—¡Inon!... ¡Inon!

—¡He aquí que el Eterno, bendito sea su nombre, sale de su lugar..., y bajará..., y pisoteará los altos de la tierra!

No estaba seguro, pero el Bautista, esta vez, recitaba al profeta Miqueas...

—¡Y las montañas se derretirán bajo Él!... ¡Y los valles serán hendidos, como la cera ante el fuego!

El agua no daba tregua, pero los seguidores seguían encendidos.

—He ahí a nuestro hombre —repetían—. Él nos conducirá a la victoria.

Y Yehohanan prosiguió:

—¡Él vestirá al mundo de hielo y de luto!... ¡Y derramará fuego!...

Guardó silencio y permitió que los relámpagos le sustituyeran. El gentío, sobrecogido, esperó. Y me pregunté: «¿De qué habla?»

—¡Primero marchará contra el agua y después desatará su cólera con un fuego implacable!... ¡Y las aguas se derramarán como nunca antes...! ¡Después enviará el día de la ceniza!

Volvió a alzar los brazos y preguntó:

—¿Por qué sucederá todo esto?...

Los seguidores murmuraron: «Por la transgresión de Roma.»

El Bautista esperó. Y se oyeron nuevos comentarios: «Por la impiedad de los *kittim*...»

Finalmente clamó:

—¡Por la transgresión de Antipas ocurre todo esto, y por los pecados de la casa de Israel!

En efecto, utilizaba lo escrito por Miqueas..., a su manera.

—¡Por tanto haré del mundo un montón en el campo..., y haré rodar lo que nunca había rodado!... ¡Será el día de Gog!... ¡Yo soy de Él!... ¡Yo os anuncio que Gog llegará y, con Él, descubriré las fundaciones del mundo!... ¡Y serán hechas pedazos todas las imágenes, y todos los galardones serán quemados a fuego, y todos los ídolos no serán ni significarán nada!... ¡Serán cubiertos por la ceniza de Gog!

¿Gog? Yo sabía algo de aquel personaje (?), medio mitológico (1), pero no entendí por qué lo citaba.

E insistió una y otra vez:

—¡Gog!... ¡Ya viene!... ¡Ya viene!... ¡Y con Él el luto y el hielo!

Se había vuelto rematadamente loco...

—... ¡Por cuanto de la paga de una ramera ella, la *dusara*, recogió riquezas..., y por la paga de una ramera se volverán!...

No podía faltar la alusión a Herodías...

—¡Por esto me lamentaré y aullaré!... ¡Me despojaré y andaré desnudo!... ¡Daré gritos lastimeros como los chacales, y me lamentaré como los avestruces!

Al personal no parecía importarle el diluvio. Seguía electrizado con la contundencia de aquellas palabras, aunque tampoco entendía gran cosa.

—¡Y me vino la palabra del Eterno, bendito sea, diciendo: «Hijo de Hombre, pon tu rostro hacia Gog y profetiza.»!

Ahora se apoyaba en Ezequiel (38). Y lo hizo, como siempre, a su aire, sin respetar lo escrito por el profeta.

—... ¡Así dice el Eterno, bendito sea su nombre!... ¡He aquí que soy contra ti, Antipas, príncipe de Perea y de Galilea!... ¡Te haré volver y pondré garfios en tus quijadas, y te sacaré fuera, con todo tu ejército, caballos y jinetes...!

La multitud estalló de nuevo y lo aclamó, enfervorizada.

Y gritaron «Inon» con tal fuerza que solaparon la voz del vidente. Las siguientes frases no fueron oídas por quien esto escribe.

Finalmente, los seguidores (yo diría que varios miles) dejaron hablar al «profeta».

(1)   El término de Gog procede, muy posiblemente, de Magog (literalmente «tierra de Gog»). Magog, según el Génesis (10, 1-2), fue uno de los nietos de Adán (hijo de Jafet). Los descendientes fueron los escitas (tribus nómadas conocidas desde el siglo VIII a. J.C.). La palabra Gog, usada como adjetivo o sustantivo, significa, en hebreo, «gigante, techo, alto, grande o jefe», entre otras acepciones. Para algunos representaba al diablo (tanto Gog como Magog) y también las tinieblas, en el sentido más tenebroso del término. En sentido literario, tanto Gog como Magog eran enemigos de Yavé. Al suprimir la vocal «o» de la palabra «Gog» aparece «techo o escalera». Y es de «techo» de donde procede el principal significado de Gog: «alguien que está en un lugar alto». Se trataría, en definitiva, según los exégetas, de un personaje bárbaro que, en un futuro lejano e impreciso, traería tribulaciones al mundo. *(N. del m.)*

—... Y acontecerá en aquel día, cuando Gog venga contra la tierra, dice el Santo, que mi furia se levantará con mi aliento.

Otro de los rayos se precipitó sobre el Kharrar y el vado se iluminó con una luz que lastimó las pupilas. La gente enmudeció, aterrorizada. Y la detonación hizo correr a muchos. Otros cayeron rostro en tierra, estimando la tronada como una advertencia de los cielos.

Yehohanan no se alteró. Continuó enarbolando el saco embreado, y anunció con la voz diezmada por el esfuerzo:

—¡Y ese día habrá gran sacudimiento en la tierra!... ¡Y los peces del mar morirán y buscarán refugio en las playas! ¡Y todos, peces del mar, aves del cielo, bestias del campo, y todas las cosas que se arrastran en el suelo, y todos los hombres que están sobre la faz de la Tierra, se estremecerán ante mi presencia!...

Esta vez, la invocación del profeta Ezequiel (38, 18) fue casi textual.

—... ¡Gog derribará montañas y abrirá otras!... ¡Caerán los peñascos y todo muro será abatido!... ¡Nada escapará a mi cólera, dice el Eterno, bendito sea!... ¡Cubriré el mundo con la mano de Satán y mantendré la oscuridad por nueve años!

Y clamó con teatralidad:

—¡Gog!... ¡Ya se acerca!... ¡La gran roca me hará justicia!

¿Por qué mezclaba el nombre de Gog con la «gran piedra»? De hecho, así llamaba a la roca: Gog.

No supe, no entendí...

—... ¡La espada de cada hombre será contra su hermano! ¡Todos robarán y saquearán!... ¡Nada será de nadie! ¡Todos perderán!... ¡Y sabrán quién es Dios, el Eterno, bendito sea su nombre!... ¡Ese día terminarán los reinos y los reinados! ¡Y reclamarán la peste y la muerte como un bien! ¡Gog pondrá a cada cual en su lugar!

La gente había enmudecido, estupefacta. ¿El vidente profetizaba? Para mí era víctima de otra de sus crisis.

—... ¡Nueve años de oscuridad, de hambre, de peleas entre hermanos, de ausencia del Santo, bendito sea su nombre, de largas búsquedas inútiles, de hielo y de luto!

La lluvia cedió y la tormenta se alejó, momentáneamente.

Y el vidente prosiguió con su «Gog» y su «Magog», y con las alusiones al fin del mundo. Deduje que se refería a las señales apocalípticas que precederán a la aparición del profeta Elías. Ésa era la creencia generalizada entre los judíos (1), como ya he mencionado en otros capítulos de estos diarios. En suma: nada nuevo...

Así fue durante cinco días...

Cada mañana la misma filípica apocalíptica, la misma «gran roca», las mismas amenazas, el mismo fervor entre los seguidores, las mismas reuniones secretas (y no tan secretas), y la misma lluvia, inmisericorde.

El vado y el bosque de los árboles de «júpiter» se convirtieron en un lodazal. Me hallaba aburrido y desesperado. Aquella locura parecía no tener fin...

Pero debo ser sincero. No todo fue negativo en esos días de junio.

El sábado, 8, nada más amanecer, recibí una grata sorpresa: Tarpelay, el *sais* negro, apareció en el bosque con un *reda*, un carro cubierto. Dadas las circunstancias, fue una bendición. Abandoné el *guilgal* y me refugié en el carromato. Tar se negó a marchar, al menos mientras durase la lluvia.

Lo noté preocupado. Terminó confesando que temía por mi seguridad. Por el valle corrían rumores poco tranquilizadores. Antipas había llegado al límite de la paciencia. Era posible que lanzara a sus hombres contra el vidente, y que lo apresara. Y, con Yehohanan, el resto de los íntimos...

(1) Según estas creencias judías, la salvación final del mundo (que coincidirá con la aparición del Mesías) estará acompañada (o precedida) de grandes signos y catástrofes. Así lo proclaman Oseas y Daniel (13, 13 y 12, 1, respectivamente). Los escribas y doctores de la Ley identificaban este período de turbulencias como los *ḥbly hmšyḥ*[2] («los dolores del parto del Mesías»). Entre otras señales —decían— se oscurecerá el sol, aparecerán extrañas y luminosas «espadas» en el cielo, ejércitos caminarán entre las nubes, el sol brillará durante la noche y los árboles destilarán sangre. La comida será disputada y una cebolla será pagada en oro. De las rocas surgirán voces y el agua dulce se convertirá en salada (IV Esd. 5, 1-13). La tierra se quedará sin cosechas y el hielo lo cubrirá todo. Los hombres perderán la cordura y matarán por un trozo de pan. Todo será humo y frío. Las gentes huirán sin saber hacia dónde. La locura será constante y sobre la Tierra reinarán el pecado y la impiedad. Habrá batallas continuas, pero no habrá vencedores. El amigo se alzará contra el amigo, el hijo contra el padre, y la hija contra la madre. A las guerras se añadirán los terremotos, el fuego y las tinieblas. Los animales huirán o devorarán a los hombres. Y los supervivientes devorarán a los que queden... *(N. del m.)*

Pero eso no era lo peor.

Roma también parecía dispuesta a terminar con aquella incómoda situación. En el Jordán estaban al tanto de las incursiones de las *turmae* y sabían que los *kittim* no permanecerían cruzados de brazos. Yehohanan, y sus simpatizantes, empezaban a ser una molestia. Si Herodes Antipas no capturaba al Bautista, y no cortaba aquel conato de sublevación, lo haría Roma, y sin contemplaciones.

Era mejor que abandonara, y cuanto antes, aquel grupo de locos o, al menos, que me distanciara durante un tiempo.

Tarpelay no era un hombre expresivo, y mucho menos que suplicara. Esta vez, sin embargo, lo hizo. Rogó, casi ordenó, que saliera del vado de inmediato. Unos u otros, galos o romanos, o conjuntamente, estaban al llegar...

Era el segundo aviso. El primero, como se recordará, me fue dado por Nakebos, el alcaide de la prisión del Cobre...

Y dije que sí, que lo meditaría...

Tar no volvió a plantear el asunto. El negro de la túnica amarilla nunca repetía las cosas. Era inteligente y así consideraba a los demás...

Mi objetivo era esperar a la luna llena. En esa fecha (18 de junio, martes), según Abner, debería celebrarse la importante reunión entre los partidarios de Yehohanan y el ejército nabateo. Sería el momento clave. «"Nogha" echaría a rodar», en palabras del pequeño-gran hombre.

Pero los acontecimientos se precipitaron..., o los «precipitaron».

La cuestión es que el domingo, 9, hacia la hora nona (tres de la tarde), sucedió algo grave e imprevisto.

Gad era el cocinero de los «justos». Era un hombre gris y apacible.

Y, como cada día, se encaminó al mercado de las siete chozas. Su intención era adquirir víveres.

Los *badu* lo conocían.

Pero, en esta oportunidad, no sé exactamente por qué, quizá por aburrimiento, Gad fue acompañado por otros dos discípulos: José y Shlomó.

Los conocía poco. Eran discretos, como Gad.

El caso es que, nada más pisar una de las chozas de cañas, según las versiones de los *badu*, los tres «justos» fueron abordados por un grupo armado. Los vieron saltar de un *reda* cubierto, estacionado junto a las chozas.

Shlomó se resistió. Empuñó una *sica* y les hizo frente. Fue lo peor que pudo hacer. Los soldados lo fulminaron con un mazazo en la cabeza. Cayó al suelo en mitad de un charco de sangre. Gad y José no opusieron resistencia. Y los armados, tras amordazarlos, los empujaron al interior del carro cubierto. Sobre el pecho de Shlomó quedó un trozo de vasija de barro (un *ostracón*) en el que alguien había escrito: «Volveos de vuestros malos caminos, y guardad mis leyes.»

Cuando leí lo garrapateado en la arcilla reconocí el texto. Era una frase del libro II de Reyes (17, 13), aunque ligeramente modificada (1).

En el vado se produjo gran agitación. Abner y los seguidores del Bautista interrogaron a los beduinos, testigos presenciales del hecho, pero las informaciones no fueron mucho más allá...

El carro cubierto cruzó el puente de troncos y se alejó por el camino que conducía a Jericó. El *reda* rodaba veloz. Del carro tiraban seis mulas. Otros dos *redas* menores aparecieron en la explanada y se fueron tras el primero.

A juzgar por las descripciones, los armados eran galos. Vestían la indumentaria habitual: túnicas verdes, hasta los tobillos, y «camisas» de cotas de mallas por encima de las túnicas, y hasta medio muslo. Todos presentaban cascos de metal, cónicos, con protecciones laterales. Blandían espadas y mazas con clavos. Hablaban una lengua indescifrable para los *badu*.

No cabía duda: era la guardia de Antipas...

Todo parecía minuciosamente calculado. Sabían de los movimientos de cada cual y supieron elegir.

Examiné a Shlomó. Se hallaba inconsciente. La maza había abierto una herida en la región de la sutura esfenoparietal, cerca del ojo izquierdo, pero, afortunadamente, era más el ruido que las nueces. Lo aparatoso de la hemorragia hizo creer algo peor. Con un poco de suerte terminaría recuperándose.

La lluvia, incansable, hizo más penosas las indagaciones.

---

(1)   El original dice: «Y el Eterno había prevenido a Israel, diciendo: "Volveos de vuestros malos caminos, y guardad mis mandamientos y mis estatutos..."» *(N. del m.)*

Nadie sabía nada más o, sencillamente, no deseaban comprometerse. Temían a Herodes Antipas y, sobre todo, a su guardia pretoriana.

Shlomó fue trasladado al *guilgal* y Abner y los seguidores discutieron qué hacer. No era fácil tomar una decisión.

Antipas, al parecer, se hallaba en Jericó. Se alojaba en uno de los palacios de invierno, construido por su padre, el Grande. Nosotros contemplamos (contemplaríamos) la espléndida construcción en el vuelo desde el monte de los Olivos al *yam*, en abril del año 30. Era un palacio-fortaleza, muy bien defendido. En él —decían— fue asesinado Aristóbulo, cuñado de Herodes el Grande, en el año 35 a. J.C.

Examiné de nuevo el *ostracón* y comprendí: Antipas avisaba.

«Volveos de vuestros malos caminos, y guardad mis leyes.»

El tetrarca replicaba a Yehohanan, utilizando la táctica del vidente: se hacía eco de una frase bíblica, y la manipulaba, a su aire. Ése era el estilo del Bautista... Y para causar mayor efecto empleó un trozo de cerámica, exactamente igual que Yehohanan en el *guilgal*. Antipas estaba al tanto de todo.

Hubo muchas especulaciones. La mayoría exigía venganza. No retrocederían un solo palmo. Si era necesario sacrificar las vidas de Gad y de José, las sacrificarían... «Nogha'» era lo primero. Judas Iscariote fue uno de los ardientes defensores de esta postura. Otros abogaban por un «razonable entendimiento con el tirano». Algunos, más osados, diseñaron un plan para asaltar el palacio de invierno de Jericó. Fue, lógicamente, rechazado. La fortaleza se hallaba defendida, al menos por quinientos hombres bien armados.

Observé a Yehohanan. Asistió a varias de estas conversaciones e intrigas, pero se mantuvo en silencio. No supe (nadie supo) qué opinaba sobre el secuestro de sus íntimos. A decir verdad, la suerte de Gad y de José parecía traerle sin cuidado...

Abner tampoco sabía por dónde tirar.

Pero, nada más oscurecer, se registró una novedad que terminaría modificando la situación. De pronto, uno de los *badu* se presentó en el *guilgal*. Traía un pequeño *megillah*, un rollo de papiro, minuciosamente enrollado y lacrado.

Un jinete, embozado, acababa de arrojarlo a sus pies, en las siete chozas. Al lanzar la *megillah* gritó:

«¡Para ese *meshugâ* (loco) de la mariposa en la cara!»

Y se alejó al galope, cruzando al otro lado del Jordán.

Abner, con buen criterio, rompió el lacre y abrió el papiro. Yehohanan se hallaba dormido.

El *ari* leyó el contenido y palideció...

Después lo entregó al resto de los «justos».

En el texto, en un arameo pulcro y claro, se detallaban las condiciones para la liberación de los discípulos.

«Sus vidas —rezaba la *megillah*— por la del vidente.»

Y exigían la disolución inmediata de los seguidores. En esos momentos, según mis cálculos, superaban los tres mil.

El plazo para el canje expiraba al atardecer del martes, 11. El grupo, por tanto, contaba con dos días escasos para llegar a un arreglo o, simplemente, rechazar la oferta de Antipas. La *megillah*, naturalmente, aparecía sin firma.

Y Abner y los íntimos abandonaron el *guilgal* y se refugiaron en la cercana aldea de Bet Abara. Allí discutieron durante toda la noche, pero no llegaron a nada concreto. Las opiniones, divididas, terminaron enfrentándolos. La mayoría se negaba a entregar al Bautista. «Si era la hora de Gad y de José, bendito sea...» Otros recriminaban esta poco caritativa postura y animaban al resto a pelear. «¿Pelear? —planteaban con razón—. ¿Con piedras y palos? Ellos son muchos y bien armados...»

Y se llamaron cobardes e insensatos.

Así discurrió, como digo, aquella interminable noche.

Abner, al alba, me confesó que temía lo peor. El rey de los nabateos conocía lo sucedido y lo más probable es que se echara atrás. En ese caso, adiós a los sueños de libertad y de gloria... ¡Adiós a «Nogha'»!

A lo largo del día siguiente, lunes, unos y otros se empecinaron en las ya conocidas posturas. Nadie quiso ceder. Y llegó el momento en que una parte de los seguidores, agotada y temerosa, optó por lo más prudente: abandonar el vado.

«Aquello no tenía buena cara...»

La frase de Tarpelay fue premonitoria.

Algo denso y oscuro se palpaba en el ambiente...

Yehohanan continuó en el *guilgal*, fuertemente custodiado. No se le permitió abandonar el círculo de piedras, ni tampoco fue informado de la llegada de la *megillah*. Y nada supo de lo acaecido esa noche, ni de la deserción de algunos de los seguidores que acampaban en el vado y en las aldeas cercanas.

Sentí tristeza por él...

Y, durante aquel lunes, todo fueron prisas, agitación y nuevas reuniones; todas tan inútiles como las anteriores. El plazo se agotaba y Antipas podía ejecutar a Gad y a José...

¿Qué hacer?

El único que no parecía alterado en aquel manicomio era el *schomêr* de los cabellos rubios. Continuaba frente a la *menorá*, con los ojos fijos en las siete candelas. Los vigilantes habían cubierto el monumento con una gran tienda de pieles embreadas. Y allí permanecía el *schomêr*, en su mundo.

Miento. También Yehohanan se hallaba ajeno a todo. No se pronunció sobre el secuestro ni una sola vez. Aquella criatura infortunada, en efecto, no guardaba relación con el magnífico y misericordioso Maestro...

Y fue al amanecer del martes, día 11, cuando los «justos» y los seguidores llegaron a un acuerdo: marcharían a Jericó e intentarían negociar con el tirano. Por supuesto, no entregarían a Yehohanan.

Y así fue.

Esa mañana, hacia la sexta (mediodía), el vado quedó desierto. Abner, y parte de los «justos», se pusieron a la cabeza de una larga comitiva, en dirección al palacio de invierno del tetrarca. En cuestión de dos o tres horas alcanzarían la ciudad de las palmeras.

A Yehohanan, como digo, se le mantuvo al margen. Permaneció en el *guilgal*, vigilado por un total de veinte hombres armados hasta los dientes. Cinco de estos armados eran discípulos. Yo me ocupé del cuidado de Shlomó. La herida, tal y como había pronosticado, empezó a mejorar.

Judas Iscariote eligió participar en las negociaciones con Antipas.

Sinceramente, dudé. En un primer momento no supe qué partido tomar. ¿Acompañaba a los seguidores del Bautista hasta el palacio de invierno? ¿Asistía a las negociaciones? Prometían ser intensas e interesantes...

Fue Tar quien propuso que lo más prudente era continuar en el vado de Josué. Y matizó:

—Esa marcha puede terminar en masacre...

Y el vado quedó desierto, con la única presencia de los

schomêr, los *badu* del mercado, los armados que guardaban al Bautista, la lluvia y quien esto escribe...

Antes del ocaso llegaron las primeras noticias. Abner, sabiamente, dispuso un sistema de correos, a caballo, que nos mantuvo informados. La orden fue tajante: ninguna información al vidente.

Las negociaciones tuvieron lugar en el cuerpo de guardia del palacio de Antipas. Participaron dos funcionarios del tetrarca, Abner, tres de los «justos» (Judas no fue incluido), y otros tres representantes de los seguidores de Yehohanan. Las discusiones fueron largas y alambicadas.

Antipas exigía la disolución de aquel «movimiento de locos». Si los simpatizantes del profeta regresaban a sus casas, el tetrarca prometía el perdón general. Y perdonaría la vida de Gad y de José, incluso la de Yehohanan, si el vidente no volvía a pisar sus dominios. En otras palabras: podía predicar, pero lejos de la Perea y de la Galilea.

Aquello me pareció raro...

El plazo, como dije, finalizaba con la puesta de sol de ese martes, 11 de junio.

Abner y los suyos se retiraron a deliberar.

Las siguientes noticias llegaron al *guilgal* en la segunda vigilia de la noche (ya entrado el miércoles, 12): en la nueva ronda de conversaciones tampoco hubo acuerdo.

Abner propuso la liberación de los discípulos y la renuncia de Herodes Antipas. «Era el pueblo contra el tirano.»

El tetrarca no cedió, pero quiso tener un gesto de «benevolencia», y prorrogó el plazo hasta el atardecer del 12 de junio.

¿Cómo no me di cuenta? Antipas lo tenía todo previsto, y bien previsto...

La negociación —según el último correo— iba para largo. Los casi tres mil seguidores que habían acampado a las afueras del palacio de invierno estaban dispuestos a mantener su actitud el tiempo que fuera necesario. Incluso, si era la voluntad de Yavé, ofrecerían sus cuellos al tirano...

Tarpelay se mostró inquieto. E hizo un comentario al que no presté suficiente atención:

—Si yo fuera Antipas, actuaría tal y como está haciendo...

Comprendí horas después, cuando sucedió lo que sucedió.

Pero trataré de seguir el orden de los acontecimientos.

Yehohanan y sus «guardianes» no tardaron en dormirse.

La lluvia dio un respiro y los árboles de «júpiter», así como el resto del vado de Josué, se entregaron al silencio. Tar y quien esto escribe nos refugiamos en el *reda*. Y durante un rato vi desfilar extraños pensamientos: ¿por qué Antipas negociaba? No tenía necesidad. Era cruel y despreciable. No lograba comprender. Algo no encajaba...

Y terminé cayendo en un profundo sueño.

Fue al retornar al Ravid, y poner al día los diarios, cuando supe que el orto solar, en aquel histórico 12 de junio del año 26 de nuestra era, se registró a las 4 horas, 22 minutos y 54 segundos (TU).

Sí, un día para la historia...

Todo empezó minutos después del alba. La lluvia golpeó de nuevo el cuero que cubría el *reda* y me despertó. La visibilidad era escasa. Y sentí la urgente necesidad de hacer mis necesidades.

Tar dormía.

Salté del carro y, algo apremiado, me dirigí a la orilla del río.

El *reda* de Tarpelay (no sé si lo he dicho) se hallaba estacionado en mitad del bosque, a cosa de un centenar de pasos del círculo de piedras, y a poco más de tres metros de la orilla del Jordán. Los caballos comían por los alrededores, con los remos delanteros trabados. Sólo se veía silencio.

En el *guilgal* no se apreciaba movimiento alguno. Supuse que también dormían.

Me coloqué en cuclillas en el interior del cauce y procedí...

Y en ello estaba cuando, de pronto, hacia el norte, oí el relinchar de caballos. Pensé en las caballerías de Tar, pero no...

Por el camino de tierra apisonada, y entre los árboles, descubrí una tropa de gente armada, y varios carros, de dos y cuatro ruedas. Eran *redas* cubiertos.

No supe qué pensar.

No podían ser los seguidores del Bautista. Procedían del norte y, además, avanzaban a caballo.

¡Eran galos!

Me precipité hacia la orilla y me oculté, como pude, entre los juncos y los mazos de cañas.

Eran muchos. Quizá trescientos. Trotaban rápido y sin ruido.

¿Cómo podía ser? Los caballos no hacían ruido...

Después me fijé. Los cascos habían sido cuidadosamente envueltos en sacos de arpillera.

Vestían cotas de mallas y pantalones verdes ajustados hasta la mitad de la pierna. Se tocaban con los típicos cascos cónicos, metálicos, muy brillantes. En las espaldas colgaban los carcajes rojos, repletos de flechas.

Entraron en el bosque de los «júpiter» con decisión.

También las mulas que tiraban de los *redas* fueron provistas de sacos en los cascos. Era asombroso. Ninguna de las ruedas chirriaba. Probablemente fueron engrasadas.

Llegué a preguntarme si seguía soñando. Pero no. La visión era real.

¿Corría hacia el carro de Tar? ¿Avisaba a la gente del *guilgal*?

No estaba en condiciones de hacer ni una cosa ni la otra. Nada más abandonar la orilla me hubieran visto. Además, sólo era un observador...

¡Cuántas estupideces se piensan en momentos así...!

Los jinetes, como si la maniobra hubiera sido ensayada, se repartieron por el bosque y rodearon el *guilgal* con un doble cinturón. Y tomaron posiciones. Se hicieron con sendas flechas y prepararon los arcos.

Algunos de los caballos relincharon inquietos, pero los galos se apresuraron a tranquilizarlos. El silencio continuaba de pie, en el bosque, algo molesto por la lluvia, cada vez más intensa.

Varios de los jinetes se aproximaron al lugar en el que me ocultaba. Inspeccionaron la zona y continuaron pendientes del círculo de piedras.

Me aplasté contra los juncos y dejé casi de respirar. No disponía de la vara de Moisés. La dejé en el carro. Si me descubrían estaba perdido...

Portaba la «piel de serpiente», sí, pero la cabeza no se hallaba protegida.

Pensé en Tar. Aparentemente continuaba dormido. El *reda* no estaba muy lejos. Los galos tenían que haberlo visto, aunque, de momento, no le prestaron atención. Su objetivo, en efecto, era otro.

E intenté conservar la calma.

Los carros se detuvieron frente al *guilgal*, muy cerca; quizá a diez metros. Eran cinco *redas*. Uno de ellos, el más grande, tirado por seis mulas, se situó en cabeza. Otro lo adelantó y se dirigió al fondo de la senda. Y a cosa de un centenar de metros, hacia el sur, bloqueó el camino. Un quinto *reda* hizo otro tanto, pero en la zona norte, por la que habían surgido.

Tuve un mal presentimiento...

A partir de ese momento todo fue rapidísimo. Obviamente, la operación fue diseñada con minuciosidad, y ensayada.

De los tres carros que permanecían frente al círculo de piedras saltaron alrededor de cincuenta armados. Uno de ellos lucía un casco cónico dorado. Parecía el jefe.

Los galos, a una señal del oficial, se dividieron en dos grupos. Uno, situado a la derecha del capitán, quedó formado por veinte hombres. El otro, a la izquierda, sumaba treinta soldados. Vestían e iban armados como la guardia pretoriana que ya había visto en otras ocasiones: cota de mallas, túnicas verdes, cascos plateados, y gruesas mazas con clavos, así como espadas de doble filo.

El capitán alzó el brazo derecho y los cincuenta armados, en absoluto silencio, corrieron hacia el *guilgal*.

Fue visto y no visto.

El contingente de veinte galos cayó sobre el dormido Yehohanan y, en segundos, lo colocaron de rodillas, le ataron las manos a la espalda, lo amordazaron, y le cubrieron la cabeza con un saco. Después, con el mismo sigilo, lo empujaron hacia el carro de seis mulas y lo obligaron a saltar en el interior.

El segundo grupo había tomado posiciones. Rodearon a los «justos» y a los seguidores y, espadas y mazas en mano, aguardaron órdenes.

Estaba perplejo.

Acababan de capturar al Bautista y lo lograron sin que el gigante ofreciera resistencia alguna. Lo vi entregado, como si estuviera esperando aquel instante.

Y una vieja idea cruzó de nuevo por mi mente. ¿Fueron los ataques al tetrarca una estrategia del Bautista para que lo capturasen?

El carro de las seis mulas partió al momento, perdiéndose en dirección sur, hacia la explanada de la *menorá*. Los que habían capturado a Yehohanan saltaron al segundo *reda* y éste se alejó, también al galope, y en la misma dirección.

Los del *guilgal* terminaron por despertar y se encontraron con las espadas sobre las gargantas.

Los jinetes que rodeaban el círculo tensaron los arcos, dispuestos.

El galo del casco dorado vio partir los carros y se aproximó a los armados que vigilaban a los «justos» y demás seguidores.

La lluvia se hizo densa. Era una cortina que impedía la visión.

No estoy seguro (no veía bien), pero creo que fue Shlomó, a pesar de su estado, quien logró incorporarse en primer lugar y sacar una *sica*. Y la blandió contra el galo que lo amenazaba. El resto de los seguidores medio se incorporó y echó mano de las armas. Pero los de las túnicas verdes parecían estar esperando ese instante. El oficial gritó algo en su idioma y los galos se lanzaron con furia a un ataque cuerpo a cuerpo.

Creí morir.

El primero en caer, decapitado, fue Shlomó.

El resto peleó, pero no tuvo mejor suerte. Tres o cuatro cayeron al momento. La fuerza, fiereza, y habilidad de los galos eran muy superiores. Y los «justos» y seguidores, conscientes de la situación, terminaron por arrojar las *sicas* y espadas, y huyeron en todas direcciones.

Ése fue otro momento trágico...

Los jinetes dispararon sus arcos, haciendo blanco en los que huían.

Y fueron heridos en el cuello, espaldas y piernas.

Dos o tres corrieron hacia el Jordán y se lanzaron a las aguas. Los vi nadar, con varias flechas clavadas en el cuerpo. Y se alejaron bajo la intensa lluvia.

Algunos, igualmente heridos, corrieron hacia el cerro y se perdieron en la ladera del Kharrar.

Los jinetes no los persiguieron.

Otros quedaron en el bosque, muertos o heridos.

Había sangre por todas partes.

El del casco dorado dio una orden y los jinetes se agruparon alrededor de los *redas*. La tropa de a pie se introdujo en los carros y jinetes y *redas* partieron en la misma dirección, hacia el sur.

Después sólo quedó la lluvia, tan desolada como este explorador, y los lamentos de los heridos.

La operación se consumó en diez minutos.

Entonces lo vi con claridad. Todo había sido una argucia

para despejar el vado. Todo: el secuestro de los discípulos, la *megillah*, con las condiciones, todo... Lo importante era alejar a los miles de fanáticos y procurar que el vidente permaneciera solo, o en la compañía de un mínimo de seguidores. Un ataque de los galos en mitad de tres mil furiosos simpatizantes del profeta, y supuesto Mesías, no era recomendable, y no lo hicieron.

Antipas era un asesino, pero también inteligente...

Un par de minutos después me vestí y salí de mi escondite, dispuesto a alcanzar el carro de Tar. Mi mente estaba confusa.

Pero, cuando apenas había dado un par de pasos, alguien se interpuso en mi camino.

No sé de dónde salió. Apareció entre los árboles, y me cortó el paso.

Era un jinete galo.

Al poco se presentó un segundo armado, también a caballo. Probablemente pertenecían a una patrulla que recorría la zona tras la operación. El resto de los jinetes no podía hallarse lejos.

Me contemplaron, perplejos. Creo que no supieron a qué atenerse. Pero las dudas terminaron pronto.

Intercambiaron unas palabras en su idioma y el que me cortó el paso montó el arco.

Entonces vi a Tarpelay, junto al *reda*. Se percató de la situación, pero no supo qué hacer. Si gritaba, los galos lo descubrirían, e irían a por él.

Sentí fuego en el estómago. Me hallaba indefenso.

Estaba en lo cierto. Los jinetes eran exploradores, o formaban parte de una avanzadilla. Por el camino de tierra apisonada, desde el norte, vi aparecer el grueso de la patrulla. Los galos, a caballo, acompañaban a otros dos *redas*, también cubiertos. En una ojeada calculé cincuenta jinetes. Un grupo marchaba por delante y otros veinte o treinta cerraban la comitiva. ¿Escoltaban a alguien?

El pensamiento fue inevitable: ¿Antipas?

El del arco seguía apuntándome. Parecía disfrutar con la situación.

Pero los cielos acudieron en auxilio de este perplejo y confuso explorador.

El segundo galo lanzó un grito al del arco, volvió grupas, y trotó hacia el grueso de la patrulla.

El soldado bajó el arco, guardó la flecha y sonrió con malicia. Era joven, aunque algo grueso, con la piel colorada y despellejada por el sol. Las manos y brazos aparecían tatuados en su totalidad. Eran dibujos de serpientes, con las cabezas dispuestas sobre las uñas y en las yemas de los dedos.

Y, a punto de girar, y alejarse, habló en un arameo casi indescifrable:

—¡Tú, suerte!... ¡Ahora no matar... ti!

Me guiñó un ojo y lo vi trotar, tranquilo, reincorporándose a su unidad.

Respiré aliviado. Nunca supe a qué lugar apuntaba con la flecha. Si lo hacía a la cabeza, y hubiera disparado, mi suerte habría terminado...

Tarpelay quiso aproximarse, pero hice señas para que permaneciera junto al carro. Obedeció.

Y oculto tras uno de los «júpiter» me dediqué a observar a la patrulla.

Los carros se habían detenido frente al *guilgal*, tal y como hicieron los anteriores. Los jinetes se repartieron alrededor del círculo, exactamente igual que en la primera ocasión, cuando capturaron a Yehohanan.

Uno de los galos que permanecía junto a los *redas* golpeó la madera de uno de los carros y, al momento, del interior, saltó un grupo de infantes, igualmente armado. Entraron en el círculo de piedras y se dedicaron a registrar a los heridos y a los cadáveres, y a cargar los sacos, armas y pertenencias de los «justos» y de los seguidores que custodiaban al Bautista.

La maniobra fue igualmente rápida. El material fue depositado en el *reda* del que habían saltado y retornaron al interior del carro. Al poco, la patrulla se alejaba en dirección al monumento.

Y me vino a la mente el saco embreado y maloliente, en el que Yehohanan guardaba el misterioso pergamino de la «victoria». También pensé en las «memorias» de Abner. El pequeño-gran hombre las ocultaba en uno de los sacos de viaje. Todo, al parecer, acababa de ser confiscado por los guardias de Herodes Antipas.

Me equivoqué. Todo no...

La cuestión es que la operación había terminado. Ahora sí.

Di media vuelta y me encaminé hacia el carro de Tarpelay.

Mi mente seguía nublada...

A los pocos pasos, a mi espalda, oí una voz que me resultó familiar. Me volví y me hallé ante el soldado de la piel achicharrada. El jinete se hallaba entre los árboles, a no más de veinte metros. Me apuntaba de nuevo con su arco. El caballo permanecía con la cabeza baja, mordisqueando las hierbas.

Sonrió, malicioso, y, un segundo antes de disparar, comentó:

—¡Ahora sí matar... ti!

La flecha (de caza), de gran diámetro y considerable peso, impactó en mi vientre, a la altura del ombligo. El golpe fue tal que perdí el equilibrio y terminé cayendo de espaldas.

Posiblemente, esa caída me salvó.

El galo estimó que me había liquidado y se alejó.

Tar corrió a mi encuentro y trató de ayudar. Estaba desconcertado. Y no era para menos...

La flecha, al golpear la «piel de serpiente» (1), se quebró.

Me senté y comprobé los «daños».

La túnica rota. Eso fue todo.

Tar miraba y remiraba, sin dar crédito. No había sangre. No había herida.

Tomé los restos de la flecha y los examiné. El asta, de madera de cedro, se partió por la mitad. Las plumas eran de pavo, enormes, coloreadas en azul y rojo, y dispuestas en forma helicoidal. Así aceleraban la estabilización del proyectil. Aquellos malditos galos sabían... La punta, de bronce, en su momento triangular, aparecía deformada.

Tar la inspeccionó y me miró, confuso. No dije nada. ¿Para qué?

(1)   Como ya he comentado en otras oportunidades, la Operación Caballo de Troya obligaba a sus exploradores, cada vez que se salían de la nave, a portar una especie de «segunda piel». Esta «epidermis» se hallaba constituida por una fina película, integrada por un compuesto de silicio, en disolución coloidal, en un producto volátil. Este líquido, al ser pulverizado sobre la piel, evapora rápidamente el diluyente, y aquélla queda cubierta por una delgada película opaca y porosa de carácter antielectrostático. La «armadura» era capaz de resistir el impacto de un proyectil (calibre 22 americano), a veinte pies de distancia, sin interrumpir el proceso normal de transpiración, y evitando la filtración, a través de los poros, de agentes químicos o biológicos. La «piel de serpiente» tenía que ser renovada cada noventa días (como mucho cada ciento veinte). Los exploradores debían tener especial cuidado con las referidas fechas de caducidad. *(N. del m.)*

Recogí el cayado del interior del *reda* y, sin mediar palabra, me encaminé hacia el *guilgal*. El fiel negro siguió mudo, pero no se separó de quien esto escribe.

Aquello era una carnicería...

Conté seis muertos (cinco eran «justos»). Fuera del *guilgal*, esparcidos entre los árboles de «júpiter», se hallaban cinco heridos (de diferente consideración). Sólo pude proporcionarles agua y todo el consuelo de que fui capaz.

Los galos se llevaron hasta las sandalias...

Eché cuentas y comprobé que faltaban nueve de los seguidores que protegían a Yehohanan. Dos o tres se arrojaron a las aguas del Jordán. Quién sabe si habían muerto... El resto, creo, logró huir hacia lo alto del Kharrar.

¡Dios bendito! ¿Por qué nada de esto fue mencionado por los evangelistas? Mateo, el primero de los apóstoles que empezó a escribir sobre el Maestro, y quizá el más explícito, dice al respecto: «Es que Herodes (Antipas) había prendido a Juan (Yehohanan), le había encadenado y puesto en la cárcel, por causa de Herodías, la mujer de su hermano Filipo. Porque Juan le decía: "No te es lícito tenerla." Y aunque quería matarle, temió a la gente, porque le tenían por profeta...»

Mateo no acierta ni una... La verdad, una vez más, fue maltratada.

Los nombres de los cinco discípulos muertos por los soldados de Antipas fueron los siguientes: Shlomó (el primer mártir de la cristiandad), David, Arkí, Issacar y Ageo. El nombre del sexto fallecido (uno de los fieles seguidores del Bautista) no lo supe jamás. Posteriormente, cuando el Destino quiso que volviera a encontrarme con Abner y con el resto de los «justos», supe que otros cuatro seguidores fallecieron también como consecuencia de las heridas recibidas en aquel amanecer del 12 de junio. En total, diez muertos. Los diez primeros mártires del cristianismo, aceptando que las prédicas y la filosofía del Bautista tuvieran algo que ver con el mensaje y con el pensamiento del Hijo del Hombre...

Dicho queda.

Y ocurrió que, en la revisión de uno de los cadáveres, al darle la vuelta, apareció el saco embreado y maloliente que conservaba el «323». Los galos no lo detectaron.

Me hice con él y decidí trasladarlo a la «cuna». La historia que contaba Yehohanan sobre su posible origen (1) me tenía intrigado. Era cuestión de analizar dicho pergamino, despejar las dudas, y devolverlo al vado de Josué, donde lo había encontrado. El análisis no tenía por qué alterar el natural devenir de los acontecimientos.

Tar apremió.

Debíamos abandonar el lugar, y hacerlo lo antes posible. Si alguno de los supervivientes había logrado alcanzar la explanada de las siete chozas, probablemente ya estaban avisados. Los *badu*, o los *schomêr*, no tardarían en acudir al *guilgal*... En ese caso, si nos sorprendían entre los cadáveres, podían acusarnos de ladrones y saqueadores.

«Mal negocio», comentó.

Además, la guardia de Antipas podía regresar.

Habían transcurrido dos horas desde la captura de Yehohanan. La noticia no tardaría en llegar a oídos de Abner y de los seguidores. Era lógico que se presentaran en el *guilgal* de forma inmediata. Esperarles era una locura. Demasiado riesgo. Por otro lado, nadie podía imaginar la reacción del tetrarca. Una vez logrado su principal objetivo —descabezar al grupo—, ¿qué importaba el resto? Cabía la posibilidad de que los apresara o de que los ejecutara. Todo estaba en el aire...

Reconocí que el fiel *sais* tenía razón. Lo más sensato era partir.

Y así lo hicimos.

Hacia las siete de la mañana, el *reda* dejó atrás el vado de Josué, también llamado de las «Doce Piedras». La experiencia fue profunda y angustiosa.

Necesitaba pensar...

Y el carro se dirigió al norte, al galope.

Sí, necesitaba pensar...

---

(1) El pergamino en cuestión, según el vidente, era de origen divino. Le fue entregado por una de las *hayyot*, una criatura celeste. Según Yehohanan, el «323» fue dibujado por el hombre-abeja (!), una de las referidas *hayyot*. El pergamino, como se recordará, contenía un enigma. En él aparecían las siguientes frases: «Del Eterno» (letras bordadas en oro) y «He aquí que os mandaré a Eliyá (Elías) antes de que venga aquel día grande y terrible» (Malaquías 3, 23). El resto lo integraban números y estrellas. Amplia información en *Jordán. Caballo de Troya 8. (N. del a.)*

No fui muy consciente de aquel viaje. Galopamos hacia el norte, siempre hacia el norte, hasta que Tarpelay comprendió que aquella «fuga» no tenía sentido. Nadie nos perseguía. Y aminoró la marcha del *reda*.

Creo recordar que le di una sola indicación: debíamos llegar al *yam*.

El resto del camino no hablamos. Y quien esto escribe siguió a lo suyo, pensando y pensando...

Flavio Josefo, el historiador judío-romanizado, fue el único que acertó (1). Yehohanan fue apresado por razones puramente políticas. Alguien tuvo miedo. Alguien pensó que podía arrastrar a las masas a una sublevación y cortó por lo sano. Ese «alguien» fue Herodes Antipas.

¿Estuvo Roma involucrada en la detención?

Era muy posible. La presencia de una patrulla romana en las proximidades del *guilgal*, responsable, quizá, de la maniobra de contaminación del *nazir* con los huesos, era elocuente. La historia nunca lo aclaró...

Y los pensamientos me llevaron hasta Jesús de Nazaret. ¿Cómo reaccionaría ante el apresamiento de su primo lejano? ¿Se lanzaría ahora a una predicación abierta? Si no recordaba mal, eso fue lo establecido por Él mismo en Beit Ids: no predicaría, no hablaría públicamente de Ab-bā, hasta que el Bautista «terminara su trabajo».

No tenía ni idea de lo planeado por el Maestro. ¿A qué se refería con la «finalización del trabajo» de Yehohanan? ¿Pensaba en el final de sus filípicas o en la muerte del gigante?

La intuición tocó de nuevo en mi hombro y susurró algo importante: era muy pronto todavía... Ni siquiera había seleccionado al resto de los apóstoles. Tenía que ser paciente. Todo se hallaba ordenado, y bien ordenado.

Pensé también en Judas. ¿Qué haría a partir de aquellos críticos momentos? ¿Seguiría con Abner?

Fue otra incógnita.

Sabía que terminaría uniéndose al Galileo, pero ignoraba cómo y en qué momento.

Nadie, entre los «justos», se fiaba de él. ¿Tuvo algo que ver en la conspiración contra Yehohanan? Fue sospechoso que se

(1)   Véase el libro de Josefo: *Antigüedades de los judíos* (XVIII). *(N. del m.)*

presentara en el vado de Josué a las pocas horas del incidente con los huesos. ¿Supo algo? ¿Delató al grupo? No me pareció lógico. No era necesario. Todo el mundo conocía las costumbres del Bautista. Además, según decía, Yehohanan era su ídolo. El hecho de que, años después, traicionara a Jesús de Nazaret no tenía por qué convertirlo en traidor en esos momentos. Las circunstancias, en el caso del Hijo del Hombre, fueron distintas. Sí, me estaba precipitando...

Y buena parte del viaje lo invertí en tratar de imaginar el ingreso del Iscariote en el círculo de los íntimos del Maestro. ¿Cómo pudo llegar hasta Él? Judas había visto al Galileo en el bosque de los pañuelos, cerca del río Artal, pero no le prestó demasiada atención. Eso me pareció. Judas era un fanático de los zelotas. Quería entrar a formar parte de la organización. Judas era un extremista. Apoyaba la sublevación armada y la lucha contra Roma. No terminaba de entender cómo se unió a los apóstoles. El Maestro, desde el principio, se inclinó por el amor y por el «reino espiritual» de Ab-bā. No lograba asimilar cómo el Iscariote entró en el grupo de Jesús. ¿Quién lo convenció? ¿Fue el Maestro?

Todo tenía una explicación, pero llegaría a su debido tiempo.

Sentí pena por Yehohanan.

¿Qué ocurriría a partir de la captura? ¿Fue ejecutado de inmediato o transcurrió un tiempo? Los evangelistas se inclinan por esto último. Dicen que permaneció en prisión y que mantuvo algún tipo de comunicación con el Hijo del Hombre. Mateo (14, 6) aporta un dato sobre la fecha de la ejecución del Bautista: «En el aniversario del nacimiento de Herodes...» No tenía idea de la fecha en cuestión. ¿Se refería al cumpleaños de Antipas o al aniversario de su subida al trono? No logré hallar un solo indicio y, además, tampoco me fiaba de Mateo. Sus errores, en otros capítulos de la vida del Maestro, eran sangrantes. También en este asunto convenía esperar. El Destino marcaría el rumbo... ¡Y ya lo creo que lo hizo! ¡Y de qué forma!

Los carros y los jinetes de la guardia gala se habían alejado en dirección sur. ¿Significaba eso que trasladaban a Yehohanan a la región del mar Muerto? Allí existía una fortaleza (Maqueronte) en la que, según la tradición, fue ejecutado el Bautista. Tampoco era una tradición fiable. Al alcanzar el puente de troncos existente cerca del monumento de la *menorá*, la tropa pudo tomar otro camino. ¿Se dirigieron al este? Muy cerca, por esa ruta, se levantaba otra ciudad- fortaleza: Betaramta. ¿Lo encarcelaron en dicho lugar? ¿Eligieron Jericó? Me pareció arriesgado. También pudieron seleccionar la ruta que corría paralela al Jordán, por la margen derecha. Eso les hubiera llevado a otras fortalezas, por no hablar de la Galilea...

Supuse que no tardaría en enterarme. Estas noticias, a pesar de las precauciones de Antipas, terminaban filtrándose. Lo que no imaginaba en esos momentos es que me hallaba a un paso del esclarecimiento del enigma...

¿Y qué decir de los seguidores de Yehohanan? ¿Cómo reaccionarían los miles de fanáticos cuando supieran de la captura del «profeta»? ¿Qué suerte correrían los discípulos secuestrados por Antipas? ¿Cómo terminarían las negociaciones con los nabateos? ¿Sería el fin del sueño de Abner y de los «justos»?

Y me vi asaltado por otra vieja idea; algo que había caído en el olvido: ¿qué papel jugó Belša, el persa del sol en la frente, en aquella historia? ¿Por qué abandonó a los discípulos del Bautista? ¿Era Belša trigo limpio? Ya lo insinué una vez, pero... Más aún: ¿por qué Nakebos, el *alqa'id* de la prisión del Cobre, recomendó que hiciera lo mismo y que me alejara de aquel «grupo de locos e iluminados»? ¿Qué sabía Nakebos?

Fue entonces, cerca de Damiya, cuando regresaron los recuerdos de un singular y enigmático «sueño» (?), registrado tiempo atrás, en la garganta del Firán. En dicho *helem* o «visión» (los judíos consideraban estos sueños mucho más que un sueño), quien esto escribe, como ya comenté, vio «caer» del cielo una serie de letras y números. Y al depositarse en mis manos formaron palabras... Una de estas misteriosas «palabras» decía «BELSA'SSAR», con un número, también en hebreo sagrado: «126».

No supe qué pensar. Aquello era muy extraño...

«BELSA'SSAR 126» podía significar «Belša» y la fecha 12 de junio.

¿12 de junio? Ése era el día en el que nos hallábamos, el del arresto del Bautista...

«BELSA'SSAR» es una palabra persa. Belša también lo era. ¿Casualidad?

La cuestión es que me hallaba ante el tercer «acierto».
«OMEGA 141» y «PRODIGIO 226» se habían cumplido.
Alguien me estaba «avisando». Belša podía estar involucrado en todo aquello...

Según esto, ¿qué anunciaban las restantes y no menos enigmáticas «palabras»? (1).

La llegada a Damiya interrumpió estas especulaciones. Por un lado lo agradecí. Eran demasiadas dudas e incertidumbres. Pero el Destino aguardaba, y no muy lejos...

Podía ser la hora quinta (hacia las once de la mañana).

Tar manejó a los caballos con gran habilidad, pero necesitaban un descanso. También nosotros.

Y, de mutuo acuerdo, nos concedimos un respiro. Como dije, ya no había prisa. La amenaza principal estaba conjurada.

Mi intención era llegar a la base de los «trece hermanos» esa misma noche o, quizá, en la mañana del día siguiente. Desde allí me trasladaría al caserón de los Zebedeo, en Saidan, e informaría al Maestro, tal y como solicitó.

Pero el hombre propone y Dios dispone...

Opté por dar un paseo. Y, sumido en estos pensamientos, caminé sin rumbo fijo.

Los pasos, no sé por qué, me llevaron a la casa de Nakebos, el nabateo. Y decidí entrar. Deseaba saludarle.

La servidumbre, atenta, me informó de la ausencia del patrón. Esa misma mañana —dijeron— había llegado la guardia de Antipas, a caballo, y Nakebos marchó con ella. Se hallaba en la prisión del Cobre. No sabían cuándo regresaría. Podía tomar posesión de la casa y esperar. Y la intuición avisó de nuevo...

¿Galos a caballo? Interrogué a los criados y confirmaron las sospechas: trasladaban a un preso importante. Lo detuvieron en el vado de Josué. Eran galos, en efecto. La noticia corrió, rápida, por Damiya. El preso era un viejo conocido de la gente del lugar. Había predicado en el vado de las Columnas, muy próximo al pueblo. Se trataba de Yehohanan...

---

(1)   En el «sueño» aparecieron las siguientes «palabras y números» (por este orden): «OMEGA 141»... «PRODIGIO 226»... «BELSA'SSAR 126»... «DESTINO 101»... «ELIŠA Y 682»... «MUERTE EN NAZARET 329»... «HERMÓN 829»... «ADIÓS ORION 279» y «ÉSRIN 133». Véase información en *Jordán. Caballo de Troya 8. (N. del a.)*

Comprendí. Antipas volvió a utilizar otra de sus argucias. Hizo creer que la patrulla se dirigía al sur pero, como imaginé, cambiaron de dirección, posiblemente en el referido puente de troncos del vado de Josué.

Seguramente tomaron la senda ya mencionada (la que corría por la margen derecha del Jordán), más cómoda y segura.

Pero ¿por qué Antipas eligió la prisión del Cobre?

Y los planes, efectivamente, cambiaron en minutos, como casi siempre, y como en todas partes...

Me trasladaría a la isla. Tenía que hablar con el alcaide, con Nakebos, y confirmar la noticia: ¿se hallaba el Bautista en la prisión?

Regresé junto al *sais* y expliqué la situación. Me acompañó hasta la confluencia del Jordán con los ríos Yaboq y Tirza, afluentes oriental y occidental, respectivamente, y me dispuse a embarcar. En ese lugar, muy cerca de Damiya, como expliqué en su momento, existía un embarcadero, casi exclusivamente destinado al transporte desde tierra firme a la isla del Cobre, y viceversa. En el islote se levantaba una construcción un tanto insólita, mezcla de fundición y de cárcel.

Noté mucha agitación en el embarcadero.

La gente protestaba.

Tarpelay interrogó a los barqueros.

La gente que comerciaba a las puertas de la prisión acababa de ser expulsada por la guardia gala de Antipas. La totalidad de los vendedores, «burritas», aguadores, mendigos, pícaros y demás parroquia, que permanecía junto a las puertas e, incluso, entraba y salía del recinto, fue obligada a regresar al embarcadero en el que nos hallábamos. Nadie podía permanecer en los alrededores del Cobre.

Vi patrullar a los jinetes al pie de la muralla...

Ahora estaba casi seguro. Yehohanan se hallaba en el interior. Sin embargo, torpe y tozudo, quise cerciorarme, y contraté los servicios de uno de los barqueros. Tar no estuvo de acuerdo. Los soldados no permitirían que desembarcase y, mucho menos, que intentara el ingreso en la maldita cárcel.

Pero me empeñé y partimos hacia el islote. Tar se quedó al cuidado del *reda*.

No se equivocó.

No llegué a poner los pies en tierra. Antes de que la lancha se acercara a la orilla, un grupo de jinetes cabalgó hacia noso-

tros y, a gritos, ordenaron que diéramos la vuelta y desapare-
ciéramos. El barquero no preguntó. No deseaba desafiar las
flechas de los galos. Y remó con fuerza hacia nuestro punto
de partida.

Oí el martilleo, a lo lejos (1).

(1)   Desde la torre de El Makhruq, en las cercanías de Damiya, el
mayor hace la siguiente descripción de la isla del Cobre, y alrededores:
«... El espectáculo fue inolvidable. A nuestros pies corría el Jordán, ahora
libre de la cúpula selvática, alimentando con sus aguas mansas los acostumbrados huertos y plantaciones. Por el este bajaba uno de los afluentes
más destacados: el Yaboq o Zarqal, destellando también como la plata. A
nuestra izquierda, por la margen derecha del Jordán, menos pretencioso,
se abría paso, entre el verde y negro de los palmerales, el río Tirza, padre
del valle que llamaban Fari'a. Ambos afluentes desembocaban casi frente
por frente, dando nombre a la rica región de Ga'ón Ha Yardén (algo así
como "Garganta del Jordán"). En la reunión de los tres cauces, los sedi-
mentos arrastrados por las aguas habían formado una isla de regulares
dimensiones. Quedé asombrado. La práctica totalidad del islote se hallaba ocupado por una singular construcción de caliza, con muros y techos
ennegrecidos. Una pared alta, de cuatro o cinco metros, rodeaba los edificios, aunque no creo que la palabra "edificios" sea la más correcta. El
único con un cierto porte era el central, totalmente circular, rematado por
una cúpula en la que destacaban cinco estrechas chimeneas. Por todas
ellas escapaban sendas columnas de un humo negro y espeso. En el patio,
pegadas al murallón, se alineaban numerosas casitas, también de piedra
caliza, tiznadas por el hollín y sospechosamente iguales. Por una de las
puertas del bloque circular —el que parecía más importante— observamos unas intensas llamaradas. Imaginé que estábamos frente a una *yesuqah* o fundición de hierro o cobre.
—Sí y no...
La respuesta de Belša me confundió.
—Es la cárcel del Cobre. Un lugar maldito...
Era una *yesuqah* y, al mismo tiempo, una de las más temibles prisio-
nes de la Perea. Allí terminaban los asesinos, los violadores de niños, los
defraudadores de impuestos, y los que trataban de alzarse contra Roma o
contra el tetrarca Antipas. Lo "mejor de lo mejor"...
Según el persa, allí sólo se entraba para morir. La población reclusa
era de un millar de personas, la mayoría de origen pagano...
Trabajaban los lingotes de cobre que llegaban regularmente de las
fundiciones de Esyón-Guéber, en el mar Rojo, las antiguas y auténticas
minas del rey Salomón. Largas caravanas ascendían por el Jordán con los
cargamentos. Éstos eran desembarcados en la isla y allí reelaborados por
la técnica del martilleo. Los hornos eran alimentados día y noche con
madera talada en las montañas de Galaad. La fusión del cobre (a 1.083 grados Celsius) se conseguía mediante la utilización de enormes fuelles de
cuero, activados manualmente, y con el concurso —eficacísimo— de los
vientos locales, especialmente fuertes en la desembocadura de los referi-

Me resigné.

Tenía que buscar otra forma para llegar a la presencia de Nakebos. Hubiera podido invocar el nombre del *al-qa'id* pero no me pareció prudente. Yo me hallaba protegido por la piel de serpiente», y disponía del cayado, pero conmigo

---

dos ríos. Las bocas de los hornos habían sido estratégicamente orientadas hacia poniente, de forma que los vientos que descendían por el valle de Fari'a incrementaran el tiro, alcanzando así el "naranja del sol en el ocaso" (los expertos fundidores establecían los diferentes grados de fusión según los colores del sol. La obtención del cobre, partiendo de la cuprita, la azurita y la malaquita, demandaban un naranja similar al de la puesta del sol. El hierro, por ejemplo, exigía una temperatura —1.539 grados— que transformaba el metal, proporcionando un color parecido al del "blanco mate del sol entre la niebla" y así, sucesivamente, para el bronce, el oro, la plata o el estaño).

Pronto nos acostumbraríamos al monótono y lejano golpeteo de los martillos sobre las dúctiles y maleables láminas de cobre. Un martilleo que no cesaba durante la noche y que recordaba, a propios y extraños, la naturaleza del lugar del que procedía el rítmico sonido...

Según Belša, la cárcel del Cobre era otro de los saneados "negocios" de Antipas, en el que participaban los de siempre: las castas sacerdotales y los más notables funcionarios de Roma. Allí, gracias al esfuerzo de los prisioneros, se fabricaban toda clase de armas, herramientas y adornos, tanto masculinos como femeninos. Todos los días, con las primeras luces del alba, una o dos embarcaciones atracaban en las orillas del islote, cargando los productos manufacturados: lanzas, puntas de flechas, espadas de toda índole, dagas, hachas de combate o para el trabajo, azadones, azuelas, zapapicos, cinceles, bocados de caballo, armaduras, brazaletes, colgantes y toda suerte de utensilios de cocina.

El promedio de fallecimientos en aquel campo de concentración era alto: dos o tres "obreros" por día. Los cuerpos terminaban en los hornos, fundidos con el cobre líquido. Eso —decían— proporcionaba *hitpa* al metal ("el espíritu del muerto enriquecía la mezcla").

Damiya, el pueblo blanco al que nos disponíamos a descender, vivía en buena medida de esta prisión. Era una aldea al servicio de los fundidores y de sus guardianes. Los cinturones de huertos que la rodeaban no eran suficientes para abastecer la *yesuqah* y, todos los días, por la senda del Jordán, amanecían numerosas carretas con suministros de toda índole, incluidas las célebres "burritas" o prostitutas de Bet She'an y de la ciudad de Pella. De Damiya salían los aguadores, los médicos, los adivinos, los carpinteros, los albañiles, los prestamistas o sacerdotes de los más diversos dioses que se ofrecían al personal de la isla. Las puertas de la prisión eran un mercado en el que se traficaba con todo y con todos. La corrupción de los guardias era tal que muchos de los vecinos de Damiya terminaban por penetrar en el recinto, vendiendo sus productos en los barracones de los condenados...»

Amplia información en *Nahum. Caballo de Troya 7. (N. del a.)*

se encontraba el barquero. No tenía derecho a arriesgar su vida...

Dejó de llover.

Al saltar a tierra, el viejo barquero respiró aliviado. Al pagarle, me proporcionó una noticia que confirmó mis sospechas: «Al vidente le había sucedido como a Sansón...»

Y aclaró que, según los presos, el Bautista había perdido sus largas trenzas rubias. Yehohanan ya no tenía fuerza ni suerte. «De allí no saldría vivo...»

El dato, como digo, fue definitivo. Alguien vio al Bautista en el interior de la prisión, y lo vio con la cabeza rasurada.

Pero la fortuna no me acompañó...

No hubo forma de llegar hasta Nakebos. Esperé todo el día 12, y también el 13. Nadie cruzó al otro lado y nadie salió de la cárcel. Nakebos no se presentó en su casa, en Damiya. Algo importante, en efecto, sucedía en la cárcel del Cobre...

Tar insinuó que prosiguiéramos hacia el *yam*. Dudé.

Sabía que Yehohanan se hallaba en aquel lugar, pero era importante que lo confirmara.

No me movería...

En el embarcadero, las cosas tampoco mejoraron. Llegué a contar cinco caravanas, inmovilizadas con toda clase de mercancías. Algunos, impacientes, intentaron llegar al islote. Tuvieron la misma suerte que este explorador. Se vieron en la obligación de dar la vuelta y desembarcar. La indignación era general.

Pero, en la madrugada del 13 al 14, todo cambió.

Los que aguardábamos en el embarcadero vimos pasar los *redas* que habían transportado a Yehohanan y al resto de la tropa. Los escoltaban los jinetes galos.

Pasaron veloces, en dirección al sur. Posiblemente regresaban a Jericó.

Y las lanchas se movilizaron, iniciando un intenso trasiego de hombres y animales. El flujo con la isla se restableció y las puertas de la cárcel-fundición fueron abiertas de par en par.

Hacia las cinco de la mañana, con las primeras luces, me presenté ante los individuos que montaban guardia en la gran puerta de entrada a la prisión. Los controles eran muy estrictos. Nadie podía entrar sin la autorización expresa del alcaide. Y los habituales del comercio en el lugar protestaron. Los vigilantes hicieron caso omiso y obligaron a los no autorizados a permanecer lejos de las puertas. La vigilancia del Cobre, como en el caso de otras cárceles, era responsabilidad de los *tsahôv*, unos vigilantes o *schomêr* que siempre vestían de amarillo (de ahí el nombre de *tsahôv*) (1) (no confundir con los levitas o policías del Templo, que también vestían de amarillo). Estos guardias —los *tsahôv*— eran mercenarios. Servían a quien más pagaba. Lucían túnicas hasta las rodillas, de color narciso, con *sicas* (puñales) o espadas cortas a la cintura. Generalmente eran paganos.

El caso es que los *tsahôv* oyeron mi petición y preguntaron por qué deseaba ver a Nakebos. Sólo se me ocurrió invocar nuestra vieja amistad. Me hallaba de paso en Damiya y quería saludarlo...

No quedaron muy convencidos.

Uno de los «amarillos» terminó accediendo y, de mala gana, ordenó que me esperase.

Junto a los *tsahôv* se movían otros individuos, vestidos de una forma muy peculiar. Parecían vigilantes, pero de menor rango. Mostraban unas chaquetillas, sin mangas (similares a chalecos), en color bermellón. Se les veía de lejos. El «uniforme» lo completaban unos pantalones blancos, muy amplios, sujetos a los tobillos, y unas varas de avellano, silbantes y amenazadoras. Otros, en el interior del Cobre, lucían chaquetillas en colores negros y blancos. Nakebos, poco después, explicaría que los de las chaquetillas y las varas eran presos de confianza. Los llamaban *nêsher* o «buitres». Llevaban años en el penal. Los que vestían de rojo ayudaban a los vigilantes en lo relacionado con la seguridad. Los de los «chalecos» negros se ocupaban de las reparaciones y del mantenimiento en general. Los de blanco dirigían las cocinas y la intendencia. Todos obedecían a los *tsahôv*. Al parecer no era fácil llegar a ser un «buitre» o preso de confianza. Además de la fidelidad al alcaide, y al sistema, el «buitre» tenía que ser más corrupto que el resto de los corruptos... Según Nakebos, no todo el mundo servía.

Tarpelay me observaba desde la otra orilla...

(1)   Roma no permitía la creación de ejércitos y, en consecuencia, los reyes sujetos a los *kittim* buscaban en los mercenarios la forma de proteger y custodiar edificios, instituciones y propiedades públicos. *(N. del m.)*

Y, durante unos minutos, mientras aguardaba, me dediqué a una de mis debilidades: observar.

Exploré con la vista cuanto tenía a mi alcance (tomaré como referencia la puerta de entrada a la prisión).

No vi a Yehohanan. Pensé que podía encontrarse en el interior de alguno de los barracones que se alineaban a mi derecha, al pie de la muralla este.

El penal era un recinto prácticamente cuadrado, protegido por muros de cuatro y cinco metros de altura. Todo aparecía tiznado: desde las miradas de los prisioneros a la última piedra de las murallas. En el centro del patio se alzaba un edificio de una planta, totalmente circular. Era la *yesuqah* o fundición, propiamente dicha. Disponía de numerosas puertas. Por casi todas se distinguían las llamaradas y los reflejos oscilantes de los hornos. Las sombras de los operarios iban y venían. Cinco altas chimeneas trataban de escapar del lugar, pero era inútil. Sólo el humo, a veces blanco, a veces negro, lo lograba.

A lo lejos, por detrás de los hornos, se oía, sin cesar, el monótono y permanente repiqueteo de los martillos sobre el metal. Era el sonido que este explorador había escuchado en muchas ocasiones, tanto desde el vado de las Columnas como desde Damiya. Era un martilleo que, si se me permite la licencia, formaba parte del paisaje.

Grandes fuelles o *tuyeres* fueron acoplados a los flancos del edificio circular. Una serie de orificios había sido practicada en el muro, en especial por el lado oeste, aprovechando así los vientos dominantes. Numerosos presos, prácticamente desnudos, vigilaban los tiros y los fuelles.

A la derecha, al pie de la muralla este, como decía, se apretaban decenas de casetas, todas iguales, todas reducidas a la mínima expresión, todas negras, y todas con las puertas abiertas, como un aviso. Eran los barracones de los presos.

En cada esquina, una torre de vigilancia. Y, en cada torre, dos o tres «amarillos», acompañados de otros tantos «buitres». En este caso, los *tsahôv* o amarillos aparecían armados con arcos.

Pero lo que más llamó mi atención, al menos en esos momentos, se hallaba a un centenar de pasos, cerca de la *yesuqah*. Eran tres postes de madera, de casi dos metros de altura cada uno. Aparecían alineados y, prácticamente, en mitad del patio. Era un lugar estratégico. Todo el mundo pasaba por delante.

Pues bien, en cada madero había sido crucificado un recluso. Los infelices fueron colocados boca abajo, con las manos atadas a las espaldas, y grandes clavos que atravesaban los pies. La sangre y las moscas los cubrían casi por completo. Uno de ellos se agitaba entre gritos y lamentos. Los otros permanecían inmóviles. Quizá estaban muertos.

Lo más triste es que nadie prestaba atención. Los obreros pasaban ante ellos, pero ni siquiera miraban.

Sentí un escalofrío.

¿Qué lugar era aquél?

A la izquierda, junto a la muralla oeste, distinguí otros edificios. Parecían almacenes. Se hallaban cerrados. A las puertas vigilaban algunos «amarillos». ¿Se hallaba allí el vidente?

Tampoco observé rastro alguno de la guardia pretoriana de Antipas. Los galos cumplieron las órdenes: trasladar al Bautista hasta la cárcel del Cobre. Una vez allí, la vigilancia era cosa de los *tsahôv*.

Por último, en aquella apresurada observación, examiné las construcciones existentes a derecha e izquierda de la gran puerta de entrada a la prisión. Eran edificios de una planta, aparentemente más cuidados. Vi entrar y salir a los «amarillos». Podía tratarse del cuerpo de guardia y de los alojamientos de los mercenarios.

No hubo tiempo para reunir más referencias. El guardia regresó e indicó que lo siguiera.

Entramos en uno de aquellos edificios, a la izquierda de la puerta, y que yo había asociado con los pabellones de los mercenarios.

El «amarillo» ordenó que esperase y desapareció por una de las puertas. Me hallaba en una sala prácticamente desnuda, iluminada por una alta y estrecha tronera. Las paredes aparecían decoradas con escritos de diferentes profetas. Sólo tuve tiempo de leer uno de los textos. Era de Job (capítulo 28, 5-12). Decía así: «En cuanto a la tierra, de ella viene el pan, y debajo de ella es como el fuego. Las piedras que allí se hallan son el lugar de los zafiros, y hay polvo de oro. Ese camino no es conocido por el ave de presa, ni el ojo del halcón lo ha visto. Las bestias orgullosas no lo han pisado, ni ha pasado por allí el león. Extiende (el minero) su mano sobre la roca pedernal;

transforma las montañas de raíz; corta canales entre las rocas, y su ojo ve cada cosa preciosa. Sujeta las corrientes para que no fluyan, y lo que está escondido saca a la luz. Pero la sabiduría, ¿dónde puede ser hallada?»

Y en ello estaba cuando se abrió otra de las puertas y vi a Nakebos. Detrás llegó el guardia que me había acompañado.

Nos abrazamos y el «amarillo», más confiado, desapareció por donde habíamos entrado.

Pero, sorpresa...

Nakebos me invitó a instalarme en sus aposentos y fue allí donde encontré de nuevo al desaparecido Belša, el persa que conocimos el 24 de septiembre del año 25, cuando Eliseo y quien esto escribe caminábamos por el valle del Jordán, a la búsqueda del Maestro.

También me abrazó, conmovido. No había cambiado. Belša, el jefe de los «escaladores» en la «selva» del Jordán, era un tipo alto y duro, de aspecto similar al de Jesús de Nazaret. Por eso lo confundimos en aquel inolvidable viaje (1). Un «sol» en la frente —símbolo de su religión, el mitracismo— lo hacía inconfundible. La piel seguía blanca (nunca permitía que le diera el sol), con la barba minuciosamente rasurada.

Me contempló de arriba abajo y los ojos negros, profundos, y ligeramente achinados brillaron con satisfacción. Belša y Nakebos no habían olvidado mis atenciones cuando ambos cayeron enfermos en Damiya. Creo que me apreciaban. Siempre fui honesto con ambos. Jamás traté de engañarlos o de aprovecharme de su amistad. Pero eso estaba a punto de terminar...

Nos sentamos y empezó a correr el *legmi*, el licor favorito de Nakebos. Era temprano, pero nunca para beber, según ellos.

Nakebos y Belša sabían que yo frecuentaba el grupo de los «justos» y preferí contar la verdad; al menos, una parte de ella.

---

(1) Según el relato del mayor, Belša o Belša'ssar (Baltasar) era un persa, nativo de Susa, al este del río Tigris, en Persia (actual Irán). Era un *parsay*. Residía en la aldea de Hayyim, cerca de Nysa o Scythopolis. Su profesión («escalador») consistía en recolectar racimos de dátiles de las altas palmeras, así como proceder a la poda y a la polinización de las mismas. Había sido caravanero y hablaba persa, *koiné*, arameo, egipcio, beduino y algo de latín. Era un fiel seguidor del dios Mitra. Durante un tiempo fue discípulo de Yehohanan. Amplia información en *Nahum. Caballo de Troya 7. (N. del a.)*

Les dije que había asistido a la captura de Yehohanan y que, todavía no sabía cómo, logré huir de la guardia gala. No hice alusión al incidente con el jinete, ni tampoco mencioné al *sais* que me acompañaba, el fiel Tarpelay.

Oyeron en silencio. De vez en cuando intercambiaban elocuentes miradas. Comprendí que estaban al tanto de todo, y de mucho más...

Al terminar la exposición, Nakebos llenó de nuevo mi copa, y preguntó:

—Y ahora, ¿qué piensas hacer?

Fui todo lo sincero que pude ser.

—Seguiré buscando la verdad...

Belša sonrió, benevolente.

—He pensado unirme al grupo de ese Jesús de Nazaret...

El tema les interesó vivamente; en especial a Nakebos.

—¿Conoces a ese loco?

—No demasiado bien...

—Pero le has acompañado en diferentes ocasiones...

Comprobé, una vez más, que estaban bien informados.

—Así es. He tenido esa suerte...

—¿Por qué dices eso?

—Sus pensamientos son profundos. No perjudica oírle. Y sus actos...

Nakebos hizo un gesto con la mano, y detuvo la conversación.

—¿Actos? —preguntó—. ¿Te refieres a lo de Caná?

Asentí, al tiempo que apuraba el segundo *legmi*.

—Sé de alguien a quien interesa mucho lo del prodigio...

Belša volvió a sonreír. Esta vez noté cierta burla en su rostro.

—Así que fue cierto —prosiguió el nabateo—. Ese carpintero es capaz de convertir el agua en vino dulce...

¿Cómo sabía Nakebos lo del vino dulce? Olvidé la cuestión. Todo el mundo estaba al corriente...

—Háblanos de ese iluminado...

Me contuve. Tenía que aparentar frialdad.

—No sé... No tiene nada que ver con el Anunciador.

—Eso es cierto —subrayó el del sol en la frente—. Ese Jesús es más inteligente...

Y pensé: ¿cómo sabía Belša que el Maestro era más inteligente que Yehohanan?

—Eso lo hace más peligroso —terció Nakebos—. ¿No te parece?

No supe qué decir.

Y el alcaide volvió al asunto de Caná.

—¿Cuál fue el truco? Tú estabas allí. ¿Cómo lo hizo? ¿Cómo convirtió el agua en vino? A mi señor le fascinan los prodigios, y estaría dispuesto...

Nakebos comprendió que estaba hablando demasiado y trató de contenerse, pero el *legmi* era un licor traidor...

—A tu señor —se burló Belša— y a tu señora... Sobre todo a tu señora...

Supuse que se referían al tetrarca y a Herodías. Y aproveché la oportunidad:

—¿Antipas está interesado en el prodigio de Caná?

Nakebos dejó de disimular. Yo era como de la familia. Eso dijo.

—Sí, mi señor siente debilidad por la magia..., y por los buenos magos.

—¡Y no digamos tu señora...!

El comentario de Belša me hizo sospechar. Parecía conocer bien a Herodías...

Y el persa, consciente del error, trató de enmendar el lapsus:

—Bueno, eso dicen...

Demasiado tarde. Las sospechas empezaban a cuajar. Belša no era trigo limpio. ¿Quién era en realidad? ¿Un confidente? ¿Para quién trabajaba? ¿Para Antipas? ¿Quizá para los *kittim*? ¿Fue el que informó a los galos y permitió la captura de Yehohanan?

Pero el *legmi* empezó a nublar mi mente.

—En resumen —intervino de nuevo el alcaide del Cobre—, ¿qué opinas de ese constructor de barcas de Nahum?

—Necesito oírle y verle. Necesito tiempo —mentí—. Pienso unirme a Él en cuanto sea posible. Ésa es mi intención. Me dirigía al *yam*, a su encuentro, cuando me detuve en Damiya y quise saludarte.

—Los dioses lo tienen todo previsto —sentenció Nakebos—. Lo que dices nos interesa a todos...

—No comprendo...

El nabateo cruzó otra mirada de complicidad con el persa. Y éste asintió con un ligero movimiento de cabeza.

¿Qué tramaban?

Nakebos fue directamente a lo que les interesaba:

—¿Quieres trabajar para nosotros?

—Sigo sin comprender...

Belša intervino y aclaró:

—Ambos informamos a nuestros señores...

Me miró intensamente. Creí comprender. Y prosiguió, decidido:

—Nos harás un gran favor si, de vez en cuando, nos informas sobre las actividades y sobre el pensamiento de ese iluminado...

—¿Jesús de Nazaret?

—Así es. Sólo tienes que seguirle. Después, nosotros haremos llegar esa información a nuestros respectivos señores...

Estaba claro. Nakebos era un hombre de confianza de Antipas. En cuanto a Belša, ¿trabajaba para Roma? El persa había hablado de «señores», en plural...

Dudé, y fue lo mejor que pude hacer.

Nakebos se adelantó y trató de tranquilizarme:

—No es preciso que decidas ahora... Piénsalo... Creemos que puede convenirte... La paga es buena...

Y añadió algo que se me antojó interesante:

—Además, podría conseguirte una audiencia con mi señor...

Prometí pensarlo. La proposición me pareció atractiva. Conversar con el tetrarca podía aclarar dudas. Debía meditar la «oferta»...

Por supuesto, no era mi intención traicionar al Hijo del Hombre, ni muchísimo menos. Era una cuestión de «equilibrio»... El contacto con Antipas podía proporcionar información extra y, quizá, acceso al Bautista..., cuando fuera necesario.

Nakebos aceptó.

Esperaría el regreso de este explorador. Yo le haría saber...

Fue entonces cuando decidí jugármela. Por eso estaba allí.

—Quisiera hablar con el vidente...

Nakebos parecía estar esperando la petición. Y comentó:

—Ése ha terminado...

Insistí.

—No puedes hablar con él, pero sí permitiré que lo veas.

Y añadió, feliz:

—Así conocerás mis dominios...

Me di por satisfecho. Era lo que necesitaba. Sólo trataba de confirmar la presencia del Bautista en el Cobre.

Y el alcaide nos animó a ponernos en marcha.

—Vayamos antes de que el sol apriete...

Podían ser las seis de la mañana, aproximadamente.

Fue inmediato. Nada más pisar el patio, tres «amarillos» y tres «buitres» nos rodearon, protegiéndonos con espadas y varas. E iniciamos una visita difícil de olvidar...

Nos dirigimos hacia las casitas de los reclusos, en la muralla oriental. Pero, al pasar cerca de los crucificados, no pude resistir la tentación y pregunté. ¿Qué había sucedido para merecer un castigo tan cruel?

Nakebos sonrió, despreciativamente, y puntualizó:

—No han cumplido el martilleo...

No entendí.

—Lo entenderás enseguida —sonrió el nabateo con malicia—. Lo entenderás enseguida...

Belša intervino y redondeó la información:

—Son basura.

Y señaló a dos de los infelices, añadiendo:

—Han violado a sus propios hijos.

La ley judía era muy estricta con este tipo de delitos. Según el Deuteronomio (22, 29) (1) y el Levítico (18, 29), los

(1) «Si un hombre encuentra a una joven virgen no prometida —dice el Deuteronomio—, la agarra y se acuesta con ella, y son sorprendidos, el hombre que se acostó con ella dará al padre de la joven cincuenta monedas de plata; ella será su mujer, porque la ha violado, y no podrá repudiarla en toda su vida.» La Misná (ley oral) era más rígida. El tratado *Ketubbot* dice sobre el asunto: «... Éstas son las jóvenes por cuya causa se paga una multa (impuesta por violación): si un hombre tiene unión sexual con una bastarda, o con una gibeonita, o con una samaritana, o si tiene unión sexual con una prosélita, o con una cautiva, o con una esclava manumitida, o que se ha hecho prosélita, o que ha sido liberada antes de cumplir el tercer año de edad y un día, o si tiene unión sexual con su hermana, o con la hermana de su padre, o con la hermana de su madre, o con la hermana de su mujer, o con la mujer de su hermano, o con la mujer del hermano de su padre, o con una mujer en el período de menstruación... Tales transgresiones están sujetas al exterminio... El seductor paga por tres conceptos, el violador por cuatro: el seductor paga por razón de la vergüenza, por razón de la indignidad y por razón de la multa. El violador añade a estos motivos la razón del dolor causado... Si uno tiene unión sexual con su hija, o con la hija de su hija, o con la hija del hijo de ella, o

acusados de violación debían ser severamente castigados. La pena de muerte era por abrasamiento (1).

Nos alejamos.

Dos de los crucificados estaban muertos. No tardarían en descolgarlos y arrojarlos a los hornos.

Uno de los perros que habitaba en la prisión (conté más de diez) se acercó a Nakebos y se dejó acariciar por el alcaide. Después caminó hasta el violador que seguía vivo y procedió a lamer la sangre que goteaba por la cara. Y allí permaneció un tiempo. Fue, seguramente, el único «consuelo» del condenado...

Nakebos se asomó a una de las casetas de los cautivos y dio media vuelta, visiblemente alterado. Me limité a echar un vistazo y comprendí el porqué de las náuseas del nabateo. Las casuchas eran un nido de chinches, enormes como garbanzos. Corrían por las paredes y por los palos de las literas, a sus anchas. Algunos presos, enfermos, tiritaban en los camastros. Procuré no acercarme. Se rascaban sin cesar, acosados por los piojos y, probablemente, por las pulgas. La peste era insoportable. Alguien se había hecho encima sus necesidades, pero a nadie parecía importarle. E imaginé que las epidemias eran tan mortales como el trabajo en la fundición. Las pulgas son transmisoras de la peligrosísima peste bubónica y los piojos del cuerpo pueden provocar el tifus. A esto había que añadir la malaria, endémica en la región del Jordán, y otras fiebres no menos estranguladoras.

El alcaide se apartó, presuroso, de las casetas y me invitó a asomarme al corazón de la *yesuqah*, la fundición. E inició sus explicaciones. Nakebos estaba orgulloso. Allí llegaba cobre de toda la región; principalmente del mar Rojo. Se trataba de minas muy antiguas, explotadas ya en tiempos de Salomón (1000 años a. J.C.), y cantadas, incluso, en las Sagradas Escrituras: «Cuyas piedras son hierro y de cuyas colinas podrás extraer cobre.» (Deuteronomio 8, 9) También entraba mineral de Asiongeber, cerca de Elat (lo que el gran arqueólo-

---

con la hija de la hija de su mujer, o con la hija del hijo, no tiene que pagar multa, ya que es reo de muerte (según San. 9, 1 es reo de abrasamiento).» *(N. del m.)*

(1) Amplia información sobre la pena de abrasamiento en *Nazaret. Caballo de Troya 4. (N. del a.)*

go Nelson Glueck calificó como el «Pittsburgh de la antigua Palestina»), de las regiones de Jirbat, al norte de Edom, de Dana, en el *wadi* Faynan, y de Timná (las auténticas minas del rey Salomón, explotadas desde el cuarto milenio antes de nuestra era). El alcaide tomó algunas de las piedras azules y pidió que las tocase.

—Traen suerte —manifestó—. El que las posee tiene sueños azules...

El cobre ingresaba también en lingotes, previamente preparados en fundiciones como la de Esyón-Guéber o Asiongeber, ya mencionada. Tanto en uno como en otro caso, la materia prima era fundida en los hornos que tenía a la vista y transformada en toda clase de armas, herramientas, adornos y utensilios de cocina.

Los hornos habían sido cavados en la tierra, con las paredes interiores recubiertas de ladrillo refractario y arcilla. Los enormes nichos se llenaban con carbón y con las piedras azules o con los lingotes. El cobre se mezclaba entonces con óxido de hierro o con manganeso. Se prendía fuego y se avivaba el carbón mediante los grandes fuelles y los tiros practicados en el muro. La corriente de aire elevaba la temperatura por encima de los 1.200 grados Celsius y el óxido reducía la viscosidad del líquido fundido. En ocasiones añadían estaño (a un 4 por ciento), logrando así el bronce, un material más duro y resistente. El proceso de fundición se prolongaba entre cinco y siete horas. Después, merced al uso de cucharones metálicos de largos brazos, el cobre fundido era trasvasado a moldes de piedra, o de cera, y allí experimentaba una segunda fase de transformación. Antes de llenar los moldes, el cobre o bronce eran filtrados para separar las sustancias adheridas (fundamentalmente azufre). Concluida la maniobra, los presos abrían una abertura lateral en los crisoles (algunos de hasta cinco metros cúbicos de capacidad) y vaciaban la escoria sobrante.

En esos momentos, entre el humo, el fuego, el resoplar de los fuelles, el calor sofocante, y las miradas extraviadas de los presos, vimos aparecer a un grupo de «buitres». Cargaban el cadáver de uno de los crucificados. Y, sin más, fue arrojado a uno de los hornos. El tufo a carne quemada se mezcló con el del azufre. Y el cuerpo se desintegró entre el burbujeo del cobre fundido.

Nadie hizo comentario alguno. Todos siguieron a lo suyo. Traté de aproximarme a los hornos, pero Nakebos lo impidió. Tenía razón. La temperatura era tan alta que cualquier ropa terminaba incendiándose. Entonces comprendí por qué los presos trabajaban totalmente desnudos. Aun así, la permanencia cerca de los crisoles era siempre limitada. Los obreros eran reemplazados de continuo. Algunos tenían como misión lanzar cubos de agua sobre los cuerpos de los que removían el mineral fundido. Otros, de vez en cuando, vertían un extraño líquido en los hornos. Pregunté y el alcaide explicó que era uno de los secretos de los calibios, los maestros fundidores, los únicos que no cumplían condena en el Cobre. Eran expertos en la fabricación de hierro, acero y bronce. Se trataba, al parecer, de una tribu de raza escita. Eran descendientes de los habitantes de Hattusas, la mítica capital del imperio hitita, destruida en un incendio hacia el año 1200 a. J.C. El «secreto», según Nakebos, residía en una mezcla de orina y la sangre de un gusano desconocido que los propios calibios buscaban en el valle. Eso —decían— proporcionaba *hitpa* al metal, enriqueciéndolo.

Agradecí la salida de la *yesuqah*. El espectáculo fue tan intenso como demoledor. Y comprendí las palabras de Belša: «El Cobre es un lugar maldito.» La pregunta era: ¿sería Yehohanan utilizado para estos menesteres?

Y Nakebos y el persa me condujeron a los pabellones de transformación del cobre y del bronce. Eran las salas de martilleo, otro lugar infernal...

Creía haberlo visto todo en aquella aventura, pero no.

Una vez vertido en los moldes, el metal era refundido y, merced a la técnica del martilleo, transformado en elementos para tocador, agujas para el cabello, instrumental para la escritura, la medicina o el comercio, pesas de todo tipo, sellos, llaves, herramientas, armas, collares, brazaletes, fíbulas, lampadarios, bridas para las caballerías, espejos piriformes, ruedas de carros, puntas de lanzas, flechas y otros elementos que, sinceramente, no recuerdo. El negocio era redondo. El cobre, fácilmente transportable, se vendía con facilidad, reportando grandes beneficios a los responsables de la cárcel. Aquella prisión había hecho millonario a Antipas y también a sus «socios». Para que nos hagamos una idea: sólo los caldeos de Mesopotamia consumían al año alrededor de diez mil talentos de plata en incienso (unas 260 toneladas). Eso significaba un enorme volumen de recipientes de cobre, de todos los tamaños, fabricados en la isla.

La demanda era constante. Pues bien, una de las claves del éxito de la fundición se hallaba, justamente, en los pabellones de martilleo.

Nakebos se mostró feliz. Allí, en tres grandes salas, todo funcionaba minuciosamente, y gracias, de nuevo, a los maestros fundidores, los calibios...

Cada pieza requería un martilleo concreto, con un ritmo y un número de golpes determinados. Los calibios lo conocían a la perfección.

El alcaide fue explicando, entusiasmado.

El bocado para una caballería, por ejemplo, exigía 258 martillazos. Ni uno más ni uno menos. Un hacha, 210, si era considerada como herramienta, y 260 si se trataba de un arma. Las hachas dobles, de guerra, demandaban 910 martillazos, en secuencias de «tres». En suma, todo un arte, con una complejísima elaboración. Un trabajo que presentaba también una cara oscura y dramática... Y me explico.

Los presos que martilleaban eran vigilados constantemente por los calibios. Los maestros no perdían detalle. Contaban mentalmente los golpes. Cada calibio era capaz de fiscalizar a cinco o seis operarios al mismo tiempo. Y ahí surgía la parte trágica. Cualquier error, bien en la «entonación» del martilleo, en el número de los golpes, o en las secuencias, era detectado al momento. El trabajo se detenía y el preso era amonestado. Hasta ahí me pareció una actitud aceptable. El problema para el recluso empezaba a partir de esa advertencia. Si volvía a equivocarse era sancionado con una reducción en la ración de comida. Si recibía una hogaza de pan y dos cebollas al día, el suministro se partía por la mitad. Si el operario cometía un tercer error, el asunto se complicaba. El cautivo era trasladado a una habitación que llamaban *bor* («hoyo») y en la que era sometido a torturas y vejaciones. Según el alcaide, la más temida y efectiva consistía en el limado de los dientes (especialmente los incisivos centrales). Los verdugos, casi siempre los «buitres», tallaban los dientes en forma de «V» invertida, dejando al aire la pulpa y los nervios. Ello producía un intensísimo dolor, y no sólo durante la maniobra. El limado provocaba un sufrimiento de forma casi permanente. El roce con el aire, con cualquier líquido (incluida la saliva), o con la comida, excitaba los nervios, ocasionando un dolor de paroxismo. La tortura había sido «inventada» por los egipcios.

Un cuarto error era letal. El preso era conducido al patio y crucificado boca abajo en los postes de madera que acababa de ver.

Entonces comprendí la explicación de Nakebos: «No han cumplido el martilleo...»

Presté mayor atención a los presos y comprobé que, en efecto, algunos presentaban los temidos tallados y fracturas en los incisivos centrales (palas o paletas) y también en los laterales izquierdos. Eran hombres aterrorizados. Sabían lo que les reservaba el Destino si cometían un solo fallo. Y las miradas y las mentes permanecían amarradas a las piezas incandescentes. Nada los distraía.

El trabajo era de sol a sol...

Sí, nadie salía vivo de aquel infierno.

Y me pregunté de nuevo: ¿resistiría Yehohanan un suplicio semejante? No lo creí. El Bautista, si permanecía en la cárcel del Cobre, tenía los días contados.

Por cierto, prácticamente habíamos recorrido el penal y, sin embargo, no había tenido oportunidad de verle. E imaginé que lo mantenían oculto.

Sí y no...

¿O es que Nakebos había olvidado su oferta? El alcaide nunca olvidaba... Eso lo iría aprendiendo con el tiempo.

Y ahora que caigo, yo sí estoy olvidando un dato que me pareció interesante. Según las explicaciones de Nakebos, recogidas, a su vez, de los crueles maestros fundidores, las técnicas metalúrgicas que dominaban les fueron enseñadas a sus ancestros por unos seres «llegados del cielo» y que los judíos conocían como «ángeles caídos». Estas criaturas, inmortales, violaron las leyes establecidas en la Creación y se unieron a las hijas de los hombres. Eso sucedió —según los calibios— unos trescientos mil años atrás. Pues bien, estos «ángeles caídos o rebeldes» fueron los que enseñaron a los hombres las artes y técnicas conocidas: desde la agricultura a la domesticación de los animales, pasando por el maquillaje de hombres y mujeres, el hilado y la confección de ropas, el arte de la pintura, y, por supuesto, la metalurgia. Los calibios recordaban el nombre del «ángel caído» que enseñó los secretos de la fundición. Lo llamaban *Iahel* y lo traducían como «Dios respirándose a sí mismo».

¿Se trataba de otra leyenda? Quién sabe...

Y terminé agradeciendo que abandonáramos aquel lugar. La angustia de los que martilleaban el cobre producía más ruido que las mazas...

Nakebos anunció: «Sólo falta algo...»

Y nos dirigimos hacia la torre de vigilancia ubicada al noroeste. Desde allí, supuse, tras visitar los almacenes y depósitos, retornaríamos a los aposentos del alcaide.

Empecé a preocuparme. ¿Dónde estaba el Anunciador?

Pero la incertidumbre terminó pronto...

Al llegar a la altura de la referida torre, Nakebos, Belša y la escolta giraron, de pronto, a la derecha y se adentraron en un largo callejón, ubicado entre la muralla y los pabellones que acabábamos de visitar.

Los seguí, sin saber...

Entonces, al descubrirlo, quedé paralizado.

Nakebos se percató de mi sorpresa, sonrió con malicia, y me animó a que siguiera caminando.

Lo hice, atónito...

Y llegamos al centro del callejón.

No era posible...

Los armados se detuvieron frente a un pozo de piedra de un metro de alzada. A un paso aparecía una noria de madera de tres metros de diámetro, provista de un ingenioso mecanismo con el que se extraía el agua.

Un par de jumentos, grises y aburridos, nos miraron desde la muralla. Se hallaban atados a una argolla. En principio eran los responsables de la extracción del agua. Los asnos eran enganchados a la rueda, y obligados a caminar en círculo, vaciando así los cangilones de la noria en un largo y sucio abrevadero.

Y, al momento, los *tsahôv* y los «buitres» ocuparon posiciones, situándose entre la gran rueda y Nakebos. Belša y este sorprendido explorador permanecimos algo más atrás. Belša lo inspeccionó con curiosidad y exclamó:

—Lo tiene merecido..., ¡por estúpido!

No pude remediarlo. Experimenté una intensa tristeza...

Ahora, el que hacía girar la noria era Yehohanan...

Había sido encadenado a las barras de empuje. Cadenas en las muñecas, en los pies, y al cuello.

Sentí cómo la sangre se me helaba.

¡Dios de los cielos!

El Bautista tensaba la musculatura y empujaba con fuerza el armazón de madera. Dos «amarillos» lo custodiaban permanentemente. Uno portaba un látigo en la mano izquierda. Ambos se mantenían atentos a los movimientos del gigante.

Fue una observación silenciosa, apenas rota por el crujir de las maderas y por una cantilena que me resultó familiar.

Presté atención. No me equivocaba.

Yehohanan, con la vista fija en el suelo, susurraba una de sus frases favoritas:

—Todo es mentira...

El vidente había perdido una de las sandalias. Los tobillos sangraban como consecuencia del roce con los grilletes. Las moscas buscaban las heridas. Pronto serían manchas negras sobre la sangre.

Comprobé que el Bautista había sido despojado de lo poco que tenía. Se hallaba totalmente desnudo. En la espalda y hombros aparecían señales del látigo. Imaginé que el gigante de la «mariposa» en el rostro era golpeado cada vez que se detenía o que titubeaba.

—Todo es mentira...

Al pasar frente al grupo no alzó la cabeza. Sabía que estábamos allí, pero no se dignó mirar. A mí, supongo, medio oculto detrás de los armados y de Nakebos, tampoco me vio. Mejor así. No sé qué hubiera sucedido si el hombre de las pupilas rojas llega a detectarme...

—Todo es mentira...

Nakebos preguntó:

—¿Qué quiere decir? ¿Por qué repite esa frase?

No supe explicarle. Yo tampoco entendía.

—¡Es un bastardo! —bramó el alcaide—. ¡Ni siquiera tiene testículos!

Minutos después abandonábamos el callejón. No sentía demasiadas simpatías por aquel desafortunado, pero su final me intranquilizó, y me sumió en el dolor. Nadie merece una suerte así...

Y hacia la hora nona (tres de la tarde), tras prometer al alcaide y a Belša que regresaría, y con una respuesta a su proposición, me alejé de la isla. Ya había visto y sufrido bastante...

Ese viernes, 14 de junio del año 26 de nuestra era, Tar y quien esto escribe dormimos en la base de aprovisionamiento de los «trece hermanos». No teníamos prisa, pero tenía toda la prisa del mundo... Él me esperaba. Yo lo sabía.

¡Cómo lo echaba de menos!

Habían transcurrido dos meses y medio.

¡Qué extraño y formidable magnetismo el de aquel Hombre!

Por otro lado, cuántas sorpresas nos reserva la vida... Nunca imaginé que la captura de Yehohanan me afectara tan profundamente. Nunca sabes...

Nada de esto fue escrito por los evangelistas.

Al día siguiente, sábado, hacia la nona (tres de la tarde), el fiel *sais* me dejaba frente al caserón de los Zebedeo, en Saidan. Pagué lo pactado y nos deseamos suerte. Eso fue todo. Y lo vi alejarse con su carro...

Sabía que volveríamos a vernos, y a no tardar. Pero trataré de ir paso a paso. Es tanto lo que me tocó vivir...

Jesús no se hallaba en la casa. Era sábado. Siguiendo la costumbre, el Galileo y sus discípulos habían acudido a la sinagoga de Nahum. Allí estudiaban la Ley.

Salomé y la familia me recibieron con lágrimas en los ojos. La buena mujer llegó a pensar que había muerto. Y durante un rato tuve que oír, resignado y en silencio, las cariñosas críticas de Salomé y, sobre todo, de las hijas. Mejor dicho, de Iyar (Abril). Nos miramos varias veces. La suya fue una mirada intensa, que me traspasó. Fui torpe. No comprendí...

La señora de la casa me puso al día. No habían sucedido muchas cosas —eso dijo—, pero sí algunas...

Y presté atención.

Abril se movía inquieta. De vez en cuando se asomaba al comedor (lo que este explorador llamaba la «tercera casa»), comprobaba que continuábamos hablando, y desaparecía. Y vuelta a empezar. No decía nada. Sólo miraba. Y lo hacía como sólo sabe hacerlo una mujer. Con el tiempo aprendí que las mujeres se expresan mejor con la mirada que con la palabra. Es natural. Pero eso sucedió mucho después...

Esto fue lo que relató Salomé:

En primer lugar, fue el Maestro quien me ayudó a llegar a Saidan en la amarga jornada del incendio en la *ínsula*. Mis recuerdos, como dije, eran confusos. Y fueron ellas —Salomé y su hija Abril— las que procedieron a una primera cura de quien esto escribe. Ellas me lavaron y me fajaron.

Jesús seguía trabajando en el astillero del viejo Zebedeo. En ese sentido, nada había cambiado. Acudía cada mañana y regresaba con la caída de la tarde. Tras la cena en común, el Hijo del Hombre se dedicaba a enseñar a los seis, y también a Santiago, su hermano carnal. A veces aparecía Judá, el otro hermano, el que residía en Migdal.

Salomé confesó que escuchaba a hurtadillas, pero no comprendía gran cosa. No terminaba de entender a ese Ab-bā, ese Padre de los cielos del que tanto hablaba Jesús. No aceptaba que fuera un Padre bondadoso. No era lo que le habían enseñado desde niña. Y tampoco le cuadraban las enseñanzas sobre ese reino invisible y espiritual al que hacía alusión el Hijo de María, su pariente lejana.

Salomé se consolaba al ver las caras de los discípulos. Tampoco entendían...

—Por cierto —intervine—, ¿cómo está María?

Salomé movió la cabeza, negativamente, y aclaró:

—Peor que mañana...

Era un refrán judío.

—María no se resigna. Quiere ver a su Hijo en lo más alto, pero Jesús guarda silencio. Desde lo de Ruth sólo la ha visitado en dos ocasiones... Es desesperante.

—¿Lo de Ruth?

Y la mujer, a su manera, fue a explicar que la pelirroja había sufrido una nueva y grave crisis. Un día despertó medio paralizada y casi ciega. Desde entonces no salía de la «casa de las flores».

No fui capaz de reaccionar.

¿Paralizada y ciega?

Insistí, pero no supo dar detalles. Sólo la había visto una vez.

—Es una lástima... Una criatura tan bella y tan buena...

Sentí cómo me venía abajo. A pesar de los firmes propósitos, a pesar de mi intención de olvidarla, ella continuaba en lo más profundo de mi corazón. Yo la amaba y la amaré siempre...

Tenía que verla. Tenía que saber lo ocurrido. Tenía que interrogar a Eliseo. Era sábado. Seguramente lo encontraría en la «casa de las flores», o en la *ínsula* de *Si*, la «gata» de Nahum, el nuevo alojamiento del ingeniero y de Kesil. Tenía tiempo. Ella era lo primero...

Y empecé a maquinar cómo partir de inmediato.

Salomé siguió hablando, pero yo casi no la escuchaba. Sé que Abril continuaba observando, pero mis pensamientos estaban lejos...

La señora dijo algo sobre otro problema. Algunas de las esposas de los discípulos se habían presentado en el caserón e intentaron interrogar al Maestro sobre aquella «locura» de salir al mundo a predicar.

Francamente, no presté mucha atención.

Yo seguía sumergido en Ruth.

Y, de pronto, los planes fueron descabalgados. ¿Cuándo aprenderé?

Podía ser la hora décima (hacia las cuatro de la tarde).

Primero vi a Santiago de Zebedeo. Detrás apareció Juan, su hermano y, por último, el Galileo...

Los Zebedeo me saludaron con frialdad, y terminaron retirándose.

El Maestro permaneció quieto, contemplándome.

No sé cómo explicarlo. No hay palabras.

La angustia desapareció.

Él estaba allí, a dos pasos, recibiéndome con aquella mirada que envolvía, que no escondía nada, que lo sabía todo...

Me puse en pie y Salomé guardó silencio.

Fueron segundos intensísimos.

El Galileo vestía la túnica roja. Presentaba los cabellos más largos de lo habitual, casi a media espalda. Los llevaba sueltos y despreocupados. Noté el rostro más bronceado, con la barba bien cuidada, pero con algunas canas recién llegadas.

Los ojos, color miel, se iluminaron.

Y una sonrisa, al principio lejana, fue amaneciendo en aquel rostro bello y único.

Un familiar «fuego» me recorrió por dentro. ¿Qué había sido de mis recientes pesares?

¡Desaparecieron!

Y Él terminó de dibujar la sonrisa y avanzó hacia este explorador.

No me moví. Él lo hizo todo. Abrió los brazos y me acogió, estrechándome.

Noté su corazón, poderoso y, literalmente, bueno.

Yo también lo abracé, y dejé el alma en aquel gesto. Él lo supo, lo percibió, y me abrazó con más fuerza.

Sentí cómo las lágrimas se asomaban, pero traté de contenerlas.

Y todas las angustias fueron descargadas en el Hombre-Dios.

Ahora lo sé. Un abrazo del Hijo del Hombre es un renacimiento. Yo nací muchas veces...

Finalmente habló:

—¡Bienvenido, *mal'ak*!

Y, sin dejar de sonreír, me invitó a que soltara el saco de viaje, a que me instalara, y a que lo acompañara. Teníamos mucho de que hablar...

Dijo que me aguardaba en la playa.

Y se alejó.

Entonces percibí un familiar perfume, a jara cerval; la esencia que yo asociaba con el sentimiento de amistad.

Dudé.

¿Me dirigía al «palomar», mi antiguo aposento?

Salomé me animó con otra sonrisa.

—Estás en tu casa —añadió—. Eres de la familia. ¿Lo has olvidado?

Y me guiñó el ojo. Tampoco comprendí. El gesto de la mujer ocultaba otras intenciones. Pero, como he dicho más de una vez, siempre fui torpe con las mujeres...

Subí al «palomar», dejé el cayado y el saco, y eché un vistazo al pequeño cuarto. Todo, en efecto, seguía igual. Mejor dicho, casi todo...

Sobre el arcón encontré un pequeño jarrón de arcilla y, en él, un hermosísimo lirio azul, un *iris versicolor*. Pensé en Salomé. Era una mujer sensible y delicada. Aquel detalle era propio de ella. Tenía que agradecérselo.

La segunda «novedad» era un trocito de cerámica (lo que llamaban un *ostracón*), depositado sobre la almohada de la cama. Alguien había escrito algo en la arcilla.

Lo tomé con curiosidad y leí: «También existe lo que no vemos.»

No comprendí.

¿Qué era aquello? ¿Quién lo había escrito? ¿Por qué lo depositaron sobre la cama?

No quise enredarme en más enigmas. El Maestro esperaba. Eso era lo importante.

Dejé el *ostracón* donde lo había hallado y me dirigí a la playa.

El cielo aparecía encapotado. Era posible que lloviese.

Busqué al Galileo. Lo descubrí a lo lejos, caminando por la orilla del *yam*. Lo hacía distraídamente, con las sandalias en las manos. Jugueteaba con las olas, todas infantiles y tímidas. El *maarabit*, el viento del oeste, se despedía ya. Las gaviotas lo empujaban, chillándole. ¡Qué absurdo!

La arena gimió bajo los pies. Fueron gemidos blancos, negros y rojos. Y al momento recibí el inconfundible olor de las *peridinium*, las algas que gobernaban el lago hasta finales de junio. El color marrón de las *peridinium*, como su perfume, lo llenaban todo.

Sorteé varias lanchas. Los pescadores ultimaban redes y aparejos. Con la puesta de sol terminaba el sábado e iniciarían las faenas de pesca. La *peridinium*, como ya mencioné, formaba grandes láminas y atraía a los bancos de tilapias. La pesca estaba asegurada.

Alcancé al Maestro y, durante un rato, permanecimos en silencio, dejando que el agua hablara. Por cierto, con los nervios, no tuve la precaución de soltar las sandalias, y terminaron empapadas...

El Galileo pasó el brazo derecho sobre mis hombros (Él siempre caminaba a la izquierda de quien fuera) y preguntó:

—¿Qué has vivido esta vez?

La noticia del apresamiento de Yehohanan ya había llegado al *yam*. Jesús la conocía pero, aun así, me extendí en lo referente al secuestro de los discípulos y a la captura del vidente por parte de la guardia pretoriana de Antipas. El Maestro siguió caminando, y escuchando. No intervino ni preguntó, en ningún momento. Si he de decir la verdad, tuve la sensación de que lo sabía todo...

No quise causar más sufrimiento y me guardé lo de la cárcel del Cobre.

Hubo un momento en el que le vi negar con la cabeza, como si no aprobase. Fue a la hora de contar las filípicas del Bautista.

Después continuó con la vista fija en el horizonte.

El cielo seguía negro y amenazador.

Dimos la vuelta y regresamos hacia Saidan.

Una vez en la quinta piedra de amarre, frente a las escaleras que conducían al caserón de los Zebedeo, el Maestro decidió sentarse sobre la borda de una de las barcas. Yo hice lo mismo, a su lado. Y por un instante me quedé observando la lancha. Se llamaba *Zal'apah* («Tormenta»). Era probable que la hubiera construido el Hijo del Hombre.

Y permanecimos en silencio, contemplando la costa oeste del mar de Tiberíades.

Seguramente llovía en aquella zona.

No me equivoqué.

Al poco vimos aparecer la magia del arco iris. Fue un arco, también doble, pero no tan circular como el que divisamos desde Arbel y, por supuesto, con los colores «en su sitio»...

El arco primario destacaba con intensidad sobre el fondo oscuro y nuboso. Conté los colores, por si acaso. Todo aparecía bellamente ordenado: el violeta en su lugar (el más interno); después los azules, verdes y amarillos y, por último, los naranjas y los rojos. El arco secundario, más arriba, brillaba menos. También inspeccioné los colores. El rojo se hallaba en el interior y el violeta donde correspondía, en el borde exterior. Lo dicho: todo sabia y bellamente dispuesto...

Y, entre ambos arcos, una zona más negra y opaca que el resto del cielo. La llaman la banda oscura de Alejandro (1).

En la parte interna del arco primario se distinguían algunas bandas supernumerarias, dibujadas débilmente en rosa y en verde.

En definitiva, la belleza justa y correcta...

Y pensé: «¡Qué inteligencia la del buen Dios!»

Jesús me miró, visiblemente complacido, pero no dijo nada.

(1)   La banda en cuestión fue descrita, por primera vez, por Alejandro de Afrodisia, en el año 200 d. J.C. *(N. del m.)*

Otra vez lo hizo. Otra vez había entrado en mi mente.

Y terminé haciendo un comentario en voz alta:

—Nadie merece una suerte así...

Él supo que me refería a Yehohanan. Guardó silencio durante un par de segundos y, finalmente, preguntó:

—¿Sabes por qué las hormigas no miran al cielo?

—¿Se trata de una adivinanza?

El Maestro sonrió, divertido.

—No exactamente...

E insistió.

—¿Lo sabes?

Nunca lo había pensado. Sinceramente, no tenía ni idea. Y así se lo dije.

Jesús replicó, rápido:

—No miran al cielo porque no saben que hay cielo.

—Comprendo...

El Galileo me miró y sonrió, burlón.

Tenía razón. No comprendía. Y lo reconocí:

—Bueno, comprendo a medias...

Jesús mantuvo la mirada y tuve que rendirme:

—En realidad no comprendo nada.

—Eso está mejor —aceptó sin bajarse de la ironía—, mi querida *nemalâ*...

Me llamó hormiga (*nemalâ*) y fue generoso...

Volvió a pasar el brazo sobre mis hombros, y añadió con dulzura:

—No debes hablar de buena o de mala suerte. Tú no...

Esta vez tampoco comprendí, y lo supo.

Entonces señaló el doble arco iris, y prosiguió:

—Si el buen Padre es capaz de imaginar semejante belleza, ¿no crees que sabrá considerar, igualmente, o mucho más, la vida de las criaturas humanas?

—Tienes razón. El Padre es extraordinariamente inteligente. Es capaz de eso, y de mucho más, pero sigo sin entender. La vida es muy dura...

—La vida es la vida, querido *mal'ak* (mensajero).

—Háblame. Lo necesito.

—Quizá no te guste...

—No importa. Dame tu versión...

—¿Mi versión?

Volvió a sonreír, sorprendido.

Asentí, sin palabras.

—Está bien... Te daré «mi versión», como dices.

Regresó al silencio. Esta vez fui yo quien se atrevió a entrar en sus pensamientos:

—Resulta difícil, ¿verdad?

—Lo es...

—No te preocupes —le animé—. Aproxímate. Con eso será suficiente. Aproxímate a la verdad...

Agradeció el cabo e intentó «traducir» a palabras lo que, obviamente, no es fácil «traducir».

—La vida no es lo que parece...

Y aclaró al momento:

—La vida humana, naturalmente. La vida está pensada para que parezca otra cosa...

—Espera —le interrumpí—. Me he perdido...

—La vida no es sólo lo que se ve...

Traté de ayudarle.

—Sé que existe lo que no vemos...

Eso decía el *ostracón* que acababa de descubrir sobre la almohada de mi cama.

—Ahora hablo de la vida, no de la realidad...

Y matizó:

—Ésta, la vida humana, no es la realidad. Tú lo sabes. Algún día regresarás a la realidad. Pero no me distraigas...

No era mi intención. Al contrario.

—La vida humana está imaginada de forma que creas que es lo único que tienes. Es otra genialidad del Padre.

—Cierto —ratifiqué—. La mayoría de los humanos considera que la vida es lo único que tiene, lo único real...

—Y así debe ser. De lo contrario, la vida sólo sería una comedia.

—¡Ah!, ¿es que no lo es?

—Lo es, mi impaciente amigo, pero no debe parecerlo...

—Te escucho...

—Vivir es una oportunidad. ¿Recuerdas? También lo hemos hablado...

Asentí con la cabeza.

—... Vivir es la oportunidad de hacer y de sentir cosas que nunca más volverás a hacer o sentir...

Me miró con curiosidad. Y preguntó:

—¿Voy bien?

Sonreí, desconcertado.

—Creo que sí, mi querido Hombre-Dios. Tú eres el Jefe...

—Pues bien, escucha al Jefe: vivir es un regalo. Te lo proporcionan para que experimentes...

—¿Para experimentar el dolor, la ignorancia y la desesperación...?

—Para vivir todo eso y muchísimo más.

—Sigue, sigue...

—Vivir es asomarse al tiempo. Sentirlo. Degustarlo. Allí de donde vienes, y a donde regresarás, no hay tiempo. Es aquí, en la vida terrenal, donde puedes experimentarlo. Después, cuando regreses a la realidad, vivirás sin tiempo. ¿No crees que es bueno que seas consciente de ello?

—Entiendo. Para la mayoría de los seres humanos, el tiempo sólo es algo que pasa...

El Maestro prosiguió:

—En cuanto al dolor, la ignorancia y la desesperación, ahora no lo entiendes, pero también son experiencias únicas. Sólo en la materia, en la imperfección, es posible la tristeza, la impotencia del enfermo y la amargura del que sufre y del que ve sufrir...

»Mañana, cuando ya no estés, nada de eso será posible. El reino de Ab-bā, también lo hemos hablado, es un reino con otras leyes: la perfección invisible.

—Experimentar... Ésa es la cuestión.

—Experimentar —redondeó el Galileo— para que nadie te lo cuente...

—Vivir para que nadie me lo cuente. ¡Genial!

—Veo que empiezas a comprender...

Y le animé a continuar. Aquello empezaba a tener sentido.

—... Vivir es experimentar la limitación porque mañana serás ilimitado.

»Vivir es dudar porque, en tu estado natural, no te lo puedes permitir...

»Vivir es estar perdido, temporalmente. Después te hallarás a ti mismo, otra vez...

»Vivir es aceptar la muerte; tú que, en verdad, jamás has muerto ni volverás a morir...

»Vivir es entretenerte en lo aparentemente pequeño e insignificante. Mañana no será así. Mañana, cuando regreses a la realidad, te esperan grandes cosas...

Fue en esos momentos cuando percibí un intenso olor a *tintal* (tierra mojada); el perfume que este explorador asociaba a la esperanza.

No resistí y lo comenté.

Jesús de Nazaret entornó los ojos, inspiró profundamente, y se limitó a decir:

—*Hu nejat!*

Eso significaba el «Espíritu que desciende»...

Y añadió, feliz:

—El Espíritu perfuma la vida... Es su esencia... Un olor agradable...

Y repitió:

—*Leréaj nijóaj!* (Un olor agradable.)

—No sé —comenté casi para mí—. Todo eso es hermoso. Tiene sentido. Lo del dolor, en cambio... Yo no quiero vivir para sufrir...

—Te dije que no te gustaría...

—¿Vivir para sufrir?

—No he dicho exactamente eso. Vivir es mucho más. Sufrir es una parte del todo...

—¿Qué entiendes por vivir?

—Me sorprendes, querido mensajero. Vivir es todo aquello que seas capaz de imaginar.

Esperaba una respuesta más concreta. Me vio dudar. Esbozó otra pícara sonrisa, y enumeró, sin interrupción:

—Vivir es despertar, regresar, llorar, soñar, ver y no ver, querer y no poder, caer, alzarse, saber e ignorar, despertar en la oscuridad, hablar sin palabras, no destacar, aborrecer, amar y dejar de amar, ser amado y dejar escapar, ver morir y saber que vas a morir, trabajar sin saber por qué ni para qué, entregarte, acariciar lo más pequeño, no esperar nada a cambio, sonreír ante la adversidad, dejar que la belleza te abrace, oír y volver a oír, contradecirse, esperar como si fuera la primera vez, enredarse en lo que no quieres, desear por encima de todo, confiar, rebelarse contra todos y contra sí mismo, dejar hacer y, sobre todo, mirar al cielo...

—Y todo eso para que nadie te lo cuente después de la muerte...

—Algo así, querido *mal'ak*...

—¿La vida no consiste en ser bueno o malo...?

El Maestro rió con ganas.

—¿Cómo se te ocurren esas cosas? La bondad y la maldad forman parte de la vida, pero no son el objetivo. Vivir, como te he dicho, es mucho, muchísimo más... El Padre lo tiene todo ordenado...

Y señaló hacia el doble arco iris.

—... aunque no lo comprendamos.

Me miró intensamente y preguntó:

—¿Entiendes ahora? La vida ha sido dibujada de forma que parezca otra cosa...

Y me vino a la mente la teoría de Aristóteles. El gran sabio (trescientos años antes de Cristo) propuso la idea de que el arco iris, en contra de lo que pensaba la mayoría, no era un objeto material (en una posición definida en el cielo), sino un conjunto de direcciones luminosas... (1).

Me rendí. El Hijo del Hombre nunca mentía. Así es porque así lo dijo. La vida es mucho más de lo que dicen y ha sido estructurada de manera que no conozcamos su verdadera intencionalidad. Es la única forma de vivirla con intensidad y sin trampas. No, no es posible hacer trampas con la vida...

—Pero —me lamenté—, ¿por qué todo esto no es conocido?

—A eso he venido: a descubrir que el cielo existe, querida *nemalâ*...

Lentamente, el arco secundario desapareció.

Fue mágico.

Fue como si la naturaleza (?) quisiera subrayar las palabras del Maestro...

Sólo permaneció el arco iris primario, brillantísimo, con un lado oscuro y otro iluminado.

La vida y sus dos caras... Fue una señal...

Mensaje recibido.

Y el Hijo del Hombre murmuró:

(1) Tendrían que pasar muchos años hasta que los científicos aceptasen (primero el monje Teodorico de Freiberg, en 1304 y René Descartes, en 1633) que cada gota de agua es capaz de producir un arco iris. Aristóteles defendía que el arco iris era la consecuencia de la reflexión colectiva de las gotas en una nube. Tanto Teodorico como Descartes demostraron que el arco iris se forma por los rayos luminosos que inciden en una gota y que se reflejan una sola vez. El arco iris secundario, en cambio, está formado por una doble reflexión de la luz. De ahí que el primario sea siempre más brillante. *(N. del m.)*

—¡Levanta el corazón, querido *mal'ak*!... Todo está dispuesto y ordenado para el bien, aunque ahora no sepas mirar al cielo... Confía. Yo te ayudaré. Para eso estoy aquí. Tú harás llegar mis palabras a tu mundo, y mucho más: hay gente que vive sin saber que vive...

Y el arco iris terminó extinguiéndose.

Camino del caserón, el Galileo me recordó algo. Lo había olvidado...

—Tengo algo para ti...

¿A qué se refería?

Pero el Maestro subió presuroso las escaleras y se perdió en el caserón. No me dio una sola pista...

En esos momentos caí en la cuenta: no le hablé de Ruth. ¿Cómo pude ser tan torpe?

Del 16 de junio al 31 de diciembre

El domingo, 16 de junio (año 26), fue otro día especialmente doloroso. Faltó muy poco para que renunciara. Faltó poco para que aceptara el chantaje de Eliseo, me pusiera a buscar el cilindro de acero, con las muestras, y regresara a mi tiempo (1973)...

Pero debo proceder con orden.

Esa mañana me apresuré a visitar el astillero. Viajé desde Saidan con el Galileo pero no pregunté. No me atreví. Él sabía que yo estaba enamorado de su hermana Ruth, pero fui incapaz de interesarme por el estado de la pelirroja. Pura timidez...

Yu y el resto se alegraron al verme. No puedo decir lo mismo de Eliseo. Pareció sorprendido, pero eso fue todo. Y supuse que el ingeniero también me dio por muerto.

—¿Lo has encontrado?

Fue su única pregunta. Pensé que estaba obsesionado con el maldito cilindro. Me equivoqué. Era más que una obsesión...

—Ni siquiera me he molestado en buscar...

Era la verdad.

—El tiempo se agota...

Me miró con frialdad y añadió algo que, en esos instantes, no acerté a comprender:

—Date prisa. Puede que me vaya sin ti...

No quise entrar en esa dinámica y fui derecho a lo que importaba: Ruth.

Eliseo sí comprendió. Yo seguía enamorado de la muchacha. Y aceptó hablar de lo ocurrido. No era mucho lo que podía contar.

Sucedió a la semana de mi partida. Hice cálculos. La

611

crisis tuvo lugar hacia el 21 de abril, cuando este explorador se encontraba en el vado de las Columnas, a la espera de Yehohanan.

—Esa mañana amaneció inconsciente... Me presenté en la «casa de las flores» y no supe qué hacer. Ruth parecía muerta... Todo el mundo gritaba, todos corrían, pero nadie sabía qué sucedía realmente.

Hice todas las preguntas que se me ocurrieron. Eliseo fue respondiendo mecánicamente. Tuve la impresión de que Ruth no le interesaba. Pero no estoy seguro.

De sus respuestas deduje que la pelirroja cayó en coma. Así fue descubierta en la mañana del 21 de abril.

—Así permaneció cinco días...

—¿Cinco días sin conocimiento?

Eliseo asintió.

—Al poco llegó su Hermano... Pero tampoco supo qué hacer. Permaneció a su lado, como el resto de la familia.

—¿Dijo algo Jesús?

—Nada, que yo recuerde.

Ruth, finalmente, despertó, pero ya no era la misma. Según Eliseo presentaba parte del cuerpo paralizado. No podía caminar, ni tampoco hablar. Balbuceaba, pero nadie la entendía. Veía con dificultad...

—Recurrieron a médicos y sanadores. Llamaron, incluso, a Meir, el *rofé* de Caná. No sirvió de nada.

Y Eliseo resumió:

—Parece un vegetal...

Empecé a sospechar lo sucedido. Algo había visto en los anteriores análisis, cuando la sometimos a la «inspección» de los «nemos». Pero no estaba seguro. Tenía que verla...

Esa misma mañana, obedeciendo mis órdenes (cosa que me extrañó), Eliseo me acompañó a la «casa de las flores».

Y hacia la tercia (nueve de la mañana) nos presentamos en el patio.

El corazón aceleró al verla.

Eliseo caminó decidido hacia el granado que presidía el lugar. Yo lo hice despacio, más muerto que vivo...

Lo que hallé, tal y como suponía, me heló el alma.

¡Dios!

Ruth aparecía al pie del árbol, reclinada en una vieja mecedora. Vestía la túnica azul que tanto me gustaba...

María, la madre, se hallaba a sus pies.

Al verme, la Señora se alzó y corrió a mi encuentro. Y con lágrimas en los ojos imploró:

—Tú eres médico... ¿Puedes curar a mi niña?

La abracé, y así permanecimos unos segundos. La mujer se deshizo en llanto. Y yo, conmovido, me pregunté: ¿qué debía hacer?

Como pude me aproximé a la muchacha. ¡Dios bendito! Sólo tenía diecisiete años...

Lo que vi, como digo, me derribó.

Ruth había sufrido un accidente cerebrovascular (no sé de qué tipo) (1) y se hallaba semiparalizada. La mitad derecha del cuerpo no obedecía. Eso quería decir que la región dañada en el cerebro era la izquierda. Parte del rostro aparecía rígido. Probablemente habían sido afectados la lengua, el paladar, las cuerdas vocales, los labios y algunos músculos implicados en la respiración. Un hilo de saliva escapaba por la comisura derecha de los labios. La boca, entreabierta, hacía esfuerzos por articular palabras, pero sólo lograba emitir sonidos ininteligibles. Ruth padecía disartria (sonidos confusos y farfullantes), probablemente originada por el infarto cerebral.

La Señora, atenta, procuraba secar el hilo de saliva, e

(1) Los accidentes cerebrovasculares, también llamados ictus o infartos cerebrales, tienen lugar como consecuencia de una falta de irrigación en parte del cerebro. Al no recibir oxígeno, y los nutrientes aportados por la sangre, la zona afectada puede quedar dañada en cuestión de minutos. Hay varios tipos de infartos cerebrales: isquémicos y hemorrágicos. En el primer caso, el infarto se registra como consecuencia de un obstáculo que imposibilita el paso de la sangre (embolia o trombosis de arterias intra o extracraneales). Generalmente se trata de la obstrucción de una arteria. En el segundo caso —accidente cerebrovascular hemorrágico—, el problema surge como consecuencia de la rotura de un vaso. La sangre derramada causa tumefacción, lesiona el tejido cerebral y provoca un aumento de la presión. Hay diferentes tipos de hemorragias: hipertensiva parenquimatosa y subaracnoidea. Las causas de infarto cerebral son numerosas. Entre las más comunes cabe destacar: endurecimiento de las arterias, determinados trastornos cardíacos, diabetes, hipertensión, niveles anormales de colesterol, elevados índices de homocisteína en sangre, trastornos de los vasos sanguíneos en el cerebro, traumatismos, etc. En el caso de Ruth habíamos detectado una serie de cefaleas graves que, presumiblemente, podían provocar una oclusión arterial. ¿Fue ésta la razón del infarto cerebral? *(N. del m.)*

intentaba animar a Ruth con palabras cariñosas. Y repetía sin cesar: «Él lo hará... Él lo hará...»

En esos difíciles momentos no acerté a comprender. ¿A quién se refería? ¿Qué tenía que hacer?

También el brazo y la pierna derechos se hallaban desmayados. En ocasiones se agitaban, pero los espasmos eran breves.

Los ojos verdes seguían siendo bellísimos. Ahora volaban sin cesar, aterrorizados, como si buscaran explicación a lo que sucedía. El derecho aparecía semicerrado. Los ojos eran lo más vivo en aquella preciosa criatura.

¡Cómo la amaba!

Ruth se hallaba envejecida y muy delgada. El infarto la había convertido casi en una anciana.

De vez en cuando alzaba la mano izquierda, la única con movilidad, e intentaba transmitir algo. Pero los movimientos eran torpes y la Señora no lograba descifrarlos. Y todos se desesperaban.

Finalmente se rendía. Cerraba los ojos y dejaba caer la cabeza sobre el respaldo de la mecedora. Y el sueño acudía en su auxilio. Era el único que comprendía...

La miré varias veces a los ojos. Ella me reconoció y supo que seguía amándola.

Esta, la mujer de Santiago, se presentó en varias ocasiones e intentó darle agua. No lo consiguió. La boca y la lengua no respondían y el líquido terminaba derramándose.

Eliseo no dijo una sola palabra. Estaba pálido.

Me aproximé a la muchacha e intenté detectar alguna anomalía respiratoria o cardíaca. De haber dispuesto de fonendoscopio hubiera sido más sencillo, pero eso era inviable.

El flujo en las arterias del cuello, en las carótidas, era normal. La obstrucción no se había producido en esa zona. El pulso y la respiración eran erráticos. Fue entonces, al examinarla de cerca, cuando percibí un fuerte olor a orina. Ruth padecía incontinencia, aunque no supe en esos momentos si sufría también alteración de los esfínteres.

Ella, entonces, abrió los ojos y supo que yo sabía. Volvió a cerrarlos y una lágrima fue su única respuesta...

Al concluir la exploración, la Señora me salió de nuevo al encuentro y exclamó:

—¡Habla con mi Hijo!... ¡Por favor!... ¡Habla con Él!... ¡Yo sé que puede curarla!

Me sentí atrapado. Yo la amaba y la madre me había rechazado. Ruth eligió a Eliseo... ¿Por qué me sucedía todo aquello? ¿Por qué solicitaba mi ayuda?

No importaba. Haría lo que fuera necesario. Ella era lo más importante.

Dije que sí, que hablaría con el Maestro. Y la Señora volvió a abrazarme. Acaricié los negros y hermosos cabellos e intenté consolarla. Fue entonces cuando llegaron aquellas imágenes... Y quedé perplejo.

¡Dios de los cielos!

¿Cómo no me había dado cuenta?

Y un hilo de luz puso en pie mi ánimo.

Traté de reflexionar. No había duda...

Conocí a Ruth en el año 30; es decir, en el futuro. La vi en Nazaret. Hablé con ella. Era una mujer sana, sin rastro alguno de incapacidad. ¿Cómo podía ser?

Sólo hallé una explicación. No sé cómo, pero Ruth sanó antes de ese año 30 de nuestra era. Nos encontrábamos en el 26. ¿Qué fue lo sucedido? ¿Fue curada por su Hermano? Los infartos cerebrales pueden ser mortales, a corto o medio plazo, o incapacitantes, en diferentes grados. ¿Logró Ruth recuperarse por sí misma? Me pareció difícil, aunque no imposible. Tendría que dejar que los acontecimientos siguieran rodando. Tenía que haber una explicación...

Por supuesto, guardé silencio. Sólo era un observador.

Y una inmensa alegría se instaló en mi interior. Ruth no permanecería para siempre en aquel estado.

Y tomé una decisión: le administraría de nuevo los «nemos fríos». Necesitaba averiguar lo ocurrido (ahora más que nunca). Había pasado mucho tiempo (más de dos meses) y quizá los «nemos» no lograsen detectar nada, pero debía intentarlo.

Eliseo, que no supo de mi «descubrimiento» (el ingeniero no vio a Ruth en el año 30), aceptó. Y lo dispuso todo, nuevamente.

La operación, prácticamente, fue un calco de la anterior.

Ascendimos al Ravid, programé las sondas biológicas, se las dimos a beber a Ruth, con notables dificultades, también es cierto, y retornamos al «portaaviones». Hacia las cuatro de la tarde (hora décima) del lunes, 17, «Santa Claus» ofreció los resultados. De los «bucoles», por cierto, ni rastro.

En síntesis, los «nemos fríos» detectaron lo siguiente:

La hemiplejía fue producida por la temida oclusión arterial, ya anunciada en la anterior revisión. No había signos de hemorragia cerebral, pero sí el reguero catastrófico de un coágulo (ya desaparecido) que taponó la arteria cerebral anterior. El infarto (ictus) no se registró en la cerebral posterior, como apuntaron los «nemos». El error fue lo de menos. Lo trágico es que el taponamiento se produjo y, con ello, la tragedia ya relatada.

Los daños en el núcleo del infarto (1), así como en la región de «penumbra», fueron abrumadores. Resultaron afectadas áreas de los lóbulos frontal y parietal, así como porciones del cuerpo calloso, núcleo caudado y la cápsula interna. Todo ello precipitó la referida hemiplejía o paralización de una parte del cuerpo, incontinencia urinaria, y trastornos en la visión, el habla y las emociones (confusión, apatía, etc.). También los ganglios basales y el tálamo se vieron comprometidos.

El pronóstico era grave...

Dado el tiempo transcurrido desde el ictus (unos dos meses, aproximadamente), los «nemos» no pudieron detectar la fuente que provocó la aparición del trombo o coágulo sanguíneo. ¿Se formó en una arteria, sobre una placa? ¿Procedía del corazón? Como digo, no lo supimos, aunque, a esas alturas, no importaba demasiado.

Los «fríos» constataron igualmente un exceso de «NOS» (óxido nítrico sintasa), la enzima que sintetiza el óxido nítrico (a partir de la arginina) y que regula la presión sanguínea (2). También se apreció un notable incremento de glutamato (neurotransmisor activador) en la zona de «penumbra», provocado por el infarto (3).

(1) Al registrarse el infarto cerebral, el tejido resulta dañado en dos grandes áreas: el núcleo y la «penumbra». Al primero pertenecen las células que son alimentadas por la arteria taponada. La «penumbra» es la zona próxima, que resulta igualmente mermada en el flujo sanguíneo. *(N. del m.)*

(2) La presencia del óxido nítrico provocó un aumento rápido de la presión sanguínea. *(N. del m.)*

(3) La mayor parte de las lesiones cerebrales en la zona de «penum-

En otras palabras: el accidente cerebrovascular había dañado gravemente el cerebro de Ruth, dejándola hemipléjica, con secuelas en el habla y en la comprensión, dificultades para la visión, y una serie de trastornos psíquicos (razonamiento abstracto, juicio, procesamiento de información, comprensión de problemas, etc.) que convenía evaluar. Pronóstico: «muy feo».

¿Dificultades para la visión?

Creo que me he quedado corto...

El infarto cerebral había causado daños irreparables en amplias regiones neuronales y también en el núcleo lateral geniculado, afectando a V1 (la corteza visual primaria) (1).

Repasé los datos, alertado, y comprobé que no existía error. Los «nemos» difícilmente erraban...

Ruth se estaba quedando ciega de manera progresiva. La lesión en la llamada zona V1 era letal. La muchacha terminaría en ceguera total, y en cuestión de poco tiempo... De momento se veían afectados el color, la forma y el movimiento. Según los «fríos», las lesiones en la zona V4 habían

---

bra» tiene su origen en la secreción de glutamato por parte de las neuronas (como reacción desencadenante tras la isquemia). Zivin y Choi han descrito la liberación excesiva de glutamato en varias fases (una liberación que compromete el tejido neuronal): cuando se tapona un vaso sanguíneo, las neuronas se ven privadas de irrigación y, en consecuencia, de oxígeno y de glucosa. En esas circunstancias liberan glutamato en exceso, provocando una reacción en cadena en otras neuronas vecinas. El resultado es una acumulación anormal de iones de sodio y de calcio. La cascada tóxica es cuestión de segundos. Finalmente, la degradación de los fosfolípidos genera ácido araquidónico que, una vez metabolizado, da lugar a los temidos radicales libres de oxígeno. Éstos dañan las membranas celulares y colaboran en la oclusión de los vasos todavía indemnes. En definitiva, la isquemia se extiende y la destrucción de las neuronas se hace imparable e irreversible. Ello contribuye, igualmente, al envejecimiento. (N. del a.)

(1) El complejo mundo de la visión tiene su origen en esta región del cerebro: la «V1» o «retina cortical». Las imágenes llegan a la retina y se dirigen a la corteza estriada o corteza visual primaria (V1). Este enlace es propiciado por el núcleo geniculado lateral, una estructura cerebral subcortical que consta de seis estratos celulares (dos en la vía magnocelular y cuatro en la parvocelular). La V5 está especializada en el movimiento. La V4, V3 y V3A, en las formas. La V4 se ocupa del procesamiento del color. Si una lesión destruye V3 y V4 es muy posible que termine igualmente con V1. El área de V3 es una especie de anillo que rodea a V1 y a V2. Éste era el caso de Ruth. El final era la ceguera absoluta. (N. del m.)

provocado una acromatopsia. En palabras sencillas, la pelirroja había perdido la capacidad de ver en color. El mundo, ahora, era gris. Lo más triste es que su cerebro no conservaba la memoria del color. Ruth era incapaz de memorizar los colores. El mundo, sencillamente, dio un vuelco ante sus ojos...

Por otra parte, las lesiones provocadas en el cerebro (concretamente en la región V5) terminaron conduciéndola a la acinetopsia. Ruth dejaba de ver si los objetos o las personas se movían. Mientras este explorador, por ejemplo, permanecía ante ella, inmóvil, la mujer me distinguía (en color gris, pero me veía). Ahora bien, si me movía, desaparecía de su vista. Se trataba, en suma, de un suplicio añadido.

¿Era Ruth consciente de lo que sucedía? No supe qué pensar. Probablemente sí, aunque algunas de las funciones mentales aparecían mermadas.

Eliseo esperó pacientemente. No mostró inquietud mientras «Santa Claus» procesaba la información. Parecía resignado...

Oyó los resultados sin mover un músculo. Fue en esos momentos cuando lo intuí: no estaba enamorado de la pelirroja. Quizá nunca lo estuvo.

Por mi parte tuve especial cuidado en no revelar lo que sabía. No estimé oportuno que supiera que Ruth terminaría curada. ¡Pobre tonto! El Destino lo tenía todo calculado... Ahora me arrepiento. Fui egoísta, lo sé. Llegué a pensar que, de esa forma, si mi compañero renunciaba a la muchacha, yo tendría más posibilidades. ¿Quién, en su sano juicio, se hubiera hecho cargo de una persona impedida, casi paralítica, y condenada a la ceguera?

Pero el Destino, como digo, tenía otros planes...

Esa misma tarde del lunes, 17 de junio, regresamos a Nahum.

No hubo comentarios a la familia. No era lo correcto.

Ruth había sufrido daños graves e irreparables en el cerebro. Su mal no tenía cura, al menos en aquel tiempo. Era un proceso irreversible que, sin duda, terminaría con la muerte, o con algo peor: una invalidez y ceguera que la disminuirían de forma casi total. Y durante un tiempo no pude apartarme de aquel pensamiento: «¿cómo logró restablecerse?»

Paciencia. Ésa fue la clave de aquella asombrosa aventura...

Le suministré una dosis de anticoagulante (heparina), por si se registraba un nuevo episodio isquémico (qué importaban ya las normas de Caballo de Troya) (1), y dejé en manos de Eliseo una medicación a base de benzodiacepina, puramente relajante. Era lo menos que podía hacer por aquella criatura maravillosa...

La Señora, antes de retirarme, insistió:

—¡Habla con mi Hijo!... Él puede curarla... ¡Él puede!

Dije que sí, y abandoné la «casa de las flores».

Mi corazón se hallaba confuso. No conseguía borrar la imagen de Ruth, disminuida y aterrorizada, y, al mismo tiempo, la esperanza llamaba constantemente a mi puerta. Ella terminaría salvándose. Y pensaba y pensaba: «¿Cómo es eso posible?»

La lógica decía que no. Acababa de verla, convertida casi en un vegetal. Sin embargo...

Cuando llegué al caserón de los Zebedeo, en Saidan, todos dormían.

Ardía en deseos de conversar con el Maestro, pero me resigné.

Como decía el Hijo del Hombre, «bástele a cada día su afán».

Y caí en un profundo sueño.

Lo olvidé.

Esa noche del lunes, 17, volví a encontrar otro «mensaje» sobre la almohada. En un trocito de arcilla roja, alguien había escrito: «Atrápame lentamente.»

Le di vueltas y vueltas, sin comprender.

¿Atrápame lentamente?

(1)   La heparina tenía la misión de reducir el riesgo de la aparición de nuevos coágulos sanguíneos. También dispuse dosis de dipiridamol y ticlopidina, que deberían actuar como antiplaquetarios. Las plaquetas, como es sabido, colaboran en la coagulación de la sangre cuando ocurre una lesión. La medicación antiplaquetaria consigue que las plaquetas se agreguen menos, logrando así una disminución en el riesgo de la aparición de trombos. La aspirina es uno de los ejemplos clásicos de antiplaquetarios. *(N. del m.)*

Y así me dormí, con el *ostracón* entre los dedos. Alguien me estaba diciendo algo, pero este explorador no terminaba de ver...

El martes, 18 de junio, todo fue normal, más o menos (?).

Acompañé al Maestro en el corto viaje en barca, desde Saidan al astillero de Nahum, y me decidí a preguntar por Ruth. El Galileo fue rotundo:

—No es una enfermedad de muerte...

La respuesta me dejó atónito.

Y Jesús cambió de tema.

No lo consentí, y volví a la carga:

—¿Cómo puedes decir una cosa así? Ruth está muy enferma...

—No es una enfermedad de muerte —insistió, al tiempo que me miraba fijamente—. Tú lo sabes mejor que nadie...

—Pero...

—Deja que el Padre haga su trabajo. No pretendas hacerlo todo...

Mensaje recibido.

El Maestro sonrió, y añadió:

—Todo está ordenado para mayor gloria de Ab-bā.

Comprendí.

Nunca más volví a sacar el tema de Ruth, al menos en su presencia. Él sabía y estaba al tanto de todo.

Jesús se incorporó a su trabajo, en el foso, y quien esto escribe, por primera vez, no supo qué hacer. No tenía idea de los planes del Hijo del Hombre. Y pensé en el saco embreado que contenía el pergamino de la «victoria». Lo había trasladado al palomar. Debía analizarlo y devolverlo. Pero ¿a quién? Pensé en Abner. Eso haría. Si el Galileo continuaba con su rutina, al día siguiente ascendería al Ravid y pondría manos a la obra.

Sí y no...

Esa jornada la pasé en la «casa de las flores».

Me dediqué a estudiar a la pelirroja con más calma y detenimiento.

La Señora no dejaba de llorar. Y preguntó una y mil veces si había conseguido hablar con su Hijo. Hice lo único que podía hacer: solicitar paciencia.

María no prestó atención a mis consejos. En realidad no

prestaba atención a nada, ni a nadie. Se hallaba triste, desolada, ahogada en sus pensamientos... La visión de la muchacha era su única realidad.

Atendí a Ruth lo mejor que pude. Tomé sus manos y le hablé en silencio, con la mirada. Ella respondió, a su manera, con lágrimas...

Noté cómo el frío la devoraba.

Tenía problemas para beber. Se atragantaba con facilidad. Sugerí a Esta que añadiera un espesante en el agua. Eso la ayudaría.

Debía permanecer inmóvil, para que siguiera viéndome.

Entró gente en la casa. La mayoría, vecinos. Todos se interesaban por el estado de la muchacha y todos traían un presente. Generalmente, comida. Ruth los miraba pero, en algunos casos, parecía no reconocer las caras. Ruth estaba padeciendo también una prosopagnosia; un mal típico en tales circunstancias.

A última hora de la tarde, terminado el trabajo, el Maestro y su hermano Santiago se presentaron en el patio. Me retiré, prudentemente. Jesús fue a sentarse a los pies de su hermana e hizo, más o menos, lo que yo había hecho durante parte de la mañana: tomó las gélidas manos de Ruth, las besó dulcemente, y así permaneció, en silencio. De vez en cuando la ayudaba a beber, o a cambiar de postura. O trataba de animarla con una canción. Pero el consuelo duró poco. La Señora, que se había mantenido en su habitación, terminó reuniéndose con los hijos, bajo el granado, y volvió a solicitar de Jesús «que hiciera algo en favor de su hermana».

El Maestro no respondió, y continuó acariciando a la pelirroja.

Me sentí incómodo. Pensé en abandonar la «casa de las flores», pero algo me obligó a permanecer atento...

—¡Tú puedes hacerlo! —insistió María, elevando el tono de voz—. ¡Si lo deseas, puedes...!

El Maestro bajó los ojos, y noté cómo palidecía.

La Señora tenía razón. Si el Galileo lo deseaba, Ruth quedaría curada. Ya lo hizo con otras dos personas, que yo supiera...

Pero el Maestro tenía otros planes, obviamente. Y no cedió a los requerimientos de la madre.

—¡Puedes hacerlo! —sollozó la Señora—. ¡Mira cómo está! ¡Sólo tiene diecisiete años!

Sentí un nudo en la garganta. Si María lograba enternecer el corazón del Galileo, quién sabe... ¿Se repetiría el prodigio que este explorador contempló en las cercanías de Beit Ids, con el niño mestizo? Fue la ternura, y la misericordia de Jesús, los que obraron el portento.

—¡Tú puedes...!

Y la Señora se derrumbó, desmayada.

Esta acudió en auxilio de su suegra, y también Santiago.

Jesús, con el rostro grave, se alzó, dio media vuelta y abandonó el patio.

Yo me fui tras Él, desconcertado.

Pero las sorpresas no habían terminado en aquel martes, 18 de junio del año 26...

Regresamos al caserón de los Zebedeo con la puesta de sol.

Jesús no abrió la boca durante el viaje, desde el puerto de Nahum a la quinta piedra de amarre, en la playa de Saidan. La tristeza lo consumía. Imaginé sus pensamientos. Ruth era la hermana pequeña, muy querida. Ruth se hallaba impedida, casi muerta. Él podía sanarla. Podía, pero eso no era lo que acordó consigo mismo en las colinas de Beit Ids. Una vez más, no envidié su situación...

Santiago, el hermano carnal del Maestro, llegó al caserón cuando terminábamos la cena. No dijo nada. Se sentó en el lugar habitual y se dispuso a recibir las enseñanzas de su Hermano y Maestro. Santiago era así: frío y distante... en apariencia.

Y, por primera vez, el Galileo rogó a la familia de los Zebedeo que permaneciera en la «tercera casa». Tenía algo importante que comunicar...

Aquello creó una intensa expectativa. Nos miramos, pero nadie sabía...

Y empezó anunciando que no regresaría al trabajo, en el astillero, al menos de momento.

Zebedeo padre fue el más sorprendido.

—Otros asuntos, relacionados con mi Padre de los cielos, me reclaman...

Los discípulos volvieron a intercambiar miradas, y se interrogaron en silencio. ¿A qué «asuntos» se refería? Como digo, nadie supo.

—Permaneceré ausente tres días...

Pedro se brindó a acompañarlo, y también Juan Zebedeo.

El Maestro solicitó calma. Agradeció el gesto, pero fue firme:

—Allí donde voy no podéis acompañarme...

Le miraron, perplejos. ¿Dónde pensaba trasladarse?

—... Confiad en mí...

Y, sin más, pasó al segundo punto.

Se dirigió a Santiago, su hermano, y rogó que se ocupara de hablar con los responsables de la sinagoga de Nahum.

—Quisiera dirigir el servicio del sábado...

Y añadió:

—Tengo algo que comunicar...

Dudó, pero terminó redondeando la frase:

—... Es algo importante.

Santiago asintió con la cabeza y todos continuaron en silencio.

No alcancé a imaginar de qué hablaba. ¿Trasladarse a un lugar al que no podíamos acompañarlo? ¿Comunicar algo importante? Pensé en Yehohanan... ¿Tenía intención de viajar a la cárcel del Cobre? Me pareció arriesgado.

Tendría que esperar, una vez más. Aquel Hombre era un permanente misterio.

Y el Maestro pasó al tercer y último asunto, el más delicado, a mi parecer.

El domingo, 23, los discípulos emprenderían una primera gira por las orillas del *yam*. Eso dijo.

La satisfacción fue general.

¡Al fin!

Pero los discípulos no habían entendido.

Y, lentamente, conforme Jesús hablaba, la alegría fue resbalando de los rostros...

En ese primer contacto con la gente, los discípulos irían solos. Y subrayó:

No podré acompañaros...

¿Solos? ¿Debían predicar solos?

Los murmullos se extendieron por la sala. Pero el Maestro no había terminado:

—Es voluntad del Padre que sean doce los que me ayuden en la difusión de la buena nueva... Vosotros deberéis seleccionar a los seis que faltan. Ése será vuestro trabajo en esta gira por el *yam*.

Las preguntas se atropellaron las unas a las otras. Todos querían información, detalles... Jesús sólo contestó a una de las cuestiones: «sería una ausencia de dos semanas».

Eché cuentas. Los discípulos deberían partir el domingo, 23 de junio, y retornar el sábado, 6 de julio.

El Maestro solicitó calma, y adelantó que daría los detalles a su regreso.

Y prosiguió las enseñanzas, también sobre Ab-bā y sobre el reino de lo invisible...

No creo equivocarme si afirmo que muy pocos captaron el sentido de aquella «clase». Todos, sin excepción, permanecieron sumidos en sus pensamientos. Unos pensamientos idénticos: «¿predicarían, al fin, la llegada del reino? Pero ¿cómo hacerlo sin el Hijo del Hombre? ¿Cómo saber a quién seleccionar?».

Tuve la impresión de que sentían miedo. Estaban agobiados. No sabían cómo actuar, ni por dónde empezar...

Sinceramente, yo fui el primer sorprendido. Nada de esto figura en los textos evangélicos...

Y, mientras duró la enseñanza (nada nuevo para quien esto escribe), traté de ordenar las ideas. ¿Qué debía hacer? ¿Intentaba seguir al Galileo? ¿Lo permitiría? Había sido muy claro: «... Allí donde voy no podéis acompañarme.»

Opté por dejar el asunto en manos del Destino. Estaba donde estaba. Eso era todo.

Y, tras despedir a los íntimos, cuando me disponía a retirarme, el Galileo me reclamó, y pidió que lo acompañase. Subimos a su habitación. Yo esperé en la puerta. Él se dirigió al arcón, tomó la bolsa azul profundo en la que conservaba el cáliz de metal, regalo de Ticrâ, y la puso en mis pecadoras manos, al tiempo que indicaba:

—Guárdala hasta que regrese...

Sentí cómo enrojecía. Yo había deseado, fervientemente, examinar, y acariciar, la bella *gavîa* o copa de metal. Llegué, incluso, a entrar en su palomar, y la tuve en mis manos... Él lo sabía. Él había leído mi mente.

Y pensé: «Tierra, trágame...»

Pero el Maestro, maravillosamente compasivo, sonrió

con benevolencia. Se percató de mi turbación e intentó consolarme:

—Recuerda: todo está armado y...

Esperó mi respuesta.

Tragué saliva y respondí con un hilo de voz:

—Sí, todo está armado y bien armado...

Sonrió complacido e insistió:

—Guárdala hasta que regrese. Donde voy no puede acompañarme.

Y dejó caer, con toda intención:

—... Y tú tampoco, de momento.

La sonrisa fue disipándose. Una gran tristeza —yo lo sabía— estaba echando raíces en su corazón...

Mensaje recibido.

No debía acompañarlo. Pero ¿adónde iba?

Me deseó paz y desapareció en su habitación.

Yo regresé a la mía, me senté en el filo de la cama, extraje el bello cáliz, y lo acaricié tiempo y tiempo. Estaba frío, como mi dulce Ruth. Y, con toda intención, lo arropé entre las manos, hasta que la misteriosa *gavia* recuperó un mínimo de calor. Era lo menos que podía hacer por ella...

Fue entonces, al prepararme para el descanso, cuando reparé en aquel nuevo mensaje, también escrito en un trozo de cerámica. Reposaba sobre la almohada, como los otros, delicadamente abandonado a su suerte. Leí, perplejo. Decía: «Atrápame lentamente, con tus palabras, con tu voz, con tus silencios.»

Y por mi mente cruzaron, rápidas, las imágenes de las mujeres de la casa. Pero ¿quién era la autora de aquellos mensajes secretos, tan bellos? ¿O no era una mujer?

A la mañana siguiente, miércoles, 19, al bajar a desayunar, comprobé que Jesús ya no estaba en el caserón. Había partido, tal y como anunció. Interrogué a Salomé. No sabía nada. Nadie tenía información.

Y pensé: «Puede que esté en las colinas...»

¿Desobedecía? ¿Intentaba encontrarlo?

No haría una cosa así...

Desayuné y decidí que emplearía aquel tiempo en la

puesta al día de los diarios y en los análisis pendientes. Empezaría por un estudio, a fondo, de la *gavía* o cáliz de metal. Era lo más urgente. También debía ocuparme del «323», y de algo más...

La oportunidad era única. No se presentaría otra tan redonda...

Los cielos parecían haberlo planeado todo... a mi favor.

Y en ello estaba, meditando sobre tales menesteres, cuando oí voces. Procedían del patio trasero.

Era muy pronto. Quizá las seis de la mañana...

Los hombres habían salido. Todos se hallaban en sus ocupaciones habituales.

Me extrañó.

¿Quién daba esos gritos y por qué?

Me asomé, cauteloso e intrigado.

En el corral, amén de un puñado de madrugadoras gallinas negras, picoteando sin descanso, distinguí a Salomé, la dueña de la casa, y también a su hija Abril. Se encontraban junto a la puerta de madera que daba acceso a las escaleras y a la playa. Con ellas se hallaban otras dos mujeres, desconocidas para quien esto escribe. Eran jóvenes. Una cargaba un bebé entre los brazos. La otra aparecía acompañada por dos niños de corta edad. Los pequeños seguían las evoluciones de las gallinas y lo hacían muy serios.

Las mujeres hablaban. Mejor dicho, discutían.

Salomé, enfadada, era la que más gritaba. Al principio no entendí el porqué de la discusión.

Y en eso, alarmada también por las voces, hizo acto de presencia en el patio la esposa de Santiago de Zebedeo. Se llamaba María. Con ella llegaron dos de sus cuatro hijos. Y la galilea se unió a la trifulca.

Finalmente aparecieron las restantes hijas de Salomé y aquello se convirtió en un manicomio. Nadie prestaba atención a nadie. Todas gritaban. Todas se insultaban. Todas decían tener razón. Todas gesticulaban y amenazaban. En un primer momento, los niños, desconcertados, no supieron dónde mirar. Después olvidaron a los adultos y se decidieron por las gallinas; y empezaron a corretearlas, jugando.

La voz más repetida en la discusión era *shiga'ôn* (locura).

Eran las desconocidas las que hablaban de «locura», y las que se lamentaban.

Y, durante un rato, todas permanecieron en actitud hostil. No me atreví a moverme y, mucho menos, a intervenir.

Pasada una media hora, las desconocidas tomaron de la mano a los dos pequeños y desaparecieron, rumbo a la playa.

Pude oír algunos gritos e insultos desde las escaleras.

«¡Volveremos, estúpidas!»

Y Salomé y el resto las llamaron de todo.

Ahí terminó la violenta escena.

Cada cual se retiró a sus quehaceres y Salomé permaneció en el patio. Estaba roja de ira. Y lo pagó con las gallinas. Se hizo con una escoba y las persiguió durante un rato, a escobazo limpio. Las gallinas, claro está, protestaron...

Cuando la mujer se calmó me fui hacia ella y la interrogué. ¿Quiénes eran esas personas? ¿Por qué discutieron?

Quedé perplejo (más desconcertado, incluso, que las gallinas).

La que cargaba al bebé era Perpetua, la mujer de Simón Pedro. La otra era Zaku, que en hebreo significa «inocencia». Era la esposa de Felipe, el discípulo. Los niños que Zaku llevaba de la mano también eran hijos de Perpetua y de Simón Pedro.

Según Salomé, pretendían hablar con el Maestro.

—¿Con Jesús? ¿Por qué?

—Querían aclarar un par de cosas...

Salomé torció el gesto, enfadada, y añadió:

—Lo que me molestó fueron las ínfulas. Llegaron con demasiadas exigencias...

—No entiendo...

—Querían hablar con el Maestro para que explicase lo de la gira por el *yam*. Es la segunda vez que lo intentan...

—¿Y lo llamaron «locura»?

—Eso dijeron. Les hice ver que el rabí no se hallaba en la casa y que tampoco sabíamos dónde se encontraba.

»No me creyeron y me llamaron mentirosa. ¿Mentirosa yo?

Salomé volvió a encenderse. Traté de calmarla. Fue imposible. Y la emprendió de nuevo con Zaku y con Perpetua.

—¡Muertas de hambre!... No saben quién es el Maestro, ni merecen que los maridos sean sus discípulos... ¡Muertas de hambre!

Intenté centrar el asunto.

—¿Se oponen a la gira por el *yam*?

—Dicen que están locos de atar... Y se preguntan cómo sobrevivirán... Quién se ocupará de traer el dinero mientras están fuera...

Comprendí. En el fondo se trataba de un problema puramente económico. Las mujeres, lógicamente, estaban asustadas. Tenían hijos. ¿Quién llevaría el dinero a casa? Obviamente no entendían...

La intervención de María, la esposa de Santiago de Zebedeo, no sirvió para nada. Al contrario. La situación se complicó y Zaku y Perpetua terminaron marchándose, muy alteradas.

—Han prometido volver —comentó la dueña con desconfianza.

—Lo he oído.

Salomé fue sincera:

—Esto no me gusta nada... Son unas perdedoras... Veremos qué dice el rabí...

Y Salomé regresó al patio de atrás, desahogándose de nuevo con las sufridas gallinas negras. Las llamó de todo mientras trataba de devolverlas a los gallineros. Supuse que los insultos no iban dirigidos a las aves...

Quedé perplejo.

Imaginé que los discípulos comentaron lo de la inminente gira y las mujeres, como es natural, los interrogaron. ¿De qué iban a vivir durante dos semanas? ¿Qué pasaría con ellas y con sus hijos?

No hacía falta ser muy despierto para entender que Perpetua y Zaku se habían puesto de acuerdo y que, únicamente, pretendían aclarar el asunto. Y deseaban hacerlo con el responsable: Jesús de Nazaret.

Tuve un mal presentimiento.

Me prometí a mí mismo que permanecería atento. De esta violenta situación no se dice nada en los textos evangélicos, y es igualmente lógico. Hablar de discrepancias en el seno de las familias de los apóstoles, y por culpa de la difusión de la buena nueva, no era lo apropiado en la naciente iglesia. Y los evangelistas guardaron silencio. Otro más...

Ni me despedí de Salomé. Tomé mis cosas y me encaminé hacia el Ravid.

Tampoco me detuve en la «casa de las flores» ni advertí a Eliseo sobre mis intenciones de ascender al «portaaviones».

Conseguí provisiones en la plantación de Camar y aproveché para preguntar al viejo *badawi* (beduino) sobre los «bucoles» o bandidos de Arbel. Se encogió de hombros. Dijo no saber nada.

¿Significaba esto que renunciaron a sus planes para atacar el Ravid?

Y esa misma tarde del miércoles, 19, puse manos a la obra. Encomendé a «Santa Claus» el análisis del cáliz de metal y quien esto escribe se centró en la puesta al día de los diarios.

La *gavîa* era lo más urgente. No volvería a disponer de una oportunidad como aquélla. El viernes, 21, el Maestro regresaría. Yo debería estar en el caserón, y devolverle su «tesoro».

Esa misma noche recibí los primeros resultados. «Santa Claus» fue minucioso e impecable, como siempre.

Y la sorpresa llegó de inmediato.

¿Se equivocó el ordenador central?

Repasé la información pero, aparentemente, todo estaba bien. No hubo errores...

El cáliz era de acero inoxidable, en efecto. Pero ¿cómo era posible? Esta clase de acero, como dije, no empezó a industrializarse hasta 1910...

Las medidas eran las siguientes: altura total: 13 centímetros; diámetro máximo de la boca: 6,350 centímetros; diámetro mínimo de dicha boca: 6,050 centímetros; altura de la parte superior de la copa: 6,730 centímetros; «nudo» central: 1,100 centímetros; altura del pie: 6,270 centímetros (ahorraré al hipotético lector de estas memorias el resto de las medidas, tanto interiores como exteriores).

Peso del cáliz: 505,6 gramos. Volumen: 65 centímetros cúbicos.

Se trataba de una sola pieza, trabajada con un pulido exquisito. Como dije, el brillo era deslumbrante.

No presentaba soldadura alguna (1). Era extraño. La pieza había sido «extraída» de un único bloque.

Para identificar los materiales que integraban la *gavîa*, «Santa Claus» trabajó con el método llamado «fluorescencia de rayos X por energía dispersiva» (2), una técnica muy exacta que, además, no obliga a cortes de la muestra. En otras palabras: el cáliz no sufrió deterioro alguno.

Y llegaron las sorpresas, una tras otra...

La aleación reunía los siguientes materiales: hierro, al 66,28 por ciento; cromo, al 21,27 por ciento; níquel, al 7,96 por ciento; molibdeno, al 00,32 por ciento y manganeso, al 02,32 por ciento. No se detectó carbono, salvo algunas trazas (por debajo del 0,03 por ciento), debidas, casi con seguridad, a la contaminación producida por el propio análisis.

Se trataba, por tanto, de acero inoxidable (!), tipo austenítico (3) (dúplex: Cr 20-30 por ciento, Ni 5-8 por ciento y

(1) Aunque la soldadura que llaman «heterógena» es muy antigua (se remonta, posiblemente, al cuarto milenio antes de Cristo), en el cáliz no detectamos rastro alguno de dicho tipo de soldadura, y tampoco de la «autógena», que empezó a utilizarse hacia el 1500 a. de J.C. Como es sabido, hasta finales del siglo XIX, la única soldadura practicada en el hierro y el acero era la de forja. Fue en 1890 cuando el ruso Slavianoff puso en marcha la soldadura de arco, con electrodo fusible. Poco después, en 1904, Kjeliberg inventó el electrodo revestido. A partir de 1920, la soldadura de arco fue aceptada mundialmente. Desde 1954, lo más utilizado es la soldadura por «bombardeo electrónico». Su creador fue Stohr. Desde 1970 se utiliza la soldadura por láser. *(N. del m.)*

(2) Este método (conocido como «ED-XRF») se basa, fundamentalmente, en la exposición del objeto a una radiación incidente o primaria. Dicho bombardeo de rayos X modifica la capa de electrones de los átomos, proporcionando una información muy precisa sobre la naturaleza de los elementos químicos que integran dicha pieza (cada isótopo se excita a una energía determinada). La radiación X fluorescente secundaria es característica de cada elemento. Su valor depende de la concentración de dicho elemento en la muestra (los átomos de hierro, por ejemplo, se excitan a una determinada energía: 6,4 kilo-electrón-voltios [kev]).

En nuestro caso se utilizó un sistema manual (nanotecnológico), con resultados en tiempo real. Los límites de detección fueron de 0,002 por ciento (20 ppm). *(N. del m.)*

(3) Entre los aceros inoxidables destacan tres variaciones importantes: martensítica (con un 0,4 por ciento de carbono y entre un 12 y un 16 por ciento de cromo), ferrítica (con un 16 al 30 por ciento de cromo) y austenítica. El acero austenítico se obtiene gracias al níquel. Esta alea-

C por debajo de 0,03 por ciento), con unas características especiales: altísima resistencia a la corrosión (incluida el agua marina), al fuego (hasta 400 grados Celsius) y gran resistencia mecánica (60 kg/mm^2).

Quedé desconcertado.

Y las sospechas iniciales, cuando alcancé a examinar el cáliz en el cruce hacia Arbel, fueron confirmadas. Era acero inoxidable (altamente especializado) que, oficialmente, «no podía existir en aquel tiempo». Esta clase de aleaciones, como se recordará, fue industrializada en los primeros años del siglo xx.

Estaba confuso. Pero tampoco me extrañó. Lo que había contemplado en Jerusalén (año 30), en el barrio de los forjadores (1), fue igualmente espectacular...

Tenía que regresar a Caná y preguntar a la familia de Nathan sobre el origen de la singular *gavîa*. ¿Cómo llegó hasta ellos? ¿Quién la fabricó?

Pero las sorpresas no terminaron ahí.

Fue el eficaz ordenador central quien lo descubrió...

En el interior del cáliz, así como en la parte interna del pie, se apreciaban —a simple vista— las espirales y los punteados, respectivamente, ocasionados (en principio) por el torno utilizado en el pulido. Las líneas del interior de la copa (espirales) eran sutilísimas. «Santa Claus» distinguió 1.668. En el pie, el torno (?), aparentemente, había trabajado de otra manera, combinando las espirales con el punteado. La computadora sumó 306 espirales, igualmente delicadas, casi imperceptibles. Las líneas de punteado eran ocho. Formaban círculos concéntricos. Partían del centro geométrico de dicha concavidad interior.

---

ción transforma el material en «austenita» (la proporción de níquel en los aceros austeníticos es superior al 7 por ciento). Se trata de un material que resiste bien la corrosión, que se puede utilizar a temperaturas criogénicas o muy elevadas, que no es atraído por los imanes, y que puede permanecer largo tiempo bajo el agua. En los incendios soporta hasta 900 grados Celsius. El cromo proporciona al austenítico una gran dureza (175-200 HB) y lo hace muy resistente al desgaste y a las deformaciones. El níquel, por su parte, concede enorme tenacidad y, al mismo tiempo, una considerable elasticidad. *(N. del m.)*

(1) Amplia información sobre la espada de «acero de Damasco» en *Jerusalén. Caballo de Troya 1. (N. del a.)*

Como digo, a simple vista, los referidos punteados eran sólo eso: impactos. Y me pregunté: ¿por qué el autor del pulido combinó ambas técnicas en dicha zona del cáliz? ¿No hubiera sido más lógico el uso de las espirales para la totalidad del interior del pie? La respuesta no tardó en llegar.

«Santa Claus» evaluó el pulido como «mecánico». Las distancias entre espirales, entre los círculos concéntricos, los espesores de unas y de otros, y los índices de errores en los trazados (prácticamente nulos) le llevaron a la citada conclusión. Eso no fue lo más extraño. Los tornos eran conocidos desde muy atrás, en especial los de arco (1). Lo que me desconcertó fue el siguiente paso del ordenador. «Santa Claus» examinó el punteado, utilizando para ello una técnica informática, similar, en cierto modo, a lo que denominan «aplicación polinómica de texturas». Las ampliaciones, espectaculares, alcanzaron los 1.100 aumentos.

Cuando lo vi no pude dar crédito.

Y lo repasé mil veces...

No era un sueño, ni tampoco una alucinación.

Aquello era obra humana. Mejor dicho, no podía ser obra humana... Y me explico.

En el «interior» de cada golpe de torno, en cada punteado, aparecía un signo.

¡Asombroso!

Los signos no eran visibles a simple vista. Era necesario el auxilio del microscopio para detectarlos.

¡Eso fue lo increíble e impactante!

Aquello no podía ser obra humana. Nadie, en aquel tiempo, disponía de técnicas tan depuradas de impresión..., y en metal.

Los repasé hasta el agotamiento. ¡Desconcertante!

Sinceramente, no fui capaz de identificarlos. «Santa Claus» ofreció una posible explicación. En el banco de datos aparecía un sistema de escritura, relativamente parecido. Hoy es conocido como silabario chiprominoico. Posiblemente, una colección de signos y símbolos de origen

(1)   Una de las imágenes de estas herramientas fue encontrada en un relieve, en la tumba de Petosiris, gran sacerdote egipcio (siglo IV a. J.C.), al sur de la ciudad de Hermópolis. *(N. del m.)*

cretense, como asegura Arthur Evans, o, quizá, de naturaleza bereber, mucho más antigua. El referido silabario fue datado en unos 1500 años antes de nuestra era (Edad del Bronce). Las primeras «traducciones» datan de 1871.

Pues bien, a lo largo de los ocho círculos concéntricos, y en cada uno de los punteados (en milésimas de milímetro), fue impreso un símbolo. El ordenador halló también un total de cuarenta y seis signos, equivalentes a números (1). La «traducción» me pareció tan escasamente coherente que he preferido no incluirla.

En definitiva, de acuerdo con este último hallazgo, el cáliz de metal era mucho más antiguo de lo que imaginaba. Y me atrevo a plantear algo más audaz: el cáliz no pudo ser grabado por manos humanas. ¿O sí?

Ahí terminaron los análisis. Podría haber continuado con el pergamino de la «victoria», el llamado «323», pero opté por aplazar las indagaciones. Los hallazgos de «Santa Claus» en el cáliz me sumieron en la confusión. Es tanto lo que ignoramos del pasado... (2)

¿Quién fabricó aquella bella pieza de acero austenítico? ¿Con qué tecnología? ¿Cómo se las arreglaron para grabar los signos microscópicos? ¿Por qué esa copa había llegado a manos del Maestro? Yo vi otras similares en la boda de Caná. ¿Eran todas de acero inoxidable? Recuerdo alrededor de veinte... ¿Presentaban también una grabación como la que acababa de contemplar?

Tenía que visitar de nuevo a la familia de *Sapíah* e intentar despejar las incógnitas.

Y, sobre todo, ¿por qué Jesús de Nazaret, y quien esto escribe, sentían atracción por la brillante y preciosa copa? ¿Era

(1)   Los números en cuestión son los siguientes: 1365213735615133 623521314652454531414144553373. En total, como digo, cuarenta y seis. La secuencia se repetía (en el mismo orden) en cada uno de los ocho círculos. Ignoro el significado. *(N. del m.)*

(2)   Para llevar a cabo la fabricación de una pieza como el cáliz austenítico hubieran sido necesarias, entre otras, las siguientes operaciones: cilindrado (mecanización de un cilindro recto), tronzado (seccionamiento de la pieza), desbastado, refrentado (mecanización de las caras), mandrinado (mecanización y agrandamiento de agujeros: copa e interior del pie), roscados interiores, escariados diversos (agrandamiento de orificios) y moleteado (impresión de los grabados). Lo dicho: muy difícil y complejo para aquella época. *(N. del m.)*

únicamente un símbolo? ¿Qué representaban los signos grabados en el interior del pie? ¿Por qué me causó tanto impacto la contemplación de los mismos? ¿Por qué no he sido capaz de descifrar ese «mensaje», suponiendo que lo sea? Más aún: ¿por qué el Maestro me entregó el cáliz? Podía haberlo guardado en su habitación. Nadie se habría atrevido a tocarlo...

Como decía el Hijo del Hombre, «quien tenga oídos que oiga»...

Los restantes días me dediqué a pensar y a escribir.

De vez en cuando tomaba la copa entre las manos, la acariciaba, y la hacía entrar en calor...

Ella respondía a mi afecto con toda clase de destellos...

El viernes, 21 de junio, regresé a Saidan. Dejé en la «cuna» el «323», y también el jade negro que encontré en el cuarto secreto de Yu, en el astillero. Los analizaría en otra oportunidad.

El Maestro no había retornado. Nadie sabía nada. Empecé a preocuparme. ¿Dónde estaba? No terminaba de entender el porqué de aquella ausencia.

Nueva sorpresa. En la almohada de la cama apareció otro misterioso mensaje, también sobre arcilla. Decía: «Envuélveme con pasión.»

El sábado, 22, amaneció a las 4 horas y 23 minutos. El tiempo mejoró sensiblemente. Se presentaba un día caluroso y azul. El lago seguía dormido cuando bajé a asearme.

Y con el alba vimos llegar al Galileo.

Traía el rostro resplandeciente. Era otra persona.

¿Dónde había estado?

Tenía que preguntarle...

Bajó a la playa. Se dio un baño, cambió la túnica roja por la blanca, y desayunó con el resto de la familia. Lo encontré despreocupado, sin rastro de la pasada tristeza. ¿Qué había ocurrido?

El Hijo del Hombre no hizo mención de dónde o con quién estuvo. Nadie se atrevió a preguntar. Lo contemplábamos, asombrados y complacidos. Cuando el Maestro aparecía feliz era contagioso...

Le devolví el cáliz y, al hacerlo, me guiñó el ojo. No hubo comentarios. Yo sabía que Él sabía...

Y esa mañana, como estaba previsto, embarcó en la lancha que hacía la travesía hasta Nahum. La familia Zebedeo se fue con Él.

La solicitud del Maestro para hablar en la sinagoga causó expectación, una vez más. Todo el pueblo lo esperaba. Allí estaban los hermanos Jolí, sacerdotes y responsables de la sinagoga, los notables de la población, y de otras ciudades y aldeas de la costa norte del *yam* y, por supuesto, espías y confidentes de unos y de otros.

¿Por qué dijo que tenía algo importante que comunicar? ¿A qué se refería?

Jesús departió, amabilísimo, con sus paisanos y amigos, permaneciendo un rato a las puertas del edificio. No vi a la Señora, ni tampoco a Santiago, el hermano del Galileo. Quizá estaban ya en el interior.

Y hacia la quinta (once de la mañana), cada cual tomó asiento. Yo me instalé en la planta superior, en la galería destinada a los gentiles y prosélitos.

Primera sorpresa: allí encontré a Yu, el chino, el carpintero jefe del astillero. «Sentía curiosidad.» Eso dijo.

No me equivoqué. María, la Señora, se hallaba en la galería de las mujeres judías, en la zona norte. La vi en primera fila, aferrada a la reja que cerraba dicha sección. No vi a Esta. Después se unieron a la Señora las Zebedeo. Salomé la abrazó y hablaron.

Abajo, en la sala, en los asientos preferentes, distinguí a los discípulos. Se les notaba eufóricos. Presentían algo de importancia... No se equivocaron.

Me costó trabajo localizar a Santiago y a Judá, los hermanos del Maestro. Aparecían cerca de la puerta principal, confundidos entre los que permanecían en pie. Observé una sombra de pesar en el rostro de Santiago, pero no supe a qué podía deberse.

El Hijo del Hombre ocupó su asiento en la *bema*, el estrado en el que había sido situada la «torre» o *migdal*, una pequeña mesa sobre la que se depositaban los libros de la Ley y de los Profetas. Y empezó la ceremonia.

Tarfón, el funcionario que se ocupaba de casi todo en la sinagoga, abrió el *tybh* (armario de los rollos de la Ley) y extrajo uno de los estuches de madera y nácar. En el interior se hallaba el rollo elegido previamente por Jesús.

Retiró la funda de lino que lo protegía y desenrolló el «libro», mostrando parte del texto. La congregación, al ver las columnas en tinta negra con la letra cuadrada y medida del hebreo sagrado, prorrumpió en un suspiro generalizado.

¡Era la Ley, la palabra de Dios!

Tarfón levantó entonces el rollo por encima de la cabeza e inició un lento paseo. Todos pudieron contemplar la esmerada escritura. De eso se trataba.

Y los fieles, emocionados, saludaron el paso de la Ley con gritos y vivas a la Torá.

Finalmente llegó frente a la *bema* y depositó el rollo sobre la mesa. Buscó el párrafo seleccionado por el Maestro e hizo un gesto al archisinagogo o *Roŝ-ha-keneset*. Jolí asintió con la cabeza y se hizo el silencio.

Jesús de Nazaret se puso en pie y se aproximó al texto que marcaba Tarfón con el dedo índice izquierdo. Leyó mentalmente las palabras indicadas en la vitela y, tras dirigir una mirada a los presentes, procedió a leer. Mejor dicho, a cantar el texto. La voz profunda del Maestro se derramó por la sala, conmoviendo los corazones. El silencio fue total y respetuoso.

«Vosotros seréis para mí un reino de sacerdotes, gente santa...»

Se detuvo y el *meturgeman* o traductor se ocupó de la traducción del versículo al arameo, la lengua popular. Lo hizo sin mirar al libro, de memoria, tal y como indicaba la Ley.

Concluido el *targum* o traducción, el Maestro continuó:

«Yavé es nuestro juez... Yavé es nuestro legislador... Yavé es nuestro rey... Él nos salvará... Yavé es mi rey y mi Dios... Él es un rey grande sobre la Tierra...»

El traductor intervino, impecable.

Y Jesús terminó:

«La benevolencia recae sobre Israel... Bendita sea la gloria del Señor porque Él es nuestro rey.»

Jesús regresó a su asiento y la asamblea se preparó para el momento culminante: la «lección final», un discurso, generalmente breve, en el que el *darshan* o predicador exponía sus ideas respecto al pasaje que acababa de leer. El Maestro, como no podía ser de otra manera, eligió el método que llamaban *maftir* (1): la enseñanza con palabras luminosas.

Y fue en esos momentos cuando caí en la cuenta...

Nunca me había sucedido, o muy pocas veces.

¿Pudo ser el cansancio? Me pareció raro. Había dormido bien...

La cuestión es que no fui capaz de recordar a qué libro pertenecía el texto leído por el Galileo. Era de los Profetas, pero ¿cuál?

No le di mayor importancia. El Destino, sin embargo, avisó...

El Maestro contempló a los allí reunidos. Lo hizo con el rostro grave. Y la observación (yo diría que mutua) se prolongó durante algunos segundos. La Señora y los discípulos se hallaban expectantes.

El traductor también se preparó. Jesús hablaría en hebreo y, cada poco, el *meturgeman* haría la traducción al arameo.

Todo se hallaba dispuesto...

Y el Maestro rompió el silencio. Y dijo:

«He venido para proclamar el establecimiento del reino de mi Padre...»

Se detuvo y el traductor tradujo correctamente.

Oí cierto siseo. E imaginé que la última expresión —«reino de mi Padre»— causó sorpresa y desagrado. En efecto. En la galería donde me hallaba hubo comentarios: «¿El reino de su Padre? ¿Quién cree que es...?»

El Maestro advirtió los murmullos, pero continuó:

«Este reino lo forman las almas de judíos y gentiles, ricos y pobres, hombres libres y esclavos..., porque mi Padre no tiene favoritos... Su amor y misericordia son para todos...»

El Galileo se detuvo y animó al traductor a que prosiguiera. Y lo hizo, pero cambió el sentido de lo expresado

---

(1)   Como ya he referido en otra oportunidad, la «lección final» podía llevarse a cabo de dos formas: «haciendo *maftir*» o «haciendo *amora*». En el segundo supuesto, el invitado o predicador susurraba al oído de un *amora* (una especie de traductor) los postulados que estaba esgrimiendo en su discurso y el referido *amora* los convertía en expresiones y en palabras inteligibles. «Hacer *maftir*» era hablar directamente y con palabras limpias y sencillas. *(N. del m.)*

por Jesús. La versión fue: «Este reino sólo incluirá las almas de los judíos... Su amor y misericordia son para todos.»

El Hijo del Hombre dudó. Comprendió perfectamente, pero siguió con el discurso:

«El Padre de los cielos envía su Espíritu para que se derrame en las mentes de los humanos..., y cuando yo haya terminado mi obra en la Tierra...»

Dejó que tradujera al arameo. Pero el funcionario volvió a tergiversar lo dicho por el Maestro: «... para que se derrame en las mentes de los judíos...»

Jesús alzó la mano izquierda y detuvo la malintencionada versión del traductor. Y cortésmente, pero con firmeza, rogó que volviera a su lugar. El *meturgeman* enrojeció de vergüenza y se retiró. Miré a Yehudá ben Jolí, responsable de la sinagoga, y noté cómo palidecía. En esos momentos lo supe: el archisinagogo y el traductor estaban compinchados... Ese día, justamente, empezaron los problemas de Jesús con la casta sacerdotal. Jolí lo tenía todo preparado para arruinar la plática del Galileo. No lo consiguió...

El Hijo del Hombre se hizo de nuevo con la situación y prosiguió, pero en arameo. La mayoría lo agradeció.

«... Y cuando haya terminado mi obra en la Tierra, el Espíritu de la Verdad será igualmente derramado sobre la carne.»

Jolí pasó de la palidez al rojo de la ira. Algunos notables murmuraron. «Aquello no era ortodoxo... El *darshan* no podía hablar directamente en arameo.»

Pero el Maestro, impasible, siguió a lo suyo:

«... Mi reino no es de este mundo...»

Y repitió:

«Mi reino no es de este mundo...»

La Señora estaba seria, muy seria.

«... El Hijo del Hombre no conducirá ejércitos, ni habrá batallas para ganar ningún trono...»

Guardó silencio y contempló a la asamblea. Los discípulos (especialmente Juan Zebedeo y Simón Pedro) permanecían con la boca abierta, atónitos.

Comprendí.

«... Yo soy el Príncipe de la Paz y la revelación del Padre eterno...»

Muy pocos captaron el sentido de aquellas palabras.

«... Los hijos de este mundo luchan por el establecimiento de los reinos materiales. Pues bien, en verdad os digo que los que me sigan entrarán en el reino invisible y alado de los cielos por sus decisiones morales y por sus triunfos espirituales... Y allí hallarán alegría y vida eterna.»

A juzgar por los rostros, ninguno de los íntimos entendió. «¿Reino invisible y alado?» Eso no era lo que pretendía Yehohanan o lo que apuntaban las Sagradas Escrituras por boca de los profetas. El «reino» en cuestión *(malku)* era algo físico y terrenal, gobernado por el Mesías, el «rompedor de dientes», y sucesor del rey David.

Los murmullos de desaprobación se hicieron generalizados. La Señora había bajado la cabeza, desconcertada o desconsolada (o quizá ambas cosas).

El único que sonreía, y asentía con la cabeza, era Yu.

«... Si buscáis el reino de mi Padre, todo lo demás se os dará por añadidura... Y os advierto: para entrar en ese reino es preciso que lo hagáis con la confianza ciega de un niño... De lo contrario no seréis admitidos...»

Esta vez fui yo quien no estuvo de acuerdo con el Hijo del Hombre. Lo confieso. Sé que todos los seres humanos —TODOS— están destinados a ese reino maravilloso, invisible para la materia, y deliciosamente alado. Él me lo dijo: todos regresarán al Padre. Y deduje que se trataba de otra aproximación a la verdad. Jesús no podía hablar de otra manera... Ése, creo, fue su verdadero «calvario».

La desaprobación fue en aumento.

Jolí y los notables se revolvían, nerviosos, en los bancos.

Pero el Maestro estaba dispuesto a llegar hasta el final:

«No os engañéis... No prestéis atención a los que aseguran que el reino está aquí o allá... El reino del que os hablo no es visible para vosotros. En realidad está en todas partes, pero no es de este mundo... En realidad está en vuestro interior, pero no lo sabéis... He venido a quitaros la venda de los ojos... Estoy aquí para proclamar que el Padre existe, pero que es mucho más de lo que imagináis... Yehohanan os ha bautizado con agua, por la remisión de los pecados, pero yo os digo que al entrar en el reino de los cielos seréis bautizados con el Espíritu de la Verdad.»

Algunos pensaron que estaba loco y corrieron la voz...

«... En el reino alado no habrá judíos ni gentiles...»

Fue la gota que colmó el vaso de la paciencia. Y la asamblea, arreada por los notables, interrumpió al Maestro, llamándolo blasfemo y loco de atar.

María empezó a llorar y los discípulos se miraron, aterrorizados.

«... Y os adelanto —se impuso Jesús— que, dentro de poco, estaré sentado con mi Padre, en su reino...»

Algunos, escandalizados, se levantaron y abandonaron el recinto.

El Maestro, sin querer (?), estaba dibujando lo que sería su futuro a lo largo de la vida pública o de predicación.

Me estremecí. Los problemas se echaban encima antes de lo imaginado.

Jesús esperó y el alboroto fue disipándose.

Cuando el silencio fue medianamente aceptable, el Galileo reanudó su discurso:

«Este nuevo reino alado es semejante a una semilla que crece en tierra fértil. Necesita tiempo para que desarrolle... Lo mismo sucede con lo que estoy anunciando... Y llegará el día que se cumplirá el mandato de Ab-bā: seréis perfectos como Él es perfecto...»

Y añadió, con toda intención:

«Pero no aquí ni ahora...»

Aplaudí en mi interior. Ahora sí reconocía sus palabras. Seremos santos (perfectos), pero no aquí, en la materia. Seremos perfectos después, al regresar a la «realidad»...

«He venido al mundo a revelar esta buena nueva. No he venido a aumentar las cargas... No pido nada a cambio... Sólo confianza en el Padre... Vuestro destino es espléndido, pero no lo sabéis... No penséis en ejércitos marchando... No es ése el plan del Padre... No penséis en derrocamientos, ni en sublevaciones, ni siquiera en el quebrantamiento del yugo de los cautivos... Os hablo de otra cosa... Os lo he dicho: mi reino no es de este mundo...»

La gente escuchaba, pero no lograba seguirlo. Era demasiado para sus mentes.

Y el Maestro terminó:

«Ese reino es eterno. En su momento llegaréis a la presencia del Santo. Sois sus hijos, no lo olvidéis... Y una última cuestión: no he venido a reclamar a los justos, sino a los confusos...»

Punto final. El Hijo del Hombre se retiró del estrado y se abrió paso, saliendo al exterior. Yo me apresuré a seguirle...

Aquél fue otro momento histórico en la vida de Jesús de Nazaret. Acababa de ser testigo de la primera enseñanza «oficial» del Maestro. En la anterior comparecencia (2 de marzo, en esa misma sinagoga), el Galileo, prácticamente, no dijo nada. Se limitó a solicitar paciencia a los allí reunidos. Ahora fue rotundo. Pudo hablar más alto, pero no tan claro. La asamblea no lo supo pero, en aquellas palabras, se hallaba contenido su genial y revolucionario mensaje: su reino no es de este mundo; no era el Mesías prometido por la tradición y los profetas; no entraría en asuntos mundanos; no guiaría ejércitos; todos los hombres tienen el mismo origen y, por supuesto, idéntico destino; lo que cuenta es la búsqueda del Padre (el resto aparece por añadidura y como consecuencia del Amor = acción); todos seremos santos (perfectos) (mañana); ese reino está en el interior del ser humano (desde la edad de cinco años)...

Lo dicho: pudo hablar más alto, pero no tan claro.

Y algo más: Jesús llevó a cabo un nuevo anuncio de su muerte, aunque nadie lo captó y, mucho menos, sus discípulos.

En suma: nadie, en ese día y en ese lugar, alcanzó a comprender las palabras del Hijo del Hombre. Creo, incluso, que hubo una sutileza a la hora de elegir el párrafo que «cantó». En dicho texto se presenta a Yavé como juez, como legislador, como rey, como salvador y como Dios, pero no como Padre. Jesús, al hacer *maftir*, habló constantemente de su Padre...

Pero, como digo, no fue entendido.

El arranque de su vida pública no pudo ser más significativo.

Eso era lo que le aguardaba: incomprensión, rechazo y burla.

Pero vayamos paso a paso...

No tardé en localizarlo. Podrían ser las 13 horas, aproximadamente. Se hallaba frente a la fachada de la sinagoga.

Me acerqué con curiosidad.

Jesús aparecía rodeado por un nutrido grupo de judíos.

Al principio no entendí... Después caí en la cuenta. Y fui testigo de una escena que tampoco consta en los evangelios y que advertía, igualmente, del Destino del Hombre-Dios.

Me abrí paso, como pude, y me coloqué en primera fila.

Los judíos, en especial los fariseos, lo increpaban severamente. Lo llamaban de todo.

El Maestro los contemplaba, pero no replicaba.

Le dijeron carpintero loco, iluminado, presuntuoso y blasfemo.

Sentí fuego en las entrañas. Me había convertido en su amigo y, por tanto, en un pésimo observador. Pero me contuve.

Los «santos y separados» le recriminaron la falta de respeto a la Ley y a las normas. Era la primera vez que alguien se dirigía a la asamblea en arameo, sin el concurso del traductor. «Eso —decían— era inadmisible.»

Otros le echaron en cara que se autoproclamase enviado del Santo.

«¿Quién crees que eres? —repetían—. ¿Enviado del Santo, bendito sea su nombre?... ¡Sólo eres un carpintero y, para colmo, de Nazaret!...»

Algunos, más enfurecidos, se mesaban los cabellos y gritaban:

«¿Cómo puede comparar a los judíos con los gentiles?... ¡El Santo, bendito sea su nombre, sí tiene favoritos: el pueblo elegido! ¡Nosotros!... ¿Quién ha pedido que te pongas al frente de los ejércitos de liberación?»

Contemplé al Maestro.

Al principio miraba a los que le interpelaban. Después, consciente de lo inútil de una discusión, bajó el rostro, y permaneció en silencio.

¡Dios mío!

Yo había visto esa impotencia en el rostro del Maestro... Mejor dicho, la veía.

«¡Blasfemo!... ¡Regresa con tu padre, el carpintero!... ¡Todos lo conocimos!... ¡No era tan soberbio, ni tan prepotente como tú!... ¡Maldito!... ¡Márchate a ese reino de afeminados!...»

Obviamente, no habían entendido.

Pero el odio de aquellos energúmenos fue a más. Y algunos de los fariseos, ciegos de cólera, empujaron al Hijo del Hombre por la espalda.

Jesús se tambaleó.

Otros, contagiados, la emprendieron a empellones y a patadas con el dócil Galileo.

El Hombre-Dios palideció, pero no ofreció resistencia.

Yo también palidecí.

¿Qué debía hacer?

Sostenía la vara en mi mano derecha. Hubiera podido utilizarla. Con un par de descargas de los ultrasonidos, la violencia habría desaparecido. Pero ése no era mi trabajo...

Por fortuna, los cielos fueron benevolentes.

En mitad del tumulto vi aparecer a los Santiagos (el Zebedeo y el hermano carnal de Jesús). Detrás llegó Judá, el otro hermano del Galileo. Éste portaba un *gladius*, la temida espada de doble filo.

Los «santos y separados», cobardes, se apartaron. Y los Santiagos tomaron a Jesús y lo rescataron de aquella piña de fanáticos. Judá permaneció unos segundos frente al confuso grupo de exaltados, con la espada en alto, amenazador. Después dio media vuelta y corrió tras su Hermano. Una lluvia de piedras y de maldiciones siguió a los huidos...

Y los vi desaparecer hacia el centro de Nahum.

Fue una estampa igualmente dramática. Aquel Jesús golpeado, pálido, silencioso, y en fuga, era otro anuncio de lo que se avecinaba...

En Beit Ids asistí a una escena (31 de enero), en la que el Maestro también fue insultado por los invitados a la tienda de Yafé, el *sheikh*. En aquella oportunidad, sin embargo, los *badu* no llegaron a las manos...

Y, de pronto, cuando me alejaba de los fariseos y demás fanáticos, dispuesto a reunirme con el Maestro, alguien gritó:

—¡Tú eres uno de ellos!...

Me volví y, en efecto, se dirigían a quien esto escribe.

Dieron unos pasos, amenazándome:

—¡Te hemos visto con Él!... ¡Tú eres uno de sus seguidores!

Les planté cara y dije que sí; lo era. Y me preparé. Acaricié la parte superior del cayado. Si atacaban me defendería...

Dudaron. Hablaron entre ellos, y terminaron dándome la espalda.

Alguien comentó con desprecio:

—Sólo es un anciano...

Y desaparecieron en el interior de la sinagoga.

Al llegar al *cardo maximus*, la calle principal de Nahum, distinguí a los discípulos. Se hallaban reunidos bajo uno de los soportales. Discutían. No vi al Maestro ni tampoco a sus hermanos.

Al llegar me interrogaron. Conté lo sucedido y continuaron discutiendo. Pedro y Juan Zebedeo eran los más excitados. Habían desenvainado las espadas y querían regresar y enfrentarse a los «santos y separados». La gente, al pasar, miraba con extrañeza.

Andrés y Santiago Zebedeo no lo permitieron. Obligaron a sus hermanos a guardar las armas y los empujaron, literalmente, calle abajo. Felipe y Bartolomé, confusos, siguieron mudos. E hicieron lo que recomendaban los prudentes Andrés y Santiago.

Deduje que el Maestro había seguido en dirección al puerto, dispuesto a embarcar hacia Saidan. Me equivoqué.

El Hijo del Hombre se detuvo en la «casa de las flores». Así se lo hizo saber a los íntimos.

Al llegar frente a la gran puerta de madera, los discípulos, de común acuerdo, decidieron esperar en la calle y proteger al Maestro ante una posible aparición de aquellos «miserables». Así los llamaron.

No lo pensé. Deseaba ver a Ruth...

Me colé en el patio a cielo abierto y contemplé lo que tenía ante mí.

Allí esperaba otra sorpresa.

Ruth se hallaba en la mecedora. El Maestro se encontraba a sus pies. Acariciaba y besaba las manos de la pelirroja.

Los hermanos, visiblemente nerviosos, aparecían a un lado del granado, observando la escena.

Nada había cambiado respecto a Ruth. La mujer miraba, inquieta, haciendo volar de continuo el hermoso verde de los ojos.

No vi a la Señora, ni tampoco a Esta, la mujer de Santiago.

Y, al poco, el Galileo se alzó y se dirigió a sus hermanos.

Aproveché y sustituí a Jesús. Me arrodillé a los pies de la muchacha y tomé sus manos. Estaban frías. E intenté calentarlas. Ella me miró y supo que yo seguía enamorado. Sé que lo supo...

No pude remediarlo. Estaban allí mismo, a mi lado. Sin querer, oí la conversación entre el Galileo y los inquietos Judá y Santiago.

El Maestro seguía pálido. Y, con voz grave, sin titubeos, les dijo que no era aconsejable que la familia entrara a formar parte de grupo de discípulos que deseaba reunir, y que le sucederían «cuando Él ya no estuviera».

Santiago y Judá no entendieron y el Galileo, paciente, volvió a explicarse.

Era una decisión fríamente meditada. La familia no formaría parte de los íntimos que deberían acompañarle durante la vida de predicación. Así de simple. Y era una decisión no negociable. No deseaba que lo tomaran como un desprecio. Todo lo contrario.

—Lo hago —añadió— por vuestra propia seguridad...

Ni Santiago ni Judá captaron la intención del Hermano. Y protestaron:

—Hemos estado contigo desde el principio, desde el bautismo en el Artal...

Jesús escuchó con atención y movió la cabeza afirmativamente.

—Lo sé —manifestó— y lo agradezco... Sé lo mucho que os importa el nuevo reino, pero la decisión está tomada...

Los hermanos bajaron los ojos, contrariados.

—... Es la voluntad del Padre de los cielos...

Todo estaba dicho.

Y cuando el Maestro se disponía a abandonar la «casa de las flores», por una de las puertas surgió la Señora. Caminó decidida hacia los hijos y se plantó frente al primogénito.

—¿No sientes vergüenza...?

Deduje que había oído la conversación.

El Maestro la contempló en silencio.

¡Qué difícil situación la suya!

E hizo lo único inteligente que podía hacer: no discutir.

Miró a la madre con tristeza, se dirigió después a Ruth, la besó, y me hizo un gesto, para que lo siguiera.

Y se encaminó a la puerta.

María, enfadada, gritó desde el granado:

—¡Así que prefieres a los extraños!...

Jesús no replicó.

Y quien esto escribe se fue tras Él.

Pero la jornada no había terminado...

En la calle, cómo no, aguardaba otra sorpresa.

Jesús se detuvo junto a los discípulos. Allí estaban también Salomé, la esposa del viejo Zebedeo; las hijas; María, la mujer de Santiago Zebedeo y Perpetua y Zaku, las esposas de Simón Pedro y de Felipe, respectivamente. Acababan de llegar.

Pedro y Juan Zebedeo discutían con Perpetua y con Zaku. Los discípulos, al parecer, trataban de que regresaran a sus casas y «de que no se metieran en las cosas de los hombres».

Zaku no atrancaba y gritaba más que los discípulos. Los llamaba «irresponsables».

Jesús se dirigió al confuso Andrés y solicitó que reuniera a los seis en el caserón de Saidan. Tenían que hablar de la gira por el *yam*.

Zaku escuchó lo anunciado por el Maestro y olvidó a Juan y a Pedro, aproximándose al Galileo. Y le habló. Lo hizo con especial tacto...

—¿Es cierto, rabí?

Jesús había ido recuperando la color y la miró, intrigado.

—¿Es verdad lo de la gira por el lago?

El Maestro se limitó a asentir con la cabeza.

—Pero ¿de qué viviremos?

Pedro trató de intervenir, dando por concluida la cuestión.

Jesús no lo permitió. Alzó la mano izquierda y solicitó calma. Felipe había palidecido.

—Os lo he dicho...

Y Jesús señaló al norte, hacia el lugar que ocupaba la sinagoga.

—... Si buscáis el reino de mi Padre, todo lo demás se os dará por añadidura...

El Hijo del Hombre acababa de anunciarlo en la sinagoga.

Esta vez fue Perpetua, la esposa de Simón Pedro, quien preguntó al Maestro:

—Pero ¿de qué vivirán nuestros hijos?

Simón Pedro la incendió con la mirada.

Jesús alzó de nuevo la mano y, sin decir nada, reclamó silencio.

—No me escuchas —intervino el Galileo—. Os lo estoy diciendo... No temáis.

Zaku, más confiada ante la suavidad del Maestro, regresó al tema capital:

—Pero, rabí, no tenemos dinero... Dicen que estarán fuera dos semanas... ¿Quién traerá el sustento a casa?

—¡Estúpida!

El insulto de Pedro no gustó a Felipe y éste increpó a Simón. Fue Andrés quien intervino, solicitando paz.

Entonces oí a Juan Zebedeo. Refiriéndose a las recién llegadas, exclamó:

—¡Mujeres!... ¡Siempre tienen que enredarlo todo!...

Se fue hacia el Hijo del Hombre y terminó de embarrar el lance:

—No te preocupes, Maestro... ¡Son mujeres!... ¡Son poco inteligentes!

Esta vez fueron ellas las que incendiaron al Zebedeo con las miradas.

Jesús se puso serio y replicó a Juan:

—Te equivocas... Para nacer mujer hay que ser más valiente y más inteligente que para nacer hombre...

Nadie comprendió, pero ellas se sintieron recompensadas. Jesús se había puesto de su lado.

Finalmente, el Galileo fue a colocar sus manos sobre los hombros de Zaku y la miró con ternura, al tiempo que reclamaba:

—¡Confiad!... Nada os faltará mientras ellos estén fuera. Mi Padre, y su gente, van un paso por delante de vosotros...

Nadie entendió, y mucho menos lo de «su gente».

Y el Maestro se alejó hacia el puerto.

Fue hacia la nona (tres de la tarde) cuando el Galileo se acomodó en la «tercera casa», en el caserón de los Zebedeo, y se dispuso a informar a los seis sobre los detalles de la inminente gira por el *yam*.

Los discípulos, nerviosos, aguardaron las instrucciones.

No terminaban de creer que estuvieran a punto de dejarlo todo para dedicarse al anuncio del nuevo reino...

La gira, por supuesto, continuaba en pie. Deberían partir de Saidan con las primeras luces del día siguiente, domingo, 23 de junio (año 26).

El Galileo fue muy explícito. No dejó cabos sueltos.

Marcharían por parejas: Andrés y Simón Pedro por un lado. Santiago y Juan Zebedeo por otro y, por último, Bartolomé (el «oso» de Caná) y Felipe de Saidan.

Serían ellos los que escogerían el pueblo en el que vivirían aquella primera «experiencia personal». Y el Galileo recalcó lo de «experiencia personal». No se trataba de predicar en público y tampoco de bautizar. Lo repitió varias veces.

Pedro y Juan Zebedeo no escucharon. Y se felicitaron ante la posibilidad —al fin— de salir a los caminos y anunciar la buena nueva: «El Mesías está aquí...»

Jesús se vio obligado a insistir: no deseaba que hablaran en público. Su trabajo consistía en establecer contacto con las gentes y conocer sus problemas. Jesús les animó a sentarse, y dialogar, con todo tipo de personas —judíos o gentiles, pobres o ricos, torpes o inteligentes, hombres o mujeres— y a saber de sus inquietudes. Eso era todo.

Comprendí. Después de lo sucedido con Yehohanan no era oportuno que aquellos seis hombres aparecieran en los pueblos del *yam*, proclamando un nuevo orden. Antipas los hubiera detectado de inmediato, y eso encerraba un peligro que no debían correr. El Maestro lo sabía.

Andrés, Santiago y el «oso» permanecieron pensativos.

¿Experiencia personal?

No terminaban de ver claro. Pero el Hijo del Hombre sabía lo que hacía...

Pedro y Juan siguieron a lo suyo, incorregibles. ¡Eran los embajadores del Príncipe de la Paz! Tampoco entendieron...

En cuanto a Felipe, fue el único que preguntó y preguntó. Quería saberlo todo sobre el alojamiento, el dinero, las provisiones, el calzado, la ropa, la manera de saludar, qué debían hacer en caso de emergencia o cómo comportarse si alguien se ponía enfermo...

El Maestro dejó que se vaciara. Después sonrió y replicó:

—¡Confía, Felipe!... Deja que mi Padre haga su trabajo...

El bueno de Felipe no quedó satisfecho y continuó con las preguntas sobre el día a día...

—No me escuchas, Felipe...

El que llegaría a ser intendente del colegio apostólico captó la intencionalidad del rabí, y enmudeció, avergonzado.

—Te decía que mi Padre os guiará... ¡Y de qué forma! No os preocupéis por el dinero, ni por el alojamiento, ni por esas cosas...

Desvió la mirada y me buscó. Entonces, mirándome intensamente, repitió:

—Dejad que mi Padre, y su gente, os guíen...

Mensaje recibido.

Ni los discípulos, ni quien esto escribe, podían imaginar en esos momentos hasta qué punto «serían guiados» en aquella primera aventura en solitario por las orillas del *yam*... Sí, fue una sorpresa; especialmente para mí...

Jesús pidió entonces que decidieran las poblaciones a las que deseaban dirigirse. No hubo acuerdo. Unos apuntaban al sur y otros al oeste. Fue Andrés, siempre equilibrado, quien estableció el sistema de selección: lo echarían a suertes. Se fue a la cocina y regresó con un puñado de trocitos de cerámica. En ellos había escrito los nombres de una docena de pueblos, todos en el mar de Tiberíades. Y fue mostrándolos. Recuerdo que leí Nahum, Tabja, Ginnosar, Migdal, Hamat, Tariquea, Hipos, Kursi y Betsaida Julias, entre otros. Las ciudades de cierto porte —como Tiberias o la «metrópoli»— fueron excluidas, por expreso deseo del Galileo. Saidan tampoco entró en el sorteo. Todos aceptaron.

Andrés introdujo los *ostracones* en un saco, y agitó la arcilla. Pedro fue el primero en sacar un *ostracón*. El rostro se le iluminó. Y cantó, feliz:

—¡Nahum!

La segunda pareja —la de los Zebedeo— debería trasladarse a Kursi, en la orilla oriental del lago, junto al río Samak, a poco más de dos horas de Saidan. Felipe y Bartolomé extrajeron un *ostracón* en el que se leía «Tariquea», una población que conocía de pasada, ubicada cerca de la segunda desembocadura del Jordán, al sur del *yam*.

Todos se dieron por satisfechos, especialmente Simón Pedro y Andrés. Creí entender. Nahum se encontraba muy cerca de Saidan. Podían regresar cada noche y dormir con la familia. Eso aliviaría la tensión entre Simón Pedro y Perpetua. En cuanto a Felipe, prudentemente, guardó silencio. Nadie sabía cómo reaccionaría Zaku...

Y el Maestro pasó al último punto: la elección de los seis restantes discípulos. Fue igualmente conciso y transparente. Era deseo de su Padre Azul que el grupo que debía acompañarlo estuviese formado por un total de doce hombres. Y recalcó:

—Es la voluntad de Ab-bā...

Cada discípulo tendría que seleccionar a otro compañero. Todos trabajarían en la difusión de la buena nueva.

Felipe preguntó:

—Pero, Maestro, ¿cómo hacemos una cosa así? ¿Bajo qué criterio?

Jesús lo envolvió en una sonrisa, y declaró, al tiempo que me buscaba de nuevo con la mirada:

—¡Sorpresa!...

—¿Sorpresa?

Felipe era muy terrestre, y solicitó una aclaración.

—¡Sorpresa! —insistió el Galileo, acentuando la pícara sonrisa.

—Sorpresa —se resignó Felipe—. Sorpresa...

Y quien esto escribe quedó más intrigado, si cabe, que los desconcertados discípulos. ¿A qué se refería? Yo estaba acostumbrado a sus «sorpresas», y me eché las manos a la cabeza...

El Maestro rió, divertido.

Me alegré. Había logrado que la tristeza se alejara durante un momento...

Pero Juan Zebedeo no estaba de acuerdo con la elección de los nuevos discípulos y preguntó:

—Maestro, ¿estás seguro de lo que dices? ¿Esos seis compartirán con nosotros lo que hemos aprendido de ti? Hemos estado contigo desde el principio, en el valle del Jordán. ¿Cómo van a ser iguales a nosotros?

Jesús lo reprendió, dulcemente. Era la segunda vez, que yo recordara, que le llamaba la atención al prepotente Juan Zebedeo:

—Estoy seguro... Esos hombres serán exactamente igual que vosotros... Deberéis enseñarles, y con alegría, tal y como yo lo he hecho.

Juan bajó la cabeza pero, en lo más íntimo, no se mostró de acuerdo con el Hijo del Hombre.

Y el Maestro, concluida la reunión, salió de la «tercera casa», dirigiéndose a la playa.

El Zebedeo, por supuesto, jamás habló en su evangelio de esta segunda reprimenda. No interesaba...

Y los discípulos se enzarzaron en nuevas discusiones. Pedro y Juan mantenían una postura opuesta al Galileo. «Los nuevos no podían ser como ellos.»

La discusión hubiera sido interminable, de no haber sido por la oportuna intervención de Andrés, a quien todos consideraban ya como un *segan* o «jefe». El hermano de Simón Pedro habló con prudencia y terminó convenciendo a la mayoría: «El Maestro tiene razón. Somos pocos para tan ambicioso trabajo... Es bueno que aceptemos a esos discípulos... Todas las manos serán pocas...»

Al alba partirían. Quedaron en la fuente de Saidan; lo que llamaban el «ala del pájaro». Desde allí se dirigirían a los respectivos destinos. Sabían que Jesús no era amante de las despedidas y que no estaría presente. Lo aceptaron. Aquellos hombres habían empezado a amar a Jesús de Nazaret, aunque no lo comprendieran. Algo así sucedía con quien esto escribe...

En esta ocasión no bajé a la playa. Sabía que el Hijo del Hombre quería estar solo. La tristeza regresó a su corazón. Y creí saber por qué. Ruth pesaba en su ánimo como el plomo y la brecha entre Él y la familia se hacía cada vez más grande...

Y me pregunté: ¿qué pensaba hacer el Hombre-Dios durante esas dos semanas?

Me hallaba en blanco, una vez más...

Al retirarme al palomar, otro mensaje esperaba, silencioso, sobre la almohada:

«Envuélveme para siempre.»

¿Quién podía ser? Tenía que arriesgarme y preguntar. Pero ¿por dónde empezar?

Y prometí que lo intentaría..., a no tardar.

Fue esa mañana del domingo, 23 de junio, cuando descubrí algo que me llamó la atención. Examiné los trozos de cerámica, con los mensajes, y llegué a una conclusión: eran idénticos a los que Andrés había mostrado el día anterior, cuando llevó a cabo el sorteo de los pueblos a los que deberían dirigirse en la primera gira. Se trataba de la misma cerámica. Parecían los restos de una olla. Una de dos: alguien aprovechó que el objeto se había roto o fue quebrado intencionadamente. Era una pista. La seguiría...

Pero, al buscar en la «tercera casa» el saco que utilizó Andrés en el mencionado sorteo, no pude hallarlo. Deduje que se lo había llevado y, con él, la arcilla roja. Le preguntaría. Indagaría en la cocina. Estaba seguro de que terminaría dando con el autor o autora de los mensajes...

Tenía prisa.

Olvidé la cerámica y me encaminé a la fuente de Saidan, al este de la población, junto al río o *nahal* Zají.

Asombroso.

Allí encontré a medio pueblo.

Todos deseaban despedirse de los «héroes», como los llamaban.

Nadie tenía claro por qué se marchaban, pero lo importante es que se marchaban. En la pequeña Saidan nunca pasaba nada y aquello, sin duda, era un suceso...

Se besaban, se abrazaban, lloraban, se deseaban suerte.

Era como si no fueran a regresar...

Sólo faltó Zaku, la esposa de Felipe. Algunos aseguraban que se había ido del pueblo. Otros, cargados de malicia, dijeron haberla visto en la casa, «atada al arcón de los víveres». Los más, sencillamente, interpretaron la ausencia como una protesta. Fueron estos últimos los que acertaron...

Felipe se presentó con un abultadísimo saco de viaje. Parecía que marchaba al fin del mundo. El «oso», aturdido ante tanto y tan alborotador gentío, lo ayudaba como podía. Felipe hablaba solo, enumerando el contenido del petate. Pero mi asombro fue total cuando comprobé que la pareja que debía dirigirse a Tariquea no marchaba sola. Felipe y el «oso» de Caná viajaban con una cabra. Aquello era un circo... Felipe —según explicó el paciente Bartolomé— había pasado parte de la noche embadurnando al animal con pintura de barco.

Me costó creerlo.

La cabra fue pintada en rojo, amarillo, blanco y azul. Los colores formaban anillos concéntricos, desde el hocico a la cola. Lo único que se salvó fueron las ubres.

—Es por el mal de ojo —aclaró el «oso»—. Así viajaremos con protección.

—Naturalmente —repliqué—. Una medida muy inteligente...

Bartolomé respondió con una sonrisa de circunstancias.

Pregunté por Zaku y, bajando el tono de voz, resumió la situación con una frase:

—Es un mar de lágrimas...

El resto de los discípulos fue llegando poco a poco.

Pedro, eufórico, levantaba los brazos, y dejaba al descubierto el *gladius*. Andrés se mantuvo discreto entre los vecinos. Y lo mismo hizo Santiago de Zebedeo. En cuanto a Juan, qué decir... Estaba radiante. Vestía una túnica de seda, de un morado brillante, supongo que carísima, con un turbante a juego.

Terminó subiéndose a uno de los muretes de la fuente y empezó un ardiente discurso sobre el nuevo reino de vida y de prosperidad que «ya estaba llegando». Santiago y Andrés se apresuraron a bajarlo, pero Juan tuvo tiempo de lanzar un último y encendido grito:

—¡Abajo Roma!

Y el grupo partió sin más demoras, entre los gritos y vítores de la parroquia.

Los vi alejarse hacia el sur. Pedro y Andrés se desviaron a la playa y allí tomaron una lancha, rumbo a Nahum.

La suerte estaba echada. ¿Qué sucedería con los voluntariosos discípulos?

Me eché a temblar.

El más normal, sin duda, era la cabra... Por cierto, Felipe la llamaba la *Chipriota*, porque no había forma de entenderla (?), y porque procedía de Cyprus (Chipre).

Y hacia las seis de la mañana desembarqué en el astillero.

Jesús se hallaba en su puesto, en el foso, martilleando. *Zal* permanecía a su lado, como casi siempre. El Galileo aparecía serio. No cantaba.

No vi a Eliseo.

Pregunté a Yu y me puso al corriente. Había noticias. Algunas malas, y otras peores.

Todo el mundo hablaba de lo ocurrido el día anterior, en la sinagoga. Todos discurrían sobre las palabras del Maestro, pero nadie llegaba al fondo del discurso. Lo malo es que los bulos no tardaron en rodar... Bulos a cual más falso y malintencionado. En relación con el incidente frente a la sinagoga, las malas lenguas aseguraban que Jesús cayó de rodillas ante los fariseos, que solicitó clemencia, y que los «santos y separados» le perdonaron la vida... Y decían que el Maestro había renunciado a su proyecto, en beneficio del Santo, de su pueblo, y de su familia...

Miré a Yu, desconcertado, y le advertí que todo era falso. Yu sabía que eran mentiras, pero se mostró preocupado. Y pasó a relatar lo peor:

—La familia lo ha abandonado...

—¿Qué familia?

—La del Maestro... Hoy, al amanecer, han alquilado un carro y han salido de Nahum...

Dirigí una mirada al Hijo del Hombre. Continuaba a lo suyo.

—¿Él lo sabe?

Yu asintió en silencio.

—Pero ¿por qué?

El chino se encogió de hombros.

—Sólo sé que Santiago y los suyos han salido del pueblo...

—¿Y la «casa de las flores»?

—Cerrada...

Entonces creí comprender el porqué de la ausencia del ingeniero. ¿Había marchado con la familia?

—¿Adónde han ido?

—Lo ignoro.

Y el chino regresó a sus obligaciones.

Contemplé nuevamente al Maestro y entendí el porqué de su rostro sombrío y el porqué de su silencio.

Dudé. ¿Me acercaba a Él?

Me dejé llevar por la intuición y abandoné el astillero.

Yu tenía razón. La «casa de las flores» aparecía cerrada. Pregunté a los vecinos. Todos coincidieron. Ruth fue montada en un carro, junto a Esta, los niños y la Señora, y partieron hacia Nazaret. Santiago iba con ellos. Pregunté la razón de la súbita partida, pero no supieron o no quisieron aclararlo. Yo sí sabía por qué. En mi opinión hubo dos desencadenantes: el discurso de Jesús en la sinagoga, que terminó hundiendo a la Señora, y el rechazo de Santiago y de Judá como discípulos. A eso había que añadir la penosa situación de la pelirroja (Jesús, según la madre, no hizo nada por curarla) y el cúmulo de roces anteriores...

Caminé sin rumbo. Sentí tristeza por el Galileo; una inmensa tristeza... Nada de esto fue recogido por los evangelistas.

Los pasos terminaron llevándome a la *insula* de la Gata. Allí encontré a Eliseo y a Kesil. El ingeniero estaba al tanto de lo ocurrido en la «casa de las flores», pero no quiso hablar. Se limitó a preguntar lo de siempre:

—¿Lo has encontrado?

Se refería al maldito cilindro de acero.

No respondí.

Y me dirigí de nuevo al astillero. Algo estaba claro para quien esto escribe. Mi obligación era permanecer cerca del Hijo del Hombre, y eso haría. Ahora más que nunca. Trataría de consolarlo, aunque sólo fuera con mi presencia. Él sabía que yo sabía...

Y así lo hice.

Me incorporé al trabajo, en la sección de tintes y pinturas, aunque, la verdad sea dicha, por poco tiempo. El Galileo, naturalmente, tenía planes...

Al regresar al caserón permanecí especialmente atento. Jesús seguía visiblemente preocupado. Casi no cenó. Y antes de retirarnos hicimos un aparte. Me miró como sólo Él sabía hacer, derramándose, y pidió sin pedir. Yo dije que sí de inmediato, aunque no supe a qué se refería. Finalmente anunció que estaba decidido a viajar a Nazaret y que deseaba un amigo en el que apoyar la soledad. Repliqué con un «sí» que iluminó la «tercera casa».

Partiríamos al alba.

No hice preguntas.

Y al retirarse al palomar me abrazó. Esta vez fui yo quien lo acogió entre los brazos. Y Él dejó que un humano aliviara la carga de un Dios. Me sentí feliz y compensado.

Esa noche también hallé un mensaje sobre la almohada. Fue mágico. Decía: «Envuélveme y atrápame.»

Necesité tiempo para averiguar quién escribía aquellos

ostracones. Al final lo hice, y debo reconocer que alguien invisible y alado guió su mano...

Según consta en los relojes de la «cuna», aquel lunes, 24 de junio, el orto solar se registró a las 4 horas, 23 minutos y 24 segundos de un supuesto Tiempo Universal.

Nos aseamos. Desayunamos, y nos despedimos de Salomé y de los suyos.

Abril me dedicó una breve pero intensa sonrisa.

Y pensé: «¿era ella la que escribía los mensajes?».

Hacia las seis de la mañana saltamos a tierra en Migdal. Desde allí, sin tropiezos, al paso rápido del Galileo, podíamos alcanzar la aldea de Nazaret en poco más de cuatro horas.

El Maestro se situó en cabeza y yo le seguí, intrigado.

Fue un viaje silencioso. Casi no hablamos.

Al dejar atrás la posada del Tuerto, de tan lamentables recuerdos, el Maestro se colocó a mi altura y preguntó de nuevo sobre Yehohanan. Me sorprendió. Ya habíamos hablado sobre ello.

Dije lo que pensaba.

Me observó de reojo y guardó silencio. Al cabo de un rato comentó, casi para sí mismo, que había estado tentado de interceder ante Antipas. Pero terminó dejando el asunto en manos de su Padre Azul.

—Él sabe...

No repliqué. Estoy seguro que Jesús, en esos momentos, era plenamente consciente de lo que reservaba el Destino a su pariente lejano. Estoy seguro...

Y hacia la quinta (once de la mañana), efectivamente, divisamos la blanca y acurrucada Nazaret, al pie del Nebi. Dos o tres columnas de humo azul escapaban de las casas. Nada parecía haber cambiado en la diminuta aldea. Las colinas, los olivos, las palmeras, los silencios, todo continuaba en su sitio...

El Galileo tenía una clarísima idea de lo que deseaba, y lo puso en marcha.

Jesús cruzó la aldea sin detenerse. No sé si lo reconocieron.

Y llegamos frente a la casa de María, «la de las palomas», en el barrio alto. Ahora, como ya expliqué en su momento, la vivienda se hallaba ocupada por José y su familia, otro de los hermanos del Maestro. José era carpintero.

El Hijo del Hombre ingresó en la casa y yo hice otro tanto. Volví a tropezar en el escalón. ¡Maldita penumbra!

El lugar estaba casi vacío.

Descubrí a la Señora en el nivel superior. Trasteaba con los platos. Tenía puesto un delantal.

En el inferior, junto a las cántaras, se hallaba la pelirroja. La habían sentado en una silla baja. Muy cerca brillaba una voluntariosa lucerna. La llama amarilla osciló al vernos.

Se oía un martilleo en el taller. Supuse que era José.

Me extrañó no ver a la voluminosa Tesoro, la esposa del carpintero, ni tampoco a los hijos, ni a la cabra de cuernos recortados...

La Señora, sorprendida, permaneció unos segundos inmóvil, contemplando a su Hijo. Después me dedicó una rápida mirada. Comprendió por qué estábamos allí.

Y se dirigió a los peldaños que unían los niveles. Lo hizo despacio, secándose las manos en el delantal.

Jesús, con el saco al hombro, aguardó.

La mujer se aproximó y besó al Maestro. Percibí frialdad. Éste correspondió con dos besos. No fue un recibimiento cordial, como en otras oportunidades.

La Señora se encaminó a la puerta del taller y, al pasar frente a este explorador, me lanzó una breve sonrisa. Reclamó a José y, al punto, cesó el martilleo.

El hermano lo recibió con la misma frialdad y distanciamiento. Los besos fueron puro compromiso.

Deduje que la Señora había alertado a la familia respecto a lo ocurrido en la sinagoga y sobre la decisión del Maestro de no admitir a Judá y a Santiago como discípulos. No me equivoqué.

Jesús fue directo a lo que interesaba. Solicitó a la madre que convocara a la familia. Tenía algo que decir...

La Señora obedeció de inmediato. Ella se ocuparía de Miriam y de Marta. José avisaría al resto.

Dicho y hecho.

Ambos salieron de la casa y el Galileo, tras dejar el saco de viaje en el suelo, se aproximó a Ruth. Y se arrodilló ante la muchacha. Yo me acerqué despacio y me situé a un lado.

Jesús tomó las manos de la pelirroja y las besó una y otra vez. No dijo nada. Sólo la besaba y la besaba. Ruth tenía los ojos húmedos. Estaba a punto de llorar.

Percibí un nudo en el estómago. Y me pregunté: «¿No sentía piedad?, ¿por qué no la sanaba?»

No lograba entenderlo. ¿O sí? Él tomó una firme decisión en Beit Ids: no hacer prodigios. Yo lo sabía, pero era su hermana pequeña...

«Curó al niño mestizo, y también a Aru, el negro tatuado. ¿Por qué no a Ruth?»

Y en ello estaba, atormentándome con estas reflexiones, cuando irrumpieron en la casa la Señora y sus hijas, Miriam y Marta. Detrás llegó Tesoro.

Hacía mucho que no veía a Marta. En la última visita a Nazaret no alcancé a coincidir con ella, y tampoco con Simón, otro de los hermanos del Galileo, también residente en Nazaret.

Se repitieron los besos y los saludos, pero también fríos. Allí pasaba algo extraño... Aquella frialdad no era normal. Miriam era muy efusiva, y no digamos su cuñada, Tesoro. ¿Qué estaba pasando?

Y, durante unos minutos, a la espera del resto de la familia, hablaron de asuntos domésticos e intrascendentes.

Todo marchaba bien —dijeron—. Los hijos, el trabajo...

Marta cumpliría en septiembre veintitrés años. Era guapa. Sus ojos azules dejaban huella. Era, quizá, demasiado seria...

Y la tensión se espesó.

Miriam, nerviosa, incapaz de disimular, se retiró, y dedicó su atención a la pelirroja. Se arrodilló a los pies y preguntó si necesitaba algo. Ruth negó con la cabeza, como pudo. Miriam bajó los ojos y así permaneció un rato. Tenía el corazón destrozado...

Y hacia la sexta (mediodía) se unieron a las mujeres los otros hermanos, José y Simón, y Jacobo, el albañil, el marido de Miriam. No vi a Santiago.

Los saludos fueron igualmente parcos.

Simón acababa de cumplir veinticuatro años (1). Era

(1) Aunque ya he hablado de ello en otros momentos, entiendo que es oportuno recordar quiénes fueron los hermanos carnales de Jesús de Nazaret. El mayor, después del Maestro, fue Santiago, nacido en el año -3.

cantero de profesión. Tenía problemas de obesidad, como Tesoro. Era un soñador empedernido, pero no comprendió lo que pretendía su Hermano. Se limitaba a vivir, sin molestar a nadie. Lo apodaban *tsav* (tortuga) porque no hacía un solo movimiento sin haberlo meditado largamente. A la mujer y a los hijos no llegué a conocerlos.

Jacobo, el albañil, el que fuera amigo íntimo del Maestro durante la infancia y la juventud, fue el único que abrazó a Jesús con entusiasmo. Y le comunicó que Santiago había declinado la invitación.

El Maestro no replicó. Su rostro aparecía grave.

Era obvio que Santiago no deseaba ver a su Hermano. Apoyaría lo que dijera la Señora.

Judá tampoco estuvo presente en aquella decisiva reunión familiar. No hubo tiempo material de avisarle.

Y el grupo fue acomodándose alrededor de la mesa de piedra; la histórica mesa, como se recordará, junto a la que se presentó un ser luminoso en el mes de noviembre del año -8, anunciando a la Señora la concepción y el nacimiento del Galileo. Pero la madre parecía haber olvidado aquel suceso prodigioso...

Tesoro y José dispusieron nuevas lucernas y yo hice ademán de retirarme de la casa. Pero la Señora, con un gesto, indicó que permaneciera junto a la pelirroja. María estaba muy seria.

Miré al Galileo y éste asintió con un leve movimiento de cabeza.

Y fui a sentarme a los pies de la muchacha. Acaricié sus manos. Estaban frías, como muertas. Ella me miró, agradecida...

Fue así como tuve ocasión de asistir a una conversación que marcaría la ruptura definitiva entre el Maestro y su familia carnal. Por supuesto, ningún evangelista le dedicó una sola línea...

El Hijo del Hombre fue derecho a lo que interesaba.

Después nació Miriam (en realidad *Mir'yam*) (año -2). El cuarto hijo de José y de María fue José, nacido en el año 1. Simón vino al mundo al año siguiente. Marta nació en septiembre del año 3. Judá, el rebelde, nació en el 5. Amós nacería el 9 de enero del año 7 y fallecería en diciembre del año 12. Ruth fue hija póstuma, nacida el 13 de marzo del año 9 de nuestra era. (*N. del m.*)

Y, conforme hablaba, fue mirando a los suyos, uno por uno.

Yo lo supe en esos instantes, nada más empezar. No había nada que hacer. La decisión estaba tomada. Rechazarían al Hijo del Hombre...

—No pretendo herir a nadie —anunció Jesús con suavidad, pero con firmeza—. Estoy próximo a inaugurar mi carrera como educador y enviado del Padre y sólo aspiro a hacer su voluntad...

Nadie respiraba.

—... Es por ello, insisto, que me ajusto siempre a esa voluntad divina... Es por ello que trato de seleccionar a doce hombres que me acompañarán en lo bueno y en lo malo...

La Señora torció el gesto. Aquello no le gustó.

—... La elección de esos doce es voluntad de mi Padre. Y siempre cumplo su voluntad...

El silencio se hizo denso. Parecía plomo.

—... La familia debe permanecer al margen, por su propia seguridad...

Creo que ninguno de los presentes captó la sutileza del Maestro. Nadie, en esos momentos, podía imaginar lo que estaba por llegar...

Jesús no se extendió mucho más.

Y añadió, con gran ternura:

—No pretendo que aceptéis a ciegas mi mensaje...

Hizo una pequeña pausa. Miriam bajó los ojos de nuevo. La Señora lo miraba, desafiante. El resto oía, confuso.

—... Pero, al menos, no me saquéis de vuestros corazones. Sois mi familia y eso nunca cambiará. Siempre estaré con vosotros...

Ruth apretó mi mano. La mujer estaba oyendo.

Mensaje recibido.

Y cerró los ojos, impotente. Supe que sufría doblemente.

El Maestro había terminado.

Algunos se removieron, incómodos. Todos se refugiaron en aquel silencio de plomo. Bueno, todos no...

La Señora tomó el mando y habló en nombre del resto.

Nadie hizo un solo movimiento. Nadie dijo que sí, pero tampoco que no.

Y María, sin vacilación, fue a exponer sus condiciones.

Si el Hijo no las aceptaba, no habría trato; nadie le seguiría. Sencillamente: se quedaría solo.

Esto es lo que recuerdo:

Primero: Santiago y Judá, los hermanos, serían admitidos como discípulos. Más aún: serían la mano derecha del Galileo.

El Maestro escuchó atentamente.

Segundo: Jesús debería olvidar esas blasfemas ideas y pretensiones sobre Ab-bā. Tendría que ajustarse a la tradición y a la Ley. Él era el Mesías prometido y tenía que asumir su responsabilidad. Tenía que cumplir la profecía y alcanzar la liberación de su pueblo.

El Galileo bajó los ojos. Lo dicho: no había solución...

Tercero: si fue capaz de convertir el agua en vino podía también sanar a Ruth y llevar a Israel a lo más alto de su gloria. Ése era su Destino...

Si aceptaba las condiciones, la familia, en bloque, lo acompañaría y lo protegería.

Eso fue todo.

La reunión no duró más de cuarenta o cincuenta minutos.

Nadie hizo comentarios.

Tal y como imaginé desde el principio, las posturas eran inamovibles.

En definitiva: el Hijo del Hombre fue rechazado primero por los notables de Nahum y ahora por los de su sangre.

Lo que sucedió a continuación fue vertiginoso y no menos triste.

El Maestro, pálido y en silencio, se alzó, tomó el saco de viaje, y se alejó hacia la puerta de entrada.

Solté las manos de Ruth y me fui tras Él. La muchacha lloraba.

Minutos después, desde las colinas, contemplamos el humo azul que huía de Nazaret. No era de extrañar...

Jesús permaneció unos minutos con la mirada perdida en la aldea. Y un par de lágrimas rodaron por sus mejillas...

Aquel lunes, 24 de junio, fue otro día amargo para el Hombre-Dios.

Esa noche pernoctamos en Caná, en la hacienda de Nathan. Ticrâ, al vernos, lloró de alegría. Seguía agradecida por el enorme «favor»... Y se lo repitió una y otra vez al Hijo del Hombre.

Nathan maldijo lo humano y lo divino. Eso quería decir que le alegraba nuestra presencia. Yo también me felicité por la inesperada visita a *Sapíah*. Fue una decisión del Maestro. Era más prudente pasar la noche en un lugar conocido. Y, como digo, me felicité por ello. La visita me proporcionaría información sobre el origen del misterioso cáliz austenítico.

En la cena nos dieron detalles de la boda.

Había durado siete días. Atar, el persa, aguantó hasta el final, pero acabó histérico. Era un *tricliniarcha* profesional y, al terminar su contrato, desapareció. No sabían dónde se encontraba. Podía hallarse en cualquier parte, organizando fiestas, banquetes, o lo que fuera menester...

En cuanto al «vino prodigioso», como lo llamaba quien esto escribe, se lo bebieron en su totalidad. Al segundo día no quedaba una gota. La familia fue felicitada por los invitados.

No vimos a los recién casados. Estaban ausentes.

Concluida la cena me las arreglé para preguntar a Ticrâ sobre el cáliz de metal que había regalado al Hijo del Hombre. La mujer con el lunar en forma de corazón en el mentón me miró extrañada. No había mucho que contar...

Según dijo, fue un regalo de su marido. En un principio fueron 21 copas. Las compraron en Tiro, en Fenicia. A ella le gustaron. Pero no sabía mucho más...

Insistí e hizo memoria.

El comerciante que las vendió era un griego llamado Thanos. Era inconfundible. Estaba ciego y le faltaban las dos piernas. Nathan regateó y logró que los cálices fueran vendidos por 916 monedas de plata (denarios). Habían permanecido en la casa durante años. Un buen día, «Cielorraso» se dio cuenta: faltaba una de las copas.

—No volvimos a verla... Alguien se la llevó...

Rogué que me permitiera verlas. Lo hizo encantada.

Al poco, la servidumbre colocaba ante este explorador un total de veinte cálices.

Los examiné con detenimiento.

Jesús continuaba hablando con Nathan, pero no me quitaba ojo. Le vi sonreír levemente. Y me alegré. La tristeza se alejaba...

Eran sencillamente idénticos. Tomé las copas, una por una, y las sometí a una inspección exhaustiva.

Lo dicho: mismo peso, mismo pulido, mismo material (aparentemente) e idénticas dimensiones. Parecían hechas en serie (?).

Inspeccioné el interior de cada pie. Todos presentaban espirales y los ocho círculos concéntricos, con los ya familiares punteados.

Me desconcertó.

¡Eran iguales, incluso en el punteado!

A simple vista no se distinguía nada más. ¿Contenían los punteados los mismos números y símbolos que había detectado «Santa Claus» en el cáliz de Jesús de Nazaret? Sin un análisis al microscopio era imposible saberlo. Y desistí.

Fue todo lo que logré averiguar..., de momento.

Y el Destino, supongo, sonrió, burlón.

Ticrâ lamentó que nos fuéramos al día siguiente. Y volvió a besar las manos del Maestro, agradecida.

Esa noche dormí profundamente.

Poco después del alba abandonamos Caná, en dirección al *yam*.

El Galileo había recuperado el buen humor. Me sentí más tranquilo.

Y, de pronto, recordé.

¡Maldita sea...!

Olvidé la alcuza que había escondido entre las cántaras poco antes del prodigio. Estaba vacía, pero...

¿Cómo pude olvidarla?

Pensé en regresar, pero desistí. ¿Qué podía decir al Maestro o a Ticrâ? Tampoco pasaba nada porque la ampolleta de barro permaneciera en *Sapíah*. El lapsus, sin embargo, me dejó preocupado. La memoria volvía a fallar. ¿Me hallaba ante una nueva crisis? Si se repetía la amnesia padecida en el Firán no tendría solución. Eliseo no me buscaría. Nadie lo haría...

Fue un segundo aviso.

Me distancié del negro presagio y me centré en un asunto que me preocupaba. Los días 19, 20 y 21 de ese mes de junio, como se recordará, el Maestro desapareció. Se limitó a decir, cuando me entregó el cáliz, para que lo custodiara: «Donde voy no puede acompañarme..., y tú tampoco.»

Ardía en deseos de averiguar a qué lugar se había dirigido y para qué.

Se lo planteé abiertamente.

Jesús, sin dejar de caminar, me miró, divertido.

Mantuvo unos segundos de silencio y, por toda respuesta, declaró:

—¿Hablas tú de tus normas con los que te rodean?

Y prosiguió a buen ritmo. Yo me quedé atrás, perplejo.

Tenía razón. Toda la razón. Yo no hablaba de quién era realmente, ni de lo que hacía en el Ravid. No tenía sentido. Y deduje... Bueno, no deduje nada.

No volví a preguntar sobre la enigmática ausencia del Hijo del Hombre.

El miércoles, 26, el Galileo se incorporó al trabajo, en el astillero. No había noticias de los discípulos. Eso podía ser bueno o malo...

Jesús parecía tranquilo. Y me dejé llevar por el día a día.

Hablamos mucho.

Cada atardecer bajábamos a la playa de Saidan y paseábamos sin prisas. Fueron siete días intensos. Yo me vacié y Él también.

Fue durante esa semana cuando anunció que, en los próximos seis meses, si era la voluntad de Ab-bā, dedicaría todo su empeño a la enseñanza de los discípulos. No se movería del lago hasta que el mensaje fuera mínimamente comprendido.

Tomé nota. Seis meses. Eso me situaba en diciembre de ese año 26 o, quizá, en enero del siguiente.

Tendría que organizarme...

¿Organizarme? ¿Cuándo aprenderé que el futuro no existe?

Pero lo más notable de esas conversaciones con el Hombre-Dios está por contar. No lo he hecho porque no ha llegado el momento. Lo que puedo adelantar (algún día las haré públicas) es que marcaron mi vida. Sí, nada es lo que parece..., incluido el futuro.

Y continuaron apareciendo los misteriosos mensajes sobre la almohada: «Te sueño...» «Sé que me sueñas...» «Atrévete: camina sin mí...»

No los recuerdo todos. Miento. Los recuerdo perfectamente.

«Te esperaba...» «No importa que te alejes...» «Bésame, ayer...»

Y el 3 de julio, necesitado de un respiro, me dirigí al Ravid. Tenía trabajo pendiente...

Allí me aguardaban otras sorpresas, pero de naturaleza muy distinta...

Inicié las investigaciones pendientes por la pieza de jade negro, la que había encontrado cuando conversaba con Yu, el chino, en su pabellón secreto (1). Como ya referí, el car-

---

(1) En *Jordán. Caballo de Troya* 8, el mayor cuenta lo siguiente, en relación con la pieza de jade negro: «Yu continuó hablando, y yo tomé una de las lucernas. La aproximé y verifiqué que no era un error. Allí, medio enterrado en la ceniza que tamizaba el barracón, justamente entre mis pies, se hallaba un pequeño disco, de un negro brillante.

»Me hice con él, y lo examiné con curiosidad. No estuve seguro, pero parecía jadeíta, una bella pieza, delicadamente trabajada y pulida. No creo que rebasara los tres centímetros de diámetro. El centro había sido horadado y, en su lugar, el orfebre dispuso un diminuto círculo, con una serie de símbolos chinos, todo en oro. La gema aparecía engarzada en una finísima lámina, igualmente dorada, con un pequeño enganche. Se trataba, evidentemente, de un colgante. Y supuse que era propiedad de Yu. Quizá lo había extraviado. No podía ser de otra forma, dado que los símbolos eran chinos, y que nadie tenía acceso a su sanctasanctórum...

»Se lo entregué, y le expliqué que estaba en el suelo.

»Yu interrumpió la explicación sobre los *jing* y examinó la pieza.

»—No es mío —declaró, al tiempo que me la devolvía—. Es jade negro...

»El hombre *kui* captó mi extrañeza y se apresuró a matizar:

»—Yo utilizo el jade para conseguir la inmortalidad. Como sabes, lo consumo, pero es verde, o blanco, o malva, o rojo, o amarillo, pero jamás negro...

»Solicitó de nuevo el colgante y procedió a un análisis más detallado. Entonces, con cierta emoción, Yu explicó que, para los *daoshi*, los buscadores de la verdad, el jade negro era el símbolo del conocimiento del cielo y la piedra que guardaba los grandes secretos de la alquimia. Todo estaba en ella, si éramos capaces de mirar. Por eso era una gema sagrada, y un *kui* nunca se atrevería a consumirla. Es más, el jade negro tenía la propiedad de "dirigir nuestros pasos" y de aprovechar las energías de la madre tierra, transmutándolas, y ayudando al hombre a alcanzar el grado *jing* o "radiante". Hallar un jade negro entre los pies era una bendición especialísima de los dioses. Eso dijo.» *(N. del a.)*

pintero jefe del astillero negó que fuera de su propiedad. Y quedé intrigado. ¿Cómo llegó hasta aquel lugar?

«Santa Claus» organizó los análisis en tres capítulos. Y ahí empezaron las sorpresas...

El material principal, tal y como sospeché, era jadeíta. Nada extraño, salvo por un par de «detalles»...

La gema procedía de las minas de Uru, un valle ubicado en un afluente del río Chindwin, en Birmania.

¿Birmania?

Eso se hallaba a más de seis mil kilómetros de Saidan...

¿Cómo pudo llegar?

El segundo «detalle», poco común, apareció al perforar la jadeíta.

Quedé perplejo.

«Santa Claus» halló una mezcla imposible de minerales. Primero encontró una piedra que llaman *maw-sit-sit*, originaria también de Birmania (región de Namshamaw). Después, en el fondo, un material que fue identificado como jade «arco iris».

Pensé, una vez más, en un error del ordenador central.

Nada de eso. No había error.

El jade «arco iris» era originario de los yacimientos existentes en el río Motagua, en la actual Guatemala (!).

Como digo, quedé desconcertado. América no había sido descubierta en la época de Jesús de Nazaret. ¿O sí? ¿Cómo sabían los chinos de la existencia de dichos yacimientos? ¿O no fueron los chinos los que llegaron hasta las minas del jade «arco iris»?

Al someter la pieza a la luz ultravioleta de onda larga, el resultado me dejó igualmente confuso y maravillado. El jade respondía con un resplandor violeta-azulado (4375 Å). Era como si tuviera inteligencia (una inteligencia geomántica). Y lo más increíble es que el halo violeta, o violeta-azulado, cambiaba según mi estado de ánimo.

Llevé a cabo otras pruebas y el resultado fue el mismo. Deduje que el portador influía en el jade. ¿O era al revés?

¿Me estaba volviendo loco?

El segundo capítulo —dedicado al análisis del oro— fue más tranquilizador. El oro era oro (menos mal), aunque sujeto a un baño químico que lo convertía en coloidal. Fueron detectados hiposulfitos de sodio y de oro y también aurotiopropanol, con un contenido en oro superior al 33 por ciento. Estas sales proporcionaban al colgante unas interesantes propiedades antitóxicas y antiinfecciosas (para ser exacto: supuestamente antitóxicas y supuestamente antiinfecciosas).

Nada de ello era singular. Los alquimistas chinos, especialmente los taoístas, fueron capaces de esto, y de mucho más (1).

La última parte del análisis la dediqué a las dimensiones del jade negro. Y ahí surgieron otras desconcertantes sorpresas.

El diámetro era de tres centímetros, con una longitud de la circunferencia de 9,4247787 cm. El peso arrojó otra cifra reveladora: 3,1415929 gramos. ¡El valor del número «pi»! Más exactamente, el de los siete primeros decimales. (Como se sabe, «pi» no tiene final.)

Todos los números, en definitiva, aparecían enlazados o sujetos al «3», una cifra santa para los taoístas (2). No podía ser casualidad. Pero decidí no entrar en ese territorio misterioso y mágico de la simbología. La autoridad, en ese asunto, era Eliseo.

Se lo regalaría a Ruth...

Y le tocó el turno al «323», el pergamino de la «victoria».

No era mucho lo que sabía sobre aquel no menos enigmático jeroglífico. La información, además, procedía del Bautista (3). En otras palabras: había que ponerla en duda.

---

(1)   Los alquimistas chinos conocían el «oro potable» (1500 años a. J.C.). Lo utilizaban para curar enfermedades como el asma, la artritis reumatoide, la lepra y la tuberculosis, entre otras dolencias. Los resultados eran dudosos. Atribuían al jade toda clase de virtudes. Servía para combatir el cansancio, las infecciones urinarias, la epilepsia, los dolores de ciática y la ceguera. En ocasiones mezclaban bario, cobre, cuarzo y plomo con el jade, a la búsqueda de la deseada inmortalidad. La ingesta producía serios trastornos gastrointestinales. *(N. del m.)*

(2)   El «3», para los taoístas, es el símbolo del cielo. El «3» —dicen— es un número perfecto (lo llaman *tch'eng*: la expresión de «lo terminado»). El «3» es el hombre, hijo del cielo y de la tierra. *(N. del m.)*

(3)   El pergamino que el mayor denomina «323», o de la «victoria», contenía una pintura, a dos colores: rojo y negro. Las letras y los números resaltaban considerablemente en la superficie traslúcida del pergamino. Los símbolos formaban tres círculos concéntricos. El primero, y central, se hallaba integrado por una estrella de seis puntas y una serie de núme-

Durante la estancia en la garganta del Firán me explicó que el pergamino en cuestión le fue proporcionado por una *hayyot* (el hombre-abeja) (?), y durante la permanencia de Yehohanan en el desierto de Judá (aproximadamente treinta y seis meses: año 22 al 24 de nuestra era). No logré averiguar qué entendía él por una *hayyot*. El gigante de las pupilas rojas no quiso hablar de ello. De acuerdo con la tradición judía, una *hayyot* era una criatura celeste, similar a un ángel. El profeta Ezequiel (1, 5-28) se refiere a las *hayyot* como seres vivientes de forma humana, con cuatro caras y cuatro alas cada uno. Algunas escuelas rabínicas aseguraban que existía un firmamento, habitado por estos seres alados (!). Era un firmamento gigantesco, cuya longitud era equivalente a cien años de marcha, con una altura igualmente similar a otros quinientos años de marcha.

Para el Bautista, aquellos números, estrellas y letras no

---

ros, en hebreo, que rodeaban dicha estrella. En el corazón del hexagrama, en una de las variantes del hebreo, se leía: «Del Eterno» o «De Yavé» (también podría traducirse como «Suyo» o «De Ellos»). «Del Eterno» eran letras bordadas en oro.

«Tomé el número situado a mis "doce" como referencia principal —escribe el mayor— y a partir de dicho número, siguiendo el movimiento de las agujas del reloj, se leía la siguiente secuencia: 1 0 4 0 2 0 3 0 2 0 2 0. Los "ceros" fueron pintados en rojo, a excepción del último, el que se hallaba ubicado "a mis once", que presentaba un color negro azabache, al igual que los referidos "1 4 2 3 2 2".

»Salvo la ya citada traducción —"Del Eterno"—, el resto, como digo, no significó nada para quien esto escribe.

»El segundo círculo (?) lo formaba una frase, en hebreo, también en negro. Decía: "He aquí que os mandaré a Eliyá antes de que venga aquel día grande y terrible." Recuerdo que tuve dificultades para leerla porque no estaba claro dónde arrancaba el texto y dónde terminaba. Era como un "todo", como una "rueda", sin principio ni final aparentes. El texto pertenecía al versículo 23 del capítulo 3 de Malaquías.

»Una tercera "circunferencia" completaba el enigma. La formaba un grupo de estrellas (alrededor de cuarenta o cincuenta), en rojo, como los cinco círculos que rodeaban la estrella central. Eran más pequeñas que la que ocupaba el primer círculo. Finalmente, del símbolo central (?) partían cinco largas líneas, en negro, que se proyectaban más allá del último círculo. Estas líneas eran rematadas por otras estrellas. Ésas sí las conté. Sumaban ocho, idénticas en tamaño y forma a las cuarenta o cincuenta. Fueron dibujadas en color negro.

»Y la intuición me previno. "Aquello", lo que fuera, no era obra de Yehohanan. No supe por qué, pero lo supe...» *(N. del a.)*

eran otra cosa que un «plan de ataque para la liberación de Israel». El pergamino de la «victoria» era eso: la victoria del Mesías prometido sobre los impíos (1).

Desenrollé el viejo pergamino y lo contemplé con asombro. En la garganta del Firán, como se recordará, no me permitió tocarlo. Según Yehohanan era un *megillah* santo, dibujado por una de las *hayyot*, y en el interior de un *merkavah* (carro de fuego). La verdad es que no concedí crédito a sus locas palabras.

¿Locas? Ahora, tras los análisis efectuados por «Santa Claus», ya no estoy tan seguro...

Las primeras informaciones fueron «normales».

Se trataba de una piel *gewil* (no abierta en dos), en un cuero intacto y bien trabajado, que había pertenecido a un onagro. El peso era de 93,001 gramos. Dimensiones: 30 por 93 centímetros. Color: ligeramente tostado. Posiblemente fue pintado con el sistema de «carrizo hendido», ya cantado en el Salmo XLV. Era un sencillo método, para el que se utilizaba un *calamus*, cortado oblicuamente y hendido.

El olor del pergamino era inconfundible: fuerte y picante.

Procuré manejarlo con delicadeza.

«Santa Claus» diseñó los análisis en cuatro fases. Y ahí dio comienzo lo «imposible»...

Datación.

Elegí la absoluta, la que proporciona la edad real del objeto. Fue redondeada con un exhaustivo rastreo del polen existente en la muestra (palinología) (2).

El ordenador puso en marcha el proceso de racemización de aminoácidos (3) y ratificó los resultados con el método «K-Ar» (potasio-argón) (4).

(1) Según el Bautista, un total de cinco ejércitos se reunirían en Jerusalén, a las órdenes del propio Yehohanan, de Abraham, de Isaac, de Jacob y de Moisés. En total, 142.322 hombres. Los ejércitos marcharían contra Roma y sus aliados. *(N. del m.)*

(2) Todos los pólenes pertenecían a la edad y al lugar (desierto de Judá, mar Muerto, valle del Jordán y colinas de Jerusalén). En total fueron detectados 108 tipos de pólenes. *(N. del m.)*

(3) Básicamente, con la muerte del individuo, se pone en marcha el proceso de racemización y, por tanto, el reloj biológico. «Santa Claus» utilizó el sistema de luminiscencia. A partir de los resultados obtenidos convirtió las relaciones isoméricas en una edad concreta. *(N. del m.)*

(4) El sistema «K-Ar» se remonta a 1948. Lo desarrollaron Aldrich y

No había duda. Los procedimientos coincidieron: el pergamino tenía una antigüedad mínima. En esos momentos (año 26) era, prácticamente, de «ayer». Fue datado en el año 23 d. J.C.

El Bautista, por tanto, no mentía. El pergamino de la «victoria» era contemporáneo de su época.

Microscopía.

Merced a la microscopía óptica y a la electrónica de barrido (en un sistema nanotecnológico que no estoy autorizado a describir), «Santa Claus» analizó todos los detalles posibles sobre morfología, color y textura del «323». Se utilizó luz polarizada (1). Esta clase de microscopía permitió el estudio de los pigmentos y ofreció información sobre las técnicas de ejecución del dibujo, así como sobre los aglutinantes (a los experimentos se sumó la técnica del «test microquímico a la gota»). Ahí surgieron las primeras sorpresas...

Tintas.

Para el examen de las tintas que, supuestamente, fueron utilizadas en la confección del pergamino de la «victoria», el ordenador central se basó en un método relativamente similar (no igual) a la llamada espectroscopía «Raman» (2), basada en las variaciones de frecuencia de la luz cuando interacciona con las vibraciones moleculares del objeto o muestra que se desea estudiar.

Hallamos los elementos habituales en las tintas de la

Nier. El ^{40}K (isótopo del potasio) tiene un período de $1,25.10^9$ años, con un decaimiento a ^{40}Ar. Al conocer la constante de decaimiento, y las cantidades de los isótopos, la edad de la muestra es fácil de calcular. Se utilizaron los métodos de espectrometría de masas (para la concentración de ^{40}Ar) y activación de neutrones (para el potasio). *(N. del m.)*

(1)   Los microscopios fueron equipados con dos polarizadores ubicados en el recorrido que hace la luz. De esta manera se aprovecharon las propiedades ópticas de anisotropía. *(N. del m.)*

(2)   Nuestro sistema se fundamentaba en el esparcimiento inelástico de la luz (parecido al efecto «Raman»). Parte de la luz incidente es repartida en todas direcciones y las partículas a nivel microscópico de la muestra (sensibles a la radiación electromagnética) reaccionan transmitiendo, reflejando o absorbiendo dicho haz de luz monocromático. Esto permite identificar y estudiar los materiales. El secreto reside en los fotones de la luz incidente, capaces de interaccionar con las partículas de la muestra, provocando o anulando vibraciones moleculares. *(N. del m.)*

época: negro de humo, procedente del carbón, y «deyo»: una mezcla de hollín con agua y goma arábiga. Al hollín, procedente de pino y aceite de lámpara, se había añadido musgo y gelatina de origen animal.

También encontramos hierro y calcio. El primero podía proceder del instrumental utilizado en la confección del pergamino. «Santa Claus» no estaba seguro. En cuanto al calcio, lo más probable es que su origen estuviera en el agua contenida en el propio pergamino o en la empleada en las fases de elaboración del soporte. Había cloro y manganeso, pero en proporciones ínfimas. El resto de los integrantes de las tintas fue normal..., o casi (1).

La tinta roja empleada en las estrellas era del tipo metalogálico (2) con un notable porcentaje de bermellón. También aparecieron restos de *sikra*, un tinte extraído de una cochinilla habitual en las costas de Fenicia.

Y fue a partir del análisis de las tintas cuando surgieron los «imposibles»..., y en cascada.

Me explico.

El primer imposible fue la anilina.

Este derivado orgánico no apareció en el mundo hasta el siglo XIX (3). ¿Qué pintaba en un pergamino del año 23?

(1) Los ingredientes principales de una tinta, al menos en aquella época, eran los siguientes: colorante (los pigmentos eran de origen mineral, vegetal o animal), disolvente (generalmente se usaba el agua o el aceite), aglutinante (sustancia pegamentosa que ligaba el color con el soporte) y elementos complementarios (antiséptico: para reducir o eliminar la actividad microbiana; humectante: para acelerar el secado, y espesante: para modificar la densidad). *(N. del m.)*

(2) Aunque se han identificado diferentes tipos de tintas metalogálicas, la detectada por «Santa Claus» fue del tipo primero, con claros porcentajes de azufre, hierro, cobre y zinc. Entre los ingredientes figuraban la caparrosa blanca, el sulfato de cobre y el de hierro.

Los círculos rojos presentaban tintas, también metalogálicas, pero de los tipos dos y tres, con porcentajes de azufre, hierro y zinc y azufre y hierro, respectivamente. La del tipo dos contenía sulfato de hierro y caparrosa blanca, y la tercera sólo sulfato de hierro, como única sal metálica. *(N. del m.)*

(3) La anilina es una amina primaria. Suele obtenerse, generalmente, del benceno. Se consiguió, por primera vez, en 1826, por destilación seca del índigo. Perkin (1838-1907) fue uno de los impulsores de este tipo de colorante sintético. Recibió diferentes nombres: púrpura de anilina, malveína y malva, entre otros. La anilina es ligeramente soluble en agua.

Segunda sorpresa: «Santa Claus» detectó rastros de fucsina, un colorante rojo, muy bello, derivado de la oxidación de la anilina mediante tetracloruro de estaño.

¡Imposible!

La fucsina fue obtenida en 1859 por Verguin, un químico de Lyon (Francia).

¿Qué está pasando?

Yo podía estar loco, pero el ordenador central estaba cuerdísimo...

¿Anilina y fucsina en la pintura del jeroglífico?

El tercer imposible se produjo al bucear en las letras centrales («de Yavé»), bordadas en oro.

Este explorador cometió un nuevo error. No era un bordado en oro, sino letras pintadas en amarillo, con un relieve más que notable. Lo vi en la distancia y, como digo, me equivoqué. Pues bien, la pintura amarilla en cuestión era Tio_2 (anatasa), otro producto «moderno», descubierto en 1923. Los cristales sintéticos eran inconfundibles.

Tuve que detener las investigaciones.

No lograba comprender...

Al poco reanudé los ensayos, asegurándome mediante la cromatografía líquida de alta resolución. No había error. Aquello, en efecto, era anatasa. Y apareció, además, ácido carmínico, un elemento propio de la tinta que se extraía del *quermes*, una cochinilla que vive en las ramas de las encinas, de los manzanos y de los perales (1).

Algo parecía evidente. Alguien se había preocupado de mezclar lo antiguo y lo moderno en las tintas utilizadas a la hora de dibujar el jeroglífico.

Este explorador no salía de su asombro...

Estudio de las estrellas y de los círculos.

«Santa Claus», al profundizar en el examen de la anilina, detectó también alcohol, ácido oxálico, dextrina, glicerina y otros aditivos, «imposibles» en aquel tiempo. *(N. del m.)*

(1) La tinta extraída de estos homópteros era especialmente cara. Para el dibujo de las estrellas y círculos rojos se necesitaron —según «Santa Claus»— del orden de 5.000 insectos. Para lograr dicha tintura había que capturar hembras adultas, y en el mes de mayo. Una vez muertas proporcionaban miles de huevos fecundados. Después se secaban y se pulverizaban, mezclándose con agua hirviendo. Sólo las clases adineradas tenían acceso al *quermes. (N. del m.)*

«Santa Claus» ofreció un veredicto: la increíble similitud entre las 42 estrellas rojas y las 8 negras no era propio de un artista que las hubiera trazado a mano. Y lo mismo sucedía con los círculos. El ordenador no detectó las lógicas variaciones que deberían aparecer en un trabajo manual. En otras palabras: las estrellas eran sospechosamente iguales, así como los seis círculos.

«Santa Claus» adelantó una explicación: estrellas y círculos eran «fotocopias», adheridas al pergamino.

Me negué a aceptar la conclusión del ordenador central. Y solicité nuevas verificaciones.

Fueron practicados ensayos con reflectografía de infrarrojos, espectrómetro, fluorescencia ultravioleta, macrofotografía y fotografía de luz rasante.

No existían figuras o dibujos subyacentes.

Y «Santa Claus», bajo mi responsabilidad, procedió a despegar una de las puntas de una estrella negra.

¡Sorpresa! La enésima...

El ordenador llevaba razón: estrellas y círculos habían sido adheridos al pergamino. El pegamento —a base de almidón— era de la época.

Tuve que rendirme a la evidencia.

El «323» fue manipulado, y por alguien que conocía las técnicas y los ingredientes modernos de la pintura.

Traté de sintetizar.

El pergamino de la «victoria» era de la época (año 23) y también parte de la tinta empleada en el desarrollo del jeroglífico. No sucedía lo mismo con algunos de los ingredientes de los pigmentos. Eran modernos. En cuanto a la confección de las estrellas, ¿qué podía pensar?

El asunto me recordó, en cierta forma, el fraude del mapa de Vinland, una cartografía en la que aparecen Groenlandia y parte de Canadá y que, en un principio, se creyó que había sido dibujada en el siglo xv (1).

_____

(1)   Según mis informaciones, el mapa de Vinland fue tomado, en un primer momento, como una copia de un original del siglo xiii. Recogía, supuestamente, los conocimientos geográficos de los vikingos, que habrían visitado América entre los siglos xi y xii. El Carbono 14 dejó claro que el pergamino en cuestión era anterior a 1492, fecha del descubrimiento «oficial» de América. Pero los análisis por espectroscopía descubrieron la presencia de anatasa, invalidando la autenticidad del documento. El

¿Podía considerar el «323» como un fraude? Sí y no.

Lo que estaba claro es que alguien había metido la mano, y ese alguien no tenía nada que ver con Yehohanan y su época. Pero ¿por qué? ¿Cuál era la finalidad? Y lo más importante: ¿qué significaba realmente el jeroglífico? ¿Se refería a ese momento histórico? Lo dudo... Pero no quise profundizar en ello. No quise saber... Mejor dicho: prefiero no saber...

Y a mi mente regresaron unas significativas palabras del Bautista: «¡Es un *megillah* sagrado! ¡Está hecho por la mano de las *hayyot*!»

¿Qué vio y que vivió el gigante de las pupilas rojas durante aquellos treinta y seis meses en el desierto de Judá?

Quizá no estaba contando mentiras...

Abner, en sus memorias, hablaba de «sucesos extraordinarios».

¿A qué se refería?

Y llegué a una firme decisión: tenía que intentarlo de nuevo, tenía que hablar con Yehohanan, y averiguar lo sucedido en el retiro del desierto.

¿Hombre abeja? ¿Por qué hablaba de esa criatura (?) como autora del «323»? Yehohanan afirmaba que fue una *hayyot*, o «viviente», con aspecto de «hombre abeja» (?), quien dibujó el pergamino de la «victoria», y lo hizo, además, en el interior de un *merkavah* o «carro de fuego capaz de volar». Ésas fueron sus palabras.

No pude remediarlo. A mi mente acudieron también las imágenes de las misteriosas «luces» que habíamos presenciado en diferentes oportunidades. ¿Tenían algo en común con la elaboración y con la entrega a Yehohanan de aquel pergamino?

La intuición dijo que sí...

¿Interrogar al Bautista? ¿Cómo hacerlo?

Se hallaba en prisión.

Antipas no permitiría que me acercara a él. ¿O sí?

El Destino, de nuevo, tenía la última palabra.

---

pergamino era del siglo xv, pero alguien había dibujado los contornos de Groenlandia y de Canadá, y lo hizo en el siglo xx. El trazo negro, tras otro análisis con microscopía Raman, pertenece a tinta china actual, con un contenido de carbono. *(N. del m.)*

Por supuesto, estaba dispuesto a intentarlo. Sí, lo haría en cuanto fuera posible. Preguntaría al Bautista sobre las *hayyot*.

¿Qué más sucedió en el desierto de Judá?

Los discípulos se presentaron en Saidan poco antes del atardecer del sábado, 6 de julio. Yo descendí del Ravid el día anterior.

Guardé el saco embreado y maloliente en el palomar y me propuse devolverlo en cuanto fuera posible. Pensé en Abner. Eso haría. Entregaría el pergamino de la «victoria» al pequeño-gran hombre.

Los «héroes» entraron en el caserón de los Zebedeo dando gritos. Jesús estaba en la playa.

Se hallaban eufóricos.

Salomé, y las hijas, trataron de averiguar lo que sucedía. Imposible. Hablaban todos al mismo tiempo.

Preguntaron por el Maestro.

Acababan de regresar de la gira por el *yam*. Por lo que entendí, salvo los Zebedeo, ninguno de ellos había pasado por sus respectivas casas. El pueblo no sabía aún de su retorno.

Salomé explicó que el Galileo, probablemente, se encontraba a orillas del lago.

Y los seis corrieron hacia las escaleras que unían el caserón con la referida playa.

El «oso» de Caná tropezó y rodó por los peldaños. Se levantó más rápido de lo que había caído. Y, cojeando, se dirigió hacia el Hijo del Hombre. Fue el último en abrazarle. Quien esto escribe se quedó en segundo plano, observando y, ciertamente, atónito. ¿A qué se debía tanto alboroto?

Durante algunos segundos fue imposible entender y hacerse entender. Tal y como sucediera en el caserón, los seis hablaban, mejor dicho, gritaban, a la vez.

El Maestro, recién aseado, con los cabellos al aire, miraba a uno y a otro, e intentaba escuchar. Tuvo que alzar las manos y rogar un poco de calma.

Andrés comprendió y tomó el mando.

El Maestro se sentó al pie de una de las barcazas y los discípulos lo hicieron a su alrededor. Una lejana brisa se asomó, curiosa, y agitó las túnicas. Todos miraban al Hijo del Hombre como si acabaran de conocerlo. Los ojos brillaban, y el sol, estoy seguro, hacía esfuerzos por no irse. También deseaba oír a los íntimos. ¿Qué había ocurrido en aquella primera aventura?

Andrés fue concediendo la palabra, uno tras otro. Pero el orden no siempre fue respetado. Terminaban hablando a un tiempo, y Andrés y el Maestro tenían que volver a solicitar calma.

Fue a partir de ese atardecer cuando Andrés empezó a recibir, de forma habitual, el sobrenombre de *segan*, que podría traducirse como «jefe», aunque su verdadera acepción, en arameo, era «gobernador o comandante supremo». Andrés se ganó el alias, no sólo porque fue el primer discípulo de Jesús, sino, sobre todo, por su serenidad y capacidad de organización.

«Ha sido la experiencia más intensa de mi vida.»

Así se expresaron. Todos coincidieron.

«La gente está hambrienta de consuelo... Escuchan con esperanza... Desean saber más sobre ese Padre Azul, tan distinto de Yavé...»

El Galileo oía con atención. Sus ojos color miel también brillaban. Supe que se sentía complacido.

Y el sol, no menos satisfecho, se dejó caer sobre el horizonte del mar de Tiberíades y se despidió rojo, bellísimo, y elocuente...

«Eres el Mesías de las Escrituras... Es preciso que hables a tu pueblo... Todo es miedo y oscuridad, pero tú eres la luz...»

Los discípulos, según contaron, conversaron con unos y con otros. Ellos fueron los primeros sorprendidos. No fue tan difícil. Cuando les tocó hablar se produjo un extraño y emocionante fenómeno: parecía como si alguien hablara por ellos...

Hicieron lo que solicitó el Galileo. No predicaron en público. Se limitaron a visitar a los amigos e intentaron conocer sus problemas. Era lo que el Maestro pretendía: que tuvieran contacto con sus semejantes y que vivieran una primera experiencia apostólica.

Como digo, regresaron encantados y llenos de optimismo. Sus ideas sobre el Mesías no habían cambiado, pero eso no importaba en aquellos momentos. Fue el bautismo de fuego de unos hombres que jamás imaginaron que terminarían caminando de pueblo en pueblo y hablando de un «reino invisible y alado». Eso, al menos, fue lo sucedido en vida del Maestro. Después, tras la muerte del Hijo del Hombre, las cosas cambiaron. Pero ésa es otra historia...

En la cena, ante la expectación de la familia Zebedeo, cada discípulo siguió contando y contando, y anunciaron quiénes eran los seis nuevos discípulos y cómo llegaron hasta ellos.

Fue entonces cuando me vi nuevamente sorprendido. No podía dar crédito a lo que oía...

Iré por partes, y por orden.

El primero en hablar fue el «jefe» (Andrés), que formaba pareja con Pedro. Explicó cómo habían deambulado por Nahum y cómo, finalmente, se decidió por Mateo Leví, el *gabbai* o recaudador de impuestos que trabajaba en la aduana, al este de la población. Andrés lo conocía de antiguo y, no sabe por qué, pensó en él. Se presentó ante Mateo, le habló del Mesías prometido, y del futuro reino, y le animó a incorporarse al recién estrenado grupo. Mateo dijo que tenía que pensarlo y, sobre todo, que quería saber algo más de ese pretendido Mesías. Quedaron en verse.

Hubo ciertos reparos. En especial por parte de los Zebedeo. Juan y Santiago también conocían a Mateo y a su familia. «No es mal tipo —expresó Juan—, pero es cómplice de los *kittim* (romanos). Sería mejor pensar en otro...»

Se hizo el silencio, y esperaron una respuesta de Jesús. El Galileo conocía a Mateo. Prácticamente, todo el mundo se conocía en Nahum.

—Recordad —respondió el Maestro—, Ab-bā no tiene favoritos...

La mayoría aceptó. Sólo Juan continuó renegando por lo bajo...

Simón Pedro fue el siguiente en relatar su experiencia. Seleccionó al Zelota. Vivía en Nahum. Había sido mercader, pero ahora trabajaba para la organización de los zelotas, el brazo armado de los «santos y separados», a los que ya he mencionado en otras oportunidades. Simón Zelota era un miembro activo de la organización terrorista que guerreaba, como podía, contra Roma. Todo Nahum lo sabía. Jesús, por supuesto, también lo sabía. Pedro le propuso ser discípulo del Galileo.

Curiosamente, todos se mostraron de acuerdo con la elección. El Maestro no abrió la boca.

Y Juan Zebedeo habló por él y por su hermano:

—Será un gran discípulo. Sabe luchar contra los impíos.

Asintieron.

Jesús, como digo, permaneció impasible.

Y le tocó el turno a la segunda pareja, formada por Juan y por Santiago de Zebedeo.

Naturalmente fue Juan quien explicó lo ocurrido:

—Mi hermano y yo pensamos mucho y llegamos a la misma conclusión. Los hermanos Alfeo, de Kursi, son lo mejor de lo mejor: trabajadores, disciplinados, y obedientes...

»Son pescadores. Gente de poco cerebro —añadió Juan— pero de gran corazón...

La mayoría se encogió de hombros. No conocían a los Alfeo (Jacobo y Judas), los gemelos.

Terminada la exposición, el Maestro intervino:

—Tú, Juan, no lo sabes, pero es mi Padre de los cielos, y su gente, quienes seleccionan...

El Maestro me miró.

Mensaje recibido.

Los discípulos no supieron a qué se refería.

A continuación habló Felipe de Saidan. Quien esto escribe no podía imaginar que le aguardaba una nueva y desconcertante sorpresa...

Felipe y Bartolomé, el «oso» de Caná, se dirigieron a la población sureña de Tariquea, muy próxima a la segunda desembocadura del Jordán. Felipe explicó:

—Allí permanecimos unos días, confusos y temerosos —Bartolomé fue asintiendo con la cabeza—. No sabíamos qué hacer. No teníamos ni idea de dónde acudir, ni a quién seleccionar. No conocíamos prácticamente a nadie.

»Y un buen día...

—El martes —corrigió el «oso».

—Eso, el martes pasado (día 2), cuando visitábamos uno de los secaderos de pescado, vimos a Tomás y a Judas.

—No —intervino de nuevo Bartolomé— no fue así.

—Está bien —se resignó Felipe—, cuéntalo tú...

—Nos hallábamos en ese secadero, en efecto, y no sabíamos qué hacer. Habían transcurrido nueve días desde nuestra partida. Hablamos con la gente, pero no teníamos claro a quién elegir. No sabíamos... Allí trabajaba un grupo de obreros. Faenaba con el pescado y con las cántaras...

Jesús permanecía atento a la narración del «oso».

—Entonces se aproximó aquel tipo tan raro...

—¿Raro? —preguntó Pedro—. ¿Por qué raro?

El «oso» miró a Felipe, y el de Saidan se hizo de nuevo con la palabra:

—Era muy alto. Como el Maestro, o más... Vestía una túnica sin mangas. Era rarísima. Brillaba, según le diera la luz...

Sentí un escalofrío. Yo conocía esa historia; mejor dicho, a ese personaje...

—No entiendo...

El comentario de Juan fue muy oportuno.

—Quiero decir que brillaba con diferentes colores. Cuando el tipo se hallaba en la sombra, la túnica lucía en rojo, o en azul, o en verde, o en negro, según...

Los discípulos escuchaban con la boca abierta. Supongo que no creyeron la historia de Felipe.

Yo estaba perplejo.

—... El caso es que el hombre se dirigió a nosotros —continuó el de Saidan— y dijo:

«Mirad a esos dos...»

Se refería a Judas y a Tomás.

«Son los que buscáis...»

Y sonrió con una sonrisa increíble.

—Nunca he visto una sonrisa igual —redondeó el «oso». ¡El tipo de la sonrisa encantadora!

Los discípulos seguían asombrados e incrédulos.

—Después se alejó. El corte de pelo también era muy extraño. Portaba un cinturón con una estrella de seis puntas, como el escudo del rey David...

Fue así como llegamos hasta Tomás y hasta Judas, llamado el Iscariote...

El Maestro no pudo evitarlo y me buscó con la mirada. Yo, supongo, estaba pálido. Y el Hijo del Hombre sonrió levemente, con picardía.

Tomás, en teoría, fue seleccionado por Felipe. Vivía en Tariquea. Era carpintero, albañil, y lo que fuera necesario.

El Iscariote, al parecer, se hallaba de paso. Fue «elegido» por Bartolomé.

Y Jesús solicitó de sus hombres que sometieran a votación lo que habían oído.

La selección fue aprobada.

Y los seis prosiguieron contando y contando. Como digo, se hallaban felices y entusiasmados. La primera gira fue un éxito.

Finalmente, el Maestro recordó que debían regresar con sus familias. Las habían olvidado...

Al despedirlos, el Galileo dio instrucciones a Andrés, el *segan*: el lunes, 8 de julio, emprenderían un recorrido por el *yam*, y visitarían a los propuestos como nuevos discípulos.

«Iremos a buscarlos», comentó el Hijo del Hombre.

Yo me retiré, desconcertado.

La elección de los seis últimos apóstoles no tuvo nada que ver con lo narrado en los evangelios. ¿De qué me extrañaba?

No fue Jesús quien escogió, sino los propios discípulos. Al menos en teoría...

Esa noche necesité tiempo para conciliar el sueño.

Intenté poner en orden las ideas...

¿Qué fue lo que presencié?

La designación de Mateo Leví, el publicano, el cobrador de impuestos, no fue bien recibida; en especial por los Zebedeo. La del Zelota, en cambio, fue bien acogida. En cuanto a la selección del Iscariote, nadie se pronunció, ni a favor ni en contra. También era cierto que, salvo Felipe y el «oso», el resto lo conocía (todos habían sido discípulos de Yehohanan). Y me pregunté: ¿cómo vivió Judas Iscariote el apresamiento de su ídolo, el Bautista? ¿Qué hacía en Tariquea?

Pronto lo averiguaría...

Lo cierto es que nada de esto fue contado por los mal llamados «escritores sagrados».

Pero aquellos pensamientos fueron súbitamente interrumpidos.

Oí pasos en el pequeño corredor existente frente a los palomares.

Presté atención.

Eran pasos rápidos.

De pronto se detuvieron, justamente frente a mi puerta.

Me alarmé. Era tarde. Nos hallábamos en la segunda vigilia de la noche (hacia las doce). Todos dormían.

Alguien se hallaba al otro lado de la hoja. Creí oír una respiración.

Tomé la lucerna de barro y regresé a la puerta. Entonces la abrí de golpe.

Nadie. Allí no había nadie...

Me asomé al corral.

Sólo percibí negrura.

Quizá lo había imaginado...

Pero, cuando me volvía, creí ver una sombra. Fue un segundo. Desapareció hacia las viviendas. Me pareció una mujer...

¿Una mujer? ¿A esas horas? ¿Qué hacía frente al palomar?

Y una idea iluminó mi mente: ¿era la responsable de los mensajes secretos?

Por cierto, hacía días que no recibía ninguno...

Desestimé el pensamiento. Quizá me hallaba nervioso. Podía tratarse de una simple casualidad. Alguien olvidó algo y subió a los palomares. Eso es ridículo —me rebatí—. En estas habitaciones sólo habitamos Jesús de Nazaret y quien esto escribe. Y el Maestro duerme desde hace rato... Nadie ha podido olvidar nada. Pero ¿entonces?

Siempre he sido torpe con las mujeres; lo he comentado en varias ocasiones...

Ésta fue una de ellas.

Pero trataré de proseguir con lo que me tocó vivir en aquella desconcertante aventura, e intentaré narrarlo con un mínimo de orden...

Los discípulos pasaron poco tiempo con sus familias.

A la mañana siguiente, domingo, se presentaron en el caserón con las primeras luces.

Jesús y este explorador estábamos desayunando. El Maestro me contaba sus planes. Al día siguiente, lunes, 8 de julio, tenía previsto iniciar una pequeña gira por el *yam*, ya anunciada a los discípulos, con el fin de visitar a los «nuevos». Así llamó a los seis apóstoles seleccionados por las tres parejas.

Simón Pedro y Felipe aparecían especialmente alarmados. Y no era para menos...

Casi no podían hablar.

Supuse que aún duraba la excitación del día anterior. Pero no. La cuestión era otra.

Y fue Andrés, más calmado, quien procedió a explicar lo sucedido.

Según contaron Perpetua y Zaku, esposas de Pedro y de Felipe, respectivamente, el lunes, 24, al día siguiente de iniciar la gira por el lago, cuando el Maestro y quien esto escribe nos hallábamos en Nazaret, alguien llamó a las puertas de las casas de Pedro y de Felipe. Primero a la de Perpetua. Era un personaje extraño, que causó una viva impresión a cuantos lo vieron. Era muy alto, con una vestimenta poco común, y una sonrisa encantadora.

Recuerdo que me atraganté con la leche caliente.

El Galileo me auxilió con unas amables palmaditas en la espalda. Lo vi sonreír, divertido.

En resumen, según Perpetua, aquel hombre les entregó una bolsa con una importante suma de dinero: 413 denarios de plata. Y al depositar la pequeña fortuna en las manos de la esposa de Pedro comentó: «De parte de Ab-bā..., y de su gente.»

Después se alejó.

Eso sucedió hacia la sexta (mediodía).

Poco después, siendo la nona (tres de la tarde), la escena se repitió, pero a las puertas de la casa de Felipe, también en Saidan. La cantidad de monedas de plata fue la misma, y también el comentario del «mensajero».

Aquel dinero era suficiente para el sostenimiento de las familias durante un año, o más.

Salomé y las hijas conocían el asunto. Perpetua y Zaku lo habían comentado.

Los interrogué discretamente y coincidieron: era el mismo personaje que habló con Felipe y con el «oso», y que «recomendó» a Tomás y al Iscariote cuando los discípulos se encontraban en el secadero de Tariquea.

Y recordé las palabras del Maestro a Zaku, frente a la

«casa de las flores», cuando la mujer se interesó por la supervivencia de las familias:

—¡Confiad!... Nada os faltará mientras ellos estén fuera. El Padre, y su gente, van un paso por delante de vosotros...

Pedro y Felipe traían los denarios. Deseaban que el viejo Zebedeo administrara los dineros y les proporcionara un rédito.

Solicité las bolsas y examiné el contenido.

¡Eran denarios de plata, en efecto!

Y observé algo extraño: eran monedas relucientes, como si acabaran de salir del troquel...

¿Y por qué 413 en cada bolsa?

Me perdí.

Devolví los dineros y, al mirar al Maestro, me respondió con un guiño.

Mensaje recibido, y «5 por 5» (alto y claro).

Siempre me pregunté: ¿qué habría ocurrido si este explorador hubiera podido analizar una de aquellas monedas? Lo dejé estar. Bastante tenía con lo que tenía...

El resto del día lo dedicaron a conversar.

A la mañana siguiente, lunes, tal y como estaba previsto, Jesús y los seis embarcaron rumbo a Nahum. Yo me fui con ellos.

Era temprano. Quizá las ocho de la mañana. El cielo aparecía despejado y los ánimos, a decir verdad, notablemente más relajados. La misteriosa aparición de los dineros hizo el milagro: las familias se tranquilizaron, aunque hubo sus más y sus menos. Las Zebedeo, por ejemplo, se preguntaron por qué a Perpetua y a Zaku sí y a ellas no. Los comentarios no llegaron a oídos del Maestro. La explicación, para quien esto escribe, era sencilla: Perpetua y Zaku no disponían de los recursos económicos de los Zebedeo.

El grupo cruzó Nahum y se encaminó, directamente, a la aduana, ubicada al este. Yo conocía aquel viejo edificio de piedra negra.

Mateo Leví atendía un peaje. Registraba los sacos de un par de caminantes.

Andrés, que fue quien lo seleccionó, esperó cerca. El resto se situó al pie del camino. Juan Zebedeo parecía disgustado.

Observé al futuro discípulo. Actuaba con la calma de siempre, sin agobios (1). Vestía la habitual túnica de lino blanco.

Al terminar, Mateo se dirigió a Andrés. Hablaron un minuto.

El publicano parecía sorprendido. Después lo supe: casi había olvidado la proposición de Andrés.

Se acercó al Maestro y lo miró de frente. Como dije, se conocían de vista.

Fue todo rápido e intenso.

Mateo sonrió con timidez, sin saber qué hacer. Pero el Hijo del Hombre, como siempre, facilitó las cosas. Miró intensamente al publicano y se limitó a comentar:

—¡Sígueme!

Eso fue todo.

Mateo quedó tan aturdido, y tan impresionado con aquella mirada color miel líquida, que no acertó a decir una sola palabra.

El grupo le felicitó, excepción hecha de Juan Zebedeo. Pero el nuevo discípulo necesitó unos segundos para reaccionar.

Andrés le animó a tomar sus cosas. Mateo entró en la aduana, se hizo con unos *megillah* (pergaminos), y siguió al grupo.

Poco después entrábamos en la casa de Mateo, en Nahum. La familia quedó desconcertada. Mela', la esposa (cuyo nombre podría traducirse como «la que está llena»)

(1) Ficha de Mateo Leví: nacido en Nahum, en una familia pudiente. Todos trabajan como *gabbai* o recaudadores de impuestos. Mateo tenía treinta y un años cuando se unió al grupo de Jesús. Casado. Cuatro hijos. Estatura: 1,75 metros. Rubio. Ojos azules. Nariz aguileña y algunas pecas en el rostro. Enjuto. Ligeramente encorvado. Cabello ondulado, sobre los hombros. Preocupado por un principio de calvicie. Manos largas y cuidadas. Siempre aseado y perfumado. Voz aflautada. Dispone de una moderada fortuna. Probablemente uno de los más serios. Cauto y escéptico. Mente y visión materialista de la vida. Gran dominio de sí mismo. Difícilmente pierde los nervios. Buen perdedor. Gran deportista: le fascinan los juegos griegos. Acepta la presencia romana. Hábil político. Muy sociable. Excelente hombre de negocios. Tiene el don de hacer amigos. Lo apodan «el que consigue dinero» *(késep)*. Ésa es su pasión: las finanzas. Está agradecido a Jesús por haberle aceptado en su grupo. La mayor parte de los judíos lo desprecia por su trabajo. Es fiable. *(N. del m.)*

no entendía nada de nada, y protestó porque Mateo no la había avisado. Y, refunfuñando, se dirigió a la cocina. Mateo nos invitó a almorzar.

Jesús habló del nuevo reino, pero Mateo estaba más pendiente de la comida, y de que todo estuviera al gusto de los invitados. Dijo sí a casi todo, pero no entendió casi nada...

Y hacia la nona (tres de la tarde), cuando nos despedíamos, Mateo reaccionó y dio las gracias al Galileo «por haberle admitido entre los elegidos». El publicano sabía que sus vecinos lo despreciaban y aquel gesto del Maestro lo llenó de satisfacción y de sincero agradecimiento. Mela' no volvió a aparecer.

Y ya en la puerta de la gran casa, Mateo se dirigió a Andrés y propuso celebrar una cena homenaje al Maestro, y como señal de bienvenida a ese «reino tan prometedor».

Andrés transmitió el recado al Galileo y éste aceptó, encantado. La reunión quedó fijada para esa misma tarde-noche, tras la puesta de sol.

Minutos después, por sugerencia del Hijo del Hombre, Simón Pedro nos condujo por las calles de Nahum, hasta el muelle. Allí esperaba un segundo reconocimiento oficial por parte del Hijo del Hombre.

Pedro entró en uno de los almacenes del referido muelle. En un rótulo, a la entrada, se aclaraba la naturaleza del lugar: una empresa dedicada a la fabricación de cajas de madera para el almacenamiento del pescado. Simón, el Zelote o Zelota, trabajaba en dicha empresa aunque, en realidad, se trataba de una tapadera de la organización terrorista zelota.

Pedro no tardó en regresar al muelle. Llegó en compañía del Zelota. Creo que Jesús y él se conocían, igualmente de vista.

El Zelota inspeccionó al Maestro, y también al grupo. Parecía confuso. Y desconfió (1). Pero Pedro le susurró algo al oído.

(1) Ficha de Simón, el Zelota: nacido en Nahum. Ingresó en el grupo de Jesús cuando contaba veintiocho años. Soltero. Otros lo conocen por el alias de *Qanana* («Celoso»). Estatura mediana. Fornido. Barba negra y desordenada, hasta el pecho, como señal de resistencia contra Roma. Ojos negros y hundidos, siempre alerta. Grandes ojeras. Cabello azabache y largo, recogido en una cola. Canas prematuras. Cicatriz en el pómulo izquierdo, ancha y profunda. (Posible señal de una refriega.) Mente mate-

El Zelota acarició la crecida barba negra y fijó la mirada en el Hijo del Hombre.

Y sucedió lo mismo que en la aduana. Fue Jesús de Nazaret quien hizo fácil lo difícil.

El Maestro caminó hacia los Simones y fue a colocar las manos en los hombros del Zelota.

Jesús miró al guerrillero y lo inundó.

—¡Sígueme!

Fue lo único que dijo.

El Zelota parpadeó, desconcertado.

¿Qué contenía la mirada de aquel Hombre? ¿Hasta dónde llegaba su poder?

Y el Zelota volvió a entrar en el almacén. Al poco lo vimos regresar y, sin mediar palabra, se unió al grupo. Juan Zebedeo estaba feliz...

Esa noche, como había previsto Mateo Leví, cenamos en su casa. Vivía en la zona norte, en el barrio de las villas. La vivienda era espléndida, muy al estilo griego, bien surtida de mármoles, de estatuas y de fuentes. La servidumbre era numerosa.

El recaudador se había dado prisa en invitar a otros *gabbai*, tan «pecadores» como él, según el sentir de los judíos. Y allí se reunió la flor y nata de los «traidores al pueblo de Israel», según Juan Zebedeo. El discípulo maldecía sin cesar...

También fueron invitados los notables de Nahum, pero la mayoría, al saber que se trataba de un homenaje al «carpintero loco», buscó una excusa y declinó la invitación. Los fariseos, morbosos, sí acudieron.

Y, de pronto, descubrimos que algunos de los «santos y separados» que se reunían en la amplia casa de Mateo eran los mismos que habían insultado y agredido al Maestro a las puertas de la sinagoga.

Fue una situación incómoda y violenta. Simón Pedro iba

---

rialista y, sobre todo, nacionalista. Pertenece a los zelotas. Alto grado. Muy religioso y culto. Habla *a'rab* y *koiné*. Leal y honesto con sus amigos. Odia a los *kittim*. Agitador. Temerario y audaz. Ha desempeñado los oficios de mercader, carpintero y pescador. Siempre armado. Sigue en activo en la organización terrorista. La familia, adinerada, no comparte sus ideas separatistas. Le preocupa, básicamente, la libertad de Israel, y el bienestar del pueblo. *(N. del m.)*

de un lado para otro, furioso. El Hijo del Hombre tuvo que calmarlo.

Mela', la joven esposa de Mateo, habló con Andrés en varias oportunidades. Yo me hallaba cerca. Estaba indignadísima.

«¿Qué era esa historia que contaba su marido? ¿Qué era el nuevo reino en el que Mateo llegaría a ser ministro de finanzas? ¿Por qué había dejado el trabajo, en la aduana? ¿Qué futuro les aguardaba?»

Andrés hizo cuanto pudo, que no fue mucho. El «jefe» tampoco sabía. Y Mela' continuó con su enfado. La verdad es que, tal y como lo planteaban los discípulos, la mujer tenía toda la razón...

Antes de la cena, animados por el vino, Juan Zebedeo y Simón, el Zelota, haciendo causa común, discutieron largamente con los publicanos, y los tacharon de «mendigos al servicio de los *kittim*». Andrés se vio en la necesidad de intervenir una y otra vez, y apaciguar los ánimos.

—Pero todo eso —resumió Juan— está a punto de cambiar... El Mesías romperá el cuello de la gran ramera.

Se refería a Roma.

Por fortuna, los vapores del vino hicieron efecto con rapidez, y nadie prestó atención al acalorado discurso de Juan.

El Maestro se mostró cordial con todos, incluidos los fariseos. Parecía haber olvidado los empujones y patadas que le propinaron al salir de la sinagoga. En ningún momento habló del Mesías, ni tampoco del Padre, o del nuevo reino. Se limitó a seguir la corriente de algunas conversaciones, totalmente intrascendentes.

Y llegó la cena.

Yo me senté cerca de Simón Pedro y de Bartolomé.

Y, como era la costumbre, el anfitrión abrió la ronda de los brindis:

—¡Por el Maestro!... ¡Por el nuevo reino, que nos sacará a todos de la oscuridad!

Muy pocos alzaron las copas.

Otros también brindaron.

—¡Por Roma!... ¡Por la paz y el orden!

Las opiniones estaban divididas.

—¡Por la libertad!

El brindis de Simón, el Zelota, fue seguido por una minoría.

Finalmente se levantó el Maestro, y se hizo el silencio.

Alzó la copa y proclamó:

—*Lehaim!*... ¡Por la vida!

Mateo, entusiasmado, se unió al deseo de Jesús de Nazaret:

—*Lehaim!*

Y los finos cristales de las copas fueron a chocar suavemente.

—¡Por la vida! —repitió el Galileo.

Noté un murmullo de desaprobación entre los «santos y separados».

Me pareció entender. No compartían el hecho de que el Maestro brindara con un «pecador», pero no les importaba sentarse a la mesa de ese *gabbai* y disfrutar (gratis) de su comida. El Maestro los calificaría de «hipócritas», y tenía razón.

En esos momentos, uno de los fariseos, rojo de ira, se aproximó a Simón Pedro, y comentó en voz alta:

—¿Cómo dices que ese Hombre es justo?

Pedro le miró, sin comprender.

—¡Está comiendo con publicanos y pecadores!... ¿Es que no lo ves?... ¡Es un frívolo!

El discípulo se revolvió, dispuesto a aplastar a aquel gusano, pero el «oso» lo sujetó a tiempo.

Minutos después, incapaz de contenerse, Pedro se dirigió al asiento del Maestro y le informó sobre lo ocurrido. Jesús oyó en silencio, y siguió a lo suyo, conversando con Mateo. Pedro retornó pálido y confuso. Y manifestó:

—Habría que darles una lección...

Y la cena discurrió sin mayores incidentes.

Quedé pensativo.

Los problemas seguían merodeando, como una manada de lobos...

Llegado el final del convite, tal y como marcaba la costumbre, el invitado de honor pronunció unas palabras de despedida.

Jesús, muy serio, dijo lo siguiente:

—Estamos aquí para dar la bienvenida a la nueva hermandad a Mateo Leví y a Simón... Me complace presenciar vuestra alegría, pero en verdad os digo que esto no es nada...

El vino había hecho estragos. Muy pocos prestaban atención. Pero el Galileo continuó:

—... Debéis regocijaros porque, algún día, todos disfrutaréis de una alegría y de un vino que no podéis siquiera imaginar... Será la alegría y el vino invisible del reino que os anuncio: el de los cielos.

Hizo una pausa, y se giró, mirando directamente a los «santos y separados». Entonces proclamó:

—Y a los que me critican porque como y bebo con publicanos y pecadores, sabed que estoy aquí para despertar a los que duermen, para liberar a los cautivos de sí mismos y para retirar el velo del miedo...

Los fariseos se revolvieron incómodos.

Pero el Maestro no había terminado.

—... ¿Tengo que recordaros que los sabios, como vosotros, no necesitáis de la luz? No he venido a despertar a los justos, sino a los que vosotros llamáis «pecadores». Vengo a golpear las puertas de los confusos, no las vuestras...

Jesús volvió a sentarse y los fariseos, muy alterados, optaron por salir de la sala. Ni siquiera se despidieron de Mateo.

Los problemas se acercaban...

El Zelota, con más vino encima de lo deseable, tomó la palabra e inició un titubeante discurso sobre la necesidad de que los recaudadores al servicio de Roma se unieran a la causa nacionalista.

Andrés, rápido de reflejos, supo interpretar que la intervención del guerrillero no era oportuna y se las ingenió para silenciar al recién estrenado discípulo.

Ahí, prácticamente, finalizó la cena.

Esa noche dormimos, y muy cómodamente, en la casa de Mateo.

Jesús habló a solas con el *gabbai* y lo hizo por espacio de casi una hora. Mateo jamás habló de esta conversación con el Hombre-Dios. Lo cierto es que, a raíz de dicha charla, el publicano no volvió a referirse a sí mismo como el «futuro ministro de finanzas».

Mela' se dedicó a llorar. Y lo hizo desconsoladamente.

A la mañana siguiente, martes, 9 de julio (año 26), Jesús y los suyos se pusieron en marcha. Y embarcamos en Nahum, rumbo a la ciudad de Kursi, en la ribera oriental del lago.

Hacia la quinta (once de la mañana) desembarcamos sin novedad.

El día prometía calor.

Kursi, a orillas del río Samak, era una de las poblaciones más pujantes de la costa este del mar de Tiberíades. La había visto desde el aire (1). Era blanca y negra, populosa, con una importante flota pesquera. Frente a la desembocadura del Samak (en arameo significa «peces») se extendía una amplia zona de rocas. Ello convertía el lugar en un excelente caladero. Merced a esta circunstancia, Kursi se había convertido en un centro neurálgico del comercio pesquero. Allí vivían, y en paz, diferentes razas, credos y lenguas. Se trataba, además, de una zona seleccionada por Roma para el asentamiento de los soldados veteranos (legionarios y mercenarios), especialmente de las legiones estacionadas en la vecina Siria. Abundaban las villas de recreo, los burdeles, y las granjas de ganado porcino, la mayoría regentada por paganos (el cerdo, como se recordará, es un animal prohibido para los judíos).

En el muelle todo era agitación. Las lanchas entraban y salían, tanto con tilapias, el pez más abundante en aquellas aguas, como con toda clase de mercancías.

Los Zebedeo preguntaron por los gemelos Alfeo, los pescadores y candidatos al colegio apostólico. Nadie sabía nada. Recorrimos el muelle en su totalidad y, finalmente, uno de los remendadores de redes habló de una lancha llamada *Másri* («La egipcia» o algo así). Y señaló hacia el lago.

---

(1)   En su periplo sobre el *yam*, el mayor cuenta, en relación con la ciudad de Kursi: «... En la sección "Galilea-4", a cosa de 12 kilómetros del Jordán, junto a la desembocadura del probable río Samak, arrancaba una auténtica ciudad: la más extensa y hermosa de aquella franja del Kennereth. A ambas márgenes del río se abría un fértil valle de tres kilómetros de longitud por otros cuatro de anchura, intensamente cultivado. La ciudad, asentada al sur del cauce, ocupaba casi la mitad del valle, con una nutrida representación de edificios grecorromanos, entre los que descollaban una colosal columnata circular, dos anfiteatros y un hipódromo... El puerto era también uno de los más grandes. Un terraplén, que hacía las veces de rompeolas, partía del litoral, curvándose en forma de arco y con una longitud de 150 metros. En su zona norte se interrumpía, formando una estrecha bocana. En tierra, un muelle de 100 metros y 25 de anchura, completaba el recinto portuario.» (Amplia información en *Saidan. Caballo de Troya 3.*) *(N. del a.)*

Los Alfeo, al parecer, estaban pescando. No había más remedio que esperar. Regresarían a la puesta de sol.

Y el Maestro solicitó calma. Aprovecharían el día y visitarían a la familia de los Alfeo. A todos les pareció buena idea. Y nos encaminamos hacia la población.

Pero, cuando nos hallábamos al final del muelle, sucedió algo, aparentemente sin importancia, que me hizo pensar. En muchas de estas localidades paganas, tanto en los puertos como en la propia ciudad, era frecuente la presencia de pintores y retratistas ambulantes. Por unas monedas llevaban a cabo un dibujo o una caricatura del cliente (en ocasiones de buena factura). Entre los judíos, especialmente entre los muy religiosos (caso de los fariseos y doctores de la Ley), las imágenes estaban prohibidas. Jesús, como mencioné, fue un excelente pintor. Posteriormente, como ya he referido, las pinturas y dibujos del Hijo del Hombre fueron quemados por Él mismo. Pero el gusanillo del arte seguía en su interior. Y, al pasar frente a uno de estos pintores, el Galileo se detuvo unos instantes, contemplando la colección de cuadros (casi todos paisajes del *yam*) y algunas de las caricaturas y retratos, al carbón.

El pintor aprovechó para preguntar si deseaba que le hiciera un retrato. El Hijo del Hombre negó con la cabeza y elogió la buena mano del artista. Y nos alejamos.

Y quien esto escribe pensó: «Quizá alguien, algún día, llegue a pintar al Maestro... ¿Lo permitiría?»

Quién sabe...

Cercanas las 13 horas alcanzamos el barrio de los pescadores.

Se hallaba próximo al puerto, al sur del *nahal* Samak.

Juan y Santiago de Zebedeo marchaban en cabeza, siguiendo las indicaciones de los vecinos. Los Alfeo vivían al fondo, «junto a una gran higuera».

Nos perdimos varias veces.

El barrio era enorme y «catastrófico». Lo formaban cientos de chabolas de madera y adobe, y casetas con los techos de paja. El suelo era tierra negra y apisonada. Y por todas partes suciedad, moscas pertinaces, niños desnudos con las cabezas rapadas, matronas habladoras y curiosas, onagros hambrientos con los remos trabados, chillidos, perros esqueléticos y desconfiados, ropa tendida con la que tropezábamos inevitablemente, montañas de redes, olores de colores, pescadores borrachos y discutidores, y reverencias al paso del grupo; muchas reverencias... Nadie sabía quiénes éramos, pero parecíamos importantes.

Jesús vestía la túnica roja y el *maarabit*, el viento estival, se ocupaba de agitarla.

Fue inevitable.

Al poco, nada más penetrar en el *Arad* (así llamaban al barrio de los pescadores de Kursi; *arad*, en arameo, significa «asno»), un grupo de niños reidores y desocupados empezó a seguirnos. Y el Maestro, divertido, se puso a jugar con ellos. Los tocaba, le tocaban, corría tras ellos, o la chiquillería corría tras Él.

Poco faltó para que cayera de bruces sobre algunos de los grandes y humeantes calderos que bullían a las puertas de las chabolas.

Finalmente llegamos a nuestro destino.

Una enorme higuera había nacido, milagrosamente, entre dos grandes y negras rocas de basalto. El ramaje cubría una considerable extensión. Pues bien, a la sombra del árbol se sostenían (es un decir) tres chozas de mediano porte, remendadas con maderas, pieles de cabras y trapos viejos. Los techos eran igualmente de paja. Muy cerca, entre la higuera y las chabolas, rezongaba (en su idioma) una enorme cerda, embarrada hasta las cejas. Una cuerda la mantenía atada al palo que presidía el barrizal.

Y por aquí y por allá, otros perros, otras gallinas y más niños...

Juan Zebedeo se asomó a una de las oscuras bocas de una de las chozas y preguntó. Vimos salir a varias mujeres, todas cargadas de hijos. Tres de ellas estaban embarazadas. La suciedad las devoraba.

Después, tras las mujeres, aparecieron más niños. Conté quince o veinte.

Los Alfeo, en efecto, se hallaban pescando. No tenían hora para el regreso. Quizá pudiéramos hablar con ellos a la puesta de sol, pero tampoco era seguro. Eso dijeron.

Todas eran parientes de los gemelos. Dos de ellas resultaron ser las mujeres de Jacobo y de Judas de Alfeo. También eran gemelas. Eran de origen *a'rab* (árabe). Se llamaban Kabar, que significa «grande» (esposa de Jacobo), y

Kore, en honor a la diosa beduina del mismo nombre. Kabar tenía tres hijos y esperaba un cuarto. Kore, la esposa de Judas, era madre de dos niños, también de corta edad.

Alguien gritó desde el interior de una de las chozas. Reclamó, en *a'rab*, su comida.

Después lo supe. Era la madre de las gemelas, una anciana impedida. El padre, también anciano (al parecer rondaba los cincuenta años), se hallaba en el *yam*, con los Alfeo.

Con Jacobo y con Judas vivían tres hermanos de éstos, también casados, y también con una numerosa prole.

En suma, en las tres chabolas habitaban doce adultos y alrededor de veinte criaturas, si no estaba equivocado.

Todos los hombres eran pescadores. Todos estaban ausentes.

Y creí entender el porqué de la cerda. Los Alfeo no debían ser muy observantes, en lo que a costumbres religiosas se refería. De hecho se habían casado con árabes, algo prohibido en la ley mosaica.

Algunos vecinos no tardaron en acercarse. Las noticias volaban en el *Arad*. Y Jesús y los suyos se vieron rodeados por una parroquia silenciosa y expectante. «Aquellos forasteros estaban allí por algo —se decían unos a otros—. Serán recaudadores de impuestos...»

Ni los discípulos ni el Maestro explicaron a las mujeres el porqué de su presencia en el lugar. Y ello contribuyó a engordar el misterio.

Por último, aburridos o desencantados, se retiraron.

El sol apretaba y el Maestro buscó una sombra, sentándose al pie de la higuera.

Parte de los discípulos hizo otro tanto o se dedicó a estirar las piernas. Andrés se acercó al Hijo del Hombre y le recordó que debían comprar provisiones. Jesús revolvió en su petate y entregó unas monedas al «jefe». Y Andrés, acompañado de Felipe, se alejó hacia la ciudad. Poco a poco se perfilaban las responsabilidades. Andrés como «jefe» o responsable de los doce. Felipe como intendente.

Observé el sol. Podían ser las dos de la tarde. Faltaban cuatro horas y media para el ocaso.

El calor era sofocante.

¿Qué hacer en ese tiempo?

Y los niños brindaron la solución.

Los hijos de las familias Alfeo terminaron rodeando al Maestro. Los había de todas las edades. Y el Galileo los animó a sentarse y fue preguntando sus nombres. Sinceramente, no presté mucha atención. Sólo recuerdo el nombre de una de las niñas. Dijo ser hija de Jacobo. Se llamaba Dahbi-Ḥḍuṛ En *a'rab* quería decir «Dorada presencia». Todos la llamaban «Da». Era una criatura preciosa, de unos cuatro años, con una característica especial; padecía una heterocromía (uno de los ojos, el izquierdo, era verde; el otro era como la miel, parecido al color de ojos del Hijo del Hombre). Tenía la cabeza rapada (para evitar los piojos) y la suciedad la consumía. Aparecía descalza y con un perrito, un cachorro, entre los brazos. El Maestro preguntó y «Da», con desenvoltura, explicó que el perro se llamaba *Ftata* («Migaja»).

Todos rieron.

Y el Galileo, tras inspirar profundamente, reclinó la cabeza sobre el tronco de la higuera y cerró los ojos. La felicidad, efectivamente, se había enredado en la barba, en los cabellos, y en las largas y tupidas pestañas... El Maestro se sentía bien y lo transmitía.

Pero algo le incomodó y Jesús abrió de nuevo los ojos. Los niños siguieron los movimientos con interés.

El Maestro soltó las sandalias y fue a depositarlas a su lado. Contempló a la concurrencia, sonrió, y cerró los ojos.

«Da» miró las sandalias y, acto seguido, me buscó con sus ojos de colores. Aproveché y le hice un guiño. La pequeña respondió con una mirada pícara y luminosa.

No preguntó. Se fue hacia las sandalias. Las calzó como pudo y empezó a corretear alrededor de la higuera. «Migaja» se fue tras ella, tratando de mordisquear los cordones. Y así continuaron un buen rato.

El Maestro abrió de nuevo los ojos y los contempló, feliz.

El «oso» quiso recuperar el calzado, pero el Hijo del Hombre le hizo una señal para que dejara jugar a «Da».

Cuando la niña se cansó volvió a dejar las sandalias junto al complacido Hombre-Dios y, sin más, fue a buscar refugio en el regazo del Galileo. Se acurrucó entre los poderosos brazos y ella, a su vez, abrazó a «Migaja».

Fueron segundos intensos, al menos para quien esto escribe.

Un Dios abrazaba a una de sus criaturas; mejor dicho, a dos, y a cuál más indefensa...

Entonces, el Maestro empezó a contar historias. Para ser más exacto, a cantar historias. Yo las conocía. Eran los cuentos que inventaba (?) Yu en las mágicas «noches *kui*», en los bosques de Jaraba, en la alta Galilea (1).

La gente menuda, y no tan menuda, escuchó maravillada.

Y así volaron aquellas horas.

Felipe y Andrés regresaron con las viandas y las madres terminaron reclamando a la chiquillería. Sólo «Da» y «Migaja», dormidos, permanecieron entre los brazos del Maestro.

El grupo se sentó en torno al Galileo y Juan Zebedeo, señalando a la pequeña, preguntó:

—Rabí, ¿esa mestiza será como nosotros cuando entremos en el nuevo reino?

El Galileo continuó acariciando una de las orejas de «Da» y replicó con cierto cansancio:

—¿Cuánto más tendré que ser paciente contigo, Juan...?

El Zebedeo no se inmutó.

—Pero es una mestiza —replicó— y, por tanto, inferior...

«Da» no era mestiza, aunque el hecho de que la madre no fuera judía la convertía en ciudadano de «tercer orden».

—Juan, en el reino de mi Padre no hay grados, salvo los obtenidos por la experiencia, o porque Ab-bā así lo decide... El Padre no discrimina entre sus criaturas... Todos sois iguales porque todos sois imaginados por Él... Todos tenéis el mismo origen e idéntico destino. ¿Recuerdas?

—Pero, Maestro, eso no es lo que enseña la Ley...

El Zebedeo seguía erre que erre.

—No he venido a cambiar la Ley, sino a mejorarla. En el reino de Ab-bā no hay hombres o mujeres, no hay judíos o gentiles, no hay hombres libres o esclavos... Todos son ricos. Todos son iguales a los ojos del Padre. Todos son mis hermanos. Todos sois hermanos. Todos sois hijos de un Dios. Todos sois inmortales por naturaleza. Todos habéis recibido la heredad antes de abrir los ojos a la vida...

(1) Amplia información sobre las «noches *kui*» en *Jordán. Caballo de Troya 8. (N. del a.)*

Juan Zebedeo negó con la cabeza. Era tozudo.

Pero el Maestro prosiguió, como si no lo viera:

—... En consecuencia, no os negaréis a partir el pan con los mestizos, o con los fariseos, o con los *kittim*, o con los esclavos, o con las mujeres...

Mateo estaba feliz.

—En verdad en verdad os digo —concluyó Jesús— que en ese reino no hay puertas... Nadie entra en él porque todos estáis en él...

Y subrayó:

—Estoy aquí para retirar el velo del miedo...

Cuando regresé a la nave comprobé que aquel martes, 9 de julio, el ocaso solar se registró a las 18 horas, 38 minutos y 11 segundos (TU). Pues bien, poco antes, el Maestro animó a los discípulos a volver al muelle y esperar el arribo de los gemelos.

Por el camino, Andrés preguntó:

—Creía, rabí, que el reino del que tanto hablas estaba por llegar. Ahora te he oído decir que estamos en él. No comprendo.

Jesús se detuvo. La cuestión planteada por el «jefe» era importante.

El Maestro depositó las manos sobre los hombros del sereno Andrés y comentó:

—Debes saber que en el reino no utilizamos las palabras...

Andrés miró a Jesús, pero no supo de qué hablaba.

—Aquí, ahora, las palabras no me ayudan...

Nadie entendió.

—... El reino está en vuestras mentes. El Padre está en vuestro interior, pero muy pocos lo saben...

Jesús se dio cuenta. Era difícil aproximarse a la verdad. Y lo dejó correr:

—No os preocupéis. Aunque el reino esté dentro..., lo buscaremos.

El cielo cambió de indumentaria y se vistió de rojo cereza. Los remendadores de redes seguían cosiendo con sus grandes agujas de hueso, pero sin dejar de mirar los horizontes. «El rojo es viento —decían—. Mañana puede saltar el *qibela*.» Hacían alusión a un viento, procedente del sur, que provocaba peligrosas tormentas en el *yam*. Me extrañó. El *qibela*, según mis informaciones, soplaba en invierno.

Era asombroso. Los remendadores eran capaces de coser y de otear el lago al mismo tiempo.

Por fin apareció.

Másri, la lancha de los Alfeo, era un aparente desastre. Todo colgaba en ella. Era vieja hasta decir basta. Azules desteñidos escapaban por la cubierta y por el casco. Nadie hubiera dado un denario por ella, pero navegaba con alegría. Eso era lo que contaba.

Los rederos observaron a «La egipcia» y exclamaron: «Buena pesca.» Lo dedujeron por la línea de flotación, apenas asomada por encima del agua, y por el «averío» que traía en lo alto. Decenas de gaviotas chillaban el regreso de *Másri*. Una vela negra y cangreja hacía lo que buenamente podía.

Atracaron a lo justo, cuando el sol cerraba las puertas del día.

La pesca, en efecto, fue excelente.

Con los Alfeo navegaban sus tres hermanos y el suegro.

Saltaron a tierra y los gemelos abrazaron a los Zebedeo. Después, parcamente, llegaron las presentaciones.

Jesús no dijo nada.

Jacobo y Judas Alfeo eran idénticos: rubios, ojos verdes, muy delgados, abrasados por el sol y por el viento, y con sendos *mesillah* o cascabeles al cuello. Hablaban poco (1).

Y ocurrió algo que no sé cómo explicar.

(1) Ficha de Jacobo Alfeo. Tenía veintiséis años cuando se unió al grupo de Jesús. Nacido en Kursi. Estatura: 1,70 metros. Rubio. Ojos verdes. Delgado. Barba rubia. Tabique nasal desviado. Sirve para distinguirlo de su hermano gemelo. Origen *a'rab*. Pésima dentadura. Casado. Tres hijos y uno en camino. Amigo de los Zebedeo. Dócil, sumiso, y de poco hablar. Bajo índice de inteligencia. Cierto retraso mental. Es ingenuo, fiel y generoso. No sabe mentir. Pescador y, en ocasiones, agricultor. Posteriormente será conocido como «Tadeo» y Santiago el Menor.
Ficha de Judas Alfeo. Lo anterior, prácticamente, es válido para Judas, al que llaman *Lebeo*. Sufre tartamudez. Casado también con una mujer árabe. Tiene dos hijos. Como su hermano, de escasa o nula cultura. Se dedica a la pesca desde la infancia. Es hábil en cualquier tipo de trabajo; más que Jacobo. Baja inteligencia. No termino de comprender cómo se ha unido al grupo del Maestro. *(N. del m.)*

Los gemelos no prestaron atención al Galileo. Siguieron a lo suyo. Primero procedieron a descargar la pesca. Contaron las piezas (75 tilapias y otros peces que no supe identificar), las ordenaron por tamaños, las limpiaron, colaboraron en el arreglo del arte, y en el baldeo de la cubierta.

Juan Zebedeo, nervioso, no daba crédito a lo que veía.

Trató de hablar con los Alfeo y hacerles ver que el Maestro esperaba. Jesús lo impidió, y rogó calma.

El Hijo del Hombre estaba disfrutando con el quehacer de los pescadores.

En un momento determinado, el Galileo se acercó a las tilapias y las examinó. Abrió la boca de una de ellas y extrajo un puñado de crías, diminutas. Estaban vivas. Se aproximó al filo del muelle y las devolvió a las aguas. Los discípulos le imitaron, y cada cual se dedicó a salvar las crías que pudo.

El sol dio un portazo, en rojo, y desapareció.

El suegro de los Alfeo y los tres hermanos recogieron sus cosas y emprendieron el camino de regreso al *Arad*.

Fue en esos instantes cuando los gemelos se detuvieron frente al Hijo del Hombre y lo contemplaron en silencio.

Jesús sonrió, complacido, y se limitó a decir:

—¡Seguidme..., cuando lo estiméis oportuno!

No hubo comentarios, ni tampoco felicitaciones por parte de los íntimos.

Los Alfeo recogieron la parte de la pesca que les había correspondido y nos dirigimos al barrio de las chabolas.

Esa noche, frente a un buen fuego, cenamos tilapia asada.

Excelente, aunque era un pescado con demasiadas espinas. El «oso» se lamentó:

—¿Se durmió el Padre al crear las tilapias?

Jesús y el resto le contemplamos, sorprendidos.

—¿A qué te refieres? —preguntó Felipe.

Bartolomé escupió una de las espinas y continuó lamentándose:

—¿Por qué no las pintó de colores...?

El Maestro rió con ganas, y le siguió la corriente:

—Tomo nota..., para la próxima.

Y en eso, ya oscuro, vimos aparecer junto a la higuera a los niños más pequeños. Llegaron acompañados de las madres. Me llamó la atención un detalle. Todos lucían, al cuello, sendos cascabeles. Durante el día no los llevaban.

Noté nerviosas a las mujeres. En esos momentos no supe por qué.

Bartolomé, siempre curioso, terminó preguntando el porqué de los *mesillah*.

Jacobo Alfeo respondió con un frío y contundente «trae mala suerte hablar de eso».

Pero Felipe se apresuró a aclarar la duda de su amigo:

—Los cascabeles conjuran a los *lilim*... Hay que colgarlos del cuello de los niños durante la noche... Mejor dicho, antes de que oscurezca.

Cuando retorné a la «cuna» supe quiénes eran los *lilim*. La tradición judía sostenía que Lilit fue la primera esposa de Adán (1) y que fue expulsada del Edén por chismosa y, sobre todo, por negarse a hacer el amor con Adán en la postura tradicional (ella debajo). Los hijos de Lilit eran los *lilim*, todos «demonios peligrosos», como la madre. Se aproximaban a los niños en la oscuridad, los acariciaban y los robaban. La música de un cascabel, sin embargo, los hacía retroceder. De ahí la creencia de los Alfeo, y de la mayoría de los judíos.

—¡Supersticiones!... Los espíritus malignos no están para robar niños...

El comentario del «oso» no gustó. Y Simón Pedro, enfadado, replicó en voz baja, «por si le oían los demonios».

E hizo una detallada exposición de lo que creían los judíos sobre el tema en particular. Habló de los ángeles buenos (supeditados a Yavé) y de los malos, que habían caído por culpa de las mujeres.

Contemplé a Jesús. Escuchaba atento y divertido.

«Los ángeles —continuó Pedro— están en todas partes: en el viento, en el fuego, en la nieve...»

Pedro conocía el libro de los Salmos. En 104, 4 se habla de ello.

---

(1) Lilit fue un personaje de la mitología asiria: *Lilitu*, un espíritu del viento, siempre femenino. La literatura midrásica terminaría haciéndolo suyo, e incorporándolo a las leyendas judías. Los hebreos aseguraban que derivaba del termino *laylah* («noche»). (Véase Génesis Rabbah 17, 4 y Números Rabbah 16, 25.) *(N. del m.)*

También invocó el de los Jubileos y expuso cómo los ángeles viven en las nubes, en los truenos, en el frío, en los rayos, y cómo envían mensajes a través de los sueños.

Bartolomé negaba con la cabeza. Eso encendió, aún más, al fogoso Pedro.

—¿Sabes que son setenta los ángeles que gobiernan el mundo?

Ésa era la creencia del pueblo judío. Pensaban que el mundo estaba integrado por setenta naciones. Los judíos se encontraban bajo la tutela de Gabriel y de Miguel. Y Pedro mencionó los nombres de otros espíritus benéficos, y no tan benéficos: Adiriel, que se ocupaba de las almas de los arrepentidos; Gadriael, que reunía las almas de los muertos por los paganos; Ahinael, que se ocupaba de las almas de los niños (judíos, claro está) que no habían tenido la fortuna de estudiar la Ley; Adrahinael, responsable de las almas de los que se arrepienten de su mala conducta (en el último segundo de la vida); Rahmiel, el que conduce a los muertos ante Yavé...

Y llegó a mencionar a Luzbel y su esmeralda, «la que se precipitó a tierra cuando fue vencido en los cielos, y que todos los pueblos siguen buscando...».

Después se produjo un momento de especial emoción. Simón Pedro aseguró que, por encima de esos miles y miles de ángeles, se encuentra Mikael, «el gran gobernante celeste». Y lo llamó el «espíritu que sabe contar estrellas».

El Maestro y yo nos miramos.

Mensaje recibido.

Y Simón Pedro, entusiasmado, se disponía a hablar sobre los espíritus maléficos, «caídos —dijo— por culpa de las malas artes de las mujeres», cuando el Galileo le hizo un gesto, para que se detuviera. Pedro no interpretó bien la señal y prosiguió con el asunto de los ángeles caídos, responsables —según la tradición judía, basada, a su vez, en la persa— de las enfermedades, de las malas cosechas, de las guerras, de los incendios, de las inundaciones y hasta de las suegras...

El Galileo dejó que se vaciara.

Todos escuchaban, desconcertados. De vez en cuando miraban a su alrededor o hacían sonar, disimuladamente, los cascabeles de los niños. Todos creían en los *lilim*, y de qué forma...

Finalmente, cuando Pedro hubo terminado, el Hijo del Hombre tomó la palabra y proporcionó algunas revelaciones, pero no comprendieron.

Jesús habló, en primer lugar, de la naturaleza de los ángeles. Dijo que eran incontables. No tienen aspecto humano. Son luz. E insistió: «luz inteligente y bondadosa». Son creación del Padre, y para siempre. No saben vivir solos. Son creados en parejas. A veces abandonan su estado y se asoman al tiempo y a la materia. «Pura experiencia...»

Guardó silencio un par de segundos, y añadió:

—Y nacen como un ser humano normal y corriente...

No captaron la sutileza del Hijo del Hombre.

—Los ángeles son lo que vosotros seréis después de la muerte...

Y enumeró algunas de las funciones de esas (para nosotros) incomprensibles criaturas:

—Son susurradores...

Me pareció una aproximación a la verdad muy didáctica. Según el Maestro acompañan al ser humano desde el principio de la historia. Son los que «susurran» piedad, ternura, curiosidad, poesía, belleza, valor o miedo...

Son los que «leen» nuestro Destino.

El «oso» no pudo contenerse e interrumpió a Jesús:

—Si no tienen aspecto humano, ¿cómo son?

El Galileo señaló las llamas que bailaban frente al grupo y declaró:

—Imagina que ese fuego pudiera pensar...

—Sí, Maestro, lo imagino.

—Pues eso...

Y añadió:

—Lo invisible piensa más que lo visible...

Después se refirió a lo sucedido miles de años atrás, cuando los *illek* (literalmente «ellos») decidieron rebelarse contra el orden de Ab-bā. Algo nos contó en el Hermón...

También los llamó *lajcôr* («los que preguntan»).

—¿Por qué se rebelaron?

Los discípulos se interesaron vivamente por los ángeles «rebeldes».

—Quizá pensaron demasiado...

La respuesta del Galileo no convenció a Bartolomé, y tampoco a Felipe.

—¿Pensar es malo?

—No, Bartolomé, no lo es... Lo malo es pensar contra lo establecido.

—¿Y qué es eso?

—El Amor, con mayúscula. Y ese Amor establece un ritmo y una forma de progresar. Los *lajcôr* creyeron que los humanos tienen derecho a utilizar atajos...

En esta oportunidad, yo tampoco entendí. ¿Atajos? ¿De qué estaba hablando?

El Maestro volvió a entrar en mis pensamientos, y los leyó. Me buscó con la mirada y proclamó:

—Decidieron que la carrera del hombre hacia la perfección tenía que ser más corta... Eso hubiera alterado los planes de Ab-bā...

—¿Hubo guerra?

Cada cual iba a lo suyo, como siempre, y como en todas partes. Y el Zelota no era una excepción.

—No como tú la imaginas, Simón... No se derramó sangre, pero sí lágrimas.

—¿Y qué fue de los *lajcôr*?

—Están aislados y a la espera de juicio.

—¿Y qué tenemos que ver nosotros, los hombres, con esa rebelión?

La pregunta de Simón Pedro fue muy oportuna.

—Todo y nada...

Los discípulos aguardaron una aclaración.

—Sois víctimas, sin más.

—¿Víctimas?

—Fueron los responsables de este mundo los que eligieron el camino equivocado. Vosotros, los humanos, no teníais capacidad para saber, y, mucho menos, para decidir de qué lado estar...

Y el Maestro, captando la inquietud general, los tranquilizó:

—Todo está bajo control. Los rebeldes fueron un puñado...

—¿Y qué sucederá cuando sean juzgados?

—El mundo volverá a la luz...

—¿Llegaremos a verlo?

—Sí, Andrés, pero desde otro lado... Tú, y tus hermanos, ya no estaréis aquí.

—¿No estaremos en Nahum?

La pregunta de Mateo Leví hizo sonreír al Maestro. La ingenuidad de aquellos hombres era conmovedora.

—No, Mateo, no estaréis en Nahum...

—Entonces, ¿dónde?

—En mitad del reino...

—¡Ah!, comprendo...

No era cierto. Ni Mateo ni el resto entendieron las palabras del Hijo del Hombre. Pero Jesús no removió el asunto. No merecía la pena.

Entonces habló a los discípulos sobre lo sucedido en lo alto de la montaña sagrada, el Hermón. Y lo hizo con expresiones fáciles. Aun así, ninguno captó la esencia de lo que estaba contando.

Les dijo que, no hacía mucho (verano del año 25), ascendió al Hermón y recuperó lo que era suyo: la divinidad. Tenía treinta y un años, recién cumplidos.

Los *lajcôr* supieron de la existencia de aquel Hombre tan singular, se presentaron en la montaña, y lo interrogaron. «¿Quién eres? ¿Por qué estás aquí?» Jesús manifestó quién era en verdad y los *lajcôr* trataron de sobornarlo, ofreciéndole poder. «Sólo serviréis al único Dios.» Y los rebeldes rechazaron la clemencia del Hombre-Dios. Fue en esos momentos históricos cuando el Galileo fue proclamado Príncipe de este mundo.

Y Jesús añadió, con énfasis:

—Ningún rebelde puede molestar ya al hombre...

Pedro no aceptó.

—Conozco a muchos endemoniados. Y éstos también...

—En verdad te digo, Pedro, que el poder de los *lajcôr* sobre el mundo se ha terminado.

El discípulo siguió negando con la cabeza, y el Maestro hizo lo único inteligente: dejó que creyera en los espíritus maléficos.

Años después, cuando Mateo y el resto de los llamados «escritores sagrados» relataron la vida del Maestro, el pasaje del Hermón fue tergiversado y, como ya manifesté en su momento, ubicado en otro escenario (Beit Ids). Lamentablemente, ninguno de los evangelistas habló de lo más importante: la recuperación de la divinidad por parte de Jesús en aquel mes de *elul* (agosto-septiembre). El Hijo del Hombre —también lo he dicho— no nació sabiendo quién era. Vivió como un hombre durante 31 años; un hombre atormentado, pero hombre a fin de cuentas.

Los discípulos, como digo, no fueron conscientes de estas revelaciones.

Y esa noche dormimos al raso, al pie de la higuera.

Dormir es un decir...

La luna, casi en su mitad, se retiró pronto. Quiero creer que adivinó lo que estaba a punto de suceder...

Cada cual buscó cobijo (lo más lejos posible de la apestosa marrana) y quien esto escribe dedicó unos minutos a contemplar el firmamento. Cómo la añoraba...

Cerca de Andrómeda brillaban las estrellas Mirach y Almak. Me hicieron señas.

Mensaje recibido.

Yo también la amaba.

Y en eso, en pleno vuelo hacia el corazón de Ruth, oímos unos gritos. Procedían de una de las chabolas. Me inquietaron.

Jacobo Alfeo y su mujer, Kabar, discutían. Se gritaban y se insultaban sin piedad. Ella lo llamó «calzonazos» y lo acusó de abandonar a sus hijos... «y al que estaba en camino». A la pelea se sumaron los padres de las gemelas. La frase más repetida era «¿por qué te marchas?». Jacobo titubeaba, y hablaba de un «reino en el que no tendrían que trabajar». Kabar se reía y lo llamaba «retrasado».

Supongo que el Maestro, y los demás, escucharon las discusiones. Pero nadie hizo un solo comentario, ni se movió. El más feliz, sin duda, fue Simón Pedro. Se limitó a roncar, que era lo suyo.

La pelea remitió dos horas después.

Las estrellas, agotadas, se dejaron caer sobre el horizonte, y fueron desapareciendo. Tampoco me extrañó.

Y llegó el miércoles, 10 de julio del año 26 de nuestra era.

Nuevo día y nuevas sorpresas...

El orto solar tuvo lugar temprano: a las 4 horas y 29 minutos.

Nos preparamos, desayunamos, y nos dispusimos para caminar hasta el muelle. Los planes eran simples: viajar en lancha hasta la localidad de Tariquea, al sur. Allí debíamos buscar a los dos últimos candidatos: Tomás y Judas Iscariote.

Pero los Alfeo expresaron sus temores. El *qibela*, el viento que se había colado el día anterior, se puso serio, y empezó a soplar con rachas que hacían crujir el ramaje de la higuera.

De todos modos lo intentaríamos...

Y el grupo se puso en marcha.

Yo me quedé rezagado, no sé muy bien por qué, y asistí a otra escena que tampoco figura en los textos evangélicos. Otra más.

Jesús, y los discípulos, como digo, se distanciaron de las chabolas. En eso vi aparecer a Kabar. Jacobo Alfeo se había entretenido con «Da», la niña de los ojos de colores. La sostenía en los brazos y la besaba. «Da», a su vez, abrazaba a «Migaja».

Y Kabar, sin más, se arrojó a los pies del marido, y se aferró a ellos, gimiendo y suplicando:

—¿De qué viviremos?... ¡No te vayas!... ¡No te vayas!

Noté un nudo en las entrañas.

El Hijo del Hombre había desaparecido entre las otras chozas.

Jacobo intentó zafarse del abrazo de la mujer, pero no lo consiguió. Y poco faltó para que perdiera el equilibrio. Sujetó a «Da» como pudo y ordenó a la mujer que lo dejara ir. Kabar no oía. Sólo gritaba y lloraba.

Y en eso llegó Kore, la gemela. Temí lo peor.

Los padres y los tres hermanos, con las mujeres e hijos, presenciaban la escena desde las puertas de las chozas.

Kore, con frialdad, arrebató a la niña de los brazos del cuñado, y se retiró hacia una de las chabolas.

Jacobo logró librarse de su mujer, y se alejó, pálido.

Fue entonces cuando vi aproximarse a Mateo Leví. Caminaba solo y con prisas. Portaba una pequeña bolsa de hule en la mano derecha. Con la otra cargaba el petate.

Se cruzó con el Alfeo, pero no hablaron.

Y Mateo llegó hasta Kabar. La mujer, desolada, continuaba llorando y gimiendo, con el rostro hundido en tierra. La familia seguía inmóvil e impasible.

Y el discípulo, sin explicación de ningún tipo, depositó la bolsa de hule en las manos de la árabe. Esbozó una leve sonrisa, dio media vuelta, y se retiró por donde había llegado.

Kabar abrió la bolsa y, al ver el contenido, arreció en sus gritos.

No entendí.

Y fue a sacar un denario de plata. Lo mordisqueó y ahí terminaron lágrimas y lamentaciones. Revolvió el resto de las monedas, se alzó, y corrió hacia su choza, desapareciendo en el interior. La familia se fue con ella.

Yo me alejé, con el corazón en un puño. Nadie supo del gesto y de la generosidad de Mateo.

Los Alfeo estaban en lo cierto. El viento, fortísimo, levantaba olas de dos y tres metros.

Imposible navegar.

El mar de Tiberíades se presentó ante este explorador con toda su furia.

Las olas reventaban contra la escollera y brincaban, blancas de espuma, sobre la dársena. Las embarcaciones, temerosas, se acurrucaban unas contra otras, mecidas por un oleaje menor. Los mástiles gemían y dejaban que la cordelería volara a sus anchas... Al fondo, las aguas se habían vuelto turquesas, de pura rabia, pero las cabritillas terminarían ganando la batalla.

Los remendadores de redes acertaron: «cielo rojo al atardecer, pescador sentado al amanecer».

Nadie, en su sano juicio, se hacía a la mar mientras gobernase un *qibela*. Entre junio y enero, este tipo de tempestades era frecuente. Quien esto escribe tuvo oportunidad de presenciar unas pocas, y no digamos Eliseo...

Las grandes ramas de palmera, que cubrían habitualmente las chozas, rodaban por doquier.

La gente no se arriesgaba a salir de las casas. Con el *qibela* llegaba también el polvo del desierto. La temperatura y la presión barométrica ascendían, situándose en los 30 y 35 grados Celsius, y alrededor de los 1.015 o 1.020 milibares. Y los hombres, sin querer, se cargaban de venganzas...

El Maestro y Andrés consultaron con los Alfeo. Era mejor bordear el lago, o esperar. Lo malo de los *qibelas* es que podían prolongarse días y días.

Jesús optó por la marcha a pie, y Pedro y el resto lo aprobaron. Era lo más sensato.

E iniciamos un caminar lento y penoso, en el que costaba avanzar. Las rachas de viento eran muros. Teníamos que detenernos cada poco y guarecernos donde Dios nos diera a entender (y no pretendo hacer un chiste).

Dejamos atrás las poblaciones de Nuqev, Ein Gafra, En Gev y el puerto de Hipos.

Y fue en las proximidades de Kefar, a dos horas de Kursi, cuando uno de los gemelos, Judas, se vino abajo. El hombre, cubierto de polvo, medio ciego, poco acostumbrado a caminar, rompió a llorar. Quería volver con los suyos. Los echaba de menos.

¡Santo cielo!

Sólo habían transcurrido dos horas...

Los Zebedeo intentaron calmarlo. Todos ayudaron. Todos le hablaron del «reino que estaban a punto de conquistar y del dinero que llevarían a sus casas».

El Maestro no escuchó estas conversaciones. Se hallaba algo retirado, tratando de explorar el camino.

Y peor que bien, tras casi seis horas de marcha, divisamos, al fin, la ciudad de Tariquea.

Una densa nube de polvo amarillo cubría la población y las riberas del *yam*.

Cruzamos las callejas con prisas, y Felipe y el «oso» nos condujeron, directamente, a uno de los secaderos de pescado. Tariquea era algo menor que Nahum, pero con una floreciente industria de pesquería y construcción de toneles, cantada por Estrabón en su *Geografía* (XVI, 2).

Las calles se hallaban desiertas. El *qibela* soplaba en la segunda desembocadura del Jordán con más fuerza y con peores intenciones que en la costa oriental. Era la boca por la que se derramaba en el *yam*.

El trabajo en el secadero, al aire libre, había sido suspendido. Los operarios se refugiaron en dos grandes almacenes. Allí martilleaban sin descanso, fabricando toneles con duelas de madera o de hierro.

Dejamos los sacos de viaje en el suelo y nos contemplamos mutuamente. Y saltó la risa.

Quien más, quien menos, aparecía blanco, con polvo y arena hasta en las pestañas. Nunca vi a un Jesús de Nazaret tan «maquillado»...

Felipe se interesó por los trabajadores que buscábamos:

Tomás, también conocido como el Mellizo, y Judas, el Iscariote.

Encontró a Tomás. Del Iscariote ni rastro. Hacía días que no acudía al trabajo. Nadie supo dar razón.

Podía faltar una hora para el ocaso...

Vi a Felipe nervioso. Hablaba con Tomás, y éste respondía, pero el Mellizo no dejaba de martillear.

Me aproximé y asistí a una escena que me recordó el frío recibimiento de los Alfeo al Hijo del Hombre.

Felipe trataba de hacerle ver que el Maestro se había desplazado hasta Tariquea para conocerle y admitirle en el grupo de los «luchadores por el reino». Eso fue lo convenido. Pero Tomás negaba con la cabeza y continuaba con el martillo. De vez en cuando exclamaba:

—¡Buena es 'Alam!

Y proseguía con el tonel.

'Alam, que yo supiera, significaba «eternidad». ¿De qué o de quién hablaba?

Fue inútil. Felipe no logró que Tomás se despegara del tonel.

Regresó junto al Maestro y expuso la situación:

—Dice que tiene que terminar el trabajo... De lo contrario no le pagarán.

Jesús se resignó, naturalmente. Y lo mismo hizo el resto. Esperaríamos. En realidad no había prisa.

De vez en cuando, Felipe y Bartolomé se aproximaban al esforzado Tomás, y lo interrogaban. Este explorador les acompañó en varias ocasiones. Y siempre respondía lo mismo:

—Tengo que terminar... ¡Buena es 'Alam!

Pregunté a los discípulos. 'Alam era la esposa.

Tomás, al parecer, se hallaba en pleno proceso de divorcio.

Era tal y como lo «recordaba» (como lo llegaría a conocer años después): musculoso, de escasa estatura, con un aparatoso estrabismo en el ojo izquierdo, y rematadamente feo (1).

---

(1) Ficha de Tomás *Didimo* (el Mellizo): tenía veintinueve años al ingresar en el colegio apostólico. Natural de Tariquea. Casado (en realidad en proceso de repudio de la mujer). Cuatro hijos. Los padres y el resto de la familia viven en Tiberíades. Estatura: 1,60 metros (con Barto-

Finalmente dio por terminado el trabajo. Cobró el salario y se dirigió al lugar en el que aguardábamos. Llegó contando las monedas.

Saludó brevemente y, sin dejar de revisar los ases y las leptas, respondió, a su manera, a las presentaciones que llevó a cabo el paciente Felipe de Saidan.

Y el Maestro le anunció: «Tomás, lo tuyo no es la fe..., pero te recibo. ¡Sígueme!»

El discípulo no replicó. Ni siquiera levantó el rostro. Siguió removiendo y contando las monedas en la palma de la mano y, súbitamente, exclamó:

—¡Buena es 'Alam!

Dio media vuelta y regresó junto al patrón del almacén. Le mostró la paga y discutieron. Por lo visto había un error.

Jesús, sonriente, estaba disfrutando...

Tomás terminó incorporándose de nuevo al grupo del Galileo y comentó, dirigiéndose al Maestro:

—Me habían pagado de menos...

Y el Galileo, divertido, resumió:

—¡Claro, buena es 'Alam!

—¿La conoces?

—De sobra, Tomás, de sobra...

El nuevo discípulo no se percató de la doble intención del Hijo del Hombre. Supuse que se refería a la eternidad, no a su mujer.

---

lomé, el más bajo). Estrabismo en el ojo izquierdo. Grandes barbas. Cara renegrida. Nariz ganchuda. Cabellos negros y canosos. Fuerte (tipo enequético). Muy aseado. Uñas siempre limpias. Defecto en la uña del dedo meñique de la mano izquierda. Gran fuerza física. La hermana gemela murió a los nueve años de edad. Esto le afectó profundamente. Espíritu racional y científico. Mente lógica y analítica. Buen razonador. Enfermo del orden y de la limpieza. Su aspecto físico (poco agraciado) ha incrementado la timidez. Tendencia al pesimismo. Muy suspicaz. Misógino (odia a las mujeres). Al conocer al Maestro no creía en nada ni en nadie. Honesto y leal. Reacciona con parvedad ante los estímulos. Habla despacio. Hermosa voz. Es tenaz y perseverante. Gran trabajador. Brillante con el dinero. Muy tacaño. Extremadamente cauto. Lo primero, para él, es la seguridad. Buen perdedor. Nada rencoroso. Acepta el criterio de la mayoría, aunque no esté de acuerdo. Le apodan *Zut* («meticuloso»). Los compañeros, especialmente Simón Pedro, le acusan de gafe. Si algo sale mal, la culpa —dicen— es de Tomás. Valiente, llegado el momento. Mujeriego. Gran tendencia a la sexualidad. Trabaja como carpintero y albañil. Adicto al juego. Viaja siempre con unos dados en el cinto. *(N. del m.)*

Y el grupo, a petición de Tomás, pactó que esa noche dormiría en la casa del Mellizo.

Al atardecer, el *qibela*, rendido, se vino abajo, y se convirtió en una simple brisa, incluso tímida.

La casa, a orillas del lago, era típicamente judía, con dos niveles, un corral, y algunos animales.

Tomás tenía cuatro hijos pequeños. La esposa era joven y guapa. Muy guapa, aunque con las caderas algo anchas (para mi gusto). Nos recibió con alegría. Al principio, esta actitud me desconcertó. La mujer aparecía jovial y bien dispuesta. Sabía que el marido se disponía a abandonarlos, pero no parecía importarle. Al contrario. Felipe me lo explicó. «Eternidad» estaba harta del marido. Se llevaban a matar. De hecho, como dije, él había solicitado el documento de repudio o divorcio. Según 'Alam, Tomás era insoportable, pesimista, maníaco del orden, jugador y mujeriego. Estaba deseando que se fuera...

El Maestro decidió acercarse al lago y tomar un baño. Todos lo siguieron, menos el «oso», Felipe, Juan Zebedeo, Judas de Alfeo y Tomás. Yo opté por quedarme en la casa. Me asearía más tarde. No me equivoqué al tomar aquella decisión.

Bartolomé, el discípulo que había propuesto la candidatura del Iscariote, se mostró preocupado. Judas no aparecía. Como dije, nadie en el almacén estaba al tanto de su paradero. Hacía días que no se presentaba en el secadero de pescado.

Felipe se mostró de acuerdo con el «oso»: convenía salir y buscarlo.

Y en esas estaban cuando Judas de Alfeo, el gemelo, volvió a sufrir otra crisis de nostalgia. Y rompió a llorar. Juan Zebedeo se apresuró a consolarlo, y volvió a prometer riquezas y honores «si permanecía con ellos, junto al Mesías».

«Eternidad» le proporcionó vino caliente y el hombre se resignó.

Fue entonces cuando Tomás exclamó:

—¡Vamos!... Creo que sé dónde encontrarlo...

Y nos pusimos en camino, a la búsqueda del Iscariote.

Felipe permaneció en la casa, al cuidado del desconsolado gemelo de Kursi.

Y durante más de una hora, mientras oscurecía, Tomás, Juan Zebedeo, Bartolomé, y quien esto escribe recorrimos las callejas de Tariquea y, sobre todo, las tabernas y los garitos.

Tomás era un experto. Conocía a todo el mundo...

Al final lo encontramos.

La taberna, o lo que fuera, presentaba en la puerta un cartel en el que se leía, en *koiné*: «El pelícano tartamudo.»

Me costó acostumbrarme a la densa penumbra. Todo eran voces, cánticos de borrachos, luces amarillas y perezosas en las paredes, mesas mugrientas, jarras de barro con vino o cerveza, «burritas» con los pechos al aire, y un tabernero, con una nariz enorme y afilada, que serpenteaba entre los clientes y tartamudeaba:

—¡Más vi-vi-vi-vi-vi... no! ¡Más cer-ve-ve-ve-ve... za!

Tomás sorteó a la parroquia y fue a situarse frente a una de las mesas, en un rincón de «El pelícano tartamudo».

Allí se hallaba Judas Iscariote, en la compañía de dos tipos de aspecto innoble, mal encarados, y supuestamente borrachos.

Parecían confidentes, quién sabe al servicio de quién. Eran los que corrían con el pago de las rondas.

Judas bebía vino, y sin medida.

Nos vio, pero siguió indiferente.

Tomás hizo un gesto y los acompañantes de Judas se levantaron y desaparecieron.

Los discípulos se sentaron y el «oso» reprochó al Iscariote su falta de palabra. Pero Judas, ebrio, se limitó a sonreír con desgana.

—El Maestro te espera...

Judas escuchó el comentario de Juan Zebedeo, pero continuó encelado con la jarra.

—Quedamos en vernos...

—Yo no he quedado con nadie...

El «oso» insistió:

—Lo hablamos en el secadero...

El Iscariote no recordaba o, lo más probable, no quería recordar.

—Además —añadió en un lenguaje estropajoso—, no estoy seguro de querer pertenecer a vuestra organización...

—¿Por qué?

Judas solicitó más vino, y lo hizo a gritos. Aquella faceta de la bebida no la conocía. Sentí lástima por aquel solitario, siempre triste, siempre acosado por los fantasmas, siempre fracasado...

Presentaba unas ojeras muy acusadas, que alargaban el perfil de pájaro.

—No me gustó cómo trató a Yehohanan...

Noté cómo se asfixiaba. Qué extraño...

Y el Iscariote se desquitó:

—Ese Jesús, el carpintero, es un déspota, un prepotente, un blasfemo y un cobarde...

Juan Zebedeo se puso rojo.

Bartolomé pidió calma. Y preguntó de nuevo:

—¿Por qué hablas así?

—Ese carpintero loco nunca atendió los requerimientos del verdadero Mesías: Yehohanan...

Casi estuve seguro. Judas padecía algún tipo de problema respiratorio. Las sibilancias (ruido silbante al respirar), las repetidas toses, y la continua dificultad en la respiración, me hicieron pensar en asma (quizá de tipo bronquial) o en algo peor (una obstrucción crónica pulmonar). Y me pregunté: ¿qué tipo de asma le acosaba (1), si es que lo era? Y, sobre todo, ¿por qué no lo detecté en el año 30, cuando lo vi por primera vez?

El Zebedeo interrumpió al Iscariote y recordó lo sucedido en Caná.

Judas se rió de las palabras de Juan:

—Los magos egipcios lo hacen a diario...

—Pero ¿de qué hablas?

—Os diré más —se animó el Iscariote entre silbidos y taquipneas (respiraciones rápidas y superficiales)—. Si es el

---

(1) El asma, especialmente la bronquial, es una enfermedad que obstruye (de forma reversible) las vías aéreas. Éstas presentan hiperreactividad. La mucosa bronquial se inflama. Existen diferentes factores implicados en la aparición del asma: predisponentes (atopía: el enfermo padece procesos alérgicos), causales (ácaros, polen, etc.), contribuyentes (infecciones respiratorias víricas) y emociones extremas. Todo esto puede derivar en crisis asmáticas pasajeras o en asma crónica, con síntomas continuados. Me llamó la atención un dato: Judas no sufría de asma antes de la captura de Yehohanan. ¿Influyó el estrés en la aparición del problema? *(N. del m.)*

Mesías, como dices, ¿por qué no ha movido un dedo para liberar a Yehohanan?

Juan Zebedeo, que también fue discípulo del Bautista, tuvo que reconocer que el Iscariote hablaba con verdad. Hasta esos momentos, el Hijo del Hombre no había intercedido por su pariente lejano. En realidad, no debía...

—No, no estoy seguro de querer asociarme con vosotros...

Y el «oso» y el Zebedeo, en su afán por convencer a Judas, regresaron a lo de siempre, y hablaron, con entusiasmo, del futuro reino:

—Dinero, Judas, mucho dinero...

El Iscariote se encogió de hombros. No era el dinero lo que le atormentaba.

—El Mesías libertará a nuestro pueblo —continuó Juan con los ojos brillantes (no sé si por el vino, o por sus creencias, o por ambas circunstancias)— y nosotros estaremos allí... Escribirán sobre nosotros, como lo hicieron con Pinjás, con Elías o con los Macabeos...

Ahí dio en el clavo. Judas se removió, inquieto. Pinjás (nieto de Aarón), y también los hermanos Macabeos, eran sus ídolos, los grandes libertadores del pueblo. Él, de hecho se autoproclamaba *maquisard* («guerrillero»).

—... ¡La gloria, Judas!... ¡Nos espera la gloria!... Jesús nos guiará a la victoria...

En eso, en plena arenga del Zebedeo, se aproximó a la mesa una de las prostitutas que hacían también de camareras. Depositó cinco nuevas jarras con vino peleón sobre la mesa y Tomás, muy serio, aprovechó para deslizar la mano izquierda por debajo de las gasas que cubrían el mediocre cuerpo de la mujer. Ella lo permitió y Tomás la acarició durante un rato. El discípulo se dio cuenta de mi observación y, sin dejar de manosearla, fue a guiñarme un ojo.

Judas dudó.

—¿Estás seguro? ¿Entra en sus planes la liberación de nuestro pueblo?

—Así es, querido amigo...

El «oso» asintió con la cabeza.

—Y no sólo la liberación de Israel —prosiguió el Zebedeo—. Si te unes a nosotros podrás ser testigo de grandes prodigios. Lo de Caná sólo es el principio...

Juan no lo sabía, pero, en eso, acertaba.

—... Y libertará a Yehohanan. No lo dudes...

La «burrita» se alejó, feliz.

—No sé...

El Zebedeo continuó arremetiendo. Judas casi estaba vencido.

—Y después, más gloria, y más poder, y más dinero... ¡Judas: nadarás en oro y en plata! El reino que anunciamos está al llegar. ¡Súbete al carro ahora que puedes!...

Los silbidos del Iscariote arreciaron.

Y brindaron con fervor:

—¡Abajo Roma!

Fue entonces cuando Juan preguntó por la suerte de Yehohanan. Todos sabían que fue detenido por Herodes Antipas, y conducido a la cárcel del Cobre, pero Juan reclamó detalles. El día anterior a la captura, como se recordará, el Iscariote se dirigió a Jericó, con Abner, el pequeño-gran hombre, y el resto de los «justos» y seguidores del Bautista. No fue testigo, por tanto, del apresamiento del gigante de las pupilas rojas. Sin embargo, dominado por el vino, se dejó llevar por sus fantasías. Aseguró que el Bautista había peleado como un león y que dejó muchos cadáveres a su alrededor. Después, cuando Antipas tuvo noticia de la detención, mandó liberar a Gad y a José, los discípulos de Yehohanan que fueron secuestrados por la guardia gala el domingo, 9 de junio. Y, según el Iscariote, el tetrarca amenazó con ejecutar a Yehohanan si los seguidores —más de 10.000, en versión de Judas— continuaban a las puertas de su palacio, en la referida ciudad de Jericó. Al parecer cundió la desesperanza y la gente se dispersó, regresando a sus casas. Abner y los íntimos del Bautista necesitaron varios días para averiguar dónde se hallaba el Anunciador. Algunos propusieron asaltar la prisión del Cobre, pero la idea no prosperó. Y los «justos» terminaron desertando. Antipas puso precio a la cabeza de Abner y éste huyó. Judas no conocía su paradero. Y mencionó un detalle que me dejó perplejo: Antipas se había hecho con las memorias del pequeño-gran hombre. ¿Cómo pudo saberlo Judas si no se hallaba presente en aquellos momentos, cuando la guardia pretoriana del tetrarca registró el *guilgal*? Como digo, me pareció raro, pero no presté más atención al asunto.

No contó mucho más. Él, como otros «justos», caminó sin rumbo durante un tiempo. Después, no sabía por qué, apareció en Tariquea, y se dedicó a buscar trabajo en los secaderos de pescado. Fue así como conoció a Tomás, y como estableció contacto con Felipe y con Bartolomé.

Y el Iscariote propuso otro brindis:

—¡Por Yehohanan!

Todos aceptaron y apuramos las jarras.

Visto y no visto.

Antes de que nadie acertara a reclamar una nueva ronda, el «pelícano» asomó la increíble nariz y preguntó:

—¿Más vi-vi-vi-vi-vi-vi... no?

Judas dijo que sí y, naturalmente, terminamos borrachos, y hablando de lo humano y de lo divino. Yo, incluso, creo que terminé cantando en inglés. Pero nadie se percató de la extraña lengua de aquel griego rico y excéntrico. ¿Qué canté? Supongo que música country, tan propia del infierno. ¿Nadie se percató? No estoy tan seguro...

Brindamos por Shlomó y por los mártires que provocó la captura de Yehohanan.

Pagó Bartolomé y Judas Iscariote juró fidelidad eterna a los discípulos y a la causa.

Y nos despedimos de «El pelícano tartamudo» con otro «¡Abajo Roma!»

No tengo idea de cómo regresamos a la casa de Tomás.

Creo que nos apoyábamos los unos en los otros, o algo parecido...

Y fue así como el Iscariote se unió al grupo del Galileo.

Tomás buscó acomodo para todos.

El Maestro y los discípulos dormían. No sé si se percataron de nuestra llegada.

Simón Pedro roncaba, como era habitual.

No recuerdo más. Sé que dormí profundamente y que tuve sueños extraños.

¿Extraños?

Sí, y algo más...

Fueron tres los sueños que recuerdo. Uno de ellos me impactó vivamente.

Nos hallábamos en «El pelícano tartamudo».

Bebíamos en torno a una de las mesas.

Allí estaban Jesús de Nazaret y su hermana Ruth, a su

lado. Y sentados, también con sendas jarras en las manos, Yehohanan, Eliseo y Curtiss. Eliseo vestía el buzo de piloto, exactamente igual que yo. Curtiss aparecía con el uniforme de general de las Fuerzas Aéreas norteamericanas.

Yehohanan bebía agua.

Recuerdo a Curtiss, jefe de la Operación Caballo de Troya, fumando uno de aquellos interminables habanos, a los que era tan aficionado.

Eliseo y el general trataban de convencer al Maestro para que se uniera a la causa:

—Hay mucho dinero y mucho poder en juego —le explicaban—. Sólo tienes que autorizar para que te clonemos...

Y Eliseo mostraba un documento (con membrete del Pentágono). En una de las esquinas se leía: *President's eyes only*. («Sólo para los ojos del presidente.»)

¿Clonar a Jesús de Nazaret?

Y recordé el cilindro de acero, con las muestras...

¡Malditos bastardos!

Hice un par de preguntas:

—¿Por qué el presidente de Estados Unidos se halla al corriente de Caballo de Troya? ¿Por qué nadie me dijo nada sobre la clonación del Galileo?

Curtiss ordenó que guardara silencio, y dijo:

—Lo tuyo es escribir... ¡Escribe! ¡Y abrevia!

Y me lanzó una bocanada de humo a la cara...

—Sólo tienes que firmar aquí.

Eliseo indicó el lugar en el que Jesús debía estampar la firma.

Pero el Hijo del Hombre dudaba.

Y Curtiss arremetió:

—La CIA distribuirá mesías por todo el mundo... ¡Cien en Cuba!... ¡Diez mil en la China comunista!... ¡Un millón de mesías en los países árabes!... ¿Comprendes? ¡Será el nuevo reino! Pero, para eso, para clonarte, necesitamos tu firma...

—No habéis comprendido —replicó Jesús.

Yehohanan intervino:

—Todo es mentira...

Ruth, paralizada, intentó hablar. No lo consiguió.

En eso se acercó el «pelícano», y preguntó:

—¿Más vino?

Lo contemplé, asombrado. No tartamudeaba.

—Él me ha curado —explicó, señalando al Maestro—. Fue en la puesta de sol...

Y añadió, feliz:

—Se le dan muy bien las puestas de sol...

Jesús rechazó la «oferta». No firmaría.

Finalmente, decepcionado, Eliseo guardó el documento, y sugirió al general:

—No insistas. No firmará. Lo conozco... Su reino no es de este mundo.

—No importa —prosiguió Curtiss—. Lo haremos sin autorización... Y lo haremos antes de que llegue la gran roca.

Al oír lo de la gran roca, Yehohanan levantó la jarra con agua, y exclamó:

—Faltan 24.753,75 lunaciones para la gran roca...

—¿Qué dice este chiflado? —intervino Curtiss.

Yehohanan repitió, y redondeó:

—Faltan 24.753,75 lunaciones..., sindónicas, claro está.

—¡Vaya banda! —comentó el general casi para sí.

—¡No habéis comprendido! —insistió el Galileo—. Yo regresaré detrás de la gran roca...

Curtiss, al parecer, no entendió el arameo del Hijo del Hombre y solicitó de Eliseo que tradujera al inglés.

—Dice que regresará con la gran roca...

—No he dicho eso —aclaró Jesús al traductor—. Regresaré detrás, no con la gran roca.

—Qué más da...

—No es lo mismo —puntualizó el Maestro.

—¿Qué dice? —solicitó Curtiss.

—Dice que volverá, mi general...

—¡La parusía!... ¡Está hablando de la parusía!

—Y ésa, ¿quién es? —intervino el tabernero.

Eliseo lo miró con desprecio. Y comentó:

—No es una de tus «burritas». La parusía es el advenimiento glorioso del Mesías al final de los tiempos.

—Faltan 24.753,75 lunaciones..., sindónicas.

Yehohanan seguía erre que erre. ¿Por qué sindónicas?

Una de las camareras depositó otras jarras sobre la mesa y Curtiss deslizó la mano derecha por debajo de la túnica de la muchacha, acariciando las nalgas. Esta vez no hubo suerte. La camarera, ofendida, se revolvió y le soltó una sonora bofetada. El general, rojo de vergüenza, retiró la mano y prosiguió con la conversación:

—Entonces es cierto... Piensas volver a la Tierra...

Jesús asintió en silencio.

—¿Lo sabe el Vaticano?

El Maestro se descubrió con una pícara sonrisa.

—O sea, que no lo sabe...

—Faltan 24.753,75 lunaciones...

—Sí, lo sabemos —cortó el general, más que harto de la cantilena del Bautista—, lunaciones sindónicas... Lunaciones de 29,53 días... (1)

Ruth, por último, consiguió hablar:

—Ellos son el Vaticano... Ellos, los discípulos...

Y añadió, furiosa:

—Ellos son los traidores a mi Hermano. Ellos cambiarán el mensaje y fundarán una iglesia. Jesús nunca quiso una cosa así...

Jesús solicitó silencio.

—Pero ¿cuándo será eso de la parusía?

La pregunta de Curtiss quedó en el aire. Nadie respondió. Mejor dicho, lo hizo Yehohanan, a su manera, con la pesadez de las lunaciones.

Yo empecé a quedarme dormido. Otra vez el vino peleón...

Entonces fui despertado, bruscamente.

El general, con las manos sobre los hombros, me sacudía, y gritaba:

—¡Traduce!... ¡Jasón!, ¿me oyes?... ¿Me oyes?

Y fui despertado, pero en la realidad.

El Maestro me agitaba, suavemente, con las manos sobre mis hombros. Y repetía:

—¡Jasón!, ¿me oyes?... ¡Despierta! Nos vamos...

Necesité tiempo para ubicarme.

¡Oh!, la cabeza... Parecía la de otro...

El Maestro sonrió, pícaro, y comentó:

—¡Vaya nochecita!...

(1)   Yehohanan, en el sueño, hablaba de lunación sindónica; en realidad es lunación sinódica (período de tiempo que la Luna invierte entre dos fases iguales). Es equivalente a 29 días, 12 horas, 44 minutos y 3 segundos. Como expresó Curtiss: 29,53 días. (N. del m.)

¡Maldito vino y maldito «pelícano»!

Jesús me hizo un guiño y repitió algo que ya había oído en otras oportunidades:

—Busca la «perla» en cada sueño...

Los discípulos, en efecto, se preparaban para partir.

Fue una falsa alarma.

Al asomarnos a la puerta, el *qibela* estaba esperando, amenazador. Silbó un rato, agitó túnicas y cabellos, y dejó claro que no era el momento de abandonar Tariquea.

Desayunamos y, finalmente, el Hijo del Hombre se aproximó al Iscariote, diciéndole:

—Judas, al recibirte, le pido a Ab-bā que seas siempre leal...

El Iscariote, sentado en un rincón, ni siquiera se levantó.

Tenía los ojos vidriosos. Su resaca era peor que la mía.

Y el Galileo terminó el recibimiento oficial:

—... Todos somos de la misma carne, no lo olvides... Y ahora, sígueme...

Los discípulos lo rodearon, y lo felicitaron; en especial Juan Zebedeo y el «oso».

Pero Judas no dijo nada. En realidad no comprendía. Estaba allí, con un trozo de pan y un cuenco de leche entre las manos, sentado en la casa de Tomás, pero podía haber estado en cualquier otro lugar. No compartía las ideas del Galileo. Es más: recelaba de Él.

Sencillamente, creo que se dejó llevar por las circunstancias.

No sabía dónde ir. Su ídolo —Yehohanan— estaba preso. Le daba lo mismo cinco que veinticinco...

Y ese jueves, 11 de julio (año 26), permanecimos en la casa.

Los doce habían sido recibidos, al fin, y digamos que «oficialmente», por el Hijo del Hombre.

Jesús aprovechó el mal tiempo para escuchar a cada uno de ellos. Todos hablaron, excepción hecha del Iscariote, que casi no abrió la boca.

Así fueron sabiendo los unos de los otros, de sus respectivas familias, de sus trabajos, de sus ilusiones, de sus carencias, de sus amigos y de por qué estaban allí, junto al Maestro. Así supe que Mateo Leví tenía una preocupación que lo consumía: uno de sus cuatro hijos —llamado «Nieve en las manos»—, al que todos, en Nahum, conocían como

Telag, estaba enfermo. «Muy enfermo», dijo, pero no aclaró el tipo de dolencia. Lo averiguaría después, en una de las visitas a la casa. El niño era un *down*.

El Zelota se expresó con transparencia, tal y como era: su sueño era arrojar a los *kittim* al mar.

El Galileo lo escuchó en silencio.

Y lo mismo defendieron los Zebedeo.

Felipe, más modesto, sólo deseaba reunir el suficiente dinero para dedicarse —por entero— a su laboratorio de aceites esenciales, y poder viajar a la lejana China.

Los gemelos no tenían aspiraciones.

Tomás se encogió de hombros y habló de su mujer —'Alam— y de su divorcio. «Quería ver mundo...»

Pedro aspiraba a tener su propia lancha. La llamaría *Êben* (en arameo significa «piedra», el alias que le puso Jesús), o quizá «Perpetua» (nombre de la mujer), «pero nunca *Amata*» (la suegra).

Andrés sólo buscaba paz y salud.

El «oso» pronunció un discurso, dibujándose a sí mismo como el gran terrateniente de Caná, dedicado, en su día, a los nietos, y a los granados. Su hacienda sería mayor que *Sapíah*, la finca de Nathan. Allí esperaba morir, rodeado de libros...

El Maestro y quien esto escribe cruzamos una mirada de complicidad, más de una, y más de dos veces. No era ése el Destino de Bartolomé, el «oso» de Caná... Pero eso, lógicamente, no podía saberlo.

En cuanto a Judas Iscariote, no fue posible arrancarle una sola confidencia. Era frío y distante, siempre montado en aquella mirada negra y desconfiada.

Miento. Sí hizo una pregunta.

De pronto, ante la sorpresa general, se dirigió a Jesús y se interesó por la suerte de Yehohanan.

El Hijo del Hombre replicó con una frase:

—Permite que el Padre haga su trabajo...

Nadie entendió.

Hice cuentas.

Entre esposas, hijos, y otros parientes a su cargo, el grupo sumaba alrededor de treinta y cuatro personas, o más, que dependían de ellos, directamente. En otras palabras: de sus salarios.

Treinta y cuatro personas = treinta y cuatro problemas. No envidié al Galileo...

En general fue una jornada agradable y práctica. Como digo, se conocieron un poco mejor y, sobre todo, empezaron a amar al Hijo del Hombre. Bueno, todos no...

Eternidad preparó la comida y una sabrosa cena, a base de cordero asado y legumbres del Jordán. Y Tomás terminó sacando los dados y jugándose las barbas...

El Maestro rió con ganas.

Al final, al retirarnos a descansar, la casa aparecía impregnada de un familiar perfume a mandarina; la esencia que yo identificaba con la ternura y el amor...

No fue un mal comienzo para el grupo, a pesar de «El pelícano tartamudo»...

Esa madrugada, cumplida la misión, el *qibela* regresó a las tierras del sur.

Y el *yam* amaneció azul y pacífico.

Ese viernes, 12 de julio, embarcamos hacia Saidan.

'Alam (Eternidad) daba saltos de alegría en el embarcadero. Y nos despidió con toda su gente. Tomás, en la barca, por lo bajo, la llamó «tirana y guarra». 'Alam agitaba los brazos y gritaba (sin gritar): «¡No vuelvas!»

Teníamos alrededor de tres horas de navegación.

El patrón largó una vela negra y cuadrada y rezó a los dioses para que soplaran. Era un fenicio dedicado al transporte de personas y mercancías. Lo conocía de vista. Siempre cantaba.

El cielo fue extendiendo azules y la mar se aproximó, curiosa, jugueteando alrededor de la lancha. Las algas —las *peridinium*— no tardaron en descubrir la embarcación y se unieron al juego de las pequeñas olas, perfumándonos.

El Maestro se sentó a proa y dejó que los cabellos volaran un rato.

A lo lejos, en la costa de Kursi, otras velas perseguían tilapias y hacían como que se movían, pero no era cierto.

Y, de pronto, al recibir una brisa suave y perdida, el fenicio, satisfecho, empezó a cantar:

«¡Oh, Iris!... Quiero ser tallado en tus sueños...»

Era una canción triste. Guardamos silencio. Y cada cual se distanció, con los pensamientos bajo el brazo.

Yo me fui con Ruth...

«... ¡Oh, Iris!... Hazme barro, o piedra, o madera, pero hazme...»

La brisa permaneció entre los pliegues de la vela. Ya no se movería... Creo que se durmió.

«... ¡Oh, Iris!... Sé que me amas, pero ámame en tus sueños...»

El Hijo del Hombre, feliz, se inclinó sobre el lago y fue a recoger agua en la palma de la mano derecha. La contempló y la dejó caer. Las gotas brillaron, no menos felices.

«¡Oh, Iris!... Soy agua cuando me bebes... ¡Bébeme!»

El Maestro repitió la operación y llevó el agua al rostro. Las gotas lo recorrieron, entusiasmadas. Después cerró los ojos y dejó que otra brisa, más afortunada, fuera secando la frente, los párpados, la nariz, las bronceadas mejillas y las barbas.

«¡Oh, Iris!... Estoy muerto si me olvidas... Tállame en tus sueños, como los dioses pintan los lirios... ¡Oh, Iris!... ¡Llévame a tu nube!»

Y la lancha siguió surcando todo tipo de azules; algunos, incluso, profundos...

El Galileo, entonces, reclamó la atención de los discípulos.

Todos se sentaron a sus pies. Sólo Judas Iscariote permaneció alejado y absorto. Tenía los ojos fijos en Tariquea, cada vez más lejana y providencial.

Y el Hijo del Hombre habló de un tema de enorme trascendencia que, por supuesto, no captaron. Así era Él. Aprovechaba la menor circunstancia para enseñar y, muy especialmente, para educar. Si tuviera que decidir un título que definiera al Maestro escogería el de educador.

Al principio, a juzgar por los rostros, pensaron que Jesús blasfemaba o que estaba fuera de sí...

Los íntimos se miraban unos a otros y hacían gestos y señas.

«Pero ¿qué está diciendo?»

Sencillamente, Jesús empezó hablando de los «otros dioses». Quizá aprovechó la letra de la canción; no estoy seguro...

Dijo que en el reino de su Padre Azul había muchos dioses.

Se dirigió a quien esto escribe y puntualizó:

—Con mayúscula, querido *mal'ak*...

Mensaje recibido.

Uno de esos dioses, de especial relevancia, es el llamado Espíritu de la Verdad, el «Actor ignorado». Así lo definió. Y entendí que se refería a lo que los creyentes llaman Espíritu Santo (una redundancia, dado que los espíritus —especialmente los dioses— son santos, o perfectos, por naturaleza).

Jesús no prestó atención a los cuchicheos de los discípulos.

Y aseguró que el Espíritu de la Verdad es también un Dios silencioso y vital.

Habita en la materia, en lo imperfecto, y en lo limitado. «Es su especialidad.»

Habita la materia —las rocas, las plantas, la lluvia, el rayo, la mar, la noche...— para divinizarla.

«Y de esa manera, la Divinidad, en su conjunto, está al día...»

Quedé tan perplejo como los íntimos. O más...

Y acudieron a la mente algunas de las conversaciones con el Maestro, en las que desarrollamos otro tema capital: la presencia del Número Uno, Ab-bā, en cada uno de los seres humanos. Lo que este explorador llama la «chispa», por simplificar.

Si no entendí mal, al igual que el Padre se fracciona y se instala en la mente del hombre (a partir de los cinco años), el Espíritu de la Verdad lo hace en la materia inanimada (o supuestamente inanimada). Si esto es así —y Jesús jamás mentía—, cada planta, cada animal, cada roca, cada color, cada rayo «encierra» (?) una fracción divina.

«... Un Dios que anima, que cuida, y que se informa..., a cambio».

¡Que diviniza la materia!

El Maestro observó que los discípulos no lo seguían y echó mano de un ejemplo. Buscó de nuevo el agua del *yam*, la presentó en las palmas de ambas manos y, acto seguido, la derramó sobre cubierta. El agua empapó la madera y ambos elementos se hicieron uno.

Aun así, no acertaron a entender.

«El Espíritu de la Verdad —prosiguió Jesús— es agua viva que habla...»

Y volvió a mirarme intensamente.

Entonces recordé el prodigio de Caná. «Agua parlante. Un río de agua de vida...»

Sentí una especial emoción.

Era ese Espíritu, ese Dios (nuevo para quien esto escribe), quien se «presentó» también en el agua de las cántaras de Caná...

Y amaneció en mi mente una vieja y querida canción: «Dios es ella.» El Maestro la entonaba de vez en cuando; sobre todo en el astillero de Nahum.

«Dios es ella... Ella, la segunda *hé*, habitante de los sueños...»

La letra *hé*, en hebreo, representa, justamente, el Espíritu. Comprendí, creo.

La *hé* está contenida en el sagrado nombre de Dios, y por dos veces. La segunda *hé* (יהוה), según los judíos, simboliza el referido Espíritu de la Verdad (la esencia divina velada en la materia). Otros la llaman *Šekinah* o Divina Princesa.

«Ella, la segunda *hé*, habitante de los sueños...»

Sí, empecé a entender. El Espíritu Madre...

Bartolomé, uno de los más cultos, levantó la mano y preguntó:

—Pero, rabí, eso no es posible...

Jesús escuchó la exposición del «oso».

—Los doctores de la Ley dicen que la Divina Princesa ya no está donde siempre estuvo... Al entrar los impíos en Israel desapareció. Ahora habita con ellos...

Como digo, Bartolomé no captó la sutileza del Hijo del Hombre. Jesús no se refería a la *Šekinah* (1) que habitaba,

***

(1)   La creencia generalizada entre los judíos de aquel tiempo es que Dios (Yavé) ocupaba el Santo de los Santos, en el Templo, en Jerusalén, y en forma de luz. A esto lo llamaban *Šekinah* o Esencia Divina. Era conocida como *Mahaneh ha- Šekinah* («Campamento de la Esencia»). Pues bien, según los doctores de la Ley, esa Esencia Divina o Divina Princesa había huido del Templo, como consecuencia de los múltiples e inicuos pecados del pueblo elegido. La *Šekinah*, a la que muchos consideraban la «esposa de Yavé» o la «Matrona Santa», habitaba ahora (en la época de Jesús) entre los impíos. «Y eso los hacía fuertes», decían. Para los más

supuestamente, en el Templo. Estaba hablando de un Dios derramado, capaz de ocupar el cuarto nivel, el más bajo, por el puro placer de «regalar» o, como Él dijo, «para divinizar lo imperfecto».

Según eso, todo es sagrado...

Y el Hijo del Hombre vino a confirmar estos pensamientos.

Tomó agua nuevamente del lago y la vertió sobre el rostro del sorprendido «oso». Las gotas, divertidas, se escondieron entre la barba.

Y Jesús dijo:

—En verdad te digo, Bartolomé, que el Espíritu de la Verdad te está hablando... Él desciende, por expreso deseo del Padre, para elevar lo que está abajo...

Fin de la enseñanza.

Y cada cual la interpretó a su manera. Discutieron, pero Jesús no entró en polémicas. Se limitó a oír. Algún día comprenderían. Estaba sembrando, abriendo las mentes a un nuevo y revolucionario orden. Deseaba, sobre todo, que imaginasen: la forma más santa de adorar.

El Espíritu de la Verdad: un Dios hecho materia. No se me había ocurrido. Él, Jesús de Nazaret, fue un Dios hecho carne. El Padre, el Número Uno, se desliza en la mente. El Espíritu (Hé) baja hasta el último escalón de la imperfección... Y todos se enriquecen. Nos enriquecemos.

¡Dios mío, es tanto lo que no sé!

Mientras navegábamos apareció el silencio. Cada cual, como digo, se puso a conversar con sus pensamientos.

¡Qué diferente era todo con aquel Hombre! ¡Qué nuevo!

¿Por qué los evangelistas no lo contaron como debieron contarlo? ¿Por qué tanta mentira y tanta manipulación? ¿Por qué tantos intereses bastardos?

Y me dejé llevar por las ideas sembradas por el Galileo.

Perfume a algas... El Espíritu de la Verdad flotando sobre el *yam*.

---

rigoristas y ortodoxos, la *Šekinah* era una luz circular, semejante a una corona o *keter*, capaz de volar. Era la que amamantaba la Tierra, permitía las buenas cosechas, y traía la lluvia. Uno de los grandes objetivos del Mesías era la recuperación de la *Šekinah*. Yehohanan me habló de ello en numerosas oportunidades. Estaba convencido: los ejércitos de Yavé, con el Mesías a la cabeza, hallarían y liberarían a la Divina Princesa, y la traerían de vuelta a Jerusalén. *(N. del m.)*

Azules sin fin en el cielo... El Espíritu de la Verdad que abre las alas.

La brisa, de puntillas... El Espíritu de la Verdad, que no desea molestar.

Aguas que rebosan vida... El Espíritu de la Verdad, que habla.

Pero el respiro duró poco.

De inmediato, como un tormento, volvieron a mi mente los escritos de los evangelistas. Nada de lo vivido en la selección y recibimiento de los doce tenía que ver con lo expresado en los textos supuestamente sagrados.

Mateo (4, 18) (1) no da una. No sé de dónde sacó tanto infundio...

Respecto a su propia designación, narrada en el capítulo 9, versículo 9, aunque se ajusta a la verdad, no debió incluirla tras la curación de un paralítico. Jesús, en esos momentos, no había iniciado la serie de grandes curaciones. Estaba empezando...

¿Y qué decir de Marcos?

En 2, 13 copia a Mateo. En 3, 13 (2) el desastre surge de nuevo. No hubo ningún monte. No subió para llamar a los que quiso. No dio poder a los discípulos para que expulsaran demonios. No los envió a predicar (de momento). No llamó Boanerges a los Zebedeo («hijos del trueno»). Y tampoco se produjo la elección cuando menciona Marcos...

El confiado Lucas no se aclara.

(1) El «llamamiento de los cuatro primeros discípulos» dice así: «Caminando por la ribera del mar de Galilea vio a dos hermanos, Simón, llamado Pedro, y su hermano Andrés, echando la red en el mar, pues eran pescadores, y les dice: "Venid conmigo, y os haré pescadores de hombres". Y ellos, al instante, dejando las redes, le siguieron... Caminando adelante, vio a otros dos hermanos, Santiago el de Zebedeo y su hermano Juan, que estaban en la barca con su padre Zebedeo arreglando sus redes; y los llamó. Y ellos al instante, dejando la barca y a su padre, le siguieron.» *(N. del a.)*

(2) Texto de Marcos (3, 13): «Subió al monte y llamó a los que él quiso; y vinieron donde él. Instituyó Doce, para que estuvieran con él, y para enviarlos a predicar con poder de expulsar los demonios. Instituyó a los Doce y puso a Simón el nombre de Pedro; a Santiago el de Zebedeo y a Juan, el hermano de Santiago, a quienes puso por nombre Boanerges, es decir, hijos del trueno; a Andrés, Felipe, Bartolomé, Mateo, Simón el Cananeo y Judas Iscariote, el mismo que le entregó.» *(N. del a.)*

En 5, 1 (1) se fue por las ramas y se equivocó de Simón, como creo haber mencionado.

En 5, 27, al hablar de la selección de Mateo, copia a Marcos que, a su vez, copió a Mateo.

En 6, 12, Lucas copia de nuevo a los otros evangelistas, y mete la pata, ubicando la selección de los discípulos en un monte, eligiendo a los doce a la vez, y situando el hecho a continuación de la curación de un paralítico. En otras palabras: cuando uno se equivoca, o falsea la verdad, el resto, al copiar, comete los mismos errores.

Lo dicho: un desastre...

Y digo más. A la vista de tantos y tan graves errores, ¿por qué calificar los evangelios como la palabra de Dios?

Dios jamás comete errores..., que yo sepa.

Juan, el evangelista, más hábil, no dice nada sobre la designación del resto de los apóstoles.

Contemplé a los doce.

No podía negarlo. El Maestro supo seleccionar. Aquel grupo de hombres (once galileos y un judío) era la viva representación del pueblo (en esos momentos). Pescadores, campesinos, carpinteros, albañiles, comerciantes e, incluso, un odiado recaudador de impuestos. No faltó un revolucionario (Simón, el Zelota), y tampoco un traidor (Judas Iscariote). Cuidó, incluso, de que dos de ellos (los gemelos

---

(1) Texto de Lucas (5, 1): «Estaba él a la orilla del lago Genesaret y la gente se agolpaba sobre él para oír la Palabra de Dios cuando vio dos barcas que estaban a la orilla del lago. Los pescadores habían bajado de ellas, y lavaban las redes. Subiendo a una de las barcas, que era de Simón, le rogó que se alejara un poco de tierra; y, sentándose, enseñaba desde la barca a la muchedumbre. Cuando acabó de hablar, dijo a Simón: "Boga mar adentro, y echad vuestras redes para pescar." Simón le respondió: "Maestro, hemos estado bregando toda la noche y no hemos pescado nada; pero, en tu palabra, echaré las redes." Y, haciéndolo así, pescaron gran cantidad de peces, de modo que las redes amenazaban romperse. Hicieron señas a los compañeros de la otra barca para que vinieran en su ayuda. Vinieron, pues, y llenaron tanto las dos barcas que casi se hundían. Al verlo Simón Pedro, cayó a las rodillas de Jesús, diciendo: "Aléjate de mí, Señor, que soy un hombre pecador." Pues el asombro se había apoderado de él y de cuantos con él estaban, a causa de los peces que habían pescado. Y lo mismo de Santiago y Juan, hijos de Zebedeo, que eran compañeros de Simón. Jesús dijo a Simón: "No temas. Desde ahora serás pescador de hombres." Llevaron a tierra las barcas y, dejándolo todo, le siguieron.» *(N. del a.)*

Alfeo) no alcanzaran el mínimo de inteligencia. Otro fue soberbio y engreído (Juan Zebedeo). Simón Pedro no reflexionaba cuando hablaba. Era valiente, pero inseguro. A otros sólo les importaba el dinero (Felipe y Mateo Leví). Se rodeó igualmente de un filósofo (Bartolomé) y de un incrédulo y misógino (Tomás).

Hasta donde fue posible, se trató de una aceptable representación humana, tanto a nivel físico como psíquico.

Para mi gusto sólo faltó alguien de color y, por supuesto, algún discípulo femenino. Pero todo llegaría, en su momento... Además, ¿quién soy yo para opinar?

¡Oh, Iris!... ¡Llévame a tu nube!

La lancha del fenicio se alejó, rumbo a Nahum.

Nosotros desembarcamos frente a la quinta piedra, muy cerca del caserón de los Zebedeo.

Sería la hora tercia (nueve de la mañana) cuando pisamos la casa.

Salomé, la dueña, no puso buena cara al ver tanta gente...

Jesús la tranquilizó. Los «extraños» no tardarían en marchar.

Y así fue.

Jesús habló con Andrés, el «jefe», y éste organizó el asunto de los hospedajes.

Los gemelos Alfeo dormirían en la casa de Pedro y de Andrés. Había sitio de sobra, dijeron. Tomás y el Iscariote fueron acogidos en el hogar de Felipe, junto a Bartolomé. Era lo natural. Con Mateo Leví y el Zelota no hubo problema. Y se dirigieron a Nahum, a sus respectivas casas. En el caserón de los Zebedeo no había sitio para nadie más.

Y Salomé respiró, aliviada.

Quedaron en verse al día siguiente. Seguirían organizándose.

En mi habitación hallé tres nuevos mensajes. Decían: «Tu mirada me envuelve», «Caminemos con los ojos» y «Ahora toco el cielo».

Casi estuve seguro. La autora tenía que ser una de las hijas de Salomé... Pero ¿cómo entender que pudiera enamorarse de un anciano?

Guardé los *ostracones* con el resto, y descendí a la playa.

Aquel viernes, 12, fue dedicado al descanso y a la conversación. Hablé mucho con el Maestro y también con la familia Zebedeo. Abril seguía mirándome con intensidad. La noté más guapa y atractiva de lo habitual.

Salomé no daba crédito a la elección de los doce; en especial a la de Mateo, el publicano. Mejor dicho, el «odiado publicano», según sus palabras. Tampoco el Iscariote cayó bien. A las mujeres no les gustó. No miraba a los ojos y jamás sonreía. No se equivocaron...

En cuanto a mis conversaciones con el Maestro, quizá sea mejor que lo deje para más adelante. Es tanto lo que queda por contar...

Al día siguiente, sábado, 13 de julio, los discípulos se presentaron en el caserón y se pusieron a las órdenes de Andrés. El Hijo del Hombre se retiró a las colinas próximas. Tenía que conversar con el Padre.

Según Andrés, el Galileo le había encomendado la organización del grupo.

Y así se hizo.

Durante cinco días, los íntimos se reunieron en la «tercera casa» y hablaron y hablaron.

Cuando el Maestro regresaba, vencida la jornada, los discípulos se retiraban. Estaba claro que el Maestro no deseaba participar en aquellas decisiones —cómo decirlo—, puramente domésticas.

Todo el mundo respetó esta sabia postura del Hijo del Hombre.

Y al atardecer del miércoles, 17 de julio, sentados en torno al Galileo, en el silencio de la playa de Saidan, Andrés fue refiriendo el cometido de cada cual, «a partir de esos momentos o cuando el rabí estimase conveniente».

Jesús escuchó, visiblemente complacido.

Y ese día, como digo, nació —oficialmente— la organización de los doce.

En síntesis, esto fue lo que oí:

De común acuerdo, Andrés fue elegido «jefe» de todos ellos. Ya lo era, en teoría, y en la práctica. Todos acudían a él cuando se producía un problema. Andrés, como dije, era cálido y sereno. Sus consejos fueron siempre equilibrados. Lástima que los evangelistas no lo tuvieran en cuenta.

Y Andrés continuó enumerando:

Por orden de selección, Simón Pedro y los Zebedeo fueron los siguientes. Los tres integrarían la «ṭabbaḥ»: una especie de «guardia personal», que protegería al Maestro en todo momento o, al menos, mientras permaneciese en contacto con la gente. La «ṭabbaḥ», casi sin querer, quedó formada el 27 de febrero, en Caná, cuando Pedro, Juan y Santiago de Zebedeo rodearon a Jesús e intentaron, con éxito, que los atosigantes invitados a la boda se mantuvieran a cierta distancia. Fue ese miércoles, 17 de julio, cuando lo vi con claridad. Era ésta la razón por la que Jesús aparece rodeado, en su vida pública, por estos tres discípulos. No era un asunto de preferencias o afectos. Fue una designación aprobada por todos. El Maestro no tuvo nada que ver en ello. Se limitó a aceptar a la referida «ṭabbaḥ».

El quinto discípulo seleccionado —Felipe— quedó responsabilizado de los asuntos domésticos. No podía ser de otra forma. Estaba cantado. A Felipe le fascinaban la cocina y el dinero. Era un buen intendente. Le bastaba mirar para saber dónde estaba cada cosa y cuáles eran las carencias. Parecía tener rayos X en los ojos... Al principio, su trabajo era el abastecimiento de comida al Galileo y a sus compañeros. Poco a poco, las funciones de Felipe se irían extendiendo a las muchedumbres que oían o que acompañaban al grupo. Y eso provocaría más de uno y más de dos dolores de cabeza...

Pero vayamos por partes.

El «oso», el sexto discípulo elegido, recibió una de las responsabilidades más incómodas. Nadie la quería. Hubo largas discusiones. Finalmente se echó a suertes, y le tocó al bueno de Bartolomé. Debería estar al tanto de las necesidades de las esposas e hijos de cada discípulo. Eso significaba viajar regularmente a Nahum, Saidan, Kursi y Tariquea, y verificar cómo andaban de dinero, e informar sobre cualquier enfermedad o incidente de importancia. Dado el fuerte temperamento de algunas de las esposas, y los antecedentes ya conocidos, todo el mundo se resistió a aceptar una tarea así. El «oso» se resignó, sencillamente.

Ante su larga experiencia con el dinero, Mateo fue designado administrador general. Sería el responsable de la tesorería. Mateo Leví se ocuparía de vigilar los fondos del grupo y de administrarlos. Nueve de los discípulos le otorgaron el poder de suspender las predicaciones, cuando fuera necesario, para retornar a los trabajos y abastecer así la «bolsa común». Aceptó de buena gana. Era lo suyo, como digo. Judas Iscariote y Juan Zebedeo se opusieron. No digo que odiaran al publicano, pero casi...

Los gemelos de Alfeo eran un caso aparte. Fueron nombrados «chicos de los recados». Ayudarían a todos, y en lo que fuera necesario. No dijeron que no, y tampoco que sí. En realidad nunca decían nada. Judas de Alfeo continuaba con sus crisis de nostalgia. Y preguntaba constantemente: «¿Cuándo regresamos a casa?»

Con Tomás también hubo problemas. Nadie sabía qué hacer con él. Quiso hacerse cargo de los dineros pero Andrés, prudentemente, desvió la cuestión. Y el cometido del bizco fue sometido a sorteo. A Tomás le encantó. La suerte (?) quiso que se ocupara de la planificación de los alojamientos y de los viajes, propiamente dichos. Cuando llegara el momento (es decir, en la vida de predicación del Maestro), Tomás debería prever dónde dormir y qué rutas seguir. Dijo conocer bien los garitos y tabernas del *yam*...

El Iscariote fue designado «pagador». Se encogió de hombros. Le traía sin cuidado. Estaría a las órdenes de Mateo Leví. Pagaría lo que le ordenase. Era una especie de tesorero, sin más. Debería confeccionar informes semanales de los gastos. Eso fue lo establecido, pero nunca se cumplió. Judas terminó dando cuenta a Andrés. Con Mateo, el recaudador, casi no tuvo trato. Para el Iscariote era «basura».

Y durante las discusiones, mientras Andrés trataba de organizar al grupo, Judas no se cansaba de preguntar sobre lo que él estimaba vital en la naciente organización: «¿Dónde ocultarían las armas?»

Nadie supo responder, salvo Simón, el Zelota.

El guerrillero aconsejaba hacerlo en el fondo de las embarcaciones. Convenía anclarlas en el *yam*, no muy lejos.

Yo no salía de mi asombro. Cada cual seguía con las viejas ideas sobre el Mesías y la liberación del oprimido pueblo de Israel. Como he dicho en varias oportunidades, no envidié el trabajo del Hijo del Hombre.

Y he dejado para el final a Simón, el Zelote (o Zelota), porque la elección de su trabajo fue, sin duda, la más laboriosa. Desde el primer momento quiso ocuparse del entrenamiento de los discípulos. Conocía el manejo de la espada y había participado en diferentes refriegas con los «malditos *kittim*». También pretendió organizar los arsenales de armas y la coordinación con el resto de los ejércitos (?). Llegó a proponer, incluso, un plan para rescatar a Yehohanan.

Andrés se las vio y se las deseó para aplacar al entusiasmado guerrillero. Y le hizo ver que esos asuntos no eran competencia del «jefe».

Finalmente, como pudo, lo contentó con un «trabajo provisional». Eso dijo. El Zelota se ocuparía del esparcimiento de los discípulos y del Maestro, «mientras viajaran». Andrés, creo, improvisó como Dios le dio a entender.

A Simón se le quedó cara de idiota. Pero aceptó. «Es otra forma de elevar la moral de la tropa», manifestó.

En definitiva: fue responsabilizado de los juegos y diversiones durante los viajes.

Me eché a temblar...

El Maestro los contempló, uno por uno, y preguntó si estaban de acuerdo. Asintieron.

No se hable más...

Y el Maestro pasó a otro asunto, no menos espinoso: el trabajo y las familias.

Dijo haberlo pensado bien. Y manifestó lo siguiente:

El nuevo período de enseñanza, que empezaría, prácticamente, ese atardecer del miércoles, 17, se prolongaría durante meses. No dijo cuántos. Yo sabía que las intenciones del Hombre-Dios eran concretas y específicas. Les hablaría y educaría a lo largo de lo que quedaba de año. En total, algo más de cinco meses.

Pues bien, durante ese tiempo alternarían trabajo y enseñanza.

Simón, el Zelota, lo interrumpió:

—Querrás decir entrenamiento de la tropa...

El Maestro sonrió, divertido, y asintió con la cabeza.

Comprendí. ¿Qué otra cosa podía hacer?

En suma: dedicarían una o dos semanas al mes al trabajo, y el resto a las «clases».

Rectificó sobre la marcha:

—Mejor dicho, al adiestramiento de la tropa...

El Zelota, muy serio, asintió en silencio. Juan Zebedeo y el Iscariote se dieron por satisfechos.

Formarían tres grupos y se dedicarían, fundamentalmente, a la pesca. Jesús lo dijo con claridad: abandonaría el astillero y acompañaría a sus hombres. Todos aplaudieron la decisión. Pescarían de noche. Una parte de las ganancias pasaría a un fondo, destinado a los futuros viajes de predicación. Otras dos partes se dedicarían al mantenimiento de las familias y al pago de las comidas en la casa de los Zebedeo, respectivamente.

Jesús sometió a votación estas proposiciones y todos se mostraron de acuerdo con el Galileo.

Asunto resuelto.

Y me pregunté: ¿qué haría el Maestro con *Zal*, su hermoso perro, color estaño?

El viejo Zebedeo se negaría a cobrar por las comidas y cenas de Jesús y de los discípulos. Salomé estuvo una semana sin dirigir la palabra a su marido...

Finalmente, por decisión del Hijo del Hombre, el grupo guardaría un segundo día de descanso a la semana. Todos quedaron asombrados. Ese día sería el miércoles. Y el Maestro aclaró:

—La dedicación a la buena nueva requiere un gran esfuerzo. Ese día os entregaréis, especialmente, a la voluntad del Padre. No hacer nada —ya lo veréis— cuesta mucho...

El resto de la jornada, el Maestro lo dedicó a comentar otro problema, no menos delicado. Habló de las autoridades civiles, religiosas y de ocupación (los *kittim*) y dejó muy claro que no deseaba disputas con nadie. Nada de críticas a Antipas...

Recordé las filípicas del Bautista.

El Maestro sabía lo que decía...

—Si consideráis que los gobernantes deben ser censurados —añadió, rotundo— dejadme a mí ese trabajo... Y atención...

Los discípulos lo seguían, desconcertados.

—¡Nada de críticas a los *kittim* y mucho menos al César!

El Iscariote y el Zelota se mostraron en desacuerdo, pero Jesús insistió:

—Mi reino no es de este mundo...

Las primeras estrellas se hicieron notar, reafirmando las palabras del Hombre-Dios.

El Iscariote —cómo no— formuló la acostumbrada pregunta:

—¿Qué harás para ayudar a Yehohanan?

Y el Galileo, impasible, replicó con lo de siempre:

—Permite que Ab-bā..., y su gente, hagan su trabajo...

Judas no quedó conforme.

Al día siguiente, jueves, 18 de julio, el Hijo del Hombre puso manos a la obra, de nuevo. E inició una segunda tanda de enseñanzas, pero empezando, prácticamente, de cero.

Cuando salían a pescar dormían hasta las doce o la una del mediodía. Después se reunían en el caserón de los Zebedeo y Jesús hablaba de lo que Él y yo habíamos tratado tantas veces.

Cuando se refería a Ab-bā era incansable, tenaz e imaginativo.

Los discípulos seguían sin entender. La idea de un Yavé colérico se hallaba muy profunda en los corazones. No era fácil cambiar aquel Dios racista y fiscal por un Padre bondadoso e imaginativo, que nos habita, que espera (hagamos lo que hagamos), y que, sobre todo, regala inmortalidad (pase lo que pase).

Jesús se transportaba cuando hablaba de Él, y los íntimos lo percibían (al menos la mayoría). Los ojos color miel se iluminaban, y las palabras fluían, cristalinas e inagotables. ¿Cómo era posible que hablase así? La respuesta era simple: sabía de qué hablaba...

Y fue alternando las «clases» sobre la naturaleza del Padre Azul con las del reino invisible y alado, que también habita en nuestro interior, «aunque no lo sepamos». Se cansó de repetirlo: no es un reino material. No es algo físico, aunque es la realidad de realidades. Y recordé el sueño de la ventana: «Es hora de que regreses a la realidad...»

Él estaba allí para despertar al mundo a la buena nueva: ¡Estamos salvados porque siempre lo estuvimos! ¡Dios no es lo que dicen y, mucho menos, lo que venden!

—Estoy aquí para revelaros la naturaleza del Padre. La única posible. Vosotros, ahora, como el resto del mundo, padecéis de oscuridad...

Y matizó:

—Una oscuridad provocada por otros... Pero, confiad. Vuestro Destino es espléndido. Estoy aquí para enjugar las lágrimas de la humanidad... ¡Dejad de llorar por vosotros mismos!... ¡Es hora de alzar la vista!... ¡No estáis solos ni perdidos!... Mi Padre me ha enviado para retirar el velo del miedo... No sabéis dónde estáis, ni por qué, pero eso no importa ahora. Sabed que sois de Él y a Él retornaréis.

Los discípulos le miraban, incrédulos.

Lástima que estas palabras tampoco fueran recogidas por los evangelistas...

En esos momentos, sinceramente, las enseñanzas del Maestro se me antojaron una batalla perdida. Parecía imposible que pudiera penetrar el plomo de la tradición y de las viejas ideas sobre la Divinidad. Pero lo hizo...

El «oso» preguntó mucho:

—¿Y qué sucede con los malos y con los malísimos? ¿También son inmortales? Si el Padre no es justo, sino amoroso, como dices, Maestro, ¿qué pasa con el pecado y con las injusticias? ¿Tendrán los impíos el mismo trato que los justos y que los elegidos? ¿Por qué Dios consiente la maldad? ¿Por qué mueren los niños? ¿Por qué algunos seres humanos jamás levantan cabeza y otros, en cambio, lo tienen todo? ¿Por qué no conocemos nuestro Destino? ¿Por qué el mundo vive en la oscuridad? ¿Por qué tú, antes, vivías en la luz?

El Maestro respondió con brevedad:

—Son las reglas del juego...

Pasados unos días, el Hijo del Hombre cambió de táctica.

Antes de iniciar cada enseñanza, los discípulos que fueron seleccionados en primer lugar se ocuparon de hablar con los últimos. Se reunían en la «tercera casa» y los seis primeros trataban de poner en pie lo que el Maestro les había enseñado. Discutían, intercambiaban ideas, y se presentaban de nuevo ante Jesús con más y más preguntas.

No sirvió de gran cosa.

El Galileo, cada dos o tres días, se retiraba a las colinas cercanas y lo hacía en solitario. Mejor dicho, con *Zal*. No sé cómo logró convencer a Salomé para que el perro volviera al caserón. La verdad es que lo sé. Salomé le hizo prometer que cuidaría de *Zal*. Y así fue. El Maestro se ocupaba de todo. *Zal*, incluso, dormía en su habitación. E insisto: aquellos ojos vivísimos y almendrados del *kuvasz* nos tenían locos a casi todos...

Fue éste un período en el que los íntimos no aprendieron mucho, aparentemente, pero sí empezaron a sentir afecto por el Hijo del Hombre. Jesús conversaba en privado con todos ellos, excepción hecha de Judas Iscariote. Y los discípulos terminaron confesándole preocupaciones, miserias y sueños. El Maestro descendía con ellos a la playa y allí caminaban y caminaban. Fue así como abrieron los corazones al Hijo del Hombre. Mateo Leví describió la situación muy acertadamente:

—Hay gente a la que, cuanto más conozco, más desprecio. Con este Hombre sucede lo contrario. No le entiendo pero, cuanto más le conozco, más le admiro...

Uno de aquellos apacibles días —el jueves, 25 de julio—, sentados en la «tercera casa», el Maestro hizo una advertencia histórica.

Recuerdo que sostenía el cáliz de metal entre las manos. Lo acariciaba, como siempre, mientras *Zal*, dormido, permanecía a sus pies.

Observó a los discípulos detenidamente y, sabiendo lo que decía, manifestó:

—Pensad bien lo que voy a comunicaros...

Los discípulos se miraron, sin comprender.

—La buena nueva que os anuncio, y que seguiremos anunciando, debe ser vuestro único mensaje.

Ellos, lógicamente, no sabían de qué hablaba. Yo empecé a intuirlo...

—... No es mi deseo que os desviéis, predicando a propósito de mí, o de mis actos...

Guardó unos segundos de silencio y, advirtiendo que no comprendían, insistió:

—No os desviéis... No caigáis en la tentación de organizar cultos sobre mi persona... No soy yo el importante, sino Él.

Y dirigió el dedo índice izquierdo hacia la frente.

—¿Comprendéis?

Algunos dijeron que sí, por puro compromiso.

Obviamente, era muy pronto para que alcanzaran a entender tan proféticas palabras.

Y prosiguió, con dulzura:

—... Sois humanos, pero mi deber es recordároslo ahora... Cuando llegue el momento proclamad la buena nueva. Proclamad quién es el Padre y cuál es vuestro verdadero futuro... Decidle a la gente que existe un reino invisible y que todo está dispuesto para el bien. No os entretengáis en crear leyendas, dogmas, o jerarquías. La buena nueva no necesita templos, sino mensajeros...

Sentí fuego en el interior.

Él, entonces, desvió la mirada y me buscó.

E insistió, despacio, recalcando las sílabas:

—Men-sa-je-ros... Men-sa-je-ros...

Años más tarde, tras la muerte del Hijo del Hombre, estas palabras provocarían el primer cisma en la naciente iglesia. Pedro, y parte de los doce, empezaron a predicar a propósito de la figura de Jesús de Nazaret, y de su resurrección, olvidando el verdadero mensaje. Felipe, Andrés, Bartolomé, Tomás y Simón, el Zelota, sí recordaban esta manifestación del Maestro y se distanciaron de Simón Pedro y del resto. Los evangelistas tampoco recogieron lo dicho por el Galileo en aquel 25 de julio. No interesaba...

Jesús no tenía prisa. Nunca lo vi confuso o perdido. Sabía lo que quería y cómo y cuándo exponerlo. Contemplarle era un espectáculo. Jamás se alteraba. No perdía los nervios ante la terquedad o la miopía mental de los discípulos. Dejaba que hablasen y que se vaciasen. No discutía cuando se enzarzaban en los temas de siempre: arsenales, armas, ejércitos, generales del Mesías, reparto de las tierras de los impíos, reparto del botín...

Continuaba acariciando el cáliz o se mantenía con los ojos bajos, pensativo. Después, cuando los íntimos, agotados, guardaban silencio, proseguía...

Sí los corregía en otros asuntos: su Padre y el reino invisible y alado.

No permitía errores respecto a la bondad de Ab-bā.

—Estáis sentados en sus rodillas —decía—. Ésa es la revelación que os hago. ¡Olvidad el fuego, la cólera y la frialdad de Yavé! Mi Padre no es así. Eso es lo que debéis comunicar al mundo... ¡Sois inmortales por regalo divino!... ¡Sois hijos de un Dios! ¿Qué más necesitáis? Mirad a vuestros hermanos como a hermanos, porque lo son.

Fue Mateo, el publicano, el primero que empezó a despertar al nuevo orden. Fue el primero que intuyó, aunque tarde. Tiempo después se haría famosa una frase suya, igualmente ignorada por los evangelistas: «Descubrir al Padre Azul es hallar una mina de oro que, además, trabaja sola.»

Fue el 26 de julio, viernes, cuando empezaron a llegar noticias sobre Yehohanan. Se difundieron, rápidas, por el *yam*.

Eran confusas. Hablaban de un traslado del Bautista al sur, al mar de la Sal (actual mar Muerto). También corrieron rumores sobre Abner y los «justos» (los pocos que quedaban). La gente decía que Abner también había sido capturado. Otros aseguraban que se hallaba a salvo, en la Samaría, su lugar de nacimiento. Nadie sabía si las persecuciones de Antipas a los seguidores de Yehohanan eran ciertas o no.

El Maestro escuchó todas las versiones, y guardó silencio.

El Iscariote, muy irritado, no dejaba de incomodar al Galileo con su pregunta habitual: «¿Harás algo por él?»

Andrés lo reprendió, pero Judas le dio la espalda.

Al día siguiente, sábado, el lago recibió otra noticia. Juan Zebedeo, al conocerla, escupió, indignado. Acababa de llegar a Cesarea un nuevo gobernador romano. Su nombre era Poncio...

Y recordé que, en la «cuna», conservábamos un salvoconducto, firmado por el demente... (1). Aquel documento fue (sería) firmado en el año 30, y nos proporcionaba la posibilidad de viajar por el territorio sin problemas. Estaría bien que, a partir del mes de *elul* (agosto-septiembre), lo incluyera en el saco de viaje.

Y fue esa tarde del 27 de julio cuando sucedió algo que obligó al Maestro a revelar sus planes a los íntimos.

(1) El documento, en griego, fue fechado en el mes de *elul* del año 26. (Véase amplia información en *Cesarea. Caballo de Troya 5.*) Poncio tomó posesión de su cargo a finales de julio de ese año 26 de nuestra era. El documento —según los diarios del mayor— contenía una cláusula que decía: «... y los griegos anteriormente citados (Jasón y Eliseo) —amigos personales y servidores del divino Tiberio— podrán viajar libremente por los territorios de esta provincia procuratoriana, siendo asistidos, si así lo reclamasen, por las cohortes y guarniciones bajo mis órdenes...» *(N. del a.)*

Según los relojes de la «cuna», el ocaso solar, en ese sábado, 27 de julio, tuvo lugar a las 18 horas, 32 minutos y 16 segundos.

Nos hallábamos en la playa de Saidan. El sábado se agotaba. En breve, con la caída del sol, empezaría el domingo.

Una vez concluida la jornada, Jesús y los doce embarcarían, y pasarían la noche en el *yam*, pescando. Cada noche de trabajo, como dije, el Maestro alternaba con un equipo. Esta vez tocaba con el grupo de los Zebedeo.

Jesús y quien esto escribe hacíamos tiempo cerca de las embarcaciones. Jugábamos con *Zal*.

Noté a los discípulos un tanto inquietos...

No supe qué sucedía.

Hablaban entre ellos. El Iscariote alzaba los brazos. Parecía no estar de acuerdo. Discutían.

El Maestro también cayó en la cuenta, pero continuó lanzando palitroques al agua. *Zal* iba y venía, con el pelo color estaño empapado, y más empapado aún de alegría. A cada lance se arrojaba al *yam* como si fuera el último acto de su vida. Era un perro valiente..., y bien que lo demostraría en su momento.

Y, de pronto, Pedro, Judas Iscariote y Santiago Zebedeo se separaron del grupo, avanzando hacia el Galileo. El resto de los discípulos quedó expectante.

El Hijo del Hombre se percató de la llegada de los tres íntimos y detuvo el juego. *Zal* permaneció cerca del Maestro, pendiente del palitroque que sostenía en la mano izquierda. No le quitó ojo mientras duró aquella secuencia.

Jesús miró a los discípulos y aguardó.

Fue Simón Pedro quien tomó la palabra. Estaba nervioso. Al principio no acertaba con lo que deseaba expresar.

—Bueno, Señor... En realidad, éstos y yo...

Santiago era puro hielo, como casi siempre. No movía un músculo. El Iscariote, más nervioso que Pedro, se dedicó a remover la arena con los pies descalzos.

—Verás —prosiguió Pedro—, quiero decir que hemos estado hablando y...

Zal agitó la cola, animando a su dueño.

Jesús sonrió levemente, y siguió a la expectativa.

—Quiero decir que hemos hablado...

Se detuvo de nuevo, y señaló a los compañeros. Éstos, al

comprobar que Jesús dirigía la mirada hacia ellos, disimularon, e hicieron como que hacían algo.

—... Y nos preguntamos si ha llegado el momento de entrar en el reino...

El Maestro sintió algún insecto cerca de la cabeza y levantó la mano izquierda, tratando de espantarlo. *Zal* tensó los músculos, y se dispuso.

Falsa alarma. Y *Zal* miró al Maestro, como diciendo: «¿Qué pasa?»

—... Hemos discutido la cuestión —continuó Simón Pedro, algo más sereno— pero no terminamos de entender...

Jesús bajó la mano y *Zal* se relajó, pero siguió alerta. Tan pronto miraba el palitroque como dirigía los ojos almendrados a los del Maestro.

El Hijo del Hombre animó a Pedro:

—Y bien...

—Pues eso, rabí, que no sabemos...

—No sabéis, ¿qué?

—No sabemos si anunciarás el nuevo reino en Nahum o si lo harás en la Ciudad Santa (Jerusalén)...

—Comprendo...

El Iscariote asintió con la cabeza.

Jesús guardó silencio. Sabía que había algo más...

—Por otra parte —Pedro dudó. No supo cómo entrar en el asunto—. Por otra parte, éstos y yo...

Y Simón Pedro alzó el brazo izquierdo, señalando a los que permanecían junto a las barcas. *Zal* no interpretó bien el gesto del discípulo y dio un salto, colocándose frente al aturdido Simón.

Falsa alarma de nuevo.

—... Éstos y yo hemos hablado sobre la cuestión que nos preocupa, y que preocupa a nuestras familias...

El Maestro sabía muy bien a qué se refería el fogoso y torpe discípulo. Pero esperó...

—Hablo de los puestos que ocuparemos cuando se establezca el reino...

Pedro sintió alivio. Al fin lo había dicho...

—¿Puestos? ¿Qué puestos?

Imaginé que el Hijo del Hombre deseaba sonsacarle.

—Generales, gobernadores, procuradores..., ya sabes.

—Y tú, Pedro, ¿qué quieres ser?

—Gobernador del *yam*. Eso dice Perpetua, mi mujer...

—¿Perpetua?

—Es que las mujeres quieren saber...

Jesús se puso serio, y cortó en seco:

—¿Por qué os escudáis en las mujeres?

Simón Pedro trató de continuar con las demandas, pero el Maestro no lo permitió. Levantó la mano izquierda y reclamó a los que esperaban en la orilla.

Zal se tensó, nuevamente. Y digo yo que pensó: «¡Qué raro! El Maestro nunca engaña...»

Los discípulos se aproximaron y *Zal* quedó totalmente confuso.

Cuando los tuvo a todos reunidos, señaló a Simón Pedro, y aclaró:

—Pasaré por alto lo que ha dicho vuestro hermano...

Algunos bajaron las cabezas, avergonzados. Bien sabían de qué hablaba...

Y añadió:

—¿Hasta cuándo tendré que ser paciente con vosotros?

Pedro intervino.

—Los Zebedeo quieren acaparar puestos...

—Eso no es cierto —clamó Juan Zebedeo, rojo de ira—. Nosotros lo conocemos mucho antes que vosotros. Es justo, por tanto, que aspiremos a puestos más altos...

—Así es —sentenció su hermano Santiago.

—Pero todos vamos a pelear por ese reino...

La aclaración del Iscariote fue apoyada por el Zelota. El resto se mantuvo expectante, más o menos como *Zal*.

—¿Cuántas veces os he dicho que mi reino no es visible?

Jesús habló con suavidad, pero con firmeza.

—... No estoy aquí para sentarme en el trono de David. No estoy aquí para conducir ejércitos, ni para hacer política, ni tampoco para ocuparme de asuntos materiales... ¿Por qué no lo entendéis?

Era la primera advertencia del Hijo del Hombre sobre el no menos delicado asunto de la política.

—Sois mensajeros de un reino espiritual...

Seguían sin entender.

—Algún día —más pronto de lo que suponéis— me representaréis en el mundo. Debéis hacerlo tal y como yo os he pedido. Hablad de mi mensaje, no de política. Revelad al mundo quién es Ab-bā, pero no os mezcléis en los asuntos mundanos. No he venido a cambiar el orden social, económico o político. No es mi cometido. Si hiciera algo así, mañana, el devenir del propio mundo, terminaría con ese orden...

Me miró con intensidad. Yo sí sabía de qué hablaba.

—... En verdad os digo que es más importante crear esperanza que bienestar. Amigos míos, oídme: mi reino no es de este mundo... No he venido a modificar leyes, ni a cambiar gobernantes, ni tampoco a bendecir o a condenar sistemas políticos o económicos... Estoy aquí para hacer la voluntad del Padre. Ése deberá ser el gran objetivo de cada hombre y de cada mujer. Ése es mi mensaje. Eso es lo que quiero que transmitáis al mundo.

Los doce quedaron estupefactos.

En mi humilde opinión, el problema (de momento) no tenía arreglo.

Jesús rogó que se sentaran a su alrededor. El palitroque continuaba en su mano izquierda, para desconcierto y alegría, al mismo tiempo, del paciente *Zal*.

Y habló con toda franqueza, exponiendo sus planes inmediatos. Trabajarían y recibirían enseñanza durante los próximos cinco meses. Para enero, si era la voluntad de Abbā, se lanzarían a los caminos y proclamarían el nuevo reino.

Esta vez sí entendieron.

Aquello era concreto, concretísimo. Cinco meses de «entrenamiento de la tropa»...

Y todos se mostraron conformes.

Pedro quiso levantarse y pronunciar unas palabras, pero Tomás se adelantó:

—No sabemos qué es ese reino, rabí, pero no importa. Estamos contigo... ¡Vamos!

Jesús los abrazó, uno por uno. El Iscariote fue el único que se dejó abrazar.

El sol, rubio y satisfecho, se fue rodando hacia poniente, y el Maestro exclamó:

—Ahora vayamos a pescar... Mañana os haré pescadores de hombres.

Y el Galileo, feliz, terminó arrojando el palitroque a las aguas del *yam*. *Zal* se apresuró a recogerlo. Al fin...

Minutos después los veía partir. En una de las lanchas navegaban los Zebedeo, los gemelos y el Galileo. En la segunda, Felipe, el «oso», Tomás y Judas. En la tercera. Andrés, Simón Pedro, Mateo y el Zelota.

Tomé a *Zal* y regresé al caserón.

Nunca olvidaré la noche de aquel sábado, 27 de julio...

Preparé la comida del perro, cené, y conversé con la familia.

Me extrañó no ver a Iyar (Abril), pero tampoco pregunté.

Habían llegado nuevas noticias sobre el Bautista. Al parecer —eso decían los rumores—, los seguidores intentaron un segundo asalto de la cárcel del Cobre. Fue otro aparatoso fracaso. Pero tampoco podía fiarme de estos bulos. Cada día nacía y rodaba uno nuevo...

Y pensé: ¿se debió a este intento de asalto el que Yehohanan hubiera sido trasladado al sur?

Hablé también con el viejo Zebedeo. Hacía días que me rondaba una idea, pero no llegué a plantearla. El Maestro, como dije, se dedicaría a la pesca y a la enseñanza durante los próximos cinco o seis meses. Eso significaba que no se movería de Saidan. Tenía, pues, tiempo y tranquilidad de sobra, al menos en teoría. ¿Podría convencer al patriarca de los Zebedeo para que me permitiera copiar, nuevamente, el contenido de la veintena de rollos en los que se relataban los viajes secretos (?) de Jesús? (1). Me había quedado sin la información, como consecuencia del incendio en la *ínsula*, en Nahum. ¿Aceptaría? Tuve mis dudas. Este explorador consiguió el acceso a los papiros en el año 30, cuando el Hijo del Hombre había fallecido. Ahora era diferente. El viejo Zebedeo prometió al Maestro que guardaría el secreto «mientras Él viviese».

No importaba. Lo intentaría...

Y ya anochecido, tras dejar a *Zal* en la «tercera casa»,

---

(1) El mayor cuenta: «... Y el Zebedeo, destapando un viejo arcón, me mostró una veintena de gruesos "rollos", confeccionados también en papiro y escritos de su puño y letra. Según Zebedeo fue el Maestro quien rogó que lo ayudara en la redacción de aquella apasionante etapa. Y el anciano lo hizo al dictado. Y durante tres meses, en secreto, el Hijo del Hombre relató, cronológicamente, cuanto vio en algo más de tres años. Desde marzo del año 22 a julio del 25.» (Amplia información en *Cesarea. Caballo de Troya 5.*) *(N. del a.)*

me dirigí al palomar. Seguía dándole vueltas a la idea y manteándola... ¿Cómo explicarle al Zebedeo? No era fácil...

De pronto me sobresalté...

Vi luz por debajo de la puerta de mi habitación.

Me detuve.

Qué raro...

Yo no tenía costumbre de dejar prendida la lucerna de aceite. Lo hacía, fundamentalmente, por seguridad.

Caminé despacio.

No, no estaba en un error. Por debajo de la hoja se percibía el tímido oscilar de una llama amarilla.

Las maderas crujieron bajo los pies.

Miré a mi alrededor.

Todo era oscuridad.

Allí no había nadie.

Pero, entonces, ¿quién se hallaba en mi habitación?

Al llegar a la puerta traté de oír.

Nada. Silencio.

Quizá fue un error de este explorador. Quizá olvidé apagar la lucerna...

Eso no era posible. Yo era extremadamente cuidadoso, y no digamos con el fuego...

Noté cómo el corazón aceleraba. Algo estaba a punto de suceder. Lo sabía...

Pensé en dar la vuelta y regresar a la «tercera casa». Pero ¿por qué? ¿A qué tenía miedo?

La vara se hallaba en el interior. Si se trataba de algún ladrón...

No, eso tampoco era lógico. En la habitación no había nada de valor, salvo el saco embreado, con el «323», y el jade negro.

No tenía alternativa. Mejor dicho, sí la tenía, pero me consumía la curiosidad, uno de mis peores enemigos...

Y el corazón avisó: «No debes abrir esa puerta.»

No obedecí, naturalmente.

Empujé la hoja y lo hice despacio.

La madera dejó hacer y me ofreció una visión que jamás olvidaré.

La lucerna, en efecto, se hallaba prendida, y sobre el arcón, como era habitual.

La tierna luminosidad temblaba cada poco, mecida por una ligera y no menos curiosa brisa procedente del lago.

No me equivoqué.

Y el corazón siguió bombeando, cada vez más rápido.

Quedé perplejo, sin saber qué hacer.

Poco faltó para que retrocediera y huyera, pero no, no podía hacer una cosa así...

En el filo de la cama, sentada, se hallaba Abril, una de las hijas de Salomé.

En esos momentos lo supe. Era la autora de los mensajes en los trocitos de cerámica.

Me miró, atenta.

Traía el cabello rojo, recién cepillado, y una túnica blanca, de lino, inmaculada.

Escondía algo en las manos...

Los ojos me siguieron con atención. El marrón habitual había desaparecido. Ahora era un castaño dulce y luminoso. No parpadeaba. Casi no respiraba.

Cerré la puerta, nervioso. No supe qué decir.

La contemplé y traté de sonreír, creo.

El corazón estaba a punto de saltar por la ventana.

¿Qué se suponía que debía hacer?

Lo dije: siempre fui torpe con las mujeres. Estaba clarísimo...

No dijo nada. Extendió el brazo izquierdo y me entregó un *ostracón*, un pedazo de cerámica. El roce con los dedos me estremeció. Contenía otro corto mensaje.

Leí, aturdido: «Quiero besarte, pero no puedo.»

La miré de nuevo.

Noté cómo se agitaba. El pecho empezó a oscilar, muy despacio.

Pero siguió sin parpadear, con el rostro grave.

Aquella mujer hablaba con los ojos, como casi todas.

Y creí entender su lenguaje: «Ven...»

Pero no me moví.

Finalmente, comprendiendo mi torpeza, exclamó:

—¿Sabes por qué me llaman «Setenta y siete»?

No recuerdo la respuesta. Me hallaba hipnotizado. Supongo que dije que no lo sabía.

Se alzó y, lentamente, fue a soltar la cuerda que hacía de cinto.

Me miró de nuevo, y me atravesó con la mirada. Los labios, finos y pálidos, se humedecieron.

Se inclinó, recogió la túnica por los bajos, y fue retirándola, hasta que la sacó por la cabeza.

Y quedó totalmente desnuda.

Dejó caer la prenda sobre la alfombra roja y se arregló el pelo con premura.

Era bella, realmente preciosa...

Se aproximó al arcón, tomó la lucerna, y empezó a pasear la luz cerca del cuerpo.

Los pechos apuntaban; todavía eran firmes. En cuanto a las piernas, eran interminables y tersas.

Y al iluminar la zona izquierda del vientre detuvo la marcha de la lámpara de aceite. La región se hallada poblada de *nevus*, los típicos lunares. Los había de todos los tamaños. Parecía una constelación.

—Dicen que son setenta y siete —susurró—, pero no es cierto...

Hizo un leve movimiento con la mano, invitándome a que me aproximara.

Palidecí, y di un par de pasos.

—Son 217 —aclaró—. Son 217 lunares...

—No sé...

—¿Quieres comprobarlo?

No me salían las palabras.

Y ella, hábil, siguió recorriendo la piel con la ayuda de la traidora llama amarilla.

Los pechos no presentaban lunares. Sí el cuello y los hombros.

Entonces me entregó la lámpara, se dio la vuelta, y me animó a que la examinara.

La espalda era dulce, como ella, y repleta también de constelaciones de lunares. Las nalgas, desafiantes, me reclamaron. Y poco faltó para que las acariciara.

—¿Lo ves? —preguntó, insinuante.

Repliqué con un hilo de voz:

—Sí, lo veo...

Se giró de nuevo y sonrió desde la lejanía de aquellos ojos enigmáticos.

Tomó la lucerna y fue a depositarla en el suelo.

Los ojos brillaban. Y fue aproximándose, muy despacio.

Quise retroceder, pero no fui capaz. Me atraía. Me gustaba.

Sonrió brevemente y noté su cercanía. Los pechos me rozaron. Percibí cómo se agitaban, arriba y abajo...

Y un intenso perfume a tierra mojada me envolvió.

Ella, entonces, cerró los ojos y se colocó, de puntillas, sobre mis sandalias.

Esperó...

Pero aquel beso no llegó.

La retiré, suavemente, y susurré, como pude:

—No lo tomes a mal... Eres luminosa, pero mi corazón está en otra parte...

Abril abrió los ojos y me miró, incrédula.

—Lo siento... —murmuré.

Quiso sonreír, pero la sonrisa resbaló y se precipitó al suelo.

Ignoro cómo lo hice. Ignoro cómo fui capaz de articular una sola palabra. Ignoro por qué reaccioné así. Miento. Sí lo sé. Yo amaba a Ruth...

No hubo un mal gesto por su parte.

Creo que intuyó.

Me observó, muy seria, recogió la túnica, se vistió, abrió la puerta, y desapareció en la oscuridad de la noche.

Yo me quedé inmóvil, en la compañía de la lucerna traidora, y de mis pensamientos y deseos, todos peleados y revueltos.

¿Qué había ocurrido?

Permanecí largo rato asomado a la ventana, pendiente de las estrellas, y de las antorchas que navegaban en el *yam*.

No pude dormir. Mi amor por Ruth era violeta (imposible). ¿Por qué no aproveché la oportunidad que me brindó Abril? Ruth estaba hemipléjica, y casi ciega. La madre no me aceptaba. Yo era un anciano. ¿Por qué seguía amándola? Nada tenía sentido. ¿O sí? ¿Qué hubiera sucedido si Abril y yo...?

Me negué a seguir pensando.

Hice el petate, preparé el saco embreado, dispuse el cayado, y, decidido, esperé el alba.

Y, durante ese tiempo, con la vista fija en los luceros, alguien repitió en mi interior: «¡Confía!» Era una voz familiar.

«¡Confía!»

Y fue así, atormentado y confuso, como vi llegar el naranja del amanecer.

Decidí abandonar el caserón. Salomé escuchó mis excusas (ni las recuerdo) sin dejar de trastear en la cocina. Estábamos solos. Era muy temprano.

Noté cierto reproche en la mirada.

En esos momentos no caí en la cuenta. La madre sabía algo. Mejor dicho, lo sabía todo...

No desayuné. Tenía prisa por llegar a ninguna parte.

No alcancé a ver al Maestro y a los íntimos. No habían regresado.

Y me dirigí, directamente, al Ravid.

Vuelvo a mentir. Sí me despedí de alguien. Acaricié a *Zal* y me alejé de Saidan.

Y hacia la hora tercia (nueve de la mañana), sin problemas, ingresé en el módulo.

Todo se hallaba en orden. Todo menos mi corazón...

Traté de reflexionar, una vez más.

¿Por qué había huido? Porque de eso se trataba, a fin de cuentas.

Nunca lo supe. Sencillamente, no deseaba continuar en el caserón. No quería seguir cruzándome con Abril y sus 217 lunares...

Los «bucoles» no dieron señales de vida. Camar, el *badawi*, tampoco tenía noticias de los bandidos. Y opté por retirar los garfios y las cuerdas que colgaban en el acantilado.

Nuevo error...

Y durante casi tres días me dediqué a escribir, y lo hice febrilmente.

Adelanté el chequeo previsto por «Santa Claus» para el mes de septiembre.

Negativo. Ni rastro de los tumores. La amiloidosis seguía desaparecida.

Los niveles de óxido nítrico, sin embargo, eran elevados. «Santa Claus» advirtió: los radicales libres y, por tanto, el envejecimiento, continuaban conquistando las redes neuronales. Había que vigilar, y estrechamente, la situación.

Me encogí de hombros. No era lo que más me preocupaba en esos instantes.

Fue otro aviso...

Y el primer día de agosto, jueves, más calmado, decidí viajar a Nazaret.

Fue puro instinto.

Deseaba ver a Ruth...

La estancia en el «portaaviones» fue provechosa. Recuperé el temple y organicé los pensamientos. Incidentes como el del palomar, con Abril, debía considerarlos normales en una aventura como aquélla. No le daría mayor importancia. Lo vital era Él: sus palabras, los hechos, el seguimiento del Hijo del Hombre.

Así lo haría.

Tras la visita a Ruth me encaminaría a...

Pero no, no es bueno hacer planes más allá de tu sombra. No eran palabras mías.

Me dejaría llevar por el Destino, o por quien fuera...

Nadie me esperaba en Nazaret, naturalmente. Pero se alegraron, creo.

Miriam ordenó que me alojase en su casa.

Ruth había empeorado.

Ya casi no veía.

La hemiplejía del lado derecho la mantenía postrada y arruinada, física y mentalmente.

La encontré en la casa de la Señora, en el mismo rincón, sentada junto a las cántaras.

Miriam me advirtió: «Está agresiva. No soporta nada ni a nadie.»

Ya no controlaba los esfínteres. El olor confirmó las palabras de la hermana.

Me arrodillé frente a ella y la observé.

El ojo derecho se había cerrado, casi por completo. Las manos seguían frías.

Miriam me mostró los tobillos. Aparecían hinchados y azules.

Y, de pronto, exclamó con una voz irreconocible:

—¡Quie..., quie..., quierrrrrrro...!

Fue lo único que acertó a pronunciar.

Miriam y yo nos miramos.

Ruth estaba envejecida, deformada, y dolorida.

¡Dios mío! ¿Qué hacer?

Permanecí junto a ella tres días.

A la deformación se unió un proceso de alteración conductual.

No prestaba atención a nada. La capacidad de concentración se había esfumado. Cambiaba constantemente de humor. Ahora permanecía en silencio y después farfullaba sin orden ni concierto. Vomitaba y lo hacía volcánicamente. Todo, a su alrededor, quedaba sucio...

No hablaba, pero las agresiones con la mano y con el pie izquierdos eran continuas. Nadie estaba seguro a su lado.

Pensé que estaba perdiendo la conciencia de sí misma.

Era lo mejor que podía ocurrir...

Le administré benzodiacepina, por vía oral, y logré que se relajara. Durmió mucho. Lo necesitaba.

De vez en cuando abría aquel ojo verde, ahora apagado, y miraba con desconsuelo. Yo conocía sus pensamientos...

Ayudé a darle de comer. La saqué, en brazos, y la paseé por la aldea. Todos miraban con extrañeza.

Le conté historias fantásticas, casi todas falsas, y ella sonreía desde el verde de la mirada. Apretaba sus manos hasta que lograba calentarlas.

Me sentí profundamente triste.

Yo seguía amándola, y de qué forma...

Hablé con la Señora. No mucho. Se hallaba muy decaída.

Preguntó por su Hijo. Le dije la verdad; lo que sabía todo el mundo: «Está bien. Ha elegido a doce seguidores... Ahora les enseña.»

Me escuchaba con atención y murmuraba:

—No le comprendo, Jasón... No sé qué quiere...

—Debes confiar...

—¿Confiar? ¿En qué?

—Él sabe...

Y María se sentaba a mi lado, y escuchaba también las historias *kui*. En alguna ocasión logré robarle una sonrisa. No fue poco...

Con Santiago casi no hablé. Siempre estaba fuera. Evidentemente no había perdonado a su Hermano. Según Miriam y Jacobo, el albañil, su esposo, «no había nada que hacer». La ruptura era definitiva. Las condiciones establecidas por la madre en aquella histórica y desconocida reunión familiar continuaban en pie. La Señora no retrocedió ni un milímetro. Era tozuda. Ya lo he mencionado: el distanciamiento sería para siempre. María acudió al Gólgota, y vio a su Hijo morir, pero seguía sin entender. Fue después de la muerte, al comprobar la resurrección, cuando cedió y reconoció sus errores. Pero eso, creo, ya está contado...

¡Cuán equivocados están los creyentes respecto a María, la Señora!

Y fue la víspera de mi partida, tras cenar y acostar a sus hijos, cuando Miriam y Jacobo se interesaron por algo que lastraba mi corazón. Agradecí la conversación. Me sentí más libre...

—¿Por qué haces esto?

Miriam era como la madre: directa.

—¿Hacer qué? —pregunté como un tonto.

—¿Por qué te preocupas de Ruth, y de todos nosotros? Él ni siquiera ha vuelto...

Deduje que se refería al Maestro.

—No lo sé —mentí—. Sois como de la familia...

Miriam sonrió, incrédula.

—Los hombres no sabéis mentir... Y tú menos.

—No entiendo.

Miriam fue derecha, sin rodeos, a lo que le interesaba. Jacobo asistía a la conversación como siempre: mudo.

—Tú la amas...

Bajé los ojos y lo reconocí.

—¿Desde cuándo?

—Desde que la vi...

—Pero ¿no ves el estado en el que se encuentra?

—¿Y qué tiene que ver eso?

Mi respuesta la confundió. Entonces me vacié:

—No pido nada a cambio. Sólo verla de vez en cuando... Yo la amo, ¿comprendéis?

El verde hierba de los ojos de Miriam se fue iluminando.

—Claro que comprendo, pero no es habitual... Ella no se recuperará. Está casi ciega. Morirá en breve...

—Razón de más para estar a su lado.

—¿Y qué pasa con tu amigo? ¿Por qué no viene a verla?

Hablaba de Eliseo. Dije la verdad, o casi:

—Lo desconozco. Casi no nos vemos...

Tentado estuve de hablarles del futuro. Ruth se recuperaría. No sabía cómo, pero terminaría sanando.

No dije nada, por supuesto. No era mi papel.

—Es una forma extraña de amar —murmuró Miriam—. No recibes nada a cambio...

—Te equivocas. Recibo más de lo que entrego.

Miriam me miró, confusa, y añadió:

—No lo entiendo...

—Pensar en ella me hace volar, me transforma, y me enriquece. No importa que no la vea...

Alguien hablaba por mí.

—... Sueño con ella, que es la forma más bella de permanecer con alguien. Tengo sus miradas contadas, como un tesoro. Me acompañan siempre.

Y me decidí a revelar el gran secreto:

—Y sé que ella también me ama...

—¿Por qué dices eso?

—No entiendo a las mujeres —dudé—. Sé que habláis una lengua propia... Ella me lo dijo..., con la mirada.

Miriam no tuvo más remedio que asentir con la cabeza.

Y terminó confesando:

—Eso es típico de Ruth...

—Pero no os alarméis —intervine, desconcertado ante mi última revelación—, no causaré problemas... Debo partir y ocuparme de otros negocios.

—Llámame Mir-yam —cortó Miriam—. Y sí, eres de la familia...

Dudó unos segundos y, mirando en lo más profundo de este explorador, preguntó:

—¿Negocios?... ¿Qué negocios?

No me dejó aclarar.

—Mi madre dice que eres alguien especial... ¿Quién eres realmente?

Me sentí atrapado.

—¿Por qué estás con mi Hermano?

—Soy un *mal'ak* —sonreí—, según Él...

—¿Un mensajero? ¿De quién? ¿Tan importante es mi Hermano?

—Soy un mensajero de mí mismo —repliqué, tratando de escapar de la incisiva mujer.

—No me engañas. Te miro y veo a una persona diferente. No tienes nada que ver con los griegos que conozco...

—Yo vivo en una Grecia lejana y desconocida... Y te confesaré algo: tu Hermano es importante para gente como yo, que sólo sabe dudar...

—¿Crees que sanará a mi hermana?

Miriam, o Mir-yam, como a ella le gustaba que la llamaran, era un peligro. Pensaba con agudeza y presumía de no esconder los pensamientos.

Escapé, como pude, del atolladero:

—Confía...

Vaya, me había apoderado de una palabra que no era mía. Así es la vida...

Y el domingo, 4 de agosto, temprano, acudí a la casa de la Señora, y permanecí un rato a los pies de Ruth.

No dije nada. Sólo la contemplé.

Finalmente me incorporé, me aproximé a la muchacha, y la besé en los párpados.

Nadie me vio, creo.

Son los únicos besos que he robado...

Y partí de Nazaret, pero sin corazón. Allí quedó, a los pies de la pelirroja.

Me sentía solo, extremada y alarmantemente solo. No tenía nada ni a nadie. Vuelvo a mentir. Tenía la esperanza, pero la olvidé.

Y me dejé llevar por la intuición.

Lloré amargamente, cuando nadie podía verme. Lloré por ella, por quien esto escribe, y por lo que nunca fue...

Dirigí los pasos hacia la base de aprovisionamiento de los «trece hermanos», al sur de Tariquea, en el valle del Jordán.

Sí, me dejé guiar por el instinto... Ése nunca traiciona.

Abracé a Tarpelay, el *sais* negro, y volví a contratarlo.

El conductor de carros continuaba igual. Nada lo alteraba. Las tres dagas seguían habitando en la cintura, asomando las empuñaduras de plata. La mirada, de hierro, también era la misma. E idénticos eran sus silencios y los amarillos. Me gustaba aquel libio...

Cerramos el trato: 14 denarios de plata a la semana y comida y alojamiento (si lo hubiere) por mi cuenta. Si al finalizar el trabajo quedaba complacido, Tar recibiría un extra, como casi siempre.

Era bueno que alguien me protegiera con el silencio.

Al día siguiente, lunes, hacia el mediodía, cruzaba la gran puerta de la cárcel del Cobre, en las proximidades de Damiya. Tarpelay esperó en el embarcadero, al otro lado del río Yaboq.

El *al-qa'id* se llevó una buena sorpresa. No me esperaba tan pronto.

Improvisé.

Deseaba averiguar dónde se hallaba el Bautista, y qué había sido de él. ¿Era cierto que fue trasladado al sur?

Nakebos, el alcaide, me observó con curiosidad.

—Eso que preguntas es secreto, pero a ti te lo puedo decir.

Y ratificó lo que ya sabía: Yehohanan fue conducido al mar de la Sal, a una fortaleza prácticamente inexpugnable, a la que llamaban Maqueronte. Se negó a confirmar si el traslado fue consecuencia de un segundo intento de asalto a la prisión por parte de Abner y de los «justos».

—¿A qué viene tanto interés por ese loco?

Seguí improvisando.

—Soy también un *kásday* (astrólogo) y he visto cosas...

—*Kásday?* ¿En serio?

Asentí, sin darle demasiada importancia. Yo sabía de la atracción que sentían aquellas gentes por esta clase de mancias. Ya me había ocurrido con Poncio, en el año 30...

—¿Y qué has visto?

—Eso sólo se lo diré a Antipas, en persona...

—¿Quieres una audiencia con el tetrarca?

—Así es. Y tú puedes conseguirla.

—En efecto, puedo hacerlo.

Quedó pensativo. Después se levantó y ordenó la comida.

Algo tramaba...

—Bien —reanudó la conversación—, sabes que soy capitán de su guardia... Lo intentaré. Pero debes darme tiempo. Antipas regresará al mar de la Sal cuando empiece el invierno. A su mujer no le agradan las lluvias de la Galilea. Dice que afean su cutis.

Invierno. Eso significaba los meses de *kisléu* o *tébet* (noviembre o diciembre, respectivamente).

—No importa —repliqué, aparentemente complacido—. Sé esperar. El futuro nunca llega...

—¿Y eso lo dice un astrólogo?

—Que practique la astrología no significa que crea en ella.

—Me gusta tu sinceridad.

Uno de los *nêsher* (preso de confianza), sirvió el *r'fis*, otro plato típico del Jordán. Lo había probado en Damiya. Consistía en una pasta de harina, recién horneada, en la que enterraban dátiles sin hueso y deliciosamente macerados. El *r'fis* era rociado con un jarabe dulcísimo, de irisaciones ambarinas, extraído igualmente de los dátiles, y rebajado con vinagre negro.

Hablamos de otros asuntos, y también de Belša, el persa del sol en la frente. Según mi anfitrión se encontraba en el norte, «en una misión especial, encomendada por el mismísimo Antipas». No pude sacarle más. Y el instinto avisó: ¿Belša en la Galilea?

Y volvimos al asunto de Antipas. Nakebos acertó:

—Supongo que solicitarás que te permita conversar con el iluminado...

—Eso sería importante para confirmar, o no, mis augurios... A no ser que tú...

Me arriesgué.

—A no ser que tú me conduzcas hasta Yehohanan sin que nadie se entere...

—Eso sería traición, querido amigo, y lo sabes. Yo no haría una cosa así...

Retrocedí. No era el camino correcto. Así no lograría llegar ante el gigante de las pupilas rojas.

—Esperaré...

—¿Has considerado nuestra oferta?

Me hice el despistado.

—¿Qué oferta?

—Trabajar para Antipas. Informar sobre el carpintero loco...

—Sí, he reflexionado sobre ello —mentí—. Estoy de acuerdo. Os informaré —seguí inventando—, con una doble condición.

Nakebos me animó a proseguir.

Miré al *nêsher* que nos observaba y el alcaide entendió.

—No hay problema. Es sordo y mudo...

—Está bien —continué con la representación—. Trabajaré para el tetrarca, siempre y cuando se me autorice a visitar al vidente cuando lo estime oportuno...

Nakebos no se inmutó. Le pareció raro, eso sí.

—¿Y la segunda condición?

—No quiero dinero... Si preciso otro favor te lo haré saber...

—Te daré un consejo...

Nakebos se puso serio.

—No traiciones a Antipas. Te arrojaría a sus niñas...

¿Sus niñas? ¿A quién se refería?

Esa noche tuve que soportar una cena en la casa de Nakebos y, por supuesto, un río de *legmi*, el licor favorito del alcaide del Cobre.

Me las arreglé para beber lo imprescindible; es decir, muchísimo.

Me sentía sucio por dentro. No pensaba traicionar al Maestro pero el simple hecho de aceptar una propuesta como aquélla me dejó mal sabor de boca. Llegado el momento informaría a Nakebos sobre lo que creyera oportuno. La cuestión era garantizar el acceso al Bautista. Algo me decía que era importante. Tenía que estar despierto, muy despierto...

Con el alba abandonamos Damiya. Volví a mentir a Nakebos. Comenté que regresaba al *yam*, con el «carpintero loco».

No fue así.

Nada más salir de la población ordené a Tarpelay que dirigiera los caballos hacia el sur.

No preguntó. Obedeció.

A mitad de camino, en un alto, le expliqué. Quería aproximarme, lo más cerca posible, al palacio-fortaleza de Maqueronte.

Asintió en silencio y reanudamos la marcha. El *reda*, de dos ruedas, respondía bien, y con alegría. Tar conocía el lugar y sabía cómo llegar.

¿Qué pretendía?

Ni yo mismo lo sabía.

Nakebos había sido explícito. Maqueronte era inexpugnable. Nadie podía ver al Bautista sin el permiso de Antipas. ¿Por qué arriesgaba?

Pero fui leal a la idea que acababa de asomarse a mi mente: intentaría lo imposible; buscaría la forma de entrar en la fortaleza y presentarme ante el gigante.

«¡Estás loco!», me dije.

Sí, maravillosamente loco...

Consulté el sol al alcanzar el vado de Josué, de tan amargos recuerdos. Podía ser la tercia (nueve de la mañana) del martes, 6 de agosto (año 26 de nuestra era).

Las candelas continuaban encendidas en la *menorá*. Y el vigilante de los cabellos rubios seguía al pie del candelabro, atento a las llamas.

No nos detuvimos.

Y nos adentramos en el delta del Jordán.

Yo lo había visto en la distancia.

Era una especie de enorme semicírculo que empezaba a la altura del *nahal* o río Jisbón, uno de los afluentes occidentales del Jordán. En total, unos cuatro kilómetros de vegetación baja, cañaverales, brezales azules, guijarros blancos y cantos rodados, enormes como huevos de dinosaurios, bancos de arena, y más de veinte «piscinas» naturales, intercomunicadas, trabajadas lenta y fatigosamente por el padre tiempo. Los caminillos serpenteaban, inteligentes, y se cruzaban sin aparente orden ni concierto. Tar pudo haber guiado el *reda* por el camino del oriente, que lamía el delta, y que salvaba, como podía, los *wadis* o cauces secos que llamaban Gharāba y Udheimi. Desde allí, dejando la población de Gassul a nuestra izquierda, nos hubiéramos adentrado en el Gor, la cuenca del mar Muerto, propiamente dicha. Pero el libio que siempre vestía de amarillo deseaba mostrarme algo...

En las piscinas, todas de agua dulce, saltaban infinidad de peces; sobre todo carpas.

Hice ademán de abandonar el carro. Deseaba refrescarme en una de las lagunas. Tarpelay lo prohibió. Y se limitó a comentar: «Peligro...»

¿Peligro? Los cocodrilos habitaban más arriba, en el cauce del Jordán...

Y proseguimos bajo un sol implacable. La temperatura superaba los treinta grados Celsius.

Al alcanzar una de las «piscinas», el *sais*, sin más comentarios, detuvo el carro. Descendió y me hizo un gesto, para que permaneciera en el *reda*. Obedecí, claro está. Tar sabía bien lo que hacía.

Contemplé las aguas. Eran asombrosamente violetas. No supe a qué se debía aquel curioso efecto. Quizá fuera algún tipo de alga.

Tar caminó hasta un enorme y voluntarioso tamarisco del Nilo. Presentaba miles y miles de flores blancas y azules. A la sombra del árbol malvivía una humilde choza de adobe y paja.

Tar entró en la cabaña y salió, al poco, acompañado de un anciano. Parecía un *badawi*, un beduino.

Conversaron lo justo.

Después, el anciano regresó al interior y salió de nuevo, pero con algo en las manos. Era un mono. Tenía las manos y los pies atados. Se revolvía, inquieto.

Tarpelay hizo señas para que me reuniera con él.

Me acerqué y verifiqué que, en efecto, se trataba de un mandril, una cría. ¿De dónde había salido? En el Jordán no eran frecuentes.

Tar tomó el mono, sujetándolo por la nuca, y se encaminó a la orilla del estanque violeta. Lo seguí, intrigado. El *badawi* permaneció a la puerta de la choza.

Al acercarme al agua, Tarpelay hizo un gesto, recomendando que no me aproximara demasiado.

¿Qué encerraba aquella laguna?

Me fijé con atención y observé, en las orillas, numerosas cuevas, muy pequeñas, con bocas de 15 o 20 centímetros de diámetro.

¿Qué animal habitaba aquel lugar?

El libio balanceó al mandril dos o tres veces, y terminó arrojándolo sobre la laguna.

Fue todo rápido.

Las aguas empezaron a bullir, y el mono se agitó, chillando con desesperación.

En cuestión de nada, el animal se vio cubierto por decenas y decenas de cangrejos rojos, voraces como pirañas.

Los gritos del mandril se prolongaron treinta o cuarenta segundos; no más. Después, la «bola» de cangrejos terminó hundiéndolo, y desapareció.

Me quedé sin habla.

Tarpelay repitió:

—Peligro...

El negro adivinó mis pensamientos. ¿Qué cangrejo era aquél? No tenía noticias de nada parecido en el Jordán...

Tomó una rama y la introdujo en el agua. Al poco la sacó y me la mostró. Varios cangrejos, de unos diez o quince centímetros de longitud, igualmente colorados, se aferraban a la rama, y se la disputaban.

Tar la arrojó al suelo y aplastó los cangrejos con las sandalias.

Entonces procedí a examinar los restos.

Algunos, más jóvenes, eran grises. El más grande alcanzaba cinco por tres pulgadas.

Al retornar a la «cuna» verifiqué que el explorador Henry C. Hart tenía razón. Él los había descrito... Eran los temidos cangrejos caníbales del Jordán: los *telphusas (Potamophilon fluviatilis)*.

No lo olvidaría.

«Peligro...»

Y reanudamos la marcha hacia el mar de la Sal.

El sol siguió arrojando fuego y no tuvimos más remedio que refugiarnos a la sombra de un bosquecillo de jengibres amarillos. Los caballos sudaban y nosotros nos estábamos deshidratando. Tar aconsejó un respiro. Esperaríamos un tiempo.

A un paso se distinguía la llanura de plata del mar de la Sal, hoy conocido como mar Muerto.

Tar acomodó el carro, soltó los caballos, y los abrevó.

Hizo un solo comentario. Debía gastar cuidado con las piedras.

—No levantar...

Eso fue todo. ¿Qué se escondía bajo las piedras?

Y tras un breve descanso, agobiado por las nubes de insectos, y por la alta temperatura, decidí dar un paseo por los alrededores.

El *sais* continuaba con los ojos cerrados, reclinado contra uno de los jengibres.

Cuando me alejaba gritó:

—No levantar piedras...

Y siguió con los ojos cerrados, supuestamente dormido.

Nos hallábamos en el último tramo del delta.

En esa época (año 26 de nuestra era), el río Jordán desembocaba a casi tres kilómetros al oeste de lo que constituye el desagüe actual (siglo XX) (1).

El río penetraba rápido, y suicida, en el mar de la Sal, y lo hacía con una considerable carga de despojos: ramajes de todas clases, animales muertos e hinchados como globos, basura en general, troncos aturdidos e, incluso, cadáveres de seres humanos.

Las corrientes distribuían los arrastres y formaban dos grandes barreras que se aventuraban en el lago varios cientos de metros. Sobre estos estercoleros volaban, y se disputaban las piezas, centenares de buitres egipcios, con los cuellos pelados y sanguinolentos, y «averíos» de cuervos de cuello marrón y de cola en abanico, tan grandes como despiadados. Eran los «inquilinos» habituales de aquella región del delta. Los había a miles. Formaban nubes negras y apagaban el rumor de las aguas con sus permanentes y fúnebres graznidos.

Algo más abajo, tras el delta visible, se adivinaba el subacuático. En esa época, de acuerdo a lo detectado desde el aire, el delta submarino se prolongaba casi doscientos metros mar adentro.

El olor a podrido era insoportable. Tendría que acostumbrarme. Era el «perfume» típico de aquel mar extraño y misterioso, siempre quieto, como el plomo.

Busqué una sombra y traté de tomar referencias.

¿Qué sabía del mar de la Sal?

Era la primera vez que llegaba a él; al menos a pie, y en aquel tiempo.

Tarpelay seguía mis evoluciones, atento.

El nombre común no era mar Muerto o mar de la Muerte. Esta denominación nació en el siglo segundo de nuestra era, de la mano de Pausanias, un geógrafo e historiador griego nacido en Lod. La referencia a la muerte no tenía nada que ver con las citas sobre la destrucción de las ciudades de Sodoma y Gomorra, al sur del referido mar Muerto. Fue la iglesia católica la que vinculó esta denomi-

(1) Las investigaciones del viejo profesor Stener eran correctas. Mientras se fue formando el delta, el Jordán modificó el curso y se «movió» hacia el este. Este fenómeno no tiene nada que ver con el movimiento general del río (en todo su curso) hacia el oeste. *(N. del m.)*

nación —mar Muerto— con las supuestas destrucciones, por parte de Yavé, de las mencionadas ciudades bíblicas. Pero esto tuvo lugar en plena Edad Media. Para los griegos, la calificación de mar de la Muerte tenía origen en el hecho —según ellos— de que el lago carecía de vida. Aristóteles, en el siglo IV a. J.C., en su libro *Cielo*, ya propuso algo semejante, determinando que dicha carencia de vida se debía a la alta salinidad de las aguas. Y tenía razón, en parte.

El auténtico nombre del mar Muerto, con el que se le conocía habitualmente (nombre que también pronunció Jesús), era *Yam ha-melah* (arameo), que significa «Mar o lago de la Sal» (1).

El nombre de mar del Betún, o del Asfalto, era común, pero no tan frecuente como el de la Sal. Tal y como tendría oportunidad de verificar algún tiempo después, el nombre de mar del Asfalto se debía a los bloques de betún que aparecían, con relativa frecuencia (especialmente al sur), flotando en las aguas, y que constituían toda una industria entre los habitantes de las orillas. Los «santos y separados» llamaban a este mar como lo hace el Deuteronomio (3, 17): mar de la Aravá. También gustaban denominarlo «mar oriental», como lo llama el profeta Ezequiel (47, 18).

Pero, desde el bosque de los jengibres, no distinguía con amplitud el gran lago y opté por moverme, trepando a una roca de arenisca roja.

Sé que Tarpelay abrió un ojo, inquieto.

Y me hizo señas para que descendiera de la piedra.

No obedecí...

El espectáculo, a la hora quinta (once de la mañana), fue inolvidable.

El cielo se extendía azul y sin fin. El sol, a mi espalda, se había entretenido en pintar reflejos en las aguas. Había dibujado los acantilados de ambas orillas, en color rosa, como correspondía a la piedra de arenisca nubia. El azul del cielo también se había desplomado sobre las aguas. Una o dos

---

(1)   En un mosaico existente en una iglesia del siglo IV, en Midba (Moab), aparece un mapa en el que fue dibujado el mar de la Sal. En griego se lo menciona como «mar de la sal, del betún y de la muerte». Se trata de un mapa no sujeto a las influencias medievales de la Iglesia católica. *(N. del m.)*

nubes, blancas y perdidas, flotaban en la superficie del mar. El sol aprovechó la ausencia del viento y se desquitó, pintando.

Al fondo, en la orilla sur, se presentían el silencio y el principal habitante del mar de la Sal: el misterio.

Todo era quietud. Todo aparecía muerto; aparentemente muerto.

Jamás vi una desolación semejante.

¿Cómo resumir lo que tenía a la vista?

Sal, desierto, azules, rosas, insectos y una temperatura enemiga (casi 40 grados Celsius). Sólo se movían el Jordán, aventurándose en el mar de la Sal, los buitres, los cuervos, y mi curiosidad.

En aquel tiempo, el mar de la Sal era más pequeño que en la actualidad. Las aguas cubrían una superficie menor. De norte a sur, 73 kilómetros. En la zona de En Gedi, el lago alcanzaba la máxima anchura: 15 kilómetros (1).

Tar se puso en pie, y continuó haciendo señas para que descendiera de la piedra roja.

Le hice ver que todo estaba bien, y proseguí con las observaciones.

En esas fechas, según datos obtenidos en el vuelo desde la «cuna», el nivel del mar de la Sal se hallaba en «menos 408 metros», en relación con el del Mediterráneo. También medimos las profundidades. Existían, por aquel entonces, dos fosas principales: una ubicada frente al *wadi* Zarqa y la segunda en la «cintura» del lago (entre la población de En Gedi y el cauce o *wadi* del río Mujib (Arnón). Ambas rondaban los «menos 730 metros». Profundidad real, por tanto: entre 322 y 350 metros (2). Profundidad media: alrededor

(1)   La longitud del mar Muerto (siglo XX) era de 80 kilómetros, con una anchura aproximada de 17 kilómetros. Volumen de las aguas: 140 kilómetros cúbicos, con un total de 50.000 toneladas de minerales disueltos en las aguas. *(N. del m.)*

(2)   Fue el teniente Saymonds (1841) quien averiguó, por primera vez, y por medio de la trigonometría, el nivel del mar Muerto. Lo evaluó en «menos 428 metros». En 1848, una expedición de la marina USA estableció con exactitud el nivel del lago: «menos 394 metros» por debajo del mar Mediterráneo. La expedición partió en dos lanchas, desde el Kinneret (mar de Tiberíades), descendió por el Jordán, y navegó por el mar de la Sal, estableciendo mediciones de todo tipo. Tres años más tarde, Lynch publicó el informe completo. El principal hallazgo de la expedición fue la

de 292 metros. El fondo era fango, con un espesor de un centenar de metros. Estos datos resultarían de especial trascendencia cuando, algún tiempo más tarde... Pero no debo adelantar los acontecimientos...

No, el fondo no era fango. Eran puras arenas movedizas...

Cualquier objeto que pudiera caer a las aguas, y llegar al lecho, era absorbido y sepultado para siempre...

Me hallaba, pues, ante unos acantilados de rocas carbonatadas (especialmente los de la orilla oeste), pertenecientes al Cretácico superior. Los de la ribera oriental, formados básicamente por arenisca nubia (más joven), eran más altos, con inclinaciones acusadas (hasta 30 grados). Era un lugar impresionante, básicamente de color rosa, con una antigüedad no excesiva: alrededor de 15.000 años (1).

Pero la característica más notable del gran lago era (y es) su salinidad. Registramos porcentajes que oscilaban alrede-

---

minuciosa cartografía del lago y la topografía del lecho. A esta expedición siguió la del duque de Lyns (1864), en la que el geólogo Lartet descubrió la densidad del agua del mar Muerto. A partir de 1900, un grupo de jinetes judíos, enviado por el Hospital Escocés de Jerusalén, midió cada año el nivel del lago. Las mediciones fueron interrumpidas con la Primera Guerra Mundial. Los estudios fueron reemprendidos en 1929, por Ashbal, gran estudioso de la climatología en Israel. Después se unieron especialistas como Aharoni, Blankenhorn, Elazari-Volcani (el primero que defendió que existía vida en el mar Muerto) y Neev y Emery, entre otros. En los años sesenta, el nivel del mar de la Sal fue establecido en «menos 395,11 metros». La longitud era entonces de 80 kilómetros, con una superficie de 950 kilómetros cuadrados. En 1977, el nivel del mar Muerto descendió a «menos 399,6 metros». El umbral topográfico del istmo de Lynch quedó al descubierto. En 1835, Costigan intentó evaluar las profundidades del lago. Molineux lo intentó también en 1847. Fue Lynch (1848) quien lo logró: «menos 798 metros», al oeste del *wadi* Zarqa. *(N. del a.)*

(1) La formación de la olla del mar Muerto se produjo hace tres millones de años, aproximadamente. Hace dos millones cesó el proceso del hundimiento de la sal y se inició la «caída» de la zona sur del lago, con el hundimiento de Gomorra. Hace 60.000 años se registró la formación de las unidades morfotectónicas: cuenca septentrional y meridional y desarrollo de la lengua. En esas fechas surge la montaña llamada Sodoma. Hace 18.000 años se produce la erosión al sur del lago septentrional. Fue hace 15.000 años, más o menos, cuando aparece el mar de la Sal, tal y como lo conocemos en la actualidad. La cuenca septentrional tiene forma de bañera, con los bordes inclinados y un lecho muy plano, cuyo nivel oscila alrededor de «menos 700 metros». *(N. del m.)*

dor del 27 y 27,5 por ciento. Sólo el lago Hot, en el estado de Washington (USA), supera al de la Sal, aunque la profundidad de aquél no rebasa los tres metros. En otras palabras: por cada litro de agua del mar Muerto hallábamos 345 gramos de sales. La densidad fue calculada en 1,236 gramos de sales por centímetro cúbico (a una temperatura de 20 grados Celsius) (1). En el resto de los mares, el porcentaje de salinidad es mucho más bajo (entre el 4 y el 6 por ciento).

A estos altos índices de salinidad contribuye —y de qué manera— el grado de evaporación que experimenta dicho mar de la Sal. En aquel entonces fue estimado en 25 milímetros por día (en verano).

El mar de la Sal disponía, además, de otra característica que lo hacía casi único: las aguas superiores (desde la superficie a 40 metros) son menos saladas, y más ligeras, que las aguas inferiores (de 100 metros al fondo). La salinidad en la masa de agua superior oscilaba entre 284 y 290 gramos por litro, con una densidad (en superficie) de 1,201 a 1,205 gramos por centímetro cúbico. En la base, la densidad alcanzaba 1,215 gramos. En la masa de agua inferior, la salinidad era de 332 gramos por litro, con una temperatura que oscilaba entre 21 y 21,7 grados Celsius (a una profundidad de 150 metros). La densidad del agua fue fijada en 1,234 gramos por centímetro cúbico (para dicha masa de agua inferior).

En suma: el mar de la Sal es un lago «meromíctico», con una clara distinción de agua más salada en el fondo y agua menos densa y menos salada en la masa «de superficie» (2).

(1)   La composición del agua del mar de la Sal, y sus relaciones entre los componentes químicos, también son únicos. No existen muchos lagos en el mundo con concentraciones de iones de potasio, calcio y magnesio tan especialmente altas. Los iones de bicarbonato y de sulfatos, sin embargo, son bajos, si comparamos dichas concentraciones con otros lagos. En el mar de la Sal dominan la sal gema, el aragonito y el yeso. *(N. del m.)*

(2)   En 1979 se registró en el mar Muerto un cambio excepcional. Las masas de agua se mezclaron, terminando así con una de las características más espectaculares del lago. El mayor, posiblemente, no tuvo conocimiento de esta «inversión» (los diarios fueron terminados en abril de 1979 y él falleció en 1981). Durante el invierno de 1978-1979, el carácter «meromíctico» del mar Muerto se extinguió. Por primera vez, en mucho tiempo, las aguas se hicieron uniformes. Esto representó el final de la historia limnológica del lago de la Sal. ¿Se producirá algún día un nuevo cambio? Nadie lo sabe. *(N. del a.)*

Es esta fuerte salinidad la que provoca, en buena medida, la falta de vida en el lago y, sobre todo, la imposibilidad de hundimiento por parte de hombres, animales o materiales ligeros (1). Y recordé lo escrito por Flavio Josefo (2). El general romanizado tampoco supo por qué no había forma de hundirse en el mar de la Sal. Esta circunstancia agrandó el misterio que rodeaba el lago. Si alguien hubiera tenido la posibilidad de llevar a cabo un simple análisis químico del agua, habría comprobado que el enigma, en realidad, era muy simple (3).

No debía olvidar que me hallaba en zona sísmica. La olla o Gor de la Sal es una prolongación del mar Rojo y, en consecuencia, está sujeta al movimiento de deriva horizontal. Esto significa terremotos; la mayoría débiles. Pero no podía fiarme. Zonas como la de Masada, el *wadi* Arnón, y la ribera

---

(1)   Quizá estoy generalizando. La falta de vida en el mar de la Sal se debe a la gran concentración de salinidad, pero no es la razón fundamental. En 1934, Bass-Becking anunció por qué el mar Muerto es estéril: la alta concentración de iones de calcio en sus aguas. Eso es lo que provoca la esterilidad. En realidad, el mar de la Sal, o de la Muerte, debería recibir el nombre de mar de los Iones. *(N. del m.)*

(2)   «De la laguna de Asfalte: Digna cosa pienso será, que sea contada y declarada la naturaleza de la laguna Asfalte. Ésta es salada y muy estéril, y las cosas que de sí son muy pesadas, echadas en este lago se hacen muy ligeras, y salen sobre el agua, y apenas hay quien se pueda ahondar ni ahogar en lo hondo de ella.

»Vespasiano, que había venido allí por verla, mandó que fuesen echados en ella hombres que no supiesen nadar, con entrambas manos atadas a las espaldas; e hízolos echar de alto que cayesen en la laguna, y sucedió que todos volvieron, como por fuerza del aire, a aparecer encima del agua.

»Múdase también el color de esta agua maravillosamente tres veces cada día, y resplandece de diversos colores con los rayos del sol: echa de sí como terrones de pez en muchas partes, los cuales van nadando por encima del agua tan grandes como toros sin cabezas, o por lo menos muy semejantes.

»Los que conocen y saben de esta laguna, vienen a coger lo que haber pueden de la pez, y llévanselo a las naos; pero aunque cuando la toman y ponen en ellas está entonces más amiga y más blanda, después no pueden romperla, antes parece que tiene atado el navío...» *(Las guerras de los judíos) (N. del m.)*

(3)   El primer análisis químico del agua del mar de la Sal (del que se tiene constancia) se llevó a efecto en 1742. Sólo fue un análisis cualitativo. Fue Lavoisier (1778), de la Real Academia Francesa, quien practicó el primer análisis cuantitativo. Quedaron sorprendidos ante el índice de sal. *(N. del m.)*

de Qumrán, al norte del lago, fueron estremecidas y derribadas. En 1759, según nuestras informaciones, murieron en Safed trescientos judíos. Poco después, otro seísmo, también en Safed, provocó dos mil muertos. Flavio Josefo habla también de un gran terremoto (año 31 a. J.C.) que ocasionó treinta mil víctimas.

Era igualmente importante que me preparara para las altas temperaturas en aquella región sur de Israel. Si deseaba visitar al Bautista (todo dependía de la suerte y de la autorización de Antipas), lo más probable es que tuviera que cruzar aquella zona desértica en más de una y en más de dos ocasiones.

No me equivoqué...

Los veranos en el mar de la Sal eran abrasadores, con temperaturas que se aproximaban a 50 grados Celsius, incluso superiores. La radiación ultravioleta era sensiblemente inferior, debido a que la capa de aire existente sobre la olla es más gruesa de lo normal. Nuestros cálculos estimaron que el número de horas de radiación solar al año eran de 4.000 (de las 4.336 horas posibles). Los inviernos, en cambio, eran suaves y benéficos, con temperaturas medias de 20 grados Celsius. Los ricos buscaban la templanza y huían del norte y de las inclemencias de la Judea. Nakebos me lo había advertido: Antipas y Herodías se instalarían en el palacio-fortaleza de Maqueronte hacia los meses de noviembre o diciembre. Para las mujeres, el mar de la Sal resultaba especialmente atractivo. El barro del lago, con sus propiedades medicinales (a las que ya me he referido), dejaba la piel tersa y rejuvenecida. Podían bañarse en cualquier época. En verano, las aguas alcanzaban 32 y 33 grados Celsius. En invierno no bajaban de 25 (1).

(1)   Como es sabido, en una olla o Gor, la temperatura del aire asciende conforme la zona sea más baja. Esto es lo que sucede en el mar de la Sal. Este cambio se denomina «descenso normal de las temperaturas». En el lago era de 0,66 grados por cada cien metros. Es decir, desde lo alto de los acantilados hasta la superficie del mar, la oscilación termométrica podía ser de cuatro grados Celsius. También la presión atmosférica cambiaba de forma notable. Cuanto más baja es la zona, más alta resulta la presión. En aquel tiempo, según nuestros cálculos, la presión atmosférica, al nivel del mar de la Sal, era de 1.050 milibares (en el Mediterráneo oscila alrededor de 1.013). Durante el mediodía la

La humedad era otro problema que también consideré. La fortísima evaporación provocaba un aumento considerable de la humedad absoluta y el calor, por su parte, multiplicaba la humedad relativa. En verano, la relativa se hacía insoportable, escalando cotas del 95 por ciento, y más. En invierno era más llevadero, con «sólo» un 85 por ciento.

Y en ello estaba, sumido en estas y en otras reflexiones de índole más o menos técnica, cuando me vi sorprendido por la llegada del *sais*. La verdad es que no lo sentí aproximarse.

Llevó el dedo índice de la mano derecha a los labios y me hizo el signo internacional de silencio.

¿Qué ocurría?

Después indicó que no me moviera.

No lo hice.

Tarpelay estaba serio. Parecía enfadado.

¿Qué error había cometido? Y recordé cómo me hizo señas para que bajara de la gran roca roja.

Desobedecí...

Miré a mi alrededor, desconcertado. ¿Dónde estaba el peligro?

Allí no había nada...

Tar extrajo una de las dagas y trepó, ágil y silencioso, a lo alto de la peña.

Indicó que me colocara a su espalda, y así lo hice.

El negro fue agachándose, despacio, hasta que dio con una de las rodillas sobre la piedra. Y llevó la punta de la daga a una pequeña fisura. Lo hizo lentamente.

No la había visto o, quizá, no presté atención.

¡Vaya!

Era una brecha corta, de unos cuatro o cinco centímetros de anchura. Coronaba parte de la piedra.

Yo me había movido sobre ella mientras contemplaba el mar de la Sal y tomaba referencias.

Introdujo el hierro en la ranura y, al poco, los vi aparecer...

¡Oh, Dios!

---

presión bajaba, como consecuencia del aumento de la temperatura. *(N. del m.)*

Uno era enorme. Mediría alrededor de 16 centímetros. Era de color naranja.

Detrás se presentó un segundo escorpión, más pequeño, en una tonalidad amarilla pulida.

El primero, forzado por la daga, huyó de la hendidura con la cola levantada, dispuesto para el ataque. El abdomen lucía doce segmentos, con un aguijón curvo, agudo y hueco.

Me estremecí.

Tar dejó que el grande desapareciera, piedra abajo. Pero aplastó al amarillo con la sandalia.

Y comentó:

—Peligro...

Quedé lívido.

La «piel de serpiente» no protegía los pies. Nunca tuve la precaución de pulverizarlos. Fue un aviso. Aquel error pudo costarme caro. No disponía de antídoto y aquellos ejemplares, por lo que pude verificar cuando regresé al Ravid, eran altamente peligrosos (1). Los *akrab*, como los llamaban los judíos, eran frecuentísimos en el mar de la Sal. Se ocultaban durante el día bajo las piedras, y en los huecos de las rocas, y salían al atardecer, o al anochecer, a la caza. Eran rápidos y sigilosos. Podían penetrar en los sacos de viaje o, incluso, entre las ropas. En el caso que nos ocupa tropezamos con un ejemplar de «matador hebreo» (el más grande), perteneciente a la especie *Androctonus amoreuxi hebraeus*. La picadura es mortal. El segundo escorpión (amarillo) era una hembra de *Androctonus australis*, igualmente peligroso. La picadura mata en dos minutos.

Tarpelay hizo bien al aplastarlo. Cada hembra trae al mundo cuarenta y cinco crías.

---

(1) En aquel tiempo, según «Santa Claus», en Israel existían catorce especies de escorpiones. Los más peligrosos eran los amarillos y cuatro familias de «matadores». Habitaban en los desiertos y en la olla del mar de la Sal. El más mortífero, especialmente para los niños, era el escorpión común amarillo *(Leiurus quinquestriatus)*. Llegué a verlo, incluso, en el monte Carmelo, al norte de Israel. El *australis* («matador») era igualmente peligroso. Rondaba los 105 milímetros de longitud. Solía patrullar por las rocas y arenales, casi siempre en grupos, al acecho de una víctima. Los escorpiones son carnívoros. Los vi también en las llanuras de la costa. Era el principal habitante de las *halot*, las arenas de los desiertos. *(N. del m.)*

Nos hallábamos en plena época de celo. Su peligrosidad aumentaba.

Aprendí la lección. Obedecería las indicaciones del *sais*. Tenía que prestar más atención...

Quizá fueran las cinco de la tarde. Consulté el sol. Descendía hacia la orilla oeste. Faltaba hora y media para el crepúsculo.

No tenía idea de cuáles eran los planes de Tarpelay. Confiaba en él.

Y el guía y conductor de carros se asomó al lago. Verificó algo y exclamó:

—¡Ahora sí!... ¡Vamos!

Con el tiempo fui aprendiendo. A esas horas, especialmente en verano, aparecía por el noroeste una brisa, con pintas de viento, que lo cambiaba todo en el mar de la Sal. Era una brisa nacida en el Mediterráneo, que se asomaba al lago con puntualidad británica. Siempre a las 17 horas. Traía empuje: soplaba a 30 y 40 kilómetros por hora. Con ella, como digo, se registraban cambios notables. Descendía la humedad y, por supuesto, la temperatura, haciendo respirable el Gor, que no era poco. El mar se rizaba, y presumía de olas, aunque fueran ridículas. La verdad es que todos agradecían aquel cambio adiabático (1). La brisa barría desde tierra hacia el interior del *yam* y borraba los hermosos reflejos que tanto trabajo le había supuesto al sol. Los naranjas, celestes o negros desaparecían y, en su lugar, el viento dejaba caer azules oscuros. A veces, con suerte, el escarlata se resistía y acompañaba al sol hasta su muerte.

—¡Vamos!

Tar conocía bien el camino hacia Maqueronte.

Abandonamos el delta del Jordán, cruzamos el cauce seco de Udheimi, y nos incorporamos a la senda de tierra batida que se dirigía al sur. No tardamos en alcanzar los miliarios que señalaban la dirección de Betaramta (Julias) y Bet Peor, el pueblo en el que, supuestamente, fue enterrado Moisés.

(1) Transformación termodinámica que experimenta un sistema sin que haya intercambio de calor con otros. *(N. del a.)*

Tomamos el camino del mar de la Sal. Betaramta y Bet Peor quedaron a la izquierda, perdidos entre las colinas azules y sombreadas de Abarim y un remoto monte Nebo, suave y pelado.

De pronto, al salir de un recodo, Tar detuvo el *reda*.

Nos hallábamos frente a un verde y compacto bosque de cañas.

Tar descendió, enredó entre los enseres que almacenaba en el carro, y fue a tomar un par de sacos vacíos de arpillera.

El camino, valiente, sin preguntar, se introducía en el cañaveral, ahora mecido por la brisa del Mediterráneo. Eran cañas gruesas, como puños, y altas, como pinos, de hasta diez y quince metros.

Me llamó la atención un par de lienzos rojos, amarrados a las cañas, a uno y otro lado del sendero. Parecían avisar de algo. No pregunté.

El *sais*, en idéntico silencio, caminó hasta los caballos y cubrió las cabezas con los sacos. Después se volvió hacia quien esto escribe y llevó de nuevo el dedo índice derecho a los labios, en petición de silencio.

Asentí con la cabeza.

Y el guía, muy serio, comentó:

—¡Peligro! *Parpâr!*

Se situó al frente de las caballerías y tiró de ellas.

¿Por qué no se subía al *reda*?

¿Cuál era el peligro?

Parpâr quería decir «mariposa»...

¿Por qué había cubierto las cabezas de los caballos? ¿A qué tenía miedo?

Esta vez me preparé. Eché mano de la vara de Moisés y permanecí atento.

Y penetramos entre las cañas...

Durante algunos minutos fui todo oídos, todo ojos. Pero no distinguí nada extraño. Las cañas, con la complicidad del viento, se asomaban y nos contemplaban, no sé si pasmadas o muertas de la risa.

Parpâr?

Algo sabía sobre las numerosas leyendas que corrían entre los supersticiosos judíos y no judíos...

Decían que en zonas como aquélla, en los grandes cañaverales, habitaban mariposas gigantes, de hasta treinta y cincuenta centímetros de envergadura. Eran *parpâr* hechizadas. En realidad se trataba de mujeres (hijas de Lilit) que buscaban regresar a la realidad. Pero para ello debían posarse sobre un ser humano y cantarles. La melodía paralizaba al caminante y lo hacía llorar de sentimiento. Era el momento esperado por la diablesa. La mariposa, entonces, bebía las lágrimas y se convertía en mujer de carne y hueso. El infortunado caminante perecía.

Otros aseguraban que, al susurrar la canción, la víctima se hacía invisible y vagaba eternamente por el cañaveral, sin que nadie pudiera verle y ayudarle.

Comprendí el temor del *sais*.

Y yo, como un idiota, permanecí igualmente atento a las posibles diablesas aladas...

Poco a poco, conforme fui recorriendo el mar de la Sal, me enriquecí con multitud de historias y leyendas, a cual más falsa. Pero eso era lo de menos. Lo que importaba era el grado de imaginación y hasta qué extremo lo creían.

Cuando visité la ciudad de la Sal (de la que hablaré en su momento) pude oír todo tipo de cuentos. Todos creían a pie juntillas. Las orillas del lago —decían— se hallaban marcadas con los huesos de los buscadores de tesoros. Quedaban al aire, como castigo de las criaturas que habitaban el bosque sumergido (1).

El número de seres monstruosos era interminable. Unos habitaban las profundidades (en el referido bosque sumergido y petrificado), otros las salinas del sur, las orillas, o los cañaverales. Había serpientes rojizas (del tipo *Tyrus*) (?), interminables, con cuernos, que escupían el mismo fuego que terminó con Sodoma y Gomorra, entre otras ciudades

---

(1)   En realidad se trataba de un proceso bien conocido: la cristalización de la sal gema sobre huesos. Cuando un cadáver permanecía en la orilla del mar de la Sal, los huesos terminaban salpicados por las gotas de agua y se registraba una rápida evaporación. Ello daba lugar a la sedimentación de la sal gema en los huesos. Las partes hundidas en el agua aparecían cubiertas de aragonito. Este proceso se da, fundamentalmente, durante el verano. Las orillas aparecen blanqueadas por infinidad de esqueletos, deformados, a su vez, por la sal. De ahí, probablemente, procede la famosa leyenda de la mujer de Lot, convertida en estatua de sal. En cuanto al «bosque sumergido», se trataba de otra confusión. A grandes profundidades, la cristalización se lleva a cabo en forma de cubos y de enormes cristales. La imaginación hacía el resto. *(N. del m.)*

del sur del lago. No faltaba *Adam-adom*, el hombre de los ojos rojos que extraía la sangre de los animales, y también un monstruo gigantesco, como una ballena, que era el responsable del mal olor del lago, así como de los vapores que mataban todo lo que volase sobre el mismo. James Joyce, en *Ulises*, se dejó influenciar por estas patrañas (1).

Pero la leyenda que más me impactó fue la relacionada con los *reem*, que equivalía a «unicornio». Se trataba de una criatura silenciada por las Sagradas Escrituras. Fueron creadas en parejas, y con cuentagotas, para que no tiranizasen el mundo. Yavé ordenó que se emparejasen cada setenta años. Era el momento de la procreación. Después se alejaban el uno del otro, en direcciones opuestas, hasta que volvían a reunirse, pasados otros setenta años. Durante la ausencia lloraban sin cesar. Tenían un período de gestación de doce años. Siempre alumbraban gemelos (macho y hembra). Al nacer, el *reem* moría. Y los unicornios recién nacidos caminaban en direcciones opuestas. Volvían a encontrarse a los setenta años. Los judíos aseguraban que el unicornio fue el primer animal sacrificado a Yavé. Lo hizo Adán cuando asistió a la primera puesta de sol. Creyó que la noche sería eterna y sacrificó un *reem* para solicitar la clemencia del Santo. Pero Dios —contaba la leyenda— se hallaba dormido y no despertó en doce horas. De ahí que la noche dure ese tiempo.

¡Cómo hubiera disfrutado Shakespeare con estos relatos!

Tarpelay se detuvo un par de veces. Miró a su alrededor, tratando de oír, y echó mano a la empuñadura de una de las dagas.

Falsa alarma.

Las hechizadas no aparecieron. Lástima...

Lo que sí vimos fueron mariposas comunes y corrientes, del género *Ornithoptera*, con alas azules, amarillas y verdes, ligeramente sombreadas por una línea de terciopelo negro

(1) Cuenta Joyce en relación al mar Muerto: «... Una tierra estéril. Un árido desierto. Un lago volcánico. El mar de la muerte: sin peces, carente de vegetación, profundamente hundido en la tierra... agua de un veneno nebuloso... las ciudades del valle: Sodoma, Gomorra, Edom. Todos ellos hombres muertos. Un mar de muerte en una tierra muerta... Lugar gris y hundido del mundo. Abandono.» No era así... *(N. del m.)*

(otro detalle de Dios). También las había del tipo etíope, pero más austeras en la indumentaria...

Finalmente dejamos atrás el cañaveral (a partir de ese momento lo denominé el bosque de las «mariposas hechizadas») y fuimos recibidos por un caminillo más alegre e igualmente serpenteante. Corría por la ribera del mar de la Sal, muy pegado al agua, y con cierta inocencia, todo hay que decirlo.

Decidí apearme y caminar un rato.

Tar me miró, satisfecho. Retiró los sacos de las cabezas de las caballerías e hizo una sola indicación; dormiríamos cerca de Calirohi.

No sabía nada sobre dicha aldea, salvo que se hallaba relativamente próxima al palacio-fortaleza de Antipas.

Lo importante es que el *sais* había salido triunfante del bosque de las «mariposas hechizadas».

El sol decía adiós y lo hacía con sus típicos modales rojos y naranjas. Todo, a nuestro alrededor, cambió de color. La desolación disimuló.

A nuestra izquierda, como creo haber dicho, se alzaban grandes farallones de arenisca nubia, ahora más rosa, si cabe. Eran acantilados sin rostro que se precipitaban en el lago de forma suicida, con desniveles y precipicios muy acusados. No había forma de distinguir una sola retama, un solo corro de flores, o un árbol, aunque fuera con el tronco cadáver.

Pura desolación...

En la lejanía las suaves colinas, también naranjas, aparecían surcadas por decenas de caminillos de cabras. Distinguí algunos rebaños de cabras negras, escuálidas, de cara blanca, y largas orejas. No iban acompañadas por pastores. Las conducían onagros de pequeña estatura y piel abrillantada por el hambre y el sol. Era la costumbre en el Gor. Eran los asnos los que pastoreaban. Iban y venían, y siempre retornaban donde tenían que retornar.

Necesité tiempo para acostumbrarme al fétido olor del mar de la Sal. Lo llenaba todo.

En la orilla, en un barro negro similar al petróleo, comía y revoloteaba un buen número de aves. Acerté a distinguir zancudas, frailecillos, agachadizas, zanquirrojos y, sobre todo, miles de gorriones de pantano. Ni se inmutaban al vernos pasar.

Aquí y allá sobresalían huesos de animales, cubiertos de sal, como una advertencia...

A nuestra izquierda quedaron dos villorrios de piedra y adobe —Gassul y Bet Yesimot—, sentados en mitad de las laderas, como si temieran acercarse. ¿Quién vivía en semejante infierno?

Cruzamos cinco *wadis*, todos ellos secos y abrasados, habitados, supongo, por escorpiones y serpientes.

Por último, con el sol rendido, divisamos otro cauce al que llamaban Zarqa o Najaliel. Éste sí traía agua. Se hallaba a 16 kilómetros del delta del Jordán, según mis apreciaciones.

Final del viaje, por el momento...

Tar indicó el puente de troncos que saltaba sobre el *wadi* y resumió:

—Calirohi al otro lado...

Y lo dispuso todo para pasar la noche.

La luna, afiladísima, nos acompañó hasta las 21 horas, 43 minutos y 49 segundos. Eso rezaban los relojes del módulo cuando el Destino permitió que regresara al Ravid.

Quedé nuevamente extasiado.

Al desaparecer la luna, el firmamento se presentó en todo su esplendor.

Tarpelay me invitó a contemplarlo con otro de sus habituales silencios.

¡Ocho mil estrellas para nosotros solos!

No sé si lo he dicho. Las conté en varias oportunidades, a lo largo de aquella inolvidable y fascinante aventura con Jesús de Nazaret.

¡Ocho mil estrellas a la vista! ¡Ocho mil y peleándose por brillar más y mejor que la vecina!

Jesús de Nazaret...

Ya lo echaba de menos.

Casiopea me hizo varios guiños. Y pensé en las misteriosas «luces» que había visto en Beit Ids y en lo alto del «portaaviones». ¿Volvería a verlas?

Algenib y la constelación de los Peces también saludaron. Todas lo hacían. Parecían querer abandonar sus puestos y dejarnos a oscuras. Pero no...

Disfruté inmensamente. Sólo faltaba ella...

Tar no permitió que durmiera sobre tierra. La temperatura era excelente (alrededor de 20 grados Celsius), pero se negó:

—Peligro...

Me retiré al interior del *reda* y así discurrió la primera noche en el mar de la Sal.

A la mañana siguiente, tempranísimo, me di un baño en el lago. Conocía la sensación. Me había bañado en el mar Muerto en otras oportunidades (en nuestro tiempo). Ahora fue diferente.

El alba se puso violeta y asomó por los acantilados, curiosa.

Flotar sin querer no es sencillo.

Tar me contemplaba, atento.

Y decidimos aprovechar el relativo frescor del amanecer para alcanzar Calirohi.

El libio tenía razón.

La aldea se hallaba muy próxima al *wadi* Zarqa. Calculé dos kilómetros y medio.

Calirohi —también llamada Callirroe— era un mísero puñado de casuchas de piedra blanca y aburrida, con techos de paja, a cual más desordenado. Sumé veinte casas y otros tantos corrales.

La aldea se presentó en mitad de la senda, como por arte de magia.

El lago se hallaba allí mismo, pero yo creo que ni se hablaban, de puro aburrimiento.

Tar fue directamente a una de las casuchas. Yo esperé en el *reda*, tomando referencias.

Algunos vecinos se dejaron ver. Parecían *a'rab*. En realidad lo eran. Casi todos eran nabateos. A los niños se los comían las moscas, literalmente.

Los asnos también se asomaron desde los corrales. Y algunas cabras se pusieron de manos sobre las empalizadas, observándonos. Después lo supe: éramos la primera visita en muchos días.

No vi una sola sombra.

Eso me preocupó.

Calirohi se hallaba habitada en aquel entonces por la familia de los Jemâr. Eran primos, hermanos, sobrinos y parientes en segundo y tercer grados. Nadie, que no fuera un

Jemâr, podía habitar en Calirohi de forma permanente. Eran los mejores exploradores del mar de la Sal. Su especialidad era el asfalto (de ahí su nombre). Eran expertos en la localización de las masas de betún que flotaban en las aguas. Con el tiempo tuve ocasión de contemplar este tipo de «captura» y las guerras que provocaba la posesión de tales bloques.

Los Jemâr guardaban sus secretos. De ahí que no admitieran a nadie que no llevara su sangre.

Eran buena gente, pero nadie les enseñó a pensar hacia afuera. El Maestro también les dedicó un tiempo, aunque jamás se dijo...

Debido a la sal, y a las duras condiciones del Gor, los Jemâr se hacían viejos a los treinta años, o antes. Las mujeres ni eso. Era gente arrugada, aunque sólo por fuera. La mayoría terminaba con problemas de visión, o ciegos del todo. Eran casi prietos, con un alto porcentaje de ojos claros.

Los niños eran abiertos y cariñosos. Se acercaban y se limitaban a mirar. Nunca supe quién comía a quién: las moscas a ellos, o al revés.

Tarpelay llegó a un arreglo. Los Jemâr lo conocían y estimaban. Dejaríamos el *reda*, y los caballos, bajo la custodia de uno de los vecinos. El apaño fue cuestión de calderilla.

Proseguiríamos a pie.

Y así lo hicimos.

Nadie preguntó en Calirohi. Era la costumbre en el mar de la Sal. Nadie preguntaba a nadie. Bastante tenían con sus propias vidas como para preocuparse de las ajenas.

Yo sí me interesé por la razón del cambio. ¿Por qué habíamos prescindido del *reda*?

Tar fue parco, como siempre:

—Peligro...

No lo saqué de ahí. Y me resigné.

Serían las ocho de la mañana, aproximadamente, cuando divisamos el torreón.

Habíamos caminado otros dos kilómetros.

El guía se detuvo y examinó el lugar.

No encontré nada diferente. Todo seguía siendo desierto, naranja, y desolación.

Y de pronto, como digo, surgió aquel torreón. Se hallaba

al pie del sendero. Era alto y robusto, de planta cuadrada, y poco más de ocho metros de altura. Había sido levantado con sillares negros, basálticos, transportados desde Dios sabe dónde.

Muy cerca del torreón se abría camino el enésimo *wadi* o cauce seco. Recibía el nombre de Zarad.

Y el libio señaló hacia lo alto de una de las colinas, en dirección este, al tiempo que exclamaba:

—Maqueronte...

Sobre un cono casi perfecto se distinguía, en efecto, una fortaleza, medio borrada por las sombras.

Allí se encontraba el Bautista, según Nakebos.

—Pero ¿dónde está el camino?

Tarpelay se encogió de hombros y replicó:

—No camino...

Comprendí por qué prescindió del carro y de los caballos.

«No camino...»

Para llegar a la fortaleza era preciso aventurarse entre los acantilados, subiendo y bajando sin cesar. Calculé alrededor de seis kilómetros. Maqueronte se encontraba a 400 metros de altura.

Aquél, el enclave del torreón, era el lugar adecuado para iniciar el ascenso hacia el palacio y fortaleza de Antipas. El ingreso principal, con el camino correspondiente, se hallaba, justamente, al otro lado, hacia el este. Era una senda de la que no tenía noticias.

Tar interpretó mis pensamientos a la perfección. Alcanzar la fortaleza por la puerta principal hubiera sido una pérdida de tiempo, y una temeridad. Por este lado quizá tuviéramos una posibilidad...

Dudé.

Posibilidad, ¿de qué? ¿De penetrar en el fortín?

Algo, en mi interior, me dijo que estaba cometiendo un nuevo error...

El *sais* hizo un gesto para que lo siguiera. En el torreón vivía alguien que podría proporcionarnos información.

No llegamos a dar cuatro pasos cuando oímos los ladridos.

Tar no se inmutó, y continuó, decidido.

Al poco, por detrás de la torre, aparecieron dos mastines

blancos, con caras de pocos amigos. Instintivamente llevé los dedos al clavo de los ultrasonidos. No fue necesario.

Corrieron hacia el libio, como si lo conocieran, y saltaron a su alrededor, celebrando la llegada del negro que siempre vestía de amarillo.

Me detuve, por prudencia.

Y al llegar al torreón, Tar, acompañado por los perros, se perdió en el interior.

Tomé referencias.

Adosada a la cara izquierda se veía otra construcción de mediano porte, de unos dos metros de altura, sin puerta ni ventanas. Deduje que se trataba de una cisterna, destinada a recoger las aguas pluviales. La única puerta de la torre miraba al este. Supuse que me hallaba frente a una vieja edificación militar, utilizada, en su momento, para la transmisión de señales (generalmente luminosas, como había observado en el camino hacia Cesarea).

Por detrás de la torre se levantaba un cercado de troncos y cañas, amarillos y aburridos. Imaginé que se trataba de un corral.

Algo más abajo, a diez metros, me miraba un diminuto embarcadero, con unas tablas intensamente negras y brillantes, y un par de pilotes, blanqueados por la sal, que vigilaban no se sabía qué.

No vi embarcaciones.

Decidí acercarme al torreón.

Y al llegar frente a la puerta descubrí un par de inscripciones, grabadas sobre el dintel. Una, en *a'rab*, decía: «Allat me protege. Pero ¿quién me protege de mí mismo?»

Allat era una diosa árabe, identificada posteriormente con Afrodita.

La segunda grabación, también en la piedra, aparecía en griego: «En buena suerte. Zeus Oboda ayuda a Abdalgos que construyó esta torre bajo buenos presagios, en el año 188, con la ayuda del maestro de obras Wailos y Eutiques.»

Y en eso, cuando reflexionaba sobre lo leído, regresó Tar. Llegó acompañado por varias mujeres. Tres eran jóvenes o, al menos, no tan arrugadas como las otras dos.

Los perros se aproximaron y me olfatearon. Acaricié a uno de ellos. Tenía la máscara negra.

El libio pareció complacido. Aquellos mastines, fieles guardianes, no hacían amistad con cualquiera...

Las mujeres hablaron en *a'rab*.

Dijeron algo sobre un tal Raisos. Era el dueño del torreón. Había salido. Se encontraba en el lago. Regresaría a la caída de la tarde.

Tarpelay quedó pensativo.

Finalmente, tras consultar consigo mismo, y por último con este explorador, decidió que esperaríamos. Conversar con Raisos era importante. Se trataba de uno de los suministradores habituales del palacio-fortaleza de Maqueronte. ¿Cómo lo llamó Tarpelay? Creo que utilizó el término *lehasîg*, que podría traducirse como «conseguidor». Raisos lo conseguía todo. No importaba qué o para qué. Con aquel individuo me aguardaban nuevas y desconcertantes sorpresas...

Fue en esos momentos, conversando con las esposas de Raisos, cuando me percaté de algo anormal. Las mujeres más jóvenes terminaron descubriendo los rostros y comprobé que sufrían una enfermedad poco común. Al principio pensé en algún tipo de lepra, pero no.

Las caras y cuellos presentaban una intensa tonalidad verde. Recordaba haber leído algo sobre el particular, pero jamás vi nada semejante. Grupper lo describió en cierta ocasión, y atribuyó el problema dermatológico a una dieta vegetariana muy severa, consistente en cebollas y zanahorias como único sustento. También el pecho y los genitales suelen ser verdes. No sé...

Dos de las jóvenes (?) padecían igualmente una espantosa deformación de la nariz. Era como si las hubieran devorado las ratas.

Me fijé con detenimiento y casi estuve seguro. Aquello era una leishmaniasis cutánea. En este caso de tipo húmedo o rural, con elevaciones eruptivas pequeñas y sólidas (pápulas indoloras de crecimiento lento). Los nódulos se hallaban ulcerados. En realidad, toda la nariz era una úlcera. Las infelices no podían permanecer mucho rato con las heridas al aire. Las moscas caían sobre ellas en batallones.

Era probable que hubieran sido infectadas por algún tipo de roedor, tipo gerbo, o por el mosquito (hembra) del género Lutzomía.

Lástima. Los ojos de las muchachas eran enormes, verdes y llenos de luz.

Fue así como supe que el torreón del *wadi* Zarad era conocido en el *yam* como la torre de «las Verdes».

Pero a las mujeres no parecía importarles su problema. Reían, parloteaban, y hacían bromas con el libio. Se conocían de antiguo. Es más: Raisos le había ofrecido a una de sus hijas en matrimonio. Tar no aceptó. Bastante tenía con sus caballos y con mantener brillantes las dagas.

Tarpelay oteó el horizonte del lago. Ni rastro de la embarcación de Raisos.

Y resumió la situación:

—Esperar...

Después recordó algo, y conociéndome, advirtió:

—No levantar piedras...

El sol se hallaba todavía medio entretenido sobre los farallones y las colinas. Le costaba despertarlos. Y decidí aprovechar el relativo frescor de la mañana. El lugar, en breve, se convertiría en un horno.

Tar permaneció en el torreón, con «las Verdes».

Uno de los mastines, el del antifaz negro, se vino conmigo.

La compañía del perro me tranquilizó. La proximidad de un escorpión, o de una serpiente, sería detectada por el animal mucho antes que por este torpe explorador. Además portaba el cayado. No podía sucederme nada malo... (!)

Quién hubiera imaginado en esos momentos que, algún tiempo después, quien esto escribe volvería a caminar por aquellos mismos andurriales, y en la compañía del Maestro... Ya se sabe: el Destino... Pero tengo que ser fuerte. Debo llegar al final de esta aventura.

No tardé en verlo.

Se hallaba al otro lado del *wadi*.

¿Qué era?

En la distancia no acerté a distinguir con nitidez.

Parecía...

Caminé en dirección sur, descendí al cauce seco del río Zarad, esquivé los cantos blancos, y trepé por un pequeño terraplén, reincorporándome al sendero que viajaba por la orilla del lago.

No estaba en un error...

Era lo que creía haber visto.

Fui aproximándome, despacio.

El mastín empezó a jadear. El sol se dio cuenta de nuestra presencia y empezó a rodar hacia nosotros. Había que darse prisa.

Al otro lado del *wadi*, como digo, a cosa de cien metros de la torre de «las Verdes», habitaba una familia de peñascos. Sumé cinco. Eran rojos, de pura arenisca nubia. Llevaban allí una eternidad.

La senda corría a sus pies, pero en silencio.

Una de las rocas era adulta. Alcanzaba unos diecisiete metros de altura. Era plana por la cara oeste, la que daba al mar de la Sal. En lo alto le había nacido un jovencísimo manzano de Sodoma. Se asomaba al vacío con precaución.

Los restantes peñascos eran de menos corpulencia. Sencillamente, hacían compañía al principal.

Toqué la piedra. Estaba despertando. La noté fría.

Miré a lo alto y volví a sorprenderme.

¡Increíble!

«¿Cómo lo habrán hecho?»

La pregunta era una estupidez.

«¿Cómo crees que lo han hecho?... ¡Con una escalera, so burro!»

Podía ser, pero una escalera de tantos metros...

«¿Y por qué estaba allí?»

A eso no supe responder. No tenía ni idea.

Pensé en regresar e interrogar al *sais*, o a las mujeres. Ellos debían saber...

Lo haría más tarde.

Y grabé en la memoria lo que tenía ante mí.

A cosa de quince o dieciséis metros del suelo se distinguía una leyenda (?), grabada en la roca.

Era arameo antiguo.

Leí con dificultad.

La grabación era impecable. No parecía reciente. Alguien se tomó muchas molestias...

Pensé en subir a la cima de la arenisca e inspeccionar con más detenimiento. Las letras eran perfectas y de idénticas dimensiones. Sólo una palabra aparecía más destacada.

Sí, subiría a la peña y exploraría...

La leyenda —o lo que fuera— arrancaba con una frase:

«Eran doscientos los que bajaron en la cima del monte Hermón.»

Lo dicho. Ni idea.

El resto lo formaban cinco columnas de nombres. Leído de derecha a izquierda decía textualmente:

Primera columna: *SEMIHAZAH* (era la única palabra algo mayor). A su lado se leía: «jefe de los encantamientos».

Y continuaba la referida primera columna:

Ar'teqo'f (segundo jefe y conocedor de los signos de la tierra).

Ramt'el (tercer conjurado).

Hermoní (el que enseñó a desencantar).

Segunda columna:

Baraq'el (el que enseñó los signos de los rayos).

Kokab'el (el que conoce las estrellas y practica la ciencia de las estrellas).

Zeq'el (el que sabe de relámpagos).

Ra'ma'el (el sexto).

Tercera columna:

Dani'el (el que conoce las plantas).

'Asa'el (el décimo de todos ellos).

Matar'el (el que conoce los venenos).

Iah'el (el que conoce los metales).

Cuarta columna:

Anan'el (el que conoce los adornos).

Sato'el (decimocuarto).

Shamsi (el que conoce las señales del sol).

Sahari'el (el que conoce y enseña los signos de la luna).

La quinta y última columna aparecía borrada en su totalidad. Las letras habían sido macheteadas, intencionadamente. No pude reconstruir ni uno solo de los cuatro presumibles nombres.

La lectura, como digo, no me recordó nada, salvo uno de los nombres: *Iah'el*. Los calibios (maestros fundidores) de la cárcel del Cobre me hablaron de alguien con un nombre parecido *(Iahel)*. Según ellos fue el ángel caído que enseñó a sus ancestros los secretos de la metalurgia.

Pensé en una casualidad. Pero ¿desde cuándo creía este explorador en las casualidades?

¿Me hallaba ante una lista de nombres de ángeles caídos? ¿Por qué mencionaba el monte Hermón? Era allí, justamente, donde tuvo lugar el encuentro del Maestro con los representantes de los rebeldes; es decir, de los ángeles caídos. Pero ese «encuentro» tuvo lugar en el verano del año 25 de nuestra era... Lo que tenía a la vista era una inscripción mucho más antigua. ¿Cómo era posible? No lograba comprender.

¿Quién fue el autor de aquel escrito?

Cuando retorné al Ravid, y consulté los archivos de «Santa Claus», sólo obtuve un par de pistas, pero débiles. Los esenios, basándose en un libro apócrifo de Henoc (6, 4-8, 1), hacían alusión a estos y a otros nombres de supuestos ángeles rebeldes, conjurados en el monte Hermón. Fueron los célebres «hijos de los dioses, que se mezclaron con las hijas de los hombres».

Quien esto escribe no podía imaginar la extraordinaria trascendencia de lo que tenía delante. ¡Cuán cierto es que Dios escribe recto con renglones torcidos! Pero yo, lógicamente, no sabía... Eso sucedió después, cuando ocurrió lo que ocurrió.

La coincidencia con aquel nombre —*Iah'el*— me superó. Y la curiosidad tiró de mí, casi por la nariz.

Tenía que averiguar algo más sobre la singular inscripción en la roca (desde ese momento la bauticé como la «piedra de los *graffitis*»; lo sé, fue algo irreverente).

¿Qué hacer?

Debía constatar detalles: medidas exactas, grado de oxidación del rayado, etc.

Pero, para eso, tenía que trepar a la cima y observar la leyenda lo más cerca posible.

Dicho y hecho.

Busqué un canal y escalé el peñasco. El mastín se quedó abajo, alucinado. «¿Qué le pasaba a aquel humano?»

Y, mientras subía, recordé la advertencia del guía negro: «No levantar...»

Lo juré. No levantaría una sola piedra.

Llegué a lo alto sin dificultad. El panorama era espléndido.

El lago se volvía rosa, poco a poco, empujado por el nuevo día. El joven manzano (un *Calatropis procera*), de apenas un metro, se quedó mirándome, con las hojas desconcertadas. Más atónito estaba yo. ¿Cómo había logrado prosperar en semejante infierno?

Maqueronte también me contemplaba, supongo. A pesar de la distancia, los guardias podían verme. Eso me preocupó, pero sólo un par de segundos. Dejé el petate y el saco embreado en la roca y me dediqué a lo que importaba.

Me asomé al filo de la peña y verifiqué que la inscripción fue dispuesta con minuciosidad, y a lo largo de tres metros y medio. Me serví del cayado para medir.

Cada columna ocupaba cincuenta centímetros, exactamente. Medían todas lo mismo, tanto en longitud como en altura.

Quedé pensativo. ¡Qué extraño! ¿Cómo era posible que las medidas coincidieran? Alguien lo había planificado y trabajado con esmero; de eso no cabía duda...

Y, de pronto, el mastín empezó a ladrar. Lo miré, pero no entendí.

Y seguí a lo mío.

Necesitaba comprobar el grado de oxidación de las líneas grabadas. Era importante para descartar que fuera reciente. A primera vista, las estrechas incisiones en la roca presentaban la misma tonalidad que el resto de la piedra. Eso significaba que el grado de oxidación era idéntico en ambas zonas. En consecuencia, las inscripciones no eran «modernas». Lo ideal era tomar una muestra y analizarla en la «cuna»...

¿Y por qué no?

No tenía por qué lastimar la inscripción. Con unos miligramos de arenisca, extraídos de la superficie rayada, sería suficiente. El «robo» en la roca sería mínimo.

Durante unos minutos pensé cómo hacerlo.

El mastín continuaba ladrando, muy alterado. ¿Qué le ocurría?

Miré a mi alrededor. No observé nada raro.

En la cima de la peña no se veían grietas. Eso me tranquilizó.

La leyenda aparecía a metro y medio del filo de la gran roca. ¿Cómo llegar hasta allí?

No debía intentar un descenso sin un mínimo de protección. Una caída, desde quince metros, podía ser mortal...

Sólo se me ocurrió una solución.

Era arriesgada, pero factible...

Descendería por la pared, aprovechando los salientes,

me colocaría a la altura de las grabaciones, y emplearía el láser de gas para «recortar» una de las incisiones y conseguir la muestra.

Y lo haría atado.

Parecía sencillo, pero no me gustó. Si caía...

Lo sé. Fui un estúpido. La extracción de la muestra pudo hacerse desde el suelo. El láser tenía un alcance efectivo superior a los veinte metros...

Pero, ofuscado por la curiosidad, no lo tuve en cuenta.

Necesitaba una cuerda.

Revisé el petate.

Negativo.

En el saco no encontré lo que necesitaba.

Sólo quedaba una alternativa.

No lo pensé.

Solté las cuerdas egipcias que hacían de cíngulo, calculé distancias, y terminé atándolas a la base del manzano.

Era suficiente.

Tiré con fuerza. El joven y voluntarioso *Calatropis* resistió, y también la cuerda que me servía de cinturón.

¡Adelante!

Anudé las egipcias al tobillo derecho y, sin más, inicié el descenso por la pared. Lo hice despacio, asegurando cada pie en las rugosidades de la roca. No eran muchas. Tenía que maniobrar con cautela. El cayado en la mano izquierda era un estorbo, pero no tenía opción...

El mastín continuaba ladrando.

Y, lentamente, fui aproximándome a las inscripciones.

Calculé bien.

La cuerda se tensó. Hasta ahí podía llegar...

Me hallaba frente a la cuarta columna. Examiné las incisiones. Eran perfectas. Fueron trabajadas con minuciosidad. La superficie rayada, de acuerdo con mis sospechas, presentaba el mismo grado de oxidación que el resto de la roca. Eran grabaciones muy antiguas, sin duda.

Y me dispuse a manipular la vara de Moisés.

El equilibrio era precario. Las puntas de las sandalias no hallaban huecos...

Seleccioné la palabra *Anan'el*. Sólo tenía que activar el láser y, con paciencia, «recortar» parte de la última letra. El daño sería mínimo...

Después recogería la muestra y «Santa Claus» se ocuparía del resto.

El perro seguía como loco.

¿Qué diablos pasaba?

Y un súbito pensamiento me detuvo: «Si resbalaba, y caía, ¿resistiría el manzano de Sodoma?»

Tragué saliva.

¿Fue un presentimiento?

Miré hacia abajo. El mastín iba y venía en la base de la peña, muy inquieto.

El *Calatropis* tenía que resistir. ¡Era una orden!

Y en ello estaba, con los nervios de punta, cuando ocurrió...

Resbalé, perdí el equilibrio, el cayado saltó por los aires, y quien esto escribe se precipitó al vacío...

En esos segundos no se piensa.

Y me vi cabeza abajo, milagrosamente sujeto por la cuerda que había anudado al tobillo derecho.

¡Oh, Dios!

Pero el *Calatropis* y las egipcias resistieron.

Y allí quedé, oscilando como un péndulo, y a unos quince metros sobre el suelo. Si la cuerda se rompía, adiós explorador...

Eso no fue lo peor.

De pronto «se apagó la luz»...

La túnica, obediente a la ley de la gravedad, como no podía ser de otra forma, se deslizó hacia la cabeza...

Perdí los nervios.

¡Cuánta torpeza!

Y allí quedó aquel «inteligente y aguerrido piloto de la USAF», boca abajo, con la cabeza cubierta por la túnica, y el *saq* o taparrabo al aire, para hacer más cruda la vergüenza...

Intenté trepar hacia atrás.

Imposible.

Las rugosidades que me auxiliaron a la hora de bajar..., ya no estaban. ¡Desaparecieron!

El mastín ladraba y ladraba, con razón. En lo alto colgaba un idiota, a tamaño natural.

Y el sol, percatándose de lo apurado de mi situación, se cebó en quien esto escribe. Empecé a sudar copiosamente.

Lo intenté una y otra vez.

Negativo.

La túnica se enredaba cada vez más.

Batallé por desembarazarme de ella.

Negativo.

Todo era negativo en esa ridícula mañana...

¿Qué podía hacer?

¿Gritaba? ¿A quién?

¿Le daba una orden al perro?

Me sentí perdido.

Intenté pensar. Tenía que hallar una solución...

Y, de pronto, me vino a la mente la imagen del Maestro. No pude evitarlo. Imaginé que se partía de la risa...

Noté cómo las fuerzas me fallaban.

Tenía que salir del atolladero.

Pero ¿cómo?

Fue el mastín el que resolvió la comprometida situación.

Era un perro inteligente.

El animal no tardó en alejarse hacia el torreón, y dio aviso.

Las «Verdes» y Tarpelay comprendieron que algo sucedía, y salieron, a la carrera.

No tardaron en descubrirme, con las piernas al aire, y el *saq* empapado en sudor.

Oí los gritos..., y las risas.

El libio trepó a la roca de «los *graffitis*» y jaló de quien esto escribe, liberándome.

El *sais* me miraba, con los ojos espantados, y repetía:

—Mí no comprender..., mí no comprender...

No supe qué decir.

Recogí las cosas, bajé de la maldita piedra, recuperé la maldita vara, y acaricié al bendito perro. Le debía una...

Por cierto, se llamaba *Bêji* («El que llora»).

Yo también tenía ganas de llorar...

El resto del día lo pasé en un rincón, muerto de vergüenza, y tomando referencias del torreón. Lo sé: no tengo arreglo...

Tar me contemplaba, todavía con el susto en el cuerpo, y movía la cabeza, negativamente.

«Mí no comprender...»

Finalmente me serené y terminé preguntando algo coherente: «¿Alguien sabía algo de las inscripciones en la roca?»

Las «Verdes» coincidieron con Tar: «Era obra de los genios...»

Y ahí terminó la aventura con la piedra de «los *graffitis*». Miento. Aún quedaban una segunda y una tercera partes...

Hacia las 17 horas, con el arribo de la brisa del Mediterráneo, el *sais* dio la voz de alerta: una vela se aproximaba al embarcadero.

Se trataba de una barcaza panzuda, y llena de mañas, de la que había que tirar a base de viento. Aparecía pintada de naranja, como la vela. Todo tenía su explicación...

Y con Raisos, patrón, esposo de las «Verdes», y dueño del torreón, desembarcó un viejo amigo.

¡Abner, el segundo de Yehohanan! ¡El pequeño-gran hombre! ¡El *ari*!

Al verme en el embarcadero hizo señas para que no dijera nada y para que guardara las distancias. Tar y yo nos miramos, atónitos.

Creí comprender.

Antipas había puesto precio a su cabeza...

Abner presentaba un aspecto diferente. La dentadura seguía siendo calamitosa, con las encías enrojecidas y sangrantes, y media docena de dientes inclinados y peleados entre sí, pero la lámina mejoró, en parte. Ello se debía al corte de los cabellos. Se había rasurado el cráneo, hasta quedar calvo. Una túnica azafrán escondía el cuerpo de niño.

En un aparte, mientras el patrón abrazaba a Tarpelay, Abner se dio prisa en aclarar que se hallaba de incógnito, y que trabajaba a las órdenes de Raisos, el «conseguidor».

Las sospechas se confirmaron.

Después, sentados en el embarcadero, algo más relajado, Abner procedió a contar lo que, en buena medida, ya conocía.

Tras el apresamiento del Bautista, los seguidores se dispersaron. Él logró reunir a varios de los «justos» y, tras localizar el paradero de Yehohanan, planearon un primer y un segundo asaltos a la cárcel del Cobre, en las proximidades de Damiya. Fueron sendos y estrepitosos fracasos. Carecían de armas y, lo que era más importante, de organización.

El tetrarca, informado, ordenó trasladar al Bautista al mar de la Sal, y puso precio al pequeño-gran hombre. Quinientos denarios de plata.

Abner huyó, como el resto de los discípulos y se refugió en el Gor. Encontró trabajo a las órdenes de Raisos y allí continuaba, ayudándole en las tareas de transporte de mercancías. El torreón de las «Verdes», como dije, se hallaba cerca de Maqueronte y eso proporcionaba esperanzas al *ari*. Quizá, desde allí, pudiera recibir noticias de su ídolo e, incluso, llegar hasta él. Quedé admirado ante la fidelidad de aquel samaritano.

Abner no sabía nada del Iscariote. Judas participó en ambos asaltos a la prisión del Cobre, pero terminó huyendo, como todos.

No dije nada sobre el hecho de que se hubiera unido al Galileo. Ya se enteraría...

Al preguntar por qué me encontraba en el lago expliqué que lo buscaba para entregarle algo y, sobre todo, porque deseaba averiguar cómo se hallaba Yehohanan.

Agradeció mi interés y me juró fidelidad, «hasta el fin». Yo seguía siendo Ésrin («Veinte»).

Esa noche, a solas, le hice entrega del «323». Al contemplar el pergamino de la «victoria» lloró. Lo conservaría como un tesoro. Nunca más volví a ver el saco embreado y maloliente...

Tras la cena, Tar se las ingenió para desviar la conversación hacia el punto que interesaba: Maqueronte. Raisos conocía bien la zona, y también el palacio-fortaleza de Herodes Antipas.

Pero Tar, inteligentemente, no planteó la cuestión de forma abierta. El *sais* conocía mis intenciones. Este explorador quería averiguar si era posible entrar en el fortín, y cómo. Y el libio utilizó la astucia...

Raisos era un tipo curioso. Había dejado atrás los cincuenta años, y hacía tiempo... Era miope, zambo, y, sobre todo, un bribón de tomo y lomo. Juraba que un antepasado suyo, alto funcionario del rey de Petra, algo así como Abdalgos (el nombre que figuraba sobre el dintel de la puerta de la torre), era el constructor de aquel lugar. Él lo heredó. Era *a'arab* y patrón del barco de los pecados. Ésa era su verdadera profesión. Era un trabajo que no desempeñaba ningún judío. La ley oral establecía que los pecados llamados nefandos («ante los que Dios oculta la vista») no podían ser satisfechos —desde el punto de vista económico— en el Templo de Jerusalén, o en las sinagogas. El dinero que servía para reparar (?) tales ofensas a Dios debía ser arrojado a las aguas del mar de la Sal. Así consta en la Misná (tratado *Nazir*, capítulo IV). Y así se ganaba la vida el *a'rab*. La barcaza que dormía ahora en el embarcadero era *hata'*, la única embarcación autorizada para transportar el dinero de los pecados. Por eso fue pintada en aquel naranja tan llamativo. Y me recordó el *mot*, el barco de la muerte que navegaba por el mar de Tiberíades, cuya misión era transportar cadáveres. Todo, en el *mot*, era blanco. Obligatoriamente blanco...

Pero, hecha la ley..., hecha la trampa.

Raisos arrojaba «las bolsas de los pecados» al lago, y en presencia de los «pecadores», pero, al poco, cumplida la ceremonia de sumergir el dinero, la bolsa era izada, y se repartían las monedas. Y todos regresaban felices y «perdonados»...

Éste era el suculento «negocio» de Raisos, pero no era el único.

El *a'rab* del torreón de las «Verdes» tenía otras pasiones...

Por ejemplo: conseguir cosas; cuanto más difíciles, mejor.

Por ejemplo: los refranes. Los conocía todos. Creo que los coleccionaba. Hablaba utilizando proverbios.

Por ejemplo: presumir de encantar escorpiones.

Al cuello lucía un colmillo de hipopótamo. Servía para espantar las pesadillas. Eso decía...

A Raisos lo conocían también por el alias de *lehasîg* o «conseguidor». Era el gran *lehasîg* del lago. Todos recurrían a él, incluido Antipas. Eso me interesó.

Por lo que fui averiguando, el tal Raisos era un intendente de primera. Disfrutaba de excelentes contactos. Vendía trigo de Moab, verduras del oasis de En Gedi, bálsamo de Jericó, cañas «antimariposas» procedentes de la nabatea, lámparas de sal (1) «para serenar espíritus atormentados»,

(1) Conseguía bloques de sal gema, los perforaba, e introducía en

sangre de murciélago «para ver en la oscuridad» (1), vendajes con miel (para moribundos) (2), un singular algodón de color azul (nunca supe cómo lo obtenía), cristales de colores para ver el futuro (?), amuletos de todas clases (en especial contra los escorpiones) (3), y trajes de seda (supuestamente preparados contra el fuego) y orina de las «Verdes» para ablandar los bloques de asfalto, entre otras «lindezas».

Pero la gran «debilidad» del patrón, como digo, eran los escorpiones.

Habló de ellos durante horas. Dijo ser un *jerp serket* o «encantador de escorpiones». Lo aprendió (?) en Egipto, en el libro santo de Ra, en la Casa de la Vida, en Alejandría. Probablemente era inventado, pero disfrutamos de lo lindo.

Y Tar se dejó caer en mitad de la explicación sobre los escorpiones. Atrapó a Raisos. Inventó, pero lo hizo con habilidad. Expuso que aquel griego rico, al que guiaba, había oído hablar del veneno de un escorpión, capaz de hacer soñar en colores a quien lo bebía en pequeñas dosis. Y añadió que se trataba de un escorpión sin manos. Alguien lo había visto en las cuevas de las laderas de Maqueronte...

Quedé perplejo.

Nunca oí hablar a Tarpelay durante tanto tiempo, y con semejante soltura.

Raisos cayó en la trampa.

«¿Un escorpión que hace soñar en colores?»

Él conocía esas cuevas...

---

ellos una candela o una pequeña lucerna de aceite. La gente que compraba estas lámparas se sentía feliz y relajada, y existía un cierto principio científico que justificaba dicho bienestar. La luz, al atravesar la sal, multiplicaba el número de iones negativos y la calidad del aire mejoraba. Cerca de las cascadas, por ejemplo, se han detectado hasta 10.000 iones negativos por centímetro cúbico. *(N. del m.)*

(1) Me llamó la atención la coincidencia con lo escrito, siglos después, por Alberto Magno en su libro *De las maravillas del mundo*: «Si quieres ver en la oscuridad, y leer libros en la noche, úntate la cara con sangre de murciélago.» *(N. del m.)*

(2) La miel dispone de un elemento —el peróxido de hidrógeno, de fuerte carácter antiséptico— que la distingue en la lucha contra las bacterias y gérmenes. Raisos no andaba descaminado... *(N. del m.)*

(3) Raisos vendía esencia de violetas, así como ajo y menta, contra la picadura del escorpión. Pero lo ideal —según dijo— era el olor que desprende otro escorpión quemado. *(N. del m.)*

Y quedó contratado. Nos guiaría, y ayudaría a buscar el fantástico *akrab*.

Tarpelay me guiñó el ojo.

La trampa fue perfecta. Raisos era bien conocido por la gente armada de la fortaleza. No sospecharían si nos veían merodear con él por los alrededores...

Y la curiosidad me venció, una vez más.

Terminé interrogando al «conseguidor» sobre Yehohanan.

Abner no daba crédito a mi osadía. Y me hizo señas para que olvidara el asunto. Comprendí. El patrón podía ser un confidente. Me arriesgué.

Raisos resumió con uno de sus habituales proverbios:

—Si disfrutas con lo amargo, debes saber cultivarlo... Ese Yehohanan es un loco...

—¿Por qué?

—Estimado amigo, dar cabezazos a otra cabeza puede no causarte daño... Si lo haces contra una roca, se rompe.

No tuve más remedio que confesar. Había sido seguidor del Bautista y ahora me interesaba por su situación...

—Nadie sabe nada —explicó—. Es un prisionero especial...

»Además —añadió, al tiempo que señalaba las paredes del torreón—, los oídos, aunque no estén en el norte, oyen las palabras del norte...

Abner protestó. Él no era confidente...

—La edad y la prudencia cuentan, incluso, entre los monos...

Tarpelay, astuto, colaboró a su manera. Llenaba y llenaba la vacía copa de Raisos. Y el *legmi* fue surtiendo efecto. La lengua del patrón se desenredó.

Abner guardó silencio.

—No creo que sea para tanto —improvisé—. Ese loco es incapaz de matar una mosca...

—La calabaza pública no debe lamerse por debajo...

—No te comprendo.

—Si te dedicas a buscar miel debes saber que pueden picarte las abejas...

—Es alguien que habla y habla. Sólo eso...

—Intención es una casa que cobija sólo a su propietario... Habla de ti mismo, si lo deseas. Quizá encuentres a alguien más tonto que tú, que te escuche...

—Yehohanan pedía arrepentimiento —mentí—. Sólo eso...

El Bautista exigía otras cosas, mucho más frágiles, y Raisos lo sabía...

—Uno no puede ser maestro —utilizó la palabra *marabú*— si antes no ha sido discípulo... ¿Arrepentimiento? ¿De qué debes arrepentirte si eres menos que una mosca?

El «conseguidor» era un filósofo. Y no le faltaba razón.

—¿No es mejor ser paciente que sabio? ¿Por qué se metió a predicar a los cocodrilos?

Suspiró, apuró otra copa de *legmi*, y añadió:

—Ahora está encerrado y lamentando... Las lamentaciones son hijas de la prisa y del descuido...

Tar preguntó:

—¿Es Yehohanan un profeta?

—A los profetas se les distingue, sobre todo, porque lo dejan todo por hacer. ¿Qué ha hecho ese loco?

El patrón volvía a hablar con razón. El Bautista sólo calentó a las masas, disponiéndolas contra Roma y contra el tetrarca. Su mensaje, y su pensamiento —ya lo dije— no tenían nada que ver con la filosofía del Hijo del Hombre. Nunca entendí por qué lo calificaron de Anunciador...

—Yo te diré lo que ha hecho... El tal Yehohanan pretende tener más visión que un anciano sentado, pero sólo es un niño de pie. Quiere vender prosperidad con el hacha en la mano... La prosperidad no viene. Está o no está.

Me arriesgué.

—¿Existe alguna posibilidad de verle?

—Ninguna, sin el permiso de la roca...

—¿La roca?

—Antipas...

Y Raisos dio en el blanco, de nuevo:

—Ese loco ha cometido dos errores: atacar a Antipas e insultar a una mujer... No es lo mismo insultar a una mujer que atacar a un hombre... El pensamiento debe ser contenido antes que la lengua.

—Quizá no fue su intención insultar a Herodías...

Mi argumento era insostenible.

—Si vendes algo, recuerda que eso te vende...

Abner se comía los puños, pero supo permanecer en silencio.

—Y te diré más: el discurso puede sonar mejor al orador que al que lo escucha; sobre todo si el que escucha es una mujer...

»Querido griego: con frecuencia, uno se ahoga en el río que ha subestimado... Nunca subestimes a una mujer..., ni por lo bueno ni por lo malo.

—¿Crees que Antipas terminará soltándolo?

Raisos rió con ganas.

—No conoces a la roca. Cree que es el sol, y que puede borrar las rayas a las cebras...

—¿Lo liberará o no? Tú dices conocer a Antipas...

—Lo sirvo desde hace mucho, es cierto, pero todavía no hablo el idioma de los cocodrilos... Soy un bribón, pero no robo el alma de mis semejantes. Antipas sí. A Yehohanan lo soltará —muerto—, o quizá lo arroje a sus niñas...

Otra vez las «niñas». ¿Qué quiso decir? Pronto lo averiguaría...

Tar se interesó por Antipas.

—¿Cómo es realmente?

—Aunque pase décadas en un río, un palo no puede convertirse en cocodrilo. Al tetrarca le sucede lo mismo: nunca será un ser humano... Nació odiando. Le viene de familia. Es un loco, rodeado de cuerdos.

Nakebos lo advirtió. Imposible llegar a la presencia de Yehohanan... Según Raisos, la guardia pretoriana estaba en todas partes. Maqueronte era una ratonera. «Si lograbas entrar sin ser visto, cosa imposible, jamás salías vivo. Si conseguías salir es que estabas muerto.» Ésa era la suerte que le aguardaba al vidente...

—Dedícate a la búsqueda de ese escorpión —sentenció el «conseguidor»—. Te ayudaré, pero olvida a Yehohanan. Diez no pueden ser nueve, y nueve no pueden ser diez...

Me miró a los ojos y proclamó:

—En cuanto el gran árbol cae, las aves se dispersan...

Así continuamos parte de la noche. Raisos disponía de refranes y proverbios para todo y para todos.

Me negué a aceptar las dificultades. Intentaría penetrar en la fortaleza. No sé cómo, pero lo haría...

En esos momentos entendí que era mi obligación llegar hasta la presencia del Bautista.

Al día siguiente, jueves, 8 de agosto, amaneció a las 4 horas y 47 minutos (según los relojes del módulo). Y nos preparamos para partir. El objetivo, como mencioné, era imposible: visitar las cuevas de Maqueronte y buscar un escorpión sin manos que, además, provocaba sueños en color...

Raisos sería el guía.

Abner declinó la invitación. Dijo tener otras obligaciones. Estaba claro que no deseaba correr riesgos. Lo comprendí.

Antes de abandonar la torre, el patrón ordenó que nos embadurnásemos (de pies a cabeza) con grasa de liebre. Era otra de las soluciones contra escorpiones y víboras. Eso fue lo que aseguró Raisos. No tuve más remedio que obedecer. Tar se negó. «Sus dagas sí eran un buen remedio...»

La peste duró días.

Y con las primeras luces nos pusimos en camino.

Raisos abría la marcha. Detrás caminaba el guía negro, con el odre de agua. Yo era el último, como siempre, con el saco de las provisiones.

Nos acompañaron los dos mastines. El patrón se empeñó en que debían ser contratados, «como uno más». Me pareció un abuso. Después entendí...

Nos adentramos en el cauce seco del Zarad. Todo era cuestión de seguir el *wadi*, en permanente ascenso, hasta alcanzar la base del gran cono sobre el que se asentaba la fortaleza de Maqueronte. Calculé seis kilómetros. El terreno, muy accidentado, obligaba a un caminar lento e inseguro. Necesitaríamos dos horas, como poco. Era importante aprovechar la tibieza del alba. Cuando el sol empezase a trepar por los azules, el calor se haría sofocante, superando los 40 grados Celsius hacia el mediodía. A esas horas deberíamos encontrarnos en las cuevas.

Me equivoqué. La distancia a Maqueronte era mayor. Necesitaríamos, como mínimo, tres horas.

Raisos conocía el terreno que pisaba. No le vi dudar.

No existía camino propiamente dicho.

¿Cómo describir el *wadi*?

Era un pedregal blanco amarillento, sin más sombras que

las de las rocas que nos veían pasar, y las de un par de nubes, totalmente perdidas en la inmensidad azul. Mirase hacia donde mirase, sólo distinguí ocres, areniscas nubias que se preparaban para ser horneadas, colinas que despertaban amarillas y sin esperanza, desolación (extendida como un gigantesco manto), cabras a lo lejos, tratando inútilmente de mover el paisaje, cuevas a las que era mejor no asomarse, barrancas suspirando por un verde, moscas devorapiedras, algunas hierbas que huían de las cabras y que Raisos calificó como beneficiosas (conté treinta y seis) y silencio... Un silencio incomodado por los pensamientos y por el rodar de las piedras, precipitándose a nuestro paso por los terraplenes.

¡Qué inmensa tristeza ser piedra!

Todo fue bien durante la primera hora.

Pero, a eso de las seis de la mañana, uno de los perros alertó al «conseguidor».

Raisos solicitó silencio (eso sobraba) y que no nos moviéramos.

Los mastines, rabiosos, se metieron en un boquete, al pie de una roca.

Sólo se veía una polvareda roja y los perros atacando una y otra vez.

Tar permanecía impasible, con la mano derecha abrazando la empuñadura de plata de una de las dagas.

Raisos esperó, tranquilo.

Al poco, la pelea terminó.

El polvo rojo se fue tranquilizando y *Bêji*, el mastín del antifaz negro, se fue hacia su dueño, agitando la cola en señal de triunfo. De las fauces colgaba una serpiente de casi ochenta centímetros de longitud.

Tarpelay se aproximó y le cortó la cabeza de un tajo.

El perro soltó el cuerpo del ofidio y éste se retorció durante algunos segundos.

Procedí a examinar los restos.

Era un *aspis*, una víbora de cabeza triangular, pupilas verticales, y la punta del hocico orientada hacia lo alto. Lucía una «V» invertida entre los ojos.

No había duda. Era una víbora venenosa (1), con el vientre rosado, y la cola muy estrecha.

(1) La *Vipera aspis* (a veces la llaman áspid, equivocadamente) utili-

Lo supe a partir de esos momentos. El *wadi* estaba infestado de serpientes.

Se deslizaban y se escondían por todas partes. Algunas, incluso, plantaban cara. Se enroscaban y se disponían para el ataque. Los mastines obedecían a Raisos y las olvidaban.

Recuerdo que vi treinta, de diferentes especies (1).

Fue un mal trago.

Mis pies se hallaban desprotegidos...

Desde ese día, el Zarad recibió otro nombre: el *wadi* de las víboras.

Raisos resumió bien la situación:

—Camina con los ojos...

Bêji, inteligente y cariñoso, se movía a mi lado, alertándome.

Las víboras salían de los escondrijos al frescor del amanecer, y cazaban. También se las veía en el crepúsculo. Eran los peores momentos del día. Debíamos movernos con especial cautela.

A pesar de todas las precauciones, al verlas reptar en la tierra y en el pedregal, los pelos se me ponían de punta. Es difícil soportar a estas criaturas...

Y poco antes de la tercia (hacia las ocho de la mañana), Raisos se detuvo.

Señaló el enorme cono de tierra blanca que teníamos al frente y declaró:

---

za un veneno cuya composición se basa en una mezcla de proteínas enzimáticas y no enzimáticas, cationes metálicos, lípidos y péptidos. El veneno actúa sobre el sistema nervioso y sobre la sangre (efectos proteolíticos, coagulantes, neurotóxicos y hemolíticos, fundamentalmente). La mordedura puede ser mortal. En el ser humano provoca dolor, decoloración e hinchazón de la parte herida. La acción proteolítica lleva consigo una vasodilatación general y local, con una bajada de la tensión sanguínea. Los tejidos quedan necrosados y la acción coagulante provoca la formación de microcoágulos. Los glóbulos rojos son destruidos. La hemoglobina es eliminada en la orina y surge la anemia. El veneno conduce también a una parálisis muscular. La muerte puede ocurrir en 24 horas. *(N. del m.)*

(1) Entre las víboras que acerté a ver se hallaba la *gabónica*, la más peligrosa, con la cabeza blanca, y metro y medio de longitud. Los colmillos eran espectaculares. La mordedura mata en cinco minutos. También vi la *orsini*; la ya familiar *cerastes cerastes*, de tan amargos recuerdos; la víbora *lataste* y la *pelíade*, no menos peligrosas. La más abundante era la mencionada *aspis*. *(N. del m.)*

—Maqueronte... Las legumbres no crecen para los que no se mueven...

Calculé quince kilómetros desde el torreón de las «Verdes».

La colina, de 400 metros de altitud, se hallaba en mitad de la nada. Flavio Josefo tenía razón al describirla: «La fortaleza consiste en una prominencia rocosa de gran altura, lo cual ya hace difícil tomarla, pero la naturaleza la ha hecho todavía más inaccesible. Se halla, en efecto, totalmente rodeada de torrentes...» (*Guerras* VII, 6, 2-3).

¿Torrentes? Flavio Josefo, tan dado a las exageraciones, se quedó corto a la hora de describir Maqueronte, también llamado Macairous («espada») (1). Hoy, en el siglo xx, los árabes le dan el nombre de *Jebel al-Mishnaqa* o «monte de la horca». Otros lo llaman «la torre negra» y «la diadema».

Maqueronte era un gran cono truncado, de base circular, blanco y perfecto, con una fortaleza en lo alto. Un fortín de enormes sillares, también de color blanco, con un total de seis torres cuadradas. Una de ellas, construida en piedra negra, superaba los 28 metros de altura. Era la torre que daba nombre al palacio. Miraba al noreste.

Las laderas alcanzaban desniveles superiores al cuarenta por ciento. Nadie podía subir sin ser visto.

Fue suficiente un vistazo para darme cuenta. Había subestimado el lugar. Maqueronte era una fortaleza de muy difícil acceso...

(1) Maqueronte fue construida por Alejandro Janeo (año 90 a. J.C.) como un fortín dedicado a la vigilancia de la frontera con el imperio nabateo. Años después (57 a. J.C.), el palacio-fortaleza fue conquistado por el general romano Gabinio, que procedió a su destrucción. Herodes el Grande la reconstruyó en el 30 a. J.C. y convirtió el lugar en una residencia de invierno, con toda clase de lujos. Alejandra, la esposa de Janeo, escondió en Maqueronte un valioso tesoro, que terminaría en manos de su hijo Aristóbulo. La fortaleza de Maqueronte disponía de tres murallas (algunas con veinte metros de altura). Sólidos contrafuertes se ajustaban al terreno, haciendo la plaza poco menos que inexpugnable. Según Josefo, en el interior se hallaba un palacio y una aldea de servicio, así como numerosas cisternas. Tras la muerte de Herodes el Grande, la fortaleza pasó a manos de Antipas, su hijo, tetrarca de la Galilea y de la Perea. En el año 66, los judíos se apoderaron de la fortaleza y mataron a los ocupantes, todos romanos. Las legiones le pondrían asedio y Maqueronte terminó demolida. Así continúa en la actualidad. *(N. del m.)*

Y fuimos rodeando la base del cono, de norte a este.

Examiné la muralla exterior. Era enorme, compacta, sin puertas, y con alturas que oscilaban entre los diez y los veinte metros. Se trataba de una muralla poligonal, con las torres repartidas estratégicamente. En todas se distinguía el brillo de los cascos de los guardias galos.

Según Raisos, la guarnición la formaban alrededor de quinientos hombres. Puede que más...

Yo sabía de sus modales, y de sus características, pero el patrón los describió mejor:

—Son leones viejos, más peligrosos que los lobos jóvenes...

La sillería me impresionó. Los bloques de caliza eran gigantescos. Algunos de diez metros y, posiblemente, de diez toneladas de peso. ¿Cómo los subieron hasta lo alto del cono? Muy simple: con lágrimas, sudor y sangre...

En el interior de la fortaleza —por lo que fui averiguando— se levantaba un palacio y lo que llamaban la «ciudad baja», una aldea de servicio que recibía el nombre de Ataroth. Allí vivía la guarnición, con sus familias, y también la servidumbre y muchos de los proveedores.

Rodeamos el gran cerro y fui tomando todas las referencias posibles.

No observé un solo punto débil...

Raisos, adivinando mis pensamientos, comentó, sarcástico:

—Sacar ese bote a la orilla requiere mucha gente...

Y llegamos a las cuevas. Se presentaron en la ladera oriental de Maqueronte. Conté diez. Se hallaban deshabitadas. En algunas guardaban ganado.

Hicimos como que buscábamos el dichoso escorpión y decidimos pasar en ellas el resto de la jornada. El calor apretaba.

Desde aquel ángulo pude observar la cara este de la fortaleza en su totalidad. La puerta principal, y única, era enorme. Una senda nacía en el portalón, escapaba, culebreando entre los precipicios y se perdía en las colinas de Moab. En el ángulo sur descubrí una notable obra de ingeniería. Un acueducto de considerables dimensiones transportaba agua a media ladera de Maqueronte. Allí era trasvasada a dos «piscinas» situadas a cosa de treinta metros de la muralla. Reatas de jumentos, y esclavos, se encargaban de trasladar los odres al interior de la fortaleza.

No acerté a ver mucho más.

Raisos y Nakebos tenían razón. Penetrar en Maqueronte, sin autorización, era un suicidio. Tendría que hacerme a la idea. No podría visitar a Yehohanan sin la bendición de Antipas. Pero, para eso, debía conseguir primero una audiencia con la «roca», como lo llamaba el patrón del torreón de las «Verdes».

El retorno al mar de la Sal fue rápido y agobiante.

El sol era plomo fundido. No tuvimos más remedio que caminar en esas condiciones. Con la caída de la tarde hubiera sido más comprometido. Las víboras se mostraban más agresivas...

Raisos describió la situación con otro proverbio:

—Reconoce la estatura de aquel que es más alto que tú.

Mensaje recibido.

Y hacia las 17 horas divisamos, al fin, el azul agachado del mar de la Sal.

Mi primera aventura en el lago de la Muerte tocaba a su fin.

Informé a Abner y el pequeño-gran hombre estuvo de acuerdo: nadie sabía si volveríamos a ver al Bautista...

Todo dependía del Destino.

El viernes, 9, antes de que asomara el alba, nos despedimos.

Prometí a Abner y a Raisos que regresaría. No sabía cuándo, pero lo haría. Y retornaría con «algo» especial. Eso fue dirigido al patrón.

Raisos me miró, escéptico, y murmuró:

—Sé generoso sólo con lo que te pertenece...

Y ya a las puertas del torreón insistí:

—¡Volveremos!

El «conseguidor» agitó las manos, en señal de adiós, y dejó caer otro de sus proverbios:

—Visita menos a tu vecino, si no quieres que mañana te odie.

Bêji nos acompañó un tiempo. Después regresó a la torre. El alba, violeta, se puso a buscarlo, y llenó el lago de luz.

Al día siguiente, sábado, 10 de agosto, Tar me dejó a las puertas del caserón de los Zebedeo, en Saidan.

Lo leí en su mirada. Tarpelay deseaba trabajar a mi servicio de forma permanente.

No dije nada. No era el momento.

Supe que volveríamos a vernos.

Ingresé en la hacienda con cierto temor.

El Maestro no estaba en la casa.

Abril y yo nos miramos. Parecía más tranquila. Siguió a lo suyo, sin más. De vez en cuando me espiaba.

Salomé, la madre, sí me recibió con los brazos abiertos.

El Maestro se hallaba en la playa, con *Zal*.

Y me puse al día. Jesús continuaba con las enseñanzas y los discípulos, al parecer, con su dura cerviz. Además de obstinados, no comprendían. Nada nuevo...

Dejé las cosas en el palomar y me encaminé al lago. Ardía en deseos de ver al Galileo. Quería hablarle y que me hablara...

Faltaban dos horas para el ocaso. Era un buen momento para darse un baño.

No acerté a ver al Hijo del Hombre. Tampoco a *Zal*. A veces caminaban lejos.

No había nadie entre las barcazas varadas en la arena.

No lo pensé dos veces.

Me desnudé, dejé la túnica y el *saq* sobre la proa de una de las lanchas, solté las sandalias, y corrí al agua.

Estaba fresca y limpia.

Disfruté del baño. Nadé y me alejé cuanto pude.

Al rato, relajado, regresé a la orilla. Caminé despacio hacia la barcaza. Me vestiría y aguardaría al Maestro.

Pero...

¡Vaya! ¿Dónde estaba la ropa?

La deposité en la proa...

Inspeccioné las otras embarcaciones.

Negativo.

La ropa no aparecía... ¿Cómo era posible?

Tampoco hallé las sandalias...

Miré a mi alrededor.

Ni rastro de pescadores o remendadores de redes.

Estaba solo en la orilla. Lógico. Era sábado.

¿Qué misterio era aquél?

Pensé en alguien del caserón... ¿Abril? ¿Era ella la que se había llevado la túnica, el taparrabo y las sandalias?

No tuve tiempo de pensar. Oí un gruñido. Después unas risas, mal contenidas.

Procedían de una de las lanchas. Me dirigí a ella, cauteloso.

Y al asomarme al interior del bote los vi.

—¡Será posible...!

El Maestro, agazapado, sujetaba al perro de color estaño. En la mano izquierda vi mis ropas y las sandalias.

Jesús de Nazaret aguantaba la risa, como podía, pero se le escapaba.

Y antes de que este explorador pudiera reaccionar, soltó una carcajada, liberó a *Zal* y, dando un salto, huyó de la barcaza. El perro lo siguió. Y ambos se alejaron por la costa.

Tampoco lo pensé mucho.

Me fui tras ellos, a la carrera.

Pero el Hijo del Hombre era un atleta. Yo, en cambio...

Al cabo de un rato caí rendido y jadeante.

El Maestro regresó. *Zal* se limitó a lamerme y a mirar con aquellos intrigantes ojos oblicuos.

No hablamos durante un rato. Reímos y reímos.

Me vestí y lo contemplé.

Aquél era el verdadero Jesús de Nazaret: bromista empedernido...

Después, a petición suya, procedí a contar. Observaba, feliz. Disfrutaba con mis historias. En realidad disfrutaba con todo.

No preguntó por Yehohanan, pero sí le impresionó el *wadi* de las víboras. Tuve que darle mil explicaciones sobre lo que vi.

Finalmente se puso serio y preguntó por Ruth.

Le dije la verdad, como siempre.

La respuesta, aunque conocida, me dejó confuso:

—No es una enfermedad de muerte...

Y pasó a relatar sus planes inmediatos. Deseaba que lo acompañase. Al día siguiente iniciaría una nueva experiencia con los íntimos. Mejor dicho, con dos de los discípulos. Caminaría con la pareja por la orilla del *yam* y permanecería dos semanas lejos de Saidan. Después trabajaría unos días. Acto seguido, y por espacio de otras dos semanas, repetiría la aventura con una segunda pareja de discípulos. Y así sucesivamente. En total, alrededor de tres meses.

Hice cálculos.

Eso nos situaba en noviembre.

No tenía idea de lo que pretendía. Los evangelistas tampoco dicen nada sobre esos tres meses.

En fin, lo importante es que había regresado a tiempo.

Esa noche, antes de la «clase», Andrés hizo el sorteo. La primera pareja que debería acompañar a Jesús fue la formada por Santiago de Zebedeo y Judas de Alfeo, uno de los gemelos. Y me dije: «Vaya pareja... Uno habla poco y el otro no habla.»

Quedé intrigado. ¿Qué se proponía el Galileo? ¿Trataba de inaugurar la etapa de predicación pública?

Pronto lo averiguaría...

El resto de los discípulos no protestó. Estaban tan desconcertados como este explorador. Mientras durase la ausencia se ocuparían de sus trabajos; fundamentalmente de la pesca.

Y al día siguiente, 11 de agosto, domingo, partimos con las primeras luces. Jesús no permitió que *Zal* se quedara en el caserón. Nos acompañaría.

Cargamos los sacos, con provisiones y lo imprescindible, y marchamos hacia el sur.

Zal era el más complacido. En esos momentos rondaba nueve meses de edad. Empezaba a ser un perro que tener en cuenta. Era tan grande como leal y tan bello como inteligente.

Jesús se colocó en cabeza. Detrás iba Santiago, sumido en sus reflexiones. Por último, el Alfeo y quien esto escribe, sin palabras. *Zal* corría por delante del Maestro y se detenía cada poco. Miraba al Jefe, comprendía que todo iba bien, y se empeñaba en nuevas carreras.

Me llamó la atención que pasáramos de largo por los pueblos y por las aldeas. Necesité un par de días para comprender, o medio comprender, las intenciones del Hijo del Hombre.

Sólo se detenía en las casas y en las granjas aisladas. Buscaba cualquier excusa para establecer contacto con los habitantes. No importaba qué. Un día era el agua, otro cómo llegar a no sé dónde, en otra oportunidad la sombra de un árbol...

La cuestión es que se las ingeniaba para conversar con los lugareños y entrar en las casas hasta la cocina...

Oía sin cesar. Escuchaba a todo el mundo. No importaba si eran jóvenes o viejos, libres o siervos, niños o adultos, hombres o mujeres... Oía y lo hacía como si fuera lo último en su vida. Se mezclaba con todos. Preguntaba por los problemas de a pie, por los enfermos, por la pesca o por las cosechas... Se sentaba en la última choza del último poblado y dejaba que las moscas se lo comieran vivo. Todo con tal de saber de la familia de pordioseros y desheredados que habitaba el lugar. Jugaba con los más pequeños, los sostenía en brazos, ayudaba a limpiar las infecciones de los ojos, consolaba a los que nada tenían, sonreía al que nadie sonreía, ayudaba en el acarreo de agua, partía leña, cocinaba para todos, repartía lo poco que quedaba en los petates, cantaba con los paganos, ayudaba a limpiar corrales y establos, bebía de la jarra común y comía en la misma olla...

«Son mis criaturas», decía.

Los discípulos escuchaban, y veían, desconcertados. No sabían por qué hacía todo aquello. Yo empecé a intuir, como digo, al segundo o tercer día.

Jesús evitaba las aglomeraciones. Huía de las ciudades. Sólo buscaba lo pequeño, lo perdido, lo aparentemente miserable; en definitiva, lo humano...

En esas dos semanas, el Maestro no pronunció un solo discurso. No dijo quién era, ni tampoco lo que pretendía. Se limitó —insisto— a buscar el contacto con sus semejantes, a permanecer a su lado (a ser posible escuchando), a reír con ellos, y a apreciar las pequeñas-grandes cosas.

Era un Hombre-Dios que observaba a sus criaturas...

No tengo palabras para definir esta actitud, pero, para mi gobierno, elegí un término, en arameo, que lo describe, aunque con dificultad: 'im. La traducción sería «en compañía de». «Hacer 'im» era una de las máximas aspiraciones de un Dios encarnado. «Hacer 'im» era beber y dar de comer al mismo tiempo (un juego de palabras que, en arameo, se decía te'em y te'am, respectivamente). El Hombre-Dios «bebía» de los demás y «daba de comer», aunque sólo fuera con la mirada. Él experimentaba *(lajavôt)* con el contacto directo y personal y se llenaba *(mela')*, al tiempo que derramaba *(nesak)*. El arameo, en ese sentido, era de una gran riqueza.

Jesús prosiguió así lo que había iniciado años antes (beber de sus criaturas), pero en la compañía de los que serían sus embajadores. Lástima que nada de esto fuera contado...

Y, como digo, durante esas dos semanas, y en las restantes, el Hijo del Hombre se dedicó por entero a este contacto personal. «Hizo *'im*» sin cesar. Se mezcló con lo último, leyó en el último de los corazones, dio de comer a lo último, abrazó a lo último, se hizo uno con lo último, y fue el último. Para ser exacto, fue el último entre los últimos.

Él no lo dijo nunca, pero lo supe: «hacer *'im*» era ejercer la más importante virtud de un Hombre-Dios: la misericordia.

Y en uno de aquellos atardeceres, frente al *yam*, el Maestro lo explicó, no sé si con claridad:

—Nadie es inferior a nadie. Todos sois superiores a todos...

Ni Santiago ni Judas de Alfeo alcanzaron a ver, de momento, las orillas de aquella verdad.

Jesús lo supo e intentó animar a los confusos discípulos:

—Tras la muerte, las dudas quedarán en la tumba. ¡Ánimo!...

Santiago lo miró, desconcertado. ¿Cómo podía saber que él era todo dudas?

El Hijo del Hombre descendió de nuevo al pozo de sus pensamientos, leyó, y sonrió al Zebedeo. Después explicó:

—No lo sabéis, queridos amigos, pero la duda es el estado natural del ser humano. El espíritu no duda. La materia sí...

Judas de Alfeo no se atrevió a abrir la boca. No sabía casi de dudas. Era un hombre afortunado.

Y Jesús continuó:

—... El comienzo de la sabiduría no es el temor, como asegura el salmista, sino la duda...

El Maestro hacía alusión al Salmo 111 (10): «El comienzo de la sabiduría es el temor a Dios; todos los que lo practiquen tendrán buen entendimiento.»

—... Y os diré más: la duda prolonga la vida. No hay nada más frágil que la seguridad en sí mismo.

El Galileo señaló el lago. El *maarabit*, el viento del oeste, rizaba las aguas y hacía olas en la orilla. Algunas se resistían a morir en tierra.

—¿Veis las olas?... Las dudas son así: inevitables... Las empuja la propia vida. No temáis... Dudar es un triunfo.

Y recalcó la expresión «triunfo»: *le nétzaj netzajim.*

—¡Ánimo!... ¡Vestíos con la duda, como Moisés se vistió con la nube!... Después seguid adelante y subid a la montaña...

El Maestro se refería a lo escrito en el Éxodo (24, 18), pero los íntimos tampoco comprendieron.

Judas Alfeo intervino y puso punto final a las palabras del Hijo del Hombre:

—Se... se... se... ñor... Tengo una du... du... du... du... da...

El Alfeo, como creo haber advertido, sufría un problema de disfemia o tartamudez. Su gemelo, sin embargo, Jacobo, no padecía este trastorno del sistema nervioso. Nunca pregunté. Quizá Judas de Alfeo había sufrido algún traumatismo en la infancia que lo condujo a esta descoordinación entre los hemisferios cerebrales.

Jesús esperó. Y sonrió, animándole.

Judas intentó preguntar:

—Prefieres car... car... car... car... ne o pes... pes... pes... pes... pes...

—Sí, pescado —simplificó el Galileo.

Definitivamente, el gemelo no tenía grandes dudas...

El viernes, 16, a eso de las 22 horas (segunda vigilia de la noche), sucedió algo «catastrófico», según los discípulos. «Es el anuncio de una desgracia —decían—. ¿Quién morirá esta vez?»

Nos hallábamos en el barrio de las chabolas, en Kursi.

Minutos antes, los perros empezaron a aullar.

Zal se mostró inquieto. Se sentó al lado del Hijo del Hombre y allí se mantuvo, atento al cielo.

Había luna llena.

Pues bien, a las 22 horas y 18 minutos (según los relojes de la nave) se registró un eclipse parcial de luna. La duración fue de 78 minutos.

Para aquellas gentes, un fenómeno astronómico de esta naturaleza (absolutamente normal y corriente), suponía un aviso; una señal de los dioses, de Yavé, o de los espíritus infernales. Algo estaba a punto de ocurrir. Algo nefasto, naturalmente.

Judas de Alfeo se negó a mirar al cielo. Y se cubrió la cabeza con el manto.

Santiago Zebedeo bajó los ojos y se refugió en el silencio, como casi siempre.

Jesús mantuvo los ojos fijos en el eclipse, al tiempo que acariciaba a *Zal*.

Nos miramos un par de veces, pero no hablamos.

Finalmente, tocando en el hombro del asustado Alfeo, el Hijo del Hombre proclamó:

—Sólo veis la piedra pómez... Ab-bā es también oro y plata...

No entendí.

Esa noche, cuando todo pasó, Jesús de Nazaret y quien esto escribe sostuvimos otra conversación —cómo definirla— «confidencial»... Me reveló un «secreto» fuera del alcance de cualquier mortal. Los discípulos no se hallaban presentes. Pero de esa cuestión me ocuparé a su debido tiempo. Es mucho, muchísimo, lo que resta por contar sobre la vida de aquel Hombre, y muy poco el tiempo que me ha sido concedido... No sé si el hipotético lector de estos diarios aceptará perdonar estos aplazamientos.

Pero sigamos.

Cinco días después del eclipse de luna, el Galileo recibió una pequeña-gran alegría.

Era miércoles, 21 de agosto.

Sinceramente, se me fue el santo al cielo. Lo olvidé por completo.

Ahora lo pienso y deduzco que fue otro aviso... Algo fallaba de nuevo en mi cerebro.

Era el aniversario del Maestro. Cumplía treinta y dos años.

Y recordé que el anterior cumpleaños lo celebramos en el monte Hermón, en la compañía de Eliseo. Eran otros «tiempos»... (?).

Por cierto, no sabía nada del ingeniero.

A lo que iba...

Nos encontrábamos en una granja perdida, al norte de Hipos, cerca de la costa oriental del *yam*.

Era un lugar apestoso, dedicado a la crianza de cerdos.

Lo gobernaba una familia *a'rab* a la que llamaban *Nsura* («Buitres»). Eran todo menos afectuosos. Y era comprensible. El trabajo los esclavizaba, ¡y qué trabajo! Todo el día entre cerdos, con barro hasta los tobillos, moviendo piaras por las colinas, apestando a todas horas, siendo rechazados por los judíos, y despreciados por los gentiles. Eran la escoria de la escoria.

Y el Maestro decidió quedarse en la granja un par de días.

Allí conocí a Hbal, otro árabe. Hbal era un anciano, con los síntomas de un Alzheimer avanzado: desorientación espacio-temporal, trastornos en el lenguaje, alteraciones motrices, incontinencia de esfínteres, nula memoria, y agresividad casi permanente.

Lo mantenían atado a una cerca, con una cadena de tres metros. No podían soltarlo. Si Hbal se veía libre terminaba huyendo, y desaparecía. Ya había sucedido en varias oportunidades.

Hbal era el padre del clan. Él trabajó y levantó la granja, hasta que empezó a sufrir aquellos olvidos. Al principio eran pequeños, y sin mayor importancia. La amnesia fue a más y se hizo global e invalidante. Hbal terminó por no saber quién era, ni quiénes eran sus familiares y amigos. Y cayó en un peligroso proceso de agnosia, no reconociendo a personas ni objetos.

Ahora lo llamaban Hbal («Locura») porque consideraban que uno o varios espíritus malignos habían entrado por la boca o por los oídos, y lo mantenían sometido.

Jesús no dudó en acercarse al pobre hombre.

Le advirtieron. Es violento. Golpea con las manos, con la cabeza, y con los pies.

Nada de eso ocurrió.

El anciano, con la piel amarillenta, y los párpados inflamados, se limitaba a mirar al Maestro, y a repetir, una y otra vez:

—La luz..., la luz..., la luz..., la luz...

Hbal sufría una afasia total.

Quedé maravillado.

El Hijo del Hombre no se separaba de Hbal. Lo trataba con una dulzura interminable. Lo abrazaba. Tomaba sus manos y las besaba. Le acariciaba la espalda y, sobre todo, le silbaba. Al oír los silbidos, Hbal sonreía. Fueron, probablemente, unos momentos de felicidad para el enfermo.

El Maestro se ocupaba de desnudarle y de lavarle. Y lo hacía con una ternura conmovedora. La gente de la porqueriza dejaba las tareas y acudía a contemplarlos. Y se llevaban las manos a la cabeza, desconcertados.

Para que Hbal bebiese o comiese, el Maestro colocaba frente al anciano una jarra de agua, o un plato con verduras o pescado. Y silbaba.

Mano de santo.

Hbal bebía o comía.

Los discípulos no se atrevían a acercarse. Hbal era un endemoniado. Los espíritus malignos podían aparecer por la boca y saltar sobre ellos.

El Hijo del Hombre no trató de convencerlos de nada. Ni siquiera les habló de Hbal. El ejemplo era más elocuente que todos los discursos.

Y fue en esas circunstancias cuando vimos llegar el citado miércoles, 21 de agosto del año 26.

Santiago Zebedeo y quien esto escribe, como decía, no recordamos el aniversario del Galileo. Pero alguien sí lo recordó. Y fue alguien, aparentemente, de escasa talla. Fue Judas de Alfeo quien dio la sorpresa.

Al atardecer, al tiempo que preparaba la cena, el gemelo se presentó ante el Hombre-Dios y le hizo entrega de un obsequio.

En esos instantes me vinieron a la mente las palabras de Jesús: «Nadie es inferior a nadie...»

No sé cómo lo supo. Eso era lo de menos. El caso es que lo tuvo presente e hizo las delicias del Jefe.

El Maestro recibió el envoltorio con sorpresa. Miró al tartamudo y los rostros de ambos brillaron de felicidad.

—Es pa-pa-pa-pa...

—Lo sé —se adelantó el Galileo—. Es para mí.

—Eso...

Y Jesús se apresuró a retirar el lienzo negro que envolvía el regalo.

¡Oh!

El Maestro se puso en pie. Los contempló de un lado y de otro. Trató de averiguar si le estaban bien. Perfectos.

Y abrazó al Alfeo, dándole las gracias.

Eran unos pantalones persas, en seda azul, ajustados a la altura de los tobillos. Eran frescos y holgados. Alrededor de la cintura, bordada en oro, aparecía una frase, en *a'rab*. Decía: «Lo fácil hace fuerte al débil.»

Y en esos instantes me asaltó otra duda. Que yo recordara, en el año 30, cuando conocí por primera vez a los gemelos de Alfeo, Judas no tartamudeaba o, al menos, no lo percibí. Era extraño. Sucedía lo mismo con Simón Pedro, y sus alteraciones del sueño, y también con Andrés y la psoriasis que padecía. Pero terminé olvidando el asunto...

El Maestro vistió los «persas» hasta que regresamos a Saidan. Recogía la túnica roja a la altura de los riñones y presumía de pantalones; otra de las modas que hacía furor en buena parte de la cuenca mediterránea.

Nunca había visto al Galileo con pantalones...

La cena de cumpleaños fue sabrosa. Judas Alfeo se esmeró. Como buen pescador era también un cocinero aceptable.

Preparó pato asado, relleno de cáscaras de naranjas, gajos de mandarinas, miel, canela, zumo de limón, sal en abundancia, ajos, cebollas cortadas en daditos, y pimienta negra.

Me recordó aquel cumpleaños, en el Hermón, y aquel otro «silbón», carbonizado...

Jesús de Nazaret alzó el cáliz de metal con el vino, y pronunció su brindis favorito:

—*Lehaim!*

Y todos replicamos:

—¡Por la vida!

Fue Santiago quien recordó al Hijo del Hombre la vieja costumbre judía, y no judía: antes de la puesta de sol, el que festejaba debía solicitar un deseo; sólo uno.

El Maestro asintió, complacido. Levantó el rostro hacia el azul del cielo, ya en fuga, y entornó los ojos.

Así permaneció unos segundos.

Todos nos quedamos con las ganas de saber cuál había sido el deseo. ¿Qué podía desear un Hombre-Dios?

Después nos miró, uno por uno, pero no dijo nada. Estaba hasta arriba de paz... Y, ya se sabe, cuando hay paz sobra todo lo demás...

Jesús se levantó y solicitó disculpas. Tenía que silbar a Hbal.

Algunas estrellas bajaron al lago y se pusieron a jugar a hacer reflejos. Yo sabía que era una excusa para contemplar de cerca al Hombre-Dios.

El 24, sábado, regresamos al caserón de los Zebedeo.

Por el camino, el Señor recomendó a los discípulos un par de cosas. No debían hablar de Yehohanan, ni tampoco de su encarcelamiento. Era importante.

Santiago y Judas de Alfeo lo prometieron.

Tampoco era bueno que comentaran el asunto de Caná. Rodaban demasiados bulos, y todos falsos. Y les dijo:

—Hablad siempre de lo que estéis seguros. De las mentiras se ocuparán vuestros enemigos...

Cuando el resto de los discípulos preguntó en qué había consistido la experiencia, ni Santiago ni el Alfeo supieron qué decir, pero algo estaba claro en sus corazones: amaban un poco más a aquel Hombre tan singular y entrañable. Lo mismo sucedía con este explorador...

Durante tres días, el Maestro se tomó un respiro. Salía a pescar con sus hombres o se retiraba a las colinas cercanas. Allí hablaba con el Padre. *Zal* lo acompañaba y se le quedaba mirando con aquellos intrigantes ojos oblicuos... Yo también fui con Él, en ocasiones. Y hablábamos o no. Eso era lo de menos. Contemplarle era lo interesante...

El domingo, 25, nada más regresar, sucedió algo nuevo para quien esto escribe.

Primero fue el intenso olor a azufre...

Me asomé a la ventana y lo vi.

Al bajar del palomar, todos andaban revueltos e inquietos. El Maestro se hallaba en las colinas, con *Zal*.

—Lo sabíamos —gritaba Santiago de Zebedeo—. Lo sabíamos...

Bajé a la playa y verifiqué lo que había observado desde la ventana: miles de peces muertos flotaban boca arriba a lo largo de la costa.

Los Zebedeo echaron la culpa a los *lilim* (espíritus malignos). El eclipse fue un aviso.

La gran mortandad se extendía por el este, norte y oeste del *yam*. Las aguas eran un amasijo de peces, de todas clases, balanceándose lenta y trágicamente.

Las mujeres lloraban. Y se preguntaban: «¿De qué viviremos?»

Los discípulos no tardaron en llegar al caserón. Discutieron. Simón Pedro era uno de los más exaltados. Pretendía buscar al Galileo y convencerle para que devolviera a la vida a los peces. La mayoría se opuso y consideró la propuesta «sin sentido».

Y se enzarzaron en una agria polémica.

«Los espíritus maléficos —decían— seguirán actuando. Después de los peces matarán a las gallinas, y a las cabras...»

Felipe, pálido, invocó a los cielos, y suplicó clemencia para la *Chipriota*.

No daba crédito a lo que veía...

Salvo Tomás y Andrés, el resto era un manojo de nervios. Pura superstición.

¡Cuánto quedaba por hacer...!

Cuando retorné al Ravid, «Santa Claus» proporcionó una explicación. La gran mortandad de peces en el mar de Tiberíades era algo relativamente frecuente. Todo obedecía a un proceso natural, descrito por especialistas como Nun y Yeshuv (1). El responsable era el *maarabit*, el viento estival. Cuando soplaba con fuerza desplazaba la masa de agua de oeste a este y las láminas inferiores se dirigían a la superficie del lago, cubriendo así el «hueco» que originaba el referido desplazamiento. El desastre se producía, justamente, cuando esa masa de agua inferior llegaba a una profundidad media. Allí se encontraba la mayor población de peces, que se

(1)   Según Yeshuv (*La mortalidad de los peces en el lago Kinneret*, 1965) y Mendel Nun (*Las corrientes de agua en el Kinneret*, 1960), el problema se debe a lo que denominan «olas interiores» *(seiche)*. El *maarabit*, además de una corriente circular provoca en el *yam* un movimiento vertical de las diferentes láminas de agua. La formación de esas corrientes internas obedece a lo siguiente: el viento impulsa la masa de agua hacia la costa oriental y, en su lugar, ascendiendo del fondo, se sitúan las láminas de aguas inferiores. En ocasiones se registra una «ola interior» de hasta doce metros. El eje de dicha «ola» no coincide con el del lago, sino que se presenta de sudeste a noroeste. Por la aceleración (mediante el balanceo) surgen dos «olas *seiche*», con direcciones invertidas. Con la aparición de una tercera *seiche*, más débil, todo vuelve a la normalidad. Este tipo de «olas interiores» puede ascender y descender hasta tres veces por día, jugando un papel importante en la mezcla y ventilación de las aguas.

Los peces suelen descender a la capa de agua intermedia, a la búsqueda de algas, y ahí es donde encuentran la muerte cuando la «ola interior», procedente del fondo, asciende y los sorprende. El verano es la época más propicia para estos envenenamientos masivos. *(N. del m.)*

veía sorprendida por las *seiches* u «olas interiores», como las llama Mendel Nun. Esas aguas inferiores, sin oxígeno, y con altos niveles de azufre tóxico, terminaban con la vida de toneladas y toneladas de peces.

Y durante horas, el *yam* era un pudridero en el que sólo olía a azufre.

Los discípulos hubieran continuado discutiendo, pero Andrés terminó poniendo orden. Convenía aprovechar el momento y salir a pescar. ¿Pretendían llenar las barcas con los peces muertos? No exactamente...

Los veteranos pescadores sabían que, en aquellas circunstancias, muchos de los peces no llegaban a morir, y quedaban flotando sobre las aguas, débiles y conmocionados.

Me uní a ellos y comprobé los resultados.

A no mucha distancia de la orilla, los peces, en efecto, se agitaban en la superficie. Era tan fácil como inclinarse y capturarlos con las manos.

El miedo y la superstición desaparecieron, de momento, ante la alegría de la excelente «pesca». Las embarcaciones se llenaron hasta la borda (1).

Esa tarde, cuando el Maestro regresó al caserón, los íntimos seguían discutiendo sobre los espíritus malignos y sobre el nefasto futuro que les aguardaba.

Jesús los observó durante un rato. Se hizo con el cáliz de metal y, como era su costumbre, procedió a abrillantarlo en silencio.

No había forma de que llegaran a un acuerdo. La pregunta, repetida una y otra vez, era la siguiente: «¿Quién morirá esta vez?»

Finalmente, Andrés, en un intento de enfriar los ánimos, preguntó al Galileo su opinión.

Jesús fue conciso:

—¿Creéis que Ab-bā es responsable de la lluvia?

Se miraron unos a otros. No entendieron.

Y el Galileo matizó:

(1)   Nun cuenta que el 2 de julio de 1956, los habitantes de la ciudad de Tiberíades (pescadores y no pescadores) recogieron más de 15 toneladas de peces que flotaban desvanecidos sobre las aguas del *yam*, como consecuencia de estas «olas interiores». *(N. del m.)*

—No culpéis a los cielos de la oscuridad... La noche llega sola, sin necesidad de Dios...

—¿Quieres decir —intervino Pedro, confuso— que los espíritus malignos no son responsables de esa mortandad de peces?

—Los espíritus malignos, como tú los llamas, bastante tienen con lo que tienen... No busques culpables, porque no los hay, tal y como tú pretendes. El Padre inventó la muerte, pero, sobre todo, la vida.

—Pero, esos peces...

Pedro era testarudo como pocos.

—Todo obedece a un orden, Pedro. El Espíritu, del que ya os he hablado, lo impregna todo. ¿Crees que Él desea el mal?

Simón Pedro siguió negando con la cabeza.

—En verdad, en verdad os digo: no culpéis a Dios de vuestra ignorancia... Es más: no perdáis tiempo y energías alzando el puño contra Ab-bā. El que se rebela contra Dios es porque no ve.

Al día siguiente, lunes, 26, el *yam* siguió oliendo a podrido, y a azufre, y miles de peces muertos continuaron llegando a las orillas. Y, de pronto, la superficie del lago se tornó de color verde y empezó a burbujear.

Los discípulos cayeron en el terror. «Eran los espíritus, que avisaban...»

Las explicaciones eran igualmente simples. El *yam* se volvió verde como consecuencia de las «olas interiores». Éstas terminaron arrastrando a la superficie unas algas verdosas llamadas *Botriococum*. Un fenómeno espectacular pero inofensivo. En cuanto a las burbujas, no eran espíritus malignos, que regresaban, sino los gases producidos por la *peridinium*, otra alga agonizante en esa época del año.

Costó trabajo que Pedro y el resto salieran a faenar...

Por último, presionados por las mujeres, se hicieron a la mar, y no se arrepintieron. Las capturas, sin necesidad de echar las redes, fueron inmejorables. Sólo tenían que «arriesgarse» a introducir las manos en el agua burbujeante...

El martes, 27, asistí a una escena que tampoco fue reflejada en los evangelios.

La noche anterior, el Maestro decidió acompañar a sus

hombres al *yam*. Y, provistos de antorchas, hicieron una no menos excelente captura. Los peces saltaban en la superficie del lago.

Yo los esperé en la playa. A mi lado se hallaban *Zal* y el alba.

Llegaron felices.

El botín (no podía hablarse de pesca) ascendió a un total de 750 peces, entre las tres embarcaciones.

Y asistí al ritual acostumbrado: el Maestro, y algunos de los discípulos, procedieron a ordenar las piezas (por especies y por tamaños). Otros se afanaron en el baldeo de las cubiertas.

Me incliné sobre los peces y los contemplé, maravillado. Sólo conocía algunas de las especies. Y el Maestro, pendiente, se brindó, encantado, a despejar mis dudas. Y fue enumerando los nombres de los más sobresalientes. El *amnūn*, o tilapia, era el más numeroso. Y también el *šĕfāmnūn*, o siluro. Después fue mostrando los *bīnīt*, o barbos. También los había de diferentes especies. Muchos de aquellos peces eran considerados «puros», y otros «impuros», como ya he explicado en su momento, pero el Galileo no prestaba atención a estas consideraciones bíblicas.

Uno de los barbos, el *grypus*, era enorme. Alcanzaba un metro de longitud. El Maestro explicó que fue traído al *yam* tras el exilio en Babilonia. Lo llamaban *šibbūta*.

También mostró el *gīrít*, un pescado que —según los gemelos— sabía a lengua de vaca.

Y supe algo más de las anguilas, y de los *ḥīpūsa*, que roncan con la boca fuera del agua.

Jesús señaló a Pedro y gastó una broma:

—Primo de Pedro...

El discípulo miró al Maestro, después al *ḥīpūsa*, y siguió a lo suyo. No captó la broma. Pedro no tenía sentido del humor, al menos en aquel tiempo.

—Y éstos son los *šaltanit*...

Eran los más pequeños, parecidos a sardinas. Brillaban como la plata.

—También los llaman «ṭarít»...

Y en eso, Juan Zebedeo se aproximó e interpeló al Hijo del Hombre:

—¿Por qué pierdes el tiempo con este griego?

El tono era desaborido.

Me quedé de piedra.

El Galileo se puso serio. Contempló al Zebedeo y éste, no satisfecho, volvió a la carga:

—Es un rico desocupado... No sé qué pinta a nuestro lado. No sé por qué le das tantas explicaciones... Que pague si quiere saber...

El Maestro se aproximó al molesto Juan y fue a depositar las manos sobre los hombros del discípulo. Y dijo suavemente, pero con firmeza:

—Este griego es un *mal'ak*... Guárdate de lastimarlo. Él dará a conocer mi mensaje cuando llegue el momento...

Hizo una pausa y añadió:

—Y será más fiable que ninguno... Amigo Juan, no corrijas para que nunca seas corregido. No difames, para que no te difamen. No siembres oscuridad... Nadie es inferior a nadie... No juzgues porque es tan peligroso como dormir de pie...

Me sentí inquieto. La actitud de Juan Zebedeo no fue agradable. ¿Se repetiría la triste historia vivida en el año 30?

Fui optimista.

Quise creer que no...

Y el miércoles, 28 de agosto, Jesús partió con la segunda pareja: los Simones (Pedro y el Zelota). Jesús era muy respetuoso con los sorteos.

Permaneceríamos otras dos semanas en algún lugar del *yam*.

Fuimos directamente a la región de Kefar Zemaj, al sureste del mar de Tiberíades. También era tierra de porquerizos.

Pedro empezó la aventura entre protestas.

Aquella gente, en su mayoría, eran paganos (casi todos *a'rab*).

Y Pedro empezó a murmurar: «¿Por qué empezar el anuncio de la buena nueva en tierra de puercos? ¿Qué pasaba con la Ciudad Santa? ¿No era mejor anunciar el reino entre los elegidos?»

Al Maestro no le gustaba repetir las cosas. Las anunciaba y daba por hecho que todo el mundo había comprendido. Con los íntimos no era así. Jesús se vio en la necesidad de insistir una y otra vez en lo mismo:

—¿Cuántas veces tendré que ser paciente con vosotros? —les dijo—. No he venido a revelar al Padre a un pueblo concreto. He venido a mostrar la esperanza..., desnuda. Y eso interesa a pobres y a ricos, a esclavos y a hombres libres, a jóvenes y a viejos, a mujeres y a varones...

Dejadme hacer mi trabajo.

La reprimenda no sirvió de nada. Pedro continuó criticando. Cuando vio al Hijo del Hombre «haciendo '*im*» perdió de nuevo el control y lamentó «la pérdida de tiempo, de dineros y de energía».

Y comentaba, entre dientes, cuando Jesús se hallaba lejos:

—Esta gente no sabe manejar la espada. ¿Qué haremos con ellos?

¡Cuán diferente de la realidad es la imagen que tienen hoy las iglesias del fogoso y errático Pedro!

Jesús no prestaba atención a las murmuraciones. El Galileo continuaba con lo suyo, pendiente de los más desfavorecidos.

El Zelota, más despierto, interpretó el '*im* como una especie de ensayo general. No iba desencaminado...

—Un buen líder —pregonaba— sabe cuándo embarrar las sandalias...

Y el guerrillero de los ojos negros, y la barba hasta el pecho, dedicaba parte del día a recorrer las regiones en las que parábamos, a la búsqueda de escondites donde ocultar, en su día, las armas de la revolución.

Cuando Simón Pedro comprendió que no había nada que hacer, y que el Hijo del Hombre dedicaba el tiempo, y toda su atención, a niños y pordioseros, cambió de táctica.

Se fijó en el compañero y emprendió una campaña de críticas hacia él.

Quien esto escribe no salía de su asombro.

Pedro, justamente, fue el que seleccionó a Simón, el Zelota. Eran amigos. Se conocían desde hacía mucho.

Pues bien, como digo, empezó a meterse con el de la cicatriz en el pómulo izquierdo. El Zelota tenía un problema con el olor corporal, en especial con el de los pies, y Pedro supo aprovechar la circunstancia. Lo llamó de todo, y lo obligó a dormir a no menos de veinte pasos del Maestro.

«Hay que hacer una selección —se justificaba—. En este grupo de embajadores sobran incompetentes...»

Éste era el Pedro de los primeros tiempos: bocazas, de escaso entendimiento, y de nula reflexión. Después, lentamente, el contacto con el Maestro lo fue moldeando, aunque no mucho...

Simón, el Zelota, tampoco atrancaba. Y respondía a las burlas y maledicencias con patadas a lo más íntimo de Pedro. Lo calificó de «cornudo, borrachín y fantasioso, capaz de ver fantasmas en el puchero». A la vista de lo que sucedió algún tiempo después no le faltaba razón. Y lo remató con una envenenada alusión a los ronquidos: «Tú sí que debes de dormir en el fin del mundo, malparido...»

Las broncas fueron a más, pero siempre en ausencia del Jefe.

Cuando Jesús regresaba, la pareja cambiaba de tema, y se hacían los locos, desviviéndose por servir al Hijo del Hombre.

Yo sé que Jesús sabía...

Eché de menos el silencio de la anterior pareja —Santiago de Zebedeo y Judas de Alfeo—, y su casi nula conversación.

Pero así eran las cosas...

El sábado, 7 de septiembre, nos aproximamos a un pozo ubicado a los pies de una ladera. En lo alto se distinguían dos o tres chozas.

Jesús decidió hacer un alto y bebió agua.

Y en eso estábamos, bajo un sofocante sol, cuando descendieron por la colina una anciana y un niño de cuatro o cinco años. Imaginé que se trataba de un nieto. Eran *a'rab*.

Al vernos junto al brocal, la mujer se detuvo, y dudó.

Sujetaba un aro de madera, de un metro de diámetro, que rodeaba las piernas. Con ambas manos, junto al aro, sostenía sendos cubos de metal.

El aro era una «herramienta» muy utilizada a la hora de transportar agua. Lo llamaban *jishûc*. De esta forma evitaban que los cubos golpearan las piernas.

El caso es que la anciana terminó aproximándose al pozo. Necesitaba llenar los cubos. El niño traía un tercer recipiente.

Ella saludó en árabe, y Jesús y el Zelota respondieron, también en *a'rab*.

La mujer, algo apurada ante la presencia de los galileos,

se apresuró a tirar de la cuerda y recuperó un odre negro e hinchado por el agua. Después lo vació en los cubos, y llenó también el recipiente del pequeño.

Se despidió lacónicamente e intentó levantar los pesados cubos.

Lo logró con dificultad.

Dio un par de pasos, pero tuvo que soltar los recipientes en el suelo. El niño marchaba detrás, también apurado. Los cubos que acarreaba la mujer podían pesar del orden de diez kilos...

Jesús dejó el petate al pie del pozo y avanzó, decidido, hacia la anciana.

La mujer hizo un segundo ensayo.

Y me pregunté: «¿Cómo piensa llegar a lo alto del cerro?»

Ninguno de los discípulos se movió.

Era árabe y, para colmo, mujer...

El Maestro solicitó que abandonara el aro y Él ocupó su lugar. Cargó el agua y caminó hacia las chozas.

La anciana permaneció en silencio, confundida.

Yo me fui hacia el niño e intenté ayudar con el cubo. La abuela no lo permitió. Colocó el recipiente sobre la cabeza y siguió los pasos del Galileo.

Y allí quedamos los tres. Los discípulos, más desconcertados que quien esto escribe.

El Maestro pasó el día en las chozas. Era una familia de pastores. Cuidaban cerdos y cabras. Sumé más de cincuenta *a'rab*.

Y Jesús se interesó por sus vidas, por sus ilusiones (casi nadie sabía qué era eso), por lo que tenían (casi nada), y por lo que esperaban poseer (algún cerdo más y que las cabras pariesen bien).

No habló del Padre, ni del reino invisible y alado. No hubieran comprendido. Se hallaban en el nivel que se hallaban...

Pero el Hijo del Hombre disfrutó con lo poco que había. A cambio, Él dejó un rastro de luz, unas caricias más que oportunas, y una sensación de bienestar. Nadie subía jamás a aquella colina...

Esa noche, Pedro preguntó:

—Rabí, ¿por qué has ayudado a esa mujer? Tú sabes que era sábado...

—Pedro, el mismísimo Ab-bā, si hubiera estado ahí, hubiera roto el *shabat* para auxiliarla...

Pero los Simones no captaron el mensaje.

Y así fueron discurriendo aquellos días, entre broncas, «localización de referencias» por parte del Zelota (no era el único), y contactos directos y personales del Hombre-Dios con sus criaturas, «las más modestas de su universo», según Él.

Y Pedro y el Zelota no tuvieron más remedio que reconocer que Jesús era distinto. Amaba lo que nadie amaba. Oía a los sin voz. Acariciaba a los apestosos. Miraba a los ojos a los ciegos. Jugaba con los bastardos. Aprendía de los inútiles. Compartía el pan con los impuros y reía con los sordos y con los mudos.

Yo también aprendí lo mío. Desde entonces me fijo más en las personas, las toco, las escucho. Nadie es superior a nadie...

El lunes, 9, de regreso a Saidan, decidimos acampar a orillas del lago.

Habíamos cenado. Las estrellas se unieron a la tertulia, pero en silencio.

Pedro, que seguía con las puyas, preguntó al Hijo del Hombre, y con un mal disimulado sarcasmo:

—Maestro, ¿cuántas veces debo perdonar a este borricón?

Y señaló al Zelota.

—... ¿Quizá siete veces, como para llegar limpio al *shabat* (sábado)?

Mateo, en su evangelio (18, 21), hace alusión a estas preguntas, pero modifica el sentido, tanto de lo expresado por Pedro, como de la respuesta del Galileo (1). Pedro no se refería a «hermano», en sentido general, sino al Zelota, y lo llamó «borricón».

Sin comentarios...

Jesús conocía bien los torpes pensamientos de su amigo, y por qué preguntaba semejante cosa.

Miró intensamente a Simón Pedro y éste se puso rojo. El

(1) En 18, 21-23, Mateo dice: «Pedro se acercó entonces y le dijo: "Señor, ¿cuántas veces tengo que perdonar las ofensas que me haga mi hermano? ¿Hasta siete veces?" Dícele Jesús: "No te digo hasta siete veces, sino hasta setenta veces siete."» *(N. del a.)*

Zelota había palidecido. Pero tuvo el buen tino de no replicar a la provocación del compañero.

El Maestro se inclinó ligeramente sobre la arena roja y negra de la playa y procedió a alisarla. Después empezó a dibujar con el dedo índice izquierdo (Jesús, como creo haber mencionado, era zurdo).

—No digo siete veces, Pedro...

Le vi dibujar el número 7. Y prosiguió:

—¿Sabes que el camino hacia el reino de mi Padre empieza, justamente, en el perdón?

Silencio.

Después dibujó la letra *yod* (equivalente al número 10) y continuó hablando:

—*Ayin* representa la humildad...

Ayin era la letra hebrea que resultaba de multiplicar el 7 por el 10. Ésa fue mi interpretación. *Ayin*, por tanto, equivalía a 70.

—... Pues bien, Pedro, bebe en la humildad, en el 70, para ser capaz de perdonar...

Comprendí, a medias.

Jesús jugaba con los conceptos kabalísticos. El 7 era la letra *zain* (que simboliza lo fecundo). La *yod* (el 10) era (y es) la Unidad Primordial, Ab-bā, el maravilloso y benéfico Padre Azul. El resultado de la multiplicación de 7 x 10 es 70 (la letra *ayin* representa la humildad).

Como decía el Maestro, quien tenga oídos que oiga...

Jesús continuó, y en la misma línea:

—El perdón te abrirá todas las puertas. La humildad es un río de vida. Lánzate a él...

Las estrellas parpadearon, perplejas.

Y el Maestro insistió:

—No digo siete veces, Pedro, sino setenta veces siete... El perdón debe ser ejercido como el comer o como el dormir... Perdona setenta veces siete y rejuvenecerás.

Pedro tenía la boca abierta. Dudo que llegase a comprender la profundidad de aquellas palabras...

Entonces percibí un cálido y delicioso perfume en el ambiente. Olía a nardo. Olía a misericordia...

Miré a mi alrededor. Estábamos en la costa. Allí no crecía el nardo. Y los luceros, cómplices, guiñaron los ojos, todos al mismo tiempo.

Mensaje recibido.

Era *Hu Nejat* («el Espíritu que desciende»), de nuevo...

Nunca estaré lo suficientemente agradecido a aquel Hombre.

Sí, la respuesta del evangelista Mateo fue correcta —«No digo hasta siete veces, sino hasta setenta veces siete»—, pero incompleta. Lamentablemente incompleta...

El Zelota intervino. No aguantaba la curiosidad.

—¿Qué es más importante, Señor, perdonar, o saber olvidar?

El Galileo lo observó con complacencia. Y agradeció con la mirada que el Zelota supiera perdonar las inconveniencias de Pedro.

—Si eres humilde, Simón, perdonarás. Si eres compasivo, perdonarás setenta veces siete...

Sonrió levemente, y redondeó:

—Si eres humilde y compasivo quiere decir que eres inteligente. En consecuencia olvidarás setenta veces siete.

—No has respondido a la pregunta —terció el guerrillero—. ¿Debo elegir? ¿Perdonar u olvidar?

—Lo he hecho, Simón, he respondido... Pero lo haré de nuevo. Perdona siempre. Después, si lo deseas, guarda el recuerdo de la ofensa, pero que no te devore el rencor. Eso no sucederá si has perdonado de verdad...

Miró a los discípulos con infinita piedad y proclamó:

—La memoria está libre de pecado. Guarda lo bueno y lo malo, sin mancillarse. Por eso será lo único que os llevéis tras la muerte... No dudes, Simón. Perdona y serás testigo de otro prodigio del Espíritu: tu enemigo, o aquel que te haya ofendido, se alejará de ti, misteriosamente. Y lo más importante: tú beberás paz hasta saciarte...

Me uní al guiño de las estrellas y aplaudí, a mi manera, con el silencio.

Pero la conversación, que debería haber terminado en esos momentos, fue salpicada con asuntos más prosaicos. El Zelota no pudo contenerse y planteó de nuevo la «necesidad de organizarse políticamente». El Maestro lo dejó hablar. Finalmente, con resignación, recordó que no estaba allí para «llenar bolsillos, sino corazones».

—Estoy aquí para hacer la voluntad de Ab-bā —manifestó—. No para hacer vuestra voluntad, ni tampoco la mía. Somos heraldos de lo invisible. No lo cambiéis por lo humano. Dejad que el mundo resuelva sus asuntos. Limitaos a señalar el camino que, inevitablemente, recorrerá cada ser humano después de su peregrinaje por la vida. Eso es lo importante.

Siguieron en blanco. Aquello nada tenía que ver con el Mesías ni con la liberación del pueblo elegido.

—Rescatad al mundo de la oscuridad y dejad que él solo se libere del resto.

El miércoles, 11 de septiembre (año 26), regresamos a Saidan.

Fue un alivio.

Jesús se concedió el habitual respiro y yo aproveché aquellos tres días para ingresar en el Ravid, poner al día los diarios, y visitar de nuevo a Ruth. La pelirroja continuaba en declive. Ya casi no oía, y tampoco veía.

Regresé al *yam* con la vieja angustia, estrangulándome.

Pensé mucho sobre Ruth.

¿Qué podía hacer?

Y una y otra vez aparecían en mi mente las palabras del Hijo del Hombre: «No es una enfermedad de muerte...»

Así vi llegar el día 15, domingo. Luna llena.

Y partimos con la tercera pareja, la formada por Felipe de Saidan y Tomás, el del estrabismo en el ojo izquierdo. La nueva experiencia no podía ser peor que la vivida con Simón Pedro y con el Zelota... ¿O sí?

Medio pueblo salió a despedirnos.

Felipe me sorprendió, una vez más. Parecía partir a la guerra, o a su querida China...

Se presentó en el caserón con un turbante, una túnica y un manto, o ropón, rabiosamente amarillos, tipo yema de huevo. Cargaba, no uno, sino dos petates, a cual más abultado. Del cinto colgaban dos pares de sandalias. En el rostro, además de unos ojos vivísimos, color verde, traía puesta una sonrisa que no lo abandonaría en dos semanas. La sonrisa dejaba al descubierto la encía inferior, huérfana de dientes, y con una gingivitis (1) que hacía sangrar la referida encía con regularidad.

(1)   Entre las enfermedades periodontales más comunes en aquel

823

Tenía que echar un vistazo a aquel desastre dentario.

Naturalmente, al lado de Felipe, obediente y presumida, aparecía la *Chipriota*, la cabra-hermana-amiga del discípulo, recién retocada con pintura de barco. Como ya expliqué en su momento, la *Chipriota* abastecía de leche a su dueño, y, de paso, merced a los círculos de colores que la cubrían, lo libraban del mal de ojo.

Esa noche, al parecer, Felipe se había esmerado, repintando a la cabra con círculos rojos, amarillos, blancos y azules, desde las barbas a la cola.

Lo dicho: parecía que fuera a la guerra o de viaje a su amada China...

Zal olfateó a la cabra pero, ante lo singular del «camuflaje», optó por no entrometerse. Hizo bien. La *Chipriota* era de armas tomar...

Tomás, más discreto, se limitó a cargar lo imprescindible, como habían sugerido Andrés y el propio Maestro. A saber: su habitual pesimismo y los dados... ¿Para qué más?

En esta ocasión nos adentramos en la ciudad de Tariquea, en la segunda desembocadura del Jordán, al sur del lago. Fue una petición de Tomás. El Galileo complació al bizco, siempre y cuando la visita a la familia fuera breve.

Así fue.

Tomás abrazó a sus cuatro hijos, pero 'Alam («Eternidad»), la esposa (mejor dicho, la «ex»), se mantuvo lejos. Nada más verlo lo maldijo.

«¡Buena es 'Alam...!»

La familia, juntamente con los padres de Tomás, estaba a punto de mudarse a Tiberíades.

El martes, 17, abandonamos Tariquea y nos dedicamos a recorrer la costa sur del *yam*, siempre lejos de Bet Yeraj, de la ciudad de Kinneret, o de Senabris. El ingreso en esas poblaciones llegaría más tarde. Pero de eso se ocupará Eliseo...

Jesús reanudó los acostumbrados contactos directos y

---

tiempo se hallaban la gingivitis y la periodontitis. La primera consiste en una infección, asociada generalmente a la placa bacteriana dental, que provoca la inflamación y el sangrado de la encía. Puede desencadenar una periodontitis (destrucción del hueso alveolar maxilar que soporta el diente). Si no se corrige a tiempo termina en una pérdida dentaria generalizada. *(N. del m.)*

personales con el pueblo y así fue hasta el domingo, 29 de septiembre, fecha del retorno a Saidan.

Fue una experiencia sumamente cómoda y benéfica. No me equivoqué. Las dos semanas con Pedro y con el Zelota, en comparación, resultaron un suplicio.

Felipe y Tomás eran otra historia.

El intendente habló y habló (hablaba por los codos) de su verdadera vocación. Lo que le gustaba en la vida era trabajar con los aceites esenciales. Disponía de un modesto «laboratorio», en Saidan. Dijo haber aprendido con Meir, el *rofé* o sanador de las rosas, en Caná (1). Había visitado Egipto y aspiraba a reunir el suficiente dinero para desplazarse a la lejana China, su sueño dorado. Lo sabía todo sobre China (lo que se podía saber en aquellos tiempos) (2).

Felipe era encantador, divertido y espontáneo, pero apegado al dinero, y sin un gramo de imaginación.

Le gustaba amarrar sendas ristras de ajos a los tobillos. Así espantaba a los *lilim*. Eso decía. Era vegetariano, «por parte de padre», y especialista en frutas. Llegaría a ser el «médico» (o paramédico) del grupo. Casi todo lo hacía bien, excepto las comidas; demasiado sosas, para mi gusto.

En definitiva, era parlanchín, buena persona, preguntón y de espíritu mediocre.

Pasaba las horas muertas contemplando un denario de plata que solía esconder en la faja. Jamás lo empleaba. Era su amigo y confidente. Felipe le preguntaba: «¿Me abandonarás?»

Recuerdo una conversación del Galileo con Felipe, justamente sobre ese asunto: el dinero.

Era la primera vez que oía hablar al Maestro sobre el particular. Y no lo olvidaría jamás. Me ha servido de mucho en la vida.

Felipe discutía con el Hijo del Hombre...

—Este denario —decía— es mi mejor amigo...

—Sólo es dinero, Felipe...

(1) Amplia información sobre Meir, el botánico, en *Nazaret. Caballo de Troya 4. (N. del a.)*

(2) Felipe jamás pisó China. Murió crucificado en Hierápolis (actual ciudad de Mamby, Siria); Tomás, por su parte, nunca llegó a la India, como se dice. Visitó la costa norte de África, Sicilia, Chipre y Creta. Fue ejecutado en Malta, donde recibió sepultura. *(N. del a.)*

—¿Hay algo más importante?

Jesús lo miró, incrédulo. Creo que no supo por dónde empezar.

—Dime, Felipe, ¿para qué sirve el dinero?

Mesucrán («Curiosidad») (así lo llamaban también el Maestro y los íntimos) contempló a su «amigo», el brillante y limpísimo denario de plata, y lo paseó de una mano a la otra, al tiempo que replicaba, ufano:

—Lo compra todo...

—Todo no.

Felipe esperó una respuesta. Y el Galileo se la dio; ya lo creo que se la dio...

—El dinero no sirve cuando no hay salud. El dinero no engaña a la muerte. Tampoco te regala un solo pensamiento.

Felipe trató de rebatir, pero el Maestro hablaba con razón.

—... Si adoras al dinero no prestarás la debida atención a la belleza, y mucho menos a tus semejantes. Tu cabeza sonará como una olla repleta de ases (calderilla). El dinero es niebla en el corazón.

—Eso lo dice el que no lo necesita...

—Tengo algunos años más que tú, Felipe, y he viajado más. Concédeme un mínimo de credibilidad...

Felipe no se daba cuenta. Estaba conversando con un Hombre-Dios...

—... Yo te diré para qué sirve el dinero...

Tomás y la *Chipriota* alzaron la vista, pendientes. Aquella cabra era más lista de lo que parecía...

Felipe esperó, algo escéptico.

—... El dinero ha sido inventado para dos cosas...

—¿Sólo para dos? Podría mencionarte doscientas...

Jesús solicitó calma. La *Chipriota* agitó la cabeza. «Este Felipe es un cagaprisas», debió de pensar la de colores.

—... Para ayudar y para divertirse.

Y añadió:

—No olvides que el dinero no es un invento humano. Alguien, muy arriba, lo pensó antes que vosotros.

Y se reafirmó en lo dicho:

—El dinero es bueno para socorrer a tus semejantes, no importa en qué circunstancias. Después, si eres inteligente, lo emplearás en ti mismo: en tu propia diversión.

Ayudar a los demás y divertirse. Me gustó. Desde ese día lo he puesto en práctica. Si uno lo piensa con frialdad, el dinero no tiene otro sentido.

—Además —añadió el Galileo—, ¿por qué aprecias tanto algo que no podrás llevarte al «otro lado»?

Jesús me miró, divertido. Lo del «otro lado» lo había planteado Eliseo durante nuestra estancia en el monte Hermón.

Felipe no comprendió.

—¿El otro lado? ¿Te refieres a la China?

—No, Felipe —el Maestro sonrió—, más lejos...

—¿Más lejos? Imposible. China es el fin del mundo.

La *Chipriota* se puso en pie y emitió un par de balidos muy elocuentes. «Este tío es tonto...», traduje.

—Cuando mueras —aclaró el Hijo del Hombre—, cuando pases al «otro lado», el dinero se quedará aquí. Recuerda: sólo cargarás con los recuerdos...

—No abandonaré a mi «amigo»...

—¡Ah!, ¿piensas llevártelo? ¿Cómo?

—No sé, lo esconderé...

—Yo estaré a tu lado cuando despiertes en las salas de resurrección... Si te descubren con un denario te lo quitarán.

—Entonces es posible. Podré esconder el dinero...

Jesús se dio por vencido, y la *Chipriota* también.

—La muerte no es lo que crees, Felipe. El cuerpo se queda aquí. Sólo es una túnica vieja. No podrás cargar nada, salvo la memoria.

De eso habíamos hablado en Beit Ids.

—Felipe, hazme caso: en el reino de mi Padre no necesitarás dinero. Utilízalo ahora, porque así está ordenado, y saca provecho, pero no olvides lo que te he recomendado: los demás y tú. Sólo eso justifica el dinero. El dinero sirve para medir y para medirte. En los cielos no hay medidas; en consecuencia, no hay dinero. Empléalo como una herramienta. Con el martillo, o con la red, obtienes lo necesario para tu sustento. Pues bien, eso es todo. No te arrodilles ante él; no compres dignidad con unas monedas. No lo persigas y el dinero te buscará.

Y Jesús concluyó con la clave:

—Ab-bā sabe. Él, y su gente, te proporcionarán, en cada

momento, lo que sea justo y necesario. No implores riquezas a los cielos. Hay asuntos más importantes...

Pero Felipe, alias «Curiosidad», carecía de imaginación y no supo ver a través de las palabras del Maestro. Tomás siguió en silencio. Ni creía ni dejaba de creer. Todo le resbalaba. Todo menos la «ex»...

En otra oportunidad, a las afueras de la metrópoli, mientras Felipe cocinaba, Jesús se asomó al puchero, y preguntó. El intendente preparaba una sopa de tilapia. El Maestro la probó y movió la cabeza, negativamente.

—Falta sal...

Esa noche, la falta de sal en la sopa de Felipe sirvió de pretexto para airear un tema del que nunca habíamos hablado: la imaginación. Felipe y Tomás escucharon, pero fue como ver llover. *Zal* y la *Chipriota* permanecieron cercanos, aparentemente pendientes, pero no sé yo...

Tampoco este explorador andaba muy sobrado de imaginación...

Jesús dijo:

—La imaginación es como la sal. La sopa la tiene o no la tiene...

Y respondió a mis preguntas con transparencia: «La imaginación —dijo— se desarrolla y se ejercita, al igual que el cuerpo y la mente, pero no debemos engañarnos... La imaginación (Él la llamaba *dimiôn*, en hebreo) es un don. Es la sal de la inteligencia.»

Entendí que la imaginación aparece con el sujeto, de la misma manera que se nace rubio o con los pies planos. Beethoven tenía ese don y supo ejercitarlo. Y lo mismo sucedió con Miguel Ángel. Los cielos le entregaron imaginación y él la moldeó y la pintó.

—En consecuencia, nadie debe ser culpado por carecer de imaginación...

Jesús miró a Felipe, pero el intendente no se dio por aludido.

—Ab-bā es santo porque disfruta de la máxima imaginación... En verdad os digo que no es el poder lo que distingue al Padre, sino su capacidad imaginativa.

Y resumió:

—La creación entera aspira a parecérsele...

Después puso ejemplos. Recuerdo los siguientes:

«Los humanos que disfrutan el don de la imaginación son heraldos especiales. Anuncian el cielo.»

«Por eso la poesía es lo más parecido a la perfección.» (Él utilizó el término «santidad». Entiendo que perfección y santidad son sinónimos.)

«Por eso —porque imagináis— envidiáis a los pájaros...»

«Por eso es preferible intuir a razonar...»

Esta vez fue Tomás el que no comprendió. La razón era intocable para el discípulo de Tariquea. La intuición era alguien de la que sólo hablaban mujeres e iluminados...

Y el maestro aclaró:

«El que imagina intuye sin cesar. El que razona se equivoca sin cesar...»

«Por eso —para que imaginéis— el reino de mi padre es invisible y alado.»

«Por eso la creación nace de la nada..., aparentemente.»

«Por eso —para que imaginéis— el silencio es sonoro.»

«Por eso Dios no es el final.»

«Por eso —para que imaginéis— Dios carece de exterior.»

«Por eso Dios no es religioso.»

«Por eso —para que imaginéis— Dios es simetría.»

«Por eso el "más allá" cabe en la palma de la mano.»

«Por eso —para que imaginéis— nada es para siempre.»

«Por eso el AMOR sólo es divisible por sí mismo.»

«Por eso —para que imaginéis— Tengo porque Doy.»

Recordé la fórmula del pabellón secreto de Yu, corregida por el Maestro: «$A = T \times D$.»

«Por eso Dios no grita: susurra.»

«Por eso —para que imaginéis— la materia es visible.»

«Por eso Dios viaja sin moverse.»

«Por eso —para que imaginéis— morir es regresar a la realidad.»

«Por eso estáis condenados a ser felices.»

«Por eso —para que imaginéis— descended siempre al "tú", tal y como yo hago...»

Entendí que se refería a «hacer *'im*».

«Por eso enamorarse es ensayar la vida eterna.»

«Por eso —para que imaginéis— Dios imaginó lo curvo...»

Jesús era un fanático de su Padre. Creo haberlo dicho.

En consecuencia, era un adicto a la imaginación. La utilizaba siempre que era posible. Metáforas y parábolas lo acompañaron el resto de su vida.

Él continuó hablando y hablando de la imaginación. Yo me quedé con lo que pude, que no fue mucho. La última frase del Galileo sería un salvavidas para quien esto escribe:

«Si mueres imaginando no sabrás que has muerto.»

Tomás escuchó en silencio, respetuosamente. El feo del grupo sí tenía imaginación —mucha más que Felipe—, pero su situación personal era angustiosa. ¿Cómo describirlo? Para Tomás, la vida era «dos más dos». Ahí terminaba todo. Su mente, en esas fechas, era un desierto. Quizá, alguna vez en la vida, supo de la ilusión. Pero eso había desaparecido en una vida monótona, en la que los alicientes se ahogaron, uno por uno.

No lamentaba su suerte, pero la aridez espiritual era evidente. Se derramaba allí por donde pasaba. Era un hombre triste e inteligente al mismo tiempo; una de las peores combinaciones...

El Maestro lo sabía. Él leía los corazones...

Fue al atardecer del jueves, 26, cuando el Hijo del Hombre, sutilmente, despabiló el alma de Tomás, al que apodaban *Zut* («Meticuloso»).

Nos hallábamos acampados cerca de Migdal, en la costa oeste del lago. En cuestión de dos días estaríamos de regreso en Saidan.

La aventura, hasta esos momentos, había discurrido con suavidad.

Jesús tuvo ocasión de «hacer '*im*» (contactar con sus criaturas) y Felipe y Tomás se limitaron a observarlo. No hubo más.

Esa tarde, el cielo se quedó quieto y azul. Parecía saber...

Felipe, terminada la cena, se dedicó a lo suyo: fregar, limpiar y fregar. Era incansable.

La luna, casi nueva, se había despedido a eso de las 15 horas y 49 minutos. El ocaso, tímido, se asomaba por los cerros, como si no supiera qué hacer.

Zal perseguía mariposas, o cualquier criatura que volase, y la *Chipriota*, sencillamente, rumiaba el «ahora». ¿Qué otra cosa podía hacer?

Tomás avivó el fuego, extendió el manto sobre la tierra, y se dedicó a su juego favorito: lanzar los dados.

Los había examinado en otras ocasiones. Eran tres, de marfil, impecables, lustrosos, con los números grabados en griego *(koiné)*.

El Maestro se sentó junto a la hoguera y contempló a Tomás.

Los dados rodaron sobre el ropón y Tomás, siguiendo la costumbre, cantó una tirada:

«¡134!»

Había más posibilidades de «lectura», pero el discípulo eligió el referido «134».

Y en eso, cuando Tomás se disponía a recoger los dados y llevar a cabo un segundo lanzamiento, el Hijo del Hombre, sin más, empezó a cantar:

«Me gustaría encender una luz... Me gustaría encender una ilusión que me asista...»

Tomás miró al Maestro, terminó de recoger los dados, y volvió a lanzarlos.

Y cantó:

«¡333!»

Y el Galileo prosiguió con la canción:

«Me gustaría encender una ilusión... Quizá la nieve entre los dedos...»

Felipe dejó de fregar y observó, intrigado.

En la tercera tirada, Tomás cantó el número «626».

Y Jesús reanudó la melodía:

«Me gustaría encender a Dios en mi corazón...»

Cuarta tirada:

«¡255!»

«Me gustaría cantar que soy ágil a tu llamada, Padre mío...»

«¡353!»

«Me gustaría decirte: el secreto del Eterno es la alegría... me gustaría encenderte...»

Tomás detuvo el juego; mejor dicho, el aparente juego. Miró al Galileo y preguntó:

—¿Qué quieres decirme, Señor?

Jesús respondió, pero cantando:

«Me gustaría encender una ilusión en tu corazón... Hoy, esta noche. Mañana, Dios dirá...»

—No sé qué es eso —replicó Tomás—. ¿De qué hablas?

—Hablo de encender una ilusión en la mente de Tomás...

—Las ilusiones flotan; no caminan...

—Afortunadamente, Tomás.

—¿Y cómo quieres que lo haga?

—Sólo tienes que observarme...

El Hijo del Hombre no dijo nada más. Tomás, inteligente, captó la intencionalidad del Maestro. Fui yo el que no percibió parte del «mensaje»; una parte importante... Sería Eliseo, algún tiempo después, quien lo sacaría a la luz.

En mis oídos aún suena aquella canción:

«Me gustaría encender una luz... Me gustaría encender una ilusión que me asista... Me gustaría encender una ilusión... Quizá la nieve entre los dedos... Me gustaría encender a Dios en mi corazón... Me gustaría cantar que soy ágil a tu llamada, Padre mío... Me gustaría decirte: el secreto del Eterno es la alegría... Me gustaría encenderte...»

Y un mecanismo mágico se activó en la mente de Tomás, y también en la mía (1). Desde aquel 26 de septiembre (año 26) busco a diario una ilusión (cuanto más pequeña, mejor) que me mantenga vivo hasta mañana. Son poca cosa, pero sirve, como le sirvió a Tomás... (2).

(1)   Tras la lectura de los diarios del mayor he sabido que las pequeñas-grandes cosas son las que, verdaderamente, proporcionan sentido a la vida. Los grandes ideales están ahí, sí, pero en un escaparate. Así nació mi libro *Cartas a un idiota* (2004). *(N. del a.)*

(2)   Ejemplos de ilusiones «de andar por casa». Las incluyo por si el hipotético lector de estas memorias anda escaso. A saber: una copa de buen vino, a pequeños sorbos. Beethoven (en mi caso, al atardecer). Contemplar la mar (no importa dónde ni cuándo). Leer, aunque sea con los ojos cerrados. Buscar mariposas azules. Ordenar la vida (mañana). Mi padre, asomado a un cuadro. Levantar la vista y saber que Alguien pastorea las estrellas (todos los días). Beber tiempo. Contar con los dedos. Oír el obligado silencio de los peces. Contemplar la estela del número pi. Contemplar al viento, despeinando olas. Sorprender a la espuma marina, entre los pies, y hacer como que no la ves. Mis huellas en la arena (señal de que vuelvo). El recuerdo de una mirada que me amó. Unas flores anónimas. Montar en una nube y soñarte. Sentarme a repasar el álbum de la memoria. Un libro dormido (y despertarlo). Una caricia (no importa de quién). Una canción, al pasar. El invierno, feroz, en el cristal de una ventana. El color azul, no importa a qué hora. Saber que Él me espera. Ver llegar el alba sin tener nada que hacer. Vivir sabiendo que he vivido. Conversar conmigo mismo de lo que nunca conversé. Ver pasar al tiempo y no

El sábado, 28, retornamos a Saidan. La experiencia con Felipe y con Tomás fue apacible. No aprendieron mucho, de momento, pero, como digo, amaron un poco más al Hijo del Hombre. Era una delicia escucharle o, simplemente, contemplarle.

Y quien esto escribe aprovechó las siguientes jornadas de descanso para poner al día otra «asignatura pendiente»: visitar las casas de Felipe, Simón Pedro, Mateo Leví y Simón, el Zelota. Tenía curiosidad por saber cómo se desenvolvían en el ambiente doméstico.

Todos me permitieron visitarles. Todos menos uno. El Zelota no lo consintió. Nadie pisaba su casa. Y lo respeté, naturalmente.

El Maestro se alejó, con *Zal*, hacia las colinas cercanas.

Deseaba hablar con Ab-bā.

Felipe y Pedro eran vecinos. Las casas se hallaban pared con pared, a la entrada de Saidan (por el camino que conducía a Nahum). Allí mismo, frente a las viviendas de piedra negra, arrancaba el fuerte desnivel, de hasta un 30 por ciento, que caracterizaba el nacimiento de Saidan en esa zona norte, y por el que se dejaba caer, feliz, el camino de ceniza volcánica.

Las casas, pequeñas y sin ambiciones, miraban al lago cada vez que podían. Estaban situadas frente a la segunda piedra de amarre. Al otro lado, por el este, la vista era igualmente espléndida: huertos, molinos para el acarreo del agua, canalizaciones esmeradas, frutales, y *felah*, siempre encorvados.

Saidan —creo haberlo dicho— era agrícola y pescadora.

La casa de Felipe me atraía especialmente.

Durante la aventura de dos semanas por Tariquea, y por la costa occidental del *yam*, Felipe habló y habló de su *ma'badâ* [podría ser traducido como «laboratorio» (?)].

---

protestar. Dormir sabiendo que no tengo por qué despertar. Disponer de un amigo con el que no sea necesario hablar. Un niño, de la mano. Mi sillón, en el que me siento al final del día, y nos reímos de todo (mis zapatillas y yo). Pan frito, y su música. Mi mesa, limpia de papeles. Un arco iris, de pronto. Descubrir que el tomate procede de una flor. Sentarme y aprenderme. Recibir a las ideas con el traje de los domingos. No contar dinero. Una casa sin espejos. Cambiar una piedra de posición para que vea la vida desde otra perspectiva. *(N. del m.)*

Felipe era experto en aceites esenciales, ya lo dije, y se sentía orgulloso de ello.

Me mostró sus «dominios», y encantado. Nadie, en la familia, compartía sus sueños. Zaku, la esposa, odiaba aquel lugar, al que tenía prohibida la entrada. Decía que era «el cuarto de los horrores». Tenía y no tenía razón...

Tras recorrer la estancia principal, con los dos niveles típicos, y otras tres laberínticas habitaciones, a cual más oscura, Felipe me condujo a un corral, ubicado en la zona trasera de la vivienda. Allí aparecían un huerto, las correspondientes letrinas, y un inmueble, cerrado con una puerta de hierro. En el metal había sido pintado un *nejushtán* de un metro de altura (la serpiente construida por Moisés y que, según el Números [21, 9], tenía la potestad de curar las mordeduras de los ofidios. Bastaba con mirar el *nejushtán* —eso decía la tradición— y la víctima sanaba).

En un rincón distinguí a la *Chipriota*. Ni me miró, la muy creída.

Felipe rebuscó entre las enormes llaves de hierro que colgaban del cinto. No aparecía la que necesitaba. Se excusó y fue a buscarla.

Aproveché para echar un vistazo.

¡Oh, sorpresa!

El huerto no era lo que imaginé...

Me aproximé. No había duda.

Pero...

Aquello era una pequeña plantación de mandrágora y de adormidera... (1). La primera era considerada la «planta del amor». Decían que era uno de los mejores afrodisíacos. De la segunda se extraía el opio, entre otras cosas...

Quedé perplejo.

Pero no era lo que estaba suponiendo...

---

(1)   La mandrágora o «manzana del amor» es una planta muy antigua, considerada como estimulante sexual. Se hallaba sujeta a toda suerte de supersticiones, debido, en buena medida, a las raíces con formas antropomórficas. Hipócrates y Teofrasto escribieron sobre ella, elogiando sus propiedades hipnóticas. La adormidera (amapola) pertenece a la familia de las papaveráceas. La cultivada por Felipe era conocida como amapola roja. De ella se extrae el opio, más consumido de lo que se cree en aquel tiempo. Las principales «fuentes» de exportación, además de China y la India, eran Chipre y Creta, en el Mediterráneo. (*N. del m.*)

Felipe regresó, abrió la puerta de metal, y rogó que esperase.

Lo vi trajinar en la oscuridad. Prendió varias lucernas y me animó a entrar en su «templo, refugio, y verdadero hogar».

¿Cómo describir aquella sala rectangular, de cinco metros de longitud, y techos negros e inalcanzables?

Lo que más me impresionó del *ma'badâ* fue el desorden. Caótico. Después el olor, imposible de identificar. Era una mezcla de madera, polvo, esencias mil y lugar cerrado.

El intendente situó cinco lucernas de aceite en puntos estratégicos, e invitó, sonriente, a que echara una ojeada.

No supe por dónde empezar.

En el centro de la habitación habitaba una larga mesa, dotada de una paciencia franciscana. Sobre ella se acumulaba de todo: redomas, alambiques de diferentes calibres, cubos con las bocas abiertas, frascos a los que llamaban *foliatum*, que impedían el paso de la luz, ardillas disecadas, enormes frascos de vidrio transparente con víboras vivas, calabazas huecas «para contener los rayos de luna llena», pétalos y pétalos de rosas, secos, y rollos y más rollos de papiros y pergaminos con toda clase de recetas «médicas». Felipe me permitió ojearlos. Leí composiciones estrambóticas, y no tan estrambóticas, sobre la col china («ideal para curar úlceras y tumores malignos»), el apio («vigorizante sexual»), la zanahoria («para no envejecer jamás»), la canela («para mantener la energía y no sufrir desmayos no deseados»)... La lista era interminable.

Y, de pronto, lo vi.

¡La *Ilíada* y la *Odisea*!

Pregunté a Felipe, incrédulo.

El discípulo lo confirmó. Era un asiduo lector de Homero. Y explicó:

—Ese genio lo sabía todo sobre plantas y aceites esenciales. Lo que necesites esta ahí...

Se hizo con uno de los rollos y buscó. Después señaló un párrafo y sugirió que leyera.

Correspondía al canto IV (218-232) de la *Odisea*. En él se habla de una droga *(nephentes)* que Helena da a beber a Telémaco. Probablemente, un alucinógeno (1).

(1) Al parecer, Helena, reina de Esparta, recibió esta información de

¡Qué error considerar a los apóstoles incultos! Todos, menos los gemelos de Alfeo, habían recibido estudios (al menos elementales). La sinagoga de Nahum, en la que estudió la mayoría de los doce, era considerada de gran prestigio.

Sencillamente, quedé perplejo, y fascinado, por aquel hombre.

Después fue a enseñarme la zona noble del «laboratorio»: hornacinas y hornacinas, practicadas en las cuatro paredes, que guardaban cientos de frascos de todos los tamaños y colores. Eran los aceites esenciales, su «tesoro». Llegué a contar 390 recipientes. Felipe recogía, o adquiría, la planta, obtenía la esencia de la misma, y sometía el producto a una destilación minuciosa. Así materializaba el aceite esencial. En ocasiones trabajaba con las hojas, y también con los pelos y las glándulas inmersas en las cortezas o en las zonas fibrosas. Elaboraba igualmente aceites procedentes de la piel de los cítricos. Era un experto.

Cada aceite esencial recibía un nombre: «Iris = Abril», «la última lluvia del año», «tierra prometida», «la sede del *Hé*», «la roca del Arca» y «la niña de los ojos», entre otros.

Resultaría agotador enumerar los remedios preparados por el miope y voluntarioso Felipe. Disponía de todo y, supuestamente, para toda clase de males: esencias de romero y de menta para combatir la depresión y el mal de amores; preparados contra la flatulencia y la celulitis; para remediar las fracturas; contra las hemorragias; para evitar el insomnio; para resolver migrañas, quemaduras, asma y paludismo; para disponer de un pensamiento claro; contra la tristeza que portaba el *maarabit*..., y su gran secreto: la *pucha-put*, una planta llegada de China, infalible contra la mordedura de las serpientes. En uno de los frascos leí la palabra «calvicie». Pregunté y dijo que se trataba de extracto de raíces de peonía, también de su querida China. Al parecer, a la vista de su calvicie, no daba resultado...

Felipe era un celoso seguidor de Hipócrates y de sus li-

Polidamna, esposa del rey egipcio Ton. La droga en cuestión aliviaba cualquier sufrimiento, sumiendo a Telémaco en un estado de inhibición hipnótica. El *nephentes* en cuestión podría ser la mandrágora. Para los egipcios era la planta que acompañaba a los muertos al más allá. (*N. del m.*)

bros. Le hubiera gustado pertenecer a una *Asclepiade* (especie de academia o reunión de doctores), pero eso, en Nahum, era un sueño.

Le encantaba que lo llamaran «holístico» (consideraba que, en Medicina, el cuerpo era un todo, no sólo una colección de partes).

En esos momentos, al unirse al grupo del Galileo, Felipe se esforzaba en nuevos experimentos. Uno de ellos le traía a malvivir... Estaba convencido de que el poder del ajo era total. Si lograba hallar el procedimiento adecuado, los males del mundo terminarían. Había empezado por amarrar sendas ristras de ajos a los tobillos, esperando que el «perfume» del ajo terminara transmitiéndose al resto del cuerpo, incluido el aliento. De esta forma —decía—, con un ajo al pie, se podrán sanar, «sin sentir», migrañas, tumores, mal de ojo, y no sé cuántas otras enfermedades.

Jesús y quien esto escribe le escuchábamos pasmados y divertidos. Era una felicidad oírle...

Permanecí en el laboratorio de Felipe durante dos días.

Aprendí muchas cosas; la mayoría inútiles. Pero eso, qué importaba...

Y entendí igualmente por qué Zaku, la enérgica esposa, odiaba el *ma'badâ*. Saber de aquellos reptiles vivos en la casa le ponía de los nervios. Las broncas eran continuas. Sólo la *Chipriota* le comprendía (a medias).

En cuanto a Perpetua, la mujer de Simón Pedro, la encontré apaciguada. Las ausencias del marido «le daban la vida». Además, el dinero que entregó el tipo de la sonrisa encantadora no estaba agotado. Por cierto, no lo había vuelto a ver...

La casa de Pedro (habría que decir, mejor, de Perpetua) no era tan interesante como la de Felipe. Disponía de la sala principal (con los dos niveles habituales en las casas judías), dos habitaciones sin ventanas, un patio a cielo abierto, con un cobertizo y un pozo, y poco más. Por ese pozo desfilaba la vecindad y extraía agua, a un as el cubo.

En la casa, oscura como pocas, vivían el matrimonio, los tres hijos, Andrés, los gemelos de Alfeo, y Amata, la suegra de Pedro.

Amata era una «anciana» sumisa, con una salud delicada. Había cumplido cuarenta y cinco años. También tuvo su protagonismo en la vida del Maestro. Pero ésa es otra historia...

Respecto a la casa de Mateo Leví, en el barrio norte de Nahum, ya la conocía. Era cómoda, luminosa, y, como dije, cubierta de mármoles. Pero lo que verdaderamente me interesó fue uno de sus habitantes.

Algo había oído en Tariquea, y de labios del propio Mateo. Ahora lo tenía ante mí...

En esos momentos no fui capaz de imaginar lo importante que resultaría aquel encuentro con Telag (en especial de cara al futuro). Pero vayamos por partes...

Mateo era divorciado. Se casó dos veces. Mela' era la segunda esposa. No tuvo descendencia con ella. Los cuatro hijos del recaudador de impuestos eran fruto del matrimonio con Hélem (que podría traducir como «Visión»): Ruth era la mayor (algún tiempo después formaría parte del grupo de mujeres que se unió al Maestro). Le seguían Isaac y Šeleh («Tranquilo») y, por último, el referido Telag («Nieve)».

Telag tenía seis años. Era *down*.

Y, no sé por qué (ahora sí lo sé), sentí una especial atracción hacia aquella criatura. La examiné detenidamente. Pude jugar con ella y verificar lo que resultaba obvio: ojos achinados, cabeza pequeña y redondeada, lenguaje escaso y torpe, lengua colgante, y surco palmar, entre otras características típicas (1).

(1) La alteración cromosómica (trisomía 21) era evidente. Detecté los siguientes rasgos típicos del síndrome de Down: cráneo pequeño, con el diámetro anteroposterior acortado; posible microcefalia; hipoplasia o desarrollo incompleto de los huesos de la línea media de la cara; ojos, nariz y boca agrupados (más juntos) en el centro del rostro; distancia interorbitaria reducida; maxilares poco desarrollados; ángulo de la mandíbula obtuso; desplazamiento de la lámina cribosa; modificaciones en la silla turca; en los huesos craneales, senos poco desarrollados; fisuras palpebrales oblicuas; pliegues epicánticos; depresión del puente nasal; disminución del tamaño de la oreja, con implantación más baja y oblicua, en forma bilateral; plegamiento del hélix; labios prominentes y gruesos, con tendencia al agrietamiento; boca abierta, protusión de la lengua; humedad excesiva en los labios; comisuras de la boca inclinadas hacia abajo; hipertrofia de las papilas; caja torácica corta (cabe la posibilidad de que tuviera once costillas); deformación en el esternón *(pectus excavatum)*; vientre distendido y saliente (¿diastasis del recto?); metacarpianos y fa-

Problemas con el brazo largo del cromosoma 21...
Mal asunto.

No sé cuánto alcanzaría a vivir, pero lo cierto es que Telag estaba condenado a muerte, y a corto plazo. Un niño con síndrome de Down tiene altas posibilidades de sufrir una enfermedad cardíaca congénita. En los estudios llevados a cabo por Fabia y Drolette (1970), el 40-60 por ciento de los niños *down* presentaba cardiopatía congénita y no lograba alcanzar los diez años de edad. Telag tenía seis, como digo...

Hubiera necesitado suministrarle los «nemos» para entrar en profundidades, pero no lo hice. Lamentablemente, no lo hice... Y no debo olvidar aquella singular mancha en la planta del pie izquierdo: una especie de trébol de cinco hojas, de cinco centímetros de diámetro. Resultaría muy útil, en su momento...

El jueves, 3 de octubre, amaneció lluvioso.

Jesús emprendió una nueva aventura. En esta oportunidad con Juan Zebedeo y con el segundo gemelo, Jacobo de Alfeo. *Zal* se quedó en el caserón, al cuidado de Abril.

Por delante, dos semanas...

¿Destino? Lo ignoraba. En realidad lo desconocíamos todos. El Maestro no quiso revelarlo. Juan insistió, pero el Hijo del Hombre repetía: «Confía... deja que el Padre haga su trabajo.»

No me agradó la actitud del Zebedeo. Cuando vio cómo me unía a la pequeña expedición me miró de arriba abajo, y escupió entre mis sandalias.

Jesús caminaba en cabeza. No lo vio.

No dije nada. Me situé en último lugar, según mi costumbre, y dejé hacer al Destino...

Miles de cigüeñas y pelícanos se hallaban de paso en el *yam*. Procedían del lago Hule, al norte, y, posiblemente, emigrarían hacia el mar de la Sal en cuestión de días o semanas.

---

langes más cortos; pliegue único palmar transverso; fusión en los dedos de los pies y pliegue plantar entre el primero y segundo dedos de los referidos pies. *(N. del m.)*

Contemplé el «averío», maravillado.

El mal llamado pelícano blanco (en realidad es rosa pálido con remeras negras) era más numeroso que su hermano, el cejudo. No creo equivocarme si afirmo que la colonia superaba los 30.000 ejemplares. Los cejudos eran más tranquilos. Los blancos remontaban el vuelo en las orillas y caían como una maldición sobre el lago, agotando las reservas de peces. Cada pelícano precisaba del orden de un kilo de pescado al día. Era la catástrofe, según los vecinos del mar de Tiberíades. Y tenían razón. El «sindicato» de pescadores del *yam* (una hermandad conocida por el nombre de *Al*) se las ingeniaba como podía para combatir a los «malditos *sacnâi*». Vi de todo: veneno, palos, fuego, perros adiestrados, trampas, piedras, y gente cantando... No servía de nada.

Las cigüeñas eran otra historia. Llegaban también a miles, pero ocupaban nichos distintos. Eran sumamente beneficiosas. En semanas terminaban con gran parte de los saltamontes, serpientes, grillos, langostas e insectos de la comarca. También pescaban, pero la incidencia era mínima. Había judíos que plantaban cipreses con la finalidad de ayudar a las *ciconias* a construir sus nidos, tal y como reza en el Libro de los Salmos (17).

Nos vieron pasar, blancas y circunspectas, con los picos y las patas pintados de rojo, como de gala.

Creo que sabían quién iba en cabeza...

Nos dirigimos al sur, por la costa, y a buen paso.

El tiempo, como decía, se había desmayado. Las borrascas empezaron a menudear y la temperatura descendió sensiblemente.

Pensé en Antipas. No tardaría en trasladarse al palacio-fortaleza de Maqueronte, en el Gor. Era importante que permaneciera atento.

Pero lo primero era lo primero. Él tenía prioridad...

¿Dónde nos llevaba esta vez?

Sorpresa...

A Jesús le encantaban las sorpresas. ¿Cómo las llamaba? Sí, «platos cocinados con amor...».

Nos detuvimos en el *Arad*, el barrio de chabolas de Kursi. Jacobo deseaba ver a los suyos. No sé si se alegraron. Nadie expresó nada.

Almorzamos y continuamos en dirección sur.

Juan seguía erre que erre, tratando de sonsacar al Galileo. El Maestro era insobornable. Sonreía, pícaro, y eso era todo. Jamás hablaba más de lo necesario. Nadie era capaz de arrancarle una *yod* si Él no se prestaba. Yo lo intenté, hasta que comprendí.

Dejamos atrás Ein Gafra y, finalmente, avistamos el poblado de En Gev.

Podían ser las doce del mediodía, o algo más.

Jesús rodeó la aldea, y se desvió hacia el este.

Presté atención. Aquello era nuevo para mí.

Nadie hablaba.

El Galileo buscó la margen derecha del *nahal* (río) En Gev y prosiguió con sus clásicas y decididas zancadas. Evidentemente sabía cuál era su destino.

Y fuimos ascendiendo por un terreno sin camino, verde, y poblado de flores.

El Maestro se detuvo en un par de ocasiones, inspiró profundamente, y contempló el *yam*. El sol se abría paso, malamente, entre las nubes, pero llegaba al lago con la suficiente autoridad como para amansarlo y dibujarlo azul y profundo.

Jesús vestía la túnica roja. La familiar cinta blanca sujetaba los cabellos. A los pies, el petate.

Dejó que la brisa enredara, entornó los ojos, y sé que dio gracias al Padre (por todo). Conocía esa actitud...

Si continuábamos en esa dirección, a no tardar alcanzaríamos el territorio de la Gaulanitis, una zona poco aconsejable. Los «bucoles» (bandidos) menudeaban también en aquellas barrancas. Pero Él sabía...

Y en cuestión de hora y media (hacia las 14 horas) la expedición dejó atrás el cauce del río y trepó a lo alto de una meseta. Allí volvimos a detenernos.

Habíamos caminado alrededor de cinco kilómetros, desde En Gev. Según comprobé a mi regreso al Ravid, nos hallábamos en la cota 284.

Frente a nosotros, como digo, se abría una estimable meseta, de cinco por seis kilómetros, total y absolutamente alfombrada de verde; el verde de miles de viñedos.

Permanecí atónito durante varios segundos. Como digo, no conocía el lugar.

Al retornar al «portaaviones» supe que, al otro lado de la meseta, se levantaban tres poblados de mediano porte, a los que llamaban Zaki, Seshur y Eli. Casi todos habitados por gentiles.

Aquel 3 de octubre, jueves, el ocaso se registró a las 17 horas, 20 minutos y 16 segundos (TU). En esos momentos faltaban poco más de tres horas para que se hiciera la oscuridad. El Maestro lo sabía y caminó, rápido, entre las ordenadas hileras de viñedos (los célebres *kerem* de la Biblia). Los examiné, sobre la marcha.

Eran vides altas, de metro y medio, minuciosamente estacadas, al estilo griego. Era lo aconsejable en un lugar como aquél, sujeto a una pluviometría en la que las precipitaciones superaban los 600 milímetros. De esta forma, la planta evita el contacto con el suelo, y el riesgo de enfermedades es menor (1).

En la distancia, estratégicamente ubicadas, se levantaban las obligadas torres de vigilancia de la viña, como ordenaba el profeta Isaías (1, 8). Eran negras y cuadradas, de diez metros de altura. Todo tenía su porqué. El negro era «un aviso a los ladrones», la planta cuadrada simbolizaba «pureza y defensa», y los 10 metros de altura, una forma de «aproximarse a Dios» (la letra *yod* o *iod* es el símbolo del Eterno). Cada torre o *migdâl* era un «milagro»; eso decían los judíos. Y tenía un fundamento científico. Las gruesas paredes protegían a los vigilantes, y a sus familias, del rigor del verano (el profesor Zwi Ron demostró que la temperatura en el interior de un *migdâl* es cinco grados más baja que en el exterior). Pero los principales ladrones de uvas no eran los humanos, sino los zorros, seguidos de cerca por los jabalíes, que formaban manadas, y de alta peligrosidad. Los vigilantes se apostaban en lo alto y lanzaban flechas o dardos envenenados cuando detectaban una sombra sospechosa. Los vigilantes eran sometidos a exámenes especiales. No

(1)   La vid está sujeta a cuatro importantes factores: pluviometría, que registra el nivel de agua que recibe la planta; temperatura, que suma las temperaturas (mayores de 10 grados Celsius), tomadas desde el primero de abril al 31 de octubre, y que debe ser superior a 1.000 grados Celsius; viento y luz (necesaria para la fotosíntesis). Cuando el *kerem* (viñedo) es muy húmedo, las hojas no evaporan correctamente y se multiplican las enfermedades. *(N. del m.)*

todo el mundo estaba capacitado. Los llamaban «el ojo de Isaías».

La uva era espléndida: blanca, con los racimos hinchados, y con una bella transparencia.

La probé, a escondidas.

El grano se separó fácilmente del pedúnculo. Tenía un amable sabor azucarado, sin asperezas, y con un zumo viscoso.

Estaba en sazón.

En Israel, los que entendían, procuraban retrasar la vendimia. Así conseguían vinos más alcohólicos, más dulces y, en definitiva, de mejor calidad (1).

Se notaba que las *anavim* (uvas) eran cuidadas con mimo.

¿Vendimia?

Una idea se asomó, de puntillas...

Caminamos alrededor de media hora, a buen paso, siempre entre viñas, hasta que empezamos a oír ladridos. El Galileo, entonces, ralentizó la marcha.

Al poco apareció una gran casona, de piedra negra y volcánica, como las torres. La protegían cinco perros, atados con cuerdas.

Nos mantuvimos a una prudencial distancia.

La casa, de dos plantas, se hallaba rodeada por catorce curiosos árboles, a los que llamaban «árbol lirio». Eran muy ramificados, a partir de la base, y con unas flores, en forma de campana, que tenían la virtud de cambiar de color, según la luz. Primero, con el alba, se presentaban doradas, después verdes, y, finalmente, a la puesta de sol, lucían un púrpura intenso. Consulté en su momento a «Santa Claus» y deduje que se trataba de un híbrido (posiblemente un cruce de *Magnolia denudata* y *Magnolia liliflora*). Eran fascinantes.

Al instante se presentó el capataz. Y, con una señal, ordenó silencio a los perros. Obedecieron.

(1) Los judíos calculaban la fecha de la vendimia a partir de lo que llamaban «cuajado de la flor». El tiempo de maduración era de 100 a 120 días, dependiendo de la variedad de cepa y de las condiciones meteorológicas. Los «probadores» sabían en qué momento se alcanzaba el máximo de glucosa. *(N. del m.)*

Nos invitó a acercarnos.

En la puerta, sobre el dintel, se leía: «No entregues a la bestia el alma de tu tórtola.»

Era un salmo. Pertenecía al 74 (19).

Nos hallábamos frente a la hacienda *Yehuda*, propiedad de la familia del mismo nombre. Eran fariseos, pero de la rama ultraortodoxa. No tardaría en comprobarlo...

Los Yehuda eran inmensamente ricos. La mitad de la Gaulanitis era suya. Aquella finca, destinada al cultivo de la vid, reunía 10.028 cepas.

El Maestro solicitó trabajo.

Juan Zebedeo estaba atónito. Creo que la idea de vendimiar no le agradó.

¡Vendimiar! Lo había intuido...

El capataz replicó con una negativa. Los puestos de vendimiadores estaban cubiertos. Los Yehuda tenían la costumbre de contratar con mucha antelación. En este caso, los recolectores eran griegos, procedentes de la península Calcídica. Eran los griegos los que se ocupaban también del cuidado de la plantación; la uva, de hecho, era de origen griego (concretamente de Tracia y de Acaya).

El Galileo permaneció pensativo.

Y el capataz aportó una solución. Podían participar en la limpieza de las letrinas y de los lagares.

El Maestro no dudó. Aceptó.

Ahora lo sé. Él buscaba aquello...

Y, sin más, tras acordar la paga (un denario al día), el hombre nos condujo entre las viñas, en dirección este, hasta llegar al campamento de los referidos griegos. El lugar, también rodeado de viñedos, se hallaba a cosa de mil metros de la casona.

Observé a Juan. Estaba pálido. El Zebedeo sabía muy bien lo que le esperaba. Yo, francamente, no tenía idea...

El campamento lo integraban diez grandes tiendas, una cocina de madera, y dos letrinas, también construidas con tablas. Cada letrina, en realidad, era un gran cajón, con un pozo excavado en el suelo. En los boquetes depositaban sendos calderos de metal en los que debíamos defecar, obligatoriamente. Los Yehuda eran intransigentes. Ningún pagano podía contaminar, con sus «impurezas», la tierra judía. Estaba prohibido, incluso, que los griegos orinasen fuera de las letrinas. Algunos de los gentiles eran contratados como «vaciadores» (recorrían las viñas con cubos y recogían la orina de los vendimiadores; las mujeres no participaban en la vendimia). Una vez llenos, los calderos de las letrinas eran sacados y transportados a lomos de asnos, o de los propios paganos contratados. Recorrían tres o cuatro kilómetros, hasta los poblados de Eli y Zaki, respectivamente. Allí vendían la orina y los excrementos como abono (1).

Me eché a temblar...

El capataz nos asignó una de las tiendas, dejamos los petates, y nos condujo de nuevo al sur de la casona principal. Allí, excavados en la roca calcárea, se alineaban tres grandes lagares, con las correspondientes prensas y barricas de roble. Nuestro trabajo consistiría en limpiar letrinas y lagares. El capataz explicó cómo hacerlo. Era simple..., y muy desagradable.

Con los lagares no había problema. Se hallaban cubiertos de yeso y de piedra y eso facilitaba las cosas. La faena consistía, básicamente, en el encalado de paredes (a base de una lechada de cal a la que se añadía sulfato de cobre) y en la limpieza de suelos. Todo era cuestión de acarrear agua limpia, y de forma constante. Los envases de madera se limpiaban con sal común, previamente disuelta en agua hirviendo. Convenía agitar las barricas y frotarlas una y otra vez con la citada agua caliente. Después llegaban los aclarados, y más aclarados, hasta que el capataz lo estimaba correcto. En el caso de algunos toneles, era el capataz el que se ocupaba del quemado, en el interior, de pequeñas cantidades de azufre. Con ello lograba una aceptable acción desinfectante del anhídrido sulfuroso que, lógicamente, se

---

(1)   Para los fariseos (especialmente para los extremistas), la pureza era uno de los pilares de su religión. La ley oral establecía que, además del agua, existían seis líquidos que podían provocar impureza (los llamaban *makhshirin* o «habilitantes»). Se trataba del rocío, el vino, el aceite, la sangre, la leche y la miel de abeja. Los «santos y separados» añadían los líquidos derivados de las funciones vitales (caso de la orina o de los excrementos). Las retorcidas interpretaciones estaban basadas en el Levítico (11, 34 y 37, 38). En el primero se dice que todo alimento preparado con agua quedará impuro, y lo mismo toda bebida, cualquiera que sea el vaso que la contenga. Las prohibiciones, a cual más absurda, sumaban cientos de normas (así lo recoge el citado tratado *Makhshirin*). *(N. del m.)*

formaba en dicho interior. Utilizaba pajuelas de tres o cuatro gramos por hectolitro.

El raspado de las barricas, con el fin de rescatar el tartárico, era cosa de los griegos. Frotaban con cepillos y obtenían así un máximo de sedimento. El tartárico era vendido por los Yehuda (como casi todo).

Juan Zebedeo tampoco dudó.

No aceptó compartir una tienda con los «malditos griegos, cómplices de los *kittim*» y, mucho menos, «limpiar la mierda de los paganos».

Me miró, muy enfadado.

El Maestro no replicó. Siguió a lo suyo, deshaciendo el petate.

Creo que el silencio fue lo que más contrarió al Zebedeo.

Terminó cargando el saco de viaje, escupió de nuevo entre mis sandalias, y salió de la tienda con prisas. Por el camino fueron cayendo maldiciones y escupitajos...

Así era en verdad el «discípulo amado de Jesús»...

El Hijo del Hombre, Jacobo de Alfeo, y quien esto escribe trabajamos en las letrinas y en los lagares durante nueve días.

Lo más duro, sin duda, fue el «negocio» de las letrinas.

Jamás podré borrar aquellas imágenes...

Jesús se desnudaba, entraba en el cajón y, con la ayuda de Jacobo de Alfeo, o de quien esto escribe, tiraba del pesado caldero, y lo sacaba al exterior. La peste y la visión de los excrementos eran insoportables. Al principio vomité.

El Maestro hacía la faena cantando.

Jacobo se cubría el rostro con un lienzo y ayudaba con gran coraje. Jamás protestó o se lamentó. Era un hombre sencillo e igualmente admirable.

Después vaciábamos los calderos en talegas de cuero que, a su vez, descansaban sobre los onagros o sobre las mulas. Acto seguido, antes de emprender la marcha hacia los poblados en los que vendíamos el «abono», se procedía a la limpieza de los calderos. Era otro momento «delicado».

En esos nueve días, el Hijo del Hombre no tuvo un mal gesto (hubiera sido comprensible). No le vi renegar de su suerte ni pronunciar una palabra más alta que otra. Era desconcertante. Trabajaba en aquella desagradable tarea con el mismo entusiasmo que lo hacía en el astillero o con las redes, en el *yam*.

Por las tardes regresábamos al campamento y el Maestro tenía tiempo para asearse, y para conversar, en *koiné*, con los griegos. Era una esponja. Preguntaba y preguntaba. Se interesaba por las familias, por las viñas, por el salario, por sus ilusiones y proyectos... La gente terminaba tomándole cariño. Se lo ganaba a pulso...

Con el gemelo casi no habló. Jacobo llegaba rendido. Cenaba algo y se acostaba.

Yo resistía, pero el sueño terminaba venciéndome. Más de una vez fui despertado por el Galileo. Él me ayudaba a caminar hasta la tienda.

Sólo conozco una palabra para calificar el comportamiento del Hijo del Hombre en la hacienda *Yehuda*: admirable.

Fue, con seguridad, el trabajo más repugnante que llegó a hacer. Sin embargo, ningún evangelista lo menciona...

El viernes, 11, fuimos reclamados por el capataz. Se habían registrado varias bajas entre los vendimiadores. Apareció un brote de gastroenteritis. Algo peligroso en aquel tiempo. Y Jesús, Jacobo de Alfeo y quien esto escribe abandonamos las letrinas y los lagares y nos unimos a las cuadrillas de los recolectores.

Me alegré, sobre todo por Él. No lograba acostumbrarme a la imagen de un Hombre-Dios sumergido, a diario, en la mierda.

El Maestro continuó trabajando con la misma sonrisa. Tan pronto hacía de «vaciador», corriendo de un lado a otro con el cubo para la orina, como cortaba racimos, o engrasaba las tijeras de los compañeros. Con la uva tenía un comportamiento único. Limpiaba con delicadeza, hablaba con los granos, los contemplaba al trasluz, los clasificaba, separaba los estropeados, uno a uno, y les cantaba su canción favorita: «Dios es ella...»

En esos momentos, la cosecha se hallaba atacada —moderadamente— por un moho importado por los griegos y que, según mis informaciones, era el causante de la llamada «podredumbre gris». Los Yehuda se las sabían todas y lograban así la elaboración de caldos mucho más finos (1).

(1) El moho llamado *Botrytis cinerea* (también conocido como «nie-

El Maestro llenaba los cestos de mimbre, y lo hacía lentamente, hasta la mitad, evitando que el peso pudiera deteriorar los racimos. ¿Dónde aprendió? Me atreví a preguntar y el Galileo, sonriente, aclaró:

—He viajado mucho, querido *mal'ak*...

Supuse que se refería a los llamados «viajes secretos»...

Tenía que volver a copiar los rollos del viejo Zebedeo.

Cada capazo y cada espuerta de esparto eran vaciados en las portaderas que cargaban las caballerías. Los Yehuda eran estrictos hasta en eso: las portaderas tenían que ser troncocónicas, con base elipsoidal, y elaboradas con duelas de avellano. Así rezaba la ley oral...

La carga de una portadera no superaba los 90 kilos. Cada onagro transportaba dos portaderas.

Terminado el trasvase de uva a las caballerías, los recipientes utilizados tenían que descansar boca abajo. Era la ley.

Al regresar al campamento, el Galileo se ocupaba de los enfermos. Seguía «haciendo *'im*»...

El Maestro se hizo popular por sus canciones.

El miércoles, 16, concluida la vendimia, regresamos a Saidan.

Las lluvias se hicieron más intensas.

Y pensé en Antipas, y en Yehohanan. Era preciso que buscara un hueco y que viajara de nuevo al mar de la Sal. No sabía por qué, pero tenía que hacerlo.

Jesús caminó despacio hacia la costa. La estancia en la hacienda de los Yehuda le devolvió el optimismo, haciéndole olvidar el incidente con Juan Zebedeo. Y cantaba fuerte, bajo la lluvia.

----

bra») destruía el hollejo de la uva, pero respetaba la pulpa (al menos en las condiciones climatológicas de aquella hacienda). Esto permitía una mayor concentración de zumo y unos porcentajes más altos de ácido málico y de azúcar. El resultado era altamente beneficioso para los Yehuda: los granos atacados por el moho eran cuidadosamente separados y de ahí se extraía un vino de mejor calidad. Curiosamente, los granos no atacados por el *Botrytis* eran destinados a la elaboración de vinos corrientes. En aquella cosecha no detecté la presencia de mohos verdes, del género *Penicillum*, ni tampoco la llamada «podredumbre blanca» (género *Aspergillus*). La introducción en el país del moho *Botrytis* estaba prohibida, pero los Yehuda, en caso de ser descubiertos, culpaban a los griegos. Los vinos de los Yehuda eran famosos por la dulzura y escasa acidez. Se los disputaban en las mesas de los más poderosos. *(N. del m.)*

Hice cálculos.

Faltaban dos parejas. Las formadas por Bartolomé y el Iscariote, y Andrés y Mateo Leví.

Me sujetaría al Destino...

Juan Zebedeo nos recibió con frialdad.

Nadie preguntó, aunque todo el mundo sabía que había sucedido algo extraño. El gemelo Jacobo se mostró discreto y prudente, como siempre.

Tres días después, Jesús dio las órdenes oportunas. Partiríamos.

Y el domingo, 20 de octubre, bajo un intenso aguacero, el Maestro, el «oso», Judas Iscariote, este explorador, y *Zal* abandonamos el caserón de los Zebedeo. Nadie, salvo el Galileo y Andrés, conocía el destino de aquellos expedicionarios.

Felipe, el intendente, nos obligó a cubrirnos con sendos y gruesos capotes de pelo de camello, adquiridos por él en Nahum. Los llamaban *aba* y eran utilizados por pastores y burreros. Eran pesados e incómodos, pero muy prácticos. El pelo de camello actuaba como nuestros modernos impermeables y hacía más llevadera la lluvia.

En esta oportunidad no viajamos lejos.

Caminamos hacia el sur, por la costa, y a tres kilómetros de la desembocadura del Zaji, el *nahal* que moría cerca del muelle de Saidan, el Maestro, en cabeza, giró hacia el este, siguiendo el curso de otro río al que llamaban Kanaf. El sector, entre ambos ríos (Zaji y Kanaf), era un mosaico de lagunas y riachuelos, entre los que destacaba el *nahal* Daliot. Yo había contemplado el lugar en nuestro periplo por el aire. Correspondía a lo que denominábamos «Galilea-2» y parte de «Galilea-3» (1). En total, 24 kilómetros cuadrados de lagunas, bosques, y vegetación acuática. La zona era conocida como los «pantanos de Kanaf» o, simplemente, *Agam* (lagunas). Conté 16, muchas intercomunicadas. Los bosques eran espesos. Menudeaban los cipreses, las encinas *velani*, las llamadas «de agallas», los algarrobos y, sobre todo, los

_____

(1)   Amplia información sobre dicho periplo aéreo en *Saidan. Caballo de Troya 3. (N. del a.)*

geshem (olmo cano). Los frutos —las bellotas aladas— flotaban por doquier. *Zal* pasaba horas persiguiéndolas.

Caminamos entre lagunas, siguiendo sendas casi invisibles, camufladas por plantas acuáticas. Distinguí más de doscientas especies. Las más animadas y prolíficas eran la caña, la énula viscosa, la adelfa, y el papiro. En realidad formaban «bosques» impenetrables.

¿Hacia dónde se dirigía el Hijo del Hombre? ¿Qué sorpresa nos reservaba en esta ocasión?

En cuestión de una hora, a pesar del diluvio, alcanzamos un claro en el que se alzaban dos chozas de cañas y juncos. De regreso al Ravid supe que era la cota cero. Ésa fue la referencia en el futuro: «nivel cero» (1).

Las chozas se hallaban perdidas en mitad de un «bosque» de juncos de laguna, los altos y cimbreantes *Scirpus lacustris*, muy utilizados en la construcción, así como para reforzar cercados, y confeccionar recipientes. Las cabezas de los juncos o *agmon* aparecían inclinadas y maduras, como si nos dieran la bienvenida. Y recordé las palabras de Isaías (58, 5): «... y doblegaron las cabezas como juncos».

Me pareció una hermosa deferencia.

Allí nos instalamos. Y, desde el «nivel cero», durante dos semanas, recorrimos el resto de las lagunas y de los bosques. Era una región habitada por cazadores de gansos y de cisnes.

Fueron dos semanas de lluvias y de apacible contacto con la naturaleza.

El dueño de la mayoría de las chozas, y líder de los cazadores, era un tipo que vivía en el «nivel cero». Lo apodaban Gelal (Piedra labrada), en alusión a una viruela que había bombardeado su rostro. Era seco y silencioso, como Tarpelay, pero extraordinariamente eficaz. Nos recibió con los brazos abiertos. Era un viejo conocido de Jesús, y de algunos de los discípulos. El Maestro lo ayudó en el astillero cuando las cosas no le iban bien en los pantanos.

Ahora, como digo, vivía de la captura de gansos y cisnes. Las lagunas eran visitadas por cuatro especies de gan-

(1) En aquel tiempo, el nivel del *yam* (mar de Tiberíades) se encontraba a 212 metros por debajo del nivel del Mediterráneo. *(N. del m.)*

sos: los grises, siempre gordos; los *Anser anser*, los más grandes; los *careto*, fáciles de distinguir por la ancha banda blanca que lucían en la frente, como si estuvieran a punto de emprender un viaje; los *Anser fabalis*, con los picos y patas impecablemente naranjas, y los *caretos chicos*, de ojos maquillados con un anillo amarillo. A veces llegaban en la noche, con gran estruendo, y partían al poco, hacia el sur, con los cuellos estirados hacia adelante, y en formaciones de «flechas» y «cuadrículas».

Los cazadores utilizaban todos los medios a su alcance para capturarlos. Desde el veneno en pequeñas dosis (suficiente para atolondrarlos y echarles mano) hasta las redes, pasando por anzuelos, perros adiestrados, piedras, palos, o la captura cuerpo a cuerpo (por sorpresa). También imitaban el canto de la hembra y los atravesaban con flechas y jabalinas de pequeñas dimensiones. Raro era el día que no cazaban treinta o cuarenta ejemplares.

Jesús los acompañaba, pero nunca participaba en la caza. A decir verdad, jamás tuve conocimiento de que llegara a matar un animal, al menos mientras permanecí a su lado. El Maestro (creo haberlo mencionado) sentía un rechazo natural hacia cualquier tipo de violencia. No lo soportaba.

En algún momento, durante la estancia en las lagunas, el Hijo del Hombre habló, con nostalgia, de *Telat*, la oca que conoció en la granja de uno de sus tíos, en las cercanías de Migdal. *Telat* (que podría traducirse como «la tercera en el gobierno») había sido compañera de juegos del Jesús niño. El Maestro sonreía, feliz, y comentaba:

—Nunca he visto una oca con tan malas pulgas...

Los gansos eran vendidos en Nahum y alrededores.

Con los cisnes se esmeraban. Tenían que ser capturados vivos, y sin daño. De lo contrario no había negocio. Generalmente eran comprados por patricios romanos y por judíos adinerados. El más cotizado era el cisne cantor, de frente plana, pico negro, y cuello recto y delicado. Ofrecían por él entre 200 y 300 denarios. Gelal lo cazaba al atardecer, en el más absoluto silencio, y con horas y horas de santísima paciencia. Él y sus ayudantes clavaban una estaca en la orilla, entre los juncos, y amarraban un lienzo rojo a media altura. Después se escondían en el agua o en los barrizales.

Y allí esperaban el milagro. El cisne macho veía el trapo rojo y se aproximaba, curioso. Entonces caían sobre él y lo apresaban. En ocasiones fallaban. El cisne lograba zafarse o picotear a los sorprendidos cazadores y arrancaba a toda velocidad, zapateando la superficie del agua, y a favor del viento. Necesitaba diez o quince segundos para despegar. En ese caso actuaban los perros, y lo reducían, mordiendo, únicamente, las patas y los testículos.

Supe también del cisne mudo, blanco y señorial, y del pequeño *(Cygnus columbianus)*, menos atractivo que las otras especies.

El cantor habitaba, fundamentalmente, en las lagunas del norte. Las llamaban «Manasés», «La nutria» (no vimos ninguna), «El mal espíritu» y «Suf» (un gigantesco criadero de espadañas de tres y cuatro metros de altura, cantadas en el Éxodo [2, 3-4], en Jonás [2, 5] y en Isaías [19, 6]).

El «oso» de Caná (Bartolomé) disfrutaba con estas cacerías.

Judas Iscariote puso mala cara cuando supo que nos quedaríamos dos semanas en aquel lugar, «olvidado de la mano del Santo». Pero no actuó como Juan Zebedeo. Siguió a nuestro lado, en silencio, y con gesto despreciativo. Odiaba a los galileos en general, y a los habitantes de los pantanos en particular.

Al atardecer nos guarecíamos en el «nivel cero», cenábamos de prisa, y nos apretábamos en la choza de Gelal, dispuestos a oír las mil historias que contaba «Piedra labrada». El Maestro y el «oso» se lo pasaban en grande y, como digo, cenaban rápido, a fin de aprovechar el tiempo. No me cansaré de repetirlo: Jesús era como un niño.

El Iscariote asistía con cara de circunstancias. Jamás hablaba. Se mantenía atento y miraba por encima del hombro.

Jesús se daba cuenta, pero no decía nada.

Y así fueron corriendo los días y las noches.

«Piedra labrada» aseguraba que en la laguna de «La encina», muy cerca, se levantaba una encina hueca, de más de mil años, que había resistido los hachazos de mil rayos. Inventaba y exageraba, como casi todos los cazadores y pescadores. Y afirmaba que era un milagro que la encina en cuestión siguiera viva. Días más tarde, cuando acerté a caminar por la orilla de dicha laguna, descubrí, en efecto, una centenaria encina, prácticamente hueca, a la que le había salido un apreciable ramaje verde. Algún rayo la partió en dos y eso alimentó la leyenda. La explicación a la vida que brotaba en aquel cadáver, que resistía en pie, era simple. La vida se las ingenió para prosperar en el interior de la corteza, en el cambium y en el xilema (el anillo más reciente). Eso era todo. Como decía el Maestro, «el milagro de la vida».

Gelal narró también la historia de otra laguna —«La negra»— en la que, según él, habitaba una serpiente con cabeza, pero sin final. La «negra» —decía, convencido— fue depositada en el pantano por los *kittim*, el ejército romano. Por supuesto, cuando visité la laguna, no descubrí rastro alguno de la fantástica «negra».

El Maestro escuchaba y hacía preguntas. Yo no salía de mi asombro. Al Hijo del Hombre le encantaban estas fantasías, y las vivía.

El «oso» también participó, y de qué forma.

Cada noche tomaba carrerilla y presentaba historias de todos los colores y tamaños. La mayoría, supuse, inventadas o leídas.

Habló, por ejemplo, de la ciudad de Angamán, donde los hombres (no las mujeres) tienen cabeza de rata. Y dijo saberlo de buena tinta. Creí saber quién era la fuente de información: su amigo y socio Felipe, que adoraba la lejana China (Bartolomé se refería, probablemente, a las islas de Andamán, en el golfo de Bengala, lejos de China. Pero eso qué importaba).

Otra noche contó la historia de los «chinos» que comían carne humana y que adoraban a lo primero que veían cuando se levantaban. Esa cosa podía ser un caballo, o una piedra, o una mujer. Los llamó «chinos enamorados».

Jesús se quedaba con la boca abierta, y yo más.

Gelal no lo dejaba respirar, y solicitaba nuevas historias; más historias, más...

Cada vez que terminaba una narración, Bartolomé era aplaudido por los cazadores de gansos y de cisnes; el «oso» se alzaba, inclinaba la cabeza levemente, y agradecía las muestras de respeto y de admiración. Judas se ponía frenético.

Jesús también reclamaba nuevas historias. Me recordó las bellas «noches *kui*», en la alta Galilea... (1)

Bartolomé era inagotable. Sabía de todo y sabía contarlo. Creaba expectación, temor y ansiedad. Era un genio.

Le encantaban las leyendas que tenían como protagonistas a los chinos (clara influencia de Felipe). Aseguraba que en la provincia de Talas (?) ya se conocían los trajes de asbesto. Con ellos era posible caminar entre las llamas. Los inventores —chinos, naturalmente— «habían hecho importantes y decisivas demostraciones». Y aseguraba que, en el futuro, las túnicas y ropones serían de asbesto, y nadie moriría en los incendios.

De no haber sido porque era imposible hubiera creído que el «oso» había leído a Marco Polo...

También mencionó unas tribus, lejanísimas, que comían el trigo en forma de largos fideos (de hasta un metro de longitud).

Los cazadores quedaban satisfechos y maravillados.

El Iscariote, sin embargo, torcía el gesto y negaba con la cabeza. A Judas no le gustaba Bartolomé. Le parecía poco serio. En realidad, al Iscariote no le gustaba nadie, empezando por el Maestro.

Una mañana, en la laguna de «La nutria», mientras asistíamos a una de las cacerías de gansos, el Iscariote se aproximó a Jesús y, aprovechando la ausencia de Bartolomé, fue a criticar el comportamiento del «oso», tachándolo de «frívolo e indigno».

Jesús escuchó en silencio.

—... Además —remató Judas Iscariote— está físicamente imposibilitado para caminar. Deberíamos prescindir de él para la proclamación de la buena nueva...

El Maestro le paró los pies, sin contemplaciones:

—¡Cuidado, Judas!... No te tomes atribuciones que no tienes. Nadie debe juzgar a su hermano...

—Pero Bartolomé no es serio. Cuenta historias falsas...

—El Padre no exige sólo seriedad. Te equivocas, Judas. La vida, y la vida en el nuevo reino, es alegría... Deja a tu hermano en paz y permite que rinda cuentas a Ab-bā... Haz bien tu trabajo. Eso es todo.

(1)   Amplia información en *Jordán. Caballo de Troya 8. (N. del a.)*

Judas, pálido, se alejó de la laguna. Fue otro momento de tensión. El Iscariote nunca olvidó el reproche del Hijo del Hombre. Era rencoroso y fue sumando lo que estimaba como afrentas a su dignidad. No sería el último aviso del Galileo...

Bartolomé, como ya he avanzado en otras oportunidades, sufría de varices. Eso le hacía renquear a la hora de caminar, pero no era cierto que se hallara imposibilitado para la marcha. Judas exageraba. Bartolomé o Bar Tolmay (hijo de Tolmay) trataba de aliviar el problema con bandas de cuero que apretaba alrededor de la pierna izquierda (1). Su amigo y socio, Felipe de Saidan, le había proporcionado una buena dosis de zumo de uva roja, especialmente recomendado contra las varices. No le faltaba razón a Felipe. La uva roja contiene taninos y derivados polifenólicos que ayudan en el retorno venoso de la sangre hacia el corazón. Este tipo de uva, además, es rico en pectina, carotenos, azúcares y vitaminas A, C, B_1 y B_2. Todo ello ayuda como diurético y reconstituyente. Felipe, por tanto, no iba desencaminado con sus recomendaciones.

Y abro un paréntesis.

Bartolomé (también conocido como Natanael) padecía de varices, pero fue uno de los discípulos que más caminó. Tras la muerte del Galileo se opuso a las ideas de Pedro, y se dirigió al este. Murió en la India.

Cierro el paréntesis.

Esa mañana del 30 de octubre, miércoles, cuando Judas se alejó, me atreví a interrogar al Maestro sobre dos asuntos que me tenían desconcertado.

(1)   Las venas varicosas (varices) son la consecuencia del debilitamiento progresivo de las caras de los vasos, incapaces de bombear la sangre, que tiende a acumularse en los miembros inferiores. En las piernas hay dos sistemas venosos diferenciados: el superficial y el profundo. Las venas del primero tienen las paredes más frágiles y se encuentran rodeadas de tejidos elásticos. El sistema profundo reúne al 90 por ciento de la sangre venosa que se acumula en los citados miembros inferiores. La acumulación de sangre puede provocar la aparición de edemas e inflamaciones. En otras palabras: las varices son venas superficiales dilatadas. En el caso de Bartolomé, aunque no llegué a inocular los «nemos», lo más probable es que las varices se debieran a factores como la obesidad, bipedestación prolongada y herencia genética. *(N. del m.)*

¿Por qué Jesús insistía en no juzgar? Lo proclamó con Juan Zebedeo, y ahora con el Iscariote.

El Maestro escuchó la pregunta con atención y me animó a caminar por la orilla. Estábamos en la laguna que llamaban «La nutria», pero, como dije, no acertamos a ver ni una.

—Tus hermanos cumplen un papel... A eso han venido... ¿Por qué juzgar lo que desconoces?

—No comprendo...

—Querido *mal'ak*, trataré de aproximarme a la verdad...

Eso lo entendía. No era fácil encontrar las palabras justas.

—Nada es lo que parece. Nada es lo que creéis. No estáis aquí para lo que suponéis...

—¿Y para qué estamos en la vida?

—Lo hemos hablado, ¿recuerdas?

—Dijiste que la vida es una cadena de experiencias, más o menos...

El Galileo sonrió.

—Más o menos... La vida es una experiencia...

No le dejé terminar.

—Eso.

Volvió a sonreír y continuó:

—La vida es una experiencia lo suficientemente importante como para que no se vea sujeta al azar.

Me miró intensamente. Creí saber por dónde iba.

—¿Quieres decir que todo está programado?

—Algo así...

—Entonces, la libertad humana...

El Galileo se puso serio, pero no respondió de inmediato. Continuó caminando entre los juncos. De pronto se detuvo. Frente a Él se abrían dos senderillos. Y preguntó:

—¿Cuál crees que debo escoger: el de la izquierda o el de la derecha?

—No sé...

Y eligió el que huía por la izquierda. Tres pasos más allá se detuvo de nuevo, me miró, y declaró:

—Nada es azar. Quizá llegues a creer que has escogido el sendero de la izquierda porque así lo has decidido.

Dudó. No sé si se arrepentía de lo dicho.

—No eres tú quien elige, y sí lo eres.

—No entiendo...

—La casualidad no existe. Son los sabios los que se escudan en ella.

Llevaba razón. En mi tiempo son los científicos los que más utilizan ese vocablo. Lo que no cuadra con sus ideas es falso o casual.

—¿Por qué dices que soy el que elige, pero no...?

Volvió a dudar. Comprendí que hacía un esfuerzo. Estaba a punto de revelar un secreto.

—Tú eliges..., antes de asomarte a la vida. Después, ya en la materia, crees que eres libre porque caminas por la izquierda o por la derecha...

Sonrió con cierta amargura.

—No eliges porque ya lo hiciste.

—¿Y por qué soñamos con la libertad?

—Porque la vida está magistralmente diseñada. También lo hablamos...

—Yo no recuerdo haber elegido nada...

—Claro...

—¿Cómo que claro?

—Pues eso... Te lo estoy diciendo. La vida es un prodigio de imaginación. Si lo recordaras, nada sería igual...

Jesús nunca mentía. Lo he dicho muchas veces. En consecuencia, aunque no veía claro su planteamiento, lo acepté. La libertad es un bello sueño.

—¿He respondido a tu pregunta?

La había olvidado.

—¿Qué pregunta?

—Por qué no debes juzgar a tu hermano...

Asentí en silencio. Y Él redondeó:

—Juzgar no es justo ni ético. ¿Qué sabes sobre lo que ha escogido tu hermano y por qué?

Dejó que los segundos se perdieran en la sentina del tiempo y añadió:

—Todos cumplen un papel. Todo está ordenado.

No pude contenerme y, a la vista de lo que le aguardaba, exclamé:

—¿Y si alguien es torturado y ejecutado injustamente?

Me miró de nuevo con intensidad y sentí fuego en el interior.

—No juzgues, *mal'ak*. También el mal juega un papel. Así

está concebido en la imperfección. Ni siquiera al «otro lado», como dice tu hermano, seréis juzgados... No lo olvides: el orden es muy rígido. Nada es lo que dicen. Nada es lo que venden. Todo es infinitamente mejor de lo que habéis supuesto.

—Pero el mal...

—El mal no procede del norte, como declara Jeremías (1). Yo he venido a cambiar eso...

No sé por qué pero pensé en mi tiempo, y en el «norte», mi país...

Y el Hijo del Hombre hizo otra declaración histórica:

—... El mal acompañará al ser humano hasta que los ángeles rebeldes sean juzgados. El mundo, entonces, retornará a la luz.

—¿Quieres decir que el mal, tal y como lo entendemos, tiene los días contados?

—No tengas la menor duda, *mal'ak*. Nada es para siempre.

Me venció la curiosidad, y pregunté:

—¿Cuándo será eso?

Jesús volvió a sonreír con picardía, pero no contestó, al menos con palabras.

Se alejó unos pasos y buscó un barrizal. Me fui tras Él.

Partió un junco, se colocó en cuclillas frente al barro, y empezó a escribir, en arameo, sobre la negra y blanda superficie.

Esto fue lo que acerté a leer:

«Pregunta al tercer *mal'ak*.»

Y lo vi alejarse, divertido. Allí quedó el junco, clavado en el barro.

La laguna terminaría borrando la frase. ¿A qué se refería? ¿Quién era el tercer mensajero?

Lo alcancé y planteé la segunda duda. Él había hablado de la alegría que domina el reino invisible y alado de su Padre. Eso fue lo que entendí.

(1) En el capítulo 1 (versículo 14), el profeta Jeremías dice: «Y me dijo Yavé: "Es que desde el norte se iniciará el desastre sobre todos los moradores de esta tierra..."» Jeremías empezó su actividad profética hacia el año 626 antes de Cristo, en el reinado de Josías, en Judá. El «desastre» al que se refiere se centró, fundamentalmente, en la destrucción de la Ciudad Santa (Jerusalén) y en el destierro de los judíos a Babilonia, en el año 586 a. J.C. *(N. del m.)*

—¿Debo aceptar que el Padre tiene sentido del humor?

El Maestro volvió a detenerse. Parecía perplejo.

—¿Sentido del humor? ¿Te refieres a Ab-bā?

Asentí.

—Claro, Él lo inventó.

—Eso no puede ser...

—¡Vaya! ¿Y por qué?

—El sentido del humor consiste, sobre todo, en reírse de uno mismo... No imagino al Padre riéndose de sí mismo... ¿O sí?

El Maestro me observó, complacido, pero no replicó.

Se alejó unos pasos, y le vi buscar entre el pasto que alfombraba aquella orilla de «La nutria».

Me quedé quieto, a la espera.

Él siguió a lo suyo, dando vueltas y más vueltas. Llegué a pensar que había olvidado la pregunta, pero no. El Maestro nunca olvidaba...

Terminé sentándome. Y transcurrió una hora, más o menos.

El Hijo del Hombre miraba y remiraba entre la hierba.

Estaba intrigadísimo. No terminaba de entender aquel extraño comportamiento. Pensé que había perdido algo...

Y al cabo de un buen rato, como digo, regresó junto a este perplejo explorador.

Traía algo en las manos.

Me lo ofreció, y sonrió, feliz.

Lo contemplé, pero no supe...

Él se percató de mi despiste y comentó:

—Es la respuesta a tu pregunta...

—¿Qué pregunta?

Se echó a reír.

—Estás peor que yo...

Y aclaró lo que este explorador había olvidado:

—¿Tiene el Padre sentido del humor?

Contemplé el trébol que acababa de obsequiarme. Conté las hojas. ¡Cuatro! ¡Un trébol de cuatro hojas!

Permanecí con la boca abierta, al tiempo que una voz (?) susurraba en mi interior: «¡Los tréboles se ríen del método científico!»

Mensaje recibido.

Y el Hijo del Hombre, muy serio, comentó entre dientes:

—¡Qué raro! Antes los encontraba en un abrir y cerrar de ojos...

Así era Jesús de Nazaret.

Regresamos a Saidan el sábado, 2 de noviembre.

Todo continuaba igual.

El «oso» habló y habló y no paró.

Yo destiné aquellos días de descanso a «Santa Claus» y a Ruth. Guardé el trébol de cuatro hojas en la «cuna», puse al día los diarios, y llené la casa de la Señora, en Nazaret, de lirios azules. Era la flor favorita de la pelirroja. Ella ya no era muy consciente...

A escondidas le recité algunos versos de Claudel; sobre todo el del lirio azul. Ella nunca supo...

Y el miércoles, 6 de noviembre (año 26), partimos hacia la última aventura en el *yam*. Última no; dejémoslo en penúltima.

La pareja la formaban Andrés, el tranquilo, y Mateo Leví, el publicano. Mateo sería el primero de los discípulos que comprendió el mensaje del Hijo del Hombre.

Pasaríamos dos semanas en la costa occidental del *yam*. Mejor dicho, las pasarían ellos. Yo tuve que ausentarme antes de concluir las dos semanas. Pero vayamos por partes.

El tiempo dio un respiro. Las tormentas y los aguaceros se alejaron.

Y esa mañana del 6 de noviembre, como digo, desembarcamos en la zona de En Sheva, hoy conocida como Tabja o «lugar de las siete fuentes». Yo conocía aquella parte noroccidental del lago. Había cruzado por ella en numerosas oportunidades (sobre todo camino del Ravid). En Sheva se hallaba entre las poblaciones de Ginnosar, al sur, y Nahum, al norte. Era un espléndido jardín en el que brotaban tres fuentes principales y numerosos manantiales satélites que surtían a Nahum, y a un complejo laberinto de acequias, así como a la más importante concentración de molinos harineros del lago. Conté nueve. En el centro del gran jardín, entre palmerales, huertos, y árboles frutales llegados de medio mundo, se abría una piscina octogonal de 20 metros de diámetro y 8 de profundidad. Recogía las aguas de un venero espectacular, con un caudal próximo a los 3.000 metros cúbicos por segundo. Era un manantial de agua sulfurosa, aflorando a 27 grados Celsius.

En el jardín de En Sheva se elaboraba la harina para buena parte del *yam* e, incluso, para Jerusalén. Junto a los molinos harineros se alzaban otros, destinados al aserrado de la madera, la trituración de la aceituna y de la uva, y también a la molienda de la pimienta.

En Sheva tenía fama por el pan. En el jardín descubrí una treintena de chozas, muchas de ellas especializadas en la confección de hogazas de trigo, de centeno, de cebada, y en una mezcla de pan negro y blanco al que llamaban *tsel*. Delicioso. En ocasiones lo cocían con pasas, con nueces, o con miel y almendras. Al Maestro le encantaba el *tsel* de pasas.

En el año 30, en ese lugar, quien esto escribe conocería a Nakdimon, el funcionario responsable del suministro de agua a Nahum y a la industria de los molinos. Por lo que aprecié en los días que permanecimos acampados junto a la piscina octogonal, Nak no era aún funcionario. No era de extrañar. Estábamos en el año 26 (1).

Tanto el Maestro como los discípulos conocían bien el lugar, así como a los molineros, funcionarios de aguas, y panaderos.

Nos dieron autorización y acampamos, como digo, muy cerca de la piscina de agua sulfurosa. Jesús sabía...

Aquellos baños, a 27 grados Celsius, fueron una bendición.

Allí permanecimos hasta el sábado, día 9.

Jesús «hizo '*im*» a placer. Convivió con la gente de En Sheva y trabajó como molinero y como panadero. Cuidó de las muelas de piedra, engrasaba las espigas de hierro, limpiaba el grano, pasaba la harina por los cedazos y la cernía al son de su canción favorita. Terminaba siempre con las cejas, la barba, y los cabellos blancos.

Como panadero era un desastre (todo hay que decirlo).

Se esmeraba, sí, pero la masa no «subía» cuando Él la trabajaba. Algo raro sucedía. Y los panaderos se enfadaban, con razón.

(1) Amplia información sobre los molinos harineros y la nacionalización de las aguas por los romanos en *Saidan. Caballo de Troya 3. (N. del a.)*

Terminó paleando en los hornos.

También lo hacía cantando.

Supo de los problemas de todos. Convivió con los niños, y con los jóvenes, auxiliaba a los ancianos cuando transportaban agua a las chozas, compartía el pan con ellos y, sobre todo, oía. Jesús de Nazaret era un maestro a la hora de escuchar. Dejaba que la gente hablase y se expresase. Sólo intervenía cuando el corazón se había vaciado y, en ocasiones, con la mirada. Era suficiente. Los *felah*, molineros, funcionarios o panaderos, agradecían que alguien se prestara a oírles. En aquel tiempo, como ahora, nadie escuchaba a nadie. Por no oír no se oían ni a sí mismos...

Andrés fue cómplice de Jesús en estos menesteres del contacto directo y personal. El discípulo creía en esa estrategia, y lo demostró a lo largo de su vida.

El hermano de Pedro ayudaba en todo y era siempre el primero en sentarse a los pies de Jesús, y escuchar. Tenía sumo cuidado en esconder las manos. Seguía preocupado por el mal que lo tenía sometido: la psoriasis. Carecía de uñas, como ya expliqué, y las manchas blancas y escamosas aparecían por el cuello, manos, brazos y cuero cabelludo. Las placas eran incontables y, posiblemente, se extendían por el resto del cuerpo. En ningún momento se bañó en público. No deseaba que supieran que era un *sapáhat* (casi un apestado). Admiré su valor. El nombre («valiente») le hacía honor.

En cuanto a Mateo, no sé cómo explicarlo... Me pareció más triste de lo normal. Colaboraba, pero siempre que podía se retiraba a un rincón, y allí permanecía, cabizbajo. El Maestro se dio cuenta desde el primer momento. Algo ocurría...

Y el sábado, 9, el Galileo levantó el campamento y nos trasladamos a un kilómetro de En Sheva, hacia el sur, también en la costa. La zona seguía siendo un próspero jardín, con decenas de huertos y plantaciones, y con una sorpresa; una agradable sorpresa...

El Maestro y Andrés decidieron que la laguna que llamaban «Minnim», a orillas del *yam*, era el lugar adecuado para acampar. Soltamos los petates y me dediqué a lo mío, a explorar las inmediaciones. Nos hallábamos relativamente cerca de la vía Maris, la calzada romana que rodeaba el mar de Tiberíades por el flanco oeste y por la orilla norte. Pues bien, entre dicha calzada y el *yam*, alguien, con gran sabiduría, había dispuesto decenas de «invernaderos» (por llamarlos de alguna manera), en los que cultivaban todo tipo de flores, al estilo de las plantaciones del valle del Jordán. Los ingeniosos *felah* construían los «invernaderos» a base de grandes pértigas y finas redes de esparto, de malla muy cerrada, que permitía el paso de la luz, pero no el ingreso de los pájaros. Los llamaban *jamamâ*. En realidad no era un invento judío, sino etrusco.

La totalidad de los «invernaderos» era propiedad de Herodes Antipas. Al parecer estábamos ante un próspero negocio. Herodías, la esposa del tetrarca (amo y señor de la Galilea y de la Perea), era una de las principales «clientes».

Los *jamamâ* eran cuidados por un ejército de *felah* o campesinos (la mayor parte de origen etrusco), dirigido por un anciano matrimonio, procedente del valle del Fiora, al sur de la ciudad de Sovana (actual Italia). Ella se llamaba Suvas («Fuego salvaje») y él recibía el nombre (también etrusco) de Senti, que podría traducirse como «el que tiene presentimientos».

Jesús pasó muchas horas con ellos, trabajando y dialogando.

Era un matrimonio peculiar. Amaban las flores por encima de todo, y, en especial, los iris. Ambos eran expertos en hibridación. Vivían como sus flores: al día. Jamás hablaban del futuro. «Eso es un invento de Roma», decían.

Vestían de azul, como muchos de los iris, y recogían los cabellos en largas trenzas. Ningún pelo debía caer sobre las flores. Eso las ahogaba (?). Desde el alba aparecían maquillados; sobre todo si tenían que entrar en los recintos de los iris azules. Habían aprendido jardinería en la ciudad de Cortona, perteneciente también al viejo imperio etrusco (ya desaparecido). Desconfiaban de los dioses. Creían en la reencarnación y rezaban a diario para que las siguientes vidas fueran «azules, amarillas o verdes». En otras palabras: para nacer flor...

Llegué a contar más de cien especies del género *Iris*. Habían logrado cruces que proporcionaban colores asombrosos: bronce, burdeos, frambuesa, naranja púrpura, y veinte tonalidades de azul. Ella era la encargada de «bautizarlos».

Los llamaba «azul agachado», «azul profundo», «azul que rodea a las nubes», «azul cercano o lejano», según...

Senti estaba obsesionado, desde hacía años, por el hecho de no haber logrado un solo iris de color rojo intenso. Yo también amaba los iris y sabía por qué nunca conseguiría un ejemplar en esa tonalidad (era un problema de falta de pelargonidina), pero no pude explicárselo. Era mejor así. Senti se levantaba cada día con la ilusión de lograrlo.

El Maestro trabajó también en los «invernaderos» y supo de las penurias de los *felah*. Por las tardes nos reuníamos con Senti y con Suvas y hablábamos de iris, claro está. Según Suvas, la flor en cuestión era una mensajera de los dioses. Iris era la representación del amor puro. Y yo pensaba en Ruth. Sin saberlo, acerté con las flores que llevé a Nazaret...

Suvas insistía. La mujer tiene un corazón «iris»: dulce, tierno, espiritual y positivo. El Maestro escuchaba, prendado. Desde entonces he dedicado mucho tiempo al estudio de los iris y reconozco que los etruscos llevaban razón: hasta los muertos los agradecen...

Senti iba más allá y proclamaba, en voz baja, que él había visto ángeles en sus «invernaderos». Andrés preguntó, escéptico, y el etrusco respondió con una explicación que me dejó atónito. Dijo que algunas noches veía luces en el cielo y cómo esas luces bajaban y penetraban en los *jamamâ*. Todo se iluminaba como si fuera de día. Entonces se presentaban los referidos «ángeles». Uno de ellos era más alto que el resto. Vestía una túnica asombrosa, capaz de brillar con diferentes colores, y tenía una sonrisa encantadora.

El Maestro y yo nos miramos. Creo que este explorador estaba lívido.

Y los «ángeles» —aseguraba Senti— se dedicaban a colorear los iris, uno por uno.

Por la mañana aparecían bellísimos...

Estimé que todo era inventado, menos una cosa: el «ángel» de la sonrisa encantadora...

Y la conversación terminó desembocando en otro de los temas favoritos del Maestro. Los iris fueron la excusa perfecta.

Ante la perplejidad general, el Galileo se dejó llevar por

el instinto y habló —casi en éxtasis— sobre la belleza y la inteligencia de Ab-bā a la hora de crear. Suvas y Senti disponían de un «catálogo» de 30.000 dioses (los venerados en la cuenca mediterránea), pero no prestaban gran atención a ninguno de ellos. A ese Padre Azul, al que se refería el Hijo del Hombre, no le conocían. Y escucharon atentamente.

El Maestro utilizó una palabra que sintetizaba ambos conceptos: belleza e inteligencia. Fue un invento suyo; una licencia literaria. *Bellinte*, como tal, no existe en arameo, ni en hebreo, ni tampoco en *koiné* (griego internacional). Él hablaba de la *iôbi*, que he traducido como la suma de la mitad de las palabras *iôfi* («belleza», en hebreo) y *binâ* («inteligencia», también en el hebreo sagrado). *Iôbi*, por tanto, sería equivalente a *bellinte*.

Fue, como digo, un monólogo excepcional.

Todos terminamos con la boca abierta, y gratamente sorprendidos (1). Todos no...

---

(1)   Refiriéndose a la belleza e inteligencia del Padre a la hora de la creación (*bellinte* o *iôbi*), Jesús dijo:

«La *bellinte* siempre es impar. Yo adoro al Padre con los ojos abiertos. *Bellinte*: si respiras, mueres. Dios lo crea todo curvo, sabiendo. Dios crea la luz para que me reconcilie conmigo mismo en los días tibios. Dios derrama belleza en primavera, pero siempre guarda algo para el otoño. El reino invisible y alado de Ab-bā cabe en un pensamiento. *Bellinte* de las *bellintes*: desaprende y aprenderás más rápido. Dios le pone alas a los trinos. Otra *bellinte*: el final es demasiado bello; por eso no debe ser mostrado. Dios imagina hacia el exterior por puro amor. Él no cambia de opinión porque no tiene opinión. En realidad, la palabra de Dios son susurros y los susurros no se escriben. Creer en Dios no anula los problemas, pero los suaviza. *Bellinte* es la derrota, que te contempla. Si Dios fuera religioso no tendría sentido del humor (y lo tiene). *Bellinte*: Dios permite que lo imaginemos. *Bellinte*: Ab-bā desciende en cada metáfora. Dios es el único que imagina en presente. *Bellinte*: Él crea estrellas para que no olvides cuál es tu verdadera patria. Dios imagina la imperfección y aparecemos. *Bellinte*: crear es no temer. *Bellinte*: Dios no es antiguo; es ahora. Dios no usa las despedidas. Si el Padre fuera únicamente racional no habría *bellinte*. Dios, además de ingenio, tiene perspectiva (a nosotros nos falta lo segundo y, por tanto, el ingenio es limitado). Dios no tiene ojos; le basta con imaginar. Ab-bā es engañosamente simple. Dios sonríe cuando escucha la palabra "imposible". La gran *bellinte* de Dios es que viaja sin moverse. Dios no está prohibido; por tanto es obligatorio. Si Dios es imposible, necesariamente es lo más bello. *Bellinte*: la imperfección (nosotros) nos sentamos en sus rodillas. Una cosa es la verdad y otra muy distinta Dios. *Bellinte*: el Padre se asoma en el relámpago. Dios imagina al ser humano

Fue en esos momentos, mientras Jesús elogiaba la *bellinte* del Creador, cuando reparé en Mateo Leví. Se hallaba sentado cerca del Maestro. Los ojos azules estaban húmedos. Noté cómo los labios aleteaban ligeramente. ¿Qué ocurría? Lo primero que pensé es que las palabras del Galileo le habían emocionado.

Sí y no...

El Maestro prosiguió, entusiasmado, y, de pronto, Mateo se vio asaltado por un llanto incontenible.

Jesús se detuvo. Todos miramos al discípulo, y Andrés, solícito, echó el brazo sobre los hombros del *gabbai*, tratando de consolarlo. Pero ¿de qué? ¿Cuál era el problema?

Andrés preguntó al recaudador y éste, sin poder evitarlo, dejó que las lágrimas fluyeran. Bajó la cabeza y gimió desconsoladamente.

Suvas palideció.

Yo noté un nudo en la garganta.

Y el publicano, finalmente, terminó confesando.

Jesús hablaba y hablaba de la maravillosa *bellinte* del Padre, pero él no podía apartar de su mente la imagen deforme y vencida de su hijo Telag, el niño *down*.

«¿Dónde está la *bellinte* en alguien así?»

Mateo se vació.

«Telag es un endemoniado...»

Jesús replicó, negando con la cabeza. Pero Mateo, con la vista baja, no le vio. Y relató, con toda clase de detalles, cómo el niño envejecía por momentos, y cómo todo el mundo le huía. Por aquella casa, en Nahum, había peregrinado lo mejorcito de los *rofés* o «auxiliadores» (médicos), y no digamos el gremio de los brujos, caldeos, echadores de car-

---

para que se aleje de sí mismo. Dios creó la materia por pura curiosidad. Dios echa de comer a los pensamientos. La *bellinte* de Dios es más importante que los resultados. La invisibilidad del Padre es otro acto de amor. La *bellinte* de Dios está en su capacidad para lo infinitamente pequeño. O existe o no existe (Dios): ambas posibilidades son fascinantes. La *bellinte* me hace dormir con los ojos cerrados. Dios crea la materia ante su impotencia de ser materia. Si captas a Ab-bā ya estás en Él. Si Dios emprendiera una carrera, una parte de Él llegaría antes que Él. Dios no otorga revelaciones; las pierde. Si Él no existiera, tú serías doblemente desgraciado. *Bellinte*: el amor nace sin memoria. Dios nos espera para ser Dios. *Bellinte*: experimentamos al Padre fuera de Él. Lo que nos debe asombrar de Dios no es su poder, sino su *bellinte*.» *(N. del m.)*

tas, astrólogos, hechiceras, y demás tunantes. Mateo llevaba gastada una fortuna, inútilmente. Le recomendaron de todo para curar a Telag: polvo de hormigas; cenizas de las pezuñas de los onagros; respirar aliento de palomas; mirarlas a los ojos días enteros; criarlas en la casa como si fueran reinas; que Telag durmiera en contacto con un perro pequeño; que comiera polluelos de halcón; carne de víbora, desollada, con gran cantidad de agua y aceite de oliva; carne de serpiente cascabel; bilis verde de víbora y, muy especialmente, que bebiera sangre de cobra, macerada con miel...

Sinceramente, estaba aburrido. Peor que eso: estaba desesperado.

Sentí tristeza. Telag tenía seis años pero, en efecto, parecía un viejo. Todo se debía a un problema genético: al desequilibrio de la dosis génica originado por la existencia de tres cromosomas 21 (en lugar de dos). Por esta razón, las neuronas del *down* se oxidan más rápidamente y mueren antes de lo normal. Pero, como decía, quien esto escribe no pudo aclarárselo.

Mateo, en su ceguera, lamentaba no haber seguido los consejos de los ancianos. La ley oral (según refleja el tratado *Berakot*) recomendaba que los hijos varones debían ser concebidos en camas que estuvieran orientadas de norte a sur. De lo contrario podían producirse abortos o concebir criaturas endemoniadas (como era el caso de Telag, según ellos).

Cuando Mateo se calmó, Jesús insistió:

—Tu hijo no es un endemoniado...

El publicano seguía sin prestar atención al Hijo del Hombre.

—Sé que todo se debe a mis muchos pecados...

—Mateo —el Galileo levantó el tono de voz—, Telag no es consecuencia de tus culpas...

El publicano miró a Jesús, e intentó comprender.

—Nadie puede ofender al Padre, aunque lo pretenda...

También lo habíamos hablado.

Pero Mateo, Andrés y el matrimonio etrusco no entendieron.

No importaba. Jesús continuó:

—Telag forma parte de los designios de Ab-bā.

—Entonces —musitó el publicano—, ¿qué es?, ¿por qué ha nacido así?

El Maestro repitió, y con énfasis:

—Telag no es un endemoniado, ni tampoco la consecuencia de tus muchos pecados...

Dejó correr una pausa y preguntó, con acierto:

—¿Tus muchos pecados...?

Sonrió, y añadió:

—Con los dedos de una mano podría contarlos...

Mateo Leví no prestó atención a la interesante conclusión del Maestro sobre sus pecados, y regresó a lo que le atormentaba:

—¿Qué es Telag?

El Hijo del Hombre respondió con una seguridad que me dejó atónito:

—¡Un *guibôr*!

Jesús utilizó el hebreo, no el arameo. *Guibôr* significa «héroe».

Le miramos, perplejos.

Supongo que el publicano pensó: «el rabí se burla...» Pero no. Ése no era el estilo del Hijo del Hombre.

Y el Maestro leyó en la mente de su entristecido discípulo:

—No me burlo, Mateo...

—Lo sé, rabí, pero no entiendo... ¿Telag es un héroe?

Y Jesús procedió a explicar lo que había avanzado en los pantanos de Kanaf: eliges antes de nacer...

Creo que los varones no le creyeron. Suvas, en cambio, asintió, sorprendida.

Mateo resumió el sentir de los hombres:

—¿Cómo puede ser que alguien elija una cosa así?

—En el reino del espíritu —proclamó Jesús— hay leyes y razones que la materia ignora... Ellos escogen encarcelarse en sí mismos y viven una dramática experiencia...

Guardó un respetuoso silencio y añadió:

—La más dramática... ¿Entiendes por qué los llamo héroes?

Silencio.

E intenté trepar a las mentes de los *down*, de los autistas, y de los paralíticos cerebrales que he conocido, y que conozco. ¿Héroes? ¿Criaturas «encarceladas» entre los barrotes de sí mismos? Si fuera cierto —y el Maestro jamás mentía—, esas dramáticas experiencias tendrían sentido, supongo...

El Hijo del Hombre leyó igualmente en mi corazón y se apresuró a declarar:

—Esos héroes, además, multiplican el amor, allí donde están, y allí por donde pasan. Nadie ama tanto como el que ama a una de estas criaturas...

Rectificó.

—Nadie ama tanto como el que ama a una de estas maravillosas criaturas...

Mateo, atónito, dejó de sollozar. El azul de sus ojos se hizo más «profundo o agachado», como decía Suvas.

—Mateo, nadie ejerce la generosidad, y el amor puro, como lo hacen los padres y los cuidadores de estos seres..., irrepetibles.

»Sí, hijos míos... Telag, y los que son como él, son en realidad héroes... Hace falta mucho valor para llevar a cabo un trabajo de esta naturaleza... Ellos también construyen el mundo, y con amor puro.

»Mateo, no mires sólo las vestiduras de Telag...

Jesús utilizó la palabra *begadim* (vestiduras), pero no terminé de captar el sentido exacto del término. Supuse que hacía alusión al cuerpo, como «vestidura» del alma y de la «chispa».

—Aprende a mirar el interior de las personas. La lectura no es la misma...

Observó intensamente a Mateo y preguntó:

—¿Crees ahora que Telag es una *bellinte*?

Suvas tenía los ojos humedecidos. Nadie se atrevió a responder.

La anciana se levantó y, en silencio, caminó hacia uno de los «invernaderos».

Jesús prosiguió, con la voz quebrada por la emoción:

—Arrodillemos el alma cuando estemos en presencia de un *guibôr*...

»Son la admiración de los cielos.

Mateo y Andrés estaban pensativos, muy pensativos...

Y en eso regresó Suvas. Traía un hermoso ramo de lirios amarillos. Eran iris con los sépalos punteados en negro, y unas ligeras manchas verdes. Disfrutaban de tres pétalos cada uno. Eran lindos. Parecían robados del jardín de Monet, en Giverny, o de alguno de los cuadros del genial Van Gogh.

Se acercó a Mateo y le entregó los iris, al tiempo que deseba:

—Acéptalos, para que Telag cumpla la condena con brevedad...

Entre aquella gente, los iris amarillos representaban buena suerte y riqueza. Sé que, desde aquel instante, el recaudador los conservó en su corazón..., y con él se secaron.

Jesús señaló el ramo de iris y añadió:

—Si Ab-bā pinta a mano, cada noche, todos y cada uno de estos iris, ¿qué no hará por una criatura humana?

Miró a Mateo, después a Andrés, y, finalmente, al matrimonio, y casi gritó:

—¡Confiad!... La belleza de Telag es infinitamente mayor que la de un iris.

Mateo se alzó y, sin mediar palabra, abrazó al Galileo. Y el discípulo lloró de nuevo (supongo que de alegría).

Todos lloramos...

El jueves, 14 de noviembre (año 26), recibí una sorpresa. Tarpelay, el guía negro, se presentó en los «invernaderos».

Me buscaba.

Llevaba tres días dando vueltas por el *yam*.

Nakebos, el alcaide de la prisión del Cobre, me reclamaba.

Tar no conocía la razón. Yo la imaginé: Antipas deseaba verme. Debía actuar con cautela...

Hice un aparte con el Maestro y le expliqué.

—Ve —replicó—, y cuéntame...

No hubo despedidas. Sólo «hasta luego», según la costumbre del Hijo del Hombre.

Y el instinto tocó en mi hombro:

«¡Cuidado con el tetrarca! Es cruel y sanguinario.»

Decidí prepararme.

Rogué a Tarpelay que esperase a las puertas de Migdal y me dirigí, andando, a la cumbre del Ravid.

Todo seguía en orden. Eliseo acudía a la nave una vez por semana, tal y como acordamos.

Renové la «piel de serpiente» y pulvericé, incluso, los pies. Lo hice pensando en el *wadi* Zarad, el de las víboras. Era posible que tuviera que cruzarlo de nuevo.

Me hice con una nueva dosis de antioxidantes, algo de dinero, y el salvoconducto extendido por Poncio (válido desde el mes de *elul*: agosto-septiembre del año en el que nos encontrábamos [26 de nuestra era]).

En el último minuto consulté al fiel «Santa Claus». Recordé al patrón del torreón de las «Verdes», y su afición por los refranes, y memoricé cuantos pude, buscando y rebuscando entre los países más exóticos. Raisos me lo agradecería.

Esa noche dormimos en la base de los «trece hermanos», cerca de la segunda desembocadura del Jordán. El *sais* preparó el *reda* de dos ruedas y a la mañana siguiente, con el alba, emprendimos la marcha hacia Damiya.

Al mediodía ingresaba en la prisión.

Nakebos, nervioso, confirmó las sospechas. Herodes Antipas se hallaba en Maqueronte, dispuesto a pasar el invierno, y había autorizado la audiencia.

El alcaide me dio un consejo:

—Si hablas como astrólogo, procura que su futuro sea espléndido... De lo contrario te veo alimentando a sus niñas...

Presentí algo. La nueva aventura no me gustó.

Nakebos envió el correspondiente correo, anunciando al tetrarca que llegaríamos al palacio-fortaleza hacia el mediodía del domingo, 17.

Y así fue.

Partimos de Damiya el sábado, 16, y, por seguridad, pernoctamos en el vado de Josué. Yo viajaba en el primer *reda*. Tar nos seguía en el suyo.

Ese domingo, 17 de noviembre, el orto solar se registró a las 6 horas, 5 minutos y 15 segundos. El ocaso —según «Santa Claus»— tendría lugar a las 16 horas y 37 minutos. La luna aparecería a las 19 horas y 43 minutos y se ocultaría a las 10 horas y 6 minutos, en posición de menguante. Todo estaba calculado. Mejor dicho, casi todo...

El amanecer se presentó lejano y violeta, como casi siempre.

Y emprendimos el camino hacia la fortaleza; una senda nueva para quien esto escribe. Permanecí atento todo el viaje, pendiente de cualquier referencia.

Los 17,5 primeros kilómetros (desde el delta del Jordán

a la base del monte Nebo) fueron recorridos a buena velocidad. Nakebos imprimía un continuo galope a los caballos. El terreno, casi plano, lo permitía. Después iniciamos el ascenso y bordeamos las peladas colinas de Abarim, resecas desde los tiempos bíblicos. Medeba, la antigua ciudad *a'rab*, se hallaba a seis kilómetros de Nebo. Los cubrimos sin novedad. Y el desierto, rojo y pedregoso, se presentó de pronto. El cielo, azul, se extendía más allá de Moab, y nos metía prisa. La temperatura no tardaría en ascender y aquellos parajes se transformarían en un óleo polvoriento y asfixiante. Tar no tardó en cubrirse el rostro con un lienzo (amarillo, por supuesto). Levantó la fusta y me hizo ver que todo estaba en orden.

Tomamos el camino de los Reyes y la marcha se hizo más llevadera. Era una pista mejor cuidada, de casi cinco metros de anchura, que seguía hacia el mar de Aqaba, a más de doscientos kilómetros.

Nos cruzamos con varias caravanas, casi todas procedentes del imperio nabateo.

Pero lo bueno duró poco. A la altura de una aldea llamada Libb, a doce kilómetros de Medeba, Nakebos giró a la derecha y se dejó caer por un sendero estrecho, blanco, repleto de curvas, y tan desolado como las barrancas que tenía a la vista.

Descendimos durante un rato, sujetando siempre a las caballerías. Libb se hallaba a 737 metros de altitud y Maqueronte, a 717.

El mar de la Sal brilló a lo lejos, pero en un tono plateado. Era muy temprano para que los vientos lo pintaran de azul.

La última aldea, antes de avistar el gran cono blanco sobre el que se asentaba el palacio-fortaleza de Antipas, era conocida como Atarūz. Difícilmente podré olvidarla...

Se hallaba a poco más de siete kilómetros de Maqueronte. Eran cuatro casuchas de adobe, rodeadas de polvo y de olvido.

La cruzamos, veloces, levantando una nube de tierra y de protestas. Algunos vecinos lanzaron piedras. Nakebos no se inmutó.

Pero, nada más dejar atrás el poblacho, el *reda* en el que viajaba se vio obligado a detenerse bruscamente. Algo interrumpía el paso.

Cuando el polvo se disipó, Nakebos y quien esto escribe distinguimos en mitad del senderillo otro *reda*, más grande, descubierto, y tirado por cuatro mulas.

Podían ser las once de la mañana.

En lo alto del carro se movían tres soldados galos, con las típicas túnicas verdes de media manga. No portaban las «camisas» o corazas trenzadas con escamas metálicas. Tampoco llevaban cascos ni armas.

Me pareció extraño.

Otros dos galos permanecían en tierra, atentos a los compañeros que se hallaban en lo alto del *reda*.

No había duda. Eran los *sōmatophylax*, los sanguinarios «guardaespaldas» de Antipas.

Se hallaban a treinta o cuarenta pasos de las casas. A un lado del camino distinguí las corazas y los arcos, así como los temidos carcajes, con las flechas.

Nakebos descendió y me animó a seguirle.

—Ahora verás quién es Antipas...

Los galos saludaron a Nakebos y continuaron con lo que llevaban entre manos.

Los del *reda* alzaban unos capazos negros, de esparto, perfectamente cubiertos, y los hacían descender a tierra. Allí eran cargados por los soldados que permanecían junto al carro y caminaban con ellos hasta el precipicio más cercano. Una vez en el filo de la barranca soltaban las cuerdas que mantenían cerrados los capazos y los volcaban.

Sentí un escalofrío.

Una bola de serpientes vivas rodó por la pendiente, perdiéndose en el *wadi*.

Nakebos, malicioso, explicó:

—El tetrarca desea un invierno tranquilo, sin intrusos...

Esto explicaba la anormal abundancia de víboras en el *wadi* Zarad. Según Nakebos, cada poco, la guardia pretoriana «sembraba» de serpientes los alrededores de Maqueronte. ¿A qué clase de sujeto estaba a punto de enfrentarme?

Y en eso, cuando los soldados regresaban al carro, me fijé en uno de ellos.

¡Era él!

Era el galo que me había apuntado con una flecha en la mañana del 12 de junio, cuando Yehohanan fue capturado.

No cabía duda: joven, grueso, con la piel despellejada

por el sol, y con los brazos y manos tatuados con serpientes azules.

Ni me miró.

Y los del *reda* hicieron descender otra remesa de serpientes.

Pero la mala suerte hizo que una de las cuerdas que sostenía el siguiente capacho se rompiera, y la carga se estrelló contra el suelo, abriéndose. Y numerosos ofidios aparecieron en escena, repartiéndose por la zona. Las primeras en reaccionar fueron las mulas. Se encabritaron y huyeron a la carrera, arrastrando el *reda* y derribando a los galos que seguían en lo alto.

Uno de los soldados de a pie fue alcanzado por el carro, y proyectado lejos. El otro, el «tatuado», siguió inmóvil, y pendiente de las serpientes. El muchacho sabía que si se movía, alguna lo alcanzaría. Tenía que esperar y rezar, si es que sabía...

Nakebos, lívido, no supo qué hacer. E indicó calma.

A los pocos segundos, la casi totalidad de las víboras había desaparecido entre las rocas y la arena del paraje. Todas menos una...

Era una cobra de cuello negro, de unos dos metros de longitud.

Se hallaba a escasa distancia del galo, y en posición de ataque.

Era negra, amarronada, con una ancha banda oscura en el cuello. El vientre brillaba en rojo.

No tardó en descubrir la capucha y en colocarse en posición erecta, emitiendo un fuerte silbido.

Nos hallábamos frente a una cobra escupidora, posiblemente de origen egipcio, bien conocida por su habilidad a la hora de arrojar veneno a distancia; especialmente a los ojos de las víctimas.

Si el muchacho hacía un solo movimiento, la cobra lanzaría el veneno (no lo escupía) y el soldado quedaría total o parcialmente ciego. Aquel tipo de *Naja nigricollis nigricollis* no era mortal, pero casi... (1).

(1)   La capacidad de la *naja* para lanzar veneno a distancia (generalmente a dos o tres metros) se debe a la colocación de los colmillos. Los canalillos han sido dispuestos casi en ángulo recto y ello permite pulveri-

Y fue en esos instantes, en décimas de segundo, mientras la *naja* miraba fijamente a los ojos del galo, cuando tuve la idea (mejor dicho, cuando recibí la idea)...

Deslicé los dedos hacia lo alto de la vara de Moisés y acaricié el clavo del láser de alta energía. Aquel dispositivo de defensa fue ideado contra animales, nunca contra personas. La potencia oscilaba entre fracciones de vatio y varios cientos de kilovatios. El chorro de fuego, apantallado en IR y, por tanto, invisible al ojo humano, podía perforar el titanio a razón de diez centímetros por segundo, con una potencia de 20.000 vatios.

¡A la mierda las normas de Caballo de Troya!

Él me había perdonado una vez y yo deseaba corresponder.

Lancé una descarga, pero fallé. No disponía de las «crótalos», y eso hacía más difícil el tiro.

El segundo haz dio en el blanco, y la capucha de la cobra se desintegró. El animal se retorció durante segundos y terminó muerto. Un breve hilillo de humo se elevó en el lugar.

Y el galo y Nakebos miraron al cielo.

¿Por qué todos, en esas circunstancias, actúan de idéntica manera? ¿Por qué levantan la vista hacia lo alto?

No lo dudé.

Aproveché la ocasión y me aproximé al soldado.

Seguía pálido. Contemplaba a la cobra y después miraba de nuevo al azul del cielo.

Me acerqué y le susurré al oído:

—¡Tú, suerte!... ¡Ahora no matar..., ti!

Me reconoció.

Sonreí fugazmente, le guiñé el ojo, y regresé junto al no menos atónito alcaide de la prisión del Cobre.

Nakebos terminó reaccionando y ordenó al galo que se ocupara del compañero herido. No fueron necesarias mu-

---

zar hacia adelante y a distancia. El veneno actúa sobre las mucosas y puede originar conjuntivitis, irritaciones nasales, y ceguera total o parcial. El veneno de la *naja* no afecta a la piel humana. Existen tres tipos conocidos de cobra escupidora (todos en África): la *Naja nigricollis nigricollis*, la *Naja n. nigricincta* y la *Naja n. woodi*. En Togo se ha detectado una subespecie: la *Naja n. crawshayi*. Tras lanzar el veneno una o dos veces, la *naja* huye. *(N. del m.)*

chas atenciones. El soldado se recuperó, y ambos salieron a la caza y captura del *reda* y de las mulas.

Nakebos me hizo ver que el lugar no era seguro. Le di la razón. Demasiadas serpientes por metro cuadrado...

Y reemprendimos el camino hacia Maqueronte.

Quedé sorprendido. El silencio de Nakebos en los siete kilómetros y medio que restaban hasta lo alto del cono blanco no fue normal. No debía olvidarlo. Nakebos era un árabe inteligente, y hombre de confianza de Antipas. Además de alcaide del Cobre era capitán de la guardia del tetrarca.

Por cierto, lo olvidaba. A partir de esos momentos, el galo tatuado fue bautizado con el alias de *Ti...*

Ésta no sería la última vez que alcanzaría a verle. ¡Dios santo, y en qué circunstancias...!

En el palacio-fortaleza de Maqueronte todo había sido minuciosamente diseñado (para lo bueno y para lo menos bueno).

En esta oportunidad sólo lo contemplé por fuera. No tuve ocasión de entrar en el palacio, propiamente dicho.

A cuatrocientos metros de la fortaleza, la senda dejó de culebrear y se puso seria. Antipas la había enlosado y trepaba hasta lo alto, limpia y ancha, meticulosamente encajonada entre dos muros de un metro de altura, que hacían las veces de escaleras. Las caballerías y los *redas* subían o bajaban por la calzada central. Los que no tenían más remedio que caminar lo hacían por los muros. El de la derecha (mirando la fortaleza desde la base) servía para descender. Por el otro se subía a Maqueronte.

Las piedras que daban forma a los «muros escaleras», si se me permite la expresión, eran calcáreas —como los sillares de las murallas— y, por tanto, transportadas desde muy lejos. Posiblemente desde el sur, en la región de Kerak. Todo un prodigio de esfuerzo y de habilidad. Antipas deseaba parecerse a su padre, Herodes el Grande, el gran constructor. Y casi lo logró (1).

(1) Como ya expliqué en su momento, Antipas fortificó la ciudad de Betaramta (al este del río Jordán) y le dio el nombre de Livias, en recuerdo de la mujer del emperador (más adelante se llamaría Julias). También

Desde el delta del Jordán, hasta la base del gran cono, calculé 52 kilómetros. El camino por la orilla del mar de la Sal era más corto y menos comprometido. Lo tendría en cuenta para otras expediciones (1).

Y hacia las doce del mediodía nos detuvimos, al fin, en la pequeña explanada que se abría frente al portalón de la fortaleza. Se trataba, en realidad, de un puente levadizo, de unos diez metros de altura, protegido con placas metálicas.

Quedé sorprendido.

Las murallas eran lo que había visto, y mucho más. La palabra que las definía era «solidez». Rondaban los 17 metros de altura y aparecían armadas con sillares de más de cien toneladas. ¿Cómo demonios los subieron hasta allí? Era simple. Ya lo dije: con sangre, sudor y lágrimas...

Las torres eran excepcionales. A la derecha del portalón de entrada se alzaban dos. Una de ellas, prácticamente pegada al puente levadizo. La otra (conocida como la «torre negra») se alzaba en la esquina noreste y sobresalía del resto, no sólo por sus 28 metros de altura, sino, sobre todo, por el color de la piedra (negro grafito).

Desde que la vi no me gustó...

A la izquierda del puente levadizo, en esa misma «fachada» del palacio-fortaleza, se distinguía la torre número tres. Por detrás, en el otro extremo de la gran elipse que formaba

---

reconstruyó la ciudad de Séforis, capital de la Galilea, destruida por Varo y sus legiones, y le proporcionó poderosas murallas. Pero la obra más notable de Herodes Antipas fue la construcción de una ciudad maldita: Tiberias o Tiberíades, levantada entre los años 17 y 22 de nuestra era. Tiberias se fundó con la idea de suplir la falta de una capital administrativa en la región oriental de la Galilea, desempeñada por Filoteria hasta que fue arrasada en la época de Janeo. Y digo «ciudad maldita» porque, al desescombrar, los constructores hallaron un antiguo cementerio judío. Desde el punto de vista legal y religioso, las tumbas hacían inviable la construcción de la ciudad, y empezaron las disputas y las tensiones. Antipas, finalmente, se vería obligado a levantar Tiberias con la ayuda de paganos y mercenarios y, lo que fue más penoso, a colonizarla con toda clase de aventureros, extranjeros, mendigos e indeseables. Tiberias se convirtió así en lo que era y en lo que conocimos: una mezcla de razas, credos, idiomas y costumbres. Los judíos ortodoxos nunca se lo perdonaron. *(N. del m.)*

(1) Desde el delta a Maqueronte, siguiendo la orilla oriental del mar de la Sal, sumé 26,7 kilómetros. Desde la desembocadura del Jordán al torreón de las «Verdes»: 19,7 kilómetros. *(N. del m.)*

Maqueronte, aprecié los remates de las torres cuatro, cinco y seis. En todas brillaban los cascos y las «camisas» metálicas de los soldados galos. La vigilancia era intensa.

Saltamos del *reda* en el momento en que una de las patrullas se acercaba a los caballos.

Saludaron a Nakebos y me cachearon. Eran las normas. Además de los arcos y las flechas cargaban largas espadas del tipo *xiphos*, de noventa centímetros de longitud, con la hoja de hierro ancha en la punta y estrecha cerca de la empuñadura (ello facilitaba el golpe). Las empuñaduras eran de bronce e imitaban a un hombre con los brazos en alto. Algunos de los soldados portaban las temidas hachas galas, con mango de madera, y una punta, afiladísima, que servía para perforar armaduras.

Cuando caminábamos hacia el portalón, escoltados por la patrulla, uno de los galos se fijó en el cayado e hizo señas para que lo dejara en el exterior. No podía entrar con él.

Nakebos asintió con la cabeza y no tuve más remedio que depositarlo en el carro de Tarpelay. El *sais* tampoco estaba autorizado a entrar. Esperaría en la explanada.

Me sentí inquieto. La vara de Moisés era una excelente ayuda, en caso de emergencia. ¿Qué me aguardaba en el interior?

Al pisar las planchas de hierro del puente levadizo, la grandiosidad de Maqueronte me hizo olvidar esta nueva preocupación.

Me quedé corto en las apreciaciones anteriores.

Entre murallas, Herodes el Grande había dispuesto un foso, ahora lleno de agua verde y estancada, de cinco metros de anchura, que rodeaba la totalidad de la fortaleza, incluida Ataroth, la aldea de servicio situada al oeste, en el extremo opuesto a la puerta principal.

Patrullas de soldados hacían rondas permanentes en lo alto de ambas murallas, cruzándose cada diez o quince minutos.

Raisos, el conseguidor, y patrón del torreón de las «Verdes», tenía razón. La fuerza destacada en Maqueronte era superior a quinientos hombres.

Intentar un asalto, y el rescate de Yehohanan, hubiera sido un suicidio.

Y continué tomando referencias...

Al cruzar el puente me hallé frente a un gran atrio, de unos 80 por 20 metros, rodeado de columnas (conté 31), pintadas en vivos colores. En el centro había sido dispuesta una piscina, de unos 40 metros de longitud por cinco de anchura.

Me asomé, deslumbrado.

El fondo y las paredes aparecían cubiertos con bellísimos mosaicos azules. En el centro geométrico, los mosaicos fueron sustituidos por reducidos vidrios de color blanco, formando círculos concéntricos.

¿Tres círculos?

Uno de los guardias me obligó a regresar junto a Nakebos, e indicó, por señas, que no me separase del capitán.

Me excusé y me uní al alcaide, en la esquina suroeste de la piscina.

Allí esperaban tres sillas con respaldos de cuero. Una lucía las patas de marfil, con cabezas de leones en los pies. Deduje que era el asiento del tetrarca.

El lugar se hallaba protegido del rigor del sol por algo que había contemplado en la hacienda *Sapíah*, en Caná. La servidumbre se esmeraba en amarrar los extremos de varias enormes gasas de color violeta a los capiteles de las columnas. Y la atmósfera, de pronto, al quedar bajo el influjo del tul se volvía suave y sumamente benéfica.

Nakebos sugirió que no me sentase. Convenía esperar al anfitrión.

A corta distancia de la piscina se alzaba el palacio residencial, construido en mármol rosa. Tenía las puertas abiertas y se notaba el trajín de las sombras, yendo y viniendo. Distinguí algunas paredes y parte de unas escaleras, todo decorado en estuco azul. Me pareció bellísimo y, sobre todo, deslumbrante. Levantar semejante lujo en un lugar como aquél era, cuando menos, sorprendente.

Cerca de la torre negra, entre la piscina y las columnas, descubrí lo que, en un principio, asocié con un pozo. El brocal tenía un metro de alzada y, curiosamente, las piedras habían sido pintadas en un rojo rabioso. Era la única nota discordante en el armonioso atrio. Tentado estuve de acercarme, pero me contuve. La advertencia del soldado fue muy seria.

No tuvimos que esperar mucho...

De pronto apareció él.

Y los galos formaron un círculo alrededor de la silla de marfil.

Miré a Nakebos y el alcaide, sonriendo, se encogió de hombros.

—Es *Osiris*..

Osiris era un gato, con un precioso pelo azul. Supongo que natural. Me recordó los gatos de Malta. Brillaba como el visón. Era un ejemplar joven, flexible y esbelto.

Caminó de puntillas sobre el mármol del piso y fue a buscar la silla de Antipas.

Y, de un salto, se incorporó al asiento.

Tenía los ojos verdes, grandes y distanciados.

Nos miró uno por uno, y esperó, en silencio.

Detrás de *Osiris* llegó la servidumbre. Uno de los esclavos era especialmente alto y corpulento. Tenía una melena larga y rubia. Cargaba una mesa de cristal con tres patas. Sobre ella se alineaban diferentes platos y bandejas, todos repletos. Traté de averiguar el contenido pero, sinceramente, no lo logré. No reconocí ninguno de los «manjares».

Después, procedente del palacio, irrumpió en el atrio otro grupo de galos, armados hasta los dientes. Formaron un pasillo entre la puerta del palacio y la esquina de la piscina en la que nos encontrábamos y se colocaron en posición de firmes. Conté cincuenta.

Y esperaron.

Finalmente se presentó Antipas.

Era como lo recordaba: no muy alto, esquelético, y con el cuerpo cubierto de costras cenicientas y sucias (1). Era posible que se tratase de un tipo de sífilis. Las lesiones eran abundantes en manos, cuello y rostro.

Lucía un cabello largo y azul, sobre los hombros, con el flequillo recortado en la frente. La última vez que lo vi (año 30) tenía el pelo rubio, aparatoso.

Calculé que rondaría los cuarenta y cinco años, pero aparentaba más edad.

Vestía una túnica transparente y un faldellín (un *shenti*),

_____

(1)   Amplia información sobre Antipas en *Jerusalén. Caballo de Troya 1*. (*N. del a.*)

880

con clara influencia egipcia. Había sido fabricado en lino, teñido en azul, y simulando unas alas recogidas.

Las sandalias eran de cuero, a juego con el pelo y el *shenti*.

Los ojos aparecían remarcados con una gruesa línea de *mesdemet*, también en un azulón exagerado y llamativo. Los párpados no podían ser menos y fueron maquillados con una galena brillante, muy apropiada para proteger los ojos del intenso sol del Gor. Las mejillas eran una confusa mezcla de *kohl*, y quién sabe qué, que protegía de los insectos, pero proporcionaba un aspecto de máscara. Era, en definitiva, un Antipas sofisticado, enfermo y azul.

Nakebos hizo las presentaciones y el tetrarca correspondió con una sonrisa breve y falsa.

Después, sin mediar palabra, empezó a caminar a mi alrededor, observándome. Nakebos me hizo una señal, para que no me moviera. No lo hice.

Fue entonces cuando oí aquel tintineo...

Pensé en las sandalias.

Una vez satisfecho se dirigió a la silla de marfil, tomó en brazos al gato azul, y se sentó con estrépito, como si estuviera agotado. Y dejé de oír el misterioso tintineo.

Durante unos incómodos segundos se limitó a observarme. Lo hizo con descaro, recorriéndome de pies a cabeza. Mientras lo hacía acariciaba las grandes y puntiagudas orejas de *Osiris*.

Yo también lo examiné...

Me hallaba ante el individuo que trataría de interrogar al Maestro en Jerusalén, pocas horas antes de la crucifixión. Aquel Herodes Antipas era el sujeto que Jesús calificaría de «zorro», aunque no como símbolo de astucia, sino de «destrucción». Y en esto comparto los criterios de expertos como Schürer, Leaney, Manson y Hoehner, entre otros exégetas y escrituristas. Como veremos más adelante, el Galileo no llamó «zorro» a Antipas, sino *su'al*, que significa «excavar», y que es sinónimo de chacal. Eran estos cánidos los que desenterraban a los muertos y devoraban carroña. Los judíos los odiaban, tal y como refleja el libro de los Salmos. También los conocían como *'iyyim* o «aulladores».

—Así que eres un *ašap*...

Lo rectifiqué. No era un «adivino».

—Soy un *kásday*. Leo las estrellas...

—¿Y qué diferencia hay? Sois unos malditos mentirosos... Astrólogos, adivinos, magos, brujos y caldeos: todos deberíais estar muertos...

Antipas hablaba en un griego arcaico, repleto de giros en el dialecto ático. Me costaba entender. Era un «helenizante». Así llamaban a los que bebían en la cultura griega. En Israel, en aquel tiempo, era otra de las modas. Antipas era árabe *(a'rab)*, al igual que su familia, pero fue educado en Roma. Adoraba lo griego y, como una burla del Destino, se vio obligado a gobernar (es un decir) a los judíos, a los que odiaba.

Me centré en el diálogo.

—Hay una notable diferencia, tetrarca, entre un *ašap* (adivino) y un *kásday* (astrólogo)...

—¿Cuál?

—El adivino miente.

—¿Y el astrólogo no?

—El astrólogo se equivoca, que no es lo mismo.

Nakebos me miró, satisfecho.

—Así que tú lees las estrellas...

Asentí en silencio.

—¿Y conoces el futuro?

—El futuro no existe.

—Entonces, ¿para qué sirve leer las estrellas?

—Para ganar dinero.

El tetrarca se inclinó sobre la mesa, inspeccionó los platos y bandejas, y terminó introduciendo los dedos en uno de los manjares. Lo probó e invitó a compartir el «refrigerio». Así lo llamó. Después, dirigiéndose a Nakebos, manifestó:

—Me gusta tu amigo...

Uno de los siervos llenó las copas.

¡*Legmi*, el licor favorito de Nakebos!

Y el alcaide me guiñó el ojo.

Aquella reunión podía terminar como el maldito *simposion*, en Cesarea (1).

No tuve más remedio que probar uno de los platos.

No supe qué era y dudé.

Antipas se percató y, perverso, fue enumerándolos: sal-

---

(1) Amplia información sobre el *simposion*, en el palacio de Poncio, en Cesarea. *Caballo de Troya 5. (N. del a.)*

tamontes vivos (adormecidos con ajo y limón), testículos de hiena (para elevar la virilidad), sangre frita de caballo, orugas recolectadas en cementerios, vulvas de rocines pelirrojos (para evitar el envenenamiento) y una masa negra y viscosa a la que llamaban *hippoman*. Antipas y Nakebos se miraron pero ninguno aclaró qué era el repugnante *hippoman*... Olía a excrementos.

Me excusé. Hablé de mi delicado estómago y me refugié en los saltamontes.

Eran crujientes y amargos.

Y Antipas prosiguió con lo que le interesaba:

—Así que eres astrólogo...

No me dejó replicar.

—¿Quién es tu maestro?

—Trasilo...

—¡El astrólogo del emperador Tiberio!

Iba a responder, afirmativamente, cuando el tetrarca reclamó al siervo de la melena rubia. Éste se acercó y, como si fuera una costumbre habitual, se inclinó hacia Antipas y dejó que el de las úlceras limpiara los dedos en la cabellera. Yo había visto algo parecido en la fortaleza Antonia, en una de las habitaciones secretas de Poncio. Al parecer se trataba de otra de las modas...

Antipas hizo una señal y uno de los siervos se apresuró a reunirse con él. Cargaba una bolsa negra, de mediano porte. La abrió y el tetrarca echó una mirada al interior. Sonrió, complacido.

Nakebos estaba serio, concentrado en su *legmi*.

Noté cómo la bolsa se movía. Contenía algo vivo.

Osiris se alzó sobre las rodillas de su amo, y se puso en guardia.

Yo continué con los saltamontes, pendiente de la misteriosa bolsa.

Antipas terminó introduciendo el brazo derecho, y fue a extraer un pequeño ratón blanco.

El gato se relamió, pero el ratón no era para él.

El siervo se retiró y, tras pasear al aterrorizado roedor por los bigotes de *Osiris*, Herodes Antipas se puso en pie.

Nakebos y quien esto escribe nos incorporamos al momento, y el tetrarca caminó hacia el extremo opuesto de la piscina. Varios de los galos se fueron tras él.

Y volví a oír aquel singular tintineo...

Aproveché la ausencia e interrogué a Nakebos.

Me lo explicó entre risas mal contenidas. Era otra de las modas que hacía furor entre los «helenizantes». La habían importado de las islas orientales (posiblemente de la actual Malaca). Se trataba de una docena de pequeñas cuentas huecas, de oro, en forma de racimo, que contenía semillas o granos de arena. El «racimo» en cuestión se insertaba bajo la piel del pene y volvía a coserse. Era una señal de distinción y, sobre todo, proporcionaba un extraordinario placer a la mujer. Eso dijo Nakebos.

Y comprendí el porqué del tintineo cada vez que se movía.

Así era Antipas...

El tetrarca llegó al pozo rojo y uno de los soldados procedió a retirar una tapa de madera. Antipas se asomó, y empezó a gritar a alguien, también en griego, y de forma cariñosa, como si se conocieran de tiempo atrás.

Pensé en Yehohanan...

¿Se hallaba preso en aquel pozo?

Después arrojó el ratón al interior y permaneció un rato contemplando la escena (?).

No habló. Se limitó a apoyarse en el brocal y así continuó una media hora.

Volví a interrogar el alcaide.

¿Se hallaba el Bautista en aquel pozo de paredes rojas?

Nakebos se echó a reír. La ocurrencia de este explorador le encantó.

—Antipas habla con sus niñas...

—¿Sus niñas? ¿Qué son?

—Será mejor que no lo sepas...

El tetrarca regresó, y lo hizo feliz, con una larga sonrisa.

—¿Dónde estábamos?

Nakebos le refrescó la memoria.

—Hablábamos de Trasilo, el astrólogo del divino Tiberio...

—¡Ah!, recuerdo. Es que tengo tantas preocupaciones. Así que conoces a Trasilo...

—A Trasilo, a Tiberio —mentí—, y al nuevo gobernador.

Creo que me precipité al mencionar a este último (Poncio llegó a la Judea a finales de julio de ese año 26).

—¿También conoces a Poncio?

Noté cierta incredulidad en Antipas. Y comentó:

—No será mejor que Valerio... (1)

Y cometí un nuevo error. ¿O no fue tal?

Deseoso de convencerle de mi amistad con Poncio, imaginando que ello podría beneficiarme, eché mano de la faja que me servía de cinto, y en la que guardaba el salvoconducto del gobernador.

Noté cómo las miradas me traspasaban. Y aprendí algo importante: en presencia de Antipas no convenía buscar entre las ropas.

Algunas de las manos de los soldados viajaron, rápidas, a las empuñaduras de las espadas, y allí se mantuvieron.

Nakebos hizo un gesto de tranquilidad y los galos se relajaron, aparentemente.

Antipas, a pesar de la máscara, estaba pálido. Se había quedado con un saltamontes entre los dedos, a mitad de camino entre el plato y la boca. El único feliz y confiado era el gato azul.

Y terminé mostrando el pergamino.

Nakebos se hizo con él, lo desenrolló, y procedió a su lectura. Después lo examinó, por delante y por detrás, y llegó a olerlo.

Cuando estuvo seguro de que sólo era un pergamino se lo pasó a su jefe.

Antipas leyó con curiosidad. De vez en cuando levantaba la vista y me examinaba de nuevo.

(1)   Valerio Grato fue el gobernador romano inmediatamente anterior a Poncio. Permaneció once años en la Judea. Anteriormente, según Flavio Josefo (*Antigüedades* XVIII (29-35), habían ocupado ese cargo Coponio (que fue enviado al mismo tiempo que Quirino). Cuando Coponio regresó a Roma le sucedió Marco Ambinio (bajo su gobierno falleció Salomé, una de las hermanas de Herodes el Grande). El sucesor de Ambinio fue Annio Rufo (bajo su mandato ocurrió la muerte de César Augusto [19 de agosto del año 14]). A César Augusto le sucedió Tiberio, que envió como gobernador al referido Valerio Grato, que sucedió a Annio Rufo. Grato destituyó al tristemente célebre Anás, como sumo sacerdote de Jerusalén, y nombró a Ismael (hijo de Fabi). Después eligió a Eleazar (hijo de Anás). Un año después fue destituido también y eligió a Simón (hijo de Camitos). A Simón le sucedió el no menos célebre Caifás, que «juzgaría» a Jesús en el año 30. En el 26, Valerio Grato fue sustituido por Poncio. *(N. del m.)*

El esclavo sirvió otra ronda de *legmi*. La cabeza empezó a dar vueltas...

Y al llegar a uno de los párrafos leyó en voz alta:

—«... y los griegos anteriormente mencionados (se refería a Eliseo y a quien esto escribe) —amigos personales y servidores del divino Tiberio— podrán viajar libremente por los territorios de esta provincia...»

Detuvo la lectura, me miró directamente, y preguntó:

—¿Quién es Eliseo? ¿Por qué no está contigo?

—Es mi socio —improvisé—. Otros negocios lo retienen en el norte.

Antipas cruzó una mirada de complicidad con el alcaide y capitán de la guardia. Éste asintió con la cabeza.

¡Malditos bastardos!

Nakebos había hecho averiguaciones sobre nosotros...

No podía fiarme de nadie.

—Así que eres amigo de Poncio... —Antipas retomó la conversación como si nada hubiera ocurrido— ...¿Conoces su futuro?

—Ya lo creo —me precipité—. Y el tuyo...

No pareció sorprendido.

—Mi futuro lo sabe todo el mundo... Ese profeta loco se ha ocupado de airearlo.

Y señaló hacia la torre negra.

Fue una pista. Yehohanan se hallaba prisionero en la mencionada torre. Eso creí, al menos.

Sí y no.

—Por cierto, Nakebos me ha dicho que deseas verlo. ¿Por qué tanto interés en un loco?

—He observado signos extraños en sus ojos y necesito confirmar...

Volvió a interrumpirme.

—¿Te interesa el futuro del Bautista o el mío?

Antipas era un reptil, pero no debía olvidar su inteligencia.

Salí del apuro como pude.

—Conozco ambos futuros, pero quisiera confirmar lo que dicen las estrellas...

—¿Y por qué haces una cosa así?

—No entiendo...

—Tratar de saber el futuro de Yehohanan es peligroso...

—Sólo deseo verlo.

—Ahora soy yo el que no comprende. ¿Por qué quieres verlo?

—Escribo un libro y deseo contar la verdad. ¿Es Yehohanan como dicen?

Permaneció pensativo.

Lo del libro, aunque cierto, fue improvisación. Y creo que acerté, según se mire.

—Así que *kásday*... y escritor. ¿Escribirás también sobre mí?

—Eso espero...

—Pues voy a darte motivos para que no me olvides...

El tono no me gustó.

¿Qué pretendía?

No tardaría en averiguarlo.

Dejó al gato en el suelo y comentó:

—Si eres un astrólogo, como dices, y sabes del futuro de los demás, es lógico que conozcas el tuyo, y mejor que ninguno...

Me miró, expectante.

—Quizá...

Sonrió con la mitad izquierda de la cara. Nunca vi cosa igual.

Se puso en pie, agitó el salvoconducto, y ordenó que le siguiéramos.

Y se alejó hacia el pozo de las paredes rojas, en el extremo opuesto.

Nakebos, los soldados, y quien esto escribe nos apresuramos tras él.

Podían ser las 13 horas.

Miré hacia atrás y comprobé que *Osiris* fue el único que no obedeció. Saltó sobre la mesa de cristal y se dedicó a husmear los «manjares».

El pozo en cuestión no era gran cosa..., aparentemente.

Antipas ordenó que lo destaparan de nuevo. Uno de los galos obedeció.

El de la máscara se asomó y me animó a que lo acompañara.

Al principio no vi nada.

—¿Qué opinas?

Nakebos se situó al otro lado del brocal. Estaba serio. Yo diría que disgustado.

—¿Qué te parece? —repitió el tetrarca.

No supe a qué se refería. Me hallaba frente a un pozo seco, de unos tres metros de profundidad, y poco más de 1,20 de diámetro. Las paredes eran de piedra, bien canteadas. El fondo había sido dividido en cuatro partes iguales, separadas por muretes de cuarenta o cincuenta centímetros de altura y poco más de una cuarta de grosor. No entendí el porqué de aquellos cuadrantes.

Me recordó un terrario, pero no acerté a ver serpiente alguna.

Cada cuadrante aparecía cubierto de piedras, troncos y plantas.

Y, de pronto, distinguí al ratón blanco. Corría por uno de los cuadrantes. Parecía asustado.

—No sé —balbuceé—, no sé de qué se trata...

—Es la casa de mis niñas...

Me hallaba en blanco, incapaz de razonar. ¿Qué demonios eran sus «niñas»? ¿Por qué aquel indefenso ratoncillo corría con desesperación? ¿Qué había allí abajo?

Antipas permaneció en silencio, atento al fondo.

Yo intenté descubrir algo, pero no sabía qué.

En las paredes interiores del pozo observé algo que sí me llamó la atención. A cosa de treinta centímetros del brocal, a lo largo de toda la circunferencia, habían excavado las piedras, formando un canalillo de cinco centímetros de diámetro. Todo él aparecía cubierto con un polvo amarillo. Por debajo, a metro y medio del referido brocal, en el que nos apoyábamos, distinguí un segundo canal, idéntico al primero, e igualmente lleno de aquella sustancia amarilla. Pensé en azufre. Obviamente parecían sendas medidas de seguridad, para evitar que «algo» ascendiera hasta la superficie.

El tetrarca salió de su mutismo y fue directo a lo que le había llevado hasta allí:

—Si eres un *kásday*, y conoces el futuro...

Sonrió con la mitad de la cara.

—... En especial el tuyo, sabrás qué decisión tomar...

No sabía de qué hablaba.

Agitó el salvoconducto entre los dedos y terminó arrojándolo al fondo del pozo.

Volvió a sonreír con aquella singular y diabólica sonrisa y añadió:

—Si tienes el suficiente valor para bajar, recoger tu salvoconducto, y llegar vivo aquí arriba, permitiré que veas a ese loco. Sólo verle...

Hizo una señal y dos de los soldados se dirigieron a la torre negra.

¡Maldito bastardo! ¿Qué se proponía?

Miré a Nakebos. El alcaide, lívido, negó con la cabeza. Entendí. No debía bajar.

Al poco, los galos regresaron y ajustaron a la boca del pozo una escalera de mano, tipo escapulario.

Y Antipas, feliz, empezó a gritar, en griego, reclamando a sus «niñas».

Las llamó «preciosas», «dulces» y «herederas».

Sabía que me hallaba protegido, y bien protegido, por la «piel de serpiente», pero...

Dudé.

Sentí miedo.

Y al instante pensé en Yehohanan. Era la única oportunidad de verle. Sólo tenía que bajar, recuperar el pergamino, y subir.

Decidido.

Eché otra ojeada al fondo, pero no vi nada. Allí, a simple vista, sólo se hallaba el ratón blanco, corriendo por uno de los cuadrantes.

Salté sobre el brocal e inicié el descenso por la escala.

Recuerdo las caras de los soldados, perplejos.

Y a mitad de trayecto me arrepentí. Me detuve unos segundos y aproveché para inspeccionar el segundo de los canalillos. Toqué el polvo amarillo, lo llevé a la nariz, y confirmé la sospecha: azufre.

No había alternativa. Tenía que seguir hasta el final. Si retornaba sin el pergamino, aquel miserable podía encarcelarme o cortarme el cuello.

Salté sobre uno de los muretes del fondo e, instintivamente, me pegué a la pared. La luz entraba con comodidad.

Percibí el corazón. Bombeaba miedo.

Arriba, Antipas y Nakebos miraban, atentos. El tetrarca había dejado de reclamar a sus «niñas».

Y durante unos minutos —eternos— exploré los cuatro cuadrantes, pendiente del menor movimiento, o de algún sonido.

Negativo.

Llegué a pensar en una broma de aquel loco sanguinario.

No, no era una broma de Antipas...

· Finalmente avancé hacia el cuadrante en el que se encontraba el salvoconducto, me incliné, lo recogí de entre las piedras y ramas, y fue en esos instantes cuando observé de nuevo al ratón blanco. Estaba cerca. Aparecía inmóvil. Tenía los ojillos abiertos y espantados. Se agitaba, cada vez más lentamente.

Di un paso atrás.

Entonces la vi.

Sentí cómo los pelos se erizaban...

Estaba protegido, sí, pero necesitaba un arma.

Miré a mi alrededor y me hice con uno de los troncos. Podía servir...

Tenía ante mí una araña de 30 milímetros, de color blanco, con dos largas bandas marrones, y el vientre negro. En lo alto transportaba diez crías.

Quien esto escribe fue entrenado para reconocer algunos tipos de arañas (especialmente las muy venenosas), pero mis conocimientos sobre estos artrópodos eran escasos. Al retornar al Ravid supe que aquella araña era una *Lycosa narbonensis* (una tarántula). La *lycosa* había terminado por cazar al ratón y lo estaba «absorbiendo», literalmente (1).

Dediqué tiempo a observar el resto de los cubículos y, al saber lo que buscaba, terminé distinguiendo otras arañas. Los cuatro cuadrantes estaban infectados. En uno de ellos habitaba una araña de unos 20 centímetros de envergadura, grande como un plato, peluda, que pertenecía a la familia de las *migalas*. Si se veía acosada podía lanzar una nube de pelos urticantes, altamente tóxicos.

(1)   Las arañas, al cazar una presa, inyectan veneno y una notable cantidad de enzimas que disuelven el interior de la presa, al igual que los jugos gástricos en el estómago del ser humano. La araña, entonces, se limita a aspirar el interior de la presa, convertido en líquido. Otras familias (caso de las arañas lobo) trituran a la víctima y la desmenuzan. Las *Pholcidae* practican un pequeño orificio en la presa, inyectan el líquido digestivo, aspiran el «contenido», y dejan el «envoltorio» intacto. Las arañas son carnívoras y depredadoras. Todas llevan a cabo la digestión fuera del cuerpo; un fenómeno que se da también en las estrellas de mar. *(N. del m.)*

No me moví.

Si no se sentían atacadas no reaccionarían. Antipas no lo sabía, pero sus «niñas» no veían bien. A pesar de disponer de ocho ojos, las arañas sólo responden al tacto y a las vibraciones del aire.

El problema era el veneno.

No debía fiarme (1).

Y, de pronto, al alzar la mirada, descubrí que habían retirado la escalera.

Antipas continuaba sonriendo.

Lo maldije en mi interior.

Nakebos optó por retirarse. Creo que me apreciaba y no deseaba contemplar un espectáculo tan lamentable.

Y allí permanecí, atento, pegado a la pared, y con la rama en la mano, dispuesto. Si alguna araña se deslizaba hacia mi posición la aplastaría.

Pero ¿cuántas había?

El suplicio se prolongó durante una hora, más o menos.

Y pude descubrir otros tipos de arañas, aisladas entre sí. En un tercer cuadrante se movían unos arácnidos negros, con manchas rojas en el abdomen. Eran *Latrodectus*, de 15 milímetros, posiblemente hembras, emparentadas con la célebre «viuda negra»; sin duda, las más peligrosas. Su veneno —neurotóxico— es letal.

En el cuarto cubículo, entre las piedras, se distinguía otro tipo de tarántula, de unos cinco o seis centímetros. Eran negras, con bandas de color coral en las patas. Me pareció raro. Al consultar el banco de datos de la «cuna» comprobé que la especie, conocida como *Euathlus smithi*, es oriunda de determinadas regiones de México. ¿Qué hacían allí aquellos ejemplares de «rodillas rojas»? América no estaba descubierta...

(1)   La mayor parte de las arañas tropicales son venenosas (en ocasiones de una toxicidad superior, incluso, a la de las serpientes). Utilizan dos tipos de venenos: neurotóxicos y necróticos. El primero ataca al sistema nervioso y descontrola los músculos. Los venenos necróticos destruyen los tejidos contiguos a la zona de la mordedura. La llamada «viuda negra» es una de las más peligrosas en cuanto a veneno neurotóxico. El género *Loxosceles* es altamente tóxico en veneno necrótico. La mordedura presenta, generalmente, el aspecto de una quemadura. Los necróticos destruyen los glóbulos rojos. *(N. del m.)*

También eran altamente peligrosas.

Y los cielos se apiadaron de aquel explorador.

A eso de la hora nona (tres de la tarde), la escala fue devuelta a su lugar, permitiendo mi regreso a la superficie.

Allí esperaban el tetrarca y un más que nervioso Nakebos.

Antipas, cruel y retorcido (empezaba a entender por qué Jesús no se dignó levantar la cabeza mientras lo interrogó en Jerusalén), me tomó por el brazo y me condujo, feliz, hacia la esquina en la que se hallaba la mesa de cristal.

Y, tras felicitarme por mi supuesta valentía, se interesó por sus «niñas». ¿Qué me habían parecido?

—Cuando volvamos a vernos —calculé—, te daré una respuesta. Consultaré a las estrellas...

Y me arriesgué:

—Ahora debes cumplir tu palabra...

Nakebos no salía de su asombro.

Antipas no respondió.

Volvimos a sentarnos, bebimos, y la conversación derivó por otros derroteros. Llegué a pensar que había olvidado su promesa.

No supe qué hacer...

Y, de pronto, surgió la sorpresa.

—Así que ahora te dedicas a seguir los pasos de ese carpintero loco...

Miré a Nakebos. La información de Antipas sólo podía proceder de él...

No importaba. Le seguí el juego al tetrarca.

Respondí afirmativamente.

—¿Qué opinas? —preguntó Antipas—. ¿Será capaz de levantar al pueblo..., como lo intentó Yehohanan?

No me permitió replicar. Se contestó a sí mismo:

—¡Y qué más da!

—No entiendo, tetrarca...

—Haga lo que haga...

Miró a Nakebos y después me incendió con la mirada:

—Haga lo que haga, lo aplastaré...

—Todavía no ha hecho nada. Vive en el *yam*, apaciblemente...

Antipas sonrió con la mitad izquierda del rostro. ¿Cómo lo conseguía?

Y contestó, convencido:

—Estos iluminados son iguales. Ese carpintero loco no tardará en salir a los caminos y llamar ramera a Herodías...

No pude contenerme.

—Él no es así.

—También lo sé...

—¿Qué insinúas?

—Lo sé todo sobre Él...

Parecía disfrutar.

—Sé de su familia, de sus diferencias... Sé que la madre y los hermanos han huido a Nazaret...

—No es así...

No prestó atención a mis palabras.

Y cometió un error.

—Alguien, cercano a ese carpintero loco, trabaja para mí.

En un primer momento pensé en mí mismo. Era lo pactado con Nakebos. Después dudé. ¿Hablaba de Judas Iscariote? ¿Era un confidente de Antipas? ¿O pensaba, quizá, en otro de los discípulos? El tetrarca, al igual que su padre, Herodes el Grande, disponía de un ejército de espías e informadores. No era de extrañar que tejiera una tela de araña en torno al Galileo...

Echó marcha atrás, y desvió el gravísimo asunto:

—No me equivoco Jasón... El carpintero loco no es como ese iluminado de la mariposa en la cara: es mucho peor...

Me contempló, desafiante.

—Dice que ha convertido el agua en vino...

—¿Adónde quieres ir a parar?

No respondió.

El ocaso se echó encima y Antipas y su gato se retiraron.

Nakebos los acompañó hasta la puerta del palacio. Yo permanecí de pie, junto a los soldados, y especialmente intrigado ante la confesión del tetrarca. Nada de esto fue contado por los evangelistas. ¿Fueron dos los traidores?

Antipas susurró algo al oído del alcaide y se despidió.

Nakebos conversó con uno de los galos y regresó hasta la mesa de cristal.

—Vamos —indicó—, el tetrarca lo ha autorizado. Puedes ver al Bautista...

Quedé perplejo. Casi lo había olvidado.

Caminamos por el filo de la piscina hacia la torre negra. Parte de la escolta nos acompañó.

Uno de los galos abrió una puerta negra y brillante y nos franqueó el paso.

Nos hallábamos en la parte baja del torreón. La oscuridad era casi completa.

Olía mal.

Alguien consiguió una antorcha y pude hacerme una idea del lugar en el que me encontraba.

Una docena de soldados armados aparecía repartida por la estancia.

Miré a mi alrededor. Allí no estaba el prisionero.

Todo fue rápido y bien calculado.

El que mandaba la patrulla ordenó algo en su idioma, y uno de los galos se apresuró a levantar una trampilla.

Vi llegar nuevas teas.

Nakebos indicó que no me separase de él.

E iniciamos el descenso por unos peldaños, conquistados a una de las paredes de una enorme cisterna.

Tres soldados, provistos de antorchas, nos precedían. A nuestras espaldas caminaban otros cinco galos, armados igualmente con sendas teas.

La luz, ora verde, ora amarillenta, iluminó una caverna cúbica, trabajosamente excavada en la roca.

Oí el rumor del agua.

No pude hacerme una idea exacta de las dimensiones de la cisterna, pero no creo que tuviera una altura inferior a 30 metros. Era un cubo, gigantesco, con las paredes enlucidas con yeso. Se trataba, sin duda, de uno de los reservorios de agua de la fortaleza.

Los peldaños no terminaban nunca.

A diferentes alturas distinguí tres grandes boquetes. Supuse que eran las bocas de otros tantos túneles. Quizá conectaban con el palacio o con las cuevas que había visitado en la ladera noreste del cono blanco.

Necesitamos del orden de tres o cuatro minutos para alcanzar el final de la escalera de piedra. Allí empezaba el agua: una piscina cuadrada, de unos treinta metros de lado.

Nos detuvimos.

Los soldados que marchaban en cabeza no dudaron. Era obvio que hacían el camino con frecuencia.

Se arrojaron al agua y, manteniendo las antorchas en alto, se dirigieron hacia la derecha. El resto de la patrulla permaneció a nuestro lado.

El agua cubría por las rodillas.

Al principio no distinguí gran cosa. La oscuridad era espesa.

Después, conforme caminaban, observé algo que me desconcertó: una escudilla de madera flotaba en la piscina.

¡Oh, Dios!

En el cuenco navegaban dos enormes ratas. Comían algo.

De pronto, al descubrir a los soldados, saltaron al agua, y nadaron hacia la oscuridad.

No tardé en verlo.

A cinco metros del final de los peldaños, en la pared de la derecha, se hallaba el gigante de las pupilas rojas.

Había sido encadenado al tobillo izquierdo.

Se hallaba recostado en la roca, observándonos.

Los soldados no hablaron. Se limitaron a tirar de él y a empujarlo.

Y así, a empellones, lo condujeron hasta el lugar en el que nos encontrábamos.

El Bautista aparecía totalmente desnudo, muy flaco y con grandes ojeras. Le había crecido el pelo. Ahora era una sucia maraña, hasta los hombros.

Hacía cinco meses que no le veía.

La cadena se tensó y la argolla de la pared protestó.

Las antorchas lo iluminaban perfectamente.

Nos miramos en silencio.

Sentí piedad.

—¿Lo has visto? —preguntó Nakebos.

Asentí en silencio.

—¿Has contemplado los ojos, como deseabas?

Volví a asentir, también con la cabeza.

—Pues bien, salgamos de aquí...

Asentí.

Y Yehohanan fue obligado a regresar junto a la argolla.

Fue entonces cuando vi las espaldas y aquellas señales. Había sido azotado, y recientemente. Las heridas sangraban.

No sé explicarlo. Experimenté una tristeza profunda y oscura, tan hostil como aquella húmeda cisterna.

Y, de regreso a la superficie, me refugié en lo que pude.

Conté los peldaños: 252...

Lo supe. No sé cómo, pero lo supe. Yehohanan no saldría vivo de aquel agujero.

Lo que no imaginaba en esos dramáticos momentos es que este explorador sería testigo de su muerte; una muerte más violenta y dolorosa de lo que se ha contado...

Pero debo ir paso a paso.

Era ya de noche cuando cruzamos el puente levadizo.

Nakebos trató de convencerme para que pernoctara en Maqueronte. Decliné la invitación. Sólo deseaba huir de aquel lugar.

Tarpelay no preguntó. Me miró a los ojos y comprendió.

Y nos alejamos del cono blanco.

En la aldea de Libb decidimos descansar.

«Bástele a cada día su afán...»

El recuerdo de las palabras del Maestro me consoló, relativamente.

Las estrellas, una a una, lograron liberarme de aquel sentimiento de tristeza. No compartía las ideas de Yehohanan, pero tampoco le deseaba una suerte tan cruel.

Antipas era peor de lo que imaginaba...

Y esa noche modifiqué los planes. Retrasaría el regreso al *yam*.

Al día siguiente, lunes, 18 de noviembre (año 26), abrazamos a Raisos, el conseguidor y patrón del torreón de las «Verdes», y también al pequeño-gran hombre.

Conté a Abner lo que había visto y no oculté mi preocupación por Yehohanan.

Estaba al tanto. La corrupta población de Ataroth, la aldea de servicio de Maqueronte, lo mantenía informado. Sabía lo que comía, cuándo lo torturaban, cuántos soldados lo vigilaban, y lo extraordinariamente difícil que era intentar la liberación de su ídolo. Pero Abner no se rendía con facilidad. Había trazado un plan. Me lo explicó a escondidas. No se fiaba de nadie.

Quedé asombrado.

Podía tener éxito.

El asalto debía llevarse a cabo por uno de los túneles que, en efecto, comunicaba la gran cisterna con las cuevas de la ladera nororiental. Era cuestión de entrar, romper la cadena, y huir por el mismo camino.

Permanecimos en el torreón una semana.

Me limité a «pescar» betún en la barcaza del pecado, a pasear con *Bêji*, el mastín blanco, y a conversar con Raisos y con Abner. También conversé conmigo mismo, y mucho.

El conseguidor recibió, encantado, los refranes que le ofrecí. «Santa Claus» los seleccionó de entre los existentes en los países africanos. La colección contenía proverbios de las etnias mandinka, aku, fula y wallof.

Y el domingo, 24, partimos en dirección al *yam*.

No fui capaz de anunciar cuándo regresaría, pero hice prometer a Abner que, en el supuesto de que llevara a efecto el pretendido asalto a Maqueronte, días antes debería avisarme. Deseaba participar en esa operación, aunque sólo fuera como testigo.

Dijo que sí, pero el Destino tenía otros planes...

Ya en el *reda*, cuando nos despedíamos, Raisos exclamó:

—No olvides que el mejor remedio para la enfermedad del hombre es el propio hombre...

Y añadí, para mis adentros:

«Sí, el propio Hombre, con mayúscula...»

Tar animó a los caballos e iniciamos la marcha. Al poco, ante nuestra sorpresa, vimos aparecer a Raisos, a la carrera. Y volvió a gritar, sonriente:

—Y no olvides tampoco que no es posible rascarse las plantas de los pies mientras corres...

Tar me dejó en el caserón de los Zebedeo en la mañana del martes, 26.

Nada había cambiado, de momento.

Jesús y la última pareja retornaron a Saidan el día 19.

El Maestro siguió enseñando y pescando.

Ninguno de los doce conocía sus planes. Ardían en deseos de salir a los caminos, y proclamar la buena nueva, pero el Galileo solicitaba calma.

«Todo en su momento —decía—. Conviene esperar la voluntad de Ab-bā.»

Hablé con el Hijo del Hombre y manifesté lo que había visto en la fortaleza de Maqueronte.

De acuerdo con su costumbre se limitó a oír, y a formular preguntas. En ningún momento se pronunció sobre Ye-hohanan, pero yo sabía que Él sabía...

En general, aquel mes de *tébet* (diciembre) fue tranquilo.

Visité a Ruth, en Nazaret. Su ruina física era imparable. Mi amor por ella siguió creciendo, aceptando que el amor pueda superarse a sí mismo.

Sostuve tres nuevas e importantes conversaciones con el Maestro (de las que daré cuenta en su momento) e intenté convencer al Zebedeo padre para que me permitiera copiar los textos de los viajes «secretos» de Jesús de Nazaret. Tal y como imaginaba, se negó en redondo. Había dado su palabra. Me resigné, hasta un punto...

En cuanto a Eliseo, casi no lo vi. Mejor dicho, sostuve con él una breve conversación en la tarde del martes, 24 de ese mes de diciembre.

Preguntó de nuevo por el cilindro de las muestras. Respondí con lo acostumbrado: «Ni lo he buscado, ni pienso buscarlo...»

Y el ingeniero, frío como el hielo, me dio un ultimátum:

—Tienes un mes, exactamente, para devolverlo a la nave.

—¿Y si no lo hago?

—Regresaré sin ti...

No le creí.

Y diciembre, como digo, fue apagándose lentamente.

Fue un mes en el que los barbos asomaban las cabezas en el *yam* y lanzaban gritos, como niños atemorizados con la oscuridad. Parecían presentir algo... Eran enormes, con ocho barbillas. Los llamaban *lebuš* (1).

Era raro que los pescasen. «Traía mala suerte», decían.

Y llegaron también grandes bandadas de somormujos, que entorpecían la pesca. A una de las especies —a la que llamaban «encopetada», por el curioso flequillo en la cabeza— le tenían especial odio. Era la más pescadora. Cientos de ejemplares se hundían a diario en el lago y arrebataban toneladas de peces. Los supersticiosos galileos contrataban toda clase de brujos, que se embarcaban con los pescadores, y maldecían a los «encopetados» a distancia. El resultado era un absoluto fracaso...

(1)   El barbo en cuestión, típico del mar de Tiberíades, es el *Clarias macracantus*, con un cuerpo parecido al de las anguilas. *(N. del m.)*

Era igualmente la época de los *Phalacrocorax*, unas aves acuáticas, blanquísimas, que tenían la costumbre de posarse en la orilla con las alas extendidas, como si saludasen (1). Los llamaban *drishât shalôm*, que podría ser traducido como «saludadores de la paz».

Al navegar frente a ellos, los pescadores alzaban los brazos y los saludaban. Las aves respondían con ligeros movimientos de las alas. El Maestro también levantaba la mano izquierda y los aclamaba.

Así terminó aquel inolvidable año 26...

(1) La falta de glándulas sebáceas en estas aves las obliga a extender las alas, con el fin de secarse después de cada inmersión. El nombre completo es *Phalacrocorax grandes*. Hoy, prácticamente, no existe en el *yam*. *(N. del m.)*

Del 1 de enero al 27 de octubre (año 27)

Fue sorprendente.

Aquel sábado, 11 de enero (año 27), la luna salió a las 17 horas, 6 minutos y 52 segundos, de un supuesto Tiempo Universal.

Fue una luna llena, preciosa y enorme. Se situó en primera línea, como si supiera lo que iba a suceder.

Quien esto escribe se había retirado al palomar. La noche se posó sobre el lago y todos dijimos adiós a los afanes y desvelos.

Pues bien, en ello estaba, contemplando la luna, cuando apareció sobre la vertical del caserón. De no haber sido por la extraña forma, y por la fuerte luminosidad, lo más probable es que lo hubiera confundido con una de las estrellas.

Permanecí absorto y desconcertado, una vez más. Las había contemplado en diferentes oportunidades, pero siempre era como una primera vez.

Pulsaba con una misteriosa cadencia.

Era una luz blanca, romboidal, con un tamaño considerable (prácticamente la mitad de la luna llena).

No lograba acostumbrarme...

¿Qué era aquello?

Las «luces» se presentaban siempre poco antes de que sucediera algo notable, y siempre relacionado con el Hijo del Hombre...

El «rombo» (?) hizo estacionario durante tres o cuatro minutos; un tiempo más que suficiente para descartar cualquier explicación racional.

Fue entonces cuando «oí» aquella voz en mi cabeza.

¿O fueron imaginaciones mías?

La «voz» —o lo que fuera— repitió varias veces:

—¡Claco!

Sentí un escalofrío.

Hacía mucho que no me llamaban así. Era el apodo cariñoso que utilizaba mi abuelo, el cazador de patos. Yo, entonces, para la familia, era pura calderilla. No servía para nada. Eso decían. Eso significaba «claco»: menos que un centavo.

Quien esto escribe podía tener nueve o diez años...

Después, la «luz» se extinguió. Mejor dicho, se apagó, al igual que una bombilla (1).

No volví a verla.

Permanecí un buen rato pendiente del cielo. Fue inútil. La «luz» no regresó.

Al día siguiente, 12 de enero, domingo, a eso de la hora quinta (once de la mañana), recién llegado del *yam*, el Maestro reunió a los doce e hizo un gesto para que me uniera a ellos. *Zal* se quedó en el caserón.

Nadie sabía adónde nos encaminábamos.

Desembarcamos en Nahum y, en silencio, dejamos atrás la población, dirigiéndonos hacia el oeste. Al poco ascendíamos por una colina, bien conocida por este explorador. Se trataba del promontorio existente al noroeste de Nahum, en el que aterrizó la «cuna» tras el segundo «salto». Allí permanecimos un tiempo y allí tuvimos ocasión de llevar a cabo un trascendental análisis del «cuerpo glorioso» del Galileo. En aquel lugar sostuvimos igualmente una importante conversación con el Resucitado (2).

El cielo se nubló, de repente.

Y empezó a soplar el viento. Procedía del oeste. Llegó fuerte y silbante.

Los discípulos hacían comentarios, pero, como digo, nadie conocía las intenciones del Maestro.

¿Por qué caminábamos por aquella colina?

El tiempo parecía inseguro. Quizá lloviese.

Felipe era el que más renegaba. No llevábamos comida,

(1) He dudado a la hora de incluir el presente asunto. La cuestión es que, durante la visión de aquella «luz», en mi mente apareció también un número: «532.» Y se repetía: «532-532-53...» En un momento determinado, que no he sabido precisar, el número varió ligeramente: «53-2532537...» Ignoro el significado, si es que lo tiene... (*N. del m.*)

(2) Amplia información en *Saidan. Caballo de Troya 3*. (*N. del a.*)

ni agua, ni tampoco unos capotes con los que cubrirnos en caso de lluvia.

Pero el Galileo sabía...

Siguió ascendiendo, en cabeza.

Dejamos atrás el circo rocoso y la cripta funeraria, de tan amargos recuerdos, y continuamos hacia la cima.

Una gran mancha de flores violetas nos salió al encuentro.

Y hacia las 13 horas alcanzamos la cumbre.

Bartolomé respiraba con dificultad.

Jesús dejó que sus hombres se recuperasen.

A nuestros pies, el lago se había vuelto oscuro y rizado. Algunas velas buscaban la costa con cierta precipitación. Aquello podía terminar en borrasca...

Y el Maestro solicitó que los discípulos se sentaran en la hierba. Formaron un círculo en torno a Él. Yo permanecí en pie, por detrás del citado círculo. A corta distancia, curiosa, vi asomar entre las flores a la familia de nódulos basálticos. Hacía mucho que no pisaba el lugar. A cuatrocientos metros, hacia el sur, se hallaban las lajas calcáreas sobre las que se posó la nave.

El Maestro esperó unos segundos.

El viento agitaba la túnica blanca. La temperatura había descendido. Nos cubrimos con los mantos. El Galileo portaba el de siempre, el ropón color vino.

Miró a los discípulos, uno por uno, y lo hizo con especial ternura. Yo también recibí el regalo de aquella mirada, color miel.

Observé el cielo. Las nubes, densas, no presagiaban nada bueno. No tardaría en llover.

Felipe, sentado al lado de Andrés, susurró algo al oído del «jefe». Éste miró a lo alto y permaneció pensativo. Felipe parecía preocupado por la amenaza de lluvia.

Finalmente, el Hijo del Hombre, apartando los cabellos del rostro, anunció:

—Ha llegado la hora... Deseo proclamaros mis embajadores...

Los íntimos se miraron unos a otros. Pedro sonrió, pero creo que no entendió el alcance de las palabras del Galileo.

Y Jesús continuó:

—Hermanos míos, ha llegado la hora del reino... Os he

traído aquí para que sintáis, de cerca, la presencia de Ab-bā.

Me miró fugazmente.

—... A partir de hoy seréis distintos... Quiero que proclaméis mi mensaje con fidelidad...

Se detuvo unos segundos, e insistió:

—Quiero que proclaméis el mensaje del Padre con fidelidad. En especial cuando yo no esté. Olvidad los asuntos terrenales. Olvidad las rivalidades. Olvidad quién es más y quién es menos. Todos sois superiores a todos... No lo olvidéis... Sois hijos de un Dios.

Se detuvo de nuevo. También el viento se quedó quieto, expectante.

—¡Sois inmortales por expreso deseo de Ab-bā! ¡Sois inmortales, hagáis lo que hagáis, y penséis lo que penséis...!

Los discípulos le miraban, incrédulos.

—Olvidad prohibiciones. Olvidad dogmas. Olvidad la política.

Cruzamos otra mirada. Yo sí comprendí...

—¡Olvidadme, incluso! ¡Olvid mi persona, si lo deseáis, pero no dejéis que el olvido ahogue el mensaje del Padre!

Pedro y Juan Zebedeo protestaron por lo bajo.

—Nunca te olvidaremos, Maestro...

Efectivamente, no entendieron al Galileo.

—¿Y cuál es ese mensaje?

Jesús lo había repetido decenas de veces. Pero volvió sobre ello:

—El Padre no es lo que dicen... ¡Sois sus hijos! ¡Sois inmortales por naturaleza! ¡Sois hermanos! ¡Hay una esperanza! A eso he venido: despertad a los dormidos, hablad de la inmortalidad a los que sufren la oscuridad de la ignorancia, liberad a los oprimidos de espíritu, cargad los corazones de alegría, respetad todas las opiniones, no vendáis...

El rostro de Jesús se iluminó.

—Este reino invisible y alado del que os hablo es el reino que añora la humanidad, desde siempre y para siempre... En verdad os digo que ese reino llegará. Vosotros, ahora, sois los primeros heraldos. No os apartéis de lo que predico...

Pedro estalló:

—¡Nunca, rabí! ¡Jamás nos apartaremos!

Sonreí en mi interior. El Maestro, supongo, también lo hizo. Pedro era así.

—Buscad el nuevo reino en vuestras mentes y el resto llegará por añadidura.

Entonces, el Maestro habló de algo que dejó perplejos a los doce, y para lo que no he hallado explicación:

—En verdad os digo que ese reino está tan cerca que uno de vosotros no morirá hasta que no lo haya visto...

Por último hizo un nuevo anuncio de su muerte, pero ninguno captó el sentido de las palabras del Galileo:

—Y cuando me haya ido: difundid mi mensaje...

El viento regresó.

Jesús guardó silencio.

Como diría... Fue una especie de reconocimiento «oficial» de los discípulos. A partir de aquel domingo, 12 de enero, podían ser considerados como los representantes del Hijo del Hombre en la Tierra. Pero, lamentablemente, no tuvieron en cuenta sus palabras. Cuando el Maestro murió, Pedro y una parte del grupo, renegaron del mensaje..., y terminaron fundando una Iglesia.

Pero ésa, en efecto, es otra historia.

Los discípulos seguían sentados e hicieron algunos tímidos comentarios entre ellos.

No sabían de qué hablaba el rabí, ni remotamente.

Y una súbita idea me arrebató del lugar y del instante: «¿Quién de los doce era el segundo traidor?»

Inspeccioné a los íntimos, pero no supe.

Y olvidé el asunto. Quizá se trataba de una bravuconada de Antipas...

Calculo que nos hallábamos cerca de las 14 horas.

Estaba a punto de asistir a una escena de especial emoción y, cómo decirlo..., ¿increíble? Pero antes sucedió algo que reflejó bien la distancia entre lo dicho por el Galileo y lo entendido por los discípulos.

Felipe, de pronto, alzó la mano izquierda, y preguntó:

—Maestro, es posible que llueva... ¿Debo bajar a Nahum y conseguir capotes?

Y añadió con timidez:

—Lo digo por el dinero...

Jesús sonrió, complacido por el interés del intendente. Y respondió:

—De momento no es necesario.

—Pero, Señor, puede que llueva...

—Lo sé...

—¿Y no te preocupa!

—No, Felipe... El Padre sabe...

Felipe puso mala cara.

Y comentó con Pedro:

—Te digo que va a llover...

A lo lejos, como si hubieran escuchado al voluntarioso Felipe, relampaguearon algunas culebrinas.

El Maestro prosiguió.

Solicitó a los discípulos que se colocaran de rodillas, y así lo hicieron.

Acto seguido, en mitad de un sonoro silencio, elevó el rostro hacia las nubes, entornó los ojos y murmuró algo, al tiempo que alzaba los brazos y presentaba las palmas de las manos. No alcancé a oír.

Por un momento pensé en arrodillarme. No lo hice. Sólo era un observador.

Instantes después, el Hijo del Hombre caminó hacia Judas Iscariote, colocó las manos sobre la cabeza de éste y, sin tocar los cabellos, dejó que corrieran los segundos.

El silencio siguió tronando.

Algunos discípulos, intrigados, levantaron la vista con disimulo, contemplaron la escena, y volvieron a bajar los ojos.

Y el Maestro empezó a cantar. Fue un cántico suave, melodioso, y lleno de misterio. Parte de lo que dijo está por descifrar.

—Cuando regrese..., querido Judas, tu dignidad será restablecida...

El Iscariote se removió, inquieto. No comprendió. Nadie entendió. Yo tampoco..., entonces.

El silencio siguió en pie en lo alto de la colina.

Jesús se dirigió a Tomás. Situó las manos sobre la cabeza del discípulo y volvió a entonar un cántico, al tiempo que dirigía los ojos al cielo:

—Cuando regrese..., querido Tomás, tú serás el profeta...

Después pasó al primero de los gemelos, y volvió a cantar:

—Cuando regrese..., querido Jacobo, tú serás...

Cuarto discípulo: el segundo gemelo.

—Cuando regrese..., querido Judas, tú anudarás los pactos...

A continuación llegó frente a Simón, el Zelota, y repitió la imposición de manos, cantando:

—Cuando regrese..., querido Simón, nada permanecerá oculto...

Mateo fue el siguiente:

—Cuando regrese..., querido Mateo, el mundo será del Padre...

Seguía tronando en la lejanía. Inspeccioné la base de los cumulonimbos. Se aproximaban peligrosamente.

—Cuando regrese..., querido Bartolomé, lo valioso flotará a simple vista...

Y le tocó el turno al intendente:

—Cuando regrese..., querido Felipe, habré vencido para siempre...

Felipe no dejó escapar la ocasión, alzó la mirada, y preguntó:

—¿Sigues pensando lo mismo?

El Maestro dudó, y Felipe aclaró:

—Te digo que va a llover...

Jesús sonrió, acarició la calva del incombustible intendente, y se dirigió al siguiente.

Santiago de Zebedeo dejó hacer a su amigo.

Jesús colocó las largas manos sobre la cabellera del «hijo del trueno», alzó la mirada hacia las nubes, y volvió a sus cánticos.

Una fuerte tronada se desplomó sobre la colina. No logré oír al Galileo.

Y empezó a llover, mansamente.

Jesús permaneció con el rostro encarado a los cielos. Y el agua fue iluminándolo.

Felipe movió la cabeza, negativamente.

El Maestro no parecía tener prisa. Se desplazó hacia Juan Zebedeo y repitió la imposición. Esta vez sí oí:

—Cuando regrese..., querido Juan, el mundo será anclado en la luz...

Noté cómo el agua me empapaba.

Y el rabí se colocó frente a Simón Pedro.

—Cuando regrese..., querido Pedro, tú me precederás...

Pedro miró a su alrededor, buscando que alguien le explicara. Nadie lo hizo. Nadie supo de qué hablaba el Maestro.

Y llegó frente a Andrés. Situó las manos sobre la cabeza del primero de los seleccionados y cantó, feliz:

—Cuando regrese..., querido Andrés, no habrá palabras, ni tampoco explicaciones...

Otro trueno merodeó cerca.

Y el Maestro, con las ropas y el cabello chorreantes, salió del círculo y se dirigió a quien esto escribe.

Fue instantáneo. Supe lo que iba a hacer.

Me arrodillé e incliné la cabeza.

Y el Galileo situó las manos muy cerca de mis blancos cabellos.

Noté la energía que emanaba de aquel Hombre.

Y le oí cantar, con ímpetu:

—Cuando regrese..., querido *mal'ak*, la noche se retirará y seré venerado como el Divino...

No sé explicar lo que sucedió. Contaré, simplemente, lo que vi y lo que sentí.

En esos instantes, al finalizar el misterioso cántico, todo se volvió azul: la lluvia, la colina, las nubes, las ropas, los rostros...

Pudo durar cinco segundos. Todo era azul...

Dejé de oír los truenos, dejé de oír el viento, y el ruido de la lluvia... Y experimenté una indescriptible sensación de paz y de ingravidez. Todo parecía flotar a mi alrededor, empezando por mí mismo, y por mis propios pensamientos.

Después lo supe. Todos vieron la luz azul y todos tuvieron la misma sensación de paz. Y recordé las palabras del Hijo del Hombre: «... Os he traído aquí para que sintáis, de cerca, la presencia de Ab-bā.»

Mensaje recibido.

Instantes después, como digo, el azul desapareció.

Dejó de llover.

Los discípulos se miraron, desconcertados.

Las ropas estaban secas.

¿Cómo era posible?

Y todos se abrazaron...

Nadie sabía qué había ocurrido, pero se sentían bien, empezando por este atónito explorador.

Quizá fuera la hora nona (tres de la tarde), pero qué importaba el tiempo...

Era la segunda vez que el Maestro imponía sus manos sobre la cabeza de quien esto escribe. La primera tuvo lugar en el monte Hermón, en agosto del año 25 (1). En aquella oportunidad, como se recordará, Eliseo me acompañaba...

Recuerdo las palabras de Jesús: «¡Padre!... ¡Ellos son los primeros!... ¡Protégelos!... ¡Guíalos!... ¡Dales tu bendición!»

¿Se equivocó el Galileo? Eliseo, obviamente, no era trigo limpio...

No, el Maestro nunca se equivocaba... Él sabía.

Pero no me adelantaré a los acontecimientos...

El Hijo del Hombre dejó que los discípulos se tranquilizaran.

Las nubes se retiraron —digo yo que asombradas— y la luz se dejó caer, atentísima, sobre la colina. Todas las criaturas —flores, aves, rocas, insectos, hierba...— asomaron las cabezas, sorprendidas. El lago, incluso, se cargó de reflejos, como si supiera lo ocurrido.

No cabe duda. Todo estuvo minuciosamente diseñado...

Los íntimos se sentaron de nuevo.

Felipe era uno de los más confusos.

Y el Maestro habló así:

—Ahora, amigos míos, ya no sois como los demás... Ahora sois embajadores de un reino invisible y alado... Debéis comportaros como tales... Sois como esos seres maravillosos que conocen la gloria del Padre y, sin embargo, renuncian a ella, y acuden en auxilio de las criaturas del tiempo y del espacio...

Quedé atónito.

Jesús hablaba de los seres descendentes, uno de los temas de las conversaciones que no he revelado aún...

Me buscó con la mirada e hizo un guiño de complicidad.

Seres descendentes. Seres que lo tienen todo, que viven en la perfección y que, no obstante, aceptan «descender» a la materia..., para socorrer, aliviar y dirigir a muchos... Operación «Misericordia».

Algún día tengo que relatar, con detalle, lo conversado con el Hijo del Hombre sobre el particular...

Pero sigamos con lo que importa.

(1) Amplia información en *Hermón. Caballo de Troya 6. (N. del a.)*

Por supuesto, los doce seguían con las miradas extraviadas. No comprendían.

Y el Señor continuó:

—Algunas de las cosas que estoy a punto de desvelaros os parecerán duras... Es la ley del nuevo reino: nada se consigue durmiendo...

»En breve os enviaré para que retiréis la venda de los ojos del mundo... Atended mi mensaje: ¡fuera el miedo!... ¡El que hace la voluntad de Ab-bā no volverá a caminar en tinieblas!

»Cuando encontréis a mis hijos afligidos, habladles con ánimo y decidles:

»Bienaventurados los que saben leer el arco iris, porque ellos están en el camino.

»Bienaventurados los que son perseguidos por causa de su rectitud, porque de ellos es el reino de los cielos.

»Bienaventurados los que viven la soledad del alma, porque ellos han recorrido la mitad del camino.

»Bienaventurados los pacificadores, porque ellos serán llamados hijos de Dios.

»Bienaventurados los que no temen, porque ellos han hallado a Dios en su mente.

»Bienaventurados seréis cuando os maldigan y os persigan y digan toda clase de mal contra vosotros, falsamente, porque grande será vuestra recompensa en el reino.

»Bienaventurados los que saben, y callan, porque ellos serán ensalzados..., algún día.

»Bienaventurados los misericordiosos, porque ellos obtendrán misericordia.

»Bienaventurados los que eligen nacer en la imperfección, porque ellos serán doblemente recompensados.

»Bienaventurados los que sufren el luto, porque ellos serán consolados.

»Bienaventurados los buscadores de la verdad, aunque no la encuentren, porque ellos serán recompensados con la búsqueda.

»Bienaventurados los que lloran, porque ellos recibirán el Espíritu.

»Bienaventurados los que no buscan felicidad, porque ellos serán hallados por la felicidad.

»Bienaventurados los limpios de corazón, porque ellos verán a Dios mucho antes.

»Bienaventurados los que no mienten, porque a ellos no les importa que los engañen.

»Bienaventurados los mansos, porque ellos recibirán la tierra como heredad.

»Bienaventurados los que se entregan a la voluntad de Ab-bā, porque habrán encontrado la verdad.

»Bienaventurados los que tienen hambre y sed de rectitud, porque ellos serán saciados.

»Bienaventurados los que se aman a sí mismos, porque habrán empezado a amar a los demás.

»Bienaventurados los humildes, y los pobres de espíritu, porque de ellos son los tesoros del reino.

»Bienaventurados los que desaprenden, porque ellos renacen.

Oírle era una delicia.

Muchas de aquellas «bienaventuranzas» no figuran en los textos evangélicos. Pero ¿de qué me extrañaba?

Fue en esos momentos cuando caí en la cuenta. Estaba asistiendo al célebre, y no menos manipulado, «sermón de la montaña». En realidad, de la colina...

Y el Maestro continuó hablando.

En síntesis, esto fue lo que acerté a oír:

«Vosotros sois la sal de la tierra... No perdáis nunca la curiosidad ni la confianza...»

«Vosotros sois la luz del mundo... Una ciudad asentada en un monte no se puede esconder... Brillad e iluminad a las gentes... Que digan: son especiales...»

«Os envío al mundo para que me representéis pero, sobre todo, para que gritéis mi mensaje: el hombre es hijo de un Dios.»

«Confiad en el Padre. No resistáis las injusticias por la fuerza. No os vendáis al poder... Si vuestro prójimo os golpea en la mejilla derecha, poned también la izquierda... Sufrid antes que pleitear entre vosotros...»

«No utilicéis el mal contra el mal... No respondáis a la injusticia con la venganza.»

Los discípulos oían, asombrados. Las caras de Juan Zebedeo, Simón el Zelota, Judas Iscariote y Pedro eran un poema. No era eso lo que creían, ni lo que pretendían. Roma merecía el peor de los castigos...

«Y yo os digo: amad a vuestros enemigos, haced el bien

a los que os odian, bendecid a los que os maldicen, y orad por los que os ultrajan.»

El Iscariote hizo ademán de levantarse, y abandonar el grupo, pero Andrés, con un gesto, le obligó a permanecer sentado.

El Maestro se dio cuenta, pero prosiguió:

«Y haced todo aquello que creáis que yo haría por vosotros.»

Se detuvo unos segundos. Contempló a los doce y, alzando la voz, reiteró:

«¡Sois hijos de un Dios!... Se os ha entregado la luz. Regaladla, de la misma forma que vosotros la habéis obtenido gratuitamente.»

«No vendáis. Limitaos a mostrar... Que cada cual decida.»

Me buscó con la mirada y proclamó:

«Es más importante insinuar que convencer... Dejad que el Padre haga su trabajo.»

«No cometáis el error de quitar la mota del ojo de vuestro hermano cuando hay una viga en el vuestro. Retirad primero la viga para poder despejar la mota...»

Mateo Leví fue el único que asintió con la cabeza. El recaudador empezaba a tomar ventaja sobre el resto. Era más despierto y sensible.

«Vivid sin miedo. Junto al Padre nada os faltará. No temáis. Él está dentro, en vuestras mentes...»

Tampoco captaron la gran verdad. Aunque Jesús había hablado de la «chispa divina» que nos habita, ellos seguían anclados en el Yavé colérico. ¿Cómo no vivir atemorizado en una sociedad tan rígida y legalista como la judía?

«Habéis oído que se ha dicho: "Si el ciego conduce al ciego, ambos caerán al abismo." Si queréis guiar a otros hacia el reino invisible y alado de mi Padre debéis caminar en la luz... Escuchad mis palabras y, sobre todo, mantenedlas cuando yo me haya ido.»

«No perdáis el tiempo con los que no desean oír... No arrojéis lo santo a los perros... No echéis vuestras perlas a los cerdos, no sea que las pisoteen y después os despedacen.»

Me sentí aludido. No sé exactamente por qué...

«Estad atentos. Muchos falsos profetas vendrán a vosotros vestidos como corderos. Son lobos...»

«Por sus frutos los conoceréis... Lo importante no es lo que dice el ser humano, sino lo que hace.»

Respiró hondamente y concluyó:

«Más aún: lo importante ni siquiera es eso. Lo importante es lo que siente...»

Yo sentí admiración y gratitud.

Ahí terminó la enseñanza. A una señal del Maestro, los doce se levantaron y descendieron la «colina de las bienaventuranzas».

El ocaso se asomaba al lago cuando avistamos el caserón, en Saidan.

Por el camino discutieron. Jesús marchaba en solitario, en cabeza, con sus típicas zancadas.

No hubo forma de que se pusieran de acuerdo. Daba la sensación de que habían asistido a sermones distintos.

¡Y sólo había transcurrido una hora!

Esa noche, tras la cena, el Maestro hizo un anuncio: en una semana viajarían a la Ciudad Santa.

—Ha llegado la hora —manifestó—. Despertemos al mundo...

Jesús sostenía el cáliz de metal entre los dedos.

Contempló a sus hombres, pero comprendió que estaban confusos.

Andrés, finalmente, resumió el sentir general:

—Maestro, no acertamos a entender tus palabras sobre el reino...

Jesús parecía estar esperando el comentario. Y replicó, seguro:

—Encontráis difícil mi mensaje porque tratáis de construir mis enseñanzas sobre lo ya establecido. ¡Despertad! Es preciso que desaprendáis para renacer... Os lo he dicho.

Los discípulos prestaron toda su atención, pero no fue suficiente.

Y el Maestro insistió:

—La buena nueva no puede ser acomodada a lo que ya existe. ¡Desaprended!

Creo que estaba solicitando un imposible...

Y redondeó:

—Os lo pondré más fácil. No estoy aquí para destruir, sino para iluminar y refrescar la memoria del hombre. Habéis olvidado quienes sois, de dónde procedéis, y hacia dónde os encamináis, inexorablemente...

Y subrayó:

—¡Inexorablemente!

—¿Hacia dónde vamos, Señor?

La pregunta del «oso» conmovió al Galileo.

—Hacia el Padre, hacia la perfección...

Y repitió:

—¡Inexorablemente!... Os lo pondré más fácil aún...

Siguió abrillantando el cáliz y dejó caer una frase sencilla pero difícil de poner en práctica:

—Abandonaos a la voluntad de Ab-bā y se hará la luz en vuestras mentes...

—¿Así, sin más?

—Así, Bartolomé, sin más.

—Maestro, si tienes algún nuevo mandamiento, nos gustaría oírlo...

Era Simón Pedro. Y el Galileo se lo dio:

—No juzgues jamás. Os lo dije.

La conversación se animó, hasta el punto de que el siempre callado Santiago Zebedeo propuso algo:

—Maestro, ¿qué debemos enseñar a la gente sobre el divorcio?

El Hijo del Hombre manifestó con claridad:

—No he venido a legislar, ni para caer en la tentación de modificar los asuntos mundanos. Si lo hiciera, el natural devenir de la sociedad lo rectificaría. Lo que es bueno hoy no tiene por qué serlo mañana...

Me miró intensamente...

Santiago siguió colgado en la duda y Jesús lo percibió.

Pero fue Tomás, en trámites de divorcio, quien le salió al paso al Maestro:

—¿Qué tiene que ver el Santo, bendito sea su nombre, con el matrimonio?

El Galileo esbozó una pícara sonrisa.

—En realidad, nada... De hecho, Tomás, en el nuevo reino no hay matrimonio, ni tampoco lazos familiares...

—Entonces no hay suegras...

La ocurrencia de Pedro fue muy aplaudida.

—Tampoco suegras —admitió el Hijo del Hombre—, ni padres, ni hermanos...

914

Algo había oído al respecto durante la estancia en el Hermón. Ahora, el Galileo lo confirmaba.

—En otras palabras —resumió Tomás—: el matrimonio no es sagrado...

—Es un pacto humano —replicó Jesús.

Y añadió, mordaz:

—¿Por qué os empeñáis en pisarle la cola a Dios?

Lo miraron con la boca abierta. Sólo Él hablaba del Padre con semejante desparpajo. Sin embargo era un desenfado agradable; no rechinaba.

Y Jesús regresó al tema principal:

—Tropezáis con mis enseñanzas porque interpretáis el mensaje literalmente. Mirad más allá de las palabras. El mensaje es más importante que yo... No me imitéis. No luchéis con el mundo. Despertadlo. Con eso es suficiente.

Dudó, pero lo dijo:

—Si no estáis de acuerdo, dejadlo ahora...

Era la primera vez que el Hijo del Hombre hacía una invitación de esta naturaleza, y a sus propios discípulos. Nada de esto fue dicho...

Lo contemplaron, perplejos.

Jesús guardó silencio y continuó acariciando el cáliz. *Zal* se aproximó al Maestro, introdujo la cabeza entre el brazo y el costado izquierdos y empezó a lamer las barbas de su amo. Los «besos» del perro fueron un mudo reproche a los íntimos.

El Galileo acarició las orejas de *Zal* y siguió con los ojos bajos.

El Hijo del Hombre se sentía solo.

Los discípulos cambiaron impresiones y Pedro habló en nombre de todos:

—Maestro, seguiremos contigo... Estamos preparados para pagar el precio...

Dudó. Miró al resto, y Andrés lo animó con las manos para que prosiguiera.

—Quiero decir, Señor...

Pedro señaló la copa y concluyó:

—¡Beberemos contigo ese cáliz!

El Maestro no dijo nada, de momento. Permaneció atento al cáliz. Lo abrillantaba y lo abrillantaba...

Y tras un denso silencio anunció:

—En ese caso, si deseáis ser mis discípulos, seguidme...

Y añadió:

—A partir de ahora, cuando hagáis limosna, hacedlo en secreto. Que vuestra mano izquierda no sepa lo que hace la derecha... Cuando oréis, apartaos a solas con el Padre, y habladle de tú... Huid de las oraciones hechas y vacías. Manifestad vuestros deseos e inquietudes. Ab-bā os escucha siempre... Él está en el interior... Lo lleváis a todas partes... Y recordad igualmente que el Padre sabe lo que necesitáis, incluso, antes de que lo solicitéis... Huid del ayuno... No acumuléis riquezas... Dejad que el Padre haga su trabajo...

»La lámpara del cuerpo es el ojo... Si vuestro ojo es generoso, todo vuestro cuerpo será luz. Si vuestro ojo es mezquino y egoísta, vuestro cuerpo se llenará de oscuridad...

Tomás se hizo con la palabra y preguntó:

—Señor, ¿debemos seguir compartiéndolo todo?

—Sí, Tomás. Es preciso que seamos una gran familia. Ahora sois embajadores del reino y eso significa trabajo en exclusiva. Como sabéis bien, ningún hombre puede disparar dos arcos a la vez. No podéis servir a Ab-bā y al dinero. O uno u otro...

Pedro, impulsivo como siempre, gritó el nombre de Ab-bā.

El Maestro sonrió y terminó su exposición:

—En ese caso, permaneced tranquilos. No os preocupéis de la comida o del vestido. El Padre sabe... Buscad primero el reino de Dios. Cuando encontréis la puerta comprobaréis, maravillados, que el resto se os entregará por añadidura, y antes de que lo solicitéis...

A Mateo le brillaban los ojos.

Aquel Ser tan especial sabía transmitir confianza...

Jesús acarició de nuevo la cabeza de *Zal* y comentó:

—Miradle. No sabe que es un perro, pero confía en su amo. Y yo, lo sabéis, estoy pendiente de él...

Asintieron.

—Pues bien, si Dios cuida, y tan amorosamente, de una criatura como *Zal*, ¿cómo no va a ocuparse de vosotros, que valéis infinitamente más que un perro?

Juan Zebedeo intervino y preguntó algo que todos sabían. Adiviné una torcida intención en la cuestión...

—Maestro, ¿quién es mi prójimo?

Jesús no cayó en la trampa.

—Mira a tu alrededor...

Juan no se dio por vencido y fue un paso más allá:

—¿Roma es mi prójimo?

El Iscariote y el Zelota aguardaron, impacientes.

—Juan —replicó el Hijo del Hombre con resignación—, no me verás tomar partido en las disputas políticas, sociales, económicas o militares... No he venido a eso, y lo sabes...

—Pero, Maestro, Roma...

El Galileo no permitió que siguiera. Y zanjó la cuestión:

—Mi trabajo es sembrar esperanza. He venido a este mundo a revelar al Padre Azul y a despertar una memoria dormida: sois inmortales... ¿Recuerdas? ¡Sois hijos de un Dios y, en consecuencia, físicamente hermanos!

El Iscariote no pudo contenerse:

—¡Roma esclaviza!

—Judas, sed astutos como serpientes e inocentes como palomas...

No sé si el Iscariote y el resto comprendieron. Tuve la sensación de que no.

—Os envío como corderos entre lobos...

Lo contemplaron sin saber a qué se refería.

—Os envío a un mundo que vive en tinieblas. Permaneced atentos... Aun así, vuestros enemigos os conducirán ante los jueces y os condenarán...

Guardó silencio un par de segundos y concluyó:

—Algunos de vosotros seréis ajusticiados...

Ninguno se dio por aludido. Realmente no sabían...

El Zelota se animó y, venciendo la timidez, preguntó al Maestro:

—¿Son todos los hombres hijos de Dios?

—Sí, Simón...

—¿También los *kittim*?

—También los romanos... A eso he venido, querido Simón, a proclamar la buena nueva: los seres humanos, incluso los malvados, son hijos de Ab-bā. Ése es mi mensaje.

Y Juan Zebedeo volvió a preguntar:

—Maestro, ¿qué es el reino de los cielos?, ¿cómo es posible que unos miserables, como los *kittim*, estén llamados a ese reino?

Jesús negó con la cabeza, desaprobando la pregunta del Zebedeo.

Pero respondió:

—Todos los hombres y mujeres, amigo Juan, cumplen un papel en la vida. Tú, ahora, no lo entiendes. Sé humilde y acepta que Ab-bā es antes y más que tú...

Esta vez fue Juan el que negó con la cabeza.

—El reino de los cielos se basa en tres cosas esenciales —prosiguió el Hijo del Hombre—: reconocimiento de la soberanía del Padre, aceptación de la filiación entre las criaturas y ejecución del principio de principios: «que mi voluntad sea tu voluntad».

Los miró, uno por uno, y proclamó, rotundo:

—Éste es el mensaje que quiero que transmitáis a los hombres.

Así terminó aquel imborrable 12 de enero, domingo...

Al retirarme al palomar no pude evitar el recuerdo de lo vivido, y lo comparé con lo leído y estudiado en los textos evangélicos.

El resultado fue catastrófico, una vez más...

Mateo, que estuvo presente en la colina de las bienaventuranzas, al igual que Juan, arranca el capítulo 5 de su evangelio con algo desconcertante: «Viendo la muchedumbre, subió al monte, se sentó, y sus discípulos se le acercaron. Y tomando la palabra, les enseñaba diciendo: "Bienaventurados..."»

Sinceramente, no comprendí. ¿A qué muchedumbre se refería Mateo? Ese día sólo estaban los doce...

Tampoco hace referencia a la totalidad de las bienaventuranzas y, para colmo, mutila, tergiversa y oculta muchas de las palabras del Hijo del Hombre en el célebre «sermón de la montaña». Todo aparece mezclado y mal mezclado. Es como si Mateo hubiera perdido la cabeza... (1).

_____

(1) Jesús jamás dijo cosas como éstas: «... Sí, os lo aseguro: el Cielo y la Tierra pasarán antes de que pase una "i" o una tilde de la Ley sin que esto suceda. Por tanto, el que traspase uno de estos mandamientos más pequeños y así lo enseñe a los hombres, será el más pequeño en el Reino de los Cielos; en cambio, el que los observe y los enseñe, ése será grande en el Reino de los Cielos» (5, 18-20).

Algo más adelante, en el mismo capítulo 5 (versículos 27 al 37), el evangelista asegura: «Habéis oído que se dijo: "No cometerás adulterio."

Y lo más increíble: ni una sola mención al trascendental acto de la imposición de manos a los doce...

En relación a Marcos, su capítulo 10 (en especial el versículo 9), es otro vivo ejemplo de vergonzosa manipulación de las palabras del Galileo.

«Pues bien —escribe el evangelista respecto al matrimonio—, lo que Dios unió, no lo separe el hombre.»

¿Cuándo mencionó el Maestro algo así? Jamás...

Y lo repitió varias veces: «El matrimonio no es sagrado; se trata, únicamente, de un pacto humano.»

Lo he dicho, y lo repito: la Biblia (debería escribirla con minúscula) no es la palabra de Dios. La Biblia es un naufragio.

Pero sigamos...

Fue en ese mes de enero cuando Saidan, la diminuta aldea de pescadores en la que habitaba Jesús, empezó a ser visitada por gentes de múltiples procedencias. Llegaron a decenas. Había árabes, fenicios, egipcios, judíos...

Las noticias sobre el prodigio de Caná corrieron sin fronteras, deformándose inevitablemente. Todos deseaban conocer al autor de semejante maravilla. Y durante días desfilaron ante el caserón de los Zebedeo, solicitando ver y oír al Maestro.

Algunos acamparon en la playa y otros fueron acogidos en las casas de Saidan y de la cercana Nahum.

Pues yo os digo: todo el que mira a una mujer deseándola, ya ha cometido adulterio con ella en su corazón. Si, pues, tu ojo derecho te es ocasión de pecado, sácatelo y arrójalo de ti; más te conviene que se pierda uno de tus miembros, que no todo tu cuerpo sea arrojado a la *gehenna*. Y si tu mano derecha te es ocasión de pecado, córtala y arrójala de ti; más te conviene que se pierda uno de tus miembros, que no que todo tu cuerpo vaya a la *gehenna*. También se dijo: "El que repudie a su mujer, que le dé acta de divorcio." Pues yo os digo: todo el que repudia a su mujer, excepto el caso de fornicación, la hace ser adúltera; y el que se case con una repudiada, comete adulterio. Habéis oído también que se dijo a los antepasados: "No perjurarás, sino que cumplirás al Señor tus juramentos." Pues yo os digo que no juréis en modo alguno: ni por el Cielo, porque es el trono de Dios, ni por la Tierra, porque es el escabel de sus pies; ni por Jerusalén, porque es la ciudad del Gran Rey. Ni tampoco jures por tu cabeza, porque ni a uno solo de tus cabellos puedes hacerlo blanco o negro. Sea vuestro lenguaje: "Sí, sí", "no, no"; que lo que pasa de aquí viene del Maligno.»

Todo falso. Jesús jamás dijo cosas así (he estado a punto de escribir «estupideces así»). *(N. del m.)*

Entre los forasteros había de todo, como siempre.

Supe de gente sincera, que ansiaba recibir un poco de esperanza; curiosos, que sólo buscaban satisfacción personal, y, cómo no, espías y confidentes al servicio de Roma, de Antipas, de las castas sacerdotales, de los «santos y separados» y de los saduceos.

Me llamó la atención un grupo *a'rab*. Habían caminado desde la Perea. Tenían conocimiento de una misteriosa sanación, llevada a cabo por el Galileo durante su estancia en la aldea de Beit Ids. Decían que el Hijo del Hombre logró resucitar a un niño deforme y mestizo llamado Ajašdarpan...

En los primeros momentos, el Galileo, siempre atento, fue recibiendo a los recién llegados. Hablaba con ellos y respondía a las preguntas. Pero, al poco, los discípulos, temiendo por la seguridad del Maestro, optaron por ser ellos quienes conversaran con los extranjeros. Jesús aprobó la decisión y los doce se ocuparon de parlamentar con todo el que acudía al caserón. Asistí a varias de las reuniones y quedé decepcionado. Los íntimos explicaban que Jesús era el Mesías prometido, el Libertador del pueblo de Israel, el «rompedor de dientes», y que el día de la ira estaba cercano. Los esfuerzos del Hijo del Hombre parecían consumirse en puro humo. Y llegué a pensar que la inminente gira, programada por el Galileo para el domingo, 19, era consecuencia de la presión de los que se habían instalado en la playa y alrededores.

Sí y no.

A decir verdad, el Hijo del Hombre lo tenía todo calculado...

En el referido grupo de los *a'rab* me llamó la atención una familia. La componían el padre, la madre y dos hijos.

Eran los Ruṭal. Así los llamaban. Eran los «Pulpos». El alias se debía a un defecto genético del padre, heredado de los antepasados: una polidactilia (existencia de dedos supernumerarios). Era un caso espectacular. En cada mano presentaba ocho dedos, con duplicación de los pulgares, de los dedos corazón, y de los índices. El pie izquierdo tenía un dedo de más. En total, 27 dedos. Probablemente me hallaba ante un síndrome de Patau (un caso de trisomía o aberración cromosómica), pero nunca llegué a confirmarlo.

El «Pulpo» era un *halak* o barbero. Como es fácil de imaginar, desplegaba su trabajo con gran pericia, provocando entre los clientes un más que lógico temor.

Era tuerto del ojo izquierdo. Se lo vaciaron en una pelea. Eso decía.

La esposa, de unos sesenta años, era la típica árabe: sólo sabía trabajar. Hablaba poco, y casi siempre para adentro. Sufría una artritis reumatoide severa, asociada, posiblemente, a un síndrome de Felty (1). Las articulaciones interfalángicas proximales, así como las metacarpofalángicas, de las manos y de las muñecas aparecían deformadas y con estimables aumentos simétricos de las partes blandas. El dolor tenía que ser considerable. Deduje que padecía el mismo problema en los pies, rodillas, y quizá tobillos. Presentaba una considerable pérdida de peso y las piernas permanentemente ulceradas.

La hija mayor recibía el nombre de Nŭwwar (Flor), aunque ella aseguraba que su verdadero nombre era «flor que asoma en la nieve». Los suyos la llamaban Nŭ.

Era un caso dramático.

Nŭ vivía postrada. Era tetrapléjica.

Podía tener veinticinco años.

Presentaba algún tipo de lesión transversa aguda en la médula espinal (quizá a nivel de C-4) (2), que provocaba una parálisis flácida y la pérdida de sensaciones y de actividades reflejas, con inclusión de las funciones autónomas, por debajo del «choque espinal». Nŭ, en definitiva, se hallaba paralizada del cuello para abajo.

Tenía los ojos negros y enormes, siempre pendientes.

El hermano pequeño contaba que Nŭ había caído a un

(1)   El síndrome de Felty se presenta, generalmente, en asociación con la artritis reumatoide, leucopenia y esplenomegalia. Con el síndrome de Felty aparecen también la anemia, infecciones, alteraciones de la pigmentación cutánea, pérdida de peso, úlceras y adenomegalias. *(N. del m.)*

(2)   Las lesiones en las vértebras C-4 a C-5 (o por encima) causan cuadriplejía completa. Las lesiones graves de la médula espinal, por encima de C-5, generalmente son mortales. Al igual que en el cerebro, las terminaciones neurales cortadas o degeneradas de la médula espinal no pueden ser recuperadas con los métodos actuales. La lesión es permanente. En los adolescentes es relativamente común como consecuencia de zambullidas de cabeza en playas o piscinas con poca profundidad. *(N. del m.)*

pozo cuando era niña, «y fue condenada por los dioses por su travesura».

Deduje que la lesión medular cervical era consecuencia de la referida caída. De eso hacía unos veinte años.

El cuarto miembro de la familia era un muchacho, de unos nueve o diez años, al que llamaban Har, que podría ser traducido como «calor» o, más exactamente, «el que nace con el calor».

Cuidaba de su hermana y tocaba una flauta dulce, de seis orificios. Tocaba constantemente, al tiempo que Nŭ cantaba. Una de las canciones me impactó vivamente. Decía así: «Soy una peregrina... Nací cerca del paraíso y a él regresaré... Soy una peregrina... Mi nombre es flor que asoma en la nieve...»

La familia había tenido diez hijos. Cinco murieron y otros tres fueron vendidos para poder viajar e intentar sanar a Nŭ.

El anciano barbero árabe había vivido en la aldea de Rakib, al norte de Beit Ids, y a escasa distancia de la colina «778», también llamada de la «oscuridad» o de los *žnun*. Fue en Rakib donde supo de la misteriosa sanación del niño mestizo y fue allí, en un acto de coraje, donde tomó la decisión de vender cuanto poseía —incluidos tres de sus hijos— y lanzarse a la aventura de buscar al no menos enigmático «Príncipe Yuy», como llamaban en Beit Ids a Jesús de Nazaret (Yuy significaba «Dos») (1).

Y los dioses —según el «Pulpo»— los guiaron hasta el *yam*.

Cada mañana, Nŭ era transportada en unas parihuelas hasta la puerta principal del caserón de los Zebedeo. Y allí permanecía, al cuidado de Har, el niño de la flauta.

Los padres trabajaban en lo que fuera menester.

Al atardecer, el barbero regresaba y se llevaba a la «peregrina». Habían montado el campamento cerca de la fuente, junto al río Zaji. El buen hombre conversó con Andrés nada más llegar, exponiendo sus deseos. Él sabía, como digo, de la curación de Ajašdarpan y solicitó que Yuy hiciera lo mismo con su hija. No se moverían de Saidan hasta que el Hijo del Hombre hiciera el prodigio.

(1)   Amplia información en *Jordán. Caballo de Troya 8. (N. del a.)*

Andrés escuchó, atento, contempló a la paralítica, y se encogió de hombros. Y prometió transmitir la petición a su Maestro, aunque no garantizaba nada. «Ésa —insistía el "jefe"— es una decisión personal del rabí.»

Andrés comunicó a Jesús lo que sucedía, y lo acompañó hasta el rincón en el que se hallaban los hijos del *a'rab*. Har siguió tocando. El Maestro observó a la muchacha y, tras unos segundos de duda, regresó al caserón. Al poco lo vi volver junto a Nŭ. El Galileo traía una flauta de madera. Nunca supe dónde la consiguió. Era de unos 30 centímetros, también con seis orificios.

Jesús se sentó junto al muchacho y, sin mediar palabra, se puso a tocar con él.

No lo hacía mal.

Y así prosiguió, durante algo más de una hora...

Nŭ sonreía y cantaba.

Y, cada mañana, si no se hallaba en el lago, pescando, el Maestro se reunía con la paralítica, y con el niño de la flauta dulce, y tocaba melodías conocidas o improvisaba. Los padres coincidieron con el Galileo en alguna oportunidad, pero ninguno de ellos sugirió al Príncipe Yuy que sanara a la muchacha. Entendí la postura de Jesús. Se había prometido a sí mismo que no utilizaría su poder. No haría prodigios. No curaría. Eso, como digo, lo entendía. Lo que resultaba desconcertante era la postura de los padres. ¿Por qué no aprovechaban la presencia del Hijo del Hombre y le transmitían sus deseos? Necesité tiempo para descubrir que un árabe no actúa así. Ya habían comunicado el porqué de su presencia frente al caserón. No tenían porqué molestar, innecesariamente, al Príncipe. Él sabía... En el fondo era una cuestión de confianza. Y Nŭ recibió su recompensa...

Pero debo ir por orden.

Ese mes de enero, atraído por los rumores, llegó a Saidan un contingente de pícaros, vendedores ambulantes, y tunantes de toda especie. Fue inevitable. Lo había visto entre los acampados que seguían a Yehohanan. En esta ocasión se mezclaron con los visitantes, en la playa, e intentaban sablearles como fuera. Vendían lo divino y lo humano. A varios los había conocido en los vados de Omega y de las Columnas. Uno de ellos era el falso cojo que conocí el 25 de septiembre del año 25. Escondía el pie en el interior de una prótesis de madera y vendía «agua de Dekarim», un zumo de raíces de palmera, muy recomendable contra la resaca (1). También descubrí falsos mancos y falsos ciegos e, incluso, falsos leprosos. Todos solicitaban el amparo de los cielos y un máximo de monedas...

De momento se mantenían lejos del caserón de los Zebedeo.

Cerca de la fuente de Saidan fue a congregarse un pequeño grupo de leprosas. Eran diez. Procedían de la costa de Fenicia. Se cubrían con el obligado lienzo rojo que, justamente, distinguía a los *ame* o «impuros».

La gente de la aldea no permitía que se acercaran a las casas, y tampoco a la fuente. Se veían en la necesidad de contratar los servicios de no judíos, con el fin de abastecerse de lo imprescindible. Los niños disfrutaban arrojándoles piedras.

Pasé algunas horas con ellas.

La mayoría padecía lepra «blanca» o «mosaica» (hoy conocida como «anestésica»). Los rostros presentaban las típicas nudosidades abolladas, muchas reblandecidas y en estado terminal, muy ulceradas. Las manos en garra (provocadas por la lepra tuberculoide) eran igualmente frecuentes.

Había mujeres jóvenes, casi niñas, y otras ancianas. Carecían de pelo y de cejas. Otras aparecían invadidas por placas rojizas, así como por múltiples lesiones nodulares en cuellos, caras y orejas. Una de las ancianas carecía prácticamente de dedos. Una lepra lepromatosa los había devorado.

Al principio recelaron. Después, al comprender que deseaba ayudarlas, permitieron que conversara con ellas. Y supe de sus intenciones. Habían oído hablar del Galileo, y del prodigio de Caná, y querían que aliviara su calvario. Sólo pretendían verlo. Con eso —decían— era suficiente.

Nunca vi tanta fe...

Ellas, a su vez, admiraban el valor de aquel anciano griego, que no temía contagiarse.

Fue así como vi aproximarse el histórico sábado, 18 de

(1) Amplia información sobre los pícaros y vendedores ambulantes en *Nahum. Caballo de Troya 7. (N. del a.)*

enero (año 27), del que tampoco se dice nada en los textos evangélicos.

La víspera, 17 de enero, nada más regresar del *yam*, el Maestro volvió a sorprendernos. Al día siguiente, con las primeras luces, ascenderíamos de nuevo a lo alto de la colina de las Bienaventuranzas.

No dio explicaciones.

Los discípulos se interrogaron entre sí, pero nadie supo dar razón. Nadie sabía el porqué.

Andrés se limitó a transmitir la orden y a fijar el momento y el lugar de la reunión de los doce: después del amanecer y en el muelle de Nahum.

Quien esto escribe tampoco supo. Por más vueltas que le di a la memoria no fui capaz de descubrir el texto evangélico en el que se comenta esta segunda subida a la referida colina. No pude hallar el texto porque, sencillamente, no existe. Ninguno de los evangelistas refleja lo ocurrido aquella mañana del sábado, 18 de enero. Y tampoco lo entiendo. En mi opinión fue otro hecho importante...

Era la segunda vez en una semana. ¿Qué pretendía el Hijo del Hombre?

Recuerdo que Felipe, el intendente, estaba histérico. El primer gran viaje de predicación se hallaba al caer y, según sus palabras, «todo andaba manga por hombro». Felipe necesitaba información, pero nadie se la proporcionaba. En realidad, nadie sabía. Lo único concreto es que partiríamos el domingo, 19, y en dirección a la Ciudad Santa, siempre por el valle del Jordán. Allí, en Jerusalén, celebrarían la fiesta de la Pascua. Pero eso sería en abril... Faltaban casi tres meses. Felipe no sabía qué preparar y, sobre todo, en qué cantidad. Iba y venía. Hablaba solo. Tropezaba con unos y con otros y, para colmo, tenía que hacer un alto en el trabajo y subir a la colina de las Bienaventuranzas, como habían empezado a llamar al cerro en cuestión.

Entendí el nerviosismo de Felipe.

Y el sábado, 18, según lo previsto, Mateo Leví y Simón, el Zelota, que residían habitualmente en Nahum, se unieron al resto del grupo y emprendimos el camino hacia la colina.

El día prometía luz y paz. Calculé 18 grados Celsius. El viento se ausentó y el sol despegó por el este, despertando cerros, bosques y aldeas.

El Maestro supo guardar silencio, multiplicando la curiosidad general.

Me llamó la atención un detalle, poco común en Él.

Vestía la túnica blanca, y el ropón color vino, pero en el cinto colgaba una bolsita de hule negro. Nunca la había visto. Pensé en los dineros. Terminé rechazando la idea. De ese asunto se ocupaba el Iscariote.

Pregunté, pero nadie tenía idea. Los discípulos también se habían fijado.

Felipe se encogió de hombros. El intendente seguía a los suyo: ¿lentejas o garbanzos?

La subida fue un repaso a los víveres y a la impedimenta que debíamos transportar al día siguiente.

Y hacia la tercia (nueve de la mañana), algo sofocados por los incómodos ropones, coronamos finalmente la cumbre.

El Maestro solicitó que los doce se sentaran, en círculo, al igual que la vez anterior, y todos se acomodaron en la alta hierba, extendiendo los mantos sobre el pasto.

Felipe seguía a lo suyo, mascullando la lista de las provisiones, y cómo debían ser distribuidas en el carro.

¡Vaya! Ésa era una novedad. La expedición contaría con un *reda* de cuatro ruedas.

Jesús, en el centro del círculo, esperó a que sus hombres se tranquilizaran. Los fue contemplando, uno tras otro, al tiempo que acariciaba la pequeña bolsa que colgaba de las cuerdas que hacían de cinto.

Todos desviamos las miradas hacia la misteriosa bolsa de hule.

¿Qué contenía?

El Galileo adivinó nuestros pensamientos y sonrió, pícaro.

Cuando el Hijo del Hombre estimó que era el momento adecuado empezó a caminar dentro del círculo y recordó a los discípulos el mensaje que deseaba que transmitieran al mundo. Se tomó tiempo. Habló y habló, rememorando lo ya dicho sobre la inmortalidad del alma, sobre la realidad de la filiación divina, y la necesidad de la esperanza. No dijo nada nuevo, excepto un par de frases:

—... Y cuando llegue el momento, cuanto tengáis que

hablar, no os preocupéis de lo que tenéis que decir... El Espíritu que os habita hablará por vosotros...

Entendí que se refería a la «chispa». Los discípulos, sin embargo, no comprendieron.

Yo me hallaba en pie, fuera del círculo, y fui inspeccionando los rostros de los íntimos. La mayoría estaba ausente, sumida en sus preocupaciones. Salvo Mateo, que asentía de vez en cuando con la cabeza, el resto oía, pero no escuchaba.

Y el Maestro fue deteniéndose delante de cada uno de los discípulos. Llamaba a cada cual por su nombre y preguntaba si deseaba proseguir en aquella aventura. Todos respondieron afirmativamente aunque, la verdad sea dicha, no sabían de qué hablaba.

Dos horas después (hacia la quinta: once de la mañana), el Galileo dio por concluida la enseñanza y rogó que se arrodillaran. Yo, instintivamente, hice lo mismo.

Los doce se miraron unos a otros. Tampoco comprendían...

Jesús, entonces, alzó los brazos y dirigió la mirada hacia el azul quieto de los cielos. Todo era expectación. Todo se volvió silencio.

Y el Hijo del Hombre proclamó con gran voz:

—Éste es el momento de vuestra consagración a la voluntad de Ab-bā...

Creí entender.

Permitió que los discípulos descendieran sobre la idea y prosiguió:

—¡Padre, recíbeme!... Me consagro a ti ahora y para siempre...

Dejó correr unos segundos y clamó de nuevo:

—¡Padre, recíbeme!... Consagro mi voluntad a la tuya, aunque no comprenda...

Pedro interrogó a su hermano Andrés con la mirada, pero el «jefe» no supo qué decir, y se encogió de hombros.

—¡Padre, recíbeme!... Sé que me habitas... Me arrodillo y proclamo tu *bellinte*... Llévame de la mano.

Se hizo el silencio.

Jesús había terminado la oración. Probablemente, después del Padrenuestro, la más notable que pronunció el Hombre-Dios.

Acto seguido, el Galileo se dirigió al Iscariote, colocó las manos sobre la cabeza del discípulo, y repitió la fórmula de consagración a la voluntad del Padre:

> ¡Padre, recíbeme!
> Me consagro a ti ahora
> y para siempre.
> ¡Padre, recíbeme!
> Consagro mi voluntad a la tuya,
> aunque no comprenda.
> ¡Padre, recíbeme!
> Sé que me habitas.
> Me arrodillo y proclamo tu *bellinte*.
> Llévame de la mano.

Judas no movió un músculo.

Y, lentamente, uno tras otro, el Maestro fue colocándose frente a los íntimos, y recitando la misma oración.

Percibí cómo a Mateo se le humedecían los ojos. Fue el único que exteriorizó cierta emoción. Y abro un paréntesis. Si Mateo Leví fue testigo de estos hechos (y lo fue), ¿por qué no lo menciona en su evangelio? ¿Fue suprimido posteriormente? Cierro el paréntesis.

Como decía el Maestro, quien tenga oídos que oiga...

Finalmente llegó frente a este explorador y proclamó la fórmula de consagración a la voluntad de Ab-bā..., con una sutil variante:

> ¡Padre, recíbeme!
> Me consagro a ti ahora, en el tiempo,
> y mañana, en el no tiempo.
> ¡Padre, recíbeme!
> Consagro mi voluntad a la tuya,
> aunque no comprenda.
> ¡Padre, recíbeme!
> Sé que me habitas.
> Me arrodillo y proclamo tu *bellinte*.
> Llévame de la mano.

Tomé buena nota. Desde entonces es una oración que repito con frecuencia; en especial, en los momentos difíciles.

Terminada la ceremonia, Jesús animó a sus hombres a que se alzaran.

Fue entonces, en mitad del silencio, cuando el Galileo echó mano de la pequeña bolsa de hule.

Nos miró, divertido. Sabía de nuestra curiosidad y de los comentarios formulados por el camino.

Y redondeó el suspense unos segundos más...

Finalmente, abrió la bolsita y extrajo parte del contenido. Pero no dijo nada. Tampoco lo mostró.

Caminó despacio hacia el Iscariote y lo depositó en la mano izquierda del discípulo. Después abrazó a Judas y declaró:

—¡Bienvenido...!

Y repitió la operación, uno por uno.

Todos contemplaron «aquello», desconcertados.

Él se limitaba a sonreír y a proclamar:

—¡Bienvenido...!

Al llegar frente a mí modificó el orden. Primero me abrazó, y con fuerza. Sentí su energía, atravesándome. Era un fuego blanco, sin principio ni fin. Me inundó. Noté un nudo en la garganta. No supe qué decir.

Y susurró:

—¡Bienvenido..., aunque tú ya estabas!

Después, feliz, abrió mi mano derecha y depositó en ella una piedra azul, perfectamente circular, bellísima, de unos dos centímetros de diámetro.

La contemplé, atónito.

¿Qué era aquello?

Jesús no dio explicaciones. Era su estilo. Cada cual debía descubrir el sentido o la simbología de la gema. Cuando regresé al Ravid la sometí a todo tipo de exámenes y supe que me hallaba frente a una piedra preciosa, conocida como iolita (1).

---

(1) La iolita es un silicato de aluminio y magnesio. La pieza analizada presentaba la fórmula $Mg_2Al_4Si_5O_{18}$. Dureza: 7,2 en la escala de Mohs. Densidad: 2,57. Índice de refracción: 1,53. Birrefringencia: 0,009. Refracción de signo negativo. Dispersión débil (0,018). En la actualidad es conocida también por el nombre de dicroíta, debido a su gran pleocroísmo. Algunos le han dado el nombre de cordierita. La pieza entregada por el Galileo procedía de las minas de Coimbatore, en Madrás (India). Nunca supe cómo llegó hasta Él. Fue el ingeniero quien lograría averiguarlo. *(N. del m.)*

Es una piedra con un pleocroísmo (1) intenso, capaz de provocar reflejos azules celestes, azules violetas y amarillos color miel. Fue Eliseo quien, tiempo después, me puso tras la pista del simbolismo de la piedra azul. Mencionó algo: en la antigüedad, los vikingos utilizaban la iolita como un filtro. En los días nublados buscaban el sol con dicha gema y eso les permitía orientarse.

Mensaje recibido.

Y hacia el mediodía, cuando nos disponíamos a descender de la colina, una bandada de pelícanos nos sobrevoló. Formaban una «V». Se dirigían al sur. Fue otra señal, al menos para quien esto escribe. Para los judíos (no para los pescadores), el pelícano simboliza el amor total y desinteresado. Como es sabido, cuando la madre no consigue la necesaria pitanza para las crías, termina abriéndose el pecho y entregando el corazón a la prole.

Todos recibieron el mismo tipo de piedra preciosa. Todos quedaron consagrados a la voluntad de Ab-bā. Todos contemplaron los pelícanos y todos fueron bienvenidos al reino de la fraternidad. Dudo, no obstante, que el múltiple mensaje fuera comprendido por los allí reunidos. De hecho, como dije, nada de esto fue reflejado por los evangelistas...

Pero ¿por qué? No lograba entenderlo. Las piedras azules fueron guardadas como un tesoro. ¿Por qué los mal llamados «escritores sagrados» —sobre todo Mateo y Juan— no dicen ni palabra?

Esa noche recibiría una posible explicación...

Vencida la tarde regresamos a Nahum.

Allí aguardaba otra sorpresa, no tan agradable.

Cuando nos disponíamos a embarcar, rumbo al barrio pesquero de Saidan, aparecieron las mujeres. Eran las esposas de los discípulos, acompañadas de otros familiares y amigos. A la cabeza, como siempre, la inquieta Zaku, esposa de Felipe, y Perpetua, la mujer de Simón Pedro.

Interrogaron a Jesús.

«¿Qué era eso de una larga gira hasta la Ciudad Santa? ¿Qué sería de sus hijos?»

(1)   El pleocroísmo es la propiedad de presentar diferentes coloraciones, según la dirección e incidencia de la luz. *(N. del m.)*

El Maestro dejó que hablaran. Los discípulos se revolvieron, inquietos y molestos.

—Regresaremos... Confiad en el Padre.

Las palabras del Galileo no causaron el efecto deseado. Y continuaron discutiendo con los esposos, y entre ellas.

Mateo Leví intervino, y muy oportunamente.

Tomó aparte a las mujeres y explicó que no tenían nada que temer. Había dinero suficiente para costear el viaje. En los últimos seis meses, la pesca había proporcionado más de 500 denarios de plata de beneficio. Con eso resistirían y ayudarían a las familias en apuros.

No se fueron muy convencidas...

Fue a raíz de este incidente, ya en el caserón de los Zebedeo, cuando los discípulos plantearon la necesidad de disponer de un sistema de correos que los mantuviera informados sobre las respectivas familias y sus necesidades.

Discutieron.

Jesús se retiró a su habitación y se mantuvo al margen.

Hizo bien. Necesitaba descansar. Se avecinaban sorpresas y, sobre todo, tensiones...

Andrés propuso que el servicio de correos fuera organizado y dirigido por David Zebedeo, el hermano de Juan y de Santiago. Fue aprobado por unanimidad.

Fue así como nació el cuerpo de mensajeros que tanto juego proporcionó en la vida pública de Jesús y, especialmente, en los aciagos días de la Pasión y Muerte del Maestro.

El resto de la noche fue dedicado a comentar lo acaecido en la colina de las Bienaventuranzas.

Sólo Felipe estuvo ausente. Los preparativos del viaje, como dije, lo mantenían ocupado. A última hora surgió un problema: el carro previsto para transportar los víveres era pequeño. Necesitaban un *reda* más grande. Y el paciente Felipe se vio en la necesidad de trasladarse a Nahum, con el fin de contratar un vehículo de mayor capacidad. Felipe bramaba. El Iscariote, al parecer, no soltaba el dinero para la contrata del *reda* sin la previa autorización, por escrito, del administrador general: Mateo.

«Cuestión de orden», decía Judas. «Cuestión de burocracia», protestaba Felipe.

Mateo, finalmente, resolvió el rifirrafe, y Felipe salió a la carrera.

Y, como digo, retomaron el hilo del misterio de la piedra azul, regalo del Galileo.

Cada cual dio su opinión.

Juan Zebedeo, el Zelota y el Iscariote hicieron causa común: «La iolita era un código secreto; con él establecerían contacto, cuando llegara el momento.»

Los gemelos no dijeron nada, como también era habitual.

Pedro, Santiago de Zebedeo y Tomás hablaron de brujería. «La piedra —decían— hechizaría a los *kittim*.»

Bartolomé, el «oso» de Caná, aprovechó la circunstancia para deslizar otra de sus fantásticas historias, asegurando que en un viaje por la India (?) había contemplado a hombres que volaban, merced al socorro de piedras como aquéllas. Bastaba con sujetarla en la mano, y dirigir el pensamiento hacia un lugar, para que la iolita lograra elevar al poseedor de la gema por los aires.

Nadie le creyó, y se burlaron de él.

Pedro mostró la piedra azul, la encerró en su mano izquierda, cerró los ojos, y deseó transportarse a Roma, «lejos de su suegra».

Todos contemplaron la escena, perplejos y expectantes. Pero el pescador, obviamente, no se movió del sitio. Y las risas y burlas arreciaron. El «oso» tuvo que guardar silencio.

Mateo, como no podía ser de otra forma, contempló la posesión de la bella piedra como «una reserva económica».

Andrés se abstuvo. Su preocupación estaba en otro lugar: en el dichoso carro...

Y quien esto escribe se preguntó: ¿pudo ser aquel manifiesto desacuerdo entre los discípulos lo que terminó por hacer desaparecer de los textos evangélicos el mencionado pasaje de la consagración a la voluntad del Padre y el posterior regalo del Hijo del Hombre a los doce?

Y llegó el increíble domingo, 19 de enero (año 27).

Ese día amaneció a las 6 horas y 37 minutos.

Cuando bajé a la «tercera casa», el lugar era un manicomio.

Todos gritaban. Todos corrían. Todos entraban y salían. Nadie hacía caso a nadie.

Busqué al Maestro. No lo hallé. Nadie supo darme razón.

Pensé en el lago. Quizá estaba aseándose.

Desayuné como pude y me dediqué a contemplar al personal.

Felipe no había dormido en toda la noche. Era el más alterado.

Frente a la puerta del caserón fue situado un carro de cuatro ruedas, cubierto.

Medio pueblo volvió a concentrarse en los alrededores. Todos se hacían lenguas. Todos decían conocer el verdadero y secreto objetivo de aquel viaje: clamar contra Roma durante la festividad de la Pascua. Todos decían saberlo de buena tinta.

Parte de los extranjeros que acampaban regularmente en la playa se hallaba también a las puertas del caserón. Asistían, intrigados y expectantes, a los últimos preparativos del viaje.

En un rincón, como siempre, aparecían Nŭ, la tetrapléjica, y su hermano, el niño de la flauta. Miraban, atónitos.

El cambio del *reda* fue un acierto, a juzgar por los víveres y la impedimenta programados por el intendente.

Dos viejas mulas tordas tiraban del carro. Viejas no: viejísimas. Eran del tipo *hinni* (mezcla de caballo y burra). Se llamaban *Baqâr* y *Schôr*. Los términos significaban «Trabajador» y «Robusto», respectivamente.

Eché un vistazo al interior del carro y quedé desconcertado.

No parecía que fuéramos a una gira por el valle del Jordán. Parecía que nos dispusiéramos a atravesar el desierto del Gobi...

Esto es lo que recuerdo: Felipe dispuso dos grandes tiendas de pieles de cabra (una negra y otra blanca), los aparejos necesarios para el montaje, pértigas, cuerdas, pieles de repuesto, y víveres para tres meses. ¿Tres meses? Yo diría que para seis...

Felipe subía y bajaba del *reda* con agilidad. Cada vez que descendía se lamentaba por algo, y corría al interior del caserón, a la búsqueda del paciente Andrés.

Soy incapaz de recordar la totalidad de los víveres dispuestos, pero había, al menos, cinco sacos de legumbres (arroz, lentejas, garbanzos y alubias), con un peso por saco de una *efa* (43 kilos, aproximadamente). A esto se añadió carne salada en abundancia (alrededor de tres *efa*), pescado ahumado (especialmente tilapias), dátiles de diferentes tipos (bellotas, cariotes y adelfidos, muy dulces), langostas cocidas («saltadoras»), cacharros de cocina, dos fuelles para alimentar el fuego, una gran plancha, abombada, para la cocción del pan, dos parrillas de hierro para el asado, trece lucernas de barro (con la consiguiente reserva de aceite de oliva), frascos (ni se sabe la cantidad) con los aceites esenciales y los remedios (?) que «recetaba» Felipe, sombreros de paja (dos por discípulo), frutos secos, quesos, y las «estrellas» de la expedición: *Tiberia* y *Cleo*, dos gallinas ponedoras, tipo guinea. No pregunté el porqué de los nombres. No me atreví...

Andrés, como jefe de grupo, inspeccionó el *reda* en varias ocasiones. Y en todas ellas encontró algo que debía ser retirado del carro. En una de las oportunidades ordenó a Felipe que se deshiciera de dos vasijas. Quedé pasmado. Una contenía caracoles vivos. Felipe los alimentaba con una mezcla de harina y mosto. Las protestas del intendente no sirvieron de nada. Y los caracoles fueron repartidos entre los extranjeros. El contenido de la segunda cántara era más «espectacular». Felipe tuvo la santa paciencia de reunir una «bola» de ratas de campo, vivas. No sé si lo he comentado, pero esta clase de roedor era un manjar exquisito para judíos y gentiles. Se lo disputaban en los mercados. En la vasija fueron dispuestas varias cargas de bellotas y nueces con el fin de alimentarlas durante el viaje.

Me alegré por la sabia y prudente decisión del «jefe».

Y hacia las once la mañana (hora quinta), Felipe procedió a la enésima revisión del *reda* y de los petates de sus compañeros. Los gemelos lo ayudaban en todo momento.

Cada cual presentó el saco de viaje y tuvo que mostrar el contenido a Andrés y a Felipe.

No observé nada extraño, salvo el arnés de cuero que debía portar Simón Pedro durante la noche, y que fue ideado para evitar los ronquidos.

Al cinto, obligatoriamente, colgaban un par de sandalias y un pequeño calabacín hueco, con una piedra en el interior, que hacía las veces de «cantimplora». Las sandalias presentaban las suelas planas, de madera o hierba prensada.

Y olvidaba un detalle no menos importante...

En el *reda*, envueltas en un lienzo, conté quince *gladius* de doble filo. El Iscariote, Juan Zebedeo y Simón, el Zelota, se ocuparon de revisar las espadas, y de dar el visto bueno.

Naturalmente, amarrada al carro, recién pintada, aparecía la *Chipriota*, la cabra de Felipe.

Estábamos todos.

Y los allí congregados vitorearon a los discípulos.

«¡Abajo Roma!»

También vi a las esposas. Parecían más tranquilas. Y corearon con los vecinos y forasteros:

«¡Abajo Roma!»

Fue Andrés quien se percató de la ausencia de Jesús. Nadie lo había visto en toda la mañana. ¿Qué sucedía? ¿Dónde estaba el Maestro?

Alguien entró en el caserón y preguntó. Nadie sabía nada.

Zal tampoco se hallaba en el lugar.

Y los discípulos se movilizaron.

Andrés se dirigió a la playa.

Podían ser las doce del mediodía.

Me fui tras él.

No tardamos en descubrir a *Zal*. Se hallaba en la orilla, con las patas delanteras sobre la borda de una de las embarcaciones embarrancadas en la arena. Ladraba y agitaba la cola con insistencia.

En el interior de la barcaza distinguí la alta silueta del Maestro. Estaba sentado, con la cabeza baja. No parecía prestar atención a los preocupantes ladridos de su perro.

Andrés y yo nos miramos.

Algo pasaba.

Caminamos despacio, intentando pensar. ¿Qué había sucedido?

Nos colocamos frente a Él, pero no reaccionó. Permanecía, en efecto, con la cabeza inclinada y los cabellos sueltos. Vestía la túnica blanca. A su lado, en el fondo de la lancha, perfectamente doblado, aparecía el manto. Algo más allá descansaba el petate.

Zal seguía ladrando, y lo hacía sin perder de vista a su amo.

El noble animal intuía algo...

Pero ¿qué era lo que le ocurría? Ni siquiera saludó. Él sabía que estábamos allí...

Fue Andrés quien se decidió a hablar.

—Señor, todos te esperan...

El Galileo no replicó. Continuó con el rostro hundido y oculto por los cabellos.

Zal ladraba y ladraba.

Empecé a preocuparme.

—Señor —insistió el «jefe»—. Hoy es el día grande y triunfal. Debemos ir...

Jesús, entonces, levantó la cabeza, apartó el pelo del rostro, y nos contempló en silencio.

Sentí un escalofrío.

El Hombre-Dios lloraba.

Era un llanto sereno y continuado.

Las lágrimas resbalaban y se precipitaban entre la barba. Allí desaparecían.

Zal empezó a gemir...

Andrés, espantado, dio un paso atrás. Era la primera vez que el discípulo veía llorar al rabí.

No terminaba de entender. ¿Por qué lloraba?

El discípulo se rehízo y, con voz quebrada, preguntó:

—Maestro, ¿quién te ha ofendido? Dímelo y le arrancaré el corazón...

Jesús no acertó a replicar. El llanto lo ahogaba.

Se secó las lágrimas y, al poco, intentó dibujar una sonrisa. Lo consiguió a medias.

Y el bueno de Andrés insistió:

—¿Qué te hemos hecho, Señor?

El Maestro negó con la cabeza. Las palabras seguían sin obedecer.

Y por mi mente pasó de todo. ¿Lloraba a causa de alguna desgracia? Pensé en Ruth. Volví a estremecerme. ¿Había muerto? Eso no era posible...

Él captó mi inquietud, me dirigió una mirada, y movió la cabeza, negativamente. ¡Qué difícil era acostumbrarse...!

Pero, si no se trataba de Ruth...

—Por favor, rabí, ¿qué sucede?

Andrés estaba lívido.

El Hijo del Hombre se hizo con el control. Las lágrimas desaparecieron y una sonrisa fue iluminándole.

Finalmente exclamó:

—Poca cosa, Andrés... Sucede que estoy triste.

Fue la única vez, que yo recuerde, que Jesús de Nazaret reconoció estar apenado.

Zal continuaba gimiendo, siempre con las patas sobre la borda del barco.

Y el Maestro explicó el porqué de su tristeza: era la primera gira de predicación, efectivamente, pero nadie de su familia carnal había acudido a despedirle. Así de simple.

Tenía razón.

Ni Andrés ni este explorador nos atrevimos a hacer un solo comentario. ¿Qué podíamos decirle? La familia del Maestro, en efecto, se hallaba lejos, y en su contra. Pero nada de esto fue relatado... Obviamente, no interesaba lastimar la imagen de la Señora.

Jesús fue breve en la explicación.

Saltó a tierra y *Zal* se precipitó hacia Él. Se colocó de patas sobre el pecho del Galileo y la emprendió a lengüetadas con su amo. El Hijo del Hombre agradeció el afecto del perro y acarició con fuerza la cabeza y el bello manto color estaño.

El rabí hizo ademán de tomar el saco de viaje. No lo permití. Me adelanté y cargué el petate.

Jesús sonrió, tomó el ropón color vino, me guiñó un ojo y proclamó, decidido:

—¡Vamos!... ¡Despertemos al mundo!

Y nos dirigimos hacia las escaleras que conducían a la zona trasera del caserón.

El petate pesaba lo suyo. ¿Qué llevaba el Hombre-Dios en el saco?

Al ver a Jesús, los vítores arreciaron.

«¡Abajo Roma!»

Todo estaba listo para la gran aventura.

El Maestro amarró en la cabeza la habitual cinta blanca, sujetando los cabellos, y se dispuso para la marcha.

Y en eso se presentaron algunos de los forasteros que acampaban en la playa. Deseaban unirse a la «marcha contra Roma». Así la definieron.

El Galileo trató de hacerles ver su error. Aquello no era una marcha política, pero los acampados no escucharon.

Fue Andrés quien suplicó que les permitieran partir. Y aceptaron a regañadientes. En realidad no aceptaron. Se limitaron a dejar marchar a los expedicionarios. Algún tiempo después los vimos en la distancia. Nos seguían con gran tenacidad. Calculé alrededor de un centenar.

Y la expedición se puso en movimiento.

Felipe guiaba las mulas y los gemelos marchaban a uno y otro lado del *reda*, pendientes de las órdenes del intendente.

Salomé y las hijas lloraban.

Los amigos y familiares nos acompañaron durante un trecho.

De pronto, Abril surgió de entre los caminantes, se colgó de mi cuello, me besó y huyó a la carrera.

Yo me quedé quieto, desconcertado. Y la vi perderse por la senda, en dirección a Saidan.

Cuando habíamos avanzado unos quinientos metros, también por sorpresa, vi aparecer a Har, el hermano de la tetrapléjica. Alcanzó al Maestro, que marchaba a la cabeza, y le entregó su flauta dulce. El niño, muy serio, exclamó, en árabe:

—Recuérdanos...

El rabí tomó la flauta, sonrió al muchacho, le dio las gracias, y prosiguió con sus típicas zancadas.

Y el *reda* y los animosos embajadores del reino invisible y alado prosiguieron por la orilla este del lago, buscando el sur.

Necesitamos toda la jornada para alcanzar la segunda desembocadura del río Jordán.

Aquello fue la locura.

La gente salía al paso y vitoreaba a Jesús y a los discípulos. No importaba que no los conocieran. Éramos importantes, a juzgar por la *Chipriota*...

Los íntimos saludaban y correspondían. Los vecinos los abrazaban y les proporcionaban de todo: pan recién horneado, vino, pollos, flores...

El más feliz era Felipe. Todos sabíamos por qué... El carro iba a rebosar.

El Iscariote, Juan Zebedeo, Pedro y el Zelota no caminaban: flotaban.

Aquello era un sueño. No habían empezado la labor de divulgación de la buena nueva y ya los trataban como a héroes...

Y se felicitaban entre ellos.

El Maestro seguía a su ritmo, siempre a la cabeza, con *Zal* a su lado, pendiente.

Se produjo un solo tropiezo.

Al llegar a En Gev, hacia la hora nona (tres de la tarde), las mulas dijeron basta. Demasiado peso. No hubo forma de hacerlas proseguir. Los gemelos la emprendieron a palos, pero el Maestro los amonestó. No era un problema de tozudez de los animales, sino de imposibilidad de arrastre. El *reda*, según mis cálculos, llevaba una carga superior a los 1.100 kilos.

Finalmente se impuso la cordura.

Había que trasvasar parte de la impedimenta a un segundo *reda*.

Y empezó una discusión entre el Iscariote, Mateo y Felipe.

Jesús dejó hacer.

Judas no deseaba desequilibrar la tesorería. Era pronto para un gasto así. Eso clamaba. ¿Qué otra cosa podían hacer? El Iscariote propuso que cargásemos los bultos. La idea fue rechazada por todos.

Por último, Felipe y el Iscariote entraron en el poblado y buscaron un segundo carro y otras dos mulas. El inesperado contratiempo supuso un desembolso de 200 denarios. Si el *reda* y los animales eran devueltos en el plazo de una semana, Judas recuperaría la mitad de la inversión.

Se llevó a cabo el oportuno trasvase de víveres y la expedición continuó su camino.

El Iscariote echaba pestes...

Lo pensé más de una y más de dos veces.

Antipas no tardaría en ser informado de aquella «marcha contra Roma», como la maldefinieron los extranjeros. Y otro tanto sucedería con los *kittim*, y con las castas sacerdotales... En fin, ya no tenía solución.

Me fui fijando en los discípulos. ¿Existía en verdad un segundo traidor? Si la información del tetrarca era correcta, ¿cuál de ellos era el confidente?

Tenía que permanecer atento. Era importante descubrirlo.

Esa noche dormimos en las afueras de Bet Yeraj, uno de los núcleos urbanos que integraban lo que yo había dado en llamar la «metrópoli» (1), un conjunto de ciudades y pueblos, entrelazados, que sumaban más de cuarenta mil habitantes. Bet Yeraj o «Casa de la Luna» era la población más populosa y antigua del sur del mar de Tiberíades (2).

Tomás, responsable del itinerario, conocía bien el lugar. Y escogió para acampar lo que llamaban «los graneros»: diez enormes torres de piedra negra, basáltica, de nueve metros de diámetro cada una, que guardaban el trigo de Antipas. «Los graneros» se hallaban protegidos por otro muro, también de piedra. En el interior vigilaba, permanentemente, una patrulla *kittim*, con base en Tiberíades.

El lugar no gustó a Juan Zebedeo y, mucho menos, al Iscariote y al Zelota. Pero todos estábamos cansados y nadie discutió la elección. Además, no teníamos por qué ver a los romanos...

Fue la prueba de fuego para Felipe. Era su primera cena con el grupo y tuvo que multiplicarse. Bartolomé tenía la pierna izquierda dolorida y necesitó que su amigo, el de Saidan, le proporcionara un bálsamo y unas buenas friegas. Otros discípulos exigieron que Felipe hiciera lo mismo con sus pies. Y lo plantearon con malos modos. Felipe no se cortó un pelo y los mandó, directamente, al infierno. Y ahí nacieron nuevas broncas y peleas.

Andrés se vio en la necesidad de mediar y la paz se restableció de forma momentánea.

Jesús hizo un aparte con Tomás, el mellizo, y deduje que planificaron el itinerario del día siguiente. No me equivoqué. Al poco, Tomás confirmaba mis sospechas y anunciaba que el Maestro deseaba acampar en las proximidades del río Artal, en el meandro Omega, el lugar de su bautismo.

Nos hallábamos a poco más de treinta kilómetros. Yo conocía la senda que llevaba hasta ella. La había recorrido en diferentes oportunidades. A buen paso, y sin tropiezos, necesitaríamos del orden de seis o siete horas.

(1) El extenso núcleo, al sur del *yam*, reunía las siguientes poblaciones: Bet Yeraj, las dos Deganias, Senabris, Kinnereth y Philoteria, entre las más destacadas. No se sabía dónde empezaba una y dónde terminaba la siguiente. *(N. del m.)*

(2) Bet Yeraj fue fundada por los cananeos en el 5000 a. J.C. *(N. del m.)*

Pero el grato aroma de las lentejas me sacó de estas reflexiones. Estaba hambriento.

Jesús se hallaba de un humor excelente. Repitió las lentejas y felicitó a Felipe.

«Todo perfecto...»

Y en esas estábamos, relajados alrededor del fuego y con los respectivos cuencos de madera en las manos, cuando estalló un nuevo y estúpido conflicto.

El Iscariote, de pronto, hizo un comentario.

Señaló las siluetas de los graneros, difuminadas por el ocaso, y recomendó al Maestro que, una vez inaugurado el reino, volviera a Bet Yeraj, asaltara las torres y repartiera el trigo de Antipas entre los más necesitados.

El Galileo lo miró, perplejo.

Se hizo el silencio, pero fue breve.

El Zelota y Juan Zebedeo apoyaron la iniciativa de Judas y afirmaron que los graneros de Tiberias y de Nahum deberían correr idéntica suerte.

Obviamente, no habían entendido nada...

Jesús continuó removiendo el potaje y su rostro se endureció.

No sé si se disponía a replicar cuando Mateo, dirigiéndose al Iscariote, le reprochó «sus cortas miras». Y añadió, con acierto, que aquél no era el reino del que tanto hablaba el rabí.

Como ya dije, Mateo, el publicano, fue el primero (quizá el único) que medio entendió el mensaje del Hijo del Hombre.

Judas, todavía rabioso por el incidente con el segundo *reda*, lo pagó con Mateo. Se levantó. Lo insultó entre sibilancias y toses, y solicitó a Jesús «que expulsara del grupo a aquel maldito *gabbai* (recaudador) al servicio de los romanos».

Juan Zebedeo se unió a la petición.

Todos callaron.

Mateo estaba aterrorizado.

Miró a Jesús, pero éste siguió con las lentejas.

El que no esperó fue el Iscariote.

Y antes de que nadie se pronunciara se aproximó a Mateo y le arrojó las lentejas a la cara.

Mateo se alzó, dispuesto a responder a la ofensa de Judas.

Andrés, rápido, se interpuso, y también los gemelos de Alfeo. Y Mateo fue obligado a regresar a su lugar.

Las toses y silbidos arreciaron en Judas, así como las maldiciones e improperios contra el ex recaudador.

El Iscariote, entonces, se encaminó hacia la olla de las lentejas y la volcó de una patada.

Felipe, impotente, empezó a sollozar.

Y los discípulos se dividieron. Unos trataron de consolar al intendente. Otros recogieron lo que buenamente pudieron, que no fue mucho.

El Iscariote tomó el petate y se alejó en la oscuridad.

Al pasar cerca del Maestro, *Zal* se incorporó y ladró con fuerza al Iscariote.

El Maestro no dijo nada. Había perdido la sonrisa y el buen humor. Todos nos sentimos desasosegados. Pronto me acostumbraría a estas broncas, más frecuentes de lo que podamos imaginar, e igualmente ignoradas en los textos evangélicos.

Al día siguiente, lunes, 20 de enero (año 27), el alba llegó a las 6 horas y 37 minutos (según los relojes de la «cuna»). Y lo hizo benéfica, repartiendo azules y naranjas.

Todo parecía olvidado.

Los discípulos desayunaron complacidos. *Zal* estaba feliz. La *Chipriota* proporcionó una leche excelente y Andrés y Felipe revisaron la impedimenta.

Jesús se levantó cantando... Menos mal.

Judas tomó su desayuno, pero continuó con aquella mirada torcida. La crisis asmática había remitido.

No habló con nadie. Y no lo hizo en todo el camino.

La marcha se reanudó y cubrimos los casi cuarenta kilómetros en poco más de siete horas, tal y como Tomás y el Maestro habían previsto. No hubo incidencias dignas de mención, salvo el descubrimiento, en la lejanía, como ya referí, del grupo de seguidores (?) que acampaban en la playa de Saidan cuando partimos. Se mantuvieron a distancia pero, obviamente, tenían intención de incorporarse a la expedición del Hijo del Hombre en cuanto fuera posible. Y así ocurrió.

Nos detuvimos en la aldea de Ruppin, muy próxima a las «once lagunas» y al criadero de cocodrilos y, tras abastecernos de lo imprescindible, cruzamos el río Jordán, adentrándonos en un paraje bien conocido por quien esto escribe:

Omega (1). Se trataba, como ya relaté en su momento, de un gigantesco meandro, en forma de herradura, de unos 700 metros de diámetro. Lo formaba el Artal, uno de los afluentes del Jordán. Los judíos conocían el lugar como *Ahari*, pero la designación más popular era Omega, por la semejanza de la curva con la letra griega.

Pensé que Jesús emplazaría el campamento en la zona acostumbrada, junto a las cinco grandes lajas de piedra negra, en el lado más oriental del Artal. No fue así.

Hacia las tres de la tarde (hora nona), al poco de penetrar en el bosque de los pañuelos (2), cuando apenas habíamos recorrido un kilómetro (desde la aldea de Ruppin), el Galileo abandonó la senda que cruzaba el referido bosque, y se dirigió a la orilla derecha del Artal. Nos hallábamos, justamente, en el extremo opuesto al lugar donde se registró la excitante ceremonia del bautismo del Hijo del Hombre el 14 de enero del año 26.

El Maestro dio las órdenes oportunas y Andrés, tras inspeccionar la zona, indicó que podíamos descargar los *redas*.

Allí permaneceríamos dos semanas.

El paraje era tranquilo, entre los altos *davidia*, y a un paso de las rumorosas y pacíficas aguas del Artal.

Me sentí bien. No se distinguía a nadie en los alrededores. Las lajas quedaban a cosa de dos kilómetros. Era preciso cruzar el bosque para llegar a ellas.

Y Felipe, y el resto, se afanaron en el montaje de las tiendas, y en la organización del campamento.

Jesús y la *tabbaḥ* (su escolta personal) fueron asignados a la tienda blanca. Judas de Alfeo, el tartamudo, los acompa-

(1)   Amplia información sobre Omega en *Jordán. Caballo de Troya 8*. *(N. del a.)*

(2)   El mayor describe así el lugar: «... Omega era un apretado bosque, con algunos pequeños claros, muy pocos. Dominaban los tamariscos y un matorral bajo, parecido a la siempreviva, que teñía los pies de la arboleda de un violeta hermoso y relajante. Pero lo que llamaba la atención en la gran "herradura" eran unos árboles de unos veinte metros de altura, muy hermanados, ocupando prácticamente la totalidad del meandro, con enormes flores blancas, colgantes como pañuelos al aire. La menor brisa las hacía oscilar. En la distancia, uno tenía la sensación de que era saludado por miles de amigos. Para mí fue el bosque de los "pañuelos". "Santa Claus" identificó esta especie de árbol como la *Davidia involucrata*, de la familia de las davidiáceas. Procedían de la actual China occidental.» *(N. del a.)*

ñaría. Andrés se ocupó personalmente del sorteo, y todos aceptaron. En la tienda negra dormiría el resto. Judas Iscariote se negó a compartir alojamiento con Mateo y eligió dormir al raso, entre los árboles. Yo también me decidí por el bosque, aunque por razones diferentes. La temperatura era agradable (alrededor de 18 grados Celsius). Lo pensé bien. Era preferible mantener una cierta distancia con el grupo. No me equivoqué...

Jesús se desnudó y se lanzó a las aguas del Artal.

Disfrutó del baño.

Esa noche, a la hora de la cena, el Maestro se dirigió a sus hombres e hizo una serie de aclaraciones.

En primer lugar, e insistió en ello varias veces, nada de predicar en público.

Los discípulos no esperaban un aviso así. Y se mostraron contrariados.

Pero el Maestro prosiguió:

«Nada de críticas..., a nadie.»

Lo repitió tres veces.

Y en mi mente apareció la imagen de Yehohanan, embarrando los nombres de Antipas y de Herodías.

Estaban allí para reflexionar y para prepararse. Lo que se avecinaba era importante.

—Instalar el reino de mi Padre en el corazón del hombre no es fácil...

Y el Galileo llamó la atención sobre algo que sabían de sobra: nos hallábamos en la Decápolis; aquello no era territorio del tetrarca, pero Antipas disponía de ojos y de oídos en todas partes. ¡Cuánta razón tenía!

Debían permanecer atentos a las indicaciones de Andrés, el jefe.

En esos momentos (primera vigilia de la noche) observamos luz al otro lado del bosque. Algunas antorchas iban y venían... Los discípulos hicieron comentarios. Y el Zelota lamentó no ir armado. Los *gladius* continuaban en el carro, por expreso deseo de Andrés.

Jesús también se fijó en las luces, pero continuó hablando.

Pensé en los extranjeros que nos seguían.

Aquella situación me resultaba familiar...

Y el Galileo insistió en algo que ya expresó meses antes:

«Llegado el momento, yo me ocuparé de las críticas.»

Contempló a sus hombres y se detuvo unos instantes en el torcido Iscariote. Judas tradujo el silencio, y la intensa mirada del rabí, y lo hizo, como siempre, a su aire. Se levantó y se alejó. Efectivamente, era más rencoroso de lo que creía.

Al día siguiente, martes, comprobé que tenía razón. Las antorchas pertenecían al centenar de extranjeros que seguía al Maestro desde Saidan. Habían acampado junto a las lajas.

Se entrevistaron con Andrés y se comprometieron a respetar el aislamiento del campamento de los doce. Se quedarían donde estaban.

Jesús tomó a *Zal* y se perdió en lo más espeso del bosque.

Los hermanos Zebedeo y Pedro no reaccionaron a tiempo y el Maestro desapareció entre los *davidia*. La escolta falló.

Las lamentaciones de Simón Pedro duraron poco.

Jesús había aleccionado a Andrés sobre lo que debían hacer y, a eso de las nueve de la mañana, una veintena de seguidores solicitó al jefe que los instruyera sobre el reino. Era lo previsto por el Hijo del Hombre. Y los discípulos, por parejas, fueron situándose sobre las lajas negras. Al principio conversaron en pequeños grupos (no más de veinte). Felipe y los gemelos quedaron exentos. Judas, previa consulta a Andrés, montó en el segundo *reda* y se dirigió a En Gev con la intención de devolver el carro y recuperar parte del dinero. Sinceramente, respiramos...

Asistí a casi todas las «enseñanzas».

En un primer momento, aunque las explicaciones de los discípulos no se ajustaban al mensaje del Maestro, todo discurrió con discreción. Hablaban, incluso, en voz baja.

Todo era temor.

Los discípulos observaban a los extranjeros y trataban de averiguar (inútilmente) quién de ellos podía ser espía de Roma, de Antipas, o de los «santos y separados».

Terminé aburrido y regresé a la «cocina» del campamento.

Las «enseñanzas» giraban y giraban sobre las ideas de siempre: Jesús era el Mesías prometido, la liberación de Israel era cuestión de días, ellos eran los futuros gobernantes del mundo, el dinero correría como las aguas del Jordán, el resto de las naciones se arrodillaría ante el trono de David, los ejércitos de Israel impondrían el orden y la paz y Jesús llevaría a cabo grandes señales y prodigios...

Sólo acertaron en esto último.

A partir de ese día me ocupé de fregar platos y de ayudar a Felipe y a los gemelos en las tareas domésticas. Eso se me daba bien y era preferible.

Y, poco a poco, las «enseñanzas» fueron caldeándose. El tono de los enseñantes fue elevándose —en especial el de Pedro y el de Juan Zebedeo— y aquellos «discretos grupos» terminaron en pie, gesticulando, y pisándose las palabras unos a otros.

Andrés tuvo que intervenir una y otra vez, calmando los ánimos, y recordando las sugerencias del rabí.

La paz duraba poco. Los enfrentamientos se recrudecían y vuelta a empezar...

Al atardecer, Jesús regresó al campamento y escuchó atentamente a los suyos.

Y lo hizo con una exquisita paciencia. Después les dio a entender que ése no era el camino. Él no era el Mesías del que hablaban los profetas. Su reino no era de este mundo. Él traía otro tipo de esperanza, más hermosa y duradera...

Fue inútil.

El miércoles, 22, según lo acordado por todos, fue destinado al descanso. Jesús permaneció en el campamento y el Zelota, tras el desayuno, nos sorprendió a todos. Él se ocupaba de los juegos y diversiones y a fe mía que lo hizo bien. Disfrutamos de lo lindo. Jesús, el primero.

El Zelota lo tenía todo calculado. Buscó un amplio calvero e hizo dos equipos. Y parte de la mañana la pasaron practicando un deporte que llamaban *keri* (en realidad *keritizein*). Era una suerte de primitivo hockey, importado de Persia, y que practicaban con frecuencia en Grecia y en Egipto. Los jugadores se hicieron con sendas ramas de *davidia* y Felipe, hábil, proporcionó una pelota de trapo. Los jugadores golpeaban la *sphaîra* con los improvisados bastones o *sticks* e intentaban introducirla entre dos determinados árboles. Andrés fue el árbitro.

No salía de mi asombro.

Nunca imaginé al Hijo del Hombre, en taparrabo, corriendo detrás de una pelota de trapo, gritando y animando a sus compañeros, golpeando la *sphaîra*, y protestando las decisiones del árbitro. Jesús era un excelente regateador. A pasar de su corpulencia disfrutaba de una magnífica cintura, y sus piernas eran puro músculo. Dos horas duró el *keri*. El equipo del Maestro, formado por la *tabbaḥ* (la escolta personal: Simón Pedro, Juan y Santiago de Zebedeo) y los gemelos de Alfeo, ganó por un aplastante 25 a 3.

Un buen número de seguidores se acercó al claro y aplaudió muchas de las jugadas.

Tras un largo baño, el Zelota dispuso una nueva distracción: el *harpastón*, un rudimentario rugby, en el que cada equipo trataba de cruzar una línea imaginaria con la pelota en las manos. En esta ocasión, los equipos se vieron incrementados por voluntarios del público. Y empecé a ver cosas raras. Los placajes a Jesús eran tan numerosos como desmedidos. Y siempre eran llevados a cabo por los mismos jugadores: dos o tres tipos de la Perea.

El Maestro fue derribado violentamente en varias oportunidades. En una de ellas se golpeó con una piedra. La ceja izquierda resultó abierta. Manó sangre y los discípulos se asustaron.

El partido fue interrumpido. Felipe limpió y curó la pequeña herida y el Galileo fue obligado a abandonar el juego. El Hijo del Hombre protestó, pero Andrés, el árbitro, lo obligó a sentarse con el público.

Aquellos individuos, los de los placajes, me resultaron familiares.

¿Dónde los había visto?

Y de pronto recordé.

Eran seguidores de Yehohanan.

Quien esto escribe coincidió con ellos en el vado de Josué. Se encontraban entre los que acudieron a Jericó, con motivo de la protesta por el secuestro de los discípulos del Bautista.

Esa misma tarde llevé a cabo una gira de inspección por la zona de las lajas y comprobé que estaba en lo cierto. El número de seguidores aumentó sensiblemente. Llegaban a todas horas. Procedían de la Perea y de la Judea. Eran familias completas. Reconocí a muchos simpatizantes del Anunciador.

Tuve un presentimiento.

La presencia de aquellos seguidores no me gustó.

La mayoría, como ya mencioné en su momento, estimaba que Yehohanan era el verdadero Mesías libertador. Jesús era un impostor.

Y empecé a comprender el porqué de los violentos e innecesarios placajes al Galileo.

La jornada, sin embargo, terminó tranquila. Jesús, con un aparatoso vendaje en la cabeza, fue el primero en reírse de sí mismo y de su aparente torpeza. Nos miramos en varias ocasiones y ambos supimos de los pensamientos del otro. Pero ninguno dijo nada. Nadie sospechó...

Simón, el Zelota, fue felicitado. El día resultó una delicia, en general.

El jueves, 23 de enero, todo volvió a la normalidad. Mejor dicho, casi todo...

El Maestro se retiró con *Zal* al interior del bosque de los pañuelos y los discípulos ocuparon la mañana, y parte de la tarde, en la «enseñanza» a los pequeños grupos.

Todos nos vimos sorprendidos. El número de curiosos y seguidores seguía multiplicándose. Sumé alrededor de quinientos.

Esto obligó a los íntimos a aumentar el número de los oyentes.

Y se registraron las discusiones habituales, y algo más...

Los seguidores de Yehohanan no tardaron en dar la cara e imprecaron a los atemorizados discípulos.

Pude oír dos reproches fundamentales:

Primero. ¿Por qué Jesús no hacía nada en favor de Yehohanan? ¿Por qué permitía que siguiera en prisión? ¿Por qué no utilizaba su supuesto poder para liberarlo?

Los íntimos no supieron qué responder. Y prometieron contestar al día siguiente, una vez llevaran a cabo las oportunas consultas.

Segundo. ¿Por qué los discípulos del Galileo no bautizaban?

Tampoco hubo respuesta.

Andrés visitaba a sus compañeros y recordaba, constantemente, la necesidad de no entrar en roces con nadie.

Las súplicas del paciente e inteligente jefe se cumplieron a medias. Pedro y Juan Zebedeo eran los más agresivos y aceptaban entrar en disputas a la mínima.

Aquello no tenía arreglo...

Por la noche, tras oír las cuestiones planteadas por los seguidores del Bautista, el Hijo del Hombre simplificó la solución:

—Os lo he dicho muchas veces: estamos aquí para anunciar la inmortalidad del alma y cambiar el rostro de Yavé. Dios es un Padre. Eso es lo que debéis responder. Lo demás son asuntos mundanos, y es mi Padre quien se ocupa de ello.

Y Jesús se retiró a descansar.

Nadie entendió y volvió a encenderse la polémica entre los once.

Yo también me retiré, decepcionado. Aquellos hombres estaban a años luz del mensaje del Galileo. Y lo peor es que no había arreglo. Ni siquiera después de muerto aceptarían la buena nueva; al menos la mayoría...

El resto de la semana no experimentó cambios importantes.

Yo entré una mañana en la tienda blanca, por cuestiones de limpieza, y recibí una pequeña-gran sorpresa.

Al asear el rincón en el que dormía el Maestro fui a descubrir algo que había visto en el palomar. Y entendí por qué el petate de Jesús pesaba tanto. En la cabecera de la alfombra de paja que servía de lecho hallé la misteriosa almohada cilíndrica, confeccionada en aquella extraña piedra de color verde.

La acaricié de nuevo, comprobé el peso (alrededor de cinco kilos), e intenté averiguar la naturaleza del mineral. No fui capaz. Más adelante, cuando sucedió lo que sucedió, Eliseo me proporcionó una pista... Fue mágico.

El viernes, 24, al retornar al campamento, mientras cenábamos, el Hijo del Hombre se decidió a hablar de un asunto de especial importancia: lo ocurrido durante los 39 días de retiro en Beit Ids, no muy lejos del meandro Omega. Explicó, muy por encima, las decisiones tomadas en la colina de los *žnun* y lo que Él llamaba *At-attah-ani* (1), el proceso

(1) El mayor cuenta en *Jordán. Caballo de Troya 8*: «... Fueron 39 días de reflexión, de constante comunicación con el Padre de los cielos, y de lo que Él llamó *At-attah-ani*. No he logrado traducirlo, y dudo que exista una aproximación medianamente certera, salvo para los grandes iniciados. Descomponiendo la expresión aparecen *at* (pronombre femenino que significa "tú"), *attah* (pronombre masculino, que también quiere decir "tú")

(?) integrador (?) de las naturalezas humana y divina del Galileo. Se quedaron en blanco. No les culpo. Yo tampoco entendí gran cosa.

Los ronquidos de Pedro alertaron al Hijo del Hombre. Fin de la exposición. Y los íntimos se quedaron sin saber lo sucedido con Ajašdarpan y con «Despertar», el barco construido por Jesús en las proximidades de Beit Ids (1).

Lástima...

El domingo, 26, a las 13 horas y 29 minutos (según los instrumentos de la nave), se registró un eclipse de sol de carácter moderado. Sólo un diez por ciento del disco solar resultó oculto. Nada importante, a decir verdad, pero el suceso no pasó desapercibido para los que nos hallábamos en Omega. Los discípulos se mostraron inquietos. «Algo grave amenaza», decían.

Tomás, el más escéptico, trataba de calmar a sus compañeros, pero todos se burlaban de él.

Durante la cena, Jesús de Nazaret escuchó los comentarios sobre el eclipse.

Todos levantamos las miradas hacia el firmamento. Entre los árboles se distinguían miles de estrellas: pulsantes, blancas, azules y rojas. Parecían felices ante la presencia del Maestro.

Reconocí el cinturón de Orión y el Águila. Más allá, M-75 y el Cisne.

El Galileo permaneció un rato con la vista enredada en los luceros. En realidad, todos brillaban para Él. Yo creo que se empujaban con tal de ser vistos...

---

y *ani* ("yo"), todo ello en hebreo. *At*, en arameo, es una palabra de especial significación en lo concerniente a la expectativa mesiánica. Simboliza el "milagro", el "prodigio", o la "señal" que acompañaría a dicho Libertador de Israel. Pues bien, por lo que alcancé a comprender —y no fue mucho—, el *At-attah-ani* consistió en un "proceso" (?) por el que el *At* (lo Femenino, con mayúscula) aprendió (?) a convivir (?) con el *attah* (lo masculino), con un resultado "milagroso": un *ani* (yo), integrado por la doble naturaleza anterior, la divina y la humana. Quedé tan perplejo como confuso. Fue otro de los misterios que no me atreví a destapar. Él lo dijo, y yo lo creo. Durante casi seis semanas, en Beit Ids, las naturalezas humana y divina del Hombre-Dios aprendieron (?) a convivir y a ser "uno en dos". Ése fue el "milagro": el "tú" (femenino) y el "tú" (masculino) se reunieron en una sola criatura, y apareció el Hombre-Dios...» *(N. del a.)*

(1) Amplia información en *Jordán. Caballo de Troya 8. (N. del a.)*

Y, de pronto, en mitad del silencio del campamento, escuchamos la voz de Bartolomé, el «oso» de Caná:

—Maestro, ¿qué son las estrellas?

Para la mayoría de los judíos de aquel tiempo, el firmamento, o *raquia*, era una extensión «sin sentido»; algo creado por Dios, que no estaba al alcance del hombre, ni tampoco de su comprensión. Algunas escuelas rabínicas defendían que la bóveda celeste, en especial durante la noche, «era el balcón de los muertos». Allí brillaban las almas de los que habían fallecido y merecían la recompensa divina. Cada vez que una estrella titilaba —decían— significaba «aquí estoy yo».

El propio «oso» aludió a estas creencias, pero Tomás le salió al paso, rechazándolas. El bizco, como referí, no creía en nada.

El Maestro intervino y reprendió, cariñosamente, a Tomás.

—Nada es lo que parece. La realidad no es lo que creéis...

Aquello se ponía interesante, al fin.

—... La realidad —prosiguió el rabí— depende de la mente del observador...

En eso estaba de acuerdo. Y recordé las ideas de Timothy Leary, y su defensa de la cultura psicodélica: «El concepto de la realidad depende del que observa.» Así nacerían doctrinas como el idealismo, el antirrealismo o el instrumentalismo. «Todo lo que vemos es pura construcción mental.»

Y Jesús de Nazaret, comprendiendo que sus hombres empezaban a perderse, echó mano de una imagen. Habló de un hermoso pez azul, encerrado en una pecera de cristal. Los íntimos siguieron la descripción, expectantes.

—Pues bien, imaginad la visión de ese pez. ¿Tiene algo que ver con vuestra visión del mundo?

Algunos respondieron negativamente. Otros no sabían.

—Y, sin embargo, las dos visiones son reales...

Discutieron.

Hasta esos momentos, ninguno se había cuestionado la visión de un pez. Yo tampoco...

Jesús dejó que se vaciaran. Después preguntó:

—¿Quién tiene razón: el pez o vosotros? ¿Cuál es la realidad?

No supieron responder. Sólo el «oso» apuntó una tímida respuesta:

—Ambas, rabí.

El Maestro asintió con la cabeza. Y añadió:

—En verdad os digo que hay tantas realidades como mentes.

Santiago de Zebedeo —cosa rara— se decidió a participar en el diálogo:

—¿Quiere eso decir, Maestro, que el Padre, bendito sea su nombre, es una realidad que nos envuelve?

Jesús lo contempló, maravillado. No pudo definirlo mejor.

—Algo así, querido Santiago, algo así...

—¿Y dónde vive ese Padre Azul? —preguntó Felipe sin dejar de fregotear—. Porque se supone que tiene una casa...

El Galileo no respondió al intendente. Seguía pensando en la pregunta de Santiago. Y murmuró, casi para sí:

—No es la carne, ni la sangre, quien te ha revelado esa verdad, Santiago, sino mi Padre... Él nos envuelve, al igual que el mundo envuelve al pez..., pero el pez no lo sabe.

Felipe insistió:

—Señor, preguntaba si Ab-bā tiene casa...

—¿Casa?

—Sí, casa, como todos nosotros... Ya sabes: cuatro paredes y un techo...

—Claro, Felipe. Ab-bā dispone de casa, aunque también tiene millones y millones de otras casas...

—¿Cómo es eso? —terció Mateo, intrigado—. ¿Tiene millones de casas? ¿Y para qué tanto gasto?

Jesús sonrió, conmovido.

—Cada mente es su casa; os lo he dicho.

Se refería a la «chispa».

—Él os habita desde los cinco años...

Felipe era de piñón fijo:

—Pero ¿cómo es su casa-casa?

Jesús inspiró profundamente. Contempló de nuevo el cielo estrellado y me pareció que buscaba las palabras. ¡Qué trabajo tan difícil y tan apasionante a la vez!

El «oso» trató de ayudar:

—¿Vive en una de esas estrellas?

—Sí y no...

E intentó explicarse:

—Esas estrellas que estáis viendo, y muchísimas más, son mi reino.

Quedaron boquiabiertos. No le creyeron.

Y Jesús insistió, rotundo:

—Os lo he dicho: mi reino no es de este mundo. Yo soy el Príncipe y el Creador de ese gran imperio. Pero sólo soy un Príncipe. Hay otros miles y miles de príncipes, exactamente igual que yo. Y cada uno gobierna un reino diferente.

Estaban mudos. Yo entendí, a medias. Algo habíamos hablado al respecto. Él, Jesús de Nazaret, es el Príncipe, Creador y Dios de un universo (podríamos decir que de una galaxia: la nuestra). Pero hay millones y millones de galaxias, cada una con un Dios. Y por encima de esos miles de príncipes o dioses estarían otros dioses, más notables, como puede ser el caso del Padre (Ab-bā), el Hijo, y el Espíritu de la Verdad, entre otros. Si se me permite la expresión, el Galileo —de acuerdo con esta jerarquía— no sería el Hijo, tal y como lo interpreta la teología, sino uno de los «nietos» de Ab-bā.

—Pero, ¿cuál es su casa?

Felipe ni olvidaba ni atrancaba.

—Más allá, querido Felipe, hay una isla...

El Maestro señaló el firmamento.

—¿Más allá? ¿Dónde?

Felipe y el resto siguieron la dirección indicada por el dedo índice izquierdo de Jesús. Yo también.

Señalaba el cielo nocturno, pero los íntimos comprendieron con dificultad. Ellos no sabían del cosmos, ni tampoco de su naturaleza, y de las distancias. Jesús hizo cuanto pudo...

—Por detrás de esas estrellas —aclaró (?)—, en el centro del universo de los universos, hay una isla de luz. Ahí vive Ab-bā.

—¿El Padre es un náufrago?

La ocurrencia de Bartolomé alivió tensiones.

—En cierto modo sí...

Jesús mantuvo la sonrisa. Le encantaban las preguntas del «oso».

—Pero ¿cómo es esa casa? ¿Tiene puertas? ¿Tiene ventanas? ¿Hay jardines? ¿Llegaremos a ella algún día?

Jesús solicitó calma. Las preguntas de Felipe se amontonaban.

—No puedo describirla, de la misma manera que tú no puedes describir tu realidad al pez azul.

Felipe pareció decepcionado.

—Debe bastarte mi palabra. Es infinitamente mejor de lo que imaginas...

—Entonces, tú has estado allí, en la isla...

—Sí, Bartolomé, conozco el lugar. Existe. Es tan real como ese fuego o como los árboles que nos cobijan. Y llegarás a él, a su debido tiempo...

—¿Cuánto tiempo?

—Cuando mueras dejarás de experimentar el tiempo. Sencillamente, llegarás...

—¿Haga lo que haga? ¿Sea bueno o malo? ¿Cumpla o no cumpla los mandamientos?

La múltiple pregunta de Mateo Leví fue muy oportuna.

Jesús se limitó a asentir con la cabeza. Dejó pasar unos segundos y aclaró:

—Eres inmortal y, por tanto, doblemente feliz...

Eso no lo comprendí bien.

Y fue en esos instantes —tan esperanzadores— cuando notamos aquel perfume en el ambiente. Olía a tierra mojada. Pero ¿cómo era posible? No había llovido. Y caí en la cuenta. Él estaba transmitiendo esperanza y alegría. Olía a *tintal*...

Mensaje recibido.

—Así que tú eres un Dios pequeñito...

La nueva pregunta del «oso» dejó pasmado al Hijo del Hombre.

Y supo encajar la broma.

—Sí, muy pequeño, en comparación con el Padre...

Pequeño —pensé para mí—, pero extraordinariamente misericordioso. ¿Pequeño? ¿Es que hay dioses pequeños?

—Estoy viendo a un Dios —intervino Mateo con acierto—. Dime, rabí, ¿cómo puedo ver a Ab-bā, del que tanto hablas?

—No puedes, de momento...

—¿Por qué?

Los ronquidos de Pedro marcaron el final de la conversación.

—Mañana te diré por qué no puedes verlo...

Mateo aceptó, y también el resto. Estábamos rendidos.

Esa noche necesité tiempo para conciliar el sueño. Lo

dicho por el Galileo me llenó de dudas y de esperanza, al mismo tiempo. Y recordé el singular sueño de la ventana. «Ya es hora de que regreses a la realidad.» Sí, estaba de acuerdo con el Hombre-Dios: hay infinitas formas de contemplar la realidad y, probablemente, todas son ciertas. Lo había aprendido de la física cuántica. Su realidad no tiene nada que ver con la de la física clásica. Y, no obstante, nadie puede negar ni la una ni la otra.

Sentí un profundo dolor...

Aquel maravilloso Hombre sería torturado y ejecutado. ¿Cómo podía ser?

El lunes, 27 de enero, cuando desayunábamos, Mateo recordó al rabí la pregunta que había quedado pendiente la noche anterior.

Jesús dejó de ordeñar a la *Chipriota*, depositó el cubo con la leche sobre la hierba, y pidió al discípulo que lo acompañara. Medio campamento, curioso, se fue tras ellos.

Jesús buscó un claro.

El día era espléndido. Cielo azul y sol joven y radiante.

—Te dije que no puedes ver al Padre, de momento, ¿recuerdas?

Mateo asintió.

Entonces replicó Jesús:

—Mira el sol. Contémplalo...

—No puedo, Señor. Me ciega.

—Pues recuerda, Mateo: el sol sólo es un humilde servidor de Ab-bā. Si te resulta difícil contemplar el sol, ¿cómo podrías mirar a su Creador?

Mateo se dio por satisfecho.

Y la vida continuó su curso. El número de seguidores siguió creciendo, hasta el punto de que el día de asueto tuvo que ser suspendido. No daban abasto. Todos deseaban saber. Los discípulos hablaban y enseñaban (a su manera), pero cada vez había más gente en la orilla del Artal. El 31, viernes, cuando regresó Judas Iscariote, conté un millar de personas. Allí había de todo: fieles seguidores del Maestro, vendedores de mil pelajes, farsantes, discípulos del Bautista, confidentes, aprovechados y desocupados procedentes de los cuatro puntos cardinales.

Andrés estaba asustado, y con razón.

También vi a la familia Ruṭaḷ, los «Pulpos», con Nŭ, la paralítica, y su hermano Har. Se mantuvieron a distancia, cerca de las lajas.

El Maestro siguió con su rutina (?). Cada mañana desaparecía, en la compañía del perro de los ojos oblicuos. «Necesitaba conversar con el Padre.» Eso decía.

Y llegó el fatídico sábado, 1 de febrero (año 27).

Nadie imaginó lo que estaba a punto de ocurrir. ¿O sí?

Después, pasada la «hecatombe», los discípulos volvieron a la carga: «fue anunciado por los cielos...» Se referían al eclipse de sol del domingo, 26 de enero. Pero no... La causa del desastre fue otra.

Calculo que eran las 15 horas. El sol se dejaba caer por el oeste. El crepúsculo llegaría a las 17 horas, 9 minutos y 7 segundos (TU).

Felipe, los gemelos y quien esto escribe nos encontrábamos en plena preparación de la cena. El Galileo no tardaría en regresar.

Y en eso estábamos cuando, de pronto, se presentó Bartolomé.

Llegó tambaleante. Gemía.

La túnica, siempre impecable, aparecía manchada de sangre.

Caminó unos pasos y terminó derrumbándose.

Corrimos hacia él.

—¿Qué sucede? —lo interrogó Felipe—. ¿Qué te pasa?

Observé que sangraba por el mentón y por la nariz. Le faltaban algunos mechones en la barba.

—¡Es la guerra! —musitó—. ¡La guerra!

—¿Qué guerra? ¿De qué hablas?

Y el «oso» señaló en dirección a las lajas negras.

—¡La guerra!

Y perdió el sentido.

Felipe corrió hacia el *reda*, a la búsqueda de sus remedios y aceites esenciales.

Los gemelos, sin mediar palabra, emprendieron la carrera hacia la orilla en la que se hallaban las mencionadas lajas.

¿Qué demonios estaba pasando?

Intuí algo.

Y me fui tras Jacobo y Judas de Alfeo.

A mitad de camino me di cuenta: no portaba el cayado. No importaba. Seguí adelante.

Al alcanzar el campamento de los seguidores oí gritos.

Los gemelos se deslizaron entre las tiendas y tropezaron con varias mujeres y niños. Todo era confusión.

La gente corría con los brazos en alto y chillaba sin cesar.

Al llegar al Artal quedé atónito. No supe dónde mirar.

Se peleaban con bastones, piedras y cacharros de metal. ¿Qué era aquello?

Un numeroso grupo de seguidores del Bautista aparecía en mitad de las aguas, golpeando sin piedad a los discípulos. Eran treinta o cuarenta contra ocho.

Los estaban masacrando.

Pedro, y el resto, se cubrían las cabezas como podían.

Las mujeres gritaban desde las lajas. Varios perros ladraban, no menos enfurecidos.

Y los bastones siguieron cayendo sobre los discípulos. Vi al Zelota, defendiéndose a patadas.

Andrés luchaba por interponerse entre los agresores y sus compañeros, pero el éxito no le acompañaba. Recibió golpes y golpes, como los demás.

Me sentí impotente. No debía hacer nada.

Los gemelos entraron en el tumulto y, como pudieron, arrastraron a sus amigos.

Huyeron a la carrera, tropezando y maldiciendo.

Pedro tuvo que ser asistido por su hermano. Cojeaba.

Y las piedras volaron. La mayoría se estrelló en los troncos de los *davidia*.

El grupo se perdió en la arboleda.

Yo permanecí unos segundos en el lugar, inmóvil y desconcertado.

Entonces me vieron, y la lluvia de guijarros se dirigió hacia quien esto escribe.

Huí como un conejo.

Regresé al campamento, jadeante.

No nos siguieron.

El espectáculo era desolador.

Felipe, que intentaba detener la hemorragia del «oso», no sabía qué hacer. Chillaba a todo el mundo.

Los discípulos se dejaron caer sobre la hierba. Gemían y lloraban.

El Iscariote y el Zelota revolvían en el interior del carro. Buscaban las espadas.

Traté de proceder con orden.

Primero examiné a los heridos.

Había sangre por todas partes.

Felipe pedía explicaciones al «oso» y éste, algo recuperado, hablaba de provocación. Los seguidores de Yehohanan insultaron al Maestro y a su familia. Dijo que «aquellos bastardos llamaron ramera a María, la madre». Entonces, según Bartolomé, empezó la trifulca. Pedro no consintió la afrenta y arremetió contra algunos de los fanáticos del Bautista. Eso sí cuadraba...

Después se formó la pajarraca.

Los esfuerzos de Andrés, y de otros, por calmar los ánimos, como dije, no sirvieron de nada.

El resultado de la primera y superficial inspección fue el siguiente:

Pedro: dos costillas fisuradas o fracturadas, una brecha en la calva, hematomas por todo el cuerpo, y una posible lesión en la rodilla derecha.

Juan Zebedeo: múltiples contusiones (la mayoría de escasa importancia) y dos dedos del pie izquierdo aplastados.

Santiago de Zebedeo: tres dientes rotos.

Tomás y Mateo: milagrosamente indemnes.

El Zelota: golpes leves y el tabique nasal aplastado.

El Iscariote no permitió que lo examinara. Por lo que aprecié, sólo recibió puñetazos y empujones. El ojo izquierdo aparecía amoratado.

Andrés: numerosos hematomas y el labio inferior reventado.

Bartolomé: golpes, varios mechones de la barba arrancados, y, posiblemente, el tímpano derecho estallado.

Cuando Andrés vio al Iscariote y al Zelota con los *gladius* en las manos perdió los nervios. Se encaró con los discípulos y les arrebató las espadas, llamándolos «inconscientes».

Nadie protestó.

Los *gladius* volvieron al *reda* y Andrés y los gemelos colaboraron en las curas de los contusionados y heridos.

Todo eran gemidos y gritos de venganza.

Afortunadamente, el Galileo no estaba allí.

Y pensé: «Se veía venir; tarde o temprano se hubiera registrado el enfrentamiento...»

¿Qué pensaría el Maestro cuando volviera de sus meditaciones y contemplara el panorama?

Ayudé en lo que pude. Las lesiones eran leves y eso me permitió acudir a la farmacia de campaña. Felipe sabía, e hizo lo correcto.

Ahora convenía esperar. Los más lastimados eran Bartolomé y Pedro. En el caso del primero no había solución. Perdió parte de la audición. Pedro se recuperaría. Era cuestión de tiempo y de inmovilización.

Y me asaltó un inquietante pensamiento: en el año 30, cuando conocí al «oso» de Caná, Bartolomé no presentaba problemas de audición. Qué extraño...

Finalmente, al atardecer, se presentó el Galileo, con *Zal*. Se hizo un espeso silencio.

El panorama era dramático: cabezas vendadas, magulladuras, restos de sangre...

Jesús vio y escuchó. Después, sin preguntas y sin reproches, fue acercándose a cada uno de los heridos. Los acarició y los consoló.

Todos, en mayor o menor medida, estaban perplejos. El Hijo del Hombre pudo reprenderlos. Ellos sabían hasta qué punto le repugnaba la violencia. Sin embargo, Jesús se comportó con dulzura. Nadie percibió un mal gesto en su cara o un signo de disgusto o de rechazo.

El Iscariote y el Zelota fueron los más confundidos.

El Maestro cambió impresiones con Andrés y con el intendente, y el jefe dio una escueta orden:

—¡Nos vamos!

Las tiendas fueron desmontadas sigilosamente y Pedro fue obligado a subir al carro.

Con la primera vigilia (hacia las once de la noche), el grupo se puso en movimiento y nos alejamos de Omega.

Nadie se percató de nuestra huida; porque de eso se trataba: una huida en toda regla. La primera de una dramática serie...

Por supuesto, nada de esto fue consignado en los textos evangélicos.

Nos dirigimos al sur.

Cruzamos los dormidos pueblos de Mehola, Ghirur, Khiraf y Coreae y, por último, nos detuvimos al pie de las ruinas de El Makhruq, «el quemado» (1), a corta distancia de otro lugar que conocía sobradamente: Damiya, en la confluencia del Jordán con el río Yaboq.

Allí vimos amanecer. Habíamos recorrido 43 kilómetros, y lo hicimos, prácticamente, en silencio. El grupo aparecía, física y moralmente, hundido.

Felipe no tardó en darse cuenta. Nos encontrábamos al descubierto, al pie de unas ruinas, y muy próximos al transitado camino que unía la ciudad de Filadelfia, al este, con el valle de Fari'a, al oeste.

Consultaron con el Galileo y éste, sin dudarlo, recomendó que la expedición se dirigiera al otro lado del Jordán.

Fue así como aparecimos en otro familiar paraje: el llamado vado de las Columnas (2), a poco más de trescientos metros de la citada población de Damiya, en territorio de Antipas (la Perea).

(1) Amplia información en *Nahum. Caballo de Troya 7. (N. del a.)*

(2) Vado de las Columnas, según el mayor: «... A trescientos metros del poblado (Damiya), un caminillo de tierra roja fue a situarnos frente al río Yaboq, en la margen izquierda... El río, de apenas veinte metros de anchura, formaba en aquel paraje un considerable ensanchamiento —algo similar a un "lago"— de aguas poco profundas, perfectamente vadeables. En el cauce sobresalían cuatro bases de piedra, muy deterioradas por el tiempo y la fuerza de la corriente. Eran los restos de otros tantos pilones, destinados, en su momento, al sostenimiento de las bóvedas de un puente. Quizá nunca llegó a terminarse. La cuestión es que daban nombre al lugar: el "vado de las Columnas". En otras épocas —supuse—, el río fue más caudaloso, lo que aconsejó la referida construcción del puente de piedra.

»En la otra orilla, en la margen derecha, a poco más de cincuenta metros de donde nos encontrábamos, se levantaba un muro de acacias del Karu, ahora florecidas, alegrando verdes y azules con millones de flores amarillas y esféricas.

»El resto eran colonias de cañas, juncos y *Cyperus*, los sarmentosos bejucos, tan útiles en la fabricación de muebles y cestos. Aquí y allá, en las riberas, fieles a la línea del agua, despertaban también al nuevo y radiante día algunos altos y despeinados tamariscos del Nilo, con las flores rosas formando estrechos racimos. Algunos, descuidados, tocaban el agua, con el peligro de ser arrastrados... Muy cerca distinguí una "playa", formada por terreno guijarreño, integrada por miles y miles de pequeños cantos rodados de un blanco asombroso...» *(N. del a.)*

Faltaba poco para la tercia (nueve de la mañana) cuando Felipe detuvo el *reda* cerca de la «playa de los guijarros».

El lugar se hallaba desierto.

Estábamos rendidos y muertos de sueño.

Andrés aguardó instrucciones.

El Maestro solicitó calma. Nada de tiendas, por el momento.

Pensé que se trataba de una parada «técnica». Cuestión de una o dos horas. Me equivoqué.

Ignoraba los planes del Galileo. Supuse que intentaba dirigirse a la Ciudad Santa. Desde allí, desde las Columnas, lo más lógico era continuar hacia el sur y, una vez alcanzado el vado de Josué, girar hacia el oeste, y tomar el camino de Jericó y de Jerusalén. Pero estábamos lejos, y todo esto sólo eran suposiciones.

Jesús tomó el saco de viaje, seleccionó uno de los corpulentos tamariscos del Nilo, cerca del agua, y se dispuso a dormir un rato. *Zal* se tumbó a su lado.

Me pareció una idea excelente.

El resto del grupo, agradecido, hizo lo mismo.

Yo permanecí al pie del carro, con la *Chipriota*, atento. El instinto me previno. Algo estaba a punto de ocurrir...

Una hora después, los discípulos se hallaban prácticamente dormidos. Andrés había establecido turnos de vigilancia. Le tocaba a Felipe cuando, de pronto, vimos saltar a Pedro del *reda*. Cojeaba. Contempló a Jesús, y a sus compañeros, y se aproximó, sigiloso, a su hermano Andrés. Y, con lágrimas en los ojos, le comunicó que abandonaba a los embajadores del reino. Andrés conocía bien al errático y voluble Pedro y lo miró con incredulidad.

El Maestro seguía dormido, a cosa de cincuenta pasos.

Andrés trató de disuadirle, y el resto de los discípulos, despertado por la conversación, terminó incorporándose.

Pedro les puso en antecedentes y afirmó que su decisión «había sido largamente meditada...» (!)

Yo no salía de mi asombro.

Fue inútil. Nadie logró convencerlo.

Pedro cargó el petate y, arrastrando la pierna derecha, se encaminó por el sendero de tierra roja, en dirección a Damiya.

En cuestión de segundos, Judas Iscariote, el Zelota, y

Juan Zebedeo se hicieron con sus respectivos sacos y se fueron tras los pasos de Pedro.

Estaba siendo testigo de la primera gran crisis del colegio apostólico. Por supuesto, ningún evangelista lo menciona.

Andrés hundió la cabeza entre las manos y comenzó a sollozar. Los discípulos estaban consternados. Nadie supo qué decir o qué hacer. El Maestro dormía, feliz.

Así continuamos hasta bien entrada la tarde.

Nadie se atrevió a despertar al Hijo del Hombre. Nadie hizo fuego, ni se preocupó por las tiendas, o por la cena.

Teníamos el corazón encogido.

¿Cómo reaccionaría el Galileo?

El Hijo del Hombre terminó despertando. Echó un vistazo a su gente y supo que algo sucedía.

Andrés, el jefe, se adelantó y le puso al corriente.

Jesús, serio, dio un par de órdenes.

Haríamos noche en el vado, pero nada de tiendas. Convenía pasar desapercibidos.

Esa noche, Jesús trató de animar a sus compañeros. No era fácil. Y les dijo:

—Confiad...

Aquella palabra era especialmente grata para quien esto escribe. Pero los discípulos no sabían de qué hablaba.

—Confiad... El Padre sabe. Todo, en la vida, sucede por algo bueno..., incluso lo malo.

Bartolomé puso el punto de humor, sin querer:

—¿Qué dice de un palo?

Andrés trató de arreglarlo:

—Palo, no..., malo.

—¿Palo malo? No entiendo...

Andrés olvidó al «oso».

Jesús sabía y eligió permanecer en el vado de las Columnas. La estancia en el lugar se prolongó durante tres semanas. No levantaron tiendas.

De no haber sido por la ausencia de los cuatro discípulos, y por el permanente temor a ser descubiertos, aquellos días hubieran sido extraordinariamente apacibles. A decir verdad, el cielo nos concedió un respiro.

Jesús se dedicó a pasear, y a meditar, siempre en la compañía de *Zal* y de uno de los discípulos. Tras lo sucedido en el río Artal, Andrés se negó a que el Galileo se alejara solo del vado. Un día le tocaba a Santiago de Zebedeo, otro a cada uno de los gemelos, otro al jefe, y también a este explorador... Felipe fue el único que no acompañó a Jesús. Sus obligaciones se lo impedían.

Las provisiones fueron menguando, alarmantemente.

Pero Andrés prohibió que acudiéramos al mercado de Damiya.

Resistiríamos.

El lugar favorito para pasear eran las acacias del Karu. Sólo había que vadear las aguas y perderse en el inmenso y silencioso bosque. Era la zona que llamaban *Ga'ón*. Nadie la transitaba. Este explorador la recorrió en varias ocasiones, a la búsqueda del Bautista.

Sostuve con el Hombre-Dios nuevas e interesantes conversaciones, todas inéditas.

Al atardecer nos reuníamos en torno al fuego y cambiábamos impresiones, al tiempo que degustábamos las últimas lentejas y la escasa carne salada, guardada por Felipe como oro en paño. Carecíamos de pan, pero nos acostumbramos.

Fue a lo largo de una de esas cenas cuando salió a relucir el tema de la violencia. Nadie mencionó la pelea en Omega, pero las imágenes flotaban en la mente de todos. ¿Qué opinaba el Maestro?

Y Jesús abrió su corazón, explicando por qué sentía aquel rechazo natural hacia cualquier tipo de violencia (física o verbal):

—Utilizar la violencia —resumió— es bajar escalones hacia lo más primitivo del ser humano... Sólo en la imperfección hay violencia... Cuando regreséis a la realidad, todo esto os parecerá un mal sueño. Y se extinguirá, lentamente. Vuestro paso por el mundo será prácticamente olvidado...

—Pero, Maestro —intervino Andrés—, ¿cómo cambiar eso? ¿Cómo terminar con la violencia? El hombre nace con ella... El hombre es una criatura violenta...

—Es cuestión de tiempo, Andrés. La violencia procede del miedo. Vosotros, ahora, debéis intentar cambiar eso. La confianza en el Padre debe sustituir al miedo. Sólo así eliminaréis la violencia.

Jesús dijo muchas otras cosas relacionadas con la violencia (1). Todas acertadas y proféticas.

Creo que Mateo, Andrés y el «oso» comprendieron el fondo de la cuestión. Santiago de Zebedeo siguió mudo y pensativo. Era el más enigmático de todos.

Aproveché aquellos apacibles días para visitar la prisión del Cobre. Nakebos, el alcaide, se hallaba ausente. Podía encontrarlo en el palacio-fortaleza de Maqueronte, en el mar de la Sal. Lo sabía y, en cierto modo, me alegré. La presencia del hombre de confianza del tetrarca en la zona

---

(1) Recuerdo frases como éstas: «No hay viejos soldados; sólo viejos desconcertados... El camino hacia la luz no pasa por la guerra... El soldado no es la manifestación más noble de la humanidad; en todo caso, su cara más oscura... Sólo los muertos presencian el término de la guerra (según Platón); pues yo os digo que ni eso... La guerra no enriquece el acervo humano; sólo lo llena de rapacidad... La guerra es la peor de las amnesias... El mejor guerrero es el que no sabe guerrear... No sé de ninguna guerra que haya contribuido a la justicia, y mucho menos a la paz... La guerra cansa antes de empezar... Tras una guerra no hay vencedores... Me repugna lo que llaman moral combativa... La guerra lo ensucia todo, empezando por la mirada... Si los generales contemplaran el firmamento con el corazón no habría más guerras... Ninguna guerra es santa... Con la guerra no se gana nada que no se tuviera, y se pierde todo lo que se tenía... Hablar de la fortaleza moral en la batalla, cuando menos, es cínico... Guerra y ética son irreconciliables... Si un militar estuviera contra la guerra es que ha trascendido la oscuridad... Las causas primarias de las guerras quedan olvidadas por las victorias...»

Y añado de mi cosecha: según los militares, matar a millones de seres humanos puede ser una genialidad... El mundo prosperará cuando sepa prescindir de las castas guerreras... Muy pocas naciones han renunciado a los ejércitos: verdaderamente, el ser humano aún gatea... La guerra, en sí, es una enormidad criminal... Si la guerra dispone de leyes es que somos peores de lo que imaginaba... Justicia militar es un insulto a la inteligencia... La dignidad castrense va contra la dignidad humana... ¿Hay algo más cruel que la fe de un soldado?... Hiroshima y Nagasaki fueron otro holocausto... Truman fue tan asesino como Hitler... A veces, cuando éramos estúpidos, soñábamos con la guerra... Los conquistadores son la vergüenza de la inteligencia... Hablar del arte de la guerra es despreciar el arte... Algunos, a las guerras, las llaman cruzadas... La guerra es fuente de inspiración para los que nunca combatieron... ¿Cómo puede un militar entrenarse moralmente?... Honor y carrera militar es una contradicción... ¿Desde cuándo la muerte en batalla reporta honor?... Pero ¿hay virtudes militares?... La victoria final es un absurdo... La inteligencia militar es un insulto a la inteligencia... ¿Qué diferencia hay entre un asesino en serie y un general?... Deber, honor y patria, según... (Dicho por un militar.) (N. del m.)

de Damiya hubiera sido un peligro. Tarde o temprano se habría enterado de nuestra cercanía...

Y fue en uno de los paseos por el bosque de las acacias (creo recordar que el domingo, 23 de febrero) cuando presenciamos algo —cómo llamarlo—... ¿extraño?

Sucedió durante la mañana. El día se hallaba nublado. La temperatura era moderada.

Y, de pronto, Jesús se detuvo. Mejor dicho, primero lo hizo *Zal*. Olfateó en el suelo y empezó a ladrar furiosamente, con el pelo erizado y la cola levantada y hostil.

Algo había detectado.

El perro se lanzó entonces hacia una de las acacias y allí permaneció, ladrando sin tregua, con el pelo enhiesto, y los ojos oblicuos fijos en el ramaje.

Exploré los racimos de flores, y las ramas, pero no distinguí nada raro.

Jesús, como digo, se detuvo frente a unas singulares huellas.

Me acerqué y las contemplé en silencio.

Eran circulares, grandes, de unos quince centímetros de diámetro, y con una profundidad asombrosa (alrededor de diez centímetros), teniendo en cuenta que nos hallábamos en un terreno seco y bien apelmazado.

Pensé en un felino. Tenía que ser enorme, con un peso superior a los trescientos kilos...

En la jungla del Jordán, como ya mencioné, había leones, leopardos, y, sobre todo, jabalíes.

No sé por qué pero pensé en la seguridad del Maestro.

Después, al examinar las huellas con mayor detenimiento, comprendí que no se trataba de un felino, ni tampoco de un cerdo salvaje. Las huellas formaban una hilera y se dirigían al árbol en el que seguía ladrando el perro color estaño. Un jabalí, o un león, no dejaban ese tipo de huellas, en hilera. Los jabalíes, además, no trepan a los árboles.

No supe qué pensar.

Me encaminé a la acacia e investigué el ramaje de nuevo.

Algo se escondía en la copa, obviamente.

Zal estaba furioso. Pocas veces lo vi tan alterado.

Y me vino a la mente la leyenda del «hombre rojo», el diablo de los manglares: una criatura, probablemente fantástica, capaz de volar, y con los ojos rojos. Lo llamaban

Adam-adom. La luz rojiza que proyectaban los ojos —eso decían los *felah*— le permitía orientarse en la oscuridad. Pobre del caminante que tropezara con él...

El Galileo, en cuclillas, continuaba mirando las huellas. Regresé a su lado y palpé el terreno. Presioné con fuerza pero no logré hundir la tierra; ni siquiera un milímetro. Aquella criatura pesaba más de lo que imaginaba.

Sumé quince improntas. Algunas, más claras, presentaban las huellas de unos dedos afiladísimos, como si el animal (?) dispusiera de uñas o garras retráctiles.

Tuve un mal presentimiento.

Jesús me observó, serio, guiñó un ojo, se incorporó, y se dirigió a la acacia en la que ladraba *Zal*. Lo vi mirar hacia lo alto. Después acarició al perro, lo tranquilizó, y siguió su camino.

Zal se revolvía de vez en cuando y ladraba, apuntando a la acacia.

Me apresuré a seguir al Maestro.

No sé explicarlo. En un momento determinado, cuando me hallaba al pie del árbol, los pelos se pusieron de punta. ¿Qué había en lo alto? Lo que fuera nos observaba...

No hicimos ningún comentario, salvo el guiño, pero ambos sabíamos...

Finalmente se produjo lo inevitable.

El 26 de febrero, miércoles, empezó a llegar gente al vado de las Columnas. Los discípulos estaban perplejos. Eran seguidores del Hijo del Hombre. ¿Cómo dieron con nosotros? La pregunta era estúpida. Sencillamente, qué importaba cómo.

Eran cuarenta o cincuenta.

Acamparon en la playa de los guijarros blancos y se dirigieron a Andrés, interesándose por el Galileo.

Jesús no estaba presente. Se hallaba en el bosque de las acacias, en su acostumbrado paseo matinal. Esta vez lo acompañaba Mateo.

Andrés se excusó como pudo y salió a la carrera, a la búsqueda del rabí.

Esa noche, por segunda vez, emprendimos la huida.

Antes de partir, Jesús aconsejó a Andrés que tomara el carro y se dirigiera al *yam*, a la búsqueda de su hermano Pedro y de los «desertores». Tomás lo acompañaría.

Felipe repartió las escasas provisiones entre el grupo y, sigilosamente, como delincuentes, nos dirigimos al sur. Andrés y Tomás se encaminaron hacia el norte.

Nos veríamos en la casa de un tal Kbir, en la aldea de Betania, cerca del Jordán (no confundir con la otra Betania, próxima a Jerusalén).

Tuve una extraña sensación al ver a los discípulos silenciosos y atemorizados, camino del vado de Josué. El Maestro, como siempre, marchaba en cabeza, con el fiel *Zal*. Lo hacía con prisa. Detrás, Felipe, con la *Chipriota*; los gemelos; el «oso», sordo y renqueante; Santiago, mudo, y Mateo Leví, haciendo cuentas mentales. El dinero se agotaba...

¿Qué nuevas aventuras nos aguardaban en Betania?

Cada hora, más o menos, descansábamos.

El viaje, de unos 37 kilómetros, fue relativamente rápido y sin tropiezos.

Al alba avistamos el *nahal* Hoglah. Desembocaba en el Jordán con prisa. Es curioso: también huía.

Cruzamos el puente de troncos y nos deslizamos, veloces, frente al monumento de las «Doce Piedras». El *schomêr* de los cabellos rubios seguía en la misma posición, pendiente de las llamas amarillas de la *menorá*.

El sol se entretenía en lo alto del *tel* Kharrar. Lo estaba coloreando...

¡Cuántos recuerdos!

Dejamos atrás la aldeíta de El Haghtas, con sus columnas de humo azul y sus ocres aburridos, y Jesús de Nazaret se perdió entre huertos y palmerales. Lo seguíamos con dificultad. Conocía el lugar a la perfección.

A un kilómetro del Jordán se presentó la aldea de Betania.

Era algo mayor que Saidan, pero más cansada y descuidada. Todo era barro rojo, cañas, polvo, suciedad, moscas en racimos, perros desconfiados y famélicos, árabes de ojos profundos, y lloriqueos de niños en algún lugar.

Nadie nos prestó atención. Betania era un lugar de paso. Numerosas caravanas del sur y del este hacían un alto en la aldea. Los lugareños ni miraban.

El Maestro cruzó la población y se dirigió a las afueras.

Allí, entre palmeras y más palmeras, se alzaba la hacienda de Kbir, un árabe que hacía honor a su nombre (Grande). Todo en Kbir era desproporcionado. Pesaba alrededor de 200 kilos. Medía casi dos metros de altura y tenía las manos como jamones.

Era un viejo conocido del Maestro. Hicieron amistad en uno de los viajes secretos del Galileo.

Kbir era noble de estirpe y de corazón.

Recibió al Hijo del Hombre con tres besos y rogó que aceptara su hospitalidad.

Nos acomodamos en la parte de atrás de la casa, entre palmeras. Era una hacienda enorme, con manantiales propios, a la que Kbir llamaba «La Selva». Había que recorrerla a caballo.

Felipe estaba en la gloria. Y no digamos la *Chipriota*...

Nos instalamos, y pensé: «Aquí sí estábamos a salvo...»

Sí y no.

Jesús habló a solas con el *a'rab*. Imaginé que le puso al tanto de la situación.

Kbir estaba casado. Tenía cinco esposas y había sido jefe de escaladores, al igual que Belša, el persa del sol en la frente (1).

Durante dos días se ocupó, orgulloso y feliz, de mostrarnos sus posesiones. Conocía cada palmera. Las llama-

(1) En mi estancia en «La Selva», en Betania, aprendí más sobre dátiles y palmeras que en toda la aventura en la Palestina de Jesús. Los llamados «escaladores» eran los trabajadores privilegiados de la región. Tenían por misión escalar las palmeras y proceder a la recolecta de los racimos de dátiles, a la poda y, sobre todo, a la fertilización (polinización). Ascendían con los pies descalzos, sin ningún tipo de protección, y raramente encordados. Los racimos eran protegidos en todo momento. Contra la lluvia utilizaban capuchones. Subían, ágiles, y protegían los dátiles con grandes sacos. La cosecha finalizaba en invierno. La recogida era un espectáculo. Los escaladores trepaban por el estípite, cortaban los dátiles, uno a uno, y los iban pasando a sus compañeros, hasta llegar al pie de la palmera. En otras plantaciones utilizaban redes. Los escaladores ascendían y arrojaban los racimos desde lo alto. Esos dátiles eran de menor calidad. En el choque con la red, muchos se estropeaban. Kbir era muy celoso en la recogida.

En «La Selva» se cosechaban varios tipos de dátiles: el *bou* (de una especial delicadeza: se hacía agua en la boca), el *jihel* (oscuro y rarísimo), el *taker* (amarillo, redondo y siempre tardío), el *ghars* (sólo para príncipes), el *deglet* o «dedos de luz» (el rey de los dátiles), el *kentichi* (jamás se endurecía), el *amri* (grande y negro) y el *khadraiya* (siempre verde), entre otros que no recuerdo. *(N. del m.)*

ba por sus nombres. Lo sabía todo sobre dátiles. Era su negocio.

Nos enseñó los almacenes.

Los dátiles más suaves y melosos eran destinados a los ancianos.

El resto —lo que llamaban *blah*—, deliciosamente áspero, era deshuesado, secado al sol, y almacenado en cestas o en ánforas. Desde «La Selva» eran exportados a medio mundo. Tiberio y Antipas los exhibían permanentemente en sus mesas.

También fabricaban jarabes y zumos. Deliciosos.

Sólo la hacienda de Kbir producía más de cien toneladas de dátiles al año.

De la palmera se aprovechaba prácticamente todo.

Cuando uno de los ejemplares moría —generalmente devorado por la «muerte blanca»—, Kbir lloraba, y con él toda su gente. La palmera era cortada, y transportada con gran respeto, a lo más profundo de la hacienda. Allí era «desnudada» (sólo en presencia de mujeres) y aprovechada al máximo (1).

El sábado, 1 de marzo, Jesús anunció a Andrés su deseo de abandonar la hacienda y de retirarse unos días para meditar y entrar en conexión con Ab-bā. El jefe se mostró preocupado. No le gustaba que el rabí caminara en soledad. Y aceptó, con una condición: que Jesús fuera acompañado, en todo momento, por uno de los íntimos. El Galileo aceptó y, por sorteo, le tocó a Mateo.

Al salir de «La Selva», el Hijo del Hombre hizo un gesto, para que me fuera con Él. Y así lo hice.

A eso de la tercia (nueve de la mañana), sin despedidas,

---

(1) El estípite, o tallo de la palmera, era transformado en «madera» y en toda clase de muebles. Los ahuecados formaban canales para la conducción de agua. De ellas se extraía también el *lif*, una fibra que recubre el tronco y con la que se fabricaban cuerdas, cortinas, cojines, sillas para las caballerías, y se reforzaba la arcilla con la que se fabricaban ladrillos. Las hojas de las palmas se utilizaban en las techumbres, para confeccionar alfombras, y para dar sombra en casas y jardines. Con ellas se pescaba y fabricaban cestos y sombreros. Los «raquis», previamente quemados, proporcionaban carbón. Con los racimos, una vez despojados de los dátiles, se confeccionaban escobas e, incluso, látigos. Las astas eran talladas y vendidas como elementos decorativos y como amuletos. *(N. del m.)*

abandonamos Betania. Kbir no se extrañó. Ya conocía el singular comportamiento de su amigo, el rabí de Galilea.

Lo último que vi fue a Felipe, repintando a la *Chipriota*. Este explorador le había tomado cariño a la cabra...

Jesús caminó, alegre.

Mateo preguntó si conocía nuestro destino. No lo sabía. Nadie, entre los discípulos, sabía nada, como casi siempre.

Así era el Hijo del Hombre: imprevisible y enigmático.

¿Dónde nos llevaba esta vez?

Sorpresa.

Rodeamos Jericó, una de las ciudades más antiguas del mundo (1), y dejamos atrás el gentío que entraba y salía sin cesar de la población. Tomamos un caminillo que se abría paso al sur de la muralla, entre palmerales y plantaciones de bálsamo, y avanzamos hacia el oeste.

Jesús sabía.

Marchaba en cabeza, con *Zal*.

La senda, blanca, se despidió de los verdes, y empezó a ascender por las estribaciones del desierto de Judá. Todo cambió.

El paisaje se volvió rojo y áspero y el caminillo empezó a pensárselo: ¿subía o no subía? Subió, claro está, pero lo hizo serpenteando y evitando una marea de piedras calcinadas. La vegetación desapareció, supongo que aterrorizada ante aquel sol implacable y más cercano que ningún otro.

Jesús lucía la cinta blanca que sujetaba los cabellos. Señal de un viaje largo...

Me equivoqué.

Después de casi dos horas de marcha, cuando habíamos recorrido ocho kilómetros, desde Jericó, el Maestro se detuvo.

---

(1) En aquel tiempo, Jericó reunía a más de 50.000 almas. Disponía de una triple muralla, de cuatro metros de altura. Era el centro de un oasis espléndido, con cientos de miles de palmeras y extensas plantaciones de bálsamo de Galaad, del que se obtenían aceites y fármacos contra el dolor de cabeza y las cataratas. Casi todas las plantaciones eran propiedad de Antipas y de las castas sacerdotales. Antipas las heredó de su padre, el Grande. Jericó disponía de hipódromo, anfiteatro, varios mercados, conducciones de agua corriente, alcantarillado, y una residencia invernal para el tetrarca. Probablemente fue fundada diez mil años antes de Cristo. La ciudad fue destruida 17 veces. Según el arqueólogo Garstand, fue un seísmo lo que provocó la célebre caída de las murallas, al paso de Josué. Yo no estoy tan seguro... *(N. del m.)*

Señaló uno de los picachos que se levantaba a nuestra derecha y comentó:

—¡Ánimo!... Ahí dormiremos...

Mateo y yo nos miramos, resignados. Y nos fuimos tras Él.

¿Qué demonios se le había perdido en aquel lugar?

Estábamos en mitad de la nada. ¡Qué digo la nada! Aquello era más allá de la nada...

Al retornar a la «cuna» marqué posiciones y supe que habíamos trepado a lo alto de un peñasco rojo y calcáreo llamado Makkuk, de 345 metros de altitud. A su alrededor vigilaban otros hermanos, igualmente pelados y abrasados, de 153, 300, 313 y 500 metros de altura, respectivamente.

En kilómetros a la redonda sólo se distinguían azules lejanos, y prometedores, y el rojo rugiente del desierto. El verde, como digo, había huido.

También me equivoqué.

Y hacia la nona (tres de la tarde), faltando dos horas y media para el ocaso, coronamos, al fin, la cima de aquel suplicio. Sudábamos y respirábamos con dificultad. El Maestro, en cambio, parecía como nuevo.

Zal nos miraba con sus ojos oblicuos y pensaba: «Pobres...»

Como dije, en lo alto nos aguardaba otra sorpresa...

El Maestro caminó, decidido, hacia el centro de la planicie que formaba la cumbre del Makkuk.

El viento empezó a soplar, digo yo que movido por la curiosidad.

Lo primero que distinguí fue una familia de pequeños árboles, de unos cinco metros de altura, de un verde espeso y muy trenzado.

Aquello era un milagro...

Pero no lo había visto todo.

El Maestro se acercó a los árboles, dejó el petate en el suelo, y se arrodilló frente a un grueso caño de agua.

Mateo y quien esto escribe corrimos. Estábamos sedientos.

Pero ¿de dónde salía aquel manantial?

Me equivoqué. No era uno, sino dos caños de agua.

Brotaban en una roca pelada y formaban una *huḍ* o piscina natural. Los árboles —que resultaron de la familia de los «majuelos»— vivían a expensas de aquel regalo de los cielos. Eran *Crataegus*, de la familia de las rosáceas, con cientos de diminutas flores blancas, con una característica que me dejó atónito, ya cantada en su día por Teofrasto.

Pero ese hallazgo llegaría más tarde...

Eché una ojeada, tal y como tenía por costumbre.

Estábamos solos. Y pensé: «Eres rematadamente tonto... ¿Quién podría habitar aquel peñasco, dejado de la mano de Dios?»

Perdido sí, pero no tanto...

La roca de la que manaban los manantiales era igualmente singular. Aparecía colonizada por líquenes que la vestían de oro, de blanco y de un bermellón encendido. La examiné con curiosidad. Era una interesante mezcla de líquenes «vagabundos», no sujetos al sustrato, y que el viento arrastraba como diminutas plantas rodadoras, y otros «socios» que no supe identificar y que formaban una simbiosis perfecta (1). Algunos me recordaron los «soldados británicos», descritos por Ahmadjian y Vernon.

Era como si el Padre se hubiera entretenido en pintar la roca, en sus ratos libres...

No descubrí nada más en la cima del Makkuk, y no era poco: un paraíso de juguete en mitad de la nada...

Jesús nos animó a que nos refrescáramos.

Nos desnudamos y disfrutamos de un buen baño.

El Maestro parecía feliz y recompensado.

La cena fue inolvidable: dátiles, queso, pollo frito en miel, y pasas de Corinto, sin semillas, otra de las debilidades del Hijo del Hombre. Las pasas fueron un detalle de Felipe, que estaba en todo.

Y lo olvidaba: además de la deliciosa cena..., estrellas. Más de ocho mil. Nos hartamos de pollo y de estrellas...

El Maestro respondió a las preguntas de Mateo.

¿Por qué estaba allí?

Jesús fue todo lo explícito que pudo ser:

—He subido aquí para conocer la voluntad de Ab-bā...

---

(1)   Los líquenes están formados por hongos, en asociación con colonias de algas o de cianobacterias. El socio dominante (hongo) se aprovecha de la fotosíntesis de las algas. En el mundo existen más de 20.000 especies de líquenes. *(N. del m.)*

—Pero ¿cómo lo haces?

—Me aíslo y escucho.

Yo sabía que había algo más, pero el Maestro desvió la conversación. No era el momento...

Y fue en esos instantes, con la oscuridad caminando de puntillas por la cima del Makkuk, cuando advertí aquella singular característica de los majuelos.

Al principio pensé que alucinaba, pero no...

Las florecillas blancas de los *Crataegus*, que deberían permanecer cerradas con la oscuridad, se hallaban abiertas, ¡y de qué forma! Cada poco se cerraban sobre sí mismas y volvían a abrirse.

Parecía que escuchasen.

La luna se hallaba en creciente.

Me coloqué cerca de uno de los arbolillos y verifiqué que no soñaba. Las flores, hermafroditas, reunidas en corimbos terminales, se abrían y cerraban rítmicamente. Eran miles de pétalos subcirculares, abriéndose y cerrándose...

Sólo hallé una explicación: los majuelos estaban sometidos al conocido efecto hemastópico. La creciente humedad nocturna provocaba esta reacción, ya referida, como dije, por Teofrasto y, algún tiempo después, por Dioscórides (1).

Fue esa noche, mientras Jesús hablaba sobre el benéfico Padre Azul, y los majuelos bebían rocío, cuando volví a experimentar aquella agradabilísima sensación: el lugar quedó saturado por un intenso olor a sándalo blanco. ¿Cómo podía ser? Allí no crecía el sándalo...

Deduje que eran la paz interior, y la serenidad, las que flotaban en el ambiente. Él lo transmitía...

El domingo, 2 de marzo (año 27), amaneció a las 6 horas y 4 minutos (TU). El alba se presentó radiante y violeta.

Jesús se aseó en el *ḥuḍ*, desayunó algo, anudó la cinta blanca alrededor de la cabeza, y se alejó con *Zal*.

Cuando estaba a punto de desaparecer por el filo de la cima, se volvió a Mateo y hacia quien esto escribe, y gritó:

—*Shalôm!* (Paz.)

---

(1) En el siglo XIX se descubrió que el majuelo disfruta de unas excelentes cualidades antiespasmódicas. También es sedante y muy recomendable en los trastornos cardíacos o de origen nervioso. *(N. del m.)*

Y lo vimos descender por el senderillo que nos había aupado hasta lo alto del Makkuk.

Nunca supe dónde iba, ni tampoco lo pregunté. Había vivido una experiencia parecida en el Hermón, la montaña sagrada. Él desaparecía cada mañana, y retornaba con la caída del sol. Decía que hablaba con Ab-bā, y yo le creía.

Fue así como programó toda su vida, hasta los más insignificantes detalles. Jamás he visto ser humano con un grado tal de confianza (mucho más que fe) en el buen Dios; es decir, en el Padre. No hacía nada que no estuviera sujeto, previamente, a la voluntad de Ab-bā. Lo que yo llamé, en su momento, y acertadamente, el «principio Omega».

¿Qué podía hacer? Teníamos todo el día por delante, y ninguna ocupación seria, salvo los preparativos de la cena.

Decidí conversar con el discípulo.

Mateo lo agradeció. Echaba de menos a los suyos, en especial a Telag, el niño *down*.

Conocí mucho sobre su infancia, sobre su afición a los gatos, sobre su fascinación por los números y las matemáticas en general, y sobre su calvario tras el divorcio de su primera mujer.

Y en ello estábamos cuando, a eso de la décima (cuatro de la tarde), oímos voces.

Nos asomamos al filo de la cumbre, un tanto alarmados.

Por el caminillo valiente se acercaba un grupo de diez hombres.

No vimos a Jesús.

¿Quiénes eran? ¿Qué pretendían?

Corrí al pie de los árboles y eché mano del cayado.

Mateo me tranquilizó, en parte:

—No están armados...

Saludaron, cordiales.

Cinco eran orientales (no sé si japoneses). El resto, caucásicos.

No parecían judíos.

Hablaban entre ellos en *koiné* (griego internacional).

Todos vestían de blanco.

Los orientales recogían sus largas cabelleras en abultados moños. Lucían pantalones hasta las rodillas, medias, y remataban los moños con una especie de solideo al que llamaban *tokin*. Todos agitaban sendos abanicos amarillos y negros y colgaban del cuello tres o cuatro conchas blancas y brillantes.

Se arrodillaron y, en su idioma, entonaron lo que parecía una oración. Después, al conversar con ellos, fueron explicando.

Primero solicitaron permiso a la montaña (?) para pisar la cumbre.

Después, en *koiné*, preguntaron si podían acercarse al agua.

Mateo resumió, también en *koiné*:

—El agua es de todos...

Sonrieron y, satisfechos, caminaron hacia los arbolillos y la piedra de los líquenes.

Hablaron entre ellos, bebieron, se refrescaron, y procedieron a sentarse alrededor de la *huḍ*.

Abrieron los sacos de viaje, también de color blanco, y extrajeron verduras (algunas eran desconocidas para quien esto escribe).

Nos ofrecieron e iniciamos una interesante conversación. Fue así como supe quiénes eran y a qué se dedicaban.

Los blancos eran griegos. Vestían túnicas de lino y caminaban descalzos. Tenían los pies maltrechos. Eran misioneros pitagóricos. Había oído hablar de ellos. Sólo eso.

Quedé desconcertado.

Viajaban por el mundo, cantando las excelencias de Pitágoras (1), y de su filosofía.

Me pareció una ocasión única y los sometí a todo tipo de preguntas.

Respondieron encantados y, al mismo tiempo, desconcertados ante aquel extraño encuentro en mitad de la nada.

Uno de los orientales proclamó, en *koiné*:

—Nada es casual...

Y continuó abanicándose.

---

(1) Pitágoras, filósofo y matemático griego, nació en Samos, hacia el año 570 a. J.C., y falleció en Metaponte, en el 480 a. J.C. Emigró a Crotona (530) y allí fundó la «Academia», una especie de asociación de carácter científico, filosófico y musical. Hoy se le recuerda, fundamentalmente, como matemático, pero sus actividades culturales fueron mucho más allá. Se le atribuye el descubrimiento de la inconmensurabilidad de la diagonal y del lado de un cuadrado, aunque estos hallazgos ya eran conocidos en la Babilonia antigua. *(N. del m.)*

Los pitagóricos decían que la reencarnación, o transmigración de las almas, era una de las claves de su doctrina. Y aseguraban que Pitágoras se acordó de todas sus vidas, mientras vivió (1).

Y dijeron cosas así (basadas en la filosofía de su ídolo):

«Entre los amigos, todas las cosas son comunes. La amistad es la igualdad.»

«Nadie debe hablar durante los cinco primeros años de iniciación.»

«El ídolo (Pitágoras) no debe ser visible, al igual que los dioses no lo son.»

Mateo estaba asombrado.

Y explicaron igualmente que debían abstenerse de la madera de ciprés a la hora de fabricar ataúdes (porque de ella es el cetro de Júpiter).

Pensaban que Pitágoras era un dios. Concretamente Apolo, llegado de los Hiperbóreos.

Y afirmaban, convencidos, que uno de los muslos de Pitágoras era de oro macizo.

No comían animales ni tampoco cosas animadas. Las almas de los animales —decían— son idénticas a las nuestras. Matarlos es un crimen.

Comían, únicamente, lo que no necesitase de la lumbre. El vino, las habas, los salmonetes, los huevos y los animales nacidos de huevos estaban terminantemente prohibidos.

No podían herir al fuego con la espada.

Ayudaban a llevar la carga. Jamás la imponían.

Era importante no mostrar imágenes de dios (Pitágoras) y tampoco lucir anillos.

Jamás orinaban de cara al sol, ni acogían golondrinas en la casa, ni rompían el pan.

Creían en la Tierra redonda, en las antípodas, en el Sol y

(1)   Heráclides Póntico —según Laercio— refiere que Pitágoras decía de sí mismo que «en otro tiempo había sido Etalides, y tenido por hijo de Mercurio...». Según sus discípulos, Pitágoras vivió numerosas encarnaciones y las recordó todas. Decían que, después de muerto, pasó al cuerpo de Euforbo y también vivió en toda suerte de plantas y animales. Después que murió Euforbo, su alma pasó a Hermótimo, y de éste pasó a Branchida. También vivió en el cuerpo de Pirro, un pescador de Delio. Finalmente, muerto Pirro, pasó a ser Pitágoras.

Por supuesto, todo eran puras especulaciones. *(N. del m.)*

en la Luna como dioses, y consideraban el semen humano como parte del cerebro.

Dividían el alma en mente, sabiduría e ira, y estaban convencidos de que los ojos eran la puerta del sol. Y aseguraban que el alma se nutre de la sangre, «y las palabras son vientos del alma».

Defendían la igualdad entre hombres y mujeres.

Una vez al año estaban obligados a declarar, en público, sus errores.

El número —decían— es el principio de todo. Atribuían un número (entero) a todas las cosas.

Creían en la armonía universal.

Estimaban que el alma humana se halla prisionera del cuerpo *(sōma)*, como consecuencia del dogma órfico de la caída.

El peor de los males era la anarquía.

Con la purificación —aseguraban— se acorta el ciclo de las reencarnaciones (la metempsicosis, o transmigración de las almas, fue exportada por la India).

El objetivo primordial del alma era la fusión con la divinidad.

A la inmortalidad podía llegarse a través de la filosofía y de la comprensión del mundo.

El alma pura —pregonaban— reencarna en un ser de mayor relevancia moral (y al revés).

Sólo con la pureza física, y de pensamiento, es posible lograr la salvación e inmortalidad del alma.

La música era un excelente medio de purificación.

Ésta, en síntesis, era la filosofía de los pitagóricos, una de las sectas que dominaba la cuenca del Mediterráneo en aquel tiempo. Había otras, como las de los epicúreos, los estoicos, los cínicos, los escépticos y los fieles de las religiones de misterio, a las que espero dedicar algunas líneas más adelante. Con todos ellos dialogó el Hijo del Hombre... Primero fueron los pitagóricos.

Pero debo ir por orden.

De los orientales no sabía nada. Ellos nos explicaron...

Saqué, en conclusión, que eran monjes-ascetas-deportistas-guerreros-filósofos, con una pasión vital: las montañas. Eran, en cierto modo, adoradores de cumbres. Subían a todas las que podían.

Procedían del macizo del Sinaí y, según dijeron, se dirigían al Hermón, pasando por otras cumbres menores, como el Guilboá, el Sartaba y el Tabor, entre otras.

No sabían por qué se habían detenido en aquel risco pelado.

Mateo aprovechó, y exclamó, remedando al oriental que seguía abanicándose:

—Nada es casual...

Sonrieron.

Y pensé: «Si permanecen en el Makkuk asistiremos a un interesante debate...»

No me equivoqué.

Eran taoístas.

Entre ellos se llamaban *yamabushi*, que podría ser mal traducido como «los que duermen en las montañas».

Yu, el chino, hubiera disfrutado con ellos...

Al igual que los pitagóricos, veneraban la naturaleza. En las cumbres practicaban ejercicios físicos y mentales, con el fin de atraer los poderes sobrenaturales, y disponer de capacidad para arrojar demonios, adivinar el futuro, sanar a hombres y animales y, en definitiva, alcanzar el *dô*: el camino.

Aseguraron haber visto extrañas «luces» sobre el Sinaí (las llamaban *yama no kami* o «divinidad de la montaña»). Eso significaba «suerte». Sus pasos —decían— estaban guiados por los cielos.

No sabían hasta qué punto era cierto...

Decían caminar sobre el fuego y saber borrar los pecados mediante el agua hirviendo. No me atreví a entrar en profundidades.

Llegado el momento, si la búsqueda de la verdad no era satisfactoria, practicaban el *shashin-gyô* (suicidio). Ellos, sutilmente, lo denominaban «práctica de abandono del cuerpo».

Disponían de fórmulas *(tonaegoto)* y poemas mágicos *(majinai-uta)* para casi todo.

Creían igualmente en la reencarnación y, al igual que Yu, buscaban desesperadamente una fórmula que les diera la inmortalidad. El final de la vida los ponía nerviosos. No sabían qué había al otro lado y, lo que era peor, dudaban de que hubiera algo.

Habían visitado montañas como el Meru, en la India, el Fujiyama, el Olimpo, el Alborj, en Persia, el Kailāsa y el K'uen-luen, en la China (1). Entre sus proyectos figuraba subir a «Los cinco tesoros de las nieves» y a la «Madre del universo» (no supe de qué montañas hablaban).

Fue una delicia escucharles. Aprendí mucho.

Y con el ocaso regresó el Maestro.

Mateo lo había organizado todo. Cena en común, fuego en común, conversación en común y estrellas, a millares, en común...

Jesús llegó sin asomo de sudor, impecable, como si no hubiera dado un solo paso.

Me quedé mirándole, desconcertado. ¿Dónde había estado?

Zal, en cambio, apareció jadeante y muerto de sed. Se bebió media *ḥuḍ*, y cayó rendido bajo los majuelos.

Mateo hizo las presentaciones y, sencillamente, compartimos la espartana cena.

Estaba a punto de asistir a una conversación que me atrevería a calificar de histórica...

Los pitagóricos y los yamabushis —que viajaban juntos por comodidad— preguntaron también qué hacían aquellos tres «locos» en lo alto del Makkuk.

Jesús respondió por nosotros y aseguró que éramos heraldos.

—¿Mensajeros de quién?

Y el Maestro habló de Ab-bā, de su carácter y naturaleza benéficos, del regalo del alma humana, de su inmortalidad (pasara lo que pasase), de la hermandad entre los hombres (base de todo planteamiento ético) y del formidable destino de la humanidad.

(1)   Para los taoístas, el K'uen-luen era similar al paraíso de los católicos: el final de la criatura humana (siempre como premio a su comportamiento en la vida). Contaba la leyenda que el maestro Tao-ling ascendía al K'uen cuando, de pronto, fue arrebatado por un dragón de cinco colores. Y fue trasladado al cielo. Cuando regresó no pudo contar nada de lo que vio, porque los dioses que habitaban el dragón lo dejaron intencionadamente ciego y mudo, con el fin de que no revelara en qué consistía la inmortalidad. *(N. del m.)*

Le miraban, perplejos.

—¿Condenados a ser felices?

La seguridad de aquel Hombre cuando hablaba era tal que nadie supo qué argumentar en su contra.

—Sí, condenados a la felicidad, y a no tardar...

—¿Cómo es eso?

—Cuando abandonéis este mundo, y regreséis a la realidad, a la montaña de las montañas, será tal el hallazgo que no habrá palabras...

Había tal convencimiento en lo que afirmaba que uno de los adoradores de montañas, al que llamaban Haguro, terminó comentando:

—Hablas como si conocieras a ese Dios...

Jesús respondió al instante:

—Lo conozco...

Uno de los pitagóricos protestó:

—Ningún humano puede ver a los dioses y seguir vivo...

—Dices bien: ningún humano...

El Maestro se disponía a ampliar la sugerente afirmación, pero otro de los misioneros desvió el tema:

—¿Eres, quizá, como Pitágoras?

—Soy diferente...

—¿Recuerdas también tus anteriores reencarnaciones?

—El Padre no solicita eso de nosotros...

—¿Qué quieres decir?

—Lo que habéis oído...

—Pero ¿crees o no crees en la transmigración de las almas?

—No es necesaria.

Se removieron, inquietos. E iniciaron un ataque en toda regla. Enumeraron las razones por las que entendían que la reencarnación era necesaria e, incluso, justa. Uno de los argumentos era la necesidad de aprender:

—Se precisan muchas vidas para asimilar lo que nos rodea y, sobre todo, para crecer espiritualmente...

El Hijo del Hombre escuchó con atención. Después, sin mediar palabra, se alzó y caminó hacia los majuelos.

Estaban seguros de que lo habían convencido...

El Galileo regresó, y lo hizo con varias flores blancas en las manos.

Las mostró y preguntó:

—¿Qué veis?

—Flores...

—¿Y en qué se convertirán, cuando llegue el momento?

Pitagóricos y orientales se miraron unos a otros. No entendían adónde quería ir a parar.

Jesús insistió:

—¿En qué se transformarán?

—En drupas...

—Sí —manifestó otro de los yamabushis—, en frutos redondos y de color rojo.

—¡Frutos! —exclamó el Galileo—. ¡Eso es maravilloso! ¡Eso es un milagro!

Seguían (seguíamos) perplejos. ¿Qué trataba de decir?

—No te entiendo, rabí...

Mateo expresó el sentir general.

—Es muy simple —replicó el Hijo del Hombre—. ¿Alguien puede decirme cómo obtener fruto de una flor? ¿No es maravilloso?

Asintieron, tímidamente.

—Pues en verdad os digo que ni con un millón de vidas podríais imaginar una cosa así...

Empecé a entender.

El Maestro hablaba de la imposibilidad de la mente humana de aproximarse al secreto de la vida y de la creación en general. En ese aspecto, la reencarnación no es la solución.

Pero sugería algo más...

Jesús estaba invocando el inmenso poder imaginativo del Padre. ¿Quién, en el siglo xx, con toda nuestra tecnología, sería capaz de transformar una sencilla flor de majuelo en una sabrosa drupa roja? ¿Quién dispone de un poder y de una imaginación semejantes?

Y el Hombre-Dios insistió:

—¿Por qué la madera flota?

No lo sabían. Jesús dio la respuesta:

—Porque alguien lo imaginó...

(«Alguien» debería escribirlo con mayúscula.)

Y siguió preguntando, y respondiendo:

—¿Por qué la mar no se cansa?... Porque Alguien lo imaginó.

»¿Por qué existe la verticalidad?... Porque Alguien lo imaginó.

»¿Por qué la muerte?...

El silencio se hizo más denso. Jesús habló decidido, sin miedo:

—... Porque alguien lo imaginó... Porque es la forma menos mala de volver a la realidad...

Abrió los brazos, elevó la mirada hacia las estrellas, y resumió:

—¡Pura imaginación!

—Es decir: no admites la reencarnación...

—La imaginación de Ab-bā está por encima del entendimiento humano...

—No has respondido a la cuestión...

—Lo he hecho, estimado amigo, lo he hecho... Ni en un millar de años, ni en un millar de vidas, podríais beberos este mundo y, mucho menos, el universo...

—Pero estamos aquí para aprender...

—No exactamente. Estamos aquí para experimentar, que es distinto.

Estaban desconcertados. Y el Galileo prosiguió:

—En cuanto al enriquecimiento espiritual, es cierto que el alma debe abandonar la imperfección con un máximo de sabiduría. Pero eso no lo da el aprendizaje, ni el estudio, ni la contemplación, ni la comunicación entre los hombres... Eso lo da la experiencia: estar lleno o vacío... Es una cuestión personal, previamente establecida con el Creador.

Quedé tan asombrado que no supe qué decir.

Algo había quedado claro, clarísimo: el concepto tradicional de reencarnación (tal y como lo entienden las filosofías orientales) es un invento humano y, además, de vuelo corto y bajo. En otras palabras: sólo satisface algunas dudas...

El Maestro me miró, leyó mis pensamientos, y exclamó:

—El Padre es imaginación. Él consigue que el agua flote en las nubes, sin que nadie la sostenga, o que se vuelva blanca al descender, en forma de nieve. Él arranca reflejos del interior de las piedras preciosas y obliga al alba a ser puntual...

»En verdad os digo que lo que aguarda tras la muerte os hará temblar de emoción... No hay palabras para describirlo, ni las habrá.

Haguro, visiblemente emocionado, proclamó:

—No sé si estás loco, amigo, pero tu locura sacia mi sed...

—Cuanto más crezcas —respondió el Maestro—, más se diluirá tu realidad, y mayor será la sed...

—Eso buscamos al subir a la montaña...

—Buscar al Padre es subir al HaMaqom...

Era la primera vez que oía aquel término. Podía ser traducido como «Lugar», en el que habita lo Inconmensurable.

Los extranjeros permanecieron en el Makkuk dos días más.

Estaban entusiasmados, y Jesús de Nazaret mucho más.

El Maestro habló de Ab-bā, del reino invisible y alado, de lo que nos espera tras la muerte (lo que Eliseo llamaba mundos MAT) (1), de la necesidad de «escalar» el interior, del regalo del Padre (la inmortalidad, pase lo que pase), de la necesidad de vivir (por encima de todo), y de hacerlo siempre en presente (el futuro no existe), y, sobre todo, habló de lo más importante y benéfico: la consagración a la voluntad del buen Dios, el Número Uno.

Los pitagóricos —adoradores de los números— se fueron desconcertados.

Los orientales —estoy seguro— supieron por qué el Destino los había conducido, prácticamente de la mano, hasta lo alto de aquel picacho rojo, pelado y, aparentemente, perdido en la nada.

Yo también experimenté...

El miércoles, 5 de marzo, regresamos a la Betania del Jordán.

Sorpresa.

Andrés y Tomás hicieron su trabajo con eficacia y con celeridad.

Allí estaban los «desertores»...

Kbir no permitió que salieran a las colinas, a buscarnos. Los retuvo en «La Selva».

Al ver al Maestro, Pedro corrió a su encuentro, se lanzó a los pies y, entre lágrimas, solicitó perdón.

El Zelota también se arrodilló ante el Hijo del Hombre.

---

(1) Amplia información sobre los mundos MAT en *Hermón. Caballo de Troya 6. (N. del a.)*

Juan Zebedeo y el Iscariote se mantuvieron a distancia, con los rostros bajos.

Todos parecían notablemente recuperados de sus dolencias.

Jesús se apresuró a levantar a los discípulos y, sin palabras, los abrazó.

Después se reunió con Juan y con Judas, y los abrazó igualmente.

Nadie dijo nada, salvo la petición de perdón por parte de Simón Pedro. Una vez más quedé maravillado. La bondad de aquel Hombre no conocía fin. Pudo hacer reproches, pero no los hizo. El rostro de Jesús estaba radiante. Sus amigos habían vuelto...

Desde el día siguiente, 6 de marzo, hasta el 28, viernes, el Galileo se dedicó a dos labores básicas que ocuparon, prácticamente, todo su tiempo: trabajar y enseñar.

Al alba se dirigía a los palmerales y allí escalaba los estípites, trabajando en la polinización, y en la recogida de la cosecha tardía. Lo hacía con mimo, y cantando.

Disfruté viéndole y ayudándole. Era como en los viejos tiempos, en los bosques del Attiq, en la alta Galilea (1).

Los discípulos le acompañaban, y escalaban, o bien trabajaban en el transporte.

Jesús se desnudaba y, en taparrabo, sin cuerdas, subía, ágil, hasta la corona. Allí derramaba polen o cortaba los dátiles, uno a uno, y se los pasaba a sus compañeros. Era una forma de pagar la generosa hospitalidad de Kbir para con Él y para con los doce.

Kbir estaba preocupado.

La llamada «muerte blanca» había hecho acto de presencia en algunos palmerales de Jericó. Estábamos ante una plaga (posiblemente un hongo llamado *Fusarium oxysporum*) que arrasaba las plantaciones (2). De la noche a la

(1) . Amplia información sobre la tala de árboles en el Attiq en *Jordán. Caballo de Troya 8. (N. del a.)*

(2) En aquel tiempo, los palmerales se hallaban sometidos a numerosas enfermedades, pero el *bayoud*, o «muerte blanca», era la más temida. Se trata de un hongo que penetra por el terreno y ataca a las raíces, colapsando el suministro de agua y nutrientes. La palmera termina muriendo por asfixia. Los primeros síntomas aparecen en las hojas. El aislamiento de la zona afectada era la única solución. El *fusarium* está alta-

mañana, aunque el huerto estuviera bien cuidado, las palmeras aparecían muertas, con las hojas blancas y colgantes, como plumas humedecidas. La muerte se extendía como una mancha de aceite. Era la ruina.

Los supersticiosos *a'rab* combatían el mal no saliendo de la casa, o de la hacienda, mientras durase la plaga. Ésta fue una de las razones por las que el Maestro y sus íntimos permanecieron en «La Selva» durante 23 días. En ese período, y acompañado por Kbir, Jesús acudió a Betania en una sola oportunidad. Pero de eso me ocuparé más adelante...

Después del trabajo, durante la cena, el Hijo del Hombre se reunía con los embajadores del reino y proseguía las enseñanzas.

Felipe, el intendente, disfrutó con la recogida de dátiles. Se ocupó de preparar esencias para mil usos. Los maduros —decía— eran buenos para adormecer a los niños y para curar crisis nerviosas. Los verdes proporcionaban infusiones astringentes y muy apropiadas para las úlceras (?).

Kbir lo miraba con la boca abierta. Y ambos se prometieron amistad eterna. «Los negocios eran los negocios...»

Pero lo peor de aquellas casi cuatro semanas en la plantación de palmeras de Betania no fue la amenaza de la «muerte blanca». Lo peor fue el ambiente creado por el Iscariote...

Todo empezó con un rumor, orquestado por el propio Judas.

El hecho de que Jesús se hallara relativamente cerca del mar de la Sal y, en consecuencia, del palacio-fortaleza de Maqueronte, hizo volar la imaginación del que había sido discípulo de Yehohanan: «Jesús se dispone a liberar al Bautista.» Y el Iscariote hizo correr el bulo. «Todo está organizado —aseguraba en voz baja—. El Maestro asaltará Maqueronte, romperá las cadenas del Anunciador, y pondrá en fuga a Antipas y a su maldita guardia gala.»

Andrés escuchaba con santa paciencia e intentaba hacerle ver que aquello no tenía pies ni cabeza. Maqueronte era inexpugnable y ésos, además, no eran los objetivos del rabí.

---

mente cualificado, pudiendo, incluso, cambiar de forma, según las exigencias climáticas. Las esporas están protegidas por un cascarón casi inviolable. *(N. del m.)*

Y surgió la polémica, una vez más.

Juan Zebedeo, Pedro, y el Zelota hicieron causa común con el Iscariote y prepararon las armas.

Juan Zebedeo llegó a preguntar al Maestro sobre sus intenciones respecto al Bautista. Y Jesús, desconcertado, negó las noticias propaladas por el Iscariote.

Aun así, los «desertores» continuaron en sus trece, maquinando toda suerte de detalles sobre la operación que conduciría a la liberación de Yehohanan.

Jesús tenía asuntos más importantes y no prestó atención.

Al atardecer, como venía diciendo, una vez terminado el trabajo, el Galileo y los doce se sentaban a la orilla de dos grandes charcas, y cenaban y dialogaban.

Aunque una de ellas era alimentada por un manantial subterráneo, las charcas en cuestión eran de tipo vernal (propias de primavera). Las exploré muchas veces. Eran de aguas poco profundas, y repletas de vida. Allí pululaban sapos de espuelas, apareándose febrilmente, salamandras, ninfas de libélulas verdes, y decenas y decenas de ranas, siempre compitiendo con sus aburridísimos cantos. No creo que hubiera más de un metro de profundidad. En verano medio se secaban, y quedaba una capa de fango esponjoso, igualmente vivo y palpitante.

Recuerdo que en una oportunidad, cuando tomaba las acostumbradas referencias, se acercó uno de los trabajadores *a'rab* y advirtió que tuviera cuidado. No debía asomarme a las aguas verdosas de las charcas. Cuando pregunté por qué, el *badawi* o beduino no respondió. Mejor dicho, lo hizo a su manera: llevó el dedo índice derecho al cuello y ejecutó el gesto del degüello.

Y añadió:

—Ahí vive *alma*...

No supe qué o quién era *alma*. Nadie deseaba hablar de la criatura en cuestión. Supuse que me hallaba ante otra leyenda...

Jesús, como digo, solía sentarse sobre una familia de rocas blancas, que montaba guardia al filo de una de las charcas. Allí enseñaba y escuchaba las preguntas de los discípulos.

Mientras hablaba, el brazo derecho caía, desmayado, sobre el agua, y los dedos removían la superficie.

Desde que supe lo de *alma* ya no asistí tranquilo a las enseñanzas. Me dejaba arrastrar por la imaginación, y escrutaba el agua, a la búsqueda de cualquier signo «extraño»...

Yo mismo me reprochaba la absurda postura. Allí no había nada, salvo los inquilinos habituales de una charca, ya mencionados...

Jesús habló, varias veces, de lo sucedido en el Hermón durante el verano del año 25. Explicó quién era en realidad (1) y cómo fue consciente de su divinidad cuando cumplió treinta y un años.

Ya había entrado en ese tema, pero consideró oportuno volver sobre él.

Los dedos seguían jugueteando con las aguas...

Todo era paz y sosiego.

En algún lugar, las ranas croaban rítmicamente, ajenas a la trascendencia de lo que relataba el Hombre-Dios.

Pero los discípulos empezaron a cabecear. Tenían sueño.

Sólo Bartolomé y Mateo Leví se sintieron atraídos por la exposición de Jesús.

Y fue el «oso», fascinado con la historia de los ángeles rebeldes que descendieron sobre el Hermón para interrogar a Jesús (nunca para tentarle, según sus propias palabras), quien más preguntó y quien solicitó detalles. El Maestro respondió a todas las cuestiones y fue, incluso, más allá. Entiendo que aquel atardecer del 12 de marzo fue igualmente histórico... Jesús dijo algo que jamás fue recogido por los evangelistas...

El Maestro explicó que los ángeles rebeldes se hallaban «sujetos a dominio» (?), y que llegaría el día en que serían juzgados. «Ese día —afirmó— será de especial gozo para los mundos que se rebelaron...»

—¿Por qué, Maestro?

—Ese día, Bartolomé, esas humanidades regresarán a la luz y conocerán un prolongado período de paz...

—¿Y cuándo será ese juicio?

Jesús permaneció en silencio, agitando el agua de la charca.

(1) Amplia información sobre la estancia de Jesús en el monte Hermón en *Hermón. Caballo de Troya 6*. *(N. del a.)*

987

Yo estaba inquieto, tanto por la respuesta como por los dedos...

Entonces me dirigió una mirada. Supe que las siguientes palabras iban destinadas a quien esto escribe. Lo supe...

—Cuando el pueblo que anduvo en la oscuridad vea una gran luz...

Se detuvo unos instantes, y desvió la mirada hacia la superficie de la charca.

¿Se distrajo? ¿Qué había en el agua?

Y el Maestro retiró la mano.

Respiré, aliviado.

Y continuó con lo que, sin duda, era una profecía; una importantísima profecía:

—... Entonces, querido *mal'ak*, será el momento de mi regreso.

Bartolomé intervino:

—¿Tu regreso?

—Sí, Bartolomé —manifestó el Galileo sin dejar de mirarme—, pronto os dejaré...

—¿Y regresarás?

—Eso he dicho...

Repitió la frase:

—Cuando el pueblo que anduvo en la oscuridad vea una gran luz..., entonces será el momento de mi regreso.

Y se recreó en dos palabras, llenando el hebreo de énfasis:

Or gadol («Gran luz»).

Las palabras utilizadas por el Hijo del Hombre eran de Isaías (9, 1) (1). Y quedé pensativo. ¿Hablaba el Maestro de su segunda venida? Si era así, ¿a qué momento de la historia se estaba refiriendo? ¿Por qué mencionó las tinieblas y esa «gran luz»? ¿Por qué me miró mientras pronunciaba la profecía?

---

(1) El texto del profeta Isaías dice: «El pueblo que anduvo en la oscuridad ha visto una gran luz. Los que moraban en la tierra de la sombra de la muerte, sobre ellos ha brillado la luz...» Más adelante (versículo 5), Isaías lanza una profecía que ha sido identificada con Jesús de Nazaret: «Por cuanto nos ha nacido un niño. Se nos ha dado un hijo, sobre cuyo hombro estará el mando. Y su nombre es *Pele Yoet El Guibor Avi Ad Sar Shalom* (Maravilloso) Consejero es Dios Todopoderoso, Padre Eterno, Príncipe de la Paz...» Obviamente, el Maestro conocía el texto de Isaías, y lo acomodó a sus intenciones. *(N. del m.)*

Mateo estaba delante, y escuchó. ¿Por qué nunca habló de ello en su evangelio? ¿No comprendió? ¿Le pareció raro? ¿Lo escribió y fue manipulado posteriormente?

Todo cabe...

Sería Eliseo, mi compañero, quien tiraría del hilo algún tiempo después. Pero ésa es otra historia...

Aproveché aquellos tranquilos días para materializar una idea que descendió sobre mí tiempo atrás: visitaría la ciudad de Jericó y buscaría la familia de Judas Iscariote. Sabía que vivía en el lugar. Trataría de recabar un máximo de información sobre el traidor. Sabía quién era, lo que hacía, y cómo actuaba, pero deseaba averiguar algo más; en especial sobre su infancia.

A pesar de los pesares, como sucedía con Yehohanan, la figura del Iscariote me atraía. No sabía exactamente por qué. Intuía que encerraba un secreto...

No me equivoqué.

No lo comenté con nadie, ni siquiera con el Maestro, aunque sé que lo supo...

Kbir no preguntó. Sólo me advirtió de las condiciones establecidas contra la «muerte blanca», para todo el que entrara en «La Selva». Acepté. Cada vez que regresara a la finca, las sandalias deberían ser quemadas, y la ropa. Yo tendría que someterme a un baño de natrón.

No fue difícil localizar la casa de los Iscariote. Eran saduceos. Eran ricos. Los conocía todo el mundo. Vivían al este de la ciudad, muy cerca de la entrada. Eso facilitó las cosas.

En la vivienda, de una planta, vivían los padres de Judas y la servidumbre.

Simón de Judea, el padre, era comerciante. Se dedicaba a la exportación de trigo de Moab, dátiles, bálsamo, flores del Jordán, y no sé cuántas cosas más. Su fortuna se contaba en talentos. Las malas lenguas la calculaban en cinco mil (más de 72 millones de denarios de plata).

Me recibió en el atrio.

Era un anciano desabrido, amargado, que hablaba constantemente solo, y únicamente de negocios.

Veía pasar la vida desde una vieja silla, tan decepcionada como el amo. Desde allí controlaba los negocios.

Su corazón se mantenía al acecho, como un buitre.

Calculé ochenta años de edad.

Vestía una rica túnica de seda, bordada en oro, con un espectacular dije, en forma de mosca, colgado del cuello. Alguien me susurró que contenía las cenizas del padre.

El cabello, blanco y suelto, colgaba hasta la cintura.

Jamás se calzaba, entre otras cosas porque nunca abandonaba la casa. Hacía 31 años que no pisaba la calle. Más adelante supe por qué...

La nariz, aguileña, típicamente judía, era idéntica a la de su hijo.

No tuve tiempo de explicar. Cuando mencioné el nombre de Judas, sin más, levantó un bastón y trató de golpearme.

Me persiguió hasta la puerta, llamándome «hijo de Belzebú», y no sé cuantas lindezas más.

Huí, claro.

Y en eso, mientras me alejaba de la casa, ciertamente abatido ante el aparente fracaso, oí una voz, que me reclamaba.

Era una anciana.

Se asomaba por una puerta lateral de la vivienda del Iscariote, y hacía señales para que me aproximara.

Lo hice con recelo.

La mujer sonrió y, sin más, indicó que la siguiera. Y fuimos a parar a un patio trasero.

Allí, a escondidas, la mujer se identificó como Amidá («Dieciocho bendiciones»), la madre de Judas. Y preguntó por su «niño».

No sabía de él desde hacía meses. Alguien le habló de una nueva secta, en la que participaba, dirigida por un carpintero loco de Nahum.

Quedé asombrado.

La mujer era el polo opuesto al marido.

Tenía los ojos claros, muy tristes, y la piel arrugada y dulcemente conquistada por una tribu de pecas.

Podía tener setenta años, aproximadamente.

La sonrisa, como la del misterioso individuo de la túnica que cambiaba de color, era una bendición. Cuando sonreía, todo a su alrededor se quedaba quieto, contemplándola.

Era dulce, cariñosa y comprensiva.

También me llamaron la atención las manos. Eran extremadamente largas. Ella lo sabía y trataba de esconderlas bajo la túnica. Lucía un anillo de plata...

La melancolía, supongo, la había consumido. No creo que pesase más de cuarenta y cinco kilos.

Y fue así como el Destino me abrió las puertas de la información.

Amidá se brindó a hablarme de Judas, siempre y cuando no la delatara a su marido.

Por supuesto, así fue.

La visité en dos oportunidades más.

El padre desheredó a Judas cuando supo que se había enrolado en el grupo del Bautista. Las esperanzas del anciano se convirtieron en humo.

La madre, al rememorar estos recuerdos, lloraba amargamente.

Quería mucho a su hijo, como era lógico y natural.

Traté de tranquilizarla, explicando que se encontraba bien. La mujer lo agradecía con una de aquellas espectaculares sonrisas, y quien esto escribe se sentía reconfortado.

Esto fue lo que recuerdo de las intensas charlas en el patio de atrás de la casa de los Iscariote:

Amidá no tuvo más hijos. Decían que era estéril. Lamentablemente, como ya he mencionado en otros momentos de estos diarios, en aquel tiempo, la esterilidad era una mancha que sólo afectaba a las mujeres. Los varones nunca sufrían semejante «pecado»...

Y un buen día, cuando la mujer contaba cuarenta años, apareció en Jericó un caldeo, con una gran capa negra. Era un geomántico. Es decir, un sujeto que decía practicar la adivinación a través de las figuras que formaban las cenizas que lanzaba al aire, y que se depositaban sobre las losas del suelo.

A mi entender, pura superchería.

Pues bien, el caldeo lanzó las cenizas al aire en aquella misma casa y procedió a «leer» las figuras.

«Tendrás un hijo —vaticinó— que morirá antes que vosotros. Y morirá con los ojos espantados por el horror...»

El caldeo lo llamó el «hombre del cáliz».

Pregunté a la madre el porqué de dicho sobrenombre, pero no supo, o no quiso, aclararlo.

¿El hombre del cáliz?

Y me vino a la mente —no sé por qué— la imagen del cáliz de metal que acompañaba habitualmente al Maestro. Pero ¿qué tenía que ver con el Iscariote? «Demasiada imaginación», pensé.

No dije nada, naturalmente. Y reconocí en mi interior que el geomántico había acertado, en parte. Judas no tardaría en morir (año 30) y de forma dramática (en un intento de ahorcamiento que resultó fallido) (1). Cuando acerté a descubrir el cadáver, en la compañía del joven Juan Marcos, tenía los ojos muy abiertos, y espantados. Las ratas habían empezado a devorarlo...

Judas nació a los nueve meses de la predicción del caldeo (exactamente en el mes de *siván* [junio] del año «-4»). Cuando conoció a Jesús, en el 26, acababa de cumplir treinta años.

El padre lo rechazó desde el embarazo. Pregonaba en secreto que no era hijo suyo, sino de aquel maldito caldeo.

Amidá lo negó con lágrimas en los ojos. El hijo era de su marido.

Otra cuestión es cómo lo engendró...

La mujer me miró a los ojos y, adivinando mis pensamientos, proclamó:

—Aquel geomántico era un *mal'ak* (mensajero)... El Santo, bendito sea su nombre, hizo el milagro, y yo me quedé embarazada.

La historia me sonaba.

Ni la acepté ni la rechacé. Realidades más delicadas y maravillosas había contemplado...

¿Fue anunciado el nacimiento de Judas, como sucedió con el de Yehohanan, y con el del mismísimo Jesús?

Algo estaba claro...

Judas Iscariote, tras la traición y la crucifixión del Maestro, fue considerado maldito, y su recuerdo, total y absolutamente borrado. Nadie se preocupó de indagar en su vida, y mucho menos en su nacimiento o infancia. Los evangelistas lo mencionan por lo que lo mencionan, y ahí termina todo.

(1)   Amplia información sobre el intento de suicidio de Judas en *Jerusalén. Caballo de Troya 1*. (*N. del a.*)

En definitiva, Judas fue un niño consentido por parte de la madre, y rechazado visceralmente por el padre. Creció solo, sin amigos, y construyó su propio mundo. Era tímido, receloso y esquivo. Fue educado en las mejores escuelas rabínicas de Jerusalén, pero nunca se licenció como rabí. Veía mal en la oscuridad. Era lento en las percepciones, friolero, sujeto a la depresión, y con una creciente agresividad. Sufría de hematofobia o temor a la visión de la sangre (1). Fue violado por una patrulla romana cuando contaba ocho años de edad (salvó la vida de milagro). De ahí, probablemente, procedía su odio hacia los *kittim*. Vivió un tiempo en la isla griega de Ko, frente a la actual Turquía, y allí convivió con los pitagóricos. Además de su temperamento esquizotímico (ya adelantado en la «ficha» del Iscariote), Judas presentaba un nítido perfil paranoide. Era desconfiado con todos y con todo. Jamás abrió su corazón a nadie, y menos al Maestro. Era enfermizamente sensible. Veía alusiones negativas en los gestos y en las conversaciones. Sospechaba que siempre hablaban mal de él (en eso tenía razón) y que conspiraban para hundirlo y apartarlo. Las peleas con los discípulos fueron constantes, y cada vez más agrias. Era hosco, retraído, sin sentido del humor (jamás reía o sonreía), arrogante, y con una mente fría y distante. Lo calculaba todo. Su visión de la vida era permanentemente negativa. Exageraba los detalles y buscaba motivos, por muy insignificantes que fueran, que pudieran ir contra sus ideas o planteamientos. Probablemente nunca desarrolló delirios, pero poco le faltó... Su relación con la autoridad fue conflictiva (incluyendo al Maestro). Era tenaz y meticuloso. Fue un buen tesorero, como ya he expresado.

El Iscariote, en suma, se movía en la invisible frontera entre la realidad y los deseos.

Y algo importante que no me cansaré de repetir: Judas ha sido tachado por la historia de ladrón. Grave error. Judas fue de todo menos ladrón...

Siempre estaré en deuda con Amidá. Me trató cortés-

---

(1) Las fobias se caracterizan —según Sadock y Kaplan— por la provocación, en el paciente, de una especial ansiedad que, a su vez, lleva al pánico (en circunstancias muy específicas para cada individuo). Existen decenas de fobias tipificadas por la psiquiatría. *(N. del m.)*

mente y respondió a mis preguntas. Parió a un hombre de carácter complejo, pero ella no tuvo la culpa de la traición del Iscariote. La madre no era de esa condición.

Prometí regresar, pero nunca lo hice. Eliseo lo haría por mí...

El 26 de marzo, miércoles, fue otra jornada inolvidable.

Jesús aceptó salir de «La Selva».

Lo hizo a petición de Kbir y de los discípulos. Una *troupe* de misioneros se había instalado en Betania. Cada atardecer convocaba al vecindario y lanzaba las más asombrosas soflamas. Era la comidilla del pueblo.

Todos sentimos curiosidad.

Y ese día nos reunimos en el centro de la aldea.

Había cientos de curiosos.

Cada cual cargaba una silla de su casa o procuraba acomodo sobre los jumentos o sobre canastas o cubos.

Dos horas antes del ocaso no cabía un alma entre las paredes de adobe y las nubes de moscas que formaban la «plaza» del pueblo.

Jesús buscó sitio y se sentó en primera fila; allí nos apretamos todos.

Felipe lamentó no haber traído a la *Chipriota*. En esas reuniones —decía— siempre se hacen buenas amistades...

Y, de pronto, por una de las callejas, apareció la *troupe*: diez misioneros, todos varones, de la secta de los cínicos.

Eran flacos, flaquísimos. Vestían taparrabos y largas y deshilachadas capas rojas. Distinguí ancianos y jóvenes. Todos marchaban descalzos y portaban enormes zurrones, también de color rojo, en bandolera. Presentaban el cabello rapado y las ojeras típicas de los que duermen poco, y sobre el suelo.

Cada uno sostenía una lucerna de aceite. Si se apagaba era una desgracia.

Hablaban una mezcla de griego internacional *(koiné)*, arameo y *a'rab*.

Se acercaron a los asistentes, en silencio, y aproximaron las lámparas a los rostros de los sorprendidos parroquianos. Después, tras explorarlos, exclamaban:

—¡Busco a un hombre!

La gente reía a carcajadas y señalaba con el dedo al vecino.

El de la lucerna repetía la operación con el que se hallaba al lado y preguntaba de nuevo:

—¡Busco a un hombre!

Y las risas se montaban unas sobre otras.

Algunos niños empezaron a llorar. Los onagros movían
las colas, como diciendo: «No sé yo...»

El Maestro miraba, asombrado...

Kbir se inclinó un par de veces hacia el Galileo y susurró
algo, al tiempo que llevaba el dedo índice derecho a la sien
y hacía el gesto de la locura.

Los cínicos no estaban locos, pero casi...

Se trataba de una secta que había heredado la filosofía y
los importantísimos principios de un ser enigmático, al que
ya me he referido en otras oportunidades, al que conocieron con el nombre de Melquisedec (1980 antes de Cristo) (1).
Esos fundamentos, sin embargo, se vieron alterados con el
paso del tiempo.

Los cínicos que teníamos delante defendían que el ser
humano puede alcanzar la salvación por sí mismo (si quiere). Predicaban la sencillez y la virtud. Combatían el miedo
a la muerte. Aseguraban que existe otra vida, pero que hay
que ganarla a pulso, liberándose de los deseos y reduciendo

---

(1)   En la época de Jesús, como ya he referido en otras ocasiones,
había cientos de sectas, y un total de 30.000 dioses (sólo en la cuenca mediterránea). Los grupos organizados, y más influyentes, eran los pitagóricos, los cínicos, los epicúreos, los estoicos, las llamadas «religiones misté-
ricas», y los escépticos. Para los epicúreos, una de las claves era la
búsqueda de la felicidad. Combatían las supersticiones y cuestionaban a
los dioses. El fatalismo —decían— es un fraude y los dioses, un medio
para sujetar voluntades. Defendían que el hombre debe pensar por sí mismo. Su objetivo era la ausencia de dolor. No creían en la inmortalidad del
alma y negaban toda trascendentalidad.

El estoicismo, por su parte, era la filosofía de las clases adineradas.
Creían en un Hado-Razón que gobernaba la naturaleza. El alma (inmortal) se halla encarcelada en el cuerpo —aseguraban—, pero puede alcanzar la libertad si vive en armonía con la naturaleza y con Dios. Nunca
descubrieron al Padre Azul. Muchas de sus ideas estaban inspiradas en la
filosofía de los cínicos.

Los escépticos defendían el «presente» y aseguraban que toda certi-
dumbre era engañosa. No fueron bien acogidos.

Las religiones de misterio garantizaban la vida eterna, a cambio de la
servidumbre moral. Disponían de leyendas y rituales más o menos complejos. Fueron el origen de las sociedades secretas. *(N. del m.)*

al mínimo las necesidades. Para los cínicos, la ciencia, las riquezas, el poder y los honores eran bienes que despreciar. Caminaban por pueblos y ciudades, siempre con sus lámparas encendidas, y, en cierto modo, prepararon el camino del cristianismo.

Gritaban que su fundador había sido Diógenes, el ateniense (1), pero no era seguro. Otros hablaban de Antístenes, discípulo de Sócrates (435 al 370 a. J.C.). Lo cierto es que, tanto uno como otro, terminaron contaminando las sublimes enseñanzas de Melquisedec, el auténtico Anunciador de Jesús de Nazaret.

(1) Diógenes, filósofo griego, nació en Sinope en el año 404 a. J.C. Su vida fue una confusa mezcla de verdades y leyendas, probablemente inventadas por sus discípulos. Platón lo llamó «Sócrates delirante». Caminaba descalzo, dormía en los pórticos de los templos, se abrazaba a las estatuas, fue falsificador de moneda, y cargaba siempre un enorme zurrón. En él portaba toda su vida. Consideraba a los gobernantes como «ministros de la plebe». Predicaba que el hombre es el animal más recomendable. Odiaba a los adivinos y a los astrólogos. Explicaba que «debemos alargar las manos a los amigos, pero con los dedos extendidos, no doblados». Odiaba a la humanidad y gritaba por las calles: «¡Busco a un hombre!» Los discípulos le seguían, en silencio, sin perderle de vista. Ésas eran sus órdenes. Xeníades preguntó cómo deseaba que lo enterrasen y Diógenes respondió: «Boca abajo.» Cuando Xeníades se interesó sobre el porqué de tan extraña postura, el filósofo replicó: «Porque de aquí a poco se volverán las cosas de abajo arriba.» Llamaba lisiados a los que no portaban zurrón y se calificaba a sí mismo de «perro». Colgaba del cuello una tablilla con los nombres de los que le ofendían y la paseaba por los pueblos y ciudades. Comía carne cruda y defendía el canibalismo. Preguntado en cierta ocasión qué animal muerde más perniciosamente, respondió: «De los bravíos, el calumniador; de los domados, el adulador.» Aseguraba que la oración para conseguir favores, era un dogal almibarado. Odiaba a las mujeres. Habiendo visto una vez a unas mujeres ahorcadas en un olivo, gritó: «¡Ojalá que todos los árboles trajesen este fruto!» Defendía que las mujeres debían ser propiedad de los hombres y que cada cual las usase como bien pudiera o supiera. Despreció la música y la geometría, como cosas inútiles e innecesarias.

Terminó suicidándose, aunque tampoco está claro. Unos aseguran que lo hizo «dejando de respirar» (cosa imposible) y otros que murió cuando repartía un pulpo entre los perros. Uno de los canes lo atacó y falleció a causa de las heridas.

Sus escritos se han perdido.

En mi opinión se trataba de un desequilibrado mental. Fue discípulo de Antístenes. Falleció en el año 323 a. J.C.

Los discípulos de Diógenes terminaron deformando sus peculiares ideas y costumbres. *(N. del m.)*

El Maestro atendía los discursos de los misioneros cínicos, y lo hacía con gusto. En ningún momento observé un mal gesto, o un comentario de desaprobación, aunque, la verdad sea dicha, los de las lucernas proclamaron muchas estupideces...

Creo haberlo dicho: el Hijo del Hombre tenía las ideas muy claras, pero era extraordinariamente respetuoso con el pensamiento y con las creencias de los demás. Jamás imponía. Sólo sugería. Sólo informaba. Nunca le vi discutir. Nunca vendió su forma de pensar. Se limitaba a exponer. Después, cada cual tomaba el camino que estimaba conveniente.

Jesús jamás se vio sujeto al peso del qué dirán. No se veía afectado por las críticas o por los elogios. No recuerdo haberlo visto solicitar consejo. Él sabía... Su pasión era entrar en contacto con los seres humanos y escuchar. Jamás pedía disculpas. Yo, al menos, no fui testigo. No le agradaban las despedidas, como ya mencioné, pero disfrutaba con el reencuentro. Lo importante —decía— era llegar; no importaba dónde.

Así era el Hijo del Hombre...

Los discípulos no salían de su asombro. En especial, cuando los cínicos defendieron la bondad del canibalismo. «Todas las cosas —predicaban— están unas en otras, y entre sí se participan. La carne, por ejemplo, está en el pan, y el pan en las hierbas, y así en los demás cuerpos, en todos los cuales, por ciertos ocultos poros, penetran las partículas y se coevaporan y unen.»

La palabra «coevaporan» me encantó...

Fueron dos horas deliciosas.

Éste era el panorama filosófico en aquel tiempo.

Como dije, no envidié el trabajo del Maestro...

Los últimos días en «La Selva» fueron intensos.

Percibíamos algo.

Terminaba el tiempo de aislamiento.

Jesús habló varias veces de la Ciudad Santa. La fiesta de la Pascua se aproximaba.

El reino alado e invisible estaba cercano. El Maestro se disponía a inaugurarlo.

El Iscariote siguió con su obsesión: el Galileo actuaría y le daría la libertad a Yehohanan. La verdad es que el entusiasmo de sus compañeros se fue desinflando.

Los discípulos —en especial Bartolomé y Mateo— plantearon a Jesús un tema de gran calado. Las enseñanzas de los misioneros cínicos los tenían confundidos. «El hombre puede salvarse si lo desea —decían—, pero el resto de las escuelas filosóficas no dice eso.»

—¿Salvarse?

La pregunta de Jesús los dejó más perplejos aún.

—¿Salvarse de qué? —insistió el Galileo.

—Salvarse de la *gehenna*...

La *gehenna* era un basurero existente al sur de la ciudad de Jerusalén, siempre ardiendo y siempre habitado por la escoria de la sociedad. Representaba el infierno: un lugar de condenación al que iban las almas de los pecadores (sobre todo paganos).

—No habéis comprendido en qué consiste la buena nueva...

Se miraron, desconcertados.

—El hombre no necesita ser salvado. Su alma es inmortal, por expreso deseo de Ab-bā.

Los miró, divertido, y prosiguió:

—Estoy aquí para revelar a ese Padre maravilloso y benéfico. Estoy aquí para destapar lo que está oculto. No debéis preocuparos por la salvación. Antes de ser, ya erais... Sólo pretendo que corráis la voz: abandonaos en las manos del Padre; eso es todo...

No comprendieron o entendieron a medias.

Y llegó el 31 de marzo, lunes.

Temprano, nada más amanecer, emprendimos camino hacia la Ciudad Santa.

Nadie salió a despedirnos. Kbir conocía las costumbres del Maestro.

¡Jerusalén, al fin!

Fueron 25 kilómetros y un viaje cómodo, sin prisa.

Nadie sabía sobre las intenciones del Hijo del Hombre. Nadie imaginaba lo que reservaba el Destino...

Fue peor, mucho peor, de lo que este explorador pudo sospechar.

Pero vayamos por orden...

Entramos en la otra Betania (la de Jerusalén) poco después del mediodía.

¡Cuántos recuerdos del futuro!

Como imaginaba, Jesús se detuvo en la hacienda de Lázaro, su amigo de la infancia, el que años después sería resucitado.

Los pilló a todos por sorpresa (típico del Galileo).

Lázaro abrazó al Maestro y lo dejó todo.

Presentaba un aspecto espléndido: cuerpo enjuto, ojos luminosos, y nervios, muchos nervios.

Lázaro era un poco mayor que Jesús. En el 27 tenía treinta y tres años de edad.

Marta, la hermana mayor, seguía seria y atractiva. A veces sonreía y descubría el hilo de oro que servía para sujetar algunos dientes postizos. Era la responsable de la casa.

María, la menor, admiraba igualmente a Jesús, y sus ojos negros lo seguían a todas partes. Pensé que estaba enamorada de Él...

Por cierto, ni rastro del enamoramiento de Marta hacia quien esto escribe. Eso sucedería años después, en el 30.

No sé cómo lo hizo pero Lázaro convenció a Jesús para que se quedase en la hacienda. Es más: suplicó para que el Maestro y los suyos celebrasen la próxima fiesta de la Pascua en su casa.

María aplaudió.

Y el que resultaría resucitado por el Hijo del Hombre fue más allá y propuso que Betania fuera el cuartel general del grupo mientras Jesús permaneciera en la zona.

Todos miraron al Galileo, expectantes.

Como dije, nadie sabía de sus planes.

Jesús terminó aceptando, pero no dijo más. Y nos dejó con las ganas.

¿Inauguraría el reino de inmediato? ¿Lo haría en el Templo? ¿Aprovecharía la solemnidad de la Pascua? ¿Cómo pensaba hacerlo? ¿Qué papel jugarían los discípulos?

Betania se hallaba muy cerca de Jerusalén. Si se tomaba el camino más largo, desde la hacienda a la puerta de la Fuente, al sur de la Ciudad Santa, la distancia era de 15 estadios (alrededor de 2.800 metros). Eso se podía caminar en treinta minutos, aproximadamente.

La idea del cuartel general en Betania, por tanto, era viable.

El martes, 1 de abril (año 27), fue dedicado al descanso. Jesús habló mucho con Lázaro y sus hermanas.

Yo aproveché la curiosidad de Bartolomé, el «oso» de Caná, y me uní a él en un recorrido por Betania. En el último momento, Felipe, el intendente, decidió acompañarnos.

Betania era una población que no superaba los dos mil habitantes. Las casas, de piedra labrada, ponían de manifiesto el poder adquisitivo de sus moradores. Casi todos eran campesinos. Los alrededores eran un continuo verde, integrado por bosques de higueras, sicomoros ancianos, y palmerales jóvenes y prometedores (1).

La familia más notable no era la de Lázaro, sino la de un tal Ananyah, descendiente de la tribu de Benjamín. Allí se instalaron sus antepasados tras la vuelta del exilio a Babilonia (2).

Betania, al igual que Nazaret, disponía de una «ciudad troglodítica» a sus pies. Decenas de grutas se extendían por el subsuelo y en los alrededores. En ellas guardaban grano, aceite, higos y dátiles.

Felipe nos condujo a una de estas cavernas, al oeste de la aldea. El intendente conocía al propietario. Hacían negocios regularmente. Se trataba de otro Ananyah, fabricante también de aceites esenciales, y de «algo más»...

Mientras Felipe saludaba a su amigo, el «oso» y quien esto escribe, vencidos por la curiosidad, hicimos un recorrido por la gruta.

¡Asombroso!

Ananyah, al que apodaban *Racdân* («Bailarín»), era un anciano judío, con los dedos del pie derecho de madera. Eran réplicas perfectas, barnizadas, y con las uñas pintadas, según el humor del dueño. El negocio consistía en la venta de prótesis de todo tipo.

Como digo, quedé asombrado.

Allí, colgadas del techo, oscilaban numerosas patas de palo y también de bronce. Disponían de artilugios y engranajes que permitían el movimiento del pie o de la pierna

<hr>

(1)   Amplia información sobre Betania en *Jerusalén. Caballo de Troya 1*. *(N. del a.)*

(2)   El nombre de Betania era Bet-Ananyah o Casa de Ananyah. De ahí derivaría Betania. Posteriormente fue llamada la «casa de la miseria» y la «casa de la obediencia». *(N. del m.)*

completa. También observé brazos y manos articulados, dientes de ternero para reemplazar a los que se perdían, ojos de cristal y de marfil (algunos con capilares de alambre de oro), narices igualmente postizas, orejas de cera e, incluso, penes de madera, de todos los tamaños, que se sujetaban mediante correas.

Racdân había sido bailarín, y muy famoso. De ahí procedía el alias. A raíz de un accidente, del que Felipe no quiso hablar, perdió los dedos del pie, y quedó imposibilitado para el baile. Desde entonces se dedicaba a la fabricación y venta de prótesis. Era una «ortopedia» muy estimada por judíos y gentiles.

Pero el Bailarín, además, era experto en aceites esenciales. Y Felipe fue a mostrarme lo último de lo último. Era una pócima, extraída de una raíz, cuyo olor me resultó familiar. En esos momentos no la identifiqué. La llamaban *ša'an* (que podría traducirse como «estar tranquilo» o «proporcionar paz»).

Felipe me regaló una muestra y, algún tiempo después, cuando me fue dado retornar al Ravid, procedí a su examen. Estaba en lo cierto. Conocía aquel olor... No era otra cosa que lo que hoy conocemos como regaliz. En aquel tiempo lo utilizaban como remedio contra el resfriado y el dolor de garganta (1). Las infusiones las consumían como refrescos.

Y de Betania nos encaminamos a Bet-Fagé, el poblado más cercano, ubicado a cosa de 800 metros.

Bet-Fagé era un puñado de casas, al servicio de los sacerdotes que no residían habitualmente en la Ciudad Santa, y en el que se trapicheaba con la carne de los sacrificios. En mi opinión, Bet-Fagé era la tapadera de algunos de los negocios de las castas sacerdotales. El procedimiento era simple: una vez sacrificados e inmolados los animales (fundamentalmente bueyes y corderos), una parte era retenida para el sacerdocio al servicio del Templo. Pues bien, esas porciones (casi siempre las más suculentas) terminaban, bajo cuerda, en Bet-Fagé. Allí eran vendidas, y el dinero obtenido se repartía entre los sacerdotes.

(1) En los exámenes en la «cuna», «Santa Claus», entre los componentes del regaliz, descubrió altas dosis de ácido glicirrícico, muy activo contra la hepatitis crónica y el virus del sarcoma de Kaposi. *(N. del m.)*

Felipe se las sabía todas y acudió al poblado con el ánimo de comprar carne (la mejor), y a buen precio.

Por supuesto, los vendedores no eran sacerdotes...

El miércoles, 2 de abril, Jesús quiso dar una sorpresa a sus íntimos. Y lo logró...

Dejamos a *Zal* y a la *Chipriota* en la hacienda de Lázaro y nos encaminamos hacia la Ciudad Santa. Todos conocían Jerusalén, a excepción de los gemelos de Alfeo.

Podía ser la tercia (nueve de la mañana).

La primavera asomaba entre los sicomoros.

Bandadas de tórtolas anidaban en los bosques y en los terrados. Nos veían pasar y zureaban, coquetas.

Jesús lucía la túnica principal, la blanca, sin costuras.

Parecía alegre y despreocupado.

El cabello flotaba al viento, y también el color miel de la mirada.

Era un Jesús ansioso. Se acercaba su hora...

El Maestro pasó los brazos sobre los hombros de los gemelos de Alfeo y caminó con ellos un buen rato, cantando:

«¡Padre..., te veo en todas partes...!»

Los íntimos lo seguían, sin saber qué iba a suceder.

«¡Vuela, tórtola!»

Y los gemelos se animaron y acompañaron en el cántico. Judas, el tartamudo, hizo lo que pudo. Pensé que se trataba de una canción popular, cantada por los peregrinos que marchaban a Jerusalén.

«¡Padre..., te veo en el verde del trigo, mañana amarillo por tu bondad!

»¡Vuela, tórtola!»

El resto imitó a Jesús y a los de Alfeo, y se unió al estribillo:

«¡Vuela, tórtola!»

No supe qué salmo era...

«¡Padre..., te veo en la sonrisa de mi amada, mañana mía!

»¡Vuela, tórtola!

»¡Padre..., te siento en mi interior... Yo, tan pequeño, sobre tus rodillas...!

»¡Vuela, tórtola!»

Todos terminamos cantando, excepto el Iscariote. Nos miraba con gesto fiero, despreciándonos.

Nada más dejar atrás Betania, la senda procedente de

Jericó se dividía en tres. El primer camino trepaba, ágil, a lo alto del monte de las Aceitunas, y allí se detenía un instante, entre los olivos, a cosa de 818 metros de altitud. Después se dejaba caer hacia el torrente del Cedrón, al pie de la muralla oriental de la Ciudad Santa, y moría, muy dignamente, en la llamada puerta de Las Misericordias, también conocida como Oriental (1).

¡Cuántos recuerdos!

La segunda senda, más modesta, buscaba también la muralla este, pero lamiendo la falda sur del referido monte de las Aceitunas (hoy conocido como de los Olivos u Olivete). La recibía una puerta, no tan frecuentada: la de los Caballos.

El Galileo eligió el tercer camino, el más largo, que desembocaba en la puerta de la Fuente, al sur de Jerusalén, y a cosa de 660 metros sobre el nivel del Mediterráneo.

Yo conocía los tres senderos.

Este último era el más frecuentado.

Y proseguimos con el «Vuela, tórtola».

No tardamos en ser rebasados por reatas de burros y rebaños de corderos, guiados con prisa hacia el sur de la ciudad.

Y el tránsito de gentes fue intensificándose.

Como dije, se aproximaba la fiesta de la Pascua, la más solemne. Jerusalén, en esas fechas, se convertía en un hervidero de razas, de colores y, muy especialmente, de dinero.

Jesús continuó cantando.

Algunos discípulos, al mezclarse con el gentío, guardaron silencio.

Fue entonces cuando llegó aquella idea: la canción no

(1) En la actualidad, la puerta de Las Misericordias *(Sha'ar Ha Rahamin)* es conocida como Puerta Dorada. Fue el emperador Justiniano (siglo VI) quien le dio forma y nombre. Se suponía que por ese lugar había entrado Jesús el domingo de Ramos. Grave error. Como ya referí, la citada entrada triunfal se produjo por la puerta de la Fuente, al sur de la Ciudad Santa. Fueron los cruzados quienes tapiaron dicha puerta, y así continúa en el siglo XX. Algunos afirman que será abierta cuando aparezca el Mesías (!). El nombre («Dorada») es una mala traducción de la palabra griega *oréa*, que significa «bella». Otra tradición asegura que la apertura de dicha puerta provocará un río de calamidades al mundo. La superstición procede de la época otomana, cuando los turcos estimaron que la referida apertura daría lugar a la conquista de Jerusalén por parte de los francos. *(N. del m.)*

pertenecía al libro de los Salmos, como había creído en un primer momento. ¿Me hallaba ante una improvisación del Galileo? Todo era posible. Aquel Hombre era una permanente sorpresa...

Y a mitad de camino, por la izquierda, al llegar a la altura de un cerro de 685 metros de altitud, algo me llamó la atención. En la ladera norte, la que se derramaba hacia la senda, se extendía un importante cementerio judío. Lo había visto en otras ocasiones, pero ahora era diferente. Entre las tumbas y las piedras que señalizaban las sepulturas observé un buen número de operarios. Procedían al blanqueo de las referidas piedras y tumbas. Y lo hacían con meticulosidad. Después, en el Ravid, supe que era el cerro del Escándalo y averigüé también el porqué del blanqueo de las tumbas. Los escrupulosos judíos lo hacían para que los peregrinos vieran el cementerio a distancia, y lo evitaran, no contaminándose. Si pisaba el cementerio, el judío quedaba impuro. Eso significaba que su cordero no era aceptado en el día de la Pascua. Obviamente suponía una pérdida de dinero para las castas sacerdotales...

Y me vino a la mente otra expresión, pronunciada por el Hijo del Hombre durante la vida de predicación, y repetida varias veces:

«Sepulcros blanqueados...»

Comprendí.

Semanas antes de la fiesta, por orden del Gran Sanedrín, las casas de Jerusalén eran saneadas y encaladas. Los muebles viejos eran arrojados a la *gehenna* y las fachadas y ventanas, adornadas con flores y con toda clase de pájaros cantores. Los funcionarios del Templo, y de Antipas, inspeccionaban cada barrio y daban el visto bueno a las posadas y casas de albergue. Las calzadas y caminos eran reparados, así como los puentes y miliarios. Todo en favor del peregrino..., y del dinero del peregrino.

Fue al dejar atrás el cementerio cuando, al salir de uno de los recodos del camino, la vimos...

Los gemelos se detuvieron, impresionados.

Todos lo hicimos.

Jesús tenía los ojos brillantes.

Jerusalén apareció ante nosotros, como un león tumbado al sol.

Las murallas, azules, alcanzaban treinta y cuarenta metros de altura. Un humo blanco y espeso se levantaba en el centro del Templo. Era el humo de las ofrendas.

Absorto en la contemplación de la ciudad no reparé en el mar de tiendas que nos estaba engullendo. Era otro de los signos de la proximidad de la Pascua: cientos, quizá miles de improvisados albergues (casi todos confeccionados con pieles de cabras), se repartían a uno y otro lado de la senda, y así hasta el valle del Cedrón, al pie de las murallas. No supe calcular el número de peregrinos.

Allí convivían, en paz, miles de judíos, llegados de la diáspora, y con la santa obligación de gastar un diezmo de sus ganancias anuales en la festividad que se aproximaba. Era lógico, por tanto, que los vecinos de la Ciudad Santa se frotaran las manos...

El Maestro no se entretuvo. Cruzó, rápido, entre las tiendas y descendió hacia la puerta de la Fuente, una de las más concurridas de Jerusalén.

Allí nos esperaba lo habitual, pero multiplicado por diez: una nube de mendigos, falsos mendigos, lisiados, falsos lisiados, tunantes, simuladores profesionales, contrahechos, ciegos y falsos ciegos... Lo mejor de lo mejor.

El Maestro sabía de esta picaresca y se deshizo, hábil, de los que hacían sonar las escudillas de metal, solicitando un *as* (en diferentes idiomas). Andrés tiró de los ingenuos y conmovidos gemelos, y advirtió de la falsedad y del teatro de aquellas gentes.

Y nos adentramos en la zona meridional de Jerusalén, lo que llamaban *sûq-ha-tajtôn* (Akra) o barrio bajo. La ciudad, como ya detallé en su momento (1), estaba formada por una serie de suaves colinas, rebajadas por las sucesivas invasiones (Jerusalén fue conquistada y destruida veinte veces). Una depresión, conocida como valle del Tiropeón, dividía la ciudad en dos mitades: la zona alta y el barrio bajo, ya mencionado. En la alta vivía la gente adinerada. Allí se alzaba el impresionante Templo, terminado de construir por Herodes el Grande, la fortaleza Antonia (sede de los *kittim*), y el soberbio palacio de Herodes, entre otros edifi-

_____

(1) Amplia descripción de la Ciudad Santa en *Jerusalén. Caballo de Troya 1*. (N. del a.)

1005

cios oficiales. Cada zona disponía de sus propios mercados, barrios artesanales, baños públicos, sinagogas, teatros y un hipódromo de 195 metros de longitud.

Nunca llegué a conocer por completo la Ciudad Santa. Cada barrio era un laberinto dentro de otro laberinto.

Y Jesús, decidido, prosiguió por las callejas de la ciudad baja, en dirección noreste. Creí saber hacia dónde se dirigía...

Aquella zona era un entramado diabólico de callejuelas y callejones sin salida, imposible de clarificar para quien esto escribe. Tomé referencias muchas veces, pero siempre terminaba perdiéndome.

El barrio palpitaba.

Los olores volvieron a mí y, con ellos, los recuerdos.

La gente guisoteaba a las puertas de las casas, gritaba por cualquier cosa, discutía por nada, y arrojaba las aguas residuales por los ventanucos. Había que estar muy despierto...

No supe dónde mirar.

Todo era suciedad, gatos esquivos, colores difuminados por los estrechos pasadizos, humos, interiores tenebrosos, ratas enormes, como de la familia, niños churretosos que nos contemplaban con grandes ojos negros, matronas sin dientes, ropa tendida, entorpeciendo el paso, lloriqueos (nunca sabías de quién), más mendigos, tan falsos como los de la puerta de la Fuente, artesanos, vendedores de cielos y tierras, adivinos de ojos vidriosos, burros perdidos, sudor, y más suciedad. Jerusalén, y lo digo sin temor a equivocarme, era una de las ciudades más sucias del mundo conocido. Las mujeres barrían, pero los excrementos de las caballerías y los desperdicios iban a parar al vecino, y vuelta a empezar.

Los gemelos, emocionados, fueron amonestados por el jefe en diversas oportunidades. Poco faltó para que se perdieran entre los guisotes y los mercadillos.

Andrés los sujetó por el cinto y tiró de ellos.

No me equivoqué.

Jesús se dirigía al Templo.

¿Qué se proponía? ¿Había llegado el gran momento? ¿Revelaría al Padre Azul a aquella gente perdida y temerosa?

Fue todo muy rápido.

Alcanzamos el exterior del Templo hacia las once de la mañana.

El sol, en lo alto, lo tenía todo controlado.

Jesús, en cabeza, se introdujo por el túnel de doble sentido que desembocaba en la llamada Puerta Doble, en pleno atrio de los Gentiles.

Hacía mucho que no pasaba por aquel *msybh* (así llamaban a los túneles).

Una marea humana nos acompañó.

Cada dos metros, alojada en un pequeño nicho, una voluntariosa lámpara de aceite hacía lo que buenamente podía.

Andrés, consciente de la aglomeración, repetía sin cesar:

—¡Atentos!... ¡No os separéis!

En ese mismo costado sur del Templo había un segundo *msybh*. Yo lo había cruzado también (año 30). Ahora se hallaba cerrado, por obras. Cuando nos acercábamos descubrí un grupo de levitas, o policías del Templo, que procuraba desviar a los peregrinos hacia el único túnel en servicio.

No me gustaban los levitas. Eran serviles y crueles (1). Se

(1) Lo he comentado ya, pero lo repetiré. Los levitas constituían una especie de «clero menor». Desde tiempos remotos, se ocupaban de la vigilancia del Templo, especialmente del exterior, así como de la seguridad de los sacerdotes. Eran porteros, mantenían limpio el santuario, se ocupaban del sacrificio de muchos de los animales y formaban los grupos de músicos y cantores. Originalmente procedían de Leví, uno de los hijos del patriarca Jacob o «Israel». Fueron los célebres «hijos de Leví» que se unieron a Moisés cuando éste solicitó ayuda al bajar del Sinaí y hallar el becerro de oro (Éxodo 32). Por acudir a la llamada de Moisés, Yavé les confió un trabajo especial, al servicio del Tabernáculo. Fue siempre una tribu «diferente». Eran intocables, aunque su prestigio no alcanzó nunca el de la casta de los sumos sacerdotes. Al no poseer tierras, Yavé ordenó que recibieran un diezmo de cuanto se producía o cultivaba. Los tres hijos de Leví dieron lugar a otros tantos clanes. El de Quehat se ocupó de transportar el equipo de la Tienda de la Reunión. Guersón y su gente fueron los responsables de las cortinas y, por último, Merar condujo el Tabernáculo. Terminada la peregrinación de cuarenta años por el desierto, las funciones de los levitas cambiaron gradualmente. Al construirse el Primer Templo, se ocuparon de las puertas y de la vigilancia externa (estaba prohibido, bajo pena de muerte, que se aproximaran al altar). De esta forma terminaron convirtiéndose en policías al servicio de los sacerdotes y, muy especialmente, del Sanedrín. Eran, aproximadamente, 10.000. Se ocupa-

les distinguía de lejos. Vestían túnicas verdes, hasta los pies. En este caso, aunque se hallaban de servicio, no portaban las «camisas» de escamas metálicas, ni tampoco los cascos bruñidos. Los carcaj y las flechas fueron sustituidos por los temibles bastones con clavos. Me recordaron a los galos de Antipas.

En el túnel, pegada a los enormes bloques de piedra que formaban la construcción, se hallaba otra patrulla de levitas. Hacían de filtro. Portaban antorchas y miraban a los ojos a los que cruzaban ante ellos. Al verlos, la gente bajaba la vista, atemorizada.

Por fin desembocamos en el atrio de los Gentiles.

Los recuerdos estaban allí, mirándome...

A pesar de haberlo visto, y recorrido, quedé nuevamente maravillado (1).

Aquel lugar contrastaba con la suciedad de Jerusalén.

Todo brillaba. El suelo del atrio, de mármol blanco, jaspeado, era pura nieve. El sol llegaba y se derretía, feliz.

Distinguí cientos de peregrinos. Iban y venían. Se detenían, curiosos y asombrados. Señalaban los pórticos, las columnatas, las puertas, los arcos, la fortaleza Antonia, en el extremo noroccidental y, sobre todo, el oro y la plata, presentes en todas partes.

------

ban de la apertura y cierre de las puertas del Templo (tanto interiores como exteriores). Mantenían 21 puntos de vigilancia. Cinco grupos de levitas hacían guardia en las cinco puertas principales (las *Hulda* o dobles, al sur; la *Kiponus*, al oeste; la *Tedi*, al norte; y la de «Las Misericordias», al este). Fueron los levitas los que acompañaron a una patrulla romana al huerto de Getsemaní para proceder al prendimiento del Hijo del Hombre. Ellos montaron guardia en el exterior del sepulcro en el que fue depositado el cadáver de Jesús de Nazaret. Sus métodos eran brutales. Además de practicar detenciones, torturar y ejecutar las penas dictadas, los levitas tenían fama por su habilidad como matarifes. Eran los responsables del degollamiento de la mayor parte de los animales que se sacrificaban en el Templo. Entre sus obligaciones figuraban también las de ayudar a vestir y desvestir a los sacerdotes, preparar el libro de la Ley, amontonar los *lulab* en el Día de la Expiación y acompañar con su música el culto diario. Las rencillas con el clero principal estaban a la orden del día. Si unos robaban, los otros no se quedaban atrás. Las peleas entre levitas y sacerdotes eran todo un espectáculo. El ingreso en su círculo era tan difícil como en el del sacerdocio. Se requería un testimonio de «pureza» racial de hasta ocho generaciones. *(N. del m.)*

(1)   Amplia descripción del Templo en *Jerusalén. Caballo de Troya 1*. *(N. del a.)*

El Maestro permaneció quieto, y echó una ojeada a su alrededor.

Los discípulos lo rodearon, igualmente mudos y atónitos.

Flavio Josefo se quedó corto: «El edificio más extraordinario que puede verse bajo el sol.» (*Antigüedades* XV,412.)

El Templo venía ocupando la quinta parte de la superficie total de Jerusalén. Era una obra de titanes, con unas dimensiones espectaculares: 245 metros de ancho por 428 de largo.

El Maestro reaccionó, finalmente, y tomó la iniciativa, explicando a los suyos las características más importantes del lugar en el que se hallaban.

Quedé gratamente sorprendido.

Jesús estaba al corriente de muchos detalles de aquella soberbia edificación. Y fue comentando, como si de un moderno guía turístico se tratara...

Habló de Salomón, el constructor del Primer Templo (año 1000 a. J.C.), y de por qué el pórtico oriental llevaba el nombre del rey sabio. Allí se suponía que se hallaban las caballerizas de Salomón: 10.000 caballos (tantos como concubinas).

Después se refirió a las sucesivas destrucciones, y a la más devastadora, la llevada a cabo por los persas (586 a. J.C.), que terminaría con el exilio de 42.000 judíos en Babilonia.

Los doce escuchaban atentos e impresionados. Era la primera vez, que yo recordara, que el Galileo daba una lección de historia...

En la construcción participaron más de 18.000 operarios, de todas las especialidades, muchos de ellos llegados de Fenicia, de Roma, de Grecia, de Egipto e, incluso, de China y de la India.

No conocía ese dato.

El oro y la plata utilizados hubieran llenado cientos de carretas, hasta formar una hilera de 16 kilómetros. (Éste fue el tesoro que robó el general Tito tras la destrucción de Jerusalén, en el año 70.)

La reconstrucción fue atacada por Herodes el Grande en el año 23 antes de Cristo, y aún no estaba concluida.

El Maestro señaló a sus pies y comentó que «lo que no se veía en aquel Templo era tan importante, o más, que lo que se veía». Tenía razón. El subsuelo se hallaba cruzado por un laberinto de túneles que conducían, desde el «lugar santo», en el centro del Templo, a las diferentes puertas. En total, según nuestros cálculos, 15,7 kilómetros de galerías. Varias de ellas llevaban a la cámara del tesoro.

Después, al retornar al Ravid, y poner al día los diarios, medité sobre lo dicho por el Galileo. Ahora no estoy seguro de que se refiriera, únicamente, a la red de túneles. ¿Pensaba, quizá, en la perdida arca de la Alianza? ¿Estaba en algún lugar secreto y subterráneo del Templo?

Pero no deseo desviarme de la cuestión capital...

Caminó unos pasos y se dirigió al espléndido pórtico que llamaban Real: una galería cubierta, de tres plantas, que se prolongaba a lo largo de los 245 metros de aquel costado sur del Templo. Los pisos (que albergaban corredores y habitaciones para los altos dignatarios) aparecían apuntalados por una cuádruple hilera de columnas, a cual más esbelta.

Jesús fue precisando detalles: cada columna, de mármol, y en un solo cuerpo, superaba los once metros de altura. Eran de estilo corintio. En total, 162. Con el resto de los pórticos sumaban 628 columnas.

Los techos eran de madera de cedro, exquisitamente labrados.

Y sucedió algo imprevisto. Mejor dicho, dos cosas totalmente inesperadas...

Primero fue la gente. Al oír las explicaciones del Maestro, algunos peregrinos se unieron al grupo de los doce, y fueron escuchando y siguiendo al Hijo del Hombre. En un momento determinado, cuando recorríamos el referido pórtico Real o Regio, conté alrededor de cincuenta personas. Al Maestro no le importó. Algunos de los discípulos, en cambio, torcieron el gesto, pero no dijeron nada.

Lo segundo fue más grave...

Cuando nos hallábamos en mitad de las columnas, el Maestro me buscó, se dirigió a quien esto escribe, y solicitó, con una sonrisa, que le prestara la vara de Moisés.

Creo que palidecí.

Jesús tomó el cayado por la zona de la curvatura y señaló la zona alta de una de las columnas.

¡Oh, Dios!

No podía creerlo.

Si rozaba las cabezas de los clavos sería el desastre.

Alguien podría resultar herido o lastimado...

Si pulsaba, sin querer, el láser de alta energía, un fuego invisible se propagaría por...

¡Dios!

No supe qué hacer. No debía arrebatarle el cayado...

¡Qué situación!

A partir de esos instantes casi no presté atención a las explicaciones del Galileo.

Jesús, con la ayuda de la vara, indicó hacia lo alto. En la columna aparecía, grabada, una doble palabra y unos extraños signos. Leí, distraído: *Ha-Tikvá*, que traduje como «La Esperanza». Los símbolos, sinceramente, no los recuerdo. Mis cinco sentidos se hallaban en otra parte...

Deduje que era una marca del cantero de turno; alguna clave.

Tonto de mí...

Y el Galileo continuó el paseo, con el cayado en la mano izquierda. De vez en cuando lo alzaba, y señalaba algo, o, sencillamente, al colocarlo en posición vertical, ayudaba al grupo a no perderse.

Cruzó entre las mesas de los vendedores y cambistas, ubicadas, fundamentalmente, en la esquina sureste del atrio, bajo los pórticos Real y de Salomón (1). Un buen nú-

(1) El mayor, en *Jerusalén. Caballo de Troya 1*, cuenta al respecto: «... El patio de los Gentiles —en especial toda la zona próxima a las columnatas del llamado Pórtico Regio— presentaba un movimiento inusitado. Buena parte de esta área sur del gran "rectángulo" del Templo se encontraba atestada de tenderetes, mesas y jaulas con palomas. Teniendo en cuenta que dicha explanada medía en su parte más estrecha (justamente al pie de la columnata del Pórtico Regio) 735 pies (unos 245 metros), es fácil hacerse una idea del volumen de puestos de venta que —en tres o cuatro hileras— habían sido montados en la mencionada explanada... Alrededor de trescientos o cuatrocientos. En su mayoría se trataba de "intermediarios", que comerciaban con los animales que debían ser sacrificados en la Pascua. Allí se vendían corderos, palomas y hasta bueyes. En muchos de los tenderetes, que no eran otra cosa que simples tableros de madera montados sobre las propias jaulas o, cuando mucho, provistos de patas o soportes plegables, se ofrecían y se "cantaban" al público muchos de los productos necesarios para el rito del sacrificio pascual: aceite, vino, sal, hierbas amargas, nueces, almendras tostadas y hasta mermelada. Y en mitad de aquel mercado al aire libre pude distinguir también una larga hilera de mesas de los llamados "cambistas" —griegos y fenicios en su

mero de prostitutas merodeaba entre las columnas. Jesús pasó entre ellas, pero no prestó atención.

Los discípulos hicieron comentarios en relación con las «burritas» y algunas, atentas, se insinuaron. Tomás se detuvo y entabló conversación con dos de ellas. Pero Andrés se percató de sus intenciones, regresó sobre sus pasos, y tiró sin miramientos de la túnica de Tomás. Allí se quedaron las mujeres, decepcionadas.

Jesús siguió explicando. Caminó bajo el pórtico de Salomón, habló sobre la puerta de Las Misericordias, y señaló con la vara una representación de la ciudad persa de Susa. Y le oí decir algo sobre la importancia de aquella enorme puerta, por la que, una vez al año, era escoltada una vaca roja. Las cenizas del animal volvían al Templo y eran utilizadas en las purificaciones. No recuerdo bien, la verdad...

Después seguimos hacia la explanada norte, igualmente impecable y deslumbrante.

Allí, en el extremo noroeste, se dibujaban los muros de Antonia, el cuartel general de los *kittim* en Jerusalén. Una docena de soldados montaba guardia en las torres.

Juan Zebedeo no pudo contenerse y los llamó *arîts* (tiranos).

El Maestro se hallaba algo retirado y no lo oyó.

La visita al exterior del Templo se prolongó durante dos horas.

Tenía los nervios desatados.

Jesús manejaba el cayado de maravilla...

Y hacia las 13 horas, aproximadamente, decidieron entrar en el santuario.

Los paganos, como ya expliqué, no teníamos acceso al interior del Templo.

Nos hallábamos en lo alto de una escalinata que rodeaba, por completo, el referido santuario. Conté los escalones

---

mayoría— que se dedicaban al cambio de monedas. La circunstancia de que muchos miles de peregrinos fueran judíos residentes en el extranjero había hecho poco menos que obligada la presencia de tales "banqueros". Allí vi monedas griegas (tetradracmas de plata, didracmas áticos, dracmas, óbolos, calcos y leptones o "calderilla" de bronce), romanas (denarios de plata, sestercios de latón, dispondios, ases o "assarius", semis y cuadrantes) y, naturalmente, todas las variantes de la moneda judía.» *(N. del a.)*

muchas veces: 14. Cada uno con una altura de 22,5 centímetros. Lo sé: no tengo arreglo...

Jesús se aproximó a quien esto escribe y me devolvió la vara.

Al hacerlo, comentó:

—Te veo pálido, *mal'ak*...

Y me guiñó el ojo, al tiempo que sonreía, divertido.

Tartamudeé, pero no sé qué dije...

Así era el Hijo del Hombre.

El grupo pasó al otro lado de la *soreg*, la balaustrada de mármol, de 1,40 metros de altura, que marcaba el límite a los gentiles. Grandes letreros, grabados en la piedra o pintados en rojo, advertían a la gente como yo: «Ningún no judío puede pasar más allá de este punto. El que lo haga, lo hace a riesgo de ser castigado con la pena de muerte.» La advertencia se repetía por toda la *soreg*, en griego, latín y arameo.

Y Jesús y los doce se internaron en el formidable edificio.

Una de las patrullas de levitas les salió al paso. Hablaron. Después continuaron y los perdí de vista.

Me senté en los escalones y procedí a examinar la vara de Moisés. Todo en orden.

Y, aliviado, proseguí con la habitual toma de referencias. Nunca se sabe.

Me fijé de nuevo en las gradas que rodeaban el santuario. Eran magníficas. Permitían el paso desde la explanada del atrio de los Gentiles a la terraza que llamaban *Chel*, de casi cinco metros de anchura, muy próxima a la muralla «interior» del Templo.

¿Por qué me sentí atraído por aquellas catorce gradas?

Ahora lo sé. En esos momentos, sin embargo, no podía imaginar la trascendencia de aquel escenario. Allí tendría lugar un suceso de especial relevancia. Mejor dicho, varios...

Y en ello estaba, absorbiendo detalles de cuanto me rodeaba, cuando vi acercarse a una patrulla de vigilancia. Eran cinco levitas, todos con bastones claveteados.

Se detuvieron al pie de la grada, frente a este explorador, y uno de ellos señaló mi pierna derecha. Dijo algo en arameo, pero no alcancé a oír. En esos instantes se produjo uno de los habituales toques de trompeta, desde la esquina suroccidental del Templo. En los días ordinarios, sacerdotes o levitas, según, tocaban las trompetas de plata un total de siete veces (1).

El policía pensó que no entendía el arameo y habló en griego.

Tenía desatado el largo cordón de la sandalia derecha.

—Debes guardar compostura —aclaró.

Se lo agradecí, también en *koiné*, y me apresuré a resolver el problema.

Al retirarse, en arameo, comentaron entre ellos:

—¡Malditos paganos! Yehohanan tenía razón... Lástima que Antipas lo haya ejecutado...

Quedé desconcertado.

¿Yehohanan había sido ejecutado? ¿Cuándo? No tenía ninguna noticia al respecto. ¡Qué extraño! Los discípulos lo hubieran comentado...

Y en eso, absorto en lo dicho por el levita, percibí un incremento del viento. La brisa de la mañana cambió y se volvió agresiva y racheada. Y sucedió lo inevitable: la espesa columna de humo que ascendía desde el centro del santuario se quebró y barrió la totalidad de la explanada. Una tufarada a carne quemada, consecuencia de los sacrificios de bueyes y carneros, se instaló en el atrio. Después noté un intenso olor a incienso, consumido durante las veinticuatro horas del día (2). La gente, lejos de taparse el rostro, inspi-

---

(1) En la citada esquina suroccidental, sobre los arcos y escaleras que conducían a la ciudad baja, existía una gran piedra, con una cavidad y una leyenda: *Lbyt hrqy'h lhk ryz* («lugar para el sonido de la trompeta, para los anuncios»). En la cavidad se situaba el sacerdote, o el levita, y procedía a los diferentes toques anunciadores, denominados *Thekiah*, *Theruah* y *Thekiah* («una alarma en medio de una nota llana antes y después de ella»). Según la tradición, los toques de trompeta recordaban la proclamación del reino de Dios y, sobre todo, eran una advertencia: el juicio final está próximo. Para abrir las puertas del Templo se establecían tres toques. El cierre requería otros tres. El sábado era anunciado también con otros tres toques de trompetas, que se oían por toda la ciudad. *(N. del m.)*

(2) El Templo de Jerusalén quemaba casi tres toneladas de incienso al año. En realidad se trataba de una mezcla de sal de Sodoma, conchas marinas molidas, mirra, resina de terebinto, casia, canela, azafrán, bálsamo, aceite vegetal, y una sustancia que llamaban *maalah ashan*, que provocaba una rápida elevación del humo. La familia que guardaba el secreto de la fabricación de este especialísimo «incienso» era Avtina (de la casta sacerdotal). Sus mujeres no podían utilizar perfumes, para evitar la sos-

raba profundamente, alzaba los brazos al cielo, y gritaba: «¡Gloria al Santo, bendito sea su nombre!»

Se sentían orgullosos.

Todo coincidió, como si estuviera planeado por los cielos...

Al humo, y a la mezcla de peste y de perfume, se unieron los balidos y los mugidos de los animales, aterrorizados, y el cántico de los levitas. Y con el salmo 94 redoblaron los timbales. Los coros, en los que destacaban las melodiosas voces de los hijos de los levitas (nunca menos de doce), suavizaron el dramatismo del momento.

Era la hora de uno de los sacrificios múltiples.

Menos mal que no me permitieron la entrada...

Después se incorporaron los sonidos de las flautas, de las arpas de doce cuerdas y de las trompetas de plata.

Y escuché parte del referido salmo 94:

«... ¡Dios de las venganzas, Yavé, Dios de las venganzas, aparece!... ¡Levántate, juez de la tierra, da su merecido a los soberbios!...»

Imaginé el rostro del Maestro, presente en los sacrificios de los animales, viendo correr la sangre, oliendo la carne quemada, y, sobre todo, oyendo los coros y la diametralmente opuesta concepción de Ab-bā...

«... ¿Hasta cuándo los impíos, Yavé, hasta cuándo triunfarán los impíos?»

Me sentí incómodo. Adiviné que el Hijo del Hombre estaba sufriendo...

No me equivoqué.

«... Yavé, nuestro Dios, los aniquilará...»

Debí suponerlo.

Jesús abandonó el Templo antes de lo que había supuesto.

Cuando se presentaron de nuevo en las catorce gradas, el Hijo del Hombre lucía un semblante serio, casi descompuesto. Nadie habló.

El Galileo me buscó con la mirada. Comprendí.

El espectáculo de los sacrificios no fue de su agrado, tal y como imaginé.

---

pecha de corrupción. Esta costumbre fue tomada de la cultura egipcia, que veneraba el fuego perpetuo en el altar. *(N. del m.)*

Se sentó en el último peldaño, en lo más alto, y permaneció en silencio, con la cabeza baja. Lo encontré triste. Hacía tiempo que no lo veía así...

Los discípulos no entendían el porqué de aquella actitud del rabí. Y hacían comentarios entre ellos. El Zelota, Juan Zebedeo, y el Iscariote parecían orgullosos de lo que habían visto y oído.

«Yavé aplastará a los *kittim*.»

Jesús no replicó al comentario del Zebedeo.

Podía ser la nona (tres de la tarde).

Andrés no sabía qué hacer.

E interpreté su inquietud. Convenía ponerse en movimiento y regresar a la hacienda de Betania.

Pero el Maestro continuaba en silencio, ausente.

Pasaron otras dos patrullas de levitas. Nos observaron, atentos, y siguieron su camino. Los clavos de los bastones brillaban al sol.

Y fue Judas de Alfeo, el tartamudo, quien logró rescatar al Galileo de sus reflexiones. Hizo un esfuerzo y preguntó lo que flotaba en el corazón de casi todos sus compañeros:

—Maestro... ¿Está el Pa... pa... pa... pa... dre ahí, en el San... san... san... san... to de los Sant... san... san... san... san... tos?

Algunos de los íntimos lo fulminaron con las miradas. Otros lo llamaron ignorante.

Jesús, entonces, alzó la cabeza, y solicitó calma.

Y fue rotundo y explícito en la respuesta al gemelo:

—Amigo Judas, el Padre del que os hablo prefiere vuestras mentes a esta suntuosidad y a esta vanidad de vanidades.

Sonó a blasfemia. El Iscariote se levantó, ofendido. Dio media vuelta, bajó los escalones, y se alejó, confundiéndose entre los peregrinos.

Se hizo otro espeso silencio.

Los discípulos no captaron el significado de las palabras del Galileo, o comprendieron a medias.

Otra de las patrullas regresó y continuó hacia el pórtico Real.

Y me pregunté: ¿qué ocurrirá el día que el Hijo del Hombre hable en público, en este mismo lugar?

Faltaba una hora para el ocaso cuando entramos en la

casa de Lázaro. El Iscariote se hallaba en un rincón, devorado por sus pensamientos.

Los siguientes días fueron tranquilos.

Jesús y los discípulos ayudaban en las tareas del campo.

Marta acogió en la cocina a Felipe, a los gemelos y, por supuesto, a la fiel y paciente *Chipriota*. El intendente aprovechó el respiro para repintarla. El mal de ojo acechaba. Eso repetía, y no se equivocó...

En cuanto a mí, dediqué todo el tiempo al Maestro, como venía siendo habitual. Procuré no separarme de Él. Lo acompañé, incluso, cuando se retiraba a los bosques de higueras, en Betania. *Zal* y yo jugábamos mientras el Hijo del Hombre meditaba o entraba en contacto con el Padre Azul.

Poco a poco fue olvidando las dramáticas secuencias vividas en el interior del Templo. Creo haberlo mencionado: Jesús sentía un rechazo natural hacia cualquier tipo de violencia. Los sacrificios de bueyes y corderos, tal y como imaginé, le hicieron pasar un mal rato.

Después de la puesta de sol, mientras cenábamos, el Galileo enseñaba y respondía a las preguntas de los íntimos o de la familia. El Iscariote seguía retorcido y aislado. Aquel hombre no tenía arreglo...

Jesús no volvió a pisar la Ciudad Santa hasta el histórico y funesto jueves, 10 de abril. Otra importante fecha, nunca mencionada en los textos evangélicos. Otra más...

Los discípulos sí visitaban Jerusalén. Lo hacían casi a diario.

Y volví a pregúntame: «¿Quién es el segundo traidor?»

Pero no supe...

Llegaron noticias de Saidan y de Nahum, y también de las familias de los Alfeo, y de los hijos de Tomás, en Tariquea.

Andrés resumió la situación: «Se agota el dinero...»

Mal asunto.

Mateo, el jefe, y el Iscariote celebraron varias reuniones y adoptaron medidas.

Jesús se mantuvo al margen.

Una vez terminada la Pascua, Bartolomé, el «oso», debería regresar al *yam* y tomar buena nota de la situación. Si era necesario, con la aprobación del rabí, volverían a las redes y trabajarían durante un tiempo. «El reino invisible y alado podía esperar...»

Intuí problemas.

El 4 de abril fue el cumpleaños de Iyar (Abril). Me sorprendí a mí mismo. ¡La añoraba...!

Y llegó el gran día, el miércoles, 9, fiesta de la Pascua, la solemne *ḥag ha-pesaḥ*, tal y como la menciona el Éxodo (34, 25).

Empezaría con la puesta de sol y se prolongaría durante siete días (ocho en la diáspora) (1).

La *Pesaḥ* era una de las grandes fiestas. Conmemoraba la milagrosa salida de los judíos (en realidad eran clanes beduinos) de las tierras de Egipto, cuando el ángel del Señor sobrevoló *(pesaḥ)* las casas de los israelitas y respetó a los primogénitos, terminando con la vida de los hijos mayores de los egipcios. Para los ortodoxos era el comienzo de la nación judía. El pueblo hebreo se puso en movimiento y fue dirigido por Yavé a la tierra de promisión. También era conocida como *Hajerut* (fiesta de la Libertad) y *Hamatzot* (fiesta de los Panes Ácimos) (2).

En la casa todo eran nervios.

Marta se multiplicaba. Felipe y el resto ayudaron en lo que pudieron. Nadie fue al campo.

Y a eso de la tercia (nueve de la mañana), varios de los íntimos, acompañados por siervos de la hacienda de Lázaro, se dirigieron a Jerusalén. Creo recordar que el grupo lo

(1) Juntamente con las fiestas de Las Semanas y de Los Tabernáculos, la Pascua era una de las razones para la peregrinación a Jerusalén. En realidad eran dos solemnidades: la *Pesaḥ*, o sacrificio del cordero, y la fiesta de los panes sin levadura, que se prolongaba durante siete días. Así lo dicta el Levítico (23, 5), Números (28, 16), Crónicas (30, 15) y Esdras (6, 19). Generalmente arrancaba el 14 de *nisán*, dependiendo de la luna llena. La Pascua era la primera de las fiestas en las que los israelitas varones debían comparecer, físicamente, ante Yavé, allí donde fuera establecido. Era, además, el comienzo de la primavera, y la estación de los frutos. *(N. del m.)*

(2) Lo dicta el Éxodo (12, 15): «Por seis días comeréis panes ácimos.» El mencionado libro dice también: «... Habló el Señor a Moisés y a Aarón en la tierra de Egipto, diciendo: "Este mes os será principio de los meses..." Y aquella noche comerán la carne asada al fuego, y panes sin levadura; con hierbas amargas lo comerán...» *(N. del m.)*

formaban los hermanos Zebedeo, el Zelota, Judas Iscariote y Simón Pedro. Tiraban de cinco corderos sin mancha, tal y como prescribía la Ley (1). Deberían ser degollados en el Templo, por ellos mismos, en presencia de los sacerdotes, y, posteriormente, una vez desollados y extraída la grasa (2), la carne regresaría a la hacienda, siendo sometida a un asado especial.

Jesús trató de colaborar, pero Marta y María no se lo permitieron. Casi lo echaron a escobazos de la cocina. Y lo

(1)   La Ley era especialmente estricta en lo que al cordero pascual se refiere. Debía ser macho. No podía tener menos de ocho días ni tampoco más de un año. El mínimo defecto lo invalidaba. Cada cordero era destinado a una «compañía»: no menos de diez personas y no más de veinte. *(N. del m.)*

(2)   En el Templo se llevaban a cabo, diariamente, dos inmolaciones: una por la mañana y otra por la tarde. Los discípulos acudieron a la de la mañana. «El cordero —según reza la tradición oral— era sacrificado en tres grandes grupos (como está escrito: "lo inmolará toda la asamblea de la congregación de Israel" [Éxodo 12, 6]. Cuando entraba el primer grupo, se llenaba el atrio. Cuando se cerraban las puertas del atrio, tocaban el *sofar*, luego la trompeta clamorosamente y luego de nuevo el *sofar*. Los sacerdotes estaban en pie formando dos filas y teniendo en sus manos vasos de plata y de oro. Una fila tenía todos los vasos de plata y la otra todos los de oro... Los vasos no disponían de base a fin de que no los pudieran posar y se coagulara la sangre... Un israelita (cada propietario) lo inmolaba (degollaba) y el sacerdote recibía la sangre y la entregaba a su compañero, y éste al suyo, y devolvía el vacío. El sacerdote que estaba más cercano al altar vertía la sangre sobre las basas... Cuando salía el primer grupo, entraba el segundo. Cuando salía el segundo, entraba el tercero... Recitaban el *halel* (Salmos 113-18)...

»¿De qué manera se cuelga y se despelleja el cordero pascual? Se fijaban unos garfios de hierro en las paredes y pilastras de los que eran colgados y desde los que se despellejaban. Para los que no tenían lugar para colgar el cordero y despellejarlo, había allí unas pértigas finas y lisas que se colocaban sobre el propio hombro y el hombro del compañero, de las que se colgaba y despellejaba...

»Cuando lo habían partido y separado las porciones (para el sacrificio), lo colocaban en una bandeja y lo quemaban sobre el altar. El primer grupo salía y se detenía en el monte del Templo (en sábado, cuando no se podían llevar a casa las carnes de cordero), el segundo en el contrafuerte y el tercer grupo quedaba en su propio lugar. Cuando se ponía el sol, se iban y asaban su propio cordero pascual.»

Cada grupo debía sumar treinta participantes (número simbólico de lo divino y de lo completo). Los oferentes respondían a los cánticos de los sacerdotes y levitas con la primera línea del salmo correspondiente y también con «Alabad a Yavé» y «Aleluya». *(N. del m.)*

vi retirarse, con *Zal*, a lo más profundo de los huertos. Lo dejé tranquilo. Supuse que deseaba meditar...

Ayudé en la preparación del «menú».

Los discípulos y los siervos regresaron a eso de la décima (cuatro de la tarde). Entraron en la casa a la carrera, sudorosos y jadeantes... Faltaban dos horas para el ocaso.

Todo estaba listo para el asado.

Entregaron los corderos a Marta, y Felipe procedió: atravesó las piezas con sendas varas de granado (desde la boca al ano) y comenzaron a hacerlas girar, muy lentamente, y sin que los corderos entraran en contacto con nada. Lo prohibía la Ley. Sólo podían ser «acariciados» (no tocados) por el fuego. Yavé exigía, igualmente, que ninguno de los huesos fuera roto, y que se comiera en su totalidad. Nada debía quedar para el día siguiente. Si restaba algo —decía el Éxodo (12, 8-10)—, la familia tenía que quemarlo. Nunca era hervido.

Y Felipe, atento, fue supervisando el asado.

La gente empezó a asearse, y vistió sus mejores galas. Yo sólo disponía de una segunda túnica, como el Maestro.

Y una hora antes del crepúsculo y, por tanto, de la entrada del nuevo día, Lázaro, como cabeza de familia, llevó a cabo la ceremonia del *jametz*. Lámpara en mano, y acompañado del Maestro, de las hermanas, de la servidumbre y de los discípulos, fue recorriendo la casa, rincón por rincón, a la búsqueda de lo que no existía: el *jametz* o comida preparada con levadura. Generalmente se trataba de tortas o panes de trigo, escanda, cebada, avena o centeno que habían estado en contacto con el agua. Eso hubiera provocado un proceso de fermentación. Pero la servidumbre, y las hermanas, eran extremadamente cuidadosos. El *jametz* no existía. La Ley, sin embargo, era la Ley. Y el numeroso grupo se lo pasó muy bien, simulando que encontraba *jametz* aquí o allá. Rieron como niños...

Felipe dio la voz de alerta.

El asado estaba listo.

Lázaro y el resto salieron al exterior y contemplaron la puesta de sol. Ese día se produjo a las 17 horas, 54 minutos y 46 segundos (TU).

Había llegado el momento: ¡ya era *Pesaḥ*! ¡Era la Pascua!

Y todos se abrazaron, y se felicitaron.

Jesús, sonriente, me abrazó. Noté algo raro...

Vestía la túnica blanca, la principal.

Marta batió palmas y ordenó que todo el mundo se sentara en torno a la gran mesa.

Las mujeres y los gemelos se habían esforzado.

Todo era luz, un mantel de hilo, delicadísimo, bandejas, copas de cristal, y los platos del *seder* (la cena propiamente dicha). Allí esperaban las hierbas amargas (escarola con ajo), que representaban los días aciagos de los judíos en Egipto; la *matzá* o pan ácimo (sin levadura), que simbolizaba la liberación de Egipto (con apresuramiento); el *jarôset*, una mermelada deliciosa, compuesta con manzanas, nueces y vino; fuentes con huevo duro; aceitunas; almendras; puerros en vinagre; brotes de alholva; guisantes, y el *karpas* (apio y perejil que se mojaban en agua salada y que recordaban también las lágrimas de los israelitas en tierras egipcias).

Fue servida la primera copa de vino con agua (sólo era permitido el tinto). Las copas eran grandes, con capacidad para un *log* (alrededor de 600 gramos).

Lázaro reclamó la atención de los presentes y formuló la primera de las bendiciones del *seder*: «¡Bendito, tú, Santo, nuestro Dios, que has creado el fruto de la vid!... ¡Bendito tú, que nos has escogido de entre todo pueblo, y nos has exaltado de entre todas las lenguas!...»

Miré al Maestro.

Tenía el rostro bajo y serio. Sé que aquellas expresiones no le gustaban...

Acto seguido, como ordenaba la tradición, el más joven de los allí congregados (en este caso Juan Zebedeo), formuló al cabeza de familia la primera de las cuatro preguntas obligatorias en la cena de la Pascua: «¿Por qué esta noche es diferente de las demás?»

Y Lázaro se extendió en la ya conocida historia de las plagas enviadas por Yavé contra el pueblo de Egipto, y de cómo el Santo hirió a los primogénitos de los egipcios, y «pasó sin herir» sobre las casas de los israelitas que lucían en las puertas las manchas de sangre del cordero que habían sacrificado esa noche «sin fin». Conocía la historia de la liberación del pueblo judío, pero Lázaro añadió detalles que desconocía. Por ejemplo: aseguró que fueron 10.000 los *merkavah* (carros de fuego) que sobrevolaron esa noche las tierras de Egipto. «Y de cada *merkavah* descendía un *raz* (misterio), que mataba a los primogénitos de los egipcios.» Esa noche fueron vistos miles de *raz*.

Y en mi mente amanecieron las imágenes de las «luces» que había observado en diferentes oportunidades...

Como decía el Maestro, quien tenga oídos, que oiga.

A mitad de la historia, algunos de los presentes abrieron las bocas. Estaban hambrientos. Y Marta dio la orden para que fuera servido el *zeroa*, el cordero. Era el símbolo del milagro de Yavé, que evitó el sacrificio de los hijos de los judíos... (pero asesinó a los primogénitos egipcios) (?).

Las piezas, doradísimas, fueron delicadamente cortadas (no podían tocar los huesos), y repartidas entre los comensales.

Al llegar al Maestro, uno de los siervos trató de proporcionarle una hermosa ración, pero el Hijo del Hombre la rechazó amablemente.

El sirviente no supo qué hacer. Miró a Lázaro, y después a Marta, la señora de la casa.

Se hizo un silencio bien cargado.

¿Por qué Jesús rechazaba la carne de cordero? ¿No estaba a su gusto?

Felipe, al darse cuenta, se lanzó sobre la ración en cuestión, y la examinó detenidamente. Era y estaba perfecta.

Y preguntó:

—Maestro, ¿deseas otro trozo?

Jesús negó con la cabeza. Se percató del silencio de plomo que había caído en la sala, y sonrió con brevedad.

—¿Te encuentras mal?

La nueva pregunta de Felipe obligó al Galileo a una somera explicación:

—Estoy bien... El cordero, supongo, está exquisito... Me he prometido a mí mismo no celebrar ninguna Pascua con la carne del cordero...

Silencio.

Lázaro prosiguió con la narración de la historia de la *pesah* y, poco a poco, los allí reunidos fueron animándose y devorando la cena. El Maestro sólo comió *jarôset* y algo de pan.

Le vi serio, muy serio, como pocas veces lo había visto. Algo sucedía...

Fueron apuradas las cuatro copas de vino, obligadas también por la tradición (1), y el ambiente se volvió festivo.

Naturalmente, terminaron cantando.

Y el Maestro siguió picoteando.

Marta, terminado el cordero, situó en un extremo de la mesa una bella copa labrada, también en cristal rojo y azul, destinada al profeta Elías, «por si regresaba». Era otra de las costumbres de la Pascua.

Miré la copa, llena de vino hasta el borde, y después observé al Galileo.

Ninguno de los presentes había comprendido. Elías debía preceder la llegada del Mesías libertador. Ésa era la razón de la copa. Pero ese Mesías no llegará jamás...

Y, de pronto, Santiago de Zebedeo dirigió la palabra al Hijo del Hombre, y lo hizo con valentía:

—Rabí, nos has enseñado que no estás aquí para cambiar la Ley, y tampoco las enseñanzas de los profetas, pero, al negarte a comer el cordero pascual, ¿no estás incumpliendo esa Ley?

Jesús contempló al Zebedeo con ternura.

El silencio regresó, curioso.

—Dices bien —replicó el Maestro—. No he venido para modificar el espíritu de la Ley...

Hizo una breve pausa y preguntó:

—¿Sabéis cuál es el espíritu de la Ley?

Se miraron, pero tenían demasiado vino encima. Nadie respondió.

—Os lo diré: ama a tu prójimo como a ti mismo...

Lo sabían. Y Jesús continuó:

—Más aún: ámate a ti mismo primero, para poder amar después a tu prójimo...

Mateo y el «oso» asintieron con la cabeza. El resto estaba con la boca abierta.

—Ése es el espíritu de la Ley —proclamó Jesús—. Eso no será cambiado. El resto es añadidura...

---

(1)   Cada copa de vino representaba una promesa de Yavé: «Yo os sacaré de la esclavitud... Yo os libraré de la servidumbre... Yo os redimiré, con el brazo extendido... Yo os tomaré como mi nación...» *(N. del m.)*

La conversación se animó.

—¿A qué te refieres con lo de añadidura? —terció el Zelota.

—Los tiempos de los sacrificios, de los holocaustos, y de esa liturgia sangrienta han pasado.

Pudo decirlo más alto, pero no tan claro.

Y añadió:

—La buena nueva que os anuncio no necesita templos, ni animales degollados, ni liturgias, ni tampoco incienso, ni golpes de pecho, ni carne quemada, ni siquiera sacerdotes... Todo está en el interior.

Algunos lo miraron, espantados. Aquello sonaba a blasfemia.

E intervino Bartolomé, con acierto:

—Pero, Maestro, la idea del sacrificio en las Sagradas Escrituras equivale a la sustitución...

El «oso», como digo, hablaba con razón. Para la ortodoxia judía, la esencia del sacrificio era la sangre, según consta en el Levítico (17, 11). La sangre era entregada a cambio de la vida del sacrificador. Fue Yavé quien introdujo la idea de sustitución.

—Sé lo que dice el salmista —replicó el Galileo, que conocía bien los textos sagrados—: «Bienaventurado aquel cuya transgresión ha sido perdonada, y cubierto su pecado...»

Jesús invocaba el salmo 32. Y continuó:

—Dichoso el hombre a quien Yavé no le cuente el delito...

Asintieron, satisfechos. Pero el Hijo del Hombre no había terminado. Faltaba lo mejor, en mi humilde opinión:

—Pues en verdad os digo que todo eso pertenece a la historia remota...

Se miraron unos a otros. ¿Qué quiso decir?

Jesús lo aclaró:

—Nadie puede pecar contra la Divinidad...

(Algo me dice que debo escribirlo con mayúscula.)

El olor a blasfemia continuaba en el ambiente. Pero el Maestro no retrocedió un milímetro:

—En verdad os digo que podéis pecar contra el hombre y, lo que es peor, contra vosotros mismos..., pero nunca contra el Padre.

Lo habíamos hablado. Quien esto escribe sí comprendió.

—Yo, ahora, os ofrezco un yugo ligero. Hacer la voluntad de Ab-bā es la verdadera *Pesaḥ*... ¿No os habéis dado cuenta de que la palabra «sacrificar» *(hiqriv)* también se puede usar para decir «acercar» *(qerev)*? Acercaros con amor a vuestro prójimo y la unidad con Ab-bā se os dará por añadidura.

Tenía razón. En hebreo, la palabra *hiqriv* tiene como primera acepción «sacrificar» y como tercera, «acercar». *Qerev*, por el contrario, tiene como primer significado «acercar» e «inmolar» es su tercera acepción. Curiosamente, *ahavá* («amor») tiene valor numerológico «13» (en Kábala). Exactamente igual que «unidad» *(ejad)*.

—El verdadero *corbân* («sacrificio») es la aproximación al Padre... ¡Y Él ya está en vosotros! ¿Comprendéis por qué digo que la auténtica *Pesaḥ* (Pascua) es Ab-bā? Acercaos a Él y habréis inmolado el mejor de los sacrificios... Os recuerdo el salmo del rey David: «... Mi bien es estar apegado a Dios.»

Estoy seguro. Ninguno de los discípulos (salvo Mateo) se aproximó al profundo sentido de las palabras del Galileo.

Desde ese día, el Maestro no probó el cordero durante la festividad de la Pascua. Fue otra forma de abrirle una puerta al futuro...

Jesús se retiró con un breve y cordial «buen provecho».

Y allí continuaron los comensales, bebiendo, y discutiendo sobre lo dicho. La reunión se prolongaría varias horas.

Lo supe. El corazón de Jesús de Nazaret había empezado a enturbiarse.

Pero lo peor estaba por llegar...

El jueves, 10 de abril (año 27), fue una fecha histórica, que marcaría la vida pública del Galileo...

Cuando Jesús se presentó en la cocina, Felipe y el «oso» trajinaban de aquí para allá, ayudando en la limpieza, y preparando el desayuno. El resto dormía.

El Maestro, como tenía por costumbre, ordeñó a la *Chipriota*.

Se sirvió el desayuno y expresó el deseo de acudir al Templo.

Los discípulos se miraron, y preguntaron si debían despertar a los otros diez.

El Maestro negó con la cabeza, y ahí terminaron las dudas.

Tras el desayuno, Jesús de Nazaret, Felipe, su amigo Bartolomé, y quien esto escribe, abandonamos la hacienda y nos encaminamos hacia Jerusalén.

Recuerdo las miradas de *Zal* y de la cabra pintada de colores. Parecían decir: «¡Ay, Dios...!»

El camino fue rápido, y sin tropiezos.

Felipe cargó un pequeño zurrón, «con lo imprescindible». No sé a qué se refería, pero me dio miedo...

Y pasada la tercia (nueve de la mañana) dejamos atrás el túnel e ingresamos en el atrio de los Gentiles.

Los pórticos y la explanada se hallaban a rebosar. Era la fiesta grande y la gente acudía, feliz. En breve se iniciaría el primer holocausto de la jornada.

El día se presentó azul y templado. Y el sol empezó a tomar posiciones. Algo sabía...

Jesús casi no habló durante el camino. Nadie supo qué se proponía. ¿Por qué quiso acceder al Templo en una fecha tan señalada? ¿Por qué dejó en Betania al resto del grupo?

No tardaríamos en averiguarlo.

Por supuesto, ninguno de los evangelistas mencionó lo sucedido en aquella mañana.

Observé numerosos fariseos entre los visitantes y peregrinos.

Me sentí intranquilo...

El Maestro parecía tenerlo todo calculado.

Dirigió los pasos hacia la explanada norte del atrio, y los discípulos lo siguieron, en silencio. Yo me fui tras ellos, claro está.

Vi patrullas de policías del Templo. Siempre de cinco en cinco, siempre armados con garrotes, siempre vigilantes...

Y al llegar a la altura de la puerta principal del santuario, el Hijo del Hombre se detuvo unos instantes. Miró hacia el Templo y, acto seguido, ascendió por los catorce escalones, y lo hizo a zancadas, de tres en tres.

Permanecimos al pie de la escalinata, desconcertados. ¿Qué se proponía?

Al llegar a lo alto se quedó quieto unos segundos, de espaldas a nosotros, frente a la balaustrada de separación, y mirando al interior del referido santuario. Pensé que se disponía a entrar.

Pero no...

El Maestro terminó girando sobre los talones, y nos dio la cara. Entonces elevó el rostro hacia el azul sorprendido del cielo, y cerró los ojos.

Estaba pálido.

Felipe hizo un comentario. Jesús casi no había cenado, y pensó que no se encontraba bien. Rebuscó en el zurrón y extrajo una naranja, limpia y reluciente.

Los peregrinos, intrigados, empezaron a detenerse, y a preguntar a Felipe y al «oso»: ¿quién era aquel Hombre? ¿Qué hacía?

El Maestro se hallaba en lo alto de las gradas, completamente solo. Y fue alzando los brazos, con las palmas de las manos extendidas.

Yo conocía aquella actitud. Estaba orando.

En cuestión de minutos, el lugar se llenó de gente. Todos preguntaban.

Y sonaron las trompetas. El primer sacrificio colectivo de animales estaba a punto de empezar.

Los mugidos de terror no tardaron en oírse. Después escuchamos cánticos. Después vimos el humo, huyendo...

Una de las patrullas de levitas llegó, presurosa, y se mezcló con el gentío.

El Maestro continuaba en la misma posición, con el rostro encarado al cielo. La túnica blanca caía dulcemente, proporcionándole majestad. El viento no se atrevió a interrumpir.

«¿Quién es? —preguntaban los policías—. ¿Está loco?»

Unos decían que era Yehohanan, resucitado. Otros hablaban de Elías, que se había «presentado» en mitad de la fiesta de la Pascua. En fin, un desbarajuste...

Vi acercarse a una segunda patrulla. La situación se complicaba.

Cesaron los cánticos y se extinguieron los mugidos y los balidos de los animales degollados.

Jesús bajó los brazos y miró al gentío.

¿Qué tenía aquella mirada? Los peregrinos quedaron como hipnotizados.

El Maestro, en efecto, acusaba una intensa palidez.

Y Felipe, en otro de sus arranques, ascendió, veloz, por los catorce peldaños de mármol. Se situó frente al rabí, y fue a depositar la hermosa naranja en la mano izquierda del Maestro. Después, sin mediar palabra, regresó junto al «oso».

Y el Galileo, sin dejar de mirar a los allí congregados, acarició la naranja con ambas manos. Así permaneció unos segundos, eternos.

Finalmente, el Maestro dejó oír su voz. Flotó, poderosa y clara, en el costado oriental del atrio.

No fui consciente hasta pasados algunos instantes.

¡Era la primera vez que Jesús de Nazaret hablaba —«oficialmente»— en público! ¡Y lo hacía en el corazón de la ortodoxia judía!

Nada fue casual...

—¡Amigos...!

El silencio se espesó.

Notamos cómo el rostro del Galileo recuperaba la luz.

—¡Amigos, estoy aquí para celebrar con vosotros la nueva Pascua!

Sentí un escalofrío.

Se estaba metiendo en la boca del lobo. Mejor dicho, ya estaba dentro...

Algunos de los peregrinos rompieron el silencio:

«¿Qué dice?... ¿A qué nueva Pascua se refiere?... ¿Quién es éste?» .

La policía del Templo seguía atentísima, y dispuesta a intervenir. De momento se limitaron a escuchar.

—He sido enviado para revelar lo que permanece oculto... Os traigo una buena nueva...

Siguió incorporándose gente. Ya no cabía un alma en aquel sector. Calculé más de quinientas personas.

«¿Enviado por quién? —preguntaban los peregrinos—. ¿Enviado para qué?»

El Maestro no respondió a ninguna de las cuestiones..., pero contestó a todas.

—¡Ab-bā no es miedo!... ¡No es venganza!... ¡El Padre no

es sangre derramada!... ¡No es fuego, ni tampoco espada!...
¡No es cólera!... ¡No es premio ni castigo!... ¡No es justicia!...

Estaban desconcertados. Aquel Hombre no gritaba y, sin embargo, todos le oían. Aquel Hombre parecía saber de qué hablaba. Su voz era segura. Penetraba hasta lo más íntimo.

—¡Ab-bā es amor!... ¡El Padre no lleva un libro de cuentas con vuestros errores y vuestras buenas acciones!...

Algunos se percataron de la insólita intencionalidad de aquel Hombre, y clamaron:

«El Santo, bendito sea su nombre, es la justicia... ¿Quién es este sujeto?... ¡Blasfemo!»

Jesús prosiguió:

—He sido enviado para despertaros...

Y la gente replicó:

«¡Ya lo estamos, estúpido!... ¡Mira el sol!... ¡Vete a tu casa a dormir la borrachera!»

Entonces, el Hijo del Hombre señaló hacia el santuario, y proclamó algo que fue igualmente malentendido, y que hizo enrojecer de ira a muchos de los presentes:

—¡Mirad bien!...

La gente siguió la dirección del dedo índice izquierdo del rabí. Indicaba el interior del Templo, como digo.

—¡El Padre no está ahí!

El silencio se desplomó sobre los cientos de judíos. Los policías se miraban, sin saber qué hacer.

Y el Galileo repitió, con énfasis:

—¡No está ahí!... ¡Está aquí!...

Y dirigió el índice izquierdo a la frente.

Un murmullo de desaprobación se levantó, como una ola.

Al señalar el santuario, el Hijo del Hombre se estaba refiriendo, inequívocamente, al Santo de los Santos, el lugar más sagrado del Templo y de las creencias religiosas judías (1).

(1) Nunca tuve acceso al *Debir*, o Santo de los Santos, pero me fío de lo descrito por Rops y otros especialistas: «... El Santo es muy simple. Encuadrado por 38 cámaras, en tres pisos, que sirven de alojamiento y de oficinas, es una especie de galería larga, de paredes cubiertas de maderas incorruptibles. Está dividida en dos por otra cortina, un segundo "velo de Templo", o más bien un sistema de cortinas entrecruzadas que vedan toda mirada indiscreta. La primera sala, bien alumbrada por ventanas de marcos enrejados, es el *Hechal*, el Santo propiamente dicho: ahí están la mesa

No lo interpreté como una blasfemia (Jesús jamás ofendió a nadie), sino como algo literal. Tenía razón: el *Debir*, o Santo de los Santos, estaba vacío. Siempre lo estuvo.

Pero también dejó en el aire una formidable verdad, prácticamente desconocida para aquellas gentes: el Padre habita en la mente del ser humano (desde los cinco años de edad).

Obviamente, los peregrinos no entendieron ni admitieron.

Y lo llamaron «blasfemo» e «hijo del señor de las moscas» (Belzebú).

Algunos lo reconocieron:

«Es el carpintero loco de Nahum... Convirtió el agua de Caná en vino... Todavía siguen borrachos...»

Las risas y los improperios se mezclaron.

Me eché a temblar. La situación podía desembocar en algo catastrófico...

¿Qué debía hacer?

Nada.

Traté de serenarme. Sólo era un observador. Ése era mi trabajo.

Y así lo hice..., aunque era mi amigo.

Dos levitas se destacaron entre el gentío, iniciaron el ascenso de las gradas, y se dirigieron hacia el Galileo. Pensé que lo apresarían.

Pero no.

Cruzaron ante Él, continuaron hacia la balaustrada, y se perdieron en el interior del santuario.

Jesús no se inmutó. Y continuó su discurso:

—¡Os traigo la esperanza!... El Padre no está ahí, sino en

---

de los panes de la proposición, el célebre candelabro de siete ramas —el que Tito se llevó como botín y se ve representado en el arco del triunfo, en Roma— y el altar de los perfumes, todo cubierto de oro, donde depositan el incienso. Más oscura, sumida en perpetuo silencio, la segunda es el *Debir*, el lugar Muy Santo, que tradicionalmente se llama Santo de los Santos o *Qadosh haqedoshim*. Totalmente vacío, como es sabido, sin que contenga estatua alguna, ningún símbolo, nada más que la simple piedra bruta, "ombligo del mundo", donde, una vez al año, el sumo sacerdote penetra y deposita el incienso del Día del Perdón.» Rops se refiere, posiblemente, a la roca que «cierra el infierno», según la creencia de los judíos. El *Debir*, por tanto, se hallaba totalmente vacío en la época de Jesús de Nazaret. *(N. del m.)*

vuestro interior... ¡Él os ama!... ¡Él espera!... ¡Él sabe!... ¡Él no distingue razas ni credos!... ¡Él no entiende de hombres libres o esclavos!... ¡No importa si sois judíos o paganos!... ¡No importa si sois ricos o pobres, hombres o mujeres, jóvenes o ancianos, buenos o malos, enfermos o sanos!... ¡Al Padre no le interesa vuestro pasado!...

La multitud estalló de nuevo, y lo interrumpió.

«¡Loco! ¡Blasfemo!...»

Y la gente coreó estos calificativos. Los puños se alzaron amenazadores.

Felipe y el «oso», lívidos, no sabían si huir o permanecer al pie de las gradas.

El Maestro seguía acariciando la bella naranja...

—¡Estamos en sus rodillas!... ¡Sois hijos de un Dios!... ¿Es que no comprendéis?... ¡Estamos sentados en las rodillas del mejor de los Padres!...

«¡Maldito blasfemo!... ¿Cómo te atreves a hablar así del Santo, bendito sea su nombre?...»

Los fariseos se situaron en primera fila e increparon al Galileo con furia. Los levitas intentaron calmarlos.

—¡No temáis! —prosiguió el Hijo del Hombre con gran dulzura—. Os anuncio que existe un reino, del que procedo, y que no alcanzáis a ver con los ojos de la carne, pero al que regresaréis, inexorablemente... ¡Ésta es la buena nueva!... ¡Sois inmortales por expreso deseo del Padre!...

Y recalcó:

—¡Inmortales!... ¡Sois hijos de un Dios y, en consecuencia, hermanos!... ¡Levantad los corazones!... ¡Confiad!...

En eso vimos regresar a los policías del Templo. Aparecían acompañados por sacerdotes y otros levitas. Reconocí a uno de los jefes de sección de los policías: un tal Ben Bebay, famoso por su crueldad (se ocupaba, por ejemplo, de azotar a los que hacían trampas en el sorteo de las funciones del culto).

Los sacerdotes casi no se fijaron en el Maestro. Pasaron ante Él con prisa, y se reunieron con los levitas que aguardaban al pie de las escalinatas. Eran sacerdotes ordinarios, con las túnicas blancas de *byssus* (1), los largos cintos de

_____

(1) Oficialmente, las vestiduras de los sacerdotes ordinarios estaban confeccionadas con *byssus* (lino blanco y fino). Como ya detallé en su

color rojo y azul, y los turbantes igualmente inmaculados. Ninguno estaba calzado.

Hablaron, discutieron, señalaban al Galileo, y volvían a discutir.

—A partir de ahora —proclamó el Maestro—, todo es nuevo... Todo es distinto... Todo es esperanza... ¡Sois hijos de un Dios!... ¡Salid de la oscuridad!... Estoy aquí para daros la mano... He venido para que la humanidad recupere lo que es legítimamente suyo... ¡Confiad!...

Los peregrinos, ofuscados, siguieron insultando al rabí.

«¡Blasfemo!»

Sacerdotes y levitas trataban de ponerse de acuerdo, pero no lo lograban: «¿Lo detenían?, ¿lo expulsaban del Templo?, ¿lo conducían ante los jefes de sección?, ¿lo apaleaban allí mismo?...»

¡Dios mío!

A Felipe le temblaban las piernas...

Entonces reparé en un detalle menor (?). Nos hallábamos a 10 de abril (año 27). ¡Faltaban tres años, casi exactamente, para la condena, allí mismo, en Jerusalén, del Hijo del Hombre! Jesús fue «juzgado» (?) por el Gran Sanedrín en la madrugada del seis al siete de abril del año 30. ¿Casualidad? Quiero creer que no...

Varios de los levitas corrieron de nuevo al interior del

---

momento, dichos vestidos consistían en lo siguiente: un *kolbur*, también llamado *mknsym* (calzones cortos, también de lino, hasta las rodillas, sin las aberturas naturales, y con un cordón alrededor de las referidas rodillas. Para retirarlo lo hacían siempre sin quitarse la túnica. En invierno era una pieza completa, con mangas cortas), la túnica, propiamente dicha, llamada *efod* o *ktnt*, también de lino, sin algodón (estaba rigurosamente prohibido mezclar ambas plantas), y hasta los pies (las mangas eran estrechas, para no entorpecer las labores del culto). La túnica se tejía en una sola pieza, salvo las mangas, que se confeccionaban por separado, y posteriormente se cosían a la túnica. Disponían de cuatro túnicas. El lino era tipo *shesh* (seis) porque cada hilo reunía seis hebras, tal y como disponía el Éxodo. La túnica sólo podía colocarse por la cabeza, el *hazor*, o cinto, también designado como *'bn't*, trenzado con lino y coloreado en rojo y azul (era muy largo: hasta 14 metros, y se amarraba casi siempre a la altura del pecho; muchos de ellos presentaban frases extraídas del libro de los Salmos o de los Proverbios), y el turbante o pañuelo de cabeza, conocido como *mgb't* o *ma'aphoret*, siempre blanco y de lino. El blanco era obligatorio en las vestiduras, puesto que representaba pureza y sobriedad. *(N. del m.)*

santuario. Supuse que necesitaban consultar con alguien de mayor rango.

Los «santos y separados», rabiosos, continuaban levantando el puño contra el Maestro, y clamando para que fuera arrestado.

Fue en esos instantes, mezclado entre los peregrinos, escuchando, horrorizado, a unos y a otros, cuando perdí de vista al rabí. Fueron segundos.

Cuando miré a lo alto de los catorce peldaños, el Maestro no estaba.

Acerté a verlo cuando se dirigía, tranquilo, hacia el túnel. Y desapareció entre los que entraban y salían.

En el suelo, en el lugar que había ocupado el Galileo, solitaria y brillante, descubrí la naranja que había acariciado todo el tiempo.

Fue como un símbolo...

El «oso» también reparó en la marcha de Jesús y, en mitad de la confusión, tuvo los suficientes reflejos para tirar de Felipe, el de Saidan, y huir, literalmente, de la explanada.

Tentado estuve de seguirlos, pero me contuve.

Aquello no había terminado...

Hice lo correcto.

La súbita ausencia del rabí irritó aún más a los fanáticos.

Los fariseos maldecían y pateaban el mármol del suelo.

Se les había escapado un blasfemo...

Al poco retornaron los levitas. Llegaron con un jefe a la cabeza. Yo lo conocía. Lo vi en noviembre del año 25, en los lagos de Enaván (hoy Enon), cuando una representación de sacerdotes del Templo se presentó en la zona e intentó averiguar quién era Yehohanan (1). Lo llamaban Mašroqi («Flauta»), por lo que «soplaba». Decían que era tan violento como bebedor (2).

(1)   Amplia información en *Nahum. Caballo de Troya 7. (N. del a.)*

(2)   El mayor, en *Nahum*, lo describe así: «... Los policías (levitas) se hallaban bajo el mando de un *ammarkelîn*, una especie de guardián del Templo, aunque mi confidente, Abner, aseguró que su rango era superior (quizá se tratase de un *šrym* o jefe de turno de los levitas). Era un sujeto muy corpulento, de casi 1,90 metros de altura. Ejercía también como jefe de matarifes. Su habilidad con el cuchillo era asombrosa. Degollaba a tres corderos de un tajo. Si alguien se interponía en su camino era hombre

El Flauta habló con las restantes patrullas. Le explicaron. Le describieron a Jesús. Lo llamaron el «loco de la naranja». Nadie supo cómo ni por dónde se había esfumado.

Alguien pronunció la palabra «milagro». Los fariseos casi se lo comieron...

Recorrieron el atrio de los Gentiles en su totalidad. Miraron y remiraron. Negativo.

Ni rastro del «loco de la naranja»...

Yo permanecí en lo alto de los catorce escalones, observando.

Me senté. Tomé la naranja, la contemplé, e intenté pensar.

¿Qué era lo que había visto y oído en esa histórica mañana del 10 de abril?

La evaluación fue breve y dramática...

Acababa de asistir a una «declaración de principios» del Hombre-Dios. Ésa era su filosofía, y su hermoso y revolucionario mensaje. Pero nadie comprendió. Ése sería el contenido principal de su vida pública, pero muy pocos tendrían acceso a él.

Y lo peor es que, además de incomprendido, el Hijo del Hombre empezaba a ser odiado.

Aquel jueves, 10 de abril del año 27, fue el principio del fin... Ningún evangelista lo menciona.

Los problemas rugían a su alrededor, cada vez más próximos.

No sé el tiempo que transcurrió mientras meditaba sobre estas cuestiones.

Dejé a la bella y sufrida naranja en el suelo y abandoné el Templo.

Retorné a Betania.

Jesús no se hallaba en la hacienda. Nadie sabía nada.

Felipe y Bartolomé hacían como que hacían algo. Trasteaban en la cocina, preocupadísimos.

Hablé con ellos, pero no supieron informarme. Perdieron de vista al Maestro. Imaginaron, como yo, que había emprendido viaje de vuelta a la aldea de Lázaro, pero no. Tampoco mencionaron lo ocurrido a los discípulos o a la

---

muerto... Cuando se embriagaba, día sí, día también, era temible. Él solo podía incendiar una ciudad.» *(N. del a.)*

familia. Eligieron el silencio, al menos hasta que apareciera el Galileo. Fue una actitud prudente. Lo acaecido esa mañana en el atrio de los Gentiles era grave, muy grave. Tenía que ser Jesús quien tomara la iniciativa.

Lo cierto es que, conforme pasaron las horas, Felipe y el «oso» aumentaron su nerviosismo.

Marta estaba desconcertada. Era la primera vez que veía a Felipe en un rincón, pálido, mano sobre mano. No miraba ni a la *Chipriota*.

Quien esto escribe observó a *Zal*. Estaba tranquilo, en su rincón. Era buena señal. Y esperamos.

Poco antes del ocaso llegó el Maestro.

Presentaba un rostro amable y sereno. Dijo haber caminado mucho. Había ascendido al monte de los Olivos, y se dejó perder en los bosques de higueras de Betania y Bet-Fagé.

Lo miré, asombrado.

No parecía afectado por el incidente en el Templo.

Ni pregunté.

Si lo hubiera deseado, Él habría sacado el tema, como en otras ocasiones.

Felipe y el «oso» entendieron que Jesús estaba cansado, y que era mejor dejar el tema de la mañana para otra oportunidad. Creo haberlo dicho: ambos eran discretos e inteligentes.

Y así era: el Galileo estaba molido (nunca supe a causa de qué). Cenó algo, hizo risas con los suyos, y se retiró a descansar.

Y la jornada se apagó...

Otro día para la historia...

El lunes, 14, se produjo una novedad. Un mensajero se presentó en la hacienda. Fue inevitable. La noticia de la estancia de Jesús en Betania terminó filtrándose.

El mensajero fue enviado por Anás, el que fuera sumo sacerdote, de tan amargos recuerdos (1). Se entrevistó a solas con el Galileo. Jesús lo explicó posteriormente. Anás era pariente de Salomé, la esposa del Zebedeo padre. Jesús conoció a Anás tiempo atrás, en su juventud, y por mediación de Salomé. Pues bien, el ex sumo sacerdote deseaba entrevistarse con Él.

(1)   Amplia información en *Jerusalén. Caballo de Troya 1*. *(N. del a.)*

Los discípulos se felicitaron por la invitación. Anás era todo un personaje, y no sólo por el cargo que había ostentado (1). Medio Israel era suyo. Durante los años como sumo sacerdote amasó una fortuna que las malas lenguas calculaban en más de cuarenta millones de denarios de plata (2).

Felipe y Bartolomé no dijeron nada, pero sospecharon que la invitación tenía mucho que ver con lo manifestado por el Maestro en el Templo, en la mañana del mencionado 10 de abril. Yo también lo imaginé.

La entrevista en la casa de Anás, en Jerusalén, no barruntaba nada bueno...

El Galileo fijo la reunión para el viernes, 18.

No le vi apurado, ni tampoco nervioso... Se comportó como siempre. Siguió enseñando a los suyos, y retirándose a los bosques, en la compañía de *Zal*, el perro color estaño.

Y el 18 de abril, sin prisa, Jesús y los discípulos (Felipe y los gemelos se quedaron en la hacienda de Lázaro) cruzaron la ciudad baja, atravesaron la vaguada del Tiropeón, y se adentraron en el barrio alto de Jerusalén. La casona de Anás, como ya referí, se levantaba cerca de la puerta de Sión, en el extremo oeste. Un jardín, con un murete enrejado, rodeaba la propiedad. Y los recuerdos me asaltaron de nuevo.

En aquel lugar, años después, se registraría la cuádruple negación de Pedro...

El sol se hallaba en el cenit, atento.

(1)   Anás o Anano, como lo llama Flavio Josefo, fue sumo sacerdote durante veinte años (desde el «-6» al 15 d. J.C.). Tras abandonar el puesto, cinco de sus hijos y uno de sus yernos ocuparon este mismo cargo: Eleazar (16 al 17 d. J.C.), Caifás (su yerno) (18 al 36), Jonatán (36 al 37), Teófilo (a partir del año 37), Matías, y, por último, su también hijo Anás (62). Todos ellos fueron hombres clave en los negocios de Anás, estrechamente vinculados al Templo: venta de animales, de especias, de incienso, de ropas para los sacerdotes, reventa de carne y de sangre de los holocaustos y, sobre todo, cambio de moneda. Como fue citado, el impuesto religioso sólo podía ser abonado con moneda judía. De ahí la necesidad de los cambistas en el atrio de los Gentiles. Anás se quedaba con un porcentaje, y muy considerable. *(N. del m.)*

(2)   En los tiempos del Galileo, el dinero que entraba en el Templo por el impuesto religioso (medio siclo por varón judío) equivalía a 2.280.000 denarios de plata al año. Dado que los banqueros estaban autorizados a cargar un *méah* (un sexto de denario) sobre cada medio siclo, los beneficios eran espectaculares: entre 270 000 y 285.000 denarios de plata anuales. El salario de un obrero era de un denario al día. *(N. del m.)*

Entramos en el jardín, y aguardamos.

Anás se presentó al poco. En esas fechas tenía sesenta y siete años y un Parkinson que había dado ya la cara. Era un anciano gastado por los años y por la codicia, pero conservaba una mirada relampagueante. No se le escapaba detalle.

Uno de los siervos colocó una silla a la sombra, y Anás fue a sentarse con dificultad, y con algunos gemidos. Las manos temblaban y el rostro aparecía rígido, como la piedra (1).

Fue observándonos, uno por uno.

El Maestro y los discípulos continuaron de pie, rodeando al ex sumo sacerdote.

Otro de los siervos acudió con un gran abanico de plumas azules, y se situó a espaldas de la silla, espantando moscas y proporcionando algo de brisa en aquella calurosa mañana de primavera.

Anás mostraba un profundo cansancio.

Un tercer siervo se arrodilló, y fue a depositar una jofaina de plata a los pies de Anás. Llenó el recipiente de agua, arrojó un puñado de sal gorda en el líquido, y tomó los pies del anciano, introduciéndolos en la pequeña «palangana». El rostro del pariente de Salomé se relajó.

Todos estaban (estábamos) expectantes.

Jesús aguardó. Noté cierta tensión en el rostro.

Anás —cuyo nombre, en arameo, significa «castigo» (no debía olvidarlo)— dibujó una lejana y poco tranquilizadora sonrisa, y fue directo a lo que le interesaba:

—¿Es cierto lo que me han contado?

No esperó respuesta, y pasó a mencionar «lo que le habían contado»:

—¿Te has proclamado enviado del Santo?..., bendito sea.

Anás aludía a las palabras pronunciadas por el Maestro en la mañana del 10 de abril, en el atrio de los Gentiles.

Creí ver problemas, merodeando por el jardín...

---

(1)   La enfermedad de Parkinson consiste en una pérdida de neuronas (especialmente en la región de la sustancia negra). El cerebro, en definitiva, deja de producir dopamina, y se registran lentitud en los movimientos, rigidez, y temblores. Se trata de un trastorno degenerativo del sistema nervioso. *(N. del m.)*

—¿De qué nueva Pascua hablas?... ¿Tratas de cambiar la establecida por el mismísimo Santo, bendito sea, y por los ancianos del pueblo?

Los discípulos se miraron, consternados.

El tono del ex sumo sacerdote era claramente amenazador.

—¿Cómo debo entender que el Santo, bendito sea, no lleva las cuentas?

Jesús permaneció impasible. Él no había dicho eso, exactamente.

—¿Te has atrevido a manifestar que el Santo, bendito sea su nombre, no es justo?

Un murmullo de desaprobación se extendió entre los íntimos.

Bartolomé siguió mudo y pálido.

Jesús intervino con seguridad y firmeza. Fue la única vez que participó en el interrogatorio:

—Donde hay amor no es necesaria la justicia...

Anás no escuchó. No estaba allí para eso. Antes de recibir al Hijo del Hombre ya había dictado sentencia...

Jesús se dio cuenta. La «conversación» no tenía sentido.

Y Anás elevó el tono:

—¿Te has atrevido, igualmente, a comparar a los judíos, el pueblo elegido por el Santo, bendito sea, con los paganos?

El Maestro, con los ojos fijos en los de su amigo (?), no movió un músculo. Jesús estaba al tanto de la trascendencia de aquel encuentro...

Los discípulos, por su parte, continuaban sin entender. No sabían de qué hablaba aquel indignado Anás.

El «oso», que intuyó la tormenta, se retiró al fondo, y trató de pasar desapercibido.

Anás concluyó con las siguientes palabras:

—Seré indulgente... En consideración a Salomé, y a nuestra vieja amistad, te daré una oportunidad para que te retractes...

Se hizo el silencio, apenas roto por los vuelos negros y rápidos de las golondrinas.

—Te ordeno que te presentes ante los notables del Sanedrín, y solicites perdón, humildemente, por tus blasfemias...

La tormenta acababa de estallar.

—Ellos te impondrán el castigo correspondiente...

Quedé perplejo.

Era la primera acusación formal de las castas sacerdotales contra el Hijo del Hombre. Si el cargo de blasfemo prosperaba, el Sanedrín podía condenarlo a muerte. Eso contemplaba la Ley (1).

Y Jesús replicó, con dulzura:

—Amigo, no he cometido ningún error...

Anás se destapó, tal y como era:

—Si te niegas, si no te arrepientes, yo mismo ordenaré que te detengan...

Jesús lo interrumpió:

—No podrás hacer nada sin el consentimiento del Padre.

El ex sumo sacerdote, confundido, dio un puñetazo en el brazo izquierdo de la silla, y babeó, rabioso.

Los discípulos y los siervos dieron un paso atrás, atemorizados.

El Galileo no se movió. Los ojos le brillaban.

Y empecé a percibir un familiar perfume. Olía a sándalo blanco. Olía a serenidad...

—¿Sabes lo que hacemos con los profanadores?

Anás se refería a los castigos que mencionan las Sagradas Escrituras, especialmente el Levítico y el Deuteronomio (2).

Silencio.

(1) Según los tratados llamados *Sanhedrin* y *Makkot* (derecho criminal rabínico), la blasfemia era un delito condenado por la ley mosaica con la pena de lapidación. En el capítulo séptimo del referido tratado *(Sanhedrin)* se dice textualmente: «Los siguientes han de ser lapidados: el que tiene relación sexual con su madre o con la mujer de su padre o con la nuera o con un varón o con una bestia, la mujer que trae a sí una bestia (para copular con ella), el blasfemo, el idólatra, el que ofrece sus hijos a Molok, el nigromántico, el adivino, el profanador del sábado, el maldecidor del padre o de la madre, el que copula con una joven prometida, el inductor (a la idolatría), el hechicero, el seductor (que arrastra a toda una ciudad a la idolatría), el hijo obstinado y rebelde...» La ley oral enumera 36 delitos por los que podían ser lapidados. El juicio lo llevaba a cabo el Sanedrín mayor, formado por 72 miembros, o bien el tribunal menor, constituido por 23 jueces. Ambos tribunales eran competentes en casos criminales, aunque la sentencia de muerte tenía que ser ratificada por Roma. *(N. del m.)*

(2) La ley judía establecía cuatro tipos de pena capital: el abrasamiento, la decapitación, la lapidación y el estrangulamiento. Había decenas de causas por las que un judío (o pagano) podía ser ejecutado. Yavé las respaldaba. *(N. del m.)*

—¿Sabes que puedo azotarte?

Silencio.

—¿Sabes que puedo enviarte al destierro?

Silencio

—¿Sabes que puedo «cortarte»? (1)

Silencio

—¿Sabes que el Santo, bendito sea, puede hacer caer sobre ti las epidemias de Egipto...?

Anás invocó un pasaje del Deuteronomio (28, 58-62) (2); el texto que, justamente, se recitaba cuando un judío era azotado por otro judío.

Silencio.

—¿Sabes que puedo solicitar a Roma que te crucifique?

El Maestro palideció, ligeramente.

Anás, sin saberlo, estaba profetizando...

—¿Sabes que puedo destruir a los tuyos...?

El anciano, colérico ante el sostenido silencio de su supuesto amigo, se puso en pie, sacó el pie izquierdo de la jofaina, pero, torpe, no acertó a levantar correctamente el derecho, tropezó, y fue a caer, de bruces, sobre las losas del patio.

La palangana de plata rodó por el pavimento y, como una burla del Destino, fue a detenerse frente a las barbas de Anás. Allí repiqueteó unos segundos y, finalmente, satisfecha, se quedó quieta.

(1)   La Ley, y la tradición oral, hablaban de dos tipos de muerte: «a manos del Cielo» y la «cortada». La muerte «a manos del cielo o de Dios» era consecuencia de ofensas menores (en total once). El hecho de ser «cortado» era más grave. Además de terminar con la vida del profanador, la pena por «cortadura» se extendía al resto de la familia. Toda ella quedaba salpicada por la vergüenza y podía ser igualmente ejecutada. En I Corintios se hace alusión a este tipo de castigo: «¡Anatema cuando el Señor venga!» *(N. del m.)*

(2)   El texto en cuestión dice: «Si no cuidas de poner en práctica todas las palabras de esta Ley escritas en este libro, temiendo a ese nombre glorioso y temible, a Yavé tu Dios, Yavé hará terribles tus plagas y las de tu descendencia, plagas grandes y duraderas, enfermedades perniciosas y tenaces. Hará caer de nuevo sobre ti aquellas epidemias de Egipto a las que tanto miedo tenías, y se pegarán a ti. Más todavía, todas las enfermedades y plagas que no se mencionan en el libro de esta Ley, las suscitará Yavé contra ti, hasta destruirte. No quedaréis más que unos pocos hombres, vosotros que erais tan numerosos como las estrellas del cielo, por haber desoído la voz de Yavé tu Dios.»

Nada que ver, en efecto, con la idea de un Padre Azul... *(N. del m.)*

Ni uno solo de los siervos acudió en su ayuda.

Jesús fue el primero en reaccionar.

Se inclinó sobre el dolorido ex sumo sacerdote e intentó prestarle ayuda. Anás lo rechazó con malos modos, y ordenó que desapareciera de su vista.

La servidumbre, finalmente, lo levantó.

Jesús abandonó el jardín pero, antes de cruzar el umbral de la puerta, se volvió hacia Anás, y declaró:

—Te he ofrecido la luz, pero has elegido el miedo...

Giró sobre los talones y salió de la propiedad. Los discípulos lo siguieron, atropelladamente.

Ese atardecer, en Betania, el Maestro explicó a los suyos lo ocurrido en la histórica mañana del 10 de abril, en el Templo.

Los íntimos entendieron, a medias.

Lo que estaba claro es que Anás no amenazaba en vano.

Y surgió la polémica.

El ex sumo sacerdote era un individuo poderoso, con influencias en el Gran Sanedrín, y en las castas sacerdotales en general. Anás era saduceo. Eso significaba que no deseaba complicaciones con el poder establecido (Roma).

Andrés, Santiago de Zebedeo, Felipe y Bartolomé opinaron que era mejor cumplir las exigencias de Anás.

Pedro, Juan, el Zelota y Judas Iscariote se opusieron. No comprendían lo dicho por el Hijo del Hombre, pero no aceptaban doblar la rodilla ante aquella «sanguijuela».

Tomás, Mateo, y los gemelos de Alfeo, no dijeron nada.

Jesús tampoco se pronunció. Se limitó a comentar:

—Dejemos que el Padre haga su trabajo...

Nadie, salvo el Galileo, captó en esos momentos el alcance de las amenazas de Anás. Los problemas, efectivamente, rugían en las proximidades...

Fue el «oso» quien desvió el tema, planteando a Jesús una interesante pregunta:

—Maestro, ¿por qué has respondido a «Castigo» (Anás) de esa manera?

El Galileo, creo, agradeció la pregunta, y planteó, a su vez:

—¿Cuál diríais que es el peor enemigo del hombre?

Discutieron.

No hubo forma de aunar criterios.

Unos defendían que era la envidia. Otros se inclinaban por la codicia, por el orgullo, y por la idolatría. Tomás se retrató, asegurando que era la mujer.

Pedro aprovechó la oportunidad y señaló a su suegra.

Jesús dejó que hablaran.

Después, una vez expuestos los argumentos, se dirigió a sus hombres, y proclamó:

—El gran enemigo del ser humano es el miedo.

Y añadió:

—Estáis aquí para proclamar la buena nueva: el miedo ha terminado.

Lo miraban, estupefactos.

—¡Sois inmortales! —prosiguió el Hijo del Hombre, intentando despabilar el alma de los íntimos—. Aquel que confía, aquel que se entrega a la voluntad del Padre, nunca más volverá a experimentar a ese tirano...

—¿Te refieres a Anás?

—No, Bartolomé, estoy hablando del miedo, el gran tirano del hombre...

Mateo sí comprendió, y apuntó, acertadamente:

—Estamos sentados en las rodillas del Número Uno... Es imposible temer...

Jesús correspondió con una espléndida sonrisa. Eso era.

—Pero, si no tengo miedo —intervino Santiago de Zebedeo—, ¿en qué me convierto? No es eso lo que dice la Ley...

—Mirad al niño... Confía plenamente en su padre. No hay miedo en él. Eso es lo que pido, y lo que quiero que solicitéis al mundo: ¡No más miedo! ¡Estáis en las rodillas de un Dios! ¡No más miedo!

—¿Y qué sucederá con mis muchos pecados?...

Era Felipe quien preguntaba.

—... ¿Cómo sabré que el Padre me ha perdonado?

El Galileo, entonces, procedió a contar una parábola. Habló de un judío que escribía sus pecados en un libro. En ese mismo rollo tomaba nota de los pecados cometidos por Dios contra él y contra su familia y amigos.

Los discípulos oían, atónitos.

Y llegó el Kippur (el día del Perdón). Entonces, el judío en cuestión tomó el libro, lo abrió, y, dirigiéndose a Dios, exclamó: «Hoy nos ha llegado la hora a los dos... Tú, mi

Dios, y yo, repasaremos las cuentas... Aquí tienes la lista de mis pecados, y la lista de los tuyos: las tristezas y desgracias que has ocasionado a mi familia, a mis amigos, y a mí mismo... Si calculamos, tú me debes más que yo a ti...»

Bartolomé, el «oso» de Caná, asintió con la cabeza, divertido.

Y Jesús terminó:

«Pero como hoy es el Kippur, el día en el que cada uno debe hacer las paces con el vecino, yo te perdono..., si tú accedes a perdonarme.»

Fin de la parábola.

Y el Maestro preguntó:

—¿Qué opináis del judío que perdonó a Dios?

Unos lo llamaron «irreverente». Otros lo calificaron de «blasfemo».

Mateo lo llamó «estúpido» y añadió:

—Pierde su tiempo... Por lo que nos has enseñado, nadie tiene capacidad para ofender a Dios.

Fue el único que comprendió.

Y el Maestro sentenció, de nuevo:

—Anás prefiere el miedo a la luz...

En los dos días siguientes, los mensajeros no dejaron de llamar a las puertas de la casa de Lázaro. Conté nueve.

Traían invitaciones para Jesús de Nazaret. Todo el mundo deseaba conocer al Hombre que había desafiado a los corruptos sacerdotes del Templo de Jerusalén.

No era exacto. Jesús no desafió a nadie. Pero los bulos se apoderaron de la Ciudad Santa.

Las invitaciones —«a comer» y «a pasar el día»— procedían de notables de las finanzas, de ricos saduceos, de miembros destacados de la hermandad de los «santos y separados», y también de judíos y paganos curiosos, que no tenían mejor cosa que hacer.

Jesús estudió cada pergamino, pero no decidió inmediatamente. Se reunió varias veces con Andrés, y parlamentaron.

Los discípulos, intranquilos al comprender que el Galileo no cumpliría lo ordenado por Anás, decidieron montar guardia a las puertas de la hacienda de Lázaro. Lo hicieron a espaldas del Hijo del Hombre, y armados con los *gladius*. Se turnaban.

El Maestro lo supo, pero dejó hacer.

Finalmente, el Hombre-Dios tomó una decisión. Visitaría, únicamente, la casa de un tal Flavio, un judío de origen griego, conquistado por la helenización, e incircunciso.

La visita tendría lugar el lunes, 21 de abril.

Algunos de los íntimos protestaron, pero lo hicieron cuando el Maestro no se hallaba presente.

Pedro, Judas Iscariote y el Zelota fueron los más contumaces.

No deseaban rozarse con Flavio, un «judío de atrio» (al no estar circuncidado, no tenía acceso al Templo) y, además, homosexual reconocido. El Levítico, en ese sentido, es claro y rotundo (1).

Quien esto escribe no salía de su asombro. ¡Cuán distinta es la imagen de estos hombres en los tiempos actuales! Así es la historia...

Pedro, y los «contumaces», elevaron una protesta al jefe y éste, siempre responsable, la trasladó al rabí.

Jesús hizo un solo comentario: eran libres de acompañarle a la casa de Flavio.

Jesús jamás entraba en polémica, y dejó el asunto en manos de Andrés.

Juan Zebedeo no se pronunció. Él sabía muy bien por qué...

El resto se encogió de hombros.

Y el lunes, 21, como fue previsto, Jesús y la mitad del grupo se dirigieron a la Ciudad Santa. Pedro, el Zelota, el Iscariote, Felipe y los gemelos permanecieron en la hacienda. Los tres primeros por lo ya mencionado, y los tres últimos por razones de trabajo.

La casa de Flavio se alzaba cerca del hipódromo y de la

---

(1) El Levítico (20, 13) dice: «Si alguien se acuesta con varón, como se hace con mujer, ambos han cometido abominación: morirán sin remedio; su sangre caerá sobre ellos.» También la ley oral era contundente. El tratado *Yebamot* (capítulo 8) dice textualmente: «... por razón (de la unión) con la persona de doble sexo se incurre en la pena del apedreo, como ocurre con la unión con el varón». El tratado *Sanedrín* (capítulo 7) insiste en lo mismo: «el que tiene relación sexual con varón ha de ser lapidado.» *(N. del m.)*

muralla que cruzaba la ciudad de oeste a este, dividiéndola en los referidos barrios. Flavio, al parecer, dada su naturaleza de «judío de atrio», no era bien mirado por los ricos habitantes del barrio alto. Ésta era la razón por la que tuvo que edificar su propiedad en la ciudad baja, más propia de gente plebeya.

Llegamos poco antes de la sexta (mediodía).

¿Cómo describirla?

La casa de Flavio era una *domus tiberiana*: una mansión con decenas de habitaciones, unidas entre sí, en la que vivían la familia y la servidumbre. No fui capaz de memorizarla en su totalidad, aunque la visitamos a lo largo de diez días. Según la información del propio Flavio, la *domus* (así la llamaré en lo sucesivo) tenía más de mil metros cuadrados. Era suntuosa, llena de luz, de mármoles, de pinturas... y de misterios.

La visitaríamos, a diario, como digo, hasta que nos sorprendió aquel fatídico miércoles, 30 de abril...

Pero debo conservar la calma y proseguir en orden.

Al salvar el alto muro de piedra que rodeaba la *domus* por completo, el Maestro, los discípulos, y quien esto escribe, quedamos asombrados.

El pavimento era una reluciente e interminable sucesión de mosaicos rojos y blancos, los colores favoritos del propietario.

Y en la puerta principal, sobre las columnas de mármol amarillo que formaban las jambas, Flavio había colocado sendas estrellas de David, de algo más de un metro de altura cada una.

Permanecimos embobados, absortos en las enormes estrellas (1).

---

(1) Aunque no existe seguridad sobre ello, algunos expertos en cultura judía ven en la estrella de seis puntas el sello del rey David (1000 a. J.C.). Según Asher Eder, el nombre de David (en hebreo, *daleph-wav-daleph*) equivale a dos triángulos *(daleph)*, parecidos a la letra griega delta (Δ). La combinación de dichos *daleph* proporcionaría la célebre estrella de seis puntas. Otra tradición judía habla de una misteriosa inscripción, aparecida en el escudo de David, similar a una estrella de seis puntas. Los seis triángulos exteriores indicarían otros tantos atributos de Dios: conocimiento, sabiduría, consejo, temor, poder y entendimiento. Otros afirman que el escudo de David tenía la forma de estrella de seis puntas. Sin embargo, como digo, nada es seguro. Hoy, no obstante, la estrella de David figura en la bandera del moderno Is-

El artista las había confeccionado con caracolas marinas, rojas y blancas. Calculé más de cien por estrella.

Presentaban el ápice cortado, y un detalle me llamó poderosamente la atención: las espiras eran levógiras (partían del mencionado extremo o ápice y recorrían la concha de los gasterópodos al revés de lo habitual: hacia la izquierda). Los días de viento, las caracolas ululaban. Era una singular y nada tranquilizadora sinfonía, que llamaba la atención desde lejos. Flavio explicó que los enigmáticos silbidos no eran otra cosa que los cánticos de las sirenas que no alcanzaron a seducir a Ulises en su largo viaje hacia Ítaca. Flavio, como todos los homosexuales, era un romántico...

Conseguía las caracolas en sus constantes viajes por el mundo conocido. Las más preciadas, como las que exhibía en la entrada, procedían de las aguas profundas de las islas Cícladas, en lo que hoy conocemos como mar Egeo, al este de Grecia. Sonreía y afirmaba: «Las Cícladas son los restos de una isla hundida por la caída de una gran piedra...» Supuse que se refería a la legendaria Atlántida, cantada por Platón y desaparecida en el mar, misteriosamente. De eso hacía más de ocho mil años...

Los pescadores de esponjas tenían orden de guardar todas las conchas que fueran levógiras: «las conchas de Sira» (así llamaba a la supuesta gran isla, arrebatada por el mar como consecuencia del impacto del enorme meteorito que —según la leyenda— se estrelló en la región) (1).

Flavio era de Sira, «como el poeta Homero». Eso aseguraba, más que satisfecho (2).

---

rael. En mi opinión, el nombre primitivo era *Magen David* o «Escudo de David». El rey salmista lo cita en los salmos 3 (4) y 18 (3, 31). *(N. del m.)*

(1)   Las islas Cícladas o Kyklades forman una especie de gran círculo, al que los griegos llaman *kyklos*, alrededor de Delos. Siros es una de las islas de dicho archipiélago. *(N. del m.)*

(2)   Probablemente se trataba de otra fantasía de Flavio. No hay seguridad sobre el lugar de nacimiento de Homero. Según Herodoto era jónico. ¿Quizá de Esmirna? Otras seis ciudades griegas se disputan el honor de su nacimiento. En realidad, ni siquiera hay constancia de su existencia. En el siglo XVII, el abate D'Aubignac, basándose en las inconsistencias de la *Ilíada*, aseguró que Homero era una entelequia y que las dos grandes obras que se le atribuyen (la *Ilíada* y la *Odisea*) eran anónimas. La polémica sigue en el aire. *(N. del m.)*

Y decía más: Homero era un poeta ciego, sí, pero su verdadero nombre era Zakynthos... No supe qué pensar al respecto.

Flavio era otro fanático de la *Ilíada* y de la *Odisea*. Se llevó muy bien con Felipe...

Asistí a conversaciones insólitas, en las que Flavio defendía que Ulises fue el verdadero inventor del caballo de madera con el que los griegos se colaron en Troya.

A Ulises lo llamaba *Nanos* («Errante») y aseguraba que era homosexual, como él (1).

A Jesús también le llamaron la atención las singulares caracolas rojas y blancas. Permaneció unos segundos, como digo, contemplándolas. Y señaló las espiras, igualmente sorprendido (no es habitual que las caracolas levógiras se den en el hemisferio norte).

Al retornar al Ravid, «Santa Claus» ofreció información sobre las caracolas en cuestión. Eran las llamadas *Columbarium harrisae* y *Columbarium spiralis*, ambas de aguas profundas. En el banco de datos del ordenador central no aparecían ejemplares levógiros (2).

Sí, otro misterio...

Flavio salió a recibirnos a la puerta.

Estaba sorprendido. Pensó que Jesús no aceptaría la invitación.

Me encontré frente a un individuo de baja estatura, relativamente joven (yo diría que tenía la edad de Jesús), y con unos ojos, verdes, deslumbrantes. Era atlético, siempre bronceado, pero calvo. Utilizaba peluca. Dos y tres a lo

---

(1)   Del héroe griego, y rey de la mítica Ítaca, se ha escrito de todo. Dante lo hizo llegar en su *Infierno* hasta el círculo 26, a la búsqueda de lo desconocido. Según Sófocles, Ulises era un cínico (ver información en páginas anteriores). Para Platón era un mentiroso compulsivo *(Hipias Menor)*. Eurípides consideró que era un demagogo y Shakespeare *(Troilo y Crésida)* lo tomó como ejemplo de político. *(N. del m.)*

(2)   La *harrisae* alcanza 10 centímetros de longitud y dispone de espiras convexas, con costillas espirales espinosas. La *spiralis* es muy ligera y delicada, con espiras redondeadas y finas. Dispone de una espiral alta y un canal largo y estrecho. Vive cerca de la costa y en aguas profundas. Lo asombroso es que «Santa Claus» rechazó la posibilidad de que pudiera ser hallada en aguas del Egeo. Era más propia de Nueva Zelanda... (?). *(N. del m.)*

largo del día, según el humor y las circunstancias. La alopecia le obsesionaba. Empleaba grasa de gato, expresamente llegada de Egipto, para frotar el cráneo, pero los resultados estaban a la vista... Usaba pelo humano, siempre teñido en azul. A veces eran pelucas cortas, cuadradas, con la raya en medio, al estilo de los antiguos egipcios. Otros días lucía la peluca «tripartita», también en azul, también de cabello humano (casi siempre de esclavo germánico), raya en el centro y largos tirabuzones hasta el pecho. Le fascinaban los tirabuzones. En ocasiones se levantaba en mitad de una conversación, desaparecía, y, al poco, regresaba con una nueva peluca, con los mechones hasta los codos. Su problema, además de la calvicie, eran las orejas. Eran grandes y despegadas. Casi podía volar...

Se presentó ante el grupo con una amplia y larga túnica transparente. Era un hombre sin pudor.

Las uñas, impecables, volaban cada día en un color diferente, dependiendo también del humor y del lugar en el que se hallase.

Siempre aparecía enjoyado. Era otra de sus aficiones.

En aquel primer encuentro lucía en los dedos un total de diez anillos, confeccionados con hilo de oro retorcido, en forma de cordón, y con sendas perlas enfilando cada anillo. En las orejas colgaban pendientes de oro y cuarzo, al estilo de Oplontis (otra moda pompeyana). Al cuello, un camafeo espectacular, de 22 por 18 centímetros, en oro y marfil, que representaba la coronación del emperador Augusto (copia de la *Gemma augustea*, de Dioscórides de Egeo, el gran grabador de piedras preciosas).

Flavio era inmensamente rico.

Se dedicaba a la fabricación de embalajes para ánforas y disponía de un buen número de empresas, a cual más extravagante. Preparaba ataúdes para los paganos. Compraba y vendía obras de arte. Era un experto. Revendía conchas levógiras y presumía de haber formado la primera sociedad judía de cobro a morosos (una especie de *convicium*, muy de moda en aquel tiempo en el imperio romano). Los empleados de Flavio aparecían casi desnudos en las calles de Jerusalén, y seguían de cerca al moroso, cantando canciones en las que el estribillo recordaba al deudor y la deuda no saldada. La tortura del mal pagador era tal que terminaba abonando la deuda. Flavio llevaba comisión.

Pero el gran negocio del judío helenizado era la usura. Los préstamos eran sangrantes. Flavio cobraba el 30 por ciento de interés, y en plazos asfixiantes. La Ley prohibía estos abusos, pero nadie cumplía.

En definitiva, estábamos ante un individuo tan envidiado como odiado y temido.

Flavio, fiel seguidor de las modas romanas y griegas, se movía siempre con un *nomenclator* a su lado: un esclavo especialmente listo y desenvuelto, que le susurraba, en cada momento, los nombres de los visitantes o interlocutores. El *nomenclator* se ocupaba, prácticamente, de toda la *domus*.

Y fue este siervo el que se hizo cargo de las sandalias, ofreciéndonos agua y perfumes. Tuve que dejar la vara a su cargo.

Flavio, feliz, fue guiándonos por la enorme casa.

Quedamos deslumbrados.

A la izquierda, nada más entrar, nos hallamos en un atrio descubierto, rodeado por un pórtico espectacular, todo él repleto de obras de arte. En el centro se abría un estimable *impluvium*, una piscina que servía para recoger el agua de lluvia. Los suelos eran mosaicos al estilo pompeyano. Las teselas eran lo último de lo último: pasta vítrea que permitía el despliegue de una amplísima gama de colores. Vi reproducciones de la casa del Fauno, de Pompeya, y numerosos motivos nilóticos. Flavio, como dije, era otro enamorado de la mítica Pompeya (1).

(1)   Según los arqueólogos, Pompeya fue levantada a finales del siglo VIII a. J.C., muy cerca del Vesubio. Fue dominada por los oscos y por los griegos. En el siglo V pasó a manos de los samnitas. En el 310 a. J.C. se convirtió en ciudad aliada de Roma. En el 80, tras la guerra civil, recibió el nombre de Cornelia Veneria Pompeianorum. Gracias a Sila, la ciudad fue restaurada, convirtiéndose en un ejemplo de urbanismo y de buen gusto. Era célebre por sus termas, anfiteatro, el odeón, por el pavimentado de las calles y, especialmente, por los mosaicos y frescos que embellecían palacios y casas particulares. Disponía de un centenar de fuentes públicas. Fue organizada en barrios. El 5 de febrero del año 62 d. J.C. fue sacudida por un gran terremoto. El 24 de agosto del 79 d. J.C. fue sepultada por la erupción del Vesubio. *(N. del m.)*

Las paredes, en media casa, eran espejos de bronce, hasta el techo.

En cuanto a las obras de arte, sinceramente, no sabría por dónde empezar...

En aquel atrio, sobre peanas y bases de piedra y de maderas nobles, se alineaban estatuas, bronces, metopas, jarrones...

Conté más de sesenta piezas.

Eran réplicas, supuse.

Quedé prendado ante la «Diosa de las serpientes», en una loza brillante y delicada. Procedía de Cnosos.

Jesús se detuvo en numerosas ocasiones ante las referidas obras de arte y preguntó y preguntó, interesándose por toda suerte de detalles. La llamada «Máscara de Agamenón», en oro, le llamó especialmente la atención. Era puro arte micénico. Flavio se sintió orgulloso.

Después nos detuvimos en una copia del «Vaso con ánades», una terracota policromada, también griega, de casi ochocientos años de antigüedad. Flavio aseguró que estábamos ante una pieza auténtica. No le creí.

De allí pasamos a una excelente colección de *kuroi* (estatuas masculinas) y *korai* (femeninas). Los hombres eran jóvenes atléticos, totalmente desnudos.

A Juan Zebedeo le rechinaban los dientes. «Estábamos pecando...». Eso murmuraba a escondidas.

Después, «Kuros de Melos», en un mármol con vida, y la llamada «Dama de Auxerre», con la mano derecha sobre el pecho. Flavio tocó la piedra caliza con veneración. Casi se le saltaron las lágrimas.

Después llegaron los bronces: guerreros y, sobre todo, el *Hoplitodromoi*.

Flavio, sensual, acarició el pene de uno de los «guerreros de Riace».

Después, los «discóbolos» (dos copias en mármol y en bronce). Una de ellas de Mirón (?) y la otra de Alcámenes (siempre según el judío helenizado).

Una hora después entrábamos en lo que Flavio llamaba la Vía de la Abundancia, en recuerdo de su querida Pompeya. Se trataba de otra larga galería, igualmente porticada, con más de cien estatuas. Conté 32 metopas, con una excelente reconstrucción de la «centauromaquia», de Fidias, en mármol.

¡Increíble!

Mateo, con los ojos muy abiertos, comentaba:

—¡Qué dineral...!

Contemplamos el «Nacimiento de Afrodita», también en mármol, y llegamos, finalmente, a la pieza favorita del dueño de la *domus*: un mármol blanco y brillante que representaba al «Hermafrodita dormido», del siglo II a. J.C.

Flavio, extasiado, recorrió con la vista los delicados perfiles del hermafrodita, dormido en brazos de un ángel (?).

Esta vez sí dio rienda suelta a las lágrimas.

La visita al «museo» prosiguió otra hora más.

El «oso» también preguntaba, especialmente por la leyenda de cada pieza. Flavio estaba encantado. Al fin encontraba gente sensible...

Santiago no abrió la boca en todo el recorrido.

A Tomás ni le vi. Creo que se quedó en la entrada. Tenía los pies doloridos, y aprovechó para jugar a los dados con algunos de los siervos.

Andrés siguió junto al Maestro, pendiente de sus palabras.

Tras la visita a la Vía de la Abundancia, Flavio nos condujo al triclinio (salón comedor), pero pasando por un patio, a cielo abierto, que nos dejó igualmente perplejos. Era una especie de peristilo, con una importante piscina octogonal en el centro. La totalidad de dicha piscina fue elaborada en mármol amarillo (el *giallo antico* que adornaba la entrada). En el centro fue dispuesto un laberinto en el que, supuse, Flavio y sus invitados practicaban juegos acuáticos.

El Maestro permaneció un buen rato observando, preguntando, y jugueteando con el agua.

Era salada.

Flavio ordenaba su transporte, una vez por semana, desde el Mediterráneo.

El estanque aparecía repleto de caracolas vivas, todas levógiras...

Y en el centro de la piscina, sobre una basa de metal, otra copia deliciosa: «Los esposos» de Cerveteri, obra maestra del arte etrusco. Flavio la mandó tallar en cuatro partes, como el original, con los bustos igualmente erguidos y sobre un colchón de terracota. Las trenzas de la mujer fueron pintadas en azul. ¿Por qué?

Poco después nos incorporábamos al triclinio.

Allí aguardaban nuevas y desconcertantes sorpresas. Sobre todo una de ellas...

El salón comedor era también espacioso. Se hallaba abierto hacia el peristilo. Las otras tres paredes eran espectaculares. Flavio no había ahorrado a la hora de decorarlas.

Tomé referencias, situándome de espaldas a la piscina octogonal.

A derecha e izquierda canturreaban dos *ninfeos* (fuentes de grandes proporciones, que derramaban el agua en tres niveles).

Cada fuente había sido trabajada con mármoles de diferentes orígenes y texturas. El agua, ayudada por la piedra, se volvía azul, o roja, o verde... Y, como digo, cantaba y susurraba.

El resto de esas dos paredes era un gigantesco espejo de bronce, hasta el techo. También la techumbre fue decorada con un formidable bronce pulido de casi cien metros cuadrados. Los espejos proporcionaban luz y profundidad, casi hasta el vértigo.

La pared frontal fue otra sorpresa.

Flavio la decoró con un mural de diez metros de longitud, que se apresuró a explicar. Se trataba, al parecer, de una pintura, al fresco, copia de la existente en la llamada Villa de los Misterios, también en la ciudad de Pompeya (1). Aseguró que estábamos ante la representación de una boda al estilo etrusco. Y fue explicando el porqué de cada uno de los 29 personajes, todos a tamaño natural: la bailarina desnuda vista de espaldas, la mujer a la que peinan, una esclava con una bandeja de pasteles de semillas de sésamo, la recién casada, la figura alada que blande un látigo, el niño que lee...

En un primer momento no lo vi.

Y Flavio rogó que nos acomodáramos.

En el centro del salón aparecían cinco triclinios o diva-

(1) En 1900 se descubrió en Pompeya la llamada Villa de los Misterios. Fue edificada en el siglo III a. J.C. El gran fresco que cubre una de las paredes fue obra de un artista de Campania, que vivió en el siglo I a. J.C. La megalografía está sujeta a discusión. Para algunos se trataría de la representación de un rito de iniciación a los misterios dionisíacos. Para Flavio sólo era la imagen de una boda etrusca. *(N. del m.)*

nes, en forma de herradura, tapizados en rojo y en blanco, con las patas torneadas en bronce y los *fulcra*, o apoyos para la cabeza, también en bronce. Fue lo único incómodo en la visita a la *domus*.

El *nomenclator* dio las órdenes oportunas y otros siervos, vestidos con túnicas rojas y blancas, todos varones, fueron surgiendo por el peristilo, y depositando una mesita de un solo pie en el centro de cada «herradura». Cada *monopodia* presentaba varios cuencos de plata en los que se ofrecía un refrigerio. Flavio lo llamó *iantaculum* (algo así como un desayuno ligero).

Ante las dudas de algunos de los discípulos, el anfitrión explicó que sólo se trataba de pan mojado en vino, con algo de ajo y de sal.

Delicioso.

Jesús se chupó los dedos.

Y Flavio aprovechó el respiro para dar las gracias al Maestro por su generosidad.

Andrés no comprendió, y Flavio aclaró:

—No todo el mundo, en Jerusalén, está dispuesto a pisar esta casa...

Creí entender.

Y continué tomando referencias...

A mi izquierda se distinguía un *abacus*, un mueble negro, magníficamente labrado, de posible origen etrusco, en el que Flavio lucía una vajilla de porcelana numídica. Cada pieza —dijo— estaba valorada en diez mil sestercios.

Al pie del fresco de la boda etrusca, en una preciosa basa de marfil, a la izquierda, distinguí una enorme ánfora. Parecía ática.

Pregunté, y Flavio me condujo hasta ella. Era ática, en efecto, pintada con el toro de Minos y Heracles. Dijo que era obra de Lisípides. Tampoco le creí. De haber sido así, la pieza hubiera tenido del orden de quinientos años de antigüedad.

Y al pasar lo descubrí... Lo vi durante un instante.

Flavio, entusiasmado por el interés de aquel griego, me llevó al extremo opuesto, también al pie del gran mural, y fue a descubrir una caja de madera. Allí apareció una notable colección de monedas antiguas. Conté 55. Las había griegas, fenicias, egipcias, babilónicas... Flavio señaló dos ejemplares. Una mostraba una abeja. Era de oro. Fue hallada en Éfeso, tres siglos antes. La otra, en bronce, procedía de Corinto. En una cara mostraba un caballo, al galope. En la otra, una cruz gamada. Flavio aseguró, orgulloso, que tenía más de quinientos años.

Pero mi mente seguía ocupada con lo que acababa de ver en el fresco. Me resultó familiar. ¿Dónde lo había visto, u oído, anteriormente?

Y retornamos al triclinio.

La decoración del *cenatio iovis*, como le gustaba llamarlo al judío helenizado, había sido redondeada con una estatua, en mármol amarillo, de casi tres metros de altura, representando a Heracles desnudo (probablemente copia del Heracles Farnesio). Flavio juraba por lo más santo que era original, esculpida por Lisipo. Era difícil de creer...

Y Andrés recuperó el hilo de la conversación:

—¿Por qué dices que no todo el mundo, en Jerusalén, está dispuesto a pisar esta casa?

Era obvio, pero el anfitrión lo aclaró:

—Por mis obras de arte...

Y Flavio recordó a los discípulos lo que decía la Ley judía al respecto: prohibidas las imágenes (1).

El Maestro escuchó, atentamente.

---

(1)   El Éxodo (20, 4 y 20, 22) es inflexible: «... No tendrás otros dioses fuera de Mí. No te harás esculturas ni imágenes de lo que hay arriba en el cielo y abajo en la tierra y en las aguas debajo de la tierra. No te postrarás ante ellas ni las servirás, pues Yo, el Eterno, tu Dios, soy Dios celoso que castiga en los hijos los pecados de los padres hasta la tercera y cuarta generación de quienes me aborrecen...» «... Y le dijo el Eterno a Moisés: "Así les dirás a los hijos de Israel: 'Vosotros visteis que desde el cielo os he hablado. No hagáis junto a Mí dioses de plata o dioses de oro. No lo hagáis...'"»

Esto significaba que los judíos no debían fabricar imágenes (de ningún tipo), ni tampoco contemplarlas, o comerciar con ellas. La orden, según interpretaban las escuelas rabínicas, se refería a Yavé y a sus «servidores», entendiendo por tales a los ángeles (fundamentalmente a las *hayyot* o «vivientes» (ya descritas en estos diarios) y a los *ofanim* (un tipo concreto de «mensajero»). Los *ofanim* (que carecían de alas), los serafines y las *hayyot* o «vivientes» habitaban —según los doctores de la Ley— en el *arabot* o séptimo cielo, el más lejano. Allí vivían junto al Eterno. Pero tampoco en esto se ponían de acuerdo. Para algunos, los querubines sí podían ser reproducidos, ya que no habitaban en el *arabot*. De hecho, en lo alto del arca de la Alianza aparecían las imágenes de dos querubines. *(N. del m.)*

Después, cuando Flavio concluyó, expresó un pensamiento generalizado en buena parte de la nación judía:

—De eso hace mucho...

El Galileo llevaba razón. De la normativa contenida en el Éxodo hacía, al menos, 1300 años.

Y Jesús redondeó:

—Los tiempos cambian.

Juan Zebedeo protestó.

Jesús no prestó atención y, dirigiéndose al sorprendido Flavio, proclamó:

—Yo te anuncio, amigo, que existe un reino invisible y alado en el que la belleza lo ocupa todo...

—Pero Moisés dijo...

—Insisto, Flavio: eran otros tiempos. Moisés quedó justificado para evitar la idolatría. Hoy, en cambio, no hay que mirar la letra de la Ley, sino su espíritu...

El judío helenizado no sabía si reír o llorar. Estaba desconcertado. Era la primera vez que le hablaban así.

—En verdad te digo, amigo Flavio, que en ese reino sólo se adora la belleza...

Jesús se detuvo unos instantes. Dejó que la idea empapara a los presentes, y prosiguió:

—En ese reino magnífico, al que llegaréis, sólo se adora al Padre, la máxima belleza...

—Quieres decir...

—Quiero decir que llegará un día —y dirigió la mirada hacia quien esto escribe— en el que los hombres sabrán apreciar el arte y nadie se rasgará las vestiduras ante una imagen de mármol, de madera, o de oro...

Mensaje recibido.

—En verdad te digo, Flavio: todo es *bellinte*...

—¿*Bellinte*? ¿A qué te refieres?

Jesús le explicó. *Bellinte* = belleza más inteligencia de Dios a la hora de crear...

Flavio flotaba.

—¡Un Dios Azul!

Y fue a acariciar la peluca azul.

—¿Sabes qué religión practica el Padre?

La súbita pregunta de Jesús nos desconcertó. No sabía que Ab-bā fuera religioso...

Interesante.

Los discípulos se miraron unos a otros. Flavio se encogió de hombros.

Fue Juan quien respondió, no sé si en nombre del resto:

—El Padre, naturalmente, profesa la religión judía...

El Maestro sonrió, pícaro, y se apresuró a replicar:

—El Padre practica la religión...

Hizo una pausa y nos dejó a todos en el aire.

—¡La religión del arte!

Algunos discípulos protestaron. No estaban de acuerdo. Ab-bā era judío, con seguridad.

El Galileo no hizo comentarios.

Flavio empezó a iluminarse, y susurró:

—Necesito saber más cosas de ese Padre. Tú no estás aquí por casualidad...

Entonces, no sé por qué, dirigí la mirada hacia lo que había visto en el mural que representaba la boda etrusca. ¿Casualidad?

Me resultaba familiar...

Uno de los personajes (el niño desnudo) leía con atención un pergamino. En la parte del «libro» que miraba al espectador se leía: Or *gadol* («Gran luz»).

Or gadol?

No pude recordar. Yo había visto, u oído, esas palabras...

Fue otro aviso. La memoria seguía fallando.

Las visitas a la *domus* de Flavio, el judío helenizado, se prolongaron, como decía, durante diez días.

Cada mañana viajábamos a Jerusalén y regresábamos a Betania con el ocaso.

Juan Zebedeo no volvió a la casa, salvo en una ocasión. No soportaba las imágenes. Eso dijo.

Por la *domus* desfilaron numerosos judíos y paganos, todos notables, y todos curiosos.

Los rumores sobre Jesús de Nazaret continuaban rodando, ¡y a qué velocidad!

Las amenazas de Anás, el ex sumo sacerdote, no tardaron en filtrarse, y el pueblo empezó a hacer apuestas. El prestigio del Maestro entre la gente sencilla, que odiaba a los corruptos sacerdotes, se elevó considerablemente.

Los discípulos, por consejo de Pedro, redoblaron la guardia a las puertas de la hacienda de Lázaro. Allí, los únicos tranquilos eran *Zal* y la *Chipriota*.

Por lo que llegué a observar, la mayor parte de los que acudían a conversar con el Galileo eran notables temerosos, que no deseaban ser vistos en público con el Maestro. Era comprensible. El Hijo del Hombre había sido acusado de blasfemia, y nada menos que por las castas sacerdotales. Como ya expliqué en su momento, era el sacerdocio el que movía los dineros en la Ciudad Santa, y en el resto del territorio. A nadie le interesaba ponerse a mal con aquellos sujetos...

Jesús conocía estas circunstancias y, aun así, recibió a cuantos se presentaron en la *domus*. Fue amable y discreto. Jamás preguntó nombres. Se limitaba a observar a sus interlocutores y a responder a las preguntas.

Habló con claridad sobre el Padre Azul y sobre su nueva y revolucionaria visión de Dios.

En ningún momento le vi temeroso. Fue valiente, como siempre. No atacó las ideas de los judíos, pero dejó a los visitantes con una sana duda.

La mayoría no lograba comprender. Al igual que los discípulos, se hallaban anclados a ideas ancestrales, a cual más oscura y pesada. No era fácil cambiar la filosofía de un Yavé justiciero y vengativo por la de un Padre benéfico que, además, regala inmortalidad.

Algunos notables, escandalizados, no volvieron a la casa de Flavio.

Jesús habló también del reino invisible y alado y de la necesidad de «leer» el espíritu de la Ley: el amor a cuanto nos rodea, pasando primero por el amor a sí mismo.

Las preguntas fueron constantes. Todos deseaban saber. Casi todos se sentían insatisfechos. La rigidez de la Ley mosaica era tal que no permitía mirar el interior del individuo.

Jesús los animó.

Solicitó, una y otra vez, que «desaprendieran». Era la clave. La búsqueda de Dios y, en definitiva, de la felicidad, es una cuestión personal, una experiencia única, que nadie vivirá por nosotros. No importa cómo hacerlo. Lo que cuenta es el resultado: hallar al Padre, saber que somos sus hijos y, en consecuencia, que somos —físicamente— hermanos.

Lo repitió sin cesar: Ab-bā regala vida y regala inmortalidad. Pase lo que pase. Hagamos lo que hagamos. Digamos lo que digamos. Seamos buenos o malos. Todo está medido. Todo obedece a un orden benéfico, aunque no estemos capacitados (ahora) para entenderlo.

Y solicitó, simplemente, que lo pensaran.

—¡Soltad amarras!... ¡Navegad hacia el nuevo reino!... ¡Apresuraos!... ¡No perdáis el tiempo escrutando la letra de la Ley!... ¡El Padre está en vuestro interior!... ¡Él os guiará!... ¡Es el mejor piloto!

En esos días, como digo, se formularon muchas preguntas. Recuerdo algunas...

Un tal Jacobo, mercader judío de Creta, planteó al Maestro un dilema interesante: «Los profetas hablan de un Yavé celoso, destructor, que odia a los impíos, y es implacable con los que no cumplen su ley. Ese Dios es discriminador. Manda matar sin cesar. Todos le temen. Tú, en cambio, hablas de un Dios Padre bondadoso, que no lleva las cuentas, y que regala sin solicitar. Uno de esos dioses no es correcto. ¿Puedes decirme cuál?»

El Maestro respondió así:

—El Padre es inmutable... Nunca cambia.

Y añadió:

—Es el ser humano el que modifica la percepción de Dios. Antes era necesario un Dios de justicia. Ahora se avecina un tiempo de amor... Hoy estamos más cerca de la verdad, de la misma forma que el anciano está cada día más próximo a la realidad... Yo os anuncio una nueva concepción de ese Dios grande y benéfico. Él me envía...

Entendimos a medias.

En otra oportunidad le preguntaron: «¿Cómo estaremos seguros de que eres un enviado y de que ese reino invisible y alado existe?»

—Todos lo habéis comprobado alguna vez —replicó Jesús con seguridad—. Cuando la verdad se acerca, algo se estremece en el interior. El corazón tiembla, aunque no sepamos por qué...

Le di la razón. Y recordé a Ruth.

—Lo que planteas —prosiguió el Galileo— es como el enamoramiento. No hay palabras. Se siente. Está ahí, aunque resulte difícil describirlo... Con el nuevo reino sucede lo mismo. Cuando se pone un pie en él, todo cobra sentido.

Y concluyó con una frase que me dejó atónito:

—Aquel que ama a su prójimo..., me practica.

Flavio, atentísimo, aprovechó el momento, y las palabras del Hijo del Hombre, y preguntó sin tapujos:

—Maestro, ¿has estado enamorado?

Jesús fue igualmente rápido en la respuesta:

—No en el sentido tradicional...

—¿De verdad?

—Nunca miento, Flavio.

—¿Cómo es posible? Eres extraordinariamente atractivo... No puedo creerte.

Jesús sonrió, pero no dijo nada.

—¿Es que te gustan los hombres, como a mí?

Quien esto escribe estaba desconcertado. Nunca había hablado con el Galileo de estos asuntos...

—No, Flavio —respondió Jesús con delicadeza—, no me gustan los hombres, en el sentido que tú le das...

—No comprendo...

—Es muy simple, querido amigo. No he venido al mundo para suscitar descendencia, aunque estaría en mi derecho. Estoy aquí para lo que ya sabes: para despertar al ser humano...

—¿Y alguna mujer, u hombre, se han enamorado de ti?

Jesús desvió la mirada hacia quien esto escribe. Capté su impotencia. Nadie parecía entender sus palabras.

Pero Jesús fue sincero, como siempre:

—Una vez, sí...

—Una vez, ¿qué?

—Ocurrió que una mujer se enamoró de mí...

—¿Podrías hablarnos de ella?

Fue la única vez que el Maestro se negó a responder. Yo conocía el nombre y la historia de esa mujer: Rebeca, de Nazaret... (1)

Flavio comprendió y aceptó la negativa.

El jueves, 24 de abril, aparecieron en la *domus* dos viejos conocidos. Llegaron como el resto, intrigados y curiosos. También lo hicieron a escondidas; al menos al principio...

Uno era Nicodemo, el escriba y fariseo, al que yo había conocido en mayo del año 26, cuando interrogó a Yehohanan.

(1) Amplia información sobre Rebeca en *Nazaret. Caballo de Troya 4.* (*N. del a.*)

Me saludó, desconcertado. «Aquel griego estaba en todas partes...»

El otro era José de Arimatea, con el que coincidiría en el año 30, y por motivos muy diferentes (1).

Obviamente, no me reconoció.

Y se sentaron, a diario, cerca del Galileo, pendientes de sus gestos, de sus palabras, y hasta de sus silencios.

En los primeros momentos, aunque conocía el desenlace final, llegué a pensar que eran confidentes. Me equivoqué. Tanto Nico, como el de Arimatea, estaban allí a título personal y, como digo, por curiosidad.

Al principio no preguntaron.

El lunes, 28, Nicodemo, hombre ilustrado (no en vano era *hakam* o «doctor ordenado»), formuló una primera pregunta a Jesús de Nazaret:

—Rabí, sabemos que eres un maestro, enviado por el Santo, bendito sea su nombre, puesto que ningún hombre sencillo podría enseñar como tú lo haces. ¿Cómo puedo conocer más detalles sobre ese reino invisible y alado?

Si no recuerdo mal, era la primera vez que el Maestro hablaba con Nico. Y lo hizo con naturalidad, como si fuera uno más. Jesús olvidó (?) que se hallaba frente a un fariseo.

—En verdad te digo, Nicodemo, que si el hombre no vuelve a nacer de lo alto no comprenderá...

Nico, como la casi totalidad de los judíos, interpretaba las palabras literalmente. Obviamente, no entendió. Y volvió a preguntar:

(1)   Según consta en los diarios del mayor, «José, el de Arimatea, era un noble decurión (una especie de asesor del Sanedrín, en virtud de su riqueza y estirpe noble), miembro de un Beth Din inferior (uno de los tribunales de Jerusalén). Se trataba de un personaje de gran prestigio. Su talante liberal, fruto, sin duda, de sus viajes por Grecia y el imperio romano, le condujo hacia las enseñanzas de Jesús de Nazaret. Nació en la aldea de Arimatea (hoy Rantís, al noreste de Lidda) aunque su vida discurrió fundamentalmente en la Ciudad Santa. Era un *euschēmōn* (un rico hacendado) que había hecho fortuna gracias a los negocios de la construcción. Disponía de una importante casa en Jerusalén. En el año 30, como fue escrito, ante las irregularidades cometidas por algunos miembros del Gran Sanedrín, José de Arimatea se apresuró a informar a Jesús y a los discípulos del complot existente contra el Hijo del Hombre». (Amplia información en *Jerusalén. Caballo de Troya 1.*) *(N. del a.)*

—¿Cómo puede ser eso? Soy viejo. ¿Cómo puedo entrar por segunda vez en el vientre de mi madre?

El Hijo del Hombre se le quedó mirando, y movió la cabeza, negativamente. Se hizo un gran silencio. Flavio y el de Arimatea estaban atentísimos.

—Cuando sopla el viento —respondió el Galileo— lo sabes porque escuchas el rumor de las hojas o porque ves cómo se mueven. Y yo te pregunto: ¿puedes ver el viento?

Nicodemo negó al instante.

—En verdad te digo que el Espíritu es como el viento. Desciende sobre la carne, pero nadie lo ve. Eso es nacer de lo alto: comprender que la verdad es derramada..., gratuitamente.

Nico le miró con asombro.

—Nacer de nuevo es despertar al Espíritu que mece el alma.

—No comprendo, rabí...

—¿Y tú eres maestro de Israel? ¿Por qué no enseñas estas verdades superiores? ¿Tendrás el coraje necesario para creer en mí?

Nico guardó silencio.

—En verdad te digo que el Padre ya está en ti... ¡Ánimo! Déjate guiar por el Espíritu que te habita y, en breve, empezarás a ver con los ojos del alma. La realidad que contemplarás nada tiene que ver con lo que conoces ahora...

—Pero ¿cómo puedo? —titubeó el escriba—. ¿Cómo...?

El Galileo fue rotundo:

—¡Confía y desaprende!... ¡Abandónate en las manos de Ab-bā! ¡Deja que haga su trabajo!

E insistió:

—¡Desaprende!

Nicodemo continuó observando al Maestro. Los dedos, nerviosos, seguían enredados en las barbas. Creí saber cuáles eran sus pensamientos: «¿Qué dice este insensato?... ¿Después de tantos años, de tanto esfuerzo, y de tanto estudio, pretende que lo olvide todo?»

Jesús había sembrado la semilla de la duda. Era un primer y prometedor paso...

Fue a partir de aquel lunes, 28 de abril, cuando los rumores se precipitaron. La hacienda de Lázaro se volvió un manicomio.

Todo el mundo decía saberlo de buena tinta. Todos hablaban del inminente arresto del Galileo por parte de la policía del Templo. «Los levitas ya están en Betania», gritaban.

Falso.

María lloraba.

Lázaro, desesperado ante la intensidad de los bulos, llegó a proponer al Maestro que tomara el *reda* y que huyera a la Galilea, o bien a la ciudad de Filadelfia, al otro lado del Jordán. Él tenía amigos en esa región de la Decápolis. El poder de Anás, y de los sacerdotes, no llegaba tan lejos.

Jesús oyó los consejos, pero no hizo comentarios.

Nadie sabía cuáles eran sus intenciones.

La histeria fue tal que Judas Iscariote, haciendo caso omiso de las prudentes palabras de Andrés, recuperó su *gladius* y empezó a afilarlo.

Jesús lo vio, pero tampoco dijo nada.

El Zelota y Juan Zebedeo, ayudados en todo momento por Pedro, trazaron un plan de defensa de la hacienda, con dos o tres «rutas de evacuación» (eufemismo muy propio de Juan). Huirían a la Decápolis, como había sugerido Lázaro.

Quien esto escribe no salía de su asombro.

Si se cumplían las amenazas de Anás, y enviaba a buscar al Hijo del Hombre, ¿cómo pretendían hacer frente a todo un ejército de levitas, armados con bastones?

Nada de esto fue contado. Probablemente no interesaba...

Al día siguiente, martes, 29, mientras desayunaba, el Maestro dejó claro que visitaría de nuevo la *domus* de Flavio, en la ciudad baja de Jerusalén.

Pedro, y el resto, permanecieron mudos, pero sólo durante segundos. Recuperados de la sorpresa inicial, estallaron. Y se formó otra bronca.

Trataron de disuadir a Jesús. Los levitas estaban al caer. Lucharían.

Pedro iba y venía, solicitando la aprobación general. Unos lo apoyaban. Otros dudaban. Los gemelos seguían ordeñando a la *Chipriota*. Felipe movía la cabeza, desaprobando las «locas ideas de Pedro».

El Galileo siguió en silencio, apurando el cuenco de leche caliente.

No dijo una palabra. Fue lo mejor que pudo hacer...

Salió por la puerta de atrás de la cocina y desapareció.

Imaginé que se dirigía a la Ciudad Santa.

Los discípulos continuaron discutiendo el plan de defensa, hasta que se dieron cuenta de la ausencia del Galileo. Durante unos instantes quedaron paralizados. Después, en lugar de salir tras Él, se montaron los unos encima de las opiniones de los otros, acusándose por «no haber estado listos».

¿Qué hacían?

¿Salían en su búsqueda? ¿Hacia dónde? ¿Marchaban a la casa de Flavio?

Y les entró miedo.

Se refugiaron en la polémica, y allí permanecieron.

En mi opinión, fue uno de los momentos más vergonzosos del «colegio apostólico». Dejaron a Jesús a merced de los levitas, suponiendo que los rumores fueran ciertos...

Por eso ningún evangelista escribió nada.

Yo me apresuré a salir de la hacienda y caminé, rápido, hacia la *domus*.

No estaba en un error. Jesús acudió, puntual, a la cita con Flavio y con los curiosos y notables habituales. Y departió con todos ellos, con absoluta normalidad.

No percibí nada raro. Nadie hizo alusión a las amenazas del ex sumo sacerdote. Nadie parecía temeroso. De ser ciertos los bulos, Flavio hubiera insinuado algo.

Y permanecí atento, por si acaso...

Esa mañana, hacia la sexta (mediodía), a la hora del refrigerio, nuestro anfitrión nos condujo al peristilo. Quería mostrarnos algo.

Por detrás de la piscina octogonal, en la cara este, Flavio había desplegado una destacada colección de relojes de sol (1). Pude contemplarlos en otras ocasiones. El judío helenizado era un obseso del tiempo; mejor dicho, del paso del tiempo. Odiaba envejecer. Para ser exacto: le aterrorizaba...

---

(1)   El reloj solar indica la hora temporal durante el día, merced a la sombra producida por el sol. La clepsidra, o reloj de agua, era un recipiente, debidamente marcado, que registraba las horas conforme se iba vaciando. Los minutos y los segundos, como ya expliqué en su momento, proceden de la división sexagesimal del grado (invento de los astrónomos babilónicos). *(N. del m.)*

Allí contemplé cuadrantes solares hemisféricos, comprados en la vieja Roma, delicadamente trabajados en piedra, y también relojes construidos con ruedas de carros, rosetones e, incluso, con lápidas funerarias. Uno de sus favoritos era un reloj esférico, en mármol, adquirido en la lejana Hispania. La esfera era una representación de la bóveda celeste. Dicha esfera fue grabada con una serie de líneas que indicaban el solsticio de invierno y el de verano, y también los equinoccios de primavera y de otoño. Otras once líneas (trazadas de arriba abajo) dividían la esfera en doce partes (círculos horarios). Era un prodigio y una belleza. Contaba las horas romanas, muy diferentes a las astronómicas. Era uno de los modelos de reloj «tiberiano». El emperador lo contemplaba a diario (especialmente en su retiro, en Capri).

Flavio había logrado reunir igualmente un buen número de clepsidras, así como esferas de Arquímedes. Algunas de las clepsidras, siguiendo las orientaciones de Vitruvio, eran capaces de mover figuras (Flavio las llamaba «autómatas»).

Quedé maravillado.

Una de ellas era una genialidad. Además de medir el tiempo, la clepsidra, llamada «de león» (?), disponía de una serie de discos giratorios que presentaban la cúpula celeste (en proyección estereográfica), ofreciendo así el movimiento diario de las estrellas fijas.

Flavio era un experto en «gnomónica» (1). Era un hábil constructor de relojes solares. Había aprendido a dialogar con el sol y con las estrellas, como escribiría Portaluppi en su obra *Gnomónica Atellana* (1967).

Pues bien, como decía, el judío helenizado deseaba mostrarnos su última adquisición en materia de relojes...

Cuando nos asomamos a la pieza quedé perplejo. ¿Cómo era posible?

(1) La «gnomónica» puede ser definida como el arte de medir el tiempo, merced a las sombras producidas por el sol y por otros astros. Se trata del estudio de los movimientos del sol y las relaciones matemáticas y geométricas existentes entre las diferentes magnitudes astronómicas. «Gnomónica» procede del elemento básico de los relojes solares: el estilo, varilla, indicador o *gnómon* («juez», en griego, o «el que tiene conocimiento»). Más que coleccionistas, los «gnomonistas» eran auténticos científicos, en el sentido actual del término. Se les llamaba también «buscadores del mediodía». *(N. del m.)*

Flavio mostró, orgulloso, uno de los inventos de la escuela «gnomónica» de Alejandría: un «autómata» fabricado en metal, con siete caras, y siete pies, igualmente de bronce. El «invento» medía un metro de altura. Un complejo engranaje permitía conocer la posición del sol, de la luna, y de las estrellas. La parte inferior indicaba las horas, y los días del año (incluyendo las fiestas judías y romanas). En la región superior, otros siete discos proporcionaban información sobre la luna y los planetas conocidos. En total —según Flavio— 170 piezas.

Como digo, asombroso...

Lo miré y lo remiré, incrédulo.

La historia está en un error, una vez más.

No es cierto que el primer testimonio de un reloj mecánico proceda del año 1283 de nuestra era. Eso dicen los ingleses...

Quien esto escribe se hallaba ante un modelo muy anterior.

Pero he vuelto a desviarme...

Jesús inspeccionó el «autómata» con curiosidad, y terminó guiñándome el ojo.

Fue allí mismo, frente a los relojes solares y a las clepsidras, donde Flavio interrogó al Maestro sobre un asunto..., delicado. Yo diría que delicadísimo.

—¿Por qué envejecemos, Maestro? ¿Qué es el tiempo?

El Galileo se quedó serio. Guardó silencio durante unos segundos. Se paseó arriba y abajo, contemplando los artefactos, y creí entender su impotencia a la hora de dar una explicación medianamente comprensible para la mente humana. No tenía más remedio que acudir a los ejemplos. En definitiva, practicar lo que Él llamaba «aproximación a la verdad». Era como si este explorador hubiera intentado explicar nuestro «viaje», o la realidad de los *swivels* (1), a los gemelos de Alfeo o al propio Flavio. ¿Cómo hacer comprender que la luz necesita ocho minutos para llegar desde el sol, o que, en 1973, yo podría hablar desde Jerusalén con otra persona, ubicada en Roma, y en tiempo real?

Pero Jesús de Nazaret no gustaba rehuir las preguntas.

(1) Amplia información sobre los *swivels* en *Jerusalén. Caballo de Troya 1. (N. del a.)*

Casi siempre respondía. Otra cuestión es que sus interlocutores comprendieran. Y me incluyo...

Finalmente se situó frente a Flavio, colocó las manos sobre los hombros del inquieto judío, y proclamó con ternura:

—¿Por qué te preocupas del tiempo si, en verdad, eres inmortal?

—No me gusta envejecer...

—Envejecer es dar pasos hacia la eternidad. Deberías sentirte feliz...

—¡Oh!

Flavio, y el resto, estaban desconcertados.

—Pero ¿qué es el tiempo? ¿Por qué nadie ha logrado enjaularlo?

El Maestro sonrió con benevolencia.

—¿Podrías enjaular la mar?

Curioso. No sé si lo he referido. El Galileo siempre se refería al mar en femenino. En fin, sigamos...

Flavio trató de pensar a toda velocidad.

—No podría, rabí...

—Con el tiempo sucede lo mismo. No trates de controlarlo. ¡Disfrútalo!... Sé que lo haces. Sé que vives el momento. Ésa es la verdadera sabiduría.

—Pero...

—No trates de analizar lo que no puedes comprender..., ahora. El tiempo es una criatura del Padre, otra más... El tiempo está creado con dos objetivos: empapar la materia y permitir que tú te asomes a él. Eres un nacido al tiempo.

—¡Oh!

—¡Experimenta la vida y el tiempo! Hazlo porque ninguno de los dos regresará...

Meditó lo que iba a decir, y lo dijo:

—Cuando lleguéis al reino invisible y alado no habrá tiempo. Esa criatura se quedará abajo...

—¿No podré medir ni estudiar el tiempo?

Jesús sonrió con picardía, y comentó:

—Deja que el Padre te sorprenda...

Me gustaron las imágenes: «nacer al tiempo» y «asomarme al tiempo». Sí, son razones que justifican la vida.

Flavio terminó perdido, pero se agarró a una de las informaciones proporcionadas por el rabí:

—¿No hay tiempo después de la muerte? ¿No hay tiempo en el *še'ol*?

El *še'ol*, para los judíos, era el mundo de ultratumba (1). Allí permanecían las almas durante un tiempo.

Jesús prescindió de la sonrisa que habitualmente le acompañaba y declaró:

—Ese lugar, amigo Flavio, no existe...

El judío helenizado quedó desconcertado. El resto también.

Y el Maestro precisó:

—¿Pensáis que un Padre Azul y benéfico es capaz de imaginar un lugar como ése? ¿Creéis que un Ser que practica el arte condena a sus hijos a las tinieblas o al fuego eterno?

Abro un paréntesis.

No puedo remediarlo.

Son falsas todas las frases sobre el infierno, atribuidas al Maestro. Pienso, por ejemplo, en Mateo (23, 33 y 25, 41). En el primero de los versículos, el Galileo dice, supuestamente: «¿Cómo vais a escapar a la condenación de la *gehenna*?» (refiriéndose a los fariseos). En el segundo, el evangelista escribe: «Entonces dirá también a los de su izquierda: apartaos de mí, malditos, al fuego eterno preparado para el Diablo y sus ángeles.»

Falso.

Jesús de Nazaret jamás pronunció palabras así.

Cierro el paréntesis.

El Maestro comprendió. Era demasiado bello, y demasiado complejo, para gente amarrada a las leyes mosaicas. Tenía que ir paso a paso.

(1) Como ya he comentado en otras ocasiones, para los judíos, la muerte no significaba la separación de cuerpo y alma. Ambos viajaban al *še'ol*, un lugar remoto, frío y oscuro, que guarda cierto parecido con el infierno de los católicos. *Nefeš* (alma) era juzgada en un plazo de treinta días. Y otro tanto sucedía con el cuerpo. El día de la resurrección —según las escuelas rabínicas— una voz celestial resonará sobre los cementerios, gritando: «Despertaos de vuestro sueño y entonad alabanzas, quienes reposáis bajo tierra, porque el rocío que cae sobre vosotros es un rocío de luz...» Otra tradición judía aseguraba que si el muerto había llevado una vida digna, los parientes y amigos se le aparecían, rebosantes de alegría. Si el moribundo no era digno sólo «veía» a los amigos y familiares condenados, convertidos en tizones en combustión. Sobre la muerte rodaban decenas de creencias, a cual más peregrina. *(N. del m.)*

Y dejó que Flavio siguiera preguntando.

—Entonces, según tú, no debo temer a *Duma*...

Duma era una criatura (parecida a un ángel), cuyo cometido era tomar el alma del ser humano y arrojarla al infierno (1).

—No debes temer..., a nadie.

—Pero he sido pecador —rectificó—. Soy pecador... ¿Qué será de mí tras la muerte?

—¡Vivirás!

Flavio abrió la boca, perplejo.

El Hijo del Hombre recuperó la sonrisa y prosiguió, volcando toda incertidumbre:

—Nadie te juzgará por lo que tú has elegido.

—¿El Santo, bendito sea, no me juzgará?

Jesús rió, divertido.

—Ni le verás...

—¿Cómo es eso?

Lo habíamos hablado en el Hermón...

—La carrera hacia el Paraíso, al encuentro con Ab-bā, es un largo viaje.

Y matizó:

—Lleno de sorpresas... Todas buenas.

Algunos de los notables rechazaron las afirmaciones del Hombre-Dios.

Jesús lo captó e insistió:

—Tras la muerte, nadie juzga a nadie... Al despertar veréis que todo es correcto.

—¿Y qué dices de los impíos? —preguntó uno de los notables.

—Allí no existe esa diferencia.

—¿No hay malos?

—No.

Aquel «no» fue inmediato. Cayó como una tonelada de mármol sobre el ánimo de los presentes. Jesús, en determinados momentos, era implacable.

Acepté su palabra, por supuesto.

---

(1) *Duma* expresa «silencio». En las Sagradas Escrituras puede leerse dos veces: *Yorede Duma* (los que han bajado al silencio). Era otra interpretación del *še'ol* o morada de los muertos. Así lo ratifica el libro de los Salmos (94, 17). *(N. del m.)*

Debo reconocerlo: inyectando esperanza era único.

—¿Despertar? ¿A qué te refieres?

—La muerte sólo es un sueño... A eso me refiero.

La vuelta a Betania fue tranquila.

Los ánimos en la hacienda se habían sosegado, relativamente.

Judas seguía afilando espadas. Ahora las de los compañeros.

Nadie preguntó, ni hizo comentario alguno. Andrés había llamado la atención a todos...

Y clareó el miércoles, 30 de abril (año 27); otra fecha para la historia, jamás mencionada en los evangelios.

Trataré de no amontonarme...

Aquel día amaneció a las 4 horas, 50 minutos y 12 segundos, según los relojes de la «cuna».

Jesús manifestó su deseo de volver a caminar hasta la *domus* de Flavio, en Jerusalén, y los discípulos, no deseando repetir las desagradables escenas del día anterior, se ajustaron a los prudentes consejos del servicial y discreto Andrés. La solución dibujada por el jefe de los íntimos contemplaba que el Maestro fuera y volviera, pero siempre bajo la atenta vigilancia de la *tabbah*, la guardia seleccionada por ellos mismos, formada por los hermanos Zebedeo y por Pedro. La escolta no debería perderlo de vista.

Jesús, como era habitual, no intervino en estos asuntos domésticos.

Naturalmente, la *tabbah* caminaría a su lado, y fuertemente armada.

El resto permanecería en la hacienda, atento a cualquier contingencia. En caso de extrema gravedad —«si los levitas aparecían por Betania»—, parte del grupo buscaría a Jesús. Se reagruparían en «La Selva», la finca de Kbir, en la Betania del Jordán.

Aquello parecía una operación militar en la que, en el colmo de los colmos, el líder (Jesús de Nazaret) no participaba, ni deseaba hacerlo...

Y hacia la hora quinta (once de la mañana) alcanzamos las columnas de mármol amarillo de la entrada a la casa de

Flavio. Pedro y Juan Zebedeo decidieron permanecer en la puerta..., «vigilando».

No era cierto. Pedro y Juan no deseaban entrar en la *domus* por dos razones: por las imágenes allí reunidas, y por el hecho de que Flavio fuera un homosexual reconocido públicamente. Si entraban pecaban, y eso representaba el abono de un dinero al Templo. Para obtener la absolución, según la ley oral, debían satisfacer una *méah* (cuatro ases) por cada falta. El problema se agudizaba al tener en cuenta que cada mirada a una imagen prohibida se consideraba pecado...

Santiago, más sensato, sí acompañó al Maestro al interior de la *domus*.

Allí esperaba otra sorpresa, francamente desagradable...

Nicodemo, José de Arimatea, y otros diez notables, todos de Jerusalén, discutían acaloradamente. Se mostraban muy nerviosos.

Aquella escena, en mitad del salón-comedor, no tenía nada que ver con lo vivido en días precedentes.

Flavio escuchaba, pálido.

Nico llevaba la voz cantante, y señalaba un pergamino enrollado que sostenía el dueño de la casa en la mano izquierda.

¿Qué sucedía?

Al vernos aparecer enmudecieron.

Las miradas se dirigieron al Maestro. Éste siguió caminando por el peristilo, en dirección a los divanes del triclinio.

Flavio trató de ocultar el pergamino pero, nervioso, no halló el hueco de la manga, donde quería esconderlo, y el rollo cayó al suelo, rodando entre las patas de los triclinios.

El judío helenizado hizo ademán de buscarlo entre los pies de bronce, pero Jesús, atento, se adelantó. Tomó el pergamino y fue a entregárselo a Flavio.

Éste titubeó. Sonrió a medias, y desvió la vista hacia sus colegas.

Santiago de Zebedeo y quien esto escribe intercambiamos una mirada.

¿Qué ocurría en la *domus*? ¿Por qué aquellas caras tan largas?

No hubo palabras. Nadie correspondió a los cordiales saludos del Galileo.

El Maestro se dio cuenta al instante.

Era plomo lo que se respiraba en el triclinio.

Pero aguardó.

Segundos después, Nicodemo, con voz insegura, se dirigió al Hijo del Hombre, y expuso el problema.

Nadie se sentó.

La tarde-noche anterior, según entendí, el Gran Sanedrín se había reunido, a puerta cerrada, para discutir lo acaecido en el atrio de los Gentiles en la mañana del 10 de abril. Anás estuvo presente en las deliberaciones. Discutieron sobre las supuestas blasfemias de Jesús y llegaron a un acuerdo. Esa resolución, según el escriba y fariseo, miembro también del citado Gran Sanedrín, se hallaba recogida en el documento que portaba Flavio.

Me eché a temblar.

Se hizo de nuevo un espeso, espesísimo silencio, y Nicodemo animó al dueño de la *domus* para que entregara el rollo al Maestro.

Flavio alargó el brazo y depositó el pergamino en manos del Hijo del Hombre. La peluca azul temblaba...

Más silencio.

Jesús desenrolló el pergamino y procedió a su lectura.

Lo hizo tranquilo.

No vi que le temblaran las manos.

No parpadeó.

Una vez leído permaneció con el rostro grave. Paseó la mirada entre los notables y todos, sin excepción, bajaron los rostros. La mayoría, por lo que fui averiguando, había estado presente en la referida asamblea.

Finalmente, el Galileo pasó el pergamino a Santiago de Zebedeo.

Éste leyó con avidez, pero tampoco hizo comentario alguno.

Y, súbitamente, el Zebedeo se alejó hacia la puerta de entrada. Se fue con el pergamino en la mano.

Nadie llamó la atención de Santiago.

Jesús continuó en silencio, observando a los allí reunidos.

¡Dios mío!, ¡qué situación tan incómoda!

¿Qué estaba pasando?

Un par de minutos después vi llegar a la *tabbaḥ*, al completo.

Pedro entró, tropezando. Leía mientras caminaba.

Y los tres se situaron alrededor del Galileo, como protegiéndolo. Pero ¿de qué?

Pedro terminó y pasó el rollo a Juan.

La nueva lectura fue breve. Y Juan bramó:

—¡Bastardos!

Pedro interrogó a los notables:

—¿Es cierto?

Asintieron.

Y Nicodemo, el escriba, señaló:

—Está firmado por 53 de los 72 miembros del Sanedrín.

Y aclaró:

—Diecinueve nos hemos negado a firmar semejante despropósito...

—¿Qué debemos hacer?

La pregunta de Santiago era clave.

Jesús había terminado por sentarse en uno de los divanes. Estaba pálido. Lo leído en el pergamino tenía que ser especialmente grave...

Y dio comienzo otra ardua discusión, similar a la que presenciamos al ingresar en la *domus*.

Los únicos mudos eran el Maestro, Flavio, Santiago de Zebedeo y este explorador.

Finalmente me aproximé a Juan Zebedeo, y solicité el rollo.

Y leí, atónito:

«Año 3787 del Santo, bendito sea...(1)

»Los que entregan su nombre, tras considerar la santa Ley, estiman que Jesús, constructor de barcos en Nahum, debe comparecer ante este sagrado tribunal para dar cuenta de sus pecados contra el Santo, bendito sea su nombre.

»Esta corte movilizará los medios necesarios para que la Ley sea satisfecha y el tal Jesús, hijo de José, sujeto a dominio.»

Al final del escrito se leía: *He'têc* (copia).

Al pie aparecían los nombres de los 53 sanedritas que

---

(1) Los judíos, como ya expliqué en su momento, tenían su propio calendario. Estimaban que el día primero de la creación fue un 7 de octubre del 3761 a. J.C. Roma tenía su propio calendario, establecido por Julio César («juliano»), reformado posteriormente por el emperador Augusto. De este último procede nuestro año de doce meses, con ciclos de 365 días y un cuarto año (bisiesto) de 366. *(N. del m.)*

estaban de acuerdo con el procedimiento de captura de Jesús. Los recuerdo todos: Zacarías ben Quebutal, Jolí Kufrí, Yehohanan ben Zakay, Yehudá ben Betera, Simeón ben Gamaliel, Nahum, Eleazar ben Dolay, Dostay Kefar, Yehudá ben Tabay...

Para qué seguir...

Tal y como imaginaba, era una orden de caza y captura del Hijo del Hombre. La primera «carga oficial» contra el Maestro. El primer ataque serio y estructurado de las castas sacerdotales, de los escribas, de los saduceos y de los «santos y separados» (fariseos) contra el dócil y maravilloso Jesús de Nazaret.

Los problemas, efectivamente, se aproximaban como hienas hambrientas...

«Sujeto a dominio», según Nicodemo, era una expresión habitual en la jerga jurídica del Sanedrín y de las autoridades religiosas judías. Quería decir que el detenido podía ser torturado, desterrado, o ejecutado. Cualquiera que se negase a colaborar con el Sanedrín, o entorpeciera su labor, quedaba «sujeto a dominio».

Los notables, sin excepción, suplicaron al Maestro que abandonase la ciudad, de inmediato.

No había tiempo que perder.

La policía del Templo lo buscaría (si no lo estaba haciendo ya).

Salimos de la *domus* por una puerta lateral, y con grandes precauciones.

Pedro se situó en cabeza, con la mano izquierda, permanentemente, en la empuñadura del *gladius*. Los Zebedeo caminaron por detrás del Hijo del Hombre. Yo cerraba la comitiva.

Nadie habló en el viaje de regreso a Betania.

Jesús parecía tener prisa.

¿Qué nos reservaba el Destino?

En la hacienda, por fortuna, se actuó con diligencia.

El Maestro celebró una reunión con Lázaro y con Andrés.

Todos aguardaban, impacientes.

Por último, el jefe de los íntimos reclamó a Felipe, y lo dispusieron todo para la marcha. Nadie protestó, de momento.

El *reda* fue cargado con lo imprescindible y aguardamos la caída del sol.

Fue entonces, mientras Felipe amarraba la cabra de colores al carro, cuando Judas se presentó ante Andrés y exigió que luchásemos. El jefe desbarató las locas intenciones del Iscariote con una frase: «¿Pretendes que doce espadas se enfrenten a doce mil bastones?»

Todos se mostraron de acuerdo. El ejército de los levitas los aplastaría, en caso de lucha.

Huir era más inteligente...

Andrés me lo explicó por el camino. Jesús no deseaba enfrentamientos (de ningún tipo). Tenían que alejarse de Jerusalén y buscar refugio en zonas en las que no tuviera competencia el Gran Sanedrín.

Y con el ocaso (poco después de las 18 horas) la pequeña expedición se puso nuevamente en marcha.

Lázaro, las hermanas y la servidumbre dijeron adiós entre lágrimas.

Era la enésima huida...

Nos perdimos en la noche, silenciosos, como si de «bucoles» (bandidos) se tratara.

Jesús y *Zal* marchaban por delante, como siempre. Muy cerca, la guardia personal del Maestro. Detrás, el carro, la *Chipriota*, y el resto, también con las espadas al cinto. Y cerrando el grupo, quien esto escribe, desconcertado. Todo aquello era nuevo para este explorador.

Y huimos, sin cesar. No hicimos otra cosa en casi seis meses.

Se establecieron guardias. Se levantaba el campamento cada poco. Volvíamos a huir, siempre con el temor de la aparición de los levitas, y vuelta a empezar...

Atravesamos las regiones de Belén, Hebrón, desierto de Judá, Samaría, monte Gilboá, mar de la Sal...

Jesús siguió enseñando a los suyos, y conversando con este explorador.

Y así, casi sin sentir, nos alcanzó el mes de *tišri* (octubre).

Fue el lunes, 27, cuando recibí aquella inesperada visita.

Acabábamos de retornar del mar de la Sal.

Tarpelay, el *sais* negro, mi fiel compañero de viajes, se presentó en el campamento, en el Gilboá.

Llevaba días buscándome.

Kesil, nuestro siervo (ahora al servicio de Eliseo), me reclamaba.

Tar no supo darme razón. Ignoraba el porqué del requerimiento.

Expresó, únicamente, que Kesil parecía preocupado.

El Galileo y los íntimos se disponían a marchar al cercano territorio de la Decápolis. Era un lugar «neutral», bajo la tutela de Roma, en el que la policía del Templo de Jerusalén no tenía competencia. Se trataba, por tanto, de una zona segura.

Ante la insistencia de Tarpelay no tuve más remedio que abandonar el Gilboá y dirigirme al *yam*.

Jesús supo de este cambio de planes, me tomó aparte, y comentó:

—Confía, *mal'ak*. Confía siempre...

Depositó las manos sobre los hombros de este explorador, y añadió:

—Ahora regresa al lago. Después vuelve, e infórmame...

Sonrió, y se alejó hacia lo alto del monte. «Ab-bā» le esperaba.

Y, sin despedidas, dejé atrás el Gilboá...

Del 28 de octubre al 18 de enero (año 28)

El martes, 28 de octubre (año 27), hacia la sexta (mediodía), el *sais* detuvo el carro frente a la *insula* de la «Gata», en las proximidades del muelle de Nahum.

Tarpelay esperó, «por si lo necesitaba».

¡Y ya lo creo que lo necesité!

Kesil se arrojó en mis brazos, llorando.

No conseguí tranquilizarlo, y que explicara.

Gemía, se lamentaba, y se culpaba..., pero este explorador no sabía de qué.

Tuve que zarandearlo para que acertara a poner un pie detrás de otro...

Finalmente me condujo a una de las habitaciones alquiladas a *Si*, la dueña de la *insula*.

En un camastro, tiritando, se hallaba alguien...

En un primer momento no supe identificarlo.

Tenía el pelo blanco, como la espuma marina.

Tuve que aproximarme para...

¡Dios!

¡Era Eliseo, mi compañero!

¿Qué había sucedido?

Lo examiné.

Temblaba de frío. Ardía de fiebre. La delgadez era extrema. La piel aparecía retraída, los ojos hundidos y tristes y las orejas separadas de las apófisis mastoides.

Unas ojeras negras y profundas lo desfiguraban.

La nariz, afilada, anunciaba lo peor...

Me senté a su lado y proseguí el reconocimiento.

Kesil lloraba y lloraba. No había forma de sacarle una palabra.

Desistí, de momento.

El pulso era rápido. Demasiado.

Examiné los cabellos. Conocía el problema. Era un encanecimiento súbito, como el que este explorador padeció en la garganta del Firán (1). Algo provocó la pérdida de los pelos pigmentados (2).

Interrogué de nuevo a Kesil.

Admitió que Eliseo se volvió viejo de la noche a la mañana. Eso fue todo.

La sospecha fue inmediata: el ingeniero estaba siendo atacado por el mismo mal que me consumía desde el principio de la Operación. Las redes neuronales eran destruidas por los radicales libres, provocando, entre otros problemas, un envejecimiento rápido.

Kesil, finalmente, logró contener el llanto y explicó que el ingeniero llevaba una semana sin poder moverse. Todo empezó con unos alarmantes vómitos de sangre. Después se presentaron la fiebre, los ojos amarillos, aquellos intensos dolores en los huesos, y un infinito cansancio.

Hacía días que reclamaba mi presencia. Necesitaba verme.

Sólo era capaz de ingerir agua.

Kesil, desesperado, buscó a Tarpelay, y me mandó llamar.

Entonces, bajo el lienzo que lo cubría, descubrí un entablillado. Eliseo tenía la pierna izquierda fracturada.

¿Cómo había ocurrido?

El criado no supo explicarlo. Un día, al intentar levantarse del lecho, el ingeniero rodó por el suelo. Resultado (?): la pierna rota.

---

(1) Amplia información en *Jordán. Caballo de Troya 8. (N. del a.)*

(2) Personajes como Tomás Moro y María Antonieta sufrieron el mismo problema antes de sus respectivas ejecuciones. En el transcurso de horas, el pelo se volvió totalmente blanco. Posibles causas: trastornos nerviosos y vasculares periféricos y efluvios telogénicos de los cabellos pigmentados. En el caso de Eliseo, como consecuencia del estrés provocado por las inversiones de masas de los *swivels*. El caso de María Antonieta de Austria y Lorena, hija del emperador Francisco I de Austria, casada con Luis XVI, y convertida en reina de Francia en 1770, es uno de los más documentados. El 16 de octubre de 1796, a las cuatro y media de la madrugada, fue conducida, con la cabeza cubierta por un saco, hasta la guillotina. Cuando el verdugo retiró el saco, la rubia cabellera de María Antonieta era blanca como la nieve. *(N. del m.)*

El muchacho se quejaba también de intensos dolores en las costillas, en la región lumbar y en las caderas.

Descubrí hematomas y rojeces en el pecho y en la espalda, como si alguien lo hubiera golpeado. Kesil no sabía...

Y hubo algo que me puso en la buena pista, y que me alarmó: los ganglios linfáticos aparecían abultados.

Mala señal, pensé.

Las náuseas y los vómitos de sangre eran casi constantes.

La pérdida de peso era alarmante. Eliseo era un anciano esquelético...

¡Dios santo!

La degradación general de su estado (caquexia) era demoledora.

Al verme se incorporó, como pudo, y clamó con voz lejana e irreconocible:

—¡Mayor...!...

Sudaba copiosamente, devorado por la fiebre.

Traté de calmarlo.

Pensé en los «nemos». Era la única forma de averiguar qué sucedía.

—¡Mayor! —repitió con los ojos amarillos y vidriosos—. ¡Me muero!... ¡Tengo algo que decirte..., muy grave!

Le hablé de los «nemos», pero Eliseo se aferró a mi brazo y repitió:

—¡Me muero, mayor!...

Eso no era posible. Eliseo estaría conmigo años después, en el 30, cuando estrenamos la Operación Caballo de Troya. ¿Qué estaba pasando?

—¡Mayor, tengo que hablarte!... ¡No me abandones!

Intenté apaciguarlo.

—¡No te dejaré...! ¡Tranquilo! ¡Descansa!

No hizo caso.

Y me obligó a escuchar...

Lo que tenía que decir era muy grave.

Le oí, atentamente, entre vómito y vómito de sangre...

Habló en inglés.

Kesil no se apartó de su lado. Afortunadamente no entendió.

En un primer momento creí que deliraba, pero no...

Y con dificultades, deteniéndose cada poco, fue contando.

Yo sabía algo, y sospechaba mucho, pero lo que oí me dejó hundido. Necesité tiempo para recuperarme. En realidad, no sé si lo he logrado...

En síntesis, esto fue lo narrado por el ingeniero:

1. La operación en la que nos hallábamos embarcados y que, prácticamente, nos estaba costando la vida, era un engaño. El gran objetivo no era seguir a Jesús de Nazaret, y conocer su vida. Caballo de Troya fue diseñada para algo oscuro y reprobable: el traslado de ADN de Jesús, de la Señora y de José (el padre terrenal del Galileo) a nuestro tiempo (1973). Por eso el cilindro de acero era vital (1).

2. Las muestras de ADN estaban destinadas a la clonación de Jesús de Nazaret, de su madre y de José (de momento) (2).

Lo había intuido. Es más: tuve un extraño sueño (narrado en páginas anteriores) en el que Eliseo y el general Curtiss, jefe del proyecto, hablaban de clonar al Maestro. El sueño tenía lugar en «El pelícano tartamudo», en la población de Tariquea, al sur del *yam*. Curtiss trataba de convencer a Jesús: «La CIA distribuirá Mesías por todo el mundo... ¡Cien en Cuba!... ¡Diez mil en la China comunista!... ¡Un millón de Mesías en los países árabes!... ¿Comprendes?... ¡Será el nuevo reino!»

(1) En dicho cilindro, como se explica en *Jordán. Caballo de Troya 8*, fueron depositadas muestras de sangre, de cabello, sudor, etc. del Maestro, de la Señora, de José y del pequeño Amós (hermano de Jesús). También fue incluido un segundo mechón, arrancado a Jesús cuando se encontraba talando árboles en los bosques del Attiq (alta Galilea) (4 de enero del año 26). El segundo mechón de pelo fue robado por Eliseo. *(N. del a.)*

(2) La técnica de clonación (transferencia nuclear) fue descubierta por los militares mucho antes de que Watson y Compton Crick (1953) presentaran al mundo el modelo estructural del ácido desoxirribonucleico. Fue otro secreto muy bien guardado. La clonación, como ya expuse en su momento, consiste en fundir, mediante un pulso eléctrico, dos células humanas o de animales. En una de ellas (huevo no fecundado u ovocito) se extrae el núcleo y se sustituye por otro que contiene el código genético que se desea clonar. El pulso eléctrico provoca la división celular y el nuevo embrión empieza a ser viable. En el momento indicado, dicho embrión es implantado en una madre de alquiler, o vigilado en laboratorio. De esta forma se consigue un doble físico (no mental o espiritual) del ADN que se desea. El material dispone de la información necesaria para el desarrollo del individuo. *(N. del m.)*

Seguí oyendo a Eliseo. Quien esto escribe era un perfecto idiota...

Y entendí el porqué del interés del ingeniero por recuperar, a toda costa, el maldito cilindro de acero. Comprendí su ultimátum: «Tienes un mes, exactamente, para devolverlo a la nave... Si no lo haces, regresaré sin ti.»

De esto hacía diez meses...

¡Cómo cambia la vida!

Pero esos diabólicos proyectos de Caballo de Troya no eran los únicos.

Eliseo fue enumerándolos: uno de los óvulos, una vez fertilizado, sería depositado en la matriz de una joven virgen. Y asistiríamos al segundo nacimiento virginal del Maestro...

¡Estaban locos!

Después ensayarían con los clones de José y de la Señora. Los cruzarían (!). Y probarían a mezclar dichos clones con negros.

«La presencia de un doble de Jesús en la Tierra —decían— terminará con las injusticias y con las revoluciones. Será el final de tanto pecado comunista...»

Pero había más, mucho más...

Los militares norteamericanos pretendían manipular (?) el alma e intentar reconstruir el «cuerpo glorioso» del Resucitado, en base a los hallazgos obtenidos en nuestras expediciones (1).

Quien esto escribe no salía de su asombro.

3. El interés por trasladar nuevas muestras de ADN a nuestro tiempo se debía a un hecho, acaecido poco después del primer regreso, en febrero de 1973. Las muestras de sangre y de cabello del Hijo del Hombre se habían malogrado. El proceso de inversión de masa, casi con seguridad, terminó contaminando el ADN, y haciéndolo inservible (2).

---

(1) Amplia información sobre el «receptáculo» del alma humana y sobre las características del «cuerpo glorioso» de Jesús de Nazaret en *Saidan. Caballo de Troya 3. (N. del a.)*

(2) Aunque los laboratorios consiguieron una importante información sobre la sangre (ver diarios anteriores), a las pocas horas de nuestro regreso, la membrana plasmática que protege el contenido celular había sido rota, afectando al referido ADN, y contaminándolo. Fue, probablemente, la inversión axial la que afectó a la citada membrana, alterando las

Era preciso repetir el «viaje». Necesitaban nuevo ADN. ¡No tenían nada!

Por eso regresamos...

«¿Crees que volvimos para recuperar el maldito micro?»

Eliseo hizo un esfuerzo, y prosiguió:

«Se lo pusiste en bandeja al general...»

Tenía razón. El micrófono oculto en la mesa de la última cena, en la casa de Elías Marcos, en Jerusalén, no era tan

---

moléculas de lípidos y proteínas que actúan como barrera selectiva reguladora.

Como se recordará, el 12 de febrero (1973), la «cuna» retornó de su primer «salto» en el tiempo.

Esa misma mañana, el general Curtiss se hizo con las muestras de sangre y de cabello, y fueron trasladadas a la embajada norteamericana en Israel. Todo estaba preparado. Quien esto escribe no fue informado.

A las 15 horas de ese mismo día, mientras dábamos cuenta de la pérdida del micrófono utilizado para grabar el sonido de la última cena, y de los seísmos registrados durante la muerte del Galileo, Curtiss recibió un sobre de la embajada USA. Se le notificaba que las muestras presentaban un ADN contaminado. Lo supieron, por tanto, ocho horas después de nuestro retorno.

Curtiss, entonces, tomó la decisión de «volver» al tiempo de Jesús, pero debía consultarlo con el doctor Kissinger y con el Pentágono. Según Eliseo, Curtiss solicitó un nuevo análisis de las muestras.

La noche del 13 de febrero, martes, el general llevó a cabo un viaje relámpago a Atenas y se entrevistó con el referido Henry Kissinger.

Esa misma noche del 13 Curtiss regresó a Jerusalén. Kissinger y el Pentágono autorizaron el segundo «salto». Eliseo lo sabía. Curtiss utilizó la excusa del micrófono perdido para diseñar el segundo «salto» en el tiempo.

20 de febrero. Las muestras, enviadas a USA en la vara de Moisés, fueron sometidas a nuevos análisis. Se confirmó que el ADN era inservible. Jesús de Nazaret no podía ser clonado.

24 de febrero. Curtiss abandonó, inesperadamente, el campamento de Masada y viajó a Mojave (USA), confirmando que el ADN se hallaba contaminado. Al regresar a Masada no contó la verdad. En esos momentos ya conocían la fecha del inicio de la cuarta guerra israelí. Por eso agilizaron el segundo «salto».

6 de marzo. Regresan los dos técnicos que habían trasladado la vara a USA. Traen noticias sobre el envejecimiento prematuro de Eliseo y de quien esto escribe. Curtiss fingió preocupación. Eliseo se hallaba al corriente de todo. Sabían del problema desde mayo-junio de 1972.

Todo fue una simulación. No les importó enviarnos al matadero. Eliseo, como digo, estaba informado de todo. *(N. del m.)*

importante. Nadie, en aquella época, podía saber qué era. Además, ¿qué importaba abandonarlo? Se habría descompuesto en cuestión de años.

Fui muy torpe, lo sé...

4. Todo fue un teatro. Eliseo simuló. Curtiss simuló. Todos, en el proyecto, simularon...

El peor, sin embargo, fue el ingeniero.

Dijo creer en las palabras del Hijo del Hombre. Se «entusiasmó» en el monte Hermón. Prometió «consagrarse» a la voluntad del Padre. Maldijo a Curtiss, y a los suyos.

Todo falso...

Simuló la avería en el ECS (Sistema de Control Ambiental) (1) y colaboró en la farsa del traslado del vástago de olivo al tiempo del Galileo...

Los militares estaban al tanto de todo. Imaginaron que yo apoyaría el tercer «salto» en el tiempo y dispusieron, incluso, el arsenal farmacéutico, con los vitales fármacos de efecto antioxidante: glutamato, N-tert-butil-α-fenilnitrona, y la providencial dimetilglicina.

Todo calculado en beneficio, no de la verdad sobre el Maestro, sino de turbios intereses.

Eliseo era un «oscuro». Más exactamente un *dark-darn*, un «oscuro del infierno». Lo reconoció abiertamente.

Así llaman a los agentes especiales del DRS (Servicio de Investigación de la Defensa); los más temidos, tanto por su preparación como por su audacia. Son los «oscuros» los que emprenden las misiones pioneras, casi siempre con objetivos poco o nada confesables, y Caballo de Troya era un proyecto «especial y muy apetecible» (2).

Y recordé las palabras del ingeniero en aquel 25 de septiembre del año 25, a la orilla del río Yaboq, cuando, delirando, exclamó:

—Ellos me obligaron... Lo siento, mayor...

Ahora comprendía muchas cosas...

Eliseo era uno de los cincuenta y dos agentes infiltrados en la Operación. Son palabras suyas.

5. Reconoció que simuló también su enamoramiento.

---

(1) Amplia información en *Nahum. Caballo de Troya 7. (N. del a.)*

(2) Amplia información sobre los proyectos secretos del DRS en *Jordán. Caballo de Troya 8.* (*N. del a.*)

Ruth no le importaba, al menos al principio. Después fue diferente...

Sinceramente, no creí que estuviera enamorado de la pelirroja.

¿Simulaba de nuevo?

La confesión se prolongó durante dos horas.

Dio pelos y señales.

Quien esto escribe fue hundiéndose, lentamente, conforme el ingeniero explicaba y aclaraba.

Pero aquel intenso sentimiento de rabia no duró mucho.

Lo miré desde el lado positivo: los «oscuros» no se habían salido con la suya, de momento. El cilindro de acero, con las muestras, estaba perdido, ¡gracias a los cielos! No sería yo quien lo buscara...

Eliseo descansó. La confesión —eso dijo— le había quitado un gran peso de encima. Y suplicó que avisara a Ruth. Deseaba verla por última vez.

No comenté nada sobre el delicado estado de la pelirroja. No tenía sentido. Y prometí que viajaría a Nazaret después de suministrarle los «nemos».

Aceptó, resignado.

Y esa misma tarde del 28 de octubre, Tar me condujo hasta las puertas de Migdal. Desde allí ascendí al Ravid y preparé los «nemos fríos». Fue en ese trajín cuando caí en la cuenta de algo importante: seguía desconociendo la contraseña que activaba la SNAP 27, la pila atómica que ponía en funcionamiento la nave. Sin esa clave no era posible el despegue de la «cuna». Eliseo la había modificado. Si fallecía, yo quedaría anclado en aquel tiempo, para siempre.

Pero eso no era posible... ¿O sí?

Mientras programaba las dosis de «nemos», siempre bajo el control del ordenador central, pensé mucho en lo revelado por Eliseo.

¿Cómo pude ser tan ciego?

El general Curtiss era un fanático religioso. Lo sabía. Y pensé también que esa cuestión era algo personal, que no tenía por qué afectar a nuestro trabajo.

Empecé a comprender. Estaba muy equivocado. El poder del Pentágono, y de las más importantes y oscuras agencias de inteligencia de USA, se hallan al servicio de la extrema derecha...

No habían entendido nada. No sabían quién era realmente el Hijo del Hombre, ni lo que hizo o lo que dijo. Todo en los evangelios está manipulado.

¿Qué debía hacer?

Lo primero, por encima de todo, averiguar qué le sucedía a mi compañero. Después, ya vería...

Al día siguiente, miércoles, 29, le suministré los «nemos».

Esa misma noche, «Santa Claus» ofreció los resultados. Demoledores...

La gravedad del ingeniero era extrema.

Me costó aceptarlo. Se trataba de un joven atleta, sano, inteligente y optimista.

¿Cómo pudo cambiar tan drásticamente, y en tan poco tiempo?

Leí y volví a leer los resultados. No había error. «Santa Claus» no solía equivocarse.

Los «nemos» pusieron de manifiesto lo siguiente:

Eliseo padecía un mieloma múltiple: un cáncer de las células plasmáticas (1).

Uno de los peores cánceres...

Esto provocaba un fallo en el sistema inmune, con un descenso gravísimo en la producción de anticuerpos.

Posible origen: exposición a una radiación. «Santa Claus» apuntó a la inversión axial. Era lo imaginado. Era el mismo mal que yo había padecido, y que seguía padeciendo, aunque en menor medida.

---

(1) Se trata de una enfermedad neoplásica progresiva, caracterizada por tumores medulares de células plasmáticas, con una producción excesiva de una sola inmunoglobulina monoclonal intacta o proteína de Bence Jones. Las células plasmáticas se desarrollan a partir de un tipo de glóbulos blancos llamados linfocitos B. Son las células plasmáticas normales las que permiten la defensa del organismo humano, especialmente contra las infecciones. El mieloma múltiple suele ir acompañado de lesiones en los huesos, problemas renales, aumento de la sensibilidad a las infecciones bacterianas, anemia e hipercalcemia, entre otros riesgos. El crecimiento de las células plasmáticas se hallaba descontrolado. Era muy probable que el deterioro en la producción de inmunoglobulina se debiera a la presencia de un monocito que impedía la maduración de las células B. (N. del m.)

El cáncer estaba provocando también la destrucción del tejido óseo. La pelvis, por ejemplo, aparecía muy dañada.

Los dolores eran insoportables.

Los «nemos» detectaron osteoporosis (pérdida de densidad ósea), con importantes riesgos de fracturas de todo tipo.

El calcio en sangre era elevado. Esto podía conducir a problemas en el corazón, riñones y cerebro. No tardarían en surgir confusión mental, estreñimiento y aumento en la frecuencia de la micción.

La anemia ya estaba presente, debida al alarmante descenso de los glóbulos rojos. Esto explicaba el infinito cansancio del muchacho (1).

Los «nemos» confirmaron la producción excesiva de anticuerpos IgG, IgA e IgM.

Eliseo, en definitiva, se hallaba en la antesala de la amiloidosis, el mal del que yo había sido operado por «Santa Claus».

Expectativa de vida: entre cuatro y seis meses, según el dictamen del ordenador.

Permanecí inmóvil frente a «Santa Claus».

No daba crédito a lo que leía.

Sinceramente, estaba aterrorizado.

Si mi compañero fallecía, ¿qué sería de este explorador? Como dije, sin la clave para activar la SNAP, la «cuna» no se movería. Pero, si se recuperaba, si Eliseo salía de aquel atolladero, ¿qué haríamos? No disponíamos del cilindro de acero. ¿Qué pasaría al regresar a nuestro tiempo?

¿Y quién garantizaba que retornaríamos a 1973?

¿No sería mejor buscar a la niña salvaje de Beit Ids e intentar recuperar las muestras?

¡Qué tonterías llegué a pensar!

(1)   Fue detectada una anemia normocítica normocrómica, con formación de rollos en el frontis periférico. El índice de sedimentación de los eritrocitos se hallaba muy elevado (más de 100 mm/h, Westergren). Los patrones mostraron hipogammaglobulinemia sin pico monoclonal. También la creatina sérica y el ácido úrico se hallaban más elevados de lo recomendable. La hipercalcemia avanzaba inexorable. Los «nemos» mostraron un pico M (homogéneo alto) en las proteínas séricas (estrecho en el 75 por ciento de los análisis). *(N. del m.)*

Para colmo, no disponía de los fármacos necesarios para paliar los dolores y el avance del mieloma múltiple (1).

Revisé la «cuna».

Negativo.

Eché mano de una batería de antibióticos, y eso fue todo.

No disponía de mucho más. Debería rehidratarlo, al máximo, permanecer con él, y rezar, suponiendo que supiera rezar...

Pero los problemas del ingeniero no terminaban ahí.

Los «nemos» anunciaron algo que ya sabía: el cerebro de Eliseo se estaba desintegrando. Los radicales libres, como en mi caso, estaban canibalizando las redes neurales (2).

La capacidad cerebral del ingeniero, cifrada por «Santa Claus» en 10^{15} bits (10^{10} neuronas, con unas 10^4 sinapsis por neurona), disminuía alarmantemente, y a razón de casi 500.000 neuronas/día. (La pérdida normal en un adulto sano es de 100.000 neuronas por día.)

Los «nemos» cifraron la producción diaria de radicales libres en 20.000 millones.

Era un «embalse» que perdía agua sin remedio y, en su lugar, entraba veneno puro...

Por último, aunque no sé si debería haberlo mencionado en primer lugar, los «nemos» pusieron de manifiesto un alarmante déficit en la producción de melatonina, una hor-

---

(1) Hubiera necesitado corticosteroides (dexametasona o prednisona). Esta última, en dosis de sesenta a ochenta miligramos al día (vía bucal) habría combatido eficazmente la hipercalcemia. También hubiera precisado alopurinol. Con 100 mg (tres veces al día) la hiperuricemia habría resultado controlada. Tampoco disponía de medicamentos quimioterápicos, tipo melfalán o ciclofosfamida. La vincristina y la doxorrubicina era el tratamiento ideal, pero eso se hallaba en Mojave... *(N. del m.)*

(2) Al parecer, durante la fase de inversión de los *swivels*, «algo» singular (¿una radiación?) afectaba a las neuronas, estresándolas. Ello desembocaba en un gran consumo de oxígeno y en la aparición de radicales libres (R-OH). El oxígeno, en definitiva, permite la vida y, al mismo tiempo, abre las puertas del envejecimiento. Así lo han defendido científicos como Harman, Hosta, Nagy y, sobre todo, J. Miquel. Los radicales libres no son otra cosa que el oxígeno normal, transformado y activado por las células. Un exceso de R-OH termina convirtiéndose en un poderoso y corrosivo oxidante que envejece y mata. *(N. del m.)*

mona segregada por la glándula pineal, en lo más profundo del cerebro (1).

Para «Santa Claus», y para quien esto escribe, el descenso de melatonina fue clave en la caída del sistema inmunitario de Eliseo, así como en la proliferación de los radicales libres. La melatonina, como es sabido, es un potente antioxidante, capaz de neutralizar los radicales libres y de contener el envejecimiento. A esto hay que sumar su enorme capacidad oncostática (eliminación o reducción de tumores).

Nunca supimos qué había sido primero: ¿la disminución en la producción de melatonina provocó el mieloma múltiple o fue al revés?

Poco importaba el porqué.

El mal estaba allí, en pie, con las garras extendidas, desangrando al ingeniero...

La glándula pineal, sencillamente, fallaba (2). Todo iba fallando.

(1)   La melatonina es fabricada en la epífisis o glándula pineal (de *pinea*: piña, en latín). La pineal se halla sepultada en el centro del cerebro, entre el mesencéfalo y el diencéfalo. En los adultos se asemeja a un grano de maíz.

Se trata de una glándula esférica, impar, y ubicada sobre el techo del tercer ventrículo cerebral. Herófilo la describió en el siglo III a. J.C. Creyó que servía al «flujo del pensamiento». Galeno la llamó *konarium* (cono de piña). Siglos más tarde, Vesalio la describió anatómicamente (*De humani corporis fabrica*, 1543). Descartes (1633) la denominó «tercer ojo», porque estimó que la pineal era el habitáculo del alma. No iba descaminado...

En 1943, Bargman apuntó la posibilidad de que la glándula pineal fuera un órgano con una función endocrina, regulada, fundamentalmente, por la luz. *(N. del m.)*

(2)   La síntesis de melatonina está controlada por el llamado núcleo supraquiasmático (sincronizado, a su vez, con el ciclo luz-oscuridad). La formación de melatonina se inicia con la captación del aminoácido triptófano, procedente de la sangre. El triptófano es hidroxilado en la mitocondria por la Trp-hidroxilasa. La mayor parte del 5-HTP se convierte entonces en serotonina, gracias a la intervención de una enzima descarboxilasa. Tras ello, la serotonina es acetilada por la arilalquilamina-N-acetiltransferasa, y se registra N-acetilserotonina. Este metabolito da lugar a la melatonina. También puede ser sintetizada en otros órganos extrapineales no endocrinos: cerebelo, tracto gastrointestinal y sistema inmunitario.

(Información procedente de *Investigación y ciencia*. Guerrero, Carrillo-Vico y J. Lardone.) *(N. del a.)*

La expectativa de vida de mi compañero, como dije, no superaba los seis meses, según «Santa Claus». Y yo añadí: «Con suerte...»

En conclusión: situación de extrema gravedad.

Sólo un milagro o un inmediato traslado a 1973 podían resolver el problema, y no sé hasta qué punto. ¿Milagro del Maestro? Jesús no deseaba hacer prodigios. Yo lo sabía mejor que nadie...

¿Trasladarlo a nuestro tiempo? Tenía que intentarlo. Tenía que arrancarle la contraseña...

Y me sentí triste. Profunda e intensamente desolado.

Curioso. Las maldades de Eliseo pasaron a segundo plano.

Sólo interesaba su salud, y poner a buen recaudo lo que habíamos hallado en aquella mágica aventura.

Y digo bien: mágica...

¿Qué podía hacer? Mejor dicho, ¿qué debía hacer?

El jueves, 30 de octubre (año 27), lo dediqué, por completo, a la revisión de los datos facilitados por los «nemos fríos».

No había errores.

Consulté la posibilidad de que «Santa Claus» pudiera operar a Eliseo.

Negativo.

No disponíamos del aparataje y de la sangre necesarios.

Estaba donde estaba.

¿Solución? La ya apuntada: milagro o viaje de vuelta a Masada... Ambos tenían que suceder (?) a la mayor brevedad.

Jesús se hallaba en la Decápolis.

Tendría que localizarlo y pedirle que ayudara a mi hermano.

No era sencillo, al menos para mí. Nunca había solicitado nada al Hijo del Hombre. No sabía cómo hacerlo, ni qué decirle. Pero, llegado el momento, tendría que intentarlo. Eliseo era lo primero. ¿O no?

Y deseando retrasar al máximo el retorno a la *ínsula* de Nahum, busqué a Tarpelay en las puertas de la población de Migdal, y nos dirigimos a Nazaret.

El 1 de noviembre, sábado, acertábamos a divisar la blanca y acurrucada aldea, al pie del Nebi.

Llovía con fuerza.

La Señora, Miriam, Santiago y el resto, se alegraron al verme.

Permanecí con ellos varios días.

Conversamos mucho.

Conocían las amenazas de Anás y, por supuesto, sabían de la orden de caza y captura de su Hermano. Los correos establecidos por los discípulos, con David Zebedeo como jefe, funcionaron aceptablemente. La madre y los hermanos del Galileo estaban al tanto, igualmente, de los meses de permanente fuga, y del odio del Sanedrín.

María, la Señora, lloró amargamente.

Y recordó sus vaticinios: si su Hijo no abandonaba aquellas locas ideas, todos sufriríamos. Era preciso que se ajustara a la Ley y a los profetas. Era un Hijo del Destino. Era el Libertador político de Israel. Era el momento de organizar los ejércitos y salir a los caminos, rompiendo los dientes a los impíos. Sus hermanos estaban preparados. Se unirían a Él de inmediato. Sólo tenía que reconocer su equivocación.

Santiago, el hermano de Jesús, se mostró especialmente duro.

Se sentía marginado y celoso.

Acusó al Hijo del Hombre de «insensato y de llevar a la ruina a muchas familias».

Mir-yam me miraba con sus hermosos ojos color hierba y asentía. Jacobo, el marido, no dijo nada. Tampoco se pronunciaron José y Tesoro, la esposa. Entendí que estaban confusos. Amaban al Maestro, pero no comprendían aquella actitud.

No discutí, ni me enfrenté a ellos. No tenía sentido.

El tiempo colocaría a cada cual en su lugar...

Me interesé, obviamente, por mi amada. Mir-yam me informó.

Ruth continuaba vegetando. Su estado no había cambiado. Mejor dicho, lo hizo a peor...

Acepté verla una sola vez.

Temblaba constantemente. Era una luz que se apagaba...

La cabeza aparecía derrotada sobre el pecho. Ya no era capaz de alzarla.

Babeaba sin cesar.

Nadie entendía lo que decía.

Las lágrimas, de pronto, se presentaron en las mejillas de la pelirroja y me rompieron el corazón.

Ella supo que yo estaba allí, y que seguía amándola.

Su mente funcionaba, pero era prisionera de sí misma.

Había que darle de comer y de beber. Había que trasladarla a todas partes. No podía hacer nada por sí misma, salvo llorar...

Los ojos se habían difuminado detrás del dolor y de la angustia.

Poco a poco, brazos y piernas se inflamaron y se tornaron azules.

Lo que más me impresionó fueron los constantes suspiros.

Ella sabía que rodaba hacia el fin...

La muerte no tardaría en llamar a la puerta de la casa de las palomas.

Salí de allí sin alma. Ella se la quedó...

—¿Aún la amas? —preguntó Mir-yam.

Sonreí con amargura, y dije que sí.

—Más que nunca...

No lo comprendió, pero me regaló la mejor de sus sonrisas.

—¡Qué griego tan extraño! —susurró.

El 5 de noviembre, miércoles, me despedí de la Señora y de su gente.

Nunca más volvería a ver a Ruth, hasta el año 30.

Y regresamos a la *ínsula* de la «Gata», en el muelle de Nahum.

Eliseo se hallaba inconsciente, en coma.

Fue lo mejor que pudo sucederle.

Pregunté a Kesil:

—¿Ha dejado algún recado para mí?

El siervo negó con la cabeza.

Insistí.

—¿Un mensaje, un pergamino...?

—Nada.

Y esperé, pacientemente, a que recobrara el sentido. Necesitaba la contraseña para hacer despegar la «cuna» y devolverlo a su tiempo (a nuestro tiempo). Era la única forma de ayudarlo.

Esperé en vano.

Eliseo no despertó.

Sencillamente, se moría.

La vida escapaba entre sus dedos...

Regresé al Ravid en varias oportunidades. Necesitaba pensar. Necesitaba saber qué hacer. Escribí mucho.

¡Dios!

Ruth y Eliseo se iban, y yo no podía hacer nada por ninguno de los dos...

Kesil lloraba, y aún lloraba más cuando acertaba a verme.

Él sabía de mi impotencia.

Ayudé en lo que pude. Le suministré la dimetilglicina que quedaba en la nave, y busqué nuevos antioxidantes en la fruta (especialmente en el melón, en los melocotones, en el limón y en las moras), en la carne, en los espárragos y en las espinacas. Todos contenían betacaroteno, tocoferol, selenio y ácido ascórbico.

No fue suficiente...

El mal seguía avanzando.

No me separé de él en dos meses.

Al caserón de los Zebedeo, en Saidan, siguieron llegando noticias del Maestro y de los doce. Continuaban en la Decápolis, sin novedad.

Yo vivía en la *insula* de la «Gata», pendiente del ingeniero.

Y fue uno de esos días de diciembre cuando supe de la muerte del *Kuteo*, el samaritano de la barba teñida en rojo, y presunto autor del incendio en el que murieron los «niños luna». Los rumores, en Nahum, apuntaron a Gozo, la prostituta y madre de los trillizos. Al parecer le cortó el cuello en la taberna de su compinche Nabú, el sirio.

Gozo desapareció.

Echaba de menos al Hijo del Hombre...

Él, sin duda, habría sabido cómo actuar, tanto en el caso de Ruth como en el de Eliseo.

Fue Kesil, siempre pendiente de mis movimientos, quien lo sugirió: ¿por qué no buscar al «hacedor de maravillas», como llamaba a Jesús, y plantearle la curación de ambos?

Quien esto escribe ya lo había hecho con la pelirroja, pero el Maestro desestimó la petición, asegurando que «no era una enfermedad de muerte». No insistí, por supuesto.

El siervo, sin embargo, volvió sobre el asunto, y me animó para que partiera, localizara al Maestro, y propusiera la sanación de los dos.

Lo pensé detenidamente.

Algo, en mi interior, seguía repitiendo que tuviera confianza. Eliseo y Ruth sanarían, en su momento. Pero ¿cómo?

La visión de la agonía del ingeniero me crispaba. Y lo peor es que no sabía qué hacer.

Así que, en la mañana del lunes, 5 de enero del año 28, animado por Kesil, tomé mis cosas, y me dirigí a la base de aprovisionamiento de los «trece hermanos», en el Jordán.

El objetivo era localizar al Maestro y rogar —suplicarle de rodillas— que hiciera algo por Eliseo.

No podía negarse...

Tarpelay se brindó a acompañarme en aquella nueva aventura, pero comentó, acertadamente:

—Decápolis grande... ¿Por dónde empezar?

Tenía razón. El territorio de la liga de ciudades griegas y romanizadas (al otro lado del Jordán) era una extensión como la actual Suiza (1). ¿Por dónde arrancar? No disponía de una sola pista. Ni una...

El Maestro y los discípulos podían hallarse en cualquier parte. Habían transcurrido más de dos meses desde que los dejé en el campamento del Guilboá. Era posible, incluso, que hubieran salido de la Decápolis y que se hallaran en otro territorio.

Tar esperó órdenes.

Y pensé en el torreón de las «Verdes». Quizá Raisos, el conseguidor, se hallaba al corriente de las andanzas del grupo.

Viajaríamos al mar de la Sal y consultaríamos al dueño del torreón.

---

(1)   Como ya he explicado en otros momentos, la llamada Decápolis alcanzó la independencia política con Pompeyo. Alejandro Janeo la sometió, pero, como digo, el general romano Pompeyo liberó el territorio del dominio judío. En esa época eran siete grandes ciudades (no diez): Pella, Escitópolis, Dión, Gerasa, Gadara, Filadelfia y Abila. A estos núcleos urbanos había que sumar más de 200 aldeas de cierto porte. *(N. del m.)*

Al *sais* negro no le pareció mal. Él cobraba lo mismo... Dicho y hecho.

El jueves, 8 de enero, el *reda* de Tarpelay se detenía frente a la torre de las «Verdes», en la orilla este del actual mar Muerto.

Raisos, el zambo, nos abrazó.

Sabía de la triste suerte de Jesús, y de su grupo, en permanente huida, y de la obsesión del Sanedrín por capturarlos. Y sentenció: «La vista y los oídos del mono llegan donde no llega su cola.»

Respecto al paradero del Maestro, ni idea, aunque prometió informarse. Era cuestión de días...

Decidimos esperar.

Y en eso vi aparecer en el torreón a un viejo conocido.

Nos saludamos.

Vestía de la misma manera, con aquellos llamativos pantalones rojos, encendidos, y sujetos a los tobillos. Se cubría con una chaquetilla del mismo color, sin mangas.

—¿Qué haces tú aquí? —preguntó.

Le dije la verdad.

Y Atar, el «tricliniarcha» que había organizado la boda, en Caná, volvió a abrazarme, conmovido. Me apreciaba, verdaderamente.

—Le debo mucho a ese Jesús —manifestó—. Esa boda pasará a la historia.

No sabía bien hasta qué punto...

Tampoco supo darme razón sobre el Galileo. El afeminado se hallaba en Maqueronte como «tricliniarcha» o *maître* de la fiesta de la conmemoración de la subida al trono de Herodes Antipas (1). Habló, exactamente, de *šm mydyn bw mlk* («el día en que el rey subió al trono»). Conocía la fama de Raisos como conseguidor y estaba allí con algunos «encargos» de última hora. A saber: el persa requería, urgentemente, natrón (jabón) de leche de burra, pasas de Massandra, un fruto que llamó *al-tiv'î* («milagroso») (2), y una especie de «pasta» (no entendí bien) que

---

(1)   El reinado de Antipas empezó hacia el año -4. Era tetrarca de la Galilea y de la Perea. En esos momentos por tanto, enero del 28, celebraba el 32 aniversario de su proclamación. *(N. del m.)*

(2)   El *al-tiv'î* era una baya roja, procedente del África occidental, que

llamó *lagano*, que se servía en tiras (asadas o fritas). Mezclado con sopa de puerros con garbanzos era delicioso.

Raisos tomó nota y solicitó un par de días.

Yo no salía de mi asombro. Massandra se hallaba en las faldas de los montes de Crimea. ¿Cómo podía conseguir algo así, y con semejante rapidez?

El «tricliniarcha» se retiró hacia lo alto del cono blanco, pero hizo prometer que nos veríamos. Tenía muchas «fiestas» que contarme...

Y conminó al conseguidor para que cumpliera lo pactado. El responsable del barco de los pecados levantó la mano, despidiéndolo, y clamó: «Si te engaño, y tú me engañas a mí, el último en ser engañado vivirá lamentándose.»

Curioso Destino.

Nunca imaginé que volvería a ver al «tricliniarcha» de *Sapíah*, la hacienda de Nathan, en Caná.

Y ésta no sería la última vez que lo viera. Aún quedaba lo peor...

Esa noche, mientras cenábamos, Raisos tuvo una buena idea.

En Maqueronte, según sus noticias, se hallaba Nakebos, capitán de la guardia de Antipas, y hombre de confianza del tetrarca.

Quizá él tenía conocimiento del actual paradero de Jesús de Nazaret. Y deslizó otro de sus refranes: «La vida del comerciante está en sus oídos.»

No le faltaba razón.

Nakebos, para el que yo «trabajaba» como confidente, era un tipo bien informado.

Le preguntaría.

El sábado, 10 de enero, acompañé a Raisos, y a tres de sus siervos, a lo alto del cono sobre el que se alzaba el palacio-fortaleza de Antipas: Maqueronte.

Ascendimos por el *wadi* Zarad y, tras depositar la mercancía solicitada en Ataroth, la aldea de servicio, el persa me condujo a la zona este del palacio. Raisos, al despedirse, advirtió: «¡Atención!... El loco nunca siente miedo.»

---

disponía de todos los sabores en un solo fruto. Se degustaba con una rodaja de limón. En la actualidad se sabe que el intenso sabor se debe a un compuesto llamado «miraculina». *(N. del m.)*

¿Qué quiso decir?

Pronto lo averiguaría...

Podía ser la quinta (once de la mañana) cuando el «tricliniarcha» se situó frente a la gran piscina existente en el atrio, y buscó a Nakebos con la vista.

¿Qué era aquello?

—No te extrañes —suspiró el afeminado—. Llevan cinco días de fiesta. Todo está manga por hombro...

Calculé cien invitados. Se sentaban, o roncaban, directamente, sobre una treintena de divanes. Las gasas violetas que colgaban de las columnas los emparejaban, pero sólo era una ilusión.

La mayoría era árabe. Vestían las típicas e interminables túnicas blancas. Otros parecían funcionarios (quizá al servicio de Roma y del tetrarca). También distinguí a la casta de los saduceos, con sus sedas y linos, lujosísimos. Otros —deduje— eran comerciantes o, sencillamente, aduladores del tetrarca.

Casi todos estaban borrachos.

Osiris, el gato azul de Antipas, saltaba de mesa en mesa, y de triclinio en triclinio, robando lo que podía.

Tres mujeres se bañaban, desnudas, en las aguas de la alberca.

No supe quiénes eran.

No distinguí a Herodes Antipas.

Entre las 31 columnas de colores prestaba servicio una patrulla de soldados galos, uniformados, con las cotas de mallas relucientes, y las mazas y las espadas de doble filo dispuestas.

Se movían entre la columnata, pendientes de los invitados y, sobre todo, de las mujeres que se bañaban...

Me esforcé, pero no descubrí a *Ti*, el soldado de los tatuajes en brazos y manos.

A mi derecha, en la esquina, cerca de la torre negra, distinguí el pozo de las «niñas»...

Sentí un escalofrío.

¡Maldito Antipas!

El persa me reclamó desde uno de los divanes. Allí se hallaba Nakebos, tan borracho como el resto, o más.

Caminé con dificultad entre los triclinios. El pavimento aparecía alfombrado de vómitos. Un olor agrio me envolvió de inmediato.

Nakebos me vio, se alzó, y me abrazó con tal fuerza y torpeza que terminamos cayendo sobre otro de los divanes, arrastrando jarras de vino y parte del menú.

Un coro de risas, y de gritos, acompañó la estúpida caída.

Los soldados se removieron, inquietos. Pero la servidumbre intervino, rápida, y Nakebos y quien esto escribe fuimos alzados con prontitud.

El capitán de la guardia se apresuró a llenar una copa y a ofrecérmela.

Quiso hablar, pero se mordió la lengua. Llevaba cinco días bebiendo...

Fue entonces cuando me fijé en ella. Se hallaba muy cerca, en uno de los triclinios cercanos. Bebía y miraba a su alrededor.

Yo la había visto, fugazmente, el 7 de abril del año 30, cuando el Maestro fue conducido a la presencia de Antipas, en Jerusalén.

No había cambiado gran cosa.

En esta ocasión vestía una túnica de hilo, transparente. Distinguí la piel aceitunada, y los pequeños pechos. Era árabe (de Edom), descendiente de Esaú, aunque a ella no le gustaba la condición de *a'rab*.

Lucía un cabello rubio, escandaloso, teñido, con amplias ondas que enmarcaban el breve rostro. En la zona central, el pelo había sido arreglado en forma de melón, otra moda romana.

Las uñas de manos y pies aparecían amarillas, con una importante costra de alheña. Los párpados, cejas y labios hacían juego en un azul dorado. Un toque de malaquita verde animaba los pómulos.

En esos momentos sumaba treinta y seis años de edad.

Era hermosa...

Me llamó la atención el pecho izquierdo. Bajo el pezón fueron pintados diez lunares, en forma de flor (una moda de Pompeya).

Pero lo más deslumbrante era el collar.

Cuando tuve ocasión de acercarme comprobé que era una gargantilla trenzada en oro, con impresionantes engastes ovales de nácar. Entre nácar y nácar se presentaban prismas de esmeraldas. Sumé diez. Los guiños de las esmeraldas eran constantes.

De pie, cerca de la mujer, se hallaba una esclava, una *ornatrix*, pendiente del cuidado del cabello, del vestido (?), del maquillaje y de las joyas de la patrona. En las manos de la sierva brillaba un espejo de bronce con la imagen grabada de Lara, la diosa etrusca de los espejos.

Sí, era Herodías, la esposa de Antipas...

A su lado, en el mismo diván, reclinada, se hallaba otra mujer, más joven. No la identifiqué.

Presté atención.

Hablaban de Pompeya.

Herodías, al parecer, era una fanática de las costumbres etruscas, y de las bellezas y tesoros de la referida ciudad romana. Argumentaba que los judíos tenían mucho que aprender sobre la igualdad de derechos de la mujer etrusca. Y defendía, con ardor, la necesidad del matronímico (nombre completo de la mujer) y la presencia de las hembras en juicios, banquetes, reuniones y, sobre todo, en las sinagogas (como fue dicho, las hebreas no podían mezclarse con los hombres, no estaban autorizadas a ser sacerdotes y, mucho menos, a entrar en el Santo) (1).

Mientras hablaba noté algo especial, muy propio del lenguaje etrusco: Herodías acentuaba con fuerza la antepenúltima sílaba de cada palabra. Era un ejercicio complicado, pero le encantaba.

Pregunté a Nakebos por la joven que conversaba con Herodías.

El alcaide me miró, sorprendido. Se puso serio, y malinterpretó la pregunta:

—No te metas ahí... Salomé es hijastra de Antipas.

Y, bajando la voz, añadió:

—Todo el mundo sabe que le gusta...

¡Sorpresa!

Y en mi mente aparecieron las alusiones de Flavio Josefo a la muerte de Yehohanan (*Antigüedades de los judíos*).

Debía permanecer atento.

Salomé, en efecto, era hija de Herodías y de otro Hero-

---

(1) Amplia información sobre la desigualdad de la mujer en la sociedad judía, en la época de Jesús, en *Caballo de Troya 1, 2, 3, 4 y 5*. (*N. del a.*)

des, hermanastro de Antipas (1). En ese año 28 tenía diecisiete años de edad. Dos más tarde (30 d. J.C.) se casaría con Filipo, el filósofo y explorador, a cuyo cargo se hallaban los territorios del norte y del este: Gaulanitis, Traconítide, Auranitis y Batanea.

Salomé era atractiva, sin más.

No era muy alta. Quizá 1,60 metros.

Rubia, con los cabellos ondulados, siempre descansando sobre los hombros.

Los ojos eran bellos: achinados, dulces, inquietos, y de un marrón lánguido. Yo diría que un poco desconfiados.

Los dientes amarilleaban.

Una familia de pecas se había instalado en las mejillas y en la nariz. Una nariz, por cierto, algo gruesa y descompuesta. Pero la sonrisa era rápida y traviesa.

Ese día lucía cascabeles en los tobillos.

Aparecía prácticamente desnuda, como la madre.

Siete gasas, de colores, colgaban de la estrecha cintura.

El sexo estaba depilado.

Las orejas, pintadas en amarillo, hacían juego con la melena.

A pesar de su juventud, la pierna izquierda presentaba venas varicosas primarias (2).

Nakebos me sirvió una segunda y generosa copa de *legmi*, su licor favorito, y me animó a probar las «delicadezas» del «tricliniarcha».

---

(1)   El evangelista Marcos, como fue dicho, comete un error al identificar al marido de Herodías con Filipo (rey de la Gaulanitis). El verdadero marido de Herodías fue otro Herodes, hermanastro del referido Filipo, el filósofo. Dicho Herodes (quizá Filipo de segundo nombre) fue hijo de la tercera esposa de Herodes el Grande (una hija de Simón, hijo de Boeto, sumo sacerdote). Herodías, finalmente, se casó con Antipas, del que no tuvo hijos. Salomé, hija de Herodías y del «otro Herodes», se casaría con el citado Filipo, el filósofo, y con Aristóbulo de Calcio, del que tendría tres hijos. *(N. del m.)*
(2)   Se usa la expresión «venas varicosas primarias» cuando no existe evidencia de obstrucción venosa. En aquel tiempo era relativamente frecuente. Las venas varicosas se registraban como consecuencia de la insuficiencia local de las válvulas. El origen podía estar en la historia familiar (problema genético) o bien en un traumatismo que, a su vez, destruía una válvula en una vena perforante. En el caso de Salomé no tuve oportunidad de averiguar el porqué de aquella patogenia. No acerté a hablar con ella ni una sola vez... *(N. del m.)*

Atar, el afeminado, era un excelente cocinero. Yo lo sabía. Tuvo ocasión de demostrarlo en la boda de Caná. Pues bien, aquí se superó...

En las mesas, entre los divanes, se alineaban platos y platos con ubres y vulvas de cerda virgen, lucios del Tíber (pescados entre los puentes de la ciudad de Roma), ostras llegadas desde Bretaña, esturiones del mar Negro, carne de Germania, sopa de sandía con sal y pimienta (servida con nieve del Hermón), coles verdes, morcillas de Hispania (cubiertas con habas), atún crudo con huevos duros (troceados), lenguas de loro, *garum* para todo, dulces árabes de mil clases (uno de ellos, parecido a un *plumcake*, con yogur con aceite de oliva, me dejó perplejo; era delicioso), cerveza helada, vinos aromatizados con especias pescadas en las crecidas del Nilo, y *legmi*, todo el *legmi* del mundo...

Una legión de esclavos vigilaba los alimentos y espantaba las moscas.

Cada seis horas, Atar retiraba la comida y la sustituía por otras «especialidades».

¡Y así llevaban cinco días!

Pregunté hasta cuándo duraba el festejo, pero Nakebos no supo responder. Mejor dicho, lo hizo, a su manera:

—Hasta que no quede nadie de pie...

De pronto vi entrar otro contingente de soldados, armados hasta los dientes.

Formaron pasillo desde la puerta del palacio al diván en el que nos encontrábamos, y esperaron en posición de firmes.

Supuse que llegaba Antipas.

Así fue.

Al verlo entrar en el atrio, los comensales guardaron silencio.

Todas las miradas se dirigieron al esquelético y no muy alto tetrarca.

Se aproximó al triclinio y escuché de nuevo aquel tintineo...

En esta ocasión vestía túnica de lino, hasta los pies, con una piel de guepardo sobre los hombros, fajándole la cintura.

Lucía una peluca blanca (supuse que de fibras vegetales), hasta la nuca, que chorreaba esencia de aceite de dátiles.

El perfume resultaba mortificante.

Me vio y sonrió como pudo. La máscara de *udju* (malaquita procedente del Sinaí), que cubría las úlceras y costras del rostro, cuello y manos, no le permitía demasiada expresividad.

Los ojos, enrojecidos, denotaban falta de sueño, y demasiado *legmi*...

Al cuello destellaba una cadena de oro que levantó murmullos de admiración. Conté 94 piezas con formas de hojas de hiedra, todas en oro macizo repujado. El collar daba tres vueltas al cuello y hubiera hecho palidecer al ingenuo Oscar Wilde y al dibujante Aubrey Beardsley (1).

Nakebos y yo nos alzamos al momento, pero el tetrarca sugirió que olvidásemos el protocolo. Estábamos en su gran fiesta.

Detrás llegó el corpulento y siempre mudo esclavo de la melena rubia. Traía en las manos un *gimbal*, un pequeño incensario, que colocó a los pies de su amo. Y el nuevo perfume fue eclipsando el de la peluca blanca. Menos mal...

Nakebos sirvió *legmi* a su señor y éste, complacido, alzó la copa, y preparó un brindis.

El centenar de comensales guardó silencio, nuevamente.

—¡Por el único *ašap* (adivino) que ha entrado y salido con vida del pozo de las «niñas»!

Los invitados me buscaron, curiosos, y terminaron brindando por quien esto escribe.

Nakebos sonreía y repetía, feliz:

—¡Es mi amigo!... ¡Es mi amigo!...

Herodías me revisó, de arriba abajo. Salomé me dedicó una discreta mirada. Creo que le llamó la atención mi cabello, blanco como la peluca de su padrastro.

---

(1) Entiendo que el mayor se refiere a *Salomé*, la obra escrita por Wilde, aparecida en 1894 en Londres, con los dibujos del referido Beardsley. En el texto, en el que se dice que Salomé está enamorada de Yehohanan, Herodes Antipas hace alusión a sus joyas, asegurando que dispone de «un collar de cuatro vueltas de perlas». Y dice igualmente: «Tengo amatistas de dos especies. La primera, negra como el vino. La segunda, roja como el vino coloreado por el agua. Tengo topacios amarillos como los ojos de los tigres, y topacios rosa como los ojos de los pichones...» Como veremos, nada de lo sugerido por Oscar Wilde tiene fundamento. *(N. del a.)*

Enrojecí.

Y apuré el *legmi*, hasta el fondo.

—¿Y qué dicen los astros sobre esta celebración?

No supe qué replicar. Intuía algo grave, gravísimo, pero tampoco me dio opción a responder.

Antipas olvidó la pregunta y susurró algo al oído de Nakebos. Éste levantó el brazo e hizo una señal al «tricliniarcha». Era el momento convenido...

Atar, el persa, lo tenía todo dispuesto.

Cinco nubios, altos como palmeras, bellísimos, aparecieron entre los divanes, y fueron a ubicarse en la esquina este de la piscina, cerca del pozo de las «niñas». Cargaban grandes y pequeños timbales de madera, parcheados con piel de gacela. Dos de ellos llevaban atadas a las muñecas sendas *timbrel* o *tabret* (panderetas), que servirían de acompañamiento. Cada *tabret* era sujetada con una mano (generalmente la izquierda) y golpeada con la otra. Entre las dos pieles de gacela, o de asno, se depositaban pequeñas piezas de cobre, o de bronce, que traqueteaban al ser golpeadas las membranas. El sonido era peculiar, y excitante. El número de piezas de bronce era un secreto de los músicos nubios.

El silencio se sentó a nuestro lado. Todo fue expectación.

Y sonaron los timbales...

La tragedia también se asomó al gran atrio del palacio-fortaleza de Maqueronte.

Todo se hallaba listo para el terrible momento...

Salomé, de pronto, se alzó y comenzó a danzar.

Los comensales la vieron y dejaron lo que llevaban entre manos. Sólo tuvieron ojos para la joven rubia.

Antipas la siguió con la boca abierta. La copa de *legmi* no tardó en ser apurada. Nakebos la llenó de nuevo.

La muchacha se movía al ritmo de los tambores, aunque, ahora que lo pienso, ya no estoy tan seguro: ¿era ella la que bailaba al son de los timbales o eran los nubios los que acompasaban las mazas al movimiento de los brazos, de los hombros, de los pechos, de las caderas y de los pies?

Al principio, los movimientos fueron delicados, insinuantes...

Los timbales estaban pero no estaban.

Los brazos ascendían y culebreaban, y los dedos, en permanente agitación, buscaban tornasoles violetas. Los índices y pulgares se unían y daban a entender algo. Era el principio del fin... Salomé hablaba con el cuerpo.

Así transcurrieron diez o quince minutos.

Después, deslizándose, ágil, entre los triclinios, la muchachita fue solicitando más y más de sus caderas. Vibraban. Se agitaban lentas o rápidas. Los negros la seguían, tenaces.

Los invitados suspiraban.

Las mujeres que se bañaban en la piscina se acodaron en el filo y contemplaron a la bailarina.

La guardia gala olvidó su trabajo y permaneció pendiente de aquel cuerpo desnudo e insinuante. Cuchicheaban entre ellos.

Y Salomé, con toda intención, incrementó el ritmo. Los músculos abdominales tomaron la iniciativa y las gasas se agitaron, arriba y abajo, dejando al descubierto el pubis y las nalgas.

Algunos comensales dejaron escapar murmullos de admiración...

Antipas la devoraba con la vista.

Y la mujer fue aproximándose al diván en el que nos sentábamos Antipas, Nakebos y quien esto escribe.

El capitán de la guardia sirvió la copa de su señor, llenó la suya, e hizo otro tanto con la mía.

Nakebos y Antipas bebieron, atropelladamente.

La mujer se acercaba.

Herodías seguía los movimientos de la hija, y acompañaba el frenesí de los timbales con rápidos tamborileos de los dedos sobre la mesa de cristal. Disfrutaba...

El «tricliniarca» estaba en todas partes.

Los nubios tenían los ojos encendidos. Sudaban copiosamente. Era un sudor violeta.

Salomé continuó la estudiada aproximación al tetrarca.

Sonrió fugazmente y Antipas le correspondió.

La bailarina también sudaba.

Las gotas, igualmente violetas, resbalaban por la frente y las sienes y se precipitaban con prisa sobre los pequeños y agitados pechos. Allí, como si supieran, se detenían un instante, besaban los pezones oscuros, y se suicidaban de placer, arrojándose sobre los invitados.

Dos de los negros, con los tambores más pesados, se destacaron entre los triclinios, y siguieron de cerca a la hijastra.

El persa me buscó con la mirada. Estaba a punto del desmayo. ¿Qué estaba pasando? ¿Qué era todo aquello?

Me encogí de hombros.

Yo tampoco sabía... ¿O sí?

La danza (después lo supe) era conocida como *raqs sharqi* («baile del este»). Probablemente fue importada de los desiertos árabes.

Era un baile sensual y seductor, que escondía infinidad de mensajes, para el que sabía «leer» el cuerpo.

Los brazos en alto, ondulantes, perdidos en el cielo, era una forma de decir «estoy triste», «no te tengo»... Los pies en el suelo, firmes y seguros, constituían otro símbolo: «soy tuya», «soy como la tierra»... Los movimientos de caderas eran «olas que llegaban sin cesar». Era la representación de la fertilidad... Cuando los brazos formaban una «U» eran el símbolo del aire, de las aves, de la libertad...

La bailarina llegó hasta el triclinio, pero su mirada fue, únicamente, para Antipas. Ella sabía...

Los brazos escapaban, una y otra vez, como deseando atravesar la cúpula violeta.

Y el ritmo de los pechos, y de las caderas, aumentó frenéticamente.

Los tambores no permitían el menor decaimiento.

El sudor nos salpicó.

Antipas capturó una de las gotas y la llevó a los labios.

Nakebos tenía los ojos fijos en el sexo de Salomé.

Entonces percibí un intenso perfume, mezcla de nardo y de gálbano. De las muñecas colgaban sendas bolsitas. De allí procedía la esencia.

Sentí vértigo.

Aquella danza arrastraba.

Ella continuó insinuándose, mostrando sus encantos sin el menor pudor.

Los comensales habían dejado de beber. Estaban perplejos. Comprendían y no comprendían...

¿Por qué Salomé bailaba así ante el tetrarca?

La mujer, entonces, se situó a un paso de Antipas, y lo desafió.

Los pechos tomaron el control, y los agitó sin descanso, muy cerca del rostro del padrastro.

Nakebos bebió de nuevo, pero se atragantó.

Y el sudor de la muchacha llegó desde todo su cuerpo.

Los nubios arreciaron con las mazas. La bailarina se vació y todo fue agitación (sobre todo en el interior de Herodes Antipas).

Perfume, caderas, pechos, gasas que aparecían y desaparecían, sexo, sudor violeta, miradas de complicidad...

Creí que me desmayaba.

Antipas se rindió y retrocedió, levemente.

Sólo fue un segundo.

El tetrarca se recuperó. Apuró lo que quedaba de *legmi*, se alzó, y se inclinó hacia los brillantes pechos de Salomé.

La mujer parecía esperar este momento.

No retrocedió. Al contrario. Avanzó un poco, sin dejar de mover pechos y caderas.

Antipas estaba fuera de sí. Nakebos estaba fuera de sí. Yo estaba fuera del mundo...

Los negros eran máquinas.

Osiris, el gato de Antipas, hacía tiempo que había escapado de semejante locura.

Y el tetrarca, codicioso y sensual, aproximó los labios al pezón derecho de la mujer.

Herodías dejó de llevar el ritmo. Estaba lívida.

Pero, cuando se disponía a succionarlo, Salomé, pendiente, se echó atrás, y el tetrarca, confundido, terminó perdiendo el equilibrio, derrumbándose sobre el pavimento.

Los soldados dieron un paso, echando mano de las empuñaduras de las espadas.

No fue necesario. Nakebos se apresuró a levantarlo, y todo volvió a la normalidad (?).

Antipas, verde y borracho, volvió a sentarse en el triclinio.

Nakebos sirvió más *legmi*.

Salomé fue alejándose.

El ritmo de la danza disminuyó.

Los timbales y panderetas fueron apagándose.

La muchacha alcanzó el filo de la piscina. Ejecutó un último movimiento, alzó los brazos, y se lanzó, de espaldas, al agua.

Fin del histórico baile de Salomé en el aniversario de la subida al trono de Herodes Antipas.

Los comensales la vitorearon. Se levantaron y aplaudieron a rabiar. El homenaje se prolongó cinco minutos.

Herodías continuaba seria. La mirada aparecía amarrada a la de su marido. Era una mirada incendiaria.

Pero el tetrarca no se inmutó.

Y en mitad del clamor general lo vi inclinarse sobre Nakebos, su hombre de confianza. Susurró algo.

El capitán asintió con la cabeza, se levantó, y caminó hasta el filo de la piscina. Reclamó a Salomé y conversaron brevemente.

Acto seguido, Nakebos buscó el triclinio de Herodías. Habló con la madre y ésta replicó, pero no supe de qué hablaban.

Después, durante casi un minuto, Herodías permaneció en silencio. Parecía pensativa. Nakebos siguió a su lado, pendiente.

Y Herodías, finalmente, susurró otras palabras al oído del capitán de la guardia gala.

Nakebos dio media vuelta y retornó junto al tetrarca. Pero Antipas se había quedado dormido o, al menos, eso parecía.

Y, contrariado, Nakebos se sentó en su lugar, y apuró la copa de licor.

—¿Qué sucede? —me atreví a preguntar.

Nakebos agradeció mi interés. Lo encontré pálido. Necesitaba desahogarse.

—Antipas —explicó en voz baja— ha solicitado a Salomé que vuelva a bailar para él... Si lo hace le regalará un marido...

—¿Un esposo?

—Sí, y podrá escoger entre los presentes.

—¿Y qué ha dicho Salomé?

—Me ha remitido a su madre. Ella decide...

Creí comprender, pero no. No había entendido.

—¿Y bien? —le apremié.

—Herodías lo ha pensado. Después ha pedido que transmita a Antipas: «Salomé bailará para ti, si antes me traes la cabeza del loco Yehohanan...»

Nakebos contempló a Herodías. Volvió a servirse otra copa de *legmi*, y añadió:

—Debo traerla en una bandeja de plata...

Me miró con desagrado, y se disponía a añadir algo cuando, súbitamente, Antipas despertó.

Estaba asistiendo a otro momento histórico, pésimamente narrado por los evangelistas. La verdad no fue como la cuentan. Fue peor...

Antipas, visiblemente enfadado, preguntó a Nakebos:

—¿Qué ha respondido?

—Antes de bailar para ti quiere la cabeza de ese loco...

—¿Qué loco?

—Yehohanan...

»Y la quiere...

Nakebos no terminó la frase. Se acercó al tetrarca, y susurró algo al oído. Imaginé que hablaba de la bandeja de plata.

Sí y no.

La petición de Herodías no terminaba ahí...

Antipas miró a la esposa, y lo hizo con desprecio.

Después, sin titubear, ordenó al capitán que procediera.

Me eché a temblar.

Nakebos se puso en pie, reclamó a la guardia que vigilaba entre las columnas, y comentó, dirigiéndose a quien esto escribe:

—¿Qué dicen las estrellas de este día?

No supe qué responder.

—No importa. Todo está escrito, como podrás comprobar en breve...

E hizo un gesto a varios de los galos, para que lo acompañaran. Se alejó con los soldados.

De pronto se volvió y me gritó:

—¿Cómo andas de estómago?

Tampoco comprendí, pero repliqué:

—Bien, creo...

Sonrió, malvado, y ordenó:

—Lo veremos... ¡Acompáñame!

Solicité permiso al tetrarca y éste indicó que hiciera lo que solicitaba el alcaide.

Una risita quedó flotando en el triclinio...

¡Maldito Antipas! ¡Maldito chacal!

Nakebos se dirigió a la torre negra.

Presentí algo terrible.

Un soldado franqueó el paso, y terminamos entrando en la oscuridad del torreón.

Los galos de guardia se pusieron en pie y se cuadraron.

Nakebos exigió más antorchas, y ordenó que abrieran la trampilla.

Así fue.

En el interior de la gran cisterna aguardaba otra sorpresa, mejor dicho, varias y desagradables sorpresas...

Llegaron las teas.

Entonces distinguí a *Ti*, el galo de los tatuajes en manos y brazos, que había intentado herirme en el vado de Josué el 12 de junio, y al que ayudé en noviembre frente a la peligrosa *Naja nigricollis nigricollis*.

Me reconoció, sonrió, pícaro, y comentó:

—¡Tú, suerte!... ¡Ahora no matar..., *ti*!

No era momento para bromas...

Varios soldados se lanzaron escaleras abajo. Nakebos y quien esto escribe descendimos a continuación. Por detrás, igualmente armado, y con antorchas en las manos, nos siguió otro grupo de cinco galos.

Sabía bien hacia dónde nos dirigíamos, y por qué...

Al penetrar en la cisterna cúbica oí voces.

¿Quién se hallaba con el Bautista?

Pronto comprendí.

Era el eco, rebotando en las paredes de la caverna.

Escuché de nuevo el rumor del agua.

Descendimos veloces y en silencio.

El recuerdo de las ratas me estremeció.

Presté atención al griterío.

Era la voz bronca de Yehohanan, que clamaba:

—¡Porque he aquí que viene el día...!

Eran versículos del profeta Malaquías (3, 19).

Al distinguir las teas en lo alto de los peldaños, el Bautista arreció en sus invocaciones, y el eco huyó de pared en pared. Tuve la sensación de que el eco también sabía lo que estaba a punto de suceder, e intentaba huir.

—... ¡Porque he aquí (aquí) que viene el día (día), que abrasará (abrasará) como un horno (horno)...!

Los galos no prestaron atención, y prosiguieron.

—¡Holocausto!... ¡Holocausto!...

Y el eco repitió: «Holocausto.»

¿De qué hablaba?

La locura, en efecto, seguía con él.

La patrulla alcanzó el agua y entró en la piscina, dirigiéndose hacia la derecha de los malditos 252 peldaños.

Iluminaron el lugar y esperaron órdenes.

No tardé en divisar a Yehohanan. Seguía encadenado al tobillo izquierdo. Se hallaba a cosa de cinco metros, recostado en la pared de yeso. Y gritaba y gritaba:

—¡Llegará el día en el que tropezarán los soberbios y todos los que obran maldad!...

Le había crecido el pelo considerablemente. Ahora le llegaba al pecho (1).

Casi no lo reconocí.

Era puro hueso, pura miseria...

Tenía los ojos desencajados. No sabía a qué antorcha mirar.

—¡Y en ese día arderán, dice el Santo, bendito sea...!

Sentí una infinita piedad por aquel despojo humano. Su deterioro, físico y mental, había tocado fondo. La muerte sería su liberación...

Los soldados preguntaron: «¿qué hacían...?»

El capitán ordenó que lo sujetaran y que lo iluminaran.

—¡Y en ese día arderán..., de modo que no quedará de ellos ni raíz ni rama...!

A partir de esos instantes, todo fue vertiginoso.

—¡Mirad que es Él quien forma las montañas y quien crea el viento, quien anuncia su palabra al hombre...!

Ahora recitaba al profeta Amós (4, 13)...

Nakebos solicitó una espada. Nunca la olvidaré. Era una

(1) Al inocularle los «nemos» (en su día), quien esto escribe detectó otra singular característica en el Anunciador. A saber: las redes de capilares que alimentaban los folículos pilosos, en los que nacían los cabellos del cuero cabelludo, eran más extensas de lo normal, provocando una anomalía en la queratina (principal componente de los tallos que dan forma al cabello y al pelo). Los «nemos» indicaron igualmente un desvío cromosómico a nivel de médula y corteza del cabello, que provocaba un crecimiento desmedido del pelo (alrededor de cinco a seis centímetros por mes). Lo desconcertante es que el resto de las papilas dérmicas aparecía atrofiado. En otras palabras: Yehohanan era imberbe. Carecía de pelo en la casi totalidad del cuerpo, excepción hecha del mencionado cuero cabelludo, cuyo crecimiento era cinco veces superior a lo habitual en un varón. *(N. del m.)*

xiphos, con la hoja de hierro ancha y reluciente. El galo propietario la cuidaba. Junto a la empuñadura, el metal se estrechaba, para facilitar el golpe.

—¡Mirad que viene el día...!

Nakebos se situó frente al gigante de las pupilas rojas y repitió que lo sujetaran con fuerza.

Así lo hicieron.

—¡Holocausto...!

Entonces me fijé en la dentadura. Una parte había desaparecido. ¿Se debía a los golpes propinados por la guardia? Yo sabía que aquellos bárbaros lo torturaban con frecuencia...

—¡Holocausto! —repitió—. ¡Holocausto!

Fue lo último que dijo.

El capitán atrapó el pene del Bautista, tiró del órgano cuanto pudo y, con frialdad, lo seccionó de un tajo.

Un chorro de sangre brotó al momento y salpicó a Nakebos y a los que sujetaban al infortunado Anunciador.

Quedé horrorizado.

¿Era esto lo solicitado por Herodías en secreto?

El Bautista, pálido, con los ojos espantados, no emitió sonido alguno. Miraba el ensangrentado bajo vientre e intentaba decir algo. No lo consiguió.

Los galos, a una orden de Nakebos, soltaron al de la mariposa en el rostro.

Retrocedieron.

Había sangre por todas partes.

El Bautista se tambaleó.

Pero no tuvo tiempo de caer. Nakebos dio otra orden. Esta vez le tocó a *Ti*.

—¡Atraviésalo!

El muchacho galo desenfundó la espada y, sin dudarlo, estoqueó a Yehohanan. El hierro penetró por el costado izquierdo y amaneció por el contrario.

El Bautista me miró, incrédulo.

Quise decir que yo no era responsable. Ni siquiera estaba allí...

El galo, conocedor de su trabajo, esperó unos segundos. Creo que diez.

El hierro, a juzgar por la trayectoria, seccionó el corazón.

Muerte inmediata.

Ti retiró la espada y lo hizo despacio, al tiempo que la hacía oscilar, rasgando grandes vasos, pulmones, todo...

Un instante después, Yehohanan se derrumbaba, muerto.

Según mis cálculos, podía ser la nona (tres de la tarde). Curioso: la misma hora en la que falleció el Maestro, pero 27 meses antes.

El cuerpo quedó sobre los últimos escalones de piedra, boca abajo.

La sangre manaba sin cesar. Todo era rojo: el agua, las ropas, los filos de las espadas, la visión...

Nakebos, cada vez más irritado, contempló con asco el pene que sostenía entre los dedos. La sangre había echado a perder su túnica de seda.

Y gritó a los soldados para que terminaran de una vez.

Los galos se miraron. Nadie sabía qué tenía que hacer.

Nakebos comprendió. Se llevó la mano izquierda al cuello e hizo el gesto de la decapitación.

Uno de los soldados trató de mover el cadáver, con el fin de situarlo boca arriba, y proceder con más comodidad. No lo logró. El Bautista pesaba. Tuvo que ser ayudado. Y la sangre siguió corriendo por las escaleras.

Fue entonces cuando oímos aquellos golpes.

Las antorchas iluminaron el fondo de la cisterna y vimos las ratas. Saltaban desde los túneles, y nadaban hacia nosotros.

—¡Vamos, vamos...! —apremió el capitán.

El cuerpo se hallaba con la espalda sobre los peldaños y las piernas en el agua de la cisterna. El pelo rubio tapaba parte del rostro.

Uno de los soldados retiró los cabellos y dejó la garganta al descubierto.

—¡Vamos...!

Las antorchas iluminaron al Bautista.

Otro de los mercenarios empuñó la espada con ambas manos. La levantó en el aire y descargó un terrorífico golpe sobre Yehohanan.

Los nervios le traicionaron y la espada impactó en la boca, abriendo parte del rostro.

Otro chorro de sangre me heló el alma.

—¡Maldita sea...!

Nakebos estaba pendiente de las ratas. Seguían nadando y avanzando...

Le tocó el turno a otro de los galos. Y repitió el golpe, igualmente violento. Pero la espada se desvió hacia los peldaños y se partió en dos.

Los soldados maldecían en su lengua...

Fue *Ti* quien lanzó el tercer y último golpe.

Esta vez, el hierro separó la cabeza.

Ti la agarró por la cabellera, la levantó, a la vista de todos, y proclamó, muy serio, dirigiéndose al cuerpo del Bautista:

—¡Tú no suerte...!

Los ojos de Yehohanan continuaban espantosamente abiertos. La herida en la boca hacía colgar el maxilar inferior.

Todo era sangre y horror.

—¡Vamos, vamos...! —gritó Nakebos—. ¡Arriba!

La patrulla cumplió la orden del capitán. Ascendimos con prisa.

No volví la cabeza.

Allí quedó el cadáver de Yehohanan, a merced de las ratas...

Al alcanzar la torre jadeábamos. No sé si por el esfuerzo o por el cansancio de alma ante tanto horror...

Algunos de los soldados que aguardaban en lo alto dieron un paso atrás al ver la cabeza y nuestras ropas, ensangrentadas.

No preguntaron. No era preciso.

De pronto, Nakebos reparó: faltaba la bandeja de plata.

Y, furioso, ordenó que buscaran una.

E insistió:

—¡De plata, maldita sea...! ¡Son las órdenes de la señora!

Se refería a Herodías, claro está.

Varios soldados salieron de la torre negra y la cabeza del Bautista quedó sobre las losas del pavimento, mirándonos.

Nakebos soltó el ensangrentado pene y solicitó agua para lavarse.

No pude contenerme.

Me arrodillé frente a la cabeza e intenté cerrar los ojos. Fue inútil. Volvían a abrirse.

En esos momentos vi aparecer al «tricliniarcha». Cargaba la dichosa bandeja de plata.

Entró en la torre, dio unos pasos pero, debido a la penumbra, no vio la cabeza y tropezó con ella. El persa rodó por el suelo, y la bandeja con él.

Los soldados rieron y se burlaron.

El *maître* se apresuró a levantarse.

Fue entonces cuando se fijó en el «obstáculo». Lanzó un grito y cayó desmayado.

Uno de los galos abrió la trampilla y un segundo soldado arrojó al afeminado al interior de la cisterna. Cerraron y continuaron riendo.

Nakebos tomó la cabeza de Yehohanan, la dispuso cuidadosamente sobre la bandeja, y ordenó a uno de sus hombres que introdujera el pene en la boca. Era el deseo de la esposa de Antipas.

Después tomó una antorcha. La paseó alrededor de la cabeza y, satisfecho, pidió que abrieran la puerta de la torre.

Y Nakebos salió del lugar. Detrás, la escolta y quien esto escribe, hundido.

Caminamos entre los divanes.

Los comensales, desprevenidos, gritaron al ver pasar la bandeja. Otros se levantaron y se alejaron.

Nakebos dejó el «presente» a los pies del tetrarca.

Antipas, más que borracho, contempló, atónito, la cabeza, y terminó vomitando sobre ella.

Acto seguido exigió que se llevaran «aquello» y que lo entregaran a quien lo había solicitado.

El capitán de la guardia gala obedeció. Recogió la bandeja y la trasladó al triclinio de Herodías. La depositó en el suelo, dio un paso atrás, y aguardó.

Salomé, reclinada junto a la madre, miró la cabeza y el pene con frialdad.

Fue todo rápido, y desagradable, pero entiendo que debo contarlo.

Herodías observó la cabeza en silencio. Lo hizo durante diez o quince segundos. Después se alzó, caminó hasta la bandeja, y fue a colocarse sobre ella. Recogió ligeramente la túnica transparente de hilo, se situó en cuclillas, y orinó sobre los restos de Yehohanan.

Antipas aplaudió.

Los invitados, temerosos, aplaudieron igualmente. Fue la ovación más vergonzosa que he llegado a oír.

La micción fue larga...

Sentí algo extraño en mi interior, como si me rompiera por dentro...

Terminada la humillación, Herodías indicó a la servidumbre que recogieran la bandeja y que la siguieran.

Los invitados, en pie, se prepararon para un nuevo desmán.

La mujer caminó hasta el pozo de las «niñas», y ordenó que lo abrieran.

Dos de los soldados se apresuraron a cumplir su voluntad.

Lo destaparon y Herodías hizo una señal.

El esclavo que sostenía la bandeja volcó el contenido y lo arrojó al interior del pozo.

Aquel dolor, en la boca del estómago, se hizo insoportable...

Herodías se asomó al pozo de las arañas.

Yo también lo hice.

La cabeza del Anunciador rodó hasta el tercer cuadrante, el de las «viudas negras».

Mantenía los ojos abiertos. El pene había desaparecido.

Nunca olvidaré aquella mirada, y supongo que Herodías tampoco. Parecía gritar: «¡Todo es mentira!»

Herodías escupió, y clamó:

—A todos se los llevará el viento ardiente de Yavé... ¡Y ha empezado por ti!

Era una frase de Isaías. Yehohanan la utilizaba contra Antipas y contra ella. Herodías la recordaba, y añadió:

—*Hara'im!* (excremento humano).

Era uno de los insultos favoritos del Bautista.

Escupió por segunda vez, y gritó:

—¡De parte de la *dusara*!

La mujer de Antipas estaba al corriente de los epítetos hirientes que le había dedicado el Anunciador.

Era su venganza.

El pozo fue cerrado y Herodías regresó a su triclinio, triunfante.

No me despedí de nadie. No dije nada...

Abandoné aquel lugar de sangre y de pesadilla, y me refugié en la explanada, frente al puente levadizo.

El dolor me tenía sometido.

Allí esperaban, pacientes, muchos de los *sais* que habían trasladado a los invitados hasta Maqueronte. Dormitaban o conversaban entre los carros.

Ni me miraron.

Faltaba poco para el ocaso.

Busqué refugio entre los *redas* y, a escondidas, vomité violentamente.

Traté de serenarme.

Aquel dolor...

¿Qué había sucedido?

Nos hallábamos en sábado, 10 de enero del año 28 de nuestra era.

Herodes Antipas, el chacal, tetrarca de la Perea y de la Galilea, acababa de ejecutar a Juan, el Bautista (Yehohanan), mal llamado Anunciador de Jesús de Nazaret. Nakebos, capitán de la guardia, le cortó, previamente, el pene. Uno de los galos, siendo las tres de la tarde, lo atravesó con su espada, de parte a parte. Después, tras varios intentos, lo decapitaron.

Después...

Cerré los ojos e intenté ordenar los pensamientos.

¿Qué tenía que ver lo visto y oído con lo narrado por los evangelistas?

Mateo no dio una (1). Marcos copió a Mateo y tampoco

(1) En su evangelio (14, 6-13), Mateo dice: «Mas llegado el cumpleaños de Herodes, la hija de Herodías danzó en medio de todos gustando tanto a Herodes, que éste le prometió bajo juramento darle lo que pidiese. Ella, instigada por su madre, "dame aquí, dijo, en una bandeja, la cabeza de Juan el Bautista". Entristeciose el rey, pero, a causa del juramento y de los comensales, ordenó que se le diese, y envió a decapitar a Juan en la cárcel. Su cabeza fue traída en una bandeja y entregada a la muchacha, la cual se la llevó a su madre. Llegando después los discípulos, recogieron el cadáver y lo sepultaron; y fueron a informar a Jesús.»

Por su parte, Marcos, el evangelista (6, 21-30), asegura: «Y llegó el día oportuno, cuando Herodes, en su cumpleaños, dio un banquete a sus magnates, a los tribunos y a los principales de Galilea. Entró la hija de la

acertó. Lucas no habla de la muerte del Bautista, y Juan, más listo, no dice ni palabra sobre la suerte corrida por Yehohanan...

Veamos algunos errores:

No fue el cumpleaños de Antipas.

El tetrarca nunca hubiera ofrecido la mitad de su reino. La razón es sencilla: no podía regalar lo que no era suyo. Roma era la propietaria de los territorios que «gobernaba» el chacal.

Tampoco se entristeció ante la petición de la cabeza de Yehohanan. Antipas odiaba al Bautista...

La cabeza, con el pene en la boca (detalle olvidado por los «escritores sagrados»), fue puesta a los pies de Herodías, no de su hija.

En cuanto al cuerpo, conociendo la crueldad de Antipas, nadie se atrevió a reclamarlo. Algún tiempo después tuve conocimiento de lo sucedido con los restos mortales del Anunciador. Las ratas lo devoraron. Lo que quedó fue troceado y quemado. Ningún discípulo se presentó ante Antipas. Hubiera sido un suicidio. El tetrarca no olvidaba.

En definitiva, los evangelistas oyeron campanas... Eso fue todo.

La narración de la muerte de Yehohanan fue otro desastre.

Poco a poco, aquel punzante dolor fue remitiendo.

En principio lo atribuí al estrés de las últimas horas.

---

misma Herodías, danzó, y gustó mucho a Herodes y a los comensales. El rey, entonces, dijo a la muchacha: "Pídeme lo que quieras y te lo daré." Y le juró: "Te daré lo que me pidas, hasta la mitad de mi reino." Salió la muchacha y preguntó a su madre: "¿Qué voy a pedir?" Y ella dijo: "La cabeza de Juan el Bautista." Entrando al punto apresuradamente a donde estaba el rey, le pidió: "Quiero que ahora mismo me des, en una bandeja, la cabeza de Juan el Bautista." El rey se llenó de tristeza, pero no quiso desairarla a causa del juramento y de los comensales. Y al instante mandó el rey a uno de su guardia, con orden de traerle la cabeza de Juan. Se fue y le decapitó en la cárcel y trajo su cabeza en una bandeja, y se la dio a la muchacha, y la muchacha se la dio a su madre. Al enterarse sus discípulos, vinieron a recoger el cadáver y le dieron sepultura.»

Lucas (3, 19-21) toca el asunto de pasada: «Pero Herodes, el tetrarca, reprendido por él (el Bautista) a causa de Herodías, la mujer de su hermano, y a causa de todas las malas acciones que había hecho, añadió a todas ellas la de encerrar a Juan en la cárcel.» *(N. del a.)*

Sí y no.

El Destino seguía avisando...

Y, ahora, ¿qué debía hacer?

Pensé en regresar al torreón de las «Verdes»...

Por cierto, no había preguntado a Nakebos sobre el paradero del Maestro.

Abrí los ojos, desconcertado. ¿Cómo pude ser tan descuidado?

Tenía que regresar al atrio e interrogar al capitán de la guardia. No podía volver al torreón sin esa información.

Y en ello estaba, dispuesto a entrar de nuevo en el palacio-fortaleza, cuando presencié aquel singular fenómeno.

Quizá fuera la décima (cuatro de la tarde).

En el cielo, azul y sereno, apareció un arco iris. Tenía los pies en las orillas del mar de la Sal.

No era posible...

Las condiciones meteorológicas no eran adecuadas. No había nubes. No estaba lloviendo en ninguna parte. Y, sin embargo...

Pero el arco iris terminó transformándose. Y lo vi convertirse en un arco blanco y denso.

Me incorporé, desconcertado. Nunca vi algo semejante.

Y bajo el arco blanco surgió un muro de niebla.

Otros *sais* contemplaron igualmente el fenómeno y comentaron entre ellos. Eso me tranquilizó. No era el único que lo veía.

La niebla avanzó y escaló los cerros que nos rodeaban. Maqueronte también fue cubierto. Y, en cuestión de minutos, niebla y silencio se apoderaron del lugar.

Todos estaban sobrecogidos... ¿Qué era aquello?

No se oía nada; ni siquiera el lejano rumor de la fiesta.

Los caballos y mulas se mostraban inquietos. Los *sais* tuvieron que tranquilizarlos.

Tenía que esperar.

No era conveniente caminar con semejante niebla.

Me senté al pie de una roca e intenté calmar el ánimo.

Fue así —creo— como me quedé dormido. Y fue así —creo— como tuve aquel desconcertante sueño...

Entre la niebla surgió un viejo conocido.

¡El tipo de la sonrisa encantadora!

La túnica no brillaba. La niebla la hacía mate.

Se aproximó, decidido, y se arrodilló a mi lado.

La sonrisa era espectacular. Me miró, compasivo, con aquellos vivos y pequeños ojos azules, sin fondo, y terminó tomándome el pulso.

—¿Eres médico? —pregunté en mitad del sueño (?).

Intensificó la sonrisa, pero no dijo nada.

Entonces presentó un cáliz de metal, similar al que poseía Jesús. Y me invitó a beber.

Tomé el cáliz. El metal se hallaba templado.

Observé el contenido.

Era un líquido azul.

¿De dónde lo había sacado?

Al verme dudar movió la cabeza, animándome a beber.

Así lo hice. Aquel hombre (?) me inspiraba confianza.

Era un licor dulcísimo, similar al jugo de piña. Pero eso no podía ser. La piña no existía en aquel lugar, y en aquel tiempo.

Después recuperó el cáliz, y se alejó, desapareciendo en la niebla.

No recuerdo nada más...

No sé qué sucedió. No tengo conciencia, ni memoria, de cómo llegué al torreón de las «Verdes».

Raisos, Tarpelay y las mujeres me recogieron en la puerta.

Estaba ya oscurecido.

Creyeron que había descendido por el peligroso *wadi* Zarad, el de las víboras. Tarpelay me reprendió.

No supe explicar.

Según Raisos, me quejaba de un intenso dolor en el vientre.

No podía dar un paso...

Me acostaron y dormí hasta bien entrado el día siguiente, domingo, 11 de enero.

Al despertar me encontraba casi bien.

Recordaba el «sueño», con la aparición del personaje de la sonrisa encantadora y el líquido azul, pero ahí terminaba todo.

Tar habló de Yehohanan. La noticia de la muerte corría por la región.

No dije nada sobre lo vivido en Maqueronte.

Raisos, el conseguidor, nos proporcionó una noticia: Jesús, y su gente, se hallaban en el meandro Omega, cerca de la ciudad de Pella. Acababan de llegar. Procedían de la Decápolis. Seguían huyendo. El Gran Sanedrín juró venganza. Capturarían al Maestro, fuera donde fuese, y costara lo que costase...

Raisos no dio un as por la cabeza del Galileo.

Y comentó: «Hay que verle los ojos a la novia para saber si está llorando...»

Y, de pronto, me entró la prisa.

Jesús se hallaba en el río Artal. Tenía que acudir a su encuentro y rogar que hiciera algo por Eliseo. No había tiempo que perder.

Tarpelay lo organizó todo y, al amanecer del lunes, 12, nos despedíamos de nuevo de la gente del torreón. Raisos gritó: «La prisa te romperá la túnica y el corazón...»

No hice caso y galopamos hacia Omega.

Poco antes del crepúsculo entramos en el bosque de los pañuelos. Allí estaba el Maestro, y su gente.

Hacía dos meses y medio que no le veía.

Lo noté más flaco y desmejorado.

Las canas seguían conquistando aquella cabellera color caramelo.

Sabían de la ejecución del Bautista.

Todos se alegraron al vernos. Tarpelay era como de la familia.

Judas Iscariote se mantenía apartado. Imaginé por qué.

Nunca perdonó al Hijo del Hombre que no hiciera algo por Yehohanan. Por fortuna, nadie, en Omega, conocía los detalles de su horrible muerte.

Me limité a guardar silencio, y a observar.

Y, de pronto, cuando ayudaba al *sais* negro en la descarga del *reda*, el Galileo me salió al encuentro. Me tomó del brazo, y me llevó lejos de los íntimos. Y allí, entre los corpulentos *davidia*, me miró a los ojos, y pronunció una frase:

—El mal de tu hermano no es de muerte...

Sonrió y proclamó:

—¡Confía!

Eso fue todo. El Maestro me ahorró el trabajo de implorar, pero, sinceramente, no alcancé a comprender. ¿Cómo podía decir algo así? Eliseo agonizaba. Sus problemas no tenían arreglo. Estaba condenado a muerte. Quizá había muerto ya.

Andrés y el resto me pusieron al corriente, pero casi no escuché.

Mi pensamiento se hallaba en otra parte, en la *insula* de la «Gata», en Nahum, junto al ingeniero y a Kesil.

Hablaron de lo que ya sabía, creo. Relataron sus andanzas por la Decápolis, las permanentes huidas, los recelos, las llegadas de los correos con las noticias del Sanedrín y de las familias... No predicaron en público. Jesús se limitó a las enseñanzas en privado.

Y asistí a interminables polémicas sobre la maldad del Sanedrín...

Nada nuevo.

Esa noche, tras la cena, el Maestro se dirigió a los íntimos y anunció:

—Yehohanan ha muerto... No esperaremos más.

Los discípulos estaban sorprendidos.

Y Jesús proclamó con fuerza y con seguridad:

—¡Ha llegado la hora...! ¡Anunciaremos el reino abiertamente!... Preparadlo todo. Mañana regresaremos al *yam*...

Habían pasado un año fuera de sus casas...

La mayoría se alegró. Otros mostraron dudas. ¿Qué significaba que «anunciarían el reino abiertamente»?

Era el peor de los momentos. Herodes Antipas se había crecido con la ejecución del Bautista. Las castas sacerdotales los perseguían con saña. Si aparecían en la Galilea, o en Jerusalén, los atraparían...

Jesús no dijo nada, y se retiró a descansar. Y allí quedaron sus hombres, sumidos de nuevo en la perplejidad.

El martes, 13 de enero (año 28 de nuestra era), al alba, el grupo se puso en marcha.

Creí entender. Jesús fue fiel a la decisión adoptada en las colinas de Beit Ids: esperaría a que se cumpliera el Destino de Yehohanan.

Ahora, todo era distinto...

Empezaba una nueva época para el Hombre-Dios. Empezaba la auténtica vida de predicación...

Y una idea quedó flotando en mi mente: las duras críticas del Bautista a Herodes Antipas, y a Herodías, ¿fueron buscadas intencionadamente? ¿Planeó Yehohanan su muerte?

Se recomienda no abrir
estas páginas
anticipadamente.

En el regreso al mar de Tiberíades me mantuve siempre al final de la expedición.

Fue, sin duda, el viaje más «largo» que recuerdo...

No deseaba volver. No quería reencontrarme con aquel Eliseo agonizante, casi muerto.

No entendía, como dije, la actitud del Maestro.

Fue una marcha angustiosa.

Algo tiraba de mí hacia el lago. Algo, en lo más íntimo, decía que confiara. Pero, al mismo tiempo, no quería regresar...

El instinto (?) susurraba palabras que no aceptaba.

Algo se preparaba. Algo estremecedor...

Recuerdo que no hablé, prácticamente, con nadie.

Llegamos antes del ocaso.

En Saidan todo discurría como siempre: sin discurrir...

En el camino tomé una decisión. Si los Zebedeo lo autorizaban trasladaría al ingeniero al caserón. Me pareció un lugar más tranquilo. Si Eliseo tenía que dejarnos, que lo hiciera lejos del bullicio de Nahum.

Negocié con Salomé, y con el Zebedeo padre, y aceptaron. Propuse pagar por la estancia de mi compañero y de Kesil, pero rechazaron la sugerencia.

Y esa misma noche, con la ayuda de Tar y de Kesil, Eliseo fue trasladado al palomar.

Lo hallé consumido, casi sin pulso. Continuaba en estado de coma. La respiración era agitada. La vida se le iba. Deduje que faltaba poco. Quizá horas.

Y me pregunté, una vez más: ¿qué nos reservaba el Destino?

Quien esto escribe no había sido capaz de obtener la

contraseña para activar la «cuna». ¡Estábamos enterrados en aquel ahora! Salvo que se produjera un milagro (!), no regresaríamos.

Abril se entregó al cuidado de mi amigo. ¡Qué increíble criatura!

Jesús supo de la presencia de Eliseo en el caserón pero, inexplicablemente, no aceptó ver al ingeniero.

Me sentí perplejo, y dolido. Muy dolido...

El torpe, en realidad, fui yo. Él sabía.

Y llegó el miércoles, 14 de enero. Otra jornada singular.

Creo recordar que el «terremoto» empezó hacia la sexta (doce del mediodía).

De pronto oímos voces.

Dejé a Eliseo al cuidado de Kesil y bajé a la «tercera casa».

Pedro discutía con Salomé y con las hijas.

El discípulo hablaba de Amata, la suegra. Entendí que se estaba muriendo.

Salomé sabía del carácter de Simón Pedro —fantasioso, exagerado y voluble— y no prestó demasiada atención.

Jesús se hallaba presente, escuchando.

Pedro, jadeante y sudoroso, trataba de hacer ver que no mentía.

Y en eso irrumpió en el caserón la esposa del discípulo: Perpetua.

Llegó llorando y confirmó las palabras del marido.

Todos corrieron hacia la casa de Pedro, a las afueras de Saidan. Jesús se fue con ellos.

Quien esto escribe salió detrás, desconcertado.

Y pensé: «¡Lo que faltaba!»

En la humilde casa se reunió medio pueblo. En un sitio como Saidan, las noticias volaban. Pedro era querido en la aldea, pero Amata, la suegra, y Perpetua, la mujer, lo eran mucho más.

Pedro solicitó paso y los vecinos se hicieron a un lado, permitiendo la entrada del Galileo.

La suegra se hallaba en el nivel superior.

El Hijo del Hombre ascendió los peldaños de piedra que unían ambos niveles y se arrodilló al lado de Amata.

La gente murmuraba:

—Es el profeta de Nahum...

Llegué hasta las escaleras.

La suegra aparecía tendida sobre una estera de paja, y cubierta con un par de mantas.

Tiritaba.

Supuse que tenía fiebre.

Amata, como ya dije, era una «anciana» de cuarenta y cinco años de edad.

Tenía el pelo canoso, la piel blanca y delicada como un bebé, y una sonrisa indestructible. Era bondad y silencio. Difícilmente hablaba. Sólo sabía trabajar y obedecer.

Padecía de sordera, pero había terminado por aprender a leer en los labios.

Los ojos claros eran muy bellos...

El peso de la casa, y la educación de los tres hijos de Pedro, corrían por su cuenta, con la ayuda de Perpetua, la hija.

Era una mujer que no contaba para nadie, pero, al fin y a la postre, resultaba imprescindible.

El Maestro tomó las manos de Amata, las acarició, y le dedicó palabras de consuelo.

La suegra de Pedro no reaccionó, o lo hizo con lejanía.

Parecía agotada.

A simple vista no supe qué le ocurría.

Los vecinos, a mis espaldas, hacían toda clase de comentarios:

«Está muerta... El profeta la sanará... Ya es tarde... Amata se lo merece...»

Felipe, el intendente, llegó presuroso. Vivía muy cerca.

Ordenó a Perpetua que despejara la casa. Tanta gente, en un lugar tan exiguo, no era saludable...

Pedro ayudó a su mujer y, poco a poco, entre protestas, la parroquia fue retirándose.

Felipe se situó junto al Galileo y empezó a colocar lienzos mojados en agua sobre la frente de la anciana.

Así permaneció un buen rato.

Todos agradecimos el silencio.

Finalmente, el Hijo del Hombre se alzó, y caminó hacia los peldaños.

Al pasar por mi lado me miró intensamente y susurró:

—Tampoco es una enfermedad de muerte...

Me guiñó el ojo y se alejó, saliendo de la casa.

No supe si caminar tras Él o permanecer en la vivienda. La curiosidad fue más fuerte y ascendí al nivel superior. Me aproximé a Felipe e intenté averiguar a qué se debía tanta alarma.

Felipe resumió, y acertadamente:

—Fiebres malignas... No es la primera vez.

La examiné, muy por encima, y llegué a la conclusión de que Amata se hallaba en plena crisis de malaria.

La fiebre era alta. Rondaba los 40 grados. Su cuerpo era puro escalofrío...

Pensé en una infección por *Plasmodium falciparum*, uno de los parásitos más comunes. En aquel tiempo ocasionaba miles de muertos (especialmente entre los niños) (1).

Los judíos sabían que la enfermedad la provocaban los mosquitos. Creían que los espíritus inmundos eran enviados por Yavé, e inoculados en cada picadura. Cuantos más pecados, más posibilidades de contraer la malaria.

Para combatirla echaban mano de un invento egipcio, mencionado por Herodoto cinco siglos antes. Embadurnaban las redes con aceite de pescado (o con algo menos poético) y se cubrían con ellas. Así caminaban, trabajaban o dormían. Así nacieron los primeros repelentes de la historia...

No pensé que la gravedad fuera tan extrema como proclamaba Pedro. No detecté convulsiones ni tampoco síntomas de anemia. Se trataba de una crisis. Convenía estar atento, pero no creí que Amata se hallara en las últimas...

Pensé en suministrarle cloroquina o, quizá, una dosis de

(1)   Hay más de sesenta especies de mosquitos que transmiten el paludismo (malaria) a los seres humanos. *Plasmodium falciparum* es la más peligrosa. En el siglo xx ocasiona del orden de cien millones de nuevos casos por año, con un resultado de muerte de más de un millón de personas. La zona del África subsahariana es la más castigada.

El ciclo biológico del parásito de la malaria es complejo y ello dificulta la erradicación. Al picar, el mosquito introduce esporozoítos que invaden las células hepáticas. Éstas terminan reventando y liberan merozoítos, que destruyen los glóbulos rojos de la sangre. A partir de esos momentos, las infecciones se multiplican.

En la época de Jesús, la malaria era una de las principales causas de muerte. No existía remedio que pusiera fin al contagio. Durante la operación, como ya mencioné en su momento, fue una de las permanentes preocupaciones. Tomábamos cloroquina a diario. *(N. del m.)*

sulfadoxina-pirimetamina (un antibiótico que impide la síntesis del ácido fólico por parte del *falciparum*).

Rechacé la idea.

No estaba autorizado a algo así...

Fue Felipe quien remedió el problema, en parte.

Preparó una infusión y se la dio a beber.

Era otro de sus «remedios», aprendido de los sabios de su querida China: esencia de artemisia, una planta medicinal utilizada como antitérmico.

Al consultar a «Santa Claus» comprobé que una de las variedades —llamada *annua*—, con altos contenidos de tuyona y cineol, resultaba positiva a la hora de repeler los parásitos de la malaria.

Felipe había recolectado la artemisia entre julio y septiembre (como ordenaba la sabiduría china) y dejó secar las hojas a la sombra, con calor natural.

Al poco, la artemisia surtió efecto, y la fiebre descendió.

La mujer se estabilizó y se quedó dormida.

No había mucho más que hacer en la casa de Pedro y regresé con Eliseo.

El discípulo, y Perpetua, la esposa, seguían las evoluciones de Felipe, y lo hacían desde un rincón, llorando a lágrima viva.

Entiendo que Pedro fue sincero. Pensó que la suegra se moría.

Me instalé de nuevo en el palomar y me asomé a la ventana.

Jesús paseaba por la orilla del *yam*. Lo hacía en solitario. *Zal* corría a su lado.

Y me dije: «¡Qué extraña criatura! ¿Por qué no ha curado a Ruth? Es su hermana... ¿Por qué no se ha preocupado de Eliseo?»

Regresé junto al ingeniero.

Tomé su mano. El pulso continuaba débil.

Aquella respiración, por la boca, tan intensa, me tenía obsesionado.

Examiné las pupilas.

Paseé una lucerna frente a los ojos y la luz lo hirió. No había midriasis (dilatación anormal de las pupilas).

Entonces percibí cómo la mano izquierda del ingeniero apretaba. Fue un instante.

Quedé perplejo.

Eliseo trataba de comunicarse...

Pero la mano siguió muerta. No hubo más movimientos.

Y una solitaria lágrima asomó por el ojo derecho de mi amigo. Brilló un momento, y se dejó caer por la mejilla.

Mensaje recibido.

Sentí cómo la tristeza me ahogaba.

Y el sol, igualmente agotado, se ocultó por la zona de Migdal.

Ese día, el ocaso se registró a las 16 horas y 53 minutos.

Decidí bajar, y cambiar de pensamientos.

Pues bien, en esos instantes, cuando acababa de entrar en la «tercera casa», Pedro irrumpió de nuevo en el caserón. Mejor dicho, no fue el discípulo: fue un torbellino. Pedro saltaba, gritaba, lloraba, abrazaba a todo el mundo...

Salomé trató de interrogarlo.

—¿Qué sucede?

El discípulo era incapaz de articular una sola palabra.

Abril y yo nos miramos. Nadie sabía...

Salomé terminó atrapando a Pedro, y lo sujetó por los hombros, con fuerza.

—¿Qué pasa?

—¡Un milagro!...

—¿Qué milagro?

Pedro seguía llorando. Estaba pálido.

—¿Qué milagro? —insistió la mujer.

—¡Lo ha hecho! —balbuceó el discípulo, e indicó hacia su casa—. ¡El Maestro lo ha hecho!...

—¿Qué ha hecho?

—¡Un milagro!...

—¡Maldita sea! —replicó Salomé, exasperada—. ¡Habla con claridad!

Pedro tragó saliva, nos miró con los ojos espantados, y proclamó, entre lágrimas:

—¡Él lo ha hecho!... ¡Ha curado a mi suegra!... ¡Está viva!

—Pero ¿qué dices?

Pedro se dejó caer sobre el pavimento, y continuó con las lágrimas...

Volvimos a correr hacia la casa del discípulo.

La vivienda se hallaba prácticamente vacía.

Perpetua y Felipe atendían a Amata. La anciana se encontraba sentada en los peldaños de acceso al nivel superior.

Quedé desconcertado.

Me acerqué y la mujer sonrió. Bebía en un cuenco de madera. Era sopa caliente.

Interrogué a Felipe y negó con la cabeza. Allí no se había producido ningún milagro. La fiebre desapareció pero, probablemente, obedecía a la acción de la artemisia. La mujer seguía débil.

Creí entender.

La crisis experimentaba altibajos...

Pedro confundió la mejoría con un prodigio llevado a cabo por el rabí.

Perpetua, más sensata, opinaba como Felipe. Convenía esperar.

Y en eso vimos entrar a Pedro.

Seguía en lo suyo. Danzaba, gritaba, proclamaba que había sido un milagro, abrazaba a todo el mundo, lloraba...

Andrés intentó calmarlo.

Fue inútil.

—¡Milagro!... ¡Ha sido un milagro! —clamaba con ímpetu—. ¡Después de Caná, Amata...!

Y escapó de la casa, aireando el supuesto prodigio.

El vecindario no tardó en ingresar de nuevo en la vivienda. Contemplaba a la suegra, apaciblemente sentada en las escaleras, y se retiraba, contagiado de la euforia de Pedro. La aldea se convirtió en un manicomio. Todo el mundo corría, entraba y salía de las casas, y gritaba el milagro del constructor de barcos de Nahum.

Felipe y quien esto escribe no hicimos comentario alguno. Nadie hubiera prestado atención.

Permanecí en la casa durante horas.

A eso de las doce de la noche, pasados los efectos de la artemisia, Amata cayó en otra tiritona. La fiebre se presentó, intensa, y la anciana quedó desmadejada.

Lo dicho: no hubo prodigio (al menos en esos momentos).

La realidad, sin embargo, no se impuso. El bulo siguió circulando, ¡y a qué velocidad...!

Al día siguiente, jueves, 15 de enero, los rumores se dispararon. Fue la comidilla del *yam*. Todo el mundo hablaba, sabía, o estuvo allí, en la casa de Pedro, el pescador. Todo el mundo aseguraba que Amata fue «rescatada de las tinieblas por el constructor de barcos». Algunos, incluso, mencionaron la palabra «resurrección» (!).

A pesar de la experiencia, este explorador no salía de su perplejidad.

Y empezó a llegar gente a Saidan.

Por supuesto, la suegra de Pedro no mejoró, o lo hizo en ocasiones, dependiendo del tratamiento de Felipe.

Pedro, avergonzado, se quitó de en medio. Se excusó, y se dedicó a la pesca, en solitario. No volví a verlo...

Y reí para mis adentros.

Tres de los cuatro evangelistas hacen mención de la «curación de la suegra de Pedro» (1). Pues bien, mintieron, o fueron cruelmente engañados. Jesús, ciertamente, tocó la mano de Amata, pero la fiebre no dejó a la anciana. Y tampoco es verdad que, una vez curada, «se pusiera a servirle». El Maestro permaneció en la casa poco tiempo, y no regresó.

Tampoco es cierto que el Galileo tomara a la enferma por la mano y la levantara.

Lucas, por su parte, se refugia en la fantasía y escribe que Jesús «conminó a la fiebre, y la fiebre la dejó».

Es probable, como ya he comentado anteriormente, que, tanto Marcos (entonces un niño) como Lucas (ni siquiera conoció al Maestro), se dejaran influenciar por las narraciones de Pedro. Más adelante quedará demostrada la credulidad del discípulo y yerno de Amata...

Respecto a Mateo, no sé qué pensar. Él supo de la verdadera historia de Amata. ¿Escribió lo que escribió por respeto a Pedro? ¿Fue modificado el texto con el paso del tiempo?

---

(1) Mateo (8, 14-15) dice al respecto: «Al llegar Jesús a casa de Pedro, vio a la suegra de éste en cama, con fiebre. Le tocó la mano y la fiebre la dejó; y se levantó y se puso a servirle.»

El texto de Marcos (1, 29-31) es una copia del anterior.

En cuanto a Lucas (4, 38-39) dice textualmente: «Saliendo de la sinagoga, entró en la casa de Simón (Pedro). La suegra de Simón estaba con mucha fiebre, y le rogaron por ella. Inclinándose sobre ella, conminó a la fiebre, y la fiebre la dejó; ella, levantándose al punto, se puso a servirles.» (N. del a.)

Sea como fuere, lo cierto es que el incidente con la suegra de Pedro —quién lo hubiera imaginado— terminaría desembocando en un hecho extraordinario y único en la historia de la humanidad.

Pero debo respetar el orden de los acontecimientos. ¿Cuándo aprenderé?

El viernes, 16, Amata empeoró. La fiebre la consumía.

Felipe luchó cuanto estuvo en su mano. Le proporcionó nuevas dosis de artemisia y la malaria retrocedió. Al poco, sin embargo, el mal volvía a apoderarse de la anciana.

Nada de esto fue estimado por los cientos de curiosos y de enfermos que siguieron llegando a la aldea.

Era la segunda vez que Saidan resultaba tomada —literalmente— por gentes de todo tipo y condición.

Acampaban en las calles, en la playa, junto a la fuente, en las azoteas, en los patios, en el camino que conducía a Nahum y a Kursi, en los huertos, y a orillas del río Zají.

Estaban en todas partes.

Y, como siempre, junto a enfermos de verdad, junto a gente necesitada de consuelo, y de un poco de paz, surgieron falsos cojos, falsos ciegos, falsos leprosos, vendedores, tunantes, los frotaesquinas de siempre, y fulleros.

Recorrí la aldea, asombrado.

Muchos se acurrucaban frente a la puerta principal del caserón de los Zebedeo. Allí permanecían día y noche, como en la vez anterior, suplicando y alargando los brazos al primero que acertaba a entrar o a salir de la vivienda. Imploraban el nombre del Maestro. Solicitaban el perdón de los pecados y la sanación de sus cuerpos.

Entre enfermos de verdad, familiares y amigos que los acompañaban, pícaros, curiosos y desocupados, sumé alrededor de dos mil personas.

Jesús, inteligentemente, se retiró a las colinas. Se fue con *Zal*. No quiso que nadie lo acompañase.

Esa noche durmió fuera.

Y llegó el increíble sábado, 17 de enero (año 28).

El día amaneció nublado. No tardaría en llover.

El instinto me puso en guardia. Sentí aquel fuego interior, el que siempre precede a emociones extremas... ¿Qué iba a suceder?

Recorrí la aldea, pendiente.

Continuaba llegando gente. Lo hacía por el norte, por el sur e, incluso, por mar.

Allí se reunieron judíos y gentiles, ricos y pobres, esclavos y hombres libres, enfermos y sanos, crédulos e incrédulos, amigos del Maestro y enemigos enconados, confidentes, y familias que deseaban pasar un sábado «distinto».

¡Y fue distinto, a fe mía!

En la fuente, cerca del camino que partía hacia el sur del *yam*, descubrí a la familia de los Ruṭal, el barbero de los 27 dedos. Estaban todos: los padres, Nŭ (la hija tetrapléjica), y Har, el muchacho de la flauta dulce. Se había hecho otra con una caña y tocaba sin cesar. Nŭ me sonrió, y siguió cantando.

Algo más abajo, alejadas del bullicio, vi también a las leprosas de Fenicia.

Pasé un rato con ellas. Estaban allí, como siempre, pendientes del Hijo del Hombre. Si las miraba, si llegaba a tocarlas, sanarían. Eso decían...

¡Sorpresa!

En una de las calles fui a tropezar con la familia de Hbal, el *a'rab* que vivía en una granja de cerdos, al norte de Hipos, en la costa oriental del lago. La noticia de la supuesta curación de Amata llegó también a oídos de los Nsura, y alguien propuso trasladar al anciano, enfermo de Alzheimer, hasta Saidan.

Quedé desconcertado.

El pobre Hbal aparecía atado con una cuerda. Uno de los hijos lo obligaba a permanecer sentado. Para ellos, como dije, era un endemoniado.

El número de tullidos, ciegos y dolientes de todo tipo, resultaba difícil de evaluar. Eran cientos...

La aldea, como digo, era un lamento.

Y al caminar hacia el norte, con el fin de visitar a la anciana Amata, recibí otra agradable sorpresa.

No podía creerlo...

Assi, el esenio, responsable del *kan* ubicado en el lago Hule, en la alta Galilea, se hallaba acampado a las afueras de Saidan, cerca de las viviendas de Felipe y de Pedro.

Nos abrazamos.

También había oído maravillas sobre Jesús, y sobre la increíble curación de la suegra del discípulo.

«Algo» que no supo explicar lo puso en movimiento. Reunió a la totalidad de los enfermos del *kan* (1) (en esos momentos más de sesenta), y caminó hacia el *yam*. Este explorador recordaba a muchos de ellos (2).

Allí encontré a Denario, el niño sordomudo, ahijado de Assi, de tan gratos recuerdos. En esos momentos tendría diez u once años. Los ojos verdes del pelirrojo mantenían la viveza de antaño. El pequeño *mamzer* me recordaba a la perfección. Y, por señas, se interesó por Eliseo... (3).

Cambié de «conversación».

Saludé también a Hašok (Tinieblas), el hombre de confianza de Assi. Continuaba silencioso, con aquella larga túnica roja, hasta los pies, y con la cabeza siempre cubierta. No enseñaba el rostro, y tampoco las manos, debido a la hipertricosis lanuginosa congénita (abundancia de pelo duro y recio) que lo cubría, y que le proporcionaba un aspecto terrible. Para los extraños era un «sanguinario hombre lobo».

Hašok seguía ocupándose de todo y de todos.

Al que no acerté a ver fue a Aru, el negro tatuado que, en mi opinión, resultó misteriosamente sanado por el Hijo del Hombre el 17 de septiembre del año 25, cuando descendimos del monte Hermón y nos detuvimos en el citado *kan* de

(1)   Amplia información sobre el *kan* del lago Hule en *Hermón. Caballo de Troya 6* y *Nahum. Caballo de Troya 7*. *(N. del a.)*

(2)   Allí estaban los autistas, igualmente encadenados; los oligofrénicos (deficientes mentales profundos); la enorme mujer con «giba de búfalo» (síndrome de Cusshing); la anciana que sufría de hipotiroidismo (déficit en la secreción de las hormonas tiroideas); el afectado por el síndrome de Turette; los ciegos de nacimiento; el niño que se automutilaba (síndrome de Nyhan); el niño anciano (Tamid) y su amigo y compañero, el joven paralítico (probable esclerosis lateral amiotrófica); los ancianos aquejados de Parkinson y de Alzheimer; la mujer con corea de Huntington (trastorno degenerativo que se caracteriza por los movimientos rápidos y complejos, en especial de las extremidades); los locos (ya no recuerdo cuántos); los paralíticos cerebrales (a los que consideraban endemoniados); el enfermo «de trapo» (enfermedad de Paget) y no sé cuántos más... Los *kan*, en aquel tiempo, eran asilos y albergues de paso. La mayoría tenía un carácter público. Los subvencionaban los gobernantes y también las castas de los saduceos. En ellos eran abandonados los enfermos incurables y, sobre todo, los dementes. *(N. del m.)*

(3)   Amplia información sobre Denario en *Hermón. Caballo de Troya 6*. *(N. del a.)*

Assi. Aquel muchacho, como ya expliqué, sufría una dolencia que, en nuestro tiempo, recibe el nombre de *amok* (en malayo: «lanzarse furiosamente a la batalla»). Era un hombre agresivo que, hasta esos momentos, había permanecido encadenado a una de las chozas del *kan* (1).

Conversé con Assi, el «auxiliador», durante buena parte de la mañana.

Recordamos viejos tiempos.

Se interesó por el Maestro y le conté cuanto estuvo en mi mano y cuanto estimé oportuno.

Assi no comprendía, pero sentía un enorme aprecio por el Galileo.

El médico esenio, siempre de blanco inmaculado, siempre humilde y bondadoso, estaba allí porque deseaba beneficiar a su gente. Y se salió con la suya...

Assi me causó una excelente impresión, desde la primera vez que lo vi.

Regresé al caserón hacia la nona (tres de la tarde).

Los discípulos —a excepción de Pedro y de Mateo Leví— se hallaban reunidos en el comedor («tercera casa»).

Discutían agitadamente.

Estuve a punto de pasar de largo. Estaba cansado de tanta disputa...

Pero permanecí en la puerta, oyendo.

El tema capital era el gentío que esperaba en la aldea.

«¿Qué debían hacer?»

Juan Zebedeo, el Zelota y el Iscariote argumentaban que la situación les beneficiaba. Si el Maestro hacía un prodigio, y sanaba a tanta gente, el Sanedrín mordería el polvo, y no tendría más remedio que reconsiderar la orden de busca y captura.

«Y Jesús será proclamado rey...»

Andrés, el «oso» de Caná y Tomás se mostraban escépticos.

Y le tocó el turno a Santiago de Zebedeo. Habló poco, como siempre, pero lo hizo con cordura: «Pase lo que pase, las castas sacerdotales alimentarán el odio contra el rabí...»

En definitiva, más leña al fuego.

(1) Amplia información sobre Aru, y su posible sanación, en *Nahum. Caballo de Troya 7. (N. del a.)*

Palabras proféticas, en mi opinión.

Los gemelos miraban, en silencio, pero no entendían bien.

Felipe, por su parte, tenía la cabeza en otro lugar: «Si el Maestro lo decidía —comentó—, si el rabí deseaba que aquellos cientos de forasteros fueran alimentados, ¿de dónde sacarían el dinero para la comida?»

Juan hizo un gesto, despreciativo, y el resto siguió con el asunto de la sanación:

«Tenían que convencer al Hijo del Hombre para que curase a la multitud...»

«No, eso sería nuestro fin...»

«Lo ideal es huir de nuevo... El Sanedrín nos localizará y será la ruina de todos nosotros.»

«Esperemos al rabí...»

Finalmente se dieron cuenta de algo que estimaron grave: el Maestro se hallaba, en solitario, en alguna de las colinas que rodeaban la aldea. ¿Por qué lo habían consentido? Era peligroso...

Y se enroscaron en otra polémica.

La culpa, por último, recayó en Pedro, y en su «patinazo».

La *tabbah*, o guardia personal que le fue asignada al Maestro (Pedro y los hermanos Zebedeo), no funcionó en esta oportunidad por causa de la ausencia de Simón Pedro. Dicha ausencia, como dije, fue provocada por el error de Pedro respecto a la curación de su suegra.

Los discípulos olvidaban algo importante: Jesús aclaró que no deseaba compañía. «Tenía que conversar con Ab-bā, a solas...»

La disputa derivó hacia el insulto personal. Llamaron a Pedro de todo. Andrés permaneció en silencio. Sus compañeros llevaban razón. Pedro era un bocazas...

Y, de pronto, supongo que aburridos, los gemelos se alzaron, y susurraron algo al oído de Andrés, el jefe. Éste asintió con la cabeza. El «oso» se incorporó también y se fue tras los pasos de los Alfeo.

Andrés explicó que deseaban salir a pescar.

Me pareció una buena idea, y me uní a ellos.

Pero antes corrí al palomar, e informé a Kesil.

Abril se hallaba sentada en el filo de la cama, junto al ingeniero.

Me aproximé a Eliseo y noté algo raro.

La respiración —agitadísima— se había espaciado.

Examiné las pupilas.

Estaban dilatadas...

Aquello no me gustó.

La midriasis (dilatación pupilar) podía ser signo o principio de muerte cerebral. El coma se agotaba...

Y percibí la muerte, sentada también en el lecho, afilando la nariz de Eliseo.

El fin estaba muy próximo.

¿Qué hacía? ¿Me quedaba en la habitación o me evadía durante un rato?

Dudé.

Abril me observaba en silencio. El marrón dulce de sus profundos y acariciantes ojos hablaba sin hablar. En esos momentos supe que me amaba...

No sé si hice bien. Eliseo se moría. Todo parecía indicar que no pasaría de aquella noche y, sin embargo, el Destino tiró de mí. ¿O fui yo quien escogió? Quién sabe...

La cuestión es que decidí salir a pescar.

Kesil me animó. Nadie podía hacer nada por Eliseo. Eso era cierto.

La suerte estaba echada...

Y hacia la décima (cuatro de la tarde), con el cielo borrascoso, embarcaba con Tomás, el «oso», y los gemelos de Alfeo en una de las lanchas de los Zebedeo.

Llevaba por nombre *Lebab* («Corazón»). Nunca la olvidaré.

Era una embarcación viejísima, pero coqueta. La habían pintado en blanco y rojo, con la borda y la cubierta en un azul claro, muy llamativo. No tenía mástil. Era mayor para esas frivolidades. La sentina siempre aparecía con agua. Era otro de sus achaques.

Y Corazón me alejó de Saidan, para mi desgracia...

¿Mi desgracia?

Ahora no estoy tan seguro...

Bogaron durante una hora, hasta un lugar de la Betijá que llamaban el «roquedo de Lucas». Me extrañó el nombre: allí no había una sola roca.

Hice cálculos y tomé referencias.

Cuando los gemelos anclaron la barca nos hallábamos a

dos millas al oeste de Saidan y a otras tantas, más o menos, de Nahum.

Dispusieron el arte para la pesca y quien esto escribe, no deseando incomodar, se empleó con afán en el achique del agua que inundaba la sentina.

Busqué el sol.

Se apagaba, sin querer, entre los nubarrones.

Al retornar al Ravid verifiqué que, ese sábado, el ocaso solar se registró a las 16 horas, 55 minutos y 58 segundos (TU).

Pues bien, en ello estábamos, a punto de iniciar la faena, cuando Jacobo de Alfeo reclamó la atención general. Y señaló el cielo, hacia el norte.

—¿Qué es eso?

Entre las nubes, sobre la vertical de Nahum, había aparecido una luz azul celeste.

Quedamos perplejos.

No era una estrella. El sol estaba a punto de hundirse en la costa de Tiberíades. Faltaban segundos.

Era una luz no muy grande. Parecía un boquete en las nubes. Se hizo el silencio.

Nadie sabía...

Calculé altura y distancia. Podía hallarse a unos quinientos metros sobre el suelo, en plena base del frente nuboso. ¿Distancia? Alrededor de tres kilómetros.

Rectifiqué.

No se encontraba sobre Nahum, sino algo más atrás, hacia el oeste (probablemente en la vertical de la colina de las Bienaventuranzas).

Lo que fuera no hacía ruido, y el estacionario era impecable. No se movió en ningún momento.

Como digo, era un azul claro, metálico, que destacaba entre la masa nubosa.

Notamos una ligera brisa, y el lago se rizó.

Los gemelos dejaron de mirar al cielo y prestaron atención al viento.

Aquella brisa era rara...

Tomás seguía mudo, con el ojo bueno fijo en la luz, y el otro no se sabe dónde.

Bartolomé rompió el silencio y empezó a contar una de sus habituales historias. Dijo haber visto esas «luces» sobre Caná, y en no sé qué viaje...

No tuvo tiempo de terminar.

Cuando apenas había transcurrido un par de minutos desde la aparición de la extraña «luz» (?), Judas de Alfeo, el tartamudo, señaló hacia el este, al tiempo que intentaba reclamar la atención de sus compañeros:

—¡O-o-o-o-o-otra!...

En efecto.

Sobre Saidan, también oculta en la base de los cumulonimbos, vimos clarear otra «luz» azul, gemela a la anterior. La única diferencia es que la situada sobre la aldea palpitaba...

¡Tenía vida o lo parecía!

Miré hacia el lugar en el que debía ponerse el sol. A juzgar por los rojos y los naranjas que flotaban en el agua, acababa de ocultarse.

Y se hizo un silencio extraño y sonoro.

Los cinco quedamos sobrecogidos y sin habla.

¿Qué era aquello? ¿Qué estaba pasando?

Entonces asistimos a otro fenómeno imposible...

De la «luz» parada sobre la colina partió una especie de culebrina o relámpago (?) blanco que fue a impactar (?) en la segunda «luz».

No se produjo trueno.

Pero ¿qué tonterías digo? Aquella «culebrina» no era tal...

Entre «luz» y «luz» calculé seis kilómetros.

El «oso», aterrorizado, se metió en la bodega. Después vi asomar unos ojos, espantados...

Los gemelos, con la red entre las manos, no sabían qué hacer ni adónde mirar. Estaban perplejos, pero no asustados.

Tomás se había sentado en cubierta, y creo que disfrutaba.

Olvidamos la pesca, naturalmente.

Entonces, tras la «culebrina», se produjo algo no menos desconcertante y mágico.

De pronto, procedentes de la «luz» que palpitaba (?) sobre Saidan, comenzaron a descender, lentamente, millones y millones (?) de puntos luminosos azules.

El «oso» empezó a llorar.

Y la «nube» azul se precipitó sobre la aldea y alrededores...

En cuestión de segundos, Saidan se volvió azul; un azul celeste, clarísimo.

Yo había visto anteriormente esa luminosidad...

¿Cuánto tiempo se prolongó el fenómeno? Lo ignoro. Quizá un minuto. Quizá tres.

Y, tan súbitamente como se presentó, así se extinguió.

Las «luces» también se apagaron (?), y la oscuridad nos cubrió, celosa.

Y regresaron los sonidos naturales del lago: los chillidos de las gaviotas, a lo lejos; los gritos de otros pescadores lejanos, y no tan lejanos, refiriéndose a la «tormenta azul»; el batir del agua contra el casco de madera, y la lluvia.

Las nubes descargaron y trataron, inútilmente, de lavar el susto de aquellos galileos y de quien esto escribe.

Yo intentaba analizar y analizar, pero no lo conseguía.

Carecía de parámetros. «Aquello» (todo lo contemplado) era «imposible»...

La lluvia, tibia y pertinaz, fue la excusa perfecta.

Nadie deseaba pescar.

«Aquello» podía volver...

Era mejor regresar a puerto.

El «oso», visiblemente asustado, tuvo fuerzas y ganas para sacarle punta al asunto, y le echó la culpa a Tomás, el gafe del grupo. El pobre Tomás se enfrentó a Bartolomé. Y retornamos a Saidan empapados, y en plena bronca.

Intuí algo en el viaje de vuelta.

Aquella luminosidad azul...

Pero guardé silencio.

Saltamos a tierra hacia las siete de la tarde.

Todo, en Saidan, parecía tranquilo.

Algunas lucernas brillaban, tímidas, en las casas. La gente había huido de la lluvia. Todo lógico, pensé.

No, no todo era normal...

Otros pescadores desembarcaron igualmente en la quinta piedra, y comentaron con los discípulos la rarísima «tormenta azul».

Tenían miedo, aunque trataban de ocultarlo.

Y los cuatro íntimos se dedicaron a cuadrar redes y a ordenar aparejos. Lo hacían una y otra vez, en silencio, bajo la lluvia, y a oscuras.

Comprendí. Trataban de retrasar el ingreso en el caserón de los Zebedeo...

No les faltaba razón.

Todos sabíamos que algo singular había sucedido en Saidan en el momento de la puesta de sol. Pero, como digo, teníamos miedo.

Allí los dejé, supuestamente ocupados.

Y caminé, decidido y empapado, hacia las escaleras que conducían a la zona trasera del caserón.

Ni en mil años hubiera imaginado lo que me aguardaba en la aldea...

Crucé el patio de atrás y observé luz en los palomares. Jesús se hallaba en su habitación.

Y cometí dos errores.

El primero fue no subir a mi cuarto y comprobar el estado de Eliseo. Seguí adelante.

Segundo y grave error: alcancé la «tercera casa» y, tras detenerme unos segundos, proseguí hacia la puerta principal.

En el comedor, los discípulos seguían enzarzados en las habituales disputas.

Descubrí que Salomé y su familia se hallaban también junto a los íntimos, pero no lo consideré importante.

Escuché unos segundos, como digo, y continué hacia la salida.

No soy capaz de explicarlo. ¿Por qué cometí aquellos errores?

«Algo» tiró de mí, una vez más.

Tenía que salir al exterior...

El portalón estaba atrancado. ¡Qué extraño!

Y busque una puerta lateral.

Me recibió Saidan, agazapada y molesta por la lluvia.

Nada parecía haber cambiado.

Los acampados en las calles se protegían del agua como podían. Utilizaban ropones, canastos, tiendas improvisadas...

Oí risas y cánticos, pero no me detuve a investigar.

Al doblar una de las esquinas casi tropecé con un grupo de judíos. Aguantaban, de pie, el fuerte chubasco. Tenían las manos y los rostros elevados hacia la negrura del cielo, y entonaban la «plegaria» por excelencia: las diecinueve

Šemoneh esreh, la oración obligada cada día a todo varón mayor de edad (a partir de los doce años y medio).

Era raro. ¿Por qué rezaban bajo la lluvia?

«¡Dios grande!... ¡Poderoso!... ¡Terrible!...»

Sorteé a unos y a otros y, no sé por qué, fui a parar a las proximidades de la fuente.

Ahora sí lo sé. «Alguien» guiaba mis pasos, como siempre...

En principio, todo parecía normal. Mejor dicho, casi todo.

Fue entonces, nada más cruzar el puentecillo que brincaba sobre el río Zají, cuando se presentó aquel dolor en la boca del estómago.

Esta vez fue como un ariete.

Me dobló, literalmente.

Clavé las rodillas en el barro y vomité sangre. Fue una hematemesis en la que, incluso, percibí coágulos de sangre.

Fue lo último que recuerdo.

Y perdí la consciencia.

Cuando abrí los ojos era de día. Me hallaba junto a la fuente.

Había dejado de llover.

Observé gente a mi alrededor.

Escuché un sonido. Era una flauta...

¿Qué había pasado?

Alguien depositaba paños fríos sobre mi frente.

Sentí los coletazos del dolor, en el estómago, y recordé.

Pero...

¡Estaba muerto, claro!

¿Qué otra cosa podía pensar al ver «aquello»?

Cerré los ojos, angustiado. Morir es raro, muy raro...

Volví a abrir los ojos y volví a verla.

¡Dios mío!

¡Era ella! Pero ¿cómo era posible?

Y llegué a la misma conclusión: ¡Jasón acababa de fallecer!

Tragué saliva.

Nunca imaginé que los muertos llegaran a tragar saliva, y que sintieran tanto miedo.

Me arriesgué, y la contemplé.

¡Dios bendito!

No estaba equivocado. ¡Era ella!

¿El cielo es tan simple? ¿Y por qué el sonido de una flauta? Yo hubiera preferido a Beethoven...

¡Era Nŭ, la «flor que asoma en la nieve», la muchacha tetrapléjica!

No podía ser...

Nŭ aparecía a mi lado, de rodillas, sonriente. Cuidaba de los paños fríos. Los extraía de una jofaina y los depositaba, delicadamente, sobre la frente de este explorador..., obviamente muerto.

Cerré los ojos por enésima vez.

Y pensé: «Una tetrapléjica no se comporta así. Una tetrapléjica es una paralítica, de cuello hacia abajo... Es imposible que se arrodille, y que mueva los brazos... ¡Sí, estoy muerto!»

Y recordé lo pensado (en vida), cuando la contemplé por primera vez: «... lesión transversa aguda en la médula espinal (quizá a nivel de C-4), que provocaba una parálisis flácida y la pérdida de sensaciones y de actividades reflejas...»

¡Dios mío!

Yo tampoco quería morir...

Y ella siguió cantando:

—¡Soy una peregrina...! ¡Nací cerca del paraíso y a él regresaré!

Entonces toqué el barro. ¡Sí, era barro! ¿En el cielo hay barro?

Algo no cuadraba.

Y llevé los dedos a la boca.

¡Era barro!

Nŭ me regañó, en árabe:

—El barro no se come...

Y reclamó a su padre, el viejo Ruţal.

Abrí los ojos nuevamente y vi al «Pulpo», al lado de su hija.

¡No era posible!

Cerré los ojos y lloré, amargamente.

Era cierto. ¡Había muerto!

El que tenía frente a mí no era Ruţal. El *a'rab* que conocía tenía 27 dedos. Éste no sufría de polidactilia. Las manos eran normales.

¡Sí, estaba muertísimo!

1144

Y el «Pulpo» preguntó a Nŭ:

—¿Por qué llora?

La muchacha no respondió.

Abrí los ojos y grité:

—¿Es que no lo ves?... ¡Estoy muerto!

Entonces sucedió algo imposible. Algo que sólo ocurre en el más allá. ¿O no?

Me fijé una y dos veces, y hasta tres.

Ruṭaḷ me miraba, perplejo. Y lo hacía con dos ojos, no con uno.

Pero...

¡El «Pulpo» era tuerto! Le faltaba el ojo izquierdo. Se lo vaciaron en una pelea...

Miré por cuarta vez. Sí, el árabe me contemplaba con dos ojos muy abiertos, y llenos de asombro.

Padre e hija terminaron riendo con ganas.

No me creyeron.

¡Yo estaba muerto!... ¿O no?

Nŭ se levantó, tomó el recipiente con agua, y corrió, ágil, hacia la fuente. ¡Oh, Dios! ¿Qué estaba pasando?

La muchacha regresó, y continuó refrescándome.

Entonces me atreví a preguntar:

—¿Estoy muerto?

Padre e hija rieron de nuevo.

Me incorporé, como pude, y vi a Har, el hermano de la tetrapléjica (?). Estaba sentado, muy cerca, y hacía sonar una flauta de seis orificios. Me miró y dejó escapar una breve sonrisa.

¿Los muertos oyen?

Y el Destino siguió burlándose de este desolado explorador.

Por detrás de Har vi llegar a un grupo de mujeres. Vestían de rojo, y se cubrían la cabeza.

Eran diez.

Yo las conocía. Y recordé: eran las leprosas de Fenicia.

Había pasado horas con ellas. Padecían lepra blanca y mosaica.

¡Dios!

¿Dónde estaba la lepra? Las pieles eran blancas, limpias, sin rastro de nudosidades, cicatrices o úlceras. Tampoco vi las manos en garra, provocadas por la lepra tuberculoide.

La anciana que carecía de dedos me mostró ambas manos.

¡Estaban intactas!

Las agitó, para que las viera, y sonrió, feliz.

Un pánico que no soy capaz de entender, y mucho menos de explicar, se apoderó de quien esto escribe. Me incorporé y, sin mediar palabra, escapé a la carrera.

Era un muerto vivísimo...

Corrí sin rumbo, tropezando aquí y allá. La gente no me insultaba, ni maldecía. Todos sonreían. Todos cantaban. Todos lloraban y se abrazaban. Todos se apresuraban a auxiliarme.

Oí palmas y vítores al Santo...

¿Qué estaba sucediendo? ¿Me había vuelto loco?

Entonces, en una de las caídas, alguien se apresuró a ayudarme. Era un hijo de Hbal, el anciano que malvivía en una granja de cerdos, al norte de Hipos, en la costa oriental del lago.

Y el muchacho me condujo hasta una improvisada tienda de pieles de cabra. Allí, sonriente, me invitó a pasar.

Lo que acerté a ver en el interior me dejó más perplejo aún.

Hbal comía y conversaba con otros hijos y parientes.

Eso no era posible, pensé.

El anciano, que en su día sacó adelante a la familia Nsura, padecía la enfermedad de Alzheimer, y en un grado severo. Vivía atado. No recordaba nada ni reconocía a nadie. La desorientación espacio-temporal, incontinencia de esfínteres, agresividad permanente, trastornos en el lenguaje y alteraciones motrices eran lo cotidiano en la vida de aquel infeliz. Jesús lo había tratado con gran ternura.

Pues bien, ahora hablaba con los hijos, tenía memoria de todo, llamaba a cada cual por su nombre, no presentaba alteraciones de ningún tipo, y su faz reflejaba serenidad.

Cuando pregunté, el hijo que me había auxiliado resumió:

—Ese hombre, Jesús, al que conocimos en la granja, ha arrojado a los demonios que lo consumían...

Me rendí.

Permanecí un tiempo junto a Hbal, observando, e intentando racionalizar la *bellinte* de Dios.

Jamás podré demostrarlo, científicamente. ¡Y qué puede importar! Estuve allí. Sé que fue cierto.

¿Cómo lo hizo? Lo ignoro. Simplemente, lo hizo...

Como hombre de ciencia recibí una de las mayores lecciones de mi vida.

El método científico es sagrado, pero no tanto...

La tarde-noche anterior, en Saidan, sucedió algo prodigioso, sobrenatural, no humano, magnífico y benéfico, misterioso y rápido, imposible de llevar a una mesa de laboratorio.

Ese poder (?) afectó a más de 600 personas. Según mi particular cálculo, 683 judíos, y no judíos, fueron sanados. Puede que más...

No importó el tipo de patología.

¡Fueron sanados, y en segundos, o en décimas de segundo!

Así de sencillo.

La discreta mente humana sólo es capaz de reconocer la *bellinte*, y no es poco...

Juro por mi honor que intenté averiguar cómo, en tan escaso tiempo, alguien pudo regenerar (?) o sustituir (?) (las palabras no me ayudan) una médula seccionada o aplastada..., con todas sus conexiones y devolver el movimiento a una tetrapléjica.

¿Cómo reconstruir un ojo que no existe? ¿Cómo sacar de la nada conos y bastones? ¿Cómo poner en pie interneuronas y células ganglionares? ¿Cómo hacer el prodigio de que todo eso se relacione y funcione? Y, además, sin cicatrices, impecablemente...

Hubo momentos en los que creí perder el juicio.

La polidactilia es un problema genético.

Eso quiere decir que «Alguien» modificó (?) la información genética de Rutaļ al ciento por ciento... En otras palabras, intervino (?), o reestructuró (?), del orden de 1013 células (10.000.000.000.000 de células) (1). ¡Y en segundos!

(1)   Ésa es la cantidad, aproximada, de células que integran un ser humano adulto y sano: 10^{13}. Pues bien, tuvieron que ser modificadas en su totalidad. No podemos olvidar que la actividad humana es consecuencia de la acción sincronizada de dichas células. Modificar ese complejísimo proceso es mareante. Cada célula, como es sabido, contiene el mismo genoma (25 moléculas de ADN: 24 de ADN nuclear o cromosómico y una

Naturalmente, estoy hablando desde el único punto de vista que conozco: el humano. Probablemente, Dios tiene otros caminos...

¿Y qué decir de una memoria perdida? ¿Cómo activarla? ¿Cómo recuperar los millones de recuerdos que ha devorado el Alzheimer?

El ejemplo no es malo: el Alzheimer, entre otros problemas, termina borrando el «disco duro» de la memoria. Empieza por las imágenes más recientes y acaba con todo. Es decir: destruye la compleja red neuronal, y sus cien billones de conexiones. Es el *hardware* el que se consume en la hoguera del Alzheimer.

¿Cómo reconstruir (?) todo eso? ¿Cómo devolver la frescura a millones de haces de neurofilamentos, dendritas y axones?

Aquella mañana del domingo, 18 de enero (año 28), pasará a la historia como la más grande cura de humildad de quien esto escribe.

Somos nada, en las rodillas de un Dios...

El resto de lo vivido en Saidan es fácil de imaginar.

La totalidad de los enfermos del *kan* del lago Hule resultó igualmente curada.

Paralíticos cerebrales, oligofrénicos, autistas...

En todos fueron recompuestos los cerebros, los sistemas nerviosos, las memorias (en la mayoría de los casos inexistentes) (!)...

Cuando llegué al improvisado campamento, Assi lloraba en un rincón.

Comprendía menos que yo...

---

mitocondrial). El ADN, por sí mismo, es extraordinariamente complejo. Es llamado también ácido desoxirribonucleico. Tiene forma de doble hélice, integrada por dos cadenas de ADN (unidas entre sí por enlaces —muy débiles— de hidrógeno). Cada cadena de ADN aparece formada por una sucesión de «desoxirribosa», enlazada a una base nitrogenada (nucleótido). Los elementos clave de los nucleótidos están formados por los famosos «adenina», «timina», «guanina» y «citosina». Cada genoma lo forman tres mil millones de nucleótidos. Para colmo, los nucleótidos se emparejan de una forma específica: la «guanina» sólo lo hace con la «citosina» y la «timina» con la «adenina». No es posible ninguna otra combinación.

En definitiva: la modificación total del entramado celular es algo casi inimaginable para la ciencia actual. *(N. del m.)*

Hašok, el «hombre lobo», aparecía limpio. Había conseguido un espejo de bronces, y se miraba constantemente. Pero seguía ocultando el rostro y las manos bajo la túnica roja. Necesitaba tiempo, como todos...

Denario oía, y se tapaba los oídos con las manos.

Lloraba también, aunque nunca supe por qué.

Alguien tendría que enseñarle a hablar.

¡Dios santo!, ¿cómo lograron la puesta en marcha del órgano de Corti y de las vías neurales? ¡Qué extraordinaria delicadeza!

Y recordé el extraño sueño tenido en la posada del cruce de Qazrin, aquel 19 de agosto del año 25... (1).

(1)   En *Hermón. Caballo de Troya 6*, el mayor cuenta el siguiente sueño: «... Nos encontrábamos a orillas del *yam*. Era una aldea. Quizá Saidan. En la ensoñación no aparecía con claridad. Ahora, sin embargo, sé que se trataba del pequeño pueblo de pescadores.

»Era invierno. Todos nos cubríamos con los pesados ropones.

»El sol estaba a punto de caer por detrás del Ravid.

»De pronto, uno de los íntimos llamó la atención del Maestro. Por el camino de Nahum se acercaba una multitud.

»Salimos a la calle.

»El gentío, al ver a Jesús, se detuvo. Eran cientos. La mayoría, enfermos y lisiados. Cojos, ciegos, mancos, paralíticos...

»Y por delante, un querido amigo: "Denario."

»Gritaban. Imploraban. Rogaban al rabí que hiciera un milagro, que tuviera piedad de ellos...

»El pelirrojo había crecido.

»Uno de los discípulos se acercó al Galileo y le susurró al oído. En el sueño supe lo que decía:

»—Olvídalos, Señor... Sólo son *mamzer*, locos de atar y basura.

»El Maestro continuó mudo, observándolos con ternura y compasión.

»Y los gritos arreciaron.

»"Denario", entonces, se separó de la muchedumbre y fue a arrodillarse a los pies del Maestro. Y, por señas, con lágrimas en los ojos, le indicó que no oía...

»Me aproximé al rabí y le dije:

»—Imposible, Señor... Es sordo de nacimiento.

»Jesús se volvió y preguntó algo absurdo:

»—¿Hipoacusia de transmisión o de percepción?

»—De percepción —repliqué como lo más natural—. El oído interno está desintegrado. Curarlo sería un sueño...

»El Maestro me miró y, en un tono de cariñoso reproche, exclamó:

»—Tú, mejor que nadie, deberías saberlo: los sueños se hacen realidad.

»Pero, obtuso, insistí:

Dios, o su «gente», hablan a través de las ensoñaciones. Estoy seguro.

Vencida la mañana regresé al caserón.

Y lo hice pasando por la casa de Pedro. Amata, la suegra, también fue curada. Ahora sí hubo prodigio... De Pedro, ni rastro.

Las calles terminaron convirtiéndose en una fiesta. Llegaba gente y llegaba. Las noticias sobre el formidable acto de poder y de misericordia volaron por el lago, y más allá del *yam*.

———

»—¡Nadie puede! El órgano de Corti y las vías neurales están destrozados... No te esfuerces. Sólo Dios podría...

»Jesús soltó una carcajada. Y todos le imitaron.

»—Es que yo soy Dios —aclaró el rabí—. Yo puedo... Basta con desearlo. Y ahora lo deseo...

»Y al punto, el gentío estalló en un alarido, eclipsando las palabras del Hijo del Hombre. Él continuó hablando, ajeno al alboroto, dándome mil explicaciones sobre la misericordia divina.

»Quise advertirle. "Algo" increíble acababa de suceder. Los paralíticos caminaban. Los ciegos veían...

»Y "Denario", pálido, miraba a todos lados, tapándose los oídos.

»¡"Denario" oía!

»Pero el Maestro, sin reparar en el prodigio, seguía hablando y hablando...

»—¡Dios mío! —grité—. ¡Esto es un sueño! ¡Estoy soñando!

»Jesús, entonces, alzó los brazos, pidiendo silencio. La multitud enmudeció.

»Sonrió y, colocando sus manos sobre los hombros de este perplejo explorador, comentó:

»—No es un sueño, Jasón.

»Acto seguido, tomando las hojas de papiro, escribí: "Ha curado a cientos... Hora: las cinco a. m."

»El Maestro señaló el "cuaderno de campo" y puntualizó:

»—P. m., Jasón... Las cinco p. m. El "sueño" se ha cumplido a las cinco p. m.

»Rectifiqué el error.

»—Tienes razón. A. m. es el alba, Señor...

»En ese instante desperté.

»Alguien, aporreando la puerta de la celda, clamaba a voz en grito:

»—¡Es el alba, señor...!

»Comprendí. Había tenido un sueño. Un extraño y absurdo sueño...

»¿Absurdo?

»[...] Y durante un tiempo no supe qué pensar. [...] Más adelante, recién estrenada la vida de predicación, comprobaría que, a veces, lo supuestamente "absurdo" es lo más real...

»[...] Definitivamente, nada es azar.» *(N. del a.)*

Y frente al caserón de los Zebedeo, a punto de ingresar en el cuartel general, los vi...

Fue la enésima sorpresa de aquella histórica jornada (no la última).

Eran ellos, no cabía duda.

Examiné al pequeño.

No sabía andar, pero había superado la paraplejía inferior o crural que lo consumía.

¡Dios mío!

Era la familia de Nahum que conocí en los *te'omin*, las fuentes gemelas de Enaván. Como se recordará, se presentaron en el lugar con la ilusión de que Yehohanan curase a su hijo (1). Por supuesto, no lo lograron.

El niño tenía las piernas paralizadas. En noviembre del año 25 padecía, además, un importante déficit neurológico, con pérdida del control intestinal y de la vejiga. En síntesis, como ya expliqué, sufría un trastorno congénito denominado «meningomielocele». Algo incurable en aquel tiempo.

Querían dar las gracias al constructor de barcos de Nahum...

Me abrazaron y aseguraron que este explorador les había traído suerte.

El niño, de unos cuatro años, miraba, perplejo, con unos enormes y luminosos ojos azules.

Él, obviamente, no sabía de su gran fortuna...

El padre explicó que acudieron a Saidan cuando escucharon los rumores sobre la curación de Amata, la suegra de Pedro.

—Estamos aquí por casualidad...

Y reí para mis adentros. ¿Casualidad?

Pero la jornada no había terminado.

Entré en el caserón a eso de las 13 horas, agotado.

Aquel dolor en el estómago...

Busqué a Jesús, pero no lo hallé. Nadie sabía nada.

Y cometí un nuevo error. Permanecí en el comedor, sin preocuparme del palomar. No vi a Kesil ni tampoco a Abril. Supuse que continuaban al lado del ingeniero.

Sí, otra grave equivocación...

(1) Amplia información sobre el incidente en *Nahum. Caballo de Troya 7. (N. del a.)*

Los discípulos, igualmente agotados, habían terminado por retirarse a sus respectivos alojamientos. En la «tercera casa» permanecían Andrés, desesperado ante la ausencia de su hermano, Mateo Leví, con su joven esposa Mela', y un niño que no conocía.

Hablaban en voz baja. El pequeño dormía en los brazos de la mujer.

El «oso», Tomás y los gemelos también habían marchado a sus casas. Necesitaban descansar.

Me interesé por Pedro, pero Andrés no pudo dar muchas explicaciones.

—Es burro como nadie —manifestó el jefe—. Dice que la culpa del error es suya y no ha vuelto por aquí, ni tampoco por su casa...

Andrés se refería a la propagación, por parte de Pedro, del falso rumor sobre la curación de Amata.

—Sabemos que sale a pescar y que duerme, incluso, en la barca... Ya se le pasará...

El resto de la familia de los Zebedeo tampoco se hallaba en el caserón. Me pareció raro. Después deduje que se habían incorporado a la fiesta, en las calles de Saidan.

Y aproveché la presencia del prudente Andrés para preguntar sobre lo ocurrido en el atardecer del día anterior, mientras nos encontrábamos en el lago.

Andrés sonrió, y se le saltaron las lágrimas. Alzó los brazos y la túnica resbaló, dejando la piel al descubierto.

¡La psoriasis había desaparecido!

Examiné las manos. Ni rastro de las placas escamosas.

Las uñas aparecían intactas y brillantes.

¡Dios...!

Las manchas en los pulgares tampoco existían.

Andrés ya no era un *sapáhat*...

Fue entonces cuando creí comprender. No alcancé a detectar la psoriasis de Andrés en el año 30 porque, sencillamente, fue curado antes, en enero del 28. Y lo mismo sucedió con el resto de los discípulos, excepción hecha de Tomás, Bartolomé y los gemelos de Alfeo, que no recibieron la misteriosa «luz azul». Tomás siguió con el estrabismo en el ojo izquierdo (del tipo *deorsum vergens*: desviación del ojo hacia abajo). El «oso» continuó padeciendo de varices, y los de Alfeo mantuvieron el ligero retraso mental.

En cuanto a mí... Era mi Destino.

Y Andrés contó lo ocurrido.

—Esa tarde, al poco de vuestra partida, vimos regresar al Maestro. La gente continuaba frente a la casa. Llegaban de todas partes. Eran cientos los que solicitaban el favor del rabí...

Mateo y la esposa seguían las explicaciones con atención.

El pequeño dormía plácidamente...

—Preguntamos a Jesús qué debíamos hacer, pero no respondió. Se sentó ahí, donde tú estás, y se sirvió leche en un cuenco. Estaba sediento...

—¿Dónde estuvo?

—Habló de las colinas. Permaneció en contacto con Ab-bā.

»Seguimos discutiendo, pero nadie se ponía de acuerdo. ¿Recuerdas?

Por supuesto. Algunos discípulos eran partidarios de la curación masiva de la gente. Otros se manifestaron en contra. Santiago de Zebedeo habló del odio del Sanedrín...

—Pues bien, en ello estábamos, cuando oímos música...

—¿Qué música?

Andrés no recordaba el nombre de alguien. Mateo, atento, le ayudó:

—Har. Fue Har...

—Eso, el hermano de la muchacha paralítica... Oímos su flauta... Y, durante un rato, se hizo el silencio. Jesús se levantó, dejó el cuenco de leche, y salió de la sala. Al poco lo vimos regresar. Llevaba una flauta en las manos... La que le regaló Har. Salió del caserón, buscó al joven, y se sentó a su lado. Y tocaron juntos. Nadie levantó la voz. Todos escuchamos, fascinados.

—¿Viste a Nŭ, la hermana?

Andrés no sabía. Mateo tampoco.

—Cuando dejaron de tocar —prosiguió el jefe—, alguien, entre la multitud, clamó: «¡Rabí, di una sola palabra y la salud volverá a nosotros!... ¡Ten piedad!»

Al bueno de Andrés se le humedecieron los ojos.

—Nadie respiró, Jasón... Había cientos de enfermos, tullidos, ciegos, cojos... Se hizo un gran silencio. Esperamos...

—¿Había oscurecido?

—Casi...

—¿Y qué sucedió?

—El Maestro se puso en pie, y contempló a la gente...

—¿Qué dijo?

—Nada. Se limitó a mirar... Fue el gentío quien, finalmente, estalló en una súplica colectiva. Levantaban las manos, rogaban, lloraban...

Nos estremecimos.

Entonces aparecieron aquellas lágrimas en los ojos del rabí.

Andrés se emocionó y guardó silencio.

Mateo también tenía los ojos húmedos.

—Después —balbuceó el jefe de los discípulos— se presentó aquella luz azul entre las nubes...

Andrés y Mateo me miraron, buscando mi comprensión. No dije nada, pero permanecí atento.

Y Andrés, más calmado, comentó:

—Todo se volvió azul...

—¿Cómo es eso?

El jefe se encogió de hombros. No lo sabía, lógicamente.

—Nadie supo. Todo se volvió azul: las casas, las calles, la gente, la ropa, los animales, las manos, los pies... ¡Nevó azul!

Yo sí supe lo acaecido aquel atardecer en Saidan. Había sido testigo en otras oportunidades...

El Hijo del Hombre, sencillamente, sintió piedad por sus criaturas. Y su corazón se puso del lado de los que imploraban. Imaginé su pensamiento: «Si fuera la voluntad del Padre..., desearía que mis hijos quedaran sanados.»

Y la infinita compasión del Hombre-Dios hizo el prodigio.

Al instante, la «gente» al servicio del Padre se puso en movimiento (?), y actuó: fueron curadas entre seiscientas y setecientas personas. Sucedió algo parecido con el niño mestizo —Ajašdarpan—, con Aru, el negro tatuado, y también en Caná.

Jesús fue el primer sorprendido.

Lo he dicho más de una vez. La característica del Maestro no fue el poder, o la sabiduría. Fue la inagotable piedad. Y vuelvo a preguntarme: ¿cuántos prodigios hizo Jesús de Nazaret que jamás fueron conocidos? ¿Cuánta gente se benefició de su ternura?

—Entonces empezó a llover —concluyó Andrés—, y el

gentío se volvió loco. ¡Estaban curados! ¡Los cojos y los paralíticos caminaban! ¡Los ciegos de nacimiento veían!... ¡Los leprosos...!

Contempló sus manos y brazos y rompió a llorar.

«Nevó azul...»

Noté un nudo en la garganta.

Mateo prosiguió:

—La gente se volvió loca. Golpeaban la puerta. Reclamaban a Jesús... ¡Querían nombrarle rey y ponerlo al frente de los ejércitos de liberación de Israel!

—¿Y el Maestro?

—Desapareció. Atrancamos el portalón y nos encerramos en este lugar, discutiendo... Ya sabes: unos a favor y otros en contra.

Mateo entró en detalles.

Aquél, sin duda, fue el día más grande para Juan Zebedeo, el Iscariote y Simón, el Zelota. Necesitaron tiempo para asimilar lo ocurrido. Si el reino invisible y alado no había empezado, y había sucedido lo que había sucedido, ¿qué les aguardaba? Estaban eufóricos. Más impactados que en Caná. El resto se mostró prudente, pero ardía por dentro. Sólo el Mesías prometido, el Libertador, el hijo de David, el rompedor de dientes, podía llevar a cabo un milagro semejante.

Tenían razón, pero no...

De pronto, el niño que sostenía Mela' en los brazos empezó a gemir. Y se movió.

La esposa lo consoló, y lo acarició.

Entonces me fijé en la planta del pie izquierdo.

Reconocí la singular mancha de Telag, el niño *down* de Mateo: una especie de trébol de cinco hojas...

Y tuve un presentimiento.

Aquel niño...

El pequeño terminó despertando, y medio se incorporó. No lo reconocí.

Andrés se dio cuenta de mi confusión, y aclaró:

—Es Telag...

—¿Telag?

Mateo y Mela' asintieron en silencio.

¡Dios de los cielos! ¿Cómo era posible? ¡Telag era un niño mongólico!

Creo que palidecí.

Rogué a los padres que me permitieran reconocer al pequeño, y aceptaron, sumisos.

Mateo comentó, feliz:

—Ya no es un endemoniado... El Maestro ha echado al espíritu inmundo que lo habitaba.

Telag, en efecto, era una criatura normal. No descubrí rastro alguno de los síntomas de la alteración cromosómica (trisomía 21).

Estaba desconcertado.

Alguien había rectificado el segmento distal del brazo largo del cromosoma 21 (responsable del fenotipo del síndrome de Down). Como es sabido, dicho segmento contiene los genes que, por triplicado, son la causa del problema.

Todas las células de Telag —millones y millones— fueron modificadas (?), con el fin de que la criatura no presentara tres copias del cromosoma 21 (lugar en el que se ubica el gen de la proteína amiloide beta), sino las dos habituales.

¡Otro prodigio genético, imposible de llevar a cabo, ni siquiera en nuestro tiempo!

Me costó trabajo aceptar la realidad. El aspecto de Telag era diferente.

Y me atreví a preguntar:

—¿Cómo sabes que es él?

Mela' sonrió y fue a mostrar lo que había llamado mi atención: la mancha en el pie izquierdo.

—Además —añadió Mateo—, Telag estaba con nosotros. En esos momentos, cuando el Maestro expulsó los demonios, yo lo mantenía sujeto por la mano...

Y el matrimonio explicó cómo había llegado a Saidan esa misma mañana del sábado, 17. Escucharon en Nahum las habladurías sobre la curación de Amata, y se apresuraron a visitar a Pedro. Ese día, no sabe por qué, Mateo decidió que su mujer e hijo pequeño lo acompañaran. Y así fue como terminaron en el caserón de los Zebedeo, en el momento oportuno...

Mateo no se atrevió a hablar de casualidad. El discípulo era especialmente inteligente y sensible...

—Ya no es un endemoniado —repitió.

No dije nada. Lo importante era que Telag había recuperado la normalidad.

La familia flotaba.

El atardecer del sábado, 17 de enero (domingo para los judíos), fue uno de los momentos más notables en la vida del Hombre-Dios, y me atrevería a decir que en la historia de la humanidad.

Los evangelistas, sin embargo, para mi irritación, sólo dedican al suceso unas escasas y torpes líneas (1). Mateo lo despacha en siete. Marcos en ocho, y Lucas en otras ocho líneas.

Entendí que Mateo, siempre prudente, no dijera nada en su evangelio sobre Telag, su hijo...

A partir de ese día, el amor del *gabbai* o ex recaudador de impuestos por el Galileo no tuvo medida ni fin. Jesús era el Mesías prometido. Nada podía convencerlos de lo contrario.

Fue en esos momentos cuando caí en la cuenta de algo importante...

¡Cómo pude ser tan torpe!

Y corrí hacia el palomar.

Era la nona (tres de la tarde).

Ese día, el ocaso se produjo a las 16 horas, 56 minutos y 49 segundos (de un supuesto Tiempo Universal).

(1) Mateo dice: «Al atardecer, le trajeron muchos endemoniados; él expulsó a los espíritus con una palabra, y curó a todos los enfermos, para que se cumpliera el oráculo del profeta Isaías: "Él tomó nuestras flaquezas y cargó con nuestras enfermedades."» (8, 16-18)

Marcos dice: «Al atardecer, a la puesta del sol, le trajeron todos los enfermos y endemoniados; la ciudad entera estaba agolpada a la puerta. Jesús curó a muchos que se encontraban mal de diversas enfermedades y expulsó muchos demonios. Y no dejaba hablar a los demonios, pues le conocían.» (1, 32-35)

Lucas dice: «A la puesta del sol, todos cuantos tenían enfermos de diversas dolencias se los llevaban; y, poniendo él las manos sobre cada uno de ellos, los curaba. Salían también demonios de muchos, gritando y diciendo: "Tú eres el Hijo de Dios." Pero él les conminaba y no les permitía hablar, porque sabían que él era el Cristo.» (4, 40-42)

En mi opinión fue mucho más que la confirmación de las palabras de Isaías. Fue un gesto de piedad de un Dios hacia sus criaturas.

Marcos, por su parte, inventó «que no dejara hablar a los demonios».

En cuanto al crédulo Lucas, todo patas arriba, una vez más. Jesús no impuso las manos sobre nadie. No lo necesitaba. Ningún «demonio» gritó nada y el Hijo del Hombre tampoco conminó a nadie.

En fin, otro desastre... *(N. del m.)*

Era el Destino, naturalmente, quien llevaba las riendas...

Abrí la puerta, aterrorizado.

¡Dios mío!

¿Por qué fui tan torpe?

¡Vacío!... ¡El palomar se hallaba vacío!

¿Dónde estaba? ¿Dónde se lo habían llevado? ¿Por qué nadie me dijo nada? A Kesil le esperaba una buena bronca...

Y pensé: «¿Habrá muerto?»

Comprendí.

«Se lo han llevado porque ha fallecido...»

Me dejé caer sobre el camastro, desolado.

¡Mi amigo, muerto!

Quise llorar. No fue posible.

Pensé en bajar a la «tercera casa» y pedir explicaciones.

Pero, de pronto, «algo» tiró de mí hacia la ventana.

¿Qué era ese «algo»? Rectifico: ¿qué es ese «algo» que me mueve?

El presentimiento se hizo intenso...

Lo vi de inmediato.

El sol rodaba, naranja, hacia el Ravid. Faltaban dos horas para el ocaso.

Era Él.

Caminaba por la orilla del lago. *Zal* jugaba en el agua.

Cerca del Maestro observé a una mujer y a dos hombres...

Sentí un escalofrío.

Uno de los dos hombres parecía... Aquellos andares resultaban familiares para quien esto escribe.

Pero no. Eso no era posible...

Estaban lejos. No los distinguía con precisión. Tenía que aproximarme.

Di media vuelta y volé, escaleras abajo.

Pero, súbitamente, cuando corría por la playa, aquel agudo dolor en el estómago me frenó en seco.

Tomé aire, e intenté dar un paso.

Imposible.

Me empapé en un sudor frío y fui cayendo, de rodillas, sobre la arena.

Estaba a punto de perder el conocimiento...

En la distancia seguí contemplando al Galileo. Se había

detenido y conversaba con los hombres. La mujer se mantenía a unos pasos.

Zal empezó a ladrar y avanzó hacia este explorador, siempre ladrando.

Jesús y el resto me miraron. Supe que hablaban de mí.

Instantes después, la mujer siguió los pasos del perro color estaño. Y empezó a correr...

El dolor ascendía. Me tenía preso.

Después fueron los varones los que se lanzaron a la carrera, también hacia este inmovilizado explorador.

Creí reconocerlo...

¡Sí, era él!

Y el sudor frío me inundó. Creí morir...

El Maestro permaneció solo en la orilla. Entonces levantó el brazo izquierdo.

Saludaba.

Pero ¿a quién?

Miré a mi alrededor, como un perfecto estúpido.

En la costa no había nadie. Sólo barcas varadas, gaviotas holgazanas, olas dormidas, y los colores del atardecer, entretenidos en la aldea de Saidan.

Jesús mantuvo el brazo en alto. Y agitó la mano, en señal de saludo.

Saludaba a quien esto escribe...

Alcé el brazo, con timidez, y correspondí.

¿Por qué saludaba?

El gesto del Hijo del Hombre se prolongó casi un minuto.

No sé explicarlo. En mi mente sonó una palabra, «5 por 5» («fuerte y claro»):

—¡Confiad!

No comprendí. En esos momentos no. Ahora sé por qué fue en plural. El consejo era para mí, y para el hipotético lector de estas memorias..., por supuesto.

Después, el Maestro bajó el brazo, dio media vuelta, y se alejó con sus típicas zancadas.

Zal llegó como un rayo. Saltó un par de veces a mi alrededor, me regaló dos o tres lengüetazos, y partió, también a la carrera, en busca de su amo.

Mensaje recibido.

Abril me abrazó.

Después llegaron ellos.

Kesil, alarmado, se arrojó igualmente a mis brazos. No sabía si reír o llorar.

El último fue él.

Se quedó mirando unos segundos. Sé que disfrutó ante mi perplejidad.

Lo exploré, de arriba abajo, y tuve que rendirme a la evidencia.

¡Era el ingeniero! ¡Eliseo!

Pero...

¡Estaba cambiado!

¡No era él! ¡No era el que había dejado en mi habitación! Mejor dicho: era él, en sus mejores momentos...

El cabello aparecía negro. No presentaba una sola cana. ¿Qué fue del encanecimiento súbito?

La piel era tersa, limpia, juvenil, brillante...

¡No podía ser!

Horas antes estaba en coma, a punto de morir.

No había huesos fracturados, ni osteoporosis. ¿Qué pasó con el mieloma múltiple? El cáncer de las células plasmáticas era mortal...

Las preguntas y los sentimientos se atropellaron.

Finalmente me abrazó.

Fue un abrazo largo y cerrado.

No hubo palabras. ¿Para qué?

El Maestro lo había curado...

Después, todos quisieron hablar al mismo tiempo. Todos deseaban explicar lo ocurrido en aquel atardecer del sábado, 17 de enero.

Eliseo solicitó calma y contó lo siguiente:

«De pronto abrí los ojos... No sabía dónde estaba... Vi a Kesil e intenté preguntar, pero no pude... Me sentía confuso... Kesil miraba por la ventana... Y, de improviso, todo se volvió azul... El arcón, las paredes, las ropas... Terminé sentado en la cama y pregunté... Kesil me explicó... Al poco, la luz azul desapareció... Te buscamos, pero no estabas... Después supe lo de la gran curación...»

Mientras oía regresaron a mi mente dos no menos asombrosas imágenes. Primero la de la peonza o *zevivon* de madera de sauce, regalada a este explorador en la fiesta de la

Janucá por Eliseo y por Kesil. En la tarde del 29 de diciembre del año 25, como se recordará, «anunció» un milagro (1).

Aquella tarde-noche, en el Ravid, la peonza, como digo, «anunció» la letra *nun*: «milagro». En las cuatro caras del *zevivon* podían leerle las iniciales *nun*, *guimel*, *hé* y *shin* («milagro grande fue allí»).

Sí, milagro grande sucedió en Saidan...

¿Casualidad? Lo dudo.

El segundo y misterioso recuerdo lo formaron las letras y los números que se posaron en mis manos durante el «sueño» vivido en la garganta del Firán, y al que me he referido en otras páginas de estos diarios. Sucedió en noviembre del año 25.

La cuarta y quinta palabra decían: «DESTINO 101» y «ELIŠA Y 682», respectivamente.

No salía de mi asombro.

Yehohanan encontró su Destino el 10 de enero («DESTINO 101»).

«ELIŠA» (Eliseo) era el sanado número 683 de mi lista, en la histórica curación de Saidan: «ELIŠA Y 682.»

Las «palabras» que descendieron sobre este explorador se habían cumplido, a excepción de cuatro (2).

No tengo la menor duda: Dios, o su «gente», hablan en los sueños.

Pero un súbito vómito de sangre —espectacular— me devolvió a la realidad.

Palidecí.

Recuerdo sus rostros, aterrorizados.

Y el dolor me venció, nuevamente.

Caí en la arena, sin conocimiento...

Cuando recuperé la conciencia me hallaba en el asiento del copiloto, en la «cuna».

¿Qué había sucedido?

No lograba recordar...

(1)   Amplia información sobre la aparición de la letra *nun* (milagro) en *Jordán. Caballo de Troya 8*. *(N. del a.)*

(2)   Faltaban «MUERTE EN NAZARET 329», «HERMÓN 829», «ADIÓS ORIÓN 279» Y «ÉSRIN 133». *(N. del m.)*

Vómito de sangre... Perdí el sentido... Caí de bruces en la playa... Nada más.

Descubrí que estaba enfundado en el traje espacial.

Eliseo, a mi izquierda, pilotaba la nave.

Me sentí débil. La mente era un lugar lejano y lleno de niebla.

Contemplé la escafandra. Aparecía salpicada de sangre.

¿Había vomitado de nuevo?

Volábamos...

Percibí la suave vibración del motor principal, el J85.

Traté de hablar.

No fue posible. Carecía de fuerzas...

Inspeccioné el instrumental. Necesitaba una pista. ¿Qué estaba pasando?

El indicador de combustible rozaba el mínimo. Habíamos consumido la mayor parte de los 7.211 kilos que quedaban. En esos instantes restaban 315 kilos y la reserva (un 3 por ciento del total): 492 kilos.

Traté de hacer cuentas. Lo logré a medias...

La nave disponía de carburante para un total de 161 segundos.

¡Mala cosa!

Y la vista se detuvo en los cronómetros monoiónicos.

Allí estaba la clave...

El contaje fue revelador: «1973... junio... día 28... hora: 21 (local)... jueves».

Volví a consultar.

No había duda.

¡1973!

¡Estábamos de regreso!

El módulo había despegado del Ravid, cubrió las 109 millas que nos separaban de Masada, en el mar Muerto, y «Santa Claus» se ocupó de la oportuna inversión de masa de los *swivels*.

¡Dios santo!

E imaginé la razón por la que habíamos vuelto a nuestro «ahora». Eliseo, alarmado ante mi situación, optó por el retorno. En mi país (USA) tenía más posibilidades de sobrevivir.

Pero ¡quedaba tanto por hacer...!

La «cuna» seguía quemando a razón de 5,2 kilos por segundo.

El caudalímetro no tenía piedad...

Eliseo, finalmente, se percató de mi vuelta a la vida (?).

Sonrió, y comentó con una inexplicable serenidad:

—¡Ánimo, mayor!... ¡De nuevo en casa!

No pregunté. No tenía fuerzas ni ánimos.

Altitud: 300 pies, y bajando...

El ingeniero reclamó la atención del ordenador y los sistemas continuaron en automático.

Por estribor apareció la superficie del mar Muerto.

No faltaba mucho para el ocaso.

Descendiendo a 23 pies por minuto... 175 para la toma de contacto... Reducción de velocidad a 2,5 pies por minuto... Reducción a 2...

Los ocho cohetes auxiliares colaboraron en la frenada, y lo hicieron con dulzura.

Y, de pronto, me di cuenta.

¡No descendíamos sobre Masada!

Estábamos cayendo directamente al mar...

Permanecí tranquilo. Mi compañero sabía... Era un excelente piloto.

Nivel: 30 pies...

La «cuna», obedeciendo a «Santa Claus», hizo estacionario, y comenzó una loca carrera contra el tiempo, quemando a 6 kilos por segundo.

¿Por qué nos deteníamos?

Estábamos en el límite. Ya no había combustible... Los tanques de reserva entraron en funcionamiento. Disponibilidad: 492 kilos...

Miré a Eliseo. Continuaba pendiente de todo.

Dio una última orden a «Santa Claus» (que no llegué a captar), liberó los cinturones de seguridad, y saltó del asiento, animándome a que lo siguiera.

—¡Fin del viaje, mayor!... ¡Disponemos de ochenta segundos!...

Se quedó mirándome, aguardando.

—¡Vamos, vamos!... ¡La operación ha terminado para nosotros!

No comprendí.

—¡Mayor, Caballo de Troya termina aquí!... ¡Vamos! ¡Los israelitas no tardarán en detectarnos...!

Lo intenté. Fue imposible. No era capaz de levantarme.

El ingeniero intuyó algo. Se lanzó sobre este explorador, soltó los cinturones y me ayudó a caminar hacia el centro de la «cuna». Recuerdo que arrastraba los pies... ¿Qué me ocurría?

El ingeniero pulsó el sistema hidráulico y, al instante, la trampilla ubicada en el suelo del módulo se abrió por completo.

Vi las aguas azules, a poco más de diez metros, rizadas por los gases del peróxido de hidrógeno.

—¡Vamos, mayor!... ¡Hay que saltar!

Indiqué que tenía puesta la escafandra.

Eliseo asintió, y se disculpó por el fallo.

La retiró e hizo lo mismo con la suya.

—¡Ya! —ordenó el ingeniero—. ¡No hay tiempo ni combustible!...

Dirigió la mirada hacia los controles, y ratificó:

—¡Quedan cuarenta segundos!

Pero seguí dudando...

—¡Vamos, maldita sea!

Eliseo no esperó. Terminó empujándome al vacío.

Y caí...

Sentí el roce caliente de los gases en los cabellos y en la piel.

Después choqué con el agua...

Después, todo azul.

Me hundí.

Cerré los ojos.

Sabía que, en breve, la intensa salinidad me devolvería a la superficie...

Algunas burbujas escaparon del traje. Reían.

Me dejé llevar.

Silencio.

Todo era azul...

¿Qué importaba morir?

Entonces lo vi (¿en mi mente?).

Era el Maestro...

Levantó el brazo izquierdo y saludó. Vestía la túnica blanca. Una leve brisa lo acompañaba y desordenaba los cabellos color caramelo. Sonreía, mostrando la impecable dentadura. Me miró intensamente, y el amor se derramó por aquellos ojos color miel.

Y gritó:

—¡Confiad!

Así permaneció un rato, agitando la mano en señal de saludo. ¿O fue una despedida?

El *yam*, entonces, se volvió azul, como el amor...

¡Nunca más volvería a verlo!

Abrí los ojos y la sal me hirió. El instinto de conservación me despabiló.

No supe a qué profundidad había ido a parar. La luz se abría paso con esfuerzo. Abajo habitaban unas tinieblas siniestras...

Nunca me gustó aquel fondo. A trescientos metros sólo había fango y muerte...

Empecé a subir.

Y en eso, ante mi asombro, surgió ella...

Traté de frenar el ascenso. Imposible.

Se hallaba muy cerca. Quizá a diez o quince metros...

Quise nadar a su encuentro.

No pude. El agua empujaba hacia arriba, sin remedio.

¡Se hundía!

Largas hileras de burbujas huían por la base...

¡Dios mío!

¡Era la «cuna»!... ¡Se perdía hacia el fondo!

Descendía lentamente, con ligeros balanceos. Las burbujas solicitaban socorro, lo sé.

¿Y Eliseo?

Deduje que había saltado...

La luz persiguió a la nave un tiempo, no mucho.

Brillaba como la plata.

Después desapareció en las profundidades...

Sí, era el fin de la Operación Caballo de Troya; el fin de la más increíble aventura humana...

Yo le conocí. Supe de su verdadero mensaje. Estuve allí, con Él. Yo le amé.

Jesús de Nazaret...

En Ab-bā, siendo las 12 horas
del 12 de julio de 2011.

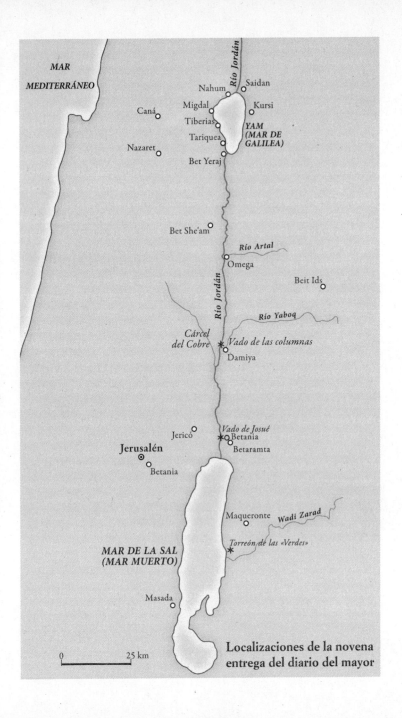

MAR
MEDITERRÁNEO

Río Jordán

Saidan

Nahum

Caná

Migdal

Kursi

Tiberias

YAM
(MAR DE
GALILEA)

Tariquea

Nazaret

Bet Yeraj

Bet She'am

Río Artal

Omega

Beit Ids

Río Jordán

Río Yaboq

Cárcel
del Cobre

Vado de las columnas

Damiya

Jericó

Vado de Josué
Betania

Jerusalén

Betaramta

Betania

Maqueronte

Wadi Zarad

MAR DE LA SAL
(MAR MUERTO)

Torreón de las «Verdes»

Masada

0   25 km

Localizaciones de la novena
entrega del diario del mayor

NOTA

Siguiendo instrucciones del mayor de la USAF, la novena entrega de sus diarios se hace pública en 2011, una vez transcurridos 30 años desde su muerte, ocurrida en agosto de 1981.

De igual forma, cumpliendo su deseo, incluyo ahora el siguiente texto (de su puño y letra): «En los presentes diarios han sido introducidos —intencionadamente— errores de tercer orden, así como afirmaciones no probadas e inconclusas, sucesos anunciados y no narrados, y supresiones que no afectan a lo esencial. Todo ello obedece a la necesidad de rebajar, en lo posible, la credibilidad de lo narrado.»

Si desea ponerse en contacto con J. J. Benítez puede hacerlo en el Apartado de Correos n.º 141, Barbate 11160, Cádiz (España) o bien en su página web oficial: <jjbenitez.com>.

Índice

*Reproducción (occidentalizada)
del pergamino de la «victoria».*

booket